« AILLEURS ET DEMAIN »
Collection dirigée par Gérard Klein

DU MÊME AUTEUR

Chez le même éditeur

L'AUBE DE LA NUIT

Tome I : RUPTURE DANS LE RÉEL
1. *Émergence*, 1999
2. *Expansion*, 2000

Tome II : L'ALCHIMISTE DU NEUTRONIUM
1. *Consolidation*, 2000
2. *Conflit*, 2001

Tome III : LE DIEU NU
1. *Résistance*, 2002
2. *Révélation*, 2002

PETER F. HAMILTON

L'AUBE DE LA NUIT, TOME III

LE DIEU NU

2. Révélation

Traduit de l'anglais par Jean-Daniel Brèque

ROBERT LAFFONT

Titre original : THE NAKED GOD

ISBN : 2-221-09216-3
(édition originale : ISBN 0-333-68791-4, Macmillan Publishers Ltd, Londres)

Résumé des épisodes précédents

Début du XXVIIe siècle. L'espèce humaine est divisée entre les Édénistes, qui ont transformé leur hérédité en poussant très loin les applications de l'ingénierie génétique, et les Adamistes qui, refusant de s'engager dans cette voie, s'en tiennent aux vieilles technologies mécanique et nanonique. Grâce au biotek, les Édénistes ont produit des habitats et des astronefs vivants et conscients, les faucons, et ils communiquent entre eux au moyen du lien d'affinité.

La Confédération humaine, qui a essaimé dans la galaxie, occupant des habitats spatiaux, des astéroïdes ou des planètes reliés par un procédé de voyage hyperspatial, est soudain en proie à une crise majeure.

Sur Lalonde, une planète en voie de colonisation, s'est produit un phénomène étrange. À la suite d'un rituel initié par Quinn Dexter, un déporté membre de la secte du Porteur de lumière – et peut-être sous l'influence d'un xéno –, est survenue une « rupture dans le réel ». Les esprits des morts reviennent et s'emparent des corps des colons. Ces possédés, qui disposent de pouvoirs surhumains, se multiplient rapidement. Il apparaît en effet que tous les morts attendent dans l'au-delà, impatients de revenir à la vie.

La possession se développe très vite à l'échelle interstellaire, et plusieurs systèmes sont affectés.

Norfolk, planète agreste célèbre pour la liqueur tirée de ses roses, est l'une des premières touchées. Après le passage de Quinn Dexter, qui a repris le dessus sur l'âme l'ayant possédé, ce monde aux faibles ressources militaires succombe à l'instar de Lalonde et, à la stupéfaction générale, est emporté hors de l'univers par les possédés. Curieusement, ceux-ci, après quelques jours de bacchanales, semblent soucieux de mener dans leur nouveau paradis une existence des plus rangées, et Luca Comar, qui possède Grant Kavanagh, l'un des plus grands propriétaires terriens de la planète, s'emploie à faire tourner son domaine et à remettre de l'ordre dans le village voisin. Louise Kavanagh, la jeune héritière du domaine en question, a réussi à s'enfuir avec sa sœur Genevieve, aidée par un possédé qui n'est autre que Fletcher Christian, le révolté du Bounty. *Elle veut retrouver le capitaine d'astronef Joshua Calvert, qui l'a séduite et engrossée, et qui, elle en est certaine, pourra la sauver, mais Fletcher la convainc de se rendre sur Terre afin d'avertir les autorités de la menace que représente Quinn Dexter. Lorsqu'ils y arrivent enfin, Fletcher est arrêté, et les deux jeunes filles se retrouvent seules sur la planète mère, dont les maîtres secrets, résolus à éliminer Quinn Dexter par tous les moyens, se préparent à les utiliser comme appâts. Car Dexter est bel et bien arrivé sur Terre, et il se prépare à sacrifier la planète entière au Frère de Dieu.*

Sur Ombey, une principauté dépendant du royaume de Kulu, les possédés ont réussi à prendre en otage toute une région, la péninsule de Mortonridge. La mort dans l'âme, les autorités sont obligées de battre en retraite et d'établir un blocus. Mais l'harmonie ne règne pas au sein des possédés ; deux d'entre eux, Moyo et Stephanie, réunissent autour d'eux un petit groupe de dissidents et sauvent une quarantaine d'enfants en bas âge épargnés par la possession. Pendant ce temps, Ralph Hiltch, qui a involontairement ramené ce fléau de Lalonde et se sent responsable du drame, convainc la princesse d'Ombey de trouver des alliés pour résoudre la crise : oubliant ses préjugés, le royaume de Kulu fait alliance avec les Édénistes, qui lui procurent des soldats bioteks, en principe moins vulnérables aux possédés. L'assaut est donné sur Mortonridge, et la supériorité d'Ombey et de ses alliés est si écrasante que la campagne semble tout d'abord gagnée. Mais, devant le danger, les possédés oublient leurs différends et emportent dans un autre univers tout un village... ainsi qu'une partie de l'armée biotek qui les affronte.

La Nouvelle-Californie, l'un des mondes les plus importants de la Confédération, est conquise avec une rapidité stupéfiante grâce au savoir-faire du chef des possédés, qui n'est autre qu'Al Capone. Utilisant les méthodes qui ont fait sa célébrité sur Terre, il s'empare de toute l'infrastructure de la planète et dispose bientôt d'une véritable armée, l'Organisation, qui n'hésite pas à recruter des non-possédés par la corruption ou le chantage. Il est conseillé dans la construction de son empire par la star Jezzibella, qui a succombé à son charme primitif. L'Organisation conquiert une seconde planète et, au moment où il se prépare à lancer une troisième offensive, Capone a vent d'un piège que lui tendent les Forces spatiales de la Confédération autour de l'habitat Tranquillité. Il ordonne à sa flotte d'attaquer l'habitat, mais celui-ci surprend tout le monde en effectuant un saut dans l'espace-temps ! Capone se rabat alors sur une autre tactique : lâcher des possédés sur des mondes jusque-là épargnés par l'épidémie afin d'obliger la Confédération à disperser ses efforts.

Parmi les non-possédés qui ont choisi de servir Capone figure André Duchamp, trafiquant et capitaine du Vengeance de Villeneuve. *Il ignore que l'un des membres de son équipage, Erick Thakrar, est en réalité un agent du Service de renseignement de la Confédération, infiltré à son bord pour mettre fin à ses activités. Convaincu de pouvoir obtenir des informations précieuses sur l'Organisation, Erick choisit de ronger son frein. Avec raison, car il apprend les projets de Capone et en informe son haut commandement, auquel il livre le traître Kingsley Pryor, officier des Forces spatiales dont Capone retient la famille en otage ; mais Pryor réussit à s'évader, et Thakrar, brisé par ses épreuves, demande à être mis en stase temporelle pour une durée indéterminée.*

L'habitat Valisk affronte lui aussi une invasion. Gouverné par Rubra, un Édéniste rebelle dont la personnalité est intégrée à sa strate neurale, il est infiltré par des possédés particulièrement décidés, commandés par Kiera Salter, qui décident de grossir leurs rangs en lançant un appel aux adolescents de la galaxie, leur faisant miroiter un paradis de paix et d'amour. Kiera ignore que parmi ces jeunes Nocturnes s'est glissé Gerald Skibbow, le père de l'adolescente qu'elle possède. Quant à Rubra, il doit également affronter Dariat, son descendant rebelle qui s'est allié aux possédés. Profitant de l'absence de Kiera, qui a décidé de faire alliance avec Capone, manipulant Dariat en lui présentant la sœur de son grand amour Anastasia, Rubra réussit à renverser la situation : Dariat et lui fusionnent, et ils emportent Valisk hors de cet univers. Mais les épreuves de Dariat ne sont pas finies : il se retrouve réduit à l'état de fantôme, dans l'univers de basse énergie où se trouve désor-

mais l'habitat, et doit protéger celui-ci des attaques d'une énigmatique créature, l'Orgathé.

Joshua Calvert est indiscutablement l'un des héros de la lutte contre les possédés. Lors de la bataille de Lalonde, il a réussi à sauver de la possession les occupants d'une station édéniste et un groupe d'enfants piégés sur la planète. Avant cela, il s'était rendu célèbre pour avoir découvert un artefact ancien porteur de données capitales. Il semble en effet que la possession ne soit pas un phénomène nouveau ; deux mille ans plus tôt, une espèce xéno, les Laymils, a commis un suicide collectif afin d'y échapper. Les scientifiques de l'habitat Tranquillité gouverné par Ione Saldana, qui ont pour mission d'étudier les Laymils, espèrent que l'artefact de Joshua contient l'une des clés du problème.

D'autres xénos détiennent peut-être d'autres clés. Les Kiints, créatures énigmatiques bien plus avancées que les humains, ont eux aussi affronté la possession, avec succès, semble-t-il. Quant aux Tyrathcas, s'ils connaissent le phénomène, ils sont assurés qu'un « Dieu endormi » pourra les en protéger. Syrinx, une jeune Édéniste qui a échappé aux griffes des possédés, est chargée d'aller sonder les Kiints, qui se révèlent toujours aussi peu coopératifs. Mais voilà que les Kiints apprennent l'existence du Dieu endormi des Tyrathcas, qui les plonge dans une grande agitation.

Pendant que la crise des possédés prend de l'ampleur, que les diverses nations cherchent frénétiquement une stratégie efficace, voilà qu'éclate une nouvelle crise. Alkad Mzu, scientifique assigné à résidence dans l'habitat Tranquillité, réussit à s'en évader. Trente ans plus tôt, Garissa, sa planète natale, a été anéantie par Omuta, qui lui disputait les droits d'exploitation des Dorados, alors même qu'Alkad mettait la dernière main à son arme suprême, l'Alchimiste. Ione Saldana charge Joshua de la retrouver, une tâche qui le conduit dans les Dorados, où il se découvre un demi-frère, Liol, qu'il sauve de la possession – un peu à contrecœur. À peine a-t-il embarqué Alkad Mzu à son bord après avoir échappé à l'anéantissement de la planète Nyvan, œuvre de Quinn Dexter en prélude à son offensive sur la Terre, que son astronef est pris en chasse par des possédés, l'Organisation de Capone ayant eu vent de l'existence de l'Alchimiste. Joshua est obligé d'utiliser celui-ci pour échapper à ses ennemis.

Sa réussite est une nouvelle fois éclatante, et c'est fourbu mais content qu'il regagne son bercail. Son répit est de courte durée, car le Lady Macbeth *doit reprendre l'espace en compagnie d'*Œnone, *le faucon commandé par Syrinx. Leur mission : gagner la principale planète des Tyrathcas et fouiller leurs archives pour localiser le Dieu endormi. À peine sont-ils à pied d'œuvre qu'ils constatent qu'ils ont été suivis et qu'un astronef possédé, au service de l'Organisation, met leur mission en péril. Joshua triomphe à nouveau de l'obstacle, constatant au passage que les Kiints l'ont précédé dans sa quête, et se prépare à poursuivre celle-ci.*

Pendant que les deux astronefs se préparent à gagner une partie de la galaxie encore inexplorée par les humains, dans l'ombre, des alliés inattendus se préparent à leur venir en aide : des « observateurs » humains, travaillant pour le compte des Kiints et âgés parfois de plusieurs millénaires, qui cherchent à influer sur les plans de leurs maîtres. Car, si l'espèce humaine était destinée, comme tous les peuples du cosmos, à découvrir l'existence de l'au-delà et à affronter la menace des possédés, elle n'aurait pas dû le faire aussi tôt dans son histoire, et il faut à tout prix corriger cette erreur cosmique...

1.

C'était un sale boulot, mais mieux valait se le taper que de s'aventurer dans les gratte-ciel. Tolton et Dariat exploraient les plaines herbues de Valisk dans un pick-up en quête de cadavres de serviteurs. La nourriture commençait à manquer dans l'habitat en perdition. Durant le règne de Kiera, les possédés s'étaient contentés de piller les réserves existantes sans se soucier de les renouveler. Lorsque Valisk avait plongé dans le continuum noir, les survivants avaient massacré les animaux sauvages en profitant de leur inconscience. On avait creusé de gigantesques fosses devant les grottes de la calotte nord, les sectateurs de Starbridge se chargeant d'embrocher les bêtes pour les faire ensuite rôtir comme en prélude à un banquet médiéval. Un régime monotone et néanmoins nourrissant de viande de chèvre, de mouton et de lapin. Aucun des survivants encore léthargiques n'avait le cœur à se plaindre.

Ce processus était maintenant en voie d'accélération. Les animaux n'émergeaient de leur étrange coma que pour mourir à petit feu. Il fallait récupérer et faire cuire leurs carcasses avant qu'elles pourrissent. À condition d'être conservée dans les grottes les plus fraîches, une viande correctement fumée pouvait rester comestible pendant plusieurs semaines. En outre, il était raisonnable de constituer des réserves de nourriture en temps de guerre. Les descendants de Rubra, informés de l'existence du visiteur, s'affairaient discrètement à enrichir leur arsenal. Les autres survivants n'étaient pas au courant.

Tolton se demandait si c'était pour cette raison qu'on leur avait confié cette tâche, qui les empêchait d'avoir des contacts avec les réfugiés occupant les grottes.

— Pourquoi la personnalité se méfierait-elle de toi ? interrogea Dariat alors que le poète des rues leur faisait longer un ruisseau dans l'une des vallées peu encaissées des prairies du sud. Tu fais partie des authentiques survivants de la possession. Tu lui as prouvé que tu étais un homme digne de confiance.

— Mais je suis resté ce que j'ai toujours été : un membre des classes inférieures. Je risque de prévenir mes semblables.

— Et tu penses que ça les aiderait ? Si cette créature devait revenir, ils ne seraient pas en état de lui opposer une quelconque résistance. Mes illustres cousins sont les seuls qui aient une chance de l'arrêter, tu le sais parfaitement. Va dire aux malades que nous sommes menacés par une sorte de dragon des glaces animé d'intentions homicides, ça m'étonnerait que tu leur remontes le moral. Je ne suis pas du genre à faire des sermons, mais la lutte des classes a été suspendue pendant la durée de cette crise. Désormais, nous sommes divisés entre actifs et dépendants. Un point, c'est tout.

— D'accord, d'accord ! Mais on ne peut pas les maintenir éternellement dans l'ignorance de ce qui se passe.

— Ça ne durera pas éternellement, crois-moi. Si cette chose s'introduit dans l'habitat, tout le monde en sera vite informé.

Tolton agrippa le volant des deux mains et ralentit afin de pouvoir se tourner vers Dariat et mieux lire sur ses lèvres.

— Tu penses qu'elle reviendra ?

— Ma réponse est un oui franc et massif. La première fois, elle voulait quelque chose, et on n'a réussi qu'à la mettre en pétard. Même si on la suppose dotée d'une psychologie non-humaine, elle fera forcément une nouvelle tentative. La question est de savoir quand elle reviendra, et si elle reviendra seule.

— Nom de Dieu. (Tolton rétrograda pour faire franchir un gué à son pick-up.) Et le projet de contact ? Est-ce qu'on peut envoyer un signal à la Confédération ?

— Pas encore. Il y a une équipe qui travaille là-dessus, mais la majorité de mes cousins se préoccupent surtout de renforcer les défenses de l'habitat.

— On en a encore ?

— Pas des masses, admit Dariat.

Tolton aperçut dans l'herbe rose xéno une masse d'un vert avocat suspect et freina doucement. Le corps d'un gros lézard domestique gisait recroquevillé sur le sol. Il s'agissait d'un tegu, génétiquement modifié et employé à la maintenance agricole, long d'un mètre cinquante de la queue au museau et pourvu de doigts longilignes à l'extrémité de ses pattes antérieures. Il y en avait plusieurs centaines à l'intérieur de Valisk, dont la tâche était d'éliminer les barrages naturels d'herbes et de brindilles qui se formaient dans les ruisseaux.

Dariat regarda son ami se pencher sur la créature et lui palper prudemment les flancs.

— Je n'arrive pas à voir s'il est mort ou vivant, se plaignit Tolton.

— Il est mort, lui dit Dariat. Il ne reste plus une once d'énergie vitale dans son corps.

— Tu arrives à voir ça ?

— Ouais. Ça ressemble à une lueur intérieure ; tout ce qui est vivant en a une.

— Bon Dieu. Et cette lueur, tu peux la distinguer ?

— Oui, pour ainsi dire. Mon cerveau l'interprète comme une lumière, je crois bien.

— Tu n'as pas de cerveau. Tu n'es qu'un fantôme. Un agrégat de pensées.

— Je ne me réduis pas à cela, si tu le permets. Je suis une âme nue.

— D'accord, c'est toi l'expert en la matière. (Tolton sourit.) Matière. Tu as pigé ? Fantôme, matière.

— J'espère que tu es plus doué pour la poésie que pour l'humour. Après tout, c'est toi qui dois ramasser cette pauvre créature.

Il toucha le lézard mort de son pied transparent.

Le sourire de Tolton s'effaça.

— Et merde ! s'exclama-t-il.

Il fit le tour du pick-up et en abaissa le hayon. Trois chimpanzés domestiques gisaient déjà sur le plateau métallique.

— Les chèvres, ça pouvait encore passer, mais les singes, c'est presque du cannibalisme, maugréa-t-il.

— À l'époque préindustrielle, certaines cultures considéraient le singe comme un mets fort délicat.

— Pas étonnant que lesdites cultures se soient éteintes ; leurs enfants ont fui vers la grande ville pour se nourrir de cuisine chinoise.

Tolton glissa les mains sous le corps du lézard, vaguement dégoûté par les écailles sèches et glissantes qui semblaient se mouvoir par-dessus les os protubérants. Tout en regrettant pour la énième fois que le véhicule ne soit pas équipé d'un treuil, il entreprit de traîner le cadavre vers le plateau. Comme le lézard était relativement lourd, il dut s'y reprendre à plusieurs fois pour le hisser. Lorsqu'il fut enfin parvenu à le glisser à côté des chimpanzés, Tolton était cramoisi et hors d'haleine. Il descendit d'un bond et referma le hayon.

— Bon travail, dit Dariat.

— Tant qu'on ne me demande pas de les équarrir...

— On ferait mieux de revenir. Le pick-up est déjà bien chargé.

Tolton approuva d'un grognement. Les systèmes des pick-up avaient été réduits au strict minimum : finis le processeur de guidage, la direction assistée, le radar anticollision et les filets de protection. Une cellule énergétique était directement branchée sur le moteur, qui n'était contrôlé que par les pédales. Grâce à ces mesures drastiques, les véhicules étaient raisonnablement fiables, mais leur bon fonctionnement n'était pas toujours garanti. On ne savait jamais à quoi s'attendre en démarrant. Et ils refusaient d'avancer s'ils étaient trop chargés.

Dariat, appela la personnalité. **Le visiteur est de retour, et il n'est pas seul.**

Par Thoale ! Combien sont-ils ?

Environ deux douzaines. Peut-être davantage.

Une nouvelle fois, Dariat perçut l'effort mental qui était nécessaire à la personnalité pour se concentrer sur la menace qui approchait l'habitat. Et peut-être même était-elle incapable d'observer toutes les créatures. Des rubans pâles aux nuances bordeaux et turquoise palpitaient dans le tissu de la nébuleuse sombre. Un essaim de points gris s'agitait entre leurs rebords effrangés, suivant une course sinueuse qui les conduisait irrésistiblement vers l'habitat. Leurs mouvements étaient certes surprenants, mais la personnalité aurait dû pouvoir les suivre.

Dariat contempla le paysage derrière le pare-brise crasseux du pick-up. La calotte nord se trouvait à trente kilomètres de là, une distance qui lui paraissait soudain gigantesque. Il leur faudrait quarante bonnes minutes pour franchir la prairie et le désert, à condition que l'herbe rose ne se fasse pas plus épaisse sur leur route. Et quarante minutes, c'était long dans ce continuum. Non que les grottes leur aient offert un abri inexpugnable.

Quelle ironie ! songea Dariat ; lui qui avait cherché à s'isoler pendant trente ans avait maintenant envie d'être entouré du plus grand nombre de gens possible. Jamais il n'oublierait le froid débilitant que lui avait infligé le visiteur. Dans ce royaume, son âme ne jouissait d'aucune protection. S'il devait mourir, il préférait le faire en compagnie de ses semblables. Il se tourna vers Tolton, veillant à remuer les lèvres le plus lentement possible.

— Est-ce que cet engin pourrait aller plus vite ?

Le poète des rues lui jeta un regard paniqué.

— Pourquoi ?

— Parce que le moment serait bien choisi pour accélérer.

— Cette saloperie est revenue ?

— Oui, et pas toute seule.

Tolton appuya sur le champignon, poussant la vitesse du pick-up à près de quarante kilomètres à l'heure. Le moteur se mit à émettre des bourdonnements erratiques – en temps normal, il était complètement silencieux. Dariat observa l'approche des visiteurs via le lien d'affinité. La personnalité avait activé les sept lasers et les deux masers placés autour du spatioport contrarotatif. Comme précédemment, il n'y avait aucun retour radar des créatures.

Les premières émergèrent des lisières mouvantes de la nébuleuse pour entrer dans l'espace dégagé qui les séparait de la coque de l'habitat. Elles condensaient les ténèbres autour d'elles, projetant des éclairs de lumière pareils à des arcs kaléidoscopiques. Les capteurs optiques se verrouillèrent sur elles, et les armes énergétiques se braquèrent sur l'un des tourbillons caractéristiques d'une distorsion. Neuf rayons de forte intensité frappèrent le visiteur. Sa seule réaction fut de tourner encore plus vite sur lui-même, tourneboulant le long de sa trajectoire à mesure qu'il se rapprochait de la coque. Les spires radiales de sa luminescence devinrent de plus en plus éclatantes. Puis il disparut derrière les sommets des gratte-ciel, sortant du champ d'action des armes. Celles-ci cherchèrent aussitôt une autre cible. Laquelle sembla également invulnérable à leur tir.

La personnalité cessa le feu. L'angoisse se répandit comme un virus mental parmi les descendants de Rubra tandis qu'ils attendaient la prochaine initiative des visiteurs. Les fusils qu'ils avaient préparés furent distribués et armés. Mais personne parmi eux n'entretenait de grands espoirs. Si les lasers du spatioport n'avaient pas égratigné ces créatures, alors des armes à feu (même de gros calibre) seraient totalement inefficaces. Cela dit, personne ne refusa la sienne. Sentir dans ses mains une masse de métal destructeur, c'était toujours bon pour le moral.

L'Orgathé conduisait un essaim de ses semblables vers le gigantesque objet vivant, absorbant la chaleur rayonnante qu'il dispensait avec une royale indifférence. Ils étaient venus en prélude à son absorption, car tel était le sort de toutes les créatures peuplant le continuum noir, bien décidés à se gorger de son énergie vitale avant qu'il se fonde dans le mélange. Lorsque cela se produirait, un grand nombre des êtres enchâssés dans l'objet auraient le pouvoir de résurrection et d'individuation, tant et si bien que le mélange en serait altéré, voire défait durant quelque temps. Mais il n'y aurait jamais assez d'énergie pour les renvoyer tous vers l'espace d'où ils avaient chu. Ce privilège ne serait accordé qu'à ceux qui acquerraient la puissance avant l'heure de la dispersion.

C'était pour cela que l'Orgathé avait appelé les autres, les plus forts, ceux qui étaient capables de s'envoler loin du mélange. Ensemble, ils parviendraient peut-être à prendre d'assaut l'objet là où il avait échoué tout seul. L'espoir de récupérer suffisamment d'énergie pour échapper au continuum noir justifiait tous les risques.

L'Orgathé se rapprocha. Ses pensées déferlèrent sur le niveau d'énergie vitale sous-jacent à la surface de l'objet, se focalisèrent sur lui. Des colonnes d'énergie jaillirent des parties mortes situées aux extrémités, d'un type inutilisable par l'Orgathé. Celui-ci referma ses frontières pour se protéger du flot, en laissant la puissance se dissiper sans faire de dégâts. Les colonnes d'énergie s'évanouirent lorsqu'il plongea à proximité de la surface. Ses congénères le suivaient, leur appétit aiguisé par l'énergie présente en abondance, et poussaient des cris de triomphe.

Devant l'Orgathé se dressaient les aiguilles creuses plantées dans la section centrale de l'objet. Il accéléra, se durcissant en dépensant une quantité considérable d'énergie. Il se rappela la feuille de matière transparente sur laquelle il avait atterri. Facile à identifier parmi les milliers de feuilles identiques disposées le long de l'aiguille, une section morte vidée d'énergie vitale et de chaleur. Cette fois-ci, l'Orgathé ne ralentit pas.

La baie vitrée de Chez Horner se brisa avec une violence terrifiante. Des flèches de cristal jaillirent dans le bar, se plantant dans les meubles. Les tables et les chaises, figées dans leurs linceuls de glace, se désintégrèrent en volutes de fragments argentés. Puis le maelström inversa son mouvement et se précipita au-dehors par la brèche ouverte dans le verre. La porte donnant sur le vestibule, déjà fort mal en point, ploya et s'effondra, ouvrant le passage à une trombe d'air.

Activés par la dépressurisation, des verrous d'urgence se fermèrent un peu partout au vingt-cinquième étage. C'étaient des systèmes mécaniques, autonomes et commandés par de simples capteurs de pression. La majorité d'entre eux n'avaient pas été affectés par le malaise induit par le continuum noir. Seules quelques-unes des membranes musculaires du gratte-ciel réagirent à la situation potentiellement catastrophique.

La personnalité se concentra pour s'assurer que toutes les membranes entourant le hall étaient closes, puis tenta d'atteindre les premiers étages. Ses routines mentales rencontrèrent une marée d'épuisement, qui ne fit que gagner en puissance à mesure qu'elle descendait dans le gratte-ciel. Du vingt-cinquième étage, elle ne percevait que les images les plus vagues qui soient.

L'Orgathé agrippa le rebord de la baie vitrée avec plusieurs appendices et attendit que la bourrasque se soit calmée. Les bouteilles explosaient en vol dans le bar, leur contenu exotique se solidifiant en objets de forme bizarre dès qu'il émergeait du verre. Tout ce qui frappait l'Orgathé rebondissait vers le vide, disparaissant dans un tourbillon. Dès que le souffle s'atténua, la créature entra dans le gratte-ciel. Le mur entourant la porte du bar vola en éclats lorsqu'elle le franchit.

Aucune image précise n'était retransmise du vestibule, les cellules sensitives ne percevant avant de succomber qu'une tumeur d'ombre au sein des ténèbres. Et voilà que la personnalité de l'habitat était contrainte de disperser son attention pour suivre les autres créatures de l'essaim, qui prenaient d'assaut d'autres fenêtres. Sas d'urgence et membranes musculaires se refermaient dans les gratte-ciel désertés, tentant désespérément de contenir les fuites d'atmosphère.

L'Orgathé poursuivit sa route, en quête de concentrations d'énergie vitale à consommer. L'énergie en question était peu présente en ce lieu, nettement moins abondante que dans la couche située sous la surface de l'objet. Obéissant à son instinct, l'Orgathé fonça vers la source de cette énergie. Des plans de matière se brisèrent sur son passage. Il encaissa de nouvelles bourrasques d'air en mouvement. Puis il trouva ce qu'il cherchait : un courant de liquide imbibé d'énergie vitale qui coulait le long de l'axe du gratte-ciel. Il s'en approcha le plus près possible, absorbant la chaleur de l'épaisse paroi de matière gainant le courant jusqu'à ce que celle-ci se lézarde. Puis il écarta l'ouverture avec deux de ses appendices, dont il immergea les extrémités dans le courant. Une douce énergie vitale coula en lui, lui redonnant sa vigueur et lui faisant oublier tous ses efforts. Il s'installa et entreprit de se gorger de ce torrent apparemment inépuisable, croissant d'une façon qui lui avait semblé jusque-là impossible.

Trois pick-up s'approchaient du bidonville entourant le hall du Djerba. À bord de chacun d'eux se trouvaient deux personnes, un chauffeur inquiet et un garde armé d'un fusil de gros calibre, encore plus inquiet. Les véhicules s'avancèrent prudemment sur une piste boueuse, écrasant sur leur passage boîtes de conserve et sachets de nourriture vides.

Passé le bidonville, ils firent halte devant le hall. Comme tous les bâtiments intérieurs de Valisk, ce dernier était de style plutôt tarabiscoté, un dôme façonné à partir de plusieurs niveaux d'arches de polype blanc, avec un apex circulaire de cristal couleur d'ambre. À l'intérieur, on trouvait de vastes étendues de marbre et des meubles fonctionnels typiques d'une gare ou d'un aéroport. Au rez-de-chaussée, quelques fenêtres cassées et quelques fauteuils brisés témoignaient du conflit ayant opposé Kiera à Rubra.

Tolton considéra la scène d'un œil maussade.

— Bon Dieu, je ne m'attendais vraiment pas à revenir ici, marmonna-t-il.

— Tu n'étais pas le seul, lui dit Dariat.

Erentz descendit de voiture sans cesser de braquer son fusil sur le hall. Cela faisait maintenant trente heures que les visiteurs étaient entrés dans Valisk. Durant ce temps-là, aucun d'eux n'était sorti d'un gratte-ciel, aucun n'avait ouvert les hostilités. Excepté les fenêtres cassées et les sas bloqués, leur incursion n'avait laissé aucune trace. Vu les efforts désespérés qu'ils avaient fait pour pénétrer dans l'habitat, cette inactivité était aussi inquiétante que déconcertante. La personnalité était bien décidée à découvrir ce qu'ils mijotaient à l'abri des gratte-ciel.

Les ascenseurs étaient regroupés au centre du hall, formant une large colonne de polype gris dressée à mi-hauteur du plafond de cristal. Sa paroi incurvée était creusée de portes mécaniques couleur argent. L'une d'entre elles s'ouvrit comme le groupe en approchait. Posant la caisse pleine de matériel qu'elle portait, Erentz se pencha par-dessus le bord pour jeter un coup d'œil dans le puits. La cabine était invisible, on ne distinguait qu'un boyau vertical bordé de rails qui disparaissait dans les ténèbres au bout de quelques mètres. Elle y braqua une lampe torche. Cela ne lui révéla rien, sauf une longueur supplémentaire de rails et une série d'issues de secours. En se penchant un peu plus, elle pouvait distinguer la porte de l'étage en dessous.

D'après ce que je peux percevoir, le visiteur se trouve à présent au vingt-deuxième étage, déclara la personnalité. **J'ai**

réussi à sceller les étages inférieurs, de sorte que le vingt-deuxième est totalement pressurisé. Idem pour le vingt-troisième. Le vingt-quatrième n'est que partiellement pressurisé. Quant au vingt-cinquième, toute atmosphère en est absente. Ta seule issue de secours, Erentz, sera au-dessus de toi. Dariat, je suppose que tu pourras descendre aux étages inférieurs. Le vide ne devrait pas te gêner.

Dariat hocha la tête d'un air pensif.

Autant ne pas mettre cette théorie à l'épreuve des faits, d'accord ? Et puis, où irais-je une fois parvenu tout en bas ?

Il leur fallut vingt minutes pour se préparer. Trois des descendants de Rubra assemblèrent un treuil, le fixant en place sur le sol avec des attaches solides. Les autres aidèrent Erentz à enfiler la tenue gris argenté qu'elle allait porter durant sa mission de reconnaissance. Ils avaient sélectionné une combinaison à émission thermique, capable de la protéger de températures extrêmes. Elle était équipée d'une épaisse couche isolante dont la structure moléculaire était similaire à celle de la mousse thermoprotectrice d'un astronef. Le seul inconvénient de cette tenue, c'était qu'elle retenait la chaleur corporelle. En moins d'une demi-heure, celui ou celle qui la portait finissait cuit dans son jus. Avant de l'enfiler, Erentz se glissa dans une combi fabriquée dans une matière absorbant la chaleur, qui lui donnait ainsi une autonomie de sept heures.

— Vous êtes sûre que ça va marcher ? lui demanda Tolton tandis qu'elle scellait les gants à ses manchettes.

Sa tenue rembourrée lui donnait l'allure d'une skieuse polaire.

— Vous avez déjà approché cette saleté de près, répliqua-t-elle. Apparemment, elle est capable d'aspirer la chaleur. Je dois pouvoir me protéger au cas où je tomberais sur elle. Et je ne peux pas me permettre de porter une combinaison IRIS dans ce continuum ; rien ne me garantit qu'elle fonctionnera encore quand j'aurai passé le premier étage.

— D'accord. Si ça vous plaît comme ça...

— Ça ne me plaît pas plus qu'à vous.

Elle se coiffa de son casque, en tripota les réglages jusqu'à ce qu'ils lui conviennent. Sa tenue n'était pas pressurisée, mais ce casque maintenait ses réserves d'air à une température constante.

Tolton lui tendit l'aiguillon électronique. Son extrémité pointue était capable d'envoyer une décharge de dix mille volts.

— Ça devrait le tenir à distance. Apparemment, l'électricité est notre seule constante ces jours-ci. Elle peut renvoyer les possédés dans l'au-delà et elle a bel et bien repoussé le visiteur.

Elle saisit l'aiguillon, puis le glissa dans son ceinturon, à côté d'un pistolaser et d'une thermolame.

— J'ai l'impression de partir à la chasse au tigre, marmonna-t-elle.

Désolé, dit la personnalité. **Mais nous devons vraiment savoir ce que mijotent ces créatures.**

Ouais, ouais.

Elle rabaissa la visière de son casque, une plaque de matériau transparent assez épaisse pour donner au monde une douce nuance turquoise.

Prêt ? demanda-t-elle à Dariat.

Oui.

À en juger par le ton de son émission mentale, le cœur n'y était pas.

On avait passé le câble du treuil autour d'une poulie placée en haut du puits de l'ascenseur. Il s'achevait par deux anneaux tout simples qu'Erentz fixa au harnais attaché à son torse. Au-dessus de ces anneaux, un boîtier de contrôle placé sur une tige flexible, avec quatre boutons pour commander le treuil. Elle tira sur le câble pour tester sa résistance.

C'est de la fibre de silicone monovalente, lui expliqua l'un des ingénieurs qui avaient préparé l'appareil. **Totalement fiable ; ça supporterait cent fois ta masse.** (Il désigna une petite poignée au-dessus des anneaux.) **Ceci est ta poignée de secours. Le moteur du treuil est monté sur ressort. Plus tu descends, plus la tension du câble augmente. Si tu as besoin de remonter en vitesse, laisse tomber le boîtier, contente-toi de tirer sur cette poignée. Tu ne tarderas pas à nous rejoindre. Et comme l'ensemble est purement mécanique, aucun démon ne peut en faire foirer le fonctionnement.**

Merci.

Erentz toucha la petite poignée avec révérence, à la façon d'un bon chrétien manipulant son crucifix. Puis elle se dirigea vers le puits de l'ascenseur, activa les lampes de son casque et de ses poignets.

On est partis.

Dariat opina et vint se placer derrière elle. Il lui passa les bras autour du torse. Puis il enveloppa ses jambes autour de celles d'Erentz, coinçant ses pieds au niveau des chevilles. La prise semblait solide.

Je crois que ça ira.

Erentz s'envola dans l'espace et se balança dans le puits. Elle tournait lentement au-dessus de ténèbres désertes. Dariat ne pesait presque rien. Seule une vague lueur émanant de ses bras trahissait sa présence.

Bien, voyons ce que manigance notre visiteur.

Elle pressa le bouton commandant la descente, et le câble commença à se dérouler. La dernière vision qu'elle eut du hall lui montra trois personnes dans l'embrasure de la porte, tendant le cou pour la voir s'éloigner. Vingt-deux étages, c'est une sacrée chute quand on est suspendu à un câble invisible dans des ténèbres absolues.

Le sceau horizontal du trentième étage est refermé, lui dit la personnalité. **Si tu tombes, ça ne sera pas aussi grave que tu l'imagines.**

Je m'efforce d'en imaginer le moins possible, lui rétorqua-t-elle, irritée.

Dariat ne fit aucun commentaire. Il était trop occupé à maîtriser les tressaillements de ses jambes. La position malcommode qu'il avait adoptée lui donnait des crampes. Un comble pour un fantôme, se répétait-il.

Les portes défilaient devant eux, panneaux d'argent fixés au polype par un réseau de rails et de placards d'actuation. À chaque étage, Dariat tentait d'observer le vestibule par l'entremise des cellules sensitives, mais la strate neurale était salement affectée par l'influence du continuum noir. Ses routines mentales se faisaient plus lentes, plus confuses, et il ne captait des corridors que des images parcellaires. Et celles-ci avaient disparu une fois atteint le vingt et unième étage. Dariat commença à éprouver une réelle inquiétude. C'était le visiteur qui en était directement responsable. On aurait dit une présence négative, qui absorbait la vie et la chaleur à la façon d'un horizon des événements. Une entité totalement *autre*.

Nous y voilà, dit Erentz.

Elle ralentit jusqu'à ce qu'ils soient au niveau de la porte du vingt-deuxième étage.

Je ne pense pas que je tiendrai plus longtemps, dit Dariat. **Mes bras commencent à me faire mal.**

Erentz exprima mentalement une légère incrédulité, mais se garda de tout commentaire. Elle commença à se balancer, prenant son élan pour se rapprocher de la paroi. Il lui fut facile d'attraper l'un des conduits courant le long de la porte, et elle se plaqua doucement contre le polype, ses pieds reposant sur un boîtier abritant un moteur. Sur le rail supérieur était fixée une poignée d'ouverture à actionner en cas d'urgence, et elle la fit pivoter de quatre-vingt-dix degrés. La porte s'ouvrit en coulissant dans un sifflement d'air comprimé.

Une main immobile au-dessus de la poignée de son câble, elle se glissa sur le rail inférieur et passa la porte.

Jusqu'ici, tout va bien, dit-elle à la personnalité et à ses cousins, qui suivaient sa progression.

Il régnait dans le vestibule la même obscurité que dans le puits de l'ascenseur. Même l'éclairage de secours était défaillant. Partout où ils se posaient, les rayons de ses lampes faisaient luire le givre. Les capteurs de sa tenue lui rapportèrent que la température était de cinquante degrés au-dessous de zéro. Pour le moment, les paramètres de ses systèmes électroniques étaient proches de leur niveau opérationnel.

Erentz détacha lentement le câble de son harnais et le fixa à un conduit juste derrière la porte ; facile à retrouver en cas de fuite précipitée. Dariat et elle examinèrent via le lien d'affinité un plan de l'étage, où la position approximative du visiteur était indiquée par une tache noire. Tous deux savaient que la créature avait pu se déplacer sans que la personnalité en ait conscience, les systèmes électroniques et bioteks de l'étage ayant rendu l'âme.

C'était une des raisons pour lesquelles la personnalité avait souhaité que Dariat participe à cette mission de reconnaissance. Comme il était affecté par la présence du visiteur, peut-être serait-il capable de le percevoir alors qu'Erentz en serait empêchée par sa tenue isolante. Cette théorie n'était guère enthousiasmante. En fin de compte, Dariat n'avait accepté d'accompagner Erentz que parce qu'il avait conscience de la précarité de leur situation. La personnalité ne lui dissimulait rien, le traitait presque comme l'un de ses appendices, une sous-routine d'observation à la mobilité exceptionnelle (ou un animal familier, songeait-il parfois). S'ils voulaient faire parvenir un message à la Confédération, ils avaient désespérément besoin de données quantifiables sur le continuum noir. Jusque-là, sondes et capteurs d'analyse quantique n'avaient presque rien rapporté en guise d'information. Le visiteur était le seul élément nouveau qu'ils aient identifié. Sa capacité apparente à manipuler les états énergétiques pouvait se révéler précieuse.

— Recette terrienne de l'omelette, murmura Dariat. Commencez par voler quelques œufs.

Allons-y, dit Erentz.

En dépit de ses efforts, Dariat ne percevait aucune trace de peur en elle. De l'appréhension, oui, mais elle croyait sincèrement qu'ils pouvaient réussir.

Ils s'engagèrent dans le vestibule doucement incurvé, se dirigeant vers l'endroit où était censé se trouver le visiteur. À quinze mètres de l'ascenseur, un gigantesque trou s'ouvrait dans le plancher. On aurait dit qu'une bombe avait explosé là, réduisant les couches de polype à un amas de débris et de gravats. Du fluide nutritif, de l'eau courante et des eaux usées avaient jailli des canalisations tranchées net, suintant sur les détritus avant de se transformer en langue de glace gris terne. Les deux explorateurs se plantèrent sur le rebord du cratère et baissèrent les yeux.

On n'a aucune chance contre ce monstre, dit Dariat. **Par Anstid, regarde ce dont il est capable : il doit être d'une force titanesque ! Ce sol de polype était épais de deux mètres. Il faut qu'on fiche le camp d'ici.**

Calme-toi, répliqua la personnalité. **Un fantôme terrorisé, qui l'eût cru ?**

Ouais, incroyable mais vrai. Cette expédition est suicidaire.

La force physique n'était pas seule en cause, intervint Erentz. **Le froid explique en grande partie ces dégâts. Si l'on abaisse la température du polype, il devient aussi friable que le verre.**

Voilà qui est vraiment réconfortant, répliqua Dariat sur un ton sarcastique.

La personnalité a raison, ce spectacle ne doit pas nous faire reculer. Il prouve que le visiteur utilise le froid comme nous utilisons la chaleur, rien de plus. Si nous avions voulu passer à travers un mur, nous l'aurions fait fondre avec des lasers ou avec un champ d'induction. C'est un exemple de la façon dont la logique évolue dans ce continuum ; comme il est extrêmement difficile de chauffer quoi que ce soit, le visiteur applique le froid plutôt que la chaleur.

Mais nous ne savons pas comment il l'applique, fit remarquer Dariat. **De sorte qu'il nous est impossible de nous défendre contre lui.**

Alors, il nous faut le découvrir, se contenta de dire Erentz. **Et puis, admets-le : si c'est comme ça qu'il se déplace, nous l'entendrons venir de loin.**

Dariat jura tandis qu'elle se frayait un chemin sur le pourtour du cratère en évitant les débris. Il savait maintenant pourquoi la personnalité l'avait choisie : elle avait encore plus d'optimisme et de courage aveugle que toute une escadrille de pilotes d'essai. Il la suivit à contrecœur.

La moquette jaune citron et rouge écarlate était labourée de profondes entailles bordées d'ondulations fracturées. Tous les deux ou trois mètres, le polype en dessous portait des traces évoquant des petits cratères disposés en triangle. Dariat n'avait aucune peine à imaginer les griffes qui les avaient laissées. Le visiteur avait foncé comme une brute dans le vestibule, défonçant les murs et démolissant les meubles et les revêtements muraux. Puis il s'était enfoncé dans les profondeurs du gratte-ciel. À en croire la personnalité, il se reposait non loin de la colonne centrale. La porte d'un vaste appartement était portée disparue, ainsi qu'une substantielle portion du mur qui l'entourait. Erentz fit halte à quelques mètres de cette brèche et la balaya avec le rayon de sa lampe de poignet.

Le vestibule est intact de l'autre côté, dit-elle. **Notre visiteur est forcément par ici.**

Je suis d'accord.

Tu peux le confirmer ?

Je suis un fantôme, pas un voyant.

Tu sais ce que je veux dire.

Ouais. Mais, pour l'instant, je ne sens rien.

Elle s'agenouilla, détacha des capteurs fixés à son ceinturon et les vissa à un bâton télescopique.

Je vais commencer par faire un scan visuel et infrarouge, et faire tourner des programmes d'interprétation spectroscopiques et particulaires, sans balayage actif.

Essaie aussi un scan magnétique, suggéra la personnalité.

Entendu.

Erentz fixa un dernier capteur à son scanneur improvisé, puis se tourna vers Dariat.

C'est bon ?

Il acquiesça. Elle tendit son bâton avec prudence. Dariat utilisa le lien d'affinité pour accéder directement aux images des capteurs via le processeur biotek contrôlant ceux-ci, découvrant une image du mur couvert de givre qui défilait devant lui. À cette image étaient superposées des feuilles de couleur translucide qui chatoyaient sous l'effet de la diffraction, avatars des programmes d'analyse qu'il était incapable de comprendre. Il changea de focale, se contentant des images visuelles et infrarouges à l'état brut.

Le rebord de la brèche passa dans son champ visuel, puis disparut, laissant la place au néant absolu.

Ça marche toujours ? s'enquit-il.

Oui. Il n'y a pas la moindre trace de lumière là-dedans. Pas la moindre émission électromagnétique. C'est bizarre, les murs devraient apparaître dans la bande infrarouge, même à basse température. C'est comme si le visiteur avait érigé une barrière énergétique dans cette brèche.

Passe donc à un scan actif, dit Dariat. **Radar laser, par exemple.**

Il serait plus simple que tu ailles jeter un coup d'œil, dit la personnalité.

Pas question, bordel ! On n'est pas sûrs que ce soit une barrière énergétique ; c'est peut-être tout simplement le visiteur qui s'est planqué derrière le mur.

S'il était si proche, tu ne manquerais pas de le percevoir.

Rien n'est moins sûr.

Arrête de jouer les grands-mères effarouchées et va donc passer la tête dans cette brèche.

Erentz avait déjà rétracté son bâton. Elle ne semblait guère disposée à soutenir Dariat.

Très bien, j'y vais, dit ce dernier.

Il était encore plus terrorisé que le jour où il s'était suicidé dans l'appartement de Bospoort. À ce moment-là, au moins avait-il une bonne idée de ce qui l'attendait.

Éclaire-moi le plus possible, demanda-t-il à Erentz.

Celle-ci acheva de remettre les capteurs en place sur son ceinturon, puis attrapa son pistolaser ainsi qu'un petit lance-fusées.

Prête.

Tous deux se dirigèrent vers l'autre côté du vestibule afin que Dariat ait un meilleur angle de vue. Erentz braqua les lampes de son casque sur la brèche tandis qu'il s'avançait vers celle-ci. Il n'y avait strictement rien à voir. On aurait dit que les rayons lumineux tentaient d'éclairer une étoile neutronique froide.

Dariat se tenait à présent devant la brèche.

Merde. C'est peut-être un horizon des événements. Je ne vois rien devant moi.

Il eut l'impression que l'univers prenait fin à l'intérieur de cet appartement. Une analogie des plus inquiétantes, étant donné les circonstances.

Passons donc à la phase deux, déclara Erentz. (Elle leva son lance-fusées et le pointa sur la brèche.) **Voyons si quelque chose nous est révélé.**

On devrait réfléchir avant d'agir, se hâta de dire Dariat.

C'est tout réfléchi, intervint la personnalité. **Puisqu'on ne voit rien depuis l'extérieur, et puisque tu ne veux pas qu'on utilise une fusée éclairante, va donc faire un tour là-dedans et dis-nous ce que tu vois.**

Le visiteur pourrait prendre cette fusée pour une arme, précisa Dariat.

Que suggères-tu, alors ?

C'est tout ce que je voulais dire. Ça ne coûte rien d'être prudent.

Nous avons pris toutes les précautions possibles. Erentz, lance la fusée.

Un instant !

À l'extrême limite de la visibilité, une perturbation agitait le rideau de ténèbres. Des ombres à peine perceptibles se mouvaient en sinuant, évoquant la surface d'un liquide réagissant à des frémissements en profondeur. La noirceur s'éloigna lentement de Dariat avec la vitesse majestueuse du reflux, découvrant la lisière de l'appartement.

Son esprit avait conscience du doigt d'Erentz se crispant sur la détente du lance-fusées. Elle était bien décidée à ne pas revenir sans avoir recueilli des informations sur le visiteur, des informations utiles.

Non. Ne...

La fusée éclairante traversa le vestibule, flèche de magnésium aveuglant qui perça le pseudovoile jeté en travers de la brèche. Dariat découvrit alors ce qui se trouvait dans l'appartement en ruine.

Paradoxalement, les forces qu'il avait prises affaiblissaient l'Orgathé dans son ensemble. À mesure qu'il absorbait l'énergie vitale contenue dans le courant liquide, ses passagers naguère passifs échappaient à son unité. Il cessait d'être singulier. La collectivité qui avait formé l'Orgathé était en train de se dissocier. Ses membres avaient réuni leurs maigres réserves d'énergie vitale, formant une combinaison synergique qui leur avait permis d'échapper au mélange. Ensemble, ils étaient forts. Et voilà qu'il y avait plus qu'assez d'énergie vitale pour que chacun d'eux retrouve sa force. Leur alliance devenait caduque par la force des choses.

Sur le plan physique, ils restèrent au même endroit. Ils n'avaient aucune raison de bouger. Bien au contraire. Ils devaient rester sur place et consommer l'énergie vitale qui leur permettrait enfin de recouvrer leur indépendance. Cette étape n'était pas encore franchie, mais elle ne tarderait pas à l'être. La composition physique de l'Orgathé s'altérait déjà en prévision de ce splendide moment. Intérieurement, il avait commencé à se cloisonner ; il se divisait d'une façon évoquant une cellule en train de se multiplier, chacune de ses sections évoluant vers une forme unique. L'Orgathé était devenu une matrice abritant la gestation d'une douzaine d'espèces différentes.

Puis il sentit les deux entités qui approchaient. Leurs flammes d'énergie vitale étaient trop petites, trop faibles pour qu'il daigne intervenir. Le liquide dont il se gorgeait était bien plus riche que tout ce qu'il aurait pu retirer de vulgaires individus. Aussi se contenta-t-il de replier les ténèbres autour de lui pour se protéger tandis qu'il poursuivait son festin.

Et Erentz lança la fusée éclairante dans l'appartement. Dariat découvrit la masse sombre de l'Orgathé accrochée au mur du fond, une membrane flasque d'un noir de jais, avec des protubérances bulbeuses qui palpitaient suivant des rythmes discordants, comme si elle abritait une masse de créatures grouillantes. Des rubans de muscles à vif l'enveloppaient ainsi que des tentacules, tressaillant sous l'effet de la tension.

La fusée rebondit sur un mur, tomba sur la moquette constellée de givre et se mit à brûler jusqu'à atteindre le polype. Chaleur et lumière envahirent l'appartement en proportions égales. L'Orgathé pouvait résister à la lumière, mais pas à la chaleur. Celle-ci le pénétra jusque dans ses fractions, apportant avec elle des ondes de douleur.

Sous les yeux de Dariat, l'Orgathé tomba à terre en s'ouvrant tel un fruit pourri. Un torrent de bouillie festonnée de givre jaillit des deux trous où il s'abreuvait. Cette marée grumeleuse dispersa sur le sol une ménagerie grotesque de créatures changeantes. Elles déboulaient et vacillaient dans tous les sens au sein de la pénombre, cherchant désespérément à rester à flot. Leurs pattes aux articulations multiples s'agitaient en vain, évoquant les mouvements de faons nouveau-nés cherchant à se tenir debout. Leurs ailes mouillées battaient sans le moindre résultat, projetant des éventails d'un liquide visqueux. Leurs gueules, leurs becs, leurs gosiers palpitaient, hoquetaient en silence.

Oh ! merde, gémit Dariat.

Il diffusa cette vision sur la bande d'affinité de l'habitat, qui tomba dans un silence mortifié.

Erentz battit en retraite dans le vestibule, les membres parcourus de frissons de terreur. La fusée éclairante s'éteignit après avoir craché une dernière volute de fumée en spirale. Juste avant que la lumière disparaisse, Dariat crut voir les créatures se solidifier, leur épiderme se durcir. Dans les ténèbres, il entendit un claquement comme celui qu'auraient pu produire des mâchoires titanesques. Le vertige le frappa comme une matraque. Il s'éloigna de l'appartement en chancelant, à peine conscient de la silhouette d'Erentz qui se mettait à courir, faisant vibrer les lampes de sa tenue.

Remue-toi, Dariat !

L'inquiétude nettement perceptible de la personnalité le secoua de sa torpeur.

Dépêche-toi, mon garçon. Fiche le camp d'ici.

Il fit quelques pas de plus, pleurant de frustration en sentant la faiblesse s'emparer de ses membres spectraux. Son esprit avait conscience – et ce n'était pas grâce au lien d'affinité – du gigantesque appétit du visiteur.

Il avait parcouru plusieurs mètres lorsqu'il se rendit compte qu'il était parti dans la mauvaise direction. Sous l'effet du désespoir, un pitoyable grognement s'échappa de sa gorge.

— Anastasia, aide-moi.

Allons, mon garçon. Elle ne voudrait pas que tu renonces, pas maintenant.

Enragé à l'idée que la personnalité se serve de son grand amour pour l'influencer, il jeta un coup d'œil par-dessus son épaule. Erentz était quasiment hors de vue. Un halo de ténèbres éclipsa l'éclat de ses lampes. Cette vision faillit lui couper les jambes.

Continue. Je t'ai trouvé une issue.

Il fit péniblement deux autres pas avant d'avoir compris le sens de ces mots.

Où ça ?

Le prochain ascenseur. Sa porte est ouverte.

Dariat ne voyait plus grand-chose à présent. Non seulement il n'y avait presque plus de lumière, mais en outre un voile gris occultait son champ visuel. Seule sa mémoire lui permit de localiser l'ascenseur en question, et encore la personnalité dut-elle l'y aider. Quatre ou cinq mètres plus loin, sur la gauche.

Comment est-ce que ça peut m'aider ? s'enquit-il.

C'est tout simple, la cabine est coincée dix étages plus bas. Tu sautes, tu atterris sur son toit et tu sors par la porte. Tu peux y arriver, puisque tu es un fantôme.

Non, je ne peux pas, gémit-il. **Vous ne comprenez pas. La matière solide, c'est horrible.**

Et la chose qui te suit, elle est quoi ?

Poussant un sanglot, il laissa courir sa main sur le mur et localisa la porte de l'ascenseur. Le visiteur se glissait vers lui en silence, le glaçant encore plus. Il tomba à genoux, perché sur le rebord du puits, comme en prière.

Non, pas dix étages. Ça va me tuer.

Lequel des os de ton corps va-t-il se briser, exactement ? Écoute, petit con, si tu avais une imagination digne de ce nom, il te suffirait de flotter pour regagner le hall. Maintenant, SAUTE !

Dariat sentit le polype mourir autour de lui comme le visiteur se rapprochait encore.

Dame Chi-ri, venez-moi en aide.

Il se laissa basculer dans l'abîme.

Erentz regagna le vestibule en courant de toutes ses forces. Quelque chose empêchait ses muscles frénétiques de fonctionner à leur puissance maximale. Elle se sentait faible. Nauséeuse. La moquette fripée faisait de son mieux pour la ralentir.

Fonce, l'implora la personnalité.

Elle ne se retourna pas, non, pas exactement. C'était inutile. Elle savait que quelque chose la pourchassait. Le sol vibrait sous le poids d'une lourde masse. Un grincement strident retentissait chaque fois qu'une griffe déchirait le polype. Et le froid pénétrait sa tenue comme si celle-ci avait perdu tout pouvoir isolant. Sans même se retourner, elle pointa le pistolaser derrière elle et tira une rafale à l'aveuglette. Aucun effet apparent sur son poursuivant.

L'affinité lui montra ses cousins dans le hall. Ils saisissaient leurs armes, se préparaient à ouvrir le feu. Tolton, qui ne comprenait rien à ce qui se passait, n'étant pas équipé du lien d'affinité, poussait des cris désespérés :

— Que se passe-t-il ? Que se passe-t-il ?

Tu approches du trou dans le sol, avertit la personnalité.

— Merde !

Elle avait voulu pousser un cri de défi. Ne réussit qu'à émettre un murmure. Le poids de son corps avait doublé. Sa faiblesse accroissait encore sa terreur, son esprit s'engourdissait d'angoisse.

Tu n'auras aucune peine à sauter par-dessus, promit la personnalité. **Continue de courir. Ce n'est qu'une question de souplesse et de minutage.**

Où est Dariat ? demanda-t-elle soudain.

Plus que quatre pas. Concentre-toi.

Elle avait l'impression de perdre l'équilibre, de devoir mouliner des bras pour ne pas s'effondrer. Le rebord du trou lui apparut, de plus en plus proche, de plus en plus flou. Ses genoux ployaient et elle ne savait pas pourquoi.

Saute !

L'ordre lancé par la personnalité la galvanisa. Elle s'envola au-dessus du trou en projetant ses bras vers l'avant. Heurta le sol de l'autre côté et s'effondra. Ses coudes et ses genoux réussirent à se cogner à tous les gravats à leur portée.

Relève-toi. Tu y es presque. Allez !

Poussant un gémissement de douleur, elle réussit à se redresser. Comme elle se retournait, ses lampes de poignet se braquèrent sur l'autre côté du trou. Erentz hurla. L'Orgathé lui-même s'était lancé à sa poursuite. De tous ceux qui s'étaient assemblés en son sein, il était le plus grand, le plus puissant, et il fonçait dans le vestibule pour rattraper l'entité en fuite. Il lui était impossible de voler dans cet espace. Le départ des autres l'avait certes diminué sur le plan physique, mais le vestibule était trop étroit pour qu'il y déploie ses ailes. En fait, il devait se voûter pour ne pas toucher le plafond.

C'était la rage qui le propulsait. La rage d'avoir été privé de nourriture. Il était *presque* parvenu au niveau d'énergie nécessaire. Se voir refuser ce triomphe l'avait rendu fou. Il ne pensait plus à se nourrir, ne pensait même plus à échapper au continuum noir. Une seule chose lui importait désormais : la vengeance.

Erentz se ressaisit. Une bouffée de terreur, une giclée d'adrénaline, et les muscles de ses jambes consentirent à lui obéir. Elle fonça vers le puits d'ascenseur béant. Une légère bourrasque lui apprit que l'Orgathé avait sauté par-dessus le trou derrière elle. Jamais elle n'aurait le temps de fixer le câble à son harnais.

Elle s'écrasa sur le mur à côté de la porte de l'ascenseur, se retourna pour faire face à son poursuivant. Celui-ci s'était à nouveau drapé dans un linceul de ténèbres. Seules les ondulations parcourant sa surface nébuleuse trahissaient la présence dans ses replis d'une horrible menace. Elle tira une décharge laser, vit les ténèbres se durcir autour du point d'impact. Un vague éclat rosâtre entra en éclosion derrière l'Orgathé, tournant son arme en dérision.

Une fusée, ordonna la personnalité. **Envoie une fusée éclairante sur cette saloperie.**

Erentz n'avait plus rien d'autre à sa disposition. Il ne lui restait qu'à sauter dans le puits et à espérer que sa chute la tuerait avant que cette horreur l'ait rattrapée. Elle leva le lance-fusées, le pointa sur le centre des ténèbres éthérées et pressa la détente.

Une étincelle ridiculement petite plongea dans la vaste noirceur. Des spasmes secouèrent l'Orgathé, dont les tentacules fouettèrent les murs et le plafond. Sous le choc, de gros éclats de polype s'envolèrent dans tous les sens. Le monstre entra en convulsions sous les yeux incrédules d'Erentz, qui n'en revenait pas de voir un aussi petit projectile produire un effet aussi dévastateur. Le vestibule tout entier se mit à trembler.

Ouais, c'est fascinant, railla la personnalité. **Maintenant, casse-toi pendant que cette saleté est occupée.**

Elle agrippa l'extrémité du câble. Un seul des deux anneaux était fixé à son harnais lorsqu'elle tira sur la poignée. Elle poussa un cri de surprise en se sentant violemment tirée vers le haut. Sous le choc, pistolaser et lance-fusées lui échappèrent des mains. La paroi du puits d'ascenseur, éclairée par ses lampes, lui apparaissait comme une bande grise et floue.

Accroche-toi, dit la personnalité.

Soudain, elle se retrouva en apesanteur, toujours tirée vers le haut. Autour d'elle flottaient des boucles de câble. La porte donnant sur le hall était visible au-dessus de sa tête : un rectangle blanc de néant. De plus en plus grand, de plus en plus vite. Puis elle se mit à ralentir, atteignit l'apogée de son mouvement, au niveau de la porte. Le treuil acheva de ravaler son câble alors qu'elle faisait mine de retomber, et elle fut brutalement stoppée dans sa chute. Des mains jaillirent vers elle, lui firent passer la porte. Elle s'effondra sur le marbre noir et blanc du sol, avalant l'air à grosses goulées. On lui ôta son casque. Des voix irritantes lui bourdonnèrent aux oreilles.

— Où est-il ? demanda Tolton. Où est Dariat ?

— Là-bas, hoqueta-t-elle. Il est resté là-bas.

Elle lança au fantôme un appel désespéré via le lien d'affinité. En retour, elle ne reçut qu'un cri de consternation à peine perceptible.

Un bruit strident de métal déchiré et de polype désintégré monta du puits de l'ascenseur. Tous les occupants du hall se figèrent, puis se tournèrent vers la source de ce vacarme.

— Il vient vers nous, bredouilla Erentz. Oh ! merde, ce monstre m'a suivie !

Pris de panique, ils foncèrent vers les pick-up qui les attendaient devant le hall. Épuisée, alourdie par sa tenue, Erentz parvenait à peine à avancer. Tolton l'agrippa par le bras et la traîna vers la sortie.

L'Orgathé surgit du puits d'ascenseur à une vélocité quasi sonique, pareil à une comète d'antilumière. Il pulvérisa le toit du hall sans même ralentir. Des éclats meurtriers de cristal couleur d'ambre se mirent à pleuvoir en rafales, se fracassant sur le sol de marbre. Erentz et Tolton foncèrent s'abriter sous un sofa renversé alors qu'une marée de bouts de verre déferlait sur eux.

La personnalité vit le visiteur virer et s'aplatir ; ses cellules sensitives devaient batailler pour le garder en ligne de mire. Il leur apparaissait comme une tranche grossièrement triangulaire d'air flou, entourée par des irisations semblables à celles que produirait une surface chauffée à blanc. Des grêlons durs comme le fer criblaient l'herbe qu'il survolait. Parvenu à une altitude de mille mètres, il fit demi-tour pour fondre sur le hall du gratte-ciel Djerba. Erentz et Tolton avaient atteint le pick-up de ce dernier. Tous deux plissaient les yeux pour tenter de distinguer le visiteur à la lueur écarlate du phototube axial. Tolton appuya sur le champignon, et le véhicule s'anima. Ils se dirigèrent vers le bidonville à une vitesse approchant les dix kilomètres à l'heure.

— Plus vite ! hurla frénétiquement Erentz.

Tolton redémarra. Leur vitesse resta la même. Le pick-up qui les précédait, distant de vingt mètres à peine, était encore plus lent que le leur.

— Je ne peux pas faire mieux ! aboya Tolton.

Erentz fixait des yeux une plaque d'air noir et argent qui se dirigeait vers eux en glissant dans le ciel. Elle laissait derrière elle un sillage translucide, comme une traîne de longs tentacules de méduse. Erentz savait quelle était leur fonction, savait ce qu'ils allaient saisir.

— Ça y est. On est foutus.

Non, répliqua la personnalité. **Foncez vers le bidonville. Laissez tomber les pick-up, mais gardez vos lasers et vos lance-fusées.**

Tandis que la personnalité détaillait mentalement son plan aux descendants de Rubra, Erentz ordonna à Tolton :

— Arrête-toi !

Il pila juste devant le premier taudis, un amas de poteaux en matériau composite et de toiles de plastique. Ils se mirent à courir dans une ruelle boueuse bordée de murs de guingois. Au-dessus de leurs têtes, l'Orgathé entamait sa manœuvre d'approche, entouré d'une cascade de grêlons.

Erentz et ses cousins se mirent à tirer dans tous les sens avec leurs pistolasers.

— Il faut incinérer ces ruines ! lança-t-elle à Tolton. Brûle-moi tout ça !

Des rayons rouge vif balayèrent les murs et les toits, découpant de profondes balafres dans le plastique. Celui-ci se mit à fondre et à brûler, à goutter sur le sol. Des flammes montèrent le long des ruelles, projetant vers les hauteurs des plumets de fumée noirâtre.

Le groupe s'était rassemblé dans l'une des grandes cours ouvertes entre les taudis. Inquiet de voir ses compagnons succombe à une folie incendiaire, Tolton se tassa sur lui-même, tenta de protéger son visage de la chaleur qui montait de toutes parts.

— Mais qu'est-ce que vous faites, bon sang ? s'écria-t-il.

Erentz braqua son lance-fusées sur une pile de détritus. Vieux cartons et conteneurs abandonnés s'embrasèrent dans un bouquet de flammes. Les courants d'air chaud emportèrent des flocons de suie noire.

— Cette saloperie ne supporte pas la chaleur ! hurla-t-elle au poète des rues complètement déconcerté. Ces flammes la feront reculer. Allez, donne-nous un coup de main !

Tolton pointa son pistolaser sur l'incendie.

L'Orgathé était à peine visible, lentille d'air ombré et chatoyant, déformée par la chaleur montant du brasier. Il maintint le cap et continua de fondre sur le petit groupe, ne virant qu'au tout dernier moment. Les longs tentacules épineux pendant à son ventre s'écartèrent pour ne pas toucher les flammes.

Tolton ne le voyait plus. La fumée âcre montant du plastique en combustion lui piquait les yeux. Des volutes d'une épaisse brume noire sinuaient autour de ses jambes, lui dissimulant le sol. Il porta ses mains à son visage pour se protéger et sentit la chaleur lui imprégner la peau. Il sentit ses poils en train de cramer. Une vague d'air chaud le fit chanceler, et il tomba à genoux, prisonnier de ce qui ressemblait à un cyclone de fumée. L'espace d'une seconde, la chaleur s'en fut, pour être remplacée par son contraire absolu. La sueur qui lui recouvrait le corps se transforma en glace. Le froid était si intense qu'il crut que son sang allait geler dans ses veines. Puis la température redevint normale.

La fumée montait en spirale, la grêle tombait sur lui.

— *Oui !* s'exclama Erentz en levant le poing vers l'Orgathé. On a vaincu cette saleté ! On lui a fait peur !

Vous l'avez repoussée, corrigea la personnalité. **Ce n'est pas la même chose.**

Grâce aux cellules sensitives, Erentz vit le monstre effectuer un virage gracieux qui le ramenait au-dessus du bidonville. Les flammes de l'incendie qu'ils avaient allumé perdaient de leur puissance.

Déplacez-vous dans une autre section, ordonna la personnalité. **Et espérons que cette saloperie renoncera à vous attaquer avant que vous ne soyez à court de combustible.**

L'Orgathé fit cinq autres tentatives avant de battre en retraite vers l'intérieur de l'habitat. Plus de la moitié du bidonville avait été rasée. Tolton et ses compagnons étaient maculés de suie et secoués de haut-le-cœur. La fumée leur brûlait les poumons, la chaleur leur craquelait la peau. Seule Erentz, protégée par sa tenue, était à peu près indemne.

Vous feriez mieux de regagner les grottes à pied, dit la personnalité. **On va envoyer deux ou trois pick-up à votre rencontre.**

Erentz considéra les ruines calcinées, où des lacs de plastique fondu se solidifiaient lentement.

On ne pourrait pas les attendre ici ? La bataille a été rude.

Malheureusement, les nouvelles ne sont pas bonnes. Nous pensons que d'autres parties de notre visiteur vont bientôt sortir du gratte-ciel Djerba. Les derniers systèmes encore fonctionnels disparaissent un étage après l'autre. Il n'y a pas d'autre explication.

Merde. (Elle fixa le hall d'un air inquiet.) **Et Dariat ?**

Rien.

Damnation !

Il fait partie de nous. Il survivra en nous.

Il ne serait sûrement pas de cet avis.

En effet.

Il doit y avoir une cinquantaine de créatures là-dedans.

Non, dit la personnalité. **Nous n'avons eu qu'un bref aperçu du visiteur quand il a abaissé son bouclier visuel, mais une analyse mémorielle détaillée de la scène montre que ce monstre a accouché de douze rejetons, quinze tout**

au plus. Et nous pensons qu'ils sont beaucoup moins gros que celui qui t'a poursuivie.

Ça, c'est un soulagement.

Ils commencèrent à se frayer un chemin parmi les ruines calcinées du bidonville, vers le sentier qui traversait le désert en direction de la calotte nord. Tolton refusa de les suivre jusqu'à ce qu'Erentz lui ait expliqué les raisons de leur départ.

— On ne peut pas descendre pour voir ce qui lui est arrivé ? s'enquit-il.

— Pas tant que la voie ne sera pas dégagée. Et même à ce moment-là... à quoi ressemblent les restes d'un fantôme ? On ne risque pas de retrouver des os.

— Non, fit Tolton en jetant derrière lui un ultime regard plein de regret. Sans doute que non.

L'Orgathé filait dans les airs, scannant l'intérieur de l'objet en quête de la plus proche source d'énergie vitale. La couche interne était encore pire que l'externe. Les niveaux vivants étaient protégés par une épaisse strate de matière morte, où affleuraient à peine quelques cellules éparses. Des plantes ne contenant qu'une pitoyable quantité d'énergie. Elles ne seraient d'aucune utilité à l'Orgathé, qui avait besoin des richesses souterraines encore inaccessibles. Il repéra plusieurs entrées menant dans des aiguilles semblables à celle qu'il venait de quitter, mais les ignora. Il lui fallait un endroit plus sûr.

Il survola un long moment l'étendue d'herbe rose, puis se tourna vers le courant de liquide. Au-dessus des plages et des criques, la surface interne était creusée de cavernes par lesquelles on avait accès au manteau de matière. Là brûlaient de larges courants d'énergie vitale qui coulaient au sein de couches de cellules entassées les unes au-dessus des autres. Des tunnels de fluide vivant y dessinaient des dédales complexes, que plusieurs millions de courants secondaires reliaient aux gigantesques organes enchâssés dans la calotte.

L'Orgathé atterrit sur une vaste plage de sable couleur platine qui bordait une crique. Un complexe filigrane de givre se déploya à partir de ses pattes tandis qu'il se dirigeait vers la grotte la plus proche. Dès qu'il atteignit la falaise, l'herbe et les buissons qui poussaient sur celle-ci se mirent à dépérir, virant au brun racorni avant de geler sur pied. Il parvint avec difficulté à franchir l'entrée de la grotte. Des stalactites artificielles se cassèrent lorsque sa carapace les frôla, s'effritant lorsqu'elles heurtèrent le sol. Il dépensa de l'énergie pour altérer, puis durcir ses tentacules afin qu'il puisse se frayer un passage dans l'étroit corridor tortueux. Le contact avec la matière chaude lui était douloureux, mais il s'acclimatait peu à peu à la chaleur endémique dans l'habitat. La douleur qui le taraudait se faisait moins intense à chaque contact.

Au bout d'un temps, il arriva devant un large tunnel ou coulait le fluide vivant. Il en fracassa le pourtour et se glissa au sein même du torrent. Pour la première fois depuis qu'il avait échoué dans le continuum noir, il connut la satisfaction. Bientôt vint un frisson d'anticipation.

Les pick-up ne les avaient toujours pas rejoints, mais Erentz apercevait une petite tache se déplaçant au loin dans le désert. Ses jambes la propulsaient en pilotage automatique pendant que son esprit suivait la fuite du visiteur. La bande d'affinité de Valisk grouillait de commentaires et de spéculations à mesure que la personnalité et les descendants de Rubra discutaient de la suite des événements.

Il devint moins facile de repérer l'Orgathé une fois qu'il entra dans la grotte. Pour reconstituer ses mouvements, il fallait suivre le polype mort que laissait dans son sillage la zone négative entourant le monstre.

Cette saloperie a pénétré dans l'artère de fluide nutritif alimentant mon conduit de digestion minérale, dit la personnalité. **Cela crée de graves problèmes de pression.**

De quelle façon affecte-t-elle le fluide nutritif ? demanda Erentz. **Est-ce que vous percevez des changements ?**

La température du fluide a baissé de façon considérable, ce qui se comprend vu ce que nous savons des capacités intrinsèques du visiteur. Et plus de quatre-vingt-dix pour cent des corpuscules sont morts. C'est plutôt étrange, la température du fluide ne suffit pas à les tuer.

Quand Dariat et moi l'avons découvert dans le gratte-ciel Djerba, il avait ouvert l'un des tuyaux de fluide nutritif. Ça doit être ça qu'il recherche. Il se nourrit de votre fluide.

Une excellente hypothèse. Cependant, il ne le digère pas, car sinon la diminution de volume nous aurait alertés. Et nous ne pensons pas que nos biochimies respectives soient compatibles.

Il a sans doute besoin de quelque chose qui se trouve dans le fluide. Pouvez-vous analyser le fluide du Djerba et des autres gratte-ciel abritant des visiteurs ?

Un instant.

Erentz sentit les routines mentales principales de la personnalité se focaliser sur le vaste réseau de canalisations et de conduits parcourant la gigantesque couche mitotique de Valisk en quête d'aberrations. La difficulté de sa tâche découlait en grande partie de la façon dont le fluide était distribué dans les gratte-ciel et ailleurs. Pour commencer, il existait différents types de fluide. Certains n'alimentaient que la couche mitotique et les membranes musculaires, d'autres nourrissaient également les organes de filtrage environnementaux logés dans les sous-sols. Des fluides spécialisés fournissaient les organes synthétiseurs de nourriture des appartements. Et tous passaient par les étapes d'un cycle complexe lors du parcours qui les menait de la calotte sud, où se trouvaient les organes de digestion et de traitement, aux gratte-ciel et vice versa, un cycle d'une durée de plusieurs jours. La procédure était entièrement automatique, des sous-routines spécialisées et des cellules de surveillance placées dans les canalisations veillant à ce que les toxines connues ne se mêlent pas au fluide. Malheureusement, ni les unes ni les autres n'étaient conçues pour réagir au type de corruption infligé par le visiteur.

Comme les systèmes bioteks de l'intérieur des gratte-ciel fonctionnaient au mieux de façon erratique, le retour était extrêmement lent. Certains des corpuscules avaient été naturellement prélevés par les organes qu'ils étaient censés alimenter, mais un fort pourcentage d'entre eux étaient toujours porteurs de l'oxygène et des molécules fraîches qu'on leur avait fixés. Cela rendait difficile l'analyse du fluide émergeant des gratte-ciel. Au bout d'un temps, la personnalité finit par déclarer :

Nous pouvons conclure que les visiteurs consomment bel et bien les fluides nutritifs. La proportion de corpuscules morts approche les quatre-vingt-dix pour cent dans certaines canalisations. Mais la nature de cette consommation n'est pas claire. Nous ne pouvons que conclure qu'elle est en rapport avec la capacité des visiteurs à absorber la chaleur ; aucun processus de digestion proprement dite n'est impliqué.

Ce sont des goules, dit Erentz. Des parasites de la taille d'un dinosaure. Nous devons trouver un moyen de les stopper.

Pour le moment, le feu est la seule méthode efficace que nous connaissions. Il nous faudra du temps pour fabriquer des lance-flammes.

Nous devrons pourtant en passer par là. Sinon, ils vous dévoreront vivant.

Oui. En attendant d'avoir fabriqué les armes appropriées, nous allons couper l'alimentation en fluide des gratte-ciel.

Bonne idée. (Elle distinguait à présent les pick-up qui roulaient sur la piste en terre battue traversant le désert.) **Peut-être que ça les empêchera de se multiplier. Si on ne stoppe pas leur prolifération, ces saletés vont se propager comme la peste.**

Arrivés à cinquante années-lumière d'Hesperi-LN, le *Lady Mac* et l'*Œnone* s'approchèrent prudemment l'un de l'autre. Joshua dut avoir recours au radar pour effectuer la manœuvre, Syrinx utilisant quant à elle le champ de distorsion du faucon. Ils se trouvaient dans les profondeurs de l'espace interstellaire, et la lueur des étoiles était si faible qu'on n'aurait pas aperçu une géante gazeuse blanche. Deux artefacts technologiques recouverts de mousse non réfléchissante n'apparaissaient que comme des taches de ténèbres. Le seul indice de leur présence était la façon dont ils occultaient parfois les étoiles lointaines.

Lorsque Joshua activa les tuyères ioniques du *Lady Mac* pour verrouiller sa position, Syrinx dut battre des cils pour chasser les larmes de ses yeux. Les flammes bleues avaient ébloui les capteurs optiques d'*Œnone*, accoutumés à l'espace profond. Les deux astronefs déployèrent leurs boyaux-sas pour s'arraisonner mutuellement. Joshua gagna le tore d'équipage du faucon, suivi par Alkad, Peter, Liol et Ashly. Les astros avaient décidé de tenir une conférence pour examiner les données recueillies dans Tanjuntic-RI et décider de la suite des opérations. La participation des deux physiciens était de toute évidence nécessaire. Joshua avait également amené Ashly, estimant que son expérience en matière de cultures étranges (un sujet qui le passionnait) risquait de leur être utile. La présence de Liol était un peu plus dure à justifier. De tous les astros, c'était lui qui avait le moins bourlingué. Sauf que... Joshua commençait à s'habituer à l'avoir près de lui : un compagnon auquel il n'avait pas besoin de tout expliquer. Ils pensaient la même chose à propos de tous les sujets ou presque. Liol serait un allié précieux en cas de discussion serrée.

Syrinx les attendait dans le sas interne, repensant à la dernière fois où Joshua était monté à son bord. Si elle avait encore entretenu des doutes sur son compte, Hesperi-LN les avait dissipés. À présent, elle était ravie que ce soit lui qui accompagne *Œnone* plutôt qu'un capitaine froid et efficace prêté par l'escadre Trompe-la-Mort de Meredith Saldana.

Elle conduisit le petit groupe dans le salon principal du faucon. Ce compartiment tout en longueur était meublé de canapés aux lignes simples et aux couleurs automnales, assortis aux murs doucement incurvés. Il s'y trouvait des vitrines abritant toutes sortes de souvenirs appartenant aux astros, du caillou de forme bizarre à la sculpture antique en passant par des exemples incongrus de produits de consommation.

Monica et Samuel partageaient l'un des canapés. Joshua s'assit sur le canapé voisin, se retrouvant en face de Renato, d'Oski et de Kempster. Alkad et Peter s'installèrent près de Parker, qui salua son ex-collègue d'un hochement de tête poli, comme si ses activités et ses mobiles ne lui inspiraient qu'indifférence. Joshua ne fut pas dupe une seconde.

Syrinx prit place à côté de Ruben et gratifia l'assistance de son plus beau sourire.

— Maintenant que tout le monde est là, Oski, avons-nous retiré quelque chose de cette arche stellaire ?

La spécialiste en électronique considéra le bloc-processeur posé sur la table en bois de rose devant elle.

— Oui. Nous avons réussi à télétransmettre vers nos processeurs tous les fichiers stockés dans le terminal Habitation planétaire. Leur traduction est achevée. Il y a plein d'informations sur les cinq planètes colonisées par les Tyrathcas avant leur arrivée à Hesperi-LN.

— J'ai accédé à l'un de ces fichiers, enchaîna Monica. J'avais raison : l'une de ces planètes était habitée par une espèce consciente. Elle se trouvait au début de son ère industrielle.

L'agent secret transmit une instruction au processeur du salon. L'une des lentilles AV du plafond s'activa, projetant un cône de lumière dans la pièce. Une série d'images en deux dimensions se matérialisa à sa base, juste au-dessus du sol. Des images de reconnaissance aérienne, montrant des villes grises, sales, des bâtiments de pierre et de brique éparpillés au sein d'une végétation bleu-vert. Des alignements d'usines dans les faubourgs, de hautes cheminées noircies crachant une fumée épaisse dans le ciel azur. Des petits véhicules roulaient sur d'étroites routes pavées, laissant derrière eux un sillage de gaz d'échappement. Une agriculture extensive, avec un parcellaire en damier mordant sur la forêt et prenant d'assaut les collines escarpées.

Des spatiojets tyrathcas firent leur apparition, atterrissant dans les champs et les prés situés en bordure des villes. Des foules de bipèdes à quatre bras, identiques à celui que Monica avait découvert dans le cube d'archivage, fuyaient devant des Tyrathcas de la caste des soldats. Gros plan sur les étranges bâtiments au toit en arche. On n'y voyait pas de fenêtres, mais un puits central conçu pour éclairer l'intérieur. La structure interne était nettement visible, les bombes tyrathcas ayant éventré nombre de ces édifices.

Vint un moment où une résistance se manifesta. Des pseudochevaux à huit pattes tractaient de grossières pièces d'artillerie pour les opposer aux spatiojets. Les masers de ceux-ci les transformèrent en ruines fumantes.

— Seigneur ! murmura Joshua une fois achevée la lecture du fichier. Une authentique invasion des monstres de l'espace. On aurait dit des extraits d'un film à petit budget tiré de *La Guerre des mondes*.

— C'était inévitable, j'en ai peur, dit Parker d'une voix navrée. Je commence à apprendre à mes dépens que chaque espèce a un attachement rigide pour ses lois et sa philosophie, une philosophie parfois radicalement différente de la nôtre.

— Ils ont commis un génocide, dit Monica en décochant un regard noir au directeur du Projet de recherche sur les Laymils. Si ces xénos sont encore en vie, ils ont probablement été réduits en esclavage. Et vous osez parler de philosophie ? Merde !

— Nous considérons le génocide comme un des pires crimes que puisse commettre une personne ou un gouvernement, déclara Parker. L'extermination massive non seulement de la vie mais d'une façon de vivre irremplaçable. Un tel acte nous répugne, et avec raison, parce que nous sommes ainsi faits. Nous avons des émotions, nous avons de l'empathie, et certains diraient même que ces émotions, cette empathie nous gouvernent. Je vous rappelle que les Tyrathcas ne possèdent pas ces traits. Ce qui se rapproche le plus de l'émotion, chez eux, c'est cette volonté de protection qu'ils éprouvent à l'égard de leurs rejetons et de leur clan. Si vous faisiez comparaître un reproducteur devant un tribunal humain chargé de juger les crimes de guerre afin qu'il réponde de cette atrocité, il serait incapable de comprendre ce qu'il fait là. Ils ne peuvent pas être jugés par nos lois, car celles-ci sont l'expression même de notre civilisation. Nous ne pouvons pas condamner les Tyrathcas, en dépit du mépris que nous inspirent leurs actes. Les droits de l'homme ne concernent hélas que l'homme.

— Ils se sont emparés de toute une planète, et vous estimez qu'ils n'ont rien fait de mal ?

— Évidemment qu'ils ont fait le mal. Selon nos critères. De

même que les Kiints, en refusant de nous donner la solution à la crise de la possession alors que nous savons qu'ils la connaissent. Proposez-vous que nous déposions également une plainte contre Jobis ?

— Je ne parlais pas de déposer une plainte, je parlais de la situation tyrathca dans son ensemble. Nous devons reconsidérer notre mission à la lumière de cette découverte.

— Qu'entendez-vous par « reconsidérer » ? demanda Joshua. Les circonstances de départ n'ont pas changé, pas plus que notre objectif. D'accord, les Tyrathcas ont commis un crime horrible il y a des milliers d'années. Nous ne pouvons rien y faire, nous astros et nos deux vaisseaux. Mais nous savons que nous devons nous montrer plus prudents avec eux à l'avenir. Quand nous serons rentrés, l'Assemblée générale de la Confédération aura le loisir de réfléchir à cette histoire de génocide.

— Si on lui laisse la possibilité de prendre cette initiative, dit Monica à voix basse. Ce génocide m'a mise en pétard, je l'avoue. Mais ce qui m'inquiète le plus, c'est ce qu'il implique pour nous aujourd'hui.

— Comment cela pourrait-il nous affecter ? demanda Alkad. Et je suis bien placée pour parler de génocide, rappelez-vous. Ce que nous venons de voir est horrible, c'est entendu. Mais cela s'est produit il y a longtemps, et très loin d'ici.

— Cela nous affecte, répondit Monica, parce que cela nous montre les Tyrathcas sous leur jour véritable. Nous avons déterminé qu'ils avaient lancé un millier d'arches stellaires, ne l'oubliez pas.

— Mille deux cent huit, pour être précis, intervint Renato. J'ai vérifié dans les fichiers de plans de vol.

— Génial, c'est encore pire que je le craignais, maugréa Monica. Même en supposant que les autres arches aient eu moins de succès que Tanjuntic-RI, que chacune d'elles n'ait fondé que deux colonies, cela nous donne une population tyrathca au moins deux à trois fois plus importante que celle de la Confédération.

— Dispersée sur un volume d'espace positivement gigantesque, intervint Kempster. Et ne formant pas une entité politique cohérente, contrairement à notre civilisation.

— Uniquement parce que les Tyrathcas n'ont jamais eu besoin de construire leur unité, dit Monica. Du moins jusqu'à aujourd'hui. Écoutez, je travaille dans le renseignement ; Samuel et moi passons notre temps à évaluer les risques potentiels, c'est à cela que nous sommes formés. Nous repérons les problèmes au stade embryonnaire. Une description correspondant parfaitement à la découverte que nous venons de faire. Une grave menace pèse sur la Confédération, une menace à mon avis aussi dangereuse que la possession.

— Sur le plan physique, à tout le moins, intervint Samuel en s'excusant d'un sourire. Je suis d'accord avec Monica pour affirmer que les Tyrathcas nous posent un problème inattendu.

— Foutaises ! s'exclama Joshua. Regardez la façon dont on s'est joués d'eux à Hesperi-LN. Les sergents et vous avez vaincu tout un régiment de leurs soldats. Et le *Lady Mac* a laissé leurs astronefs sur place. La technologie de la Confédération nous permet de garder plusieurs longueurs d'avance sur eux.

— Pas tout à fait, Joshua, dit Ashly. (Le pilote gardait les yeux fixés sur la dernière image projetée par la lentille AV, et son visage était franchement inquiet.) Ce que veut dire Monica, c'est que nous avons dérangé le nid de guêpes du proverbe. Potentiellement, la menace des Tyrathcas est des plus sérieuses. Si ces milliers de colonies regroupaient leurs forces, leur supériorité numérique nous poserait un sacré problème. Et ils ont accès à la technologie de la Confédération, nous leur avons vendu quantité d'armes par le passé. Ils pourraient même rétroadapter les guêpes de combat si nécessaire.

— Tu as vu comment ils se sont débrouillés face au *Lady Mac*, contra Joshua. Les Tyrathcas ne sont pas faits pour le combat spatial, ils n'ont pas l'équipement neural pour ça.

— Ils peuvent toujours apprendre. S'améliorer grâce à la bonne vieille méthode des essais et des erreurs. D'accord, ils n'arriveront sans doute jamais à notre niveau. Mais leur supériorité numérique fera pencher la balance en leur faveur. Sur le long terme, ils nous auront à l'usure.

— Mais pourquoi feraient-ils ça ? demanda Liol, écartant les bras tel un suppliant. Enfin, nom de Dieu, vous parlez tous comme si nous étions entrés en guerre contre eux. D'accord, ils sont furax qu'on ait débarqué dans leur système pour y semer la merde. Mais tout le monde niera l'existence de notre mission, pas vrai ? Personne n'admettra nous avoir envoyés ici. Les Tyrathcas ne vont pas s'engager dans un conflit susceptible de faire des milliards de victimes uniquement parce qu'on a abîmé une épave qu'ils avaient abandonnée depuis des siècles.

— Nous sommes tellement attachés à notre politique de tolérance diplomatique que nous avons tendance à ignorer leur véritable nature, fit remarquer Samuel. Nous les voyons comme des êtres un peu balourds, un peu simples d'esprit ; des bovins doués d'une petite intelligence. Nous nous sentons supérieurs à eux sans même avoir conscience de notre condescendance à leur égard. Mais il s'agit en fait d'une espèce si agressive, si territoriale, qu'elle s'est créé une caste de soldats par le biais de l'évolution. *De l'évolution.* Les pulsions qui motivent ce phénomène nous sont à peine compréhensibles. Cette tâche leur a demandé plusieurs dizaines de millénaires. Et durant tout ce temps-là, sur leur planète natale, leur société a maintenu les pressions nécessitant un tel développement. Leur histoire n'est qu'une monoculture de conflits à l'état solide.

— Je ne vois toujours pas en quoi ça les rend dangereux, insista Liol. En fait, ça joue plutôt en notre faveur. Ça fait plus de deux cents ans que nous avons donné la propulsion TTZ aux Tyrathcas d'Hesperi-LN. Et qu'est-ce qu'ils en ont fait ? Est-ce qu'ils se sont empressés de contacter leurs frères perdus des cinq premières colonies ? Mon cul ! Ils se sont contentés de fonder de nouvelles colonies pour leur seul bénéfice et pour celui de leurs descendants. Ils n'avaient aucune intention de partager avec quiconque nos petits cadeaux technologiques.

— Vous avez raison, déclara l'Édéniste. À condition de préciser : jusqu'à aujourd'hui. Comme l'a dit Monica, nous avons affaire à une menace potentielle. Sur ce point, les Tyrathcas nous ressemblent : un danger extérieur peut les pousser à s'unir. Les arches stellaires en sont la preuve.

— Mais nous ne représentons aucun danger pour eux ! s'emporta Liol.

— Pour le moment, rétorqua Monica. Jusqu'à une date récente, ils ignoraient que nous pouvions devenir *élémentaux.* La perspective de voir les humains se faire posséder les a tellement troublés qu'ils ont aussitôt opté pour l'isolationnisme. Nous sommes devenus une menace. Des humains possédés ont attaqué des colonies tyrathcas. Notre puissance militaire, déjà supérieure à la leur, a été multipliée par un facteur inconnu. À leurs yeux, l'humanité n'est pas divisée en possédés et non-possédés, rappelez-vous. Nous ne formons qu'une seule et unique espèce, qui vient de subir un changement aussi soudain que néfaste. (Elle désigna la projection.) Et nous avons vu ce qui arrive aux espèces xénos qui entrent en conflit avec les Tyrathcas.

Liol garda le silence. Il savait qu'il avait perdu la bataille, mais cela éveillait son inquiétude plutôt que sa colère.

— Bon, fit Joshua. Il existe un risque de conflit entre les

Tyrathcas et la Confédération, en supposant que nous survivions à la possession. Cela n'affecte en rien notre mission.

— La Confédération doit être avertie de ce danger, dit Monica. Nous venons d'en apprendre plus qu'on n'en a jamais su sur la nature des Tyrathcas. Et, vu leur politique isolationniste actuelle, personne n'est susceptible de faire les mêmes découvertes. Les informations que nous détenons sont donc d'une importance stratégique considérable.

— Vous ne suggérez pas sérieusement que nous fassions demi-tour ? s'enquit Joshua.

— Je suis d'accord avec Monica, c'est un facteur que nous devrions prendre en considération, dit Samuel.

— Non, non, fit Joshua. Vous exagérez la gravité du problème. Écoutez, nous sommes à quarante-deux années-lumière de Yaroslav, le système stellaire de la Confédération le plus proche. Le *Lady Mac* devrait consommer pas mal de delta-V pour aligner sa vélocité sur cette étoile. Il nous faudrait une journée pour la rallier, plus une journée supplémentaire pour revenir ici. Et le temps presse comme jamais. Qui sait ce que les possédés sont en train de mijoter ? Peut-être même se sont-ils emparés du système de Yaroslav.

— Pas de ses habitats édénistes, fit remarquer Monica. Les faucons pourraient transmettre notre message d'alerte.

— L'*Œnone* ne mettrait qu'une journée pour faire l'aller-retour jusqu'à Yaroslav, dit Ruben. Un délai des plus raisonnables.

Il lança à Syrinx un sourire encourageant.

Elle ne le lui retourna pas.

— Je ne tiens pas à ce que nous nous séparions en ce moment, dit-elle. En outre, nous n'avons pas encore parlé de l'avancement des recherches en ce qui concerne le Dieu endormi. Je pense que nous devrions écouter le rapport de Parker et de son équipe avant de prendre ce genre de décision.

— Tout à fait d'accord, s'empressa de dire Joshua.

Monica jeta un coup d'œil à Samuel, puis haussa les épaules.

— Entendu, dit-elle.

Parker se pencha en avant et s'autorisa un petit sourire.

— J'ai au moins une bonne nouvelle à vous annoncer : nous avons confirmé l'existence du Dieu endormi. L'un des fichiers tyrathcas contient une référence directe à celui-ci.

Ce fut une explosion de joie dans le salon. Ashly applaudit et poussa un cri d'enthousiasme. Liol et lui échangèrent un large sourire.

— Ce fichier ne nous dit pas ce que c'est que ce satané dieu, maugréa Kempster. Seulement ce qu'il a fait. Ce qui est déjà fort bizarre en soi.

— À condition que ce soit vrai, avertit Renato.

— Ne soyez pas si déprimant, mon garçon. Nous avons déjà tranché sur ce point. Les Tyrathcas sont génétiquement incapables d'inventer des histoires.

— Alors, que peut-il faire, ce dieu ? demanda Joshua.

— Si nous avons bien compris, il a transporté l'une de leurs arches sur une distance de cent cinquante années-lumière. Instantanément.

— C'est un système de propulsion interstellaire ? demanda Joshua d'un air déçu.

— Je ne le pense pas. Oski, voulez-vous préciser un peu les choses, je vous prie ?

— Certainement. (Elle télétransmit ses instructions au bloc-processeur de la table, effaçant de la projection AV la dernière image de l'invasion tyrathca.) Ceci est une simulation du plan de vol de Tanjuntic-RI entre Mastrit-PJ et Hesperi-LN, élaborée à partir des données découvertes dans les archives de l'arche stellaire.

La lentille AV projeta une carte stellaire complexe centrée sur la tache colorée de la nébuleuse d'Orion. De l'autre côté de celle-ci par rapport à l'espace de la Confédération se trouvait une étoile rouge entourée d'un essaim d'icônes d'information.

— Aujourd'hui, reprit Oski, Mastrit-PJ est soit une géante rouge soit une supergéante, et elle doit être toute proche de la lisière de la nébuleuse, ce qui explique que nous ne l'ayons jamais vue jusqu'ici. Tanjuntic-RI a contourné ladite nébuleuse. Nous ne savons pas de quel côté, car les Tyrathcas ne nous ont jamais révélé l'emplacement de leurs autres colonies et nous n'avons pas extrait suffisamment d'informations de leur terminal pour le déterminer. Cependant, nous avons la certitude que l'arche stellaire a fait onze étapes avant d'achever sa course à Hesperi-LN. À cinq reprises, ce fut pour fonder une colonie ; comme les autres étapes se sont effectuées dans des systèmes vierges de toute planète biocompatible, sans doute avaient-elles pour but de procéder à des réparations et au renouvellement des sources d'énergie. (Un mince filet bleu partant de Mastrit-PJ relia bientôt onze étoiles dessinant une courbe au sud galactique de la nébuleuse luminescente.) Cette trajectoire est importante, car en la suivant l'arche stellaire perdait le contact visuel avec Mastrit-PJ. Son laser de communication n'était tout simplement pas assez puissant pour pénétrer le nuage de gaz et de poussière qui constitue la nébuleuse. À l'issue de la quatrième étape, les messages qu'elle échangeait avec Mastrit-PJ devaient être relayés par les colonies. Ce qui explique pourquoi les fichiers de communication les plus récents étaient stockés dans le terminal Habitation planétaire.

— Nous pensons que l'expansion stellaire de Mastrit-PJ explique la diminution progressive des messages, dit Renato d'un air excité. En fin de parcours, Tanjuntic-RI ne communiquait plus qu'avec les colonies. On recevait également des messages émanant de colonies fondées par d'autres arches stellaires, mais plus rien de la planète mère.

— Je suis surprise que la communication ait été initialement maintenue, intervint Alkad. Si l'étoile est devenue une géante rouge, aucune créature n'a pu survivre. Les planètes du système ont sûrement été consumées.

— Peut-être ont-ils installé des postes d'observation dans le halo cométaire, suggéra Renato. Leur niveau d'astro-ingénierie était déjà considérablement élevé, après tout. Les Tyrathcas qui n'ont pas pu embarquer à bord d'une arche ont dû faire une tentative pour survivre.

— Ça se défend, convint Alkad.

— Mais leur civilisation serait alors condamnée à la stagnation, poursuivit Renato. Aucune ressource à exploiter, aucun moyen de renouveler les réserves comme le faisaient les arches stellaires. Ils ont sûrement fini par périr. D'où l'absence de message durant les cinq derniers millénaires.

— Mais l'un des derniers communiqués en provenance de Mastrit-PJ était celui concernant le Dieu endormi, dit Parker. Un siècle plus tard, ce fut la fin des messages. Tanjuntic-RI avait demandé des précisions, mais l'arche se trouvait alors à huit cents années-lumière de distance. La civilisation de Mastrit-PJ avait sans doute disparu bien avant que la première colonie ait reçu le communiqué originel.

— Pouvons-nous le voir, s'il vous plaît ?

— Bien sûr, dit Oski. Nous avons extrait le texte intéressant du message, qui contient aussi tout un tas de données relatives à la source et à la compression. Chaque message est répété plusieurs milliers de fois pendant une durée de quinze jours afin d'être bien reçu en totalité.

Elle leur donna un code de fichier. Lorsqu'ils l'exécutèrent, le processeur leur montra une feuille de texte toute simple :

RÉCEPTION DE SIGNAL

DATE : 75572-094-648

SOURCE : RELAIS DE FALINDI-TY

RAPPORT DE MASTRIT-PJ

SIGNAL VAISSEAU SWANTIC-LI ACQUIS DATE : 38647-046-831.

DERNIER SIGNAL REÇU DATE : 23867-032-749.

INCLUS

DÉTAILS TRANSMISSION

RAPPORT DE SWANTIC-LI

DATE 29321-072-491. DYSFONCTIONNEMENT TAMPON PLASMA LORS DE DÉCÉLÉRATION DANS SYSTÈME STELLAIRE **********. IMPACTS ET DÉGÂTS MULTIPLES. 1 ANNEAU D'HABITATION DÉPRESSURISÉ. 27 CELLULES DE SOUTIEN INDUSTRIEL DÉPRESSURISÉES AVEC PERTE D'ÉQUIPEMENT ASSOCIÉES. 32 % DE POPULATION TUÉE. FONCTIONS SUPPORT VITAL INOPÉRANTES. CESSATION TOTALE PRÉVUE DANS 7 SEMAINES. AUCUNE PLANÈTE HABITABLE DANS SYSTÈME STELLAIRE. CAPTEURS ONT LOCALISÉ PHÉNOMÈNE SPATIAL EXTENSIF EN ORBITE AUTOUR D'ÉTOILE. SOURCE DORMANTE DE POUVOIR DIVIN. CELA VOIT L'UNIVERS. CELA CONTRÔLE TOUT ASPECT DE SON EXISTENCE PHYSIQUE. SA RAISON EST ASSISTER PROGRÈS D'ENTITÉS BIOLOGIQUES. NOTRE ARRIVÉE L'A RÉVEILLÉ. AVONS DEMANDÉ SON AIDE ET A TRANSPORTÉ SWANTIC-LI DANS CE SYSTÈME STELLAIRE DISTANT DE 160 ANNÉES-LUMIÈRE OÙ SE TROUVE PLANÈTE HABITABLE. À CEUX QUI VIENDRONT APRÈS NOUS, NOUS LE DÉCLARONS ALLIÉ DE TOUS LES TYRATHCAS.

DATE : 29385-040-175. POPULATION DE SWANTIC-LI TRANSFÉRÉE SUR PLANÈTE HABITABLE. COLONIE DE GOERTH-WN FONDÉE.

Trois images étaient attachées au fichier. Leur qualité était uniformément médiocre, bien qu'elles aient été traitées avec des programmes filtres d'amplification et de discrimination. Toutes trois montraient une tache gris argent sur fond de firmament. Quelle qu'ait été la nature de cet objet, les Tyrathcas de Coastuc-RT avaient reproduit sa forme avec précision : un large disque avec des spires coniques sur chaque face. Sa surface était lisse, sans la moindre trace d'une marque ou d'une protubérance, d'un éclat métallique uniforme.

— Quelle est la taille de ce truc ? interrogea Joshua.

— Inconnue, répondit Renato. Et inconnaissable. Nous n'avons aucun point de référence. La distance focale de ces images ne nous est pas donnée, de sorte que nous n'avons aucune idée de la grosseur de cet animal. Il a peut-être la taille d'une géante gazeuse, peut-être ne mesure-t-il que deux kilomètres de long. Le seul indice en ma possession, c'est que ce truc s'accompagne d'une perturbation spatiale, que je suppose être un intense champ gravifique. Ce qui éliminerait d'emblée tout objet trop petit. Pour le moment, la seule chose qui correspond peu ou prou à l'ensemble de ces paramètres, c'est une petite étoile neutronique, mais jamais une étoile neutronique n'aurait cette forme-là.

Joshua lança à Alkad un regard interrogateur.

— Une étoile neutronique, quelle que soit sa taille, n'a pas les propriétés décrites par les Tyrathcas dans ce communiqué, affirma-t-elle. Et elle ne ressemble pas à ceci. Je pense que nous pouvons conclure qu'il s'agit d'un artefact.

— Je n'ai pas l'intention de pinailler sur telle ou telle théorie, dit Kempster. Nous n'avons pas assez d'informations pour déterminer la nature de cet objet, un point c'est tout. Il ne sert à rien de tenter d'interpréter ces images floues. Ce que nous avons déterminé, c'est l'existence d'un objet aux propriétés des plus étranges.

— L'expression « pouvoir divin » est fascinante, dit Parker. D'autant plus que nous n'avons pas à interpréter ici les nuances du langage parlé. Nos logiciels de traduction sont beaucoup plus performants quand ils ont affaire à un texte écrit.

— Ah ! (Kempster balaya la remarque de son confrère d'un revers de la main.) Allons, nous n'avons même pas de définition précise du mot « dieu » dans notre propre langage. Chaque culture lui attribue une valeur différente. Dans la bouche de l'humanité, ce terme recouvre un peu de tout, du créateur de l'univers à un type colérique qui n'a rien de mieux à faire que de perturber le temps. C'est un concept, pas une description.

— Quelles que soient vos options en termes de sémantique, le terme de « dieu » sous-entend une puissance hors du commun, et ce dans toutes les langues.

— Il est ici question de « pouvoir divin » et non de « dieu », fit remarquer Ruben, non sans pertinence. Ce qui est sans doute tout aussi signifiant. Nous avons bien affaire à un artefact. Et comme ce ne sont pas les Tyrathcas qui l'ont construit, nous avons nous aussi de bonnes chances de pouvoir l'activer.

— Il était dormant, et c'est leur arrivée qui l'a réveillé, dit Oski. Apparemment, on n'a même pas besoin d'appuyer sur un bouton pour l'activer.

— Je continue de penser qu'il s'agit d'un genre de propulseur interstellaire, dit Liol en adressant un signe de tête à Joshua. Le communiqué dit que cela assiste le progrès des entités biologiques, et ce truc a envoyé l'arche stellaire à cent soixante années-lumière de distance. Ça me paraît clair. Pas étonnant que les Tyrathcas aient crié au miracle. Ils n'avaient pas de technologie supraluminique. Un propulseur interstellaire capable de transporter une arche comme les leurs doit être bâti à une échelle impressionnante. Ils ne pouvaient manquer d'être ébahis, même compte tenu de leur flegme fataliste.

— Ils ont dit beaucoup de choses sur cet objet, remarqua Joshua. Et rien de tout cela ne colle tout à fait. Aucune des qualités qu'ils lui attribuent ne peut se rapporter à une seule machine. Un propulseur interstellaire n'observe pas l'univers, pas plus qu'il ne contrôle son existence physique.

— Je pourrais soulever d'autres questions, dit Syrinx. Que faisait-il dans un système stellaire dénué de planète biocompatible, par exemple. Il semblerait aussi que cet objet soit contrôlé par une intelligence. Les Tyrathcas lui ont demandé son aide, rappelez-vous, ils ne se sont pas contentés de l'activer pour filer dans les étoiles.

— Ce qu'ils n'auraient pas pu faire, de toute façon, dit Samuel. L'artefact a envoyé Swantic-LI dans un système pourvu d'une planète habitable. Ce qui sous-entend qu'il connaissait son existence, contrairement aux Tyrathcas.

— Ce qui fait de lui un être bienveillant, dit Kempster. Ou à tout le moins amical à l'égard des entités biologiques. Et ce n'est pas faire preuve d'arrogance que de penser qu'il nous traitera de la même façon qu'il a traité les Tyrathcas.

Joshua parcourut l'assemblée du regard.

— Si personne n'a rien à ajouter en ce qui concerne la nature et les pouvoirs de cet artefact, je pense que nous en avons suffisamment appris pour décider que nous devons poursuivre notre mission. Monica, vous êtes d'un avis contraire ?

L'agent de l'ASE se prit la tête entre les mains et fixa le sol.

— Cette chose est impressionnante, je l'admets, mais ce n'est pas seulement pour être désagréable que j'ai attiré votre attention sur la menace tyrathca. Je la juge vraiment inquiétante.

— Pas sur le court ni le moyen terme, contra Oski. En supposant que vous ayez raison sur toute la ligne et qu'ils considèrent à présent l'espèce humaine comme une dangereuse peste à éliminer d'urgence, il leur faudra plusieurs décennies avant de pouvoir mettre un tel projet à exécution. Toujours en supposant le pire, imaginons qu'Hesperi-LN ait déjà repris contact avec les autres colonies fondées par Tanjuntic-RI. Il leur faudra des années pour construire des astronefs TTZ en quantité significative. Pour parler franchement, je doute même qu'ils y parviennent, d'ailleurs. Vu leur manque d'intuition, ils auraient toutes les peines du monde à adapter nos systèmes à leurs spécificités. Et s'ils y parvenaient, il leur faudrait construire des usines de production. Donc, même si notre mission nous prend deux ans, nous regagnerons la Confédération à temps pour avertir le grand amiral.

Monica consulta Samuel.

— Je pense que c'est raisonnable, dit celui-ci.

— Très bien, déclara-t-elle à contrecœur. Et puis ce Dieu endormi a éveillé ma curiosité, je l'avoue.

— Bien, fit Joshua. Question suivante : où diable se trouve-t-il ? Vous ne donnez pas les coordonnées du système stellaire.

— C'est un nombre à dix chiffres, dit Kempster. Je peux vous fournir une traduction si vous le souhaitez. Malheureusement, elle n'aura aucun sens, car nous n'avons pas l'almanach tyrathca d'où ce nombre est extrait.

— Et merde ! (Liol s'effondra sur son canapé, tapant du poing sur un coussin en signe de frustration.) Vous voulez dire qu'on est obligés de retourner dans Tanjuntic-RI ?

— Je vous le déconseille, dit Samuel. La métaphore du nid de guêpes était des plus pertinentes. Nous les avons bel et bien dérangés.

— Est-ce qu'*Œnone* ne pourrait pas déterminer ce nombre ? demanda Liol. Je croyais que les faucons avaient un excellent sens de l'espace.

— En effet, répliqua Syrinx. Si nous avions un almanach tyrathca, nous vous conduirions d'une traite au système du Dieu endormi. Mais cet almanach nous est nécessaire, et il n'y a qu'un seul endroit où nous puissions l'obtenir. Il faut retourner là-bas.

— Pas nécessairement, dit Kempster d'un air malicieux. Nous savons pouvoir trouver ce fameux almanach dans un autre système : celui de Mastrit-PJ. En outre, les messages de Swantic-LI arrivaient directement là-bas, sans passer par des relais ; peut-être en ont-ils reçu d'autres, dont Tanjuntic-RI n'a jamais eu connaissance. Il nous suffit de faire le tour de la nébuleuse d'Orion, et la géante rouge sera aussi visible qu'un phare sur l'océan. Dès que nos capteurs l'auront repérée, nous n'aurons plus qu'à calculer un vecteur d'approche.

— Et puis, Mastrit-PJ est désormais inhabitée, ce qui est plus prometteur de notre point de vue, dit Parker. Cette fois-ci, nous aurons tout notre temps pour récupérer dans les ruines les fichiers qui nous intéresseront.

— Nous ne savons pas quand a péri cette civilisation des derniers jours tyrathcas, dit Oski avec une nuance d'inquiétude dans la voix. Les reliques laymils étaient dans un triste état, et elles n'avaient que deux mille cinq cents ans d'âge. Je ne peux pas vous promettre que je pourrai récupérer des fichiers dans des archives électroniques exposées au vide spatial pendant cinq millénaires.

— Si nécessaire, nous fouillerons les systèmes stellaires les plus proches de Mastrit-PJ en quête de colonies tyrathcas. Elles doivent être nombreuses dans cette zone. Et leurs habitants n'ont pas encore été avertis de se méfier des méchants humains que nous sommes. Quoi qu'il en soit, nous avons de bonnes chances de trouver cet almanach de l'autre côté de la nébuleuse.

— Je ne contestais pas ce point, dit Oski. Je tenais simplement à préciser que nous aurions peut-être des problèmes pour le récupérer.

— Vous oubliez tous un détail, lança Joshua, qui refoula un sourire en voyant leurs regards indignés. Y aura-t-il encore un Dieu endormi pour nous attendre dans ce fameux système si les Kiints y arrivent les premiers ? Et quelles sont leurs intentions, au fait ?

— Nous ne pouvons pas nous permettre de renoncer à cause des Kiints, dit Syrinx. Et d'ailleurs, nous n'avons aucune preuve que... (Le regard moqueur de Joshua l'empêcha de poursuivre.) Bon, d'accord, ils sont passés par Tanjuntic-RI. Mais nous savions avant même de partir qu'ils s'intéressaient à ce problème. C'est à cause d'eux que nous sommes ici. À mes yeux, cela prouve que ce Dieu endormi est d'une importance vitale.

— C'est entendu, dit Joshua. Direction : l'autre côté de la nébuleuse.

2.

Cinquante ans plus tôt, Sinon avait visité une planète celto-ethnique baptisée Llandilo, où il s'était gelé pendant trois heures afin de regarder un clan de Néo-Druides saluer la première aube du printemps. Dans le genre cérémonie païenne, celle-ci était plutôt barbante pour les non-initiés, avec hymnes discordants et interminables invocations en gaélique à la Gaïa locale. Seul le cadre valait le déplacement. Les célébrants s'étaient rassemblés au sommet de falaises donnant sur l'est, où une rangée de gigantesques piliers granitiques semblait marcher vers la mer. Les indigènes les appelaient les Colonnes de Dieu.

Lorsque le soleil s'était levé, globe d'un rose doré au sein de la brume cotonneuse, son orbe était parfaitement aligné avec ces colonnes. Une par une, elles avaient semblé s'enflammer à leur sommet à mesure que les ombres les fuyaient. Réjouis par la beauté poignante de la nature, les Néo-Druides tout de blanc vêtus avaient enfin réussi à chanter en mesure, faisant résonner leurs voix au-dessus du rivage.

Sinon s'étonnait de voir cette image s'imposer à la capacité mémoire restreinte du sergent qu'il était devenu. Il ne voyait vraiment pas pourquoi il l'avait conservée. Une overdose de sentiment, sans doute. Quoi qu'il en soit, ce souvenir de Llandilo l'aidait grandement à s'acclimater à sa situation présente. Neuf mille sergents parmi ceux qui étaient piégés sur l'île de Ketton s'étaient rassemblés sur le bord du plateau pour y exercer leur volonté, les autres les soutenant via le lien d'affinité pendant qu'ils foulaient la gadoue d'un pas décidé pour les rejoindre. Ils ne priaient pas, non, pas exactement, mais le spectacle qu'ils offraient ressemblait tellement à celui des Néo-

Druides que Sinon en était bizarrement réconforté. Les Édénistes étaient tellement secoués que le moindre soulagement était le bienvenu.

Leur première priorité était d'empêcher l'île de se vider de son atmosphère avant que ses occupants meurent asphyxiés. Une tâche toute simple pour leurs esprits assemblés à présent qu'ils avaient acquis un peu de pouvoir énergétique ; leur souhait unanime s'imposait à ce qui passait pour la réalité locale. Stephanie Ash et son petit groupe hétéroclite les avaient même aidés. À présent, il semblait que la couche d'air entourant l'île s'était transformée en un imprenable bouclier vertical.

Encouragés et soulagés, ils formulèrent à haute voix leur second souhait : revenir. En théorie, il aurait dû être facile de l'exaucer. Si une concentration massive de pouvoir énergétique les avait conduits dans ce domaine, alors une concentration égale devrait les en faire sortir. Jusqu'ici, cet argument imparable de logique symétrique avait complètement échoué.

— Vous feriez mieux de souffler un peu, dit Cochrane d'une voix irritable. Ça me fout les jetons de vous voir tous figés comme une armée de zombies.

À l'instar des autres compagnons de Stephanie, le redoutable hippie avait passé un quart d'heure à aider les sergents à ouvrir une brèche sur l'univers dit normal. Lorsqu'il était devenu évident (à leurs yeux) qu'une telle tâche allait se révéler difficile, sinon impossible, il s'en était laissé distraire. Au bout du compte, les possédés avaient fait cercle autour de Tina pour lui apporter soutien et réconfort dans la mesure de leurs moyens.

Encore très faible, elle gisait dans un sac de couchage isolant où elle tremblait et transpirait tout son soûl. Selon le sergent médicalement compétent qui l'avait examinée, elle avait perdu beaucoup de sang et là était le problème. Comme leur équipement d'infusion directe ne fonctionnait pas dans cet univers, il lui avait bricolé un goutte-à-goutte primitif pour lui transfuser du plasma en intraveineuse.

Sans oser l'admettre à haute voix, Stephanie craignait que Tina ait souffert du genre de blessure interne que leur pouvoir énergétique serait incapable de guérir, en dépit de toute leur bonne volonté. Les subtilités de la chair les avaient vaincus, comme lorsqu'il s'était agi de réparer les yeux de Moyo. Ils avaient besoin de packages médicaux parfaitement fonctionnels. Une impossibilité dans ce royaume.

Un autre souci la taraudait : elle se demandait ce qu'il allait advenir des âmes de ceux dont le corps allait périr ici. Leur connexion avec l'au-delà était irrévocablement coupée. Elle n'aimait guère songer aux conséquences. Mais, à en juger par l'état de cette pauvre Tina, peut-être n'allaient-ils pas tarder à les découvrir.

Sinon émergea de sa transe et baissa les yeux vers Cochrane.

— Nos tentatives de manipulation du pouvoir énergétique ne sont pas physiquement épuisantes. Et comme nous n'avons rien d'autre à faire ici, nous jugeons utile de poursuivre nos efforts en vue de rentrer chez nous.

— Ah bon ? Ouais, je peux le comprendre. Moi, je me soulage grâce au yoga. C'est sympa. Mais nous, vous savez, il faut qu'on *mange* de temps en temps.

— Je suis navré, vous auriez dû le dire.

Sinon se dirigea vers le tas formé par les armes et les paquetages dont les sergents s'étaient défaits. Il retrouva son sac à dos et en ouvrit le sceau.

— Nous n'ingérons pas de nourriture solide, j'en ai peur, mais notre potage nutritif vous sustentera. Il contient toutes les protéines et toutes les vitamines indispensables à un système digestif humain. (Il attrapa plusieurs sachets argentés, qu'il distribua aux possédés dubitatifs.) Je vous conseille de compléter ce repas avec de l'eau.

Cochrane décapsula le sachet et renifla son contenu d'un air soupçonneux. Sous les regards intéressés de ses camarades, il fit couler quelques gouttes d'un liquide ambré sur son index et lécha celui-ci.

— Quelle horreur ! Ça a goût d'eau de mer. Je ne peux pas manger du plancton, mec, je ne suis pas une baleine !

— Vu ton tour de taille, on s'y serait trompé, murmura Rana.

— Nous n'avons aucune autre source de nourriture à notre disposition, dit Sinon d'un air de léger reproche.

— Cela conviendra parfaitement, merci beaucoup, dit Stephanie au sergent. (Elle se concentra quelques instants, et son sachet se métamorphosa en une barre de chocolat.) Ne faites pas attention à Cochrane. Nous pouvons changer ceci en tout ce que nous voulons.

— Ouais, mais c'est pas bon pour ton karma, râla le hippie. Hé ! Sinon, t'aurais pas un verre à me prêter ? Je pense pouvoir me souvenir du goût d'un bon bourbon.

Le sergent fouilla dans son sac à dos et en sortit un gobelet en plastique.

— Merci, mon vieux.

Cochrane s'en empara et le transforma en verre de cristal. Il y versa une mesure de potage nutritif, souriant à mesure qu'il se transformait en liqueur ambrée.

— C'est beaucoup mieux, commenta-t-il.

Stephanie dépiauta sa friandise et y mordit à belles dents. Ce chocolat était aussi bon que celui de son enfance, importé d'une planète helvéto-ethnique. D'un autre côté, ce goût n'était qu'un souvenir, songea-t-elle non sans ironie.

— Ce potage nutritif, il vous en reste quelle quantité ? demanda-t-elle.

— Chacun de nous en a une semaine de réserve, dit Sinon. Une semaine d'activité physique quasi continue, bien sûr. Si nous nous rationnons, nous devrions tenir entre deux et trois semaines.

Stephanie considéra l'étendue de boue gris-brun qui constituait la surface de l'île volante. De temps à autre, une mare étincelait sous l'éclat de la lumière bleue qui les entourait. Des ferrangs et des kolfrans en petit nombre erraient au sein de ce bourbier, grignotant la végétation là où elle émergeait de la fange. Pas assez pour nourrir l'ensemble des sergents et des humains.

— C'est donc le temps qui nous est compté, je suppose, déclara-t-elle. Même si nous avions des entrepôts pleins de graines, trois semaines ne suffiraient pas pour produire une récolte.

— De toute façon, il n'est pas sûr que notre atmosphère tienne le coup aussi longtemps, répliqua Sinon. Nous estimons la population de cette île à un peu plus de vingt mille personnes, sergents et humains confondus. Nous ne risquons pas d'être à court d'oxygène, mais la quantité de dioxyde de carbone dégagée par tout ce monde va atteindre un niveau potentiellement dangereux dans les dix jours, à moins que l'air ne soit recyclé. Comme vous pouvez le constater, il ne reste plus de végétation pour se charger de cette tâche. Ce qui explique que nous soyons bien décidés à explorer le potentiel de notre pouvoir énergétique.

— Nous devrions vous aider, dit Stephanie. Sauf que je ne vois pas comment nous le pourrions. Aucun de nous n'est équipé du lien d'affinité.

— L'heure viendra peut-être où votre instinct nous sera utile, dit Sinon. C'est votre volonté collective qui nous a conduits ici. Il est possible que vous trouviez le chemin du retour. Notre problème vient en partie du fait que nous ne comprenons pas où nous sommes. Nous n'avons aucun point de référence. Si nous savions où nous nous trouvons par rapport à notre univers, peut-être pourrions-nous établir un lien avec celui-ci. Mais comme nous n'avons pris aucune part au déplacement de l'île, nous ne voyons pas où commencer nos recherches.

— Je ne pense pas que nous puissions vous assister sur ce point, dit Moyo. Ce lieu n'est qu'un havre pour nous, un refuge face à l'armée de libération.

— Intéressant, commenta Sinon.

Les sergents étaient de plus en plus nombreux à suivre leur conversation, espérant que les propos du blessé allaient leur fournir des indices sur leur situation.

— Vous n'aviez aucune conscience de ce royaume avant d'y arriver ? demanda Sinon.

— Non. Pas de façon spécifique. Mais je suppose que nous savions qu'un tel lieu existait, à tout le moins potentiellement. Le désir de l'atteindre est endémique chez nous – chez les possesseurs, je veux dire. Nous voulons vivre dans un endroit où tout contact avec l'au-delà est coupé, où il n'y a plus de nuit pour nous rappeler le vide spatial.

— Et vous pensez être arrivé à bon port ?

— Ce lieu semble satisfaire à tous les critères voulus, répondit Moyo. Même si je ne peux garantir l'absence de nuit, ajouta-t-il d'une voix amère.

— Est-ce que les autres planètes sont ici ? interrogea Sinon. Norfolk et toutes celles qui ont disparu ? Avez-vous eu conscience de leur présence à un moment donné ?

— Non. Je n'ai rien senti ni rien entendu de spécial lors de notre déplacement.

— Merci.

Il semble que l'instinct soit le facteur déterminant, dit-il aux autres sergents. **Je ne pense pas qu'il nous apportera les réponses qu'il nous faut.**

Je ne comprends pas pourquoi nous sommes incapables de retourner dans notre univers en le souhaitant, dit Choma. **Notre pouvoir est l'égal du leur, et notre désir de revenir chez nous n'est pas négligeable.**

Le Mini-Consensus que formaient leurs esprits unifiés décida qu'ils avaient le choix entre deux hypothèses. Primo : les possédés avaient spontanément créé pour leur usage un continuum scellé. Ce qui était fort improbable. Certes, cette hypothèse permettrait d'expliquer plusieurs propriétés de ce domaine – le dysfonctionnement de leur équipement électronique, l'absence de contact avec l'au-delà –, mais la création d'un nouveau continuum par le biais d'une manipulation énergétique de l'espace-temps existant était un processus bien trop complexe. En outre, le principal aiguillon des possédés avait été la terreur, ce qui les aurait empêchés d'accomplir un tel processus de façon satisfaisante.

Seconde hypothèse, nettement plus probable : ce continuum existait déjà, enfoui dans les dimensions sans limites de l'espace-temps. L'au-delà était un lieu de même nature, quoique se conformant à des paramètres très différents. Sans doute avaient-ils été projetés dans l'un des innombrables domaines parallèles adjacents à leur univers. Dans de telles circonstances, celui-ci était à une distance nulle de l'endroit où ils se trouvaient. En même temps, il se situait de l'autre côté de l'infini.

En outre, ils étaient complètement incapables d'ouvrir un trou-de-ver, même microscopique, et ce en dépit d'une formidable concentration de leur capacité énergétique. Cela n'était guère rassurant. Dix mille possédés étaient parvenus à ouvrir une brèche suffisamment grande pour laisser passer un bloc de terre de douze kilomètres de diamètre. Et voilà que douze mille sergents étaient impuissants à créer une fissure assez large pour y introduire un photon.

Il ne pouvait y avoir qu'une seule explication : les états énergétiques étaient différents dans ce continuum. Et, en moins de dix jours, cette différence toute simple allait les tuer par asphyxie.

Stephanie fixa Sinon pendant deux ou trois minutes, le temps de se rendre compte que la conversation était finie. Elle sentait vaguement les esprits des sergents autour d'elle. On n'y percevait aucun de ces flux émotionnels caractéristiques des pensées humaines, rien qu'une mer étale de rationalisme parfois agitée par un faible courant de passion. Elle ignorait si cela venait de leur psyché d'Édénistes ou de leur mentalité de sergents.

Les organismes bioteks demeuraient immobiles comme des statues, réunis dans une formation vaguement circulaire. Chaque fois qu'un nouveau peloton rejoignait leur assemblée, ses membres se défaisaient de leur paquetage pour adopter la même attitude de contemplation stationnaire. Pour ce qu'en savait Stephanie, ses camarades et elle étaient les seuls humains dans les parages. Les sergents nouvellement arrivés avaient tous évité les abords de Ketton. Cependant, elle sentait des esprits parmi la ville en ruine. D'abord intriguée de constater que personne parmi eux ne s'était aventuré à parler aux sergents, elle avait fini par se résigner à ce fait.

— Nous devrions contacter les autres, déclara-t-elle. Il est ridicule de rester divisés dans de pareilles circonstances. Si nous voulons survivre, nous devons coopérer et réunir nos forces.

McPhee poussa un soupir et agita sa carcasse sur le duvet qui lui servait de couche.

— Décidément, tu ne vois que le bon côté des gens, ma douce. Ouvre donc les yeux. Rappelle-toi ce que ces salopards nous ont fait et laisse-les donc mariner dans leur jus.

— J'aimerais bien pouvoir ouvrir les yeux, lança sèchement Moyo. Stephanie a raison. Nous devons au moins tenter de leur parler. Il est stupide de se diviser en camps opposés.

— Je ne voulais insulter personne. Je faisais simplement remarquer qu'ils n'avaient pas tenté de nous contacter, ni les sergents ni nous-mêmes.

— Les sergents doivent leur faire un peu peur, dit Stephanie. Ça ne fait qu'une demi-journée que nous sommes ici, après tout. Ça m'étonnerait qu'ils aient conscience de la gravité de la situation. Ils ne sont pas aussi disciplinés que des Édénistes.

— Ils finiront tôt ou tard par comprendre, dit Rana. Qu'ils viennent nous voir quand ils y seront prêts. À ce moment-là, ils seront beaucoup moins dangereux.

— Ils ne sont plus dangereux maintenant. Et nous sommes dans une position idéale pour faire le premier pas.

— Un instant, ma sœur ! lança Cochrane. (Il se redressa en position assise, renversant du bourbon sur ses vêtements.) Plus dangereux ? Mon cul ! Tu as oublié cette salope d'Ekelund. Elle nous a adressé de sacrées menaces la dernière fois qu'on lui a dit au revoir.

— La situation a changé. Tu as entendu Sinon. Nous allons mourir si nous ne trouvons pas un moyen de sortir d'ici. Je ne sais pas si nous avons plus de chances d'y arriver avec leur aide, mais, en tout cas, ils ne peuvent pas nous faire du mal.

— Berk ! J'aime pas quand tu es raisonnable, c'est un sacré mauvais trip. Je sais que c'est une erreur de te suivre, mais je ne peux pas m'en empêcher.

— Bien. Tu viens avec nous, alors ?

— Et merde !

— Je reste auprès de Tina, dit Rana à voix basse en étreignant la main de son amie. Il faut que quelqu'un veille sur elle.

Tina eut un sourire qui se voulait courageux.

— Je suis un vrai boulet pour vous.

Cette remarque fut accueillie par une dénégation unanime. Tout le monde s'empressa de lui sourire ou de lui lancer un geste d'encouragement. Le visage de Moyo prit un air sinistre tandis qu'il cherchait à saisir la main de Stephanie.

— Nous n'en aurons pas pour très longtemps, dit celle-ci à Tina et à Rana. Sinon ? (Elle tapa doucement sur l'épaule du sergent.) Voulez-vous nous accompagner ?

Le sergent s'ébroua.

— Oui. C'est une excellente idée de contacter les autres. Choma viendra aussi avec nous.

Stephanie ne s'expliquait pas ses propres motivations. Celles-ci n'avaient rien à voir avec l'instinct protecteur qui l'avait poussée à aider les enfants de Mortonridge. Ni avec ce sens des responsabilités un peu paternaliste qui l'avait amenée à souder autour d'elle le groupe de fugitifs. Sans doute était-ce une simple question de survie. Si elle voulait que les deux camps travaillent ensemble, c'était pour sauver la situation. Les efforts de tous risquaient d'être nécessaires à cette tâche.

Autour de Ketton, le paysage n'avait guère subi de changements après le séisme. L'île avait conservé les douces courbes de la vallée à laquelle elle avait été arrachée. Des monticules de terre tout en longueur émergeaient au sein du bourbier, évoquant des dunes réapparaissant à marée basse. Des forêts qui avaient envahi les collines, il ne restait plus que des branches dénudées tournées vers le ciel. Plus aucune trace des routes qui avaient survécu au déluge : le tremblement de terre les avait anéanties. Ils trouvèrent à deux reprises des plaques de carbobéton jaillissant de la boue suivant des angles incongrus. Leur emplacement ne correspondait à aucune route dans leur souvenir.

Le sol était tellement meuble que les pieds de Stephanie s'y enfonçaient de deux bons pouces. C'était moins grave que lorsqu'ils avaient fui l'avance des jeeps, mais marcher leur était néanmoins pénible. Et ils n'avaient pas entièrement recouvré leurs forces. Elle décida de faire une pause à un demi-mile des faubourgs, tout essoufflée et contrariée de l'être. Elle se sentait coupable à l'idée d'exhaler du gaz carbonique dans l'air.

Vue de loin, Ketton apparaissait comme différente du paysage environnant. À en juger par les taches de couleurs qu'on distinguait dans sa masse, on aurait pu croire que ses bâtiments, quoique endommagés pour la plupart, tenaient encore debout. Plus on se rapprochait, cependant, plus l'illusion était dissipée. L'absence d'arbres aurait dû leur mettre la puce à l'oreille.

Cochrane remonta sur son front ses lunettes à verres pourpres et plissa les yeux.

— Oh ! les mecs, mais qu'est-ce que vous avez fait ? La ville est *dévastée*, littéralement *dévastée*.

— L'attaque aux harpons cinétiques avait pour but de priver les possédés de toute couverture tactique, déclara Sinon. Les pièges et les embuscades que vous nous avez tendus ont causé dans nos rangs des pertes considérables. Comme vous sembliez résolus à vous retrancher ici, le général Hiltch était également résolu à vous priver de tous les avantages que pouvait vous offrir la ville. Le séisme était également censé avoir des effets psychologiques, je crois bien.

— Tiens donc ! railla le hippie. Eh bien, ça vous est revenu en pleine gueule, non ? Mettez-nous en colère et regardez ce que ça vous rapporte !

— Tu te considères mieux loti ici ? demanda McPhee d'une voix moqueuse.

— C'est grave ? s'enquit Moyo.

— Il ne reste plus rien, lui dit Stephanie. Plus rien du tout.

Les taches de couleur lui apparaissaient désormais pour ce qu'elles étaient : de simples tas de boue ou de gravats, d'une nuance légèrement différente du reste de la ville. Bien qu'ayant conservé leur pouvoir énergétique, les possédés n'avaient même pas pris la peine de restaurer les immeubles. Au lieu de cela, ils erraient parmi les ruines telles des fourmis traumatisées par le choc.

Comme Stephanie se rapprochait, elle se rendit compte que les survivants se livraient en fait à des activités bien précises. Ils fouillaient méthodiquement les décombres, évacuant briques cassées et débris de béton au moyen de leur pouvoir énergétique combiné à leur force physique. Avec rapidité et efficacité. Bref, de façon parfaitement organisée.

— Ce n'était peut-être pas une bonne idée de venir ici, dit-elle à voix basse alors qu'ils arrivaient au niveau des premiers gravats. J'ai l'impression qu'Ekelund est toujours à la tête des opérations.

— Quelles opérations ? lâcha Cochrane. On dirait la décharge municipale, ici. Et ils n'ont plus que dix jours à vivre.

Une équipe formée de deux femmes et d'un jeune homme à peine sorti de l'adolescence s'affairait sur un tas de débris, manipulant des plaques de métal comme s'il s'était agi de plastique. Ils avaient déjà creusé plusieurs tunnels dans le monticule. Des caisses en matériau composite contenant des sachets étaient soigneusement empilées à l'abri de la boue. Tous trois interrompirent leurs activités en voyant Stephanie et Sinon se diriger vers eux. Stephanie sentit son moral descendre encore d'un cran lorsqu'elle constata qu'ils portaient tous une tenue kaki.

— Nous sommes venus voir si nous pouvions vous aider, dit-elle. S'il faut libérer des personnes enfouies sous les décombres, par exemple.

Le jeune homme eut un rictus et fixa le sergent d'un air appuyé.

— Personne n'est enfoui nulle part. Qu'est-ce que tu fiches avec ces monstres envoyés par le royaume ? T'es une espionne ?

— Non, je ne suis pas une espionne, répondit-elle d'une voix posée. Il n'y a plus rien à espionner ici. Nous sommes tous coincés sur cette île. Personne n'a plus rien à cacher. Nous n'avons plus aucune raison de nous battre entre nous.

— Ah bon ? Il vous reste de la bouffe ? Pas des masses, je parie. C'est pour ça que vous vous pointez ici ?

Il jeta un regard inquiet sur le petit tas de caisses.

— Les sergents ont assez de nourriture pour nous, merci. Qui dirige les opérations ici ?

Le jeune homme ouvrait la bouche pour répondre lorsque Stephanie sentit une violente douleur lui poignarder la hanche. Une douleur si intense qu'elle ne put même pas pousser un cri. La force de l'impact la projeta vers l'arrière, et le monde se mit à tournoyer autour d'elle. Comme elle atterrissait sur le dos, elle vit ses bras et ses jambes s'agiter au-dessus d'elle. Des flots de sang aspergèrent la boue alentour, et elle se sentit partir.

On m'a tiré dessus !

Tout le monde criait. Courait dans tous les sens. L'air se mit à chatoyer, à s'épaissir autour d'elle comme pour la protéger. Stephanie leva la tête, examina son corps avec un intérêt détaché. Son pantalon et son chemisier étaient luisants de sang. Au niveau de sa hanche, une longue déchirure s'ouvrait dans le tissu, révélant chairs meurtries et éclats d'os. Sous l'effet du choc, sa vision était d'une clarté surréelle. Puis son crâne fut envahi par la chaleur, et la hideuse douleur s'empara à nouveau d'elle. Elle hurla, le monde devint gris, ses muscles se relâchèrent et elle laissa choir sa tête dans la boue.

— Stephanie ! Bordel de merde, que s'est-il passé ?

C'était Moyo, et elle grimaça en percevant son angoisse.

— Nom de Dieu ! Ces enfoirés lui ont tiré dessus. Hé ! Stéphanie, tu m'entends ? Accroche-toi. Ce n'est qu'une égratignure. Ce n'est rien. On va te sortir de là.

Un démon s'agenouillait auprès d'elle, sa carapace noire parcourue d'étincelles.

— Je vais faire pression. Ça devrait stopper l'hémorragie. Concentrez-vous sur les os et réparez-les.

Stephanie, qui dérivait vers le lointain, eut vaguement conscience d'un liquide sec coulant sur sa poitrine. Ce liquide lui pesait sur les hanches de sa froidure. Un splendide nuage opalescent scintillait doucement devant ses yeux. Apaisant. Elle entendit son cœur battre à un rythme de moins en moins précipité. Bien. Elle se sentait encore un peu coupable à l'idée de gaspiller de l'air.

— Ça se referme.

— Mon Dieu ! tout ce sang...

— Tout va bien. Elle est vivante.

— Stephanie, tu m'entends ?

Des frissons lui parcouraient le corps sur toute sa longueur. Sa peau s'était changée en glace. Mais elle était capable de battre des cils, de chasser ses larmes. Les visages de ses chers amis la fixaient, déformés par le chagrin.

Ses lèvres esquissèrent un sourire.

— Ça fait mal, chuchota-t-elle.

— Ne t'énerve pas, grogna Franklin. Tu es en état de choc.

— Et moi donc, fit Moyo.

Il lui agrippait le bras si fort qu'elle en avait mal. Elle tenta de le toucher, de le rassurer.

— La blessure a été réparée, l'informa Sinon. Malheureusement, vous avez perdu une quantité considérable de sang. Nous devons vous ramener au camp pour vous transfuser du plasma sanguin.

Un élément familier s'insinuait dans la sphère de sa conscience. Familier et déplaisant. Des pensées dures, glaciales, exprimant une satisfaction brutale.

— Je vous l'avais dit, Stephanie Ash. Je vous avais dit de ne pas revenir.

— Espèce d'ordure fasciste ! beugla McPhee. On n'est même pas armés !

Stephanie releva la tête à grand-peine. Annette Ekelund se tenait devant elle, à la tête d'une trentaine de soldats. Elle portait un uniforme de commandant en chef couleur kaki clair impeccablement repassé, avec calot et épaulettes à trois étoiles. Un fusil de gros calibre se nichait au creux de ses bras. Sans quitter Stephanie des yeux, elle en éjecta lentement une douille.

Stephanie gémit et ses épaules s'affaissèrent de désespoir.

— Vous êtes complètement folle.

— Vous conduisez l'ennemi dans notre camp et vous croyez que je vais rester sans réagir ? Allons, Stephanie, vous n'êtes pas naïve à ce point.

— Quel ennemi ? Nous sommes venus voir si vous aviez besoin d'aide. Vous ne comprenez donc rien ?

Elle avait envie de se réfugier au sein du choc et de la douleur. C'était encore préférable à cela.

— Nous avons gagné, mais rien n'a changé pour autant. L'ennemi est toujours l'ennemi. Et vous êtes des traîtres, vous et votre misérable bande de réfugiés.

— Excusez-moi, intervint Sinon, mais vous n'avez pas gagné. Il n'y a pas de nourriture sur cette île. Son atmosphère sera épuisée dans une dizaine de jours. Nous devons trouver une façon de rentrer chez nous avant ce délai.

— Qu'est-ce que c'est que cette histoire d'atmosphère ? demanda Devlin.

Sinon éleva la voix.

— L'air ne se renouvelle pas dans ce domaine, nous ne pouvons respirer que celui que nous avons apporté avec nous. Au rythme où nous la consommons, l'atmosphère sera épuisée dans dix jours, quinze au maximum.

Plusieurs membres de la troupe d'Ekelund échangèrent des regards inquiets.

— Exemple parfait de désinformation, dit-elle d'un air méprisant. Cela semble fort plausible. Si nous étions encore dans notre vieil univers, je serais même disposée à le croire. Mais nous avons changé de continuum. Nous sommes là où nous avons choisi d'être. Et nous avons choisi une existence qui nous garantit de vivre éternellement en toute sécurité. Ce qui se rapproche le plus du paradis dans toute l'histoire de l'humanité.

— Vous aviez des spécifications bien précises, contra Sinon. Un royaume où vous seriez coupés de l'au delà et où le concept de la nuit serait inexistant. Et c'est tout. Ce royaume ne vous protégera pas de votre folie. Il ne s'agit pas d'un environnement actif et bienveillant susceptible d'exaucer tous vos souhaits. Vous êtes responsables de ce que vous apportez ici, et tout ce que vous avez apporté, c'est un tas de roche sans vie avec une mince couche d'air par-dessus. J'aimerais bien savoir comment cette île pourrait vous faire vivre pendant des dizaines de milliers d'années.

— Vous n'êtes qu'une machine. Une machine conçue dans

un seul et unique but : tuer. C'est tout ce que vous pouvez comprendre. Vous n'avez pas d'âme. Si vous en aviez une, vous ne feriez qu'un avec ce lieu. Vous auriez conscience de sa gloire. Notre place est ici. Nous y sommes en paix et en sécurité. Vous avez perdu, machine.

— Hé ! fit Cochrane en levant la main. (Il se fendit d'un large sourire, rayonnant d'enthousiasme tel un écolier impatient de s'exprimer.) Euh... madame, normalement je suis du genre *organique*, je suis en harmonie avec la musique de la terre. Et, permettez-moi de vous le dire, ce tas de bouillasse me laisse complètement froid. Y a pas une vibration karmique dans le coin. Croyez-moi.

— Moi, croire un drogué subversif ? Jamais de la vie !

— Que voulez-vous ? demanda Stephanie.

Elle savait que Cochrane finirait par s'énerver s'il discutait avec Ekelund. Ce qui serait dangereux pour tout le monde. Ekelund n'aurait guère besoin d'encouragements pour les exterminer. En fait, Stephanie se demandait ce qui la retenait. Sans doute souhaitait-elle savourer sa supériorité le plus longtemps possible.

— Je ne veux rien, Stephanie. Vous avez violé notre accord en revenant ici, rappelez-vous.

— Nous venions en paix. Pour vous aider.

— Nous n'avons pas besoin d'aide. Surtout venant de vous. Pas ici. Je contrôle la situation.

— Arrêtez ça.

— Arrêter quoi, Stephanie ?

— Laissez-les partir. Rendez leur liberté à ces gens. Nous allons mourir si nous ne trouvons pas un moyen de partir d'ici, et vous avez piégé ces malheureux dans votre régime autoritaire. Ce lieu n'est pas le paradis. C'est une énorme erreur que la panique nous a poussés à faire. Les sergents essaient de nous aider. Pourquoi ne voulez-vous pas coopérer avec nous ?

— Il y a dix heures à peine, ces *choses* qui sont devenues vos amis essayaient de nous tuer. Non, c'est encore pire. Tous ceux d'entre nous qu'elles capturaient étaient renvoyés dans l'au-delà. Vous ne me semblez guère impatiente de restituer votre joli corps tout neuf, Stephanie. Quand vous êtes sortie de Ketton, c'était pour aller vous planquer dans la boue en espérant ne pas être repérée.

— Écoutez, si c'est la vengeance qui vous intéresse, tirez-moi une balle dans la tête et finissons-en. Mais laissez partir les autres. Vous ne pouvez pas condamner tous les occupants de cette île à cause de la peur et de la haine qui vous rongent.

— J'abhorre la noblesse que vous vous attribuez.

Annette écarta Cochrane et Sinon de son chemin pour se dresser au-dessus de Stephanie. Celle-ci sentit le canon du fusil s'immobiliser à quelques centimètres de son front moite de transpiration.

— Je trouve cette grandeur d'âme complètement répugnante, reprit Ekelund. Vous affirmez en permanence votre supériorité morale comme si c'était un privilège inné. Votre douceur naturelle vous sert de bouclier et vous permet d'ignorer ce que vous avez fait à votre corps d'emprunt. Ça me dégoûte. Jamais je n'aurais l'idée de nier ce que je suis, ni ce que j'ai fait. Admettez donc la vérité, pour une fois. J'ai eu raison de faire ce que j'ai fait. J'ai organisé la défense de deux millions d'âmes, dont la vôtre, et c'est grâce à moi que vous n'avez pas replongé dans l'horreur. Dites-moi, Stephanie, n'ai-je pas bien agi ?

Stephanie ferma les yeux et sentit les larmes couler sur ses joues. Peut-être qu'Ekelund a raison, peut-être que j'ignore volontairement le crime monstrueux que j'ai commis. Qui n'en ferait autant à ma place ?

— Je sais que j'ai mal agi. Je l'ai toujours su. Mais je n'avais pas le choix.

— Merci, Stephanie. (Elle se tourna vers Sinon.) Quant à vous, machine de mort, si vous croyez à votre propre propagande, alors vous devriez vous débrancher pour que les vrais humains puissent vivre plus longtemps. Vous gaspillez notre atmosphère.

— Je suis humain. Bien plus que vous, je pense.

— L'heure viendra où nous rejetterons le serpent dans le néant. (Elle eut un sourire dénué d'humour.) Profitez de votre chute. Elle risque d'être longue.

Sylvester Geray ouvrit la porte du bureau privé de la princesse Kirsten et fit signe à Ralph d'y entrer. La souveraine était assise à son secrétaire, avec derrière elle une porte-fenêtre entrouverte ouvrant le passage à une légère brise qui faisait frémir sa robe. Ralph se mit au garde-à-vous, la salua, puis posa un microcartel devant elle. Il avait travaillé sur l'unique fichier qui s'y trouvait durant tout le vol qui l'avait amené de Xingu.

Kirsten considéra le cartel en plissant les lèvres, sans daigner le ramasser.

— Il s'agit de... ?

Elle posa cette question d'un air qui sous-entendait qu'elle en connaissait la réponse.

— Ma démission, madame.

— Refusée.

— Nous avons perdu douze mille sergents à Ketton, plus Dieu sait combien de civils possédés. L'ordre venait de moi. Ma responsabilité est pleine et entière.

— Cela ne fait aucun doute. Vous avez assumé cette responsabilité lorsque Alastair vous a confié le commandement de la campagne de libération. Et vous continuerez d'exercer ce commandement jusqu'à ce que le dernier possédé de Mortonridge soit placé en tau-zéro.

— Je ne peux pas.

Kirsten lui adressa un regard compatissant.

— Asseyez-vous, Ralph.

Elle lui indiqua un fauteuil. L'espace d'une seconde, elle crut qu'il allait se rebeller, mais il hocha la tête d'un air soumis et s'assit.

— Vous savez maintenant quel effet ça fait d'être un Saldana, lui dit-elle. Certes, nous n'avons pas à prendre des décisions aussi graves tous les jours, mais ce bureau en a vu défiler son content. Mon frère a autorisé des opérations de la Flotte royale qui ont entraîné plus de pertes que celles de Ketton. Et, comme vous êtes bien placé pour le savoir, nous avalisons indirectement l'élimination de personnes qui risquent d'être un jour nuisibles au royaume. Il n'y en a pas beaucoup, et cela ne se produit pas souvent, je vous l'accorde. Mais, sur une décennie, leur nombre finit par devenir important. Ce sont pourtant des décisions qu'il faut prendre, Ralph. Alors je serre les dents et je donne les ordres nécessaires, des ordres difficiles qui paralyseraient le gouvernement s'ils relevaient de sa compétence. Le pouvoir politique, c'est ça. Prendre des décisions qui affectent la vie d'autrui. La gestion quotidienne du royaume est notre prérogative, à nous, les Saldana. On nous a qualifiés de dictateurs brutaux, de capitalistes sans cœur et de protecteurs de droit divin. Quoi qu'il en soit, ce que nous faisons, nous le faisons bien, et même très bien. C'est parce que nous prenons ces décisions sans la moindre hésitation.

— Vous y avez été formés, madame.

— Exact. Vous aussi. Il y a une grande différence entre un souverain et un chef de station de l'ASE, je vous l'accorde. Or, en fin de compte, votre travail est de décider qui va vivre et qui va mourir.

— Mais je me suis trompé !

Ralph avait envie de hurler, de la contraindre à entendre raison. Mais quelque chose dans son subconscient l'en empêchait. Ce n'était ni le respect, ni même la crainte. Peut-être ai-je simplement envie qu'elle me détrompe, songea-t-il. Personne d'autre dans le royaume, sauf peut-être Alastair II soi-même, ne pourrait me l'assurer sans que j'en doute.

— Oui, Ralph. Vous vous êtes trompé. Sur toute la ligne. Forcer les possédés à se regrouper à Ketton était une grave erreur, encore plus grave que celle consistant à attaquer le nuage rouge aux rayons électroniques.

Il leva la tête, surpris, et ses yeux se rivèrent au regard impitoyable de la princesse.

— Vous attendiez-vous à de la sympathie de ma part, Ralph ? Vous n'en aurez pas, soyez-en sûr. Je veux que vous retourniez à Xingu pour poursuivre la reconquête de Mortonridge. Et pas seulement parce que vous êtes là pour nous préserver de tout blâme, ma famille et moi-même. Je n'ai pas oublié votre attitude lorsque nous avons découvert qu'Ekelund et les autres s'étaient introduits sur la planète. Vous étiez tout entier à votre mission, Ralph. Un spectacle des plus impressionnants. Pas un instant vous n'avez cédé face aux exigences de Jannike et de Leonard. Ce n'est pas tous les jours qu'on voit des personnes de leur rang ainsi remises à leur place.

— Je n'avais pas remarqué que vous me prêtiez attention, grogna Ralph.

— Bien sûr que non. Vous aviez une mission à accomplir, et rien d'autre n'avait d'importance. Maintenant, vous avez une nouvelle mission. Et je m'attends à ce que vous l'accomplissiez.

— Je ne suis pas l'homme qu'il faut. C'est à cause de moi que la bataille de Ketton s'est achevée sur un fiasco. L'IA m'a proposé plusieurs options. J'ai choisi la force brute parce que j'étais trop enragé pour préférer une méthode plus rationnelle. Harceler l'ennemi avec une puissance de feu superpuissante et des troupes en nombre démesuré, et ce jusqu'à ce qu'il capitule. Eh bien, vous avez vu le résultat de cette politique. Un trou béant dans le sol.

— Ce fut une leçon des plus douloureuses, n'est-ce pas ? (Elle se pencha vers lui, bien décidée à le convaincre plutôt qu'à le rebuter.) Mais vous l'avez assimilée et cela vous rend plus qualifié que quiconque pour la suite des opérations.

— Personne n'aura plus confiance en moi.

— Arrêtez de me faire chier avec vos jérémiades !

Ralph faillit sourire. Voilà qu'il se faisait insulter par une princesse Saldana, à présent !

— C'est ça, la guerre, Ralph. Les Édénistes ne diront rien, ils étaient partie prenante dans votre décision d'attaquer Ketton. Quant aux autres, les marines et les forces d'occupation, ils vous détestent déjà de toute façon. Ce n'est pas une nouvelle gaffe du pacha qui les fera changer d'opinion. Ils recevront leurs ordres pour la phase suivante, et les officiers et les sous-officiers veilleront à ce qu'ils les appliquent à la lettre. Je veux que vous donniez ces ordres. Cela fait maintenant deux fois que je vous le demande.

Elle poussa le cartel devant elle, telle une joueuse d'échecs annonçant « échec et mat ».

— Entendu, madame.

Il ramassa son cartel. Il s'était bien douté que ce ne serait pas facile.

— Bien, fit Kirsten avec fermeté. Quelle sera votre prochaine initiative ?

— Je comptais conseiller à mon successeur de changer à nouveau de politique. Après l'incident de Ketton, l'un de nos principaux sujets d'inquiétude est la survie des sergents et des habitants. Même si les possédés avaient stocké de la nourriture, il ne leur en reste sûrement plus beaucoup, où qu'ils se trouvent.

— Ce n'est qu'une hypothèse.

— Oui, madame. Mais elle est logique, à moins que nous ayons mal interprété la situation. Jusqu'ici, les possédés ont emporté des planètes entières dans cette dimension inconnue qui leur sert de sanctuaire. Une planète, cela leur donne une biosphère susceptible de les nourrir. Avec Ketton, c'est une autre histoire : ils n'ont à leur disposition qu'un bout de roche avec une couche de boue. Tôt ou tard, ils seront à cours d'atmosphère et de nourriture.

— À moins qu'ils se réfugient sur l'une des planètes disparues.

— J'espère que cela leur est possible, madame. Je l'espère sincèrement. Je ne sais pas quelles sortes de conditions prévalent là où ils se trouvent, mais elles sont forcément des plus étranges si elles leur ont permis de poser cette parcelle de roche sur une planète. En fait, nous pensons que, selon toute probabilité, ils finiront par revenir dans notre univers une fois qu'ils auront pris conscience de la gravité de leur situation. Ça risque de causer pas mal de problèmes s'il faut en croire les géologues, mais nous nous préparons à cette éventualité.

— Grands dieux. (Kirsten tenta d'imaginer ce qui se passerait lorsque le morceau de planète disparu chercherait à atterrir dans le cratère qui l'avait remplacé, et elle n'y parvint pas.) Vous êtes conscient du fait que, s'ils reviennent dans notre univers, cela aura de profondes conséquences pour les autres planètes ? Cela prouvera qu'elles peuvent nous revenir, elles aussi.

— Oui, madame.

— Bon, toutes ces théories sont fort intéressantes, mais quel changement de politique proposez-vous ?

— Après avoir dressé la liste des problèmes de Ketton, nous avons réfléchi à la question de la nourriture sur l'ensemble de Mortonridge. Après le déluge, il ne reste plus de produits frais ; les satellites n'ont pas réussi à dénicher un scul champ intact dans la péninsule. Quelques animaux ont réussi à survivre, mais ils vont bientôt mourir vu qu'il ne leur reste plus rien à manger. Nous savons que les possédés ne peuvent pas utiliser leur pouvoir énergétique pour se fabriquer de la nourriture à partir de matière non organique. Donc, leurs réserves finiront par s'épuiser, ce n'est qu'une question de temps.

— Vous pouvez donc les affamer.

— Oui. Mais cela ne se fera pas tout de suite. L'économie de Mortonridge est agricole. La plupart des villes abritent une industrie agroalimentaire, une usine ou un entrepôt. Si les possédés réussissent à s'organiser et à se rationner, ils pourront encore tenir un bon moment. Je suggère donc que nous poursuivions notre avancée, dans une autre direction. Les sergents peuvent continuer d'affronter les petits groupes de possédés dispersés dans la campagne sans courir trop de risques. Mais ils devraient rester à l'écart des groupes plus importants retranchés dans les villes. Je propose qu'ils encerclent celles-ci et établissent autour d'elles un périmètre de sécurité ; ensuite, la garnison n'aura qu'à attendre que les provisions des assiégés soient épuisées.

— Ou que lesdits assiégés disparaissent dans un autre univers.

— Nous pensons que, si Ketton nous a échappé, c'est parce que l'assaut donné contre les possédés a forcé ceux-ci à réagir. On n'a pas le même état d'esprit quand on découvre dix mille sergents marchant en rangs serrés et quand on se dispute avec ses voisins pour savoir qui aura le droit de manger la dernière ration de spaghettis à la bolognaise.

— Plus nous tardons à les soumettre, plus les corps qu'ils possèdent en souffriront. Et sans parler de la malnutrition.

— Oui, madame. J'en ai conscience. Il y a un autre problème : si la ligne de front continue d'avancer comme elle l'a fait jusqu'ici, nous allons pousser les possédés à se concentrer en grand nombre au centre de la péninsule. Nous devrions plutôt morceler Mortonridge. Il faudrait par conséquent redéployer les sergents en colonnes marchant vers l'intérieur pour opérer ensuite leur jonction. Mais si nous en affectons une partie au siège des villes et des villages, nous en aurons beaucoup moins sur la ligne de front, précisément au moment où nous avons besoin de toutes nos forces.

— Encore des décisions à prendre, Ralph. Comme je vous l'ai dit l'autre jour, je continuerai à vous soutenir sur le plan politique. Faites ce que vous devez faire sur le terrain et laissez-moi m'occuper du reste.

— Puis-je espérer une amélioration en ce qui concerne le soutien médical ? Nous en aurons vraiment besoin en cas de siège.

— L'ambassadeur édéniste m'a assuré que leurs habitats nous déchargeront des cas de cancer les plus avancés, mais leurs faucons ne peuvent pas être partout à la fois. L'amiral Farquar étudie la possibilité d'utiliser des transports de troupe, qui sont déjà équipés de nacelles tau-zéro. En fait, j'ai demandé à Alastair de nous envoyer des vaisseaux de colonisation de la Kulu Corporation. Nous pourrons y héberger les patients jusqu'à ce que les hôpitaux puissent les accueillir.

— C'est un progrès, je suppose.

Kirsten se leva et prévint Sylvester Geray que l'audience était terminée.

— Rappelez-vous la règle fondamentale de toute société moderne : tout prend plus de temps et d'argent. Il en a toujours été ainsi, il en sera toujours ainsi. Et ni vous ni moi ne pouvons rien y faire, général.

Ralph réussit à s'incliner de quelques degrés comme la porte s'ouvrait derrière lui.

— Je tâcherai de m'en souvenir, madame.

— Je crois que je peux marcher maintenant, dit Stephanie.

Choma et Franklin l'avaient ramenée au camp sur une civière de fortune. Elle était restée allongée sur le sol boueux, tout près de Tina, le torse et les jambes enveloppés dans un duvet et une intraveineuse plantée dans le bras. Trop faible pour bouger, elle avait somnolé pendant plusieurs heures, en proie à des rêves imprégnés d'une angoisse floue. Moyo était resté à son chevet durant tout ce temps, lui étreignant la main et lui épongeant le front. Son corps réagissait à la blessure comme à une forte fièvre.

Lorsque, finalement, les frissons avaient cessé de la tourmenter, elle avait passé un moment à rassembler ses esprits. Rien n'avait changé ou presque ; les sergents l'entouraient de toutes parts, figés dans une immobilité absolue. De temps à autre, un disque d'air au-dessus d'eux s'illuminait d'un éclat incandescent, puis s'évanouissait à l'issue de quelques pulsations. En fermant les yeux, elle sentait le flux de pouvoir énergétique vers la zone signalée par ce disque : un point focal où les sergents tentaient dc déchirer le tissu de ce royaume. La structure qu'ils imposaient à l'énergie changeait subtilement à chaque tentative, mais le résultat était toujours le même : la dissipation. La réalité du continuum demeurait obstinément intacte.

Choma, occupé à examiner la colonne vertébrale de Tina, se tourna vers elle.

— Je préférerais que vous ne vous fatiguiez pas pendant quelque temps, conseilla-t-il. Vous avez perdu beaucoup de sang.

— Comme moi, murmura Tina.

Sa voix était à peine audible. Elle leva le bras de quelques pouces, agitant les doigts à tâtons.

Stephanie lui étreignit la main. La peau de Tina était glacée.

— Oui, autant ne pas aggraver les choses, je suppose, dit Stephanie. Nous ne risquons pas de guérir en nous épuisant.

Tina sourit, ferma les yeux et émit un petit bruit de contentement.

— Nous allons guérir, n'est-ce pas ?

— En effet. (Stephanie veilla à ce que sa voix ne tremble pas, espérant que sa discipline mentale empêcherait ses pensées de la trahir.) Comme les deux grandes filles que nous sommes.

— Comme toujours. Tout le monde a été si gentil, même Cochrane.

— S'il veut te voir debout, c'est pour avoir une nouvelle chance de coucher avec toi.

Tina sourit de toutes ses dents, puis retomba lentement dans un demi-sommeil.

Stephanie se redressa sur ses coudes, imaginant que son duvet se transformait en oreiller moelleux. Le tissu se gonfla sous son échine. Ses amis l'entouraient, lui adressant des regards exprimant la compassion ou un léger embarras. Mais tous paraissaient soucieux.

— Je suis une idiote, leur dit-elle avec amertume. Jamais je n'aurais dû retourner à Ketton.

— Déconne pas ! lança Cochrane.

McPhee cracha en direction de la ville en ruine.

— Nous avons bien agi, nous avons agi humainement.

— Tu n'as aucun reproche à te faire, renchérit Rana. Cette femme est complètement cinglée.

— Personne ne le savait mieux que moi, rétorqua Stephanie. Nous aurions dû prendre quelques précautions élémentaires, à tout le moins. Elle aurait pu nous abattre tous.

— Si faire preuve de compassion et de confiance est un défaut, alors je suis fier de le partager avec toi, dit Franklin.

— J'aurais dû me protéger, dit Stephanie sans paraître l'entendre. J'ai été stupide. Quand nous étions à Ombey, jamais une balle n'aurait fait autant de dégâts. Je croyais seulement que nous devions être solidaires à présent que nous sommes dans le même pétrin.

— C'était effectivement une grave erreur, dit Moyo en lui tapotant la main. Comme c'est la première que tu fais depuis qu'on se connaît, je te pardonne.

Elle lui étreignit la main et la porta à ses lèvres pour l'embrasser.

— Merci.

— De toute façon, je ne crois pas que ça nous aurait servi à grand-chose de nous préparer, ni de sombrer dans la paranoïa, fit remarquer Franklin.

— Pourquoi donc ?

Il brandit un sachet de potage nutritif. Son emballage argenté vira lentement au bleu et blanc tandis que ses contours s'arrondissaient. Franklin se retrouva avec une boîte de haricots dans les mains.

— Nous sommes beaucoup moins forts ici. Dans notre univers, j'aurais métamorphosé ce sachet en un clin d'œil. Et c'est pour ça qu'ils ne peuvent pas retourner là-bas. (Il désigna les sergents alors qu'un nouveau disque lumineux s'éparpillait au-dessus de leurs têtes dans une explosion d'ions bleus.) Dans cet univers, il n'y a pas assez de puissance disponible pour nous permettre de refaire ce que nous avons fait. Ne me demandez pas pourquoi. Ça a sans doute un rapport avec le fait que nous soyons coupés de l'au-delà. Les fusils d'Ekelund et de sa clique nous amocheraient salement même si nous façonnions un bouclier autour de nous.

— D'autres bonnes nouvelles pour remonter le moral de nos patients ? s'enquit Moyo d'une voix cinglante.

— Non, il a raison, dit Stephanie. Et puis, la politique de l'autruche ne risque pas de nous être utile.

— Comment peux-tu rester aussi calme ? Nous sommes coincés ici !

— Pas exactement. L'invalidité a aussi ses avantages. Sinon ?

Depuis l'expédition avortée vers Ketton, les sergents montaient la garde au cas où Ekelund se serait de nouveau montrée hostile. Sinon et Choma s'étaient portés volontaires pour accomplir cette tâche tout en continuant à veiller sur les deux blessées. Ce n'était guère difficile car, de l'endroit élevé où ils se trouvaient, ils ne pouvaient manquer de repérer tout mouvement sur l'étendue de boue ocre les séparant de la ville ravagée. Personne ne risquait de les prendre par surprise.

Sinon examinait des fusils de précision prélevés dans l'arsenal des sergents. Non qu'il s'attendît à les voir employés : si Ekelund leur envoyait un détachement, les sergents se contenteraient d'ériger autour de leur camp une barrière protectrice semblable à celle qui entourait l'île, opposant à toute offensive une résistance passive mais insurmontable.

Il reposa le viseur qu'il était en train de nettoyer.

— Oui ?

— Avez-vous remarqué que nous bougeons ? lui demanda Stephanie.

Cela faisait un certain temps qu'elle observait ce qui passait pour le ciel dans ce royaume. À leur arrivée, ce ciel leur était apparu comme une étendue uniforme baignée dans une lumière sans source bien définie. Mais, lors de son observation, elle avait distingué en lui de subtiles variations. Plusieurs nuances étaient perceptibles autour de l'île, évoquant des vagues languides ou des bancs de brume translucides. Et ces nuances se déplaçaient lentement dans une direction bien déterminée.

Tandis que Stephanie décrivait ce phénomène, de plus en plus de sergents quittaient leur transe pour observer le ciel. Leurs esprits réunis s'adressèrent de vifs reproches.

Nous aurions dû le remarquer. L'observation directe est

la méthode la plus fondamentale en matière de collecte de données environnementales.

En combinant leur vision grâce au lien d'affinité, les sergents pouvaient scanner le ciel à la manière d'un télescope à miroirs multiples. Plusieurs milliers d'iris traquèrent une irrégularité chatoyante comme elle dérivait doucement dans les hauteurs. Des esprits mis en parallèle effectuèrent un rapide calcul de parallaxe, d'où il résulta que l'aberration était distante d'une cinquantaine de kilomètres.

— Comme les bandes de lumière moins intense semblent avoir une largeur fluctuante, nous en déduisons que nous sommes enveloppés dans une structure évoquant une nébuleuse extrêmement ténue, dit Sinon aux humains fascinés. Cependant, la source de cette lumière demeure impossible à déterminer, de sorte que nous ne pouvons affirmer avec certitude si c'est la nébuleuse ou notre île qui se déplace. Mais vu que la vitesse est approximativement égale à cent cinquante kilomètres à l'heure, nous pouvons supposer que c'est l'île qui bouge.

— Pourquoi ? demanda Rana.

— Parce qu'une force titanesque serait nécessaire pour faire bouger la nébuleuse à cette vitesse. Ce n'est pas impossible, mais, vu que l'île est essentiellement entourée de vide, cela rend encore plus improbable l'hypothèse d'une force capable d'agir sur la nébuleuse. Comme nous ne détectons aucun impact sur l'île, qu'il soit physique ou énergétique, cela signifie qu'il n'y a pas de « vent » pour pousser la nébuleuse. Celle-ci pourrait poursuivre son expansion à partir de son point d'origine, mais étant donné que les fluctuations en son sein indiquent que sa nature est raisonnablement passive, cette hypothèse est hautement improbable.

— Donc, nous volons, conclut McPhee.

— Il semble bien.

— Je ne veux pas doucher votre enthousiasme, dit Cochrane, mais les petits malins que vous êtes ont-ils envisagé l'hypothèse selon laquelle nous serions en train de *tomber* ?

— La direction du flux que nous percevons au sein de la nébuleuse la rend elle aussi hautement improbable, répondit Sinon. Le mouvement est en apparence horizontal. L'explication la plus vraisemblable, c'est que nous avons émergé dans cet univers avec une vitesse relative par rapport à la nébuleuse. En outre, si nous étions en train de tomber depuis notre arrivée, alors notre éventuel point de chute serait devenu visible depuis le temps. Pour exercer une telle attraction gravitationnelle, il faudrait qu'il soit vraiment gigantesque ; au moins plusieurs fois la taille d'une supergéante gazeuse.

— Vous ignorez ce qui constitue une masse ou une gravité naturelles dans ce royaume, fit remarquer McPhee.

— Exact. Cette île en est la preuve.

— Que voulez-vous dire ?

— Notre gravité n'a pas varié depuis notre arrivée. Et pourtant, nous ne faisons plus partie d'Ombey. Nous supposons que la pesanteur est restée la même parce que c'était ce que tout le monde voulait inconsciemment.

— Nom de Dieu ! (Cochrane sursauta et fixa d'un air inquiet les pattes d'éléphant de son pantalon de velours.) Vous voulez dire qu'on ne fait que rêver cette gravité ?

— Essentiellement, oui.

Le hippie serra les poings et les pressa sur son front.

— Oh ! les mecs, quelle galère ! Je veux que ma gravité soit réelle. Enfin, faut pas toucher à un truc aussi fondamental, merde !

— Désormais, la réalité est essentiellement une création de votre esprit. Si vous percevez l'action de la gravité sur vous, alors c'est qu'elle est réelle, déclara le sergent, imperturbable.

Un gros joint allumé apparut dans la main de Cochrane, et il en tira une longue bouffée.

— Je suis lourd, chantonna-t-il. Lourd, lourd, lourd. Et que personne ne l'oublie. Vous m'écoutez, les copains ? Pensez-y très fort.

— Quoi qu'il en soit, dit Sinon à McPhee, si nous nous trouvions dans un champ gravitationnel, la nébuleuse tomberait avec nous. Or elle n'en fait rien.

— Voilà qui est rassurant, grogna McPhee. Ce qui n'a rien d'évident dans ce continuum.

— Assez parlé théorie, intervint Moyo. Pouvons-nous tirer parti de cette situation ?

— Nous avons l'intention de monter une équipe d'observateurs, déclara Sinon. Des guetteurs, si vous voulez, dont la mission sera de voir s'il y a quelque chose sur notre route. Il est possible que les planètes emportées par les possédés hors de notre univers se trouvent dans ce royaume, avec nous. Nous allons aussi utiliser notre affinité pour lancer des appels à l'aide ; c'est la seule méthode de communication efficace dont nous disposions ici.

— Vous rigolez, les mecs ! Allons, réfléchissez un peu. Qui pourrait vous entendre ?

— De toute évidence, nous n'en savons rien. Et même s'il y a une planète dans ce continuum, nous ignorons si nous pouvons atteindre sa surface en restant intacts.

— Vous voulez dire « vivants », corrigea Moyo.

— Exact. Toutefois, il existe une forte possibilité pour que nous soyons secourus.

— Quoi ? beugla Cochrane.

— Si ce royaume est celui où tous les possédés rêvent d'aller, alors il est concevable que Valisk se trouve dans les parages. Peut-être entendra-t-il notre appel, et peut-être que sa biosphère pourra nous abriter. Il serait des plus simples de nous transférer là-bas.

Cochrane poussa un long soupir, exhalant par les narines de longs plumets de fumée odorante.

— Ouais, bien réfléchi, mec. Ça, c'est du positif. Je crois que j'aimerais vivre à Valisk.

Comme les humains étaient d'aussi bons guetteurs ou presque que les sergents, Stephanie et ses amis parcoururent les mille mètres qui les séparaient du bord de l'île pour les aider à monter le poste d'observation. Il leur fallut une heure pour arriver à destination. Non que le terrain soit particulièrement dur – la boue séchée ployait et craquait sous leurs pieds, et ils durent contourner plusieurs mares d'eau stagnante –, mais Tina devait être transportée sur sa civière et accompagnée de son équipement médical. Quant à Stephanie, le pouvoir énergétique avec lequel elle renforçait sa force physique ne la dispensait pas de faire une pause à intervalles réguliers.

Ils finirent par gagner le sommet de la falaise, et ils s'installèrent à une cinquantaine de mètres du précipice. Ils avaient choisi le sommet d'une petite éminence, d'où ils avaient une vue imprenable sur le vide lumineux qui s'étendait devant eux. Tina fut installée de façon qu'il lui suffise de lever la tête pour apercevoir le panorama, ce qui lui donnait l'impression de participer au guet. Elle eut un sourire empreint de lassitude et de reconnaissance lorsqu'on accrocha son goutte-à-goutte à une branche d'arbre. Les dix sergents qui les accompagnaient posèrent leurs paquetages et s'assirent en formant un demi-cercle, évoquant une collection de bouddhas rangés dans la position du lotus.

Stephanie s'allongea sur un duvet, ravie que l'expédition soit arrivée à bon port. Elle s'empressa de transformer un sachet nutritif en sandwich au jambon et le mordit à belles dents. Moyo s'assit auprès d'elle et laissa reposer son épaule contre la sienne. Ils échangèrent un bref baiser.

— Chouette ! lança Cochrane. Hé ! si l'amour est aveugle, comment se fait-il que la lingerie fine soit aussi populaire ?

Rana lui décocha un regard navré.

— Quel manque de tact !

— C'est pour rire, protesta le hippie. Moyo n'est pas vexé, pas vrai, mec ?

— Non, répondit l'intéressé.

Stephanie et lui se rapprochèrent et se mirent à glousser.

Après leur avoir jeté un regard soupçonneux, Cochrane s'allongea à son tour sur son duvet. Il en avait métamorphosé le tissu en un velours écarlate et émeraude.

— Et si on prenait les paris, les aminches ? Qu'est-ce qui va apparaître en premier au-dessus de l'horizon ?

— Des soucoupes volantes, proposa McPhee.

— Non, non, fit Rana d'un air hautain. Des licornes ailées chevauchées par des vierges vêtues de lingerie fine.

— Hé ! je parlais sérieusement, les mecs. Enfin, nos vies dépendent de ce truc.

— Bizarre, dit Stephanie d'une voix songeuse. Il n'y a pas si longtemps, j'aurais voulu que la mort soit permanente. Maintenant qu'elle risque de l'être, j'aimerais vivre un peu plus longtemps.

— Si vous me permettez une question, pourquoi croyez-vous que vous allez mourir ? demanda Sinon. Vous agissez tous comme si c'était ce qui allait vous arriver dans ce royaume.

— C'est comme la gravité, je suppose, répondit Stephanie. La mort est quelque chose de si fondamental. C'est ce que nous attendons tous à la fin de la vie.

— Vous voulez dire que vous allez vous imposer de mourir ?

— Pas exactement. Nous libérer de l'au-delà n'était qu'une partie de notre désir. Ce royaume était censé être merveilleusement bienveillant. Il le serait sûrement si nous nous trouvions sur une planète. Nous souhaitions venir ici pour y vivre éternellement, comme au paradis auquel on croyait autrefois. Ou, sinon éternellement, du moins pendant plusieurs millénaires. Une vie correcte, comme celle que nous pensions avoir. Or la vie s'achève avec la mort.

— Au paradis, la mort ne vous enverrait pas dans l'au-delà, s'aventura Choma.

— Exactement. Ce serait une meilleure vie. Le pouvoir énergétique nous permet de réaliser nos rêves. Nous n'avons besoin ni d'argent ni de produits manufacturés. Il nous suffit de faire un vœu pour obtenir ce que nous désirons. Si ça ne rend pas les gens heureux, rien n'y parviendra.

— Jamais vous ne pourriez éprouver la satisfaction du travail bien fait, contra Sinon. Il n'y aurait aucun défi pour vous mettre à l'épreuve. Comme l'électricité est virtuellement inexistante, tout ce qui est plus complexe que la machine à vapeur vous est interdit. Vous vous attendez à vivre très, très longtemps. Et personne ne pourra jamais partir d'ici. Excusez-moi, mais ça n'a rien d'un paradis à mes yeux.

— Il faut toujours que vous voyiez le mauvais côté des choses, grommela Cochrane.

— Vous avez peut-être raison, dit Stephanie. Mais même une colonie pénale d'un niveau équivalent à celui du XVIIIe siècle, suivie par une mort authentique, c'est encore mieux que l'au-delà.

— Dans ce cas, votre énergie serait mieux employée si vous nous aidiez à arracher les âmes humaines à l'emprise de l'au-delà.

— Excellente idée, dit Moyo. Comment comptez-vous vous y prendre ?

— Je l'ignore. Mais si certains d'entre vous acceptaient de coopérer avec nous, alors nous pourrions explorer certaines possibilités.

— Mais nous coopérons avec vous.

— Je ne parle pas de notre situation ici, mais de ce qui se passe dans notre univers, là où les scientifiques de la Confédération étudient le problème.

— Quand nous étions sur Ombey, tout ce que vous avez fait ç'a été de nous agresser, protesta Rana. Et nous savons que les militaires ont capturé plusieurs possédés pour les soumettre à la vivisection. Nous entendions leur tourment résonner dans l'au-delà.

— S'ils avaient coopéré, nous n'aurions pas eu besoin de recourir à la force, dit Choma. Et il n'a jamais été question de vivisection. Nous ne sommes pas des barbares. Pensiez-vous vraiment que je souhaiterais condamner ma famille à l'au-delà ? Nous voulons vous aider. C'est dans notre propre intérêt, à tout le moins.

— Encore une occasion perdue, soupira Stephanie. Elles commencent à s'accumuler, pas vrai ?

— Quelqu'un arrive de la ville, annonça Choma. Un petit groupe se dirige vers notre camp.

Stephanie se retourna automatiquement vers la prairie bourbeuse. Elle ne distinguait strictement rien.

— Ils ne sont que cinq, poursuivit Choma. Ils ne semblent pas hostiles.

Le sergent continua de leur commenter les événements. Une escouade fut envoyée à la rencontre des nouveaux venus, qui déclarèrent vouloir quitter les forces d'Ekelund, déçus qu'ils étaient par l'évolution de la situation en ville. Les sergents leur indiquèrent la direction du poste de guet.

Stephanie observa l'arrivée des réfugiés. Elle ne fut pas surprise de découvrir Devlin parmi eux. Il était vêtu en uniforme d'apparat d'un officier du début du XXe siècle, tout en laine foncée avec force rubans pourpres et dorés.

— Encore un militaire phallocrate, maugréa Rana.

Poussant un reniflement de dédain, elle se retourna ostensiblement vers le vide par-delà le précipice.

Stephanie invita les nouveaux venus à s'asseoir. Tous semblaient craindre d'être plutôt mal reçus.

— Vous en avez eu marre de cette virago, hein ? demanda Cochrane.

— Admirablement formulé, répondit Devlin. (Il transforma un duvet en couverture écossaise et s'allongea dessus.) Elle a complètement perdu la raison. Le pouvoir l'a rendue folle, évidemment. J'ai souvent vu ça durant la Grande Guerre. Il suffit de ne pas être d'accord avec elle pour se faire accuser de mutinerie. Je présume qu'elle nous enverra devant un peloton d'exécution si elle nous revoit. Sans sourciller.

— Donc, vous avez déserté.

— Je suis sûr que c'est le terme qu'elle emploierait.

— Nous pensons pouvoir la tenir à distance, dit Sinon.

— Ravi de l'entendre, mon vieux. Les choses commençaient à tourner à l'aigre là bas. Ekelund et Hoi Son continuent de se préparer à un conflit. Elle détient le pouvoir, voyez-vous. Maintenant que les âmes ne peuvent plus se réfugier dans l'au-delà pour la fuir, sa discipline est fichtrement efficace. Et puis c'est elle qui possède les réserves de nourriture, évidemment. Il y a toute une bande de crétins qui croit encore en ses discours. Il ne faut pas grand-chose, vous savez : un chef et une bande de partisans pour faire respecter ses ordres. Quelle stupidité !

— Que va-t-il se passer selon elle ? s'enquit Stephanie.

— Je n'en suis pas très sûr. Elle non plus, à mon avis. Hoi

Son continue de répéter que nous ne faisons qu'un avec la terre et que les sergents gâchent cette merveilleuse harmonie. Ils font de la surenchère, tous les deux. Ils s'efforcent de convaincre leurs pauvres troufions que tout ira pour le mieux une fois que vous aurez été jetés par-dessus bord. Ridicule ! Le premier imbécile venu serait capable de comprendre que cette parcelle de terre ne sera jamais d'aucune utilité à quiconque.

— Il n'y a qu'Annette pour croire que cette île vaut la peine qu'on se batte pour elle.

— Je suis d'accord, dit Devlin. C'est de la folie pure. J'ai déjà vu ça. Un officier qui se laisse obséder par une idée et ne peut penser à rien d'autre. Et peu importe si tous ses soldats en périssent. Eh bien, je n'ai pas l'intention de l'aider. J'ai déjà commis cette erreur. Je ne le ferai plus jamais.

— Hé ! mec, bienvenue parmi les gentils.

Cochrane lui tendit une flasque en argent.

Devlin but une gorgée d'alcool et se fendit d'un sourire appréciatif.

— Pas mal. (Il avala une goulée et fit tourner la flasque.) Qu'est-ce que vous guettez, exactement ?

— Nous l'ignorons, répondit Sinon. Mais nous le reconnaîtrons en le voyant.

Ce matin-là, après le petit déjeuner, Jay passa vingt minutes à gronder et à corriger le fournisseur universel. Il n'arrêtait pas d'absorber sa robe pour lui en régurgiter une nouvelle. Les variations qu'elle exigeait étaient infimes, mais elle savait ce qu'elle voulait et s'y tenait. Tracy avait assisté aux cinq premières minutes de cette séance d'essayage, puis elle avait tapé la fillette sur l'épaule et dit : « Je vous laisse vous débrouiller tous les deux, ma chérie. »

Le modèle qu'elle voulait était pourtant fort simple. Elle l'avait vu dans l'arche, deux ans plus tôt : une jupe plissée rouge qui arrivait aux genoux et un chemisier jaune canari, les deux se fondant l'un dans l'autre grâce à un dégradé au niveau de la taille, les deux couleurs donnant l'impression qu'elle était vêtue d'une flamme. L'ensemble était fabuleux quand elle l'avait vu dans la vitrine. Mais lorsqu'elle avait demandé à sa mère de le lui acheter, elle s'était entendu répondre que c'était beaucoup trop cher. Et c'est ainsi que cette robe en était venue à symboliser tout ce qu'elle reprochait à la Terre. Elle savait toujours ce qu'elle voulait, mais jamais elle ne pouvait l'obtenir.

Tracy frappa à la porte de la chambre.

— Haile sera là dans une minute, ma chérie.

— J'arrive ! hurla Jay. (Elle décocha un regard noir au globe qui flottait au-dessus du fauteuil en osier.) Allez, crache !

La robe émergea de la surface pourpre du fournisseur. Ce n'était toujours pas le bon modèle ! Jay se planta devant lui, les poings sur les hanches, et poussa un soupir dégoûté.

— La jupe est encore trop longue. Je t'avais pourtant expliqué ! L'ourlet ne doit pas être au niveau des genoux. C'est trop laid !

— Pardon, murmura le fournisseur, penaud.

— Enfin, je vais bien être obligée de m'en contenter. Mais ce soir, quand je serai revenue, tu auras intérêt à ne plus te tromper.

Elle enfila l'ensemble en hâte, grimaçant en sentant le tissu lui frôler les côtes (la planche de surf l'avait cognée quand elle était tombée dans l'eau). Ses chaussures étaient aussi catastrophiques que le reste. Des sandales blanches aux semelles deux fois trop épaisses. Et ces chaussettes bleues ! Poussant un ultime soupir de martyre, elle attrapa son canotier (pour une fois, le fournisseur avait fait du bon travail) et le vissa sur sa tête. Un petit coup d'œil dans le miroir au-dessus du lavabo pour juger de l'étendue des dégâts. Et c'est à ce moment-là qu'elle aperçut Prince Dell gisant sur le lit. Elle grimaça et rougit de honte. Mais elle ne pouvait pas l'emmener avec elle sur la planète de Haile. C'était impossible ! Si elle s'était tellement souciée de sa tenue, c'était parce qu'elle était le premier être humain à aller là-bas. Elle se faisait un devoir d'être présentable. Après tout, elle était en quelque sorte l'ambassadrice de son espèce tout entière. Elle imaginait déjà la réaction de sa mère ; pas question de s'encombrer d'un vieux jouet tout miteux.

— Jay ! appela Tracy.

— J'arrive !

Elle se précipita dans la petite véranda de la villa. Tracy se tenait près du perron et arrosait les géraniums avec un ustensile bizarre qui ressemblait à un seau métallique pourvu d'une trompe. Elle regarda longuement la petite fille.

— Tu es très jolie, ma chérie. C'est un excellent choix.

— Merci, Tracy.

— Maintenant, rappelle-toi que tu vas voir plein de nouvelles choses. Certaines d'entre elles risquent de te paraître stupéfiantes, je n'en doute pas. Essaie de ne pas trop t'exciter.

— Je serai sage. Promis.

— J'en suis sûre. (Tracy l'embrassa sur la joue.) Allez, va-t'en.

Jay descendit deux ou trois marches, puis s'immobilisa.

— Tracy ?

— Oui ?

— Pourquoi vous n'êtes jamais allée sur Riynine ? Haile dit que c'est un endroit très important, une de leurs planètes-capitales.

— Oh ! je n'en sais rien. À l'époque où ça m'aurait intéressée, j'étais trop occupée, je pense. Et maintenant que j'ai tout le temps, ça ne me passionne plus guère. Quand on a vu un miracle technologique, on les a tous vus.

— Il n'est pas trop tard, dit Jay, généreuse.

— Un autre jour, peut-être. Allez, file, tu vas être en retard. Et, Jay, n'oublie pas : si tu as envie d'aller au petit coin, demande à un fournisseur. Personne n'en sera gêné ni offensé.

— Oui, Tracy. Au revoir.

Calant son canotier d'une main, elle fonça en direction du disque d'ébène.

La vieille femme la regarda partir, serrant la poignée de son arrosoir à s'en faire blanchir les phalanges. Un rayon de soleil accrocha une larme au coin de ses paupières.

— Zut ! murmura-t-elle.

Haile se matérialisa alors que Jay était encore à dix mètres du disque. Elle poussa un cri et courut plus vite.

Amie Jay. C'est une belle journée.

— Une journée magnifique ! (Elle pila près de la jeune Kiint et lui passa un bras autour du cou.) Haile ! Tu grandis un peu plus chaque jour !

Beaucoup.

— Quand est-ce que tu auras ta taille adulte ?

Dans huit ans. Et ça me démangera tout ce temps-là.

— Je te gratterai.

Tu es ma véritable amie. Nous y allons ?

— Oui ! (Elle se mit à trépigner, un large sourire aux lèvres.) Allez, allez !

Toutes deux disparurent dans le noir.

Cette sensation de chute avait cessé de troubler Jay. Elle se contenta de fermer les yeux et de retenir son souffle. L'un des appendices de Haile était gentiment enroulé autour de son poignet.

Elle sentit son poids revenir. Ses souliers se posèrent sur une surface solide, et elle plia légèrement les genoux pour amortir le choc. La lumière frappait ses paupières closes.

Nous sommes arrivées.

— Je sais.

La petite fille avait soudain un peu peur d'ouvrir les yeux.

Je vis ici.

Haile semblait si joyeuse que Jay ne put faire autrement que de regarder. Le soleil était bas dans le ciel, mais le jour n'était pas encore tombé. Derrière elles, des ombres longilignes zébraient le disque noir sur lequel elles venaient d'arriver. Elles se trouvaient à l'air libre, sur une plaine fripée qui semblait s'étirer jusqu'à l'horizon sur une centaine de kilomètres. Des montagnes en tronc de cône, d'une roche pâle parsemée de gorges purpurines, se dressaient majestueusement au-dessus d'une épaisse végétation bleu-vert ; elles n'étaient pas disposées en chaîne mais éparpillées sur toute l'étendue de la steppe. De larges rivières et des affluents plus modestes sinuaient à travers les vallées, parés d'une nuance argentée par le soleil, et des bancs d'une brume évanescente s'enveloppaient autour des contreforts. Une vision de la nature à vous couper le souffle. Sauf qu'elle n'avait rien de naturel ; c'était à cela que devait ressembler l'intérieur d'un habitat édéniste, en infiniment plus petit. Rien de laid n'avait droit de cité ici ; grâce à une géologie taillée sur mesure, ce monde avait sûrement des bayous plutôt que des marécages d'eau stagnante, des combes doucement vallonnées plutôt que des champs de lave pétrifiée.

Ce qui ne l'empêchait pas d'être splendide.

Il y avait des bâtiments nichés dans les montagnes, en majorité des dômes kiints de différentes tailles, mais aussi des gratte-ciel d'un aspect étonnamment humain. Plus des constructions qui ressemblaient davantage à des sculptures qu'à des immeubles : une spirale de bronze débouchant sur nulle part, un agrégat de sphères vert émeraude qui ressemblaient à des bulles de savon collées les unes aux autres. Chacune de ces constructions semblait isolée ; Jay ne voyait ni route ni piste permettant d'y accéder. Néanmoins, elle se trouvait bien dans une ville, aucun doute là-dessus : une ville conçue à une échelle gigantesque, comme la Confédération n'en verrait jamais. Une conquête posturbaine de la Terre.

— Où est-ce que tu vis ? s'enquit-elle.

Haile déroula son bras tractamorphique pour lui lâcher le poignet. Le disque d'ébène était entouré d'un pré bordé d'arbustes où poussait une pseudoherbe d'un beau bleu outremer. On avait l'impression de se trouver dans une forêt naturelle plutôt que dans un parc. Plusieurs espèces étaient plantées côte à côte, des arbres aux feuilles octogonales noires et d'autres ressemblant à des parasols jaunes se disputant la lumière et l'espace ; de longues tiges lisses, s'achevant par des bouquets de feuilles roses, jaillissaient de buissons plus petits, évoquant de gigantesques roseaux.

Un dôme bleu acier était visible dans le feuillage à cinq cents mètres de là. Il ne semblait pas beaucoup plus grand que ceux de Tranquillité.

— C'est joli, dit poliment Jay.

Cette maison est différente de celle que j'avais dans le tout-autour. Les fournisseurs universels font la vie beaucoup plus facile ici.

— Je n'en doute pas. Alors, où sont tous tes amis ?

Viens. Vyano a entendu parler de toi. Il aimerait t'accueillir.

Jay se retourna pour suivre la jeune Kiint et poussa un hoquet de surprise. Derrière elle s'étendait un lac immense, ainsi que ce qui ne pouvait être que le château d'un seigneur elfe. Plusieurs douzaines de tours à la surface lisse se dressaient en son centre ; les flèches les plus hautes se trouvaient au cœur de l'ensemble, et elles mesuraient facilement mille mètres de haut. Des ponts aux formes arachnéennes bondissaient d'une tour à l'autre, se frôlant les uns les autres sans jamais se toucher. Elle ne distinguait dans cette structure aucune logique qui lui fût accessible ; certaines tours étaient pourvues de dix ponts ou plus, chacun à une hauteur différente, alors que d'autres n'en avaient que deux. L'édifice scintillait d'éclairs rouge et or à mesure que les rayons du soleil caressaient sa surface pareille à du quartz. Une vision aussi splendide qu'impressionnante.

— Qu'est-ce que c'est ? demanda-t-elle en courant pour rattraper Haile.

C'est un locus du Corpus, un lieu où la connaissance croît et mûrit.

— Tu veux dire un peu comme une école ?

Le bébé kiint hésita.

Le Corpus dit que oui.

— Tu y vas, à cette école ?

Non. Je reçois encore mon éducation primaire du Corpus et de mes parents. Je dois d'abord comprendre à mon niveau. Très dur. Quand j'aurai compris, l'expansion de mes pensées pourra débuter.

— Oh ! je vois. C'est un peu la même chose chez nous. Je dois recevoir plein d'empreintes didactiques avant de pouvoir aller à l'université.

Tu iras à l'université ?

— Je crois. Je ne sais pas comment on fera sur Lalonde. Peut-être qu'il y en a une à Durringham. Maman me le dira quand elle sera revenue et que ça ira mieux.

Je l'espère pour toi.

Elles étaient arrivées sur la berge. L'eau était si sombre que même lorsque Jay se planta sur l'herbe élimée tout au bord, il lui fut impossible de distinguer le fond du lac. La surface des eaux lui renvoya son reflet. Puis elle se couvrit de petites vagues concentriques.

Haile se dirigeait vers les tours blanches. Jay observa son amie durant quelques instants. Il y avait quelque chose qui clochait dans cette scène, quelque chose d'évident, mais elle n'arrivait pas à mettre le doigt dessus.

Haile avait parcouru dix mètres lorsqu'elle se rendit compte que Jay ne l'avait pas suivie. Elle tourna la tête vers la fillette.

Vyano est là-dedans. Tu ne veux pas le voir ?

Très lentement, Jay s'éclaircit la gorge.

— Haile, tu es en train de marcher sur l'eau.

La jeune Kiint considéra ses pieds, qui reposaient effectivement sur la surface de l'eau.

Oui. Interrogation. Pourquoi juges-tu erreur ?

— Parce que c'est de l'eau ! hurla Jay.

Il y a stabilité pour ceux qui cherchent à atteindre le locus. Tu ne tomberas pas.

Jay lança un regard de reproche à son amie, mais sa curiosité l'encourageait à tenter le coup. Elle se rappela la mise en garde de Tracy. Et jamais Haile ne lui jouerait un mauvais tour. Avec un luxe de précautions, elle posa un orteil sur l'eau. La surface sombre ploya à peine sous la pression qu'elle exerça, et elle constata que son soulier, incapable de rompre la tension superficielle, restait sec. Enhardie, elle laissa sa semelle tout entière se poser sur l'eau. Celle-ci supporta son poids sans effort apparent.

Deux ou trois pas hésitants, et Jay regarda autour d'elle en gloussant.

— C'est génial ! Vous n'avez même plus besoin de ponts et de passerelles !

Heureuse maintenant ?

— Oh ! oui.

Elle se dirigea vers Haile. Des cercles concentriques se mirent à rayonner à partir de ses souliers, faisant ondoyer l'eau. Impossible de ne pas éclater de rire.

— Dommage qu'on n'ait pas eu ça à Tranquillité. On aurait pu aller visiter cette fameuse île.

Exactitude.

Souriant de bonheur, Jay glissa sa menotte dans l'extrémité du bras de Haile et, ensemble, elles s'avancèrent sur le lac. Au bout de deux ou trois minutes, les tours du locus ne semblaient pas s'être rapprochées. Jay commença à se demander quelle était leur véritable hauteur.

— Où est Vyano ?

Il arrive.

Jay scruta la base des tours.

— Je ne vois personne.

Haile fit halte, baissa les yeux et dodelina de la tête.

Vision acquise.

Jay baissa les yeux à son tour en se promettant qu'elle ne crierait pas. Il y avait du mouvement sous l'eau. À vingt mètres de profondeur, une petite montagne gris pâle nageait lentement. Elle sentit son cœur battre plus fort mais serra les mâchoires et observa le spectacle, stupéfaite. Cette créature devait être encore plus grosse que les baleines dont parlaient ses mémoires didactiques de zoologie. En outre, elle avait beaucoup plus de nageoires et d'ailerons que les léviathans de la Terre d'autrefois. Une version miniature d'elle-même nageait à ses côtés, son petit sans aucun doute. S'écartant du flanc de son parent, il monta à la surface, ses ailerons frémissant d'enthousiasme. Le monstre roula sur lui-même et disparut dans les profondeurs.

— C'est Vyano ? s'exclama Jay.

Oui. Mon cousin.

— Comment ça, ton cousin ? Il n'est pas pareil que toi.

Les humains aussi sont dissociés en sous-espèces.

— Jamais de la vie !

Il y a les Adamistes et les Édénistes, les Peaux-Blanches et les Peaux-Noires ; plus de couleurs de cheveux que de couleurs de l'arc-en-ciel. Ceci, je l'ai vu par moi-même.

— Oui, c'est vrai, mais... Écoute, aucun de nous ne peut vivre sous l'eau. Ce n'est pas pareil, pas du tout.

Le Corpus dit que les humains ont fait des expériences sur des poumons pouvant extraire l'oxygène de l'eau.

Jay reconnut la couleur mentale traduisant un entêtement qui lui était familier.

— C'est probablement exact, concéda-t-elle.

Le jeune Kiint aquatique, qui mesurait plus de quinze mètres de long, était plus aplati qu'une baleine terrienne et équipé d'une queue tractamorphique qui se rétractait à l'approche de la surface. Six autres appendices tractamorphiques étaient répartis le long de ses flancs. Ils avaient en ce moment la forme d'éventails qui l'aidaient à se propulser à faible allure. Le signe le plus flagrant de sa parenté avec les Kiints terrestres était sa tête, une version légèrement mieux profilée que celle de Haile où six branchies remplaçaient les six évents. Ses grands yeux un peu tristes étaient protégés par des membranes laiteuses.

Vyano émergea dans un jaillissement d'écume et de vagues. Soudain, Jay se retrouva en train d'agiter les bras pour ne pas perdre l'équilibre tandis que la surface de l'eau oscillait autour d'elle à la manière d'un trampoline en hyperélastique. Haile éprouvait les mêmes difficultés qu'elle, ce qui la rassura un peu. Lorsque la houle s'atténua, un petit monticule de chair grise et luisante flottait à deux ou trois mètres de là. Le Kiint aquatique transforma l'une de ses nageoires en un bras au bout duquel apparut une main.

Jay lui tendit la sienne.

Bienvenue sur Riynine, Jay Hilton.

— Merci. Votre monde est splendide.

Il a grande bonté en lui. Haile a partagé ses souvenirs de vos mondes de la Confédération. Ils sont intéressants, eux aussi. J'aimerais les visiter quand je serai libéré des proscriptions parentales.

— J'aimerais bien les revoir, moi aussi.

Votre épreuve a été évoquée. Je pleure avec vous tout ce qui a été perdu.

— Richard dit qu'on s'en sortira. Je suppose qu'il a raison.

Richard Keaton est en harmonie avec le Corpus, intervint Haile. **Jamais il ne dirait une non-vérité.**

— Comment feriez-vous pour visiter la Confédération ? Vos disques à sauter, ils fonctionnent aussi sous l'eau ?

Oui.

— Mais vous ne verriez pas grand-chose, malheureusement. Tout ce qui se passe d'intéressant se passe à terre. Oh ! sauf sur Atlantis, bien entendu.

La terre est toujours petite et pleine de plantes identiques. J'aimerais voir la vie qui prospère sous les vagues, là où rien ne reste jamais pareil. Chaque jour est différent, quelle joie ! Vous devriez vous modifier et venir vivre parmi nous.

— Non, merci, dit-elle avec une certaine hauteur.

Tristesse.

— Ce que je voulais dire, c'est que vous ne pourriez pas voir ce qu'ont fait les humains. Tout ce que nous avons construit se trouve sur terre ou dans l'espace.

Vos machines sont des antiquités pour nous. Elles n'ont que peu d'intérêt. C'est pour cela que ma famille est retournée dans l'eau.

— Vous êtes comme nos pastoraux, alors ?

Je m'excuse. Ma compréhension des références humaines est encore incomplète.

— Les pastoraux, ce sont des gens qui ne veulent plus de la technologie et qui vivent le plus simplement possible. Leur existence est très primitive, mais ils sont débarrassés des soucis modernes.

Toutes les espèces de Kiints apprécient la technologie, dit Haile. **Les fournisseurs ne sont jamais en panne, ils nous donnent tout et nous laissent libres.**

— C'est ça que je n'arrive pas à comprendre tout à fait. Libres de faire quoi ?

De vivre.

— Bon, je recommence. Qu'est-ce que vous serez une fois grands, tous les deux ?

Je serai moi.

— Non, non ! (Jay aurait voulu taper du pied pour souligner sa frustration ; vu la nature de ce qu'elle foulait, elle préféra s'en abstenir.) Je veux dire : quelle sera votre profession ? À quoi les Kiints passent-ils leurs journées ?

Tu sais que mes parents aidaient le Projet de recherche sur les Laymils.

Toute activité a un but, dit Vyano. **Nous nous enrichissons de connaissance. Cela peut se faire en interprétant l'univers observé ou en extrapolant des pensées jusqu'à leur conclusion. L'un est le complémentaire de l'autre. L'enrichissement est l'objectif de toute vie. Alors nous pouvons transcender en confiance.**

— Transcender ? Vous voulez dire mourir ?

Perte du corps, oui.

— Passer la journée à penser, ça doit être bon pour vous. Mais moi, je trouverais ça barbant. Nous avons besoin de faire autre chose pour nous occuper.

La différence, c'est la beauté, dit Vyano. **Il y a plus de différence sous l'eau que sur la Terre. Notre domaine est là**

où la nature excelle, c'est la matrice de toutes les planètes. Comprenez-vous pourquoi nous l'avons préféré à la Terre ?

— Oui, je crois. Mais vous ne pouvez pas passer tout votre temps à admirer de nouvelles choses. Il faut bien que quelqu'un veille à ce que tout fonctionne bien.

C'est ce que font les fournisseurs. Nous n'avons pu accéder à ce niveau culturel qu'après que les machines de notre civilisation ont évolué pour atteindre leur état actuel. Les fournisseurs fournissent, sous la sage supervision du Corpus.

— Je crois que je comprends. Votre Corpus, c'est un peu comme le Consensus des Édénistes.

Le Consensus est une version primitive du Corpus. Un jour, vous évoluerez pour parvenir au même état que nous.

— Ah bon ? fit Jay.

Elle n'était pas venue visiter Riynine pour discuter philosophie avec un Kiint. D'un mouvement du bras, elle désigna le locus et tous les édifices extravagants qui l'entouraient. Un geste typiquement humain que le jeune Kiint aquatique était sans doute incapable d'interpréter.

— Vous voulez dire que les humains vivront un jour comme ceci ?

Je ne peux parler à votre place. Aimeriez-vous vivre comme nous ?

— Ce serait sympa de ne plus avoir de souci d'argent. (Elle repensa aux habitants d'Aberdale, à leur enthousiasme pour les maisons qu'ils bâtissaient.) Mais il nous faut du concret. Nous sommes faits comme ça.

Votre nature vous guidera vers votre destinée. Il en va toujours ainsi.

— Sans doute.

Je sens que nous sommes proches, Jay Hilton. Vous voulez voir du nouveau tous les jours. C'est pour cela que vous êtes sur Riynine, question ?

— Oui.

Vous devriez visiter les Congressions. C'est le meilleur endroit pour avoir une vue de ces réussites physiques auxquelles vous êtes si attachée.

Elle se tourna vers Haile.

— On peut ?

Ce sera grande joie, répondit Haile.

— Merci, Vyano.

Le Kiint aquatique s'immergea peu à peu dans le lac.

Votre visite est une nouveauté qui m'a enrichi. Je suis honoré, Jay Hilton.

Lorsque Haile avait dit à Jay que Riynine était une planète-capitale, la fillette s'était imaginé une métropole cosmopolite abritant une multitude de Kiints et des milliers de xénos plus excitants les uns que les autres. Le locus était certes grandiose, mais elle ne pouvait s'empêcher d'être un peu déçue.

Cette impression se dissipa lorsqu'une bulle de téléportation la conduisit dans l'une des Congressions de Riynine. Bien que, sur le plan physique, ce concept ne soit guère extravagant vu les extraordinaires ressources dont disposaient les Kiints, les gigantesques cités qui flottaient sereinement dans l'atmosphère de la planète semblaient aussi anachroniques que fabuleuses. Ces complexes colosses de cristal témoignaient de la véritable nature de leurs créateurs bien mieux que l'anneau de planètes artificielles. Jamais une espèce doutant de ses capacités n'aurait pu construire de telles merveilles.

Celle dans laquelle atterrit Jay était large d'une bonne vingtaine de kilomètres. Son noyau était un dense agrégat de tours et de colonnes de lumière évoquant des arcs-en-ciel torsadés ; huit péninsules crénelées en irradiaient, hérissées de petites plates-formes. Les masses nuageuses que croisait la cité flottante s'écartaient lentement au niveau de ses extrémités, de sorte qu'en son centre régnait une clarté qui semblait magnifier le paysage défilant dix mille mètres plus bas. Des essaims d'appareils volants bourdonnaient autour d'elle, et leur géométrie et leur technologie étaient aussi variées que les espèces qu'ils transportaient ; des astronefs interstellaires équipés pour le vol atmosphérique empruntaient les mêmes trajectoires que de minuscules aéros. Tous se posaient ou décollaient des plates-formes situées sur les péninsules.

Jay était arrivée au bout d'une avenue tracée à l'extrémité de l'une des péninsules en question. Le sol en était fait d'un minéral lisse couleur bordeaux, sous lequel se mouvait un réseau de filaments émettant une lueur opalescente. À chacun de leurs croisements figurait un triangle vert de jade, qui ressemblait à la sculpture d'un pin. Un toit de cristal se déployait au-dessus de la fillette, et son cœur se serra lorsqu'elle repensa en le voyant à une arche de la Terre.

Jay serra plus fort le bras de Haile. L'avenue grouillait de xénos, plusieurs centaines d'espèces marchant, glissant et même parfois volant dans les remous d'un fleuve de vie multicolore.

Incapable de se retenir plus longtemps, elle poussa un cri de joie teintée d'admiration. Haile et elle s'empressèrent de sortir du disque afin qu'une famille de grands octopodes à plumes puisse l'utiliser. Des globes semblables aux fournisseurs, mais de toutes les couleurs de l'arc-en-ciel, flottaient paisiblement au-dessus de leurs têtes. Elle huma l'air, qui contenait tellement de senteurs fugaces qu'elle ne perçut qu'un vague parfum épicé. Tout autour d'elle résonnaient grondements de basse, cliquetis précipités, sifflets et voix humaines (ou presque), se mêlant pour ne former qu'une titanesque rumeur.

— D'où viennent-ils tous ? Ce sont vos observateurs ?

Aucun d'eux n'est un observateur. Ce sont les espèces qui vivent dans cette galaxie, plus quelques autres. Tous des amis des Kiints.

— Oh ! d'accord.

Jay se dirigea vers le bord de l'avenue. Il ne s'y trouvait qu'une haute rambarde, comme si le lieu où elle se trouvait n'était rien de plus qu'un balcon exceptionnellement grand. Elle se hissa sur la pointe des pieds et regarda en bas. Ils flottaient au-dessus d'une ville compacte, à moins qu'il ne s'agisse d'une zone industrielle. Il n'y avait aucun mouvement apparent dans les allées séparant les bâtiments. Droit devant elle, des appareils volaient parallèlement à la ligne du toit en cristal avant de se poser sur les plates-formes. Elle aperçut plusieurs petits cônes écarlates pourvus d'ailerons étroits parmi les véhicules aux lignes plus utilitaires ; sans doute des spatiojets de sport, songea-t-elle. Ça devait être amusant d'en piloter un.

L'altitude de croisière de la Congression était telle qu'on ne pouvait espérer voir tous les détails des montagnes et des savanes. Mais, comme par compensation, la courbure de l'horizon était nettement visible, croissant de néon pourpre séparant la terre et le ciel. On distinguait dans le lointain les contours d'une côte. Se trouvait-elle devant ou derrière eux ? Jay n'aurait su dire dans quelle direction ils se déplaçaient. S'ils se déplaçaient.

Elle se contenta de regarder les appareils volants.

— Qu'est-ce qu'ils font tous ici, alors ?

Différentes espèces viennent procéder à des échanges. Certaines ont des idées à donner, d'autres ont besoin de connaissance pour que ces idées fonctionnent. Le Corpus facilite tout cela. Les Congressions sont des points de jonction pour ceux qui cherchent et ceux qui souhaitent donner. Ici, ils peuvent se retrouver.

— Ça a l'air horriblement noble.

Cela fait fort longtemps que nous avons ouvert nos mondes à cet acte. Nous connaissons certaines de ces espèces depuis le début de notre histoire, d'autres sont plus nouvelles. Toutes sont les bienvenues.

— Sauf les humains.

Vous êtes libres de visiter.

— Mais personne ne connaît Riynine. La Confédération croit que Jobis est votre planète natale.

Grande tristesse en moi. Si vous pouvez venir ici, vous êtes les bienvenus.

Jay considéra un quatuor de Kiints adultes descendant l'avenue. Ils étaient accompagnés de créatures qui ressemblaient à des reptiles spectraux vêtus de salopettes. Ils étaient bel et bien translucides, elle voyait à travers eux !

— J'ai compris. C'est comme un test de qualification. Si on est assez malin pour arriver ici, on l'est aussi pour participer aux échanges.

Confirmation.

— Ça nous aiderait vraiment d'apprendre des nouvelles choses. Mais je ne pense pas que les gens aient envie de passer leur vie à philosopher. Enfin... si, quelques-uns peut-être, comme le père Horst, mais pas beaucoup.

Certains viennent à la Congression pour demander notre aide et améliorer leur technologie.

— Vous leur donnez des machines et des trucs comme ça ?

Le Corpus satisfait toutes les demandes selon leur niveau.

— C'est pour ça que le fournisseur n'a pas voulu me donner un astronef.

Tu te sens seule. Et c'est moi qui t'ai amenée ici. Grand chagrin.

— Hé !... (Elle passa un bras autour du cou du bébé kiint et lui caressa les évents.) Je ne regrette pas que tu m'aies amenée ici. C'est un endroit que même Joshua n'a jamais vu, et il est allé partout dans la Confédération. Il sera rudement impressionné quand je serai rentrée. Tu verras ! (Elle jeta un dernier regard aux splendides aéronefs.) Allez, on va se trouver un fournisseur. J'ai vraiment besoin d'une glace.

3.

Rocio patienta une journée après le retour du convoi de la station d'antimatière, puis il interrompit sa patrouille en orbite haute autour de la Nouvelle-Californie pour faire un saut à Almaden. Les pulsations radar en provenance du système de surveillance de l'astéroïde déferlèrent sur *Mindori*, et une tache floue apparut sur les écrans. Elle palpitait au rythme d'un cœur humain. Les capteurs visuels montraient la gigantesque harpie flottant les ailes repliées à deux kilomètres de distance du spatioport contrarotatif. On apercevait un éclat rouge entre ses paupières incomplètement fermées.

Rocio braqua ses propres sens sur les corniches d'accostage d'Almaden. Chacune des plates-formes avait été frappée au laser, dégorgeant une bouillie de métal et de plastique sur la roche, où elle s'était solidifiée pour former une flaque figée, dont la surface était piquetée de cratères laissées par les bulles de gaz lors de leur explosion. La raffinerie produisant le fluide nutritif et ses trois réservoirs avaient subi le même feu.

Rocio partagea ce spectacle avec Pran Soo, qui était revenue à Monterey.

Qu'en penses-tu ? demanda-t-il à sa camarade.

La raffinerie est beaucoup moins endommagée qu'elle n'en a l'air. Seuls les éléments externes des machines ont été frappés. Etchells s'est contenté d'arroser la structure au laser, ce qui était sans nul doute des plus spectaculaires. Jets de métal fondu un peu partout, explosions de conduits surpressurisés. Mais lc cœur du dispositif demeure intact, et c'est là que se produit le mécanisme de synthèse chimique.

Ça ne m'étonne pas de lui.

En effet. Et c'est heureux. Je ne vois rien qui pourrait empêcher cette raffinerie de redevenir opérationnelle. À condition bien sûr que les indigènes soient d'accord.

Pas de problème de ce côté-là, répliqua Rocio. **Nous avons quelque chose qu'ils désirent : nous-mêmes.**

Bonne chance.

Rocio braqua ses sens sur le spatioport contrarotatif, un petit disque dont l'aspect suggérait qu'il était encore en chantier. Un agrégat de poutres nues contenant des réservoirs et des conduits, sans les plaques protectrices caractéristiques d'un spatioport classique. Trois vaisseaux y étaient amarrés, deux cargos et le *Lucky Logorn*. Le spationef était revenu dix heures plus tôt. Si les lieutenants de l'Organisation affectés à l'astéroïde projetaient toujours de châtier son équipage, ils avaient eu tout le temps de le faire.

Rocio ouvrit un canal ondes courtes.

— Deebank ?

— Ravi de vous voir.

— De même. Je suis heureux de constater qu'on ne vous a pas jeté hors de votre nouveau corps.

— Disons que mes sympathisants étaient plus nombreux que ceux de l'Organisation.

— Qu'est-il arrivé aux lieutenants ?

— Ils adressent leurs doléances à Capone depuis l'au-delà.

— C'était risqué. Il n'apprécie guère la rébellion. Vous allez peut-être voir débarquer des frégates pour vous enfoncer ça dans le crâne.

— Pour le moment, il doit avoir assez de soucis comme ça avec son antimatière. Quoi qu'il en soit, il n'a qu'une seule façon de soumettre cet astéroïde : à coups de bombes nucléaires. Si cette issue nous apparaît comme probable, nous tenterons notre chance hors de cet univers. On n'a pas vraiment envie de faire ça.

— Je comprends parfaitement. Je n'ai pas non plus envie que vous le fassiez.

— Bon, nous avons donc des problèmes, vous comme nous. Comment pouvons-nous nous entraider ?

— Pour échapper à l'emprise de l'Organisation, les harpies que nous sommes ont besoin d'une source indépendante de fluide nutritif. Si vous réparez votre raffinerie, nous sommes prêts à transporter la totalité de votre population sur une planète.

— La Nouvelle-Californie ne voudra pas de nous.

— Nous choisirons une planète déjà infiltrée par l'Organisation. Mes amis et moi avons suffisamment de spatiojets pour vous transporter à sa surface. Mais nous ne devons pas perdre de temps. Sans station d'antimatière, les opérations d'infiltration vont s'arrêter, et les planètes touchées ne resteront pas très longtemps dans cet univers.

— Nous pouvons commencer les réparations tout de suite. Mais si nous partons tous, comment ferez-vous pour faire tourner la raffinerie ?

— Vous devez fabriquer des pièces de rechange en quantité suffisante pour qu'elle soit fonctionnelle pendant une décennie. Vous devez également adapter vos mécanoïdes pour qu'ils puissent effectuer des opérations waldos commandées à distance.

— Vous n'êtes guère exigeant.

— Lc marché me semble équitable.

— Bon, jouons cartes sur table. On me dit ici que les machines ne devraient poser aucun problème, nos stations industrielles peuvent les fabriquer. Mais nous ne pouvons pas produire les composants électroniques dont la raffinerie aura besoin. Pouvez-vous vous les procurer ?

— Transmettez-moi une liste. Je vais me renseigner.

Jed et Beth avaient écouté cette conversation depuis la cabine de luxe où ils s'étaient installés. Un compartiment somptueusement meublé où ils passaient beaucoup de temps ensemble. Au lit. Il n'y avait pas grand-chose à faire depuis que Jed avait renouvelé leurs réserves de nourriture. Et en dépit des assurances de Rocio, qui leur répétait obstinément que ses plans progressaient au mieux, ils ne pouvaient s'empêcher de s'attendre à une catastrophe. Dans de telles conditions, leurs inhibitions étaient passées à la trappe.

Allongés sur le lit dans une langueur postcoïtale, ils se caressaient et s'admiraient. La lumière filtrée par le store vénitien du hublot peignait sur leurs corps des bandes de chaleur qui aidaient la sueur à s'évaporer.

— Hé ! Rocio, vous croyez vraiment que ça va marcher ? s'enquit Beth.

Le visage de Rocio apparut dans le miroir placé sur la coiffeuse en teck.

— Je le pensc. Chacun de nous a besoin de l'autre. C'est ainsi que fonctionne tout accord qui se respecte.

— Combien de harpies dans votre petit groupe ?

— Suffisamment.

— Ah bon ? Si vous êtes trop nombreux à déserter, Kiera fera de son mieux pour vous soumettre. Pour commencer, vous serez obligés de défendre Almaden. Et pour ça, il vous faudra des guêpes de combat.

— Grands dieux, vous en êtes sûre ?

Beth lui jeta un regard mauvais.

— Il n'existe aucune colonie-astéroïde susceptible de nous convenir dans les autres systèmes, expliqua Rocio. Celle-ci est notre seule chance de nous garantir un avenir indépendant, en dépit de sa proximité de l'Organisation. N'ayez crainte, nous prendrons toutes les dispositions nécessaires pour défendre notre avenir.

Jed se redressa en veillant à ce que la couverture dissimule son bas-ventre au miroir (Beth ne comprenait pas ce type de pudeur).

— Quel est notre rôle dans tout ça ?

— Je ne le sais pas encore. Peut-être n'aurai-je pas besoin de vous, après tout.

— Vous allez nous livrer à Capone ? demanda Beth d'une voix qu'elle espérait égale.

— Ce serait difficile. Comment expliquerais-je votre présence à bord ?

— Donc, vous comptez nous abandonner aux bons soins de Deebank et de ses potes, c'est ça ?

— Je vous en prie, nous ne sommes pas tous comme Kiera. J'espérais que vous l'auriez compris. Je n'ai aucun désir de voir les enfants se faire posséder.

— Alors, où allez-vous nous débarquer ? insista Beth.

— Je n'en ai aucune idée. Mais je suis sûr que les Édénistes seraient ravis de vous soustraire à mes griffes corruptrices. Nous aurons le temps de régler les détails une fois que nous aurons verrouillé notre position. Et permettez-moi de dire que je suis fort déçu par votre attitude, vu le sort que je vous ai épargné.

— Pardon, Rocio, s'empressa de dire Jed.

— Ouais, on ne voulait pas vous insulter, c'est sûr, lança Beth, franchement sarcastique.

L'image de Rocio s'effaça, et les deux jeunes gens se regardèrent.

— Tu ne devrais pas l'agacer comme ça, protesta Jed. Bon sang, bébé, on est totalement dépendants de lui. Il nous fournit l'air, l'eau, la chaleur et même la pesanteur, bordel ! Arrête de le harceler !

— Je posais une question, c'est tout.

— Eh bien, arrête ça !

— À vos ordres, chef. J'avais oublié un instant que vous étiez responsable des opérations.

— Non, dit Jed d'un air plein de remords. (Il tendit la main vers Beth et lui caressa tendrement la joue.) Je n'ai jamais dit ça, je suis inquiet, c'est tout.

Beth savait parfaitement que lorsqu'il la regardait de cette façon, il voyait en fait le souvenir du corps sculptural de Kiera. Cela avait cessé de la déranger, pour des raisons qu'elle ne souhaitait pas examiner de trop près. Le besoin étouffant la dignité, probablement.

— Je sais. Moi aussi, je suis inquiète. Heureusement qu'on a trouvé quelque chose pour nous distraire, pas vrai ?

Il eut un sourire penaud.

— Oui.

— Je ferais mieux d'y aller. Les gamins attendent leur dîner.

Navar poussa un cri et les montra du doigt lorsqu'ils entrèrent dans la cuisine.

— Vous vous êtes encore fait des câlins !

Jed tenta de lui faire baisser la main, mais elle l'esquiva en riant et lui décocha un rictus. Il ne pouvait guère nier l'évidence ; Beth et lui ne s'étaient pas vraiment montrés discrets dans leurs intentions.

— On peut manger, maintenant ? demanda Gari d'une voix plaintive. J'ai tout préparé.

Beth inspecta rapidement le dîner. Webster et les fillettes avaient élaboré six plateaux à mettre au four en mélangeant divers sachets. Tourte aux pommes de terre, œufs brouillés réhydratés et carottes en dés.

— C'est très bien, dit-elle. (Elle régla le four et l'activa.) Où est Gerald ?

— Il fait le dingue dans le salon. Comme d'habitude.

Beth jeta un regard noir à la gamine.

Navar refusa de se laisser impressionner.

— C'est pourtant ce qu'il fait, insista-t-elle.

— Occupe-toi du service, dit Beth à Jed. Je vais voir ce qui se passe.

Gerald était planté devant l'une des baies vitrées du salon, les mains pressées contre le verre, comme s'il cherchait à pousser celui-ci dans le vide.

— Hé ! Gerald, mon pote, le dîner est servi.

— C'est là qu'elle est ?

— Où ça, mon pote ?

— Dans cet astéroïde.

Beth se plaça derrière lui, regarda par-dessus son épaule. Almaden flottait au centre de la baie vitrée. Un caillou noir aux formes irrégulières, tournant doucement sur fond de firmament.

— Non, mon pote, désolée. Ça, c'est Almaden, pas Monterey. Marie n'est pas là.

— Je croyais que c'était l'autre, Monterey, là où elle est.

Beth lui examina les mains. Leurs phalanges étaient meurtries d'avoir tapé sur quelque chose. Heureusement, il ne saignait pas. Elle lui posa doucement la main sur le bras. Chacun de ses muscles était rigide et agité de tressaillements. Son front était baigné de sueur.

— Allez, mon pote, dit-elle à voix basse. Il faut manger un peu. Ça vous fera du bien.

— Vous ne comprenez pas ! (Il était au bord des larmes.) Je dois la retrouver. Je ne me souviens même plus de la dernière fois où je l'ai vue. Mon crâne est empli de ténèbres. J'ai mal.

— Je sais, mon pote.

— Elle le sait ! glapit-il. Tu ne sais rien ! C'est mon bébé, ma jolie petite Marie. Et elle l'oblige à faire des horreurs, tout le temps.

Il fut parcouru d'un violent frisson. L'espace d'un instant, Beth crut qu'il allait s'effondrer. Elle raffermit son étreinte tandis qu'il vacillait sur ses jambes.

— Gerald ? Bon Dieu...

Soudain, il jeta des regards égarés un peu partout dans la pièce.

— Où sommes-nous ?

— À bord du *Mindori*, dit-elle posément. Nous cherchons un moyen de retourner à Monterey.

— Oui. (Il hocha vivement la tête.) Oui, c'est ça. Il faut aller là-bas. Elle est là-bas, vous savez. Marie. Je dois la trouver. Je peux la libérer, je sais comment m'y prendre. Loren me l'a dit avant de partir. Je peux l'aider à s'échapper.

— Bien.

— Je vais aller parler au capitaine. Lui expliquer. Nous devons partir tout de suite. Il le fera, il me comprendra. C'est mon bébé.

Beth resta figée tandis qu'il se retournait vivement et disparaissait. Elle poussa un long soupir de désolation.

— Et merde.

Jed et les trois gosses étaient assis autour du petit bar de la cuisine et mangeaient leurs plateaux à la petite cuillère. Tous jetèrent à Beth un regard lourd d'appréhension lorsqu'elle entra. Elle fit un signe de tête à Jed et battit en retraite dans la coursive. Il la suivit.

— Il faut l'amener à un docteur ou quelque chose comme ça, dit-elle dans un murmure.

— Je te l'ai dit le premier jour où je l'ai vu. Ce type est complètement givré.

— Non, il n'y a pas que dans sa tête que ça cloche. Il est vraiment malade. Sa peau est brûlante, comme s'il avait attrapé une fièvre ou un virus.

— Bon *Dieu*, Beth ! (Jed pressa son front contre le métal rafraîchissant de la cloison.) Réfléchis un peu, tu veux ? Qu'est-ce qu'on pourrait faire ? On est à bord d'une harpie, à cinquante trillions d'années-lumière du bon Samaritain le plus proche. On ne peut *rien* faire pour lui. S'il a attrapé une saleté xéno, j'en suis vraiment navré. Mais ce qui m'inquiète surtout, c'est qu'il risque de nous la transmettre.

Elle le détestait d'avoir ainsi raison. C'était dur d'être impuissant comme ça, et de dépendre complètement de Rocio, par-dessus le marché.

— Viens.

Elle jeta un coup d'œil aux gamins pour vérifier qu'ils étaient bien en train de manger, puis retourna dans le salon.

— Rocio, appela-t-elle.

Une image translucide de son visage se matérialisa sur la baie vitrée.

— Quoi encore ?

— On a un vrai problème avec Gerald. Je pense qu'il est tombé malade. Et c'est grave.

— C'est vous qui avez insisté pour le prendre à bord. Que voulez-vous que je fasse ?

— Je ne sais pas exactement. Est-ce que vous avez une nacelle tau-zéro ? On pourrait le fourrer dedans jusqu'à notre départ. Ensuite, les médecins édénistes s'occuperaient de lui.

— Non. Il n'y a pas de nacelle tau-zéro en état de marche ici. Les possédés n'apprécient guère ces appareils, ce qui n'a rien d'étonnant ; les premiers à monter à mon bord ont démoli la mienne.

— Merde ! Qu'est-ce qu'on va faire ?

— Le soigner le mieux possible.

— Génial, marmonna Jed.

Almaden se mit à se mouvoir derrière la baie vitrée.

— Hé ! Où on va maintenant ? demanda Jed.

L'astéroïde disparut à la vue, ne laissant dans le ciel que des étoiles qui se mirent bientôt à filer à mesure que la harpie accélérait.

— Je retourne en patrouille, dit Rocio, en espérant que personne n'a remarqué mon absence. Deebank m'a télétransmis la liste des composants électroniques nécessaires à la remise en route de la raffinerie de fluide nutritif. On peut tous les trouver à Monterey.

— Ravi de l'apprendre, mon pote, dit machinalement Jed. (Puis une pensée glacée lui traversa l'esprit.) Un instant ! Comment allez-vous vous débrouiller pour que l'Organisation vous les refile ?

L'image translucide de Rocio lui fit un clin d'œil, puis disparut.

— Oh, merde ! Ça va encore être pour ma pomme !

En temps de paix, les zones d'émergence environnant Avon étaient localisées autour de la planète et de son chapelet d'astéroïdes en orbite haute, à des distances appropriées des stations et des ports qu'elles desservaient. La seule exception à cette règle était Trafalgar, qui était toujours en alerte en cas d'arrivée suspecte. Après la proclamation officielle d'un état de guerre ou, comme préféraient le formuler les diplomates de Regina, d'une situation de crise, toutes les zones d'émergence étaient automatiquement éloignées de leurs ports de rattachement. Les nouvelles coordonnées figuraient dans tous les almanachs de la Confédération, et les capitaines d'astronef se faisaient un devoir de ne manquer aucune déclaration officielle.

La zone d'émergence DR45Y, située à trois cent mille kilomètres de Trafalgar, était réservée aux appareils civils volant avec une autorisation gouvernementale. Les satellites-capteurs qui la scannaient étaient tout aussi efficients que ceux qui se chargeaient des zones purement militaires, car il était impossible de dire à l'avance quel type de vaisseau l'ennemi choisirait pour s'infiltrer dans l'espace de Trafalgar. Lorsque les détecteurs de distorsion gravitonique captèrent la signature d'un astronef en émergence, de nouvelles batteries de capteurs furent mises en ligne en quelques millisecondes. La déformation de l'espace-temps en expansion rapide fut bientôt couverte par cinq plates-formes DS. Le contrôle DS de Trafalgar dépêcha vers elle quatre faucons de patrouille et en mit dix autres en état d'alerte maximale.

L'horizon des événements s'étendit sur une circonférence de trente-huit mètres, puis disparut pour révéler la coque de l'astronef. Grâce aux capteurs visuels, les contrôleurs DS découvrirent un globe du modèle standard recouvert d'une mousse thermoprotectrice terne. Tout était parfaitement normal, excepté cette plaque hexagonale manquant à la coque. Et le vaisseau était tout près du centre géométrique de la zone d'émergence ; son capitaine avait dû faire des efforts surhumains pour l'aligner lors de son dernier saut. Ce qui trahissait une certaine volonté de plaire.

Les pulsations radar déclenchèrent le transpondeur de l'astronef. L'IA de Trafalgar mit un peu moins d'une milliseconde pour identifier le code comme étant celui du *Vengeance de Villeneuve*, commandé par André Duchamp.

L'astronef transmit ensuite le code afférent à son autorisation de vol, délivrée par le gouvernement d'Ethenthian.

Ces deux codes étaient liés à des protocoles de sécurité de niveau deux. L'officier du SRC de garde au commandement DS de Trafalgar prit aussitôt la responsabilité des opérations.

Une autre alerte, infiniment plus discrète, fut lancée dans le réseau de communication du satellite, une alerte dont le SRC ne fut pas informé. Les télévisions, les radios et les holoécrans du Village interrompirent leur festival nostalgique pour avertir les observateurs qu'un événement d'importance était imminent.

Tracy se redressa sur son siège et fixa l'écran. Le silence régnait dans le grand salon. Des images colorées provenant des capteurs DS défilaient sur le gigantesque téléviseur Sony tandis que des armes diverses se pointaient sur le fuselage de l'astronef. Elle compléta cet afflux de données quelque peu médiocre par un sommaire provenant du Corpus, qui s'affairait à rassembler des informations à partir de sources proches de Trafalgar.

— Ils ne laisseront pas cet astronef les approcher de près, déclara Saska d'une voix pleine d'espoir. Ils sont bien trop paranoïaques en ce moment, les saints en soient loués.

— J'espère que tu as raison, marmonna Tracy.

Elle vérifia auprès du Corpus que Jay se trouvait toujours dans la Congression en compagnie de Haile. Elle n'aurait pu mieux trouver en ce moment ; Tracy ne tenait pas à ce que la fillette perçoive leurs doutes et leur inquiétude.

— Dieu sait comment Pryor a réussi à s'échapper d'Ethenthian, dit-elle.

— Le nom de Capone a sans doute suffi à impressionner les

possédés, dit Galic. Il aura beaucoup plus de mal à s'introduire dans le quartier général des Forces spatiales de la Confédération.

L'officier du SRC semblait partager son opinion. Elle déclara aussitôt un état d'alerte C4, interdisant à l'astronef suspect de bouger et ordonnant aux faucons de patrouille de l'en empêcher si nécessaire. Une mise en garde fut transmise au *Vengeance de Villeneuve*, détaillant les conséquences qui découleraient d'un refus d'obtempérer aux ordres du commandement DS. Le capitaine de l'astronef se voyait interdire d'utiliser tout système de propulsion, y compris les tuyères de stabilisation, de déployer ses échangeurs thermiques et ses grappes de capteurs, et d'ouvrir la moindre écoutille du fuselage. Il conservait le droit d'évacuer de la vapeur sous forme de jets trop faibles pour servir à la propulsion, mais uniquement après avoir effectué une demande au préalable. Une fois qu'un capitaine Duchamp irrité eut fait vœu d'obéissance, les quatre faucons de patrouille filèrent vers son vaisseau inerte à quatre g d'accélération.

Kingsley Pryor télétransmit son code personnel à l'officier du SRC, s'identifiant comme un officier des Forces spatiales de la Confédération.

— J'ai réussi à échapper à la Nouvelle-Californie pour venir ici, lui dit-il. Avant mon départ, j'ai rassemblé quantité de données tactiques sur la flotte de l'Organisation. Je dois entrer en contact avec l'amiral Lalwani le plus vite possible.

— Nous sommes déjà informés de votre séjour auprès de Capone, répliqua l'officier du SRC. Le rapport rédigé par notre agent Erick Thakrar sur le *Vengeance de Villeneuve* était des plus complets.

— Erick est ici ? Formidable, on pensait qu'il avait été capturé.

— Il a émis à votre encontre des accusations de désertion et de collaboration avec l'ennemi.

— Eh bien, même s'il me faut passer en cour martiale pour prouver mon innocence, cela n'empêche pas que je détiens des informations extrêmement utiles. L'amiral voudra que je sois débriefé dans les règles.

— N'ayez crainte. Les faucons de patrouille vous escorteront à un dock sécurisé une fois que nous aurons confirmé le statut de votre vaisseau.

— Il n'y a pas de possédés à bord, je peux vous l'assurer. Cet astronef ne représente aucune menace sur le plan militaire. Vu l'état de certains de nos systèmes, je suis stupéfait que nous ayons réussi à arriver jusqu'ici. Le capitaine Duchamp est loin d'être un officier soigneux.

— Ça aussi, nous le savons.

— Très bien. Autre chose que vous devriez savoir : il y a une bombe nucléaire enchâssée dans la plaque de coque numéro 4-36-M, avec une charge de zéro virgule trois kilotonne. Je détiens le code de contrôle du détonateur, qui est présentement réglé pour exploser dans sept heures.

— Oui, c'est la méthode utilisée par Capone pour garantir l'obéissance des équipages de ses astronefs. L'un de nos faucons confirmera la position de cette bombe avec une sonde.

— Bien. Que voulez-vous que je fasse ?

— Rien du tout. La plaque de coque sera enlevée avant que vous entamiez la manœuvre d'accostage. Duchamp doit nous donner accès à l'ordinateur de bord et désactiver toutes ses protections d'accès. Vous recevrez d'autres instructions à mesure que nous progresserons dans nos analyses.

Sur la passerelle, Kingsley défit les sangles qui l'attachaient à sa couchette anti-g et accorda un regard détaché au capitaine furibond.

— Faites ce qu'elle dit. Tout de suite.

— Mais bien entendu, gronda André.

Durant le trajet, il avait envisagé mille fois de ne pas aller plus loin, de mettre Pryor au défi de tout faire sauter. En débarquant à Trafalgar, il signait son arrêt de mort. Grâce à Thakrar, ces militaires anglos en savaient beaucoup trop sur lui. Ils allaient lui prendre son astronef, et sans doute aussi sa liberté, même s'il dépensait une fortune en avocats marrons. Il avait des amis dans tous les ports, sauf dans celui-ci. Mais chaque fois qu'il avait pensé à résister à Pryor, sa couardise l'avait empêché de passer à l'action. La bombe planquée dans la coque lui garantissait une mort certaine, et André Duchamp n'avait plus l'assurance nécessaire pour courir un tel risque. Il avait affronté les possédés et les avait vaincus (sans avoir droit pour autant à la reconnaissance des Forces spatiales de la Confédération, bien entendu), de sorte qu'il était bien placé pour savoir qu'ils ne devaient rien à l'imagination. Il savait donc quel sort attendait son âme. Soudain, n'importe quel destin, si humiliant soit-il, était devenu préférable à la mort.

André télétransmit à l'ordinateur de bord une série d'instructions permettant au commandement DS d'en prendre le contrôle. Cette procédure était désormais bien rodée. Tous les capteurs internes furent activés, comptant les astros à bord et vérifiant leur identité. On leur demanda ensuite de transmettre des fichiers et des données physiologiques, première phase des opérations destinées à montrer qu'ils n'étaient pas possédés. La deuxième phase consistait en un examen capteur poussé qui serait effectué après l'accostage.

Une fois que le commandement DS eut provisoirement classé les cinq personnes à bord comme non possédées, des routines de diagnostic se mirent à tourner dans tous les processeurs du vaisseau. Dans le cas du *Vengeance de Villeneuve*, cette procédure se déroula de façon plus heurtée qu'avec un vaisseau respectant les critères du MAC en matière de maintenance. Plusieurs systèmes requis par la loi demeurèrent obstinément inopérants. Cependant, le commandement DS confirma que les dysfonctionnements signalés n'avaient pas de lien avec le pouvoir énergétique des possédés. Une analyse du journal des systèmes environnementaux (certes incomplet lui aussi) permit finalement d'estimer à quatre-vingt-quinze pour cent la probabilité de l'absence de tout possédé à bord de l'astronef.

André fut autorisé à déployer les échangeurs thermiques, ce qui permit d'évacuer l'excès de chaleur. Les tuyères purent stabiliser la position du vaisseau. L'un des faucons envoya un VSM qui se positionna au-dessus de la plaque 4-36-M. Des waldos en sortirent, prêts à la détacher de la coque.

Tracy regarda les images retransmises au téléviseur Sony, qui montraient les clés antirotatives en train de s'engager autour de la plaque.

— Ce n'est pas possible ! s'exclama-t-elle. Ces crétins se croient hors de danger !

— Sois raisonnable, dit Arnie. Les précautions qu'ils ont prises suffisent à repérer tout possédé planqué à bord.

— Excepté Quinn Dexter, grommela Saska.

— Ne compliquons pas la situation. Le fait est que les Forces spatiales se montrent prudentes.

— Ridicule ! rétorqua Tracy. Cet officier du SRC est d'une incompétence criminelle. Elle sait forcément que Capone a exercé une forme de coercition sur Pryor, mais elle n'en a tenu aucun compte. Ils vont laisser cette épave accoster une fois qu'ils en auront ôté cette plaque piégée.

— Nous ne pouvons pas les en empêcher, avertit Saska. Tu connais le règlement.

— L'influence de Capone est sur le déclin, dit Tracy. Même s'il remporte une victoire illusoire, il ne pourra plus regagner ce qu'il a perdu. Je dis que nous ne pouvons pas lui permettre d'accomplir cet acte. Il faut prendre en compte la dynamique psychologique globale de la situation. La Confédération doit survivre ; en outre, c'est elle qui doit amener cette crise à une résolution satisfaisante. Et les Forces spatiales sont l'incarnation de la Confédération, surtout en ce moment. Elles ne doivent pas être affaiblies. Pas de la façon dont Pryor se prépare à les affaiblir.

— Tu es aussi arrogante que Capone, dit Galic. Ce sont tes idées, tes opinions qui doivent forcément prévaloir.

— Nous savons tous ce qui doit prévaloir, répliqua-t-elle. Il doit exister un mécanisme de gouvernement englobant la totalité de l'espèce pour mettre en œuvre la politique qui sera nécessaire à l'issue de la crise actuelle et superviser la phase de transition. En dépit de tous ses défauts, la Confédération peut remplir ce rôle de façon correcte. Si elle y échoue, l'espèce humaine va se morceler sur les plans social, politique, économique, religieux et idéologique. Nous nous retrouverons dans la situation qui était la nôtre avant l'ère du vol spatial. Il nous faudra des siècles pour nous en remettre, pour revenir à l'état d'avant la crise. Alors que nous aurions pu rejoindre les peuples de l'univers maîtrisant la transcendance active.

— *Nous ?*

— Oui. Nous. Nous autres, les privilégiés. Ce n'est pas parce que nous avons été modifiés que nous ne sommes plus humains. Après avoir passé deux mille ans au sein de notre peuple, c'est ici que nous sommes en exil.

— Tu sombres dans le mélodrame.

— Appelle ça comme ça te chante. Mais je sais ce que je suis.

Les capteurs internes du *Vengeance de Villeneuve* montraient Kingsley Pryor seul dans sa minuscule cabine. Il avait adopté la même posture inquiétante qu'André et son équipage avaient pu observer durant ce sinistre vol : flottant à quelques centimètres du sol, les jambes repliées dans la position du lotus, les yeux braqués sur la vision d'un enfer intime. En dépit de la médiocrité de la liaison, l'officier du SRC voyait clairement que cet homme souffrait.

Lorsque l'examen électronique à distance eut été achevé, lorsque la plaque 4-36-M eut été détachée de la coque, André réceptionna un vecteur de vol qui le conduirait à Trafalgar sous une accélération d'un dixième de g. Toujours surveillé par le commandement DS, l'ordinateur de bord activa le tube de fusion conformément aux instructions de l'équipage. André et ses astros suivaient scrupuleusement le protocole de sécurité.

Kingsley se sentit doucement choir sur le sol et refoula un petit gémissement en comprenant ce que signifiait ce mouvement. Durant le vol, il avait laissé son dilemme acquérir le statut de douleur physique, sentant brûler en lui l'acte qu'il se préparait à accomplir. Il n'avait tout simplement aucun moyen d'échapper au piège dans lequel l'avaient enfermé Capone et sa traînée. La mort l'entourait de toutes parts, le subjuguant bien mieux que ne l'auraient fait des nanoniques d'asservissement. La mort et l'amour. Il ne pouvait pas condamner Clarissa et le petit Webster à l'au-delà. Pas maintenant. Pas plus qu'il ne pouvait les condamner à la possession. Et, pour empêcher cela, il n'avait qu'une solution : accomplir l'inconcevable.

Comme tous les hommes placés dans la même position que lui au cours de l'Histoire, Kingsley Pryor s'était laissé porter par les événements en attendant l'inévitable conclusion ; il s'était contenté d'attendre et d'espérer en un *deus ex machina*. À présent que les fusiopropulseurs de l'astronef le conduisaient vers Trafalgar, tout espoir l'avait déserté. La puissance qu'on lui avait conférée afin qu'il inflige la souffrance était démesurée, mais il *sentait* Webster et Clarissa. Les deux plateaux de la balance étaient en équilibre, comme Capone l'avait toujours su. Kingsley Pryor devait maintenant faire un choix impossible entre l'intime et l'abstrait.

Le capteur de sa cabine avait une résolution suffisamment forte pour percevoir le sourire amer qu'esquissèrent ses lèvres. On aurait dit qu'il se préparait à pousser un cri d'horreur. L'officier du SRC secoua la tête en le voyant ainsi grimacer. J'ai l'impression qu'il a pété un fusible, songea-t-elle. Mais il demeurait pourtant relativement passif.

Ce que le capteur ne lui montra pas, ce fut l'air qui se mit à chatoyer près de Kingsley pour dessiner en silence la silhouette de Richard Keaton. Celui-ci considéra le militaire avec un sourire empreint de tristesse.

— Qui êtes-vous ? demanda Kingsley d'une voix rauque. Comment avez-vous fait pour vous cacher à bord ?

— Je n'étais pas caché à bord, répondit Richard Keaton. Je ne suis pas un possédé chargé de vous surveiller. Je suis un observateur, c'est tout. Inutile de me demander pour le compte de qui, ni pour quelles raisons. Je ne vous le dirai pas. Ce que je peux vous dire, c'est que Webster a échappé aux griffes de Capone, il ne se trouve plus à Monterey.

— Webster ? s'écria Kingsley. Où est-il ?

— En sécurité, pour autant qu'on puisse l'être en ce moment. Il se trouve à bord d'un astronef rebelle qui n'accepte d'ordre de personne.

— Comment le savez-vous ?

— Je ne suis pas la seule personne à observer la Confédération.

— Je ne comprends pas. Pourquoi me dire tout ça ?

— Vous le savez parfaitement, Kingsley. Parce que vous avez une décision à prendre. La position unique où vous vous trouvez en ce moment vous permet d'influer sur le cours des événements humains. Il est rare qu'un individu se trouve dans une telle position, même si vous n'êtes pas en mesure d'apprécier tout ce que cela implique pour l'avenir. Je ne peux pas prendre cette décision à votre place, bien que j'en aie vraiment envie. Il m'est impossible de bafouer les restrictions qui me sont imposées. Mais je peux les contourner suffisamment pour m'assurer que votre décision sera bien informée. Vous devez choisir le lieu et le moment de votre mort, ainsi que les personnes qui vous accompagneront dans la mort.

— Je ne peux pas.

— Je sais. Ce n'est pas facile. Vous voudriez que le statu quo se prolonge jusqu'à ce que votre rôle perde toute importance. Je ne vous en veux pas, mais ça ne se passera pas comme ça. Vous devez faire un choix.

— Savez-vous ce que m'a fait Capone, savez-vous ce que je porte en moi ?

— Oui.

— Alors que feriez-vous à ma place ?

— J'en sais beaucoup trop pour vous le dire.

— Alors, vous ne m'avez pas dit tout ce que j'avais besoin de savoir. Je vous en supplie !

— Ce que vous me demandez là, c'est une absolution. Je ne peux pas non plus vous la donner. Réfléchissez : je vous ai dit ce que vous êtes en droit de savoir à mon sens. Votre fils ne souffrira pas des conséquences de vos actes, quels que soient ceux-ci. Ni maintenant, ni par la suite.

— Comment puis-je être sûr que vous dites vrai ? *Qui êtes-vous ?*

— Je vous dis la vérité parce que je sais exactement ce que je dois vous dire. Si je n'étais pas ce que j'affirme être, comment serais-je au courant pour vous et pour Webster ?

— Que dois-je faire ? Dites-le-moi.

— C'est ce que je viens de faire.

Richard Keaton leva la main pour esquisser ce qui était peut-être un geste de compassion. Kingsley Pryor ne devait jamais en être sûr, car son visiteur s'évanouit de façon aussi étrange qu'il était apparu.

Il réussit à émettre un petit ricanement suraigu. Ainsi donc, l'espèce humaine était observée par des gens (ou des xénos, ou peut-être même des anges), et ils étaient plutôt doués pour ça. Il n'était sans doute pas très difficile de savoir ce qui se passait au sein de la Confédération – quelques scanneurs soigneusement dissimulés suffiraient à capter les télétransmissions les plus intéressantes, c'était après tout la mission du SRC et des autres services secrets. Mais glisser des observateurs parmi les cultures possédées, c'était hors de portée d'une agence ordinaire. Une telle puissance était des plus troublantes. Malgré cela, il ressentit un léger soulagement. Quels qu'ils soient, ces observateurs n'étaient pas indifférents au sort de l'humanité. Ils étaient susceptibles d'intervenir. Pas de façon poussée, mais quand même...

Ils savaient quels ravages il allait causer. Et ils lui avaient donné une excuse pour renoncer.

Kingsley se tourna vers le capteur de la cabine.

— Je suis navré. Profondément navré. J'ai fait preuve de faiblesse en venant jusqu'ici. Mais je n'irai pas plus loin.

Il télétransmit une instruction à l'ordinateur de bord.

Sur la passerelle, André sursauta alors que des symboles neuro-iconiques lançaient des signaux d'alarme dans son crâne. Une par une, les commandes principales du vaisseau échappaient à son contrôle.

— Que faites-vous, Duchamp ? s'enquit le commandement DS. Redonnez-nous accès à l'ordinateur de bord ou nous ouvrons le feu.

— Je ne peux pas, répondit le capitaine terrifié. Mes codes de commandement ont été annulés. Madeleine ! Tu peux arrêter ça ?

— Aucune chance. Quelqu'un est en train d'installer ses routines de contrôle par l'intermédiaire du programme de gestion des opérations.

— Ne tirez pas ! supplia André. Nous n'y sommes pour rien.

— C'est l'œuvre de quelqu'un qui a accès au PGO. Interrogez votre équipage, Duchamp.

André tourna ses yeux égarés vers Madeleine, Desmond et Shane.

— Mais nous ne... *merde*[1] *!* Pryor, c'est Pryor ! C'est lui qui fait ça. C'est lui qui a voulu venir ici.

— Nous perdons de la puissance ! s'écria Desmond. Fusiopropulseurs désactivés. Refroidissement du plasma dans le tokamak. Nom de Dieu, il a ouvert les valves de ventilation d'urgence. Toutes les valves ! Qu'est-ce qu'il fabrique ?

— Empêchez-le d'agir ! Utilisez vos armes de poing si nécessaire ! ordonna André. Nous coopérons avec vous, transmit-il au commandement DS. Nous allons regagner le contrôle du vaisseau. Laissez-nous quelques minutes.

— Capitaine ! glapit Shane en tendant le bras.

L'écoutille de la passerelle se refermait. Des éclairs orangés, aveuglants, se mirent à palpiter au rythme d'un sifflement strident.

— *Mon Dieu, non !*

Les capteurs DS relayaient à l'officier du SRC une image parfaitement claire du *Vengeance de Villeneuve*. L'astronef avait bien entamé sa phase de décélération lorsque l'alarme avait retenti. Il se trouvait à moins de deux cents kilomètres du spatioport contrarotatif de Trafalgar, ce qui était plutôt inquiétant. La consternation apparente des astros n'était peut-être qu'une manœuvre de diversion. Si le vaisseau lâchait une salve de guêpes de combat à cette distance de l'astéroïde, il serait presque impossible de l'intercepter en totalité.

S'il n'y avait eu à bord que Duchamp et son équipage, l'officier du SRC n'aurait pas hésité à vaporiser le bâtiment. Mais les actes et l'énigmatique déclaration de Pryor l'empêchèrent d'opter pour cette solution. Elle était sûre que tout ceci était son œuvre ; et c'était toujours elle qui contrôlait les guêpes de combat de l'astronef. Pryor cherchait sans doute à rassurer le commandement DS. Aucun des sinistres drones n'avait été armé.

— Continuez à braquer vos armes sur eux, dit-elle aux autres officiers du commandement DS. Dites à l'escorte de faucons de se tenir prête à intervenir.

De longs jets de vapeur blanche jaillissaient du *Vengeance de Villeneuve* à mesure que tous les réservoirs du bord se vidaient conformément à la procédure d'urgence. Hydrogène, hélium, oxygène, fluide réfrigérant, eau, masse de réaction...

---

1. En français dans le texte, comme la plupart des dialogues en italique. *(N. d. T.)*

toutes ces substances s'évacuaient à haute pression, secouant le vaisseau comme si une douzaine de tuyères cherchaient à le propulser dans autant de directions. Aucun de ces mouvements n'était assez puissant pour le déloger de sa trajectoire orbitale. Ayant cessé de décélérer, il continuait de voler vers Trafalgar à une vitesse de deux kilomètres par seconde.

— Même s'ils reprennent le contrôle des systèmes de propulsion, ils n'auront plus de carburant, déclara l'officier DS responsable du guidage. Impact dans deux minutes.

— Si ce vaisseau s'approche de Trafalgar à moins de dix kilomètres, vous avez ordre de le détruire, rétorqua l'officier du SRC.

La fuite multiple se poursuivit encore pendant quinze secondes, imprimant au vaisseau une trajectoire des plus erratiques. Des verrous explosifs détonèrent sur le fuselage, projetant dans le vide des plumets de poussière grise et fissurant la coque. Des segments de celle-ci se détachèrent tels des pétales d'argent s'ouvrant au soleil, exposant les entrailles métalliques compressées au maximum. De vifs éclats de lumière bleutée jaillissaient sous la surface, visibles grâce à d'infimes lézardes ; de nouvelles explosions, qui arrachaient divers équipements à l'infrastructure de l'astronef. Celui-ci se mit à tomber en pièces, ses réservoirs, ses tubes à fusion, ses tokamaks, ses nœuds ergostructurants, ses échangeurs thermiques et autres mécanismes formant un nuage en expansion lente.

Trois moteurs de fusée à carburant solide étaient fixés à la base de la capsule de vie contenant la passerelle ; ils s'allumèrent quasiment sans prévenir, expulsant la sphère du nuage de débris technologiques. Duchamp et ses membres d'équipage se retrouvèrent plaqués à leurs couchettes anti-g, luttant contre une subite accélération de quinze g.

— Mon astronef ! hurla André.

Le *Vengeance de Villeneuve*, son seul espoir de mener une existence un tant soit peu normale une fois cette crise résolue, tombait en pièces tout autour de lui, ses composants valant plusieurs millions de fusiodollars se dispersaient dans les profondeurs de l'espace, se réduisaient à l'état de débris irrécupérables. Comme il aimait son vaisseau avec plus de passion qu'il n'en aurait eu pour une femme, il lui pardonnait le coût prohibitif de son entretien, son fonctionnement capricieux, son appétit de carburant et de consommables ; car, en retour, il avait droit grâce à lui à une vie sortant de l'ordinaire. Mais il n'avait pas tout à fait fini de le payer, cet astronef, et, bien des années auparavant, il avait préféré se fier à sa compétence en matière mécanique et financière plutôt que de souscrire une assurance auprès d'une de ces compagnies anglos qui n'étaient que des officines d'escrocs. Son cri se transforma en sanglot déchirant. L'univers était désormais pire que toutes les promesses de l'au-delà.

Kingsley Pryor n'activa pas les fusées de sa propre capsule de vie. Il ne pouvait fuir nulle part. Les débris du *Vengeance de Villeneuve* commençaient à s'agiter sous l'effet des propulseurs de la capsule abritant la passerelle, qui venait de jaillir de son sein. Mais l'ensemble continuait de se diriger vers Trafalgar, et Kingsley en faisait autant. Il ne savait pas exactement où il se trouvait et ne prit pas la peine d'accéder aux capteurs rudimentaires de la capsule pour le déterminer. Tout ce qu'il savait, c'était qu'il s'était efforcé de sauver l'équipage et qu'il ne se trouvait pas à l'intérieur de Trafalgar, là où Capone aurait voulu qu'il soit. Plus rien d'autre n'avait d'importance. Sa décision était prise.

Seul dans une cabine que baignait la chiche lumière de l'éclairage de secours, Kingsley télétransmit le code de désactivation à l'implant logé dans son abdomen. Ce petit générateur de champ de confinement représentait le nec plus ultra de la technologie de la Confédération, mais il ne se conformait pas entièrement aux règles de sécurité normalement en vigueur pour le traitement de l'antimatière. Le labo militaire ultraspécialisé de Nouvelle-Californie qui l'avait fabriqué avait négligé de l'équiper du type de dispositif recommandé par la sécurité (voire le simple bon sens) que même les plus minables des cartels clandestins se gardaient d'oublier. Capone ne se souciait que des critères de taille, point final. Et il avait été satisfait.

Lorsque le champ de confinement cessa d'opérer, le globe d'antimatière figée toucha la paroi du conteneur. Protons, électrons, antiprotons et antiélectrons s'annihilèrent dans une réaction qui, l'espace d'un très bref instant, recréa les conditions de densité énergétique qui avaient prévalu à l'intérieur du big bang. Cette fois-ci, le résultat ne fut pas une création.

Les lasers des plates-formes DS étaient déjà occupés à détruire les morceaux d'équipement tournant autour du nuage de débris qui restait du *Vengeance de Villeneuve*. Le plus gros de cet essaim était à moins de vingt-cinq kilomètres de Trafalgar, et sa trajectoire l'amènerait à percuter l'un des spatioports contrarotatifs sphériques de l'astéroïde. Sous l'effet des rayons énergétiques, la vapeur ionisée produite par la désintégration des composants prenait une couleur bleu pâle fluorescente et formait un arc autour des pièces encore intactes. On aurait pu croire à une comète évanescente filant à travers l'espace.

La capsule abritant Kingsley Pryor se trouvait à une distance de vingt-trois kilomètres du spatioport, ce qui correspondait à un laps de temps de huit secondes, lorsque l'explosion se produisit. Trois secondes de plus, et les lasers DS l'auraient détruite, ce qui n'aurait pas changé grand-chose. Capone réservait à Trafalgar le sort que Quinn Dexter avait infligé à Jesup ; si l'antimatière avait détoné dans une biosphère, l'astéroïde aurait volé en éclats. Même si Kingsley, incapable de circonvenir l'inévitable dispositif de sécurité, avait joué les kamikazes dans le spatioport, les dégâts auraient été considérables – la sphère contrarotative aurait été détruite, ainsi que tous les astronefs qui s'y trouvaient, et l'astéroïde aurait peut-être été arraché à son orbite.

En désactivant la chambre de confinement à l'extérieur de Trafalgar, Kingsley réduirait considérablement l'étendue des dégâts. De quoi apaiser sa conscience et lui permettre de regagner la Nouvelle-Californie en prétendant avoir accompli sa mission. En termes purement physiques, toutefois, on ne pouvait pas dire qu'il faisait une fleur aux Forces spatiales de la Confédération. Contrairement à une bombe à fusion, une explosion d'antimatière ne produisait ni sphère de plasma relativiste ni onde de choc particulaire ; mais le point d'énergie au centre de celle-ci fut suffisamment puissant pour illuminer la face nocturne d'Avon, située à cent mille kilomètres de distance. Les spectres visible et infrarouge qu'elle émit ne contenaient qu'une faible proportion de son dégagement énergétique global. Sa vraie puissance était concentrée dans les spectres gamma et X.

Le nuage de débris qui avait naguère été le *Vengeance de Villeneuve* étincela l'espace d'une picoseconde avant de se réduire à ses composants subatomiques. Trafalgar se montra un peu plus résistant. Sa surface rocheuse gris et noir se mit à luire plus brillamment qu'un soleil sous les coups de boutoir du tsunami énergétique. Lorsque la lumière blanche s'estompa, la face de l'astéroïde directement exposée continua à briller d'une lueur écarlate. La force centrifuge déplaça lentement la roche en fusion, l'envoyant couler le long des crêtes et des rebords de cratères, où elle forma bientôt des stalactites bulbeuses à croissance rapide. Des échangeurs thermiques grands comme des villes s'effritèrent en même temps que leur équipement auxiliaire ancré au roc, leurs éléments de matériau composite se fracassant comme du verre antique pendant que leur structure métallique se liquéfiait et s'envolait, projetant des gouttes écarlates vers les étoiles.

Plusieurs centaines d'astronefs souffrirent de cette micronova. Les vaisseaux adamistes furent les plus chanceux, leur structure massive protégeant leurs équipages du plus gros des radiations. Leurs systèmes mécaniques furent anéantis par la pénétration des rayons X, qui les transformèrent aussitôt en épaves volantes crachant de la vapeur comme l'avait fait le *Vengeance de Villeneuve*. Plusieurs dizaines de canots de sauvetage évacuèrent ces bâtiments en perdition devenus mortellement dangereux.

L'explosion ravagea les faucons. Les astronefs bioteks périrent dans d'atroces souffrances, l'intégrité de leurs cellules n'ayant pas survécu à l'attaque. Plus ils étaient éloignés de la déflagration, plus leur agonie fut interminable. Pour leurs équipages, mal protégés dans les tores aux cloisons peu épaisses, la mort fut presque instantanée.

Le spatioport sphérique contrarotatif de Trafalgar frémit comme un cabanon de plage pris dans un ouragan. La mousse thermoprotectrice recouvrant ses poutres et ses réservoirs se calcina et s'effrita en quelques secondes. Dans les sections pressurisées, les radiations portèrent l'air à des températures inhumaines, et son expansion entraîna la destruction totale des sections habitables. Plusieurs réservoirs explosèrent. Des générateurs de fusion, déstabilisés de façon irréversible, se vaporisèrent en un éclair.

Ce choc était démesuré par rapport à la solidité de l'axe de symétrie de l'ensemble. Tandis que des jets de plasma jaillissaient de la sphère en voie d'effondrement, la structure de celle-ci se mit à ployer. Elle se brisa juste au-dessus de la couronne d'appui et s'envola dans l'espace, se dégonflant pour devenir une carcasse flasque d'où fusaient d'éphémères geysers de foudre.

Une douzaine de signaux d'alarme retentirent simultanément dans le crâne de Samual Aleksandrovich. Il leva les yeux vers les officiers qui participaient avec lui à la réunion stratégique quotidienne. Il vit trois d'entre eux s'effacer, victimes du crash de leurs processeurs, ce qui était encore plus inquiétant que les transmissions qu'il recevait. Puis les lumières vacillèrent.

Samual se tourna vers le plafond.

— Nom de Dieu !

Une télétransmission lui confirma qu'une explosion venait de se produire au-dehors. Assez puissante pour affecter les systèmes internes ? Derrière la baie vitrée de son bureau, le phototube axial de la biosphère centrale s'assombrissait à mesure que les générateurs se désactivaient les uns après les autres, privés de leurs circuits de régulation de température. Des sections entières du réseau de communication hyperrenforcé de l'astéroïde étaient hors service. Pas un seul capteur externe ne demeurait actif.

Les systèmes d'éclairage et de maintenance environnementale du bureau basculèrent sur les cellules de secours. Le gémissement suraigu qui servait de bruit de fond à la vie dans l'astéroïde se fit plus grave alors que pompes et ventilateurs cessaient de fonctionner.

Sept marines en armure surgirent dans le bureau, l'arme au poing – un détachement du service de protection rapprochée du grand amiral. Le capitaine qui les commandait ne prit même pas la peine de saluer.

— Amiral, nous sommes placés en condition C10, veuillez rejoindre votre poste de commandement sécurisé.

Une section circulaire du sol était en train de s'ouvrir, révélant un toboggan qui disparaissait dans les profondeurs. Un concert d'éclairs et de sirènes résonnait désormais en contrepoint aux signaux d'alarme télétransmis. D'épais boucliers métalliques venaient occulter la baie vitrée. D'autres marines avaient fait leur apparition dans le corridor tout proche et hurlaient leurs instructions. Samual faillit éclater de rire en découvrant ce déploiement aussi spectaculaire que peu productif. Dans de telles conditions, mieux valait garder son calme plutôt que de céder à la panique. Il envisagea de refuser d'obéir au jeune capitaine ; une question d'instinct, l'envie de jouer au vieux briscard toujours en première ligne. L'ennui, c'était qu'une telle attitude était totalement contre-productive à son niveau de responsabilité. Dans une crise de cette ampleur, l'essentiel était de préserver la chaîne de commandement. Si l'on voulait réagir vite et contrer l'ennemi, il fallait que l'autorité continue de s'exercer.

Alors même qu'il hésitait, il sentit le sol frémir. Ils subissaient bel et bien une attaque ! Un concept proprement incroyable. Samual contempla avec des yeux ébahis les tasses de thé qui se mettaient à trembler sur son bureau.

— Je vous suis, dit-il au capitaine qui n'en menait pas large.

Deux des marines sautèrent sur le toboggan, leurs fusils

magnétiques prêts à tirer. Samual les suivit. Tandis qu'il glissait le long du conduit en spirale, un programme d'évaluation et de corrélation passa en mode primaire dans ses naneuroniques, triant les données qui lui arrivaient en flot afin de se faire une idée plus précise de la nature de la catastrophe. Le commandement DS lui confirma que le *Vengeance de Villeneuve* avait fait exploser une quantité encore inconnue d'antimatière. Trafalgar avait subi des dégâts considérables. Mais ce fut le sort des vaisseaux de la Première Flotte qui lui glaça les sangs. Vingt d'entre eux étaient à quai au moment de l'explosion, trois autres escadres ayant pris position à cent kilomètres du spatioport. Deux douzaines de faucons se trouvaient sur les corniches. Plus de cinquante astronefs civils et gouvernementaux étaient dans les parages.

Le poste de commandement sécurisé consistait en une série de chambres creusées au cœur de la roche de Trafalgar. Totalement autonome, il était conçu pour abriter l'état-major du grand amiral en cas d'attaque. Toute arme assez puissante pour l'endommager aurait de toute façon détruit l'astéroïde.

Vu ce qui venait de se produire, cette pensée n'était pas la plus réconfortante de la journée, se dit Samual en arrivant en bas du toboggan. Il pénétra dans le centre de coordination, s'attirant les regards nerveux des hommes et des femmes qui étaient de garde. Cette longue pièce rectangulaire, avec ses consoles aux courbes complexes et ses holoécrans encastrés dans les murs, lui faisait toujours penser à la passerelle de commandement d'un vaisseau de guerre – avec un avantage non négligeable : jamais il n'aurait à y endurer des manœuvres en forte gravité.

— Au rapport, s'il vous plaît, dit-il à la capitaine de corvette responsable du centre.

— Une seule explosion pour l'instant, amiral, répondit-elle. Le commandement DS s'efforce de rétablir le contact avec ses satellites-capteurs. Mais il n'y avait aucun autre astronef non autorisé dans le périmètre de défense planétaire lorsque nous avons perdu le contact.

— Il n'y a donc *aucune* liaison ?

— Quelques capteurs sont encore opérationnels dans ce qui reste du spatioport, amiral. Mais ils ne nous montrent pas grand-chose. Les pulsations EM de l'antimatière ont brûlé la plupart de nos systèmes électroniques, même les processeurs hyper-renforcés sont vulnérables à ce niveau de puissance. Aucune des antennes en état de marche ne peut capter les signaux des plates-formes DS. Soit parce que les processeurs sont défaillants, soit parce que les plates-formes sont détruites. Nous ne sommes pas encore en mesure de le dire.

— Donnez-moi un satellite de surveillance périphérique, alors. Établissez une liaison avec un astronef. Je veux parler à quelqu'un qui voit ce qui se passe dehors.

— À vos ordres, amiral. Les systèmes de secours sont en train de se déployer.

Les officiers et sous-officiers affectés au centre de coordination étaient de plus en plus nombreux à gagner leurs postes. Les membres de son état-major se regroupaient petit à petit. Il aperçut Lalwani et lui fit signe de se rapprocher de lui.

— Pouvez-vous parler à un faucon ? demanda-t-il à voix basse une fois qu'elle l'eut rejoint.

— À plusieurs. (Son visage était déformé par la souffrance.) Je les sens mourir. Nous en avons déjà perdu plus de cinquante.

— Seigneur ! Je suis profondément navré. Qu'est-ce qui se passe dehors ?

— Plus rien. Pour ce qu'en savent les survivants, aucun vaisseau de l'Organisation n'est apparu dans les parages.

— Amiral ! appela la capitaine de corvette. Nous avons établi la liaison avec le réseau DS. Trois satellites périphériques sont HS, ils ont dû être irradiés par l'explosion. Cinq sont encore opérationnels.

Sur l'un des holoécrans s'afficha une série de zébrures vert et orange, qui laissèrent peu à peu la place à une image stabilisée. Celle-ci provenait d'un satellite-capteur placé à la périphérie du réseau DS de Trafalgar, à dix mille kilomètres de là. Aucun des satellites du premier cercle n'avait survécu.

— Bon Dieu ! marmonna le grand amiral.

Un silence pesant régna dans le centre de coordination.

La moitié de la masse de Trafalgar luisait d'un éclat écarlate sur fond de firmament. On distinguait des vagues languides de roche en fusion qui rampaient sur les crêtes, des globules gros comme des rochers qui roulaient dans les cratères, entraînés par la rotation de l'astéroïde. Le spatioport en ruine s'éloignait de son axe fracturé, tournant lentement sur lui-même et projetant des débris calcinés dans son sillage. Des sphères en feu dérivaient sans but autour du mondicule blessé, projetant des plumets de vapeur telles des comètes froides : les astronefs trop proches de l'explosion pour que leur équipage ait survécu aux radiations.

— Bon, nous sommes intacts et opérationnels, déclara le

grand amiral d'un air sombre. Notre priorité est de rétablir le réseau DS. Si elle a un tant soit peu d'intelligence tactique, l'Organisation va chercher à accentuer son avantage pendant que nos plates-formes sont hors service. Commandant, faites venir deux escadres de la Première Flotte pour se substituer aux plates-formes DS et demandez au réseau planétaire de nous procurer la meilleure couverture possible. Dites-leur en outre de se tenir prêts en cas de tentative d'infiltration ; ce genre d'initiative ne m'étonnerait pas de la part de Capone. Cela fait, nous nous occuperons de dépêcher des astronefs pour récupérer les survivants.

Les officiers et sous-officiers du centre de coordination passèrent une bonne heure à orchestrer les mouvements de la Première Flotte de façon à établir un bouclier autour de Trafalgar. À mesure que le réseau de communication se reconstituait, les informations se mirent à affluer. Les trois quarts du réseau DS de l'astéroïde avaient été anéantis par l'explosion. Plus de cent cinquante astronefs avaient été complètement détruits, quatre-vingts autres étant trop contaminés pour être récupérables. Dans le spatioport vers lequel se dirigeait le *Vengeance de Villeneuve*, personne n'avait survécu ; une fois que les cadavres en auraient été évacués, il faudrait le placer sur une orbite au terme de laquelle il irait s'abîmer dans le soleil. Les premiers chiffres faisaient état de huit mille victimes, mais le centre de coordination considérait cette évaluation comme optimiste.

Une fois qu'il eut donné ses ordres, le grand amiral ouvrit les fichiers du commandement DS relatifs au *Vengeance de Villeneuve*. Il forma une commission d'enquête préliminaire composée de six officiers appartenant à son état-major, avec instruction de reconstituer le déroulement des événements. Il se repassa une douzaine de fois les ultimes instants du misérable Kingsley Pryor.

— Il nous faut un profil psychologique détaillé de cet homme, dit-il au lieutenant de vaisseau Keaton. Je veux savoir ce qu'ils lui ont fait. Je n'aime pas l'idée que l'on puisse retourner mes officiers contre leur corps.

— Les possédés ne sont limités que par leur imagination, amiral, répondit poliment l'officier de liaison avec le corps médical. Ils sont capables de soumettre un individu à de très fortes pressions. Et le capitaine de corvette Pryor s'était fait accompagner de son épouse et de leur jeune fils quand il avait pris son poste en Nouvelle-Californie.

— « Je fais serment de placer ma mission et mes actes au-dessus de toute considération personnelle », cita Samual à voix basse. Avez-vous de la famille, capitaine ?

— Non, amiral, pas de famille proche. Une petite cousine que j'aime beaucoup ; elle a à peu près le même âge que Webster Pryor.

— Je suppose que les serments militaires et les bonnes intentions ne résistent pas toujours aux horreurs que la vie nous réserve. Mais il semble que Pryor ait eu des remords sur la fin. Rendons-en grâce au Ciel. Dieu sait quel carnage il aurait accompli s'il avait pénétré à l'intérieur de Trafalgar.

— Oui, amiral. Je suis sûr qu'il a fait de son mieux pour limiter les dégâts.

— Très bien, capitaine, continuez.

Samual Aleksandrovich revint aux affichages qui ne cessaient d'apparaître et de disparaître dans son crâne. Maintenant que le redéploiement de la défense stratégique était en bonne voie et que les astronefs recevaient leurs affectations pour les missions de sauvetage, il pouvait se concentrer sur Trafalgar proprement dit. L'astéroïde était dans un triste état. Tous ses équipements de surface avaient été vaporisés – des échangeurs thermiques à quatre-vingt-dix pour cent. L'astéroïde ne produisait quasiment pas d'énergie, ses systèmes environnementaux opéraient sur leurs dispositifs de secours. Ni les biosphères ni les sections habitées ne pouvaient se débarrasser de leur surplus de chaleur dans l'espace, et les unités de stockage thermique avaient une capacité de dix jours au grand maximum. Lorsque l'habitat avait été conçu, personne n'avait imaginé qu'il subirait des dommages aussi terribles ; les ingénieurs avaient supposé que les échangeurs thermiques démolis par les guêpes de combat pourraient être remplacés durant ces dix jours de répit. À présent, même si les stations industrielles d'Avon parvenaient à fabriquer le matériel nécessaire dans les délais les plus brefs, il serait impossible de l'installer. La moitié de la surface de l'astéroïde était si radioactive qu'il faudrait l'évacuer sur une profondeur de plusieurs mètres. Sans parler de sa température. La plus grosse partie de l'excès de chaleur se dissiperait lors des deux prochains mois, mais une proportion considérable allait se diffuser dans les zones habitables. Si l'on n'y prenait garde, la température des biosphères allait croître au point d'entraîner des risques de stérilisation. La seule façon de prévenir cela, c'était de mettre en place des échangeurs thermiques, ce que la chaleur et les radiations interdisaient de faire.

Samual jura à mesure qu'il recevait les rapports et les recommandations des équipes d'ingénieurs du Génie. Toute question de coût mise à part, il lui était impossible d'initier un tel programme de restauration en plein milieu d'une crise comme celle-ci.

Il allait être contraint de faire évacuer Trafalgar. On avait prévu ce cas extrême, et les lunes et les colonies-astéroïdes d'Avon pourraient accueillir les institutions des Forces spatiales de la Confédération. La question n'était pas là. Sur le plan de la propagande, Capone venait de remporter une victoire incontestable. Le QG des Forces spatiales détruit par une explosion, des escadres entières perdues, des faucons morts... L'opinion publique oublierait jusqu'au succès de la campagne de libération de Mortonridge.

Samual Aleksandrovich s'affala sur son siège. S'il ne se prit pas la tête entre les mains, ce fut uniquement à cause de tous les regards braqués sur lui : il devait continuer à afficher une assurance sans faille.

— Amiral ?

Il leva les yeux pour découvrir le visage d'ordinaire placide du capitaine de vaisseau Amr al-Sahhaf à présent déformé par l'inquiétude. Que s'était-il encore passé ?

— Oui, commandant ?

— Amiral, le Dr Gilmore vient de nous signaler que Jacqueline Couteur s'était évadée.

Samual sentit son esprit s'imprégner d'une colère glaciale comme il n'en avait pas connu depuis longtemps. Cette bonne femme était en train de devenir sa *bête noire*[1], une goule se nourrissant des malheurs de ses forces. Mortelle, d'une suffisance respirant le mépris...

— Elle est sortie du laboratoire ?

— Non, amiral. L'intégrité du piège à démon a été maintenue durant la totalité de l'assaut.

— Très bien, envoyez un peloton de marines, ainsi que toutes les forces que le Dr Gilmore jugera utiles à sa capture. Considérez cette mission comme prioritaire. (Il fit tourner un Programme de recherche.) Je veux que son commandement soit confié au lieutenant Hewlett. Les ordres que je lui donne sont des plus simples. Une fois qu'il l'aura capturée, qu'il la place sur-le-champ en tau-zéro. Et j'ai bien dit sur-le-champ. À

1. En français dans le texte. *(N. d. T.)*

l'avenir, le Dr Gilmore devra se trouver un cobaye plus complaisant.

Au niveau de la troisième porte, la température avait sensiblement augmenté dans le corridor conduisant au laboratoire sécurisé du SRC. La chaleur dégagée par les armures de trente-cinq marines s'accumulait dans l'atmosphère. Le système de ventilation du plafond fonctionnait en mode réduit ; un tiers seulement des panneaux lumineux était opérationnel.

Murphy Hewlett avait tenu à avancer à la tête du peloton. Chacun de ses membres était armé d'un pistolet-mitrailleur à balles statiques du modèle en usage sur Ombey, cinq hommes étant également équipés de fusils Bradfield, au cas où. Murphy avait eu le temps de leur expliquer leur mission pendant qu'ils se préparaient ; il espérait s'être montré plein d'assurance tandis qu'il détaillait les procédures à employer face aux possédés.

Comme ils arrivaient devant la troisième porte, il fit signe au sergent technicien de le rejoindre. Le sous-officier s'approcha du processeur de contrôle de la porte, puis se pencha sur son bloc.

— Aucune incohérence dans le journal de bord, mon lieutenant, annonça-t-il. Cette porte n'a pas été ouverte.

— Bien. Première ligne, tenez-vous prêts, ordonna Murphy.

Huit marines se déployèrent sur la largeur du corridor, braquant leurs pistolets-mitrailleurs sur la porte. Murphy annonça au Dr Gilmore qu'ils étaient en position. La porte s'ouvrit dans un sifflement, un effet de la différence de pression. Des volutes de vapeur blanche apparurent brièvement lorsque air chaud et air froid se mélangèrent. Le Dr Gilmore, cinq autres chercheurs et trois marines armés se tenaient sur le seuil. Aucune autre personne n'était visible.

Murphy activa le circuit audio de son armure.

— On y va ! lança-t-il.

Le peloton fonça, obligeant les scientifiques à s'écarter du passage. Murphy transmit un ordre de fermeture au processeur de la porte, qu'il verrouilla au moyen d'un code personnel. L'épaisse plaque de métal se referma, condamnant le labo.

— Jacqueline ne se trouve pas dans cette section, déclara le Dr Gilmore, impressionné par leur professionnalisme militaire.

En guise de réponse, Murphy lui fit signe de s'approcher et lui appliqua sur le bras un capteur d'électricité statique. Résultat négatif. Il ordonna à son peloton d'examiner les autres.

— Si vous le dites, docteur. Que s'est-il passé exactement ?

— Nous pensons que la pulsation EM a interrompu le flux électrique qui nous servait à neutraliser son pouvoir énergétique. Cela n'aurait pas dû se produire, car nous sommes exceptionnellement bien protégés ici, et nos systèmes sont tous autonomes à l'exception des échangeurs thermiques. Mais elle a réussi à éliminer les marines qui la surveillaient et à sortir de sa cellule d'isolement.

— Les éliminer ? De quelle façon exactement ?

Pierce Gilmore eut un sourire sans humour.

— Elle les a tués, ainsi que deux de mes assistants. Cette évasion est un geste de défi totalement futile. Jacqueline elle-même ne parviendra pas à franchir les deux kilomètres de roche qui la séparent de la liberté. Elle le sait, évidemment. Mais nous mettre des bâtons dans les roues, ça fait partie de son petit jeu.

— L'arbitre vient de siffler la fin du match, docteur. Mes ordres sont de la placer en tau-zéro dès que je l'aurai capturée. Ces ordres viennent du grand amiral en personne, alors n'essayez pas de les contester.

— Nous sommes dans le même camp, lieutenant Hewlett.

— Je sais, doc. J'étais dans ce tribunal. Ne l'oubliez pas.

— Je me suis publiquement opposé à cette ridicule histoire de procès. La duplicité de Couteur n'a d'égale que son intelligence. Un mélange détonant.

— Nous tâcherons de nous en souvenir. Bon, combien de chercheurs avez-vous pu recenser ?

Gilmore jeta un coup d'œil au corridor principal qui faisait le tour du complexe scientifique. On y apercevait plusieurs portes ouvertes sur des visages anxieux.

— Neuf d'entre eux n'ont pas répondu à ma transmission d'appel.

— Merde !

Murphy accéda au plan de l'étage enregistré dans ses naneuroniques. Le complexe s'étendait sur deux niveaux circulaires, le premier abritant des laboratoires, le second des systèmes d'alimentation en énergie et de contrôle de l'environnement, plus des unités de stockage et de maintenance.

— Bon, fit-il. Je veux que tout le monde regagne son poste, bureau ou laboratoire. Que les marines affectés ici protègent les scientifiques de toute intrusion. Personne ne doit circuler excepté les membres de mon peloton, et ça vaut aussi pour vous, docteur. Je veux qu'une IA soit mise en ligne afin de surveiller les processeurs du complexe et repérer d'éventuelles avaries.

— Nous nous en occupons déjà, dit Gilmore.

— Et l'IA n'a pas pu localiser Couteur ?

— Pas encore. Jacqueline connaît nos méthodes pour traquer les possédés, bien entendu. Elle s'efforcera de dissimuler son pouvoir. Ce qui signifie qu'elle sera vulnérable pendant quelques secondes après que vous l'aurez retrouvée.

— Ouais. Décidément, cette mission s'annonce comme une sinécure, doc.

La procédure adoptée par Murphy était des plus simples ; cinq marines restèrent postés devant la porte au cas où Couteur tenterait une sortie. C'était peu probable, estimait Murphy, mais elle était bien capable d'essayer un double bluff. Le reste du peloton fut divisé en deux groupes qui partirent explorer le corridor circulaire dans des directions opposées. Chaque labo fut soumis à un examen au bloc CME et au bloc infrarouge (au cas où Couteur se serait déguisée en machine). Tous les scientifiques et tous les techniciens subirent des tests au capteur ; ensuite, ils avaient ordre de laisser leurs naneuroniques accessibles au SRC pour confirmer qu'ils n'étaient pas possédés après le passage des marines. Une pièce à la fois, avec un examen approfondi des murs du corridor. Murphy ne laissait strictement rien au hasard.

Il prit la tête du groupe qui parcourait le corridor dans le sens inverse des aiguilles d'une montre. La topographie des lieux était plus simple que celle de la jungle de Lalonde, privant Couteur de toute possibilité de tendre une embuscade, mais il n'arrêtait pas de se dire que l'ennemi se trouvait juste dans son dos. Il se surprit plusieurs fois à se retourner pour examiner le corridor derrière les hommes qui le suivaient. Ce qui était une erreur, car cela les irritait et les amenait à relâcher leur vigilance. Il se concentra sur l'espace devant lui, sur chacune des pièces qu'il fallait sécuriser. Une étape à la fois, montre le bon exemple.

En dépit du désordre qui régnait dans la plupart des labos, il était relativement simple de scanner ceux-ci avec les capteurs. Les chercheurs et les techniciens étaient soulagés de voir débarquer les marines, mais se montraient fort peu démonstratifs. Tour à tour, ils furent examinés, puis enfermés dans les labos sécurisés.

L'unité d'isolement biologique, où Couteur avait été détenue, fut la neuvième pièce que Murphy visita. Sa porte avait été ouverte par la force, mais des renforts métalliques gauchis bloquaient le passage. Murphy fit signe au sergent technicien de s'avancer. Il se plaqua contre le mur et tendit prudemment un bloc-capteur vers l'intérieur de la pièce.

— RAS, rapporta-t-il. Si elle est là-dedans, elle est hors de portée.

Ils avancèrent en formation de double couverture. Les marines se déployèrent en scannant le moindre centimètre carré. La pièce était divisée en deux par une cloison de verre où s'ouvrait une brèche de forme ovale. Murphy s'était attendu à découvrir ce spectacle, ainsi que celui des cadavres portant des brûlures profondes qui ne lui étaient que trop familières. De l'autre côté de la cloison se trouvait une table d'examen entourée de machines. Outre les sangles qui pendouillaient tout autour, tranchées net, il distingua quantité de câbles et de fils sectionnés.

Qui aurait pu reprocher à la prisonnière d'avoir voulu se libérer ? Murphy n'appréciait pas de devoir se poser cette question.

Ils laissèrent deux blocs-capteurs sur place afin de scanner la porte défoncée en permanence, au cas où elle serait revenue. Dans la pièce voisine, un bureau, ils trouvèrent une autre victime de Couteur gisant sur la moquette. Ils scannèrent le cadavre et lui appliquèrent le capteur d'électricité statique. Murphy ne tenait pas à tomber dans ce genre de traquenard.

Mais c'était bien un cadavre, avec quantité de brûlures et plusieurs os brisés. Un scan l'identifia comme étant Eithne Cramley, l'un des techniciens affectés à l'unité Physique. Murphy était sûr que Couteur avait tenté de le soumettre à la possession mais qu'elle n'avait pas eu le temps de mener le processus à son terme. Le reste de la pièce était vide. Ils la scellèrent et poursuivirent leur progression.

La jonction des deux groupes de marines s'effectua au bout de quatre-vingt-dix minutes. Ils n'avaient trouvé que six des neuf personnes n'ayant pas répondu à la transmission de Gilmore.

— Apparemment, elle s'est planquée au sous-sol, dit Murphy.

Il ordonna à dix marines de monter la garde en haut de l'escalier et descendit à la tête des vingt autres. Couteur serait plus à son aise dans ce territoire, se dit-il. Le sous-sol était nettement moins accueillant que le premier niveau. Ses constructeurs avaient veillé à ce qu'il soit spacieux et bien éclairé, mais, en fin de compte, il ne s'agissait que d'une série de six grottes servant de salles des machines et de remises.

Les marines se mirent en formation dès qu'ils eurent descendu l'escalier. Murphy les supervisa avec une inquiétude grandissante. Ses naneuroniques durent intervenir pour réguler son rythme cardiaque ; il était si tendu que même les chairs régénérées des doigts de sa main gauche étaient parcourues de fourmillements. Si seulement il s'était agi d'un signal d'alarme fiable l'avertissant de l'approche d'un possédé. À chaque mètre parcouru, il s'attendait à voir Couteur surgir du néant pour les attaquer. Il n'arrivait pas à comprendre ce qu'elle trafiquait. Selon toute probabilité, les trois chercheurs qui manquaient encore à l'appel avaient été possédés, mais elle savait sûrement qu'il s'en doutait. Elle n'avait aucun avantage à retirer en agissant comme elle le faisait. Excepté vivre quelques heures de liberté. Ce qui aurait suffi à la plupart des gens. Murphy ne parvenait pas à oublier leur voyage à bord de l'*Ilex*, l'incessante résistance qu'elle avait opposée à ses geôliers. Il n'avait pas mis longtemps à comprendre qu'elle s'était volontairement laissé capturer, ce qui rendait dérisoires les horribles blessures de ce pauvre Regehr.

Obtenir un avantage, c'était là sa seule ambition. Et cette évasion ne lui en apportait aucun. À moins qu'il ait négligé une donnée essentielle. Il avait l'impression que l'inquiétude lui fossilisait le cerveau.

— Lieutenant ! s'écria le marine qui ouvrait la marche. Signature infrarouge.

Ils venaient d'arriver devant le système de gestion de l'environnement. Une grotte aux murs de roche nue abritant en son centre une rangée de sept unités de régénération et de filtrage de l'air. Des conduits et des canalisations en montaient, formant une toile conique qui disparaissait dans la lueur des plafonniers. Les marines s'avancèrent sur les deux flancs de cette masse mécanique.

Quelqu'un était tapi au sommet de la troisième unité, dissimulé parmi un amas de conduits larges d'un bon mètre. Murphy fit basculer ses rétines en mode infrarouge et distingua une émission thermique, pareille à une brume rose autour des conduits. D'après ses naneuroniques, la quantité de chaleur dégagée correspondait à celle produite par une seule personne.

— Ça ne colle pas, marmonna-t-il.

Le haut-parleur de son armure répercuta son commentaire dans toute la grotte. Bon, elle avait fait un effort pour se planquer, mais un effort vraiment pitoyable. Pour la forme ou presque. *Pourquoi ?*

— Docteur Gilmore ? télétransmit Murphy. Aurait-elle pu subtiliser une superarme quelconque dans vos laboratoires ?

— Absolument pas, répondit Gilmore. Il n'y a en ce moment que trois armes portables examinées dans nos labos. J'ai vérifié qu'elles n'avaient pas bougé dès que nous avons appris l'évasion de Couteur.

Encore une hypothèse qui s'envole en fumée, reconnut Murphy, dépité.

— Encerclement, transmit-il à ses hommes.

Les marines entreprirent de se déployer dans la grotte, s'abritant derrière les machines et les conduits. Lorsqu'ils eurent encerclé le suspect, il monta le volume de son haut-parleur.

— Montrez-vous, Jacqueline. Vous savez que nous sommes là et nous savons où vous êtes. La partie est finie.

Aucune réponse.

— Mon lieutenant, dit le sergent technicien, je capte quelque chose sur le bloc CME. Elle augmente son pouvoir énergétiquc.

— Jacqueline, arrêtez tout de suite. J'ai un permis de tuer pour cette mission. Vous avez mis le grand manitou en pétard avec votre cinéma. Regardez bien sur quoi vous êtes assise. Un gros cube de métal. On n'a même pas besoin d'ouvrir le feu, il nous suffit de jeter une grenade EE dans votre direction. Vous devez commencer à connaître les effets de l'électricité sur votre organisme.

Il attendit quelques secondes, puis tira à trois reprises juste au-dessus de l'émission thermique. Les balles tracèrent dans son champ visuel trois zébrures éphémères.

Jacqueline Couteur se redressa lentement, les mains en l'air. Elle regarda autour d'elle avec un mépris souverain tandis que les marines qui l'encerclaient empoignaient leurs armes d'un air résolu.

— Descendez et allongez-vous à terre, ordonna Murphy.

Elle s'cxécuta avec une lenteur insultante, descendant les barreaux soudés au flanc de l'unité de climatisation. Lorsqu'elle posa le pied sur terre, cinq marines s'avancèrent vers elle.

— À terre, répéta Murphy.

Poussant un soupir de martyre, elle se mit à genoux, puis se pencha en avant.

— J'espère que vous êtes rassuré maintenant ? lâcha-t-elle.

Le marine le plus proche d'elle mit son pistolet-mitrailleur en bandoulière et attrapa un bâton télescopique passé à son ceinturon. Il le déploya jusqu'à une longueur de deux mètres et la pince par laquelle il s'achevait se referma autour de la nuque de Couteur.

— Scannez et sécurisez le reste de cette grotte, ordonna Murphy. Il nous manque encore trois corps.

Il se dirigea vers l'endroit où se tenait Jacqueline Couteur. La pince, en se refermant, lui avait ramené les mâchoires en arrière. Sa position devait être inconfortable, mais elle n'en semblait nullement perturbée.

— Qu'est-ce que vous fabriquez ? demanda Murphy.

— J'obéis à vos ordres. (Le ton de sa voix, supérieur et amusé, était calculé pour susciter l'irritation.) C'est à vous de me dire ce que je fais.

— Vous voulez dire que c'est tout ce que vous avez accompli ? Deux heures de liberté passées à vous morfondre dans ce trou ? C'est pathétique, Couteur.

— Deux heures passées à mobiliser vos ressources, à terrifier vos hommes. Sans parler de vous-même : je vois la peur qui vous embrume l'esprit. En outre, j'ai éliminé des chercheurs travaillant pour le SRC. J'ai peut-être engendré d'autres possédés qui vont semer la panique dans votre astéroïde si précieux. Il vous faudra le déterminer vous-même. Jugez-vous mes actes insignifiants, lieutenant ?

— Non, mais ils sont indignes de vous.

— Je suis flattée.

— Ne prenez pas cette peine. Je finirai par comprendre ce que vous avez manigancé et par réduire vos plans à néant. Je ne suis pas dupe, Couteur. (Murphy releva sa visière et approcha son visage de celui de sa prisonnière.) Vous êtes bonne pour le tau-zéro. Ça fait trop longtemps que vous abusez de notre générosité. J'aurais dû vous abattre sur Lalonde.

— Jamais vous n'auriez fait ça, ricana-t-elle. Vous êtes trop généreux, comme vous dites.

— Conduisez-la au labo, ordonna Murphy.

Gilmore les attendait en haut de l'escalier ; il leur désigna le laboratoire du professeur Nowak, où deux techniciens avaient préparé une nacelle tau-zéro. Jacqueline Couteur sembla hésiter en la découvrant. Deux mitraillettes la poussèrent au creux des reins.

— Je devrais implorer votre pardon pour toutes les souffrances que vous avez endurées, dit Gilmore avec une certaine gêne. Mais après ce qui s'est passé au tribunal, je me sens parfaitement justifié.

— Ça ne m'étonne pas, rétorqua Jacqueline. Je vous observerai depuis l'au-delà. Lorsque viendra pour vous le moment de nous rejoindre, je serai là.

Gilmore lui indiqua la nacelle, comme si elle y entrait de sa propre volonté.

— Cette menace n'a aucun sens, j'en ai peur. À ce moment-là, nous aurons résolu le problème de l'au-delà.

Après lui avoir décoché un ultime regard glacial, Couteur entra dans la nacelle.

— Vous avez un message à transmettre ? s'enquit Murphy. À vos enfants ou à vos petits-enfants ? Je veillerai à ce qu'il soit acheminé.

— Allez vous faire foutre.

Poussant un grognement, il adressa un signe de tête à l'opérateur de la nacelle. Couteur disparut aussitôt dans le champ de force d'un noir de jais.

— Combien de temps ? demanda Murphy, toujours tendu.

Il n'arrivait pas à croire que ça puisse être aussi facile.

— Laissez-la là-dedans pendant une heure au moins, dit Gilmore avec une amertume teintée de respect. C'est une dure à cuire.

— Très bien.

Comme trois personnes manquaient encore à l'appel, Murphy refusa que la porte du complexe soit rouverte. Les marines reprirent leurs fouilles au sous-sol. Murphy leur demanda d'examiner les générateurs de fusion. Depuis la perte des échangeurs thermiques externes, ils opéraient sans déperdition, envoyant leurs faibles émissions thermiques dans le silo de stockage de secours. Couteur n'avait pas pu les programmer pour l'explosion, mais le plasma pouvait causer de sérieux dégâts si elle avait saboté le champ de confinement.

Les techniciens lui rapportèrent que les générateurs étaient intacts. Quarante minutes plus tard, on retrouvait un cadavre fourré dans un conduit d'évacuation d'air. Murphy ordonna à ses hommes de fouiller à nouveau toutes les pièces et d'y ouvrir toutes les grilles, même les plus petites. Un possédé n'aurait aucune peine à s'aménager une planque dans la roche.

Il attendit que soixante-dix minutes soient écoulées pour désactiver la nacelle tau-zéro. La femme qui s'y trouvait portait une blouse blanche brûlée et déchirée, avec l'emblème du SRC brodé sur l'épaule. Elle pleurait à chaudes larmes en sortant de la nacelle, les mains plaquées sur son ventre où s'ouvrait une plaie profonde. Le programme de reconnaissance de Murphy l'identifia comme étant Toshi Numour, une biophysicienne affectée au service de l'armement.

— Merde ! Docteur Gilmore ? télétransmit-il.

Pas de réponse.

— Docteur ?

Les processeurs du réseau de communication du complexe lui rapportèrent qu'ils étaient incapables d'entrer en liaison avec les naneuroniques du Dr Gilmore.

Murphy gagna le corridor principal au pas de course et ordonna à son peloton de le suivre. Dix marines en armure sur les talons, il fonça vers le bureau de Gilmore.

Pierce Gilmore regagna son bureau dès que la coquille noire du champ tau-zéro se fut refermée sur Jacqueline Couteur. Il ne protesta pas lorsque Hewlett prolongea l'isolement dans lequel était maintenu le complexe scientifique. En fait, il approuvait la décision du lieutenant. L'évasion de Couteur, survenant tout juste après l'explosion d'antimatière qui avait secoué l'astéroïde, lui avait fait un choc. Dans de telles circonstances, il était logique et raisonnable de prendre des précautions.

La porte de son bureau se referma derrière lui, et une partie de l'éclairage s'activa. Les restrictions en vigueur ne lui permettaient d'utiliser que quatre des panneaux lumineux, grâce auxquels il disposait d'une lumière d'après-midi hivernale. Aucun des holoécrans n'était actif.

Il se dirigea vers la cafetière, qui n'avait pas cessé de chauffer, et se servit une tasse. Puis il l'éteignit avec regret. Sans doute n'aurait-il pas la possibilité d'emporter son service en porcelaine de Chine durant l'évacuation. Peut-être même leur interdirait-on tout objet personnel. Vu qu'il faudrait évacuer trois cent mille personnes en l'espace d'une semaine, il ne serait pas question de faire du sentiment.

Le petit tube solaire placé au-dessus de ses orchidées était également désactivé. Plusieurs de ces fleurs rares, au génotype pur, étaient sur le point d'éclore, à en juger par l'état des boutons. Elles étaient désormais promises à la mort. Plus de lumière, plus d'air frais, une chaleur étouffante... Le complexe scientifique était plus proche de la surface que la plupart des sections habitables de l'astéroïde, aussi serait-il particulièrement frappé dans les heures à venir. Meubles, équipement...

tout serait perdu. Seules survivraient leurs archives informatiques.

Pierce s'assit à son bureau. En fait, il serait bien inspiré de mettre sur pied les procédures nécessaires à la sauvegarde des données engrangées dans le complexe préalablement à leur transfert vers de nouveaux locaux. Il posa sa tasse sur le sous-main en cuir, à côté d'une autre tasse vide. Celle-ci n'était pas là quelques instants plus tôt.

— Bonjour, docteur, dit Jacqueline Couteur.

Il tiqua, mais il réussit à ne pas sursauter, à ne pas hurler. Elle fut ainsi privée de la satisfaction de le voir déconcerté, grâce à quoi il marqua des points décisifs dans le petit jeu auquel ils jouaient. Il braqua ses yeux sur un pan de mur devant lui, refusant de se retourner pour la chercher du regard.

— Jacqueline. Vous êtes dénuée de tout sentiment. Ce pauvre lieutenant Hewlett ne va pas apprécier que vous vous soyez ainsi jouée de lui.

— Inutile de télétransmettre pour appeler à l'aide, docteur. J'ai neutralisé les processeurs réseau de cette pièce. Pas avec mon pouvoir énergétique, je le précise, de sorte que l'IA n'a pas été alertée. Kate Morley a quelques connaissances en électronique grâce à ses mémoires didactiques.

Pierce Gilmore entra en liaison avec le processeur installé dans son bureau. Celui-ci lui apprit qu'il n'était plus en contact avec le réseau de communication de Trafalgar.

Jacqueline gloussa doucement en contournant le bureau pour entrer dans son champ visuel. Elle tenait un bloc-processeur qui, à en juger par les graphiques s'affichant sur son petit écran, surveillait les transmissions de Gilmore.

— Vous comptez essayer autre chose ? s'enquit-elle d'une voix malicieuse.

— L'IA va remarquer que les processeurs ne sont plus en ligne. Même si elle n'a constaté aucune avarie, elle enverra des marines sur place.

— Vous croyez, docteur ? La pulsation EM a endommagé quantité de systèmes. Apparemment, j'ai été capturée et placée en tau-zéro, et les marines ont déjà sécurisé ce niveau. Je pense que cela nous laisse assez de temps.

— Pour quoi faire ?

— Mon Dieu ! Est-ce de la crainte que je perçois enfin dans votre esprit, docteur ? Cela doit être la première émotion que vous vous autorisez depuis des années. Et si c'était un soupçon de remords ? Du remords à l'idée de ce que vous m'avez infligé.

— Parlez plutôt de ce que vous vous êtes infligé, Jacqueline. Nous vous avons demandé de coopérer, et vous avez refusé. Brutalement, si ma mémoire est bonne.

— Je plaide non coupable. Vous m'avez torturée.

— Kate Morley. Maynard Khanna. Dois-je continuer ?

Elle se planta devant lui et lui lança un regard noir.

— Ah ! Est-ce que deux maux additionnés font un bien ? C'est donc à cela que je vous ai réduit, docteur ? La peur a raison même du plus brillant des esprits. Elle le rend pitoyable. Avez-vous d'autres excuses à me proposer ?

— Si je faisais face à un authentique jury, je pourrais lui exposer plusieurs justifications. Mais devant une fanatique comme vous, je ne ferais que perdre mon temps.

— Voilà qui est mesquin, même venant de vous.

— Coopérez avec nous. Il n'est pas trop tard.

— Même en cinq siècles, certains clichés n'ont pas changé. Cela en dit long sur l'espèce humaine, vous ne croyez pas ? C'est tout ce que je voulais savoir.

— Vous généralisez jusque dans l'abstraction. La haine de soi est fréquente chez les esprits malades.

— Si c'est moi qui suis malade et incapable, comment se fait-il que ce soit vous qui soyez sur le point de perdre ?

— Arrêtez de faire partie du problème et aidez-nous à lui trouver une solution.

— Nous ne sommes pas un *problème*. (Elle tapa du poing sur le sous-main, faisant sauter les deux tasses.) Nous sommes des gens. Si ce fait tout simple pouvait s'imposer à votre cerveau de biotek fasciste, alors nous pourrions envisager de regarder dans une autre direction et de travailler pour mettre un terme à nos souffrances. Mais c'est au-delà de vos possibilités. Pour penser ainsi, il faudrait que vous soyez humain. Et après toutes ces semaines d'études, la seule conclusion à laquelle je sois arrivée, c'est que vous n'êtes pas humain. Et que vous ne pourrez jamais le devenir. Vous n'avez aucune fondation morale qui vous permettrait de progresser. Comparés à vous, Laton et Hitler étaient des saints.

— Vous considérez votre situation sous un angle bien trop personnel. C'est compréhensible, après tout, il vous est impossible de lui échapper. Vous n'avez pas le courage nécessaire.

— Non. (Elle se redressa.) Mais je peux me livrer à un baroud d'honneur. Et priver les Forces spatiales de la Confédération de votre prétendu talent me procurera un sentiment de réussite des plus satisfaisants. Il n'y a rien de personnel dans ma décision, comprenez-le.

— Je peux mettre un terme à tout cela, Jacqueline. Nous sommes tout près de la réponse à présent.

— Voyons comment votre rationalisme supportera la réalité de l'au-delà. Vous allez faire l'expérience de toutes ses facettes. Être possédé par l'un de ses habitants ; vivre en son sein ; devenir vous-même un possesseur, si vous avez un peu de chance, perpétuellement terrifié à l'idée qu'un veinard bien vivant vous prive de votre trésor et vous renvoie en enfer. Quelle sera votre réponse ? Je me le demande...

— Elle sera inchangée. (Il la gratifia d'un triste sourire.) Cela s'appelle la résolution, la capacité et la détermination à aller jusqu'au bout. Malgré tous les imprévus et toutes les déceptions. Personne ne saura comment j'ai agi, évidemment. Mais j'aurai été fidèle à moi-même.

Alarmée par la tonalité de ses pensées, Jacqueline le visa de son index. Des étincelles de feu blanc apparurent autour de son poignet.

Dans l'esprit de Gilmore, les choix qui se présentaient à lui étaient parfaitement nets. Elle allait le torturer, c'était inévitable. Il allait être possédé ou, plus probablement, si traumatisé que son corps allait périr, condamnant son âme à l'au-delà. C'était à partir de là que la logique cessait d'opérer. Il croyait, ou pensait croire, que l'au-delà n'était pas un cul-de-sac. Mais le doute le rongeait encore. Une émotion factieuse, impure, de celles qu'il haïssait. S'il existait une façon de s'échapper de l'au-delà, pourquoi les âmes y restaient-elles piégées ? Il n'existait plus de certitudes. Plus pour lui, plus maintenant. Et il ne le supportait pas. Les faits, la raison étaient bien plus que les briques dont son esprit était bâti, ils étaient son existence même. Si l'au-delà était bien un lieu dénué de toute logique, alors Pierce Gilmore n'avait aucun désir d'y séjourner. Et son sacrifice permettrait de faire avancer d'un iota le savoir humain. Une ultime pensée qui lui seyait à merveille.

Il télétransmit au processeur du bureau l'ordre d'ouvrir la toute dernière version de l'antimémoire. La main de Jacqueline se tendait désespérément vers lui lorsque la colonne AV du bureau inonda soudain la pièce d'une aveuglante lueur rouge.

Soixante minutes plus tard, Murphy Hewlett et ses hommes défonçaient la porte du bureau avec une charge EE et fonçaient à la rescousse. Ils trouvèrent Gilmore effondré sur son siège et Kate Morley gisant sur le sol devant lui. Tous deux étaient vivants, mais ils ne réagirent à aucun des stimuli de l'équipe médicale du peloton. Comme devait le déclarer Murphy lors de son débriefing, ce n'étaient plus que des cadavres ambulants.

4.

Planqué sur un plateau situé sur la pente conduisant à la calotte nord, Tolton braqua son télescope sur le hall du gratte-ciel Djerba. Des volutes de ténèbres renversaient une nouvelle fois les arches blanches du dôme. Des débris de maçonnerie boulèrent sur la pelouse élimée qui entourait le bâtiment en ruine. Il s'attendait à entendre un bruit de verre brisé lui meurtrir les oreilles. Le télescope lui donnait une image d'une netteté extraordinaire, comme s'il s'était trouvé à quelques mètres des lieux. Il frissonna à cette idée, ressentant à nouveau la froidure qui l'avait habité chaque fois que le monstre l'avait survolé.

— Celui-ci est un marcheur, commenta-t-il.

Il s'écarta et tendit le télescope à Erentz.

Cette dernière étudia le spectacle quelques minutes.

— Tu as raison. Et il marche de plus en plus vite.

Le visiteur s'était extirpé des ruines fumantes du bidonville, laissant un profond sillon pour marquer son passage. À présent, il s'engageait dans le pré. Autour de lui, les brins d'herbe rose viraient au noir, comme carbonisés.

— Il se déplace sans difficulté, et à belle allure, reprit Erentz. Il ne lui faudra que cinq ou six heures pour atteindre la calotte sud.

On avait bien besoin de ça, râla la personnalité. **Une nouvelle sangsue pour nous saigner à blanc. Nous allons devoir réduire la production de fluide nutritif au strict minimum pour garder la strate neurale en vie. Notre couche mitotique risque d'en souffrir. Il nous faudra des années pour réparer les dégâts.**

Huit monstrueux visiteurs avaient émergé du Djerba, dont

trois doués du pouvoir de voler. Tous avaient foncé vers la calotte sud, suivant les traces du premier qui était aussi le plus grand. Ceux qui foulaient le sol avaient laissé derrière eux un sillage de végétation morte. Une fois parvenus à la calotte, ils se creusaient un tunnel à travers le polype pour atteindre les artères nourrissant les gigantesques organes, et ils se gavaient de fluide nutritif.

— Nous devrions bientôt être en mesure de les brûler, dit Erentz à haute voix. La production de lance-flammes et de torpilles incendiaires progresse de façon satisfaisante. Tout ira bien.

Le regard que lui jeta Tolton était aussi éloquent qu'un message mental transmis via le lien d'affinité. Il se pencha à nouveau sur le télescope. Le visiteur ravageait une petite forêt. Les arbres vacillaient sur son chemin, brisés à la base. Il semblait incapable de contourner quoi que ce soit.

— Cette saleté a l'air sacrément forte.

— Ouais, fit Erentz d'une voix inquiète.

— Comment avance le projet Signal ?

Il posait cette question plusieurs fois par jour, terrifié à l'idée de rater un tournant décisif.

— Pour l'instant, la plupart d'entre nous travaillent au développement et à la production des armes, répondit-elle.

— Mais vous n'allez pas renoncer à ce projet. Vous n'avez pas le droit !

Il haussa le ton pour le bénéfice de la personnalité.

— Personne ne renonce à quoi que ce soit. Le groupe de physiciens est toujours actif.

Elle s'abstint de lui dire que ledit groupe se réduisait désormais à cinq théoriciens qui passaient le plus clair de leur temps à pinailler sur des questions de procédure.

— Bon, d'accord, fit-il.

Deux nouveaux visiteurs approchent, avertit la personnalité.

Erentz jeta un regard en coin au poète des rues. Tout à son télescope, il suivait les mouvements des visiteurs encore présents dans les plaines herbeuses.

Inutile de paniquer les autres, dit-elle.

En effet.

Depuis la désastreuse opération commando d'Erentz dans le Djerba, les créatures débarquaient dans Valisk à la cadence d'une toutes les demi-heures. La personnalité commençait à s'inquiéter sérieusement pour l'intégrité de l'habitat. Chaque visiteur commençait par pénétrer de force un gratte-ciel, puis entreprenait d'en démolir l'infrastructure. Jusqu'ici, les sceaux d'urgence avaient permis de maintenir la pressurisation des étages inférieurs. Mais si l'invasion se poursuivait à ce rythme, une fuite était inévitable.

Nous pensons que certains intrus commencent à bouger, déclara la personnalité. **Leurs mouvements sont fort lents, et par conséquent difficiles à confirmer, mais ils risquent d'émerger dans les parcs lors des prochaines vingt-quatre ou quarante-huit heures.**

Pensez-vous qu'ils sont en train de se multiplier comme l'a fait le premier ?

Impossible de l'affirmer. Nos routines de perception les plus proches d'eux sont désormais complètement inaccessibles. Nous pensons que le polype est en grande partie mort. Toutefois, si le premier s'est multiplié, il est raisonnable de supposer que les autres feront de même.

Génial. Et merde ! Nous allons être obligés de les attaquer un par un. Je ne sais même pas si nous avons une chance de l'emporter. L'avantage numérique va bientôt changer de camp.

Il nous faudra réévaluer notre tactique après les premiers affrontements. Si le coût est trop élevé, alors nous exaucerons le vœu de Tolton et donnerons la priorité au projet Signal.

D'accord. (Elle poussa un soupir résigné.) **Ce n'est même pas une attitude défaitiste à mes yeux, vous savez. Tout ce qui pourra nous faire sortir d'ici sera le bienvenu.**

Sainement raisonné.

Tolton se redressa.

— Et maintenant ? s'enquit-il.

— Nous ferions mieux de rejoindre les autres. La menace que présentent les visiteurs n'est pas immédiate.

— Ça peut changer.

— Si tel est le cas, je suppose que nous en serons informés assez vite.

Ils se dirigèrent vers la petite grotte située à l'extrémité du plateau. Celle-ci abritait un tunnel en spirale qui reliait les cavernes de la calotte, traversant plusieurs chambres au passage. On y trouvait à chaque niveau des escaliers et des escalators placés en parallèle. Comme la plupart des escalators ne fonctionnaient plus, le trajet leur prit un certain temps.

Les cavernes avaient l'allure d'un fort en état de siège. Plusieurs dizaines de milliers de malades gisaient sur des couches de fortune. Aucun ordonnancement n'était perceptible dans leur répartition. On laissait aux moins atteints le soin de s'occuper des autres, et ils se limitaient le plus souvent à des tâches purement sanitaires. Les personnes qualifiées pour utiliser des packages médicaux (c'est-à-dire, le plus souvent, celles qui disposaient de mémoires didactiques de base) circulaient constamment dans ce gigantesque hôpital de campagne, en proie à un perpétuel épuisement.

Les cousins d'Erentz s'étaient regroupés dans les cavernes les plus profondément enfouies, là où étaient concentrés les équipements de recherche et de manufacture légère. Ils avaient veillé à se constituer des réserves de nourriture pour un peu plus d'un mois. Ici régnait un semblant de normalité. Les bandes électrophorescentes éclairaient les corridors d'une lueur crue. Les portes mécaniques s'ouvraient et se refermaient en ronronnant. Le cliquetis des machines cybernétiques résonnait sur le polype. Le bloc-processeur de Tolton se mit de la partie, émettant quelques modestes *bip* comme ses fonctions de base revenaient en ligne.

Erentz le conduisit dans une chambre aménagée en armurerie. Depuis l'incident du Djerba, ses cousins s'affairaient à fabriquer un lance-flammes. Les principes de base de cette arme n'avaient guère changé en six siècles : une bonbonne que l'utilisateur portait sur le dos, reliée par un tuyau flexible à un pulvérisateur ressemblant à un petit canon. Grâce aux matériaux et aux techniques modernes, il était possible de stocker le liquide inflammable sous pression, ce qui permettait d'obtenir une flamme concentrée d'une portée de vingt mètres ou de balayer l'espace proche avec un cône de feu. Mode scalpel ou mode diffus, commenta Erentz. On fabriquait également des lanceurs de torpilles incendiaires – essentiellement des fusées de détresse de gros calibre.

Elle commença à s'entretenir avec ses cousins, employant presque exclusivement la bande d'affinité. Seules quelques exclamations brisaient le silence de temps à autre. Tolton se sentait dans la peau d'un enfant tenu à l'écart d'une conversation entre adultes. Il laissa dériver son attention. La personnalité n'avait sûrement pas l'intention de l'enrôler dans les forces anti-visiteurs. Il était dépourvu de cette énergie farouche qu'Erentz et ses cousins tenaient de leur patrimoine génétique commun. Mais il avait peur de poser la question au cas où on lui aurait répondu par l'affirmative. D'un autre côté, les descendants de Rubra risquaient aussi de le chasser des cavernes et de l'obliger à rejoindre le reste de la population.

Il existait sûrement une tâche dans ses cordes, loin des premières lignes. Il attrapa son bloc-processeur et se prépara à taper une requête adressée à la personnalité. Le Rubra d'antan compatirait avec lui, et Dariat était son ami. Puis il se rendit compte qu'Erentz et ses cousins s'étaient tus.

— Qu'y a-t-il ? demanda-t-il d'une voix angoissée.

— Nous percevons quelque chose dans un tunnel de métro, non loin de l'une des stations de la calotte, lui répondit le bloc.

Sa voix était identique à celle qu'avait utilisée Rubra pour dialoguer avec lui dans sa cachette ; à un petit détail près. N'était-elle pas un rien plus sèche ? Une nuance mineure mais significative.

— L'un de ces monstres vient par ici ?

— Nous ne le pensons pas. Les visiteurs sèment le désordre un peu partout sans prendre la peine de se dissimuler. Cet intrus-ci évoque davantage une souris s'introduisant dans une maison. Et, contrairement à ce qui se passe avec les visiteurs, le polype ne souffre d'aucun dommage dû à la perte de chaleur. D'un autre côté, nos cellules sensitives sont incapables d'obtenir une image nette.

— Ces saletés ont dû changer de tactique, gronda Erentz. (Elle saisit un lance-flammes sur un râtelier.) Elles savent que nous sommes ici !

— Nous n'en sommes pas sûrs, tempéra la personnalité. Toutefois, il est nécessaire d'enquêter sur cette nouvelle incursion.

Plusieurs personnes firent irruption dans l'armurerie et commencèrent à s'équiper. Tolton observait ce sursaut d'activité avec une inquiétude croissante.

— Tiens ! fit Erentz en lui tendant un lanceur de torpilles incendiaires.

Il l'attrapa par pur réflexe.

— Je ne sais pas me servir de ce truc.

— Vise et tire. Portée : deux cents mètres. Des questions ?

Elle ne semblait pas d'humeur patiente.

— Et merde ! grommela-t-il.

Il tourna la tête de droite à gauche, tentant d'assouplir les muscles de sa nuque, puis s'empressa de courir après Erentz et ses cousins.

Ils étaient neuf à descendre l'escalier en direction de la station de métro de la calotte. Huit des descendants de Rubra, lourdement armés et le visage grave, et Tolton, qui faisait de son mieux pour ne pas être distancé par la meute sans que ça se voie trop.

Les bandes éclairantes principales étaient froides et éteintes. Les panneaux lumineux de l'éclairage de secours clignotaient faiblement, diffusant une phosphorescence saphir, comme actionnés malgré eux par les bruits de pas. Non qu'ils aient servi à grand-chose. Chacun des membres du groupe était entouré d'une sphère de lumière produite par la lampe de son casque. Jusqu'ici, les cellules d'alimentation fonctionnaient sans problème.

— Des changements ? demanda Tolton.

— Non, répondit le bloc dans un murmure. La créature continue de se déplacer le long du tunnel.

Rubra n'avait pas endommagé cette station de métro durant la brève phase active du conflit qui l'avait opposé aux possédés. Tolton s'attendait à ce que les lieux reprennent vie dans un déchaînement de lumière, de bruit et de mouvement. Il se serait cru à bord du *Marie-Céleste*. Un wagon était stationné devant l'un des deux quais, ses portes grandes ouvertes. Des emballages de fast-food traînaient sur le sol, leur contenu transformé en un petit tas de moisissure grise.

Erentz et ses cousins se déployèrent sur le quai, puis se dirigèrent prudemment vers la bouche d'ombre du tunnel, derrière le wagon. Trois d'entre eux descendirent sur la voie et gagnèrent le mur au pas de course. Ils s'abritèrent dans des niches, s'accroupirent et braquèrent leurs armes sur les ténèbres.

Tolton imita ses autres camarades restés sur le quai, se postant derrière un pilier et levant son lanceur. Neuf lampes de casque éclairèrent le tunnel, en chassant les ombres sur une longueur de plusieurs mètres.

— Comme embuscade, on pourrait mieux faire, commenta Tolton. Le visiteur va nous voir de loin.

— Ça nous permettra de déterminer s'il est vraiment décidé à en découdre, répliqua Erentz. J'ai déjà essayé la subtilité dans la tour Djerba. Et ça ne m'a pas avancée à grand-chose, crois-moi.

Tout en se demandant s'ils avaient la même définition du mot « subtilité », Tolton resserra son étreinte sur son arme. Il en vérifia une énième fois le cran de sûreté.

— Il se rapproche, avertit la personnalité.

Une tache grise se matérialisa au sein des ombres qui peuplaient le tunnel. Elle s'avança vers les quais en chatoyant.

— Ils ont changé de tactique, murmura Erentz. Celui-ci ne cherche même pas à se dissimuler.

Un hoquet de surprise lui échappa au moment où les cellules sensitives de l'habitat se remirent à envoyer des informations.

Tolton plissa les yeux pour mieux voir la silhouette qui approchait, pointant son lanceur vers le plafond afin d'être plus à l'aise.

— Nom de Dieu ! murmura-t-il.

Dariat émergea du tunnel et adressa un sourire paresseux aux armes qui se pointaient sur lui au sein d'une lumière aveuglante.

— J'ai dit quelque chose ? s'enquit-il d'une voix innocente.

Tu aurais dû t'identifier, le morigéna la personnalité.

J'étais trop occupé à réfléchir, à découvrir ce que je suis.

À savoir ?

Je n'en suis pas encore tout à fait sûr.

Poussant un cri de joie, Tolton quitta son abri.

— Attention ! l'avertit Erentz.

— Dariat ? Hé ! c'est bien toi ?

Le poète des rues se mit à courir le long du quai, un large sourire aux lèvres.

— C'est bien moi, répondit le nouveau venu d'une voix à peine sardonique.

Tolton plissa le front. Il avait entendu son ami haut et clair, l'avait compris sans même avoir besoin de lire sur ses lèvres. Il fit halte, déconcerté.

— Dariat ?

L'intéressé prit appui sur la bordure du quai et se hissa, pareil à un nageur sortant d'une piscine. Apparemment, il lui fallait fournir pas mal d'efforts pour soulever son propre poids. Le tissu de sa toge se tendit sur ses épaules.

— Qu'y a-t-il, Tolton ? On dirait que tu viens de voir un fantôme.

Il s'avança en gloussant. L'ourlet déchiré de sa toge frôla l'un des sachets de fast-food et l'envoya tournoyer sur le quai.

— Tu es réel, bafouilla Tolton. Tu es solide !

L'homme ventripotent qui se tenait devant lui, lui souriant de toutes ses dents, n'était plus translucide.

— Foutre oui. Dame Chi-Ri m'a accordé un sourire. Un sourire un peu tordu, d'accord, mais un sourire quand même.

Tolton tendit une main hésitante et effleura le bras de son ami. Un froid glacial lui mordit les doigts. Il retira vivement sa main. Mais il avait bel et bien touché une surface concrète ; il avait même senti la texture de la toge.

— Eh ben alors ! Qu'est-ce qui t'est arrivé, mon vieux ?

— Ah ! ça, c'est toute une histoire.

— Je suis tombé, leur dit Dariat. Tombé de dix putains d'étages dans ce puits d'ascenseur, sans cesser un instant de hurler. Thoale seul sait pourquoi certains décident de se jeter dans le vide pour se suicider – s'ils savaient ce qui les attend, ils choisiraient une autre méthode. Je ne suis même pas sûr d'avoir agi volontairement. La personnalité me poussait à opter pour cette solution, mais cette créature se rapprochait sans cesse, et cela m'affaiblissait. J'étais dans un tel état de débilité que j'ai dû perdre le contrôle de mes jambes. Enfin, peu importe... Je suis tombé et j'ai atterri sur le toit de la cabine. Ma vitesse était telle que j'ai même pénétré la matière sur quelques centimètres. Que je déteste ça ! Vous n'avez pas idée de l'effet de la matière solide sur un fantôme. Bref, j'étais en train d'extirper mes jambes du toit pour fiche le camp lorsque ce putain de croque-mitaine a atterri juste à côté de moi. Je l'ai même senti arriver, comme un courant d'hélium liquide se déversant dans le puits. Le truc, c'est qu'il n'a pas fait *boum* en atterrissant, il a fait *splash !*

— Splash ? répéta Tolton, interloqué.

— Absolument. Comme une bombe à morve qui aurait explosé à son point de chute. Les parois du puits étaient couvertes de cette saleté. Sans parler de mon humble et immatérielle personne. Et ce fluide a réagi à ma substance, j'en sentais les gouttes. Comme si j'avais été pris dans un jet de glace.

— Que veux-tu dire, « réagi » ?

— Ces gouttes se sont altérées en me traversant. Leur forme et leur couleur cherchaient à se conformer aux miennes. Je me suis dit que mes pensées devaient exercer leur influence sur elles. Après tout, c'est moi qui imagine la forme que j'adopte. Donc, mon imagination devait interagir avec ce fluide et le formater.

— L'esprit influençant la matière, dit Erentz d'un air sceptique.

— Exactement. Ces créatures ne diffèrent en rien des fantômes humains, sauf qu'elles sont constituées de ce fluide ; une visualisation solide. Ce sont des âmes, tout comme nous.

— Mais comment as-tu fait pour devenir solide ? demanda Tolton.

— Nous nous sommes affrontés, l'âme de cette entité et moi. Sous le choc, elle avait perdu sa concentration pendant un instant, c'est pour ça que sa substance s'était dispersée. Nous nous sommes empressés tous les deux d'en amasser le plus possible. Et j'étais nettement plus fort qu'elle. Du coup, c'est moi qui ai gagné. J'ai dû ramasser soixante-dix pour cent du fluide disponible avant de m'enfuir. Puis je me suis planqué dans les étages inférieurs le temps que ces monstres aient disparu. (Il parcourut du regard les visages soupçonneux qui l'entouraient.) C'est pour ça qu'ils ont pénétré dans l'habitat. Valisk est saturé d'une énergie qu'ils peuvent consommer. Une énergie vitale qui constitue nos âmes mêmes. Elle les attire comme le pollen attire les abeilles. Et elle éveille leur appétit ; ce sont des êtres conscients, comme nous, ils viennent du même univers que nous, mais seul leur instinct les gouverne à présent. Ils sont ici depuis si longtemps qu'ils sont gravement anémiés, et totalement irrationnels de surcroît. Tout ce qu'ils savent, c'est qu'ils doivent se nourrir de cette énergie vitale, et que Valisk en est la plus belle source qu'ils aient vue ici depuis une éternité.

— Voilà ce qu'ils faisaient au fluide nutritif, commenta la personnalité. Ils en absorbaient l'énergie vitale.

— Ouais. Ce qui le gâchait irrémédiablement. Et une fois qu'il n'y en aura plus, vous ne pourrez plus en produire. Ce continuum noir n'est qu'une autre version de l'au-delà, en pire.

Tolton s'effondra sur l'escalier.

— Génial. On a échoué dans un endroit encore pire que l'au-delà ?

— J'en ai peur. Nous nous trouvons sans doute dans le Sixième Royaume, le Néant sans nom. Seule l'entropie règne en ce lieu. Elle finira par avoir raison de nous tous.

— Ceci n'est pas un domaine de la mythologie Starbridge, répliqua sèchement la personnalité. C'est un aspect de la réalité physique, et, une fois que nous aurons compris et répertorié ses propriétés, nous saurons comment y ouvrir un interstice de trou-de-ver qui nous permettra de nous en échapper. Nous avons déjà réussi à empêcher ces créatures de dévorer nos ressources.

Dariat considéra la station de métro déserte d'un œil soupçonneux.

— Comment ?

— Les artères d'acheminement du fluide nutritif ont été fermées dans la totalité de l'habitat.

— Oh-oh, fit Dariat. C'était pas vraiment une bonne idée.

Privés de leur nourriture, les Orgathés se mirent à la recherche d'autres sources d'énergie vitale, poussant des cris de leur étrange et intangible voix. Ceux d'entre eux qui avaient infesté la calotte sud leur répondirent. Même en ce lieu d'abondance, les fluides se raréfiaient, mais les organes proprement dits irradiaient l'énergie vitale. Assez pour sustenter plusieurs milliers d'individus.

Un par un, les Orgathés montèrent vers les étages supérieurs des gratte-ciel et s'envolèrent.

Dariat, Tolton, Erentz et quelques autres se tenaient devant la caverne servant de garage aux pick-up de la police. La main en visière pour se protéger de l'éclat orangé du phototube, ils virent l'un des colosses obscurs prendre son essor depuis un hall en ruine. L'envergure de ses ailes en loques était supérieure à celle d'un spatiojet. Une petite tornade de grêle et de neige gris perle tombait de son ventre criblé de pustules.

Erentz laissa échapper un soupir de soulagement sans desserrer les dents.

— Au moins continuent-ils de se diriger vers la calotte sud.

Ils sont encore plus de trente à nous ronger les organes, dit la personnalité. **Les dégâts qu'ils nous infligent atteignent un niveau dangereux. Et seul un sas du gratte-ciel Igan nous protège d'une fuite d'atmosphère. Il va falloir reprendre l'offensive, Dariat. Est-ce que les lance-flammes peuvent les tuer ?**

Non. Une âme ne peut pas être tuée, même ici. Elle s'estompe jusqu'à devenir un spectre, voire une ombre encore plus faible.

Ne fais pas semblant de ne pas comprendre !

Bon, d'accord. Le feu va ravager leur fluide constituant. Il leur faut un délai assez élevé pour s'adapter aux niveaux de chaleur à l'intérieur de l'habitat. Notre température est supérieure de plusieurs milliers de degrés à la moyenne de ce continuum.

Plusieurs centaines, tu veux dire.

Je ne pense pas. Bref, ces créatures ne supporteront pas une attaque directe à la chaleur. Elles sont capables de repousser lasers et masers, mais le feu devrait dissiper leur fluide et laisser leurs âmes sans protection. Elles se retrouveront réduites à l'état de fantômes hantant les parcs.

Excellent.

— Si ces monstres sont immortels, à quoi leur sert toute cette énergie vitale ? demanda Erentz.

— Elle les rend plus forts que leurs congénères, répondit

Dariat. Une fois qu'ils ont repris des forces, ils sont de nouveau libres, jusqu'à ce que leur énergie vitale se soit dissipée.

— Libres ? Que craignent-ils donc ? s'enquit Tolton, mal à l'aise.

Il se tenait à plusieurs pas de distance de son ami. Pas par grossièreté. Dariat était *glacial*. La vapeur se condensait sur sa toge comme sur une canette de bière. Mais aucune goutte ne tachait le tissu, remarqua Tolton. Et ce n'était là que l'une des étrangetés qui le caractérisaient depuis son retour. Son comportement avait changé, présentait des petits tics de plus en plus évidents. Il avait observé Dariat avec attention lorsqu'ils étaient sortis de la station de métro. Il y avait chez lui une assurance nouvelle, et on aurait dit qu'il faisait une faveur à ses cousins en consentant à les aider. La colère qui l'avait naguère habité avait disparu. Pour être remplacée par la tristesse. Tolton était intrigué par ce mélange : chagrin et confiance en soi, voilà qui faisait une motivation des plus étranges. Et probablement des plus fragiles. D'un autre côté, vu ce que ce pauvre Dariat avait enduré ces dernières semaines, Tolton était enclin à l'indulgence. En fait, cela réveillait sa muse. Ça faisait belle lurette qu'il n'avait pas commis de poème.

— Nous n'avons pas vraiment discuté lors de notre rencontre sur le toit de la cabine, dit Dariat. Ça ressemblait plutôt à un échange de mémoire compressée comme j'en ai connu dans l'au-delà. Les pensées de cette créature n'étaient pas franchement stables.

— Elle est au courant de notre existence ?

— Je le pense. Ce qui ne veut pas forcément dire que nous l'intéressons. Ces saletés n'existent plus que pour absorber de l'énergie vitale.

Erentz plissa les yeux pour mieux voir l'Orgathé qui survolait la mer circulaire.

— On a intérêt à s'organiser, je crois bien, dit-elle sans le moindre enthousiasme.

Dariat regarda autour de lui, cessant de s'intéresser au visiteur. Une foule de fantômes se tenaient à l'écart de l'entrée de la caverne, parmi les rochers épars dans le désert. Ils considéraient le petit groupe d'humains doués d'intégrité physique avec un respect grincheux, évitant de croiser leurs regards d'une façon qui évoquait des voleurs à la tire méfiants dans un grand magasin.

— Toi ! lança soudain Dariat. (Il se mit à fouler le sable

poudreux à grandes enjambées.) Oui, toi, espèce de crétin. Tu te souviens de moi, pas vrai ?

Tolton et Erentz lui emboîtèrent le pas, leur curiosité éveillée par son comportement.

Dariat fonçait sur un fantôme vêtu d'une salopette. C'était le mécano qu'il avait rencontré sur son chemin juste après l'arrivée de l'habitat dans le continuum noir.

L'autre l'avait reconnu. Il tourna les talons et prit ses jambes à son cou. Les autres fantômes s'écartèrent pour le laisser passer. Dariat se lança à sa poursuite, se montrant étonnamment rapide étant donné sa corpulence. Comme il passait au milieu des fantômes, ceux-ci frissonnèrent et se reculèrent, choqués par le froid qui émanait de lui.

Dariat agrippa le mécano par le bras, l'obligeant à faire halte. Le fantôme poussa un hurlement de douleur et de crainte, puis se débattit sans parvenir à échapper à son agresseur. Il devint peu à peu de plus en plus transparent.

— Dariat ! s'écria Tolton. Arrête, mec, tu lui fais mal.

Le mécano était tombé à genoux et tremblait de tous ses membres. Plus il pâlissait, plus Dariat semblait luire. Il jeta un regard noir à sa victime.

— Tu me remets ? Tu te souviens de ce que tu m'as fait, connard ?

Tolton interrompit sa course, hésitant à toucher son ami. Il n'avait pas oublié leur bref mais glacial contact dans la station de métro.

— Dariat ! hurla-t-il.

L'intéressé considéra le visage tordu de douleur du mécano. Le remords l'obligea à desserrer son étreinte, et le bras insubstantiel lui glissa entre les doigts. Que penserait Anastasia de son comportement ?

— Pardon, murmura-t-il, honteux.

— Qu'est-ce que tu lui as fait ? demanda Tolton.

Le mécano était à peine visible. Il s'était recroquevillé en position fœtale et la moitié de son corps était enfouie dans le sable.

— Rien, bredouilla Dariat, mortifié par ses actes.

Apparemment, le fluide qui lui conférait sa solidité avait un prix des plus déplaisants. Il le savait depuis le début mais refusait de le reconnaître. La haine lui avait servi d'excuse et non de motivation. À l'instar des Orgathés, il avait laissé l'instinct l'emporter en lui sur la raison.

— Tu parles ! fit Tolton.

Il se baissa et passa une main à travers le fantôme gémissant. Seule une légère baisse de température trahissait sa présence.

— Qu'est-ce que tu lui as fait ? insista-t-il.

— C'est le fluide, répondit Dariat. Il m'en faut beaucoup pour me maintenir.

— Beaucoup de quoi ?

Tolton connaissait la réponse à cette question avant même de l'avoir posée.

— D'énergie vitale. J'en use en permanence. J'ai besoin de refaire des réserves. Comme je n'ai pas vraiment de biologie, je ne peux ni respirer ni me nourrir ; je dois consommer cette énergie à l'état brut. Et les âmes en recèlent une forte concentration.

— Et lui ?

Sur le sol apparaissait une couche de givre dont les contours reproduisaient ceux du fantôme.

— Que va devenir sa *concentration* à lui ? demanda Tolton.

— Il s'en remettra. Il n'aura qu'à absorber l'énergie de quelques plantes. Il m'a fait beaucoup plus souffrir il n'y a pas si longtemps.

En dépit de tous ses efforts, Dariat n'arrivait pas à détacher son regard du fantôme anémié. C'est comme ça que nous allons tous finir, s'avoua-t-il. De pathétiques résidus émancipés de ce que nous sommes, qui s'accrocheront à leur identité pendant que le continuum noir les rongera jusqu'à les réduire à l'état de voix désincarnées gémissant au sein des ténèbres. Il n'y a aucune issue. L'entropie est trop forte dans ce domaine, elle nous éloigne irrésistiblement de la lumière.

Et c'est en partie à cause de moi que nous sommes ici.

— Retournons à l'intérieur, déclara Erentz. Il est temps qu'on t'examine au microscope, qu'on donne aux physiciens une chance d'expliquer ce que tu es devenu.

Dariat envisagea de protester. Mais il se contenta d'acquiescer faiblement.

— Entendu.

Ils se dirigèrent vers l'entrée de la caverne, traversant la foule de fantômes soumis. Deux nouveaux Orgathés émergèrent du hall du gratte-ciel Gonchraov, prenant leur essor dans le ciel crépusculaire.

Il y avait des vigiles volontaires à la gare de King's Cross, des membres de divers gangs provenant des cités situées à la périphérie du Dôme de Westminster. Leurs uniformes allaient de la tenue paramilitaire au coûteux costume d'homme d'affaires, signes distinctifs de leur allégeance. En temps ordinaire, leur présence simultanée dans un même lieu était une garantie d'émeute et de massacre. Tant pis pour les civils qui avaient la mauvaise idée de passer par là. Certains gangs, certains quartiers étaient en conflit depuis plusieurs siècles. Ce jour-là, tous les jeunes mobilisés portaient un brassard blanc. Le signe de ralliement des Âmes pures, unies dans une même mission. Leur but : veiller à ce que Londres reste pure dans sa totalité.

Louise descendit en bâillant du wagon de vidtrain. Gen se tenait serrée tout contre elle, à moitié endormie, lorsqu'elles s'éloignèrent du sas. Il était presque trois heures du matin, heure locale. Inutile de chercher à calculer depuis quand elle n'avait pas dormi.

— Qu'est-ce qui vous prend de descendre ici, pétasses ?

Elle ne remarqua les deux adolescentes qu'en arrivant à leur niveau. Peau basanée, crâne rasé ; la plus grande avait remplacé ses yeux par des globes d'argent. Toutes deux étaient vêtues d'une sorte de tailleur en satin noir. Elles ne portaient pas de chemisier et leur veste, fermée par un seul et unique bouton, révélait un ventre aussi musclé que celui d'un ouvrier agricole norfolkois. Seule leur poitrine trahissait leur féminité. Et encore pouvait-on croire, songea Louise, qu'il s'agissait de pectoraux hyperdéveloppés.

— Hein ? fit-elle.

— Ce train vient d'Edmonton, ma poule. Un véritable nid de possédés. C'est pour ça que tu t'es cassée ? Mais peut-être que tu te pointes ici pour une autre raison, pour aller faire la fête dans une boîte zarbie, par exemple ?

Louise s'empressa de se réveiller. Il y avait une foule de jeunes sur le quai ; certains étaient vêtus comme les deux filles (leur voix les identifiait comme telles, finalement), d'autres de façon nettement moins sophistiquée. Aucun d'eux ne semblait disposé à monter à bord du vidtrain. Plusieurs policiers en armure étaient massés à proximité de la sortie, la visière de leur casque relevée. Ils observaient la scène avec intérêt.

Ivanov Robson, se déplaçant tout en souplesse, apparut soudain à côté de Louise, ses mouvements exprimant une autorité comparable à celle d'un iceberg. Il se fendit d'un sourire exprimant une politesse raffinée. Les deux ados ne bronchèrent pas, pas vraiment, mais elles semblaient maintenant plus petites, moins menaçantes.

— Un problème ? s'enquit-il calmement.

— Pas pour nous, répondit la fille aux yeux d'argent.

— Bien, alors veuillez cesser de harceler ces demoiselles.

— Ah ouais ? Qui t'es, toi ? Leur papa ? Ou bien leur petit copain, peut-être ?

— Si c'est tout ce dont vous êtes capables, il est inutile d'insister.

— T'as pas répondu à ma question, l'homme-montagne.

— Je suis un résident londonien. Comme nous tous ici. Ce qui ne vous regarde pas, d'ailleurs.

— Là, tu te mets le doigt dans l'œil, mon frère.

— Je ne suis pas votre frère.

— Est-ce que ton âme est pure ?

— Tiens, serais-tu mon confesseur ?

— On est des gardiens, pas des prêtres. La religion, c'est foutu ; elle ne peut rien contre les possédés. Nous, si. (Elle tapota son brassard blanc.) Grâce à nous, l'arche va rester pure. Aucun démon de merde ne pourra franchir nos barrages.

Louise se tourna vers les policiers. Ils comptaient deux ou trois hommes de plus dans leurs rangs, mais aucun ne semblait disposé à intervenir.

— Je ne suis pas possédée, dit-elle, indignée. Aucun de nous n'est possédé.

— Prouve-le, ma choute.

— Comment ?

Chacune des deux adolescentes pêcha un capteur dans sa poche.

— Montre-nous que ton corps n'abrite qu'une seule âme, que tu es pure.

Ivanov se tourna vers Louise.

— Inutile de les contrarier, dit-il à haute voix. Je n'ai pas envie de les descendre ; il me faudrait débourser trop d'argent pour qu'un juge nous libère avant le petit déjeuner.

— Va te faire foutre ! lança la seconde fille.

— Oh ! finissons-en, dit Louise avec lassitude.

Elle tendit son bras gauche, le droit restant passé autour des épaules de Gen. L'adolescente lui plaqua son capteur sur la main.

— Pas d'électricité statique, aboya-t-elle. Cette poule est pure.

Elle se fendit d'un sourire carrément anormal, révélant des dents bien trop longues pour être naturelles.

— Contrôle aussi la petite chiotte.

— Allez, Gen, encouragea Louise. Tends le bras.

La fillette s'exécuta en grimaçant.

— Elle est propre, rapporta l'ado.

— Alors c'est vous que je sens, ricana Gen.

L'autre leva la main comme pour la gifler.

— C'est même pas la peine d'en rêver, ronronna Ivanov.

Un sourire radieux illumina le visage de Genevieve. Elle regarda bien en face la fille aux yeux d'argent.

— Est-ce que ce sont des lesbiennes, Louise ? demanda-t-elle d'une voix innocente.

L'adolescente avait toutes les peines du monde à garder son calme.

— Viens donc faire un tour avec nous, ma petite. Tu verras le traitement qu'on réserve à la chair fraîche.

— Ça suffit. (Ivanov avança d'un pas et leva la main.) Genevieve, sois sage ou je m'occupe de toi.

L'adolescente lui appliqua son capteur, veillant à ne pas faire de geste brusque.

— J'ai rencontré un possédé, déclara Genevieve. Le plus méchant qu'on ait jamais connu.

Les deux ados la fixèrent d'un air hésitant.

— Si vous voyez un possédé descendre d'un train, vous savez ce qu'il faut faire ? Partir en courant. Jamais vous ne pourrez les arrêter.

— Tu te trompes, la lardonne. (La fille tapota sa poche ; il s'y trouvait un objet qui déformait le tissu.) On leur injecte dix mille volts et on admire le feu d'artifice. On m'a dit que c'était un chouette spectacle. Si tu es gentille avec moi, je te laisserai regarder, toi aussi.

— J'ai déjà vu ça.

— Ah ! (L'adolescente tourna ses yeux d'argent vers Banneth.) Toi aussi. Je veux m'assurer de ta pureté.

L'intéressée eut un petit rire.

— Espérons que ce capteur ne peut pas sonder mon cœur.

— Qu'est-ce que vous foutez tous ici ? demanda soudain Ivanov. La seule fois que j'ai vu des Blairs et des Benns ensemble, c'était à la morgue. Et j'aperçois aussi des MoHawks parmi vous.

— On protège notre territoire, mon frère. Ces possédés, ils font partie d'une secte. Et tu ne vois personne des sectes ici, pas vrai ? On va pas se laisser faire par ces enfoirés, pas comme à New York et à Edmonton.

— La police peut se charger d'eux, non ?

— Mon cul. La police, c'est le Gouvcentral. Et c'est à cause du Gouvcentral que les possédés ont pu débarquer sur Terre. Cette planète a les défenses les plus puissantes de la galaxie, et les possédés les ont franchies comme si elles n'étaient pas là. Tu peux m'expliquer comment ils ont fait, toi ?

— Bien raisonné, commenta Banneth d'une voix traînante. J'attends moi aussi la réponse à cette question.

— Et pourquoi ils ont merdé quand il a fallu fermer les vidtrains ? poursuivit l'adolescente. Le trafic n'a pas été coupé avec Edmonton, et nous savons que ça grouille de possédés là-bas. J'ai accédé au sensovidéo de la bataille, c'était il y a deux heures à peine, bon Dieu !

— C'est carrément criminel, renchérit Banneth. Je parie que les autorités ont été corrompues par les milieux affairistes.

— Tu te foutrais pas de moi, par hasard ?

— Qui, moi ?

L'ado lui adressa un regard écœuré, se demandant comment interpréter son attitude. Elle finit par indiquer la sortie d'un mouvement du pouce.

— Allez, foutez le camp, tous autant que vous êtes. Je hais les richards pervers de votre espèce.

Elle les regarda franchir la voûte menant à l'extérieur avec une vague sensation de malaise. Il y avait quelque chose qui clochait grave dans ce groupe – ces quatre-là n'avaient rien à faire ensemble. Mais bof, tant que ce n'étaient pas des possédés, qu'est-ce qu'elle en avait à foutre de leurs orgies à la con ? Elle fut parcourue d'un soudain frisson comme une brise glacée balayait le quai. Sans doute un courant d'air causé par la brusque fermeture des portes du vidtrain.

— C'était horrible ! s'exclama Genevieve lorsqu'ils arrivèrent dans le hall situé au-dessus des quais. Pourquoi les policiers ne font-ils rien pour les empêcher d'embêter les gens ?

— Parce que ça leur demanderait trop d'efforts, surtout à trois heures du matin, répondit Ivanov. En outre, je suppose que la plupart d'entre eux sont ravis de voir les gangs en première ligne. Ça leur permet d'avoir un tampon entre les possédés et eux.

— Ce n'est pas stupide de la part du Gouvcentral de laisser circuler les vidtrains ? demanda Louise.

— Disons qu'il est un peu lent à la détente. C'est la plus grosse bureaucratie de l'univers, après tout. (Le détective désigna les globes d'information qui circulaient au-dessus de leurs têtes.) Regardez, ils ont commencé à fermer quelques lignes. Et ils ne tarderont pas à en fermer d'autres sous la pression du public. Une fois que tout le monde aura accédé aux images d'Edmonton, il y aura un effet boule de neige. Demain à cette heure-ci, vous ne trouverez aucun taxi acceptant de vous emmener hors de son quartier.

— Vous croyez qu'on pourra encore sortir de Londres ?

— Probablement pas.

À en juger par le ton de sa voix, il prononçait une sentence plutôt que de formuler une opinion. Louise s'interrogea une nouvelle fois sur la véritable nature de cet homme.

— Bon, fit-elle. Nous ferions mieux de regagner l'hôtel, je suppose.

— Je vous accompagne, dit Ivanov. Il y a peut-être d'autres ados excités dans les parages. Il vaudrait mieux pour vous que les indigènes ignorent que vous venez de Norfolk. L'époque encourage la paranoïa.

Pour une raison obscure, Louise repensa à Andy Behoo ; oui, il s'était proposé pour la parrainer afin qu'elle devienne une citoyenne du Gouvcentral.

— Merci, dit-elle à Ivanov.

— Et vous ? demanda ce dernier à Banneth. Vous voulez partager notre taxi ?

— Non, merci. Je sais où je dois me rendre.

Elle se dirigea vers les ascenseurs qui bordaient le hall hémisphérique.

— Il n'y a vraiment pas de quoi, maugréa Louise en la voyant s'éloigner.

— Je suppose qu'elle vous est reconnaissante, dit Ivanov. Sans doute ne sait-elle pas comment exprimer ce sentiment.

— Elle pourrait faire un effort.

— Venez, je vous raccompagne à votre hôtel. La journée a été longue et vous avez besoin de repos.

Quinn regarda les portes de l'ascenseur se refermer derrière Banneth. Inutile de foncer à sa poursuite. Il n'aurait guère de peine à la retrouver. On ne cache jamais un appât. Certes, l'ennemi ferait sûrement preuve de subtilité. Il aurait besoin de temps, de ressources, d'efforts. Mais la cachette de Banneth serait communiquée à certains résidents des bas-fonds, les gangs et les sectes finiraient par la connaître. C'était pour ça qu'on l'avait attiré ici, après tout. Londres était le piège le plus vaste, le plus complexe jamais tendu à un homme seul. Étrangement, il se sentait plutôt flatté. Le fait que les superflics soient prêts à sacrifier toute une arche pour l'éliminer témoignait de leur respect extrême. Ils craignaient le Frère de Dieu comme Il devait être craint.

Il s'approcha de Louise lorsqu'elle se dirigea à son tour vers les ascenseurs, suivie par sa petite peste de sœur et par le colossal détective. Elle commençait à s'assoupir, et cela détendait les traits de son visage. Elle n'en paraissait que plus naturelle, plus vulnérable, ce qui amplifiait encore sa beauté. Il aurait voulu tendre la main vers elle pour lui caresser la joue, la voir sourire au contact de sa peau. Lui souhaiter la bienvenue.

Elle plissa le front et se frictionna les bras.

— Comme il fait froid ! dit-elle, cassant l'ambiance.

Quinn accompagna le trio à la surface, l'abandonnant lorsqu'il se mit à la recherche d'un taxi. Il prit un passage souterrain pour gagner l'une des artères rayonnant à partir de la gare. Les superflics n'allaient pas tarder à fermer les vidtrains.

Il trouva ce qu'il cherchait dans la deuxième ruelle donnant sur la rue qu'il arpentait. Le Taureau noir, un petit pub minable plein de types genre poivrot. Il se déplaça parmi eux, invisible, les sondant à l'aide de ses sens surnaturels. Aucun d'eux n'était équipé de naneuroniques, mais il trouva plusieurs porteurs de bloc-processeur.

Il suivit l'un de ceux-ci aux toilettes, où le seul circuit électrique était celui du panneau lumineux.

Jack McGovern pissait comme un bienheureux dans l'urinoir ébréché lorsqu'une main glacée lui enserra la nuque et lui écrasa le visage sur le mur. Son nez se cassa sous le choc, et il en jaillit un flot de sang qui éclaboussa la porcelaine.

— Attrape ton bloc-processeur dans la poche de ton manteau, ordonna une voix. Entre ton code d'activation et effectue un appel pour moi. Sinon, je te crève, tête de nœud.

Jack était peut-être un peu pété, mais l'instinct de survie lui fit regagner sa clarté d'esprit avec une célérité digne d'éloges.

— Okay, marmonna-t-il, crachant une gorgée de sang sur le mur.

Il chercha son bloc à tâtons. En se trompant volontairement pour composer son code, il lancerait un appel à l'aide au poste de police le plus proche.

La pression se relâcha sur sa nuque, ce qui lui permit de se retourner. Lorsqu'il identifia la nature de son agresseur, son espoir de voir les flics le secourir fondit comme neige au soleil.

Pour regagner King's Cross, Quinn partagea un ascenseur avec un groupe de jeunes vigiles. Il erra dans le gigantesque hall, contournant les kiosques fermés et restant à l'écart des mécanoïdes de nettoiement. Les cabines d'ascenseur ne cessaient de dégorger leurs cargaisons d'adolescents, qui fonçaient aussitôt sur les escalators conduisant aux quais. Il observait attentivement les globes d'infos, accordant une attention toute particulière aux écrans listant les arrivées de trains. Durant les deux heures qui suivirent, il en compta cinq en provenance d'Edmonton. Quant aux départs, ils diminuèrent lentement jusqu'à atteindre zéro.

Le train de Francfort entra en gare à cinq heures cinq. Quinn alla se placer en haut de l'escalator donnant sur le quai approprié. Ils furent les derniers à se pointer, Courtney et Billy-Joe guidant la femme droguée qui les accompagnait. Les deux acolytes avaient changé de tenue, et ils ressemblaient davantage à des étudiants un peu négligés qu'à des barbares de la Ville basse. Leur victime, une quadragénaire vêtue d'une robe froissée et d'un cardigan mal boutonné, avait les yeux vides d'une accro à la triathozine ; son corps demeurait fonctionnel, mais son cerveau se trouvait en état hypnoréceptif avancé. Si on lui avait ordonné de monter au sommet du Dôme de Westminster et de sauter dans le vide, elle l'aurait fait sans rechigner.

Les trois passagers traversèrent le hall d'un pas vif en direction des ascenseurs. Quinn attendit quelques instants avant de se matérialiser afin de pousser un cri de joie sans danger. La roue tournait enfin. Le Frère de Dieu envoyait à Son messie un signe qui lui prouvait qu'il avait choisi la bonne voie.

À cinq heures et demie, le sixième train en provenance d'Edmonton entrait en gare. Un message se mit à flasher, occultant les holopubs pour annoncer que les liaisons avec l'Amérique du Nord venaient d'être interrompues sur ordre du Gouvcentral. Cinq minutes plus tard, tous les départs étaient annulés. Les vidtrains se dirigeant vers l'arche étaient déroutés sur Birmingham et Glasgow. Londres était désormais coupée du reste de la planète.

Ça lui faisait un peu peur de voir sa prédiction se vérifier. D'un autre côté, vu que le Frère de Dieu lui avait fait don de la compréhension ultime, il ne risquait plus jamais de se tromper.

Les quais se vidaient de leurs occupants : passagers, vigiles improvisés (les membres de divers gangs commençaient à se regarder de travers maintenant que leur trêve avait pris fin), flics de garde et techniciens. Les globes dispensant leurs informations disparurent comme des bulles de savon. Les écrans devinrent vierges. Les échoppes ouvertes vingt-quatre heures sur vingt-quatre fermèrent leurs portes, et les vendeurs empruntèrent les ascenseurs en gesticulant et en parlant fort. Les escalators se figèrent. L'éclairage diminua d'intensité, plongeant le hall caverneux dans la pénombre. Même les ventilateurs ralentirent leur cadence, et leur geignement continu baissa de plusieurs octaves.

C'était l'instant de paranoïa que redoute tout solipsiste. Le monde n'est qu'un décor de théâtre construit pour mon bénéfice, et voilà qu'on en démonte une partie qui se révèle inutile pour la suite de la pièce. L'espace d'une seconde, Quinn se vit en train de regarder par-delà la paroi du dôme sans rien pouvoir y distinguer.

— Pas encore, dit-il. Mais bientôt.

Il jeta un dernier regard autour de lui, puis se dirigea vers un escalier de secours et entreprit de monter vers la surface, vers le point de rendez-vous.

Louise fut surprise de constater que sa chambre d'hôtel lui apparaissait désormais comme un second foyer. C'était si rassurant de la retrouver après l'épreuve d'Edmonton. En partie parce qu'elle estimait avoir tenu la promesse faite à ce cher Fletcher en avertissant Banneth. C'était un coup porté à ce monstre de Dexter (même si celui-ci n'en saurait jamais rien). Le fait que le Ritz était des plus confortables n'était pas non plus à négliger.

Une fois qu'Ivanov eut pris congé, les deux sœurs se couchèrent et dormirent jusque tard dans la matinée. Lorsqu'elles finirent par descendre pour le petit déjeuner, on informa Louise qu'elle avait reçu un petit paquet. Il s'agissait d'une rose rouge sombre ornée d'un ruban argenté. La carte qui l'accompagnait était signée Andy Behoo.

— Fais-moi voir ! dit Gen en bondissant sur son lit tant elle était excitée.

Louise huma la rose qui, pour parler franchement, ne sentait pas grand-chose.

— Non, répondit-elle en levant le bras pour empêcher sa sœur de voir la carte. C'est ma vie privée. Mais tu as le droit de mettre cette fleur dans un vase.

Gen considéra la rose d'un œil soupçonneux et la renifla avec prudence.

— D'accord. Mais dis-moi au moins ce qu'il raconte.

— Il me remercie pour la soirée d'hier, c'est tout.

Elle passa sous silence le reste du message, où il célébrait sa beauté et déclarait être prêt à tout pour la revoir. La carte se retrouva dans son sac à main tout neuf, glissée dans un compartiment secret à l'abri des petites mains trop curieuses.

Gen attrapa l'un des vases posés sur l'antique commode en chêne et alla le remplir à la salle de bains. Louise ouvrit une liaison avec son serveur réseau et demanda si elle avait reçu des messages. Elle accomplissait ce rituel toutes les six heures. Ce qui était inutile, car le serveur était conçu pour lui transmettre tout message dès sa réception.

Toujours rien. Toujours rien de Tranquillité, pour être précis. Louise s'effondra à nouveau sur son lit, les yeux fixés sur le plafond, et s'abîma dans ses réflexions. Elle savait qu'elle maîtrisait le protocole de communication, cela faisait partie du programme de base du LAN-2600. Quelque chose clochait du côté du destinataire ; mais lorsqu'elle fit passer l'infotraqueur en mode primaire, on ne lui signala rien d'extraordinaire à Tranquillité. Peut-être que Joshua n'était pas là, tout simplement, et que les messages qu'elle lui adressait s'accumulaient dans la mémoire de *son* serveur.

Elle cogita quelques instants, puis composa un message à destination d'Ione Saldana en personne. Joshua lui avait confié qu'il la connaissait, qu'ils avaient grandi ensemble. Elle était bien placée pour savoir où il se trouvait.

Puis elle lança une recherche annuaire et envoya une transmission à Brent Roi.

— Kavanagh ? répondit-il. Bon Dieu, vous vous êtes acheté des naneuroniques ?

— Oui, vous ne me l'aviez pas interdit.

— Non, mais je croyais que ce genre de technologie était proscrit sur votre planète.

— Je ne suis plus sur Norfolk à présent.

— Ouais, en effet. Bon, qu'est-ce que vous voulez ?

— J'aimerais me rendre à Tranquillité, s'il vous plaît. Je ne sais pas à qui je dois demander l'autorisation.

— À moi, je suis l'officier responsable de votre dossier. Et vous ne pouvez pas aller à Tranquillité.

— Pourquoi ? Je croyais que vous vouliez nous voir quitter la Terre. Si nous partons à Tranquillité, vous n'aurez plus à vous inquiéter pour nous.

— Franchement, je ne m'inquiète en rien pour vous, mademoiselle Kavanagh. Vous me semblez fort sage – pour l'instant, vous n'avez fait réagir aucun de nos programmes de surveillance.

Louise se demanda s'il connaissait l'existence des nanoespions dont Andy l'avait débarrassée. Mais elle se garda bien d'évoquer ce sujet.

— Alors pourquoi n'ai-je pas le droit d'aller là-bas ?

— Je présume que vous ne savez pas encore très bien vous servir de vos infotraqueurs.

— Détrompez-vous.

— Ah bon ? Dans ce cas, vous devez savoir qu'à partir de cinq heures dix-sept, heure de Greenwich, le réseau global des vidtrains a été fermé sur décret présidentiel d'urgence. Toutes les arches doivent vivre en autarcie. Le bureau du président affirme que cette mesure a pour but de confiner la menace possédée à Paris et à Edmonton. Personnellement, je trouve ça complètement idiot, mais le président redoute l'opinion publique encore plus que les possédés. Donc, comme je viens de vous le dire, vous êtes retenue sur Terre pendant la durée de l'état d'urgence.

— Si vite ? murmura-t-elle.

Le Gouvcentral n'était pas toujours coupable de lenteur. Et Robson avait eu raison, encore une fois.

— Il existe sûrement un moyen d'aller de Londres à la tour orbitale, télétransmit-elle.

— Un seul : le vidtrain.

— Mais combien de temps va durer cet état d'urgence ?

— Demandez-le au président. Il ne m'en a pas informé.

— Je vois. Eh bien, merci.

— Pas de quoi. Vous voulez un conseil ? Vos fonds ne sont pas inépuisables, pas vrai ? Vous devriez envisager de changer d'hôtel. Et si la situation présente devait se prolonger, ce qui ne m'étonnerait guère, vous aurez besoin de trouver un emploi.

— Un emploi ?

— Ouais, un de ces petits désagréments que doivent supporter les gens ordinaires, afin de recevoir des sommes d'argent à intervalles réguliers.

— Vous n'avez pas besoin d'être grossier.

— C'est ça. Quand vous irez quémander un boulot de serveuse au Burrow Burger du coin, on vous demandera votre numéro de citoyenneté. Aiguillez votre employeur sur moi, et je vous accorderai un statut d'immigrant temporaire.

— Merci infiniment.

Le sarcasme passait mal lors d'une télétransmission, mais il ne risquait pas de s'y tromper.

— Hé, si ce genre de boulot ne vous plaît pas, vous avez une autre possibilité. Avec votre physique, vous n'aurez aucun problème à trouver un homme pour vous entretenir.

— Monsieur Roi, puis-je vous demander ce qui est arrivé à Fletcher ?

— Non.

Fin de la communication.

Louise contempla Green Park au-dehors. De lourds nuages noirs occultaient le soleil au-dessus du dôme. Elle se demanda qui les avait envoyés.

Dans le district de Dalston se dressaient huit tours de quarante étages à section octogonale formant la résidence de Parsonage Heights. Celle-ci était censée rehausser la réputation du quartier, car on n'y trouvait ni logements sociaux, ni centres commerciaux tous publics, ni population assistée. Un projet conjoint du conseil de Dalston et de Voynow Finance, une compagnie d'investissement basée dans le Halo O'Neill qui souhaitait faire profiter les entrepreneurs locaux de divers avantages fiscaux. Sous les tours aurait dû être creusé un gigantesque dédale d'usines et de manufactures. Les sept premiers étages auraient dû abriter des détaillants, les cinq suivants des sociétés spécialisées dans diverses formes de loisirs, les trois suivants des bureaux et des sièges sociaux et les autres des appartements de luxe. Le tout aurait représenté pour l'économie de Dalston une transfusion des plus bienvenues, arrosant de flots d'argent et de commerce ses anciennes artères.

Mais le sous-sol de Dalston dissimulait une nappe phréatique qui aurait triplé le coût des installations industrielles souterraines, de sorte qu'on se contenta de creuser deux niveaux dévolus au stockage. La révision des coûts consécutive à ce revers de fortune fit que seule la moitié des détaillants annoncés ouvrirent boutique ; les étages réservés à l'industrie des loisirs échurent à des boutiques franchisées, qui n'occupèrent que huit pour cent de leur surface. Soucieuse de récupérer son investissement, Voynow Finance s'empressa de réaménager les trente étages supérieurs en appartements milieu de gamme, pourvus d'une vue correcte sur le Dôme de Westminster et susceptibles d'intéresser des jeunes cadres entamant leur ascension vers les sommets.

Ce compromis s'avéra plus ou moins fructueux. Soixante ans

après sa construction, Parsonage Heights abritait une population un rien plus aisée que la moyenne de Dalston. On trouvait même dans les étages inférieurs des boutiques et des cafés relativement corrects. Quant aux activités qu'abritaient les entrepôts souterrains, les résidents des étages supérieurs ne souhaitaient pas les connaître.

Le commissariat local savait qu'il y avait dans ce coin une église de la secte du Porteur de lumière ; mais, pour des raisons mal précisées (on évoquait en général des contraintes budgétaires), jamais le commissaire n'avait organisé de raid digne de ce nom. Lorsque la rame transportant Banneth entra dans la station de métro de Dalston Kingsland, le grand mage et ses quinze gardes du corps l'attendaient sur le quai en toute impunité. Elle considéra ces jeunes durs au visage neutre, trimbalant leur collection pathétique d'armes de seconde zone, et eut toutes les peines du monde à ne pas éclater de rire.

C'est à vous que je dois ça ? demanda-t-elle à Europe-Ouest.

Je me suis contenté de dire au mage que vous étiez quelqu'un d'important aux yeux du Frère de Dieu. Il a réagi de façon appropriée, ne pensez-vous pas ?

Trop appropriée. Cette histoire est en train de tourner à la farce.

Le mage de Dalston s'avança et s'inclina devant elle.

— Grand mage, c'est un honneur de vous recevoir ici. Votre refuge est prêt.

— Il a intérêt à être sûr, ou je vous attacherai à votre propre autel pour vous infliger le sort que nous avons réservé à ceux qui ont trahi le Frère de Dieu à Edmonton.

Le mage perdit son air bienveillant et son regard se fit méchant.

— Vous ne trouverez rien à nous reprocher. *Notre* position n'a pas été compromise.

Elle ne releva pas.

— Je vous suis.

Les gardes du corps martelaient de leurs bottes les marches de carbobéton et les trottoirs de Kingston High Street. Les quatre premiers à franchir les portes automatiques de la station levèrent leurs carabines ITP, ce qui surprit les quelques fêtards qui sortaient des night-clubs. Ils balayèrent l'espace du canon de leurs armes, exécutant une manœuvre qui se voulait professionnelle.

— La voie est libre ! glapit le chef du petit détachement.

Banneth leva les yeux au ciel tandis que le reste de son escorte se regroupait autour d'elle. On avait arrêté la circulation pour leur permettre de traverser la rue. Ils s'engouffrèrent au rez-de-chaussée de la tour de Parsonage Heights située en face de la station de métro. Trois autres membres de la secte les attendaient, postés devant une cabine d'ascenseur. Le mage et huit des gardes du corps s'y massèrent autour de Banneth. Ils montèrent au tout dernier étage, et la porte s'ouvrit sur le vestibule du penthouse. D'autres membres de la secte les attendaient, occupés à préparer leurs armes et à régler les capteurs tout neufs de la sécurité.

— Aucun de ces enfoirés ne pourra vous atteindre tant qu'on sera ici, dit le mage avec assurance. On surveille toutes les issues. Il y aura des gardes dehors et dans toutes les cages d'escalier. Personne ne peut entrer ici sans connaître le code d'accès, et c'est vous qui en aurez la gestion.

Banneth entra dans le penthouse. Celui-ci, qui occupait la totalité du quarantième étage, avait pour centre vital un gigantesque salon-salle à manger. Son propriétaire absent l'avait décoré en consultant un fichier catalogue vieux de trente ans spécialisé dans le chintz ; mobilier en cuir vert, tapis turcs sur carrelage de marbre poli, esquisses aux couleurs primaires accrochées aux murs et cheminée en marbre rouge avec flammes holographiques. Une baie vitrée avec porte-fenêtre intégrée donnait sur un jardin équipé d'une piscine et d'un jacuzzi ; en guise de chaises longues, on avait droit à des grenouilles en plastique bleu.

— Le frigo est plein, déclara le mage. Si vous avez envie de quelque chose, dites-le-nous et on le fera monter. Je peux vous procurer tout ce que vous voulez. Je suis le maître de cette ville.

— Je n'en doute pas, répliqua Banneth. Toi, toi et toi... (son index se pointa sur deux filles particulièrement mignonnes et sur un adolescent)... vous restez. Les autres, foutez le camp. Et que ça saute !

Le mage s'empourpra. Le traiter comme une merde au vu et au su de ses acolytes, c'était faire insulte à son autorité. Elle le fixa en silence, le défiant du regard.

Il claqua des doigts, ordonnant à tous de sortir, puis partit sans se retourner mais plutôt bruyamment.

— Laissez tomber vos armes, dit-elle aux trois acolytes qu'elle avait sélectionnés. Vous n'en aurez pas besoin ici.

Un instant d'hésitation, puis ils abandonnèrent leur arsenal sur le comptoir de la cuisine. Banneth sortit dans le petit jardin au sol pavé. L'air nocturne embaumait du parfum des fuchsias. Un balcon protégé par une vitre teintée lui donnait une vue imprenable sur le cratère scintillant qu'était la ville. Personne ne pouvait la voir. Une protection correcte contre les tireurs d'élite, reconnut-elle.

Est-ce que j'ai fait assez de vagues ? demanda-t-elle à Europe-Ouest.

Oh ! oui. Ce cher mage est en train de raconter au grand mage de Londres que vous êtes une sacrée emmerdeuse. Dès ce soir, on ne parlera que de vous dans toutes les églises de la secte.

Ce soir. (Elle secoua la tête, irritée.) **Je hais le décalage horaire.**

Peu importe. Je vais également m'arranger pour que la police rapporte l'interruption de trafic survenue tout à l'heure. Les flics du coin vont demander à leurs indics s'ils sont au courant des nouvelles activités de la secte. L'arche tout entière aura accès à ces informations. Quinn vous retrouvera.

— Merde, maugréa Banneth. (Elle fit signe aux acolytes inquiets de la rejoindre.) Primo, trouvez-moi un verre de whisky Crown ; ensuite, déshabillez-vous. Je veux vous regarder nager.

— Euh... grand mage, dit l'une des deux filles, je ne sais pas nager.

— Eh bien, tu as intérêt à apprendre vite. Tu ne crois pas ?

Sans prêter attention aux murmures qu'ils échangeaient, elle leva les yeux vers le ciel. Des écharpes de nuage luminescent s'incurvaient autour du dôme, se brisant pour former une mousse mouvante sous l'effet des vents surfaciques. Des parcelles de nuit étaient visibles entre leurs franges. Étoiles et vaisseaux spatiaux brillaient sur fond de noirceur. On devinait une arche floue au-dessus de l'horizon boréal.

Ce penthouse est difficile à atteindre depuis le sol, mais il est grand ouvert sur le ciel, remarqua-t-elle. **On peut donc envisager l'hypothèse d'une frappe DS.**

Bien vu. Je n'ai aucune intention d'employer l'arme nucléaire à l'intérieur du dôme. Mais un laser aux rayons X peut pénétrer le cristal en causant un minimum de dégâts. Si Dexter peut survivre à ceci, alors, franchement, il n'y a plus aucun espoir pour nous.

Il n'y en a plus pour moi, en tout cas.

C'est vous qui l'avez créé.

C'est le B7 qui m'a créée.

Nous vous avons permis d'exister, nuance. À nos yeux, vous étiez des plus pratiques. Sous notre patronage, vous avez réalisé la plupart de vos ambitions. Sans nous, à l'heure qu'il est, vous seriez un cadavre ou une Dép.

Si je peux le forcer à...

Non. Je ne veux pas que vous lui résistiez. Il ne doit en aucun cas redevenir invisible. Je n'ai qu'une seule chance d'agir. Tout ça est plutôt poétique, en fin de compte ; l'avenir du monde dépendant d'un seul individu...

Poétique ? Mais pour qui vous prenez-vous, tous autant que vous êtes ?

Si je me souviens bien, notre accord initial stipulait que vous vous abstiendriez de poser quelque question que ce soit. En dépit de l'épreuve que vous traversez, votre situation n'a pas changé et je n'ai aucune intention de vous faire une fleur. Une fois que vous serez morte, vous aurez tout loisir de m'observer depuis l'au-delà.

Certaines personnes ne restent pas coincées dans l'au-delà. C'est ce qu'affirment les Édénistes.

Alors je vous souhaite *bon voyage*[1].

Banneth se replongea dans la contemplation de la ville dans son bocal. Les premiers photons gris pâle de l'aube coulaient depuis l'horizon oriental pour laper la base du gigantesque dôme en cristal. Elle se demanda combien d'aubes elle allait encore voir se lever.

Vu la façon dont elle avait modelé Dexter, six ou sept à tout casser.

Les acolytes pataugeaient allègrement dans la piscine, y compris la fille qui ne savait pas nager et qui se cantonnait au petit bain. Banneth s'en fichait, elle ne cherchait qu'à reluquer leurs jeunes corps luisant d'eau et de sueur. Ces trois-là figureraient au menu de son dernier repas. Avant cela, toutefois, elle devait éditer et préparer certains fichiers stockés dans ses naneuroniques. L'œuvre de toute une vie. Il n'était pas question qu'elle la laisse se perdre, même si elle risquait d'avoir des difficultés à trouver une institution susceptible de la recueillir. Elle ne souhaitait pas seulement que cette œuvre soit préservée, mais aussi qu'elle soit étudiée, exploitée. Elle avait rassemblé des connaissances de la plus haute importance, examiné les nuances

1. En français dans le texte. *(N. d. T.)*

du comportement humain dans des conditions si extrêmes qu'elles demeureraient pour toujours hors de portée de la médecine universitaire classique. Sa contribution à la science était unique, et par conséquent des plus précieuses. Peut-être deviendrait-elle un jour une référence fondamentale pour les étudiants en psychologie.

Elle retourna dans le salon et s'installa sur l'un des horribles sofas en cuir vert, prête à indexer ses fichiers. Il serait amusant de voir combien de temps les acolytes allaient rester dans l'eau.

Édifié au début du XXIe siècle, le Lancini était un grand magasin conçu pour rivaliser avec les meilleurs établissements londoniens ; la vue *très chic* [1] qu'il avait sur la Tamise et son décor années 30 étaient calculés pour attirer les riches comme les curieux. À l'instar de maints grands projets immobiliers, il avait connu un déclin prolongé. Au fil des décennies, ses clients s'étaient faits plus rares et ses bénéfices plus minces. Son image de marque tentait de concilier dignité et absence de snobisme et, selon les études de marché dont le monde des affaires était si friand, il ne pouvait manquer de séduire la frange la plus âgée, et donc la plus aisée, des consommateurs. Les chefs de rayon, auquel on interdisait toute innovation, proposaient invariablement les marques démodées que préféraient leurs clients vieillissants. Ceux-ci, malheureusement, ne se renouvelaient pas avec les ans.

Cela était pourtant prévisible. Si ces fameuses études de marché avaient également porté sur l'entreprise de pompes funèbres établie dans le Lancini, les propriétaires de celui-ci auraient eu une meilleure idée de la loyauté de leurs clients. Malheureusement, lesdits clients cessaient de fréquenter le grand magasin après cet ultime achat. En 2589, les traditionnels soldes de janvier furent suivis par une vente aux enchères du mobilier. Ne restait à présent que la carcasse du bâtiment ; ses vastes étages, vidés de leurs comptoirs et de leurs moquettes, servaient de havre aux mites et aux souris. Chaque jour, des rayons de soleil se déversaient par les hautes fenêtres, décrivant une immuable parabole le long des murs et des planchers. Le temps avait délavé leur trajectoire, la gravant pour l'éternité sur la peinture et le vernis.

Si rien ne changeait, c'était parce que rien ne pouvait

1. En français dans le texte. *(N. d. T.)*

changer. Le Conseil pour la sauvegarde des immeubles historiques de Londres y veillait avec la dernière rigueur, soucieux qu'il était de préserver le patrimoine de la ville. N'importe qui avait le droit d'acheter le Lancini et d'y exercer une activité commerciale, à condition que l'immeuble soit restauré à l'identique et que cette activité soit la vente au détail. Les exigences financières des propriétaires du Lancini rendaient cette éventualité fort incertaine.

Puis vinrent la crise de la possession et la révélation de l'existence de l'au-delà. Et, paradoxalement, l'âge devint un important facteur de changement. Le Conseil pour la sauvegarde des immeubles historiques de Londres était composé en majorité de personnes âgées. Les banques et les institutions financières les plus vénérées (et les plus fortunées) de Londres étaient en majorité dirigées par des centenaires. Ceux-ci formaient la première génération destinée à échouer dans l'au-delà en toute connaissance de cause. À moins de trouver un moyen de s'épargner cet horrible sort. Jusqu'ici, les Églises (de toutes dénominations), la science du Gouvcentral et les Forces spatiales de la Confédération s'étaient montrées incapables de leur apporter le salut.

Ne leur restait qu'une seule issue : le tau-zéro.

Plusieurs entreprises furent créées en hâte pour répondre à cette demande. De toute évidence, il fallait prévoir des équipements sur le long terme pour préserver durant plusieurs millénaires ces amateurs d'oubli ; des mausolées plus durables que les pyramides. Il faudrait du temps pour concevoir ceux-ci, et le temps pressait. L'urgence dictait l'aménagement d'abris temporaires.

À la quasi-unanimité, le Conseil pour la sauvegarde des immeubles historiques de Londres s'empressa d'autoriser une affectation jusque-là inimaginable du Lancini. Les portes de celui-ci s'ouvrirent pour laisser passer des nacelles tau-zéro plutôt que les meubles et les vêtements de luxe auxquels elles étaient habituées. Les antiques cabines d'ascenseur avaient une capacité suffisante pour les livrer à tous les étages. Les parquets de chêne, endurcis par cinq siècles d'absence d'humidité, étaient assez robustes pour supporter leur poids. Les câbles électriques prévus pour l'éclairage des show-rooms avaient la capacité nécessaire à l'alimentation des systèmes pourtant gourmands des nacelles. En fait, si l'espérance de vie du Lancini n'avait pas été estimée à trois siècles, il aurait fait une crypte idéale pour y passer l'éternité.

En tout cas, Paul Jerrold fut fort satisfait lorsqu'on lui montra sa nacelle. Elle se trouvait au quatrième étage, occupant une longue rangée face aux fenêtres de ce qui était jadis le rayon Horticulture. Plus de la moitié des sarcophages étaient activés, et leur surface noire absorbait les rayons du soleil tel un trou dans l'espace. Les deux infirmiers l'aidèrent à s'approcher de sa nacelle, puis lissèrent le survêtement trop grand qu'il avait choisi de porter. Il endura leurs attentions en silence ; âgé de cent douze ans, il avait l'habitude de l'attitude du personnel médical. Infirmiers et médecins en faisaient toujours un peu trop, comme s'ils redoutaient que leurs efforts passent inaperçus.

— Prêt ? lui demanda l'un des deux hommes.

Paul sourit.

— Oh ! oui.

Les deux dernières semaines avaient été fort agitées, ce qui, à son âge, était une bénédiction. D'abord l'horrible révélation de la possession. Puis la prise de conscience, lente mais résolue, des membres de son club sélect du West End : jamais ils ne seraient des victimes de l'au-delà. Les prises de contact discrètes, la découverte d'une solution réservée à ceux qui pouvaient en payer le prix. Ses avoués et ses comptables avaient reçu l'ordre de placer ses avoirs dans des investissements à très long terme qui financeraient la maintenance de sa stase temporelle. Celle-ci n'était guère coûteuse : le prix de l'entretien et de la location du matériel. Même si le fonds était mal géré, il avait assez d'argent à la banque pour survivre dix mille ans. À supposer que l'argent ait encore un sens dans un futur aussi lointain. Une fois ces dispositions prises, il avait dû affronter ses enfants et leur nombreuse progéniture, qui patientaient tous dans l'attente de l'héritage. Un bref affrontement judiciaire (il pouvait se payer des avocats plus retors que les leurs), et l'affaire était réglée : il allait devenir un chrononaute d'un nouveau genre.

La crainte du futur qui l'habitait s'était estompée, remplacée par un vif intérêt. Lorsqu'on le ferait sortir du champ tau-zéro, l'au-delà aurait cessé d'être une menace et la société aurait évolué de façon radicale pour tenir compte de l'existence d'une vie après la mort. Peut-être même aurait-on élaboré une méthode de rajeunissement digne de ce nom. Et si les humains réussissaient pour de bon à devenir immortels ? Il deviendrait l'équivalent d'un dieu.

Un éclat gris, plus fugace qu'un clin d'œil...

Le couvercle de la nacelle se souleva et Paul Jerrold constata avec surprise qu'il se trouvait toujours dans le Lancini. Il s'était attendu à découvrir une gigantesque crypte technologique, ou alors une salle de réveil décorée avec goût. Pas à retrouver le point de départ de son voyage dans l'éternité. À moins que les humains des temps nouveaux aient reconstitué le Lancini afin de fournir à leurs ancêtres un ancrage psychologique destiné à les rassurer, à faciliter leur arrivée au sein de cette fabuleuse civilisation qui s'était bâtie en leur absence.

Il tourna un regard impatient vers la fenêtre crasseuse. Le crépuscule était tombé sur le Dôme de Westminster. Les lueurs de la rive sud étincelaient sur un fond de ciel gris acier, la masse des nuages qui étouffait l'arc du dôme. Une sorte de projection, peut-être ?

Les deux infirmiers qui assistaient à son réveil étaient du genre bizarre. Une fille penchée sur la nacelle, extrêmement jeune, avec une poitrine généreuse engoncée dans un gilet de cuir. L'adolescent à ses côtés portait un sweater pure laine qui ne lui allait décidément pas du tout ; ses joues étaient mangées de barbe, son regard luisant de démence. Il tenait dans sa main un fil électrique au bout duquel pendait une prise mâle.

Un coup d'œil à cette prise, et Paul télétransmit un code d'appel à l'aide. Aucune réponse d'un quelconque processeur réseau ; puis ses naneuroniques se crashèrent. Une troisième silhouette, vêtue d'une robe de bure d'un noir de jais, émergea de la pénombre et se planta devant la nacelle.

— Qui êtes-vous ? coassa Paul, terrorisé.

Il se redressa en position assise, agrippant le rebord de la nacelle de ses mains noueuses aux veines saillantes.

— Tu le sais parfaitement, répondit Quinn.

— Ainsi, vous avez gagné ? Vous nous avez vaincus ?

— C'est ce que nous allons faire, oui.

— Et merde, Quinn, protesta Billy-Joe. Mais regarde donc ces vieux débris, ils ne nous serviront à rien. Aucune âme ne pourra les faire durer, même avec l'aide de ta magie noire.

— Ils dureront le temps qu'il faut. C'est tout ce qui m'intéresse.

— Je te l'ai dit : si tu veux des possédés corrects, il faut aller chercher des corps dans la secte. Tu es comme un dieu pour les acolytes. Si tu leur demandes de baisser leur froc, ils s'empresseront de t'obéir.

— Frère de Dieu ! gronda Quinn. Tu ne réfléchis donc jamais ? La secte est un mensonge. Je t'ai déjà expliqué qu'elle était contrôlée par les superflics. En me tournant vers elle, je ne ferais que me trahir. Cet endroit est parfait. Si quelques dormeurs en disparaissent, personne ne s'en apercevra, parce qu'ils ont cessé d'exister aux yeux du monde dès qu'ils ont franchi le seuil de cet immeuble. (Son visage jaillit de sous le capuchon pour se tendre vers Paul.) Pas vrai ?

— J'ai de l'argent.

Paul jouait là sa dernière carte, mais tout le monde est tenté par l'argent.

— Bien, fit Quinn. Tu es presque déjà des nôtres. Il n'y aura pas beaucoup de chemin à faire.

Il tendit l'index vers Paul, dont l'univers devint un hurlement de douleur.

Europe-Ouest avait branché huit IA sur le réseau de communication londonien, ce qui lui conférait une capacité suffisante pour balayer tous les circuits électroniques de l'arche par cycles de dix secondes, à condition qu'ils soient connectés audit réseau. Tous les blocs-processeurs, quelle que soit leur fonction, étaient contactés toutes les quinze secondes et examinés en quête d'avaries suspectes.

Il n'était pas le seul citoyen à s'inquiéter. Plusieurs fabricants de logiciels, sentant l'émergence d'un nouveau marché, proposaient des packages censés prévenir tout risque de possession. Ils consistaient en un programme naneuronique émettant un diagnostic de capacité continu, en liaison permanente avec le centre de sécurité de l'entreprise, qui alertait la police si son utilisateur subissait une avarie ou un dysfonctionnement inexpliqués. Quant aux enfants trop jeunes pour être équipés de naneuroniques, on avait prévu pour eux des bracelets d'inspiration similaire qui se vendaient comme des petits pains.

Les problèmes de bande passante commençaient à atteindre un niveau préoccupant. Europe-Ouest avait usé de l'autorité du DSIG pour donner à ses IA une priorité maximale, mais la circulation des données ordinaires souffrait de retards et de pertes de puissance sans précédent.

La visualisation de la structure électronique de l'arche était une démonstration qui n'impressionnait personne. Elle occupait la totalité de la table dans la salle de sensoconférence sécurisée, évoquant une maquette en verre des dix dômes. Des serpents de lumière colorée rampaient dans les structures translucides avec une monotonie irritante.

Pacifique-Sud étudia leurs mouvements pendant que les autres membres du B7 faisaient leur apparition autour de la table ovale. Lorsque les seize représentations furent installées, elle demanda :

— Alors, où est-il ?

— Pas à Edmonton, en tout cas, répondit Amérique-Nord. On les a tous virés hors de cet univers. Le nid est nettoyé. Il ne reste plus un seul de ces salopards.

— Vraiment ? fit Pacifique-Asie. Donc, vous avez aussi repéré et éliminé l'ami de Carter McBride ?

— Il ne menace nullement l'arche, il n'en veut qu'à Dexter.

— Foutaises. Vous êtes incapable de le retrouver, et c'est un possédé comme les autres. (Pacifique-Asie désigna le simulacre de Londres d'un geste dédaigneux.) Il leur suffit de ne pas s'approcher des équipements électroniques, et ils n'ont rien à craindre.

— Il faut bien qu'ils mangent de temps en temps, fit remarquer Afrique-Sud. Ils n'ont pas d'amis pour prendre soin d'eux.

— La secte du Porteur de lumière est là pour ça, grommela Asie-Est.

— La secte est à nous, leur rappela Europe-Ouest. Aucun souci de ce côté-là.

— Très bien, dit Pacifique-Sud. Alors expliquez-nous ce qui se passe à New York. Nous pensions tous que la police maîtrisait la situation.

— Ah ! oui, fit Renseignement-Militaire. Quelle est l'expression imaginée par les médias, déjà ? Le syndrome de l'hydre. Le temps que l'on fourre un possédé dans une nacelle tau-zéro, il y en a cinq nouveaux qui se manifestent. Un chiffre impressionnant mais malheureusement attesté.

— Le contrôle de la situation m'a échappé à New York, admit Amérique-Nord. Je n'étais pas préparé à ça.

— C'est évident. Combien de dômes perdus au dernier décompte ?

— Une telle question est par essence faussée, rétorqua Europe-Ouest. Une fois que la population possédée a dépassé les deux mille individus, il n'y a plus rien à faire. La progression exponentielle s'emballe, et l'arche est perdue. New York va être l'équivalent terrien de la péninsule de Mortonridge. Ce n'est plus notre problème.

— Tiens donc ! s'emporta Pacifique-Nord. Qu'est-ce que c'est que ces conneries ? Bien sûr que c'est notre problème.

S'ils se répandent dans les arches, c'est toute la planète qui sera perdue.

— Ne nous soucions pas des nids comme New York. Les militaires s'en occuperont.

— Si New York est encore là, et si sa population n'a pas sombré dans le cannibalisme. Les cuves nutritives cessent de fonctionner à proximité des possédés, vous le savez, et les boucliers météo également.

— Ils renforcent les dômes qu'ils ont conquis grâce à leur pouvoir énergétique, répliqua Amérique-Nord. L'arche a été frappée par une armada de tempêtes hier soir. Tous les dômes ont tenu bon.

— Attendez qu'ils aient parachevé la conquête de la ville, dit Pacifique-Sud. Les dômes encore épargnés ne pourront pas maintenir indéfiniment leurs barrières.

— La chute de New York est regrettable mais néanmoins inévitable, déclara Europe-Ouest. Mais la question n'est pas là. Nous devons accepter cette défaite et la dépasser. Le B7 est à usage préventif et non curatif. Et si nous voulons prévenir la chute de la Terre elle-même, nous devons éliminer Quinn Dexter.

— Alors je répète ma question : où est-il ?

— La réponse à cette question n'est pas connue pour le moment.

— Vous l'avez perdu, n'est-ce pas ? Vous avez merdé. Il était à votre portée à Edmonton, mais vous vous êtes cru plus malin que lui. Vous avez voulu jouer au fin psychologue. Votre arrogance aurait pu faire de nous des esclaves.

— Intéressant usage du conditionnel, répliqua sèchement Europe-Ouest. Heureusement que vous nous avez sauvé la peau en fermant les vidtrains alors que nous étions tous convenus de ne pas nous gêner mutuellement.

— Le Président a agi sous la pression de l'opinion. Après la bataille d'Edmonton, le monde entier exigeait de lui cette décision.

— Un monde manipulé par vos agences de presse, intervint Afrique-Sud.

Europe-Ouest se pencha vers Pacifique-Sud, qui arborait un sourire suffisant, s'immobilisant à quelques centimètres de son simulacre.

— J'ai réussi à les amener à destination, espèce d'idiote. Banneth et Louise Kavanagh sont arrivées à Londres saines et sauves. Dexter fera tout ce qui est en son pouvoir pour les rejoindre là-bas. Mais il n'y arrivera jamais s'il est coincé à Edmonton. Six trains, c'est tout ce qui a pu en sortir avant votre ordre à la con. Six ! Ce n'est pas assez pour que je sois sûr de mon coup.

— S'il est aussi fort que vous semblez le croire, il a forcément pris l'un d'eux.

— Vous avez intérêt à l'espérer, car, s'il est resté derrière, vous pouvez dire adieu à Edmonton. Nous n'avons rien là-bas qui soit susceptible de confirmer son existence.

— Donc, nous perdons deux arches. La sécurité des autres est désormais garantie.

— *Je* perds deux arches, corrigea Amérique-Nord. Grâce à vous. Vous avez conscience du territoire que cela représente pour moi ?

— Paris, rétorqua Pacifique-Sud. Bombay, Johannesburg. Tout le monde a subi des pertes aujourd'hui.

— Sauf vous. Et les possédés sont en déroute dans les arches que vous avez citées. Nous les y avons enfermés, grâce aux sectes. Nous ne risquons pas de voir se répéter les événements de New York.

— Du moins nous l'espérons, tempéra Inde. Pour l'instant, je réussis à maintenir l'équilibre, mais c'est tout. La panique sera un facteur déterminant dans le proche avenir. Ce qui sera tout à leur avantage.

— Vous vous attardez sur des détails, dit Pacifique-Sud. L'essentiel dans cette histoire, c'est qu'il existe pour résoudre ce problème d'autres méthodes que celle consistant à s'obnubiler sur Dexter. Ma politique est la bonne. Confinons-les pendant que nous élaborons une solution permanente. Si nous avions agi ainsi dès le début, nous n'aurions perdu dans le pire des cas que les gares dépendant de la tour brésilienne.

— Nous n'avions aucune idée de la nature de l'ennemi lorsque Dexter a débarqué, dit Amérique-Sud. Il aurait fini par conquérir une arche, c'était couru d'avance.

— Grand Dieu, j'ignorais que cette réunion serait consacrée à des questions de politique, railla Europe-Ouest. Je pensais naïvement qu'il serait question des progrès réalisés dans la résolution de la crise.

— Eh bien, vu que vous n'avez fait aucun progrès... dit Pacifique-Sud d'une voix mielleuse.

— S'il est à Londres, nous ne le retrouverons pas avec des moyens conventionnels. Je pense que ceci est un fait acquis.

Et, pour votre information, l'inaction absolue n'est pas une politique, c'est le refuge illusoire des petits esprits.

— J'ai stoppé la progression de la possession. Pouvez-vous nous rappeler les résultats que vous avez obtenus ?

— Vous jouez de la lyre pendant que Rome brûle. Notre premier souci est l'origine de l'incendie.

— Ce n'est pas en éliminant Dexter que nous ferons disparaître les possédés de New York et d'ailleurs. Je vote pour que nous consacrions un pourcentage plus élevé de nos ressources scientifiques à la découverte d'une solution permanente.

— J'ai peine à croire que vous vous abaissiez à profiter de la situation pour faire de la basse politique. Au stade où nous sommes, ce n'est pas un pourcentage, si élevé soit-il, qui fera une différence dans la lutte contre l'au-delà. Tous ceux qui pouvaient apporter des idées de valeur l'ont fait dès le début de la crise. Nous n'avons pas besoin de commander un audit pour nous assurer de nos références en matière de compassion ; d'ailleurs, elles ne sont même pas quantifiables.

— Si vous ne souhaitez pas participer au projet, c'est votre affaire. Mais assurez-vous de ne plus nous mettre en danger par votre irresponsabilité.

Europe-Ouest effaça sa représentation, se retirant de la conférence. Le simulacre de Londres disparut avec lui.

La caverne, située dans les profondeurs de la calotte, était protégée de toutes parts par plusieurs centaines de mètres de polype. Tolton s'y sentait en parfaite sécurité, ce qui ne lui était pas arrivé depuis belle lurette.

Il se trouvait dans une clinique vétérinaire à l'usage des animaux domestiques que l'on avait reconvertie en labo de physique. Le Dr Patan y dirigeait une équipe de recherche que la personnalité de Valisk avait chargée d'étudier le continuum noir. Il avait accueilli Dariat comme un fils prodigue revenant au bercail. Avaient suivi plusieurs douzaines d'expériences, à commencer par de simples mesures : température (l'ersatz de corps dont était doté Dariat avait une température supérieure de huit degrés à celle de l'azote liquide et présentait une résistance à la chaleur quasi absolue), résistivité (vu les souffrances qu'elle infligeait au sujet, cette expérience avait été interrompue), analyse spectroscopique et analyse de la signature quantique. Le moment le plus intéressant, aux yeux d'un profane comme Tolton, fut celui où Dariat dut se soumettre à un prélèvement. Patan et son équipe n'avaient pas tardé à conclure que, pour étudier le fluide dans de bonnes conditions, il fallait travailler sur un échantillon qui n'était plus animé par l'esprit de Dariat. Malheureusement, il s'avéra impossible d'en prélever une quantité quelconque avec une seringue, sa peau étant impénétrable à l'acier. Dariat fut obligé de procéder lui-même, plaçant sa main au-dessus d'une coupelle et se piquant avec une épingle qu'il avait conjurée. Les gouttes de sang changèrent d'aspect à mesure qu'elles s'éloignaient de lui, et ce fut un fluide grisâtre, légèrement visqueux, qui atterrit dans la coupelle. Les physiciens emportèrent celle-ci comme s'il s'était agi d'un trophée. Dariat et Tolton échangèrent un regard interloqué, puis allèrent s'asseoir au fond du labo.

— Ça n'aurait pas été plus facile pour toi d'arracher un morceau de ta toge ? s'enquit Tolton. Après tout, tu es fait partout de la même substance, non ?

Dariat lui adressa un regard éberlué.

— Ça alors ! Je n'y avais même pas pensé.

Ils passèrent les deux ou trois heures suivantes à discuter, Dariat narrant à son ami les détails de son épreuve. À un moment donné, il se tut et tourna vers les physiciens un regard inquiet. Ils étaient cinq, accompagnés d'Erentz, à étudier les résultats d'un examen au microscope à effet tunnel, et ils affichaient une expression encore plus sinistre que celle de Dariat.

— Qu'est-ce que vous avez trouvé ? leur demanda Tolton.

— Dariat a peut-être raison, répondit Erentz. Il est possible que l'entropie soit plus forte dans le continuum noir que dans notre univers.

— Pour une fois, je regrette d'avoir eu raison avant tout le monde, commenta l'intéressé.

— Comment avez-vous découvert ça ? s'enquit Tolton.

— Les observations que nous avons faites allaient déjà dans ce sens, déclara le Dr Patan. La nature de cette substance ne fait que les confirmer. Même si je n'ai encore aucune certitude absolue.

— Cette fameuse substance, qu'est-ce que c'est au juste ?

— La meilleure description que je puisse en donner, c'est de dire que ce n'est rien, rétorqua le Dr Patan avec un sourire jaune.

— Rien ? Mais il est pourtant solide.

— Oui. Ce fluide est une substance parfaitement neutre, le produit d'une désintégration totale. C'est la meilleure définition que je puisse fournir à partir des résultats obtenus. Le microscope à effet tunnel nous permet de sonder les particules subatomiques. Ce qui est d'une grande utilité en physique. Malheureusement, ce fluide ne recèle pas de particules subatomiques. Il n'est pas composé d'atomes, mais, semble-t-il, d'un seul type de particule à charge neutre.

Tolton fit appel à ses mémoires didactiques de physique.

— Un neutron, vous voulez dire ?

— Non. La masse au repos de cette particule est bien trop faible. Elle a une légère force d'attraction, ce qui explique la structure de fluide. Mais c'est là sa seule propriété quantifiable. Cela m'étonnerait qu'elle puisse former un solide, même si on en assemblait une masse comparable à celle d'une supergéante. Dans notre univers, une telle quantité de matière froide s'effondre sur elle-même sous sa propre gravité et donne du neutronium. Ici, nous pensons qu'il existe une phase ultérieure de désintégration. L'énergie s'évapore constamment des protons et des électrons, ce qui rompt leur cohésion de particules élémentaires. Il semble que, dans le continuum noir, la norme soit la dissipation et non la contraction.

— L'énergie *s'évapore ?* Vous voulez dire que nos atomes perdent de l'énergie en ce moment même ?

— Oui. Cette hypothèse est de nature à expliquer la dégradation dont souffrent nos systèmes électroniques.

— Combien de temps nous reste-t-il avant la dissolution ? glapit Tolton.

— Nous ne l'avons pas encore déterminé. À présent que nous savons comment orienter nos recherches, nous allons pouvoir calculer le taux de déperdition.

— Oh ! merde. (Il se tourna vers Dariat.) La marmite à homard, c'est comme ça que tu as appelé cet enfer. On n'arrivera jamais à en sortir, pas vrai ?

— Avec un petit coup de main de la Confédération, nous pouvons espérer revenir avec nos atomes intacts.

L'esprit de Tolton tournait à plein régime.

— Si je me réduis à ce fluide, mon âme sera capable d'en assurer l'intégrité. Je deviendrai comme toi.

— Oui, si ton âme contient assez d'énergie vitale.

— Mais cette énergie se dissipe, elle aussi... Du moins la tienne, puisque tu as eu besoin d'en voler à ce fantôme. Et toutes ces entités, là-dehors, c'est pour cette énergie qu'elles se battent. Elles ne font que ça. Tout le temps.

Dariat eut un triste sourire de compassion.

— Ainsi vont les choses dans cet univers.

Il s'interrompit pour lever les yeux vers le plafond de la

grotte. Les physiciens l'imitèrent, l'air soudain encore plus soucieux.

— Qu'est-ce qu'il y a encore ? demanda Tolton, qui ne voyait rien d'anormal.

— On dirait que nos visiteurs se sont lassés de la calotte sud, lui dit Dariat. Ils viennent par ici.

Le premier des trois aéros des Forces spatiales de la Confédération survola Regina à la tombée du soir. Assis dans le salon aménagé au milieu de l'appareil, Samual Aleksandrovich accéda aux capteurs pour contempler la ville. L'éclairage public, les publicités et les gratte-ciel réagissaient à la disparition du soleil en projetant leur propre couronne iridescente sur le paysage urbain. Il avait maintes fois assisté à ce spectacle, mais, ce soir-là, la circulation était bien moins importante qu'à l'ordinaire.

Cela correspondait à l'atmosphère évoquée par les quelques émissions d'information auxquelles il avait accédé ces deux derniers jours. L'attaque de l'Organisation avait traumatisé la population. Exception faite de la Terre, Avon était considérée comme la planète la plus sûre de la Confédération. Et voilà que les arches de la Terre étaient contaminées, voilà que Trafalgar était si gravement touché qu'une évacuation se révélait nécessaire. Tous les hôtels de villégiature de la planète affichaient complet, les fonctionnaires soldant leurs congés ou se faisant porter pâles.

L'aéro passa vivement au-dessus du lac bordant les quartiers est de la ville, puis vira sèchement et perdit de l'altitude, entamant sa descente vers les bâtiments des Forces spatiales situés à l'ombre du siège de l'Assemblée générale. Il se posa sur un disque de métal, qui descendit aussitôt dans le hangar souterrain. Des portes blindées se refermèrent au-dessus de lui.

Jeeta Anwar attendait le grand amiral à sa descente d'aéro. Il échangea quelques mots avec elle, puis fit signe au capitaine qui commandait le détachement de marines.

— N'êtes-vous pas censé contrôler tous les nouveaux arrivants, capitaine ? lui demanda-t-il.

L'intéressé demeura impassible, mais il semblait incapable de regarder le grand amiral en face.

— Si, amiral.

— Alors, faites-le, je vous prie. Il ne doit y avoir aucune exception à la règle. Compris ?

On appliqua un capteur sur la main du grand amiral ; on lui

demanda également de télétransmettre son fichier physiologique à un bloc-processeur.

— Rien à signaler, amiral ! rapporta le capitaine en saluant.

— Bien. Les amiraux Kolhammer et Lalwani ne vont pas tarder. Faites passer la consigne.

Les marines qui accompagnaient le grand amiral, ainsi qu'Amr al-Sahhaf et Keaton, furent à leur tour soumis au contrôle. Puis ils se regroupèrent autour de lui.

L'incident mit Samual Aleksandrovich de mauvaise humeur. D'un côté, l'attitude du capitaine était excusable : comment imaginer un instant que le grand amiral soit un infiltrateur possédé ? D'un autre côté, si la possession continuait de se répandre comme elle le faisait, c'était précisément parce que personne ne pouvait croire que son ami, son épouse ou son enfant puisse être un possédé. Les Forces spatiales avaient décidé de donner l'exemple : les trois amiraux arrivaient chacun à bord de son aéro au cas où l'un d'entre eux aurait été la cible d'une attaque surprise. Une application rigoureuse des procédures de surveillance était la seule garantie de survie.

Il retrouva le président Haaker dans la salle de conférences du QG des Forces spatiales. Tous deux étaient tombés d'accord pour attendre un peu avant de saisir le Conseil politique de l'Assemblée générale.

Le président était accompagné de Mae Ortlieb, ce qui lui donnait autant d'assistants que le grand amiral. Un parfait équilibre des forces, songea Samual en serrant la main que lui tendait le président. À en juger par l'attitude détendue de celui-ci, il devait se faire la même réflexion.

— Donc, l'antimémoire est efficace, déclara Haaker alors qu'ils s'asseyaient autour de la table.

— Oui et non, monsieur, répondit le capitaine Keaton. Elle a éradiqué Jacqueline Couteur et son hôte en même temps que le Dr Gilmore. Cependant, elle ne s'est pas diffusée dans l'au-delà. Les âmes perdues s'y trouvent encore.

— Peut-elle fonctionner selon nos souhaits ?

— Le principe de l'arme a été vérifié. On ignore encore le délai de mise en œuvre. Les estimations que l'on m'a communiquées vont de quelques jours à quelques années.

— Cette tâche est toujours prioritaire, n'est-ce pas ? demanda Jeeta Anwar.

— Le travail reprendra dès que notre équipe de recherche sera installée dans son nouveau laboratoire, répondit le capitaine Amr al-Sahhaf. Soit dans moins d'une semaine, espérons-nous.

Mae se tourna vers le président.

— Il n'y a donc qu'une seule équipe, souligna-t-elle.

— Apparemment, on ne peut vraiment parler de priorité, commenta le président. Et le Dr Gilmore est mort. Je crois savoir que ses contributions étaient souvent décisives.

— En effet, dit le grand amiral. Mais il n'était pas irremplaçable. À présent que le concept fondamental d'antimémoire a été défini, son développement doit être une opération multidisciplinaire.

— Exactement, dit Mae. Quand un concept a été vérifié, la façon la plus rapide de le développer est de confier la tâche à plusieurs équipes ; plus les cerveaux seront nombreux, plus les idées seront fécondes et plus vite l'arme sera opérationnelle.

— Il vous faudrait rassembler ces équipes, puis les informer de l'état d'avancement de nos travaux, dit le capitaine Keaton. Quand elles seront au point, nous serons déjà passés à l'étape suivante.

— Du moins l'espérez-vous, rétorqua-t-elle.

— Avez-vous des raisons de penser que les chercheurs des Forces spatiales sont incompétents ?

— Absolument pas. Je me contente d'exposer une méthode qui accroît de façon significative nos chances de réussite. Une approche classique de la recherche et du développement, en fait.

— Qui devrait nous assister selon vous ? Je ne pense pas que les divisions Armement des compagnies d'astro-ingénierie disposent des spécialistes adéquats.

— Les plus importants des systèmes stellaires industrialisés doivent être en mesure de rassembler les professionnels dont nous avons besoin. En commençant par Kulu, la Nouvelle-Washington, Oshanko, Nanjing et Pétersbourg ; et je pense que les Édénistes accepteraient de nous prêter assistance – ils en savent bien plus que nous sur les processus mentaux. Le DSIG de la Terre nous a proposé son aide, naturellement.

— Cela n'a rien d'étonnant, grommela Samual Aleksandrovich.

De par sa position, il avait une bonne idée de l'implantation de l'agence de sécurité terrienne dans la Confédération. Elle disposait de moyens au moins trois fois plus importants que ceux de l'ASE, et Lalwani elle-même ignorait la véritable importance de ses réseaux. S'il était si difficile de s'en faire une idée, c'était en partie à cause de la nature essentiellement passive du DSIG. Au cours des dix dernières années, le SRC n'avait confirmé que trois opérations actives menées par cette agence, toutes trois dirigées contre des cartels clandestins. Que faisaient ses dirigeants des informations rassemblées par leurs agents ? Mystère. Samual cultivait donc envers eux une méfiance tenace, mais il devait bien reconnaître qu'ils avaient toujours coopéré lorsque Lalwani leur en avait fait officiellement la demande.

— C'est une suggestion des plus raisonnables, dit le président.

— Cela ôterait au Conseil politique son pouvoir exclusif de contrôle, contra le grand amiral. Si des États souverains devaient acquérir l'antimémoire, ils deviendraient susceptibles de l'utiliser sans consultation préalable, en particulier dans le cas d'une invasion. Ce type de génocide supraracial ne laisserait même pas de cadavres en guise de preuves. L'antimémoire est une arme de l'apocalypse, donc notre moyen de dissuasion par essence. Elle ne représente pas une solution à cette crise, ainsi que je l'ai toujours affirmé. Nous devons résoudre le problème collectivement.

Le président poussa un soupir contrarié.

— Très bien, Samual. Continuez donc de faire des recherches en interne. Mais je réexaminerai vos résultats dans quinze jours. Si votre équipe n'a pas réalisé les progrès espérés, je suivrai la suggestion de Mae et ferai appel à une aide extérieure.

— Entendu, monsieur le président.

— Bien. Il nous reste à affronter le Conseil politique et à écouter les vraies mauvaises nouvelles.

Olton Haaker se leva, un sourire affable aux lèvres. Ravi d'avoir une nouvelle fois réglé un problème épineux grâce à la traditionnelle quête du consensus. Mae Ortlieb affichait une mine tout aussi sereine. Samual Aleksandrovich n'était pas dupe une seconde de son expression professionnelle.

Pour ses séances privées, le Conseil politique de la Confédération évitait les sensoconférences, préférant se réunir dans une discrète annexe du siège de l'Assemblée générale. Comme c'était dans cette pièce que se prenaient les décisions les plus cruciales pour l'avenir de l'espèce humaine, ses décorateurs avaient dépensé sans compter l'argent des contribuables. Le résultat était une synthèse de tous les cabinets gouvernementaux de l'Histoire, tendance classique et de bon goût. Douze colonnes de granite d'Avon soutenaient un toit en dôme peint dans le style Renaissance, avec un chandelier d'or et de platine suspendu en son centre, et les murs bleu ciel étaient ornés de fresques mythologiques à dominante blanche. La table ronde placée au centre de la salle était une tranche de séquoia provenant de l'un des derniers arbres victimes des armadas de tempêtes. Les quinze fauteuils étaient en chêne et en cuir, dans la manière Plymouth du XIXe siècle, et tous flambant neufs (chaque délégué se voyait offrir le sien à la fin de son mandat). Dans des vitrines de marbre étaient exposées huit cent soixante-deux sculptures et statuettes, offertes par chacune des planètes de la Confédération. Les Tyrathcas avaient fait don d'une plaque d'ardoise couverte de signes verts à moitié effacés qui provenait de Tanjuntic-RI (cet objet était sans valeur à leurs yeux, mais ils savaient que les humains appréciaient les antiquités). Les Kiints, quant à eux, avaient choisi une énigmatique sculpture cinétique composée de vingt-cinq anneaux concentriques qui tournaient autour de leur centre commun, maintenus en place sans moyen visible et fonctionnant apparemment suivant le principe du mouvement perpétuel (on les soupçonnait d'être composés d'hydrogène métallique).

Lalwani et Kolhammer rejoignirent le grand amiral devant la chambre du Conseil, et tous trois entrèrent à la suite du président. Les douze ambassadeurs affectés au Conseil politique étaient déjà présents. Haaker et Samual s'assirent à leur tour, ce qui ne laissa plus qu'un fauteuil de vide. Bien que l'ambassadeur Roulor ait été en droit de prendre la place de Rittagu-FUH après la rupture des relations entre les Tyrathcas et l'Assemblée générale, celle-ci avait retardé le vote officialisant ce changement. Les Kiints n'avaient émis aucune protestation.

Samual s'assit sans faire de cérémonie, saluant les autres ambassadeurs d'un bref hochement de tête. Il n'appréciait guère qu'ils l'aient convoqué ici après qu'il les eut convoqués pour leur demander d'instaurer la quarantaine. Cela signifiait que c'étaient désormais les événements qui le contrôlaient.

Le président déclara la séance ouverte.

— Amiral, si vous voulez bien nous résumer la situation en ce qui concerne Trafalgar.

— L'évacuation sera achevée dans trois jours, commença Samual. On a donné la priorité au personnel militaire en activité, qui a été acheminé par spationef dans ses nouveaux locaux. Nous devrions avoir retrouvé notre capacité opérationnelle dans un délai de deux jours. Le personnel civil est quant à lui transporté sur Avon. Toutes les décisions relatives à l'avenir de l'astéroïde ont été repoussées en attendant la résolution de la crise. De toute façon, il sera nécessaire d'attendre qu'il ait refroidi.

— Et les astronefs ? s'enquit le président. Combien d'entre eux ont été endommagés ?

— Cent soixante-treize vaisseaux adamistes ont été détruits, quatre-vingt-six autres ont subi des dommages irréparables. Cinquante-deux faucons ont péri. Les pertes en vies humaines se chiffrent pour le moment à neuf mille deux cent trente-deux. Sept cent quatre-vingt-sept personnes ont été hospitalisées, en majorité pour irradiation. Nous n'avons pas encore communiqué ces chiffres aux médias. Ceux-ci savent seulement que la situation est grave.

Les ambassadeurs restèrent silencieux un long moment.

— Combien de ces astronefs appartenaient à la Première Flotte ? demanda l'ambassadeur de la Terre.

— Quatre-vingt-dix-sept vaisseaux de ligne ont été perdus.

— Mon Dieu...

Samual ne vit pas qui avait murmuré ces mots.

— Capone ne doit pas rester impuni après une atrocité de cette envergure, dit le président. Ce serait inconcevable.

— Les circonstances étaient tout sauf ordinaires, dit Samual. Nos nouvelles procédures de sécurité devraient empêcher qu'elles se reproduisent.

Alors même qu'il prononçait ces mots, il prenait conscience de leur caractère pathétique.

— Ces circonstances-là, peut-être, dit l'ambassadeur d'Abeche avec amertume. Et s'il concocte une nouvelle ruse ? Nous nous retrouverons avec une nouvelle catastrophe sanglante sur les bras.

— Nous l'arrêterons.

— Vous auriez dû vous attendre à une agression de ce type, prendre des dispositions. Nous savions que Capone disposait d'antimatière et qu'il n'avait rien à perdre. Il allait forcément tenter une action irréfléchie comme celle-ci. Nom de Dieu, vos stratèges sont donc incapables d'imaginer de tels scénarios ?

— Bien sûr que non, monsieur l'ambassadeur. Nous prenons leurs hypothèses très au sérieux.

— La campagne de Mortonridge n'a pas débouché sur la victoire que nous appelions de nos vœux, dit l'ambassadeur de Miyag. Les tentatives d'infiltration de Capone ont tétanisé tout le monde. Et maintenant, ceci.

— Nous avons éliminé la source d'antimatière de Capone, répliqua le grand amiral d'une voix posée. Il a été obligé d'interrompre ses opérations d'infiltration. Il ne dispose pas des ressources nécessaires à la conquête d'une nouvelle planète. Capone n'est qu'un problème de relations publiques, ce n'est pas lui la véritable menace.

— Ne me dites pas que nous devons nous contenter de l'ignorer, lança l'ambassadeur de la Terre. Il y a une différence entre confiner son ennemi dans son repaire et ne rien faire en espérant qu'il disparaîtra tout seul, et les Forces spatiales n'ont pas fait grand-chose pour me convaincre qu'elles contrôlaient Capone.

Le président leva la main pour empêcher le grand amiral de répondre.

— Ce que nous voulons dire, Samual, c'est que nous avons décidé de changer de politique. Nous ne pouvons plus nous permettre la tactique attentiste de la quarantaine.

Samual passa en revue les visages fermés, résolus, qui l'entouraient. C'était presque un vote de défiance émis à son encontre. Presque. Ce vote ne viendrait qu'à l'issue d'un nouveau revers.

— Par quoi vous proposez-vous de remplacer la quarantaine ?

— Par une décision active, répondit vivement l'ambassadeur d'Abeche. Une décision qui montrera aux peuples de la Confédération que nous utilisons nos ressources militaires pour les protéger. Une décision positive.

— Trafalgar ne doit pas servir de *casus belli*, insista le grand amiral.

— Bien sûr que non, répliqua le président. Je veux que les Forces spatiales éliminent la flotte de Capone. Une mission tactique, pas une guerre ouverte. Annihilez-le, Samual. Finissez d'éliminer la menace de l'antimatière. Tant qu'il lui en reste un peu, il peut infiltrer un nouveau Pryor dans nos défenses.

— C'est uniquement grâce à sa flotte que Capone garde le contrôle de l'Organisation. Si vous l'en privez, nous allons perdre Arnstadt et la Nouvelle-Californie. Les possédés emporteront ces deux planètes hors de notre univers.

— Nous le savons. Telle est notre décision. Nous devons nous débarrasser des possédés avant d'être en mesure de régler le problème qu'ils nous posent.

— Une attaque de l'ampleur nécessaire pour détruire sa flotte, ainsi que le réseau DS de la Nouvelle-Californie, entraînera aussi la mort de plusieurs milliers de personnes. Et je vous rappelle que la majorité des membres d'équipage des astronefs de l'Organisation sont des non-possédés.

— Vous voulez dire des traîtres, lâcha l'ambassadeur de Mendina.

— Non, répliqua le grand amiral sans perdre son sang-froid. Ce sont les victimes d'un chantage, qui agissent comme ils le font pour protéger leurs familles de la torture. Capone est un partisan de la politique de la terreur, et il l'applique sans broncher.

— C'est exactement le problème que nous devons régler, dit le président. Nous sommes dans une situation de guerre. Nous devons exercer des représailles, et sans tarder, ou nous perdrons le peu d'initiative qu'il nous reste. Nous devons montrer à Capone que sa prise d'otages à l'échelon planétaire ne nous laisse pas paralysés. Lorsque c'est nécessaire, nous sommes toujours capables d'appliquer nos décisions avec force et détermination.

— Tuer des gens ne nous aidera en rien.

— Au contraire, amiral, dit l'ambassadeur de Miyag. Même s'il s'agit là d'un sacrifice que nous regrettons profondément, l'éradication de l'Organisation nous permettra de respirer, et nous en avons grand besoin. Aucun autre groupe de possédés n'a réussi à commander des astronefs avec la maîtrise dont a fait preuve Capone. Une fois que sa flotte aura été éliminée, les possédés ne pourront plus se répandre qu'en tentant de forcer la quarantaine, et les Forces spatiales ne devraient avoir aucun problème à contenir ce problème, comme vous l'aviez envisagé à l'origine. Au bout du compte, les possédés finiront par quitter eux-mêmes cet univers. C'est à ce moment-là que pourra commencer le véritable combat. Dans une situation qui sera devenue bien moins stressante que la situation actuelle.

— Est-ce là la décision qu'a prise ce Conseil ? demanda Samual de façon formelle.

— Oui, répondit le président. À l'unanimité moins une abstention.

Il se tourna vers Cayeaux. L'ambassadeur édéniste lui rendit son regard sans broncher. L'Édénisme et la Terre étaient les deux autres membres permanents du Conseil politique (en raison de l'importance de leur population) et leurs voix étaient souvent prépondérantes ; il était rare qu'ils soient en désaccord sur la politique générale. Quand cela arrivait aux Édénistes, c'était presque toujours pour une question d'éthique.

— Ils nous infligent des dommages vraiment trop importants, déclara l'ambassadeur de la Terre d'une voix raisonnable. Sur les plans physique et économique. Sans parler des coups portés à notre moral par les catastrophes survenues à Trafalgar et, malheureusement, dans nos arches. Il faut arrêter cela. Nous ne pouvons pas nous permettre de faire preuve de faiblesse.

— Je comprends, dit le grand amiral. L'escadre rassemblée par l'amiral Kolhammer se trouve encore en majorité dans le système d'Avon. Motela, combien de temps vous faudrait-il pour la déployer ?

— Nous pouvons retrouver les vaisseaux adamistes au-dessus de Kotcho dans un délai de huit heures, répondit Kolhammer. Il faudra un peu plus de temps pour que les faucons qui nous sont affectés se rassemblent. La plupart d'entre eux pourraient nous rejoindre en route.

— Cela signifie que nous pouvons frapper Capone dans les trois jours, dit Samual. J'aimerais disposer d'un délai supplémentaire pour augmenter nos forces. D'après nos simulations tactiques, nous aurions besoin d'au moins un millier de vaisseaux de guerre pour affronter Capone avec succès. Il nous faudra rappeler des forces de réserves dans les forces spatiales des États membres.

— Vous avez une semaine, trancha le président.

5.

La rumeur du désastre de Trafalgar parcourut l'au-delà, puis elle fut transmise à Monterey où certains l'accueillirent avec jubilation.

— On les a eus, ces enfoirés ! s'exclama Al.

Jez et lui étaient en train de batifoler dans la piscine du Hilton lorsque Patricia fonça leur annoncer la bonne nouvelle.

— Je veux, boss, dit Patricia. Plusieurs milliers de militaires se sont retrouvés dans l'au-delà.

Elle souriait de toutes ses dents. Al ne se rappelait pas l'avoir vue aussi rayonnante.

Jezzibella sauta sur le dos d'Al, lui passant les bras autour du cou et les jambes autour des hanches.

— Je te l'avais dit, que Kingsley réussirait son coup !

Ce jour-là, elle avait sélectionné son allure d'adolescente insouciante et son micro-bikini doré.

— Ouais, d'accord, fit Al.

Elle l'aspergea de plus belle.

— Jc te l'avais dit !

Il la précipita sous l'eau. Elle en jaillit en riant aux éclats, un mélange de sirène et de Vénus.

— Dans quel état est l'astéroïde ? demanda Al. Est-ce qu'on a eu le grand amiral ?

— Je ne crois pas, répondit Patricia. Apparemment, l'antimatière a détoné dans l'espace proche. L'astéroïde n'a pas explosé, mais il est complètement foutu.

Al inclina la tête sur le côté, à l'écoute des voix mentales qui lui adressaient d'innombrables suppliques. Il lui fallut du temps pour dégager des informations de ce brouhaha, mais il finit par se faire une bonne idée de sa victoire.

— Alors, que s'est-il passé ? demanda Jezzibella.

— Kingsley n'a pas pu s'introduire dans l'astéroïde. Les fachos de la sécurité ont dû le repérer. Mais il a quand même fait du bon boulot. Jé-sus ! Il a démoli tout un spatioport plein de leurs putains de vaisseaux de guerre, sans parler des armes et des équipements.

Jezzibella nagea jusqu'à se retrouver devant lui et l'embrassa avec fougue.

— Excellent. Ça va faire de la bonne propagande.

— Que veux-tu dire ?

— Tu as détruit leurs machines de guerre sans tuer trop de gens. C'est toi qui apparais comme le plus gentil dans l'histoire.

— Ouais. (Il frotta son nez contre celui de sa maîtresse, lui prit son petit cul en coupe.) On le dirait bien.

Jezzibella adressa un regard malicieux à Patricia.

— Est-ce qu'on a déjà annoncé la bonne nouvelle à Kiera ?

— Non, je ne pense pas. (Patricia était à nouveau rayonnante.) Tiens, je vais m'en charger.

— Elle ne te laissera pas entrer dans son petit ghetto, dit Al. Contente-toi de l'inviter à la soirée.

— On va organiser une soirée ? demanda Jezzibella.

— Hé ! ma douce, s'il y a une victoire qui mérite d'être fêtée, c'est bien celle-ci. Appelle Leroy et dis-lui de faire venir du champagne dans la salle de bal. Ce soir, on va s'en mettre plein la lampe !

Plantée devant la baie vitrée du salon, Kiera contemplait les harpies sur leurs plates-formes. Les pitoyables voix de l'au-delà lui expliquaient en long, en large et en travers l'ampleur de la catastrophe de Trafalgar. Le triomphe de l'Organisation la mettait en rage. Capone s'avérait un adversaire bien plus redoutable qu'elle ne l'avait imaginé en lançant sa petite rébellion. Et ça ne tenait pas seulement à la magie de son nom, pas plus qu'à l'emprise absolue qu'il exerçait sur l'Organisation. Tôt ou tard, elle serait parvenue à déprécier ces deux atouts. Mais il y avait aussi sa chance insensée. Insensée. Pendant un temps, elle avait cru pouvoir tirer avantage de l'élimination de la station d'antimatière. Privée de ses expéditions d'essaimage, la flotte se laissait aller à la mauvaise humeur. Et maintenant, ceci. Et Capone était informé de sa duplicité, même s'il s'était gardé d'en faire état sur la place publique. Pour le moment.

Elle ne pouvait pas le voir, mais, un peu plus loin sur la corniche d'accostage, ce petit empaffé d'Emmet Mordden tentait de reconstruire l'une des raffineries de fluide nutritif qu'elle avait fait détruire. S'il y réussissait, elle allait perdre la partie, et pour de bon. Une voix, pathétique dans son désir de plaire, lui apprit qu'au moins une escadrille de faucons avait péri lors de l'explosion de l'astéroïde militaire.

— Et merde ! rugit-elle, cessant de prêter attention au babillage des âmes désincarnées. J'ignorais totalement qu'il préparait un coup fourré de ce genre.

Ses deux principaux complices, Luigi Balsamo et Hudson Proctor, échangèrent un regard. Ils savaient que la vie devenait dangereuse quand elle était de semblable humeur.

— Moi aussi, dit Luigi. (Confortablement assis dans un fauteuil, il sirotait de l'excellent café en observant Kiera d'un œil prudent.) Al avait mis de l'antimatière de côté pour un projet secret, j'étais au courant. Mais je n'avais aucune idée de sa nature exacte. Ça va faire monter sa crédibilité parmi les équipages de la flotte, il faut bien le reconnaître.

— Ce barbare n'est pas assez intelligent pour avoir imaginé ça tout seul, lâcha-t-elle. Et je crois deviner qui lui a mis cette idée dans la tête. La petite pute !

— Elle est plutôt futée, pour une pute, dit Hudson Proctor.

— Tellement futée qu'elle va le regretter. Et je serai aux premières loges quand ça se produira.

— En attendant, ça ne va pas nous faciliter la vie, dit Luigi. On est rentrés en contact avec pas mal de gens ces derniers temps. Dont plein qui étaient partisans d'une descente sur la planète.

— Ça m'étonnerait qu'ils aient changé d'avis, répliqua Kiera. Combien de temps va-t-il faire durer son triomphe ? Huit jours ? Quinze ? En fin de compte, ça ne change rien. Il n'a rien d'autre à proposer. J'emmènerai l'Organisation avec moi sur la Nouvelle-Californie, et Capone et sa pute pourront rester ici à se geler les miches en attendant l'arrivée de ce qui reste des Forces spatiales de la Confédération. Il sera sûrement enchanté.

— Nous allons continuer la lutte, promit Luigi.

— Peut-être pourrai-je retourner la situation en notre faveur, dit Kiera d'un air songeur. Il faut que les équipages de la flotte comprennent que cette victoire relève de la propagande et rien de plus, que les Forces spatiales de la Confédération vont être furieuses contre nous...

— ... et que ça va les pousser à débarquer ici pour en finir avec nous une bonne fois pour toutes, acheva Hudson d'un air excité.

— Exactement. Il n'existe qu'un seul endroit où nous serions à l'abri de ces représailles.

Un *bip* monta de la colonne AV placée sur la table basse devant le sofa. Kiera se dirigea vers elle d'un air irrité et accusa réception. Patricia Mangano l'appelait pour lui annoncer la victoire de Trafalgar, au cas où elle n'aurait pas été au courant. Ils étaient tous invités à la réception qu'Al organisait le soir même pour fêter l'événement.

— Nous y serons, répondit Kiera d'une voix mielleuse, puis elle raccrocha.

— Ah bon ? On va y aller ? demanda un Hudson Proctor ébahi.

— Bien sûr que oui, répliqua Kiera. (Son sourire se fit malicieux.) Ça nous fera un alibi de première.

Mindori fit le tour de l'axe contrarotatif et se posa sur la plate-forme que Hudson Proctor lui avait allouée. Rocio attendit quelques secondes avant de replier le champ de distorsion de la harpie, intéressé qu'il était par les activités se déroulant sur la corniche. Un groupe de non-possédés en vidoscaphe s'affairaient autour d'un engin fixé à la paroi verticale.

Ça dure depuis combien de temps ? demanda-t-il à Pran Soo en mode de communication individuelle.

Depuis deux jours maintenant.

Quelqu'un sait ce qu'ils fabriquent ?

Non. Mais ça n'a rien à voir avec Kiera.

Ah bon ? Tous les systèmes de cette corniche ont un lien avec la maintenance et la survie des faucons et des gerfauts.

Capone allait tôt ou tard envisager de nous proposer une source d'alimentation, c'était évident, répliqua Pran Soo. **Apparemment, nos options commencent enfin à s'élargir.**

Je ne suis pas d'accord, dit Rocio. **Capone a besoin de nous pour renforcer la flotte de l'Organisation, un point c'est tout. Les conditions qu'il nous proposera seront plus intéressantes que celles de Kiera, je te l'accorde, mais nous serons quand même obligés de participer au conflit. Mon but est toujours de nous assurer à tous une autonomie absolue.**

Nous sommes désormais quinze à être prêts à te soutenir dans la discrétion. Si Almaden peut fournir un équipement

fonctionnel, la quasi-totalité des harpies se joindront à nous. À quelques tristes exceptions près.

Ah ! oui, où est Etchells ?

Je l'ignore. Il n'est toujours pas rentré.

Un tel bonheur ne durera pas. As-tu vérifié dans le réseau de Monterey que les composants électroniques requis étaient disponibles ?

Oui. Tout est là. Mais je ne vois pas comment nous pourrons les faire sortir de l'astéroïde. Il faudra les demander à l'Organisation. Est-ce que tu comptes négocier avec elle ? La flotte a toujours besoin de nous pour patrouiller l'espace local autour de la planète ; ce n'est pas une obligation très contraignante.

Non. Capone serait furieux d'apprendre que j'ai traité avec Almaden ; l'accord que j'ai passé avec ses occupants va priver l'Organisation d'une partie de ses capacités industrielles. Je pense pouvoir récupérer ces composants électroniques sans aide extérieure.

Rocio utilisa les processeurs bioteks du module de vie du *Mindori* pour établir la liaison avec le réseau de communication de Monterey. La dernière fois, il s'était contenté d'accéder aux capteurs visuels pour localiser l'entrepôt où Jed était allé récupérer de la nourriture. La tâche qu'il s'imposait à présent était autrement plus complexe. Avec l'aide de Pran Soo, il accéda aux fichiers de la maintenance et localisa les composants qui leur étaient nécessaires. Cette information n'était pas confidentielle, mais ils utilisèrent un code d'accès falsifié pour éviter qu'on puisse faire un lien entre eux et les composants en question. Ensuite, Rocio chargea un ordre de réquisition. La procédure d'allocation des pièces de rechange qu'Emmet Mordden avait élaborée pour protéger les stocks de Monterey était renforcée par plusieurs protocoles de sécurité. Rocio dut faire appel aux processeurs de la harpie pour les circonvenir avec un puissant programme de décryptage. Une fois entré dans le système, il ordonna que les composants soient livrés à un atelier proche de la section du spatioport placée sous la juridiction de Kiera.

Très bien, fit Pran Soo. **Et maintenant ?**

C'est tout simple. Il suffit d'aller les chercher.

Jed étudia le trajet élaboré par Rocio, cherchant à y déceler des défauts. Jusqu'ici, il n'en avait trouvé aucun, ce qui était franchement déprimant. Le possesseur de la harpie avait affiché un plan sur le grand écran du salon, mais il pouvait aussi le charger dans le processeur du vidoscaphe. Il suffirait à Jed de l'appeler sur l'écran de sa visière pour pouvoir s'orienter sans dépendre exclusivement des indications données par Rocio. Un kilomètre de marche le long de la corniche jusqu'au sas. Pas de problème, sauf que ça l'obligeait à enfiler de nouveau un brise-couilles. Comme les possédés ne pouvaient pas utiliser de vidoscaphe, il aurait la paix tant qu'il serait dehors. Les ennuis commenceraient dès qu'il serait entré dans le spatioport. Quelle galère !

— Il va y avoir une fête de première grandeur dans cinquante minutes, dit Rocio, dont le visage venait d'apparaître en médaillon sur l'écran. C'est à ce moment-là qu'il faudra foncer. La plupart des possédés y seront, cela diminuera les risques d'être repéré.

— Bien, marmonna Jed.

Il avait du mal à se concentrer ; non seulement Beth était assise près de lui sur le canapé, mais en plus Gerald faisait les cent pas derrière eux en murmurant dans sa barbe.

— La moitié des composants ont déjà été livrés à l'atelier de maintenance, reprit Rocio. C'est l'avantage d'un système aussi lourdement automatisé que celui de Monterey. Les mécanoïdes de fret ne posent aucune question quand personne n'est là pour réceptionner leur chargement. Ils se contentent de le déposer et puis ils s'en vont.

— Ouais, on est au courant, railla Beth. Vous êtes un vrai petit génie.

— Tout le monde n'aurait pas trouvé une solution aussi élégante.

Jed et Beth échangèrent un regard ; elle posa une main sur sa cuisse et l'étreignit.

— Cinquante minutes, chuchota-t-elle.

Gerald fit le tour du canapé pour se planter devant l'écran. Il tendit la main et, effleurant le verre des doigts, retraça la trajectoire en pointillés verts qui allait du *Mindori* au sas de l'astéroïde.

— Montrez-la-moi, demanda-t-il à voix basse. Montrez-moi Marie.

— Navré, mais je ne peux pas, répondit Rocio. Le réseau ne me propose pas d'accès à la section de l'astéroïde où Kiera s'est barricadée.

— Barricadée ? répéta Gerald d'un air inquiet. Est-ce qu'elle va bien ? Est-ce que Capone lui a tiré dessus ?

— Non, non. Il n'y a rien de grave. Leur affrontement est purement politique. En ce moment, ils luttent pour le contrôle de l'Organisation. Kiera veille à être à l'abri de toute tentative de surveillance numérique, c'est tout.

— Bon. D'accord.

Gerald opina lentement. Il joignit les mains, fit craquer ses doigts.

Jed et Beth attendirent la suite. En règle générale, ce type de comportement précédait une déclaration.

— Je vais aller avec Jed, déclara Gerald. Il aura besoin d'aide.

Gloussement de Rocio.

— Pas question. Je suis navré, Gerald, mais si nous vous laissons sortir, nous ne vous reverrons jamais. Et nous ne pouvons pas permettre cela, n'est-ce pas ?

— Je l'aiderai, je vous le jure. Je ne vous causerai pas d'ennuis.

Beth se fit toute petite sur le canapé et garda les yeux baissés. La voix geignarde de Gerald, les suppliques qu'il leur adressait, tout cela la gênait terriblement. Et, sur le plan de la santé, il ne s'arrangeait pas : sa peau était luisante de sueur, ses yeux cernés de noir.

— Vous ne comprenez pas ! s'exclama-t-il en s'éloignant de l'écran. C'est ma toute dernière chance. Je vous ai entendus. Vous ne comptez pas revenir. Et Marie est ici ! Je dois la rejoindre. Ce n'est qu'un bébé. Mon petit bébé. Je dois l'aider, je dois l'aider.

Il tremblait de tout son corps, comme s'il allait éclater en sanglots.

— Je vous aiderai, Gerald, déclara Rocio. Je vous le promets. Mais pas maintenant. Il faut que Jed me rapporte ces composants. C'est de la dernière importance pour nous. Soyez patient.

— Patient ?

Sans doute aurait-il voulu crier, mais il ne réussit qu'à hoqueter. Il se retourna vivement, agitant les mains comme pour griffer l'air. Puis il dégaina un pistolaser.

— Non ! Finie la patience !

— Bon Dieu, fit Jed.

Il palpa machinalement la poche de son blouson. Mais il avait déjà reconnu son arme.

Beth tentait de se lever, gênée par les gestes paniqués de Jed.

— Gerald, non ! Ne faites pas ça, mon pote.

— Elle vous le demande, mais moi je vous l'ordonne, ajouta Rocio d'une voix sévère.

— Conduisez-moi à Marie ! Je ne plaisante pas.

Gerald braqua le pistolaser sur les deux adolescents et, en un instant, franchit la distance qui le séparait d'eux. Le canon de son arme s'immobilisa à quelques centimètres du front de Jed.

— Et pas la peine d'utiliser votre pouvoir énergétique. Ça ne marchera pas.

De sa main libre, il souleva son tee-shirt, exhibant son ventre auquel étaient collés un bloc-processeur et des cellules énergétiques. Celles-ci étaient reliées à celui-là par des fils électriques. Sur le petit écran du bloc, on voyait une spirale en cône couleur émeraude qui tournait lentement sur elle-même.

— Si ce montage se crashe, on y passe tous. Je sais comment déverrouiller une cellule. J'ai appris ça il y a longtemps. Quand j'étais sur Terre. Avant toute cette histoire. Avant de changer de vie. Je croyais avoir trouvé la bonne vie pour ma famille. Mais ce n'est pas la bonne vie, oh ! que non ! Je veux retrouver mon bébé. Je veux retrouver la paix. Et vous allez m'aider, tous autant que vous êtes.

Jed regarda Gerald bien en face, s'attardant sur son visage agité de tics. Lentement, très lentement, il s'écarta de Beth.

— Tu peux partir, lui dit-il comme elle se mettait à protester. Gerald ne va pas te tirer dessus, pas vrai, Gerald ? C'est moi, votre otage, pas elle.

La main qui tenait le pistolaser se mit à tressaillir d'inquiétante façon. Mais pas assez pour que Jed tente quelque chose. De toute façon, il ne l'aurait pas osé : il y avait cette bombe que le dingue s'était bricolée.

— Je vous tuerai, menaça Gerald.

— Mais oui. Mais vous ne tuerez pas Beth.

Jed poussa cette dernière jusqu'à ce qu'elle quitte le canapé.

— Je veux ma Marie.

— Vous l'aurez, si vous laissez partir Beth.

— Jed ! protesta l'intéressée.

— Vas-y, poupée, fiche le camp.

— Il n'en est pas question, bon sang. Gerald, posez cette arme. Et désactivez ce bloc.

— *Donnez-moi ma Marie !* hurla Gerald.

Beth et Jed sursautèrent. Gerald pressa son arme contre le front du jeune homme.

— Vous devez m'aider ! Et tout de suite ! Je sais que vous avez peur de l'au-delà. Vous voyez, je sais ce que je fais.

— Voyons, Gerald, vous n'avez aucune idée de ce que...

— La ferme ! (Il se mit à haleter, comme si l'oxygène se faisait rare dans le compartiment.) C'est vous qui me faites mal à la tête, capitaine ? Je vous ai dit de ne pas utiliser votre pouvoir énergétique.

— Je n'ai rien fait, Gerald, s'empressa de répondre Rocio. Regardez votre bloc, il ne souffre d'aucune avarie, n'est-ce pas ?

— Ô mon Dieu, Gerald ! s'exclama Beth.

Elle regretta de ne pas pouvoir se rasseoir ; ses jambes menaçaient de la trahir.

— Il y a assez d'énergie dans ces cellules pour ouvrir une brèche dans la coque si jamais elles explosent.

— Je n'en doute pas une seconde, Gerald, dit Rocio. Vous êtes un type malin. Vous vous êtes joué de moi. Je n'ai pas l'intention de résister.

— Vous pensez qu'ils me captureront si je vais là-bas, hein ?

— La probabilité d'une telle issue est assez élevée, oui.

— Mais vous avez l'intention de filer quand ça sera fini, hein ? Donc, ça n'a aucune importance pour vous s'ils me capturent, pas vrai ?

— Pas si nous réussissons à obtenir ces composants, en effet.

— Et voilà ! (Il gloussa, hystérique.) Je vais aider Jed à charger ces composants, et ensuite je partirai à la recherche de Marie. C'est tout simple. Vous auriez dû y penser avant moi.

— Rocio ? dit Beth d'une voix suppliante.

Elle fixait des yeux son visage toujours incrusté dans l'écran.

Rocio passa ses options en revue. Il ne réussirait sans doute pas à négocier avec ce dément. Et il ne lui servirait à rien de gagner du temps. Le temps était un facteur critique. Plus que quatre heures, et il aurait épuisé scs réserves de fluide nutritif ; et, pourtant, il s'était nourri de façon délibérément mesurée. Une telle occasion ne se représenterait pas de sitôt.

— D'accord, Gerald, vous avez gagné ; vous accompagnerez Jed. Mais n'oubliez pas ceci : jamais je ne vous laisserai remonter à mon bord, quelles que soient les circonstances. C'est bien compris, Gerald ? Désormais, vous êtes tout seul.

— Oui. (Gerald cut l'impression que le poids du pistolaser venait d'être multiplié par vingt ; il laissa son bras droit pendre contre son flanc.) Mais vous allez me laisser partir ? Pour que j'aille retrouver Marie ? (Sa voix n'était plus qu'un couinement incrédule.) Vraiment ?

Beth resta muette pendant que Jed et Gerald enfilaient leurs vidoscaphes. Elle les aida à sceller leurs casques et à vérifier leurs systèmes dorsaux. Les scaphes se contractèrent autour de leurs corps ; on distinguait les contours de la bombe portée par Gerald. À deux ou trois reprises, elle aurait pu lui arracher son pistolaser pendant qu'il se démenait avec son scaphe. Elle y avait renoncé en imaginant ce dont il était capable. Gerald ne ressemblait plus au malheureux paumé dont elle prenait soin depuis Koblat. Sa maladie avait évolué jusqu'à un niveau potentiellement létal. Il n'hésiterait pas à se faire sauter si quelqu'un le contrariait, elle en était persuadée.

Elle embrassa Jed avant qu'il abaisse sa visière.

— Reviens vite, murmura-t-elle.

Il lui répondit par un pauvre sourire qui se voulait courageux.

La porte du sas se referma et la dépressurisation commença.

— Rocio ! hurla-t-elle, se tournant vers la lentille AV la plus proche. Qu'est-ce qui vous prend, bordel ? Ils vont sûrement se faire capturer. Vous auriez dû l'arrêter, nom de Dieu !

— Si vous avez une autre solution, je serai ravi de l'entendre. Gerald est peut-être un fou dangereux, mais cette histoire de cellules était bougrement astucieuse.

— Comment se fait-il que vous ne l'ayez pas vu en train de les bricoler ? Je veux dire, pourquoi vous ne nous surveillez pas ?

— Vous voulez que j'observe tout ce que vous faites ?

Beth rougit.

— Non, mais je pensais que vous auriez au moins gardé l'œil sur nous, pour nous empêcher de vous nuire.

— Jed et vous êtes incapables de me nuire. En ce qui concerne Gerald, j'ai commis une erreur, je l'avoue. Une grave erreur. Mais si Jed réussit à rapporter ces composants, cela n'aura plus aucune importance.

— Sauf pour Gerald ! Ils vont le capturer. Vous le savez parfaitement. Et jamais il ne pourra supporter les supplices qu'ils lui infligeront une seconde fois.

— Oui. Je le sais. Mais je ne peux rien y faire. Et vous non plus. Acceptez-le. Apprenez à vivre avec. Ce ne sera pas la dernière tragédie que vous connaîtrez durant votre vie. Nous en sommes tous là. J'en suis désolé. Mais au moins, une fois que Gerald ne sera plus des nôtres, nous pourrons repasser à l'action. Je vous suis reconnaissant de vos efforts et de votre assistance sur le plan physique. Je vous conduirai chez les Édénistes. Vous avez ma parole, pour ce qu'elle vaut. Je ne peux rien vous donner d'autre, après tout.

Beth se dirigea vers la passerelle. La plupart des écrans affichaient des images provenant de capteurs ou de caméras. Sans chercher à manipuler les contrôles, elle s'assit sur une couchette anti-g et s'efforça d'enregistrer le plus d'informations possible. Sur l'un des écrans, on voyait deux silhouettes en vidoscaphe arpenter le sol de roche polie de la corniche. Sur d'autres, on apercevait des portes, des hublots et des murs couverts de machines. Cinq écrans relayaient des images provenant de l'intérieur de l'astéroïde : deux corridors déserts, l'atelier où attendaient les précieux composants de Rocio, et deux vues du hall de l'hôtel Hilton, où les invités de Capone commençaient à affluer.

Une jeune fille, à peine plus âgée que Beth, fit son entrée, escortée par deux beaux jeunes hommes. Tous les regards ou presque se tournèrent vers elle.

Beth grimaça en découvrant le visage exquis de cette beauté juvénile.

— C'est elle, n'est-ce pas ? C'est Kiera ?

— Oui, répondit Rocio. L'homme qui se trouve à sa droite est Hudson Proctor, j'ignore qui est le second. Un pauvre type qui lui sert d'étalon, sans doute. Cette fille est une vraie pute.

— N'en dites rien à Gerald, pour l'amour de Dieu !

— Je n'en avais pas l'intention. La quasi-totalité des possédés sont des obsédés sexuels, de toute façon. Le comportement de Kiera n'a rien d'exceptionnel.

Beth frissonna.

— Jed est encore loin du but ?

— Il vient à peine de se mettre en route. Ne vous inquiétez pas, tous les composants ont été livrés et il ne rencontrera aucun obstacle. L'affaire sera pliée en moins de dix minutes.

— Sauf si Gerald décide de foutre la merde.

Bernhard Allsop n'était pas contrarié à l'idée de rater la fête. Pas mal des lieutenants d'Al ne l'avaient pas à la bonne. Ils ricanaient et se moquaient de lui dès qu'il avait le dos tourné. Cela ne valait que pour les possédés, bien sûr ; les non-possédés le traitaient avec respect, le genre de respect qu'on réserve à un serpent à sonnette. Mais ça lui était égal. Il était au centre de tout. Et Al avait confiance en lui. Il n'avait pas été dégradé ni envoyé à la surface de la planète, contrairement à tout un tas de types qui ne s'étaient pas montrés à la hauteur. La confiance d'Al, ça compensait les moqueries et les ricanements des autres.

Donc, Bernhard n'était pas allé se plaindre quand on lui avait confié cette corvée. Le boulot ne lui faisait pas peur. Oh ! que non. Et ce projet était fichtrement important pour Al. C'était Emmet Mordden en personne qui le lui avait dit. À peine moins important que l'attaque surprise contre Trafalgar. Pas question de se la couler douce pendant cette fameuse soirée. Al voulait que tout un tas de machines soient réparées. Des machines en rapport avec les harpies. Aux yeux de Bernhard, les détails techniques demeuraient vagues. Chez lui, dans le Tennessee, il avait bossé sur des moteurs de voiture, mais tout ce qui était plus complexe qu'une turbine, c'était le boulot des bricoleurs de fusées.

Ça aussi, ça lui était égal. Ça voulait dire qu'il n'était pas obligé de mettre les mains dans le cambouis, qu'il lui suffisait de superviser les types recrutés par Emmet. Veiller à ce que les non-possédés ne mijotent pas un coup fourré et à ce que personne ne tire au flanc. Facile. Et quand le boulot serait achevé, Al saurait que Bernhard Allsop en avait fait sa part, comme d'habitude.

Il avait un long chemin à faire dans les corridors pour aller des quartiers d'habitation de Monterey à la section de la corniche où se déroulaient ces travaux de réfection. Il ignorait tout de ce qui se passait derrière les portes devant lesquelles il passait. Cette partie du caillou abritait surtout des boîtes d'ingénierie et des hangars de stockage. Les uns comme les autres étaient en majorité désaffectés depuis que l'Organisation avait pris la place des forces spatiales néo-californiennes. Ne restaient plus que des miles et des miles de corridors bien éclairés, dont le dessin évoquait celui d'une grille en trois dimensions, et où on ne croisait personne excepté des mécanoïdes et des ouvriers d'entretien. Tous les deux cents mètres, on franchissait une porte pressurisée, et c'était grâce à ces portes que Bernhard avait appris à s'orienter. Chacune d'elles était identifiée par une lettre et un numéro. Avec un peu d'habitude, se balader dans ce labyrinthe était aussi facile que de se retrouver dans Manhattan.

Porte n° 78D4 : plus que dix minutes de marche avant la raffinerie de fluide nutritif. Il enjamba l'épaisse barre de seuil métallique et s'engagea dans le corridor. Celui-ci était parallèle à la corniche mais il était incapable de discerner sa courbure, alors qu'il était forcément incurvé. Les portes sur sa gauche donnaient sur des bureaux de la maintenance, dont les fenêtres tout en longueur avaient vue sur ladite corniche, un salon, un sas et deux salles de préparation aux SEV. Il n'y avait que deux portes sur sa droite, celles d'un bureau d'entretien des mécanoïdes et d'un atelier de réparations électroniques.

Il leva les yeux en entendant un faible geignement métallique. La porte pressurisée n° 78D5, soixante yards devant lui, se refermait doucement. Bernhard sentit son cœur d'emprunt battre plus fort. Ce genre de truc ne se produisait que s'il y avait une baisse de pression atmosphérique. Il se retourna vivement, pour constater que la porte n° 78D4 se refermait elle aussi.

— Hé ! lança-t-il. Qu'est-ce qui se passe ?

Pas de voyant rouge qui s'allume, pas de signal d'alarme qui retentit, contrairement à ce qu'il avait vu lors des exercices d'alerte. Rien qu'un silence pesant. Il s'aperçut que les ventilateurs ne tournaient plus ; on avait dû sceller les conduits d'aération.

Bernhard fonça vers la porte n° 78D5 tout en attrapant son bloc-processeur. Lorsqu'il appuya sur les touches appropriées pour appeler le central, l'écran afficha : ACCÈS AU RÉSEAU INDISPONIBLE. Il jeta à l'appareil un regard mi-intrigué, mi-agacé. Puis il entendit un sifflement, qui vira bientôt au grondement. Sentant la paralysie s'emparer de lui, il se retourna vivement. L'un des sas bordant le corridor s'ouvrait doucement. Il donnait sur la corniche d'accostage. Emmet l'avait répété sans se lasser aux membres de l'Organisation provenant d'une époque antérieure à l'âge de l'espace : il était impossible que les deux portes du sas s'ouvrent en même temps.

Poussant un hurlement de terreur et de rage mêlées, Bernhard fonça vers la porte n° 78D5. Il tendit la main et tira une flèche de feu blanc. Celle-ci s'écrasa sur le métal et s'évapora dans un nuage d'étincelles violettes. Il y avait quelqu'un de l'autre côté, qui résistait à son pouvoir énergétique.

Le vent se levait autour de lui, une bourrasque qui virait à l'ouragan et produisait d'éphémères volutes de vapeur qui lui collaient au corps. Il lança une nouvelle flèche de feu blanc sur la porte. Cette fois-ci, elle fut soufflée avant même d'avoir atteint la surface métallique.

Quelqu'un cherchait à le tuer !

Il s'écrasa contre la porte et tapa de toutes ses forces sur le petit hublot creusé en son centre pendant que le vent lui arrachait ses vêtements. Le vacarme qu'il produisait s'atténua. Quelqu'un se déplaça de l'autre côté du hublot. Il sentait la présence de deux esprits, dont l'un lui sembla familier. Leur satisfaction était horrible à percevoir.

Bernhard ouvrit la bouche et constata qu'il n'y avait quasiment plus d'air dans le corridor. Il concentra son pouvoir énergétique autour de lui, rendant son corps plus robuste et luttant contre les picotements qui lui grésillaient la peau. Son cœur battait à tout rompre.

Il cogna sur la porte, dessinant sur sa surface une légère dépression. Nouveau coup de poing. Il y eut un éclair de lumière rouge, et la surface redevint plane.

— Au secours ! glapit-il.

Son gosier se vida d'air, mais son cri était adressé à l'infinité d'âmes qui l'entourait. Prévenez Capone, les implora-t-il en silence. C'est un coup de Kiera !

Impossible de se concentrer sur cette putain de porte. Nouveau coup de poing. Le métal se mit à rougir. Sauf que, cette fois-ci, ce n'était pas une concentration d'énergie mais un afflux de fluide écarlate. Bernhard tomba à genoux et chercha désespérément à s'accrocher au métal avec ses ongles. Autour de lui, les âmes devenaient de plus en plus nettes.

— Qu'est-ce que c'est que ça ? demanda Jed.

Il n'avait adressé qu'une seule fois la parole à Gerald depuis leur sortie du *Mindori*, et ç'avait été pour lui indiquer la direction à suivre. Ils avaient marché côte à côte depuis lors, passant devant les harpies occupées à se nourrir. Ils se trouvaient à présent dans une section de la corniche que ni Kiera ni Capone n'utilisaient. Un no man's land. Les icônes physiologiques pourpres affichées sur sa visière traduisaient un diagnostic hélas familier : son rythme cardiaque était trop élevé, ainsi que sa température corporelle. Cette fois-ci, il n'avait pas pris d'infusion pharmaceutique pour se calmer. Pas encore.

— Il y a un problème ? s'enquit Rocio.

— C'est à vous de me le dire, mon pote.

Jed désigna la paroi à cinquante mètres de là. Un jet de vapeur blanche jaillissait à l'horizontale d'un sas grand ouvert.

— On dirait qu'il y a une fuite, commenta-t-il.

— Marie, geignit Gerald. Est-ce qu'elle est ici ? Est-ce qu'elle est en danger ?

— Non, Gerald, dit Rocio avec une pointe d'exaspération

dans la voix. Elle n'est pas dans les parages. Elle fait la fête chez Capone, elle boit et elle s'amuse.

— Il y a pas mal d'air qui s'échappe, reprit Jed. C'est sûrement une brèche. Rocio, vous voyez ce qui se passe à l'intérieur ?

— Je n'arrive pas à accéder aux capteurs du corridor situé derrière ce sas. La section du réseau correspondante a été isolée. Le centre de contrôle environnemental de l'astéroïde n'a reçu aucune alerte consécutive à une dépressurisation. Le corridor a été scellé. Quelqu'un s'est mis en quatre pour dissimuler ce qui se passe ici.

Jed vit le geyser de gaz s'estomper, puis disparaître.

— On continue ?

— Absolument, répondit Rocio. Mais ne vous mêlez pas de cette histoire. N'attirez pas l'attention sur vous.

Jed considéra les hublots placés au-dessus du sas ouvert. Ils étaient tous obscurs.

— Entendu, dit-il.

— Pourquoi ? intervint Gerald. Qu'y a-t-il par ici ? Pourquoi voulez-vous qu'on ne le sache pas ? C'est Marie, n'est-ce pas ? Mon bébé est ici !

— Non, Gerald.

Gerald fit quelques pas vers le sas.

— Gerald ? (C'était la voix de Beth, suraiguë, anxieuse.) Écoutez-moi, Gerald, elle n'est pas ici, d'accord ? Marie n'est pas ici. Je la vois en ce moment, grâce aux caméras du hall de l'hôtel Hilton. Je la vois de mes yeux. Je vous le jure, mon pote. Elle porte une robe rose et noir. Je ne pourrais jamais inventer ce genre de détail, pas vrai ?

— Non ! (Gerald se mit à courir péniblement.) Vous mentez.

Jed le regarda, atterré. S'il avait voulu attirer l'attention sur eux, il ne s'y serait pas pris autrement – à moins de tirer une fusée de détresse.

— Jed, dit Rocio, je vous appelle sur la fréquence de votre vidoscaphe, Gerald ne peut pas nous entendre. Vous devez l'arrêter. Celui qui a ouvert ce sas, qui qu'il soit, ne va pas être ravi de le voir débarquer. Et c'est forcément quelqu'un d'important. Ça pourrait foutre en l'air tout notre plan.

— L'arrêter, mais comment ? Soit il va me tirer dessus, soit il va nous envoyer tous les deux dans l'au-delà.

— Si Gerald déclenche une alarme, aucun de nous ne quittera jamais ce caillou.

— Et *merde !*

Il leva un poing impuissant vers Gerald, qui courait toujours comme un dératé. Ce débile n'était plus qu'à quinze mètres du sas.

— Prends-toi une dose, conseilla Beth. Calme-toi un peu avant de lui courir après.

— Va te faire foutre.

Jed se lança à la poursuite de Gerald, persuadé que le monde entier l'observait. Et se foutait de sa gueule.

Gerard atteignit le sas et s'y engouffra. Lorsque Jed y arriva à son tour, une minute et demie plus tard, l'autre était invisible. L'adolescent se trouvait dans une chambre standard, semblable à celle par laquelle il avait pénétré pour la première fois dans ce satané caillou. Il s'avança avec un luxe de précautions.

— Gerald ?

La porte interne était ouverte. Ce qui clochait grave. Jed s'y connaissait en matière de sas d'astéroïde, et il était rigoureusement impossible d'exposer au vide un corridor interne. Du moins par accident. Au passage, il jeta un coup d'œil au panneau de commande, constatant que les leviers avaient été démolis, les câbles alimentant le verrou électronique complètement cramés.

— Gerald ?

— Je suis en train de perdre votre signal, l'avertit Rocio. Je n'arrive toujours pas à accéder au réseau. Celui qui l'a isolé est encore dans le coin.

Gerald était effondré contre le mur du corridor, les jambes écartées. Immobile. Jed s'approcha à pas de loup.

— Gerald ?

La radio lui transmit un geignement de terreur à peine audible.

— Allez, Gerald. Faut qu'on foute le camp d'ici. Et arrêtez de déconner. Je ne peux plus le supporter, d'accord ? Vraiment plus. Ça me fout la migraine.

Gerald agita faiblement l'une de ses mains gantées. Suivant la direction qu'elle indiquait, Jed se tourna vers l'autre bout du corridor. Un dangereux flot de bile menaça de remonter le long de sa gorge.

Le corps d'emprunt de Bernhard Allsop avait cédé de spectaculaire façon lorsque le pouvoir énergétique qui assurait l'intégrité de ses chairs s'était évanoui. Ses poumons, dont les tissus étaient les plus mous et les plus vulnérables, avaient explosé les premiers, et un geyser de sang avait jailli de sa bouche. Ses milliers de vaisseaux superficiels avaient subi une rupture, et plusieurs litres de sang imbibaient ses vêtements. On aurait dit que son costume croisé à larges revers avait été taillé dans un tissu d'un écarlate étincelant. Un tissu qui paraissait vivant. Une brume rosâtre entourait le cadavre, un nuage de sang qui se dissipait dans le vide.

Jed se jeta sur son bracelet de contrôle comme sur une bouée de sauvetage. Une bouffée d'air sec, parfumé au pin et à la menthe, lui caressa les joues. Il serra les dents pour refouler la bile dans son gosier, bandant ses muscles pour ne pas vomir. Ce scaphe n'était pas assez sophistiqué pour traiter ce genre de problème.

Quelque chose lâcha en lui. Il toussa et cracha, projetant sur sa visière quelques glaviots jaunâtres. Mais sa nausée s'atténuait.

— Ô nom de Dieu ! ô seigneur Jésus ! ce type est en purée.

L'entêtante odeur de pin qui avait envahi son espace vital lui engourdissait les membres. Ses bras bougeaient avec une lenteur infinie, mais ils étaient aussi légers que de l'hydrogène. Quelle extraordinaire sensation !

Il laissa échapper un ricanement.

— Encore un type qui ne savait pas se tenir, hein ?

— Ce n'est pas Marie.

Le processeur de gestion du vidoscaphe de Jed mit fin à l'injection de tranquillisant. La dose qu'il avait sélectionnée excédait considérablement les normes du MAC. L'antidote fut administré de façon automatique. Jed se sentit envahi par un froid hivernal et, machinalement, leva une main gantée pour frotter sa visière, s'attendant à la voir couverte de givre. Les éclats de couleur qui dansaient dans son champ visuel devinrent peu à peu des chiffres et des icônes. Près de lui, quelqu'un psalmodiait : « Marie, Marie, Marie... »

Jed se tourna de nouveau vers le cadavre. Celui-ci était franchement hideux, mais sa vision ne le rendit pas malade. L'injection semblait avoir désactivé ses organes internes. Et lui avoir instillé une bonne dose d'assurance : maintenant, il était de taille à accomplir sa mission sans le moindre pépin.

Il secoua l'épaule de Gerald, ce qui eut pour résultat de le faire taire. Il se dégagea faiblement.

— Allez, mon pote, faut qu'on y aille, lança Jed. On a du boulot.

Un mouvement attira son attention. Un visage venait de s'encadrer dans le hublot de la porte. Sous ses yeux, le sang qui maculait le petit disque de verre se mit à dégager. L'homme le fixa du regard.

— Bordel de merde ! hoqueta Jed.

La sensation de béatitude que lui avaient apportée les tranquillisants s'étiolait à vue d'œil. Il se retourna et vit la porte interne du sas en train de se refermer.

— Allez, mon vieux, on fout le camp d'ici.

Il força Gerald à se lever, le cala contre le mur. Comme leurs casques étaient collés l'un à l'autre, Jed eut tout loisir d'examiner de près le pauvre cinglé. Gerald semblait coupé du monde, prisonnier de sa transe. Le pistolaser glissa de ses doigts amorphes pour choir sur le sol. Jed lui jeta un regard plein d'envie, mais se ravisa. Jamais il ne sortirait vainqueur d'une séance de tir avec les possédés. Ça ne ferait que les énerver. Très mauvaise idée.

Plus de visage dans le hublot.

— Allez, vite ! lança-t-il.

Il agrippa le poignet de Gerald, l'obligea à le suivre dans le corridor. Des plumets de gaz gris jaillirent soudain des grilles de ventilation. Sur sa visière apparurent des icônes vert et jaune signalant un afflux d'oxygène et d'azote. Jed s'accrochait à une chose : les possédés s'en sortaient toujours mal dans le vide – leurs scaphes tombaient en panne, leur pouvoir était incapable de les protéger. Dès qu'il aurait regagné la corniche, il serait en sécurité. Enfin, presque...

Ils arrivèrent devant l'écoutille du sas, et Jed activa le panneau de contrôle. Sans résultat. Les chiffres défilaient à toute vitesse sur sa visière ; la pression atteignait déjà le quart de la valeur standard. Jed lâcha Gerald et agrippa le levier de contrôle manuel. Il semblait bouger sans la moindre difficulté, faire plusieurs tours de cadran d'un seul coup. Puis il se bloqua, lui coinçant le bras. Jed le regarda en plissant le front, vexé qu'un appareil aussi banal qu'un verrou ait tenté de lui faire mal. Mais l'écoutille s'ouvrit lorsqu'il tira sur le levier.

Gerald entra dans le sas, aussi obéissant qu'un mécanoïde. Jed poussa un petit cri de victoire lorsque l'écoutille se referma derrière eux.

— Est-ce que ça va ? s'enquit Rocio. Que s'est-il passé ?

— Jed ? s'écria Beth. Jed, est-ce que tu m'entends ?

— Haut et clair, poupée. Les méchants ne sont pas assez forts pour m'avoir.

— Il est encore défoncé, commenta Rocio. Mais ça va s'arranger. Jed, pourquoi avez-vous pris des tranquillisants ?

— Hé ! lâchez-moi un peu, d'accord ? J'ai fait mon boulot, pas vrai ?

Il actionna le panneau de contrôle de l'écoutille externe. À sa grande surprise, une série de voyants verts virèrent à l'orangé.

— Vous n'auriez pas été à la fête, vous non plus, si vous aviez vu ce que j'ai vu.

— Que voulez-vous dire ? (La voix de Rocio s'était faite aussi douce que celle de Mme Yandell quand elle consolait les marmots de la crèche.) Qu'avez-vous vu, Jed ?

— Un cadavre. (Il oublia son agacement en repensant au costume tout imbibé de sang.) Un type qui s'était fait piéger par le vide.

— Savez-vous qui c'était ?

— Non !

À présent qu'il se dégrisait, Jed ne voulait plus penser à ça. Il examina le panneau de contrôle, constatant avec soulagement que le cycle de dépressurisation se poursuivait normalement. De ce côté-ci du sas, l'électronique était intacte. Personne ne l'avait sabotée, compléta-t-il mentalement.

— Jed, l'équipement télémétrique du vidoscaphe de Gerald me transmet des données plutôt étranges, dit Rocio. Est-ce qu'il est dans son état normal ?

Son état *normal* ? Jed faillit éclater de rire.

— Je crois qu'il a flippé en découvrant ce cadavre, répondit-il. Une fois qu'il a vu que ce n'était pas Marie, il est devenu muet.

Et qui s'en plaindrait ?

Sur le panneau de contrôle, les voyants virèrent au rouge ; l'écoutille s'ouvrit.

— Vous feriez mieux de sortir de là, suggéra Rocio. Le réseau n'a encore transmis aucune alerte, mais quelqu'un finira bien par découvrir ce cadavre.

— Entendu.

Jed prit Gerald par la main et le traîna derrière lui. L'autre le suivit docilement.

Rocio leur dit de faire halte devant une série de garages en forme de fer à cheval situés au pied de la falaise, à une centaine de mètres de l'entrée qu'ils étaient censés emprunter. Il s'y trouvait trois camions, des 4 × 4 pouvant accueillir six passagers et pourvus d'un plateau de taille moyenne.

— Vérifiez l'état de leurs systèmes, ordonna Rocio. Vous aurez besoin de l'un d'eux pour transporter les composants.

Jed activa le processeur de gestion de chaque véhicule et fit tourner des routines de diagnostic. Les cellules du premier 4 × 4 souffraient d'une sorte de déperdition énergétique, mais le deuxième ne présentait aucune avarie et était chargé à bloc. Il fit asseoir Gerald, se mit aux commandes et gagna l'entrée appropriée.

Lorsque s'ouvrit l'écoutille interne du sas, Jed consulta les données transmises par ses capteurs avant de soulever la visière de son casque. Les exercices d'alerte qu'il effectuait régulièrement à Koblat lui avaient inculqué une excellente connaissance de l'environnement d'un astéroïde. Selon ses icônes, l'atmosphère était parfaitement respirable, mais son taux d'hygrométrie était nettement supérieur à la norme à laquelle il était habitué. Ce phénomène était fréquent dans les zones les plus excentrées d'un astéroïde quand on négligeait de nettoyer régulièrement les filtres d'aération. L'humidité finissait alors par devenir une plaie.

— Il n'y a personne dans les parages, le rassura Rocio. Au travail maintenant.

Jed s'avança dans le corridor, tourna à droite et découvrit la porte de l'atelier, la troisième sur la droite. Elle s'ouvrit dès qu'il en toucha le panneau de contrôle. L'éclairage s'activa, réglé sur l'intensité maximale, lui révélant une pièce rectangulaire aux murs composés de panneaux bleu ciel. Des modules d'outillage cybernétique étaient rangés en son centre, bien calés dans des cylindres de cristal conçus pour protéger leurs délicats waldos. Le mur du fond disparaissait derrière des étagères censées accueillir les pièces de rechange requises par l'atelier. Il ne s'y trouvait plus que quelques caisses et cartons épars ; plus le tas récemment livré par des mécanoïdes.

— Nom de Dieu, Rocio ! râla Jed. Il y a une bonne centaine de paquets ici. Il va me falloir une éternité pour transporter tout ça.

Les fameux composants étaient tous emballés dans du plastique.

— J'ai comme une sensation de déjà-vu, dit Rocio d'un ton doucereux. Empilez-les sur un chariot et déchargez-les dans le sas. Vous en avez pour trois allers-retours au grand maximum. Soit dix minutes environ.

— Mais oui, mais oui. (Jed poussa un chariot vers les étagères et commença à le charger.) Pourquoi vous n'avez pas demandé aux mécanoïdes de déposer ces trucs dans le sas ?

— Ce sas n'est pas une zone de stockage. J'aurais dû reprogrammer les routines de gestion. Ça ne m'aurait pas posé de problème, mais ça pouvait nous faire repérer. La méthode que j'ai choisie réduit les risques au minimum.

— Pour certains, maugréa Jed.

Gerald fit son apparition. Jed avait failli l'oublier.

— Vous pouvez enlever votre casque, Gerald.

Aucune réaction.

Jed alla auprès de son compagnon et descella son casque. Gerald tiqua lorsque la visière se releva.

— Faut pas rester en scaphe comme ça, mon pote, on va vous remarquer. Et vous finirez par étouffer.

Gerald avait l'air si chagriné que Jed crut qu'il allait éclater en sanglots. Se sentant un peu coupable, l'adolescent se remit au travail. Lorsqu'il eut chargé le chariot au maximum, il lança :

— Je vais apporter tout ça dans le sas. Rendez-moi un service : commencez à charger le reste.

Gerald opina. Un peu sceptique, Jed fonça vers le sas. À son retour, Gerald avait placé deux paquets sur le deuxième chariot.

— Ne vous occupez plus de lui, dit Rocio. Débrouillez-vous tout seul.

Trois voyages furent nécessaires pour convoyer tous les composants vers le sas. Jed marqua une pause comme il achevait de charger le dernier chariot.

— Écoutez, Gerald, faut vous ressaisir, mon pote. D'accord ?

— Laissez-le, dit sèchement Rocio.

— Il est complètement parti, déclara Jed avec tristesse. C'est à cause de ce cadavre. Ça lui a grillé la cervelle. On ne peut pas le laisser ici.

— Je ne l'autoriserai pas à remonter à bord. Il est dangereux et vous le savez aussi bien que moi. Nous ne pouvons pas le soigner.

— Parce que vous croyez que les possédés vont lui venir en aide ?

— Il n'est pas venu ici pour chercher de l'aide, Jed. N'oubliez pas qu'il s'est collé une bombe artisanale sur le ventre. Si Capone décide d'embêter notre Gerald, il va avoir une sacrée surprise. Allez, retournez dans le sas. C'est à Beth et à votre petite sœur que vous devriez penser en ce moment.

Jed aurait bien voulu une nouvelle dose de tranquillisant. Ça lui aurait permis d'oublier le chagrin qu'il ressentait à l'idée d'abandonner ce cinglé de Gerald.

— Je suis vraiment navré, mon pote. J'espère que vous

retrouverez Marie. Je regrette qu'elle soit devenue... eh bien, ce qu'elle est devenue. Elle nous a donné beaucoup d'espoir, vous savez. Je crois que je vous dois beaucoup, à tous les deux.

— Ne traînez pas, Jed.

— Allez vous faire foutre. (Jed tourna le chariot vers la porte.) Bonne chance ! lança-t-il.

Une fois aux commandes du 4 × 4, il s'obligea à ne pas foncer vers le *Mindori*. L'enjeu était trop important pour qu'il coure le risque de se faire repérer en faisant une connerie. Il résista à l'envie d'accélérer lorsqu'il passa devant le sas du cadavre. D'après Rocio, le réseau était de nouveau opérationnel dans ce secteur, et les portes du corridor s'étaient rouvertes, mais personne n'avait encore découvert le corps.

Jed passa sous la gigantesque harpie et se gara près de l'une de ses soutes. Rocio déclencha l'ouverture des portes, et Jed entreprit de charger les composants sur la plate-forme qui était descendue jusqu'à lui. Il savait que, lorsque le dernier paquet serait à bord, Beth, les gamins et lui-même cesseraient d'être utiles à Rocio. Ils ne seraient plus pour lui qu'un fardeau, voire un risque.

Il fut fort surpris lorsqu'on lui permit de remonter à bord du *Mindori*. La honte l'envahit comme il ôtait son casque dans le sas. Beth se tenait devant lui, prête à l'aider à enlever son vidoscaphe, le visage figé pour n'afficher aucune faiblesse. L'énormité de ce qu'il avait fait lui coupa les jambes. Il glissa le long de la cloison et éclata en sanglots.

Beth le serra dans ses bras.

— Tu ne pouvais rien pour lui, murmura-t-elle. Tu ne pouvais rien faire.

— Je n'ai même pas essayé. Je l'ai abandonné.

— Il ne pouvait plus remonter à bord. Pas maintenant. Il nous aurait tous fait sauter.

— Il ne savait pas ce qu'il faisait. Il est devenu fou.

— Non, pas vraiment. Il est très malade, c'est tout. Mais il est là où il voulait être : près de Marie.

Jack McGovern reprit lentement conscience et sentit une douleur lancinante dans son nez. En ouvrant les yeux, il découvrit une surface de bois sombre écrasée contre sa joue. Il gisait sur un parquet, au sein de la pénombre, dans la position la plus inconfortable qui soit, les jambes repliées de façon à avoir les pieds dans les fesses et les bras tordus derrière le dos. Ses membres engourdis le lançaient. Il tenait une gueule de bois de première. Lorsqu'il tenta de bouger, il constata que c'était impossible. Il avait les poignets et les chevilles liés par ce qui ressemblait bien à du ruban adhésif incandescent. En tentant de pousser un grognement, il constata qu'il était également bâillonné. L'une de ses narines était bouchée par du sang séché.

Cela le terrifia, et il sentit son pouls et son souffle s'accélérer de concert. La seule voie d'accès qu'il présentait à l'air se mit à émettre un sifflement. On aurait dit un phénomène de rétroaction expressément conçu pour lui démontrer sa vulnérabilité. Il s'efforça de respirer, manqua suffoquer et sentit son cœur battre encore plus fort. Son champ visuel vira au rouge.

Suivit un long moment de panique. Lorsqu'il recouvra enfin la vue, ainsi que la maîtrise de ses pensées, il respirait plus lentement. En se débattant, il s'était déplacé de plusieurs centimètres sur le parquet. Il se calma un peu et exhorta mentalement sa gueule de bois à disparaître. Petit à petit, il se rappela ce qui lui était arrivé dans les toilettes du Taureau noir. Il s'aperçut que son bâillon ne l'empêchait pas de pousser un gémissement étouffé.

Un possédé ! Il avait été agressé par un possédé. Et cependant... il n'avait pas été possédé à son tour, contrairement à ce qui arrivait dans ces cas-là – tout le monde le savait. À moins qu'il ne soit déjà dans l'au-delà ?

Jack réussit à rouler sur lui-même pour examiner ce qui l'entourait. Non, ce n'était pas l'au-delà. Il se trouvait dans une antique pièce cubique, avec une haute fenêtre en croissant dans un mur. De vieux panneaux publicitaires étaient empilés dans un coin, des holopubs fanées vantant des produits d'hygiène et de beauté dont il se rappelait vaguement les noms pour les avoir entendus durant son enfance. Une lourde chaîne reliait ses chevilles à des tuyaux métalliques qui couraient du sol au plafond.

Il rampa une cinquantaine de centimètres, jusqu'à ce que la chaîne soit tendue au maximum. Ensuite, il se révéla incapable de faire ployer les tuyaux ou de les arracher à leurs supports. Trois mètres le séparaient de la porte. Lorsqu'il bandait les muscles de ses bras et de ses épaules, ça ne faisait que lui abîmer les poignets. Aucune issue. Il était foutu.

Sa gueule de bois s'était dissipée depuis belle lurette lorsque la porte s'ouvrit enfin. Il ne savait pas quelle heure il était, mais un long moment avait passé. L'éclat glacé de la nuit s'insinuait par la fenêtre, bariolant les murs de plâtre nu d'un jaune évoquant le sodium. Le possédé entra le premier, se déplaçant sans le moindre bruit, sa robe de moine pareille à un voile de noirceur. Deux adolescents le suivaient, un garçon et une fille. Ils traînaient une femme d'un certain âge, aux épaules voûtées par la défaite. Ses cheveux châtains étaient glissés sous un bonnet, comme si elle venait de se préparer à prendre une douche ; quelques mèches s'étaient échappées et pendaient devant ses yeux. Bien qu'elles aient en partie dissimulé son visage, Jack perçut son expression esseulée.

Le garçon s'accroupit au-dessus de lui et lui arracha son bâillon d'un coup sec. Jack poussa un grognement de douleur, puis avala une goulée d'air.

— Je vous en supplie, haleta-t-il. Ne me torturez pas. Je me rends. Mais ne me torturez pas.

— Ça ne me viendrait jamais à l'idée, répliqua Quinn. Je veux que tu m'aides.

— Je suis à vous. Je ferai tout ce que vous voudrez. Tout !

— Quel âge as-tu, Jack ?

— Euh... vingt-huit ans.

— Je t'en aurais donné davantage. Mais ça ira. Et tu es à peu près de la bonne taille.

— Pour quoi faire ?

— La chance est avec toi, Jack. Nous allons t'apprêter un peu, te rendre plus beau. Tu seras un homme neuf quand on en aura fini avec toi. Et je ne te ferai même pas payer. Qu'est-ce que tu dis de ça ?

— Vous voulez dire que vous allez me donner des fringues toutes neuves ? demanda Jack, un peu méfiant.

— Pas tout à fait. Tu vois, je viens de découvrir que Greta, ici présente, était une infirmière diplômée. Évidemment, un connard parlerait de synchronicité. Mais nous savons que c'est de la connerie, pas vrai, Jack ?

Jack sourit de toutes ses dents.

— Ouais. Absolument. De la connerie !

— Exact. En fait, ça fait partie de Son plan. Le Frère de Dieu veille à ce que tout fonctionne pour moi. Je suis l'élu, après tout. Vous êtes des cadeaux qu'Il me fait, tous les deux.

— Bien dit, Quinn, commenta Courtney.

Jack se garda bien de perdre son sourire, comprenant qu'il était tombé aux mains d'une bande de déments.

— Une infirmière ? répéta-t-il.

— Ouaip, dit Quinn en faisant signe à Greta de s'approcher.

Jack vit qu'elle tenait dans ses mains un package médical.

— Oh ! Seigneur Jésus, qu'est-ce que vous allez me faire ?

— Hé ! connard, Jésus est mort ! lança Courtney. Inutile de

prononcer son nom, il ne peut plus t'aider. Ce n'est qu'un faux dieu. Quinn est le nouveau messie de la Terre.

— Au secours ! hurla Jack. À l'aide, quelqu'un !

— Il est bruyant, hein ? dit Billy-Joe. Personne ne va t'entendre, mon vieux. Personne n'a entendu les autres, et pourtant Quinn les a sacrément amochés.

— Écoutez, j'ai dit que je vous aiderais, implora Jack. J'étais sincère. Vraiment. Mais vous devez tenir parole, vous aussi. Vous aviez dit : pas de torture.

Quinn retourna près de la porte, mettant le plus de distance possible entre Jack et lui.

— Est-ce que ça marche maintenant ? demanda-t-il à Greta.

Elle examina l'écran de son bloc-processeur.

— Oui, répondit-elle.

— Bien. Commence par le débarrasser de ses cordes vocales. Billy-Joe a raison : il parle trop. Et il faudra qu'il soit muet quand je l'utiliserai. C'est important.

— Non ! hurla Jack en se tortillant sur le sol.

Éclatant de rire, Billy-Joe s'assit sur son torse, lui coupant le souffle. Une bouffée d'air s'échappa en sifflant de sa narine.

— Ce package ne peut pas lui ôter ses cordes vocales, déclara Greta d'une voix monocorde. Il faudra que je désengage les nerfs.

— Très bien, dit Quinn. Fais au mieux.

Jack la regarda dans les yeux tandis qu'elle se penchait sur lui pour lui appliquer le package sur la gorge. C'était la forme de communication la plus personnelle, la plus intime qui soit. *Ne faites pas ça*, implora-t-il en silence. Il aurait tout aussi bien pu s'adresser à un mécanoïde. Le package adhéra à sa peau, doux et chaud. Il serra les muscles de sa gorge pour résister à l'invasion nanonique. Mais, au bout d'une minute ou deux, ils se détendirent et il perdit toute sensation entre les mâchoires et les épaules.

Ce n'était que le début. On le laissa seul pendant que le package accomplissait son œuvre, puis ses quatre tortionnaires refirent leur apparition. Cette fois-ci, Greta portait un autre type de package médical, un masque facial auquel étaient fixées plusieurs vessies emplies d'un fluide gélatineux. Lorsqu'on le lui plaqua sur le visage, il constata qu'aucune fente n'avait été ouverte pour accommoder ses yeux.

Commença alors une longue procédure. Toutes les deux ou trois heures, ils revenaient pour lui ôter le masque. Greta remplissait à nouveau les vessies. Après avoir examiné son visage,

Quinn donnait de nouvelles instructions, et on remettait le masque en place. De temps en temps, on lui donnait un peu d'eau et de la soupe froide.

Il était abandonné dans des ténèbres si absolues que la terreur régnait dans son cœur. Son visage était insensibilisé par le package, dont l'action empêchait même l'apparition de taches rouges sur ses paupières closes. Ne lui restait que l'ouïe. Il apprit à faire la différence entre la nuit et le jour. La petite fenêtre laissait passer tout un tas de bruits, notamment la rumeur qui montait de l'autoroute aérienne courant au-dessus de la Tamise. Il y avait aussi les bateaux, les cygnes et les canards criards. Il apprit aussi à mieux connaître le bâtiment. C'était un vieil édifice de belle taille, aucun doute là-dessus ; le parquet et les tuyaux transmettaient de légères vibrations. Le jour, il y régnait une certaine activité. Ce ronronnement était sûrement celui d'un ascenseur, ce choc sourd signifiait qu'on déplaçait un objet. Mais il ne se passait rien à proximité de sa prison.

La nuit, il y avait les hurlements. Ceux d'une femme, qui allaient de la plainte suraiguë au sanglot misérable. C'était toujours pareil, et ça se passait tout près. Il lui fallut un moment avant de comprendre qu'il s'agissait de Greta. De toute évidence, il y avait pire sort que celui consistant à se faire refaire la tête par un package médical. Cette constatation n'était guère réconfortante.

Les fantômes savaient que les Orgathés approchaient de la calotte nord de Valisk, leurs sens nouveaux leur permettaient de percevoir des nœuds de faim menaçante en train de fendre les airs. Triomphant de la crainte qu'ils avaient des humains hostiles, ils se ruèrent dans les grottes abritant leurs anciens hôtes.

Leur présence ne fut qu'une complication supplémentaire pour les défenseurs. Bien que la personnalité soit en mesure d'observer les Orgathés quand ils volaient dans l'habitat, elle était incapable de savoir où ils allaient atterrir. Erentz et ses cousins devaient donc surveiller la totalité de la circonférence. Ils avaient déjà conclu à l'impossibilité de déplacer les milliers d'humains invalides occupant les cavernes extérieures. Une créature volante ne mettait qu'un quart d'heure pour traverser l'habitat, et les Orgathés émergeant de la calotte sud étaient rejoints par de nouveaux venus sortant des gratte-ciel. Il n'y avait pas le temps de se préparer à l'assaut, aussi se contentèrent-ils d'attraper leurs armes et de se regrouper pour repousser la première incursion ; il leur fut même impossible de se déployer dans de bonnes conditions autour de la calotte.

Attendez que ces saletés soient entrées, conseilla la personnalité. **Si vous leur tirez dessus en vol, elles fileront à tire-d'aile. Une fois qu'elles se seront posées dans les grottes, elles seront à votre merci.**

Les Orgathés hésitèrent comme ils descendaient vers le désert, sentant la haine et la terreur des créatures en contrebas. L'espace de quelques minutes, ils décrivirent des cercles au-dessus de l'entrée des cavernes, tandis que les derniers fantômes se réfugiaient dans celle-ci, puis ce fut l'assaut.

Ils sont trente-huit. Attention.

Tolton raffermit son étreinte sur le lance-torpilles lorsque Erentz lui dit de se tenir prêt. L'arme glissait entre ses mains moites. Il se tenait derrière Dariat, qui avait pris la queue d'un groupe de ses cousins posté derrière l'un des hôpitaux de fortune. Contrairement à ce qu'il avait espéré, on ne l'avait pas exempté de ce qu'il considérait comme de la folie guerrière.

Il entendit monter dans la grotte des gémissements qui se transformèrent bien vite en jurons et en cris de terreur. Ignorant les humains alités, les fantômes se précipitaient vers les cavernes les plus profondément enfouies dans la roche. Il les vit bientôt défiler devant lui, la bouche ouverte sur un hurlement muet. Ils décrivaient dans leur course des écharpes de couleur passée.

Puis l'un des Orgathés arriva sur le seuil. Son corps se déforma, la partie antérieure s'insinuant à grand-peine dans le boyau incurvé tandis que son arrière-train gigotait violemment pour forcer le passage. Les fantômes retardataires furent engloutis par ses appendices en forme de vrille qui giflaient l'air autour de lui. Vidés de leur énergie vitale, ils poussèrent des cris déchirants qui résonnèrent dans toute la calotte. Les autres fantômes étaient capables de les entendre, ainsi que Dariat, mais les humains ne perçurent qu'un profond malaise glaçant. Tolton baissa les yeux vers son arme en quête d'un peu d'assurance, pour se rendre compte que ses mains étaient agitées de tremblements.

— On y va ! aboya Erentz.

L'Orgathé fit irruption dans la grotte, précédé par une grêle d'éclats de polype gelé et une marée multicolore de fantômes terrifiés. Devant lui s'étalaient trois rangées de grabats où gisaient quelque trois cents patients léthargiques déjà dérangés par les fantômes. Ils firent de leur mieux pour battre en retraite vers les parois, chancelant ou rampant ; les infirmiers réussirent à en orienter certains vers les galeries. L'Orgathé fondit sur eux avec avidité, tendant ses vrilles grouillantes vers leurs corps paniqués. Chaque fois qu'un tentacule s'enroulait autour de sa victime, celle-ci se transformait en statue de glace, qui libérait en se brisant un fantôme tombant à genoux de désespoir dans l'attente du coup de grâce.

Erentz et ses cousins ne perdirent pas un instant leur objectif de vue : encercler le monstre. Ils devaient se battre pour chaque mètre de terrain, écarter de leur passage les blessés terrorisés. Couvertures, cartons et bribes de chair gelée faisaient obstacle à leur progression. Jamais ils ne parviendraient à prendre l'Orgathé en tenailles, ils devraient se contenter de lui bloquer l'accès aux sept sorties que comptait la grotte.

Ils ouvrirent le feu une fois qu'ils y furent parvenus pour cinq d'entre elles. Tolton, toujours planqué dans son coin, vit des échardes de lumière aveuglante filer dans l'air pour être absorbées par la forme nébuleuse de l'Orgathé et supposa qu'il devait lui aussi passer à l'attaque. Il écarta deux vieillards tremblotants et leva son lanceur de torpilles. Ce fut à peine s'il pensa à viser, tellement il était bouleversé par les scènes de désolation et de panique qui se déroulaient autour de lui. Il se contenta de presser la détente et de regarder les torpilles incendiaires se planter dans la masse enténébrée de la créature.

On entendit un hurlement strident, et les lance-flammes se mirent de la partie. Huit flèches d'un feu jaune vif zébrèrent l'air au-dessus des malades pour s'épanouir en frappant l'Orgathé. Celui-ci se mit à tressauter, cerné de toutes parts par les flammes. Son fluide constituant commença à bouillir, et la grotte fut envahie par un nuage de vapeur qui ne fit qu'ajouter à la confusion générale.

Tolton ferma les yeux et se plaqua une main sur la bouche. La vapeur, plus froide encore que de la glace, se condensait sur sa peau et ses vêtements pour former une fine pellicule visqueuse. Il faillit glisser sur l'épaisse couche qui s'accumulait sur le sol. Tout autour de lui, les rescapés glissaient et chutaient comme sur une patinoire. Il lui était impossible de viser correctement, et, dès qu'il tirait, le recul le projetait violemment en arrière. De toute façon, il ne savait plus où se trouvait la créature. Le nuage de vapeur était traversé de lueurs fluorescentes chaque fois qu'un soldat faisait usage de son lance-flammes, et un éclat topaze baignait l'ensemble de la grotte.

Privé de cible, Tolton cessa de tirer. Il y avait des malades partout, hurlant sur tous les tons et glissant dans tous les sens, produisant un vacarme qui, ajouté à celui des lance-flammes, engendrait une véritable cacophonie. En tirant au jugé, il ne ferait que blesser l'un de ses semblables. Il se mit à quatre pattes pour ne pas tomber et chercha à se rapprocher d'une paroi pour mieux trouver la sortie.

Les autres soldats continuaient de se battre. Les cellules sensitives ne donnaient à la personnalité qu'une image imparfaite de la grotte, mais cela suffisait pour leur permettre de localiser l'Orgathé. Erentz arrosait sans répit les flancs de la créature au lance-flammes. Avec cette saleté de brume, ces imbéciles qui couraient un peu partout et cette cible qui n'arrêtait pas de rétrécir, elle avait du mal à se concentrer sur sa visée. Mais le combat tournait en leur faveur et c'était ça le plus important – ça l'aidait à ne pas penser à ce que coûterait un tir mal ajusté.

Dariat sentit le fantôme anémié de l'Orgathé qui battait en retraite. Il transmit la bonne nouvelle à ses cousins et à la personnalité, leur montrant le spectre s'empressant de filer. Les lance-flammes cessèrent bientôt de cracher le feu.

Lorsque l'horrible brume visqueuse descendit pour se coaguler sur les gens et sur les choses, elle révéla un tapis de corps jonchant le sol. Les malades qui avaient échappé aux brûlures ou au contact urticant des vrilles de l'Orgathé gigotaient, impuissants, sous une épaisse couche membraneuse. Près d'un tiers d'entre eux ne bougeaient plus ; impossible de dire s'ils étaient blessés ou trop épuisés pour faire un quelconque effort. Le fluide grumeleux dissimulait les détails.

Sous le regard incrédule de Tolton, des fantômes montèrent du sol tels des champignons à forme humaine, emportant avec eux des pans entiers de fluide. Ils moissonnaient celui-ci comme l'avait fait Dariat, paraient leur forme de sa substance.

Erentz et ses cousins se déplaçaient au sein de ce spectacle de désolation sans paraître le voir, se lançant des cris de victoire à mesure qu'ils se regroupaient à l'entrée de l'une des galeries. Le Dr Patan était parmi eux, le visage maculé de fluide gluant, un large sourire aux lèvres tandis qu'il inspectait son lance-torpilles.

Tolton les considéra tandis qu'ils s'engageaient dans la galerie, totalement indifférents à la souffrance qui les entourait. La personnalité leur avait signalé qu'un autre visiteur semait la panique dans une grotte toute proche, et ils étaient impatients d'en découdre à nouveau. Il n'y avait pas que l'entropie qui était plus puissante dans ce continuum, songea-t-il, l'inhumanité de l'homme était elle aussi une valeur à la hausse.

Il finit par se ressaisir, tout en se demandant ce qu'il allait bien pouvoir faire pour se rendre utile. Dariat vint le rejoindre, et tous deux inspectèrent la grotte, ses morts, ses blessés et ses fantômes anxieux. Ils allèrent leur offrir un bien pitoyable réconfort.

Le masque se détacha d'un coup du visage de Jack McGovern. Il cligna des yeux pour se protéger de la lumière pourtant tamisée qui baignait sa prison. Une fois débarrassée du package, sa peau nue fut parcourue d'une étrange sensation, à mi-chemin entre l'engourdissement et la démangeaison. Il aurait voulu palper ses joues et ses mâchoires, en deviner les contours pour découvrir ce qu'on lui avait fait. Mais il était toujours pieds et poings liés.

— Pas mal, fit Courtney.

Elle gratifia Greta d'une tape amicale sur le bras. La femme sursauta ; les muscles de son cou et de ses bras tressaillirent en cascade.

— Même la couleur des yeux est correcte.

— Montre-lui, ordonna Quinn.

Courtney gloussa et brandit un petit miroir devant Jack, qui en resta bouche bée. Ils lui avaient donné le visage de Quinn. Il eut un regard interrogateur.

— Tu verras, lui dit Quinn en guise de réponse. Préparez-le.

Un geste, et Jack sentit ses chevilles libérées de la chaîne. Pour la bande adhésive, ce fut un peu plus compliqué. Billy-Joe produisit un poignard de sinistre aspect et entreprit de la scier.

Jack réprima un hurlement de douleur lorsque le sang se remit à circuler dans ses mains et ses pieds. Impossible de se tenir debout. Courtney et Billy-Joe durent le traîner. Première étape : une salle de bains réservée aux employés. Ils le jetèrent dans une cabine de douche et ouvrirent les robinets à fond. Frappé par un jet d'eau froide, il se mit à hoqueter et leva les mains pour se protéger. Un liquide marron, nauséabond, s'échappa de son pantalon. Pas une fois on n'avait daigné l'emmener aux toilettes.

— Déshabille-toi, ordonna Quinn. (Il jeta un tube de savon liquide sur le carrelage ébréché.) Lave-toi bien. Ton odeur pourrait nous trahir.

Ils l'observèrent tandis qu'il descellait lentement son pantalon et sa chemise. Ses extrémités étaient toujours engourdies.

Il avait toutes les peines du monde à ne pas lâcher le tube pendant qu'il s'en appliquait le contenu sur la peau. Lorsqu'il tenta de se tenir debout, il eut l'impression qu'on lui sciait les tendons. Mais Quinn lui avait donné un ordre, et il n'osait pas lui désobéir.

Ledit Quinn claqua des doigts, et Jack se retrouva brusquement sec. Courtney lui tendit une robe noire. Sa coupe était identique à celle de Quinn, bras amples et capuchon volumineux, mais elle était en tissu ordinaire ; rien à voir avec le linceul de noirceur qui enveloppait le messie de la Nuit.

Courtney et Billy-Joe examinèrent l'original et la copie. Ils avaient la même taille, à trois centimètres près. La robe dissimulait leur différence de poids.

— Le Frère de Dieu doit bien Se marrer, commenta Billy-Joe. On pourrait vous prendre pour des frères jumeaux, bon sang.

— Ça ira comme ça, déclara Quinn. Du nouveau sur sa position ?

— RAS, mec, répondit Billy-Joe en retrouvant son sérieux. Les mecs de l'église de Lambeth sont fiables. C'est un événement pour ces ploucs, un grand mage en visite dans leur arche, surtout en ce moment. Tout le monde raconte que Son heure est venue. Mais elle refuse de sortir de sa tour et elle ne veut voir personne, même pas le grand mage de Londres. Et, d'après ce qu'on raconte, c'est une sacrée emmerdeuse. Pas d'erreur, ça colle.

— Tu as fait du bon travail, Billy-Joe, dit Quinn. Je ne l'oublierai pas, et Lui non plus. Quand je ferai tomber la Nuit dans cette arche, je te lâcherai dans une agence de mannequins. Tu pourras te constituer un harem avec les plus belles filles du monde.

— Génial ! fit Billy-Joe en donnant des coups de poing dans le vide. N'oublie pas ces salopes de riches, Quinn. Je veux des filles riches, des filles vêtues de soie. Elles portent toujours de la soie pour faire plaisir à leurs mecs, mais les gens comme moi, elles ne les regardent jamais. Je vais leur montrer comment baise un vrai mec.

Quinn éclata de rire.

— Bon sang, tu ne changeras jamais.

Il accorda un nouveau regard à Jack et hocha la tête d'un air satisfait. L'homme lui ressemblait de façon frappante. Ça ferait l'affaire.

— Vas-y, dit-il à Courtney.

Elle écarta la cagoule de Jack et lui appliqua un spray médical sur le cou.

— C'est pour que tu restes calme, expliqua Quinn. Pour l'instant, tu t'es parfaitement débrouillé, il ne faudrait pas que ça change.

Jack ignorait la nature du produit qu'on venait de lui administrer, mais le bourdonnement qui lui emplissait les oreilles était des plus agréables. Il cessa de s'angoisser à l'idée de ce qui allait lui arriver. Le spectacle des gouttes d'eau qui perlaient sur le pommeau de douche était littéralement fascinant. Leur chute était une épopée.

— Viens ici, ordonna Quinn.

Comme il a une grosse voix, se dit Jack. Mais vu qu'il n'avait rien d'autre à faire, il se dirigea lentement vers Quinn. Puis sa peau se glaça, comme si une brise hivernale s'était insinuée sous sa robe. La pièce autour de lui s'altéra, ses sinistres couleurs s'estompèrent. Les murs et le sol se réduisirent à des plans d'ombre. Billy-Joe, Courtney et Greta n'étaient plus que des statues dépourvues de traits, aux contours iridescents. D'autres personnes devinrent visibles, et leurs traits, leurs vêtements (de style démodé, voire archaïque), leurs cheveux étaient nettement mieux définis. Mais elles manquaient de couleur au point d'en être translucides. Et elles étaient si tristes, leurs yeux étaient emplis d'un tel chagrin...

— Ne fais pas attention à ces crétins, dit Quinn.

Par contraste avec les nouveaux venus, il était scintillant de vie et de puissance.

— Entendu, répondit Jack.

Quinn lui jeta un vif regard, puis haussa les épaules.

— Bon, d'accord, on ne doit pas parler pour de bon. Après tout, tu n'es pas vraiment vivant ici.

Jack réfléchit à la question. La torpeur désertait son esprit.

— Que voulez-vous dire ? demanda-t-il.

Il se rendit compte qu'il n'entendait plus battre son cœur. Et qu'il ne remuait pas les lèvres en parlant.

— Merde ! (L'exaspération de Quinn se manifesta sous la forme d'une vague de chaleur émanant de son corps étincelant.) L'hypnogénique ne marche pas ici, lui non plus. J'aurais dû m'en douter. Bon, on va faire simple. Fais ce que je te dis, ou alors je te ferai très mal ; et, dans ce royaume, ça risque d'être grave. Pigé ?

Ils se mirent à traverser la pièce en glissant. Jack se demanda comment faisaient ses jambes pour ne pas bouger. Le mur vint vers lui et le traversa, emplissant son corps de picotements et son esprit d'une terreur abjecte.

— Attends-toi à pire, lui dit Quinn. La traversée de la matière solide est toujours douloureuse. Efforce-toi de ne plus y penser et profite du paysage.

Petit à petit, ils prirent de la vitesse.

Banneth avait fini par se lasser des acolytes. Même le spectacle de leur copulation frénétique était devenu barbant. Tout ceci était si banal. Elle ne cessait d'imaginer des modifications, des améliorations grâce auxquelles leur orgie deviendrait nettement plus intéressante. Une fois pourvu de certains attributs, le garçon gagnerait en assurance et en cruauté, au lit comme dans la vie, la première de ces arènes l'entraînant à affronter la seconde. Après mûre réflexion, elle conclut que les filles tireraient sans doute profit d'une injection de félinité.

Mais tout ça n'avait plus guère d'importance. Elle avait acquis le même fatalisme que le reste de la population terrienne. Depuis la fermeture des vidtrains, l'absentéisme et le crime connaissaient de nouveaux sommets dans toutes les arches. Tout d'abord inquiètes, les autorités avaient fini par conclure qu'il ne s'agissait pas là d'un signe annonciateur d'une épidémie de possession. Les gens avaient du mal à encaisser les nouvelles, point final. L'apathie régnait sur tous les esprits à la façon d'une planète dominante en astrologie.

Banneth enfila sa robe et sortit de la chambre principale du penthouse, sans daigner accorder un regard aux corps entremêlés qui occupaient le lit. Elle gagna le bar du salon et se servit une bonne dose de whisky Crown. Au bout de quatre jours d'inactivité de sa part, le niveau de l'alcool dans la bouteille n'était plus que de deux centimètres.

Elle s'installa dans l'un des hideux fauteuils en cuir et entra en liaison avec le processeur de gestion de la pièce. Les rideaux se refermèrent sur la baie vitrée, occultant le paysage nocturne de l'arche. Un holoécran incrusté au-dessus de la cheminée s'activa, lui donnant un aperçu des programmes d'info.

À New York, deux autres dômes avaient succombé aux possédés. Les envoyés spéciaux diffusaient des images prises depuis une mégatour, et qui montraient des buildings rougeoyants sous le toit géodésique taillé dans le cristal. À Paris, la police affirmait avoir capturé dix-neuf possédés, qui avaient aussitôt été enfermés dans des nacelles tau-zéro. Il était possible d'accéder aux interviews de ces miraculés : un homme prétendait avoir servi d'hôte à Napoléon, une femme à Eva Perón. Un communiqué émanant des autorités de Bombay affirmait sèchement que la situation était redevenue normale.

La chaîne rediffusa plusieurs fois des extraits d'une allocution datant du matin même, au cours de laquelle le président avait déclaré qu'aucun nouveau cas de possession n'était intervenu. Ce qui justifiait de façon éclatante sa décision d'interrompre le trafic vidtrain. Les forces de police locales avaient interrompu la progression de l'épidémie dans les arches où elle s'était hélas déclenchée. Tous les citoyens de la Terre étaient invités à prier pour New York.

Banneth avala une nouvelle gorgée de whisky, savourant les sensations que l'alcool procurait à ses synapses.

Pas un mot sur Londres.

En effet, confirma Europe-Ouest. **Je n'ai même pas eu besoin de censurer quoi que ce soit. Il fait preuve d'une retenue admirable.**

S'il est ici.

Il est ici.

Vous avez fermé les vidtrains un peu vite.

Ce n'est pas de mon fait.

Vraiment ?

Banneth se redressa. Elle était invariablement fascinée chaque fois qu'elle en apprenait un peu plus sur le B7. Durant toutes ces années, elle n'avait recueilli que des bribes d'informations sur ses maîtres.

Qui a pris cette décision ? s'enquit-elle.

La bande d'affinité lui transmit une bouffée de colère.

Une collègue stupide qui a paniqué. La crise ne nous préoccupe pas tous avec la même intensité, hélas.

Combien êtes-vous ?

Ça suffit. Les vieilles habitudes ont la peau dure, et l'habitude du secret est pour moi la plus vieille de toutes. Vous devriez le comprendre, obsédée que vous êtes par la psychologie du comportement.

Allez. Vous pouvez bien m'accorder ce petit plaisir. Je ne peux même pas péter sans votre permission. Et je ne vais pas tarder à être vaporisée.

Une petite récompense pour la fidèle servante ?

Si vous préférez le voir ainsi...

Entendu, je suppose que je vous dois bien cela. Vous vous êtes comportée de façon admirable. Je vais vous révéler l'un

de mes aspects, à condition que vous cessiez de m'importuner.

Marché conclu.

Mon habitude du secret. Elle dure depuis six siècles.

Nom de Dieu ! Vous avez six cents ans ?

Six cent cinquante-deux, pour être précis.

Mais qu'êtes-vous donc ?

Rappelez-vous les termes de notre marché.

Un xéno, c'est ça ?

Gloussement mental sur la bande d'affinité.

Je suis parfaitement humain, merci. Maintenant, cessez de poser des questions.

— Six cents ans, murmura Banneth, stupéfaite.

C'était une révélation étonnante. Si elle était vraie. Mais son superviseur n'avait aucune raison de lui mentir.

Vous voyagez dans le temps grâce au tau-zéro ; vous passez cinquante ans dans une nacelle, vous en sortez deux ans tous les siècles. J'ai entendu parler des gens qui font ça.

Vous me décevez, ma chère. Ça doit être ce whisky que vous engloutissez, il vous embrume la cervelle. Comme si j'étais banal à ce point. Un chrononaute du tau-zéro, enfin !

Comment faites-vous, alors ?

Trouvez-le toute seule. Vous devriez me remercier. Je vous ai donné de quoi vous occuper l'esprit durant vos derniers jours. Vous aviez tendance à virer morbide. Maintenant que vos fichiers sont édités et catalogués, vous avez besoin d'un nouveau défi intellectuel.

Que vont devenir mes fichiers ? Vous allez les publier, n'est-ce pas ?

Ah ! douce vanité. Un sentiment qui a trahi bien des mégalomanes qui vous étaient supérieurs.

Vous allez les publier ? insista-t-elle.

Ils formeront une série de références qui nous seront fort utiles.

Pour vous et les vôtres, vous voulez dire ? À quoi pourraient...

L'image de l'holoécran se brouilla : à Edmonton, un journaliste visitait une centrale d'énergie sabotée, évoquant les réparations projetées.

Vous avez vu ça ? demanda Banneth.

L'IA capte des microfluctuations dans les circuits électriques du penthouse. Il est ici.

L'excitation d'Europe-Ouest se transmettait sur la bande d'affinité à la manière d'une décharge électrique.

— Merde !

Banneth vida son verre d'un trait. *Je ne peux rien faire.* Cette phrase se répétait en boucle dans son esprit. À présent que le moment tant redouté était venu, une vive amertume monta en elle. Elle se leva péniblement. Pas question que Quinn la voie anéantie par la défaite. En outre, elle veillerait à ce qu'il comprenne que c'était en grande partie grâce à elle qu'il avait été vaincu.

Elle ordonna à l'éclairage de se régler sur intensité maximale et tourna sur elle-même pour examiner le penthouse. Son champ visuel se brouillait. L'image de l'holoécran se mit à sauter, le son à fluctuer.

Lentement, un sourire moqueur aux lèvres, elle demanda :

— Où es-tu, Quinn ?

On aurait dit qu'apparaissait une projection AV mal réglée. Une ombre qui s'esquissait devant la porte de la chambre, dissimulant les acolytes inconscients du drame qui se préparait. Une ombre translucide, qui gagnait peu à peu en substance. Les plafonniers se mirent à clignoter, l'image de l'holoécran implosa, se réduisant à des vagues d'irisations. Les naneuroniques de Banneth se crashèrent.

Quinn Dexter se dressait devant elle, vêtu de sa robe d'ébène. Totalement matérialisé.

Je te tiens, mon salaud !

Le cri de victoire du superviseur résonna dans le crâne de Banneth. Durant une longue seconde, elle contempla sa splendide création, savourant le moindre de ses traits, se souvenant de la puissance que dissimulait cette douce peau blafarde. Il lui rendit son regard. Sauf que ses yeux demeuraient fixes. Non. Non ! NON.

Attendez, ce n'est pas...

Le laser aux rayons X frappa. Plusieurs kilomètres au-dessus de Banneth, le rayon de la défense stratégique pénétra le dôme de cristal de l'arche. Quand il atteignit le sommet de la tour de Parsonage Heights, il transforma en nuage d'ions la structure de carbobéton et son décor de mauvais goût. Une tornade de lumière bleue quasi solide monta des ruines pour s'envoler vers le dôme.

Quinn descendit doucement au cœur de l'explosion, intrigué par le niveau de la violence qui se déchaînait dans l'univers physique. Il s'était demandé quelle arme on allait utiliser contre lui. Seule une plate-forme DS était capable d'une telle sauvagerie.

Il vit l'âme de Banneth échapper aux molécules dissociées de son corps. Elle hurla de rage en percevant sa présence ; pour de bon cette fois. L'âme désolée de Jack McGovern glissait déjà dans l'au-delà.

— Joli coup, dit Quinn d'un air moqueur. Que comptes-tu faire maintenant ?

Il étendit la portée de ses perceptions tandis que Banneth filait vers l'infini, savourant son angoisse et sa vaine fureur. Et puis... Plus loin, à peine perceptible à la lisière de la conscience, un chœur éraillé de voix ténues. Résonnant de misère et de souffrance. Loin, très loin.

Intéressant.

6.

La feuille de lumière uniforme qui apparaissait au-dessus de Norfolk pour signifier le jour était maintenant un peu moins brillante. L'automne ne ferait son apparition que dans plusieurs semaines, mais ceux qui savaient déchiffrer le temps le voyaient déjà venir.

Planté devant la fenêtre de sa chambre, Luca Comar contemplait la contrée comme il le faisait chaque matin depuis... eh bien, depuis toujours. Ce jour-là, un brouillard particulièrement épais s'était abattu sur le domaine. Derrière les pelouses (ça faisait des semaines qu'on ne les avait pas tondues, bon sang !), il ne distinguait que les antiques cèdres, sentinelles grises veillant sur les vergers et les pâtures de Cricklade. Leur taille et leur familiarité étaient des plus rassurantes.

Un calme absolu régnait au-dehors. La matinée était si insipide que les petits animaux ne daignaient même pas sortir de leurs terriers. Toutes les feuilles étaient constellées de rosée, et le poids de l'eau faisait ployer les branches, tant et si bien que chaque arbre, chaque buisson semblait écrasé par l'apathie.

— Pour l'amour de Dieu, reviens te coucher, grogna Susannah. J'ai froid.

Étendue au milieu de leur gigantesque lit à baldaquin, les yeux clos, elle se blottissait au creux de la couette. Ses cheveux noirs s'étalaient sur les oreillers froissés, évoquant un nid d'oiseau démoli. Leurs mèches étaient jadis plus longues, songea-t-il avec nostalgie. Ils s'étaient retrouvés ensemble, c'était inévitable. Dans un certain sens. Qu'on le veuille ou non, ils étaient faits l'un pour l'autre. Et il s'était querellé une fois de trop avec Lucy.

Luca retourna s'asseoir au bord du lit et contempla son amour. Elle sortit une main de sous la couette et le chercha à tâtons. Il se pencha pour la saisir et lui embrasser les phalanges. Un geste datant de l'époque où il lui faisait la cour. Elle eut un sourire languide.

— C'est mieux, ronronna-t-elle. J'ai horreur de ça quand tu bondis hors du lit tous les matins.

— Il le faut bien. Le domaine ne se dirige pas tout seul. Surtout en ce moment. Pour parler franchement, certains de ces salopards sont encore plus stupides, plus paresseux qu'avant.

— Ça n'a pas d'importance.

— Bien sûr que si. On a encore une récolte à rentrer. Qui sait combien de temps durera le prochain hiver.

Elle leva la tête et le scruta d'un air confus, restant dissimulée sous la couette par un réflexe de pudeur.

— Il durera autant que d'habitude. C'est ce qu'il y a de bien sur cette planète et c'est ce que nous souhaitons tous. C'est donc ce qui se passera. Cesse donc de t'inquiéter.

— Ouais.

Il se retourna vers la fenêtre. Tentation...

Elle s'assit et le regarda franchement.

— Qu'y a-t-il donc ? Je te sens troublé. Et pas seulement à cause des récoltes.

— En partie, quand même. Nous savons toi et moi que ma présence est indispensable. Pas seulement parce que les ouvriers sont des fainéants. Ils ont besoin de l'autorité de Grant pour les guider. Quels sont les silos à utiliser en priorité, quelle est la durée du séchage pour les graines...

— Mr Butterworth peut s'occuper de tout ça.

— Johan, tu veux dire.

Ils réussirent à s'éviter du regard. Mais il ressentait le même sentiment de culpabilité. Ces temps-ci, l'identité était un sujet tabou sur Norfolk.

— Il peut leur donner des ordres, déclara Luca. Quant à savoir s'ils l'écouteront, c'est une autre histoire. Il nous reste du chemin à parcourir avant de former une grande famille œuvrant pour le bien commun.

Elle se fendit d'un large sourire.

— Bref, il y a des derrières à botter.

— Foutre oui !

— Mais pourquoi cette angoisse ?

— Les journées comme celle-ci sont propices à la réflexion.

Elles sont si lentes. Il n'y a aucun travail urgent en attente, excepté l'élagage. Et Johan peut s'en charger sans problème.

— Ah. (Elle releva les genoux, posa le menton dessus, passa les bras autour de ses jambes.) Les filles.

— Oui, admit-il d'un air penaud. Les filles. Je déteste ça, tu sais. Ça veut dire que Grant prend de plus en plus d'ascendant sur moi. Que je perds le contrôle. Ce n'est pas possible. Je suis Luca ; elles ne sont rien pour moi, absolument rien.

— Pour moi non plus, dit-elle, misérable. Mais je crois que nous avons affaire à un instinct contre lequel nous sommes impuissants. Elles sont les fruits de ces entrailles, Luca. Et plus je m'installe dans ce corps, plus ce corps m'appartient, plus je dois accepter ce qui l'accompagne. Plus je dois accepter Marjorie Kavanagh. Si je m'y refuse, elle me hantera pour l'éternité ; et avec raison. Nous sommes censés avoir trouvé un havre. Comment est-ce possible si nous les rejetons ? Jamais nous ne connaîtrons la paix.

— Grant me hait. S'il pouvait me loger une balle dans la tête, il le ferait sans hésiter. Parfois, quand sa personnalité est en passe de dominer la mienne, je suis presque prêt à passer à l'acte. Si je suis encore là, c'est uniquement parce qu'il n'est pas disposé à se suicider. Il veut désespérément savoir ce qui est arrivé à Louise et à Genevieve. Il le veut si fort que je le veux moi aussi. C'est pour ça que je suis si tenté aujourd'hui. Je pourrais enfourcher un cheval et aller jusqu'à Knossington, il y a une aéroambulance qui y est stationnée. Si elle peut encore voler, je serai à Norwich dès ce soir.

— Ça m'étonnerait qu'un avion quelconque puisse fonctionner ici.

— Je sais. Mais aller à Norwich par bateau, ce serait un véritable exploit. Et l'hiver ne va pas tarder, ce qui n'arrangera pas les choses. Je devrais me décider tout de suite.

— Sauf que tu ne peux pas partir à cause de Cricklade.

— Exactement. Enfin... je n'en suis plus très sûr. Il est de plus en plus fort, il m'épuise littéralement. (Petit rire amer.) Quelle ironie ! Possédé par la personne que je possède. Mais je n'ai que ce que je mérite. Et tu sais quoi ? Je veux m'assurer que les filles vont bien, moi aussi. Ce n'est pas lui qui m'y force. J'ignore d'où me viennent ces sentiments. Soit je me sens coupable à l'idée de ce que j'ai voulu faire à Louise, soit c'est lui qui influe sur ce que je suis. D'après Carmitha, nous sommes en train de régresser. Je commence à me demander si elle n'a pas raison.

— Non, elle se trompe, nous serons toujours nous-mêmes.

— Vraiment ?

— Oui, affirma-t-elle avec insistance.

— J'aimerais bien le croire. Cet endroit diffère tellement de ce que nous imaginions. Tout ce que je voulais, c'était me libérer de l'au-delà. Maintenant que j'ai atteint ce but, je continue à être persécuté. Grand Dieu, pourquoi la mort n'est-elle pas réelle ? Quel univers est-ce donc là ?

— Luca, si tu pars à la recherche des filles, je t'accompagne.

Il l'embrassa, cherchant à s'immerger dans la normalité.

—Bien.

Elle lui passa les bras autour du cou.

— Viens par ici. Fêtons un peu notre identité. Je connais quelques trucs que Marjorie n'a jamais faits à Grant.

Carmitha passa la matinée à travailler dans une roseraie, en compagnie d'une équipe de trente personnes engagées pour remettre de l'ordre dans les légendaires plantes norfolkoises. Vu l'époque tardive de l'année, la tâche était plus pénible qu'à l'accoutumée. Les tiges avaient gagné en solidité et des pousses automnales avaient envahi les treillis. Il était nécessaire d'élaguer tout cela afin de rendre aux plantes leur forme d'éventail caractéristique. Elle commença par couper les fleurs fanées, puis monta sur une échelle pour atteindre les pousses les plus hautes, qu'elle attaqua au sécateur. Les morceaux de tiges qui tombaient sous ses coups s'empilèrent peu à peu au pied de l'échelle.

Elle jugea que l'herbe poussant entre les plants était beaucoup trop haute. Mais elle se garda de le signaler. Le fait qu'un minimum d'entretien était effectué lui suffisait amplement. Lorsque viendrait la fin, lorsque les forces de la Confédération surgiraient dans ce ciel vide pour bannir les possesseurs de ce monde, les authentiques habitants de celui-ci auraient conservé assez d'intégrité pour reprendre le cours de leur existence. Plus rien ne serait jamais comme avant, mais un certain degré de continuité serait assuré. La génération suivante serait en mesure de bâtir quelque chose de neuf sur les ruines de cette horreur.

Elle s'accrochait farouchement à cette idée chaque jour que Dieu faisait. Pas question de croire un seul instant que ce qu'elle vivait n'aurait pas de fin. Quelque part, de l'autre côté des frontières de ce royaume, la Confédération perdurait, et ses dirigeants mobilisaient toutes les ressources de leur puissance pour les retrouver, pour trouver une réponse à leur drame.

La nature éventuelle de cette réponse faisait vaciller sa foi. Rien ne serait résolu si l'on se contentait de renvoyer les âmes possédantes dans les ténèbres de l'au-delà. On devait leur trouver un refuge où nulle souffrance ne régnerait. Les misérables pensaient avoir déjà trouvé un tel refuge en venant ici. Pauvres et tragiques crétins !

Son imagination ne parvenait pas non plus à concevoir ce que serait la vie sur Norfolk, et sur les autres mondes possédés, une fois la crise résolue. Elle avait toujours respecté le caractère spirituel de sa culture d'origine, tout comme les sédentaires respectaient la religion chrétienne qui était la leur. Mais personne ne savait comment vivre quand on était sûr d'avoir une âme immortelle. Comment prendre l'existence matérielle au sérieux une fois qu'on a acquis cette connaissance ? Pourquoi se fatiguer à réussir quoi que ce soit quand la mort recèle tant de promesses ? Elle avait toujours été frustrée par les restrictions artificielles de cette planète, tout en reconnaissant qu'elle n'avait pas d'autre choix que d'y vivre. Sa grand-mère la qualifiait de papillon sans ailes. Et voilà que s'ouvrait devant elle une porte donnant sur une liberté infinie.

Et qu'avait-elle fait en voyant s'ouvrir cette porte ? Elle s'était accrochée à sa petite vie avec une ténacité, une détermination dont peu de gens avaient fait preuve sur cette planète. Peut-être était-ce là l'avenir qui l'attendait. Une perpétuelle schizophrénie consécutive à l'escalade du conflit entre le yin et le yang.

Mieux valait ne pas y penser. Sauf que cette option était, elle aussi, peu satisfaisante : elle sous-entendait que Carmitha n'avait aucune prise sur son destin, qu'elle se contentait d'attendre que la Confédération daigne enfin venir la libérer. Une telle attitude était totalement contraire à sa nature. Décidément, les temps étaient difficiles.

Elle acheva d'élaguer le haut du rosier, puis dégagea deux branches coupées qui s'étaient coincées dans le feuillage en tombant. Le sécateur s'attaqua ensuite aux plus anciennes parmi les branches basses. Chaque plant était pourvu de cinq rameaux principaux, mais on encourageait les nouvelles pousses tous les six ans. À en juger par l'écorce de celui-ci, et par les sécrétions bleuâtres qui suintaient de plusieurs fêlures dans son bois, il était grand temps de passer à l'action. Elle attacha rapidement les pousses qu'elle n'avait pas coupées à l'aide de liens métalliques. Ses mains manipulaient les outils de façon quasi automatique, sans qu'elle ait besoin de les regarder faire. N'importe quel enfant norfolkois aurait pu accomplir cette tâche les yeux fermés. Autour d'elle, les autres ouvriers faisaient montre d'une habileté en tout point comparable. Instinct et tradition régnaient en maîtres dans la roseraie.

Carmitha descendit de quatre degrés sur son échelle et s'attaqua au niveau suivant. Une petite boule d'angoisse apparut soudain dans son esprit. Quelqu'un se dirigeait vers elle. Elle s'accrocha au treillis et tendit le cou pour identifier le nouveau venu. Lucy courait à perdre haleine, évitant les tas de branches coupées et agitant les bras pour attirer son attention. Lorsqu'elle fit halte au pied de l'échelle de Carmitha, elle était pantelante.

— Pouvez-vous venir, s'il vous plaît ? Johan a eu un malaise. Dieu sait ce qui lui est arrivé.

— Un malaise ? Mais pourquoi donc ?

— Aucune idée. Il était allé chercher quelque chose dans l'atelier de menuiserie, et les gars l'ont vu s'effondrer. Comme il n'arrivait plus à se tenir debout, ils l'ont allongé dans un coin et ils m'ont demandé de venir vous chercher. Il a fallu que je prenne un cheval pour faire tout ce chemin. Si seulement on avait des téléphones mobiles !

Carmitha descendit de son échelle.

— Est-ce que vous l'avez examiné ?

— Oui. Il a l'air en parfaite santé. (Lucy semblait vouloir se convaincre elle-même.) Il est toujours conscient. Un peu faible, c'est tout. Le surmenage, sans doute. Ce parvenu de Luca nous prend tous pour ses domestiques. Il va falloir faire quelque chose à ce sujet, d'ailleurs.

— Mais oui, fit Carmitha.

Elle se mit à courir en direction de la grange où elle avait laissé son propre cheval.

Carmitha entra dans l'écurie, mit pied à terre et tendit les rênes à l'un des jeunes garçons (non possédés) que Butterworth/Johan avait promus au rang de palefrenier. Il lui adressa un sourire de bienvenue et murmura :

— Ils sont tous sacrément secoués.

Elle lui fit un clin d'œil.

— Tant pis pour eux.

— Vous allez l'aider ?

— Ça dépend de ce qu'il a.

Depuis qu'elle était arrivée à Cricklade, les résidents du domaine étaient venus la trouver en nombre surprenant pour se faire soigner. Rhumes, maux de tête, courbatures, maux de gorge, indigestions... autant de petites affections dont leurs pouvoirs avaient du mal à les débarrasser. Ils n'avaient aucune peine à guérir plaies et fractures, mais tous les dommages internes, moins immédiatement perceptibles, leur posaient problème. Carmitha s'était donc mise à leur dispenser les potions et les tisanes de sa grand-mère. Et, en conséquence, s'était vu confier la responsabilité de l'herboristerie du domaine. Elle passait maintes soirées à piler des herbes séchées, à composer des mélanges et à remplir d'antiques bocaux.

Cela avait facilité son intégration dans la communauté. Les habitants du manoir préféraient se tourner vers la médecine romani plutôt que de consulter les quelques médecins qualifiés de la ville. Le ginseng (génétiquement modifié en fonction du climat unique de Norfolk, ce qui diminuait malheureusement ses propriétés curatives) et les autres herbes médicinales valaient mieux que l'éventail fort limité des produits pharmaceutiques autorisés sur Norfolk. En outre, leurs réserves desdits produits étaient fort minces, et Luca avait renoncé à en obtenir davantage de Boston. Les usines n'avaient pas encore été remises en route.

Ce savoir, cette maîtrise des plantes et de la terre, était son héritage, ce qui l'isolait naguère du reste de la population, et voilà qu'elle en retirait respect et reconnaissance. Elle s'en émerveillait encore.

L'atelier de menuiserie, un bâtiment de plain-pied situé à l'arrière du manoir, faisait partie d'un petit labyrinthe d'annexes construites sur le même modèle. Aux yeux de Carmitha, elles évoquaient des granges surdimensionnées, pourvues de volets en bois à l'ancienne et de toits pentus à panneaux solaires ; on trouvait parmi elles une charronnerie, une laiterie, une forge, un atelier de maçonnerie, d'innombrables magasins et même une champignonnière. Les Kavanagh s'étaient entourés de toutes les activités artisanales nécessaires à l'indépendance de leur domaine.

Lorsqu'elle arriva devant l'atelier de menuiserie, plusieurs personnes en encombraient l'entrée, avec sur le visage l'air gêné de celui qui vient d'assister à une scène de ménage. Elles auraient voulu être ailleurs mais tenaient à ne manquer aucun détail. On accueillit la guérisseuse avec des sourires de soulagement, et on la fit entrer. Les scies électriques et autres engins étaient silencieux. Les menuisiers avaient dégagé l'un de leurs établis des outils qui s'y amassaient pour y allonger Johan, dont la tête reposait sur des coussins et dont le corps était enveloppé d'une couverture écossaise. Susannah portait un verre d'eau à ses lèvres et l'encourageait à boire, tandis que Luca, planté devant l'établi, observait la scène d'un air soucieux.

Le visage adolescent de Johan était déformé par une grimace qui y creusait de profondes rides. Sa peau était maculée d'une sueur malsaine, qui collait ses cheveux à son front. Un frisson le parcourait de la tête aux pieds toutes les deux ou trois secondes. Carmitha lui posa une main sur le front. Elle s'était attendue à le trouver fiévreux, mais elle fut surprise par sa température. Quant à ses pensées, elles exprimaient un mélange d'inquiétude et de détermination.

— Vous voulez bien me dire ce qui s'est passé ? interrogea-t-elle.

— Un simple étourdissement, rien de plus. Je me sentirai mieux dans quelques minutes, le temps d'avoir encaissé. Ça doit être une indigestion, à mon avis.

— Vous n'avalez presque rien, marmonna Luca.

Carmitha se retourna pour faire face à l'assistance.

— Le spectacle est terminé, annonça-t-elle. Prenez donc votre pause déjeuner. J'ai besoin d'un peu d'air frais dans cet atelier.

Ils obtempérèrent de bonne grâce. Elle fit signe à Susannah de s'écarter, puis retira la couverture qui abritait Johan. La chemise de flanelle qu'il portait en dessous de sa veste de tweed était trempée de sueur, et son pantalon semblait adhérer à ses jambes. Il frissonna de plus belle au contact de l'air.

— Johan, dit-elle d'un ton ferme. Montrez-vous.

Il esquissa un sourire bravache.

— Vous me voyez tel que je suis.

— C'est faux. Je veux que vous mettiez un terme à cette illusion, et tout de suite. Je dois voir ce qui ne va pas chez vous.

Elle le fixa de toutes ses forces, l'empêchant de détourner les yeux afin de mieux soumettre son ego.

— Très bien, concéda-t-il finalement.

Il laissa retomber sa tête sur l'oreiller, épuisé par ce bref conflit entre leurs volontés. On aurait dit qu'une onde le parcourait sur toute la longueur de son corps, un phénomène optique qui laissait dans son sillage une image toute neuve. Il s'élargit dans toutes les directions. La couleur de sa peau s'éclaircit, ses veines devinrent apparentes. Une barbe grise poussa sur ses joues, le vieillissant de quarante ans. Ses yeux semblèrent s'enfoncer dans leurs orbites.

Carmitha eut un petit hoquet de surprise. Ce furent les bajoues qui lui mirent la puce à l'oreille. Pour confirmer son intuition, elle déboutonna la chemise de Johan. Il ne ressemblait pas à une victime de la famine au sens classique ; chez celles-ci, la peau est tendue au-dessus du squelette, les muscles sont réduits à des cordes enroulées autour des os. Il avait conservé une bonne quantité de chair, qui pendait à son corps en replis fripés. On aurait dit que son squelette avait rétréci, le laissant avec une outre de peau trois fois trop grande pour lui.

De toute évidence, la sous-alimentation ne suffisait pas à expliquer son état présent. Ses replis de chair était étrangement rigides, et disposés de façon à rappeler la musculature d'un jeune homme de vingt-cinq ans en pleine forme. Ils étaient parfois rose vif sur les bords ; par endroits, ce rose virait carrément au rouge, et Carmitha pensa à des ampoules ayant entraîné des saignements.

La honte envahit l'esprit de Johan comme il percevait la consternation teintée de dégoût des trois personnes qui l'entouraient. Ces sentiments étaient si puissants que Carmitha dut s'asseoir près de lui. Elle avait une violente envie de fuir ce lieu de souffrance.

— Vous vouliez redevenir jeune, dit-elle à voix basse. C'est ça, n'est-ce pas ?

— Nous bâtissons le paradis sur cette planète, lui répondit-il d'une voix désespérée. Nous pouvons devenir tout ce que nous voulons. Il nous suffit de le penser assez fort.

— Vous vous trompez. Ça ne suffit pas, loin de là. Vous n'avez même pas réussi à bâtir une société fonctionnant aussi bien que celle d'avant.

— Ce n'est pas la même chose, insista Johan. Nous altérons en même temps notre vie et cette planète.

Carmitha se pencha sur le malade jusqu'à se retrouver à quelques pouces de son visage.

— Vous n'altérez rien du tout. Vous êtes en train de vous tuer.

— La mort n'a pas droit de cité ici, déclara sèchement Susannah.

— Vraiment ? rétorqua Carmitha. Qu'en savez-vous ?

— Nous ne voulons pas de la mort, donc il n'y a pas de mort.

— Nous nous trouvons en un lieu différent. L'existence, elle, n'a rien de différent. Nous avons fait un pas de côté par rapport à la réalité. Ça ne durera pas, car le monde où vous vivez repose sur un vœu et non sur un fait.

— Nous sommes ici pour l'éternité, grommela Susannah. Vous feriez mieux de vous y habituer.

— Vous croyez que Johan va vivre éternellement ? Je ne suis même pas sûre de pouvoir le faire survivre une semaine. Regardez-le, mais regardez-le bien, bon sang ! Vos ridicules pouvoirs ont fait de lui un... une épave. Vous n'avez pas reçu le don de faire des miracles, tout ce que vous pouvez faire, c'est corrompre la nature.

— Je ne vais pas mourir, affirma faiblement Joshua. Je vous en supplie. (Il enserra le bras de Carmitha dans sa main moite, brûlante.) Vous devez arrêter ça. Vous devez me guérir.

Carmitha se dégagea avec douceur. Puis elle entreprit d'examiner les altérations qu'il s'était infligées, cherchant un moyen d'en atténuer la gravité.

— C'est à vous qu'il appartiendra en grande partie de vous guérir. Mais votre convalescence devra néanmoins faire reculer les limites de la médecine holistique.

— Je ferai tout ce que vous voudrez. Tout !

— Hum... (Elle lui palpa le torse, traçant les contours des replis de chair, testant la fermeté de sa peau comme elle l'aurait fait avec un fruit.) D'accord. Quel âge avez-vous ?

— Hein ? fit-il, déconcerté.

— Dites-moi votre âge. Je le connais déjà, vous savez. Cela fait plus de quinze ans que je visite ce domaine à la saison des roses. Le plus ancien souvenir que j'en aie, c'est la vision de Mr Butterworth en train de superviser les ouvriers. À l'époque, c'était déjà lui le régisseur. Un très bon régisseur, d'ailleurs ; il n'avait jamais besoin de hurler, il trouvait toujours les mots qu'il fallait pour encourager les gens, et il ne faisait aucune différence entre les Romanis et les autres. Je l'ai toujours vu habillé d'une veste de tweed et d'un gilet jaune ; quand j'avais cinq ans, je pensais que c'était le roi du monde tellement il me semblait élégant et sûr de lui. Et il connaissait les rouages de Cricklade mieux que personne, excepté les Kavanagh. On ne devient pas ce qu'il était en un jour. Alors, dites-le-moi, Johan, je veux l'entendre de votre bouche : quel âge avez-vous ?

— Soixante-huit ans, murmura-t-il. Soixante-huit ans terriens.

— Et quel est votre poids de forme ?

— Deux cent dix-sept livres. (Un temps.) Et mes cheveux sont gris, pas blonds. Les rares qui me restent.

Cette confession parut le soulager.

— Bien. Vous commencez à comprendre. Vous devez accepter ce que vous êtes et vous en réjouir. Naguère, vous n'étiez qu'une âme tourmentée par le néant, et maintenant vous avez de nouveau un corps. Un corps susceptible de vous procurer toutes les sensations dont vous étiez privé dans l'au-delà. L'aspect de ce corps n'a pas la moindre importance. Laissez donc votre chair être ce qu'elle est. Cessez de la cacher. Je sais, c'est très dur. Vous avez cru que ce lieu allait apporter une solution à tous vos problèmes. Il vous sera difficile de l'admettre, encore davantage de vous en convaincre. Mais vous devez apprendre à accepter votre nouveau moi et les limites que vous impose le corps de Butterworth. Il a eu une belle existence, il n'y a aucune raison pour que ça ne continue pas.

Johan s'efforçait de paraître raisonnable.

— Mais pour combien de temps ? s'enquit-il.

— Ses ancêtres ont été génétiquement modifiés, je présume. C'était le cas de la plupart des colons. Donc, il en a encore pour plusieurs décennies, à condition que vous arrêtiez de faire ce genre de bêtise.

— Plusieurs décennies, répéta-t-il avec amertume.

— Ou quelques jours, si vous ne commencez pas à croire en vous-même. Vous devez m'aider à vous aider, Johan. Je ne plaisante pas. Je ne perdrai pas de temps avec vous si vous persistez à vous croire immortel.

— D'accord. C'est entendu.

Elle lui tapota l'épaule pour le réconforter et remonta la couverture sur lui.

— Bon. Pour l'instant, restez où vous êtes. Luca va trouver des volontaires pour vous porter dans votre chambre. Je vais aller faire un tour à la cuisine pour voir ce qu'on a en réserve. On va commencer par vous faire prendre plusieurs collations par jour. Je ne veux pas imposer de stress à votre système digestif. Mais il est important que vous vous nourrissiez correctement.

— Merci.

— Je connais certains traitements qui faciliteront votre remise en forme. Mais un degré de préparation est nécessaire. Nous commencerons cet après-midi.

Elle sortit de l'atelier et se dirigea vers la cour de derrière. La cuisine de Cricklade était une longue pièce de forme rectangulaire reliant le grand hall aux entrepôts de l'aile ouest. Son sol était carrelé de noir et de blanc, et l'un de ses murs disparaissait derrière une enfilade de dix fours d'où irradiait une chaleur quasi insoutenable. Deux des aides-cuisinières s'affairaient à sortir des pains de ces fours pour les faire refroidir sous une fenêtre ouverte. Trois autres s'activaient devant les éviers, débitant les légumes du dîner de ce soir. La cuisinière supervisait le travail d'un boucher, qui découpait une carcasse de mouton sur le plan de travail central. Des marmites en cuivre et des casseroles de toutes les tailles pendaient à un gigantesque râtelier circulaire, évoquant les éléments d'un halo étincelant. Carmitha avait pendu plusieurs sachets d'herbes entre les casseroles, face à la rangée de fours pour qu'ils sèchent plus vite.

Elle salua la cuisinière et s'approcha de Véronique, qui épluchait des carottes devant l'évier du fond.

— Comment ça se passe ? lui demanda-t-elle.

Véronique sourit et posa une main sur son ventre arrondi.

— Je n'arrive pas à croire que ça traîne encore. Il faut que j'aille aux toilettes toutes les dix minutes. Vous êtes sûre que ce n'est pas des jumeaux ?

— Vous sentez son esprit à présent.

Carmitha posa une main sur le ventre de la jeune femme, percevant une profonde impression de contentement. Véronique possédait le corps d'Olive Fenchurch, une jeune fille de dix-neuf ans qui avait épousé un jeune ouvrier du domaine deux cents jours auparavant. Elle avait connu une lune de miel des plus brèves, suivie par une grossesse tout aussi brève et, de plus, fort improbable sur le plan biologique. Elle allait accoucher avec presque soixante-dix jours d'avance. Ce qui n'était pas rare sur Norfolk.

— Je n'aime pas faire ça, dit Véronique d'une petite voix. J'ai peur que ça me porte la poisse.

— Eh bien, il est en parfaite santé, vous pouvez me croire. Quand il aura envie de sortir, il nous le fera savoir.

— J'espère qu'il va faire vite. (La jeune femme s'agita sur son tabouret, mal à l'aise.) Mon dos me fait souffrir le martyre et j'ai les jambes coupées.

Carmitha eut un sourire compatissant.

— Ce soir, je viendrai vous voir pour vous masser les pieds avec de l'huile à la menthe poivrée. Ça vous fera du bien.

— Oh ! merci. Vous avez les mains si douces.

On aurait pu croire que la possession avait échoué. Véronique était de nature douce, tranquille, un peu anxieuse de plaire, et ressemblait beaucoup à Olive. Un jour, elle avait confessé à Carmitha qu'elle était morte dans un accident. Elle avait refusé de lui dire son âge, mais Carmitha la soupçonnait d'être à peine adolescente ; il lui arrivait parfois de parler des méchants garçons de sa crèche.

Son accent français se confondait peu à peu avec le dialecte norfolkois. Un mélange des plus étranges, quoique pas désagréable à l'oreille. Elle accentuait de plus en plus les voyelles, modelait de mieux en mieux son phrasé à mesure que son esprit de possédée s'apaisait. Cela avait éveillé les soupçons de Carmitha.

— Vous êtes au courant pour Mr Butterworth ? demanda-t-elle.

— Oui, le pauvre ! Est-ce qu'il va mieux ?

Intéressant de constater qu'elle n'avait pas prononcé le nom de Johan, songea Carmitha, aussitôt honteuse de sa petite ruse.

— Il est un peu secoué, c'est tout. En grande partie parce qu'il n'a pas mangé correctement. J'ai bien l'intention de m'occuper de lui, et c'est pour ça que je suis ici. J'ai besoin que vous me prépariez quelques huiles essentielles.

— Avec plaisir.

— Il me faudrait des pommes sauvages ; je sais qu'il y en a plein en réserve, ça ne devrait pas poser de problème. Un peu de bergamote, mais rappelez-vous que c'est la peau la plus efficace. Et il nous faudra aussi de l'angélique ; cela le mettra en appétit, et j'aurai besoin d'avoir de la fraîche tous les jours. Quand il se sentira un peu mieux, j'utiliserai de l'avocat pour les soins de la peau, cela aidera à lui rendre son estime de soi.

— Je m'en occupe tout de suite.

Véronique jeta un coup d'œil en direction de la porte et rougit. Carmitha vit que Luca les observait depuis le seuil.

— Je reviendrai chercher tout ça un peu plus tard, dit-elle à la jeune fille.

— Vous pensez que ça va lui faire du bien ? demanda Luca comme elle passait près de lui pour gagner le couloir qui courait sur toute la longueur de l'aile ouest.

— Attention, lança-t-elle. Vous avez failli dire : « ces saloperies ».

— Mais je me suis retenu, n'est-ce pas ?

— Oui. Pour une fois.

— Trois des palefreniers l'ont monté dans sa chambre. Ça se présente mal, n'est-ce pas ? Mon Dieu, dans quel état il est !

— Cela dépend de votre attitude.

Elle émergea dans la cour, Luca sur les talons. Sa caravane était rangée près du portail, porte fermée et rideaux tirés. Une petite forteresse pour la protéger de ce royaume. C'était là son monde, bien plus que cette planète.

— D'accord, je vous demande pardon, dit Luca. Vous devriez savoir qui je suis maintenant.

Elle s'appuya contre la roue avant et se fendit d'un sourire malicieux.

— Mais à qui est-ce que je m'adresse en ce moment, milord ?

— Arrêtez avec ça.

— Si je veux.

— À quoi servent ces huiles, s'il vous plaît ?

— Je vais les utiliser pour des massages suivant les règles de l'aromathérapie, et ensuite pour des bains ; sans doute à la lavande.

— Des massages ? interrogea-t-il, de nouveau dubitatif.

— Écoutez, même si nous disposions de la technologie médicale de la Confédération, cela ne nous permettrait pas de régler tous nos problèmes. Pour guérir les gens, il ne suffit pas de remettre de l'ordre dans leur biochimie, vous savez. L'ennui avec la médecine scientifique, c'est qu'elle ne s'intéresse qu'au concret. Johan doit lutter contre son affliction tant sur le plan physique que sur le plan mental. Ce corps n'est pas le sien, et il doit renoncer au désir qu'il a de le façonner à l'image de son corps d'avant. Le massage est une forme de contact physique très puissante et, à ce titre, peut l'amener à prendre conscience de son corps. Il parviendra ainsi à le reconnaître pour sien, à cesser de le haïr et de le rejeter inconsciemment. C'est là qu'interviennent mes onguents ; la pomme sauvage est un extraordinaire relaxant. La conjonction de ces méthodes devrait permettre à Johan d'accepter sa nouvelle existence.

— Stupéfiant. On croirait entendre un expert en matière de rejet et de possession.

— Ce n'est qu'une adaptation. Les précédents à ce genre de situation ne manquent pas. Je pense à l'anorexie classique, par exemple.

— Allons ! vous plaisantez.

— Pas le moins du monde. La majorité des cas concernait des jeunes filles incapables d'accepter leur développement sexuel. Elles s'efforçaient de retrouver leur corps d'enfant en maigrissant jusqu'à obtenir une silhouette qu'elles considéraient comme idéale, avec des conséquences désastreuses. Aujourd'hui, sur cette planète, vous êtes tous persuadés d'être devenus des anges, ou des petits dieux, ou que sais-je encore. Vous vous croyez au Jardin d'Éden, vous vous prenez pour des immortels gambadant autour de la Fontaine de Jouvence. Vous êtes persuadés que vos illusions ont autant de force que la réalité, à la façon d'un politicien croyant dur comme fer à ses promesses de campagne. Vous vous trompez sur toute la ligne.

Le sourire de Luca manquait de conviction.

— Nous avons le pouvoir de créer, dit-il. Vous le savez. Vous avez ce pouvoir, vous aussi.

— Je peux sculpter la matière, c'est tout. Comme si je manipulais un couteau invisible et façonnais avec lui un bout de bois. La nature de la matière reste la même.

Elle parcourut la cour du regard, s'attardant sur toutes les personnes qui profitaient de leur pause à l'ombre des murs. Plusieurs paires d'yeux étaient braquées sur eux.

— Suivez-moi, dit-elle à Luca.

En dépit du temps qu'elle avait passé cachée dans la forêt, et en dépit de ses nouveaux pouvoirs, elle n'avait pas pris la peine de faire le ménage dans sa caravane. Luca détourna poliment les yeux pendant qu'elle débarrassait une chaise d'une pile de vêtements et le priait d'y prendre place. Elle s'assit sur le lit.

— Je n'ai rien dit devant Susannah, mais je ne peux pas garder cela pour moi, déclara-t-elle.

— Quoi donc ? s'enquit-il sèchement.

— Je ne pense pas que la malnutrition explique tout. J'ai senti des boules de chair sous la peau de Johan. S'il n'était pas aussi émacié, je dirais qu'il est en train de se faire des muscles. Sauf que ces boules de chair n'avaient pas l'aspect de tissu musculaire. (Elle se mordilla la lèvre.) Ça ne laisse pas beaucoup d'explications.

Luca mit un long moment avant de comprendre ce qu'elle sous-entendait. En grande partie parce qu'il hésitait à admettre la vérité.

— Des tumeurs ? murmura-t-il.

— Je le soumettrai à un examen en règle lors de son premier massage. Mais je ne vois pas d'autre hypothèse. Et il a plein de ces saloperies, Luca.

— Ô mon Dieu ! Vous pouvez le guérir, n'est-ce pas ? Le cancer n'est plus un fléau comme il l'était à mon époque.

— La Confédération dispose des moyens médicaux appropriés, oui. Mais il n'existe pas de remède miracle, pas de pilule inventée au XXVIIe siècle que je pourrais fabriquer dans un labo. Il nous faudrait en fait des nanoniques médicales et des gens qui savent s'en servir. Jamais on n'en a trouvé sur Norfolk. Il va falloir que vous fassiez appel à des médecins qualifiés. Je n'ai pas les compétences requises.

— Oh ! merde ! (Il leva devant lui des mains tremblantes.) On ne peut pas retourner là-bas. C'est impossible.

— Vous aussi, vous avez altéré votre corps, Luca. Pas autant que Johan, c'est entendu. Mais vous l'avez fait. Vous avez lissé vos rides, éliminé votre bedaine. Si vous voulez que je vous examine, je suis prête à le faire tout de suite. Personne n'a besoin d'être au courant.

— Non.

Pour la première fois, elle eut de la peine pour lui.

— Entendu. Si vous changez d'avis...

Elle commença à ouvrir les petits placards de la caravane, en quête des ingrédients qu'elle comptait emporter dans la chambre de Johan.

— Carmitha ? demanda Luca à voix basse. Qu'est-cc qui pouvait bien vous pousser à coucher avec Grant pour de l'argent ?

— Qu'est-ce qui vous prend de me poser une question pareille ?

— Vous savez ce que je veux dire. Une fille comme vous. Vous êtes intelligente, jeune, séduisante. Je suis sûr que vous ne manquiez pas de soupirants, même parmi les jeunes propriétaires fonciers. Ça s'est déjà vu. Alors... pourquoi ?

D'un geste vif, elle lui prit le menton dans une main, l'empêchant de détourner les yeux et d'échapper à son regard furibond.

— Ça fait longtemps que j'attendais ce jour, Grant.

— Je ne suis pas...

— Silence. Vous êtes Grant, ou du moins Grant m'entend par vos oreilles. Et, cette fois-ci, vous ne pouvez pas fermer votre esprit. Vous avez soif de ce qui est en dehors de votre prison. Je me trompe ?

Comme ses doigts venaient de raffermir leur étreinte, il ne put que pousser un grognement en guise de réponse.

— Il vous a poussé à réfléchir, pas vrai ? Ce Luca. À cause de lui, votre petit monde si précieux vous apparaît sous un nouveau jour. Eh bien, il a raison de poser cette question : pourquoi me suis-je abaissée à être votre pute ? L'explication est toute simple. Vous admirez mon indépendance, ma liberté d'esprit. Eh bien, cette indépendance a un prix. Il me faudrait toute une saison de travail dans les roseraies pour remplacer une roue de ma caravane. Une roue cassée, un gros caillou dans une ornière, et je peux dire adieu à ma liberté. Le pourtour de cette roue est taillé dans la tiépine, je peux le réparer moi-même si besoin est. Mais les rayons, sans parler des essieux, sont manufacturés dans vos usines. Et, vu l'état des routes sur cette planète, nous avons besoin d'une suspension qui tienne le coup. Vos routes ne sont que des pistes, parce que vous voulez que tout le monde utilise le train. Si les gens avaient des voitures, ça foutrait en l'air votre idéal économique. Et je ne parle même pas du prix que coûte un cheval comme Oliver, ni de l'argent que je dépense pour le nourrir. Voilà votre réponse, elle est limpide. Si je vends mon corps, c'est que je n'ai pas le choix. Je suis née putain. Tous les habitants de cette planète sont comme moi. C'est nous qui payons le prix de votre liberté de propriétaire foncier. Si je couchais avec vous, c'était parce que vous aviez l'habitude de me payer grassement, de me faire de si beaux *cadeaux* que je pouvais espacer nos rencontres. Pour moi, vous êtes une ressource, Grant, vous et les autres propriétaires. Une ressource précieuse, mais rien de plus.

Elle le repoussa violemment. Il se cogna la tête au plafond de la caravane et poussa un glapissement. Lorsqu'il porta une main à son crâne pour le palper, il la retira couverte de sang. Il jeta à la jeune femme un regard effaré.

— Soignez-vous tout seul, lui dit-elle. Et foutez le camp.

Pour une ville dont le survol était interdit aux avions commerciaux, Nova Kong comptait un nombre étonnant d'observateurs du ciel. Ceux-ci se concentraient inévitablement sur le palais Apollon et suivaient les mouvements des aéros, spatiojets et autres appareils qui décollaient et atterrissaient des terrains attenants aux bâtiments royaux. La quantité, la fréquence et le type d'avion étaient autant d'indicateurs de la gravité d'une crise diplomatique et des efforts que dépensaient pour la résoudre les Saldana et leurs serviteurs zélés. On trouvait même sur le réseau de communication planétaire deux sites officieux consacrés à ce sujet – et soigneusement surveillés par l'ASI.

Depuis le début de la crise de la possession, les observateurs du ciel surveillaient l'espace aérien au-dessus du palais avec autant d'attention que les capteurs de la Défense stratégique. Les appareils civils, tels que ceux qu'utilisaient les secrétaires d'État et les membres mineurs de la famille royale, brillaient désormais par leur absence. On ne voyait plus que des véhicules militaires évoluer parmi les rotondes ouvragées et les cheminées de pierre. Les couleurs qu'ils portaient permettaient parfois de déduire l'identité de leurs passagers ou la nature de leur cargaison. Les observateurs du ciel répandaient sur les sites les rumeurs les plus invraisemblables (que les agents de l'ASI enrichissaient avec de la bonne vieille désinformation).

Ce jour-là, alors que le ciel était d'un gris uniforme au-dessus des parcs et des boulevards, les observateurs notèrent parmi une vingtaine de mouvements l'arrivée de quatre aéros portant l'emblème du 585e Escadron des Marines royaux. Comme cet escadron était affecté à la logistique, ce qui pouvait vouloir dire n'importe quoi, l'arrivée de ces appareils passa quasiment inaperçue.

On pouvait en dire autant de l'arrivée en orbite équatoriale basse de cuirassés spatiaux en provenance, entre autres, d'Oshanko, de la Nouvelle-Washington, de Pétersbourg et de Nanjing. À leur bord se trouvaient le prince Tokama, le vice-président Jim Sanderson, le Premier ministre Korzhenev et le vice-président du Conseil Ku Rongi. Le secret entourant leur visite était tel que le ministre des Affaires étrangères du gouvernement de Kulu n'en avait pas été informé, pas plus que les ambassades de leurs planètes respectives.

Ce fut lady Phillipa Oshin, le Premier ministre, qui les accueillit à leur descente d'aéro. Elle leur adressa un sourire poli mais ferme tandis qu'un marine royal les soumettait au test de détection à l'électricité statique, formalité à laquelle chacun se soumit sans sourciller. Les cloîtres du palais étaient déserts, ce qui était fort peu habituel, lorsqu'elle les escorta vers les bureaux privés du roi. Alastair II se leva de son fauteuil pour les accueillir afin de détendre un peu l'atmosphère. Dans la cheminée se consumait une bûche de belle taille, qui chassait la froidure venant du dehors, où le jardin était pris dans une gangue de givre derrière la porte-fenêtre. Les noisetiers étaient totalement dénudés, leurs branches luisant tels de longs doigts de quartz.

Lady Philippa prit place près du bureau, à côté du duc de Salion ; chacun des quatre invités s'assit dans un fauteuil en cuir, face à Alastair.

— Je vous remercie d'avoir répondu à mon invitation, commença le roi.

— À en croire votre ambassadeur, ce que vous avez à nous dire est de la dernière importance, dit Jim Sanderson. Et nos relations diplomatiques sont suffisamment solides, suffisamment précieuses, pour que je me remue un peu le cul. Même si je vais être obligé de retourner auprès de mes électeurs. Dans la crise que nous vivons, il est essentiel de donner une image de confiance en soi.

— Je comprends, dit Alastair. Si je puis me permettre une observation, la crise a désormais quitté le terrain de la confiance en soi.

— Ouais, nous avons appris vos ennuis de Mortonridge.

— Le rythme de notre progression s'est ralenti après Ketton, admit le duc de Salion. Mais nous continuons de gagner du terrain et de libérer des habitants.

— Tant mieux pour vous. Mais quel rapport avec nous ? Vous avez déjà eu droit à toute l'aide qu'il nous était raisonnablement possible de vous accorder.

— Nous pensons que l'heure est venue de prendre des décisions positives relativement à notre politique de lutte contre les possédés.

Korzhenev eut un grognement amusé.

— Et vous nous avez convoqués ici pour discuter de notre action en secret plutôt que d'évoquer le problème devant l'Assemblée générale ? J'ai l'impression de participer à un complot révolutionnaire comme au temps jadis.

— C'est exactement cela, dit le roi.

Le sourire de Korzhenev s'effaça.

— La Confédération est en train d'échouer, déclara le duc de Salion aux invités interloqués. L'économie des mondes développés comme les nôtres souffre profondément de la quarantaine sur les vols civils. Les planètes en phase deux sont paralysées. Capone a fait preuve d'une grande intelligence en montant ses opérations d'infiltration et sa frappe contre Trafalgar. Nos populations sont en état de siège, tant sur le plan physique que sur celui des sentiments. La possession continue de se répandre, lentement mais sûrement, par le fait des briseurs de quarantaine. Et voilà que la Terre, le cœur militaire et industriel de la Confédération, est infectée à son tour. Sans la Terre dans notre camp, l'équation est bouleversée. Nous devons prendre sa perte en considération si nous voulons survivre.

— Un instant, fit Jim Sanderson. Les possédés ont réussi à s'infiltrer dans deux arches, c'est tout. Vous ne pouvez pas rayer la Terre d'un trait de plume. Le DSIG connaît son boulot, il ne tardera pas à faire le nécessaire pour éliminer les possédés.

D'un hochement de tête, Alastair donna au duc l'autorisation de poursuivre.

— Selon notre contact au DSIG, le nombre des arches contaminées par les possédés est maintenant de cinq.

Le prince Tokama haussa un sourcil.

— Vous êtes bien renseigné, monsieur. On ne m'a pas informé de ceci avant mon départ d'Oshanko.

— La moitié des vaisseaux auxiliaires de la Flotte royale ont été réquisitionnés pour nous servir de courriers, expliqua le duc. Nous nous efforçons de rester informés, mais l'information souffre d'un retard incompressible de deux jours environ. Selon le rapport que je viens d'évoquer, c'est à New York que la situation s'est le plus dégradée, mais les quatre autres arches tomberont dans quelques semaines au maximum. Le Gouvcentral s'est certes empressé d'interrompre le trafic vidtrain, mais nous pensons que cela n'empêchera pas les possédés de se répandre à terme dans toutes les arches. Si quelqu'un est capable de survivre sans protection au climat terrien, c'est bien un possédé.

— Et le problème n'est même pas là, intervint Alastair. La population de Lalonde se montait à vingt millions d'habitants, dont un minimum de quatre-vingt-cinq pour cent avaient été possédés. Leur pouvoir énergétique combiné leur a permis d'extraire cette planète de l'univers. Officiellement, la population de New York est de trois cents millions d'habitants. Ce qui représente un pouvoir amplement suffisant pour faire disparaître la Terre. Ils n'auront même pas besoin d'attendre que les autres arches aient été conquises.

— Observation des plus pertinentes ; cela dit, le Halo restera dans cet univers, fit remarquer Ku Rongi. Et c'est dans le Halo que se concentrent les échanges commerciaux avec la Confédération. Nos relations avec le système de Sol seront affectées, mais elles continueront.

— On peut l'espérer, oui, dit le duc. Notre contact au DSIG nous dit que celui-ci n'a pas encore compris comment les possédés ont pu pénétrer les défenses terriennes. Par conséquent, il est possible qu'ils se répandent aussi dans les astéroïdes du Halo. Et celui-ci risque d'affronter bientôt un nouveau problème : si la Terre disparaît dans un autre continuum, son champ gravifique disparaîtra avec elle. Les astéroïdes du Halo se disperseront dans l'espace.

— Très bien, fit le prince Tokama. Vos analystes ont sûrement produit un rapport exhaustif sur les conséquences de ces événements. Supposons donc que nous soyons privés de la Terre et d'une partie des ressources du Halo, quelle serait selon vous la politique la plus efficace à mettre en œuvre ?

— Olton Haaker et le Conseil politique viennent d'ordonner

aux Forces spatiales de la Confédération de lancer une attaque massive sur la flotte de Capone, dit le duc. Cela devrait mettre un terme à la mainmise de l'Organisation sur la Nouvelle-Californie et laisser la bride sur le cou aux possédés de cette planète. Sa disparition éliminera toute menace d'infiltration et de terrorisme à l'antimatière. Ce que nous proposons, c'est de poursuivre cette politique jusqu'à sa conclusion logique.

— Les systèmes stellaires industrialisés devraient s'allier pour former le noyau dur de la Confédération, déclara lady Phillipa. À l'heure actuelle, la quasi-totalité de nos ressources est consacrée au maintien de la quarantaine et au soutien d'opérations telles que la libération de Mortonridge. Nous ne sommes plus en mesure de supporter le coût de cette politique, vu les difficultés économiques découlant de la crise actuelle. Si nous réduisons nos sphères d'influence, ledit coût sera considérablement réduit et l'efficacité de nos forces militaires accrue dans les mêmes proportions, puisqu'elles auront à maintenir la sécurité dans un volume d'espace moins important. Ceci posé, il devrait nous être possible de reprendre nos échanges commerciaux.

— Vous voulez dire que personne d'autre que nous n'aurait l'autorisation de voler dans cet espace ?

— Essentiellement, c'est ça. La procédure de régulation du vol interstellaire présentement appliquée serait étendue aux vaisseaux commerciaux. Tout astronef immatriculé dans l'un des systèmes sécurisés aurait la permission de voler entre ces systèmes, à condition de se soumettre à une inspection de sécurité. Les vaisseaux en provenance de systèmes non sécurisés seraient interdits dans nos spatioports. En d'autres termes, nous délimitons notre territoire et le gardons jalousement.

— Et les autres planètes ? s'enquit Korzhenev. Celles que nous laissons se débrouiller toutes seules ? Quel sort prévoyez-vous pour elles ?

— C'est en grande partie de ces planètes que viennent tous nos ennuis, répliqua le duc. Elles sont incapables de faire sérieusement la police dans leurs colonies-astéroïdes, ce qui encourage les briseurs de quarantaine et accroît la probabilité que des possédés puissent infiltrer de nouveaux systèmes.

— Donc, nous les laissons tomber ?

— Si nous leur retirons le soutien militaire que nous leur avons accordé sans condition, cela les obligera à assumer les responsabilités qu'elles ont jusqu'ici négligées. Vu la quarantaine qui leur est imposée, leurs colonies-astéroïdes industrielles marginales sont de toute façon inviolables. Nous n'avons fait que financer leur mise en sommeil pour le bénéfice de leurs propriétaires. Une fois que cette situation aura cessé de prévaloir, les astéroïdes seront abandonnés et leur population rapatriée sur la planète terracompatible du système. Cela réduira considérablement les voies d'accès des possédés à de nouvelles planètes. Peut-être même parviendrons-nous à leur barrer totalement la route dans cet univers. En voyant qu'il leur est impossible d'infecter de nouvelles populations, ils partiront rejoindre leurs semblables dans un autre continuum.

— Et ensuite ? demanda Jim Sanderson. D'accord, nous aurons regagné le plus gros de ce que nous aurons perdu, en termes financiers. Je suis pour. Mais cela ne règle rien sur le long terme. Même si les possédés se barrent et nous laissent tranquilles, nous ne devons pas oublier les corps... les *gens* qu'ils ont volés et réduits en esclavage. Des centaines de millions de personnes, voire des milliards maintenant, attendent que nous les sauvions. Ça représente un bon pourcentage de notre population globale. Nous ne pouvons pas les ignorer. Il faut s'attaquer au problème de l'âme et de ce qui nous arrive après la mort. En venant ici aujourd'hui, j'espérais que vous auriez quelque chose de nouveau à m'apprendre sur ce point.

— S'il existait une solution évidente à ce problème, nous l'aurions déjà trouvée, répondit le roi. Pour résoudre cette question, on a effectué plus de recherches, on a dépensé plus d'efforts que pour toute autre entreprise de l'histoire de l'humanité. Toutes les universités, tous les laboratoires privés et militaires, tous les esprits brillants de huit cents systèmes stellaires y ont travaillé sans relâche. La meilleure idée qu'on ait trouvée, c'est la possibilité de développer une antimémoire pour annihiler les âmes de l'au-delà. Un tel massacre ne saurait être considéré comme une réponse valable, même s'il s'avère qu'il est faisable. Nous devons commencer à examiner le problème sous un autre angle. Pour ce faire, nous avons besoin d'un contexte favorable, c'est-à-dire de stabilité et d'un degré raisonnable de prospérité. La société va devoir changer de bien des façons, dont la plupart bouleverseront nos habitudes. Il est impossible de dire, à l'heure actuelle, si notre foi en Dieu en sortira renforcée ou oblitérée.

— Je comprends la logique de votre discours, dit Korzhenev. Mais que deviennent l'Assemblée générale et les Forces spatiales de la Confédération ? Elles existent pour protéger toutes les planètes, sans en privilégier aucune.

— N'oubliez pas ce vieil aphorisme : l'argent est le nerf de la guerre, dit lady Phillipa. Et nous faisons partie de ceux qui mettent le plus souvent la main au portefeuille. Nous n'abandonnons personne, nous restructurons notre politique afin d'apporter une réponse plus appropriée à la crise actuelle. Si celle-ci pouvait être résolue vite, il nous aurait suffi pour ce faire de maintenir la quarantaine et d'interdire quelques vols interstellaires. Comme, de toute évidence, cela ne s'est pas produit, nous allons devoir prendre une décision difficile et nous préparer à un combat de longue haleine. C'est la seule façon pour nous de donner aux personnes possédées l'espoir de recouvrer un jour leur intégrité.

— Combien de systèmes stellaires compterait ce noyau dur dont vous parlez ? demanda le prince Tokama.

— Nous estimons que quatre-vingt-treize systèmes disposent d'une infrastructure techno-industrielle suffisamment développée pour être qualifiés. Notre idée n'est pas de former une petite élite isolée. D'après nos analyses fiscales, un tel groupe de systèmes stellaires devrait pouvoir parvenir à une croissance économique modeste mais régulière.

— Envisagez-vous de proposer l'adhésion aux Édénistes ? s'enquit Ku Rongi.

— Bien évidemment, répondit le roi. En fait, ce sont eux qui nous ont inspirés. Après la catastrophe de Pernik, ils ont fait montre d'une résolution admirable pour ce qui est de protéger leurs habitats de l'infiltration. C'est précisément ce type de détermination que nous voulons imposer parmi nous. Si les planètes en phase deux et les astéroïdes en voie de développement avaient agi de même dès le début, nous ne nous retrouverions pas dans la position lamentable qui est la nôtre.

Jim Sanderson considéra les trois autres invités, puis se retourna vers le roi.

— Entendu, je ferai mon rapport au président et lui dirai que je suis favorable à votre proposition. Celle-ci ne correspond pas à ce que j'attendais, mais au moins s'agit-il d'une initiative concrète.

— Mon honorable père sera informé, déclara le prince Tokama. Il devra soumettre votre proposition à l'attention de la Cour impériale, mais je ne vois aucun obstacle à sa mise en œuvre si un nombre suffisant de planètes peuvent être convaincues.

Korzhenev et Ku Rongi donnèrent leur accord dans des termes similaires, promettant d'exposer la proposition de Kulu à leurs gouvernements respectifs. Le roi accorda à chacun de ses invités une poignée de main et quelques mots en aparté. Il ne tenait pas à les retenir trop longtemps, car le temps pressait ; il avait rendez-vous dans une heure avec quatre nouveaux invités. Le 585e Escadron n'allait pas chômer durant les trois jours à venir.

Cent quatre-vingt-sept trous-de-ver s'ouvrirent avec une synchronisation stupéfiante à deux cent cinquante mille kilomètres d'Arnstadt, entre la planète et son étoile. Des faucons en émergèrent pour former aussitôt une sphère défensive de cinq mille kilomètres de diamètre, puis scannèrent l'espace avec leurs champs de distorsion et leurs capteurs électroniques, en quête de signes d'activité technologique à proximité. Bien entendu, ils détectèrent les plates-formes DS de la planète, qui formaient un réseau bien diminué après l'invasion de l'Organisation. Les satellites-capteurs locaux les avaient néanmoins repérés et les plates-formes en orbite haute épargnées par la conquête se verrouillaient sur eux. Le réseau DS était renforcé par des vaisseaux de guerre de l'Organisation, au nombre de cent dix-huit, auxquels s'ajoutaient vingt-trois harpies et, pour la forme, une demi-douzaine de plates-formes en orbite basse envoyées par la Nouvelle-Californie (leur rôle était avant tout de soutenir les forces de l'Organisation à la surface de la planète). Comme certains de ces appareils étaient armés de guêpes de combat propulsées à l'antimatière, les forces défensives de la planète étaient d'un niveau équivalent à celui d'un réseau DS normal.

Capone et Emmet Mordden ne doutaient pas que l'Organisation soit en mesure de repousser toute escadre des Forces spatiales ayant pour mission de reconquérir l'espace au-dessus d'Arnstadt. En outre, c'était la domination exercée par l'Organisation sur cet espace qui empêchait les possédés vivant sur la planète d'emporter celle-ci dans un autre univers, de sorte que le grand amiral était effectivement paralysé.

Certes, on avait assisté ces derniers temps à un accroissement des raids éclairs, au cours desquels les faucons surgissaient du néant pour anéantir guêpes de combat et charges furtives, mais rares étaient leurs missiles à atteindre leurs cibles – le taux d'interception dépassait quatre-vingt-quinze pour cent. Maintenus en état d'alerte permanent, les opérateurs des satellites-capteurs étaient parvenus à une efficacité des plus redoutables ; avec l'appui des harpies et de leurs champs de distorsion, ils étaient sûrs de détecter tout objet approchant des colonies-astéroïdes et des stations industrielles en orbite avant qu'il ait eu le temps de leur infliger des dommages sérieux.

Il ne se passa rien pendant les deux minutes qui suivirent l'émergence des faucons. Chacun des deux adversaires cherchait à imaginer ce qu'allait faire l'autre. Le chef de l'Organisation n'avait aucune idée de ce qui lui arrivait. Normalement, une telle formation d'astronefs bioteks avait pour mission de sécuriser l'espace en prélude à l'apparition d'une vaste force de vaisseaux adamistes. Mais cent quatre-vingt-sept faucons, voilà qui faisait beaucoup pour une tête de pont, et ces astronefs représentaient sans doute l'escadre dans sa totalité. La localisation de leur point d'émergence était elle aussi fort étrange : pour le moment, ils étaient hors de portée des guêpes de combat de l'Organisation. Mais celle-ci disposait d'un avantage de taille : ses guêpes propulsées à l'antimatière, qui lui permettaient de riposter aux attaquants dès qu'ils fonceraient sur la planète.

Les faucons confirmèrent le fait que l'Organisation ne pouvait pas les atteindre – sauf si les harpies décidaient de faire un saut pour aller à leur rencontre. Elles n'en firent rien. De nouveaux terminus de trou-de-ver s'ouvrirent. Et les premiers astronefs adamistes émergèrent au milieu de la sphère défensive.

L'amiral Kolhammer avait choisi le cuirassé *Illustre* comme vaisseau amiral. Sa taille lui permettait d'être entouré de son équipe tactique au grand complet et d'une division contrôle et communication indépendante de la passerelle de commandement. Aucun autre vaisseau des Forces spatiales de la Confédération n'était mieux adapté pour se placer à la tête d'une flotte de cette importance, mais, en dépit du nombre d'antennes dont était équipé l'*Illustre*, les tacticiens avaient quand même des difficultés à établir et à maintenir les communications avec plus d'un millier d'astronefs.

Comme pour souligner sa puissance monumentale, la flotte mit plus de trente-cinq minutes à effectuer sa manœuvre d'émergence. Aux yeux des officiers et des membres d'équipage des forces de l'Organisation, ce déluge de vaisseaux spatiaux semblait interminable.

L'état-major de Kolhammer télétransmit de nouveaux vecteurs aux astronefs dès qu'il eut établi le contact avec eux. Les fusiopropulseurs s'activèrent, et la flotte adopta une formation en discoïde. La concentration des jets de plasma dans un espace aussi limité ne tarda pas à produire une aura blanc-pourpre plus brillante que le soleil. Sur la surface de la planète, les assaillants apparurent sous la forme d'une tache de lumière grosse comme une pièce de monnaie au centre d'une photosphère aveuglante. Sinistre présage des drames à venir.

Huit cents vaisseaux adamistes formaient le noyau de la formation d'attaque, cinq cents faucons soutenaient celle-ci à sa périphérie. Une fois parvenus aux positions qui leur avaient été assignées, les astronefs activèrent leurs propulseurs principaux, fonçant vers la planète à huit g d'accélération. Les faucons élargirent leurs champs de distorsion et alignèrent leur poussée sur celle de leurs camarades non bioteks.

Le titanesque affichage neuro-iconique défilait lentement dans l'esprit de Motela Kolhammer, chaque astronef lui apparaissant comme une épingle dorée traînant un sillage violet représentant son vecteur de vol. Un essaim fondant sur la planète, figurée sous la forme d'une sphère d'ébène uniforme. Les différents niveaux de défense étaient des coques concentriques enveloppant celle-ci. Les astronefs de la Confédération avaient encore un bout de chemin à faire avant de parvenir au niveau de la première. Et personne n'avait encore ouvert le feu.

Cette simulation lui rappela un marteau se préparant à frapper un œuf, une image dont la brutalité contrastait avec la subtilité de son rendu. Lui-même était consterné à l'idée du déchaînement de violence auquel il allait assister lorsque ces deux forces s'affronteraient dans l'univers physique. Jamais il n'aurait cru voir cela. Les Forces spatiales de la Confédération avaient pour mission de prévenir de telles catastrophes, pas de les déclencher. Il ne put s'empêcher de se sentir coupable en songeant que cela allait se produire précisément parce que, aux yeux des politiciens, l'armée avait failli à son devoir.

Paradoxalement, c'était grâce auxdits politiciens que le fardeau de sa culpabilité lui était supportable. Ceux-là mêmes qui avaient ordonné l'assaut s'étaient assurés que les pertes seraient limitées au maximum... dans le camp des Forces spatiales. En exigeant une victoire totale, le Conseil politique avait donné à Kolhammer ce que tout commandant en chef souhaite de tout son cœur avant une bataille : une puissance de feu supérieure.

La flotte de Kolhammer fonça vers Arnstadt durant trente minutes en maintenant une accélération de huit g. Lorsqu'il ordonna aux astronefs de désactiver leurs systèmes de propulsion, ils étaient encore à cent dix mille kilomètres de la planète, quasiment à la lisière de son réseau DS, et filaient à plus de cent cinquante kilomètres par seconde. Frégates, cuirassés et faucons tirèrent chacun une salve de vingt-cinq guêpes de combat. Ces drones étaient tous programmés pour opérer en mode chercheur autonome. Un scénario d'engagement idéal : tous les objets matériels présents au-dessus d'Arnstadt, de la micrométéorite à la station industrielle, du VSM à l'astéroïde, étaient considérés comme hostiles. Les vaisseaux des Forces spatiales de la Confédération n'avaient même pas besoin de rester sur place pour superviser l'assaut au moyen de liaisons radio cryptées ; ils n'auraient pas besoin de repousser les guêpes de combat à antimatière de l'Organisation, ni d'effectuer des manœuvres d'évitement à douze g. Risque couru : néant.

Les vaisseaux adamistes se mirent à disparaître. Les interstices de trou-de-ver qu'ils avaient ouverts emportèrent certains des faucons vers leurs coordonnées de rendez-vous. Seuls l'*Illustre*, ses dix frégates d'escorte et trois cents faucons de soutien restèrent à proximité pour observer la suite des événements. Tous décéléraient à dix g tandis que l'armada de trente-deux mille guêpes de combat fondait sur ses proies à vingt-cinq g d'accélération.

L'issue du combat ne faisait pas de doute. Même les cinq cents guêpes de combat propulsées à l'antimatière dont disposait l'Organisation étaient impuissantes à arrêter ce torrent. Non seulement la Confédération disposait d'une terrifiante supériorité numérique, mais la vitesse de ses missiles conférait à ceux-ci une force cinétique irrésistible. Le moindre impact se traduisait par une victoire ; les charges secondaires du système DS n'avaient aucune chance.

Les harpies se défilèrent en masse sans même consulter le commandement DS d'Arnstadt. Les frégates de l'Organisation rétractèrent leurs grappes de capteurs et leurs antennes paraboliques, se préparant à sauter hors du système. Les astronefs en mission de patrouille en orbite basse prirent de l'altitude en accélérant au maximum de façon à pouvoir utiliser leurs nœuds ergostructurants.

Grâce à leurs champs de distorsion, les faucons analysèrent la pression que les frégates de l'Organisation appliquaient à l'espace-temps local lors de leur fuite. Chaque combinaison de compression énergétique et de trajectoire était unique, et on pouvait en déduire les coordonnées du point d'émergence. Chaque astronef possédé se retrouva poursuivi par trois faucons qui avaient ordre de le détruire. Comme un vaisseau adamiste avait besoin de plusieurs secondes pour déployer ses capteurs après l'émergence, les faucons disposeraient d'une fenêtre de tir durant laquelle leur proie serait sans défense. Kolhammer tenait à ce qu'aucun astronef ne regagne la Nouvelle-Californie, où sa puissance de feu et l'antimatière qu'il transportait ajouteraient encore à la puissance de Capone.

Les guêpes de combat se mirent à lâcher leurs charges secondaires, déployant un filigrane de destruction sur un volume de plusieurs dizaines de milliers de kilomètres cubes. De minuscules soleils violacés étincelèrent brièvement lorsque les satellites-capteurs du réseau DS explosèrent dans un déchaînement de gaz. Puis les détonations se multiplièrent et les défenses d'Arnstadt commencèrent à s'effondrer comme un château de cartes. L'essaim s'abattit sur la première des quatre colonies-astéroïdes en orbite géosynchrone, triomphant de ses défenses à courte portée. Harpons cinétiques et charges à tête nucléaire s'abattirent sur la roche, y creusant des centaines de cratères irradiés. De chaque impact jaillit une immense cataracte d'ions et de magma, dont l'amalgame, sous l'effet de la rotation, forma autour de l'astéroïde une chromosphère mouvante. Puis ce fut au tour des plates-formes DS du second niveau et des navettes interorbitales. Puis ce fut le tour d'un deuxième astéroïde. L'espace d'un instant, il sembla que la violence de l'attaque avait déclenché une réaction de fission dans la structure atomique de ses constituants. D'une succession d'explosions en chaîne, on passa à une décharge de radiations prolongée d'une intensité carrément stellaire. Puis l'uniformité de son éclat se mit à vaciller. Le noyau de l'astéroïde s'était fracassé, lâchant un déluge de débris en fusion, engendrant une cascade d'explosions chaque fois qu'une charge secondaire interceptait une nouvelle cible.

Comprimé au creux de sa couchette anti-g par des molécules d'air plus lourdes que le plomb, Motela Kolhammer observait la bataille au moyen des images capteur et des affichages tactiques. Les deux devenaient impossibles à distinguer, la réalité se faisant le miroir des projections électroniques. Des coques de lumière enveloppaient la planète à mesure que les nuages de plasma ne cessaient de se refroidir et d'entrer en expansion. C'était bien entendu en orbite basse qu'on trouvait la plus grande concentration de véhicules, de stations et de dispositifs DS. En conséquence, lorsque les charges secondaires arrivèrent à ce niveau, les explosions qui se produisirent formèrent une chape de lumière solide qui dissimula la totalité de la planète aux observateurs.

Sous cette chape, des débris tombaient du ciel sous la forme de tempêtes pyrotechniques d'une beauté à couper le souffle. Des flèches de feu ionisé zébraient la haute atmosphère, envol d'étoiles filantes maléfiques qui portaient la stratosphère à des températures infernales. Un sinistre éclat écarlate monta à leur rencontre depuis les nuages.

L'*Illustre* filait à quatre-vingt mille kilomètres du pôle Sud lorsque les possédés commencèrent à tisser leur charme. L'amiral comprit ce qui se passait quand le champ gravifique de la planète oscilla, ce qui altéra la trajectoire de son vaisseau. Le linceul de lumière qui enveloppait Arnstadt ne disparut pas, se contentant de changer de couleur ; sa masse se contracta et il vira à un violet resplendissant. Les capteurs optiques durent activer plusieurs filtres au cours des ultimes minutes, pendant lesquelles la source lumineuse s'étiola pour disparaître dans son point de fuite.

Motela Kolhammer garda un capteur optique braqué sur le point de l'espace à présent vide qui semblait l'accuser tandis que les capteurs radar et gravitoniques du cuirassé fouillaient l'espace à la recherche de la masse de la planète. Résultat : néant.

— Dites à notre escorte de gagner les coordonnées de rendez-vous assignées à la flotte, ordonna-t-il à son état-major. Puis calculez une trajectoire – direction : la Nouvelle-Californie.

Sarha s'insinua à travers l'écoutille ouverte de la cabine du capitaine et, ignorant l'échelle en matériau composite, se laissa porter par l'accélération d'un demi-g pour descendre jusqu'au sol. Elle atterrit en pliant les genoux dans un mouvement plein de grâce.

— Le jour où tu as opté pour des études d'astro-ingénierie, le ballet a perdu une étoile, lui dit Joshua.

Planté au milieu de la pièce, vêtu d'un seul short, il s'essuyait après s'être appliqué une bonne dose de gel parfumé au citron.

Elle lui lança un sourire salace.

— Je sais comment exploiter la faible pesanteur à mon avantage.

— J'espère qu'Ashly apprécie tes talents.

— Je ne vois pas de quoi tu veux parler.

— Hum. Alors, comment ça tourne ?

— Rapport officiel de fin de tour de garde, capitaine. Aujourd'hui, ça tourne comme hier.

Elle se fendit d'un salut carrément négligé.

— C'est-à-dire comme avant-hier.

— Foutre oui. Oh ! j'ai repéré la source de cette fuite de masse de réaction. Quelqu'un a salopé le boulot quand on a installé les réservoirs dans la soute et une jonction a été effectuée de travers. Beaulieu va réparer ça plus tard dans la journée. En attendant, j'ai isolé le conduit concerné ; notre redondance est suffisante pour garantir un flot optimal.

— Ouais, c'est fascinant.

Il roula sa serviette en boule et la lança à l'autre bout de la cabine. Elle acheva sa parabole dans la gueule du conduit d'évacuation et disparut à la vue.

Sarha l'avait suivie du regard.

— Je tiens à conserver le volume de fluide au maximum, dit-elle. On risque d'en avoir besoin.

— Entendu. Comment ça s'est passé avec Liol ?

Il le savait déjà, naturellement, puisqu'il s'était rué sur le journal de bord dès son réveil. Durant son service, Liol avait effectué cinq sauts, tous parfaitement irréprochables selon l'ordinateur de bord. Mais la question n'était pas là.

— Bien.

— Hum.

— Bon, qu'est-ce qui ne va pas ? Je croyais que vous aviez fait la paix, tous les deux. Tu ne vas pas critiquer ses performances, quand même.

— Non. (Il attrapa un sweat-shirt propre dans un placard.) C'est juste que, ces temps-ci, je n'arrête pas de demander l'avis de ceux qui m'entourent. Pour un capitaine, ce n'est pas bon. Je suis censé prendre des décisions qui se révèlent toujours justes.

— Si tu commences à me poser des questions sur le pilotage du *Lady Mac*, j'aurai le droit de m'inquiéter. Quant au reste... (Elle agita la main d'un geste languide.) Toi et moi, on a fait pas mal de galipettes dans cette cage à zéro g. Je sais que tu ne te connectes pas comme tout un chacun. Donc, si tu as besoin d'aide dans ce domaine, je suis à ton service.

— Qu'est-ce que tu veux dire, je ne me connecte pas ?

— Joshua, tu prospectais l'Anneau Ruine dès l'âge de dix-huit ans. Ce n'est pas naturel. Tu aurais dû être occupé à faire la fête.

— C'est ce que je faisais.

— Non, tu couchais avec plein de filles entre deux expéditions.

— C'est ce que font les gars de dix-huit ans.

— C'est ce qu'ils rêvent de faire, oui. Du moins quand ils sont adamistes. La majorité d'entre eux s'active à s'intégrer au monde des adultes en s'efforçant désespérément de comprendre comment il fonctionne et pourquoi on y souffre autant. Comment se débrouiller avec l'amitié, l'amour, les ruptures, et cetera.

— À t'entendre, on croirait qu'il s'agit d'une sorte d'examen à passer.

— Exactement, un examen qui dure toute la vie ou presque. Quant à toi, tu n'as même pas commencé à réviser.

— Seigneur ! Tout ça est trop profond pour moi, surtout à cette heure de la journée. Qu'est-ce que tu essaies de me faire comprendre ?

— Rien. C'est toi qui es troublé. Et je sais que ça n'a rien à voir avec notre mission. Donc, je crois bien que je m'efforce de t'arracher une confidence et de te convaincre que ça n'a rien de grave. C'est ainsi que procèdent les gens quand ils sont amis. C'est parfaitement normal.

— Quelle perte pour le ballet... et pour la psychologie.

— Si tu m'as embauchée, c'est à cause de mes compétences multiples.

— D'accord, fit Joshua. (Elle avait raison : il avait du mal à parler de ça.) C'est à propos de Louise.

— Ah ! la jeune fille sur Norfolk. La *très* jeune fille.

— Elle n'est... commença-t-il automatiquement, se taisant en voyant l'expression affichée par Sarha. D'accord, elle est un peu jeune. Je crois que j'ai un peu profité de la situation.

— Ouaouh ! Jamais je n'aurais cru t'entendre prononcer de tels mots. Pourquoi est-ce que ça te préoccupe dans ce cas précis ? Tu te sers de ton statut comme d'une arme.

— Ce n'est pas vrai !

— Je t'en prie. T'est-il déjà arrivé de descendre sur une planète, voire simplement dans un spatioport, sans ta belle étoile de capitaine sur l'épaule ? (Elle lui adressa un sourire compatissant.) Tu es tombé amoureux d'elle, n'est-ce pas ?

— Pas plus que d'habitude. Mais jamais une de mes conquêtes ne s'était fait posséder. N'oublie pas que j'ai eu un avant-goût de ce que ça signifie. Je n'arrête pas de penser aux horreurs qu'elle a dû vivre. Elle est si douce, sa place n'est pas dans un univers où arrivent de telles choses.

— Et la nôtre, de place, elle est où ?

— Tu sais ce que je veux dire. Il t'est arrivé de prendre des stims illégaux, d'accéder à des sensovidéos d'infos non censurés. Nous savons que l'univers n'est pas rose. Ça nous aide – un peu. Un tout petit peu. Mais Louise... sans parler de sa peste de petite sœur, bon sang. On est partis et on les a abandonnées, comme d'habitude.

— Ils épargnent les enfants, tu sais. Cette Stephanie Ash, sur Ombey, elle a fait sortir tout un groupe d'enfants de la péninsule. J'ai accédé au reportage.

— Louise n'est pas une enfant. Elle n'a pas été épargnée.

— Tu n'en sais rien. Si elle est suffisamment intelligente, elle a pu leur échapper.

— J'en doute. Elle n'a pas les ressources nécessaires.

— Si elle a eu cet effet sur toi, elle n'a sûrement rien d'une minette ordinaire.

Il repensa à leur trajet en calèche sur la route de Cricklade, juste après leur rencontre, aux observations qu'elle avait faites sur Norfolk et sur sa nature. Il n'avait rien trouvé à redire à ses propos.

— Elle est tout sauf débrouillarde. Et elle n'a pas ce manque de scrupules qui est nécessaire pour échapper aux possédés.

— Tu es vraiment convaincu qu'elle n'a pas pu s'en sortir, hein ?

— Oui.

— Et tu te juges responsable de son sort ?

— Pas exactement, non. Mais je pense qu'elle voyait en moi la personne qui allait lui permettre de s'évader de son manoir.

— Grand Dieu, je me demande ce qui a pu lui donner cette impression.

Joshua ne l'écoutait pas.

— Je l'ai trahie rien qu'en étant moi-même. Ce n'est pas un sentiment agréable, Sarha. C'était une fille vraiment adorable, bien qu'elle ait été élevée sur Norfolk. Si elle était née ailleurs, j'aurais probablement...

Il laissa sa phrase inachevée, tripotant son sweat-shirt et évitant soigneusement de croiser le regard de Sarha.

— Vas-y, dis-le, encouragea celle-ci.

— Quoi donc ?

— « J'aurais probablement été jusqu'à l'épouser. »

— Jamais de la vie. Ce que je veux dire, c'est que si elle avait eu une éducation digne de ce nom au lieu de grandir dans cette ridicule reconstitution médiévale, j'aurais probablement souhaité vivre un moment avec elle.

— Quel soulagement ! s'exclama Sarha.

— Qu'est-ce que j'ai encore fait ?

— Tu es redevenu Joshua. Pendant un instant, j'ai cru que tu étais bel et bien en train d'évoluer. Tu ne t'es pas entendu ? Comme elle n'a pas eu l'éducation requise pour devenir un membre d'équipage du *Lady Mac*, ça n'aurait jamais pu marcher entre vous. Pas un instant tu n'as envisagé la possibilité de renoncer à ton existence pour la rejoindre.

— Parce que je ne peux pas !

— C'est ça, le *Lady Mac* est bien plus important que le domaine de Cricklade, c'est-à-dire bien plus important que sa vie. Pas vrai ? Alors, est-ce que tu l'aimes, Joshua ? Ou bien est-ce que tu te sens coupable parce que l'une de tes éphémères conquêtes a été capturée et possédée ?

— Seigneur ! Est-ce que tu as décidé de me torturer ?

— J'essaie de te comprendre, Joshua. Et de t'aider si je le peux. Ceci est important pour toi. Je le vois bien. Tu dois découvrir pourquoi.

— Je n'en sais rien ! Tout ce que je sais, c'est que je m'inquiète pour elle. Peut-être que je suis coupable. Peut-être que je suis furieux contre cet univers de merde dans lequel nous vivons.

— Normal. Nous en sommes tous là ces temps-ci. Et au moins cherchons-nous à faire quelque chose. Tu ne peux pas foncer vers Norfolk pour aller à son aide ; c'est désormais impossible. Pour ce que nous en savons, notre mission représente la meilleure chance de salut pour elle et pour toutes les victimes de la possession.

Il lui adressa un pauvre sourire.

— Ouais. J'ai l'impression que c'est mon égoïsme qui ressort. Il faut que je fasse quelque chose de spécial. Parce que je suis moi.

— Eh bien, c'est une forme d'égoïsme qui est bougrement utile à la Confédération en ce moment.

— Mais ça n'empêche pas ce qui lui est arrivé d'être profondément injuste. Elle n'est pas responsable de sa souffrance. Si ce Dieu endormi est aussi puissant que le croient les Tyrathcas, alors il nous doit des explications.

— C'est ce que nous disons de toutes nos déités depuis que nous les avons créées. Il est illusoire de supposer que cette créature partage notre morale et notre éthique. En fait, c'est le contraire qui est évident. Sinon, rien de tout ceci ne se serait produit. Nous serions tous au paradis.

— Tu veux dire qu'il nous est désormais impossible de réfuter l'argument de l'intervention divine ?

— Ouaip, le libre arbitre signifie que nous devons faire nos propres choix. Sans cela, la vie serait vide de sens ; nous serions des insectes guidés par notre seul instinct. La conscience doit forcément compter pour quelque chose.

Joshua se pencha sur elle et l'embrassa sur le front.

— En général, c'est elle qui nous met dans la merde. Regarde-moi, bon Dieu. Je suis quasiment devenu une épave. La conscience, ça fait mal.

Ils se rendirent ensemble sur la passerelle. Allongés sur leurs couchettes anti-g, Liol et Dahybi avaient l'air de s'ennuyer ferme. Samuel apparut dans une écoutille.

— Plutôt long, comme réveil, remarqua Liol avec malice.

— Tu penses pouvoir faire plus court ? demanda Joshua.

— Tu as peut-être un corps de Calvert, mais n'oublie pas que j'ai plus d'expérience.

— Pas dans tous les domaines.

— J'ai fini mon tour de garde, annonça Dahybi en haussant le ton. (Son filet de protection se rétracta, et il posa les pieds sur le sol.) Tu viens, Sarha ?

Joshua et Liol échangèrent un sourire. Joshua indiqua poliment l'écoutille à son demi-frère, qui lui répondit en s'inclinant avec grâce.

— Merci, capitaine.

— Tant que vous êtes à la cuisine, préparez-moi un petit déj ! lança Joshua à ses astros.

Aucune réponse. Samuel et lui prirent place sur leurs couchettes. L'Édéniste devenait un excellent officier système et aidait les astros dans leurs tâches, tout comme les autres spécialistes scientifiques présents à bord. Même Monica mettait la main à la pâte.

Joshua accéda à l'ordinateur de bord. Diagrammes de trajectoire et schémas de situation se superposèrent aux images des capteurs externes. L'espace était devenu stupéfiant.

À trois années-lumière de là, Mastrit-PJ déversait une étincelante lumière écarlate sur la mousse de couleur terne qui enveloppait le fuselage de l'astronef. La nébuleuse d'Orion voilait la moitié du firmament au nord galactique du *Lady Mac* : une splendide tapisserie tridimensionnelle de gaz luminescent à la surface agitée de turbulences, composée de nuages rouges, verts et bleu turquoise se fracassant les uns sur les autres tels des océans en furie, leur antique conflit projetant dans toutes les directions des flèches chaotiques. À l'intérieur, on trouvait à profusion des proplydes, des disques protoplanétaires en train de se condenser dans le maelström. Au cœur, il y avait le Trapèze, formé des quatre étoiles les plus chaudes, les plus massives, dont le phénoménal rayonnement ultraviolet illuminait et énergisait le colossal nuage de gaz interstellaire en expansion.

Joshua en était venu à adorer la topologie infiniment variée de la nébuleuse à mesure qu'ils sortaient de l'espace de la Confédération pour la contourner. Elle était vivante comme aucune créature biologique ne pourrait l'être, ses courants et ses flux moléculaires s'avérant des milliards de fois plus complexes que tout ce que pouvait offrir une cellule à base de carbone. Il y avait là des marées dont l'amplitude se mesurait en termes géologiques ; et pourtant, elles étaient perceptibles. Les jeunes et frénétiques étoiles qui grouillaient au sein de la nébuleuse y déversaient des flots titanesques de gaz ultrachaud, engendrant des ondes de choc se déplaçant à plus de cent cinquante mille kilomètres à l'heure. Celles-ci prenaient la forme de boucles aux formes sinueuses, dont les bords chatoyaient de couleurs vives à mesure que s'y dissipaient les énergies qu'elles transportaient.

Pour l'équipage du *Lady Mac* comme pour celui de l'*Œnone*, le spectacle de la nébuleuse avait remplacé toute autre forme de distraction électronique. Sa majesté les mettait de fort belle humeur ; quoi qu'il arrive, leur expédition avait acquis un caractère authentiquement historique.

Joshua et Syrinx avaient décidé de contourner la nébuleuse par le sud galactique, en remontant à peu près la trajectoire adoptée par Tanjuntic-RI. Ils avaient commencé par utiliser des données recueillies par les observatoires de la Confédération afin d'éviter les vrilles biscornues et les proéminences lumineuses visibles depuis l'espace humain, bien que lesdites données soient vieilles de plus de quinze cents ans. Puis, au bout de quelques jours à peine, ils s'étaient retrouvés dans un espace que jamais un télescope humain n'avait exploré. Ils avaient alors ralenti l'allure, obligés qu'ils étaient de scanner leur trajectoire en quête d'étoiles, de nuages de poussière et de cyclones de gaz iridescent larges de plusieurs parsecs.

Bien longtemps avant que Mastrit-PJ ne devienne visible, sa lumière colorait les franges de la nébuleuses d'une nuance de crépuscule passé. Cet éclat rouge s'intensifiait à mesure que progressaient les deux astronefs. Dès que l'étoile apparut, distante de sept cents années-lumière, la mesure du parallaxe permit à *Œnone* de calculer sa position et, en conséquence, d'établir un vecteur de vol pour en gagner le voisinage.

Joshua se préparait à effectuer son avant-dernier saut. Le radar du *Lady Mac* lui montrait *Œnone* qui, à mille kilomètres de là, alignait son accélération sur la sienne. La dépense d'énergie était plus importante qu'à l'accoutumée pour un vaisseau adamiste, mais ils n'avaient guère altéré leur delta-V durant le voyage autour de la nébuleuse, préférant attendre d'avoir déterminé les coordonnées de Mastrit-PJ avant de caler leur vélocité sur celle de la géante rouge.

— Maintien de la déperdition à un niveau constant, déclara Samuel lorsque les programmes de diagnostic eurent fini de tourner. Vous avez des tubes d'excellente qualité, Joshua. En principe, les réservoirs seront à soixante pour cent de leur capacité après le dernier saut.

— Parfait. Espérons que nous ne gaspillerons pas trop de delta-V lors de nos recherches. Je veux garder mon antimatière en réserve pour le Dieu endormi.

— Vous êtes sûr de ce qui va se passer, alors ?

Joshua réfléchit quelques instants, légèrement surpris par sa propre assurance. Cela le changeait de l'angoisse que lui inspirait le sort de Louise. L'intuition était-elle un tonique permettant de lutter contre les effets de la conscience ?

— Ouais, on le dirait bien. De ce côté-là, en tout cas.

Le vecteur orangé que l'ordinateur de bord transmettait à ses naneuroniques lui apprit que les coordonnées de saut approchaient. Il commença à réduire l'accélération et prévint son équipage. Samuel entreprit de rétracter les capteurs et les échangeurs thermiques.

Le *Lady Mac* sauta le premier, franchissant une distance de deux années-lumière et demie. Six secondes plus tard, *Œnone* émergeait de son terminus de trou-de-ver à cent cinquante kilomètres de là. Mastrit-PJ n'était pas tout à fait un disque, même si, à l'œil nu, son éclat empêchait de s'en rendre compte. À six mois-lumière de distance, elle bariolait la nébuleuse et les étoiles voisines de sa sinistre lueur rouge.

— J'ai connu des lasers moins puissants, marmonna Joshua en découvrant le pourcentage du flux photonique intercepté par les filtres.

— La phase d'expansion ne s'est achevée que récemment, commenta Samuel. En termes astronomiques, l'événement vient à peine de se produire.

— Les explosions stellaires sont du genre rapide. Celle-ci a eu lieu il y a au moins quinze mille ans.

— Une fois passée l'expansion initiale, la photosphère

connaît une longue période d'ajustement et de stabilisation. Quoi qu'il en soit, la quantité d'énergie produite est impressionnante. Dans cette partie de la galaxie, cette étoile est plus brillante que la nébuleuse.

Joshua consulta son affichage neuro-iconique.

— Pas de chaleur, très peu de radiation. La densité particulaire est normale, mais elle n'a cessé de fluctuer pendant que nous faisions le tour de la nébuleuse. (Il demanda à l'ordinateur de bord d'entrer en communication avec *Œnone*.) Où on en est rapport aux coordonnées finales ?

— Mes premières estimations se sont révélées agréablement précises, lui répondit le faucon. Je devrais pouvoir vous transmettre le chiffre définitif dans un délai de cinq minutes.

— Parfait.

Après qu'ils avaient repéré Mastrit-PJ, Joshua avait vérifié à deux ou trois reprises les calculs que leur avait fournis *Œnone*, poussé par un vague intérêt plutôt que par la méfiance. À chaque fois, ses chiffres étaient plus précis que ceux indiqués par les capteurs du *Lady Mac*. Il avait cessé de s'inquiéter de ce côté-là.

— Nous devrions pouvoir mesurer le diamètre de la photosphère avec une précision de mille kilomètres, télétransmit Syrinx. La localisation d'une solution de continuité définie demeure problématique. En théorie, il existe une zone d'effervescence d'une largeur comprise entre cinq cents et cinq cent mille kilomètres.

— Donc, on en reste au plan A, répondit Joshua.

— Oui, ça vaut mieux. Pour l'instant, tout concorde avec nos estimations. Kempster a activé tous nos capteurs et recueille des données comme si nous disposions d'une capacité de stockage infinie. Si Renato et lui tombent sur une anomalie, ils nous le feront sûrement savoir.

— Bien. En attendant, je vais calculer un vecteur initial de façon que le *Lady Mac* se retrouve avec une vélocité relative neutre. Je l'affinerai quand vous aurez calculé les coordonnées exactes.

Œnone était sans doute capable de lui fournir son vecteur en quelques millisecondes. Mais il avait sa fierté, bon sang.

Les traqueurs d'étoiles du *Lady Mac* se verrouillèrent sur les nouvelles constellations qu'ils venaient de cartographier. Il fit passer ses programmes d'astrogation en mode primaire et se mit à entrer les données.

Joshua et Syrinx avaient décidé d'attendre quelques heures avant de procéder au dernier saut vers Mastrit-PJ. Notamment parce qu'ils ignoraient tout de sa position et de sa taille exactes. Une fois ces informations acquises, ils avaient l'intention d'émerger dans le plan de l'écliptique, à une distance prudente de la photosphère de l'étoile, dont ils auraient au préalable adopté la vélocité. La seule force agissant sur eux serait donc la gravité de l'astre, qui les attirerait vers lui avec une intensité négligeable. De leur position, ils seraient en mesure de scanner l'espace local sur une étendue considérable. Selon toute logique, le dernier bastion de la civilisation tyrathca se trouverait en orbite équatoriale autour de l'étoile. Soit sur une planète de type Pluton ayant survécu à l'explosion, soit sur un gros astéroïde de l'anneau de Oort. Le volume d'espace à fouiller était certes gigantesque, mais, en procédant par petits sauts successifs autour de l'équateur de Mastrit-PJ, ils trouveraient tôt ou tard ce qu'ils cherchaient.

Œnone profiterait de ce délai pour recharger complètement ses cellules ergostructurantes grâce au rayonnement cosmique (économisant ainsi son carburant à fusion). Non seulement le faucon serait ainsi mieux à même de poursuivre les recherches, mais en outre il aurait la capacité de sauter à une distance considérable – tout comme le *Lady Mac* grâce à la technique des sauts séquentiels – si jamais les deux astronefs pénétraient dans un environnement hostile. Ce scénario catastrophe avait été imaginé par Joshua, Ashly, Monica, Samuel et (étonnamment) Ruben ; les autres astros n'hésitaient pas à les traiter de paranoïaques. Comme on devait le voir par la suite, ils avaient en fait accompli un travail salutaire.

Une étoile est un perpétuel champ de bataille où s'opposent des forces primales, en particulier la chaleur et la gravité, qui se manifestent sous forme d'expansions et de contractions. Le cœur d'une étoile de la séquence principale est un gigantesque réacteur à fusion, qui chauffe le reste de sa masse de façon à contrer la contraction gravitationnelle. Toutefois, la fusion ne dure que ce que durent ses réserves de carburant, tandis que la gravité est éternelle.

Après avoir émis un éclat régulier pendant des milliards d'années, Mastrit-PJ épuisa les atomes d'hydrogène de son noyau, les ayant transformés en hélium inerte. La production d'énergie par le biais de la fusion se poursuivit à l'intérieur d'une petite enveloppe d'hydrogène entourant la région centrale, produisant un peu plus d'hélium qui s'enfonçait au sein de la masse stellaire. La température, la pression et la densité s'altérèrent à mesure que cette enveloppe remplaçait le noyau comme principale source de chaleur. Toutes les étoiles finissent par atteindre ce point, et ce qui leur arrive ensuite dépend de leur taille. Mastrit-PJ était d'un volume égal à une fois et demie celui de notre soleil, ce qui faisait d'elle une étoile trop grande pour que sa matière constitutive sombre dans la dégénérescence, et trop petite pour qu'elle devienne une supernova. Son destin était par conséquent inévitable.

À mesure que progressait la transformation de sa structure interne, Mastrit-PJ voyait sa luminosité perdre toute stabilité à un rythme alarmant. Ses couches externes entrèrent en expansion, réchauffées par les courants de convection montant de l'enveloppe de fusion en croissance constante, tandis que, à l'intérieur de celle-ci, le noyau poursuivait sa contraction gravitationnelle à mesure qu'une neige d'atomes d'hélium venait accroître sa masse. Plus le noyau se rétrécissait, plus sa chaleur et sa densité augmentaient, jusqu'à ce que sa température franchisse la barrière magique de cent vingt millions de degrés Kelvin, qui signale la mise en route de la fusion de l'hélium.

Mastrit-PJ se divisa en deux entités bien distinctes : le centre, qui brûlait avec une vigueur renouvelée à mesure que se poursuivait sa contraction, et les couches extérieures, qui enflaient et se refroidissaient, parcourant le spectre solaire du blanc au rouge en passant par le jaune. L'étoile irradiait désormais la chaleur phénoménale produite par son noyau via des courants de convection de la taille d'orbites planétaires, ce qui lui conférait la luminosité élevée caractéristique des géantes rouges, mais, en même temps qu'elle produisait ce déluge de lumière, la température de ses couches surfaciques descendait à douze mille degrés Kelvin tant elles étaient éloignées du noyau.

Ce fut à ce moment-là de l'évolution de l'étoile que les Tyrathcas entamèrent leur exil. L'étoile grossit jusqu'à multiplier son rayon par quatre cents, se stabilisant à un diamètre de six cent soixante-dix millions de kilomètres. Elle engloutit ses trois planètes intérieures, dont le monde des Tyrathcas, puis dévora les deux géantes gazeuses du système. L'espace de quelques glorieux millénaires, les comètes gelées de la ceinture de Oort connurent une vie éphémère, et le titan écarlate se retrouva ceint d'un étincelant et fragile chapelet couleur de sang, comme si des milliards de fusées primitives venaient s'abîmer en son sein. Mais la substance de ces satellites fut bientôt épuisée, et il n'en resta plus que des carcasses de roche calcinée poursuivant leur révolution quatre fois séculaire.

Aucune solution de continuité ne séparait l'étoile de l'espace environnant, l'hydrogène enflammé se dissipant sous la forme d'un épais vent solaire filant vers la galaxie. Toutefois, pour les besoins de l'astrogation, *Œnone* décréta que la périphérie de Mastrit-PJ était séparée de son noyau invisible par sept cent quatre-vingts millions de kilomètres.

Le *Lady Macbeth* fut le premier à émerger, à cinquante millions de kilomètres d'un océan évanescent de particules en voie de dissolution. L'espace normal avait cessé d'exister, et l'astronef flottait entre deux univers de lumière. D'un côté, les courants spectraux de la nébuleuse piquetée de jeunes étoiles ; de l'autre, un désert plat et aveugle de photons dorés et brûlants.

Œnone apparut à vingt kilomètres du vaisseau adamiste.

— Contact confirmé, télétransmit Joshua à Syrinx, lui signifiant que leur antenne captait la balise de courte portée du faucon.

Tous les capteurs du *Lady Mac* sortaient de leurs niches, ainsi que les nouveaux systèmes requis par Kempster. Joshua vit une batterie similaire se déployer sur le fuselage de l'astronef biotek.

— Je vous vois, répondit Syrinx. Aucun rocher et aucun nuage dans les parages. Nous entamons le balayage capteur.

— Nous aussi.

— Comment se porte votre profil thermique ?

— Ça va, répondit Sarha lorsque Joshua lui relaya la question. Il fait chaud dans le coin, mais pas autant qu'à proximité de la station d'antimatière. Nos échangeurs thermiques peuvent évacuer la chaleur plus vite qu'elle ne s'accumule. Mais il ne faudrait pas qu'on s'approche de trop près. Et je serais soulagée si tu pouvais nous mettre en manœuvre de rotation. Ça évitera les concentrations de chaleur sur le fuselage.

— Je vais faire de mon mieux, rétorqua-t-il. On s'en tirera, Syrinx. Et vous ?

— Aucun problème à cette distance. La mousse thermoprotectrice est intacte.

— Parfait.

Il activa les tuyères équatoriales du vaisseau, exécutant la manœuvre souhaitée par Sarha.

Tous les membres d'équipage étaient à leurs postes, prêts à affronter les dangers de la géante rouge. Samuel et Monica se trouvaient dans le salon principal de la capsule B, en compagnie d'Alkad, de Peter et d'Oski, qui accédaient aux données capteur. Les données recueillies par *Œnone* étaient directement transmises à Parker, à Kempster et à Renato. Les deux astronefs échangeaient leurs informations en temps réel, ce qui permettait à tous les experts de les traiter simultanément.

Une image de l'espace local se construisait rapidement, on cartographiait le chaos particulaire régnant à l'extérieur du fuselage. Le milieu où ils se trouvaient n'était pas exactement du vide.

— Plus calme que les abords de Jupiter, commenta Syrinx. Mais tout aussi dangereux.

— Beaucoup moins de radiations qu'on ne l'avait prévu, déclara Alkad.

— Les atomes d'hydrogène doivent en absorber une bonne partie avant qu'elles n'émergent à la surface.

Les capteurs optiques et infrarouges effectuaient des scans fouillés de l'espace loin de la surface de la géante rouge. Les programmes d'analyse cherchaient des points lumineux mouvants, trahissant la présence d'astéroïdes, de lunes ou même de planètes. Le champ de distorsion d'*Œnone* ne trouvait guère de masse susceptible de déformer l'uniformité de l'espace-temps local. Le puissant vent solaire semblait avoir tout emporté. Certes, ils couvraient à peine un pour cent de l'orbite équatoriale...

Le premier résultat fut obtenu par un capteur opérant sur la fréquence des micro-ondes, qui détecta une pulsation pendant moins d'une seconde. Elle provenait d'un endroit plus proche de la surface.

— Kempster ? télétransmit Oski. Est-il possible qu'une géante rouge émette des micro-ondes ?

— Pas à en croire les théories actuellement en vigueur chez nous, répondit l'astronome surpris.

— Capitaine, pouvons-nous examiner la source de plus près, je vous prie ?

Sur la passerelle, Joshua lança un vif regard à Dahybi. Son intuition lui donnait des palpitations.

— Statut des nœuds ?

— On peut sauter, capitaine, répondit Dahybi à voix basse.

— Liol, continue de surveiller les détecteurs de contre-mesures électroniques, s'il te plaît. Je ne veux rien laisser au hasard.

L'ordinateur de bord signala que les capteurs venaient de détecter une nouvelle pulsation micro-ondes.

— Ça ressemble à un radar, dit Beaulieu. Mais la signature ne rappelle en rien celles en usage dans la Confédération. Pas plus que celles des astronefs tyrathcas, d'ailleurs.

— Oski, je braque les capteurs sur la zone d'émission, dit Joshua.

Les grappes de capteurs actifs et passifs pivotèrent sur leurs axes pour étudier la région de l'espace d'où provenait la pulsation. L'ordinateur de bord synthétisa les informations fournies pour assembler une image neuro-iconique à partir de ses programmes de conception graphique, la routine secondaire de traitement visuel approchant au maximum l'image obtenue pendant que le résultat s'enrichissait d'un profil thermique et électromagnétique.

— Ôtez-moi d'un doute, dit Sarha d'une petite voix. Selon l'opinion mûrement réfléchie de notre équipe d'experts, nous sommes à la recherche d'une civilisation disparue depuis des éons et dont les reliques sont sans doute quasiment introuvables. C'est bien ce que vous nous avez expliqué, n'est-ce pas ?

Les plus puissants des télescopes dont étaient équipés l'*Œnone* et le *Lady Mac* se pointèrent sur la structure que les capteurs venaient de localiser, amplifiant et clarifiant son image initialement obtenue. À vingt millions de kilomètres des deux astronefs, une cité spatiale survolait, imperturbable, les efflorescences des courants de convection qui se mouvaient lentement à la surface de la géante rouge. L'analyse spectrographique confirma la présence de silicates, d'hydrocarbures, de métaux légers et d'eau. Des micro-ondes rebondissaient sur les tours. Des champs magnétiques évoquant des ailes de papillon palpitaient à un rythme régulier. Une forêt de flèches ultrafines poussait sur sa face sombre, évacuant de colossales quantités de chaleur par leurs extrémités infrarouges.

Elle faisait cinq mille kilomètres de diamètre.

7.

Quinn préféra soigner son minutage plutôt que de courir le risque d'utiliser le réseau de communication londonien. Le message le plus anodin pouvait toujours être repéré par les superflics. Même s'ils pensaient l'avoir éliminé lors de la frappe de Parsonage Heights, ils devaient toujours surveiller l'arche en quête de traces d'autres possédés. Procédure standard. À leur place, Quinn n'aurait pas agi autrement. Cependant, leur paranoïa avait été apaisée par les flammes de mort qui avaient englouti le penthouse de la tour. Ils allaient relâcher leur vigilance, retomber dans la routine plutôt que de faire preuve d'initiative. Ce qui lui ouvrait une fenêtre de tir.

Londres était donc destinée à devenir la capitale de Son empire sur Terre. L'antique cité et ses dômes périphériques ne pourraient connaître un tel honneur qu'à condition que des disciples possédés y prêchent Sa doctrine. Mais leur recrutement posait problème. Eux-mêmes hésitaient à suivre à la lettre les directives du Frère de Dieu. Comme il l'avait appris sur Jesup, il était souvent nécessaire d'user de coercition envers les profanes pour garantir leur obéissance. Et Quinn ne pouvait pas contrôler tout le monde en même temps. Si on les laissait libres de négliger Sa cause, les possédés obéiraient à leurs instincts et emporteraient la Terre hors de cet univers. Quinn ne pouvait pas permettre une telle chose, aussi avait-il adopté une stratégie inspirée de celle de Capone, exploitant sans vergogne l'hostilité et l'avarice dont faisaient montre la plupart des possédés de fraîche date.

Les possédés du Lancini s'étaient discrètement dispersés dans l'arche, porteurs d'instructions des plus détaillées. Il importait d'agir vite. Lorsque viendrait l'heure convenue, chacun d'eux pénétrerait dans un bâtiment bien précis et entreprendrait d'en posséder les veilleurs de nuit. Les employés de jour seraient possédés dès leur arrivée, ce qui grossirait leurs rangs sans pour cela les faire progresser de façon exponentielle. Quinn tablait sur quinze mille possédés à dix heures du matin.

Une fois ce chiffre atteint, ils surgiraient de leurs cachettes et se répandraient dans l'arche. Les autorités seraient alors impuissantes. En moyenne, de cinq à dix policiers étaient nécessaires pour éliminer un possédé. Même si les flics parvenaient à les repérer grâce aux avaries électroniques, ils n'étaient tout simplement pas assez nombreux pour en venir à bout. Quinn était prêt à parier que le Gouvcentral n'irait pas jusqu'à déclencher quinze mille frappes DS sur Londres. La population de la ville lui servirait d'otage.

Pendant ce temps, il mettrait sur pied un corps d'élite composé de loyalistes dont la mission serait de faire régner la discipline. L'Organisation lui servirait à nouveau de modèle. Ces possédés auraient pour mission de préserver le statu quo et de s'attaquer en priorité aux policiers et aux fonctionnaires locaux – toutes personnes susceptibles d'organiser un mouvement de résistance. Par la suite, ils devraient fermer les voies de communication, puis s'emparer des centres de production d'énergie, d'eau et de nourriture. Une centaine de nouveaux fiefs feraient leur apparition, chacun n'ayant pour obligation que de jurer allégeance au nouveau messie.

Une fois son empire assis sur des bases solides, Quinn envisageait de mettre au travail les techniciens non possédés : leur mission serait de concevoir un moyen de transport qui lui permettrait de poursuivre la croisade du Frère de Dieu dans de nouvelles arches. Ils finiraient tôt ou tard par conquérir le Halo O'Neill. Ensuite, la Nuit tomberait sur toute cette section de la galaxie, ce n'était qu'une question de temps.

Le lendemain de l'incident de Parsonage Heights, les officiers de police Appleton et Moyles effectuèrent leur patrouille de nuit dans Westminster. Le calme régnait lorsque, vers deux heures du matin, leur voiture passa devant l'antique Parlement et s'engagea dans Victoria Street. Rares étaient les piétons qui longeaient les façades de verre aveugle des immeubles gouvernementaux, qui transformaient cette partie de la rue en un cañon encaissé. Les policiers n'en étaient guère surpris ; ils se trouvaient après tout dans un quartier de bureaux, dénué de toute vie nocturne susceptible d'attirer du monde après la fermeture des boutiques. Ces derniers jours, toutefois, les noctambules s'étaient faits quasiment inexistants.

Tombant en silence de l'obscurité qui régnait au-dessus des arcades illuminées, un corps atterrit sur la chaussée à trente mètres de la voiture occupée par Appleton et Moyles. Son processeur de contrôle entreprit aussitôt de décélérer et de virer à droite. Ils firent halte à quelques centimètres à peine du corps meurtri. Le sang qui coulait des manches et du pantalon de son survêtement se répandait déjà sur la surface de carbobéton.

Appleton transmit une alerte prioritaire au poste, demandant qu'on leur envoie des renforts, pendant que Moyles ordonnait aux processeurs de gestion du trafic de fermer Victoria Street sur toute sa longueur. Puis ils descendirent de voiture, armés de carabines à balles statiques, et s'agenouillèrent derrière les portes blindées. Leurs implants rétiniens scannèrent les alentours dans toutes les fréquences, et leurs détecteurs de mouvement passèrent en mode primaire. Personne sur le trottoir à cent mètres à la ronde. Aucune possibilité d'embuscade.

Avec un luxe de précautions, ils se mirent à scanner les falaises de verre et de béton de chaque côté de la rue, cherchant la fenêtre ouverte par laquelle le corps était tombé. Ils n'en trouvèrent aucune.

— Les toits ? demanda Appleton, tendu.

Le canon de sa carabine se pointait dans toutes les directions, comme s'il avait voulu tenir en respect l'arche tout entière.

Les policiers de garde au poste accédaient déjà aux capteurs du Dôme de Westminster, qui leur permettaient d'observer depuis les hauteurs leurs deux collègues tapis près de leur voiture. Personne sur les toits des immeubles bordant la rue.

— Est-ce qu'il est mort ? beugla Moyles.

Appleton s'humecta les lèvres, hésitant à quitter l'abri de la porte blindée pour aller examiner le corps de plus près.

— Je crois, dit-il.

À en juger par ses chairs tuméfiées, c'était un vieillard d'un âge canonique. Apparemment, il ne bougeait pas, ne respirait pas. Les sens renforcés du policier ne parvenaient à détecter aucune pulsation. Soudain, il aperçut les profondes brûlures qui lui zébraient le torse.

— Nom de Dieu !

Une équipe du génie civil répara le trou dans le Dôme de Westminster avec une célérité remarquable. On put voir des nacelles mobiles traverser le vaste édifice de cristal, unissant leurs efforts pour transporter la gigantesque pièce de rechange. Douze heures furent nécessaires pour la substituer à la tuile hexagonale fracassée. On procéda ensuite à des tests de valence moléculaire pour s'assurer qu'elle était intégrée au dispositif de défense climatique de l'ensemble.

On n'avait pas fini de tester les poutrelles de fullerène renforcé et de passer au crible la structure géodésique lorsque le soir tomba ; les nacelles allumèrent leurs phares pour éclairer les ouvriers.

Loin en dessous se déroulait le nettoyage de Parsonage Heights, une entreprise nettement moins aisée. Des mécanoïdes pompiers avaient maîtrisé l'incendie qui ravageait la tour octogonale en ruine. Des infirmiers achevaient d'évacuer les habitants des sept tours voisines qui avaient été bombardées d'éclats de verre et de débris divers. D'autres incendies s'étaient déclenchés dans les deux gratte-ciel les plus proches du point d'impact. Des ingénieurs dépêchés par la municipalité avaient passé une bonne partie de la journée à examiner les bâtiments endommagés pour voir s'ils pouvaient être sauvés.

Les ruines de la tour frappée par le laser aux rayons X devaient être démolies, personne ne le contestait. Les huit étages qui avaient échappé à l'anéantissement étaient dangereusement instables, leur armature métallique ayant fondu à l'intérieur du carbobéton pour en couler telle de la confiture d'une tranche de pain. Une fois que les mécanoïdes pompiers eurent éteint le feu et refroidi les murs, le médecin légiste et ses assistants avaient investi les lieux. Les cadavres qu'ils retrouvèrent étaient complètement cuits par les rayons X.

Les Londoniens affluèrent en masse pour jouir du spectacle, envahissant le marché et les rues avoisinantes. Les citoyens ordinaires se mêlaient aux journalistes, observant bouche bée l'îlot détruit et le trou dans le dôme. La présence des nacelles mobiles prouvait l'intervention de la défense stratégique, en dépit du démenti du chef de la police. Durant la matinée, la municipalité reconnut à contrecœur que la police avait soupçonné un possédé de s'être introduit dans Parsonage Heights. Quand on lui demanda comment ledit possédé avait réussi à pénétrer dans Londres, la porte-parole du maire fit remarquer qu'une secte avait établi ses quartiers dans la tour. Tous ses membres étaient en état d'arrestation, affirma-t-elle à la presse. Enfin, ceux qui avaient survécu.

L'angoisse gagna les Londoniens à mesure que de nouvelles

informations, le plus souvent contradictoires, étaient arrachées aux fonctionnaires du Gouvcentral durant cette longue journée. Des avocats représentant les intérêts des familles des résidents vaporisés déposèrent plainte contre la police pour usage abusif de la force, accusant le commissaire de négligence pour avoir omis de faire évacuer la tour avant la frappe. L'absentéisme ne cessait de progresser dans l'ensemble de l'arche. L'activité commerciale chutait en flèche, sauf pour ce qui était de la vente de nourriture. Les citoyens de Londres stockaient sachets et briques de surgelés.

Durant toute la journée, les agences de presse ne cessèrent de diffuser des images de la tour en ruine, où semblaient pousser des crocs de carbobéton calcinés et légèrement radioactifs. On ne parlait que des sacs à viande que les ambulanciers évacuaient des ruines, et les commentaires des experts et des consultants médiatiques allaient bon train.

Une équipe d'anatomopathologistes de la police vint prêter main forte au médecin légiste. On leur avait donné l'ordre plutôt vague de signaler toute anomalie. Ils étaient accompagnés de trois experts dépêchés par le DSIG, qui réussirent à ne pas se faire remarquer par la foule de fonctionnaires présente dans la zone interdite au public.

Celui-ci regagna ses pénates avant le crépuscule, et il ne resta plus sur les lieux que quelques policiers qui regrettaient amèrement d'être coincés pour la nuit dans cette désolation.

Avant minuit, les experts du DSIG avaient compilé un rapport à partir des tests et des analyses effectués par leurs collègues. Il n'y figurait aucun élément ayant un lien quelconque avec Banneth ou avec Quinn Dexter.

— De toute façon, c'était pour la forme, dit Europe-Ouest à Halo-O'Neill et à Amérique-Nord après avoir accédé à ce rapport. Mais j'aimerais bien savoir comment Dexter réussissait à se rendre invisible.

— Aucun autre possédé ne semble capable d'en faire autant, et nous devrions nous en féliciter, commenta Halo-O'Neill.

— Cette frappe DS a agité les esprits, dit Amérique-Nord. Les honorables membres du Sénat exigent de savoir qui a pu ordonner à la défense stratégique de frapper la Terre. L'ennui, c'est que le président demande la même chose. Ils risquent de former une commission d'enquête. Si le pouvoir exécutif est d'accord avec le pouvoir législatif, nous aurons des difficultés à les contrer.

— Alors n'en faites rien, répliqua Europe-Ouest. Je suis sûr que nous pouvons choisir le rapporteur de cette commission. Je ne devrais pas avoir à vous expliquer la procédure dans un tel cas de figure. La demande de frappe a été émise par la Défense civile municipale et dûment enregistrée par le commandement DS. Une requête des plus légitimes. Les représentants locaux du Gouvcentral ont le droit en cas d'urgence de demander le soutien des forces militaires terriennes. C'est écrit en toutes lettres dans la Constitution.

— Le commandement DS aurait dû demander l'autorisation de la présidence, dit sèchement Halo-O'Neill. Le fait qu'il ait pu tirer sur la Terre sans le feu vert des politiques a froissé quelques susceptibilités.

— Pacifique-Sud ne s'est pas mêlée de ça, au moins ? s'enquit Europe-Ouest d'un air contrarié.

— Non. Pour parler franchement, elle a autant à perdre que nous dans cette histoire. Le conseiller auprès du président pour les questions de défense est un homme à elle ; il fait de son mieux pour limiter les dégâts.

— Espérons que ça suffira. Je n'aimerais pas devoir lâcher le président en ce moment. La population a besoin de stabilité politique durant cette épreuve.

— Nous veillerons à ce que les agences de presse n'en fassent pas trop, même si les sénateurs haussent le ton, dit Halo-O'Neill. Ça ne devrait pas nous poser de problème.

— Excellent, fit Europe-Ouest. Nous reste à régler la question des possédés ordinaires.

— New York est foutue, admit Amérique-Nord d'une voix lugubre. Les citoyens non possédés ont pris les armes pour se défendre, mais ils vont sans doute perdre la bataille.

— Nous devons convoquer une nouvelle séance plénière du B7, conclut Europe-Ouest sans enthousiasme. Et prendre une décision au cas où New York finirait par tomber. Personnellement, je n'ai aucune intention de me retrouver dans le continuum où ont disparu les autres planètes.

— Je ne sais pas si nous pourrons réunir tout le monde, dit Halo-O'Neill. Pacifique-Sud et ses alliés sont furieux contre vous.

— Ils finiront par céder, répliqua Europe-Ouest avec assurance.

Il ne put malheureusement pas confirmer cette prophétie. À deux heures et quart, le commissaire adjoint de Londres lui apprenait la découverte du cadavre de Victoria Street.

— On n'a trouvé aucune pièce d'identité sur lui, rapporta-t-il. Les deux policiers ont donc prélevé un échantillon d'ADN. Selon nos fichiers, ce cadavre est celui de Paul Jerrold.

— Ce nom m'est familier, dit Europe-Ouest. C'était un millionnaire, non ? Vous êtes sûr que ces brûlures ont été causées par le feu blanc ?

— Elles correspondent à la configuration connue. Nous n'aurons de certitude absolue qu'après l'autopsie.

— Merci de m'avoir informé.

— Ce n'est pas tout. Paul Jerrold était un réfugié tau-zéro. La semaine dernière, il avait transféré ses avoirs dans un fonds à long terme et opté pour la stase.

— Merde.

Europe-Ouest s'empressa d'envoyer une requête à son IA, qui lança aussitôt les recherches. Paul Jerrold avait confié son sort à Perpétuité SA, l'une des nombreuses entreprises récemment créées pour prendre en charge les vieillards richissimes ayant choisi le tau-zéro. En fouillant les banques de mémoire de Perpétuité SA, l'IA apprit que la nacelle de Jerrold se trouvait dans un grand magasin désaffecté, le Lancini, en attendant d'être abritée dans une crypte plus appropriée.

Agissant sous la supervision d'Europe-Ouest, l'IA consacra son attention au grand magasin, réactivant à chacun de ses étages d'antiques capteurs de surveillance. Elle obtint une succession d'images bleues et floues montrant des alignements de nacelles tau-zéro. Puis elle s'intéressa à la seule pièce où se déroulait une vague activité. Perpétuité SA avait aménagé un centre de surveillance dans l'ancien bureau du directeur ; deux techniciens de garde y buvaient du thé tout en regardant les infos sur un projecteur AV.

— Contactez-les, ordonna Europe-Ouest au commissaire adjoint. Demandez-leur de désactiver la nacelle de Paul Jerrold et d'aller voir qui s'y trouve.

Les techniciens ne se laissèrent pas convaincre tout de suite. Europe-Ouest rongea son frein pendant que l'antique ascenseur gagnait le quatrième étage en grinçant et que les deux hommes se dirigeaient vers le rayon Horticulture. L'un d'eux désactiva la nacelle. Il n'y avait personne dedans.

Secoués, ils obtempérèrent aux ordres qu'on leur donna ensuite et désactivèrent une par une toutes les nacelles de la rangée. Elles étaient vides.

— Astucieux, commenta amèrement Europe-Ouest. Qui aurait pu remarquer leur absence ?

— Que voulez-vous faire ? demanda le commissaire adjoint.

— Nous devons supposer que ces réfugiés tau-zéro ont été possédés. Il y a quatre cents nacelles dans le Lancini, alors faites venir des hommes pour que nous déterminions le nombre exact de disparus. Ensuite, scellez les dômes de Londres et fermez le réseau de transport intérieur. Je vais m'arranger pour que le maire proclame le couvre-feu. Nous avons de la chance, il est deux heures du matin et quatre-vingt-quinze pour cent des Londoniens sont chez eux. Si nous les persuadons d'y rester, et nous n'aurons guère de mal vu ce qui s'est passé aujourd'hui, alors nous empêcherons l'épidémie de se propager.

— Des voitures de patrouille sont déjà en route.

— Je veux aussi que vous envoyiez au Lancini toutes les équipes médico-légales actuellement de service, vous avez une demi-heure pour cela. Qu'elles examinent toutes les pièces qui semblent avoir été visitées récemment. Bureaux du personnel, locaux de stockage, partout où il n'y a pas de capteurs de surveillance. Il y a forcément des traces de passage. Je veux des analyses ADN partout où ce sera nécessaire.

Il y avait d'autres ordres à donner. Des préparatifs tactiques à élaborer. Policiers et vigiles furent réveillés et convoqués pour être déployés contre les possédés. Les hôpitaux furent placés en état d'alerte orange trois, prêts à prendre en charge des blessés graves. Les stations de production et de distribution d'eau et d'énergie furent mises sous bonne garde, et leur personnel recensé dans les postes de police. Les agents du DSIG étaient prêts à intervenir.

Dès que toute l'administration de l'arche fut activée, sous les ordres du Service municipal de défense civile, manipulé en fait par l'IA du B7, Europe-Ouest avisa ses collègues. Ceux-ci, visiblement contrariés, firent l'un après l'autre leur apparition dans la salle de sensoconférence.

— Nous avons un problème, leur dit Europe-Ouest. Apparemment, Dexter a réussi à posséder quatre cents personnes durant son séjour à Londres.

— À votre insu ? demanda Amérique-Centre, incrédule. Et les programmes de recherche de l'IA ?

— C'étaient des personnes réfugiées dans le tau-zéro, expliqua Europe-Ouest. Vous devriez vous intéresser aux entreprises de ce type en activité dans vos arches. Elles étaient dans notre angle mort.

— Avec le recul, ça paraît évident, dit Amérique-Nord.

— Et, bien entendu, Dexter a exploité cette faiblesse, dit Pacifique-Asie. Son habileté à cela est franchement inquiétante.

— Vous voulez dire « était », corrigea Halo-O'Neill.

— Je l'espère sincèrement, dit Europe-Ouest.

C'était la première fois qu'on le voyait ainsi hésitant. Les autres en restèrent muets de saisissement.

— Vous l'avez frappé avec un laser aux rayons X de la défense stratégique ! s'emporta Europe-Est. Il n'a pas pu survivre à cela !

— J'espère que mes équipes médico-légales le confirmeront. En attendant, nous avons réactivé la simulation de son profil psychologique afin de déterminer ce qu'il comptait faire de ces nouveaux possédés. Le fait qu'ils se soient dispersés dans l'arche suggère une tentative de coup de force. Il ne lui sert à rien de leur laisser la bride sur le cou. N'oubliez pas que Dexter veut conquérir l'humanité au nom du Porteur de lumière. Il est probable qu'il souhaitait s'emparer d'une arche, qui lui aurait ensuite servi de base pour asseoir ses ambitions.

— Question, dit Afrique-Sud. Vous dites que Paul Jerrold a succombé au feu blanc. Cela sous-entend que ce n'était pas un possédé.

— C'est là que ça devient intéressant, répliqua Europe-Ouest. Supposez que Jerrold ait été un possédé et que Dexter l'ait envoyé en mission, comme toutes les autres victimes du Lancini. Ils se répandent dans Londres et se mettent à posséder de nouvelles recrues pour leur cause. Et l'une de celles-ci n'est autre que notre allié d'Edmonton, l'ami de Carter McBride.

— Merde ! Vous en êtes sûr ?

— Absolument. Il a raison du possesseur de Paul Jerrold et nous envoie un avertissement impossible à ignorer. Apparemment, les deux policiers ont failli avoir une crise cardiaque lorsque le cadavre a atterri devant leur voiture. Vous voyez ? Il nous dit que les possédés sont actifs et nous apprend d'où ils viennent. D'un coup, d'un seul, toute l'opération montée par Dexter est révélée au grand jour.

— Pouvez-vous les stopper ?

— Je le pense. Nous avons une marge de manœuvre suffisante. Si nous pouvons empêcher la population de se rassembler, alors les possédés devront sortir de leur trou. Et ils se retrouveront vulnérables.

— Je ne sais pas, fit Asie-Est. Si un possédé s'est introduit dans un bloc résidentiel, il n'a guère besoin de bouger pour en contaminer tous les occupants.

— Mais nous les repérerons, contra Europe-Ouest. Si le nombre de possédés concentrés dans un lieu donné dépasse le seuil critique, les avaries électroniques qui en résulteront seront détectées par l'IA.

— D'accord, vous les repérerez, dit Pacifique-Sud. Et alors ? Aucun détachement policier n'est capable de pacifier un bloc où se sont retranchés deux ou trois mille possédés. Et vous n'aurez pas affaire qu'à un seul bloc, vu que plusieurs centaines de personnes ont disparu du Lancini. Si vous perdez cent blocs résidentiels, vous ne serez jamais capable de les contenir. Le B7 ne peut pas ordonner une centaine de frappes DS, pas après l'incident de Parsonage Heights.

— Nous sommes revenus au problème initial, déclara Amérique-Sud. Devons-nous exterminer toute une arche pour conserver la Terre ?

— La réponse est non, dit Europe-Ouest. Telle n'est pas notre mission. Nous sommes une force de police, pas un groupe de mégalomanes. S'il apparaît que la possession se répand irrésistiblement dans nos arches, alors nous aurons perdu la partie. Il ne nous restera plus qu'à accepter notre défaite et à quitter ce monde. Jamais je ne prendrai part à un génocide. Je pensais que vous l'aviez tous compris.

— Dexter vous a battu, dit Pacifique-Sud. Notre planète lui appartient.

— Je peux contenir quatre cents possédés à l'intérieur de Londres, rétorqua Europe-Ouest. Je peux en contenir quatre mille. Je peux en affronter jusqu'à quinze mille, même si ça risque d'être sanglant. Sans Dexter à leur tête, ils ne sont plus qu'une masse de voyous. S'il est toujours vivant, il reprendra le contrôle de ses troupes, et la Terre sera préservée. Il ne cherche pas sa destruction. Ce n'est pas Londres qui devrait nous inquiéter.

— Vous ne savez rien, dit Pacifique-Sud. Vous ne pouvez rien faire. Désormais, nous sommes condamnés à observer la suite des événements. Et à prier pour que l'antimémoire des Forces spatiales de la Confédération soit efficace. Voilà à quoi vous nous avez réduits. Je sais que vous me jugez butée et inflexible. Eh bien, je préfère être telle que je suis plutôt que de souffrir de votre monstrueuse arrogance.

Son image s'évanouit.

Les autres superviseurs l'imitèrent, jusqu'à ce qu'il ne reste plus dans la salle qu'Amérique-Nord et Halo-O'Neill.

— Cette salope a raison sur un point, dit Amérique-Nord. Nous n'avons plus grand-chose à faire ici. Même si vous redressez la situation à Londres, Paris, New York et les autres arches viendront à bout de nos forces. La possession y est déjà beaucoup plus importante. Bon sang, l'idée de prendre la fuite me révolte.

— Je n'ai pas tout dit à nos chers collègues, admit posément Europe-Ouest. Parmi les disparus du Lancini, il y en a trente-huit qui n'étaient entrés dans leurs nacelles qu'après la frappe de Parsonage Heights. En d'autres termes, l'opération montée par Dexter était encore active il y a neuf heures de cela. Et nous sommes sûrs que c'est bien lui le responsable ; l'ami de Carter McBride nous l'a bien fait comprendre en nous livrant Jerrold.

— Nom de Dieu !... il est encore en vie ! s'exclama Halo-O'Neill. Mais vous l'avez frappé avec une arme de la défense stratégique, c'était imparable ! Et il a survécu. Mais qu'est-il donc ?

— Dur à cuire et rusé.

— Que faisons-nous maintenant ? demanda Amérique-Nord.

— Je joue ma carte maîtresse, répondit Europe-Ouest.

— Vous avez un as dans votre manche ?

— Toujours.

Les cris déchirants demeuraient extrêmement faibles. Quinn s'enfonça plus profondément qu'il ne l'avait jamais fait dans le royaume des fantômes, jusqu'à devenir à peine plus substantiel que ceux-ci. Il ouvrit son esprit au maximum, à l'écoute des gémissements éphémères provenant d'un lieu encore plus éloigné de l'univers réel. Les premiers qu'il avait perçus étaient humains, mais, à présent qu'il s'était rapproché d'eux, il constata que ce n'était pas le cas de tous. Impossible d'identifier ces voix.

Ces plaintes n'avaient rien à voir avec celles qui montaient de l'au-delà. Elles étaient différentes. Exprimaient un tourment plus raffiné, plus intense.

Ainsi, il existait un lieu encore pire que l'au-delà ; comme c'était étrange. D'un autre côté, l'au-delà n'était qu'une sorte de purgatoire. Le Frère de Dieu vivait dans un royaume plus ténébreux. Le cœur de Quinn fit un bond lorsqu'il réalisa qu'il entendait peut-être les premiers échos de son Seigneur, qui rassemblait Son armée de damnés pour affronter les anges. Mille fois durant cette longue nuit, Quinn lança des cris de bienvenue aux entités dont il percevait la voix, jetant toutes ses forces dans ces appels. Espérant une réponse.

Il n'en reçut aucune.

Peu importait. On lui avait montré ce qui était réel. Des rêves donnaient l'assaut à son esprit tandis qu'il flottait dans le royaume des fantômes. Des formes de noirceur nouées dans une étreinte angoissée, une guerre qui durait depuis le commencement des temps. Impossible d'en percevoir davantage, car ces songes, ainsi que le voulait leur nature, s'étiolaient quand on cherchait à se focaliser sur eux. Mais ils n'étaient pas humains. De cela, il en était désormais convaincu.

Des guerriers de la Nuit. Des démons.

Évasifs. Pour le moment.

Quinn rassembla ses esprits et retourna dans le monde réel. Courtney bâilla et battit des cils lorsqu'il la chatouilla de l'orteil pour la réveiller. Elle sourit à son maître ténébreux, déplia son corps allongé sur le pavé glacial.

— C'est l'heure, annonça-t-il.

Les disciples possédés qu'il avait sélectionnés se tenaient au garde-à-vous, attendant leurs instructions en silence. Tout autour d'eux, les fantômes qui hantaient ce lieu hurlaient au sacrilège, faisant preuve d'un courage comme Quinn n'en avait jamais vu à leurs semblables. Mais ils n'en étaient pas moins impuissants devant lui.

Billy-Joe remonta l'allée, se grattant le bas-ventre avec une habileté d'authentique primate.

— C'est foutrement calme dehors, Quinn. Il se passe des trucs bizarres.

— Allons-y voir de plus près, d'accord ?

Quinn sortit dans l'aurore haïe.

L'écran du bloc-processeur affichait l'annonce du couvre-feu lorsque Louise et Genevieve se réveillèrent. Louise la lut à deux reprises, puis demanda confirmation au processeur réseau de la chambre. Une longue série de restrictions défila devant elle, et elle apprit que le maire avait temporairement suspendu son droit à se déplacer et à rencontrer des gens.

Gen se blottit contre son flanc.

— Est-ce qu'ils sont ici, Louise ? demanda-t-elle d'une voix lugubre.

— Je ne sais pas. (Elle étreignit sa petite sœur.) Cette explosion à Parsonage Heights était fort suspecte. Je suppose que les autorités redoutent que certains d'entre eux leur aient échappé.

— Ce n'est pas Dexter, n'est-ce pas ?

— Non, bien sûr que non. La police d'Edmonton l'a éliminé.

— Tu n'en sais rien !

— Je n'en suis pas sûre, en effet. Mais je pense que sa présence ici est hautement improbable.

Le petit déjeuner faisait partie des rares activités autorisées par le couvre-feu. Lorsqu'elles arrivèrent au restaurant, elles y furent accueillies par le directeur adjoint en personne, qui s'excusa pour le service réduit mais leur assura que le personnel présent ferait le maximum pour les satisfaire. Malheureusement, ajouta-t-il, l'hôtel avait été bouclé conformément aux dispositions du couvre-feu, et les policiers en patrouille se montraient des plus sévères avec les promeneurs qu'ils venaient à croiser.

Une douzaine de tables à peine étaient occupées. Comme pour appliquer les consignes à la lettre, les gens évitaient soigneusement de se parler. Louise et Genevieve mangèrent leurs céréales et leurs œufs brouillés dans un silence glacial, puis regagnèrent leur chambre. Elles accédèrent aux infos sur l'holoécran et écoutèrent les commentaires sinistres de la présentatrice tout en contemplant Green Park au-dehors. Une foule d'oiseaux multicolores sautillaient sur les allées, comme étonnés de la disparition des humains. De temps à autre, les deux sœurs apercevaient une voiture de police qui filait en silence le long de Piccadilly, puis gagnait la voie express circulaire faisant le tour du cœur de la cité.

Genevieve ne tarda pas à s'ennuyer ferme. Louise s'assit sur le lit pour continuer à regarder les infos. Des journalistes s'étaient postés à divers points d'observation de l'arche et transmettaient des vues identiques des rues et des parcs désertés. L'hôtel de ville, toujours soucieux de relations publiques, avait autorisé certains reporters à accompagner les policiers en patrouille. Ils livrèrent des images de jeunes gens louches traînant dans les rues par pur esprit de rébellion, aussitôt chassés par les policiers zélés. Un nombre surprenant de porte-parole du Gouvcentral sollicitaient les intervieweurs afin de rassurer le public, affirmant que le couvre-feu était une mesure de précaution traduisant l'autorité du maire, lequel était bien décidé à épargner à Londres le sort de New York. Veuillez donc coopérer avec les autorités, et la crise sera réglée avant la fin de la semaine.

Louise coupa l'holoécran, dégoûtée. Toujours aucun message de Joshua.

Genevieve chaussa ses bottes-patins et descendit dans le hall pour s'entraîner au slalom. Louise l'accompagna et l'aida à aménager sur le marbre poli un parcours d'obstacles composé de boîtes de Coca.

La fillette, arrivée à mi-parcours, accélérait l'allure lorsque la porte tournante se mit à bouger, et Ivanov Robson fit son entrée dans l'hôtel. Elle poussa un cri de surprise et perdit sa concentration. Pour la énième fois, elle fit une roulade et atterrit sur le marbre. La vitesse acquise la propulsa dans les jambes de Robson, qu'elle heurta violemment.

— Ouch ! fit-elle en se frottant le genou et l'épaule.

— Si vous avez envie de vous amuser à ça, vous devriez vous acheter un kit de protection, dit le détective.

Il l'aida à se relever avec sa grosse main.

Genevieve sentit ses pieds glisser ; elle s'empressa de cliquer des talons avant d'être humiliée par une nouvelle chute.

— Qu'est-ce que vous faites ici ? demanda-t-elle.

Il jeta un coup d'œil au réceptionniste.

— On m'a demandé de venir vous chercher, toutes les deux.

Louise jeta un coup d'œil à travers les vitres de la porte tournante. Dehors était garée une voiture de police aux vitres opaques. Jamais un détective privé n'aurait droit à un tel moyen de transport durant un couvre-feu, même s'il avait des contacts haut placés.

— Et qui vous a demandé cela ? s'enquit-elle d'un ton léger.

— Une personne d'autorité.

Elle ne se sentait pas le moins du monde troublée par cette nouvelle surprise. Au contraire, car c'était sans doute la première fois qu'il se montrait franc avec elles.

— Sommes-nous en état d'arrestation ?

— Absolument pas.

— Et si nous refusons de vous accompagner ?

— N'en faites rien, je vous en prie.

Louise passa un bras autour des épaules de Gen.

— Très bien, dit-elle. Où allons-nous exactement ?

Ivanov Robson se fendit d'un sourire rayonnant.

— Je n'en ai pas la moindre idée. En fait, je suis impatient de le savoir.

Il les accompagna dans leur chambre, les encourageant à faire leurs bagages le plus vite possible. Le portier dut se faire aider de deux chasseurs pour descendre leurs valises au rez-de-chaussée.

Robson régla la note à la réception, écartant les protestations de Louise d'un geste de la main. Puis ils franchirent la porte tournante et montèrent à l'arrière de la voiture de police pendant qu'on chargeait leurs bagages à l'avant.

— C'est vraiment confortable, dit Louise tandis que Robson s'asseyait en face d'elle.

L'intérieur du véhicule évoquait celui d'une limousine de luxe, avec sièges de cuir, air conditionné et vitres en verre fumé. Elle s'attendait à moitié à voir surgir un bar.

— Rien à voir avec un panier à salade ordinaire, en effet, opina-t-il.

Ils s'engagèrent dans Piccadilly, puis montèrent vers la voie express circulaire. Louise vit les holopubs scintiller au-dessus des rues désertes, seul signe d'animation dans l'arche. Leurs couleurs intenses et leur enthousiasme infantile, contrastant avec le silence qui s'était abattu sur la ville, les faisaient paraître aussi stupides que poignantes.

La voiture filait sur l'entrelacs de voies aériennes tissé entre les gratte-ciel, et elle imaginait des millions d'yeux braqués sur eux derrière les vitres aveugles. Les gens devaient se demander ce qu'ils faisaient, s'ils fonçaient affronter les possédés. Rien d'autre ne pouvait expliquer l'activité de la police en ce jour. Le maire lui-même était confiné dans son bureau du 10 Downing Street, comme son attachée de presse l'avait répété des centaines de fois au cours de la matinée.

La curiosité de Louise était de plus en plus aiguisée. Elle était impatiente de rencontrer la personne qui les convoquait ainsi. De toute évidence, elle s'était retrouvée impliquée malgré elle dans une opération des plus complexes. Ce serait agréable d'avoir une explication. Toutefois, elle ne voyait toujours pas pourquoi un grand de ce monde souhaitait les voir, sa sœur et elle.

Si elle espérait des révélations rapides, elle dut déchanter en constatant que la voiture de police se dirigeait vers la lisière du dôme et s'engageait dans un tunnel à huit voies. De gigantesques portes se refermèrent derrière eux en grondant, les coupant de l'arche. Elle ne vit plus que des parois de carbobéton lisse éclairées par des lampes à la lueur crue. En roulant sur cette autoroute déserte, elle prit conscience pour la première fois de la gravité du couvre-feu et de la terreur qui avait poussé les Londoniens à se calfeutrer chez eux.

Après avoir parcouru une distance indéterminée, ils quittèrent l'autoroute pour emprunter un petit tunnel conduisant vers les zones industrielles souterraines. La voiture les amena dans un immense garage dont le plafond voûté évoquait une gare de l'époque des locomotives à vapeur. De longues rangées de véhicules conçus pour la surface y attendaient sur leurs emplacements. La voiture de police fit halte devant un transport de troupe Volkswagen. Deux techniciens et trois mécanoïdes s'affairaient autour de lui, le préparant au voyage qui l'attendait.

La portière s'ouvrit, laissant entrer dans l'habitacle un courant d'air chaud et humide qui empestait la moisissure. Se bouchant le nez d'un air dédaigneux, Genevieve suivit Robson et sa grande sœur qui se dirigeaient vers le Volkswagen. Il était pourvu de six doubles roues de chaque côté, dont chacune mesurait un mètre cinquante de diamètre, avec des bandes de roulement où la fillette aurait pu faire tenir sa main. À l'arrière du véhicule était fixé une sorte de bogie capable de le désembourber en cas de besoin. Sa carrosserie d'un kaki crasseux évoquait la coque d'un cargo, impression qu'accentuaient encore les hublots découpés sur ses flancs et les deux pare-brise sur son nez. Le verre épais de ceux-ci était d'un pourpre sombre. Pourvu d'un châssis d'acier et de titane, il pesait trente-six tonnes, de sorte que même la plus violente des tempêtes n'aurait pu le renverser. Par acquit de conscience, on l'avait équipé de six canons auxiliaires, qui pouvaient planter des harpons dans le sol pour l'ancrer à celui-ci en cas de coup de tabac.

Genevieve considéra un long moment ce monstre mécanique maculé de boue.

— On va aller dehors ? demanda-t-elle, surprise.

— On le dirait bien, répliqua Robson d'une voix joviale.

Un mécanoïde alla récupérer les bagages des deux sœurs, qu'il rangea dans l'une des soutes du Volkswagen. Un technicien conduisit les passagers vers l'écoutille.

La cabine principale du véhicule était conçue à l'origine pour abriter quarante soldats ; ce modèle était équipé de dix fauteuils en cuir d'aspect confortable. On y trouvait aussi un compartiment cuisine et une salle de bains, ainsi qu'un habitacle de conduite pourvu de trois sièges. Leur chauffeur déclara s'appeler Yves Gaynes.

— Le voyage se fera sans hôtesse, ajouta-t-il, alors servez-vous si vous avez envie de boire ou de manger. Nous sommes bien approvisionnés.

— Combien de temps va durer le voyage ? s'enquit Louise.

— Nous devrions être arrivés pour le thé.

— Et où allons-nous exactement ?

Il lui fit un clin d'œil.

— Cette information est confidentielle.

— Est-ce que je peux me mettre à l'avant pour regarder dehors ? demanda Genevieve. J'aimerais tant voir à quoi ressemble vraiment la Terre.

— Mais je vous en prie.

Il lui fit signe de la rejoindre, ce qu'elle s'empressa de faire. Louise se tourna vers Robson.

— Allez-y, lui dit-il. J'ai déjà voyagé au-dehors.

Elle alla s'asseoir à côté de Gen.

Prenant place devant sa console, Yves Gaynes enclencha le programme de démarrage. L'écoutille se referma et la climatisation s'activa. Louise poussa un soupir en sentant l'air se rafraîchir et se faire nettement moins humide. Le Volkswagen s'avança. Au fond du garage, un mur se souleva lentement, révélant une longue rampe en carbobéton inondée d'une lumière si aveuglante que la jeune fille dut plisser les yeux en dépit du pare-brise en verre fumé.

Londres ne se limitait pas au périmètre de ses neuf dômes extérieurs. L'arche proprement dite était à usage résidentiel et commercial, les industries qu'elle abritait étant surtout consacrées à l'informatique, au design et à la manufacture légère. L'industrie lourde était implantée dans des parcs souterrains d'une dizaine de kilomètres de longueur, équipés de fonderies, de raffineries et d'usines de recyclage. Infestant les parois des dômes telles des bernaches de béton, on trouvait des stations environnementales, qui fournissaient aux habitants de l'énergie, de l'eau et de l'air frais. Mais c'étaient les installations alimentaires qui dominaient la zone périphérique. Plusieurs centaines de kilomètres carrés étaient occupés par des machines de synthèse capables de produire des protéines, des hydrocarbonates et des vitamines, puis de les mélanger pour obtenir plusieurs millions de combinaisons différentes qui, malheureusement, n'avaient jamais tout à fait le goût des produits naturels. C'étaient elles qui alimentaient la totalité de l'arche, récoltant la matière brute fournie par les océans, les égouts et l'atmosphère pour produire briques et sachets déshydratés. Les riches pouvaient s'offrir des mets délicats grâce à l'importation, mais leur pain quotidien était fabriqué par les mêmes chaînes que la pâte à hamburger et les granulés de patates de la plèbe.

Il fallut quarante minutes au Volkswagen pour laisser derrière lui le dernier des énormes bâtiments de carbobéton à moitié enfouis dans le sol et abritant synthétiseurs organiques et cuves de clonage à viande. Les talus rectangulaires, où poussaient des tours d'échangeurs thermiques, laissèrent la place à un paysage vallonné d'allure bien plus naturelle. Les deux sœurs regardèrent avec curiosité ce tapis vert émeraude qui s'étendait de toutes parts. Louise fut profondément déçue par le spectacle, ayant anticipé quelque chose de plus varié. La vue était encore plus monotone que sur Norfolk. La seule activité visible était celle des longues écharpes de nuages couleur d'ecchymose qui traversaient le ciel bleu cobalt. De temps à autre, une grosse goutte de pluie explosait sur le pare-brise avec un bruit sourd.

Ils roulaient sur une route faite d'unc sorte de filet gris anthracite entre les mailles duquel poussaient des brins d'herbe inextricablement liés. La même plante d'un vert très vif recouvrait le moindre pouce carré de terre.

— Il n'y a donc pas d'arbres ? demanda Louise.

Elle avait l'impression de traverser un désert verdoyant. Les petites bosses qu'elle supposait être des rochers étaient également recouvertes d'herbe.

— Il n'y en a plus, répondit Yves Gaynes. Ce végétal est à peu près le seul à survivre à la surface de la planète, la bonne herbe verte du temps jadis. En fait, c'est un mélange d'herbe et de mousse obtenu par ingénierie génétique, avec des racines en réseau formant un fouillis impossible à démêler. Il m'est déjà arriver de casser une pelle en essayant de creuser dans ce truc. Les racines pénètrent la terre sur soixante centimètres. Mais nous sommes obligés de faire pousser cette saleté. Il n'y a qu'elle qui puisse empêcher l'érosion du sol. Vous devriez voir le déluge auquel on a droit après chaque tempête, la moindre ornière se transforme en torrent rugissant. S'ils avaient eu cette herbe à Mortonridge, ça ne se serait pas passé comme ça, croyez-moi.

— Est-ce qu'on peut la manger ? s'enquit Genevieve.

— Non. Les ingénieurs qui l'ont séquencée étaient trop pressés pour fignoler à ce point, ils souhaitaient avant tout la rendre quasiment invulnérable, sur le plan biologique, s'entend. Elle peut encaisser tous les ultraviolets dont le soleil la bombarde, et aucune maladie ne peut l'atteindre. Maintenant, il est trop tard pour l'améliorer. Impossible de la remplacer par une autre variété, vu qu'elle est partout. Il lui suffit de cinq millimètres de sol pour pousser. Il n'y a que sur les falaises rocheuses qu'elle ne peut pas prendre, et pour ça on a le lichen ou certains champignons.

Genevieve fit la moue et pressa son visage contre le verre.

— Et les animaux ? Est-ce qu'il en reste encore ?

— Personne n'en est vraiment sûr. J'ai vu des choses qui bougeaient, mais jamais d'assez près, alors c'étaient peut-être des agrégats d'herbe morte emportés par le vent. On raconte que des familles de lapins se sont établies dans les vallées qui ne sont jamais inondées, où elles vivent dans des réseaux de terriers. J'ai des collègues qui affirment les avoir aperçues. Moi, je reste sceptique, car les ultraviolets auraient dû leur brûler les yeux et leur refiler le cancer. Peut-être que certaines espèces ont développé une résistance, ces bestioles se reproduisent suffisamment vite pour évoluer et elles ont toujours été dures à éliminer. D'autres personnes racontent qu'il y a aussi des pumas et des renards qui se nourrissent de ces lapins. Et je suis sûr qu'on trouve aussi des rats – si un animal a survécu en dehors des dômes, c'est bien celui-là.

— Pourquoi allez-vous à l'extérieur ? demanda Louise.

— Les équipes de maintenance bossent souvent sur les tubes des vidtrains. Puis il y a les commandos d'écologistes, qui réparent les plus gros dégâts de l'érosion ; ils replantent l'herbe et renforcent les berges des rivières après les inondations, ce genre de trucs.

— Pourquoi prendre cette peine ?

— Les arches sont toujours en phase d'expansion, même compte tenu de l'émigration. On parle de construire deux nouveaux dômes à Londres avant la fin du siècle. Et Birmingham et Glasgow sont de nouveau surpeuplées. Nous devons prendre soin de notre terre, du sol en particulier ; si nous n'en faisions rien, il serait emporté par les eaux et nous nous retrouverions avec des plateaux rocheux en guise de continents. Ce monde a déjà assez souffert, imaginez à quoi ressembleraient les océans si on les laissait polluer par toute cette glèbe. C'est uniquement grâce à eux que nous sommes encore en vie. Il est donc dans notre intérêt de les préserver, en fait. Et ça veut dire que nous resterons à jamais les gardiens de notre terre. Ce qui est déjà un bon résultat en soi.

— Vous aimez l'extérieur, n'est-ce pas ? demanda Louise.

Yves Gaynes la gratifia d'un sourire ravi.

— Je l'adore.

Ils poursuivirent leur route dans cette désolation scellée sous sa couche protectrice verte. Louise la trouvait de plus en plus déprimante. L'herbe lui apparaissait comme une gigantesque feuille de papier stérile conçue pour préserver un riche terreau en sommeil. Elle avait désespérément envie de quelque chose qui brisât cette uniformité, un antique végétal qui serait sorti de son hibernation pour redonner au paysage couleur et variété. Que n'aurait-elle pas donné pour apercevoir un cèdre fièrement dressé sur ses racines : un signe de résistance dirigé contre cette reddition passive à l'artificialité. La Terre, si riche d'argent et de miracles, aurait dû faire mieux que ça.

Ils mirent le cap au nord pour sortir de la vallée de la Tamise. Yves Gaynes leur désignait les villes et les villages d'antan. Leurs bâtiments n'étaient plus que des talus engloutis par l'herbe, leurs noms des points de repère enregistrés dans le guido-bloc du transport de troupe. Celui-ci avait laissé depuis longtemps la route derrière lui lorsque Louise regagna la cabine principale pour préparer le déjeuner. Ils roulaient sur l'herbe à présent, laissant dans leur sillage deux profondes ornières de bouillie verte. Le paysage devenait de plus en plus chaotique, vallées encaissées et collines escarpées au sommet couvert de lichens et de champignons gris-vert. Dans les ravines coulaient des ruisseaux qui fumaient doucement, dans chaque combe se nichait un lac.

— Nous y voilà, annonça Yves Gaynes quatre heures après qu'ils eurent quitté Londres.

Ivanov Robson passa sa tête et ses épaules massives dans l'habitacle avant, aussi impatient que les deux sœurs de découvrir leur destination. Un dôme géodésique en cristal se dressait devant eux, large d'environ cinq miles, estima Louise ; son périmètre se fondait dans les flancs des collines qui le bordaient. Il était gris, comme empli d'un épais brouillard.

— Comment s'appelle cet endroit ? demanda Genevieve.

— Centre de recherche agronomique numéro sept, répondit Yves Gaynes sans broncher.

Genevieve lui jeta un regard sceptique, mais s'abstint de tout commentaire.

Une porte s'ouvrit à la base du dôme pour laisser entrer le Volkswagen. Dès qu'elle se fut refermée, le véhicule fut aspergé d'un fongicide rouge vif qui le désinfecta sous toutes ses coutures. Il se dirigea au ralenti vers un petit garage, et son écoutille s'ouvrit.

— C'est le moment de rencontrer le patron, déclara Ivanov Robson.

Il précéda les deux jeunes filles dans le garage. L'air y était plus frais que dans la cabine du transport de troupe et que dans le Dôme de Westminster, remarqua Louise. Elle ne portait qu'une robe bleu marine toute simple, avec des manches courtes. Mais on ne pouvait pas dire qu'il faisait froid, juste un peu frais.

Ivanov leur fit signe d'avancer. Genevieve fit cliquer ses bottes-patins et glissa en se maintenant à son niveau. Une petite jeep à quatre places les attendait, avec un auvent à rayures rouges et blanches en guise de toit. La première que Louise ait vue sur cette planète. Elle se sentit un peu rassurée lorsque Ivanov se mit au volant. Gen et elle s'assirent à l'arrière, puis il démarra.

— Je croyais que vous ne connaissiez pas cet endroit, lui dit Louise.

— C'est la première fois que j'y viens. Mais on me guide.

Louise demanda à accéder au processeur réseau local, mais ne reçut aucune réponse. Ivanov leur fit emprunter un tunnel de béton long de deux cents yards, puis ils se retrouvèrent au soleil. Gen poussa un cri de joie. Le dôme dévolu à la recherche agronomique dissimulait une parcelle de l'Angleterre qu'elles avaient appris à connaître dans les livres d'histoire : des prés verts constellés de pâquerettes et de boutons d'or, des haies sinueuses délimitant des pâtures, des bosquets de frênes, de pins et de bouleaux argentés parsemant des vallées aux lignes douces, des hêtres et des marronniers impressionnants au milieu de parcs de plusieurs arpents. Des chevaux broutaient paisiblement dans les pâtures, des canards et des flamants roses nageaient dans un étang jonché de nymphéas mauve et blanc. Au centre de ce havre bucolique se trouvait une splendide maison de campagne à côté de laquelle le manoir de Cricklade semblait grotesque et prétentieux. Ses murs en brique orange de trois étages étaient soutenus par d'épaisses poutres de chêne noir disposées en diagonales dans le style Tudor, à peine visibles sous une profusion de roses grimpantes topaze et écarlates. Les fenêtres en verre plombé, évoquant des vitraux de diamant, étaient grandes ouvertes pour laisser entrer l'air dans toutes les pièces. Des sentiers pavés sinuaient sur une pelouse impeccablement tondue et bordée par des buissons taillés avec un soin jaloux. Une rangée d'antiques ifs marquaient les limites du jardin. De l'autre côté se trouvait un court de tennis, où deux personnes se livraient à des échanges acharnés.

La jeep emprunta une piste en terre battue qui traversait le pré et faisait le tour de la maison. Ils franchirent un portail en fer forgé et se retrouvèrent sur une allée pavée couverte de mousse. De chaque côté d'eux volaient des hirondelles, qui foncèrent se mettre à l'abri dans leurs nids couleur ocre planqués sous l'avant-toit. Le porche de bois bâti autour de la porte d'entrée disparaissait sous le chèvrefeuille ; Louise distingua quelqu'un qui semblait attendre dans l'ombre.

— C'est comme si on rentrait chez nous, murmura Genevieve, enchantée.

Ivanov stoppa devant le porche.

— Je vous laisse maintenant, leur dit-il.

Lorsque Louise se tourna vers lui, il avait les yeux dans le vague, les mains crispées sur le volant. Elle allait lui taper sur l'épaule quand la personne qui se trouvait sur le porche s'avança vers elles. C'était un jeune homme, à peu près de l'âge de Joshua. Mais là où celui-ci avait un visage carré et bien dessiné, celui de l'inconnu était tout en rondeurs. Il était cependant bien fait, avec des cheveux châtains et de grands yeux verts. Ses lèvres esquissaient un sourire indolent, presque un rictus. Il portait un polo blanc et un short de tennisman ; ses pieds nus étaient glissés dans des baskets fatiguées, dont l'une avait un lacet cassé.

Il leva une main et sourit avec chaleur.

— Louise, Genevieve. Ravi de vous rencontrer enfin, et pardon pour le cliché. Bienvenue chez moi.

Un labrador noir sortit de la maison et vint lui renifler les pieds.

— Qui êtes-vous ? demanda Louise.

— Charles Montgomery David Filton-Asquith, à votre service. Mais je préférerais que vous m'appeliez Charlie. C'est ce que font tous les gens qui vivent ici. Une familiarité des plus agréables.

Louise plissa le front et s'abstint de serrer la main qu'il lui tendait, bien qu'il ne parût guère menaçant. Il ressemblait aux jeunes propriétaires fonciers qui formaient son cercle d'amis, avec bien plus de panache cependant.

— Mais qui êtes-vous ? insista-t-elle. Je ne comprends pas. C'est vous qui nous avez convoquées ici ?

— J'en ai peur. Vous me pardonnerez, j'espère, mais j'ai pensé que vous seriez mieux ici qu'à Londres. La situation est malheureusement en train de s'y dégrader.

— Mais comment ? Comment avez-vous fait pour nous faire venir ici en dépit du couvre-feu ? Êtes-vous un policier ?

— Pas exactement. (Il se fendit d'une grimace navrée.) En

fait, on pourrait dire que je suis l'un des maîtres du monde. Dommage que je me sois si mal débrouillé ces derniers temps. Enfin, c'est la vie.

De l'autre côté de l'antique maison était creusée une piscine en forme de larme, aux parois carrelées de marbre vert et blanc. Côté grand bain, le fond était décoré d'une représentation de la Joconde. Louise n'eut aucune peine à la reconnaître, mais elle se demandait si elle exhibait son sein gauche dans la version originelle. Un groupe de jeunes gens batifolait dans l'eau, s'affrontant dans un match de water-polo avec un gros ballon rose.

Elle se retrouva dans un patio en pierre de York avec Charlie et Gen, assise à une longue table de chêne avec une vue imprenable sur la pelouse et la piscine. Un domestique en veste blanche venait de lui servir un grand verre de Pimm's, avec glaçons et fruits à profusion. Gen avait eu droit à un milk-shake au chocolat avec fraises et crème Chantilly, tandis que Charlie sirotait un gin-tonic. Tout ceci, elle était bien obligée de l'admettre, était parfaitement civilisé.

— Donc, vous n'êtes pas le président, ni un dirigeant officiel ? s'enquit-elle.

Charlie avait entrepris de leur expliquer le fonctionnement et la hiérarchie du DSIG.

— Pas le moins du monde. Je me contente de superviser les questions de sécurité en Europe de l'Ouest et de coordonner mes efforts avec ceux de mes collègues à l'échelle globale. Personne ne nous a élus, nous avions le pouvoir de dicter la structure et la nature du DSIG à l'époque où l'ONU et les gouvernements continentaux fusionnaient pour former le Gouv-central. Nous nous sommes incorporés à son tissu.

— C'était il y a longtemps, remarqua Louise.

— Au début du XXIIe siècle. Une époque des plus intéressantes. Nous étions bien plus actifs en ce temps-là.

— Pourtant, vous n'êtes pas si vieux.

Un sourire aux lèvres, Charlie désigna la roseraie. Il s'agissait d'un carré bien dessiné, divisé en segments abritant chacun une variété distincte. Plusieurs créatures ressemblant à des tortues se déplaçaient lentement entre les plantes robustes, leur tête tendue au bout de leur long cou pour mieux manger les fleurs mortes.

— Ce sont des organismes bioteks, expliqua-t-il. J'utilise

douze espèces différentes pour l'entretien de la végétation. Soit deux mille individus environ.

— Mais les Adamistes ont interdit le biotek sur tous leurs mondes ! protesta Gen. Et la Terre a été la première à le faire.

— La population n'y a pas accès, en effet. Moi, si. Le biotek et l'affinité sont deux technologies fort puissantes qui donnent au B7 un avantage décisif sur les ennemis de la république. C'est également grâce à ces technologies que j'ai pu vivre six cents ans sans interruption. (Il se désigna lui-même avec fierté.) Ce corps est le trente et unième que j'occupe. Ce sont tous des clones, voyez-vous ; obtenus par parthénogenèse, afin que je conserve le caractère nécessaire à l'accomplissement de mes tâches. Je suis équipé du lien d'affinité, et je l'étais bien avant l'avènement de l'Édénisme. J'ai commencé par utiliser des symbiotes neuronaux, puis la séquence de l'affinité a été incorporée à mon ADN. Dans un sens, l'immortalité à la mode B7 est une variante du processus édéniste de transfert de mémoire. Ils envoient leur mémoire dans la strate neurale d'un habitat, alors que moi, je me transmets dans un nouveau corps, jeune et vigoureux. Chaque clone croît en isolation sensorielle pendant une durée de dix-huit ans, ce qui prévient le développement des processus mentaux. Son cerveau est un réceptacle vide qui n'attend que d'être rempli. Le moment venu, je sélectionne les souvenirs que je souhaite conserver et déplace ma personnalité dans ce nouveau corps. L'ancien est aussitôt détruit, ce qui assure la continuité de la procédure. Et je stocke les souvenirs éliminés dans un réseau neuronal biotek, de sorte qu'aucun aspect de ma vie n'est vraiment perdu.

— Trente et un corps, ça fait beaucoup pour six cents ans, dit Louise. Les Saldana réussissent à vivre près de deux siècles. Et nous autres, les Kavanagh, nous vivons parfois jusqu'à cent vingt ans.

— Oui, fit Charlie en haussant les épaules comme pour s'excuser. Mais vous passez le dernier tiers de votre existence à souffrir des outrages de la vieillesse. Une maladie qui ne fait qu'empirer. Alors que je me transfère à nouveau dès que j'atteins les quarante ans. L'immortalité et l'éternelle jeunesse. Un sort plutôt enviable, non ?

— Jusqu'à aujourd'hui, dit Louise en buvant une gorgée de Pimm's. Chacun de ces corps avait une âme qui lui était propre. Ce qui n'a rien à voir avec la mémoire. Je l'ai entendu aux infos. D'après les Kiints, il s'agit de deux choses distinctes.

— En effet. Le B7 dans son ensemble n'a prêté aucune

attention à ce fait. Ce qui n'a rien d'étonnant vu notre niveau de conservatisme. Je suppose que, désormais, il nous faudra stocker nos anciens corps en tau-zéro ; du moins jusqu'à ce que nous ayons résolu la question de l'au-delà.

— Donc, vous étiez déjà vivant au XXIe siècle ? demanda Gen.

— Oui. Du moins j'en ai le souvenir. Comme le dit votre sœur, les définitions de la vie ont pas mal changé ces derniers temps. Mais je me suis toujours considéré comme une seule et même personne au fil des siècles. Difficile de perdre une telle conviction en l'espace de quinze jours.

— Comment se fait-il que vous étiez si puissant à cette époque ? s'enquit Louise.

— Pour la raison habituelle : parce que j'étais riche. Nous possédions ou dirigions les plus grandes entreprises du XXIe siècle. Ce n'étaient pas de simples multinationales mais les premières transplanétaires, et nos profits étaient plus élevés que le produit national brut de certains États. C'était une époque où s'ouvraient de nouvelles frontières, ce qui est toujours propice à l'accumulation de nouveaux revenus. C'était aussi une période des plus agitées ; ce que nous appelions le tiers-monde s'industrialisait rapidement grâce à la fusion, et l'écologie en était déstabilisée tout aussi rapidement. Les gouvernements nationaux et régionaux dépensaient des ressources considérables pour lutter contre la détérioration de la biosphère. L'infrastructure administrative, la sécurité, la santé, la couverture sociale, tous les domaines relevant traditionnellement de la compétence de l'État, étaient peu à peu privés de ressources fiscales et cédés à l'industrie privée. La transition n'a guère été difficile pour nous. Dès le XXe siècle, c'était le privé qui assurait la sécurité des biens industriels ; des sociétés privées commençaient à construire et à administrer les prisons ; des forces de police privées patrouillaient des enclos résidentiels privés, financées par leurs occupants. Dans certains pays, vous deviez souscrire une assurance si vous vouliez que la police d'État enquête sur un crime dont vous étiez la victime. L'évolution vers une police entièrement privée était donc un processus naturel pour une société industrialisée. À nous seize, nous contrôlions quatre-vingt-dix pour cent des forces de sécurité de la planète, et c'est tout naturellement que nous nous sommes mis à collaborer et à coopérer sur les questions de sécurité et de renseignement. Nous avons même investi en matériel et en formation à un niveau dépassant les simples considérations fiscales. Mais ce n'était pas à fonds perdus, car nous étions les seuls à pouvoir protéger nos usines et nos institutions des seigneurs du crime et des mafias régionales. Pour la première fois depuis des décennies, le taux de criminalité s'est bel et bien mis à chuter.

« Ensuite, nous avons décidé de favoriser la création du Gouvcentral et de sa fiscalité centralisée, que nous avons orientée en notre faveur. Nous avons parachuté nos avocats à des postes de conseillers auprès des ministres et des hauts fonctionnaires, et nos lobbyistes ont aidé les représentants du peuple à voter des lois controversées. Le B7 n'est qu'une manifestation formelle et structurée de notre position.

— C'est monstrueux, dit Louise. Vous êtes des dictateurs.

— Autant que les propriétaires fonciers de Norfolk, répliqua Charlie. Votre famille occupe la même position que moi, Louise, sauf que vous refusez de l'admettre.

— Les gens ont migré sur Norfolk après l'adoption de la Constitution, celle-ci ne leur a pas été imposée.

— Je pourrais contester ce point, mais je comprends votre réaction outragée, sans doute mieux que vous ne pouvez le faire. Je l'ai souvent rencontrée au fil des siècles. Tout ce que je vous demande, c'est de juger les moyens employés en fonction de la fin à laquelle ils ont permis de parvenir. La Terre a une population stable et relativement aisée, une classe moyenne planétaire, plus ou moins libre de vivre la vie qui lui plaît. Nous avons survécu à l'effondrement du climat et nous avons commencé à coloniser les étoiles. Rien de tout cela n'aurait été accompli sans une classe dirigeante forte, dont l'absence est la plaie des démocraties modernes souffrant d'une dépendance excessive vis-à-vis des médias. Je considère notre réussite comme exceptionnelle.

— L'Édénisme est un système démocratique qui a prospéré.

— Ah ! oui, l'Édénisme. Notre plus grand triomphe involontaire.

— Que voulez-vous dire, involontaire ?

Louise ne pouvait dissimuler son intérêt. Pour la première fois de sa vie, elle avait droit à un aperçu sur la véritable structure et la véritable histoire du monde. Le genre d'information qui n'était jamais archivée nulle part. Tout ce qu'on lui avait refusé sur sa planète.

— Comme nous voulions réserver le biotek à notre seul usage, nous avons tenté d'interdire cette technologie, répondit Charlie. Nous savions que nous ne pourrions pas y parvenir par des moyens politiques, car nous ne disposions pas encore d'un contrôle absolu sur les pouvoirs judiciaire et législatif. Nous avons donc opté pour une condamnation religieuse, obtenue à l'issue d'une décennie de contre-publicité. Et nous avons presque réussi notre coup. La papesse Éléonore était prête à proclamer que l'affinité était un sacrilège, et les ayatollahs s'alignaient sur la même position. Encore quelques années de pression, et les compagnies privées auraient été obligées d'abandonner leurs recherches. Le biotek et l'affinité finiraient dans les poubelles de l'histoire, à l'instar de quantité d'autres technologies. Puis Wing-Tsit Chong a transféré sa personnalité dans la strate neurale d'Éden. Ironie de l'histoire, nous n'avions pas pris la mesure du potentiel des habitats, alors même que nous procédions à des expériences dans une direction voisine pour parvenir à notre forme d'immortalité. Cela a forcé la main à la papesse ; sa bulle est arrivée trop tôt. Le biotek et l'affinité étaient encore trop répandus sur la Terre pour que son interdit soit efficace. Leurs partisans ont émigré sur Éden, qui a ensuite échappé à notre contrôle. Nous nous sommes retrouvés incapables de façonner la société édéniste selon nos vœux ; sa nature même empêchait nos agents de s'y infiltrer.

— Mais vous avez dicté votre loi au reste de l'humanité.

— Absolument. Nous contrôlons l'ensemble de la politique du Gouvcentral, nos entreprises dominent l'industrie terrienne, et la puissance économique terrienne domine la Confédération. Nous sommes majoritaires dans chaque nouvelle colonie ouverte à l'exploitation, car nous vivons assez longtemps pour recueillir les fruits de nos investissements, qu'il faut au moins deux siècles pour récolter. Les institutions financières qui nous appartiennent possèdent un pourcentage important de l'espèce humaine.

— Mais pour quoi faire ? Qui voudrait d'une telle quantité d'argent ?

— Vous seriez surprise de l'apprendre. La mise en œuvre d'une politique économique et militaire digne de ce nom coûte plusieurs milliards de fusiodollars, et les forces spatiales du Gouvcentral peuvent à ce titre être comparées à un horizon des événements. Nous continuons de financer notre propre sécurité, comme nous l'avons toujours fait. Et, ce faisant, nous garantissons celle de l'humanité dans son ensemble. J'admets être un dictateur, mais reconnaissez que je suis aussi bénin qu'il est possible de l'être.

Louise secoua la tête d'un air chagriné.

— Et en dépit de votre toute-puissance, vous n'êtes pas arrivé à stopper Quinn Dexter.

— Non, avoua Charlie. C'est notre plus cuisant échec. À cause de lui, nous allons peut-être perdre cette planète, ainsi que les quarante milliards d'âmes qui la peuplent. Tout ça parce que je n'ai pas été plus malin que lui. L'histoire nous jugera comme les pires des pécheurs. Et avec raison.

— Il a vraiment gagné ? demanda Louise, consternée.

— À Parsonage Heights, nous l'avons frappé avec un laser DS. Et il a réussi à s'en tirer. Désormais, il est libre d'agir comme bon lui semble.

— Donc, il nous avait suivis à Londres.

— Oui.

— Vous nous avez manipulées depuis le début, Gen et moi. Ivanov Robson est un de vos agents.

— Oui, je vous ai manipulées. Et je n'en éprouve ni remords ni regrets. Vu ce qui était en jeu, mes actions étaient justifiées.

— Sans doute, concéda-t-elle. J'aimais bien Robson, même s'il m'a toujours semblé un peu trop efficace. Jamais il ne commettait d'erreurs. Personne ne pouvait être aussi parfait.

— Inutile de le prendre en pitié. Ce n'est pas vraiment un agent ; je l'ai soumis à ma volonté après son procès, j'en ai peur. Les gens comme lui me sont toujours utiles. Mais ce vieil Ivanov n'est pas un enfant de chœur. Certes, il est moins désagréable que Banneth. Celle-ci n'était qu'un virus de forme humaine, ses obsessions me donnaient la chair de poule et, vu les atrocités auxquelles j'ai assisté durant ma longue existence, ce n'est pas une mince affaire, croyez-moi.

— Et Andy ? C'était aussi un de vos pions ?

Charlie retrouva sa belle humeur.

— Ah ! oui, le rat de vente romantique. Non, il était authentique. Jamais je n'aurais cru que vous iriez vous acheter des naneuroniques, Louise. Vous ne cessez de me surprendre et de m'enchanter.

Elle lui lança un rictus par-dessus son verre de Pimm's.

— Et maintenant ? Pourquoi nous avez-vous fait venir ici ? Ce n'était sûrement pas pour nous expliquer tout ceci de vive voix. Vous n'avez quand même pas l'intention de vous excuser ?

— Vous représentiez mon dernier atout, Louise. J'espérais que Dexter tenterait de vous suivre jusqu'ici. Il me reste une arme ultime susceptible de l'éliminer. Elle s'appelle l'antimémoire et elle détruit les âmes. Ce sont les Forces spatiales de la Confédération qui l'ont conçue, mais elle n'en est encore qu'au stade du prototype. Ce qui signifie qu'elle n'est efficace qu'à très courte portée. S'il vous avait accompagnée ici, nous aurions eu une chance de la déployer contre lui. Cela aurait été mon baroud d'honneur. J'étais prêt à lui faire face.

Louise jeta autour d'elle un regard affolé, cherchant dans tout le jardin un indice de la présence de ce démon qu'elle ne pouvait chasser de sa mémoire. Réaction des plus stupides. Mais l'idée que Quinn Dexter ait pu lui coller aux basques lors de la traversée de cette contrée désolée lui glaçait les sangs.

— Mais il ne nous a pas suivis, dit-elle.

— Non, pas cette fois-ci. Je serai donc ravi de vous emmener avec moi quand je partirai d'ici. Je veillerai à ce que vous puissiez gagner Jupiter.

— Vous avez intercepté les messages que j'ai envoyés à Joshua ?

— Oui.

— Je veux lui parler. Tout de suite.

— J'ai encore une mauvaise nouvelle pour vous, j'en ai peur. Il ne se trouve plus à Tranquillité. Il est parti avec un escadron des Forces spatiales de la Confédération pour participer à une opération contre les possédés ; il m'a malheureusement été impossible de déterminer la nature exacte de leur mission. Vous êtes libre de demander confirmation au seigneur de Ruine, si tel est votre souhait.

— C'est ce que je vais faire, rétorqua sèchement Louise. (Elle se leva et tendit une main à Gen.) J'ai besoin de faire quelques pas, sauf si cela m'est interdit par vos lois. Je dois réfléchir à tout ce que vous venez de m'apprendre.

— Mais bien sûr. Vous êtes mes invitées, toutes les deux. Allez où vous voulez, rien ne peut vous nuire à l'intérieur de ce dôme... euh... excepté les berces géantes qui poussent près de l'un des ruisseaux. Elles sont urticantes.

— Bien. Merci.

— J'espère que vous vous joindrez à nous pour le souper. En temps normal, nous prenons l'apéritif sur la terrasse vers sept heures et demie.

Louise préféra ne pas répondre. Serrant la main de Gen dans la sienne, elle s'engagea sur la pelouse, restant à l'écart de la piscine et de ses occupants exubérants.

— C'était extra-super-incroyable ! s'exclama Gen.

— Oui. À moins que cet homme soit le plus fieffé menteur de la Confédération, évidemment. Que j'ai été stupide ! J'ai fait exactement ce qu'il voulait que je fasse, comme un automate bien huilé. Comment ai-je pu croire qu'après avoir tenté d'introduire un possédé sur Terre toi et moi ayons pu nous en tirer avec un simple avertissement de la police ? On exécute des gens pour moins que ça.

Gen prit un air de chiot malheureux.

— Tu ne pouvais pas le savoir, Louise. Nous venons de Norfolk, on ne nous a *rien* dit sur la vie dans les autres mondes. Et nous avons échappé à Dexter à deux reprises. Charlie n'en a pas fait autant.

— Oui.

L'ennui, quand elle se mettait en colère, c'était que cette colère était toujours dirigée contre elle-même. Le B7 avait fait tout ce qui était en son pouvoir pour protéger la Terre. Charlie avait raison : elle n'était qu'un pion à sacrifier si nécessaire. Elle n'avait pas compris le danger que représentait Dexter pour cet univers. Quand même, n'avoir rien pigé à ce qui se passait autour d'elle, sauf quand elle se disait que Robson en savait décidément beaucoup... Petite idiote !

Après avoir traversé la pelouse, elles franchirent une haie de magnolias et se retrouvèrent dans le verger. À en juger par leurs troncs noueux et leur écorce fripée, les petits arbres qui y poussaient étaient d'un âge vénérable. De grosses grappes de gui pendaient de leurs rameaux, et leurs racines faisaient enfler le bois. Des organismes bioteks, évoquant des moutons à toison d'or, paissaient autour d'eux, rasant l'herbe à une hauteur uniforme.

Gen observa quelque temps leur manège, fascinée par leur allure placide et attendrissante. Rien à voir avec les créatures diaboliques que le vicaire de Colsterworth condamnait chaque dimanche depuis sa chaire.

— Tu crois qu'il va nous emmener à Tranquillité ? demanda-t-elle. J'aimerais bien visiter un habitat. Et revoir Joshua, s'empressa-t-elle d'ajouter.

— Je crois qu'il tiendra parole. Nous ne lui servons plus à rien maintenant.

— Mais comment ferons-nous pour aller dans le Halo ? Les vidtrains et les tours orbitales sont fermés, et on n'a plus le droit d'utiliser des astronefs dans l'atmosphère terrienne.

— Tu n'as donc rien écouté ? Charlie *est* le gouvernement. Il peut faire tout ce qui lui plaît. (Elle sourit et attira sa petite sœur contre elle.) Connaissant le B7, ce dôme est en fait une fusée qui peut décoller d'un instant à l'autre.

— *Vraiment ?*

— Nous ne tarderons pas à être fixées.

Elles firent lentement le tour de la maison, rassurées par son aspect familier. De l'autre côté du verger, elles découvrirent une vaste serre désaffectée à la charpente en bois, dont les étagères croulaient sous les pots de cactus et de pélargoniums. Un chimpanzé domestique arpentait les allées d'un pas traînant, arrosant les plantes à petits jets répétés.

— On dirait bien que l'hiver n'est pas inconnu sous ce dôme, dit Louise à Gen tandis qu'elles jetaient un coup d'œil aux lieux.

Elles tombèrent ensuite sur une enfilade de cerisiers. Deux gros paons paradaient sous leurs branches, emplissant l'air lourd de leurs cris suraigus. Sous les yeux des deux sœurs, l'un d'eux déploya sa queue vert et or sur toute sa largeur et tendit le cou d'un air impérial. Les minuscules femelles qui picoraient alentour l'ignorèrent superbement.

Lorsqu'elles traversèrent l'allée gravillonnée, il n'y avait plus aucun signe de la jeep ni d'Ivanov Robson. Empruntant une trouée dans une haie de fuchsias blancs, elles se retrouvèrent au bord de la piscine. Charlie avait disparu du patio.

L'une des jeunes filles qui jouaient au bord de l'eau les aperçut et courut vers elle en agitant la main. Âgée de deux ou trois ans de plus que Louise, elle portait un minuscule bikini pourpre.

Louise attendit poliment, dissimulant sa gêne sous un sourire neutre. Ce bikini était presque immatériel. Elle se dit que pas une boutique norfolkoise n'aurait accepté de le vendre, puis chassa cette idée de son esprit. Gen ne semblait nullement incommodée.

— Salut ! dit la jeune fille d'un air joyeux. Je suis Divinia, l'une des amies de Charlie. Il nous a prévenus de votre arrivée. (Elle adressa une petite moue à Genevieve.) Tu n'as pas envie de piquer une tête ? Tu as l'air de t'ennuyer.

Gen jeta un regard plein d'envie aux jeunes gens rieurs qui s'amusaient dans la piscine, dont certains avaient son âge ou presque.

— Je peux ? demanda-t-elle à Louise.

— Eh bien... nous n'avons pas de maillots.

— Pas d'prob', dit Divinia. Il y en a plein au vestiaire.

— Vas-y, dans ce cas, dit Louise en souriant.

Gen, l'air positivement ravi, fonça vers la maison.

— Je ne veux pas être grossière, dit Louise, mais qui êtes-vous ?

— Je te l'ai dit, ma choute, une amie de Charlie. Une excellente amie.

Divinia suivit le regard de Louise et se mit à glousser. Elle bomba le torse, faisant ressortir encore un peu plus ses seins.

— Quand on a des atouts comme ceux-là, faut pas hésiter à en jouer, ma choute. Ils ne durent pas éternellement, même avec l'aide des packages cosmétiques et de l'ingénierie génétique. La loi de la pesanteur est dure, mais c'est la loi. Elle est encore plus impitoyable que les impôts.

Louise rougit si violemment qu'elle dut demander l'aide de ses naneuroniques pour retrouver son quant-à-soi.

— Pardon, fit Divinia avec un sourire penaud. Moi et ma grande gueule. Je n'ai pas l'habitude de fréquenter des filles avec des tabous.

— Je n'ai pas de tabous. Je ne me suis pas encore habituée à cette planète, c'est tout.

— Ma pauvre chérie, cette planète doit te sembler bien criarde, à tous les sens du terme. Et je ne contribue pas à la rendre plus calme. (Elle prit la main de Louise et l'attira vers la piscine.) Viens, je vais te présenter au reste de la bande. Ne fais pas ta timide. Je te promets qu'on va bien s'amuser.

Louise rendit les armes au bout d'une seconde de résistance. Impossible d'en vouloir à une personne emplie d'une telle joie de vivre.

— Connais-tu la nature des activités de Charlie ? s'enquit-elle prudemment.

— Mon Dieu, oui, ma choute. C'est le maître du monde. Pourquoi crois-tu que je suis avec lui ?

— Avec... ?

— On baise comme des malades, tous les deux. C'est ça que veut dire « avec ». Enfin, il faut que je le partage avec la moitié des filles qui vivent ici.

— Oh !

— Je suis vraiment répugnante, hein ? Grand Dieu ! Tout le contraire d'une lady.

— Ça dépend pour qui, répliqua Louise.

Le sourire de Divinia dessina de profondes fossettes parmi ses taches de rousseur.

— Ouaouh ! une authentique rebelle de Norfolk. Bravo ! J'espère que tu ne ménageras pas tous ces machos quand tu seras rentrée chez toi.

Elle présenta à Louise tous ceux qui se trouvaient dans la piscine et à proximité. Ils étaient plus de vingt, six enfants et une quinzaine d'adolescents et de jeunes adultes, dont deux tiers de sexe féminin. Et tous très beaux, ne put-elle s'empêcher de remarquer. Elle se retrouva pieds nus au bord de la piscine, à tremper ses orteils dans le petit bain. Divinia s'assit près d'elle et lui tendit un nouveau verre de Pimm's.

— Santé !

— Santé ! (Louise but une gorgée.) Comment l'as-tu rencontré ?

— Charlie ? Oh ! papa fait des affaires avec lui depuis des décennies, au moins. Nous ne sommes pas aussi riches que lui, bien entendu. Qui peut prétendre l'être ? Mais j'ai le pedigree qu'il faut, ma choute. Sans parler de mon corps.

Elle fit tourner sa paille dans son verre, un sourire franchement salace aux lèvres. Louise sourit à son tour.

— C'est une question de classe, poursuivit Divinia. Pour pouvoir entrer dans ce cercle fermé, il est nécessaire d'avoir des paquets de fric, mais ça ne suffit pas, loin de là. L'attitude compte presque autant. On doit avoir suffisamment d'arrogance et de mépris de la banalité pour ne pas être choqué par la nature du B7. Et j'en ai à revendre. J'ai été élevée comme une authentique enfant gâtée, avec beaucoup plus de fric que de cervelle. Sauf que, de la cervelle, j'en ai aussi, les meilleurs neurones fournis par l'ingénierie génétique. C'est ce qui m'a sauvée de la vacuité d'une vie de riche héritière. Je suis trop intelligente pour m'en contenter.

— Alors, qu'est-ce que tu fais de tes journées ?

— Pour le moment, absolument que dalle, ma choute ; si je suis ici, c'est parce que Charlie apprécie ma compagnie. Ça veut dire que je peux m'amuser, et je ne m'en prive pas. Je baise, je fais la fête avec Charlie et compagnie, je baise, je prends des stims, je baise encore, je fais les boîtes de Londres, je baise toujours, je fais du shopping jusqu'à plus soif, je continue de baiser, je vais au spectacle, je re-baise, je visite le Halo... où je peux baiser en apesanteur ! Voilà à quoi ressemble ma vie en ce moment, et j'en profite un max. Comme je te l'ai dit, la chair ne tient pas le coup avec les années, alors il faut savoir tirer parti de sa jeunesse. C'est ce que j'ai choisi de faire, tu sais, parce que je me connais bien. Je sais que c'est ridicule et stupide de vivre une telle vie pendant cent ans. C'est une perte de temps, un pitoyable gâchis. J'ai vu à quoi ressemblent les riches oisifs quand ils atteignent la soixantaine, ils me rendent malades. J'ai du fric, j'ai une cervelle, et je n'ai pas de scrupules ; ce qui me donne un potentiel formidable. Quand j'aurai trente-cinq ou quarante ans, je tenterai ma chance. Je ne sais pas encore ce que je ferai, j'irai explorer le cœur de la galaxie, je bâtirai un empire financier qui fera trembler la Kulu Corporation, j'engendrerai une culture encore plus belle que l'Édénisme... Qui sait ? Mais, quoi que je fasse, je le ferai bien !

— J'ai toujours eu envie de voyager, dit Louise. Du plus loin que je m'en souvienne.

— Excellent ! (Divinia trinqua bruyamment avec Louise.) Tu as exaucé ton souhait. Tu connais la galaxie mieux que moi. Félicitations, tu es des nôtres !

— J'étais obligée de quitter ma planète, les possédés étaient à nos trousses.

— Ils en avaient après tout le monde. Mais c'est toi qui as réussi à leur échapper. Il faut des couilles pour cela, surtout quand on a reçu une éducation comme la tienne.

— Merci.

— Ne t'inquiète pas. (Elle caressa les longs cheveux de Louise, orientant les flexitifs de façon à les faire tomber en cascade sur ses épaules.) Quelqu'un trouvera une solution. On récupérera Norfolk et on éliminera l'esprit de Dexter en même temps que son âme.

— Bonne idée, ronronna Louise.

L'action conjuguée de l'alcool et du soleil la rendait somnolente. Elle tendit son verre.

Entre toutes les étranges journées qu'elle avait vécues depuis son départ de Cricklade, celle-ci vit plus que toutes son esprit secouer ses chaînes. Les conversations qu'elle eut avec les amis et les enfants de Charlie la laissèrent un peu envieuse. Ils avaient autant de sens moral qu'elle-même, mais ils étaient différents, voilà tout. Moins de soucis et moins de complexes, pour commencer. Elle se demanda si l'ablation du gène de la culpabilité n'était pas une condition requise pour devenir un authentique aristocrate. C'était la belle vie.

Lorsque les nageurs à l'énergie apparemment inépuisable finirent par se fatiguer et que le soleil déclina à l'extérieur du dôme, Divinia insista pour que Louise se fasse faire un bon massage, consternée d'apprendre qu'elle ignorait tout de cette pratique. Deux autres filles se joignirent à elles dans l'une des anciennes étables de la maison converties en espaces thermoludiques.

Allongée sur le ventre, avec une serviette pour protéger sa

pudeur, Louise découvrit le mélange de ravissement et de douleur que seules peuvent dispenser les mains d'une masseuse experte. Ses muscles se détendirent tellement qu'elle craignit de voir choir ses bras.

— Comment les domestiques ont-ils été choisis ? demanda-t-elle à un moment donné.

Elle avait du mal à croire que tant de personnes pouvaient être au courant du secret du B7.

— Ce sont des asservis, expliqua Divinia. Des criminels capturés par le DSIG.

— Oh !

Louise se tourna vers la femme trapue occupée à lui pétrir les mollets. Elle semblait totalement indifférente à l'idée qu'on évoque devant elle son statut d'esclave. Louise était perturbée par cette idée, encore qu'elle ne voyait aucune différence entre un asservi et un Dép. Dans les deux cas, le criminel était condamné aux travaux forcés. Cette méthode-ci était plus sévère, voilà tout. D'un autre côté, elle ignorait tout des crimes dont ces gens s'étaient rendus coupables. Arrête donc de penser à ça. De toute façon, tu ne peux rien y changer.

Divinia et les autres filles se lancèrent dans une conversation des plus superficielles, dont les sujets allaient des mecs aux jeux en passant par la fête. Il s'y glissait des nuances de souvenir et de regret chaque fois qu'elles évoquaient un lieu qu'elles ne visiteraient plus jamais, un ami ou une amie désormais injoignable. Elles parlaient comme si la Terre était déjà perdue.

Louise sortit du bâtiment le corps parcouru de fourmillements, se sentant complètement requinquée. Divinia l'accompagna dans la maison pour lui montrer la chambre qu'on lui avait réservée. Située au premier étage, elle donnait sur le verger. Le plafond, aux poutres apparentes en chêne noir, était particulièrement bas, à peine un pied au-dessus de la tête de Louise, ce qui conférait à la pièce une atmosphère particulièrement douillette. Le lit à baldaquin y contribuait également, ainsi que le riche tissu rouge et or des rideaux et de la courtepointe.

Les valises et les sacs de Louise étaient soigneusement rangés sur la commode en pin placée au pied du lit. Divinia posa sur eux des yeux brillant de curiosité, puis passa en revue les vêtements qu'ils contenaient. Elle admira notamment la robe de soirée bleue, ainsi que quelques autres tenues. Rien de tout cela n'était franchement parfait, déclara-t-elle, mais elle avait quelque chose à lui prêter qui lui conviendrait à merveille pour la soirée.

Le quelque chose en question était une petite robe noire horriblement révélatrice qui fit blêmir Louise lorsqu'elle la découvrit. Divinia passa dix minutes à la convaincre de l'essayer, recourant à la flatterie quand les encouragements ne suffisaient pas. Lorsque Louise finit par rendre les armes, elle fut envahie par de nouveaux doutes ; il fallait avoir une prodigieuse confiance en soi pour porter une telle chose en public.

Genevieve fit son apparition alors qu'elles allaient descendre.

— Oh ! là, là ! Louise ! fit-elle en écarquillant les yeux.

— J'ai décidé de me faire plaisir, lui dit Louise. C'est uniquement pour ce soir.

— C'est ce que tu as dit la dernière fois.

Elle fut amplement récompensée par les témoignages d'admiration dispensés par Charlie et ses amis sur la terrasse. Les hommes portaient un smoking, tandis que les filles étaient vêtues de robes de soirée parfois encore moins pudiques que celle de Louise.

Au-dehors, le soleil avait enfin atteint l'horizon. La lumière qui se déversait de l'étincelant disque orangé se répandait en vagues sur la contrée verdoyante. Charlie guida Louise jusqu'à un endroit de la terrasse d'où la vue alentour était splendide. Il lui tendit une flûte de cristal.

— Un coucher de soleil et du champagne partagés avec une belle fille. Pas mal comme dernier souvenir de cette vieille planète, même s'il est un peu forcé. Il faut remercier le temps d'être resté dégagé. Son premier geste de bonne volonté en cinq siècles.

Louise sirota son champagne tout en admirant l'élégance racée de l'étoile chatoyante. Elle se rappelait l'air pur au-dessus de Bytham, les insidieuses volutes de nuage rouge qui l'envahissaient doucement. Son dernier souvenir de chez elle.

— C'est adorable, déclara-t-elle.

Elle dîna assise à côté de Charlie. Le repas, comme de bien entendu, fut somptueux ; la nourriture était exquise, les crus vieux de plus d'un siècle. Elle se rappela avoir été passionnée par les conversations, avoir ri de bon cœur à ces récits de gaffes et de catastrophes dans la bonne société qui n'avaient pu se produire qu'au sein d'une telle élite. Quoique sachant qu'ils devraient abandonner leur planète dans quelques jours, ses convives avaient une assurance à nulle autre pareille. Après tant de semaines d'angoisse et de dépression, elle se sentait revigorée par leur optimisme.

Charlie ne ménagea pas ses efforts pour la divertir. Elle savait parfaitement où il voulait en venir, et cela lui était désormais égal. La volonté et l'intelligence dont il faisait preuve pour la séduire lui donnaient l'impression d'être de son monde. Une manœuvre classique et d'un raffinement stupéfiant. Pour un oppresseur planétaire, il était tout à fait charmant.

Il alla jusqu'à aider Divinia à la raccompagner à l'étage lorsque la soirée toucha à son terme. Elle n'était pas ivre, bien entendu, mais elle ne voulait pas gâcher sa belle humeur en mettant en mode primaire ce stupide programme de désintoxication. Ils lui lâchèrent les mains devant sa porte, et elle fut ravie de pouvoir s'appuyer au battant.

— Ma chambre se trouve juste ici, murmura Charlie. (Il lui déposa un petit baiser sur le front.) Si vous le souhaitez.

Il passa un bras autour de la taille de Divinia et tous deux s'éloignèrent.

Louise ferma les yeux et serra les dents. Pivotant sur elle-même pour faire face à la porte, elle entra dans sa chambre en chancelant.

Son souffle était toujours saccadé, ses joues toujours rouges. Elle poussa fermement la porte derrière elle. Sur le lit était posé un petit négligé de soie blanche à côté duquel la robe noire ressemblait à la tenue d'une religieuse.

Seigneur Jésus, que vais-je faire à présent ?

Elle attrapa le négligé.

Personne ici ne me méprisera si je fais l'amour avec eux. La simple évocation de cette possibilité lui arracha un sourire émerveillé. L'univers avait perdu tout semblant d'ordre, de familiarité.

Alors, c'est oui ou non ? La seule honte qui m'affligera sera de ma propre création. C'est-à-dire la conséquence de mon éducation. En dépit de tous mes grands airs, me suis-je vraiment libérée de Norfolk ?

Elle se planta devant le miroir. Ses cheveux étaient défaits, les flexitifs maintenant inertes les faisaient ressembler à un foulard froissé. Le négligé lui collait au corps, faisait ressortir ses formes de façon provocante. L'état d'excitation dans lequel elle se trouvait était on ne peut plus évident. Un sourire carnassier se dessina sur son visage à mesure qu'elle prenait conscience de sa puissance sexuelle.

Joshua adorait son corps nu, ne cessait de le vanter quand

elle s'offrait à lui. C'était là toute la réponse dont elle avait besoin.

Louise fut réveillée par Genevieve lorsque celle-ci sauta sur son lit et la secoua avec enthousiasme. Elle leva la tête, les yeux dissimulés par un rideau de cheveux emmêlés. Elle avait le crâne bourdonnant et la langue affreusement pâteuse.

La prochaine fois, n'oublie pas de mettre le programme désintox en mode primaire *avant* de t'endormir. Je t'en supplie !

— Qu'y a ? coassa-t-elle.

— Oh ! lève-toi, Louise, je suis debout depuis des heures !

— Seigneur !

Toujours vaseuse, elle réussit à sélectionner des symboles neuro-iconiques trop brillants, et ses naneuroniques télétransmirent une série d'instructions à son package médical. Celui-ci ajusta la composition de son sang, en éliminant les toxines résiduelles.

— Faut qu' j'aille aux toilettes, marmonna-t-elle.

— Où as-tu trouvé cette chemise de nuit ? lui lança Gen tandis qu'elle filait en trébuchant vers la salle de bains.

Elle réussit à dissimuler le négligé sous un peignoir avant de retourner auprès de sa petite sœur. Grâce à Dieu, le package lui avait nettoyé la tête, même si elle ne tenait pas encore très bien sur ses jambes.

— C'est Divinia qui me l'a prêtée, dit-elle d'un ton qui, espérait-elle, couperait court à la conversation.

Le sourire de Gen était d'une insupportable suffisance ; elle s'allongea sur le dos, les mains croisées derrière la nuque.

— Toi, tu as la gueule de bois.

— Espèce de diablesse !

La salle à manger était meublée d'une longue table couverte de toutes sortes de plats tenus au chaud. Louise souleva le couvercle de chacun d'eux, sans pouvoir reconnaître plus de la moitié des mets proposés pour le petit déjeuner. Elle se rabattit sur ses choix habituels, céréales et œufs brouillés. Une domestique lui apporta du thé.

Divinia et Charlie arrivèrent alors que Louise commençait à manger. Il la gratifia d'un modeste sourire exprimant une nuance de regret. Ce fut la seule allusion qu'il fit à sa proposition de la veille.

En s'asseyant, il ébouriffa les cheveux de Genevieve, ce qui lui valut un regard furibond de celle-ci.

— Alors, quand partons-nous ? demanda Louise.

— Je n'en suis pas sûr, répondit Charlie. Je garde un œil sur la situation. Il faut surtout faire attention à ce qui se passe à New York et à Londres. Apparemment, New York va tomber dans la semaine. Ses habitants ne pourront pas indéfiniment résister aux possédés. Et ils perdent du terrain en ce moment.

— Que va-t-il se passer si les possédés s'emparent de la ville ?

— La vie deviendra vraiment déplaisante. Notre cher président vient de prendre conscience de la puissance qu'ils représentent, semble-t-il. Il craint qu'ils ne tentent d'emporter la Terre hors de cet univers. Ce qui lui laisse une seule alternative. Soit il isole l'arche avec un bombardement de rayons DS en espérant que les possédés feront comme à Ketton, c'est-à-dire qu'ils partiront avec un morceau de la croûte terrestre. Soit il se retrouve avec une décision difficile à prendre : accepter que la Terre disparaisse ou détruire l'arche au moyen d'une frappe DS.

— Mais cela les tuerait tous ? demanda Gen, terrifiée.

— J'en ai peur.

— Est-ce qu'il serait capable de prendre une telle décision ? La population de toute une arche...

— Cela m'étonnerait qu'il en ait le courage. Il consultera le Sénat pour tenter de lui faire endosser la responsabilité, mais les sénateurs se contenteront de lui déléguer leur autorité sans s'engager plus avant. S'il donne l'ordre de frapper l'arche, alors le B7 devra empêcher la défense stratégique de l'exécuter. Je pense personnellement que nous devrions laisser les possédés emporter la Terre dans un autre continuum. C'est un choix horrible, mais c'est celui qui cause le moins de dégâts sur le long terme. Un jour, nous trouverons un moyen de la ramener.

— Vous pensez vraiment que c'est possible ? s'enquit Louise.

— Si une planète peut être transportée hors de cet univers, alors elle peut y revenir. Mais ne me demandez pas de fixer un calendrier.

— Et Londres, dans tout ça ?

— C'est plus difficile à dire. Comme je l'ai déclaré à mes collègues, si Dexter parvient à contrôler un nombre suffisant de possédés, il sera en mesure de dicter ses termes à tout le monde, aux possédés comme aux non-possédés. Dans un tel cas de figure, nous risquons d'être amenés à utiliser les armes DS pour éliminer les possédés qui le suivent et le priver de sa puissance.

Louise perdit tout intérêt pour son assiette.

— Ça ferait beaucoup de victimes, non ?

— Les armes DS ne sont guère subtiles. Elles frapperont plein de personnes innocentes qui n'auront eu que le tort de s'être trouvées là. Plein, répéta-t-il d'un air appuyé. Et n'oublions pas que les possédés de Dexter se compteront par milliers.

— Vous ne pouvez pas faire ça, Charlie, c'est impossible.

— Je sais. Le B7 en arrive à se demander si nous ne devrions pas aider les possédés de New York à s'emparer de leur arche. S'ils y parviennent avant que Quinn rassemble les forces qui lui sont nécessaires, alors la Terre sera arrachée à cet univers avant qu'il puisse la mettre en danger.

— Seigneur Jésus ! C'est tomber de Charybde en Scylla !

— Ouais, fit-il d'un air amer. Quand il faut faire des choix de ce type, personne n'a envie d'être maître du monde. Mais ces choix doivent être faits, il n'est pas question de quitter le navire pour le moment.

Lorsque Charlie leur communiqua ces mauvaises nouvelles, les deux sœurs furent envahies par une tristesse qui contrastait vivement avec l'euphorie qu'elles avaient ressentie la veille en découvrant ce refuge sûr quoique peu orthodoxe. Elles passèrent la matinée au salon, rivées à un gigantesque projecteur AV pour se tenir au courant des infos.

Elles commencèrent par zapper sur les chaînes londoniennes, puis Louise s'aperçut que les processeurs de la maison lui donnaient accès aux capteurs de surveillance du Dôme de Westminster. Elle réussit en outre à superposer l'affichage tactique de la police à cette vue imprenable sur les rues et les parcs. Elles pouvaient ainsi suivre les événements en temps réel, en se dispensant des commentaires et des spéculations également agaçants des journalistes. Non qu'il y eût grand-chose à voir. Une silhouette traversant l'écran en courant. Des éclats de lumière blanche derrière des rideaux tirés. Des voitures de police convergeant sur un immeuble, que des hommes armés prenaient d'assaut. Parfois, ils en ressortaient avec des possédés qu'ils emmenaient de force vers des nacelles tau-zéro. Parfois, on ne les voyait pas réapparaître, et leurs véhicules restaient abandonnés en travers de la chaussée, brillant de tous leurs gyrophares désormais futiles. Commissariats et bâtiments administratifs s'embrasaient sans prévenir. Jamais on ne voyait accourir les pompiers. Lorsque les lieux étaient consumés, les flammes s'évanouissaient mystérieusement, ne laissant qu'une carcasse de maçonnerie calcinée entre deux édifices restés intacts.

À en croire les rapports des policiers en patrouille, de moins en moins nombreux, et des programmes de surveillance de l'IA, les possédés se déplaçaient par petits groupes en utilisant les tunnels de métro et les canalisations d'entretien. À mesure qu'ils s'infiltraient dans l'arche, on constatait de plus en plus d'avaries dans l'équipement électronique. Puis c'étaient des sections entières du réseau de communication qui cessaient de répondre. Les caméras de surveillance étaient fréquemment visées, arrêtant d'émettre après avoir transmis une lueur de feu blanc. Les journalistes qui se trouvaient sur le terrain interrompaient brutalement leur sensotransmission, pour ne plus jamais la reprendre. Les télétransmissions de la police connaissaient elles aussi des ratés, que l'action des possédés ne pouvait pas expliquer à elle seule. Le DSIG évalua le taux de désertion à quarante pour cent.

Le couvre-feu était toujours en vigueur à Londres, mais le Gouvcentral ne prenait plus la peine de l'imposer.

En milieu de matinée, des chimpanzés domestiques entrèrent dans le salon et se mirent à emballer les vases et l'argenterie antiques. Ces préparatifs ne faisaient que souligner le caractère désespéré de la situation, en dépit de la distance séparant la maison de Londres.

Louise aperçut Charlie par l'une des portes du patio, restée ouverte ; il était sur le point d'aller promener les deux labradors. Gen et elle le rejoignirent en courant.

Il fit halte devant un portail ouvert dans la haie d'ifs pour les attendre.

— Je voulais sortir les chiens une dernière fois, expliqua-t-il. Nous partons sans doute demain matin. Il va falloir refaire vos bagages, j'en ai peur.

Gen s'agenouilla près du labrador jaune pour le caresser.

— Vous n'allez pas les abandonner ici, n'est-ce pas ?

— Non. Ils devront voyager en tau-zéro, mais je les emmène avec moi. Ainsi que pas mal d'autres choses, d'ailleurs. J'ai passé des siècles à assembler ma petite collection de bibelots. Et j'ai fini par m'attacher à nombre d'entre eux. Je possède quatre dômes comme celui-ci dans diverses parties du globe, chacun avec son climat bien distinct. J'ai beaucoup investi en eux. D'un autre côté, il m'est facile de voyager avec mes souvenirs.

— Où comptez-vous aller ? demanda Louise.

— Pour être franc, je n'en sais trop rien. Il me faut une planète développée si je veux retrouver le contrôle de mes avoirs industriels. Kulu ne risque pas de m'accueillir à bras ouverts, les Saldana sont trop jaloux de leur territoire. La Nouvelle-Washington, peut-être, j'y ai une certaine influence. À moins que je ne décide de créer un habitat indépendant quelque part.

— Mais ce ne serait qu'un exil temporaire, n'est-ce pas ? insista Louise. En attendant que nous ayons trouvé une réponse à tout cela.

— Oui. En supposant que Dexter ne tente pas d'exterminer tout le genre humain. C'est une personne des plus remarquables, à sa répugnante façon, et il est au moins aussi compétent que Capone. Je ne m'attendais pas à ce qu'il consolide aussi vite son emprise sur Londres. Une erreur à ajouter à la liste de toutes celles que j'ai pu commettre.

— Qu'allez-vous faire ? Le président ne va quand même pas ordonner une frappe DS sur l'arche ? D'après les infos, le Sénat a entamé des débats à huis clos.

— Non, il ne fera rien aujourd'hui. Londres n'a rien à craindre de lui. Il faudrait qu'il voie des nuages rouges au-dessus des dômes pour être convaincu que les possédés mettent ce monde en danger.

— Alors on s'en va, c'est tout ?

— Je ne reste pas oisif, Louise. Je fais de mon mieux pour localiser Dexter. Il subsiste une chance pour que je puisse utiliser l'antimémoire contre lui. Je suis sûr qu'il se cache quelque part au cœur de la ville, c'est là qu'il a concentré ses procédures de black-out. Si l'un de mes agents peut l'approcher d'assez près, il parviendra peut-être à l'éliminer. Nous avons fabriqué un projecteur à base de processeurs bioteks, il devrait tenir le coup assez longtemps à proximité d'un possédé.

— Mais un possédé détecte toute pensée hostile. Jamais votre agent ne pourrait s'approcher assez près.

— Normalement, non. Mais nous avons un allié. Il se fait appeler « l'ami de Carter McBride ». C'est un possédé qui hait Dexter et qui a le courage de s'opposer à lui. Tout ce que je sais, c'est qu'il se trouve à Londres ; sans doute réussirait-il à s'approcher assez près de Dexter. Le problème, c'est qu'il est aussi difficile à localiser que celui-ci.

— Fletcher aurait pu vous aider, fit remarquer Gen. Il haïssait Dexter, lui aussi. Et il n'en avait pas peur, au contraire.

— Je sais, dit Charlie. J'envisage de lui demander son aide.

Louise le regarda sans comprendre, persuadée d'avoir mal entendu.

— Vous voulez dire que Fletcher est toujours ici ?

— Mais oui, fit Charlie, apparemment surpris de sa surprise. Il se trouve dans le centre de rétention du DSIG dans le Halo O'Neill, où il aide nos physiciens à étudier la possession. Ils n'ont guère progressé dans leur tâche, d'ailleurs.

— Pourquoi ne pas me l'avoir dit ? demanda Louise d'une petite voix.

C'était une nouvelle fantastique, même si elle n'oubliait pas que Fletcher possédait toujours le corps d'un innocent. Dire qu'elle croyait avoir fait son travail de deuil. D'un autre côté... il était toujours là ! Cela rendait supportables toutes ces complications.

— J'ai pensé que je ferais mieux de m'en abstenir, répondit Charlie. Après tout, vous aviez réussi à l'oublier, toutes les deux. Je vous demande pardon.

— Mais pourquoi nous parler de lui maintenant ? s'enquit Louise, soudain soupçonneuse.

— Parce que la situation est désespérée, répliqua Charlie d'une voix posée.

— Oh ! (Louise venait de comprendre ; elle s'émerveilla de ses talents de manipulateur.) Je lui en parlerai, si vous voulez.

— Merci, Louise.

— À une condition. Vous expédiez Gen à Tranquillité. Dès aujourd'hui.

— Louise ! glapit l'intéressée.

— Et ce n'est pas négociable, ajouta Louise.

— Entendu, dit Charlie. Ce sera fait.

Gen prit un air buté.

— Je refuse de partir.

— Il le faut, ma chérie. Tu seras en sécurité là-bas. Bien plus que sur cette planète.

— D'accord. Mais tu viens avec moi.

— Je ne peux pas.

— Mais pourquoi ? demanda la fillette en retenant ses larmes. Fletcher veut que tu sois en sécurité. Tu le sais.

— Oui. Mais, si je ne suis plus là, rien ne garantira qu'il fera ce qu'on lui demande.

— *Évidemment* qu'il tuera Dexter. Il le hait, tu le sais bien. Comment peux-tu douter de lui ? C'est indigne de toi, Louise !

— J'ai une très haute opinion de Fletcher. Mais tout le monde ne pense pas comme moi.

— C'est de vous qu'elle parle, Charlie ?

— Bien sûr que non. Mais les autres membres du B7 demanderont des garanties.

— Je vous déteste ! s'écria Gen. Je vous déteste tous ! Et je n'irai pas à Tranquillité.

Elle se mit à courir vers la maison.

— Grand Dieu ! fit Charlie. J'espère que tout ira bien pour elle.

— Oh ! taisez-vous ! ordonna sèchement Louise. Ayez au moins le courage d'admettre ce que vous êtes. À moins que vous n'ayez perdu votre courage en même temps que votre humanité.

L'espace d'un instant, elle eut un aperçu de cet homme tel qu'il était vraiment : une conscience plusieurs fois centenaire la considérant avec un agacement sans passion derrière son masque juvénile. Son corps était une illusion plus trompeuse encore que tout ce que pouvait susciter l'effet de rupture dans le réel des possédés. Le moindre de ses actes, la plus infime de ses émotions, n'était qu'une apparence qu'il affichait au moment approprié. Cinq cents ans d'existence l'avaient réduit à l'état d'automate ne sachant que réagir machinalement à son environnement. Ses réactions étaient certes subtiles, mais elles n'avaient plus aucun rapport avec la définition que Louise se faisait de l'humanité. Un excès de sagesse l'avait totalement détaché de ses racines.

Elle courut rejoindre Gen.

La liaison avec le Halo fut établie via le grand holoécran du salon. Louise était assise sur le sofa, Gen pelotonnée contre son flanc. La petite fille avait pleuré toutes les larmes de son corps avant de rendre les armes. Une fois cette conversation terminée, elle partirait pour Tranquillité. Louise ne se sentait en rien rassérénée.

L'air ondoya et vira au bleu devant l'écran, puis une image se forma. Fletcher était assis derrière une sorte de bureau métallique, en grand uniforme de la marine anglaise. Il battit des paupières, plissa des yeux puis sourit.

— Mes chères ladies. Si vous saviez à quel point je suis ravi de vous voir saines et sauves.

— Bonjour, Fletcher, dit Louise. Est-ce que vous vous sentez bien ?

Un sourire rayonnant aux lèvres, Gen agitait frénétiquement la main.

— Il me semble, lady Louise. Les savants de cette époque m'ont tenu fort occupé, à mettre mes pauvres os à l'épreuve de leurs machines. Cela leur a beaucoup appris. Ils admettent librement que Notre-Seigneur garde jalousement les secrets de Son univers.

— Je sais, dit Louise. Personne ici n'a idée de ce qu'il faut faire.

— Et vous, lady Louise. Comment vous portez-vous, votre petite sœur et vous ?

— Ça roule, bredouilla Genevieve. On a rencontré un policier qui s'appelle Charlie, en fait c'est un dictateur. Je ne l'aime pas beaucoup, mais il nous a fait sortir de Londres avant que ça soit trop grave là-bas.

Louise lui posa une main sur le bras pour lui intimer l'ordre de se taire.

— Fletcher, Quinn Dexter est à Londres. Il y sème le désordre. Je suis censée vous demander de nous aider à le retrouver.

— Ce démon s'est déjà joué de moi, milady. Si nous avons échappé à ses griffes, c'est par la grâce de Dieu ou de la chance. Je ne serais guère de taille à l'affronter, j'en ai peur.

— Charlie dispose d'une arme qui pourrait le terrasser à condition de parvenir à l'approcher. Il faut que ce soit un possédé qui fasse usage de cette arme, personne d'autre n'a une chance de s'en tirer. Fletcher, ça va être une véritable catastrophe si on ne l'arrête pas. La seule autre solution, c'est de massacrer plein de gens. Des millions de gens, peut-être.

— Oui, milady, j'entends déjà les âmes de l'au-delà frémir d'impatience dans l'attente de cette monstruosité. Une grande quantité de corps leur est déjà offerte, et on leur en a promis bien d'autres encore. L'heure décisive approche, j'en ai peur. Tous les hommes devront bientôt choisir leur camp.

— Vous nous aiderez, alors ?

— Bien sûr, chère lady Louise. Comment pourrais-je refuser votre requête ?

— Je vous retrouverai à Londres. Charlie a pris toutes les dispositions nécessaires. Genevieve ne sera pas avec nous, elle va à Tranquillité.

— Ah ! je crois comprendre. Sur la route que nous allons prendre, la traîtrise nous guette sous chaque pavé.

— Il fait ce qu'il croit devoir faire.

— L'excuse de bien des tyrans, dit tristement Fletcher. Petite fille ? Promets-moi de ne pas faire de peine à ta grande sœur en partant pour ce château volant. Elle t'aime grandement et souhaite qu'il ne t'arrive aucun mal.

Genevieve agrippa le bras de Louise, ravalant ses larmes.

— Je serai sage. Mais je ne veux pas vous quitter, tous les deux. Je ne veux pas rester toute seule.

— Je sais, ma petite, mais Notre-Seigneur nous a dit que seuls les vertueux étaient courageux. Montre-moi ton courage, rejoins ce refuge même si cela signifie partir loin de ceux que tu aimes. Nous serons réunis après la victoire.

8.

Al vit tout de suite que la journée s'annonçait mal.

Elle commença par un cadavre. Le sang n'était pas un inconnu pour Al, qui avait vu et causé pas mal de massacres en son temps, mais ce spectacle-ci lui retourna l'estomac. L'absence de ce pauvre Bernhard Allsop n'avait pas été remarquée tout de suite. Qui donc aurait été s'inquiéter de ce que fabriquait ce type aux yeux de fouine ? Il avait fallu attendre qu'il néglige ses devoirs pour que Leroy se demande où il était passé. Sans que ça prenne un caractère d'urgence, d'ailleurs. Comme le bloc-processeur de Bernhard n'accusait pas réception des transmissions qu'on lui envoyait, tout le monde supposa qu'il tirait au flanc dans un coin tranquille. On ordonna à quelques gars de garder l'œil au cas où il referait surface. Vingt-quatre heures plus tard, Leroy était franchement inquiet et organisait une réunion des principaux lieutenants. On déclencha les recherches.

Ce furent les caméras de sécurité qui le localisèrent. Ou plutôt ce qui restait de lui. L'identification définitive devait se faire sur place.

Une quantité extraordinaire de sang maculait le sol, les murs et le plafond. Une quantité telle qu'Al crut que plus d'une personne avait été tuée. Mais Emmet Mordden lui assura que cela correspondait à un seul adulte de sexe masculin.

Al alluma un cigare et tira plusieurs bouffées. Pas par plaisir : la fumée dissimulait l'odeur des chairs en décomposition. Patricia fit une grimace de dégoût lorsqu'ils se plantèrent autour du cadavre. Comme il se penchait pour examiner les restes, Emmet se plaqua un mouchoir sur le nez.

Le visage de Bernhard était reconnaissable. Al restait néanmoins dubitatif. On aurait dit que la peau avait été modelée pour former les traits de Bernhard. C'était la caricature d'un visage plutôt qu'un vrai visage. Al avait déjà vu des photos retouchées, et ce qu'il avait devant lui en était l'équivalent charnel.

— Tu es sûr de toi ? demanda-t-il à Emmet, qui palpait les vêtements imbibés de sang avec un long stylet.

— Quasiment, Al. Ce sont bien ses fringues. C'est bien son bloc-processeur. Et on ne peut pas s'attendre à ce que son visage soit une copie conforme de celui que nous connaissons, nous ne voyons qu'une illusion de ce que nous sommes, ne l'oublie pas. Le visage de ce corps était en train de devenir le sien, mais ça prend du temps.

Al grogna et jeta un nouveau regard au cadavre. La peau s'était rétrécie autour des pommettes et des mâchoires ; quantité de vaisseaux sanguins avaient explosé, ainsi que les globes oculaires. Il détourna les yeux.

— Bon, d'accord.

Emmet arracha le bloc-processeur aux doigts rigides et crochus de Bernhard et fit signe à deux ambulanciers non possédés de prendre le relais. Ils glissèrent le cadavre desséché dans un sac à viande. Tous deux transpiraient abondamment et luttaient contre la nausée.

— Alors, que s'est-il passé ? demanda Al.

— On l'a piégé entre deux portes, puis on a ouvert le sas.

— Je croyais que c'était impossible.

— Ce sas a été saboté, dit Patricia. J'ai vérifié. Les sécurités électroniques ont été grillées, et quelqu'un a circonvenu le système de verrouillage manuel.

— Tu veux dire que c'était du travail de professionnel, déduisit Al.

Emmet tapait des instructions sur le bloc-processeur de Bernhard. Il n'obtenait que de rares réponses cohérentes : des petites spirales de lumière bleue dérivaient sur l'holoécran, fracturant toutes les icônes qui émergeaient du programme de gestion.

— J'ai l'impression qu'on a refilé un virus à ce truc. Pour m'en assurer, il faudra que je le branche sur un processeur sain afin de le soumettre à un programme de diagnostic. Quoi qu'il en soit, Bernhard n'était pas en mesure d'appeler à l'aide.

— Kiera, déclara Al. C'est elle qui a fait le coup. Aucune alarme n'a été déclenchée. Ils savaient qu'il emprunterait ce corridor, et à quel moment. Il faut de l'organisation pour monter un coup pareil. Elle est la seule ici qui en ait les moyens.

Emmet gratta le mur couvert de sang avec la pointe de son stylet. En séchant, le liquide rouge était devenu une pellicule friable. De minuscules flocons noirs churent tout autour de l'instrument en matériau composite.

— Ça date de plusieurs jours, même compte tenu de l'ébouillantage, commenta Emmet. Bernhard ne s'est pas présenté au rapport le soir de la fête, c'est à ce moment-là que ça a dû se passer.

— Ce qui donne un alibi à Kiera, remarqua Patricia d'un air maussade.

— Hé ! cracha Al. Il n'y a pas de cour fédérale ici. Elle n'aura pas droit à un baveux de luxe pour embrouiller le jury. Si je dis que c'est elle qui a fait le coup, alors c'est elle. Point à la ligne. Cette salope est coupable.

— Elle ne se rendra pas sans combattre, dit Patricia. Elle a tellement brodé sur les suites de Trafalgar que les gars de la flotte commencent à craindre les représailles des Forces spatiales. Et ils sont nombreux à la soutenir, Al.

— Merde !

Al jeta un regard noir au sac à viande, maudissant Bernhard dans son for intérieur. Pourquoi ce petit con ne s'était-il pas montré plus résistant ? Il aurait pu rendre des coups aux salopards qui l'avaient piégé, à tout le moins en emporter deux ou trois dans l'au-delà avec lui. Ça m'aurait épargné toute cette merde.

Il reprit ses esprits. Bernhard s'était montré loyal envers lui depuis le jour où il l'avait pris à bord de son Oldsmobile illusoire, à San Angeles. En fait, c'était sûrement cette loyauté qui avait signé sa perte. C'est en attaquant les sous-officiers, l'épine dorsale d'une armée, qu'on inflige le plus de dégâts à son commandant en chef.

L'infâme *salope*.

— Intéressant. (Emmet se penchait sur le sol pour examiner la bordure de la flaque de sang.) Ces traces, là. On dirait des traces de pas.

Al le rejoignit, tous les sens aux aguets. La forme et la taille de ces taches de sang séché correspondaient en effet à celles d'une semelle. Il y en avait huit en tout, de moins en moins distinctes à mesure qu'elles se rapprochaient du sas.

Soudain, il éclata de rire. Nom de Dieu. Me voilà en train de jouer au détective ! Moi, un flic !

— J'ai pigé, dit-il. S'ils ont laissé des traces, alors le sang n'était pas encore sec, c'est ça ? Donc, Bernhard n'était pas mort depuis très longtemps.

Sourire d'Emmet.

— Tu n'as pas besoin de moi, Al.

— Bien sûr que si, répliqua Al en lui tapant sur l'épaule. Emmet, mon garçon, je te nomme chef de la police de ce satané caillou. Je veux que tu découvres qui a fait ça, Emmet. Je tiens vraiment à le savoir.

Emmet considéra la scène en se grattant la nuque, dressant mentalement la liste de toutes les tâches à accomplir. Ces temps-ci, sa vessie ne se rappelait plus à son attention lorsque Al lui donnait des ordres.

— Une équipe médico-légale me serait utile. Je vais demander à Avram si on a une unité de police scientifique dans l'astéroïde.

— S'il n'y en a pas, fais-en venir une de la planète, dit Al.

— Entendu. (Emmet fixait l'une des portes.) Les types qui l'ont tué devaient être tout près ; c'était le seul moyen de l'empêcher de sortir. Un possédé n'aurait eu aucune difficulté à enfoncer cette porte, même si ce possédé n'était autre que Bernhard. (Il tapota le hublot de la porte avec son stylet.) Tu vois ? Il n'y a pas de sang sur le verre, alors qu'il y en a partout ailleurs. Ils ont dû vouloir s'assurer de visu qu'il était bien mort.

— S'ils sont restés de l'autre côté de cette porte, d'où viennent ces empreintes de pas ?

— Aucune idée, dit Emmet en haussant les épaules.

— Est-ce qu'il y a des caméras policières dans ce corridor ?

— Ouais. Je vais examiner leurs mémoires, mais ne t'attends pas à des miracles, Al. Ces types sont des pros.

— Regarde tout ce que tu pourras trouver, mon garçon. Et, en attendant, fais passer les instructions à tout le monde : désormais, je veux que vous preniez des précautions. La mort de Bernhard n'était qu'un début. Nous sommes tous visés. Et je ne peux pas me permettre de vous perdre, tous autant que vous êtes. *Capisce ?*

— Compris, Al.

— Bien. Patricia, je pense qu'on devrait lui rendre la monnaie de sa pièce.

Un sinistre plaisir colora les pensées de Patricia.

— À tes ordres, boss.

— Frappe-la où ça fait mal, à cette salope, élimine quelqu'un qui lui est précieux. Comment s'appelle cette face de rat qui la suit partout ? Le type qui communique par télépathie avec les harpies ?

— Hudson Proctor.

— C'est ça. Renvoie-le dans l'au-delà à pleine bourre. Mais auparavant, veille à ce qu'il souffre un long moment, d'accord ?

Al était attendu par plusieurs personnes lorsqu'il retourna dans la suite Nixon. Leroy et Silvano parlaient à voix basse avec Jez, enveloppés dans une brume d'inquiétude. Un type (un possédé) qu'Al ne reconnut pas était tenu en respect par deux soldats. L'inconnu était imprégné de pensées d'une intensité comme Al n'en avait jamais rencontré. Son esprit carburait à la colère pure. Il s'assombrit encore un peu plus à l'entrée d'Al.

— Jé-sus, qu'est-ce qui se passe ici ? Silvano ?

— Tu ne te souviens pas de moi, Al ? demanda l'inconnu.

Le ton de sa voix frisait l'insolence. Ses vêtements se mirent à ondoyer, et il se retrouva dans l'uniforme d'apparat d'un capitaine de corvette des Forces spatiales de la Confédération. Les traits de son visage s'altérèrent également, et Al les trouva familiers.

Jezzibella lui lança un sourire nerveux.

— Kingsley Pryor est de retour, dit-elle.

— Hé, Kingsley ! fit Al avec un large sourire. Ça fait plaisir de te revoir, mon vieux. Bordel de merde, tu es un véritable héros pour nous, tu le sais. Tu as réussi, nom de Dieu, tu as bel et bien réussi. À toi tout seul, tu as éliminé toutes les Forces spatiales de la Confédération. C'est proprement incroyable !

Kingsley Pryor afficha alors un sourire rayonnant qu'Al trouva profondément perturbant. Il se demanda si deux soldats suffiraient à le maîtriser.

— Si c'est ce que tu veux croire, ça ne me dérange pas, déclara Kingsley. Bien au contraire. En attendant, j'ai tué quinze mille personnes sur tes ordres. L'heure est venue pour toi d'honorer ta part du contrat. Je veux ma femme, mon fils, et aussi un astronef. Un petit bonus que tu vas m'accorder pour me remercier d'avoir accompli ma mission.

Al ouvrit les bras en grand, l'image même du négociateur raisonnable.

— En fait, Kingsley, ta mission était de faire sauter Trafalgar de l'intérieur.

— RENDS-MOI CLARISSA ET WEBSTER.

Al recula d'un pas, chancelant. Kingsley s'était mis à luire, comme si une lampe s'était allumée dans ses entrailles, éclairant son visage et son uniforme de l'intérieur. Ses yeux, quant à eux, absorbaient toute lumière. Les deux soldats serrèrent nerveusement les mitraillettes Thompson qu'ils braquaient sur lui.

— Très bien, dit Al d'une voix qui se voulait apaisante. Jé-sus, Kingsley, on est tous dans le même camp.

Il fit apparaître un havane et le brandit en souriant.

— Erreur. (Tel un prêcheur, Kingsley leva un index rigide et l'abaissa lentement vers Al.) Ne me raconte pas ce genre de conneries, espèce d'ordure. Je suis mort à cause de toi. J'ai massacré mes camarades à cause de toi. Alors ne va pas croire que tu es en mesure de me donner des leçons sur la foi, la confiance et la loyauté. Maintenant, soit tu me rends ma femme et mon fils, soit nous réglons nos comptes sur-le-champ.

— Hé, je suis un type régulier. Tu auras ce que tu veux. Al Capone tient toujours parole. Tu piges ? Nous avions passé un marché, toi et moi. C'est la meilleure monnaie d'échange qui circule ici. Je paie toujours ce que je dois. Toujours ! Tu piges ? La seule richesse que j'aie conservée, c'est mon nom. Alors ne va pas mettre ma parole en doute. Tu es un peu retourné et je le comprends. Après tout ce qui t'est arrivé, c'est normal. Mais ne t'avise pas de raconter que j'ai trahi ma parole.

— Donne-moi ma femme et mon fils.

Kingsley serrait les dents avec une telle force qu'Al se demanda comment il faisait pour ne pas se briser la mâchoire.

— Pas de problème. Silvano, conduis le capitaine de corvette Pryor à sa femme et à son gosse.

Silvano hocha la tête et fit signe à Pryor de le suivre.

— Personne n'a touché à un cheveu de leur tête pendant ton absence, ajouta Al. Souviens-t'en.

Pryor se retourna une fois devant la porte.

— Ne vous inquiétez pas, monsieur Capone, je n'oublierai rien de ce qui s'est passé ici.

Al s'effondra dans le fauteuil le plus proche une fois le militaire parti. Il passa un bras autour des épaules de Jez, en quête d'un peu de réconfort, mais s'aperçut qu'elle tremblait.

— Nom de Dieu de bordel de merde, souffla-t-il.

— Al, dit Jez d'une voix ferme. Débarrasse-toi de ce type. Il m'a foutu la trouille de ma vie. L'envoyer faire sauter Trafalgar n'est pas l'idée la plus brillante que j'aie jamais eue, on dirait.

— C'est rien de le dire. Leroy, je t'en supplie, dis-moi que tu as retrouvé son lardon.

Leroy se passait un doigt sous le col de sa chemise. Il était terrorisé.

— Hélas ! non, Al. Je ne sais pas où est passé ce gniard. On a regardé partout. Il a disparu comme par enchantement.

— Et merde ! Kingsley va péter les plombs en l'apprenant. Ça va être un bain de sang. Leroy, tu ferais mieux de battre le rappel des troupes. Et ne lésine pas sur les moyens. Il faudra qu'on soit nombreux pour éliminer cet enfoiré.

— Et il lui suffira alors de revenir dans un autre corps, fit remarquer Jez. Et tout sera à recommencer.

— Je vais lancer de nouvelles recherches pour Webster, dit Leroy. Ce gosse est forcément quelque part, bon sang.

— Kiera, dit Jezzibella. Si tu as vraiment fouillé partout où on pouvait fouiller, alors c'est qu'il est chez Kiera.

Al secoua la tête en signe d'étonnement et d'admiration.

— Comment ai-je pu être assez stupide pour laisser venir cette bonne femme sur ce caillou, nom de Dieu ? Elle n'en loupe pas une.

Etchells émergea de son terminus de trou-de-ver à dix mille kilomètres de Monterey. L'astéroïde était un petit disque gris traversant l'un des océans turquoise de la Nouvelle-Californie. Terne mais profondément accueillant. Il avait l'impression d'entendre les grognements de son estomac affamé.

Le réseau défensif néo-californien se verrouilla sur sa coque, et il s'identifia auprès du centre de contrôle de Monterey. On lui autorisa une approche à cinq g d'accélération. Une prouesse hors de portée de ses cellules ergostructurantes.

Libérez-moi une plate-forme, dit-il aux harpies présentes sur la corniche. **J'ai besoin de fluide nutritif.**

Nous en sommes tous là, répliqua sèchement Pran Soo. **C'est chacun son tour, tu avais oublié ?**

Fous-moi la paix, espèce de pétasse. Mon voyage a duré plus longtemps que prévu. Je suis épuisé.

Et moi, bouleversée.

Il fut surpris par l'attitude de Pran Soo. Certes, les harpies avaient l'habitude de râler et de se quereller, et aucune d'elles ne l'appréciait. Mais cette hostilité ouverte, c'était nouveau. Il y avait sûrement anguille sous roche. Cependant, il avait plus urgent à faire que d'enquêter. Son état lui paraissait franchement inquiétant.

Où diable étais-tu passé ? lui demanda Hudson Proctor.

À Hesperi-LN, si ça t'intéresse.

Hein ?

À en juger par son état mental, Hudson était totalement déconcerté.

Peu importe. Prépare-moi une plate-forme. Et dis à Kiera que je suis de retour. J'ai beaucoup de choses à lui raconter.

L'une des harpies reçut l'ordre d'évacuer le champignon métallique où elle s'était posée, le libérant pour le bénéfice d'Etchells. Celui-ci survola la corniche avec maladresse, et la bande d'affinité résonna de moqueries inspirées par ses talents de pilote. Les techniciens s'écartèrent prudemment tandis que l'astronef biotek se positionnait tant bien que mal au-dessus de sa plate-forme. Il s'immobilisa à l'issue d'un atterrissage pataud, et les tuyaux d'alimentation vinrent s'insérer dans les ports conçus à cet effet. Il se mit à engloutir le fluide nutritif aussi rapidement qu'il lui parvenait.

Ses processeurs bioteks entrèrent en liaison avec la section de l'habitat où s'était installée Kiera. Elle se trouvait dans un salon dominant la corniche, assise sur un confortable sofa. Sa robe était d'un écarlate presque aveuglant, avec un corsage moulant fermé par des boutons en tissu. La jupe était suffisamment ample pour qu'elle relève ses jambes et les replie sous elle, adoptant une pose féline pour le bénéfice des caméras de transmission.

Etchells hésita une seconde, jouissant du frisson sexuel qui le traversait à la vue de cette chair juvénile à la beauté insolente. Ce n'était pas souvent qu'il regrettait d'avoir possédé un gerfaut. Kiera était l'une des rares personnes capables de lui donner la nostalgie de son corps humain.

— Je commençais à m'inquiéter, lui dit-elle. Tu es la plus importante de mes harpies, après tout. Alors, que s'est-il passé au large de cette station d'antimatière ?

— Quelque chose de bizarre. J'ai l'impression qu'on a de gros ennuis. Cette histoire dépasse nos petites luttes de pouvoir. Il va nous falloir de l'aide.

Rocio accéda au réseau d'Almaden afin d'observer les réparations. Deebank avait respecté leur accord et réquisitionné tous les techniciens non possédés de l'astéroïde pour travailler sur la raffinerie de fluide nutritif. Ils avaient remplacé l'échangeur thermique endommagé de la corniche, scellé à nouveau la chambre ouverte par le laser d'Etchells et complètement démonté les machines pour les remonter à neuf grâce aux équipements provenant de leurs propres stations industrielles. Ne restait qu'à leur fournir les composants électroniques.

Dès que le *Mindori* s'était posé sur l'une des trois plates-formes de l'astéroïde, une équipe avait déchargé le contenu de sa soute. Vingt-quatre heures avaient été nécessaires pour intégrer les nouveaux circuits et processeurs à la raffinerie remise à neuf. Puis il avait fallu adapter les programmes d'opération. La mise en route s'était révélée ardue. Tests de synthèse, essais de calibrage à fin d'analyse, inspections mécaniques, analyse des performances, mise en conformité du fluide... Enfin, les premiers litres avaient été pompés vers la plate-forme où se trouvait *Mindori*. Les filtres bioteks internes de la harpie avaient prélevé un échantillon en vue d'une analyse gustative, puis évalué les protéines en suspension dans le fluide.

— Excellent, déclara Rocio à la population de l'astéroïde.

Une salve d'applaudissements résonna dans la chambre de raffinage, se propageant comme un séisme dans toute la masse de ce caillou désolé.

— Marché conclu, alors ? demanda un Deebank rayonnant.

— Absolument. Mes collègues vont commencer à vous évacuer. Les possédés seront transportés sur la planète la plus proche parmi celles que Capone a essaimées ; les non-possédés rejoindront les Édénistes.

Les techniciens non possédés, regroupés près d'une colonne AV retransmettant cette conversation, poussèrent un soupir de soulagement. La bonne nouvelle fut aussitôt communiquée à leurs familles retenues en otages.

Deebank et Rocio finalisèrent leurs négociations. L'évacuation se déroulerait en plusieurs étapes. Il fallait vérifier au préalable que la raffinerie était apte à fonctionner sur le long terme, toute modification devant être effectuée avant le départ des techniciens. Les mécanoïdes devaient être adaptés en fonction du travail de maintenance qui serait désormais le leur. Quelques techniciens resteraient encore sur site afin de former les harpies, hélas fort rares, qui prétendaient posséder des connaissances scientifiques. Les générateurs de fusion de l'astéroïde devaient eux aussi être adaptés en fonction de leurs nouvelles tâches. Il fallait préparer de grosses quantités d'hydrocarbures, qui seraient ensuite stockées dans des conteneurs restant à fabriquer. Et il fallait aussi préparer des réserves de deutérium et d'He_3 nécessaires à l'alimentation des générateurs à maintenir en route (relativement peu nombreux, vu qu'il serait inutile de maintenir à plein régime la biosphère de l'astéroïde).

Nous pouvons commencer, dit Rocio à Pran Soo. **Rameute par ici nos camarades actuellement en patrouille. Ils sont bombardés transporteurs. Nous allons entamer l'évacuation de la population vers un monde possédé.**

Tu veux que je déclenche l'exode général vers Almaden ?

Pas encore. L'information ne doit pas sortir du noyau dur. Ce serait bien si certains camarades pouvaient être équipés en armements avant que l'Organisation prenne conscience de notre désertion. Kiera ne restera pas sans réagir une fois qu'elle sera au courant.

Peu d'entre nous accepteront de la suivre.

Je sais, mais autant courir un minimum de risques. Cette salope est capable de tout.

Jed et Beth contemplaient le ballet des harpies derrière le hublot incurvé du salon. L'une après l'autre, les créatures descendaient des étoiles pour se poser sur l'une des deux autres plates-formes. Des autobus en forme de cylindre allaient et venaient sur la corniche, déployant leurs boyaux-sas qui s'accouplaient avec les écoutilles des astronefs bioteks.

Dans un coin du hublot se découpa un petit carré de lumière grise, où s'incrusta bientôt le visage souriant de Rocio.

— Apparemment, nous avons réussi, déclara-t-il. Je tenais à vous remercier ; toi en particulier, Jed. Je sais que ça n'a pas été de tout repos.

— Est-ce que nous aurons des réfugiés à notre bord ? s'enquit Beth.

— Non. Je retourne à Monterey dans deux heures. Si je ne suis pas là pour faire mon rapport de fin de patrouille, je risque de me faire repérer.

Jed passa un bras protecteur autour des épaules de Beth.

— Vous aviez promis de nous conduire dans un habitat édéniste, rappela-t-il.

— Et c'est ce que je ferai. Tous les non-possédés d'Almaden seront transportés chez les Édénistes une fois les préparatifs achevés ici. Vous les accompagnerez.

— Pourquoi on ne peut pas y aller tout de suite ? C'est nous qui vous avons aidé. Vous venez de le reconnaître.

— Parce que je n'ai pas encore contacté les Édénistes à ce sujet. Je ne veux pas que leurs faucons se pointent ici, ça ferait tout rater. Soyez patients. Je vous sortirai de là, vous avez ma parole.

Rocio coupa le contact avec le salon et commença à altérer la forme de son champ de distorsion. Celui-ci le poussa au bord de la plate-forme, et il s'envola de la corniche. L'une des harpies qui venaient d'arriver de la Nouvelle-Californie le croisa en descendant vers la place qu'il venait de libérer. Ils échangèrent des pensées optimistes sur la bande d'affinité.

La bonne humeur de Rocio monta en flèche à mesure qu'il s'éloignait de l'astéroïde. Les choses se déroulaient à merveille. À présent, il lui fallait rassembler le plus possible de harpies armées afin qu'elles montent la garde autour d'Almaden. Puis, dans deux ou trois jours, Pran Soo et lui mettraient les autres harpies au courant. Chacune d'elles devrait alors choisir son camp. Elles ne seraient sûrement pas beaucoup à vouloir rester avec Kiera ; Etchells serait du nombre, certainement, ainsi sans doute que Lopex ; plus toutes celles qui n'avaient pas encore accepté leur nouvelle nature, ou qui ne comprenaient pas son potentiel. Pas assez pour contrarier ses plans.

Il émergea à proximité de la Nouvelle-Californie et reprit le cours de sa patrouille en haute altitude. À deux millions de kilomètres de là, la planète tournait paisiblement sur elle-même. Son champ de distorsion balaya l'espace-temps, le sondant précautionneusement en quête d'une présence ennemie. Pas un seul faucon à cent mille kilomètres à la ronde. Et pas trace d'une arme furtive ou d'un globe-capteur menaçant les vaisseaux et les stations de l'Organisation. Personne ne lui demanda où il était passé.

Ses capteurs internes lui montrèrent les enfants jouant à une variante de chat perché dans les coursives. Jed et Beth, quant à eux, baisaient dans leur cabine. Ah ! jeunesse... soupira mentalement Rocio.

Deux heures plus tard, Hudson Proctor lui ordonna de se présenter sur la corniche.

Pour quoi faire ? demanda Rocio. **J'ai assez de fluide nutritif pour le moment.**

En fait, il avait fait le plein de toutes ses vessies à Almaden. Si on avait décidé de le nourrir avant son tour, il allait devoir se vider dans l'espace avant d'arriver à Monterey.

Nous allons installer des générateurs de fusion auxiliaires dans tes soutes, expliqua Hudson Proctor. **Tu as les connexions nécessaires pour t'alimenter en énergie à partir de ces appareils, n'est-ce pas ?**

Oui. Mais pourquoi ?

Nous préparons une mission longue distance. Tes paramètres correspondent.

Quelle mission ?

Kiera t'en dira plus une fois les préparatifs achevés.
Est-ce que j'aurai aussi droit à des guêpes de combat ?
Oui, tu seras armé jusqu'aux dents. On les chargera en même temps que les générateurs de fusion. Et tes lasers seront révisés.
J'arrive.

Al fixait Kiera, sidéré à l'idée qu'elle ait eu assez de couilles pour débarquer chez lui sans prévenir. Jez était pendue à son bras tandis que Mickey, Silvano et Patricia se tenaient derrière lui, ainsi qu'une demi-douzaine de soldats. Kiera était accompagnée de Hudson Proctor et de huit de ses gardes du corps. Des bouffées de haine montaient de chaque groupe, empoisonnant l'atmosphère.

— Tu as dit que c'était urgent, commença Al.

Kiera acquiesça.

— Oui. Etchells vient tout juste de revenir.

— C'est la harpie qui s'est enfuie de la station d'antimatière quand ça s'est mis à chauffer ?

— Il ne s'est pas enfui. Il a découvert que les Forces spatiales manigançaient quelque chose de pas clair. Il pense que l'un de leurs astronefs a été chargé d'antimatière avant la destruction de la station. Ensuite, il a rejoint un faucon, et tous deux ont filé vers Hesperi-LN. La planète des Tyrathcas.

— Je connais. C'est des Martiens ou quelque chose comme ça.

— Oui, des xénos.

— Alors, quel est le rapport avec nous ?

— Le faucon et l'autre astronef s'intéressaient à un vieux vaisseau tyrathca en orbite autour d'Hesperi-LN. Etchells pense qu'ils ont envoyé un commando à son bord. Après, ils sont partis pour la nébuleuse d'Orion. C'est de là que venaient les Tyrathcas à l'origine. Et ce n'est pas tout près.

— Mille six cents années-lumière, précisa Jezzibella.

— Et alors ? (Al ne voyait pas où Kiera voulait en venir.) Je répète : quel rapport avec nous ?

— Réfléchis, reprit Kiera. Nous sommes au milieu de la plus grave crise que l'espèce humaine ait jamais connue. Et les Forces spatiales de la Confédération violent la loi qu'elles ont été créées pour faire respecter. Elles approvisionnent un astronef en antimatière. Puis cet astronef, accompagné d'un faucon, part vers un endroit où aucun être humain n'est jamais allé. Ils cherchent quelque chose. Mais quoi donc ?

— Foutre ! marmonna Al. Comment le saurais-je ?

— C'est forcément quelque chose de très, très important à leurs yeux. Quelque chose que les Tyrathcas possèdent et dont les militaires veulent s'emparer. Au risque de déclencher une guerre interespèces. D'après Etchells, ils ont ouvert le feu sur les vaisseaux tyrathcas quand ils étaient en orbite autour d'Hesperi-LN. Je ne sais pas ce qu'ils cherchent, mais ils sont prêts à tout pour mettre la main dessus.

— Est-ce que tu n'essaierais pas de me mener en bateau ? (Al commençait à perdre son calme, mais il s'échauffait chaque fois qu'il était question d'espace et de vaisseaux spatiaux, des sujets qui lui demeuraient totalement étrangers.) On a déjà parlé de ces putains de superarmes. J'ai envoyé Oscar Kern et ses hommes s'emparer de la dénommée Mzu et de son Alchimiste. Regarde ce que ça m'a rapporté.

— Ce n'est pas pareil, insista Kiera. Je ne sais pas exactement ce que recherchent les militaires, mais c'est sûrement quelque chose qu'ils pensent pouvoir retourner contre nous. S'il s'agit d'une arme, alors elle doit être sacrément puissante. Nous sommes invulnérables à leurs armes ordinaires. Si l'ennemi décide d'employer contre nous des forces susceptibles de nous détruire, il nous suffit de quitter cet univers pour être épargnés. Après ce qui s'est passé à Ketton, il ne peut pas ignorer cette éventualité. Nous nous protégeons automatiquement ; plus rien ne peut nous atteindre une fois que nous sommes de l'autre côté. Du moins plus rien d'humain.

— Tiens donc ! Tu ne me chantes plus la même chanson. Hier, tu me disais que nous serions hors de portée des crânes d'œufs si nous emportions la Nouvelle-Californie dans un autre monde.

— Je te parle d'une technologie xéno. Nous ignorons de quoi elle est capable.

— Foutaises ! lança Al, exaspéré. Ce que tu me racontes là, c'est des « peut-être », des « si » et des « probablement ». Il n'y a rien de solide là-dedans, ne me dis pas le contraire. Tu sais quoi ? J'ai déjà entendu ce genre de discours. C'était celui de l'avocat de l'accusation lors de mon dernier procès. À l'époque, tout le monde savait qu'il racontait des craques, et ça n'a pas changé depuis le temps. En plus de ça, ma belle, tu es beaucoup moins convaincante qu'il ne l'était.

— Si la Confédération dispose d'une arme capable d'atteindre les planètes disparues, alors nous sommes perdus.

— Ah ouais ? Qu'est-ce qui t'arrive, Kiera, t'as les foies ?

— Je constate en tout cas que je perds mon temps. J'aurais dû savoir que tout ça te passerait au-dessus de la tête.

Elle se retourna pour partir.

Al réussit à se maîtriser.

— Bon, d'accord. Je t'écoute.

— Nous allons envoyer des astronefs à leur poursuite, expliqua-t-elle. Je suis en train de préparer trois harpies en vue de cette mission. Oublie nos querelles, ne serait-ce que pendant une heure, et dépêche quelques-unes de tes frégates pour les escorter.

— Des frégates armées d'antimatière, c'est ça, hein ?

— Évidemment. Nous devons avoir une puissance de feu supérieure à la leur. Si c'est possible, nous nous emparerons de l'arme des Tyrathcas. Sinon, nous la détruirons, ainsi que les astronefs des Forces spatiales.

Al réfléchit durant une bonne minute, amusé à l'idée de voir Kiera sur des charbons ardents.

— Tu veux qu'on passe un marché ? demanda-t-il finalement. Okay, je vais te dire ce que je compte faire, et uniquement parce que tu as eu la noblesse de te préoccuper de notre avenir. Je te donnerai deux frégates ; et j'irai jusqu'à armer chacune d'elles d'une demi-douzaine de guêpes de combat propulsées à l'antimatière. Qu'est-ce que tu dis de ça ?

Kiera se fendit d'un sourire soulagé.

— C'est parfait.

— Ravi de l'entendre. (Le sourire d'Al s'effaça brusquement.) En échange, il te suffira de me restituer Webster.

— *Hein ?*

— Webster Pryor, nom de Dieu. Je veux le récupérer.

Kiera décocha à Hudson Proctor un regard déconcerté. Le général haussa les épaules, aussi interloqué qu'elle.

— Jamais entendu parler, dit-il.

— Dans ce cas, je ne veux rien savoir tant que vous n'aurez pas retrouvé la mémoire, trancha Al.

Kiera le fixa d'un œil noir. L'espace d'un instant, Al crut qu'elle allait lui sauter dessus.

— Espèce de connard ! hurla-t-elle.

Puis elle pivota sur ses talons et s'en fut.

— Toujours un mot gentil, gloussa Al. Une vraie grande dame.

Jezzibella ne partageait pas sa belle humeur. Elle semblait troublée tandis qu'elle fixait les portes qui venaient de se refermer derrière Kiera.

— Peut-être que nous devrions avoir une petite conversation avec cet Etchells, nous aussi, dit-elle. Pour avoir une meilleure idée de ce qui se passe.

Le silence régnait parmi l'escorte de Kiera lorsqu'elle emprunta l'ascenseur pour gagner le hall du Hilton. La rage qui l'habitait laissa peu à peu la place à une froide détermination. Elle devait se débarrasser de Capone. C'était décidé.

Demeurait un certain nombre de questions.

Le récit d'Etchells l'inquiétait. Les Forces spatiales avaient sûrement de bonnes raisons pour envoyer des astronefs dans la nébuleuse d'Orion. Des raisons en rapport avec la possession. Hypothèse la plus évidente : une arme. Le plus irritant dans l'histoire, c'était que, si cette hypothèse était la bonne, alors Capone avait raison depuis le début en insistant pour que la Nouvelle-Californie reste dans cet univers.

Car si elle appliquait son plan initial, à savoir transférer les forces de l'Organisation sur la planète puis partir avec celle-ci, elle n'aurait plus aucun moyen de contrer les activités futures de la Confédération. Une préoccupation qui devait désormais passer au premier plan.

Certes, une fois qu'elle aurait pris le contrôle de la flotte, elle aurait toujours la possibilité d'envoyer une escadre de frégates armées d'antimatière dans la nébuleuse d'Orion. Sauf qu'elle serait obligée d'être de l'expédition. Un bref regard jeté à Hudson Proctor confirma cette impression. Il lui était loyal, bien entendu, mais uniquement parce qu'elle était le cheval sur lequel il avait choisi de miser. Donnez-lui la chance de s'emparer d'une superarme tyrathca, et il opterait pour la tactique même qu'elle réservait à Capone. Elle était coincée, et elle n'aimait pas ça.

La porte de la cabine s'ouvrit, et elle sortit dans le hall. Cette section du Hilton était en fait enchâssée dans la roche et reliait la tour extérieure à la zone habitable via un labyrinthe de corridors. Plusieurs membres de l'Organisation traînaient dans les fauteuils, sirotant les alcools que leur servait un barman non possédé. Trois autres gangsters se tenaient près de la réception, occupés à surveiller les ouvriers non possédés qui nettoyaient les dernières traces de la fête qui avait célébré la victoire de Trafalgar.

Kiera enregistra la scène d'un vif coup d'œil, s'efforçant de dissimuler la tension qui l'habitait. Contrairement à ce qui s'était passé lors de son arrivée, les hommes de Capone risquaient de ne pas la laisser passer sans tenter quelque chose. Le silence s'était fait et tous les regards étaient braqués sur elle.

L'une des sorties débouchait sur une station du petit réseau métro de Monterey. En l'empruntant, elle prendrait le plus court chemin lui permettant de rejoindre son territoire de la corniche. Mais ils avaient pu saboter les rames. Surtout maintenant qu'ils avaient retrouvé Bernhard Allsop.

— On rentre à pied, annonça-t-elle à son escorte.

Ils franchirent les hautes portes vitrées, se retrouvant dans le vaste hall extérieur. Personne ne tenta de les bloquer ni de les ralentir. Les rares passants s'écartèrent de leur chemin en percevant leur résolution.

— Quand les harpies seront-elles prêtes ? s'enquit Kiera.

— Dans deux heures environ. (Hudson Proctor plissa le front.) Jull von Holger vient de m'informer qu'il avait perdu la trace du *Tamaran*. Il était en patrouille en orbite haute.

— Est-ce que les faucons l'ont tué ?

— Je n'ai entendu aucun cri d'agonie, et les autres harpies non plus. En outre, la politique actuelle des Édénistes leur interdit pratiquement d'attaquer nos astronefs.

— Procède à un balayage capteur DS des autres harpies en patrouille, assure-toi qu'elles sont toujours parmi nous.

Kiera poussa un soupir écœuré. Encore une complication. Elle redoutait de voir les harpies déserter en masse pour rejoindre les Édénistes. D'après ce que lui disaient Hudson, Jull et tous ceux de ses lieutenants qui étaient équipés du lien d'affinité, les Édénistes persistaient à faire des propositions séduisantes aux astronefs possédés. Et Capone avait peut-être réussi à réparer une raffinerie de fluide nutritif, ce qui serait encore pire.

Quelques mètres devant elle, un non-possédé poussant un chariot chargé de nourriture vira brusquement vers elle. Irritée, elle fit un pas de côté pour l'éviter. L'homme qu'elle découvrit était quasiment une épave : cheveux graisseux, joues mangées de barbe, survêtement crasseux et tout froissé. Son visage hagard était figé dans une grimace d'angoisse. Si elle ne lui avait accordé aucune attention, c'était parce que son esprit ne se distinguait en rien de celui des autres non-possédés de Monterey : un maelström de misère et de terreur.

Il ouvrit les bras en grand et la serra dans une étreinte farouche qui se transforma en plaquage de rugby.

— Tu es à moi ! hurla-t-il. À moi !

Ils s'écrasèrent sur le sol de carbobéton, et Kiera sentit une vive douleur lui irradier le genou.

— Ma chérie, mon bébé, ma Marie, je suis là. Je suis là.

— Papa !

Ce ne fut pas elle qui prononça ce mot. La voix qui montait dans sa gorge, irrésistiblement, était celle de l'esprit emprisonné de Marie Skibbow. Paralysée par son incrédulité, Kiera sentit le contrôle de la situation lui échapper. Marie reprenait le dessus.

— Je vais la faire sortir de toi, je te le promets ! s'écria Gerald. Je sais comment il faut faire. Loren me l'a expliqué.

Daignant enfin se ressaisir, Hudson Proctor se pencha sur les deux corps entremêlés et saisit Gerald par sa manche. Faisant appel aux ressources de son pouvoir énergétique, il tenta d'arracher Kiera à l'étreinte de ce dément. Gerald lui plaqua une petite cellule énergétique sur la main, et les électrodes nues se plantèrent dans sa peau. Hudson hurla sous l'effet du choc électrique qui lui secouait les os. Il recula, en proie à la souffrance et à la terreur, tandis qu'une fleur de feu entrait en éclosion autour de sa main. Deux gardes du corps sautèrent sur Gerald, le premier lui enserrant les jambes et le second lui paralysant un bras. Il se débattit avec frénésie.

Kiera glissa sur le sol, à peine consciente de la scène de panique autour d'elle. Ses membres commençaient à obéir aux instructions de Marie, à mesure que l'esprit de celle-ci recouvrait la maîtrise de ses canaux neuraux. Elle se concentra pour prévenir l'émergence de sa captive.

Gerald tendit sa cellule vers le visage de Marie, et les électrodes s'immobilisèrent à quelques millimètres de ses yeux.

— Sortez de son corps ! ordonna-t-il. Dehors ! Dehors ! Elle est à moi. C'est mon bébé !

L'un des gardes du corps lui enserra le poignet et le tordit. Les os de Gerald se brisèrent. La cellule tomba sur le sol. Poussant un hurlement de rage, Gerald donna un violent coup de coude derrière lui. Le garde du corps, le souffle coupé, lâcha prise.

— Papa !

— Marie ? hoqueta Gerald, craignant de trop espérer.

— Papa. (La voix de Marie s'affaiblissait.) Papa, au secours.

Gerald chercha désespérément la cellule énergétique. Ses doigts se refermèrent sur elle. Hudson Proctor atterrit sur son dos, et les deux hommes roulèrent sur le sol.

— Marie !

Il voyait encore son doux visage devant lui. Elle s'ébrouait comme un chien sortant de l'eau, balayant l'air de ses cheveux.

— Elle est repartie, gronda-t-elle.

Et son poing s'écrasa sur le nez de Gerald.

Kiera se releva lentement, sentant ses jambes flageoler comme de longs tressaillements lui parcouraient le corps. La petite pétasse avait regagné sa place, au fond de son cerveau, et pleurait des larmes de défaite. L'un des gardes du corps gisait en chien de fusil, les bras serrés autour de son ventre, la joue trempée dans son propre vomi. Hudson Proctor sautillait à la façon d'un malade et secouait sa main comme si elle était encore en feu. Au-dessus de ses phalanges, un petit nuage de fumée puante montait d'un disque de chair carbonisée. Il pleurait des larmes de douleur. Les autres membres de l'escorte faisaient le cercle autour de Gerald, prêts à lui sauter dessus en cas de résistance.

— Je vais le tuer, ce salaud ! s'écria Hudson en lui décochant un coup de pied dans les côtes.

— Ça suffit, ordonna Kiera.

Elle passa une main tremblante sur son front. Ses cheveux emmêlés s'agitèrent, reprenant leur ordonnancement habituel. Elle considéra Gerald. Il gémissait doucement, palpant faiblement son flanc là où Hudson venait de le frapper. Le sang coulait de son nez aplati. Ses pensées et ses émotions ne formaient qu'un chaos discordant.

— Comment diable est-il arrivé ici ? grommela-t-elle.

— Tu le connais ? demanda Hudson, surpris.

— Oh ! oui. C'est le père de Marie Skibbow. Aperçu pour la dernière fois sur Lalonde. Une planète censée avoir quitté cet univers.

Hudson grimaça, soudain mal à l'aise.

— Ils ne sont quand même pas en train de revenir, n'est-ce pas ?

— Non, fit Kiera.

Elle se tourna vers l'autre bout du hall. Trois des gangsters de Capone étaient sortis du Hilton pour voir ce qui se passait.

— Ne restons pas là. Relevez-le, ordonna-t-elle à ses hommes.

Ils agrippèrent Gerald par les aisselles et l'obligèrent à se tenir debout. Il fixa Kiera de ses yeux vitreux.

— Marie, supplia-t-il.

— J'ignore comment tu as fait pour atterrir ici, Gerald, mais on finira bien par le savoir. Tu dois vraiment aimer ta fille pour avoir tenté un tel coup.

— Marie, mon bébé, papa est là. Est-ce que tu m'entends ? Je suis là. Réponds-moi, Marie.

Kiera plia son genou blessé, grimaçant de douleur à ce mouvement. Elle concentra son pouvoir énergétique sur l'articulation, sentit la douleur décroître.

— En temps ordinaire, il me suffirait pour te châtier de te préparer en vue d'accueillir une âme venue de l'au-delà. Mais, vu tout ce que tu as fait, tu mérites nettement mieux. (Elle se pencha vers lui en souriant ; sa voix se fit langoureuse.) Tu vas être possédé, Gerald. Et le petit veinard qui va hériter de ton corps va avoir droit au mien en guise de bonus. Je vais l'accueillir dans mon lit, et il aura le droit de me baiser comme il le désirera, autant de fois qu'il le désirera. Et tu n'en perdras pas une seule minute, Gerald. Tu vas savoir ce que ça fait de baiser ta fille chérie.

— Nooon ! hurla Gerald en frissonnant. Non, tu ne peux pas faire ça ! Non !

Kiera lui lécha lentement la joue, lui empoignant le crâne pour l'empêcher de se détourner. Elle colla les lèvres à son oreille.

— Ce ne sera pas la première perversion de Marie, Gerald, chuchota-t-elle. Si tu savais comme son petit corps brûle de satisfaire mes déviances. Et j'ai plein de déviances, comme tu ne vas pas tarder à t'en rendre compte.

Gerald poussa un hurlement d'âme tourmentée ; ses jambes le trahirent.

— J'ai encore mal, bredouilla-t-il. J'ai si mal à la tête. Je ne vois plus rien. Marie ? Où es-tu, Marie ?

— Tu la reverras, Gerald, je te le promets, même si je dois moi-même t'ouvrir les yeux. (Kiera fit un signe aux gardes du corps qui avaient maîtrisé le dément.) En avant !

Le bureau réquisitionné par Emmet Mordden pour son usage personnel se trouvait dans le même corridor que le Centre des opérations tactiques. Son précédent occupant, l'amiral commandant le réseau DS de la Nouvelle-Californie, était un amateur de mobilier aux couleurs vives. Ses fauteuils étaient pourpre, écarlate, jaune citron et vert émeraude, son bureau incurvé étant quant à lui en matériau réfléchissant. À mi-hauteur du mur, un écran holographique englobant décrivait une bande horizontale où se déployait un récif de corail colonisé par ce qui ressemblait à des termites aquatiques xénos. Emmet s'accommodait parfaitement de ce décor : comme tous les possédés, il appréciait les couleurs vives, et la vue de l'océan le détendait. En outre, cette pièce abritait un processeur de bureau surpuissant lui permettant de traiter presque tous les problèmes qui se posaient à lui, et il était à proximité du centre névralgique de l'Organisation en cas de crise – c'est-à-dire cinq fois par jour. Enfin, l'amiral avait une armoire à liqueurs fort bien remplie.

Al entra et considéra les fauteuils d'un œil réprobateur.

— Faut vraiment que je m'assoie dans un de ces trucs ? Jé-sus, Emmet, ne le répète à personne. J'ai une réputation à protéger.

Il prit place tout près du bureau et posa son feutre sur un accoudoir. Puis il parcourut la pièce du regard. Elle ressemblait à toutes les autres pièces de l'astéroïde : les ordures s'y empilaient, des emballages au linge sale qui attendait un hypothétique blanchisseur. Pourtant, si quelqu'un était du genre à ne pas se négliger, c'était Emmet. Mauvais présage. D'un autre côté, il n'était pas resté oisif. Devant lui était posé tout un tas de machines à calculer reliées les unes aux autres par des câbles en verre. Des écrans étaient placés sur le bord du bureau, calés sur des sortes de pupitres à partition ; tout ça sentait l'improvisation, voire l'urgence.

— On dirait que tu as été pas mal occupé.

— En effet. (Emmet le regarda d'un air pensif.) Mais je dois être franc avec toi, Al : j'ai encore plus de questions sans réponse que lorsque je me suis mis au boulot.

— Évidemment.

— J'ai commencé par examiner les caméras de surveillance du couloir et de la zone environnante. Résultat : néant. Je ne sais pas qui a tué Bernhard, mais il a saboté les processeurs de ces caméras. Leurs mémoires ont été effacées, et nos protocoles ont été attaqués par un craqueur de code.

— Emmet... tu sais bien que je pige que dalle à toutes ces histoires.

— Pardon, Al. Bon, disons que tout se passe comme si les films tournés par ces caméras étaient automatiquement placés dans un coffre-fort. Eh bien, quelqu'un a percé ce coffre, a piqué les films et s'est cassé après avoir refermé le coffre.

— Merde. Donc, plus de films, c'est ça ?

— Plus de film du corridor, en tout cas. J'ai donc élargi le champ de mes recherches et me suis intéressé aux caméras extérieures, celles de la corniche. (Il tapota l'un de ses écrans de fortune.) Regarde.

L'écran afficha une image de la corniche d'accostage. Ils avaient vue sur le sas qui évacuait de l'air vers les étoiles. Deux silhouettes en scaphandre spatial observaient la scène. L'une d'elles se mit à bondir en direction du sas ouvert. Au bout d'un bref laps de temps, l'autre la suivit.

— Il ne se passe rien pendant les deux minutes suivantes, précisa Emmet.

Bref grésillement, puis les deux scaphandres émergèrent du sas et reprirent leur route sur la corniche.

— C'est eux qui ont laissé les empreintes ? suggéra Al.

— Oui, je le pense. Mais je ne crois pas qu'ils aient participé au meurtre de Bernhard.

— Tiens donc. Ils n'allaient pas le crier sur les toits.

— Ils sont en vidoscaphe, donc ce ne sont pas des possédés. Regarde les choses de leur point de vue. Ils viennent de tomber sur le cadavre encore chaud d'un de tes principaux lieutenants, et ils ont même son sang sur leurs bottes. Il n'y a aucun autre coupable potentiel dans les parages. Que ferais-tu à leur place ?

— Je fermerais ma gueule, opina Al. Tu sais qui sont ces types ?

— C'est là que ça devient bizarre. J'ai pu remonter leur piste ; ils sortaient d'une harpie du nom de *Mindori*.

— Nom de Dieu ! Des agents de Kiera.

— Je n'en ai pas l'impression.

Le film se poursuivit, montrant les deux silhouettes en vidoscaphe qui montaient à bord d'un 4 × 4 pour se rendre ensuite devant un autre sas.

— Je n'ai pas non plus réussi à récupérer des images dans cette section, poursuivit Emmet. Donc, impossible de savoir ce qu'ils ont fait une fois à l'intérieur. Mais ce n'est pas le même programme qui a effacé les mémoires de ces caméras...

L'une des silhouettes en vidoscaphe refit son apparition sur la corniche et entreprit de charger le 4 × 4. Celui-ci reprit ensuite la direction du *Mindori*. Une fois le chargement effectué, l'intrus regagna le module de vie de la harpie.

— Les harpies de Kiera n'embarquent jamais de non-possédés, reprit Emmet. Ce type était toujours à bord quand l'astronef a décollé. Par conséquent, son copain se trouve encore à l'intérieur de l'habitat.

— Jé-sus. Tu veux dire qu'il se balade dans les parages ?

— Apparemment. Tout ce que nous savons avec certitude, c'est qu'ils n'ont rien à voir avec Kiera.

— Mais c'est peut-être un agent des Forces spatiales de la Confédération. Un assassin ou quelque chose comme ça. Leur version à eux de Kingsley Pryor.

— Je n'en suis pas sûr, Al. Ces trucs, que l'autre a chargés dans la harpie... J'ai fait tourner un programme de recherche dans nos stocks. Je sais que notre inventaire n'est pas très bien tenu à jour, mais il me manque tout un tas de composants électroniques. Je ne vois vraiment pas pourquoi les Forces spatiales s'introduiraient ici pour voler un chargement de pièces de rechange. Ça n'a aucun sens.

Al considéra l'écran, qui affichait l'image figée de l'homme en scaphandre spatial pénétrant dans le sas du *Mindori*.

— D'accord, il s'est passé ici deux choses distinctes. Kiera s'est payé Bernhard, et une harpie a aidé quelqu'un à nous voler des trucs électriques. Pour Kiera, je comprends la manœuvre. Mais cette harpie... Tu y piges quelque chose, toi ?

— Non. Mais elle est revenue sur la corniche. Il suffit de lui poser la question. Le *Mindori* a accosté ce matin. Kiera y a envoyé une équipe d'ingénieurs pour le préparer à un vol de longue durée. Autre chose : selon notre réseau de défense, une harpie a disparu dans la nature. Ils sont en train de les recenser pour vérifier que les autres sont encore là.

Al se carra dans son fauteuil et se fendit d'un sourire ravi.

— Peut-être qu'elles sont en train de s'émanciper. Quand est-ce que leur usine à bouffe sera prête ?

— Dans une semaine. Cinq jours si on se presse un peu.

— Alors pressons-nous, Emmet. En attendant, je vais faire un tour à bord de Cameron ; grâce à lui, je pourrai discuter avec les autres harpies sans que Kiera écoute aux portes.

L'esprit fracturé de Gerald dérivait dans un univers de ténèbres et de souffrance. Il ne savait ni où il était, ni ce qu'il faisait. Et il s'en foutait. Des éclairs jaillissaient de temps à autre, chaque fois que deux de ses neurones se connectaient, et il percevait l'image étincelante de Marie. Ses pensées se rassemblaient alors autour de sa fille, tels des croyants en proie à l'extase de la vénération. La raison de cette adulation commençait à lui échapper.

Dcs voix envahirent sa misérable existence. Un chœur de murmures. Insistants. Impitoyables. De plus en plus audibles. Sa conscience en fut peu à peu imprégnée.

Laisse-nous entrer. Mets fin à ton tourment. Nous pouvons t'aider.

La souffrance changea de position et de texture. Mais demeura brûlante.

Nous pouvons arrêter tout ça.

Moi. Moi, je peux arrêter tout ça. Laisse-moi entrer. Je veux t'aider.

Non, moi. C'est moi qu'il te faut.

Moi.

Je détiens le secret qui mettra fin à cette torture.

Il y eut un bruit. Un authentique bruit qui déchira l'air. Ses propres cris, pitoyables. Et un rire. Un rire cruel, oh ! si cruel...

Gerald.

Non, leur dit-il. Non, je refuse. Pas ça. Je préfère mourir.

Gerald, laisse-moi entrer. Ne résiste pas.

Je préférerais mourir pour Marie. Plutôt que de...

Gerald, c'est moi. Est-ce que tu me sens ? Est-ce que tu me reconnais ? Goûte mes souvenirs.

Elle a dit... Elle a dit qu'elle... Oh ! non ! Pas ça. Ne m'obligez pas à faire ça, pas avec elle. Non !

Je sais. J'étais là. Maintenant, laisse-moi entrer. C'est difficile, je sais. Mais nous devons l'aider. Nous devons aider Marie. Et c'est la seule façon d'y parvenir.

Ses barrières mentales s'effondrèrent lorsqu'il découvrit l'identité de l'âme. Celle-ci émergea en rugissant de l'au-delà, imprégnant son corps tout entier, et l'énergie qu'elle apporta avec elle lui galvanisa les membres, fit naître des étincelles dans son échine. Il en fut revigoré. De nouveaux souvenirs envahirent ses synapses, entrant en collision avec les siens dans un déchaînement de visions, de sons, de saveurs et de sensations. Ce n'était pas la même chose qu'avant. Avant, il avait été confiné, repoussé par-delà le seuil de la conscience, ne restant en contact avec le monde extérieur que grâce à la plus ténue des impulsions nerveuses. Un passager, un prisonnier dans son propre corps, passif et quasi inconscient. Cette fois-ci, il avait droit à un partenariat plus équitable, même si l'âme possédante restait dominante.

Les yeux de Gerald s'ouvrirent, une giclée de pouvoir énergétique les aidant à se focaliser. Une nouvelle décharge bienfaisante, et la migraine qui l'avait tellement tourmenté ne fut plus qu'un mauvais souvenir.

Deux des gardes du corps de Kiera le regardaient en ricanant.

— Espèce de veinard, gloussa l'un d'eux. Attends-toi à vivre la plus belle séance de baise que tu aies jamais connue.

Gerald leva une main. Deux lances de feu blanc jaillirent de ses doigts, transperçant le crâne de chacun des deux hommes. Quatre âmes hurlant de rage furent précipitées dans l'au-delà.

— Merci, mais j'ai prévu autre chose pour ce soir, dit Loren Skibbow.

Ça faisait un bout de temps qu'Al ne s'était pas promené dans sa fusée. En s'asseyant sur le gros sofa vert du pont-promenade de la harpie, il s'aperçut que ça lui avait manqué. Il s'étira de tout son long et posa ses pieds sur la table basse.

— Où veux-tu que je t'emmène, Al ? demanda la voix de Cameron depuis la grille argentée du mur.

— Au large de Monterey, c'est tout.

Il avait besoin de marquer une pause, de se retrouver seul quelques heures afin de faire le point. Dans le temps, il aurait fait une balade en voiture, en emportant peut-être une canne à pêche. Ou un club de golf, il aimait bien jouer au golf avec les potes, même si ce n'était jamais dans les règles de l'art. Rien qu'un groupe d'amis en train de glander sur le green.

Derrière le hublot, le spatioport contrarotatif de l'astéroïde défilait dans les hauteurs à mesure qu'ils s'éloignaient de la corniche. À l'intérieur de la cabine, la pesanteur ne variait pas d'un iota. La Nouvelle-Californie apparut derrière le pourtour riveté du hublot, croissant argenté évoquant la lune telle qu'elle lui apparaissait l'été au-dessus de Brooklyn quand le ciel était dégagé. Il n'arrivait pas à s'habituer à tous ces nuages sur les planètes. Comment faisaient leurs habitants pour apercevoir le soleil ?

Cameron s'éloignait de l'astéroïde le long d'une trajectoire incurvée tout en batifolant comme un jeune dauphin. En regardant vers la poupe, Al apercevait derrière les hublots du pont-promenade la lumière du soleil inondant les ailerons jaunes et le fuselage rouge vif.

— Hé, Cameron, tu peux me montrer la nébuleuse d'Orion ?

La harpie se stabilisa. Son nez se pointa vers le firmament, cherchant sa cible.

— La voilà. Elle devrait être au centre du hublot.

Al découvrit une tache de lumière floue, comme si le bon Dieu S'était mouillé le pouce et avait étalé un astre sur la toile du ciel. Il se rassit pour contempler le spectacle tout en sirotant son capuccino. Quelle étrange chose ! Une brume spatiale, disait Emmet. Où naissaient des étoiles. De l'autre côté vivaient les Martiens et leur rayon de la mort.

Il n'arrivait pas à se mettre tous ces trucs dans la tête. Kiera avait les jetons à l'idée que les militaires aient pu monter une expédition dans ce coin de l'espace, et Jez elle-même était soucieuse. Mais, pour lui, c'était du chinois. Il allait encore devoir demander conseil à quelqu'un. Il poussa un soupir de résignation. D'un autre côté, il y avait encore des domaines où il se débrouillait comme un chef. Chicago avait compté plus de territoires, de factions et de gangs que l'ensemble de la Confédération. Il savait comment manipuler tous ces crétins. Se faire de nouveaux amis, laisser tomber les anciens. Mettre un peu de pression. Pots-de-vin, chantage, extorsion... Dans ce monde futur, personne, mort ou vivant, n'avait autant d'expérience que lui. Il était le prince de la ville. Aujourd'hui comme hier, et pour l'éternité.

— Cameron, je veux parler à une harpie du nom de *Mindori*, et je veux que ça reste confidentiel.

Le nez rouge et effilé de la fusée commença à virer, faisant disparaître la nébuleuse du hublot. Monterey redevint visible, tache ocre foncé constellée de lumière autour du spatioport.

— Le gars s'appelle Rocio, Al, précisa Cameron.

Dans un coin du hublot, un carré vira au gris, puis afficha un visage.

— Monsieur Capone, dit poliment Rocio. Je suis honoré. Que puis-je faire pour vous ?

— Je n'aime pas Kiera, déclara Al de but en blanc.

— Nous sommes nombreux dans ce cas. Mais il faut bien vivre avec.

— Vous me faites de la peine, Rocio. C'est de la connerie et vous le savez. Elle vous tient par les burnes parce qu'elle a fait sauter vos usines à bouffe. Et si je vous disais que je peux peut-être en reconstruire une ?

— Cela m'intéresserait, je l'avoue.

— Évidemment. Vous êtes occupé à faire la même chose. C'est pour ça que vous m'avez chouravé tous ces gadgets électriques l'autre jour, pas vrai ?

— J'ignore de quoi vous parlez.

— On a tout filmé, Rocio : deux types en scaphandre s'introduisant dans Monterey et chargeant dans vos soutes le contenu d'un camion.

— J'étais à quai pour une maintenance, et on m'a installé des pièces de rechange, c'est tout.

— Vous voulez que je vérifie ça auprès de Kiera ?

— Je croyais que vous ne l'aimiez pas.

— Ouais, c'est pour ça que j'ai commencé par venir vous voir.

— Que voulez-vous, monsieur Capone ?

— Deux choses. Si vous n'arrivez pas à faire tourner votre usine, adressez-vous à moi, d'accord ? On vous proposera des termes bien plus intéressants que ceux que vous impose Kiera. Finie la bagarre, pour commencer. Je préfère que les harpies comme vous montent la garde autour de la Nouvelle-Californie. Votre vision à longue portée nous est précieuse. Je respecte votre talent, et je suis prêt à vous le monnayer en fonction de sa valeur.

— Je réfléchirai à votre proposition. Ensuite ?

— Je veux parler au type qui a vu le meurtre. La victime était l'un de mes meilleurs amis. J'ai des questions à poser à votre agent.

— Pas en personne. Il m'est utile, je ne veux pas qu'on me l'enlève.

— Loin de moi cette idée. Je sais que c'est un non-possédé. Je veux lui parler, c'est tout.

— Entendu.

Al sirota son café pendant une bonne minute, s'efforçant de se montrer patient. Il eut un petit rire en voyant apparaître le visage maussade et soupçonneux de Jed.

— Nom de Dieu ! Quel âge as-tu, gamin ?

— Qu'est-ce que ça peut vous foutre ?

— Ça m'impressionne, et pas qu'un peu. Tu as des couilles, mon gars, laisse-moi te le dire. S'introduire comme ça dans mon quartier général et me voler pour cent mille balles de matériel électrique ! Tu as du style et j'aime ça. Y a pas beaucoup de mecs dans cet univers qui auraient osé ce que tu as osé.

— Je n'avais pas le choix, maugréa Jed.

— Foutre ! Je le sais bien. Moi aussi, j'ai grandi dans un quartier sans pitié. Je sais ce que c'est d'être en bas de l'échelle. Il faut montrer au boss qu'on a l'étoffe d'un dur, pas vrai ? Les mous du bide, il n'en a rien à foutre. Y a toujours un petit malin qui est ravi de les jeter pour prendre leur place.

— Vous êtes vraiment Al Capone ?

Al caressa les revers de sa veste.

— Vise comme je suis sapé, fiston. La classe comme personne.

— Alors, qu'est-ce que vous voulez que je vous dise ?

— Je dois savoir deux choses. Bon, je ne peux pas t'offrir grand-chose en retour. Tu n'as pas très envie de venir me voir en personne, je le sais. Et je comprends ta position, mais ça veut dire que je ne peux pas te donner de récompense ; des poules, de la gnôle, ce genre de truc. Par contre, pour ce qui est de la devise locale, j'en ai des paquets. Tu as entendu parler ?

— Des coupons, c'est ça ?

— Ouais. Avec ma parole pour les garantir. Si je dis que tu dois quelque chose à quelqu'un, t'es obligé de casquer. Alors, je vais te devoir trois services. Moi, Al Capone, j'ai désormais une dette envers toi. Te voilà riche sur toutes les planètes possédées. Bon, tu ne peux pas me demander la paix dans le monde ou une connerie comme ça. Mais si tu as besoin d'un coup de main, tu l'as. C'est un peu comme une assurance universelle. Je veux dire, nous autres, les possédés, on est en train de se répandre dans tout l'univers. Alors, tu es d'accord ?

L'adolescent ne souriait pas, mais son rictus s'était effacé.

— D'accord, que voulez-vous savoir ?

— Primo, le type qui était avec toi, celui que tu as laissé ici. Est-ce qu'il est venu pour me tuer ?

— Gerald ? Grand Dieu, non. Il est malade, gravement malade. (Jed s'anima soudain.) Hé ! voilà le premier service que je demande. Il s'appelle Gerald Skibbow et, si vous le trouvez, je veux que vous l'emmeniez dans un hôpital digne de ce nom, où il sera soigné par de vrais docteurs.

— Okay. Voilà, ça y est, on commence à dialoguer, toi et moi. Gerald Skibbow, c'est noté. Si on le retrouve, il aura droit à des soins médicaux. Maintenant, je veux savoir si tu as vu quelqu'un d'autre dans les environs du corridor quand tu as trouvé le cadavre.

— Ouais, y avait un type. Je l'ai aperçu derrière le hublot de la porte. Mais je n'ai pas vu grand-chose de sa tête. Il avait un grand nez. Et des sourcils vraiment épais. Le genre qui se rejoignent au-dessus des yeux.

— Luigi, gronda Al.

J'aurais dû me douter qu'il rejoindrait le camp de Kiera. On ne peut jamais punir les imbéciles sans s'attirer de nouveaux emmerdes. Et il a sûrement des contacts parmi les officiers de la flotte – plein de contacts. Elle a dû adorer ça.

— Merci, fiston, je te dois encore deux services.

Jed hocha la tête avec force.

— D'accord, dit-il, et son image s'évanouit.

Al poussa un soupir de colère. En grande partie contre lui-même. Il aurait dû garder l'œil sur Luigi. Ces histoires d'au-delà compliquaient les choses. On ne pouvait plus éliminer les éléments rebelles, car il y avait un risque pour qu'ils reviennent d'entre les morts, encore plus furieux contre vous.

Une vague de surprise et de consternation déferla sur les âmes de l'au-delà, attirant l'attention d'Al. Il se passait quelque chose d'extraordinaire. Parmi toutes les émotions qui agitaient les âmes perdues, c'étaient la terreur et l'émerveillement qui prédominaient.

— Quoi ? demanda Al. Qu'arrive-t-il ?

Rien à voir avec les conséquences de l'assaut initial sur Mortonridge, Dieu merci. Lorsqu'il se concentra sur les images grises et floues qui sautaient d'une âme à l'autre, il vit un soleil donnant naissance à un autre soleil. L'espace était empli de feu, la mort envahissait le ciel ainsi qu'une tempête.

Arnstadt !

— Seigneur Jésus ! s'exclama-t-il. Cameron ? Tu as vu ça ?

— Haut et clair. Je crois que les harpies ont sauté.

— Je ne leur en veux pas.

Les astronefs de l'Organisation disparaissaient au sein d'une série d'explosions aveuglantes.

Les Forces spatiales de la Confédération avaient réagi à la victoire de Trafalgar d'une façon qu'il n'aurait jamais imaginée. En appliquant la force brutale à l'échelle cosmique. Ses vaisseaux de guerre ne pouvaient rien faire. Leur précieuse antimatière ne leur servait à rien.

— Ils ne comprennent donc pas ? demanda-t-il aux âmes désespérées. Arnstadt va s'enfuir.

Des éclairs de joie illuminaient déjà l'au-delà, où les âmes se faisaient offrir des corps à profusion. Autour d'Arnstadt, l'effet de rupture dans le réel s'accentua encore à mesure que de nouveaux possédés se joignaient à son Gestalt. Maintenant que les armes placées en orbite par l'Organisation tombaient en pluie sur la planète, il ne restait plus rien pour les empêcher de passer à l'acte.

— À la maison, Cameron. Et vite !

Il savait ce qui allait suivre. Les militaires frapperaient ensuite la Nouvelle-Californie, offrant à Kiera une chance qu'elle ne laisserait pas passer. Cette fois-ci, lieutenants et soldats l'écouteraient quand elle leur conseillerait de redescendre sur la planète.

La journée ne s'améliorait pas.

Les familles des astros enrôlés de force par l'Organisation étaient retenues dans un hôtel dominant la biosphère de Monterey. Durant la journée, ces otages se rassemblaient dans les salons et autres lieux publics de l'établissement pour s'offrir les uns aux autres un bien pauvre réconfort. Peu à peu gagnés par l'épuisement nerveux, ils survivaient péniblement à leurs journées ; fort mal nourris, quasiment privés d'information, ils étaient en butte au mépris ou à l'indifférence de leurs gardiens.

Silvano et les deux gangsters qui l'accompagnaient conduisirent Kingsley dans la salle de conférence de l'hôtel. Il vit tout de suite Clarissa, qui aidait au service du déjeuner. En l'apercevant, elle poussa un cri et lâcha sa louche dans le plat de haricots. Ils s'étreignirent sous les regards de l'assistance.

Elle était bouleversée de joie. Cela dura une minute. Puis Kingsley, incapable de lui dissimuler la vérité, lui confessa ses actes. Elle se raidit, s'écarta de lui. Elle aurait voulu qu'il n'ait jamais prononcé ces mots.

— Comment est-ce arrivé ? Comment es-tu mort ?

— Je me trouvais dans un astronef. Il y a eu une explosion d'antimatière.

— Trafalgar ? chuchota-t-elle. C'était à Trafalgar, Kingsley ?

— Oui.

— Ô mon Dieu ! Pas toi. Pas ça.

— Il faut impérativement que je sache une chose. Je suis navré de ne pas te demander comment tu te portes, mais ce dont je te parle est à mes yeux ce qu'il y a de plus important dans tout l'univers. Sais-tu où se trouve Webster ?

Elle fit non de la tête.

— Ils nous ont séparés. Il a été affecté aux cuisines par Octavius, ce gros salaud de collabo. Au début, j'avais le droit de le voir une fois par semaine. Mais ça fait plus de quinze jours que je suis sans nouvelles de lui. Personne ne veut rien me dire. (Elle s'interrompit en voyant un sourire naître sur le visage de son époux.) Qu'y a-t-il ?

— Ainsi, il disait vrai.

— Qui ça ?

— On m'a dit que Webster avait échappé à l'Organisation, qu'il se trouvait à bord d'un astronef indépendant. Et voilà que tu m'affirmes ne plus l'avoir vu et que Capone n'arrive pas à le retrouver.

— Il est libre ?

À cette idée, elle sentit ses réticences se dissiper et posa une main sur le bras de Kingsley.

— On dirait bien.

— Qui t'a mis au courant ?

— Je ne sais pas. Un être très étrange. Crois-moi, Clarissa, il se passe bien plus de choses dans cet univers que nous ne l'avons jamais pensé.

Elle eut un sourire qu'on ne pouvait qualifier que de tragique.

— Je ne peux douter de la parole de mon mari mort.

— Il est temps de partir, dit-il brusquement.

— Où cela ?

— Pour toi, n'importe où sauf ici. Capone a une dette envers moi, mais je pense que je vais avoir du mal à l'encaisser. On va donc procéder étape par étape.

Il se dirigea vers la sortie, suivi par une Clarissa encore intimidée. Les deux gangsters plantés devant la porte se raidirent en le voyant approcher ; Silvano s'était éclipsé sans leur donner la moindre instruction.

— Je m'en vais, déclara Kingsley d'une voix raisonnable mais pleine d'autorité. Laissez-moi passer. Ne faites pas de bêtises.

— Silvano ne va pas aimer ça, dit l'un des deux hommes.

— Dans ce cas, il n'a qu'à me le dire en personne. Ce n'est pas votre boulot.

Kingsley se concentra sur la porte, la visualisant en train de s'ouvrir.

Les deux gangsters tentèrent de le contrer, de maintenir la porte fermée par leur seule volonté. Un bras de fer version magie noire.

Kingsley éclata de rire alors que le battant volait en éclats. Son regard alla d'un gangster à l'autre, les mettant au défi de lui résister. Puis il franchit le seuil sans coup férir, la main de Clarissa dans la sienne.

Derrière lui, l'un des deux hommes décrocha un téléphone en ivoire et en tourna frénétiquement le cadran.

Gerald avançait prudemment dans le corridor, marquant une pause devant chaque porte pour vérifier que personne ne se trouvait derrière. Loren devait se concentrer pour s'assurer que ses jambes fonctionnaient normalement. Elle était horrifiée par l'état dans lequel se trouvait l'esprit de son mari : pensées désorganisées, régression à un stade quasi infantile, souvenirs de plus en plus flous. Seules ses émotions, invulnérables à toute raison, à toute pondération, avaient conservé une intensité adulte. Elles assaillaient ce qui restait de sa santé mentale en la soumettant à des pics associés aux états extrêmes de la conscience. Il connaissait la terreur plutôt que l'inquiétude, la honte plutôt que la gêne.

Elle devait l'apaiser en permanence, l'encourageant sans défaillir comme elle l'aurait fait pour un enfant. Sa présence le réconfortait et il ne cessait de lui parler, la noyant sous un torrent de propos insignifiants qui menaçaient de la déconcentrer.

Côté condition physique, ce n'était guère mieux. Le pouvoir énergétique avait soigné sans problème les blessures infligées par Kiera et ses nervis. Mais son corps restait perpétuellement glacial, et son crâne était taraudé par une migraine persistante que le pouvoir énergétique lui-même était impuissant à chasser. Il avait besoin d'une semaine de sommeil, d'un mois de bons repas et d'un an de traitement psychiatrique. Cela devrait attendre.

Ils se trouvaient quelque part dans la section du spatioport dont Kiera et ses sbires avaient fait leur territoire. Au centre de la cabale, donc. Sauf que les lieux étaient quasiment désertés. Hormis les deux types qu'elle avait tués, elle n'avait vu jusque-là que trois possédés. Aucun d'eux ne lui avait prêté attention, trop empressés qu'ils étaient d'obéir aux ordres qu'on leur avait donnés. Salons et couloirs étaient vides.

Loren entra dans le salon principal, dont le décor insipide et les meubles discrets lui étaient familiers. Elle avait souvent observé cette place depuis l'au-delà : le repaire de Kiera.

Gerald passa une main sur le tissu du canapé. Marie était restée assise là durant des heures, à discuter avec ses complices. La machine à café : c'était Marie qui l'avait fait venir ici, ainsi que le service en porcelaine. Elle chauffait doucement, emplissant la salle d'un doux arôme. Les yeux de Gerald se posèrent sur la porte de la chambre. Tous les hommes que Marie y avait reçus...

Loren tenta d'interroger les âmes de l'au-delà pour savoir où elle se trouvait. Mais l'agitation et le trouble consécutifs à l'attaque d'Arnstadt rendaient leur cacophonie encore moins compréhensible qu'à l'accoutumée. Elle eut droit à quelques aperçus d'un corps féminin. Peut-être celui de Marie. Courant dans un corridor inconnu avec quelques personnes.

Son visage s'altérait de plus en plus.

Loren poussa un juron. Avoir fait tant de chemin. Avoir enduré tant de souffrances. Et avoir tenu bon. Être si *près*. L'entité omnipotente qui avait conçu l'au-delà devait également être responsable du concept de destinée.

Elle sentait Gerald s'effondrer à l'idée de voir s'éloigner encore le moment où ils retrouveraient leur fille. Ne t'inquiète pas, nous y arriverons, lui promit-elle.

Comme elle s'avançait dans le salon, elle vit une harpie sur sa plate-forme. Elle fit halte sous l'effet de la surprise qui s'empara de Gerald lorsqu'il reconnut le *Mindori*. L'écoutille de sa soute était entourée de diables et de chariots, le tout brillamment éclairé par des projecteurs. Des techniciens de la maintenance, vêtus de combinaisons IRIS d'un noir de jais, s'affairaient à installer de lourds modules d'équipement, branchant les câbles d'alimentation en énergie et en liquide réfrigérant sur les ports du fuselage. Quoique incapable de comprendre les raisons de cette activité, Loren était désormais assurée d'avoir un moyen de transport le moment venu. À condition que ce moment vienne vite.

Elle sortit du salon et descendit au niveau inférieur. Celui-ci était dévolu à l'ingénierie, mais les techniciens qui y travaillaient s'étaient montrés fort négligents ces dernières semaines. Les panneaux lumineux disposés le long des couloirs n'émettaient au mieux qu'un faible éclat jaune ; si quelques-unes des grilles d'aération bourdonnaient en crachotant à l'occasion un petit courant d'air, la majorité restait obstinément muette. Seul un murmure continu, quasiment inaudible, en provenance des machines prouvait que les lieux n'étaient pas abandonnés. Loren pivota sur elle-même, se demandant ce qui pouvait encore tourner dans cet endroit aussi désolé.

Lorsqu'elle eut localisé la bonne porte et l'eut ouverte, elle découvrit un vaste atelier reconverti en usine cybernétique. Plusieurs rangées de machines-outils s'activaient à grand bruit, martelant, perçant et découpant des pièces métalliques. On avait installé entre les établis des chaînes de montage rudimentaires qui transportaient les pièces manufacturées vers des tables d'assemblage. Plus de deux douzaines d'ouvriers non possédés y fabriquaient des mitraillettes. Ils étaient torse nu, et la chaleur dégagée par les machines les faisait transpirer à grosses gouttes.

Gerald était incapable de comprendre de quoi il s'agissait,

et Loren ne put que contempler la scène d'un œil éberlué. Elle se dirigea vers l'un des hommes.

— Hé, vous ! À quoi vont servir ces trucs ?

L'homme leva des yeux terrorisés, puis baissa la tête.

— Ce sont des flingues, marmonna-t-il.

— Je le vois bien, mais à quoi servent-ils ?

— C'est pour Kiera.

Elle n'aurait pas d'autre réponse de ce type. Loren ramassa une mitraillette, ses doigts glissant sur une mince couche d'huile protectrice. Gerald et elle ne s'y connaissaient guère en matière d'armements, n'ayant appris à manipuler que le fusil de chasse auquel ils avaient eu droit en tant que colons. Mais cette arme-ci lui semblait bien étrange. Elle observa l'assemblage d'un nouvel exemplaire. Le mécanisme de tir lui paraissait trop encombrant, un filet en matériau composite courait sur le canon.

Des souvenirs qui leur étaient étrangers à tous deux montèrent derrière les yeux de Gerald. Des souvenirs de boue et de souffrance. De monstres humanoïdes armés de mitraillettes crachant le feu, poursuivant sous une pluie grise leur avance inexorable.

Mortonridge. Kiera fabriquait des armes identiques à celles que la Confédération utilisait à Mortonridge. Des armes conçues pour affronter les possédés !

Loren considéra l'atelier une nouvelle fois, terrifiée par ce spectacle. À en juger par leur cadence, ces ouvriers devaient produire une centaine d'armes par jour. Elle était entourée de non-possédés occupés à fabriquer le seul objet susceptible de la renvoyer dans l'au-delà. À condition qu'ils aient des munitions...

Elle examina la mitraillette dans ses mains, en essuyant l'huile avec un chiffon. S'étant assurée qu'elle était fonctionnelle, elle sortit du premier atelier et partit à la recherche du second. Il n'était sûrement pas loin.

Monterey n'était plus qu'à vingt kilomètres ; Cameron s'en approcha de telle façon que l'astéroïde sembla éclipser la Nouvelle-Californie. Sa masse glissait le long du croissant alors que celui-ci semblait grossir dans le hublot du pont-promenade. Comme la trajectoire de la harpie était perpendiculaire à l'axe de rotation de l'astéroïde, on aurait dit qu'un gigantesque champignon gris métallisé poussait sur la roche. Cette impression s'évanouit lorsque Cameron vira au-dessus du spatioport contrarotatif pour se placer parallèlement à son axe. La corniche était droit devant, pareille à une profonde ornière creusée dans le roc, éclairée par de minuscules projecteurs à l'éclat aveuglant qui dessinaient des disques de lumière sur toute sa longueur. Puis la harpie changea de position pour se caler sur le mouvement de l'astéroïde, et l'ornière devint un plafond lumineux. Al commençait à comprendre le principe de la force centrifuge.

Une explosion illumina soudain la roche derrière la corniche, à un quart du périmètre de l'astéroïde par rapport à l'endroit qu'approchait Cameron. La section touchée était recouverte d'une mosaïque de métal et de matériau composite. Un geyser de gaz incandescent, que la lenteur de ses mouvements faisait paraître liquide, jaillit de la brèche ouverte au centre de la machinerie. On distinguait dans le flot des débris de matière solide.

Al ôta son havane de sa bouche et fonça vers le hublot pour mieux voir ce qui se passait.

— Nom de Dieu ! Qu'est-ce qu'il y a, Cameron ? C'est les militaires qui débarquent ?

— Non, Al. Une brèche dans la roche. Je suis en écoute radio, personne ne sait avec certitude comment c'est arrivé.

— Mais *où* est-ce arrivé ?

Al plissait les yeux pour s'assurer qu'il n'y avait ni hommes ni harpies à proximité de l'explosion.

— Dans le secteur industriel où tu faisais réparer cette raffinerie de fluide nutritif.

Al tapa du poing contre la vitre.

— La *salope !*

Ses trois cicatrices avaient viré au blanc sur sa joue écarlate. Il fixa le geyser qui perdait lentement de sa force, révélant une falaise ouverte sur une machinerie en ruine.

— Bon, si elle veut la bagarre, elle va l'avoir.

— Al, je capte un message adressé à l'ensemble de la flotte. C'est Kiera.

L'un des petits hublots placés le long du pont-promenade se mit à chatoyer, puis afficha le visage de Kiera.

— ... après ce qui vient de se passer à Arnstadt, nous n'avons plus le choix. Les Forces spatiales de la Confédération vont débarquer ici, en nombre suffisant pour nous écraser tous. Si vous ne voulez pas être renvoyés dans l'au-delà, nous devons descendre sur la planète. J'ai le moyen de le faire et la capacité de maintenir notre autorité là-bas sans avoir besoin des plates-formes DS et de l'antimatière. Tout ce dont vous jouissez en ce moment, votre statut et votre position, vous pourrez le conserver sous mon gouvernement. Et, en outre, vous n'aurez plus besoin de risquer votre peau dans une mission de guerre décidée par Capone. Son règne est terminé. Ceux d'entre vous qui souhaitez un avenir de privilégiés, contactez Luigi, il se trouvera à bord du *Swabia*. Si vous le suivez en orbite basse, il vous donnera les moyens de vous installer à la surface. Si vous voulez rester ici et attendre les militaires, ça vous regarde.

— Merde ! (Al décrocha le téléphone noir.) Cameron, passe-moi Silvano.

— Je suis là, boss.

— Silvano ? beugla Al. Tu as entendu Kiera ?

— À l'instant, boss, répondit le lieutenant d'une voix grésillante.

— Dis à Emmet de stopper tout vaisseau qui osera quitter la place qu'on lui a assignée. Je m'adresserai à la flotte plus tard. Et je veux qu'on empêche cette salope de diffuser son message. Exécution ! Envoie une brigade cerner son QG et n'en laisse sortir personne. Je vais venir moi-même pour m'occuper d'elle. Cette nuit, elle dormira avec les poissons.

— Entendu.

— J'accoste d'une minute à l'autre. Viens m'attendre avec quelques gars. Des gars loyaux, Silvano.

— On sera là.

Luigi se sentait en pleine forme lorsqu'il arriva à la base de l'axe du spatioport. Cette attente, ces complots, tout ça lui mettait les nerfs en pelote. Il n'aimait pas prendre les gens parderrière, préférait l'affrontement direct. Comme Kiera lui avait demandé de garder un profil bas, il continuait de servir d'homme à tout faire à ce connard de Malone, de pelleter la merde pour les non-possédés qui fréquentaient son gymnase. Il n'avait que de rares occasions de retrouver ses vieux potes de la flotte de l'Organisation, et il devait se contenter de semer le doute dans leur esprit, d'y planter les graines de la sédition.

Chaque fois qu'il faisait son rapport à Kiera, il lui assurait que la flotte en avait marre de Capone. Ce qui n'était pas faux. Sauf qu'il avait un peu exagéré, afin d'avoir une plus grosse part du gâteau le moment venu.

Mais tout ça n'avait plus d'importance maintenant. Il s'était tiré du gymnase de Malone dès qu'il avait appris la catastrophe d'Arnstadt, sans même attendre le signal de Kiera. L'heure était enfin venue. Une fois qu'il serait de nouveau à la tête de la flotte, on ne parlerait plus de soi-disant supériorité numérique.

Les gars seraient prêts à le suivre partout, il le savait. Il avait toujours soigné ses lieutenants, ils le respectaient.

Le grand hall situé au moyeu de l'axe était presque désert lorsqu'il sortit du métro. Il nagea dans l'air pour se diriger vers les nacelles de transfert.

Un homme et une femme s'approchèrent de lui. Ça l'agaça un peu, mais le lieu était mal choisi pour se mettre en pétard. Plus que dix minutes, *dix minutes*, et il serait de nouveau aux commandes d'un astronef.

— Je me souviens de vous, dit Kingsley Pryor. Vous étiez l'un des lieutenants d'Al Capone.

— Et alors ? répliqua sèchement Luigi.

Il en avait marre des clins d'œil et des murmures qui saluaient son passage, comme s'il n'avait été qu'un violeur d'enfants en fuite.

— Alors, rien. Vous embarquez sur un astronef ?

— Ouais. C'est ça.

Luigi détourna les yeux ; peut-être que ce connard finirait par comprendre.

— Bien, fit Kingsley. Nous aussi.

La porte s'ouvrit sur l'habitacle vide d'une nacelle de transfert. Kingsley s'inclina poliment.

— Après vous, je vous en prie.

Après s'être douchée, Jezzibella marcha le long du lit et inspecta chacune des robes que Libby lui avait préparées. Le problème, c'était qu'aucune d'elles n'était neuve. Elle avait fait le tour de sa garde-robe depuis qu'elle s'était maquée avec Al. Je n'ai plus rien à me mettre. Se procurer de nouvelles fringues ne lui avait jamais posé de problème quand elle était en tournée. L'habillement représentait un pourcentage si minuscule de son budget que ses producteurs ne protestaient jamais quand elle s'achetait un nouveau stock sur chaque planète – ce qui était d'ailleurs inutile. Dans chaque système stellaire, on trouvait des créateurs qui auraient tué père et mère pour la voir ne serait-ce que jeter un coup d'œil à leur griffe.

Poussant un soupir, elle passa de nouveau ses tenues en revue. Elle se décida pour le chemisier d'été vert et bleu, avec ses larges bretelles et sa microjupe assortie. Plus sa personnalité d'ado sympathique.

Les minuscules écailles dermiques se contractèrent et se dilatèrent en fonction de la séquence qu'elle venait de sélectionner, soumettant son expression de base à des ajustements presque imperceptibles conçus pour lui donner l'air d'une ingénue perpétuellement curieuse. La texture de sa peau s'adoucit jusqu'à évoquer celle d'une pêche. Elle avait de nouveau vingt ans.

Jezzibella se plaça devant les psychés de la coiffeuse pour s'inspecter. Ses yeux ne collaient pas, ils étaient trop durs, pas assez éblouis par le monde merveilleux qu'elle découvrait chaque jour. Il subsistait des bribes de sa personnalité de cadre supérieur impitoyable, dont la date de péremption était pourtant passée. Elle décocha un rictus aux éléments coupables ; une expression qui jurait elle aussi avec son visage. Les écailles recommençaient à dégénérer. C'étaient toujours celles qui entouraient les yeux qui cédaient les premières. Et les pièces de rechange commençaient à se faire rares. Or elle ne pouvait pas s'en procurer sur n'importe quelle planète ; elle se fournissait toujours sur Tropicana, la seule planète adamiste où les lois sur le biotek s'étaient un peu relâchées.

— Libby ! hurla-t-elle. Libby, amène-toi ici, et n'oublie pas le package.

Ces derniers temps, cette chère vieille chose avait fait des miracles, appliquant patiemment les écailles pour limiter les dégâts avec le talent d'un authentique artisan. Mais il viendrait un jour où des écailles neuves lui seraient nécessaires. Jezzibella n'aimait pas y penser.

— Libby, amène ici ton cul d'arthritique, et fissa !

Kiera, Hudson Proctor et trois de leurs sbires pénétrèrent dans la chambre, traversant la porte sans même daigner l'ouvrir comme si le battant était dénué de substance. Tous les cinq étaient armés d'une mitraillette électrostatique.

— On commence à montrer son âge, pas vrai ? demanda Kiera d'une voix mielleuse.

Jezzibella refoula la surprise et la terreur qui montaient en elle. Kiera était capable de percevoir ses émotions, et elle ne souhaitait pas lui faire ce plaisir. Son esprit adopta en un quart de tour sa personnalité d'impératrice glaciale, sans l'aide de ses naneuroniques qui venaient de se crasher.

— Vous êtes venue chercher des conseils de beauté, Kiera ?

— Ce corps n'en a pas besoin. Il est resté naturel. Contrairement au vôtre.

— Dommage que vous ne sachiez pas l'utiliser correctement. Avec des seins comme ceux-ci, j'aurais pu régner sur la galaxie. Alors que vous, vous n'avez que vingt connards dont la trique a vidé le cerveau de son sang. Vous ne pouvez pas les inspirer, vous n'êtes que leur pute. Cela fait de vous une force qui n'a rien de redoutable.

Kiera avança d'un pas, sentant sa sérénité la déserter.

— Votre grande gueule m'a toujours posé un problème.

— Nouvelle erreur : votre problème, c'est le cerveau qui va avec et qui vous bat à tous les coups.

— Tue donc cette traînée ! s'écria Hudson Proctor. On n'a pas de temps à perdre avec ces conneries. C'est lui qu'il faut retrouver et éliminer.

Kiera leva sa mitraillette et en posa la pointe du canon sur la gorge de Jezzibella. Guettant une réaction de celle-ci, elle fit glisser son arme vers le bas, entrouvrant le peignoir blanc.

— Surtout pas, murmura-t-elle. Si nous la tuons, elle reviendra et sera notre égale.

— Il faudrait que je me rabaisse sacrément pour arriver à ce niveau.

Kiera dut agripper le bras de Hudson Proctor pour le retenir.

— Regardez ce que vous faites, gronda-t-elle. Vous mettez mes amis en colère.

Le visage de Jezzibella exprimait l'amusement à l'état pur. Elle n'avait même pas besoin de parler.

Kiera rendit les armes à contrecœur. Tout doucement, elle restitua son ordonnance au peignoir blanc.

— Où est-il ? interrogea-t-elle.

— Oh ! je vous en prie. Ayez au moins la décence de me menacer.

— Très bien. Je ne vous autoriserai pas à mourir. Et j'en ai le pouvoir. Ça vous va ?

— Bordel de merde ! grommela Hudson Proctor. Laisse-la-moi. Je saurai la faire parler.

Kiera lui décocha un regard dédaigneux.

— Vraiment ? Tu comptes lui faire subir un viol collectif, ou bien tout simplement la tabasser jusqu'à ce qu'elle crache le morceau ?

— Je ferai ce qu'il faudra.

— Parlez, ordonna Kiera à Jezzibella.

— Si je vous avais crue capable de gagner, je me serais alliée à vous dès le début, répondit celle-ci. Mais vous en êtes incapable, alors je n'en ai rien fait.

— Les règles du jeu ont changé. Les Forces spatiales de la Confédération ont détruit tous nos vaisseaux affectés à Arnstadt. Elles ne vont pas tarder à débarquer ici. La Nouvelle-

Californie doit quitter cet univers, et nous avec. Et la seule chose qui nous en empêche, c'est Capone.

— La vie est dégueulasse, la mort est puante, et il a fallu ensuite qu'on se rencontre.

— Un de vos meilleurs vers. Malheureusement, ce n'est pas pour lui que vous resterez dans les mémoires.

Le bloc-processeur que Jezzibella avait laissé sur la coiffeuse se mit à sonner l'alarme.

— Pile à l'heure, commenta Kiera. Ça doit être le commando que j'ai envoyé détruire la raffinerie de Capone. J'assure mes arrières au cas où il tenterait de corrompre mes harpies. Mais je n'aurai pas besoin de le renvoyer moi-même dans l'au-delà. Cette mission a été confiée à l'un de mes sympathisants. J'aurais aimé assister à ça, toutefois. Vous m'avez privée de ce plaisir, et ce n'est pas la première fois.

Elle leva l'index. Une longue flamme jaune naquit à son extrémité, ondoyant devant le visage stoïque de Jezzibella.

— Voyons si je suis vraiment capable de vous empêcher de mourir, reprit Kiera. Après tous ces efforts, je pense avoir le droit de m'amuser un peu.

La flamme vira au bleu, rétrécit jusqu'à se réduire à un petit jet d'une chaleur insoutenable.

Une certaine animation régnait désormais dans le bureau d'Emmet Mordden. Une série d'écrans était consacrée à l'explosion survenue dans la raffinerie de fluide nutritif, rendue à coups d'images provenant des caméras et des capteurs encore intacts et de schémas de la section concernée. Le ou les saboteurs connaissaient leur boulot. La bombe avait emporté une bonne portion du mur extérieur, démolissant les machines et coupant l'alimentation en énergie et en données. La dépressurisation n'avait fait qu'aggraver les choses, entraînant la rupture des conduits et des modules de synthèse. Au moins n'y avait-il pas eu d'incendie, les lieux étant exposés au vide spatial.

Emmet était en communication avec le chef de projet, et vérifiait avec lui que tous les survivants avaient été évacués dans des zones non dépressurisées ou bien s'étaient réfugiés dans des igloos de secours. Des équipes médicales étaient en route.

Le plus grand écran affichait la grille des capteurs DS, superposée à un schéma tactique. Les capteurs à longue portée étaient braqués sur les trajectoires en orbite haute qui avaient été assignées aux harpies en patrouille. Six de celles-ci manquaient à l'appel. Les scans avaient permis de repérer deux faucons qui avaient profité de leur désertion pour s'introduire dans l'espace de l'Organisation.

L'analyse du virus affectant le bloc-processeur de Bernhard se poursuivait, emplissant un holoécran de signes évoquant un alphabet cubiste. Il n'avait même pas le temps de la suspendre.

Son bloc de bureau avait dépêché plusieurs questeurs dans les banques de mémoire de l'astéroïde, en quête de références relatives à l'histoire militaire des Tyrathcas et à la nébuleuse d'Orion. Deux sujets qui intéressaient grandement Al. Pour l'instant, il n'avait déniché que quelques fichiers, tous relatifs à la caste des soldats. Il n'avait ouvert aucun d'eux.

Sur un autre écran, on trouvait le visage souriant de Kiera, dont la voix résonnait dans toute la pièce, encourageant la flotte à abandonner Capone pour émigrer sur la planète avec elle. L'écran voisin explorait le circuit des communications de l'astéroïde, cherchant à localiser l'antenne qu'elle utilisait et sa voie d'accès au réseau.

Le réseau des capteurs DS lança une alerte prioritaire. Le *Swabia* venait de décoller de son berceau et d'entamer une manœuvre de saut. Ces crétins étaient beaucoup trop près de la corniche !

Son bloc de bureau émit un *bip* urgent.

— Quoi encore ? beugla Emmet.

— Emmet, ici Silvano. J'ai un message du boss.

— Je suis pas mal occupé en ce moment.

Il plissa les yeux pour mieux voir le schéma général du réseau de communication. Des sections entières en disparaissaient. Les alertes virales se multipliaient.

— File au centre de contrôle et assure-toi que la flotte reste en alerte. Le premier vaisseau qui fait mine de se casser, tu l'élimines avec une arme DS. Pigé ?

— Mais...

— Exécution, petit con !

Fin de communication. Emmet lança un grondement à l'appareil, la première fois qu'il faisait mine de se rebeller contre le redoutable homme de main d'Al. Il prit le temps de charger quelques ordres dans le bloc afin de détecter un éventuel virus dans son bureau, puis s'en fut à toutes jambes.

La porte blindée menant au centre de contrôle s'ouvrit en coulissant. Des zébrures de feu blanc traversèrent l'espace à quelques centimètres de lui. Les signaux d'alarme lui écorchaient les oreilles, les voyants rouges lui brûlaient les yeux.

Les niveaux de fumée s'empilaient dans le corridor. Poussant un cri de panique, il plongea derrière une console et durcit une bulle d'air autour de lui. Deux boules de feu s'écrasèrent sur elle. Obéissant à son instinct, il décocha une flèche de feu blanc dans la direction d'où elles avaient semblé venir. Elle fendit en grésillant le torrent de mousse pourpre qui déferlait des arroseurs fixés au plafond.

— Qu'est-ce qui se passe ici, bordel ? beugla-t-il.

Il sentit deux groupes antagonistes, rassemblés de part et d'autre de la grande salle. La plupart des consoles qui les séparaient étaient submergées par une mousse bouillonnante qui absorbait les flammes montant des points d'impact.

— Emmet, c'est toi ? Les hommes de Kiera ont tenté de paralyser le réseau DS. On les a stoppés. On en a eu un !

En dépit du danger, Emmet tendit le cou pour mieux voir ce qui l'entourait. Qu'est-ce qu'ils ont stoppé ? se demanda-t-il, incrédule. Tout est démoli ici.

— Emmet ! appela Jull von Holger. Dis à tes gars de se rendre, Emmet. On a gagné la partie, tu le sais bien. Les militaires vont débarquer, et ils ne font pas de prisonniers. Il faut qu'on descende sur la planète.

— Oh ! merde, murmura Emmet.

— Aide-nous, Emmet, demandèrent les fidèles de Capone. On les aura, ces enfoirés.

— Arrête donc ces conneries, Emmet, lança Jull. Rejoins-nous. Tu seras en sécurité.

Le feu blanc fusait de partout, de plus en plus aveuglant. Emmet se roula en boule, cherchant à s'isoler de l'univers.

La fusée rouge vif survolait lentement la corniche d'accostage, se dirigeant vers la plate-forme située à soixante mètres à peine de la falaise. Elle s'y posa en douceur, et un boyau-sas à armature métallique se déploya depuis la roche pour se coller à son écoutille. Les mécanismes de couplage se verrouillèrent.

Al Capone traversa le boyau d'un pas vif, débarquant dans le salon de réception avec une batte de base-ball serrée dans sa main droite. Ses lieutenants l'attendaient. Silvano et Patricia, le visage grave mais de toute évidence prêts à en découdre. Leroy à leurs côtés, inquiet mais impatient de lui prouver sa loyauté. Plus une demi-douzaine d'hommes également déterminés, vêtus de leur plus beau costume croisé, tous armés d'une mitraillette Thompson.

Al les salua d'un mouvement de tête satisfait. Il aurait préféré de vieux amis, mais ceux-ci feraient l'affaire.

— Okay, nous savons tous ce que veut Kiera. Elle a peur des Forces spatiales et de cet amiral russkoff. Bon, on a vu de quoi ces salauds étaient capables quand ils avaient le dos au mur, et je dis qu'il est plus important que jamais de rester ici et de s'accrocher. Nous avons encore de l'antimatière, plein d'antimatière. Ça veut dire qu'on a de quoi les tenir en respect, et qu'ils ont intérêt à écouter ce qu'on leur dit. Si les Fédés refusent de nous foutre la paix, toutes leurs planètes vivront désormais dans la terreur. C'est la seule façon pour nous de les tenir. Toute ma vie durant, j'étais recherché par les flics, et je sais me débrouiller dans ce genre de situation. On ne doit jamais, *jamais* abaisser sa garde. On doit devenir l'enfant de salaud le plus vicieux du quartier, il n'y a que comme ça qu'ils vous laissent tranquille. S'ils ne vous respectent pas, jamais ils ne vous craindront. (Il fit claquer la batte au creux de sa main gauche.) Kiera a besoin que je lui dise ça personnellement.

— On est avec toi, Al ! lança quelqu'un.

Le demi-cercle de gangsters se disloqua, et Al se mit en route.

— Silvano, est-ce qu'on sait où elle est ?

— Je pense qu'elle est allée à l'hôtel, Al. Impossible de les avoir au téléphone. Mickey est parti jeter un coup d'œil. Il appellera s'il la trouve.

— Et Jez ?

Silvano jeta un regard à Leroy.

— On pense qu'elle est restée là-bas, Al. Elle a quelques gardes du corps avec elle. Tout ira bien.

— Y a intérêt, maugréa Al.

Il découvrit Avram Harwood planté sur le seuil du salon. Cet homme était devenu une véritable épave. Il avait le souffle court, un fluide jaune suintait de ses plaies non soignées, maculant sa peau livide ; il pouvait à peine tenir debout.

— Je suis le maire, haleta Avram. J'ai droit au respect. Vous n'avez que ce mot à la bouche, hein ? Le respect...

Il gloussa.

— Hors de mon chemin, Avvy, dit sèchement Al.

— Kiera m'a montré du respect. (Avram leva sa mitraillette statique.) À ton tour, maintenant.

La cadence de tir était réglée au maximum. Il pressa la détente.

Al se jetait déjà de côté. Silvano empoigna sa Thompson.

Leroy leva les bras pour se protéger le visage et poussa un cri strident. Les autres gangsters se jetèrent à terre ou pointèrent leur arme sur Avram.

Les balles à charge électrique déchirèrent l'atmosphère. Une aveuglante lueur bleue complétait leur rugissement de dragon. Al se plaqua au sol alors que le premier corps de possédé explosait de façon spectaculaire. Tout le monde en perdit la vue l'espace d'un instant. Une vague de chaleur déferla sur eux, roussissant leurs cheveux et semant des cloques sur leur peau. Un nouveau corps s'embrasa.

Poussant un hurlement de rage, Al projeta une boule de feu blanc dont l'intensité rivalisait avec celle des chairs en feu. Huit projectiles identiques atteignirent le corps d'Avram Harwood, vaporisant son torse dans un geyser de cendres et de sang ébouillanté. Ses bras tendus tombèrent sur la moquette fondue, à côté de ses jambes déchiquetées. Sous l'effet de la chaleur, tous les projectiles restant dans le chargeur explosèrent, emplissant la pièce d'une volée de grenaille meurtrière qui martyrisa les murs et les chairs.

Lorsque lumière, chaleur et bruit se furent quelque peu atténués, Al se releva péniblement. Il ne vit tout d'abord qu'une sorte d'image rémanente pourpre que son pouvoir énergétique était impuissant à chasser. Son sixième sens était incapable de localiser les pensées d'Avram Harwood. Tandis qu'il battait des cils pour s'éclaircir la vue, il prit conscience des blessures dont il souffrait. Le sang coulait sur ses mains et sur son costume d'une bonne douzaine de plaies. Un par un, il obligea les éclats de grenaille qui lui criblaient le corps à s'en extirper, refermant ses chairs et reconstituant sa peau après leur évacuation. Sa douleur se dissipa.

Leroy gisait sur le sol à ses pieds. Plusieurs balles lui avaient labouré le torse, la dernière avait emporté la moitié de sa gorge. Ses yeux morts fixaient le plafond. Al porta son regard sur les deux petits tas de cendres qui maculaient la moquette fondue.

— Qui est-ce ? s'enquit-il.

Les gangsters se relevaient, soignaient leurs blessures. Al les passa en revue et constata que Silvano faisait partie des victimes des balles statiques. Dans un silence de plomb, il contempla le tas de cendres qui avait été son principal homme de main. En le voyant ainsi tête baissée, on aurait juré qu'il priait. Au bout d'une minute, il se dirigea vers le cadavre d'Avram Harwood, qui se réduisait à quatre membres épars.

— Espèce de salaud ! hurla-t-il. (La batte de base-ball

s'abattit sur un bras.) Enfoiré ! (Nouveau coup sur le bras.) Bouffeur de merde ! (Une jambe.) Ordure ! (L'autre jambe.) Je buterai toute ta famille. Je brûlerai ta maison. Je déterrerai le cercueil de ta mère pour lui chier dessus. Tu voulais du respect ? C'est ça que tu voulais, hein ? Voilà le respect que j'ai pour un enculé de ton espèce !

La batte s'abattit et s'abattit sur les membres, les réduisant en bouillie.

Patricia sortit de la masse des gangsters terrifiés

— Al. Al, ça suffit.

La batte se leva, prête à s'abattre sur sa tête. Le regard d'Al croisa le sien. Il resta un moment figé, tenant la batte à bout de bras. Un long souffle s'échappa de ses lèvres.

— Okay, dit-il. Allons chercher Kiera.

En dessous d'Emmet, le sol se transformait en une flaque de roche liquéfiée. Le trou qui se formait ainsi serait bientôt assez grand pour l'engloutir. Quelqu'un semblait bien décidé à le transformer en fossile. Il s'efforça de redonner sa solidité à la roche tandis que projectiles et jurons emplissaient l'air audessus de lui. Les deux factions étaient de force égale, et chacune le pressait de se joindre à elle.

Il aurait bien voulu aider les hommes d'Al. Il était dans leur camp. Vraiment. Sauf que l'idée de descendre sur la Nouvelle-Californie pour gagner un lieu sûr était foutrement tentante. Il en aurait fini avec les emmerdes, pour commencer.

Une boule de feu blanc vorace frappa la console derrière laquelle il se planquait et entreprit de dévorer sa coque en matériau composite et les délicats circuits qu'elle abritait. Un coup des hommes de Kiera, qui avaient fait une croix sur lui.

La mousse anti-incendie tombait du plafond en abondance, mais les flammes surnaturelles la transformaient en bouillie verdâtre. Emmet en reçut plusieurs litres sur la figure, qui lui ébouillantèrent la peau. Il inspira à fond, pria pour que sa vessie ne le lâche pas et conjura une lance de feu blanc. Elle fondit sur Jull von Holger et ses acolytes. Le résultat ne fut pas tout à fait celui qu'il avait escompté.

Un bruit de tonnerre résonna dans le centre de contrôle. Un corps possédé s'embrasa, obligeant Emmet à se plaquer une main sur les yeux. Le cri, sonore et mental, de l'âme terrassée lui écorcha la peau comme un cilice de glace. Un deuxième corps prit feu, puis un troisième. L'air était saturé d'une épaisse fumée noire d'où émanait une puanteur de viande carbonisée.

Au bout d'un long moment, les corps achevèrent de se consumer, et la lumière redevint normale. La puanteur persista. Le tonnerre s'était tu.

Un déclic métallique emplit la salle de ses échos. Aux oreilles d'Emmet, ce bruit évoquait un mécanisme, et plus précisément celui d'une arme. On entendit des pieds fouler la mousse.

— Vous vous êtes pissé dessus, lui dit une voix.

Emmet se redressa, renonçant à sa position fœtale. Un homme émacié vêtu d'un survêtement crasseux le toisait, armé d'une mitraillette aux formes étranges dont le canon encore chaud était pointé sur le front d'Emmet. Passé à son épaule, l'homme portait un sac de toile plein de chargeurs.

— J'ai eu peur, expliqua Emmet. Je ne fais pas partie des gros bras de l'Organisation.

Le visage de l'homme s'effaça l'espace d'un instant, pour être remplacé par celui d'une femme. L'expression de celle-ci était encore plus sévère, si tant est qu'une telle chose soit possible. Emmet sentit le pouvoir énergétique qui circulait dans ce corps. Sa force rivalisait avec celle d'Al.

Les survivants de la faction fidèle à l'Organisation jetaient des coups d'œil inquiets depuis leurs abris.

— Qui êtes-vous ? bredouilla Emmet.

— Nous sommes les Skibbow.

— Euh... d'accord. Vous êtes dans le camp de Kiera ?

— Non. Mais nous aimerions savoir où elle se trouve. (Le cran de sûreté de la mitraillette fut soudain débloqué.) Tout de suite, s'il vous plaît.

Mickey Pileggi avait appris à la dure que ce n'était pas en fonçant bêtement qu'il triompherait de Kiera et de ses hommes. Trois de ses soldats s'étaient embrasés comme des soleils miniatures lorsqu'ils avaient chargé dans la suite Nixon. Mickey se voyait déjà recevant les louanges d'Al, sans parler de quantité de privilèges, parce qu'il avait réussi à arracher Jezzibella aux griffes de Kiera. Il avait dû renoncer à ces chimères. Les flingues dont elle était armée avaient semé la destruction dans ses rangs. Les cris qu'avaient poussés ses hommes résonneraient éternellement dans l'esprit de Mickey.

Il avait ordonné à ses troupes de se replier dans le couloir, de s'abriter dans les cages d'escalier et de rendre les ascenseurs inopérants grâce à des décharges de feu blanc bien placées. Ils se trouvaient tout en bas de la tour. Elle ne pouvait aller nulle part. Ne lui restait plus qu'à expliquer à Al comment il avait merdé.

Une nouvelle salve de balles statiques jaillit des portes fracassées de la suite Nixon. Tous les gangsters façonnèrent autour d'eux des bulles protectrices.

— On devrait sceller cet étage, dit l'un d'eux. Faire sauter les fenêtres et voir si elle aime bouffer du vide.

— En voilà une bonne idée, grommela Mickey. Tu es volontaire pour annoncer à Al que Jezzibella a subi le même sort que ce lèche-cul de Bernhard ?

— Euh... non.

— Okay. Du nerf, les gars. Concentrez-vous sur ces portes, je veux les voir vaporisées. Ne leur laissez aucune seconde de répit, les renforts seront bientôt là.

— Quels renforts ?

Mickey décocha au sceptique un regard furibond.

— Personne ne laisse tomber Al, pas après tout ce qu'il a fait pour nous.

— Pour toi, tu veux dire.

Mickey ne put identifier celui qui avait prononcé ces mots, mais ses pensées empreintes de colère avaient valeur d'avertissement. Il se concentra sur la porte et lui envoya un coup de boutoir mental. Les balles statiques gravèrent une ligne droite dans le marbre au-dessus de sa tête. De minuscules vrilles d'électricité dansèrent sur le mur. Tout le monde se planqua.

Son bloc-processeur émit un *bip*. Il s'ébroua pour faire choir les éclats de marbre de ses cheveux et attrapa le petit appareil, surpris de constater qu'il fonctionnait au sein de ce déchaînement de pouvoir énergétique et de machisme.

— Mickey ? implora Emmet. Mickey, est-ce que tu as une idée de l'endroit où se trouve Kiera ?

— Oh ! que oui. Elle est à dix yards de moi en ce moment. (Emmet raccrocha et Mickey fixa le bloc d'un œil mauvais.) Okay, les gars, on va frapper la porte tous en même temps. Je compte jusqu'à trois. À la une. À la deux...

La porte du bureau se referma derrière Skibbow et Emmet poussa un *énorme* soupir de soulagement. Ce possédé complètement dingue était torturé par un monstrueux problème, et Emmet se félicitait de ne pas le partager avec lui. Il accorda à son corps tremblant quelques instants de répit, puis appela Al.

— Qu'est-ce que t'as à me dire, Emmet ?

— On a eu un problème au centre de contrôle DS, Al. Des

hommes de Kiera ont tenté de démolir les plates-formes orbitales.

— Et ?

— Ils dorment avec les poissons.

Il retint son souffle, craignant qu'Al se rende compte qu'il ne lui disait pas tout.

— Je te dois un chien de ma chienne, Emmet. Je n'oublierai pas ce que tu as fait.

Les doigts d'Emmet voletaient au-dessus du clavier de son bloc de bureau, affairés à rerouter les principaux canaux de communication du réseau DS. Sur l'affichage tactique, les symboles clignotants lui montraient les éléments dont il avait le contrôle. Il eut un sourire nerveux en prenant conscience du pouvoir dont il était désormais investi. Seigneur des cieux, amiral de la flotte, responsable du maintien de l'ordre sur toute une planète...

— L'endroit n'est plus qu'une ruine, Al, mais je contrôle encore les machines les plus importantes.

— Que fait la flotte, Emmet ? Est-ce que les gars me restent fidèles ?

— Oui, dans leur grande majorité. Il y a huit frégates qui descendent en orbite basse, mais je pense que le reste attend une déclaration de ta part. Autre chose, Al : il y a dix-sept harpies qui manquent à l'appel.

— Jé-sus, Emmet, c'est la première bonne nouvelle de la journée. Continue d'ouvrir l'œil, veille à ce que ces fusées ne bougent pas. J'ai des affaires à régler, et ensuite je te rappelle.

— Entendu, Al.

Il plissa les yeux pour mieux détailler l'affichage tactique. Celui-ci n'était pas conçu pour occuper un espace aussi petit ; son format exigeait un écran de cent mètres de large, pour le confort des amiraux et des responsables de la défense. Pour ce qu'Emmet pouvait en déchiffrer, deux symboles miniatures s'approchaient de Monterey.

Le *Varrad* volait en rase-mottes au-dessus de la roche plissée, maintenant en permanence une altitude de cinquante mètres, modulant sa trajectoire en fonction des cratères et des crêtes qui défilaient sous sa coque métallique. Pran Soo avait en ligne de mire la tour du Hilton, fondait sur elle tel un avion de combat en approche furtive. À l'instar de toutes les autres harpies, elle s'était mise à l'écoute du réseau de communication dès que Kiera avait déclenché son coup d'État. Et ça faisait un quart d'heure que Mickey Pileggi battait le rappel des lieutenants de l'Organisation, exigeant des renforts pour affronter Kiera et ses redoutables nouvelles armes.

Tu es sûre de ce que tu fais ? demanda Rocio.

Absolument. Nous savons qu'un corps de possédé est sans défense contre une arme spatiale. Le niveau d'énergie est tout simplement trop élevé, même si le possédé se sait visé. Je peux éliminer Kiera d'un coup, d'un seul, et, cette fois-ci, nous n'aurons pas à craindre les représailles de l'Organisation. Nous serons vraiment libres.

La petite amie de Capone est bloquée dans cette suite.

Il s'en trouvera une autre. Jamais une telle occasion ne se représentera à nous.

Très bien, mais efforce-toi de limiter les dégâts. Peut-être aurons-nous encore besoin de nous entendre avec l'Organisation.

Pas si les Forces spatiales de la Confédération arrivent les premières.

Fais-moi voir ce qui se passe. La roche bloque mon champ de distorsion.

Pran Soo activa le lien d'affinité, donnant à son camarade l'accès à ses grappes de capteurs bioteks et lui montrant le terrain défilant sous son fuselage. Le principal de ses autres sens, à savoir le champ de distorsion du *Varrad*, était réduit à une sphère, la masse de l'astéroïde atténuant sa portée.

Le Hilton de Monterey fonçait vers elle, fièrement dressé sur la roche. Sur le plan visuel, c'était une colonne de carbotanium renforcé criblée d'épaisses fenêtres à verre multicouche. Le champ de distorsion le percevait comme un agglomérat de minces feuilles de matière, parcouru par un filigrane de minuscules câbles dont les électrons étaient nimbés d'une aura spectrale.

Elle ajusta son vecteur sur la rotation de l'astéroïde. Sur sa coque, des capteurs jaillirent de leurs nacelles électroniques. Ils balayèrent les étages inférieurs de la tour.

Je ne peux pas distinguer les individus, dit-elle à Rocio. **Le bouclier antiradiations des fenêtres diminue la précision du scan. J'ai conscience de leurs émotions, mais, à cette distance, ils ne forment qu'une masse confuse. Tout ce que je sais, c'est qu'ils sont plusieurs là-dedans.**

Et Mickey Pileggi continue d'appeler au secours. Kiera doit faire partie des individus que tu perçois.

Pran Soo activa un laser à micro-ondes et l'aligna sur la base de la tour. Le rayon allait découper celle-ci sur son flanc, tranchant les poutres de soutènement et envoyant tout l'étage dans l'espace. Ses systèmes de visée lui fournirent le schéma de tir approprié.

Derrière elle, une harpie s'éleva au-dessus de l'horizon plat de l'astéroïde, parcourue d'éclairs aveuglants à mesure que ses armes rayonnantes s'énergisaient.

Etchells ! s'exclama Pran Soo.

Deux masers transpercèrent l'épais polype de sa coque, achevant leur course dans ses organes centraux.

Emmet parvint enfin à modifier l'échelle de l'affichage tactique, ce qui lui permit d'agrandir la zone correspondant aux environs immédiats de Monterey. Juste à temps pour voir l'un des deux symboles s'éloigner à la dérive de la tour du Hilton. L'autre se rapprocha de celle-ci. Son identifiant était celui du *Stryla*, la harpie possédée par Etchells. Mais Emmet ignorait dans quel camp se trouvait celui-ci, si tant est que les harpies se soient choisi un camp.

Il activa les systèmes de défense à courte portée et leur ordonna de se verrouiller sur l'astronef. C'était le seul choix qui s'offrait à lui, vu que l'agent de liaison entre la défense stratégique et les vaisseaux bioteks n'était plus qu'un petit tas de cendres dans la salle de contrôle. Etchells était un facteur inconnu, susceptible de tuer des humains possédés. Et Al se dirigeait vers le Hilton.

De l'icône du *Stryla* monta un ensemble de symboles alphanumériques signifiant qu'il entrait en contact direct avec le commandement DS de l'astéroïde. Emmet fouilla dans ses menus, cherchant désespérément à rerouter la liaison vers son bureau.

— Annulez votre verrouillage, dit Etchells.

— Pas question, rétorqua Emmet. Je veux que vous vous éloigniez de mille kilomètres de cet astéroïde ; vous avez trente secondes pour vous exécuter, après quoi j'ouvrirai le feu.

— Écoute-moi bien, connard. J'ai dans mes rampes cinquante guêpes de combat, toutes équipées d'une multitude de charges secondaires et de têtes nucléaires. Elles sont armées et leur activation est protégée par un système de l'homme mort. Tu n'as pas assez d'armes rayonnantes pour nous vaporiser simultanément, moi et tous ces missiles. Si tu tires, ils exploseront tous. Peut-être que leur puissance combinée suffira à fracturer Monterey, je n'en suis pas sûr. Est-ce que tu as envie de courir ce risque ?

Emmet se prit la tête entre les mains, paralysé par la frustration. Je ne suis pas fait pour ce genre de situation. Au secours !

Que ferait Al à ma place ? Ce n'était pas la question qu'il fallait poser. Placé dans un tel cas de figure, Al tirerait d'abord et poserait des questions ensuite.

— Eh bien, peut-être que oui, s'entendit-il répondre. J'ai eu une journée à chier, et les Forces spatiales de la Confédération ne vont pas tarder à la rendre encore plus mémorable.

— Je sais ce que tu ressens, dit Etchells. Mais, crois-moi sur parole, je ne représente aucune menace pour toi.

— Alors qu'est-ce que tu fous ici ?

— J'ai une question à poser à quelqu'un. Une fois que ce sera fait, je me casse. Laisse-moi cinq minutes, et ensuite tu pourras continuer à jouer au dur. D'accord ?

Toute trace de décoration chic avait disparu du salon de la suite Nixon. L'assaut mal inspiré de Mickey avait eu pour conséquence un déchaînement chaotique de feu blanc, que la contre-attaque de Kiera n'avait fait qu'intensifier. L'éclairage était hors service, un fouillis de câbles et de conduits pendait du plafond en ruine, les meubles étaient réduits à des monceaux de braises fumantes. Sous l'effet des torrents de pouvoir énergétique qui se déversaient sur eux de toutes parts, les portes et les murs s'étaient métamorphosés en amas fantastiques de cristaux hétérogènes : des arbres de quartz poussant dans toutes les directions, chacun disputant à son voisin l'espace disponible, le tout formant une forêt de joyaux conquérants. Ils étaient parcourus de frémissements chaque fois qu'une nouvelle décharge d'énergie venait les arroser, et leurs rameaux rigides croissaient en de nouveaux entrelacs.

Kiera commençait à se demander si ces assauts ne constituaient pas une diversion. Deux de ses gardes du corps patrouillaient dans les autres pièces, au cas où les gangsters de l'Organisation se seraient regroupés de l'autre côté de la suite ou à l'étage supérieur. Jusqu'ici, ils n'avaient pas tenté d'investir la place, mais ce n'était qu'une question de temps. Personne n'était stupide au point de s'échiner en vain sur une entrée inaccessible. La question des munitions entrait également en ligne de compte. Elle finirait tôt ou tard par en être à court.

Heureusement, elle s'était assurée de rester en contact avec ses adjoints. Grâce au lien d'affinité, Hudson Proctor pouvait joindre les autres survivants de Valisk présents dans l'astéroïde, qui, à leur tour, gardaient le contact avec leurs recrues via le réseau. Les communications sont la clé de toute révolution.

Malheureusement, elles n'en garantissent pas le succès.

— Combien de personnes ont rejoint notre camp ? demanda Kiera.

Hudson considéra le chiffre auquel il était arrivé et décida de le gonfler un peu. Pas question de donner les nouvelles quand elles sont aussi mauvaises.

— Un millier dans l'astéroïde.

— Et dans la flotte ? insista-t-elle. Combien d'astronefs ?

— Avant d'être éliminé par Emmet, Jull nous a dit qu'ils étaient plusieurs douzaines à descendre en orbite basse. Mais le centre DS est en ruine. Capone n'est plus en mesure d'utiliser les plates-formes pour dicter sa loi, que ce soit dans l'espace ou à la surface de la planète.

— Où diable est Luigi ?

— Aucune idée. Il ne s'est pas manifesté.

— Est-ce que personne ne m'a écoutée, bon sang ? Luigi jouait un rôle crucial : la flotte doit nous suivre sur la planète. Capone va nous renvoyer dans l'au-delà, tous autant que nous sommes.

Hudson avait déjà entendu ce discours, et pas qu'une fois. Il garda le silence.

— J'aurais dû attaquer le centre de contrôle et laisser Capone à d'autres, dit Kiera.

Elle considéra les murs changés en cristaux, qui ondoyaient alors qu'une lueur émeraude les traversait de part en part. L'un de ses hommes tira une salve dans une brèche, là où s'était naguère trouvée une porte.

— Peut-être qu'on devrait essayer de gagner la zone de défense, suggéra-t-elle. Il existe sûrement une salle de contrôle auxiliaire.

— Jamais on ne pourra sortir d'ici, répliqua Hudson. Les hommes de Pileggi sont trop nombreux.

— Ils ne nous laisseront pas passer si nous tentons une sortie par la porte. (Kiera leva la tête et jeta un regard perçant au plafond.) Mais je parie que...

Elle laissa sa phrase inachevée, découvrant un astronef argenté aux moteurs rougeoyants qui faisait son apparition derrière la baie vitrée.

— Oh ! merde, murmura Hudson. C'est le *Varrad.* Et Pran Soo ne fait pas partie de tes admirateurs.

— Parle-lui, demande-lui ce qu'elle veut.

Il s'humecta les lèvres, esquissa une grimace qu'il n'eut pas le temps de parachever.

— Je ne... oh !

L'image fabuleuse de la harpie disparut dans une explosion. Elle s'éloigna en tournant sur elle-même. Une autre prit sa place, un oiseau aux écailles tachetées de rouge. Hudson se fendit d'un sourire soulagé.

— Etchells !

— Demande-lui s'il peut frapper Pileggi avec ses lasers.

— Entendu. (Hudson se concentra.) Euh... il a une question à te poser.

Le bloc-processeur de Kiera émit un *bip*. Elle le sortit de sa poche sans quitter Hudson des yeux.

— Oui ?

— J'ai besoin de savoir une chose, déclara Etchells. Estimes-tu que l'expédition des Forces spatiales dans la nébuleuse d'Orion représente un danger pour nous ?

— Bien sûr que oui, c'est pour ça que je vous ai fait installer des générateurs de fusion auxiliaires, à toi et aux autres harpies. Il faut aller voir ça de plus près.

— Nous sommes donc d'accord sur ce point.

— Bien. Maintenant, occupe-toi des hommes de l'Organisation qui m'ont piégée ici, et ensuite j'éliminerai Capone. Cela fait, je pourrai envoyer en mission des astronefs équipés en antimatière. De quoi traiter cette nouvelle menace comme elle le mérite.

— Vingt-sept harpies ont fui leurs orbites de patrouille sans avoir reçu de clairance. Cela signifie qu'elles ont trouvé une autre source de fluide nutritif. Même si tu prends le contrôle de l'Organisation, tu les as déjà perdues.

— Mais j'aurai mis la main sur le stock d'antimatière.

— Les Forces spatiales de la Confédération ne vont pas tarder à débarquer. Quand elles attaqueront, elles élimineront toutes les installations orbitales de la planète. Tu avais pour stratégie d'emporter la Nouvelle-Californie hors de cet univers pour assurer sa sécurité.

— Oui, et alors ? demanda-t-elle, de plus en plus irritée.

— Comment te proposes-tu de maintenir ton emprise sur les équipages des vaisseaux partis en mission dans la nébuleuse ?

Kiera détourna les yeux de Hudson Proctor pour regarder en face la harpie qui planait derrière la baie vitrée.

— On trouvera quelque chose.

— Ta rébellion est un échec. Capone est en route, avec suffisamment de gangsters pour te vaincre.

— Va te faire foutre !

— Je crois sincèrement que l'expédition des militaires représente une menace pour mon existence sous sa forme actuelle. Une intervention s'impose. J'ai l'intention de foncer vers Mastrit-PJ et je t'offre la possibilité de partir avec moi.

— Pourquoi ?

— Tu détiens les codes de mise à feu des guêpes de combat dont on m'a équipé. D'accord, elles n'ont que des têtes à fusion et non à antimatière, mais je te ferai quitter l'astéroïde si tu me donnes ces codes.

Kiera scanna rapidement le salon en ruine. Les mitraillettes ouvrirent à nouveau le feu dans un staccato de tonnerre. Un éclat saphir parcourut les cristaux arborescents, déclenchant en eux une nouvelle phase d'expansion.

— C'est d'accord, dit-elle.

La harpie fonça, aplatissant son cou. Le pouvoir énergétique lui enveloppa le bec d'une lueur rougeoyante. La baie vitrée se mit à ondoyer tandis que la pointe dudit bec se pressait contre le verre, puis s'ouvrit comme un tourbillon pour laisser passer la gigantesque tête de la créature. Un iris se tourna pour se fixer sur Kiera. Le bec s'ouvrit, révélant une écoutille de sas.

— Bienvenue à bord, déclara Etchells.

Une fois franchie la dernière volée de marches, Al trouva Mickey planté devant lui. Le lieutenant recula d'un pas, terrifié.

— Al, je t'en prie, j'ai fait tout ce que j'ai pu. Je te le jure. (Il se signa ostensiblement.) Sur la tête de ma mère, nous avons tout fait pour sortir Jez de ce piège. Trois de mes hommes se sont fait griller rien qu'en passant la porte. Ces balles sont meurtrières, Al. Meurtrières, et pour de bon.

— Ferme ta gueule, Mickey.

— D'accord, Al, d'accord. Absolument. À partir de maintenant, je suis muet. Pour sûr.

Al scruta l'autre bout du couloir. Les balles avaient déchiqueté les lambris en matériau composite, traversant même les parois métalliques qu'ils dissimulaient. Les deux panneaux lumineux encore intacts faisaient naître des ondulations irisées sur les portes de la suite Nixon.

— Où est Kiera, Mickey ?

— Elle était ici, Al. Je te le jure.

— Était ?

— Ils ont cessé le feu il y a deux minutes. Mais on perçoit encore certains d'entre eux.

Al tapa le sol avec sa batte de base-ball, sans cesser de contempler la suite Nixon.

— Hé ! s'écria-t-il. Vous, là-dedans. J'ai amené tout un peloton avec moi et, dans un instant, on va foncer tous ensemble et vous réduire en purée. On est tellement nombreux que vos tireurs ne pourront pas tous nous avoir. Mais si vous sortez tout de suite, alors vous avez ma parole que je ne vous enfoncerai pas les couilles dans une prise électrique. Désormais, ça se passe entre Kiera et moi. Les autres, vous pouvez dégager.

La batte de base-ball se mit à égrener les secondes à la façon d'un métronome. Une silhouette s'avança prudemment derrière le voile cristallin.

— Mickey ? demanda Al. Pourquoi tu n'as pas sauté sur ces enfoirés en passant par le plafond ?

Mickey se tortilla dans son costume croisé.

— Par le plafond ?

— Peu importe.

— Je sors, déclara Hudson Proctor.

Il franchit une brèche dans le cristal ; au bout de son bras tendu, il tenait son arme par la sangle.

Trente mitraillettes Thompson étaient braquées sur lui, plaquées argent pour la plupart. Il ferma les yeux et attendit les rafales, la pomme d'Adam secouée de tremblements.

Quelque chose dans son esprit intriguait grandement Al. Hudson Proctor était terrorisé, ce qui n'avait rien d'étonnant. Mais à cette émotion se mêlait une vive indignation...

— Où est-elle ? demanda Al.

Hudson se pencha doucement, lâchant la sangle de sa mitraillette une fois que celle-ci reposa sur le sol.

— Partie, répondit-il. Une harpie l'a emportée. (Il marqua une pause, gagné par la colère.) Rien qu'elle. Je me préparais à la suivre, et elle m'a menacé de son arme. La salope ! Il y avait de la place pour tout le monde à bord – mais elle nous a laissés tomber. Elle n'en avait rien à foutre de nous. Pourtant, elle me doit tout, vous savez. Sans moi, jamais elle n'aurait pu tenir les harpies. C'est moi qui garantissais leur obéissance.

— Pourquoi une harpie l'a-t-elle sauvée ? interrogea Al. Elle n'a plus aucune prise sur elles.

— C'est Etchells, le *Stryla*, il est obsédé par cette prétendue superarme que les Tyrathcas ont planquée de l'autre côté de la nébuleuse d'Orion. Il a pris Kiera à son bord pour qu'elle puisse utiliser ses guêpes de combat. Ils vont probablement déclencher la première guerre interespèces. Ils sont assez cinglés pour ça.

— Les femmes, quelle plaie, hein ? dit Al avec un sourire amical.

Hudson grimaça.

— Ouais. Qu'elles aillent se faire foutre.

— Elles ne sont bonnes qu'à ça ! s'esclaffa Al.

— Je veux.

La batte de base-ball s'écrasa sur l'occiput de Hudson Proctor, lui fracassant le crâne et lui réduisant la cervelle en bouillie. Un geyser de sang aspergea l'impeccable costume d'Al et jusqu'à ses mocassins de cuir.

— Et regarde dans quelle merde elles t'ont mis, dit-il au cadavre qui s'effondrait à ses pieds.

Trente lances de feu blanc zébrèrent l'air à l'unisson, vaporisant le voile de cristal et décimant les possédés qui se terraient derrière lui.

Ce furent les cris de Libby qui les attirèrent dans la chambre. Les gangsters se figèrent tandis qu'Al franchissait la porte de la pièce plongée dans l'ombre. Agenouillée sur le sol, Libby berçait une silhouette vêtue d'un peignoir ensanglanté. Le braiment continu qu'elle poussait évoquait le cri de douleur d'un animal femelle pleurant son mâle. Elle oscillait doucement d'avant en arrière, épongeant le visage de Jezzibella avec un tissu. Al s'avança, craignant le pire. Mais les pensées de Jezzibella étaient toujours perceptibles, elles provenaient toujours de son propre cerveau.

Libby se retourna pour lui faire face, les joues inondées de larmes.

— Regardez ce qu'ils lui ont fait, geignit-elle. Regardez ma poupée, ma belle poupée, ma pauvre poupée. Des diables, vous êtes tous des diables. C'est pour ça que vous étiez condamnés à l'au-delà. Des diables.

Tremblante, elle se pencha à nouveau sur Jezzibella, la berça avec une frénésie renouvelée.

— Ça ira, dit Al.

La bouche horriblement sèche, il s'agenouilla près de la vieille femme. Jamais de toute sa vie il n'avait eu aussi peur.

— Al ? fit Jezzibella. Al, c'est toi ?

Elle tourna vers lui des orbites vides, calcinées. Il l'agrippa par la main, sentant sa peau noircie se craqueler sous son étreinte.

— Oui, mon bébé, je suis là.

Sa gorge se serra, rendant sa voix quasi inaudible. Il aurait voulu imiter Libby, rejeter la tête en arrière et pousser un long hurlement.

— Je ne lui ai rien dit, reprit Jezzibella. Elle voulait savoir où tu étais, mais je n'ai pas parlé.

Al sanglotait. Comme si ça avait une quelconque *importance* ! Le gros des troupes lui était resté loyal, mais Jez n'en avait rien su. Elle avait agi comme elle pensait le devoir. Pour lui.

— Tu es un ange, lui dit-il, en larmes. Un ange envoyé par le Ciel pour me montrer que je ne suis qu'une merde.

— Non, chantonna-t-elle. Non, Al, non.

Il caressa doucement ce qui restait de son doux visage.

— Je vais te guérir, promit-il. Tu verras. Tous les médecins de cette planète de merde vont venir ici pour te soigner. Je les forcerai. Et tu guériras. Je resterai tout le temps à tes côtés. Et, désormais, c'est moi qui prendrai soin de toi. Tu verras. J'en ai fini avec la violence et avec le mal. Plus jamais ça. Tu es tout ce qui compte à mes yeux. Tout ce qui compte, Jez. Tout.

Mickey traînait toujours dans la suite Nixon lorsque arrivèrent deux médecins non possédés à l'air terrorisé. Il s'était dit que c'était la meilleure chose à faire. Reste sur place, montre que tu es bien loyal, mais ne te fais pas trop remarquer. Pas en un moment pareil. Il connaissait bien le boss à présent. Quelqu'un allait payer pour ce qui s'était passé. Payer très cher. À en croire les rumeurs qui couraient dans l'astéroïde, la Confédération avait appris comment torturer un possédé pendant plusieurs mois d'affilée. Si quelqu'un était capable de faire mieux dans ce domaine, c'était bien l'Organisation, avec Patricia pour superviser les recherches.

Une main se referma sur son épaule. Mickey était si tendu qu'il fit un petit bond dans les airs. Mais la main, faisant preuve d'une force franchement anormale, l'empêcha de bouger d'un pouce.

— Qu'est-ce qui vous prend ? glapit-il en feignant l'indignation. Vous ne savez pas qui je suis ?

— Franchement, je m'en fiche, lui répondit Gerald Skibbow. Dis-moi où est Kiera.

Mickey essaya de jauger son... non, pas son agresseur, pas vraiment – son interrogateur. Fort comme un bœuf et dépourvu de sens de l'humour. Un mélange détonant.

— Cette salope nous a filé entre les doigts. Une harpie l'a

emportée. Maintenant, rendez-moi mon épaule, mon vieux. Bon Dieu !

— Où la harpie l'a-t-elle emportée ?

— Où... Oh ! je vois, vous avez l'intention de la poursuivre, c'est ça ? demanda Mickey avec un rictus.

— Oui.

Mickey n'appréciait pas la tournure que prenait la conversation. Il décida de laisser tomber le sarcasme.

— Elle est partie pour la nébuleuse d'Orion. Je peux y aller maintenant ?

— Pourquoi irait-elle là-bas ?

— En quoi ça vous regarde, mon vieux ? demanda une voix.

Gerald lâcha Mickey et se tourna vers Al Capone.

— Kiera possède notre fille. Vous voulons qu'elle nous la rende.

Al acquiesça d'un air pensif.

— Il faut qu'on parle, vous et moi.

Rocio regarda le taxi qui descendait la corniche dans sa direction. Un boyau-sas évoquant une trompe d'éléphant se déploya pour se fixer à son écoutille.

— Nous avons un visiteur, annonça-t-il à Jed et à Beth.

Tous deux foncèrent vers le sas en passant par le corridor principal. L'écoutille était déjà ouverte, et ils découvrirent une silhouette qui leur était familière.

— Merde, grogna l'adolescente. Gerald !

Il lui adressa un sourire las.

— Salut. Je vous ai apporté de la nourriture correcte. Je me suis dit que je vous devais bien ça.

Au fond du boyau-sas, l'habitacle du taxi était plein de boîtes et de cartons.

— Qu'est-ce qui vous est arrivé, mon pote ? demanda Jed tout en s'efforçant de déchiffrer les étiquettes.

— Je suis venue au secours de mon mari. (Loren superposa son visage à celui de Gerald et sourit aux deux jeunes gens.) Je dois vous remercier d'avoir pris soin de lui. Dieu sait que ce n'est pas toujours facile.

— Rocio ! hurla Beth.

Choqué, Jed reculait en trébuchant.

— C'est un possédé ! Il faut fuir !

Le visage de Rocio apparut sur le hublot cerclé de cuivre d'une porte.

— Tout va bien, leur assura-t-il. J'ai conclu un marché avec

Al Capone. Nous emmenons les Skibbow avec nous pour traquer cet assassin d'Etchells. En échange, l'Organisation fournira aux harpies toute l'assistance technique nécessaire à la sécurisation d'Almaden, puis les laissera en paix.

Beth jeta à Gerald un regard inquiet, méfiante en dépit de l'identité de son possesseur.

— Où allons-nous ? demanda-t-elle à Rocio.

— Dans la nébuleuse d'Orion. Pour commencer.

9.

Le STNI-986M (platement surnommé le Stony) était un jet ADAV à cabine cylindrique d'un modèle basique, confiné aux vitesses subsoniques et capable de transporter vingt tonnes de matériel ou une centaine de passagers. Les Forces spatiales de la Nouvelle-Washington (FSNW) avaient envoyé sept escadrons de ce petit appareil des plus solides en réponse à l'appel à assistance lancé par leur allié en vue de la libération de Mortonridge. Depuis que le général Hiltch avait autorisé le survol des zones sécurisées de la péninsule, les troupes d'occupation s'étaient habituées à voir passer les Stony dans le ciel. Après la catastrophe de Ketton, ils s'étaient révélés des plus précieux dans le cadre de la nouvelle tactique de progression du front, qui obligeait les sergents à s'éparpiller à mesure qu'ils divisaient le terrain en zones de confinement. Basés au Fort En-Avant, ils livraient aux postes avancés de la nourriture, de l'équipement et des munitions ; lors du voyage retour, ils évacuaient les ex-possédés les plus grièvement atteints et requérant des soins médicaux urgents.

Bien que ces appareils aient été conçus pour être utilisés en temps de guerre, les problèmes de maintenance avaient tendance à s'y multiplier. Les pièces de rechange étaient rares ; les industries d'Ombey peinaient déjà à fournir au Génie des Marines royaux le matériel qui lui était indispensable. Dans tous les escadrons de Stony, on comptait au moins un appareil ayant été obligé de procéder à un atterrissage d'urgence ou ayant subi une déperdition d'énergie inexpliquée. Les journalistes couvrant la campagne de libération n'ignoraient rien des défaillances du STNI-986M, mais jamais ils n'en faisaient mention dans leurs reportages officiels. Ça risquait de saper le moral des civils. Ils n'étaient soumis à aucune censure, mais ils savaient qu'ils faisaient partie de l'effort de guerre, que leur rôle était de convaincre le public que les possédés n'étaient pas invincibles. C'était là un compromis classique en période de conflit : si l'on veut obtenir des informations de l'armée, on a intérêt à orienter son papier dans le bon sens.

Tim Beard coupa donc son port physiologique lorsque le Stony qui les transportait, Hugh Rosler et lui, décolla à l'aube du Fort En-Avant. Comme il voulait filer une petite dose d'excitation aux citoyens accédant à ses sensovidéos lorsque l'avion survolerait à basse altitude les immenses steppes de boue séchée, il devait leur dissimuler l'inquiétude qui habitait son corps. Heureusement, il était assis tout près de Hugh, coincé avec lui entre deux bidons en matériau composite contenant de la bouillie nutritive destinée aux sergents. Hugh semblait toujours parfaitement à son aise ; même lorsque Ketton s'était arraché à la planète, il n'avait pas bronché, contemplant le spectacle avec une sorte d'émerveillement amusé pendant que les autres reporters se retrouvaient en position fœtale sur le sol tremblant. Et il avait l'œil pour repérer les emmerdes. À deux ou trois reprises, alors que les journalistes exploraient les ruines d'un village, il avait localisé des pièges que n'avaient vus ni les sergents ni les gars du Génie. Il était peu loquace, mais Tim se sentait en sécurité auprès de lui.

C'était une des raisons pour lesquelles il lui avait demandé de l'accompagner. Il ne s'agissait pas d'une sortie organisée pour le bénéfice de la presse, mais l'info était trop juteuse pour qu'on attende le bon vouloir de l'officier de liaison. Et les infos juteuses sur la campagne de libération commençaient à se faire rares. Mais ça faisait vingt ans que Tim était correspondant de guerre, et il savait s'y prendre pour contourner la rigidité hiérarchique des militaires. Un pilote faisait toujours un bon sujet de reportage, ainsi qu'un contact des plus utiles. Il n'avait eu aucune difficulté à embarquer dans l'un des premiers transports de marchandises à destination du lieu qui l'intéressait.

Le Stony s'éloigna du Fort En-Avant et vira vers le sud, suivant le tracé de la M6, ou de ce qu'il en restait. Une fois qu'il se fut stabilisé à une altitude de deux cents mètres, Tim défit la boucle de ce bout de ficelle qu'on appelait une ceinture de sécurité et s'accroupit près de la porte. Ses rétines renforcées zoomèrent sur la route. Il avait envoyé au studio une centaine de microcartels montrant une vue similaire ; chaque citoyen de la Confédération connaissait le tronçon de la M6 voisin de l'ancienne ligne de démarcation aussi bien que sa propre rue. Sauf que, à chaque expédition, il avançait un peu plus le long de cette autoroute pour pénétrer dans l'ultime bastion des possédés. Durant les deux premières semaines, cette avance s'était faite à un rythme stupéfiant. Aucun des journalistes n'avait dû se forcer pour imprégner ses enregistrements d'un optimisme sincère. À présent, les choses avaient changé ; on continuait de progresser, mais il était difficile d'en rendre compte visuellement en filmant ce paysage désolé d'un horizon à l'autre.

Les cartes tactiques communiquées par les officiers de liaison avaient considérablement évolué depuis l'époque où la péninsule de Mortonridge était uniformément recouverte d'une couche rose signalant le territoire des possédés. Celui-ci avait commencé par se contracter, comme pris dans un nœud coulant, puis des contours géographiques étaient apparus à la lisière de cette tache rose, interférant avec la progression des troupes alliées. Après Ketton, nouveau changement. Les sergents s'étaient déployés en fer de lance, ouvrant des corridors dans le territoire possédé. Séparation et isolation – tel était le plan conçu par le général Hiltch afin d'empêcher les possédés de se rassembler en nombre suffisant pour rééditer le drame de Ketton. La dernière mise à jour de la carte tactique montrait une péninsule mouchetée de taches roses de plus en plus petites, de plus en plus isolées. Certes, personne ne savait quel était ce nombre critique à éviter à tout prix. Les sergents se dépensaient donc sans compter, guidés par des simulations numériques basées sur des données incomplètes. Et il n'était plus question de faire donner les harpons cinétiques pour leur faciliter la tâche, ni même de les aider à investir une position avec des frappes DS. Ils devaient sécuriser le terrain à la dure.

Les rétines de Tim scrutèrent le ruban de carbobéton que remontait le Stony. Les mécanoïdes des Marines royaux avaient évacué de la chaussée à coups de bulldozer des monceaux de boue et de végétaux en décomposition à mesure que l'armée descendait le long de la péninsule. Par endroits, la route avait été enfouie sous vingt mètres de détritus, et elle ressemblait à présent à une coulée de lave refroidie confinée au creux d'une vallée profondément encaissée. Les parois étaient solidifiées par du ciment chimique, qui imposait à la boue des valences moléculaires artificielles dont la durée de vie limitée était compensée par une solidité à toute épreuve. La lumière du jour y faisait naître par effet de réfraction des motifs saphir et émeraude tandis que le Stony les survolait. Tous les ponts d'origine avaient été emportés, et il n'en subsistait que des piles jaillissant de la boue suivant des angles incongrus. On les avait remplacés par des ouvrages d'art tous différents les uns des autres. Pour les petits fossés, on s'était contenté d'arches en silicone monovalente, qui enjambaient des ruisseaux au flot paresseux. De splendides ponts suspendus se dressaient au-dessus de rivières larges de cinq cents mètres, leurs câbles luisant comme de fines stalactites dans l'air matinal. Quant aux vallées les plus vastes, elles étaient traversées par des processions de pontons en silicone programmable qui soutenaient la route maillée.

— La restauration de cette autoroute aura coûté environ dix millions de livres de Kulu par kilomètre, déclara Tim. Soit trente fois le prix de l'autoroute d'origine, sans compter la mise en place éventuelle d'une régulation électronique du trafic. Il s'agira sans doute du mémorial le plus durable de la campagne de libération, bien que trente-huit pour cent de cette structure soient considérés comme temporaires. Les fantassins l'ont surnommée la Route de l'Enfer.

— Toujours optimiste, à ce que je vois, commenta Hugh Rosler.

Tim fit une pause dans son enregistrement.

— Si j'arrivais à trouver une raison d'être optimiste, je ne m'en priverais pas. Ne va pas dire que je me conduis en supporter des possédés. Mais il est devenu impossible de formuler un commentaire positif. Il faut bien dire la vérité de temps en temps.

Hugh indiqua le hublot d'un hochement de tête.

— Regarde, un convoi de « donnez-moi ».

Un long chapelet de camions et d'autobus avançait en sinuant le long de la chaussée restaurée. Dans ces bus se trouvaient sûrement des civils, des ex-possédés que l'on évacuait en lieu sûr. Entre eux, les journalistes les avaient surnommés les « donnez-moi ». Chaque fois qu'ils en interviewaient un à sa sortie de la nacelle tau-zéro, c'était pour entendre la même litanie d'exigences : donnez-moi des soins, donnez-moi des vêtements, donnez-moi à manger, donnez-moi ma famille, donnez-moi une nouvelle maison, donnez-moi ma vie telle qu'elle était avant. Et pourquoi vous a-t-il fallu aussi longtemps pour me secourir ?

Ils avaient fini par cesser d'enregistrer des interviews avec les rescapés de la possession. Les citoyens d'Ombey étaient de plus en plus agacés par leur ingratitude.

À deux cent cinquante kilomètres au sud de l'ancienne ligne de démarcation, on avait dégagé une vaste zone à proximité de la M6, comme si un flot de carbobéton liquide s'était déversé de la chaussée pour recouvrir la boue avant de se solidifier. Une unique route partait de cette aire pour s'enfoncer dans la contrée environnante. Sans doute y avait-il une voie secondaire enfouie sous la boue, mais les hommes du Génie l'avaient ignorée pour tracer leur propre route dans les parties les plus stables d'un terrain sécurisé. Des aires similaires étaient aménagées sur toute la longueur de la M6, desquelles partaient des voies secondaires imitant l'ancien réseau routier. C'était via ces routes que l'on convoyait des provisions à l'armée conquérante, non pas tant pour le bénéfice des sergents que pour celui des troupes humaines, de soutien et d'occupation, qui suivaient dans leur sillage.

L'aire que survolait le Stony était déserte, mais les ornières qui la sillonnaient prouvaient qu'elle avait récemment vu passer quantité de véhicules. L'avion vira sèchement, puis entreprit de remonter la voie secondaire. Deux minutes plus tard, il tournait au-dessus des ruines d'Exnall.

L'aérodrome militaire se réduisait à une plaque de composite micromaillé posée sur un terrain plat à la lisière – officielle – de la ville, au-dessus d'un sol consolidé par des injections de ciment chimique. La boue bouillonnait encore par endroits, là où les produits de synthèse ne l'avaient pas atteinte.

Aucun des membres d'équipage du Stony ne parut surpris lorsque Tim et Hugh émergèrent de l'écoutille pour sauter à terre. Ils se contentèrent de sourire pendant que les deux journalistes s'efforçaient de ne pas s'embourber.

Tim ouvrit une nouvelle cellule mémorielle pour y enregistrer son reportage et s'empressa de réduire sa sensibilité olfactive. La boue avait englouti la grande majorité des plantes et des animaux morts, mais les averses persistantes ne cessaient de les mettre au jour. Heureusement, la puanteur s'était considérablement atténuée depuis le début de la campagne.

Ils purent embarquer à bord d'une jeep qui se rendait au poste d'occupation aménagé dans le parc à l'extrémité de Maingreen.

— Où se trouvait le bureau de DataAxe ? s'enquit Tim.

Hugh parcourut le paysage du regard, cherchant à le reconstituer tel qu'il était naguère.

— Aucune idée ; il faudrait que je consulte un guido-bloc. On dirait Pompéi le lendemain de l'éruption.

Tim poursuivit son reportage tandis qu'ils pataugeaient dans les ornières boueuses, enregistrant les commentaires que faisait Hugh sur les bâtiments de sa ville qu'il parvenait à reconnaître. Le déluge avait durement frappé Exnall l'arborée. Sous l'effet des coulées de boue, les grands harandrydes s'étaient effondrés sur les immeubles qu'ils avaient jadis abrités de leur feuillage, pulvérisant maisons et boutiques avant même que leurs fondations ne soient touchées. Les toits fortement inclinés, soutenus par des poutres en hyperfilaments de carbone, avaient été emportés par les courants de boue, tranchant net les arbres encore debout. Toute une collection de ces toits s'était amassée à l'extrémité de Maingreen, donnant l'impression que la moitié des bâtiments de la ville avaient fini à la fosse commune. Les façades avaient dérivé tels des radeaux architecturaux jusqu'à ce que la boue les immobilise en durcissant. Quand ils se trouvaient sur une route, les jeeps et les camions avaient roulé dessus, enfonçant la brique et le bois dans le sol en voie de déshydratation. Il n'y avait plus que les fondations et les ruines des rez-de-chaussée pour donner une idée du plan de la ville, ainsi que les troncs des harandrydes, pitoyables moignons émergeant de la boue.

On avait installé dans le centre-ville des tentes et des igloos en silicone programmable qui servaient de poste avancé ; ni l'hôtel de ville ni le commissariat n'étaient intacts. Les véhicules militaires filaient sur les voies étroites séparant ces structures, tandis que sergents et soldats humains les arpentaient à pied. Tim et Hugh s'éloignèrent de la jeep pour observer les lieux de plus près.

Hugh considéra les divers points saillants du paysage, puis consulta son guido-bloc.

— C'est à peu près ici que c'est arrivé, dit-il. La foule s'est rassemblée après que Finnuala eut lancé sa transmission.

Tim filma une vue panoramique du lieu, le trouvant des plus sinistres.

— La victoire, mais à quel prix ? dit-il à voix basse. Nous ne sommes même pas dans l'œil du cyclone.

Il zooma sur une série de mares stagnantes, scrutant les herbes piteuses qui poussaient à leur bord. Si la végétation devait revenir dans cette péninsule, elle se répandrait à partir des points d'eau pure, raisonna-t-il. Sauf que ces pousses crasseuses et trempées abritaient quantité de champignons parasites qui prospéraient dans l'humidité. Elles ne survivraient pas bien longtemps.

Les deux hommes errèrent dans le poste avancé, enregistrant des images de l'armée en train de se réorganiser. Des sergents blessés gisant sur leurs brancards dans un hôpital de campagne. Les hommes du Génie et leurs mécanoïdes travaillant sur tous les types d'équipement. Le ballet incessant des camions, dont les moteurs grondaient quand ils devaient se dégager de la boue.

— Hé ! vous deux ! lança Elena Duncan depuis l'autre côté de la route. Qu'est-ce que vous foutez ici ?

Ils se dirigèrent vers elle, évitant deux jeeps qui fonçaient sur la chaussée.

— Nous sommes des journalistes, lui dit Tim. On regardait, c'est tout.

De grosses griffes se refermèrent sur son avant-bras, l'empêchant de bouger. Si elle l'avait voulu, la mercenaire aurait pu lui déchirer les chairs jusqu'à l'os, il en était persuadé. Elle lui appliqua un bloc-capteur sur le torse. Sans ménagement.

— Bon, à votre tour.

Hugh se soumit à la procédure sans protester.

— Aucune visite de journalistes n'est prévue pour aujourd'hui, reprit Elena. Le colonel n'a même pas encore officialisé la libération d'Exnall.

— Je sais, répliqua Tim. Je voulais être en avance sur la meute.

— Évidemment, grommela Elena.

Elle regagna l'intérieur d'une tente, où l'on avait installé vingt nacelles tau-zéro plutôt encombrantes. Elles étaient toutes activées, et leur coque luisait d'une noirceur infinie.

Tim la suivit.

— C'est vous qui vous occupez de ça ?

— Exactement, fiston. C'est à moi qu'il incombe de libérer pour de bon ces hommes et ces femmes fantastiques que nous sommes venus secourir. Raison pour laquelle je voulais m'assurer de votre identité. Vous n'êtes visiblement pas des militaires, et vous paraissez trop en forme pour être des ex-possédés. Je n'ai eu aucune peine à le voir, c'est devenu presque un instinct chez moi.

— Ravi de constater que quelqu'un ouvre l'œil.

— Arrêtez de me charrier. (Elle les toisa en dodelinant de la tête.) Si vous voulez me poser des questions, allez-y. Je me fais tellement chier que j'irai sans doute jusqu'à vous répondre. Si vous êtes ici, c'est parce que, ici, c'est Exnall, pas vrai ?

Sourire de Tim.

— Eh bien, c'est dans cette ville que tout a commencé. Notre curiosité est légitime. Notre public sera tout excité de savoir qu'elle a été reconquise et désinfectée.

— C'est bien d'un journaliste, placer son reportage avant tout le reste – avant la sécurité et le simple bon sens, par exemple. J'aurais dû vous descendre.

— Mais vous n'en avez rien fait. Cela signifie-t-il que vous faites confiance au jugement des sergents ?

— Peut-être. En tout cas, je sais que je serais incapable de faire ce qu'ils font. Ce qu'ils *continuent* de faire. Je n'aurais pas raisonné ainsi lorsque j'ai débarqué ici, mais cette campagne de libération nous aura appris quelque chose à tous, pas vrai ? On n'a plus l'habitude de faire la guerre de cette manière, si tant est qu'on l'ait jamais eue. Même si un conflit se prolonge deux ans ou plus, les batailles sont censées être brèves et brutales. Les troufions quittent le front pour aller en permission, se tapent quelques stims et quelques putes, puis reviennent au turbin. L'un des deux adversaires marque quelques points, puis c'est au tour de l'autre. C'est comme ça que ça se passe en temps normal, mais ici... ça n'arrête jamais, pas une seule seconde. Est-ce que vous avez fait sentir ça dans vos sensovidéos ? La véritable essence de cette guerre ? Il suffit qu'un sergent se laisse distraire ne serait-ce qu'une seconde, et l'un de ces salopards passera entre les mailles du filet. Tout recommencera sur un autre continent. Il suffit d'une erreur. D'une seule. Cette guerre n'a rien d'humain. L'arme qui permettra de la gagner, c'est la perfection. Les possédés ? Ils doivent en permanence se conduire comme des enfants de salauds vicieux, ne jamais renoncer à essayer de nous piéger. Quant à nos sergents, ils doivent faire preuve d'une éternelle vigilance, toujours se garder de traverser la route parce que la boue a l'air moins profonde, moins visqueuse de l'autre côté. Vous avez idée de ce que ça leur demande ?

— De la détermination ? hasarda Tim.

— Vous êtes loin du compte. C'est une émotion. Une voie d'accès à votre cœur, c'est-à-dire une faiblesse. Pas question de ça ici. Il faut abandonner toute motivation humaine. Nous avons besoin de machines.

— Je croyais que les sergents étaient des machines.

— Ils sont forts, je vous l'accorde. Pas mauvais du tout, pour des armes de la première génération. Mais les Édénistes doivent les rendre plus performants, fabriquer des modèles plus agressifs pour la prochaine campagne de libération. Un peu comme des mercenaires renforcés, et avec beaucoup moins de personnalité que les sergents actuels. Je connais bien certains d'entre eux, et ils sont encore trop humains pour ce boulot.

— Vous pensez qu'il y aura une autre campagne de libération ?

— Bien sûr. Personne n'a trouvé d'autre méthode pour chasser ces enfoirés des corps qu'ils ont volés. En attendant que ça se produise, nous devons les traquer sans pitié. Ne montrer aucune faiblesse, c'est essentiel. Il faudra sélectionner une autre planète, l'une de celles que Capone a infiltrées, par exemple, et tenter de la sauver avant qu'elle ne disparaisse. Qu'ils comprennent bien que nous n'arrêterons jamais de leur courir après tant qu'ils resteront dans cet univers.

— Est-ce que vous participeriez à cette campagne ?

— Sûrement pas ! J'ai fait mon devoir, et j'ai appris ma leçon. C'est trop long. Si vous vouliez faire un chouette reportage sur Exnall, vous avez un jour de retard. Hier, on avait encore des possédés qui attendaient de passer dans la nacelle. C'est eux que vous auriez dû interviewer.

— Que vous ont-ils dit ?

— Qu'ils détestaient la campagne de libération tout autant que nous. Ils sont épuisés, ils n'ont plus rien à manger, il ne cesse jamais de pleuvoir, il y a de la boue jusque dans leurs draps. Et depuis que cette salope d'Ekelund s'est éclipsée avec Ketton, leur mouvement de résistance est tombé en pièces. Maintenant, ils ne nous combattent plus que poussés par l'instinct. Et comme ils sont humains, ils sont en passe de perdre la bataille. S'ils sont revenus parmi nous, c'était pour mettre un terme à toutes leurs souffrances, on est bien d'accord ? La motivation suprême de l'être humain. N'importe quoi pour échapper à l'au-delà. Mais maintenant qu'ils sont ici, là où ils croyaient vouloir être, ils ont récupéré toutes leurs anciennes faiblesses. Dès qu'ils redeviennent humains, il est de nouveau possible de les vaincre.

— À moins qu'ils n'emportent la planète entière dans un autre univers, protesta Tim.

— Personnellement, ça ne me dérangerait pas. Au moins cesseraient-ils d'interférer avec nous. Dans cette guerre, un tel cas de figure signifie une victoire pour nous. Notre but est de les empêcher de répandre leur mal.

— Mais la guerre elle-même n'est pas une fin, intervint Hugh. Avez-vous oublié que vous avez une âme ? Que vous mourrez un jour, vous aussi ?

Elena fit claquer ses griffes en signe d'agacement.

— Non, je ne l'ai pas oublié. Mais, pour le moment, j'ai une tâche à accomplir. Cela seul est important à mes yeux. Quand je serai morte, j'affronterai l'au-delà sans fléchir. Tous ces discours philosophiques et moralisateurs, c'est de la connerie. Quand vient le moment crucial, chacun de nous se retrouve seul face à son destin.

— Comme dans la vie, dit Hugh avec un doux sourire.

Tim le fixa en fronçant les sourcils. Ça ne ressemblait pas à son confrère de proférer des réflexions sur la mort et l'au-delà ; un sujet que – bizarrement – il évitait en temps ordinaire.

— Exactement ! s'exclama Elena en opinant avec vigueur.

Tim lui dit au revoir et la laissa veiller sur les nacelles tau-zéro.

— Vivre sa mort comme on a vécu sa vie, c'est ça ? railla-t-il une fois que Hugh et lui furent hors de portée des sens renforcés de la mercenaire.

— Quelque chose comme ça, répondit Hugh avec une certaine solennité.

— Intéressante personne, cette Elena. Mais son interview aura besoin d'être sérieusement remaniée. Elle risque de déprimer toute personne accédant à ses délires.

— Peut-être devrais-tu t'abstenir d'édulcorer ses propos. Elle a été longuement exposée aux possédés. Qu'elle veuille ou non l'admettre, cela a orienté ses réflexions. Ne cherche pas à en dévier le sens.

— Je n'ai pas cette habitude.

— J'ai accédé à tes reportages, on dirait que tu prends ton public pour un ramassis de débiles. Tu te contentes de compiler les points forts.

— Ça plaît au plus grand nombre, non ? Tu as vu nos indices d'accès ?

— L'information, ce n'est pas qu'une question de marketing. Il ne faut pas oublier d'y mettre un peu de substance. De quoi contrebalancer ces points forts qui te sont si chers.

— Merde, comment t'es-tu retrouvé à faire ce métier ?

— Je suis fait pour lui, répliqua Hugh, soudain hilare.

Tim le fixa d'un air éberlué. Puis ses naneuroniques lui signalèrent que son bloc de communication recevait un appel prioritaire de son chef d'antenne au Fort En-Avant. Les Forces spatiales de la Confédération venaient d'attaquer Arnstadt.

— Nom de Dieu ! murmura-t-il.

Autour d'eux, marines et mercenaires poussaient des cris de joie. Un concert de klaxons monta des jeeps et des camions.

— C'est grave, commenta Hugh. Ils savaient quelles seraient les conséquences d'un tel acte.

— Putain, oui ! fit Tim. On a perdu notre scoop.

— Une planète entière disparaît dans un autre continuum, et tout ce qui t'inquiète, c'est ton scoop ?

— Tu ne comprends donc rien ? (Tim ouvrit les bras d'un geste large, comme pour englober la totalité du poste avancé.) Le scoop, le *seul*, il était ici : la ligne de front dans la guerre qui nous oppose aux possédés. Tout ce que nous pouvions voir, tout ce que nous pouvions dire avait de l'importance. Maintenant, c'est fini. D'un coup, d'un seul.

Le programme astronomie de ses naneuroniques localisa la section de ciel azur sombre où brillait, invisible à ses yeux, l'étoile d'Avon. Il la fixa d'un œil furibond.

— Quelqu'un là-bas est en train de modifier la politique de la Confédération, et je suis coincé ici. Incapable de comprendre pourquoi.

Cochrane fut le premier à apercevoir l'objet. Naturellement, il le baptisa Clochette.

N'étant pas assez souple pour passer plusieurs heures dans la position du lotus, le hippie s'était vautré de tout son long sur son duvet, face à la direction vers laquelle avançait l'île de Ketton. Un verre de Jack Daniel's dans une main et ses lunettes pourpres sur son nez, il n'était peut-être pas aussi alerte qu'il aurait dû l'être. D'un autre côté, aucun des dix autres guetteurs qui partageaient le poste d'observation avec lui ne vit quoi que ce soit.

Comme McPhee devait le déclarer par la suite, ils s'attendaient à découvrir un objet du genre massif, une planète ou une lune, ou peut-être même Valisk. Un objet qui leur apparaîtrait comme une tache noire à l'infini et grossirait peu à peu à mesure que l'île s'en rapprocherait.

Personne n'aurait imaginé que surgirait du néant un cristal gros comme un caillou, avec en son centre une sorte de soleil miniature. Ce fut pourtant ce qui se produisit.

— Mamma mia ! Hé, les aminches, visez un peu ! hurla Cochrane.

Il tendit le bras, aspergeant ses lunettes de Jack Daniel's.

Le cristal glissait au-dessus du bord de la falaise, ses multiples facettes projetant dans toutes les directions des flèches de lumière incandescente. Il fonça sur Cochrane et les autres guetteurs, maintenant une altitude d'environ quatre mètres. Le hippie s'était levé et dansait en agitant les bras.

— Par ici, mec ! On est là ! Allez, allez, par ici, viens nous voir !

Le cristal vira légèrement et, à leur grande surprise, se mit à tourner au-dessus de leurs têtes.

— *Oui !* s'écria Cochrane. Il a conscience de notre présence. Il est forcément vivant ; regardez-le bourdonner, comme une fée cosmique ! (Le cristal sembla projeter des rayons lumineux sur ses lunettes.) Ouaouh, ça brille ! Hé ! Clochette, mets-la un peu en veilleuse, d'accord ?

Devlin fixait leur visiteur d'un air stupéfait, une main en visière pour se protéger de son éclat.

— Est-ce que c'est un ange ?

— Non, ricana Cochrane. Trop petit. Les anges sont des colosses armés d'une épée de flamme. Nous, on n'a droit qu'à la fée Clochette. (Il mit les mains en porte-voix.) Hé ! Clochette, ça roule ?

La main de Choma se posa lourdement sur son épaule. Le hippie sursauta.

— Loin de moi l'idée de doucher votre enthousiasme, dit le sergent, mais je crois qu'il existe des méthodes plus appropriées pour communiquer avec une espèce xéno inconnue.

— Ah bon ? ricana Cochrane. Alors comment ça se fait que vous la faites chier dès que vous ouvrez votre clapet ?

Changeant brusquement de direction, le cristal fila vers le camp principal. Cochrane se lança à sa poursuite en criant et en moulinant des bras.

Sinon, à l'instar de tous les sergents présents sur l'île, avait suivi l'étrange manège du hippie dès que Choma les avait informés de l'arrivée du cristal.

— Nous avons une situation du type rencontre rapprochée, annonça-t-il aux humains qui l'entouraient.

Stephanie fixa le cristal étincelant que pourchassait Cochrane et poussa un petit gémissement de consternation. Jamais ils n'auraient dû laisser le hippie se joindre au groupe de guetteurs.

— Que se passe-t-il ? demanda Moyo.

— Un genre de xéno volant vient de débarquer, expliqua-t-elle.

— C'est peut-être une sonde, dit Sinon. Nous tentons de le contacter via le lien d'affinité.

Les sergents combinèrent leurs voix mentales pour lancer un salut collectif. En même temps que des paroles de bienvenue, ils transmirent des symboles mathématiques et des pictogrammes, ainsi que toute une gamme de tonalités émotionnelles. Rien de tout cela ne suscita une réaction perceptible.

Le cristal ralentit une nouvelle fois, dérivant au-dessus du groupe d'humains. Ils étaient à présent une soixantaine réunis autour de Stephanie, dont le noyau initial avait été grossi par les déserteurs de l'armée d'Ekelund. Ceux-ci l'avaient fuie au fil de la semaine écoulée, individuellement ou par petits groupes, rejetant unanimement son intolérance et son autoritarisme. Les nouvelles qu'ils apportaient n'étaient pas bonnes. Placé sous une loi martiale strictement imposée, le village était devenu une prison. Pour le moment, Ekelund consacrait le plus gros de ses efforts à récupérer le plus de fusils possible dans les ruines et sous la boue. Apparemment, elle n'avait pas renoncé à débarrasser l'île des sergents et des possédés qu'elle jugeait déloyaux.

Stephanie contempla le cristal tandis qu'il tournait au-dessus de leurs têtes. Cochrane le suivait toujours à trente mètres de distance. Ses cris irrités étaient à peine audibles.

— Vous avez eu une réponse ? demanda-t-elle au sergent.

— Non, toujours rien.

Tous les humains qui en étaient capables s'étaient levés pour mieux voir le minuscule point lumineux. Celui-ci semblait totalement indifférent à leur présence. Stephanie se concentra sur les replis d'ombre iridescente que lui révélaient ses sens mentaux. En leur sein brillaient les esprits des humains et des sergents, aisément reconnaissables ; le cristal apparaissait comme une larme de saphir aux contours extrêmement nets. On aurait presque dit un schéma sur un écran d'ordinateur, contrastant vivement avec tout ce qu'elle percevait d'autre par ce biais. Comme il se rapprochait, sa composition devint parfaitement claire : défiant les notions ordinaires de topologie, les segments internes de l'objet étaient plus longs que son diamètre.

Elle avait cessé de s'émerveiller de tout depuis que Ketton s'était détaché de Mortonridge. Elle n'éprouvait plus maintenant que de la curiosité.

— Cet objet n'est sûrement pas naturel, commenta-t-elle.

Sinon prit la parole au nom du Mini-Consensus des sergents.

— Nous sommes d'accord. Son comportement et sa structure indiquent une entité d'ordre supérieur.

— Je n'arrive à percevoir aucune pensée.

— Aucune qui soit apparentée à la nôtre, en tout cas. C'est

inévitable. Il semble parfaitement adapté à ce royaume. Il est donc peu probable qu'il ait quoi que ce soit de banal.

— Vous pensez que c'est une créature autochtone ?

— Si ce n'est pas un indigène, c'est peut-être l'équivalent d'une IA locale. Vu la nature de ses mouvements, il semble doué d'autonomie.

— À moins qu'il n'ait été bien programmé, tempéra Moyo. Nos drones de reconnaissance ont sans doute une conscience comparable à la sienne.

— C'est une autre possibilité, convint Sinon.

— Tout cela n'a aucune importance, trancha Stephanie. La présence de cet objet prouve qu'il existe des êtres conscients dans ce continuum. Nous devons entrer en contact avec eux et demander leur aide.

— S'ils comprennent ce concept, dit Franklin.

Ces spéculations n'ont aucun intérêt, déclara Choma. **Ce qui importe, ce n'est pas la nature de cet objet mais son potentiel. Nous devons entrer en communication avec lui.**

Il ne réagit à aucune de nos tentatives, répondit Sinon. **S'il ne perçoit ni l'affinité ni les altérations de l'atmosphère, alors nous n'avons que peu de chances d'établir le contact.**

Imitons-le, proposa Choma.

Le Mini-Consensus le pria de préciser sa pensée.

De toute évidence, il est capable de nous sentir, expliqua-t-il. **Par conséquent, nous devons lui démontrer que nous avons également conscience de sa présence. Une fois qu'il le saura, il cherchera en toute logique des canaux de communication avec nous. La meilleure démonstration possible consisterait en l'assemblage d'un simulacre grâce à l'utilisation de notre pouvoir énergétique.**

Quatorze mille sergents se concentrèrent sur un caillou qui se trouvait aux pieds de Sinon, lui imposant la forme d'un petit diamant au centre duquel brûlait un éclat glacial. Il s'éleva dans les airs, laissant choir des flocons de boue.

Le cristal altéra sa trajectoire pour s'approcher de l'illusion et se mit à tourner autour d'elle. En réaction, les sergents imposèrent un mouvement similaire à leur cristal, et les deux objets décrivirent alors une spirale complexe au-dessus de la tête de Sinon.

Nous avons attiré son attention, dit Choma avec assurance.

Cochrane arriva en haletant.

— Hé ! Clochette, pas si vite, ma belle. (Il se pencha, essoufflé, les mains sur les hanches, et leva la tête en l'inclinant sur le côté.) Qu'est-ce qui se passe, les mecs ? Elle va se reproduire ?

— Nous tentons d'entrer en communication avec cet objet, dit Sinon.

— Ah ouais ? (Cochrane leva une main largement ouverte.) Fastoche.

— Non, ne... dirent en même temps Sinon et Stephanie.

La main de Cochrane se referma sur Clochette. Et continua de se refermer. Ses doigts et sa paume s'allongèrent, comme si un miroir déformant venait d'occuper l'espace. Sa main était attirée à l'intérieur du cristal. Il poussa un glapissement paniqué lorsque son poignet s'étira, comme fluidifié, et suivit sa main dans l'objet.

— Et meeeerde...

Soudain, son corps se souleva de terre.

Stephanie tenta de le retenir en usant de son pouvoir énergétique. Elle *voulait* qu'il reste là. Les sergents la soutinrent mentalement. Mais aucun d'eux ne pouvait imposer ses pensées au hippie hurlant. La masse physique de son organisme était devenue évasive – autant chercher à agripper un filet d'eau.

Ses cris cessèrent net lorsque sa tête disparut au sein du cristal. Son torse et ses jambes suivirent aussitôt.

— Cochrane ! hurla Franklin.

Des lunettes aux verres pourpres et cerclés d'or tombèrent sur le sol.

Stephanie ne percevait même plus l'esprit du hippie. Engourdie par le choc, elle attendit de voir qui serait dévoré ensuite. Le cristal n'était qu'à deux ou trois mètres d'elle.

Il étincela d'une lueur rouge et or l'espace d'un instant, vira de nouveau au blanc pur. Puis il fila à pleine vitesse en direction du village.

— Ça l'a tué, murmura-t-elle, horrifiée.

— Ça l'a mangé, ajouta Rana.

Peut-être que l'objet a prélevé un échantillon, tout simplement, dit Sinon aux autres sergents.

Les humains n'apprécieraient sans doute pas une analyse aussi clinique.

Il n'avait pas sélectionné Cochrane, dit Choma. **C'est Cochrane qui l'a sélectionné. Il s'agissait probablement d'un mécanisme de défense.**

J'espère que non. Cela impliquerait que nous nous trouvons dans un environnement hostile. Je préfère l'hypothèse du prélèvement.

La méthode de capture était extraordinaire, reprit Choma. **S'agit-il d'une sorte de neutronium cristallin ? Rien d'autre n'aurait pu l'absorber de cette manière.**

Nous ne savons même pas si la gravité et la matière solide existent dans ce royaume, répliqua Sinon. **En outre, il n'y a pas eu émission d'énergie. Si la masse de Cochrane avait été comprimée par la gravité, nous aurions tous été oblitérés par les radiations.**

Espérons donc qu'il s'agissait d'un prélèvement.

Oui, fit Sinon, dont les pensées trahissaient une légère incertitude. **Dommage que ce soit tombé sur Cochrane.**

Cela aurait pu être Ekelund.

Sinon regarda le cristal qui volait librement au-dessus du paysage. On aurait dit une comète.

Ça peut encore lui arriver.

Annette Ekelund avait installé son nouveau QG au sommet d'un talus qui avait naguère été l'hôtel de ville de Ketton. Ses troupes avaient récupéré dans les ruines des pans de mur rectangulaires provenant de divers immeubles et les avaient dressés pour former des pavillons rudimentaires ; le pouvoir énergétique avait transformé ceux-ci en lourdes tentes couleur kaki. Trois d'entre elles contenaient les ultimes réserves de nourriture. Dans une autre, aménagée en armurerie et en atelier, Milne et son équipe s'affairaient à réparer les fusils repêchés dans la boue. Quant à la dernière, placée au sommet du talus, elle abritait le PC et les quartiers privés d'Annette. Celle-ci avait ouvert la moustiquaire des deux côtés, ce qui lui permettait de jouir d'une vue excellente sur l'île gris-brun jusqu'à ses limites irrégulières. La table placée au centre de la tente était recouverte de cartes et de porte-blocs. Les fortifications édifiées autour du village étaient signalées par des lignes de couleur, des flèches indiquant les offensives envisagées en fonction des rapports transmis par les éclaireurs. Toutes les positions des sergents étaient indiquées avec soin, ainsi que l'estimation de leurs forces.

Il lui avait fallu plusieurs journées pour compiler ces informations. Mais, pour le moment, elle avait l'esprit ailleurs ; ses yeux furibonds étaient braqués sur un capitaine qui se tenait au garde-à-vous devant elle. Carré dans son fauteuil de toile de l'autre côté de la table, Hoi Son observait la scène avec un amusement non dissimulé.

— Cinq de mes hommes ont refusé de rentrer, déclarait le

capitaine. Une fois la patrouille achevée, ils ont continué leur route dans l'intention de rejoindre le camp des sergents.

— Le camp ennemi, corrigea Annette.

— Oui. Le camp ennemi. Nous n'étions que trois à vouloir rester loyaux. Impossible de leur résister.

— Vous êtes pathétique, lui dit Annette, furieuse. Comment a-t-on pu envisager de faire de vous un officier ? Vous ne devez pas vous contenter d'accompagner vos hommes quand ils vont en patrouille, vous devez être leur chef, nom de Dieu. Ça veut dire que vous devez connaître leurs faiblesses ainsi que leurs forces. Vous auriez dû prévoir le coup, d'autant plus que vous avez désormais le pouvoir de percevoir leurs émotions. Jamais ils n'auraient dû être en mesure de nous trahir ainsi. C'est votre faute !

Le capitaine lui lança un regard où l'incrédulité le disputait à la consternation.

— C'est ridicule ! Nous sommes tous malades d'inquiétude. Je n'avais aucune peine à percevoir ce sentiment chez mes hommes. Mais il m'était impossible de prévoir leur action.

— Vous auriez pourtant dû y parvenir. Je vous prive de rations pendant trente-six heures et je vous dégrade au rang de caporal. Retournez dans votre division, vous me faites honte.

— C'est moi qui ai creusé la boue pour trouver cette nourriture. J'ai passé deux jours à patauger dans la merde jusqu'aux coudes. Vous ne pouvez pas faire ça. Ces rations sont à moi.

— Elles seront à vous dans trente-six heures. Pas avant.

Ils se regardèrent en chiens de faïence durant un long moment. Un faible courant d'air agitait les papiers sur la table.

— Très bien ! fit sèchement l'ex-capitaine.

Il sortit d'un pas vif.

Annette lui décocha un regard noir, enragée par le laisser-aller qui s'installait parmi ses hommes. Ils ne comprenaient donc pas que le moment était crucial ?

— Bien joué, commenta Hoi Son d'une voix à la limite du sarcasme.

— Tu estimes qu'il aurait dû rester impuni ? Si je ne maintenais pas l'ordre, la situation se dégraderait à toute vitesse.

— Ta société se dégraderait. Pas les individus qui la composent.

— Tu crois qu'une autre sorte de société pourrait survivre ici ?

— Laissons faire les choses et voyons comment elles évoluent.

— C'est de la connerie, même venant de toi.

Hoi Son haussa les épaules en signe d'indifférence.

— J'aimerais savoir vers où nous nous dirigeons à ton avis, si ce n'est l'oubli, dit-il.

— Ce royaume nous offre un sanctuaire.

— Me couperas-tu les vivres si je fais une remarque ?

— Ça ne ferait aucune différence. Je te connais. Tu t'es planqué une réserve personnelle dans un coin.

— J'ai appris la prudence, je ne le nie pas. Je te suggère de considérer la possibilité que les sergents soient dans le vrai. Ce royaume nous offrirait sans doute un sanctuaire si nous étions sur une planète. Toutefois, cette île apparaît comme terriblement limitée.

— Oui, mais le royaume ne l'est pas. Nous sommes venus ici *par instinct* ; nous savions que ce lieu était le seul où nous serions en sécurité. Si nous croyons en lui, nous pouvons en faire un paradis. Tu as vu comment notre pouvoir énergétique opère ici. Les effets mettent plus longtemps à se faire sentir, mais ils n'en sont que plus profonds.

— Dommage que cela ne nous permette pas de créer de la nourriture, ou encore une atmosphère. Je me contenterais même d'un peu plus de terre.

— Si c'est ce que tu penses, pourquoi restes-tu avec moi ? Pourquoi ne pas déserter comme toutes ces mauviettes ?

— Tu as réquisitionné toute la nourriture, et je ne vois aucun buisson où me planquer. Je ne vois aucun buisson nulle part, d'ailleurs. Ce qui me peine. Cette terre est... mauvaise. Elle n'a aucun esprit.

— Nous pouvons avoir tout ce que nous voulons. (Annette avait les yeux fixés sur le dehors, sur l'horizon si proche.) Nous pouvons rendre son esprit à la terre.

— Comment ?

— En finissant ce que nous avons commencé. En nous échappant. Ce sont eux qui nous retiennent ici, vois-tu.

— Les sergents ?

— Oui. (Elle le gratifia d'un sourire, ravie de constater qu'il l'avait comprise.) Ce royaume est celui où nos rêves se réalisent. Mais leurs rêves sont des rêves rationnels, concrets, qui participent de l'ordre ancien. Ce sont des machines sans âme, incapables de comprendre ce que nous pouvons devenir en ce lieu. Ils retiennent nos pensées ailées dans des cages d'acier. Imagine que nous nous débarrassions de ce carcan, Hoi. Imagine cette île en train de s'agrandir, imagine la terre apparaissant au bord de la falaise. Une terre riche d'une vie verdoyante. Nous sommes une graine, nous pouvons faire pousser ici quelque chose de merveilleux. Le paradis est ce que nous en faisons, telle est l'essence de la destinée, tel est le droit de chaque être humain. Et nous entrevoyons déjà notre avenir. Il n'attend plus que nous. Nous avons fait tout ce chemin, il n'est pas question qu'ils contaminent nos esprits avec leur attachement à un passé révolu.

Hoi Son arqua un sourcil.

— Une graine ? C'est comme cela que tu vois cette île ?

— Oui. Une graine qui peut germer et devenir le royaume que nous souhaitons.

— J'en doute. J'en doute vraiment. Nous sommes des humains dans des corps dérobés, pas des embryons de dieux.

— Et cependant, nous avons déjà fait le premier pas. (Elle leva les bras dans un geste théâtral, offrant ses mains au ciel.) Après tout, nous avons dit : « Que la lumière soit », n'est-ce pas ?

— J'ai lu ce livre, contrairement à la majorité de mes compatriotes. C'est typique des Euro-chrétiens de penser que leurs origines et leur mythologie ont peuplé le monde. Tout ce que vous nous avez donné, en fait, c'est la pollution, la guerre et la maladie.

Annette se fendit d'un sourire carnassier.

— Allons, Hoi Son, où est ton sens de l'humour ? Tu n'es plus le gauchiste que j'ai connu. On peut faire fonctionner cet endroit. Nous en aurons la possibilité une fois que nous aurons éliminé les sergents.

Son sourire s'effaça comme elle percevait la confusion et la surprise qui s'emparaient de l'esprit collectif desdits sergents. Celui-ci était toujours présent aux lisières de sa conscience, telle une aube refusant de se lever. Et voilà que leurs pensées, d'ordinaire glacées, étaient échauffées par une surprise proche de la panique.

— Qu'est-ce qui leur arrive ?

Hoi Son et elle allèrent jusqu'au seuil de la tente et contemplèrent la masse obscure de sergents qui occupait les contreforts des montagnes perdues de Catmos Vale.

— En tout cas, ils ne nous attaquent pas, dit Hoi. C'est déjà ça.

— Il se passe quelque chose d'anormal.

Elle alla chercher ses jumelles et scruta le camp des sergents en quête d'une anomalie au sein de leurs corps massifs. Ils étaient paisiblement assis, comme d'habitude. Puis elle s'aperçut que toutes leurs têtes étaient tournées vers elle. Elle abaissa ses jumelles pour leur adresser un froncement de sourcils.

— Je ne comprends pas, avoua-t-elle.

— Là, regarde !

Hoi lui désignait une étincelle qui survolait à vive allure les fortifications érigées autour du village. Les soldats qui s'y trouvaient en poste hurlaient et gesticulaient lorsque l'objet passait au-dessus d'eux.

Il fonça vers le talus au centre du village.

— Il est à moi ! s'exclama Annette.

Elle se campa sur ses jambes et joignit les mains comme si elle empoignait une crosse. Une carabine maser noire se matérialisa dans son étreinte, son canon aux lignes frustes pointé sur le cristal qui approchait.

— Je ne pense pas que ce soit une arme. (Hoi entreprit de s'écarter d'Annette.) Ça ne vient pas des sergents, ils sont aussi interloqués que nous.

— Ce truc n'a pas reçu l'autorisation d'entrer dans ma ville.

Hoi s'éloigna en courant. Une lance de feu blanc incandescent jaillit de la carabine d'Annette, visant le cristal. Celui-ci l'esquiva sans effort apparent, puis décrivit une parabole au-dessus de Hoi. Ce dernier trébucha tandis que des rayons lumineux dansaient autour de lui.

Lentement, méthodiquement, Annette suivit la trajectoire de l'intrus. Elle pressa à nouveau la détente, décochant la décharge de feu blanc la plus puissante possible. Sans aucun effet. Le cristal décrivit à nouveau une parabole au-dessus de Hoi, puis fit demi-tour et se mit à accélérer.

Les sergents le virent revenir. Cette fois-ci, il ne daigna même pas ralentir lorsqu'il déchira l'atmosphère au-dessus de leurs têtes. Une fois qu'il fut passé au-dessus de la falaise, sa trajectoire s'infléchit vers le bas. Devlin se précipita au bord du précipice, se plaqua au sol et tendit le cou. La dernière vision qu'il eut de l'énigmatique cristal fut celle d'un grain de lumière plongeant parallèlement à la paroi rugueuse de la falaise avant de disparaître au-dessous du chaos rocheux.

Les sept camions des marchands forains avançaient en cliquetant et en sifflant dans l'allée de Cricklade. Leurs cheminées crachaient la vapeur avec énergie tandis que leurs pistons de cuivre usinaient pour faire tourner leurs roues. Ils firent halte en grondant devant le grand escalier du manoir, exsudant de l'huile et de l'eau sur le gravier.

Luca vint à la rencontre des nouveaux venus. Pour ce qu'il pouvait en dire, les pensées des occupants de ces camions étaient dans l'ensemble pacifiques. Il ne s'attendait pas à des ennuis. Cricklade avait déjà accueilli des forains, mais jamais en si grand nombre ; une dizaine d'ouvriers se tenaient prêts à intervenir en cas de pépin.

Le chef des marchands descendit du camion de tête et se présenta, affirmant s'appeler Lionel. C'était un homme de petite taille, aux longs cheveux blonds réunis par un catogan de cuir, vêtu d'un jean fatigué et d'un sweater ras-du-cou. Des vêtements de travailleur qui collaient avec son air franc. Après avoir discuté le bout de gras avec lui, profitant de la situation pour le jauger, Luca l'invita à entrer.

Poussant un soupir d'aise, Lionel s'assit dans un confortable fauteuil de cuir et sirota une gorgée de Larmes de Norfolk. S'il avait perçu l'atmosphère tendue qui régnait autour du manoir, il ne le laissa pas paraître.

— Ce coup-ci, nous vous proposons surtout du poisson, annonça-t-il. En majorité fumé, mais également congelé. À part ça, nous avons des semences de fruits et de légumes, des œufs de poules fertilisés, quelques parfums et quelques outils. Nous cherchons à nous bâtir une réputation de fiabilité, alors si vous avez besoin d'un article que nous n'avons pas en stock, nous essaierons de vous le fournir lors de notre prochaine visite.

— Et vous, que recherchez-vous ?

— De la farine, de la viande, des roulements à billes pour tracteur, une borne électrique pour recharger nos camions. (Il leva son verre.) Un coup à boire.

Ils trinquèrent en souriant. Les yeux de Lionel s'attardèrent un instant sur la main de Luca. Le contraste entre leurs peaux était subtil mais néanmoins perceptible. Celle de Luca était plus foncée, moins douce, plus velue, autant de signes trahissant l'âge de Grant ; Lionel entretenait une apparence nettement plus juvénile.

— Quel taux d'échange envisagiez-vous de fixer pour votre poisson ? s'enquit Luca.

— Cinq contre un pour la farine, en poids brut.

— Vous cherchez à me faire perdre mon temps ?

— Absolument pas. Le poisson, c'est des protéines. Et n'oubliez pas le coût du transport ; Cricklade est loin de la mer.

— C'est pour ça que nous avons des vaches et des brebis ;

nous exportons notre viande. Mais nous avons notre propre puits à chaleur, de sorte que je peux vous rembourser vos frais d'électricité.

— Nos cellules sont chargées à soixante-dix pour cent.

Le marchandage dura une quarantaine de minutes. Lorsque Susannah rejoignit les deux hommes, elle les trouva en train de boire leur troisième verre de Larmes de Norfolk. Elle s'assit sur l'accoudoir du fauteuil de Luca et lui passa un bras autour de la taille.

— Comment ça se passe ? demanda-t-elle.

— J'espère que tu aimes le poisson, lui répondit Luca. Nous venons d'en acheter trois tonnes.

— Enfer et damnation ! (Elle lui prit son verre des mains et but d'un air pensif une gorgée de la précieuse liqueur.) Je suppose qu'il y a de la place dans le congélateur. Il faut que j'en parle à la cuisinière.

— Lionel nous apporte aussi des nouvelles intéressantes.

— Ah bon ?

Elle adressa au marchand un regard affable.

Lionel sourit en faisant de son mieux pour dissimuler sa curiosité. Tout comme Luca, Susannah ne cherchait pas à cacher l'âge de son hôte. C'était la première fois qu'il voyait des personnes d'âge mûr depuis que Norfolk était passée dans ce royaume.

— Nous avons trouvé notre poisson à Holbeach, sur un bateau du nom de *Cranborne*, expliqua-t-il. Il s'y trouvait à quai il y a huit jours, dans l'espoir de pouvoir troquer sa cargaison contre une réparation de ses moteurs. Il n'a sans doute pas bougé.

— Oui ? encouragea-t-elle.

— Le *Cranborne* est un navire marchand, intervint Luca. Il circule entre les îles, embarque des marchandises ou des passagers payants ; il lui arrive aussi de pratiquer la pêche, le dragage, le ramassage des algues mentholées, le remorquage d'icebergs, et cetera.

— Son équipage actuel vient d'y installer des filets, reprit Lionel. Comme le transport est un peu en veilleuse en ce moment, le bateau vit surtout de sa pêche. Les marins envisagent aussi de pratiquer le commerce interîles. Une fois que les choses se seront tassées, ils auront une meilleure idée de ce que chacun peut offrir et de ce que chacun est susceptible de demander en échange.

— J'en suis ravie pour eux, dit Susannah. Mais pourquoi me raconter ça ?

— C'est un moyen de transport pour gagner Norwich, dit Luca. Ou du moins pour faire une partie du chemin.

Susannah le regarda droit dans les yeux, remarquant qu'il avait désormais le visage de Grant. Son évolution s'était accélérée depuis qu'il était revenu de Knossington, où il avait constaté que l'aéroambulance était clouée au sol, son équipement électronique étant inopérant dans ce royaume.

— Un tel voyage serait fort onéreux, dit-elle d'une voix posée.

— Cricklade pourrait se le permettre.

— Oui, répondit-elle prudemment. En effet. Mais Cricklade n'appartient pas qu'à nous. Si nous prélevions une part trop importante du stock de nourriture, de Larmes ou de chevaux, les autres nous accuseraient de vol. Nous ne pourrions plus revenir à Kesteven.

— Nous ?

— Oui, nous. Ce sont nos enfants, et ceci est notre maison.

— Sans les unes, l'autre ne vaut rien.

— Je ne sais pas, dit-elle, profondément troublée. Qu'est-ce qui obligera les marins du *Cranborne* à tenir leurs engagements une fois que nous aurons levé l'ancre ?

— Qu'est-ce qui nous empêcherait de voler leur navire ? répliqua Luca d'un air las. Nous avons de nouveau une civilisation, ma chérie. Elle est loin d'être idéale, je le sais. Mais c'est la nôtre, et elle fonctionne. La traîtrise et la malhonnêteté ont cessé d'être la norme.

— D'accord. Alors, est-ce que tu veux vraiment partir ? On a déjà assez d'ennuis comme ça.

Un peu honteuse, elle jeta un regard en coin à Lionel, qui conservait un silence diplomatique.

— Je ne sais pas. Je n'ai pas encore rendu les armes ; partir signifierait reconnaître la victoire de Grant.

— Nous ne sommes pas en guerre, c'est une question de cœur.

— Mais le cœur de qui ? rétorqua-t-il en grimaçant.

— Excusez-moi, fit Lionel. Avez-vous pensé que ceux qui possèdent vos filles risquent de ne pas vous accueillir à bras ouverts ? Qu'aviez-vous l'intention de faire, au juste ? Vous ne pouvez pas les exorciser et partir ensemble bras dessus, bras dessous dans le soleil couchant. Elles vous seront aussi étrangères que vous leur serez étrangers.

— Ce ne sont pas des étrangères pour moi. (Luca se leva d'un bond, le corps tout entier parcouru de fourmillements.) Je n'arrête pas de m'inquiéter pour elles, bon sang !

— Nous sommes tous en train de succomber à nos hôtes, dit Lionel. La solution la plus simple est de le reconnaître, au moins aurez-vous une chance d'être enfin apaisés. Êtes-vous préparés à cela ?

— Je ne sais pas, dit Luca, les dents serrées. Je ne sais vraiment pas.

Carmitha fit courir ses doigts sur le bras de la femme, lui palpant les muscles, les os et les tendons. Elle effectuait cet examen les yeux clos, se concentrant sur ce rayonnement flou qu'était la chair. Ce n'était pas seulement son sens du toucher qu'elle exploitait, les cellules formaient pour elles des bandes de nuances distinctes, comme si elle scrutait une planche anatomique à travers un banc de brume. Les doigts écartés de deux centimètres à leur extrémité, elle parcourait la peau comme si celle-ci avait été un clavier de piano. Il lui fallait une bonne heure pour examiner un patient de cette manière, et son rendement n'était jamais de cent pour cent. Son inspection était uniquement superficielle. Il existait quantité de types de cancer susceptibles d'affecter les viscères, les glandes et la moelle ; des monstres subtils qu'elle repérerait forcément trop tard.

Quelque chose bougea sous son index. Elle joua avec le nodule, analysa ses mouvements. On aurait dit un petit caillou enkysté sous la peau. Elle le percevait mentalement comme une tache blanche, d'où jaillissait un bouquet de filaments envahissant les tissus avoisinants.

— En voilà un autre, déclara-t-elle.

Le hoquet que poussa la femme ressemblait à un sanglot. L'expérience avait appris à Carmitha qu'elle ne devait rien dissimuler à ses patients. Ceux-ci ne pouvaient manquer de percevoir ses sursauts d'inquiétude.

— Je vais mourir, gémit la femme. Nous allons tous mourir, nous allons tous pourrir. C'est notre châtiment pour avoir échappé à l'au-delà.

— Ridicule ! Ces corps ont été génétiquement modifiés, ce qui les rend résistants au cancer. Si vous cessez de favoriser son développement par l'usage de votre pouvoir énergétique, il entrera en rémission.

Son diagnostic placebo habituel, si souvent répété depuis le jour où Butterworth avait craqué qu'elle en était presque venue à le croire, elle aussi.

Carmitha poursuivit son examen, descendant en dessous du coude. Ce n'était plus qu'une formalité à présent. La femme était surtout atteinte aux cuisses : celles-ci étaient infestées de tumeurs grosses comme des noix là où elle avait voulu se débarrasser de sa graisse pour obtenir un cul d'adolescente. La peur avait chassé de son esprit tout désir de splendeur juvénile. Elle allait cesser de se torturer les cellules. Peut-être même que ses tumeurs finiraient par disparaître.

Luca frappa à la porte de la caravane alors que Carmitha se préparait à prendre congé de sa patiente. Elle lui dit de ne pas entrer et attendit que la femme se soit rhabillée.

— Tout ira bien, dit-elle en la serrant dans ses bras. Vous devez rester vous-même, et surtout rester forte.

— Oui, lui répondit l'autre d'une voix lugubre.

Carmitha décida que le moment était mal choisi pour faire un sermon. Qu'elle commence par se remettre du choc. Ensuite, elle pourrait apprendre à exprimer sa force intérieure, à s'endurcir. La grand-mère de Carmitha insistait beaucoup sur ce principe : si on se pense sain, on est sain. Les microbes s'attaquent d'abord aux esprits faibles.

Luca s'écarta piteusement, évitant de regarder le visage baigné de larmes de la patiente lorsque celle-ci sortit de la caravane.

— Encore une ? demanda-t-il une fois qu'elle eut regagné l'intérieur du manoir.

— Ouaip, fit Carmitha. Un cas bénin, cette fois.

— Excellent.

— Pas vraiment. Pour le moment, nous n'avons vu se développer que les tumeurs initiales. Je prie pour que votre résistance naturelle parvienne à les contenir. Sinon, la phase suivante sera celle de la métastase, la prolifération des cellules cancéreuses dans tout le corps. Quand on en arrive là, c'est que tout est fini.

Elle réussit à contrôler son ressentiment ; si les propriétaires fonciers et les habitants des villes descendaient de colons génétiquement modifiés, les Romanis, qui réprouvaient ces pratiques, étaient restés des êtres humains naturels.

Il secoua la tête, trop buté pour discuter.

— Comment va Johan ?

— Il reprend lentement du poids, ce qui est une bonne chose. J'ai réussi à le faire marcher et je lui ai prescrit des exercices de musculation – ce qui est aussi une bonne chose. Et il a complètement renoncé aux illusions de son corps. Mais les tumeurs sont toujours là. Pour l'instant, son organisme est trop faible pour les combattre. J'espère que ses défenses naturelles reprendront le dessus une fois qu'il sera en meilleure santé.

— Est-il en état de m'aider à faire tourner le domaine ?

— Inutile d'y penser. Dans quinze jours, je lui demanderai sans doute de m'aider avec mon herboristerie. Comme ergothérapie, ça suffira largement.

En dépit de tous ses efforts, Luca fut incapable de cacher sa déception.

— Pourquoi me posez-vous cette question ? demanda-t-elle, soupçonneuse. Vous avez vraiment besoin de lui ? Je croyais que le domaine tournait tout seul ou presque. En tout cas, je n'ai remarqué aucune différence.

— C'est une solution que j'ai envisagée, rien de plus.

— Une solution à quoi ? Vous comptez partir d'ici ?

Cette possibilité la stupéfiait.

— Je ne fais que l'envisager, répondit-il d'un ton bourru. N'en parlez à personne.

— Surtout pas. Mais je ne comprends pas – où voulez-vous partir ?

— À la recherche des filles.

— Oh ! Grant... (Elle le prit par la main en signe de compassion.) Tout ira bien. Même si Louise a été possédée, elle est trop belle pour que son possesseur souhaite modifier son apparence physique.

— Je ne suis pas Grant. (Il jeta un regard inquiet en direction de la cour.) Mais je sais ce que c'est que d'être possédé par un démon. Bon Dieu ! Tout ceci doit vous réjouir au plus haut point.

— C'est ça, je m'amuse comme une folle.

— Pardon.

— Combien en avez-vous ? demanda-t-elle à voix basse.

Il marqua une longue pause avant de répondre.

— Quelques-unes sur le torse. Sur les bras. Et même sur les pieds, nom de Dieu ! (Il grogna de dégoût.) Jamais je n'ai consciemment altéré mes pieds. Pourquoi en ai-je là ?

Carmitha se hérissa devant la sincérité de ses sentiments ; elle renâclait à l'idée d'éprouver de la sympathie pour le possesseur de Grant.

— Il n'y a aucune logique dans tout ça, lâcha-t-elle.

— En dehors de Cricklade, très peu de gens sont au courant

de ce qui se passe. Prenez ce marchand, Lionel : il ne sait strictement rien. Je dois dire que je l'envie un peu. Mais ça ne durera pas : Johan n'est sûrement pas le seul à avoir fini par craquer. Quand tout le monde aura pris conscience de la situation, les choses vont tourner à l'aigre en quatrième vitesse. C'est pour ça que je voulais me mettre en route sans tarder. Si une nouvelle vague d'anarchie déferle sur la planète, je ne retrouverai jamais les filles.

— Vous devriez vous faire examiner par un médecin digne de ce nom. Peut-être peut-on utiliser votre feu blanc pour éliminer les tumeurs. Nous sommes tous doués de la vision aux rayons X, après tout. Alors pourquoi pas la radiothérapie ? Et peut-être n'avons-nous pas besoin d'aller aussi loin, peut-être qu'il suffit de souhaiter la mort des cellules atteintes.

— Je ne sais pas.

— Ça ne vous ressemble pas, ni à l'un ni à l'autre. Remuez-vous donc ! Faites venir un médecin. Sur le long terme, les massages et les tisanes ne vous aideront guère, et c'est tout ce que je peux vous fournir. Vous ne pouvez pas partir, Luca, pas maintenant, vous êtes le chef ici. Tirez donc parti de votre influence pour sauver la situation. Aidez-les à survivre à cette épidémie de cancers.

Il poussa un long soupir résigné, puis inclina la tête pour lui jeter un regard en coin.

— Vous persistez à croire que la Confédération va venir vous sauver, n'est-ce pas ?

— Absolument.

— Ils ne nous retrouveront jamais. Il leur faudrait pour cela fouiller deux univers de fond en comble.

— Croyez-le si ça vous chante. Moi, je sais ce qui va arriver.

— En dépit de notre amitié, nous restons donc ennemis. C'est bien ça ?

— Il y a des choses qui ne peuvent pas changer, quoi qu'il arrive.

L'irruption d'un palefrenier dans la cour le dispensa de lancer une réplique cinglante. Un messager venait d'arriver de la ville. Carmitha et lui gagnèrent l'entrée principale du manoir en coupant par les cuisines.

Ils découvrirent une femme montant un cheval blanc. Les pensées qui s'agitaient dans son crâne leur étaient familières : Marcella Rye. L'allure qu'elle imposait à sa monture était en harmonie avec l'excitation qui l'habitait.

Elle fit halte devant les grandes marches de pierre montant

jusqu'au portique en marbre et mit pied à terre. Luca lui prit les rênes des mains et s'efforça d'apaiser le cheval à moitié paniqué.

— Les villages proches de la voie ferrée viennent de nous alerter, dit-elle. Une bande de maraudeurs se dirige vers nous. Le conseil municipal de Colsterworth vous prie respectueusement de lui porter assistance, et toute cette sorte de choses. Luca, nous avons besoin de votre aide pour repousser ces salopards. Apparemment, ils sont armés. Ils ont pillé un ancien entrepôt de la milice dans les faubourgs de Boston et se sont emparés d'une cargaison de fusils, ainsi que d'une douzaine de mitrailleuses.

— Oh ! voilà qui est splendide, ricana Luca. Décidément, la vie dans ce monde est chaque jour un peu plus passionnante.

Luca attrapa ses jumelles – un modèle authentique, que Grant avait hérité de son père – pour examiner le train. Il était sûr que c'était le même que précédemment, bien qu'on y ait apporté des modifications. Quatre wagons lui avaient été ajoutés, mais aucun n'était conçu pour le confort des voyageurs. Il avait devant lui une forteresse roulante recouverte sur toute sa longueur de plaques blindées – réelles plutôt qu'illusoires, semblait-il – grossièrement fixées aux voitures par des rivets. L'engin fonçait sur Colsterworth en cahotant à la vitesse terrifiante de trente miles par heure. Bruce Spanton, ayant enfin réussi à concrétiser le concept de force irrésistible, l'introduisait de force dans le paysage champêtre de Norfolk où il n'avait aucunement sa place.

— Ils sont plus nombreux cette fois-ci, dit Luca. Je suppose qu'on pourrait leur refaire le coup des rails.

— Cette monstruosité n'est pas conçue pour renverser la vapeur, dit Marcella d'un air lugubre. Il faut retourner leurs esprits si nous voulons avoir une chance de voir leurs queues.

— Entre leurs jambes, vous voulez dire.

— Exactement.

— Ils seront ici dans dix minutes. Nous ferions mieux de mettre nos troupes en position et de trouver une stratégie.

Soixante-dix ouvriers l'avaient accompagné depuis Cricklade. L'appel à l'aide lancé par le conseil municipal de Colsterworth avait été entendu par cinq cents villageois. Trente autres volontaires étaient venus des fermes environnantes, bien décidés à protéger la nourriture qu'ils avaient récoltée à la sueur de leur front. Tous étaient armés de fusils ou de carabines.

Luca et Marcella divisèrent leur petite armée en quatre bataillons. Le plus important, fort de trois cents hommes, adopta une formation en fer à cheval autour de la gare. Deux autres se maintenaient en retrait de part et d'autre de la voie ferrée, prêts à prendre les maraudeurs en tenailles. Le quatrième, composé de trois douzaines de cavaliers – venus pour la plupart de Cricklade –, était chargé de poursuivre tout ennemi tentant de fuir le champ de bataille.

Les deux alliés consacrèrent les dernières minutes précédant le combat à une revue de détail, s'assurant que tous les soldats avaient transformé leurs vêtements en armure à l'épreuve des balles. Il était plus difficile d'éviter les projectiles dans ce royaume. La tenue la plus populaire était un gilet pare-balles en carbosilicone renforcée, qui donnait aux hommes l'aspect de policiers antiémeute du milieu du XXIe siècle.

— Ce que nous défendons aujourd'hui, c'est notre droit à vivre comme bon nous semble, leur répétait Luca sans se lasser. Nous avons réussi à tirer parti des circonstances, à nous construire une existence décente. Il n'est pas question que cette racaille vienne nous pourrir la vie. Nous ne sommes pas des moutons qui se laissent tondre sans rien dire !

Ce discours de fermeté faisait l'unanimité. Les défenseurs sentirent monter leur résolution et leur assurance, et leur aura collective se manifesta bientôt sous la forme d'une vive lumière rouge qui colora peu à peu l'atmosphère. Lorsque Luca prit position à côté de Marcella, tous deux se contentèrent d'échanger un sourire qui trahissait leur envie d'en découdre. Le train n'était plus qu'à un mile de la ville et négociait le dernier virage avant la ligne droite menant à la gare. Il lâcha un coup de sifflet furibard. Au-dessus de la gare, le voile rouge s'intensifia. Une fissure s'ouvrit le long des traverses, prenant naissance à cinq yards des pieds de Luca et se prolongeant jusqu'au bout du quai. Large de six pouces à peine, elle se figea, frémissant d'impatience. Des éclats de granite tombèrent dans ses profondeurs, engloutis par les ténèbres ainsi mises au jour.

Luca fixa sans broncher le train d'assaut, face à ses canons maintenant bien visibles.

— Approche-toi donc, connard, murmura-t-il.

Pas question de faire dans la subtilité. Chaque camp avait une bonne idée de la puissance et des positions de l'autre. La confrontation serait directe ou ne serait pas. La victoire irait à celui qui ferait le meilleur usage de son pouvoir énergétique et de son imagination, les armes concrètes n'ayant qu'un usage d'appoint.

Le train ralentit légèrement à un demi-mile de la gare. Les deux wagons de queue s'en détachèrent et freinèrent dans un jaillissement d'étincelles orangées. Leurs parois latérales s'abaissèrent, se transformant en rampes, et des jeeps en descendirent. On les avait métamorphosées en dune-buggies blindés pourvus de monstrueux pare-chocs ; équipés de roues disproportionnées, ils étaient propulsés par des moteurs à essence qui crachaient dans l'air un gaz puant. Sur chacun d'eux était montée une mitrailleuse maniée par un tirailleur vêtu d'un blouson de cuir et d'un casque, et de lunettes d'aviateur.

Ils foncèrent de part et d'autre de la voie ferrée pour tenter de prendre les défenseurs sur leurs flancs. Luca lança un signal à sa cavalerie. Les hommes à cheval foncèrent à travers champs pour intercepter les jeeps. Le train continua son approche.

— Tenez-vous prêts ! s'écria Marcella.

Des jets de fumée blanche jaillirent des canons de la locomotive. Luca baissa la tête par réflexe et durcit l'air autour de lui. Les obus frappèrent l'extrémité du quai, et des gerbes de terre souillèrent le ciel azur dans des explosions orange vif. Deux projectiles s'écrasèrent sur le bouclier écarlate et détonèrent à vingt mètres du sol sans blesser personne. La grenaille rebondit sur la coque protectrice. Les défenseurs poussèrent des vivats.

— On les tient ! gronda Luca d'une voix triomphale.

Le staccato des mitrailleuses résonna dans les champs, et les jeeps virèrent sèchement, creusant dans le sol des ornières boueuses. Elles défoncèrent les barrières, les réduisant en éclats de bois à coups de feu blanc. Les chevaux les suivaient au galop, méprisant les obstacles qui se présentaient sur leur chemin. Leurs cavaliers ne cessaient de tirer et de lancer des boules de feu blanc. Les moteurs des jeeps se mirent à crachoter sous l'effet des décharges de pouvoir énergétique qui interféraient avec le bon fonctionnement de leurs cellules.

Le train n'était plus qu'à un quart de mile de la gare. Ses canons tiraient à feu continu. C'étaient les parcelles entourant le dépôt qui subissaient le plus gros de l'assaut : des cratères y fleurissaient en permanence, projetant un peu partout mottes de terre, arbres et murettes. Luca fut surpris par la petite taille de ces cratères – il s'était attendu à des obus plus destructeurs. Ils produisaient pourtant d'épais nuages de fumée d'une couleur bleu-gris, qui s'agitaient tout autour de la coque protectrice de l'aura écarlate. Le train disparaissait quasiment derrière leurs volutes.

Il plissa le front, soudain inquiet.

— C'est peut-être une couverture, lança-t-il à Marcella tandis que retentissait une nouvelle explosion.

— Sûrement pas ! cria-t-elle en réponse. Nous percevons leurs pensées, ne l'oubliez pas. Les écrans de fumée ne servent à rien dans ce royaume.

Mais quelque chose clochait, Luca en était persuadé. Lorsqu'il braqua de nouveau son attention sur le train, il sentit le triomphe qui habitait ses occupants, un triomphe semblable à celui, illusoire, qui imprégnait ses propres pensées. Cependant, aucun des actes des envahisseurs ne leur assurait la victoire. Du moins aucun dont il ait conscience.

La fumée rampait lentement vers la gare. Comme elle venait frôler l'aura de lumière rouge, elle émit à son tour une phosphorescence lie-de-vin. Les hommes de réserve qui se tenaient à l'écart des quais eurent une étrange réaction lorsque les premières volutes les effleurèrent. Agitant les bras comme pour chasser un essaim de guêpes, ils se mirent soudain à chanceler. La panique envahit leur esprit, se transmettant aussitôt à leurs voisins.

— Que leur arrive-t-il ? demanda Marcella.

— Je n'en sais rien, répondit Luca.

Il vit le banc de fumée écarlate se répandre lentement parmi ses hommes. Son comportement était parfaitement naturel, sa progression était uniquement due au vent. Aucune influence surnaturelle, aucun pouvoir énergétique ne le propulsait, mais le chaos l'accompagnait partout sur son passage. Luca mit quelque temps à faire la déduction qui s'imposait ; même s'il jugeait Spanton capable des pires dépravations, il avait peine à le croire coupable d'un tel acte.

— Du gaz ! s'exclama-t-il, atterré. Ce n'est pas de la fumée. Cet enfoiré utilise du gaz de combat !

Pistolets et mitrailleuses ouvrirent le feu depuis toutes les fenêtres du train. Maintenant que la concentration des défenseurs était ébranlée, les balles étaient enfin en mesure de porter. L'avant-garde des soldats vacilla lorsque des projectiles s'enfoncèrent dans leurs gilets pare-balles. Soudain, l'air perdit sa teinte rosée. L'instinct de survie était trop fort, et chacun se concentrait sur son propre sort.

— Renvoyez ce nuage sur eux ! beugla Luca au sein du chaos.

Le train n'était plus qu'à quelques centaines de yards, fonçait vers lui de toute la force de ses pistons. Il leva les mains comme pour repousser l'air.

Marcella s'empressa de l'imiter.

— Allez-y ! ordonna-t-elle aux villageois les plus proches. Poussez !

Ils s'exécutèrent, libérant un torrent de pouvoir énergétique pour chasser l'air imprégné de gaz mortel. L'idée se répandit comme une traînée de poudre parmi les défenseurs, qui la mirent aussitôt en pratique. Ils n'avaient pas besoin d'agir, seulement de penser.

L'air commença à se déplacer, faisant gémir les murs de la gare alors qu'il filait au-dessus des rails à une vitesse sans cesse croissante. Les colonnes de fumée qui montaient des cratères s'inclinèrent, puis se morcelèrent en nuées qui foncèrent vers le train. Le vent ainsi créé emporta sur son passage des branches arrachées aux arbres et aux buissons. Elles se brisèrent sur le chasse-buffles de la locomotive, qui fendait l'air telle la proue d'un cuirassé.

Luca poussa un cri d'exultation, qui vint renforcer le torrent d'air fonçant sur l'ennemi. La bourrasque qui se déchaînait à présent sur la gare faillit l'emporter. Les défenseurs firent la chaîne, chacun empoignant les mains de ses voisins afin de mieux s'ancrer au sol. Leur unité retrouvée faisait d'eux les maîtres absolus du vent. Ils entreprirent de façonner les courants qui agitaient l'atmosphère, les unifiant pour former un bélier qui frappait l'ennemi sans relâche. Les paniers de fleurs fixés aux poteaux du quai tiraient sur leurs attaches et se retrouvaient carrément à l'horizontale.

Le train ralentit, freiné par la force stupéfiante de la tornade dirigée contre lui. La vapeur qui montait de sa cheminée et de ses joints mal fixés se joignait aux nuées de gaz létal. Les maraudeurs n'arrivaient plus à viser ; le vent secouait leurs fusils, menaçait de les leur arracher. Les servants des canons ne parvenaient plus à aligner ceux-ci. Ils avaient déjà cessé de tirer.

Tous les défenseurs mobilisaient leur volonté au service du vent ; vaincu par son pouvoir irrésistible, le train stoppa en tressaillant à cent yards de la gare. Voyant cela, les défenseurs triomphants passèrent à la vitesse supérieure. La bête de fer se mit à trembler, vulnérable à leur assaut en dépit de sa lourde armure.

— On peut y arriver ! s'écria Luca, dont les mots furent étouffés par le vent surnaturel. Allez-y !

Tous partageaient son sentiment, et les premiers grincements montant de l'engin ne firent que renforcer leur détermination.

Les maraudeurs mobilisèrent leur propre pouvoir énergétique pour s'accrocher en prévision du cataclysme. Ils n'étaient pas assez nombreux pour remporter cette épreuve de force.

Des éclats de granite montèrent du sol pour bombarder le train. Les rails furent arrachés à la voie et partirent à l'assaut de la locomotive, étouffant son moteur tels des tentacules d'acier. Les traverses vinrent se planter dans les wagons.

La locomotive pencha sur un côté, faisant décoller du sol la moitié de ses roues. L'espace d'un instant, elle resta en équilibre sur un rail pendant que ses occupants s'efforçaient de la redresser. Mais les villageois refusèrent de céder, et on entendit monter des rouages un grincement suraigu. Puis l'engin s'écrasa lourdement sur le flanc, et le wagon qui lui était attaché en fit autant.

S'il s'était agi d'un déraillement ordinaire, les choses en seraient restées là. Mais les défenseurs poursuivirent leur attaque. La locomotive bascula de nouveau, se retrouvant totalement sens dessus dessous. Des jets de vapeur jaillirent de ses pistons fracassés, aussitôt emportés par la tornade. Et la locomotive fit un nouveau tour sur elle-même, empoignée cette fois par un véritable ouragan, et toute la file des wagons suivit le mouvement. Le train ressemblait à un serpent de métal agité de convulsions. Les attaches des wagons se mirent à céder. Ils s'envolèrent à travers champs, renversant les arbres sur leur chemin, puis allèrent se planter dans le premier fossé venu pour ne plus en bouger.

La locomotive continuait à tourner, prisonnière du vent et des esprits des villageois. Sa chaudière finit par exploser, ouvrant dans son flanc une plaie profonde. Un nuage de vapeur s'en échappa, pour disparaître aussitôt et être remplacé par une avalanche de débris. Des fragments de machinerie tout à fait modernes tombèrent à verse sur la gare. L'illusoire locomotive à vapeur avait expiré, et ne restait à sa place que le modèle banal de la Compagnie ferroviaire de Norfolk, une motrice à huit roues gisant sur le sol.

Une fois que le vent se fut calmé, Luca quitta Marcella pour organiser les secours aux défenseurs ayant souffert de l'attaque au gaz. Une dangereuse odeur chimique flottait encore autour des cratères. D'après ceux qui se disaient spécialistes, il s'agissait sans doute d'un dérivé de phosphore, d'un type de phosgène, ou pis encore. Luca était moins enragé par ces termes que par l'intention qu'ils exprimaient. Il s'attarda au chevet des blessés, grimaçant devant leurs yeux rougis d'où suintaient des larmes colorées de rouge ; il s'efforça de leur adresser des paroles réconfortantes, mais il avait peine à se faire entendre tellement ils toussaient fort.

Désormais, plus aucun doute ne subsistait en lui.

Il rassembla quelques ouvriers du domaine pour l'accompagner. Puis, se rappelant sa première rencontre avec Spanton, il se dirigea vers l'épave de la locomotive.

On avait effectivement soudé des feuilles de métal sur les flancs de celle-ci. Il ne s'agissait pas de fer, mais d'un matériau plus léger employé dans le bâtiment : il était facile de lui donner l'aspect d'une armure pour impressionner l'ennemi. Ce blindage avait subi des dégâts considérables lors de l'attaque du vent. Certains des canons s'étaient brisés, les autres étant déformés au point d'en devenir méconnaissables. Quant à la locomotive proprement dite, elle avait été carrément pliée en deux, et sa proue était à moitié enfouie dans la terre.

Luca en fit le tour pour se diriger vers la cabine. Comme le toit et les parois étaient complètement défoncés, l'habitacle du chauffeur avait été réduit à la taille d'un placard à balais. Il s'accroupit pour y jeter un œil par la fenêtre toute gauchie.

Bruce Spanton lui rendit son regard. Son corps était coincé par divers fragments de métal et par des conduits jaillis d'entre les cloisons. Le sang qui coulait de ses membres brisés se mêlait à la boue et à l'huile de machine. Son visage était livide, traduisant son état de choc, et ses traits s'étaient altérés. Plus aucune trace de ses lunettes ni de sa banane ; il avait renoncé à toute illusion.

— Dieu merci, vous voilà ! hoqueta-t-il. Sortez-moi de là. J'ai l'impression d'avoir les jambes tranchées.

— Je me doutais bien que je vous trouverais ici, répliqua Luca d'une voix posée.

— Eh bien, bravo, vous m'avez trouvé. Vous aurez droit à une médaille. Mais sortez-moi d'ici, bordel ! Tous les murs me sont tombés sur la gueule pendant la bagarre. J'ai tellement mal que je n'arrive même pas à occulter la douleur.

— La bagarre ? Ce n'était donc que ça ?

— Qu'est-ce qui vous prend, nom de Dieu ? hurla Spanton. (Il grimaça de douleur et se calma.) Bon, d'accord. Vous avez gagné. Vous êtes le plus fort. Maintenant, dégagez-moi ce métal.

— C'est tout ?

— Quoi *encore ?*

— Nous avons gagné, vous avez perdu. Et c'est tout ?

— Qu'est-ce qu'il te faut de plus, tête de nœud ?

— Ah ! j'ai compris. Vous partez dans le soleil couchant pour ne plus jamais revenir. Et c'est tout. Fin. Sans rancune. Tout est bien qui finit bien, et vous êtes libre de massacrer d'autres misérables avec votre saleté de gaz. Une ville moins importante, qui ne sera pas capable de vous résister. C'est fantastique. Absolument fantastique. C'est pour ça que je suis venu au secours de ce village. Pour qu'on puisse avoir une belle bagarre et puis vous laisser repartir.

— Qu'est-ce que vous voulez, bon Dieu ?

— Je veux vivre. Je veux pouvoir apprécier mon travail au terme de chaque journée. Je veux que ma famille puisse bénéficier de mon travail. Je veux qu'elle soit en sécurité. Je ne veux pas qu'elle craigne les mégalomanes de votre espèce, qui pensent que leur force physique leur donne le droit de vivre aux dépens des honnêtes travailleurs. (Il décocha un sourire à un Spanton atterré.) Est-ce que vous comprenez ce que je dis ? Est-ce que ça imprègne bien votre cervelle ?

— Je vais m'en aller, je vous dis. On va même quitter cette île. Si vous voulez, vous pourrez nous conduire jusqu'au bateau.

— Ce n'est pas l'endroit où vous êtes qui pose problème. C'est ce que vous êtes.

Luca se releva.

— Ne partez pas ! Restez ici ! Faites-moi sortir de ce piège !

Spanton se mit à taper sur les murs de sa prison.

— Je ne pense pas, lui répondit Luca.

— Alors, comme ça, je suis un problème, hein ? Tu n'as pas idée des problèmes que tu vas avoir, connard. Je vais te montrer ce que c'est, un vrai problème.

— C'est bien ce que je pensais.

Luca empoigna son fusil à pompe et le pointa sur le visage de Spanton, l'immobilisant lorsque le canon fut à six pouces de son front. Il ne cessa de tirer que lorsque la tête de l'autre fut totalement pulvérisée.

L'âme de Bruce Spanton monta du cadavre sanguinolent en même temps que l'âme originelle de ce corps : un spectre dénué de substance qui évoquait la fumée planant au-dessus de l'épave du train. Luca fixa sans broncher des yeux translucides conscients d'entrer dans la mort après plusieurs siècles d'une demi-existence totalement gâchée. Il ne cilla pas, reconnaissant sa propre culpabilité tandis que le spectre disparaissait lentement à la vue et à la vie. Cela ne dura que quelques secondes à peine ; un laps de temps englobant toute une vie de terreur, d'amertume et de ressentiment.

Luca frissonna sous l'impact de cette prise de conscience. J'ai fait ce que je devais faire, se dit-il. Spanton devait être stoppé. Si j'étais resté sans rien faire, j'aurais signé ma propre destruction.

Les ouvriers le regardaient sans rien dire, impressionnés, et attendaient de savoir ce qu'il allait faire ensuite.

— Rassemblons le reste de la bande, dit Luca. En particulier cet enfoiré de chimiste.

Il se dirigea vers le wagon le plus proche tout en rechargeant son fusil à pompe.

Les autres lui emboîtèrent le pas, étreignant leurs armes avec un peu plus de force.

On n'avait pas entendu de tels cris à Cricklade depuis le passage de Quinn Dexter. Des hurlements de douleur suraigus, typiquement féminins, jaillissant d'une fenêtre ouverte donnant sur la cour. L'air calme de ce matin d'automne portait ce bruit au-dessus des toits fortement inclinés du manoir, semant l'agitation parmi les chevaux et éveillant la culpabilité chez les hommes.

Véronique avait perdu les eaux tôt le matin, le lendemain du jour où Luca était parti affronter les maraudeurs à la tête d'un groupe d'ouvriers agricoles. Carmitha était à son chevet depuis l'aurore, enfermée dans l'une des plus belles chambres de l'aile ouest. Elle soupçonnait Louise d'en avoir jadis été l'occupante ; les meubles en étaient luxueux et le lit relativement grand, quoique pas assez pour accueillir deux personnes (idée impensable pour une jeune fille de bonne famille). En lc voyant à présent, jamais Louise n'en aurait voulu.

Véronique était étendue en son centre, et la cuisinière lui épongeait le front avec une serviette mouillée. La suite des événements dépendait uniquement de Carmitha et de la jeune fille. Et du bébé, bien entendu, mais celui-ci semblait hésiter à venir au monde.

Grâce à son nouveau sixième sens, Carmitha avait vérifié qu'il se présentait par la tête et qu'il ne risquait pas d'être étranglé par le cordon ombilical. Aucune complication ne semblait menacer la naissance. Ne lui restait qu'à irradier la confiance par le geste et la parole. Après tout, elle avait déjà assisté à une bonne douzaine d'accouchements, ce qui rassurait grandement toutes les personnes présentes. Comme Véronique voyait en elle un mélange de sa mère disparue et d'une gynécologue qualifiée, elle s'était abstenue de lui dire qu'elle n'avait fait que regarder opérer une vraie sage-femme.

— J'aperçois la tête, dit Carmitha, tout excitée. Ça se passe bien, fais-moi confiance.

Véronique poussa un nouveau hurlement, qui s'atténua pour se transformer en plainte. Posant les mains sur son ventre gonflé, Carmitha fit appel à son pouvoir énergétique pour accompagner les contractions. Véronique hurla de plus belle comme le bébé émergeait. Puis elle éclata en sanglots.

Grâce au pouvoir énergétique, les choses allèrent plus vite qu'à l'ordinaire. Carmitha attrapa le nouveau-né et l'aida gentiment à sortir, ce qui rendit la procédure plus supportable à la jeune parturiente. Puis ce fut la panique habituelle avec le cordon, qu'il fallait couper et nouer. Les larmes de joie de Véronique. Le défilé des femmes apportant serviettes propres et félicitations. La première toilette du bébé. Le placenta. Et le nettoyage, l'incessant nettoyage.

Une nouveauté dans tout ça : l'utilisation du pouvoir énergétique pour réparer quelques petites déchirures vaginales. Sans trop insister. Carmitha s'interrogeait toujours sur les effets à long terme des soins surnaturels, même minimes. Mais, dans ce cas précis, ça la dispensait de mettre des points de suture.

Lorsqu'elle eut fini de nettoyer, Véronique, allongée dans des draps propres, berçait son bébé, heureuse et épuisée comme toutes les mères. Et apaisée en esprit.

Carmitha l'étudia en silence durant quelques instants. Disparue l'angoisse caractéristique d'une âme possédante imposant sa volonté à son hôte. Au cours de ce déchaînement de douleur, de joie et de sang, les deux avaient fusionné, ne faisant plus qu'une seule âme en l'honneur de l'arrivée d'une nouvelle vie.

Véronique gratifia Carmitha d'un sourire timide.

— Elle est vraiment merveilleuse, dit-elle en contemplant le bébé assoupi. Merci, merci infiniment.

Carmitha s'assit au bord du lit. Impossible de ne pas sourire à ce visage tout fripé, complètement innocent du monde qui l'entourait.

— Elle est adorable. Comment vas-tu l'appeler ?

— Jeannette. C'est un prénom courant dans nos deux familles.

— Je vois. Bien. (Carmitha embrassa le bébé sur le front.) Reposez-vous, toutes les deux. Je reviendrai faire un tour dans une heure pour voir si ça va.

Elle gagna la cour en traversant le manoir. Plusieurs douzaines de personnes l'arrêtèrent en chemin : comment ça s'est passé ? est-ce que la mère et l'enfant se portent bien ? Elle était ravie d'annoncer de bonnes nouvelles, pour une fois, de dissiper un peu l'atmosphère lourde de tension qui pesait sur Cricklade.

Luca la trouva assise devant la porte de sa caravane, en train de tirer sur un joint. Il s'appuya à la roue et la fixa en croisant les bras. Elle lui tendit son pétard.

— Non, merci. Je ne savais pas que vous fumiez.

— Uniquement quand j'ai quelque chose à fêter. L'herbe est fort rare sur Norfolk. Nous devons la planter avec prudence. Vous autres, les propriétaires fonciers, vous n'aimez pas les vices des autres.

— Parlons d'autre chose. On m'a dit que le bébé était né.

— Oui, une superbe petite fille. Elle est en pleine forme, et Véronique aussi, désormais.

— Désormais ?

— Olive et elle ont fait la paix. Elles ne forment plus qu'une seule personne. Je pense que c'est l'avenir qui vous attend tous.

— Ah ! grogna Luca. Vous vous trompez, ma fille. Aujourd'hui, j'ai tué des gens. Butterworth a raison de craindre pour sa santé. Dans ce royaume, une fois que votre corps est fini, votre âme l'est aussi. Il n'y a pas de fantômes, pas d'esprits, pas d'immortalité. La mort et rien d'autre. Nous avons merdé – nous avions une chance d'aller là où nous le souhaitions, et nous n'avons pas su la saisir.

Carmitha exhala un gros nuage de fumée douceâtre.

— Je pense que si.

— Arrêtez donc de dire des bêtises.

— Vous êtes revenus aux origines de l'espèce humaine telles que nous les imaginions. Ici n'existe que ce dont nous disposions avant l'invention de l'électricité et autres merveilles. Le genre d'univers fini où les hommes se sentent en sécurité. La magie existe ici, bien qu'elle ne serve pas à grand-chose. Il y a très peu de machines qui fonctionnent, celles qui sont assez simples et qui n'ont pas besoin d'électronique. Quant à la mort... la mort est bien réelle. On a même des dieux de l'autre côté du ciel, bon sang ; des dieux aux pouvoirs inconcevables, que nous avons créés à notre image. Dans deux ou trois générations, nous n'aurons plus que des rumeurs de dieux. Des légendes sur la création de ce monde, qui sera surgi du néant dans une tempête de feu. Qu'est-ce donc, sinon un nouveau début dans un univers d'innocence ? Ce lieu n'est pas pour vous, il n'a jamais été pour vous. Vous avez réinventé l'impératif biologique, sauf que, cette fois-ci, il a une signification. Tout ce que vous êtes doit perdurer dans vos enfants. Chaque instant doit être pleinement vécu, car jamais il ne se reproduira.

Elle tira de nouveau sur son joint, en faisant luire l'extrémité. Dans ses yeux dansaient les reflets des braises.

— Moi, j'aime bien, conclut-elle. Et vous ?

La blessure de Stephanie était suffisamment guérie pour lui permettre de se promener autour du campement ; elle le faisait deux fois par jour en compagnie de Moyo et de Sinon. Leur petit refuge isolé s'était agrandi de façon chaotique à mesure qu'affluaient parmi eux les déserteurs de l'armée d'Ekelund. Il avait maintenant l'aspect d'une avalanche de sacs de couchage au sommet de la falaise. Les nouveaux venus avaient tendance à former des petits groupes et se rassemblaient autour des objets qu'ils avaient apportés avec eux. Les sergents ne leur imposaient qu'une seule contrainte, celle de rendre les armes s'ils voulaient qu'on leur accorde un sanctuaire pour les protéger d'Ekelund. Tous avaient accepté cette règle.

Comme elle passait le long des réfugiés moroses, Stephanie perçut suffisamment de bribes de conversation pour déduire le sort de tout déserteur assez stupide pour revenir au sein de son armée. La paranoïa d'Ekelund croissait à un rythme inquiétant. Et l'apparition de Clochette n'avait pas arrangé les choses. Apparemment, elle avait ouvert le feu sur l'énigmatique cristal. C'était pour cette raison que celui-ci s'était enfui.

Comme si leur situation présente n'était pas déjà assez angoissante, voilà qu'Ekelund avait apparemment déclenché une guerre.

— Il me manque, à moi aussi, dit Moyo d'une voix compatissante.

Il étreignit la main de Stephanie pour tenter de la rassurer.

Elle lui adressa un petit sourire, le remerciant d'avoir capté son humeur mélancolique.

— Deux jours sans lui, et on est tous malades. (Elle marqua une pause pour reprendre son souffle ; peut-être n'était-elle pas aussi rétablie qu'elle le pensait.) Revenons au camp, dit-elle.

Grâce à ses promenades, les nouveaux arrivants commençaient timidement à acquérir une identité collective, à penser qu'ils faisaient partie d'une nouvelle et grande famille. Ils étaient venus à elle, et elle tenait à leur faire savoir qu'elle était là si jamais ils avaient besoin d'elle. La plupart d'entre eux la reconnaissaient quand elle passait à proximité. Mais ils étaient si nombreux qu'elle commençait à se sentir un peu inutile, et c'étaient les sergents qui garantissaient leur sécurité, après tout. Son rôle se réduisait à rien ou presque. Et il n'était pas question pour elle de se rendre indispensable à la façon d'Ekelund.

Les trois compagnons firent demi-tour pour regagner l'endroit où on se relayait au chevet de Tina. Un peu plus loin, les sergents avaient formé une rangée de guetteurs au bord du précipice, scrutant le ciel en quête d'un signe de Clochette. Ils occupaient un bon cinquième de la bordure de l'île et, à en croire Sinon, leur Mini-Consensus envisageait de les répartir sur l'ensemble du pourtour de celle-ci. Stephanie lui demanda si Ekelund ne risquait pas de considérer cette initiative comme hostile. L'organisme biotek haussa les épaules.

— Il y a des choses plus importantes que la prise en compte de ses névroses, déclara-t-il.

— Vous avez vite fait, remarqua Franklin en les voyant revenir.

Stephanie guida Moyo vers un endroit confortable, à deux ou trois mètres du lit de fortune de Tina, et s'allongea sur une couverture à côté de lui.

— Je crois que j'ai cessé d'être une inspiration, dit-elle.

— Bien sûr que non, ma chérie, rétorqua Tina.

Il fallait tendre l'oreille pour percevoir ses propos. Son état avait empiré. Les sergents avaient renoncé à la guérir, Stephanie le savait, et ils se contentaient désormais de soins purement palliatifs. Rana ne lui lâchait quasiment jamais la main, mais elle-même n'utilisait son pouvoir énergétique que pour souhaiter que son état s'améliore. Celui ou celle qui tenterait d'agir sur ses entrailles ravagées ne ferait qu'aggraver la situation. Tina n'avait plus la volonté suffisante pour maintenir l'illusion de son apparence. Tous voyaient désormais sa peau livide, tous entendaient son souffle court et éraillé. L'intraveineuse lui injectait toujours du fluide dans le bras, mais son corps semblait résolu à l'évacuer sous forme de sueur à un rythme de plus en plus précipité.

Il n'y en avait plus pour très longtemps, et tous en avaient conscience.

Stephanie était furieuse contre elle-même chaque fois qu'elle se demandait ce qui allait se passer. L'âme de Tina allait-elle regagner l'au-delà ou bien rester piégée ici ? À moins qu'elle ne disparaisse purement et simplement. Vu leur situation, c'était une question qu'il était légitime de se poser. Mais elle se sentait coupable et elle était sûre que Tina le percevait.

— Nous continuons d'attirer les soldats d'Ekelund, dit-elle. À cette cadence, ils nous auront tous rejoints dans une semaine.

— Tu crois qu'on tiendra jusque-là ? s'enquit McPhee en grommelant. L'air commence déjà à empester.

— Le taux de dioxyde de carbone n'est pas encore décelable, intervint Choma.

— Ah bon ? Et que faites-vous pour remédier à notre situation en ce moment ? (McPhee désigna les sergents alignés au bord du précipice.) À part rendre cette dingue encore plus parano, je veux dire.

— Nous poursuivons nos efforts, lui dit Sinon. Nous cherchons une méthode qui nous permettra d'ouvrir un trou-de-ver, et nous avons intensifié nos observations.

— Et dire qu'on a placé tous nos espoirs dans une fée ! Cet endroit a dû nous ramollir la cervelle.

— Le terme de fée n'est pas approprié, même s'il est compréhensible que Cochrane ait choisi de l'employer.

— Ça doit vouloir dire que vous ne savez toujours pas de quoi il s'agissait, hasarda Moyo.

— C'est malheureusement exact. Mais le fait qu'il existe une forme d'intelligence ici est en soi encourageant.

— Si vous le dites, fit Moyo en se détournant.

Stephanie se blottit contre lui, se nichant au creux du bras qu'il venait de passer autour de ses épaules. Cette horrible attente était rendue plus tolérable par leur intimité. Elle se demandait toujours ce qu'elle préférerait voir advenir en premier. Ils n'en avaient pas discuté ensemble, mais les sergents projetaient certainement d'ouvrir un trou-de-ver leur permettant de regagner Mortonridge. Ce qui n'augurait rien de bon pour les possédés comme elle. Peut-être vaudrait-il mieux rester ici jusqu'à ce que le dioxyde de carbone atteigne des proportions létales.

Nouveau regard coupable en direction de Tina.

L'attente prit fin trois heures plus tard. Cette fois-ci, les sergents virent venir la chose. Une nuée de cristaux étincelants monta à la verticale depuis la base de l'île volante. Ils jaillirent au-dessus de la falaise telle une tempête blanche et silencieuse.

Des milliers de cristaux qui infléchirent soudain leur trajectoire pour descendre en cascade et se répandre au-dessus du campement, s'immobilisant au-dessus des sergents et des humains médusés.

L'intensité lumineuse s'en trouva quadruplée, obligeant Stephanie à lever une main pour se protéger les yeux. Ce qui ne l'empêcha nullement d'être éblouie. Même le sol était scintillant.

— Et ensuite ? demanda-t-elle à Sinon.

Le sergent scruta le tourbillon de cristaux, partageant ses observations avec ses congénères. Tout comme lui, ceux-ci ne percevaient aucun ordre dans les mouvements des objets.

— Aucune idée, dit-il.

Ils nous observent comme nous les observons, dit Choma. **Ce sont forcément des sondes.**

C'est probable, reconnut Sinon.

Voilà autre chose, avertirent les sergents guetteurs.

Un disque de lumière crue entrait en expansion en dessous de l'île. Vu qu'il faisait plus de cent kilomètres de diamètre, il ne s'y était sûrement pas trouvé l'instant d'avant. On aurait dit un effet d'émergence similaire à celui d'un astronef adamiste lors du saut TTZ, en beaucoup plus lent.

Une fois qu'il eut atteint son diamètre maximal, le disque s'éleva parallèlement à la falaise. Un soleil froid et étincelant montant à l'horizon pour occuper un bon tiers du ciel. Il ne s'agissait pas d'une sphère solide, car on distinguait comme des flocons formant d'étranges géométries au sein de son éclat aveuglant.

Les petits cristaux s'écartèrent dans un mouvement fluide, filant au-dessus du paysage pour ôter tout obstacle entre le campement et le titanesque visiteur. Des fontaines d'iridescence jaillirent au fond de celui-ci, se déployant en atteignant sa surface prismatique. Étincelles et arabesques de lumière dansèrent en chatoyant, cherchant à dessiner des formes sur cette gigantesque feuille blanche.

Ce fut la taille de l'image qui laissa Stephanie interdite l'espace de quelques instants. Ses yeux n'arrivaient pas à accepter ce qu'ils voyaient.

Le visage de Cochrane, haut de trente kilomètres, qui leur souriait.

— Salut, les gars ! lança-t-il. Devinez ce que j'ai trouvé.

Stephanie éclata de rire. Du revers de la main, elle essuya les larmes sur ses joues.

La sphère de cristal dériva doucement vers l'île de Ketton, diminuant d'intensité en chemin. Lorsqu'elle ne fut plus qu'à quelques mètres de la falaise, une section circulaire s'y assombrit et se rétracta à l'intérieur en un vif mouvement.

Encouragés par Cochrane, Stephanie et ses amis, accompagnés de Sinon et de Choma, franchirent cette ouverture. Derrière les parois du tunnel tubulaire s'étendait un espace de cristal parfaitement translucide, découpé en tranches par des plans verts de l'épaisseur d'une feuille de papier. Au bout d'une centaine de mètres, le petit groupe déboucha dans une caverne de forme lenticulaire large d'un bon kilomètre. Les rayons lumineux qui parcouraient le sol, dont les couleurs allaient de l'azur à l'écarlate en passant par le cuivré, dessinaient un filigrane complexe qui s'estompait dans les profondeurs. On ne distinguait aucun signe de la vive lumière émise par la coque, mais le paysage environnant n'en était pas moins apparent. L'île de Ketton était nettement visible, quoique distordue par les facettes du cristal.

L'une des feuilles de lumière rouge qui découpaient la paroi de la caverne s'élargit, et le cristal qui la supportait sembla se retirer en silence. Cochrane émergea de la brèche ainsi ouverte, un large sourire aux lèvres. Il poussa un cri de joie et se précipita vers ses amis. Stephanie sentit ses côtes craquer lorsqu'il l'étreignit.

— Ouais ! Ça me fait plaisir de te revoir, ma poulette !

— Moi de même, répondit-elle dans un murmure.

Il salua à tour de rôle chacun des nouveaux venus, allant même jusqu'à en claquer cinq avec les sergents.

— Qu'est-ce que c'est que ce machin, Cochrane ? lui demanda ensuite Moyo.

— Tu ne la reconnais pas ? répliqua le hippie en feignant la surprise. Mais c'est Clochette ! Sauf que, depuis la dernière fois, elle s'est inversée ou quelque chose comme ça.

— Inversée ? répéta Sinon.

Il fouillait la vaste salle du regard, partageant ses impressions visuelles avec les sergents restés à l'extérieur.

— Ouais, rapport à ses dimensions physiques. Elle peut faire tout un tas de trucs dingues que je pige pas encore bien. Je veux dire, si elle en a envie, elle peut devenir encore plus grosse que ça. La pensée cosmique, hein ?

— Mais quelle est sa nature ? insista Moyo.

— Ah ! (Cochrane eut un geste qui trahissait l'incertitude.)

L'information circule surtout dans un sens entre nous deux. Mais elle peut nous aider. Enfin, je pense.

— Tina est mourante, dit brusquement Stephanie. Peut-on faire quelque chose pour la guérir ?

Cochrane se trémoussa, faisant tinter les clochettes de son pantalon.

— Mais oui, bien sûr, pas la peine de crier. Je sais ce qui se passe là-dehors.

— Les plus petits cristaux sont en train de se rassembler autour de Tina, rapporta Sinon, qui observait la scène par l'entremise des sergents occupés à soigner la blessée. Ils semblent vouloir l'envelopper.

— Est-ce qu'on peut parler à cette fameuse Clochette ? s'enquit Choma.

— Oui, répondit une voix féminine venue de nulle part.

— Merci, dit le sergent d'un air sombre. Comment vous appelez-vous ?

— Dans votre langue, j'ai été baptisée Clochette.

Cochrane sembla se recroqueviller sous les regards furibonds de ses compagnons.

— Ben quoi ? protesta-t-il.

— Très bien, fit Choma. Clochette, nous aimerions savoir ce que vous êtes, s'il vous plaît.

— L'analogie la plus appropriée serait une personnalité similaire à la multiplicité d'un habitat édéniste. J'ai plusieurs divisions ; je suis singulière aussi bien que multiple.

— Ces petits cristaux sont-ils des segments de vous-même ?

— Non. Ce sont d'autres membres de mon espèce. Leur dynamique physique n'est pas dans la même phase que la mienne, comme vient de le dire Cochrane.

— Cochrane vous a-t-il expliqué la façon dont nous sommes arrivés ici ?

— J'ai assimilé ses souvenirs. Des millénaires se sont écoulés depuis que j'ai rencontré une entité organique, mais la procédure de lecture n'a occasionné aucun dommage à sa structure neurale.

— Comment pouvez-vous en être sûre ? marmonna Rana.

Cochrane leva le pouce dans sa direction.

— Donc, vous connaissez notre situation, déclara Stephanie. Existe-t-il un moyen pour nous de regagner notre univers ?

— Oui, je peux vous ouvrir une brèche vers lui.

— Ô mon Dieu !

Elle s'effondra entre les bras de Moyo, terrassée par le soulagement.

— Toutefois, j'estime que vous devriez d'abord résoudre votre conflit. Avant d'entamer notre existence dans ce royaume, nous étions des entités biologiques. Notre espèce a commencé comme la vôtre ; cette communauté d'origine me permet d'apprécier l'éthique et la jurisprudence que vous observez au stade actuel de votre évolution. Les consciences dominantes ont volé ces corps. Cela relève du mal.

— L'au-delà aussi, contra McPhee en haussant le ton. Je ne retournerai là-bas que contraint et forcé.

— Ce ne sera pas nécessaire, rétorqua Clochette. Je peux vous proposer plusieurs options.

— Vous étiez des entités biologiques, dites-vous, reprit Sinon. Si nous restons dans ce royaume, l'évolution nous amènera-t-elle à devenir vos semblables ?

— Non. Il n'y a pas d'évolution ici. Nous avons choisi de nous transférer ici il y a fort longtemps. La forme qui est la nôtre a été expressément conçue pour abriter notre conscience ainsi que la structure énergétique que vous appelez l'âme. Nous sommes désormais complets et essentiellement immortels.

— Nous avions donc raison, intervint Moyo. Ce royaume est une sorte de paradis.

— Pas au sens où l'entend la religion humaine, corrigea Clochette. Il n'y a pas ici de cité céleste habitée par des créatures divines, pas plus que des niveaux d'extase et de conscience où votre âme peut progresser. En fait, ce royaume est fort hostile aux âmes à l'état brut. Leur structure énergétique a vite fait de s'y dissiper. Ici, vous êtes susceptibles de mourir.

— Mais nous voulions un refuge, protesta McPhee. C'est ce que nous avons imaginé lorsque nous avons ouvert un passage pour venir ici.

— Et votre vœu a été exaucé, en essence sinon en substance. Si vous étiez arrivés avec une planète entière pour vous abriter, alors son atmosphère et sa biosphère vous auraient permis de vivre pendant des milliers de générations, du moins tant que cette planète aurait tourné autour d'une étoile. Ce royaume est construit autour des notions de stabilité et de longévité. C'est pour cela que nous y avons migré. Mais nous étions préparés à notre nouvelle existence. Malheureusement, vous avez débarqué ici sur un gros caillou stérile.

— Vous parlez de changement, dit Sinon. Et vous connaissez l'existence des âmes. Votre nature actuelle est-elle la solution de notre problème ? Devons-nous apprendre à nous transformer en des entités semblables à vous ?

— C'est une possibilité, bien entendu. Mais je doute que vous soyez prêts à faire les sacrifices nécessaires pour parvenir à l'état qui est le nôtre. Vous êtes une espèce jeune, encore pleine de potentiel. Tel n'était pas notre cas. Nous étions vieux et stagnants ; nous le sommes toujours. L'univers où nous sommes nés ne recèle plus aucun mystère pour nous. Nous connaissons son origine et son ultime destination. C'est pour cela que nous sommes venus ici. Ce royaume est harmonieux à nos cœurs, il a un tempo qui nous convient. Nous comptons y achever notre existence en observant ce qui passe à notre portée. Telle est notre nature. D'autres espèces, d'autres cultures auraient choisi le chemin de la décadence ou de la transcendance. Je me demande quel sera votre choix lorsque l'heure sera venue.

— J'aimerais croire que nous opterons pour la transcendance, répondit Sinon. Mais, comme vous venez de le dire, nous sommes plus jeunes, moins mûrs que vous. Je pense qu'il est inévitable que nous rêvions d'une telle destinée.

— Je vous le concède.

— Pouvez-vous nous donner une solution valable au problème de la possession, auquel nous sommes confrontés en ce moment, un moyen pour épargner l'au-delà aux âmes de nos défunts ?

— Malheureusement, une telle solution doit venir de vous-mêmes, ainsi que vous l'ont dit les Kiints.

— Est-ce que toutes les espèces ayant résolu le problème des âmes font preuve de la même arrogance morale envers les espèces inférieures ?

— Vous n'êtes pas inférieurs, seulement différents.

— Dans ce cas, quels sont les choix qui se présentent à nous ? demanda Stephanie.

— Vous pouvez mourir, répondit Clochette. Je sais que vous avez tous exprimé un vœu dans ce sens. Je peux l'exaucer. Je peux extraire votre âme du corps qu'elle possède, ce qui permettra à la nature de ce royaume de suivre son cours. Votre hôte retrouvera son autonomie et pourra être évacué vers Mortonridge.

— Voilà une perspective peu attirante, commenta-t-elle en frissonnant. Quelles sont les autres possibilités ?

— Votre âme sera la bienvenue au sein de ce calice. Vous pouvez devenir un élément de ma multiplicité.

— Si une telle chose est possible, alors pourquoi ne pas donner un calice à chacun de nous ?

— Cela nous est impossible, bien que nous soyons théoriquement omnipotents dans ce royaume. L'instrument qui nous a conduits ici, et qui a assemblé nos calices, a été abandonné dans votre univers il y a fort longtemps. Nous pensions ne plus en avoir l'utilité.

— Vous ne pouvez pas retourner là-bas ?

— Si, en théorie. Mais nous n'en avons pas vraiment l'intention. Et nous ignorons si cet instrument existe toujours. En outre, notre psychologie est si différente de la vôtre que vous seriez probablement incapables de vous adapter à nos calices.

— Rien de tout cela n'est très séduisant, commenta-t-elle.

— Parlez pour vous, rétorqua Choma. La plupart des sergents seraient séduits à l'idée de se transférer dans un nouveau type de multiplicité.

— Ce qui rendrait possible une autre solution, enchaîna Clochette. Je peux également transférer vos âmes dans des corps de sergents inoccupés.

— C'est mieux, dit Stephanie. Mais si nous retournons chez nous, même dans des corps de sergents, nous finirons dans l'au-delà.

— Cela dépend. Votre espèce décidera peut-être de s'occuper des âmes avant qu'elles soient piégées dans l'au-delà.

— Vous nous voyez meilleurs que nous le sommes. À en juger par nos performances actuelles, je ne suis pas sûre que nous le méritions. Les problèmes qu'on ne peut pas régler par la violence n'intéressent personne.

— Ce que vous dites n'est pas juste, protesta Sinon.

— Mais c'est honnête, intervint Rana. La mentalité militaire a infesté les sphères gouvernementales pendant des siècles avant de finir par les investir.

— Ne te lance pas là-dedans, grogna Cochrane. Ceci est plus important, pigé ?

— Je ne prétends pas prédire l'avenir, déclara Clochette. Nous avons renoncé à ce genre d'arrogance en venant ici. Vous paraissez résolus. En général, cela suffit.

— Êtes-vous venus ici uniquement pour éviter l'au-delà ? demanda Sinon. Était-ce la solution sélectionnée par votre espèce ?

— Pas du tout. Comme je vous l'ai dit, notre espèce est fort ancienne et, lorsque nous étions encore des entités biologiques, l'évolution nous a amenés à devenir une métacollectivité. Nous avons passé des millénaires à rassembler des connaissances, à explorer des galaxies, à étudier différentes dimensions coexistant avec notre univers. Tout ce que fait une nouvelle espèce lorsque s'ouvrent à elle le savoir et la compréhension. Puis, au bout du compte, nous n'avons plus rien perçu qui soit original, rien que des variations sur un thème déjà joué des millions de fois. Notre technologie était parfaite, nos intellects complets. Nous avons cessé de nous reproduire, car il n'y avait plus aucune raison de faire venir au monde de nouveaux esprits ; ceux-ci ne connaîtraient qu'un patrimoine, jamais de nouveauté. Arrivées à ce point de leur histoire, certaines espèces meurent comblées, laissant les âmes de leurs membres partir pour l'au-delà. Nous avons choisi ce transfert, l'ultime réussite de notre maîtrise technologique. Un instrument capable de déplacer la conscience de son siège biologique jusqu'à cet état, c'était un véritable défi, y compris pour nous. Vous ne pouvez percevoir que les aspects physiques de ce calice, et ceux-ci ne sont même pas conformes à la compréhension que vous en avez. Mais je pense que vous vous en rendez compte.

— Pourquoi utiliser un instrument ? Nous sommes venus ici par la seule force de notre volonté.

— Le pouvoir énergétique dont vous disposez est extrêmement grossier. Nos calices ne peuvent pas exister pleinement dans l'univers, car les ergostructures qu'ils sous-tendent n'y ont pas d'équivalent. Leur construction nécessite un haut degré de finesse.

— Et les autres espèces ? Avez-vous découvert d'autres formes de vie dans ce royaume ?

— Beaucoup. Certaines, comme nous, qui ont abandonné l'univers. D'autres, comme vous, qui ont échoué ici par hasard ou du fait d'un accident. D'autres encore, qui sont fort différentes. Il existe aussi des visiteurs, des entités qui nous sont supérieures et qui explorent quantité de royaumes.

— Je pense que j'aimerais les voir, dit Choma. Apprendre ce que vous êtes. Je souhaiterais vous rejoindre, si je le peux.

— Vous serez le bienvenu, déclara Clochette. Et le reste d'entre vous ?

Stephanie parcourut ses amis du regard, essayant d'évaluer leur réaction à l'offre de Clochette. L'appréhension l'emportait nettement chez eux, ils attendaient sa décision pour se déterminer. Encore !

— Y a-t-il d'autres humains ici ? demanda-t-elle. D'autres planètes ?

— C'est une possibilité, répondit Clochette. Mais je n'en ai pas encore rencontré. Ce royaume n'est pas le seul à présenter les paramètres que vous souhaitiez.

— Donc, on ne peut pas se réfugier ailleurs ?

— Non.

Stephanie serra la main de Moyo dans la sienne et l'attira contre elle.

— Très bien, le moment est venu d'assumer nos choix, je suppose.

— Je t'aime, dit-il. Je veux seulement rester auprès de toi. Mon paradis, c'est ça.

— Je ne choisirai pas à votre place, déclara-t-elle aux autres. Vous devrez vous décider par vous-mêmes. En ce qui me concerne, je prendrai un corps de sergent s'il y en a un de disponible et je retournerai à Mortonridge. Sinon, j'accepterai la mort dans ce royaume. Mon hôte pourra recouvrer son corps et sa liberté.

10.

Aux yeux d'une civilisation ne pratiquant pas le voyage interstellaire civil, l'arrivée inopinée d'un astronef isolé ne serait sûrement pas interprétée comme une menace. En ce qui concernait le potentiel que cela représentait, c'était une tout autre histoire. Une espèce paranoïaque risquait de réagir plutôt mal à l'événement.

Joshua se garda bien d'oublier cette possibilité lorsque le *Lady Mac* émergea de son saut TTZ à cent mille kilomètres de la cité spatiale. Pendant la minute qui suivit, l'équipage se contenta de procéder à un balayage aux capteurs passifs. Aucun objet, naturel ou artificiel, ne dérivait à proximité, et aucun capteur xéno décelable ne s'était verrouillé sur la coque de l'astronef.

— Je ne reçois que la pulsation radar de tout à l'heure, rapporta Beaulieu. Ils ne nous ont pas encore vus.

— Tout va bien, dit Joshua à Syrinx.

Désormais, les deux vaisseaux spatiaux ne communiquaient plus que via le lien d'affinité, les processeurs bioteks installés à bord du *Lady Macbeth* relayant les informations à *Œnone* avec une efficience équivalant à celle d'une télétransmission standard. Le faucon avait mobilisé toutes les ressources de sa sensibilité pour fouiller la bande d'affinité. Celle-ci était complètement silencieuse. Pour ce qu'en savaient les explorateurs, la cité spatiale tyrathca ne disposait pas de cette technologie.

— Nous restons prêts à sauter, répondit Syrinx. Appelez-nous en cas de danger.

— C'est parti, les gars, lança Joshua. On applique le plan convenu.

Les astros firent passer le vaisseau en mode opérationnel. Les échangeurs thermiques se déployèrent afin de chasser loin de la photosphère étincelante la chaleur accumulée par l'astronef ; les grappes de capteurs jaillirent de leurs niches. Grâce aux systèmes à haute résolution, Joshua détermina avec plus de précision les coordonnées de la cité spatiale sans avoir besoin des capteurs actifs. Une fois qu'il eut confirmé leur éloignement relatif à quelques mètres près, il transféra les données astronautiques à la douzaine de satellites ELINT furtifs planqués dans les soutes. Ceux-ci furent projetés à cinq cents mètres du fuselage, puis leurs propulseurs ioniques prirent le relais, les faisant filer vers la cité spatiale sur un sillage bleu électrique. Il leur faudrait une bonne journée pour être en mesure de transmettre des données exploitables sur la face obscure du gigantesque artefact. Joshua et Syrinx jugeaient peu probable leur détection en vol par les occupants de celui-ci, même s'ils avaient braqué des capteurs sur la zone où se trouvait le *Lady Mac*. Ce risque était acceptable dans le cadre de leur mission.

Une fois les satellites lancés, Joshua enclencha les capteurs actifs de l'astronef et balaya l'espace local.

— Nous sommes officiellement arrivés, déclara-t-il.

— Alignement de l'antenne principale, annonça Sarha.

Elle garda l'œil sur l'image, attendant que les coordonnées indiquées correspondent à celles de la cité spatiale.

Joshua ordonna à l'ordinateur de bord de télétransmettre leur message. Celui-ci était un salut des plus simples, rédigé dans le langage tyrathca et transmis sur un large éventail de fréquences. Les humains s'y présentaient, identifiaient leur espace d'origine, précisaient qu'ils entretenaient des relations cordiales avec les Tyrathcas de Tanjuntic-RI et demandaient à la cité spatiale de répondre. La présence de l'*Œnone* n'était mentionnée à aucun moment.

Les paris étaient ouverts en ce qui concernait la nature d'une éventuelle réponse – peut-être ne s'agirait-il que d'une salve de missiles – et le temps qu'elle mettrait à leur parvenir. Toutefois, personne n'avait imaginé que huit messages différents leur seraient envoyés, provenant d'autant de parties distinctes de la cité spatiale.

— Ça se comprend quand même, commenta Dahybi. Les Tyrathcas sont une espèce clanique, après tout.

— Mais ils doivent avoir une structure administrative unique pour gérer un artefact comme celui-ci, protesta Ashly. C'est indispensable à son bon fonctionnement.

— Tout dépend du ciment qui les unit, dit Sarha. Une cité spatiale de cette taille n'est pas l'habitat le plus efficient qui se puisse concevoir.

— Pourquoi la construire, dans ce cas ? interrogea Ashly.

Oski soumit les messages à leurs programmes de traduction.

— Je constate certaines déviations de vocabulaire, de syntaxe et de symbolique par rapport à nos Tyrathcas, dit-elle. Ils se sont séparés il y a quinze mille ans, après tout. Mais nous avons suffisamment d'éléments identifiables pour poursuivre.

— Ravi de constater que ces créatures sont susceptibles de changer, grommela Liol. Leur immobilisme commençait à me foutre les jetons.

— Il s'agit d'une dérive plutôt que d'un changement, précisa Oski. Et regardez attentivement cette cité spatiale. Il nous serait facile d'en construire une semblable ; en fait, je pense que la nôtre serait sûrement plus performante, comme l'a dit Sarha. Elle témoigne d'une expansion, pas d'un véritable développement. Il n'y a eu aucun progrès technologique ici, tout comme dans leurs colonies et leurs arches stellaires.

— Que disent ces messages ? s'enquit Joshua.

— L'un d'eux est presque totalement inintelligible, je pense que c'est une sorte d'image. L'ordinateur de bord continue de l'analyser. Les autres sont en texte seul. Deux de nos interlocuteurs nous retournent notre salut et veulent savoir ce que nous fichons ici. Deux autres demandent des preuves de notre statut de xénos. Trois nous souhaitent la bienvenue et nous prient d'accoster la cité spatiale. Au fait, celle-ci s'appelle Tojolt-HI.

— Localisation des trois réponses les plus aimables, s'il te plaît.

Trois étoiles bleues apparurent sur l'image neuro-iconique de Tojolt-HI. Deux d'entre elles étaient placées près de son centre, la troisième sur sa périphérie.

— C'est décidé, déclara Joshua. On se concentre sur ceux de la bordure. Je ne veux pas que le *Lady Mac* s'approche des zones intérieures tant qu'on n'en saura pas davantage. Connaissons-nous le nom de cette section ?

— Le dominion d'Anthi-CL, répondit Oski.

— Sarha, pointe notre rayon com sur eux, je te prie, bande étroite.

Joshua lut en détail le message émis par Anthi-CL et lui composa une réponse.

ASTRONEF LADY MACBETH
COMMUNICATION À DESTINATION DE TOJOLT-HI
DOMINION D'ANTHI-CL
MESSAGE

MERCI DE VOTRE ACCUSÉ DE RÉCEPTION. NOUS SOMMES VENUS ICI DANS LE BUT D'ÉCHANGER DES BIENS ET DES CONNAISSANCES POUR LE BÉNÉFICE DE NOS DEUX ESPÈCES. NOUS DEMANDONS L'AUTORISATION D'ACCOSTER ET D'ENTAMER LA MANŒUVRE D'APPROCHE. SI CELA VOUS AGRÉE, VEUILLEZ NOUS DONNER UN VECTEUR DE VOL.

CAPITAINE JOSHUA CALVERT

DOMINION D'ANTHI-CL
COMMUNICATION À DESTINATION DE L'ASTRONEF LADY MACBETH
MESSAGE

VOUS ÊTES LES BIENVENUS À MASTRIT-PJ. IGNOREZ LES MESSAGES DE TOUS LES AUTRES DOMINIONS DE TOJOLT-HI. NOUS POSSÉDONS LE PLUS GRAND DÉPÔT DE BIENS ET DE CONNAISSANCES À L'INTÉRIEUR DE NOS FRONTIÈRES. VOUS RETIREREZ LE PLUS GRAND BÉNÉFICE EN PROCÉDANT À DES ÉCHANGES AVEC NOUS. CONFIRMEZ CETTE REQUÊTE.

QUANTOOK-LOU
DISTRIBUTEUR DES RESSOURCES DU DOMINION

— Qu'en pensez-vous ? demanda Joshua.

— Ça ne ressemble pas à la réponse que donneraient nos Tyrathcas, répondit Samuel. Peut-être que leur attitude a évolué sous la pression des circonstances. Ces phrases expriment une avarice aiguë.

— Les ressources doivent être des plus limitées dans cette région, renchérit Kempster. Ils ne peuvent exploiter aucune nouvelle source de matière solide. À leurs yeux, un kilo de déchets rejetés par cet astronef vaut sans doute l'équivalent de mille de nos fusiodollars.

— Nous nous en souviendrons pendant les négociations, rétorqua Joshua. Pour l'instant, nous avons reçu une invitation, et je crois bien que nous allons l'accepter.

ASTRONEF LADY MACBETH
COMMUNICATION À DESTINATION DU DOMINION D'ANTHI-CL
MESSAGE

NOUS VOUS REMERCIONS DE VOTRE INVITATION ET VOUS CONFIRMONS QUE NOUS SOUHAITONS ÉCHANGER EN EXCLUSIVITÉ AVEC VOUS. VEUILLEZ ENVOYER VECTEUR D'APPROCHE.

CAPITAINE JOSHUA CALVERT

DOMINION D'ANTHI-CL
COMMUNICATION À DESTINATION DE L'ASTRONEF LADY MACBETH
MESSAGE

ÊTES-VOUS DANS L'INCAPACITÉ DE CALCULER VECTEUR D'APPROCHE ? ÊTES-VOUS ENDOMMAGÉ ?

QUANTOOK-LOU

DISTRIBUTEUR DES RESSOURCES DU DOMINION

— Peut-être qu'ils ne connaissent pas le contrôle spatial par ici, dit Joshua. (Il lança un programme de recherche dans le dossier Encyclopédie de ses naneuroniques.) Les Tyrathcas d'Hesperi-LN n'ont adopté le contrôle spatial que lorsque leurs spatioports ont commencé à accueillir des vaisseaux de la Confédération.

— En outre, un tel système ne devient nécessaire que si le trafic interstellaire prend de l'importance, ajouta Ashly. Je scanne l'espace depuis notre arrivée, et je n'ai pas encore détecté un seul vaisseau autour de Tojolt-HI.

— Eux aussi sont en train de nous scanner, intervint Beaulieu. Je compte dix-sept faisceaux radar pointés sur nous. Ainsi qu'un radar laser, je crois bien.

— Un instant, fit Joshua. Pas un seul vaisseau, vous êtes sûrs ?

— Je ne détecte aucune émission caractéristique d'un système de propulsion, dit Sarha. Avec la résolution optique de nos capteurs, nous devrions apercevoir les tuyères chimiques à l'intérieur de cette ombre.

— Et s'ils avaient un système analogue au champ de distorsion des faucons ? suggéra Dahybi. Après tout, Kempster a dit que la masse était pour eux une denrée précieuse. Peut-être qu'ils ne peuvent pas se permettre d'utiliser la propulsion par réaction.

— Nos détecteurs gravitoniques infirment cette hypothèse, dit Liol. Je ne capte aucune trace de distorsion dans les parages.

— Il est normal que nous restions dans le noir lors des premières phases du contact, dit Monica. Ils ne tiennent sûrement pas à nous montrer toutes leurs capacités, en particulier dans le domaine de l'armement.

Sarha se tortilla sous son filet de protection pour faire face à l'agent de l'ASE.

— C'est ridicule. On ne peut pas interrompre brusquement le trafic spatial de tout un système à l'arrivée d'un vaisseau xéno. Il y aurait trop de spationefs en transit. Et puis, ils ne savent pas depuis combien de temps nous les observons.

— Que vous dites...

Sarha poussa un soupir exaspéré.

— Ils ne possèdent pas la technologie TTZ, de sorte qu'ils ne connaissent que les arches stellaires pour aller d'une étoile à l'autre. Si une arche entrait dans ce système en décélérant avec ses fusiopropulseurs, ils la repéreraient à six mois-lumière de distance. Moi, je dis qu'ils sont curieux de savoir comment nous avons fait pour arriver sans prévenir, c'est tout.

— Peu importe, grommela Joshua.

ASTRONEF LADY MACBETH
COMMUNICATION À DESTINATION DU DOMINION D'ANTHI-CL
MESSAGE

NOUS NE SOMMES PAS ENDOMMAGÉS. NOUS AVONS LA CAPACITÉ DE CALCULER UN VECTEUR D'APPROCHE SUR VOTRE POSITION DANS TOJOLT-HI. NOUS NE SOUHAITIONS PAS VIOLER VOS LOIS SUR LES VÉHICULES EN APPROCHE. EXISTE-T-IL DES RESTRICTIONS RELATIVES À LA VITESSE ET À LA POSITION VIS-À-VIS DE VOTRE STRUCTURE PHYSIQUE ?

CAPITAINE JOSHUA CALVERT

DOMINION D'ANTHI-CL
COMMUNICATION À DESTINATION DE L'ASTRONEF LADY MACBETH
MESSAGE

AUCUNE RESTRICTION RELATIVE À VOTRE APPROCHE. NOUS VOUS FOURNIRONS LES COORDONNÉES PRÉCISES QUAND VOUS SEREZ À MOINS DE MILLE KILOMÈTRES DU TERRITOIRE DE NOTRE DOMINION.

QUANTOOK-LOU
DISTRIBUTEUR DES RESSOURCES DU DOMINION

ASTRONEF LADY MACBETH
COMMUNICATION À DESTINATION DU DOMINION D'ANTHI-CL
MESSAGE

COMPRIS. RENDEZ-VOUS DANS 45 MINUTES ENVIRON.

CAPITAINE JOSHUA CALVERT

Joshua ordonna à l'ordinateur de bord d'enclencher la fusiopropulsion. Le *Lady Mac* se dirigea vers la cité spatiale en adoptant une accélération d'un demi-g. Il affina son vecteur afin de couper les moteurs à cent kilomètres de la bordure. Si la fusiopropulsion était inconnue dans ce système, l'échappement du *Lady Mac* risquait de déconcerter ses habitants. Il esquissa un sourire en songeant aux réactions que leur inspirerait l'antimatière.

— Joshua, appela Syrinx. Nous venons de repérer une autre cité spatiale.

— Où ça ? demanda-t-il.

La curiosité était presque palpable sur la passerelle du *Lady Mac*.

— Elle suit Tojolt-HI à quarante-cinq millions de kilomètres de distance, avec une inclinaison de deux degrés par rapport au plan de l'écliptique. Kempster et Renato avaient raison. Les chances pour que nous émergions à proximité de la seule structure habitée du système étaient quasiment nulles.

— Seigneur ! Tu veux dire que ce fameux bastion tyrathca est en fait réparti sur la totalité de l'orbite équatoriale ?

— On le dirait bien. Nous scannons l'espace aux coordonnées les plus problables des autres cités. Si l'on suppose que leur distance relative est constante et que l'inclinaison de leur orbite est faible, cela signifie qu'il y en a plus d'une centaine.

— Message reçu.

— Plus d'une centaine, répéta Ashly. Ça nous fait une civilisation des plus respectables. Combien de Tyrathcas dans l'une de ces cités spatiales, à votre avis ?

— Avec une surface d'environ vingt millions de kilomètres carrés, je dirais jusqu'à cent milliards, répondit Sarha. Ça fait beaucoup d'espace, même compte tenu de leur niveau technologique. Pense au nombre d'humains qu'on arrive à entasser dans une arche terrienne.

— Vu sous cet angle, on comprend mieux que le dominion d'Anthi-CL ait souhaité l'exclusivité, commenta Liol. La demande en ressources doit être phénoménale. Je n'arrive pas à croire qu'ils aient pu survivre aussi longtemps. Ils auraient dû périr étouffés par leurs déchets il y a des siècles.

— Une société ne produit des déchets que si l'acquisition de nouveaux matériaux bruts est moins coûteuse que le recyclage, déclara Samuel. À cette distance de l'étoile, ces cités spatiales sont extrêmement riches en énergie. Rares sont les déchets impossibles à recycler en produits utiles.

— Le contrôle des naissances doit quand même être sacrément strict. Quand je vois de telles conditions de vie, je ne peux m'empêcher de penser à une culture en laboratoire.

— Cette analogie n'a aucune valeur si l'espèce considérée est douée de conscience. De par leur nature même, les Tyrathcas tendent vers des comportements encadrés par la logique.

N'oublie pas qu'ils ont bridé leur culture durant un voyage en arche stellaire qui a duré dix millénaires. La présente situation n'a rien de nouveau pour eux.

— N'allons pas supposer que leurs dominions sont des sociétés uniformes, tempéra Sarha. Je détecte dans la cité certaines zones où la température est plus élevée que dans d'autres – leur régulation thermique est complètement HS. La chaleur émise par l'étoile s'y déverse sans retenue. Des zones totalement mortes.

— Peut-être, fit Beaulieu. Mais il y a encore pas mal d'activité là-bas. Nous sommes bombardés de signaux radar émanant de toutes les sections. Plein de dominions s'intéressent à nous.

— Et toujours aucun astronef, dit Joshua. Personne ne va tenter de nous intercepter avant notre arrivée à Anthi-CL.

Il accéda aux capteurs pour observer Tojolt-HI, dont la masse croissait sur fond de tempêtes stellaires écarlates. Abstraction faite de l'échelle, cela lui rappelait l'approche de la station de production d'antimatière. Un disque en deux dimensions, d'un noir de jais, apparemment planté dans la photosphère. La lumière glaciale émanant de la nébuleuse derrière eux était incapable d'éclairer quelque objet que ce soit dans la cité spatiale. Seuls les capteurs du *Lady Mac* parvenaient à percevoir les gigantesques tours qui se dressaient à partir du niveau central du disque. Le programme cartographique de l'ordinateur de bord peinait à dresser une carte correcte de celui-ci : le bombardement électromagnétique auquel était soumis l'astronef interférait avec le retour radar.

— Qu'est-ce qu'ils disent tous ? demanda-t-il à Oski.

— Je fais tourner un programme de reconnaissance de mots clés. D'après les échantillons recueillis, les messages ont tendance à se ressembler. Ils veulent tous que nous accostions dans leur section de la cité spatiale, et ils prétendent tous disposer des ressources les plus importantes et des informations les plus uniques.

— Des menaces ?

— Pas encore.

— Continue de faire tourner ton programme.

Le *Lady Mac* accomplit sa manœuvre de retournement et commença à décélérer.

Les données capteur relatives à Tojolt-HI s'accumulèrent peu à peu durant la phase d'approche, donnant aux équipages du *Lady Mac* et de l'*Œnone* une meilleure idée de sa construction. Le plan médian en forme de disque composant la cité était un réseau serré de structures tubulaires, d'un diamètre allant de vingt à trois cents mètres. Ces tubes ne se touchaient qu'à leurs extrémités ; les interstices les séparant étaient scellés par des feuilles métalliques qui empêchaient l'éclat de la géante rouge de pénétrer l'ombre de la cité. On distinguait des toiles, en grande majorité circulaires, d'une taille extrêmement variable, qui s'interpénétraient pour former des maillages complexes. L'analyse spectrographique permit de déterminer que ces tubes étaient le plus souvent métalliques, avec parfois des éléments en composite à base de carbone ou de silicone occupant des zones fort vastes ; plus de cinq pour cent d'entre eux étaient en cristal et émettaient vers la nébuleuse une chiche phosphorescence. On trouvait plusieurs régions, réparties sur la face obscure, où les entrelacs de conduits dessinaient des nœuds abstraits parfois larges de plusieurs kilomètres. Ils semblaient avoir été soumis à d'importants stress latéraux, mais aucune fracture n'était perceptible sur les images radar.

Les ténèbres de la face obscure étaient dominées par les engins de régulation thermique. Des panneaux de radiateurs empilés pour former des cônes d'un kilomètre de haut voisinaient avec des tours de ventilation dont les pales émettaient une faible lueur, des minarets de tubes de verre en tire-bouchon parcourus de gaz brûlants se disputaient l'espace disponible avec des agrégats de colonnes noires, dont l'extrémité rose corail faisait irrésistiblement penser à des pousses de lichen cristallin. Le tout façonnant des chaînes montagneuses qui rivalisaient avec les créations naturelles de la planétologie et s'étendaient sur des centaines de kilomètres le long des toiles. Les vallées qui les séparaient étaient enjambées par des modules industriels posés sur de titanesques échafaudages. Ovoïdes de métal noir, trapézoèdres de machinerie, ils étaient caparaçonnés dans une cotte de mailles de câbles et de conduits, coiffés de casques hérissés de panneaux et d'ailettes de dissipation thermique – de par leur conception, ces engins descendaient en ligne directe de ceux de Tanjuntic-RI. Bien que la conception de base de la cité spatiale lui ait conféré une certaine uniformité, aucune de ses sections, aucune de ses structures ne ressemblait à sa voisine, design et technologie étant également hétérogènes. De toute évidence, la standardisation caractéristique des Tyrathcas avait disparu des dominions plusieurs millénaires auparavant.

À mesure qu'ils s'approchaient, ils percevaient de plus en plus de mouvements sur la face obscure. Des trains longs de plusieurs kilomètres, composés de centaines de wagons, sinuaient dans les vallées et le long des talus entre les systèmes de régulation thermique. Les voies ferrées étaient de simples poutrelles métalliques suspendues au-dessus des conduits et des feuilles métalliques composant la matière du disque, des montagnes russes vertigineuses qui plongeaient parfois dans les tubes les plus larges, où les convois circulaient alors, puis s'élevaient le long des échafaudages des modules industriels pour les traverser en leur milieu.

— Mais qui a bâti cet endroit, bon sang ? demanda Ashly, complètement abasourdi par l'image qui se formait peu à peu dans ses naneuroniques. M. C. Escher ?

— Si un truc marche, mieux vaut s'y tenir et l'entretenir, lança Joshua.

— La question n'est pas là, du moins pas seulement, intervint Samuel. La technologie de Tojolt-HI n'est pas sur le déclin. Ils ont sélectionné les méthodes d'ingénierie les plus simples dans le contexte de leur situation. Là où les humains se seraient efforcés de construire une sphère de Dyson, les Tyrathcas ont conçu un système nécessitant le minimum d'efforts pour sa maintenance. Un système qui n'est pas dépourvu d'élégance...

— Mais qui connaît néanmoins des échecs répétés, coupa Beaulieu. Le disque comporte plusieurs douzaines de sections mortes. Ce qui représente chaque fois des millions de vies perdues. N'importe quelle créature douée de conscience aurait cherché à se façonner un environnement moins dangereux, non ?

Samuel se contenta de hausser les épaules.

Le dominion d'Anthi-CL envoya ses dernières instructions au *Lady Mac* en vue de son accostage. Il transmit un plan permettant d'identifier une section précise de la périphérie, que l'ordinateur de bord mit en relation avec une image capteur. Le dominion d'Anthi-CL souhaitait que les visiteurs s'immobilisent à deux kilomètres d'une structure en forme de jetée saillant de la bordure.

— Que donne la mise à jour du programme de traduction ? s'enquit Joshua. Est-ce que nous en savons assez pour communiquer sans intermédiaire ?

— Il a intégré tous les nouveaux vocables recensés, répondit Oski. Le temps de réaction de la sous-routine d'analyse comparative a atteint un niveau acceptable. Je dirais que nous sommes à même de leur parler.

La poussée du *Lady Mac* diminuait régulièrement à mesure

qu'il se rapprochait du plan du disque. Comparée à la solidité désolée de la face obscure, la bordure présentait un aspect inachevé. Elle était hérissée de flèches filiformes et de plates-formes saillantes enveloppées de câbles. Des agrégats de réservoirs et de nacelles étaient fixés à diverses structures évolutives.

— Enfin ! s'exclama Sarha. Ce truc est sûrement un astronef.

Le truc en question était amarré à la bordure à une centaine de kilomètres des coordonnées qui leur avaient été assignées. Sa structure toute simple était celle d'un pentagone formé par cinq globes de deux kilomètres de diamètre, que l'éclat de la géante rouge parait d'une iridescence écarlate et doré. Ils encerclaient l'ouverture d'un tunnel tout en longueur dont les parois étaient composées d'un maillage de matériau noir de jais ; son diamètre était d'environ huit kilomètres. De l'endroit où ils se trouvaient, les astros du *Lady Mac* ne distinguaient aucun module de vie reconnaissable comme tel.

— Cet objet émet quantité de fluctuations magnétiques complexes, rapporta Liol. Quelle que soit sa nature, il est bourré d'énergie.

— Je serais presque tenté de dire qu'il s'agit d'un vaisseau à collecteur de type Bussard, dit Joshua. Un concept astucieux datant d'avant la propulsion interstellaire TTZ. On collecte l'hydrogène présent dans le vide spatial par balayage magnétique pour en alimenter un système de fusiopropulsion. Un moyen de transport simple et peu coûteux, qui ne nécessite pas de s'encombrer de carburant. Malheureusement, la densité d'hydrogène dans le vide spatial n'est pas assez élevée pour qu'il soit efficient.

— Dans notre coin de la galaxie, peut-être, remarqua Liol. Quelle est la densité d'hydrogène dans l'espace séparant une nébuleuse d'une géante rouge ?

— Bien vu. Ça peut vouloir dire qu'ils sont en contact avec les colonies tyrathcas les plus proches.

Mais Joshua ne croyait pas à ses propres paroles, il lui manquait un facteur dans l'équation. Pourquoi prendre la peine de voyager jusqu'à l'étoile la plus proche ? Pas pour faire du commerce interstellaire, ce n'est pas rentable quand on est confiné aux vitesses infraluminiques. Et lorsque le système de destination dispose de la même technologie et de la même culture que le vôtre, que peut-il vous apporter de neuf ? La communication par faisceau laser permet de partager toutes les améliorations qui surviennent au fil des millénaires.

— Hé ! s'exclama-t-il. Parker ?

— Oui, Joshua ? répondit le vieux directeur de projet.

— Nous pensions que Tanjuntic-RI avait perdu le contact avec Mastrit-PJ parce que la civilisation s'y était effondrée. De toute évidence, ce n'est pas le cas. Alors, pourquoi ont-ils cessé de communiquer ?

— Je n'en ai aucune idée. C'est peut-être l'une des colonies qui servait de relais qui a périclité.

— Une société tyrathca qui ne tient pas la route ? C'est fichtrement peu probable, non ?

— Elle a peut-être été anéantie, intervint Monica. Je serais ravie d'apprendre que les xénos qu'ils ont réduits en esclavage ont fini par se révolter et les ont exterminés.

— Possible...

Mais Joshua n'était toujours pas convaincu. Il y a quelque chose d'évident que je n'ai pas vu.

Le *Lady Mac* s'éleva au-dessus du plan du disque. Cette fausse manœuvre délibérée avait pour but d'apercevoir la face éclairée de Tojolt-HI. En la découvrant, les astros retrouvèrent le conformisme qu'ils attendaient de la part des Tyrathcas.

Sur cette moitié du disque, toutes les sections de tubes étaient faites de verre ; un trillion de canalisations transparentes, fixées les unes aux autres par des anneaux noirs, dont la vision évoquait celle d'une serre créée par un démiurge. La lumière émanant de la photosphère était aussi épaisse qu'un banc de brume écarlate ; elle se brisait contre la cité spatiale ainsi qu'une marée, s'étalant sur sa surface en une série d'ondulations cuivrées plus vastes que des croissants planétaires. Ainsi, sans doute, apparaîtrait un coucher de soleil sur océan d'éternité.

— Seigneur ! chuchota Joshua. Voilà un spectacle qui compense amplement celui de Tanjuntic-RI.

Ils restèrent immobiles durant plusieurs minutes, toutes leurs grappes de capteurs en batterie pour enregistrer la scène, puis Joshua enclencha à contrecœur les tuyères secondaires pour regagner le plan du disque et se diriger vers la bordure. Il verrouilla la position du *Lady Mac* sur les coordonnées fournies par Anthi-CL et fit tourner le vaisseau sur lui-même. Les échangeurs thermiques, déployés au maximum, rougeoyaient chaque fois qu'ils se retrouvaient dans l'ombre.

Dès que Sarha lui eut confirmé que les systèmes de régulation thermique étaient à même de gérer la chaleur de l'étoile, Joshua ouvrit un canal de communication direct avec le dominion d'Anthi-CL.

— J'aimerais parler à Quantook-LOU, dit-il.

La réponse fut presque instantanée.

— Je parle.

— Je remercie une nouvelle fois le dominion d'Anthi-CL pour son accueil. Nous sommes impatients d'entamer des échanges fructueux et espérons qu'ils ne seront que les premiers entre nos espèces respectives.

Fais-leur croire que d'autres viendront après nous, songea-t-il, ils comprendront que toute action irréfléchie de leur part aura des conséquences. Certes, vu l'échelle de leur civilisation, nous ne sommes sûrement pas de taille à les affronter, mais ils ne le savent pas.

— Nous partageons cette anticipation, déclara Quantook-LOU. Vous pilotez un vaisseau fort intéressant, capitaine Calvert. Jamais nous n'en avons vu de pareil. Ceux d'entre nous qui doutaient de votre nature sont maintenant convaincus. S'agit-il d'un appareil subsidiaire à votre astronef ou bien avez-vous traversé l'espace interstellaire à son bord ?

Joshua gratifia son frère d'un regard déconcerté.

— Même si le programme de traduction prend des libertés, ce xéno ne s'exprime pas comme les Tyrathcas de ma connaissance.

— Et la question qu'il pose est tout sauf innocente, avertit Samuel. Si vous lui confirmez que nous avons fait le tour de la nébuleuse à bord du *Lady Macbeth*, ils sauront que nous disposons d'une propulsion supraluminique.

— Et ils souhaiteront l'acquérir, renchérit Beaulieu. Si nous avons bien estimé leur situation, la propulsion TTZ représente pour eux un moyen d'échapper aux colonies qui les encerclent.

— Absolument pas, contra Ashly. J'ai vécu la Grande Dispersion, ne l'oublie pas. Il était impossible d'évacuer plus de cinq pour cent de la population terrienne même quand ça devenait urgent. Le saut TTZ n'est pas une panacée, même quand on dispose de la capacité industrielle de cette cité spatiale. Tout est relatif. En l'espace d'une année, ils seraient en mesure de construire suffisamment d'astronefs pour transporter des milliards de couples de reproducteurs, mais il leur en resterait encore des trillions dans leurs cités spatiales. Des trillions occupés à pondre des œufs supplémentaires...

— La propulsion supraluminique ne résoudrait pas leurs problèmes, mais elle en créerait sûrement aux systèmes stellaires où ils auraient l'intention de s'installer, dit Liol. Nous avons vu le sort qu'ils réservent aux espèces indigènes occupant les territoires qui les intéressent...

Joshua leva la main.

— Je vois le tableau, merci infiniment. Mais je pense que, en dernière extrémité, nous devons considérer la technologie TTZ comme une monnaie d'échange nous permettant d'obtenir la localisation du Dieu endormi. Les Tyrathcas d'Hesperi-LN connaissent déjà le TTZ, après tout ; peut-être que plusieurs décennies s'écouleront avant que Mastrit-PJ en soit informé, mais ça finira par se faire.

— Je vous conseille la prudence, dit Monica avec insistance. Une prudence *extrême.*

Joshua la fixa sans broncher tandis qu'il reprenait contact avec Quantook-LOU.

— La nature de notre vaisseau fait partie des connaissances qui peuvent faire l'objet de nos échanges, déclara-t-il au xéno. Peut-être aimeriez-vous dresser la liste des domaines scientifiques et technologiques qui sont les plus susceptibles de vous intéresser.

— Quels sont les domaines où vous excellez ?

Joshua se renfrogna.

— Décidément, ça ne colle pas, dit-il à son équipage. Ce xéno-là n'est pas un Tyrathca.

— Je suis d'accord, dit Samuel. Jamais un Tyrathca n'aurait répondu de cette manière.

— Alors, à qui avons-nous affaire ? demanda Sarha.

— On va bientôt le savoir, conclut Joshua. Quantook-LOU, je pense que nous devrions progresser lentement. J'aimerais vous faire un cadeau pour vous prouver ma bonne volonté. Ensuite, nous pourrions échanger nos histoires respectives. Une fois que nous serons en mesure de mieux nous comprendre les uns les autres, nous aurons une meilleure idée de ce que nous pourrons échanger. Êtes-vous d'accord ?

— Sur le principe, oui. Quel est votre présent ?

— Un processeur électronique. Il s'agit d'un outil extrêmement répandu chez les humains ; sa conception et sa composition risquent de vous intéresser. En ce cas, il serait fort simple de le dupliquer.

— J'accepte votre présent.

— Je vais vous l'apporter. Je suis impatient de découvrir l'intérieur de Tojolt-HI. C'est une réussite impressionnante.

— Merci. Pouvez-vous accoster à l'un de nos ports ? Nous

n'avons pas de bâtiment convenable pour venir vous quérir à votre position actuelle.

— De plus en plus curieux, commenta Liol. Ils sont capables de construire des habitats grands comme des continents, mais pas des navettes.

— Nous avons un petit appareil qui nous permettra d'atteindre votre port, répondit Joshua. Nous resterons en vidoscaphe durant notre séjour à l'intérieur d'Anthi-CL afin d'éviter toute contamination biologique.

— Le contact physique direct entre nos espèces est-il dangereux ?

— Pas si des précautions adéquates sont prises. Notre espèce a une grande expérience dans ce domaine. Inutile de vous inquiéter.

Joshua pilota lui-même le VSM, ignorant les ricanements d'Ashly sur les accords syndicaux. La petite cabine était fort encombrée ; il était accompagné de Samuel, d'Oski et d'un sergent – au cas où. Comme tous s'étaient portés volontaires pour cette mission, il avait dû leur promettre qu'ils visiteraient la cité spatiale à tour de rôle.

Le port que leur avait assigné Quantook-LOU était un bulbe métallique gris-blanc de quatre cents mètres de large fixé à l'extrémité d'un tube de la toile. En son apex s'ouvrait une écoutille circulaire de soixante-quinze mètres de diamètre donnant sur un intérieur chichement éclairé.

— On dirait une gigantesque chambre vide, commenta Joshua.

Il enclencha les tuyères avec un luxe de précautions, guidant le petit véhicule vers l'intérieur. Une douce lumière rouge émanait des rubans qui couraient le long des parois tels des méridiens fluorescents. Entre eux se déroulaient des alignements de machines d'un aspect quasi humain. Il pensa en découvrant ce spectacle aux cratères d'accostage du spatioport de Tranquillité.

En face de l'écoutille principale était aménagée une structure cylindrique aux proportions courtaudes, avec des écoutilles nettement plus petites à son extrémité. Joshua orienta le VSM dans sa direction.

— La qualité de vos télétransmissions commence à se dégrader, l'avertit Sarha.

— Il fallait s'y attendre, même si un hôte digne de ce nom aurait dû nous proposer un canal constant. On commencera à s'inquiéter s'ils referment leur écoutille.

Le VSM arriva au sommet du cylindre. Joshua déploya l'un des waldos pour s'y arrimer.

— Nous sommes en position, annonça-t-il sur la fréquence qu'il utilisait pour communiquer avec Quantook-LOU.

— Veuillez vous diriger vers l'écoutille située devant vous. Je vous attends de l'autre côté.

Joshua et ses compagnons refermèrent le casque de leur armure spatiale. Ils supposaient que les Tyrathcas ne disposaient pas de silicone programmable et, par conséquent, ne connaissaient pas la combinaison IRIS. Ces armures leur apparaîtraient comme de simples vidoscaphes, de sorte qu'ils ne se sentiraient pas insultés et que les humains bénéficieraient d'une protection supplémentaire. La cabine du VSM acheva de se dépressuriser et les quatre passagers en sortirent.

Il y avait trois écoutilles de sas en face d'eux. Seule la plus grande était ouverte. Elle donnait sur une chambre sphérique de six mètres de diamètre.

— Les deux autres écoutilles sont trop petites pour des reproducteurs, remarqua Samuel. Peut-être qu'ils ont fait évoluer l'une de leurs castes vassales pour augmenter son QI ; en tout cas, je ne les savais pas capables de telles prouesses d'ingénierie.

Joshua ne répondit pas. Il colla ses bottes à ce qui était sans doute le sol de la chambre alors que celle-ci commençait à se pressuriser. Les capteurs de son scaphe lui apprirent que l'atmosphère était un mélange d'oxygène, d'azote, de dioxyde de carbone, d'argon et de divers composés hydrocarbonés, que son taux d'hygrométrie était très élevé et qu'il y circulait plusieurs classes de particules organiques. Il fit un violent effort de volonté pour ne pas empoigner le cylindre d'aspect inoffensif passé à son ceinturon, qui était en fait un laser.

Aussi bizarre que cela paraisse, il ne ressentait aucune excitation. Comme si les responsabilités pesant sur ses épaules étaient trop lourdes pour qu'il se permette autre chose que l'objectivité. Ce qui était une bonne chose, supposait-il.

L'écoutille interne s'ouvrit, révélant l'un des tubes d'habitation les plus larges de Tojolt-HI débouchant sur une plate-forme métallique distante d'un kilomètre. Deux couleurs dominaient la scène : le rouge et le marron. Joshua esquissa un sourire autour de son tube respirateur en découvrant la foule de xénos qui l'attendaient. Ce n'étaient pas des Tyrathcas.

Sa première impression fut de contempler un banc d'hippocampes de taille humaine avançant prudemment dans les airs.

La moitié inférieure de leur corps était parcourue d'un frémissement caractéristique, comme s'ils étaient en permanence prêts à prendre le départ d'une course. Leur couleur était proche du noir, mais c'était sans doute dû à l'omniprésente lumière rouge ; l'analyse spectrographique montrait en fait que leurs écailles étaient d'une nuance de brun-gris rappelant celles des Tyrathcas, ce qui suggérait une origine commune aux deux espèces. Leur tête pointue ressemblait à celle d'un dragon, et elle était pourvue d'un long bec et de deux yeux à demi enfoncés dans leurs orbites. Elle était quasiment perpendiculaire au torse et reliée à celui-ci par un cou fortement ridé, signe d'une flexibilité considérable. Le reste de leur corps était de section ovoïde s'affinant à la base, mais dépourvu de toute queue, même réduite à un vestige. Légèrement incurvé, il avait une forme qui le faisait ressembler à un S vu de biais. Les trois paires de membres placées sur sa longueur présentaient les mêmes caractéristiques : une première section assez longue prenant naissance à une articulation ressemblant à l'épaule humaine et s'achevant par une autre ressemblant à un poignet. L'appendice qui se trouvait à l'extrémité de chaque membre était une main à neuf doigts composés chacun de deux phalanges. Les plus haut placées de ces mains étaient fines et extrêmement agiles ; celle du milieu étaient plus petites, leurs doigts plus boudinés ; celles du bas étaient carrément trapues, pourvues d'orteils plutôt que de doigts. Chez la plupart des xénos, ces deux « pieds » semblaient réduits à des sortes de nageoires charnues, empruntées à des créatures aquatiques.

Cette comparaison s'imposait d'elle-même. Sur chaque surface visible à l'intérieur du tube poussaient de lourdes franges d'une végétation caoutchouteuse tendues vers l'axe de symétrie. Même celles qui prenaient racine dans le verre semblaient se détourner de la lumière, un phénomène que Joshua n'avait jusque-là jamais observé sur un monde terracompatible, si bizarres soient la botanique et la biochimie indigènes.

L'abondance de cette végétation facilitait grandement les déplacements des xénos. Ils semblaient glisser sans le moindre effort, la moitié inférieure de leur corps immergée dans le feuillage marron, contrôlant leurs mouvements par les ondulations de leurs membres. On pensait en contemplant ce ballet plein de grâce à des dauphins qui auraient été pourvus de mains leur permettant de s'agripper à des prises-crampons.

Joshua admirait ces créatures et les enviait un peu, mais il se demandait dans quelle mesure ce qu'il avait sous les yeux était le produit de l'évolution. Il penchait plutôt pour un phénomène de symbiose, ce qui signifiait que ces pseudofougères devaient être *très* dominantes dans la cité spatiale.

Quant à l'intelligence de ces xénos, elle était de toute évidence supérieure à celle de toutes les castes vassales tyrathcas connues de la Confédération. Ils étaient littéralement vêtus de systèmes électroniques. La moitié supérieure de leur corps était recouverte d'un vêtement évoquant un gilet pourvu de bandoulières auxquelles étaient fixés divers modules, plus des outils et des sortes de bidons. L'exo-augmentation avait également leur faveur : certains avaient remplacé leurs yeux par des lentilles, d'autres – nettement plus nombreux – leurs mains supérieures par des griffes cybernétiques.

Joshua effectua un balayage capteur jusqu'à ce qu'il ait localisé un xéno dont les systèmes électroniques semblaient de meilleure qualité que ceux de ses semblables. Leurs formes étaient plus compactes, leurs écrans et leurs claviers plus élégants. Certains des modules étaient même décorés de motifs gaufrés. Un rapide examen spectrographique apprit à Joshua qu'ils étaient en fer. Étrange choix, pensa-t-il.

— Je suis le capitaine Joshua Calvert et je m'excuse auprès de Quantook-LOU, déclara-t-il. (Son bloc de communication traduisit ses paroles par une série de sifflements et de claquements à la mode tyrathca, qu'il perçut sous forme de vibrations transmises par la combinaison IRIS.) Nous supposions que cet endroit était occupé par des Tyrathcas.

La créature sur laquelle il avait braqué ses capteurs ouvrit son bec et émit une série de craquètements.

— Souhaitez-vous partir maintenant que vous avez constaté qu'il en allait autrement ?

— Pas du tout. Nous sommes ravis d'avoir appris votre existence. Pouvez-vous me dire sous quel nom vous vous désignez ?

— Mon espèce est celle des Mosdvas. Nous avons été les sujets des Tyrathcas durant toute leur histoire. Mais leur histoire s'est achevée. Mastrit-PJ est désormais notre étoile.

— Bravo ! lança Monica sur la fréquence de communication générale.

— Gardons-nous de conclure hâtivement, l'admonesta Syrinx. De toute évidence, les deux espèces sont le fruit de la même chaîne évolutionnaire.

— Limitez-vous aux observations pertinentes, leur dit Joshua. Avons-nous seulement besoin de poursuivre ? Nous pouvons jouer les diplomates pendant deux ou trois heures, puis filer vers la colonie tyrathca la plus proche pour y chercher ce qui nous intéresse.

— Ils ont le même langage et la même planète natale, intervint Parker. Il est fort probable qu'ils aient aussi le même almanach stellaire. Nous devons en apprendre davantage avant d'envisager de repartir.

— Très bien. (Joshua refit passer son bloc de communication en mode traduction.) Vous avez fait de grandes choses ici. Jamais mon espèce n'a construit de structure aussi gigantesque que Tojolt-HI.

— Mais vous avez construit un vaisseau très intéressant.

— Merci.

Il prit un bloc-processeur passé à sa ceinture. Avec des gestes lents et précautionneux. Vieux d'un quart de siècle, il provenait de l'atelier d'ingénierie du *Lady Mac*, où on l'avait chargé de programmes de maintenance dépassés (on avait en outre effacé de ses fichiers toute référence au vol interstellaire). La routine de gestion générale intéresserait peut-être les xénos, vu ce qu'il pouvait voir de leur équipement électronique. En fait, son cadeau était sans doute beaucoup trop généreux ; la moitié de leurs modules auraient été jugés archaïques au XXIIIe siècle.

— Pour vous, dit-il à Quantook-LOU.

Ce fut un autre Mosdva qui se dirigea vers lui en s'aidant de la végétation, lui prit le bloc-processeur avec un luxe de précautions et s'empressa de le donner à Quantook-LOU. Le distributeur des ressources l'examina avant de le glisser dans une besace fixée à son gilet.

— Je vous remercie, capitaine Calvert. En retour, j'aimerais vous montrer cette section d'Anthi-CL qui a éveillé votre intérêt.

— Est-ce que c'était du cynisme ? demanda Joshua aux astros.

— Je ne pense pas, répondit Oski. Le langage tyrathca tel que nous le connaissons ne permet pas d'exprimer ce genre de nuance. D'autant plus que les Tyrathcas ne connaissent pas le cynisme.

— Ce serait peut-être une bonne idée de continuer à faire tourner le programme d'analyse au cas où ce genre de phénomène se reproduirait.

— Je suis d'accord, déclara Samuel. Ils n'ont pas cessé de nous sonder aux capteurs depuis que nous avons franchi cette écoutille. De toute évidence, ils cherchent à prendre l'avantage.

Ce type de comportement mercantile est fort heureusement facile à interpréter.

— Génial. Seize mille années-lumière de voyage, et tout ça pour tomber sur l'équivalent local de la Guilde des marchands de Kulu.

— Joshua, votre priorité est de déterminer précisément la position de Quantook-LOU dans le contexte de leur structure sociale, insista Parker. Cela fait, nous serons en mesure de résoudre la plupart de nos problèmes. De toute évidence, leur culture a suivi un chemin complètement différent de celle des Tyrathcas, même si, heureusement, les règles fondamentales du commerce semblent leur être connues.

— Oui, merci, monsieur le directeur. (Et lui, est-ce qu'il comprend le cynisme ?) Je serais honoré de découvrir votre dominion, dit-il au Mosdva.

— Accompagnez-nous. Je vais vous le présenter.

Tous les Mosdvas présents sur les lieux se retournèrent, quasiment à l'unisson, et se mirent à glisser le long des végétaux. Joshua, qui se considérait comme un expert en matière de chute libre, était fasciné par leurs manœuvres. Vu les ondulations qu'ils effectuaient pour se déplacer, leurs membres médians devaient appliquer sur les fougères une pression élevée. Les fougères en question étaient sûrement plus robustes qu'elles ne le paraissaient ; soumises à semblable traitement, la plupart des plantes terriennes n'auraient pas résisté une seconde.

Il désactiva la fonction adhérence de ses semelles et suivit ses hôtes. En fin de compte, il dut se résoudre à tricher, s'aidant des jets de gaz de son module de manœuvre pour accompagner ses mouvements des mains et des pieds. Lorsqu'il arriva au niveau des frondaisons, il constata que celles-ci gênaient sa progression plus qu'elles ne la favorisaient ; là où elles s'écartaient pour laisser passer les Mosdvas, même les plus costauds, elles se refermaient sur lui à la façon d'un filet élastique. La meilleure méthode, comprit-il au bout d'un temps, était de s'élever au-dessus d'elles en ne les touchant que lorsque c'était nécessaire. Les capteurs tactiles de ses gants lui rapportèrent que ces végétaux étaient spongieux mais pourvus d'une tige solide.

Il était le plus agile des quatre visiteurs, mais il avait peine à rester au niveau de Quantook-LOU. Et les mouvements du sergent faisaient peine à voir ; Ione ne s'était pas souvent aventurée dans les sections zéro-g de Tranquillité.

Les Mosdvas avaient ralenti l'allure pour permettre aux humains de les rattraper.

— Vous ne volez pas aussi vite que votre vaisseau, capitaine Calvert, remarqua Quantook-LOU.

— Notre espèce vit sur des planètes. Nous sommes habitués à un environnement à forte gravité.

— Nous savons ce qu'est une planète. Les Mosdvas connaissent nombre d'histoires sur les mondes de Mastrit-PJ avant que l'expansion les ait dévorés. Mais, après tout ce temps, il n'y a plus d'images dans les archives de Tojolt-HI. Ce ne sont que des légendes à présent.

— J'ai de nombreuses images de planètes dans mon vaisseau. Je suis prêt à vous les échanger contre des images de l'histoire de Mastrit-PJ.

— Très bonne idée pour un premier échange. Nous avons eu de la chance d'entrer en contact avec vous, capitaine Calvert.

Joshua s'était accroché à une fougère pendant que le sergent rattrapait le gros des troupes ; il s'aperçut que la plante frémissait doucement. Pourtant, aucune brise ne soufflait.

— Les fougères agitent l'air pour notre bénéfice, expliqua Quantook-LOU lorsqu'il lui parla de ce phénomène.

Toutes les plantes de Tojolt-HI étaient douées de mouvement ; elles avaient été sélectionnées pour ce trait, que leur culture était conçue pour favoriser. L'air devait circuler en micropesanteur, de peur que n'apparaissent des poches de gaz stagnant fort désagréables et potentiellement létales pour la flore comme pour la faune. Les Mosdvas utilisaient encore une climatisation mécanique, mais ce système était réduit au rang d'accessoire.

— Ils n'en sont pas au niveau des Édénistes, commenta Sarha.

— Mais ils s'orientent vers des solutions biologiques, contra Ruben. Le mécanique est en voie de disparition.

— On ne peut pas opter pour le tout biologique dans un environnement aussi hostile que celui-ci.

— Et je ne pense pas qu'ils connaissent l'ingénierie génétique, dit Samuel. Quantook-LOU nous a dit que ces plantes avaient été obtenues par croisement. Cette technique est quasiment oubliée des Adamistes comme des Édénistes. Nous allons devoir nous montrer encore plus prudents que nous le pensions, dans nos propos comme dans nos échanges. Cette société est statique et c'est ce qui lui permet de survivre. Y introduire des changements, même sous la forme de concepts, peut lui nuire gravement.

— Ou la sauver, rétorqua Sarha.

— De quoi ? Nous sommes la seule menace qui se présente à elle.

Ils continuèrent de progresser le long du tube, croisant de plus en plus de Mosdvas en chemin. Tous les xénos s'arrêtaient pour observer les humains qui passaient, fort lents et fort maladroits comparés à leur entourage – Joshua préférait ne pas employer le mot d'escorte. Des enfants mosdvas batifolaient parmi les fougères, faisant preuve d'une incroyable agilité. Après avoir plongé au sein du feuillage, ils en jaillissaient un peu partout pour examiner les humains sous tous les angles. À l'instar des adultes, ils portaient des gilets auxquels étaient attachés quantité de modules électroniques – mais aucun d'eux n'était équipé d'implants cybernétiques.

En baissant la tête, Joshua vit ce qui se trouvait en dessous des fougères. Celles-ci n'étaient pas aussi denses qu'il l'avait cru, formant une plantation plutôt qu'une jungle, et cela lui permit de se faire une idée de la structure du tube. Il était enveloppé dans une sorte de coque, en verre sur sa moitié exposée aux feux de l'étoile, en métal ou en matériau composite opaque sur celle de la face sombre. L'intérieur de la paroi était parcouru par des conduits transparents en hélice, criblés d'ouvertures annulaires de couleur cuivre où poussaient les plantes. Les racines de ces dernières étaient visibles à l'intérieur des conduits, mais à peine. Il y circulait un fluide opaque et glutineux qui atténuait l'intense éclat rouge du soleil. On distinguait dans le flot des granules noires, ainsi que de minuscules bulles qui permettaient d'évaluer sa vitesse.

Les conduits contenaient de l'eau ou des composés hydrocarbonés, expliqua Quantook-LOU à Joshua ; la circulation de ces deux substances était le fondement même de leur philosophie du recyclage. La chaleur provenant de la géante rouge était transportée sur la face obscure, où elle était évacuée grâce au système de régulation thermique, qui produisait en même temps de l'électricité. Plusieurs espèces d'algues proliféraient dans les divers fluides, absorbant les matières fécales des Mosdvas et les transformant en nutriments pour les plantes, lesquelles assuraient le maintien de l'atmosphère. L'épaisseur des conduits en hélice – leur diamètre n'était jamais inférieur à deux mètres cinquante – permettait au fluide de protéger les occupants du tube contre les rayons cosmiques.

On montra aux visiteurs des réseaux de tubes spécialisés dans la production de plantes comestibles à fort rendement. Des tubes de vie, divisés en sections par des tentures taillées dans un tissu argenté. Des tubes industriels, contenant des machines disposées le long de leur axe, juste au-dessus des fougères. (« Imaginez les problèmes causés par la condensation », commenta Oski.) De gigantesques tubes publics grouillants de Mosdvas.

Au bout de deux heures, ils se retrouvèrent dans une section dont le programme de traduction leur dit qu'elle était consacrée à la *classe administrative* du dominion d'Anthi-CL. Joshua commençait à soupçonner la société mosdva d'être du type aristocratique. Dans cette section, la végétation était plus luxuriante, la technologie plus discrète. Des tubes à usage privé irradiaient des tubes principaux, plus élaborés que ceux qu'ils avaient pu apercevoir dans les sections de vie et abritant une population sensiblement moins dense. Leur entourage diminua de deux bons tiers. Les xénos qui les accompagnaient encore étaient tous pourvus de prothèses cybernétiques. Bien qu'ils n'aient pas porté d'armes, les humains s'accordèrent pour les identifier comme des policiers ou des militaires.

Quantook-LOU fit halte dans une grosse bulle de matière transparente où s'opérait la jonction de trois petits tubes. Les parois en étaient recouvertes de conduits criblés de petites machines, mais il n'y poussait aucune plante ; et le fluide était transparent et ne contenait que des bulles. De cet endroit, on avait une vue imprenable sur les faces éclairée et obscure.

— Mon espace personnel, annonça Quantook-LOU.

À peine si Joshua distinguait les volutes laiteuses de la nébuleuse derrière les parois incurvées. Des cônes de dissipation aux angles acérés dessinaient un horizon étrangement proche. La face éclairée était un manteau de lumière rouge uniforme.

— Il est digne de tout ce que nous avons vu jusqu'ici, déclara-t-il.

— Et votre monde, capitaine Calvert ? Y trouve-t-on des spectacles dignes de celui-ci ?

Ainsi débuta l'échange d'informations historiques. Encouragés par les Mosdvas, Joshua, Samuel et Oski entreprirent de décrire continents et océans (des concepts qu'il fallut définir avec précision pour le bénéfice des xénos – les mots qui s'y rapportaient avaient disparu de leur langage), puis racontèrent comment les hommes étaient apparus en Afrique, se répandant sur le reste de la planète après la fin de l'ère glaciaire. Puis ce fut le développement d'une société techno-industrielle. La montée de la pollution, qui avait imposé des changements irréversibles à l'écologie de la Terre et engendré un âge où des vaisseaux voguaient entre les étoiles en quête de mondes à coloniser. La création de la Confédération, dont le domaine comptait plusieurs centaines de systèmes stellaires au sein desquels prospéraient les marchands. Bref, un résumé flou mais coloré, en grande partie expurgé de détails et de chronologie...

En échange, les Mosdvas leur relatèrent la longue histoire de Mastrit-PJ : ni eux ni les Tyrathcas n'étaient la première espèce à s'éveiller à la conscience sur la seule planète du système apte à abriter la vie. Cet honneur appartenait aux Ridbats, dont la société avait prospéré plus d'un million d'années auparavant. On ne savait plus grand-chose sur eux, expliqua Quantook-LOU, hormis des rumeurs qui devenaient de plus en plus folles au fil des générations. C'étaient de véritables monstres, des bêtes affamées à l'esprit maléfique. Les guerres étaient quasiment permanentes durant leur règne, et deux d'entre elles avaient abouti à l'explosion de bombes nucléaires sur la surface de la planète. À trois reprises, leur civilisation, parvenue à un niveau technologique des plus avancés, était retombée dans la barbarie. On ne savait pas s'ils avaient pratiqué le voyage spatial, mais on n'avait trouvé aucune trace de leur présence en dehors de la planète. La quatrième et dernière ère industrielle des Ridbats s'acheva par un conflit thermonucléaire, où furent également déployées des armes biologiques qui les exterminèrent, ainsi que soixante-dix pour cent de la faune planétaire.

Les Mosdvas étaient parvenus à un niveau d'intelligence rudimentaire alors que les Ridbats régnaient sur la planète. Cela faisait d'eux des esclaves fort utiles, que leurs maîtres sélectionnaient pour leur dextérité, leur force et leur passivité, veillant à éliminer de leur patrimoine génétique des traits tels que la curiosité et l'obstination. Lorsque les Ridbats finirent par s'exterminer eux-mêmes, les Mosdvas étaient pleinement conscients. Bien que leur population ait été horriblement frappée par les épidémies qui ravageaient la planète, ils avaient survécu en tant qu'espèce.

Les Ridbats éliminés, l'évolution mosdva se poursuivit de façon plus traditionnelle. Du moins autant que le permettaient les conditions prévalant sur leur planète. L'émergence d'une civilisation proprement dite fut chez eux extrêmement lente. Avec ses ressources minérales épuisées, sa biosphère dévastée et ses vastes zones radioactives, Mastrit-PJ ne constituait pas un environnement propice au développement d'une culture sophistiquée ou fondée sur la haute technologie, et la nature prudente des Mosdvas accentua encore la lenteur de leur émergence. Ils devinrent des nomades durant l'hiver nucléaire qui suivit l'anéantissement des Ridbats, errant entre les diverses régions habitables. Ce fut seulement cinq cent mille ans plus tard, à la fin d'une ère glaciaire, qu'ils reprirent leur progression.

Les Mosdvas parvinrent à un modeste niveau d'industrialisation. Comme on ne trouvait plus dans leur sol des dépôts pétrochimiques naturels, pas plus que du charbon ou du gaz, leur technologie se développa autour du concept de permanence ; elle était bénigne et respectait l'écosystème. Leur culture n'était pas hostile au changement, mais celui-ci, quand il venait de l'intérieur, était extrêmement lent à se manifester. On ne cherchait pas systématiquement à exploiter les avancées théoriques dans les domaines de la physique, de l'astronomie et des mathématiques pour en retirer des innovations technologiques. Les Mosdvas estimaient déjà vivre un véritable âge d'or. Vu leur héritage de souffrance, la stabilité était pour eux un idéal de perfection. Une telle mentalité aurait pu les conduire à bâtir une société aussi durable qu'une ère géologique.

Le destin les contraria deux fois plutôt qu'une. Lorsque les glaciers se furent retirés, les Tyrathcas, de simples animaux grégaires du type bovin, prirent part à leur tour à la renaissance évolutionnaire de Mastrit-PJ. Ils mirent longtemps à acquérir une intelligence digne de ce nom, dans le cadre d'un processus qui reflétait bien leur patience et leur imperturbable résistance. Sur un autre monde, leur absence totale d'imagination les aurait gravement handicapés, mais pas sur celui-ci. Le fait qu'ils aient partagé la planète avec une espèce aussi bienveillante et aussi avancée que l'étaient à présent les Mosdvas leur permettait d'avoir accès à des machines et à des idées qu'ils n'auraient jamais été capables de concevoir tout seuls.

Malheureusement pour les Mosdvas, les Tyrathcas étaient plus agressifs qu'eux, un trait qu'ils avaient hérité de leurs ancêtres chefs de troupeaux, habitués aux disputes territoriales, et qui expliquait également la création de castes vassales, celle des soldats en particulier. Plus robustes, plus nombreux, disposant d'une technologie volée, ils devinrent bientôt l'espèce dominante de la planète.

Les Mosdvas se retrouvèrent alors menacés d'extinction. Leurs communautés étaient soumises à une pression considérable du fait de l'expansion tyrathca. Puis les astronomes mosdvas découvrirent que leur étoile allait se transformer en géante rouge.

Pour une espèce dont l'esprit opérait au niveau abstrait, la perspective de l'extinction totale dans un délai de mille trois cents ans est déjà catastrophique ; pour les Tyrathcas, qui considèrent chaque fait comme immédiat, une telle idée était intolérable. La nécessité de survivre en tant qu'espèce les poussa à s'unir, ce qui leur permit de consolider en très peu de temps leur domination planétaire. Pour la seconde fois de leur existence, les Mosdvas furent réduits en esclavage. On commença par les mettre à contribution afin de trouver une méthode permettant à certains Tyrathcas, sinon à tous, de survivre à l'expansion de l'étoile. Ils élaborèrent le concept d'arche stellaire, qui garantirait la survie de l'espèce, et celui d'astéroïdes aménagés en habitats, qui assurerait la survie de la population qu'on ne pourrait évacuer. Les Mosdvas reçurent alors l'ordre de mettre ces concepts en pratique.

Avec leurs corps peu volumineux, leur grande dextérité et leur intelligence supérieure, ils faisaient d'excellents astronautes – contrairement aux Tyrathcas. Les Mosdvas utilisèrent leur expérience technique pour capturer plusieurs astéroïdes et les placer en orbite autour de Mastrit-PJ, où on les évida pour les convertir en arches stellaires. Cette phase des travaux dura sept siècles, à l'issue desquels mille trente-sept arches furent construites et lancées.

Puis, alors que l'instabilité sans cesse croissante de l'étoile ravageait la fragile écologie de la planète, la titanesque industrie spatiale de Mastrit-PJ se consacra à la transformation d'astéroïdes en habitats. Les objets célestes sélectionnés se trouvaient à plus de deux cent cinquante millions de kilomètres de l'étoile, bien au-delà de la future photosphère de celle-ci. Comme cette transformation était un processus plus simple que la fabrication d'astronefs, plus de sept mille habitats furent créés en deux siècles. Contrairement à ce qui se passait avec les arches stellaires, à bord desquelles les Tyrathcas embarquaient dès leur achèvement, cette entreprise adopta l'allure d'une croissance exponentielle, les capacités industrielles de chaque nouvel habitat étant mobilisées pour en construire d'autres.

Mille ans après le lancement du projet, la planète était devenue inhabitable, et elle fut complètement abandonnée.

Aucun Mosdva ne put monter à bord d'une arche stellaire, celles-ci étant exclusivement réservées aux Tyrathcas. Dès qu'ils avaient fini d'en construire une, les Mosdvas passaient à la suivante.

Mais les Tyrathcas ne pouvaient pas les exclure totalement des astéroïdes sans opter pour le génocide. Ils tolérèrent donc leur présence, sachant que, du fait de l'accroissement de leur propre population, il n'était pas question d'interrompre le programme de construction. Et comme il était impossible de déterminer avec précision l'état de l'étoile une fois son expansion achevée, ils auraient besoin de l'habileté technique des Mosdvas pour adapter les habitats-astéroïdes à leur nouvel environnement.

Lorsque l'étoile de Mastrit-PJ entra en expansion, son nouveau diamètre et son nouveau rayonnement s'avérèrent plus élevés que prévu. Il fallait construire de nouveaux systèmes de régulation thermique pour les habitats, et sans tarder. En conséquence, l'expertise technologique des Mosdvas devint encore plus précieuse, ce qui n'alla pas sans conséquences sur le plan politique. Comme seuls les reproducteurs tyrathcas étaient capables de maîtriser la technologie, toutes les autres castes devenaient de facto inutiles à l'exception des bâtisseurs, des domestiques et des fermiers. Quant aux soldats, leur seule fonction était désormais de surveiller les Mosdvas.

La révolution ne se produisit pas en un jour, mais bien plutôt sur une période de mille ans, et elle avait débuté dix mille ans auparavant. À l'origine, les habitats-astéroïdes ne formaient qu'une seule et même nation. Mais la rareté des ressources matérielles, à savoir les astéroïdes susceptibles de receler des minerais, obligea les Tyrathcas à réhabiliter leur antique système clanique. À mesure que les astéroïdes exploitables se raréfiaient, ils devinrent l'enjeu de guerres sans merci. Chaque habitat-astéroïde eut bientôt proclamé son autonomie.

Par la suite, le triomphe des Mosdvas était inévitable. C'étaient eux qui contrôlaient les machines et les installations industrielles, et ce pouvoir, ainsi qu'ils le découvrirent, leur permettait d'imposer leur volonté aux Tyrathcas.

Placés sous un ordre nouveau, les habitats-astéroïdes se rassemblèrent peu à peu, tant sur le plan concret que sur le plan politique. À mesure que se poursuivait cette évolution, on voyait naître de nouveaux concepts, et les vieux principes d'économie régissant la vie des Mosdvas permirent à ceux-ci d'exploiter au maximum les ressources naturelles en voie de raréfaction auxquelles ils avaient accès. On construisit des sections de vie en dehors des biosphères assujetties à la gravité. Ce ne furent d'abord que de modestes ajouts à la toile de métal qui maintenait l'intégrité des habitats-astéroïdes, des tubes de transport et de communication qui permettaient d'économiser le coût des navettes et des sas. Mais les Mosdvas, déjà naturellement agiles et habiles à l'escalade de par leur configuration physique, s'aperçurent qu'ils s'adaptaient à merveille à leur environnement en gravité zéro. Seuls les Tyrathcas avaient besoin de gravité, ainsi que des complexes machineries nécessaires pour assurer la rotation des biosphères. On construisit de nouveaux segments conçus pour l'apesanteur, que l'on ajouta aux amas d'astéroïdes, initialement des sections dévolues à l'industrie et aux cultures hydroponiques, ce qui amena ouvriers et techniciens agronomes à passer de plus en plus de temps en chute libre. Les sections de vie ne tardèrent pas à suivre. Ainsi débuta l'ère des cités spatiales.

— Et les Tyrathcas ? interrogea Joshua. Ils sont toujours ici ?

— Nous ne les gardons plus avec nous, répondit Quantook-LOU. Ils ont cessé d'être nos maîtres.

— Je vous félicite de vous être débarrassés d'eux. Ils ont toujours causé des difficultés à la Confédération.

— J'espère que vous ne nous trouverez pas difficiles. Et le dominion d'Anthi-CL se situe à la bordure de Tojolt-HI. De sorte que nous sommes riches en masse, bien plus que les autres, ce qui fait de nous de bons partenaires pour vous, capitaine Joshua Calvert.

— En quoi votre position sur la bordure de Tojolt-HI vous rend-elle plus riches que les autres dominions ?

— N'est-ce pas évident ? Tous les vaisseaux doivent accoster sur la bordure. Toute la masse coule par nous.

— Je vois, c'est classique, commenta Ruben. Les dominions périphériques sont les chefs de port de la cité spatiale, ils peuvent taxer les cargaisons comme ça leur chante. Sans doute ont-ils formé une sorte d'alliance pour assurer leur domination sur les dominions centraux.

— Une taxe portuaire ? s'enquit Joshua.

— Probablement. Ce qui nous place dans une position avantageuse. Toutes les importations passent par ici ; donc, ils doivent avoir d'excellentes communications avec les autres dominions. Ils parviendront sûrement à nous trouver une copie du fichier almanach s'il en existe toujours une.

— Parfait. (Joshua consulta l'horloge de ses naneuroniques ; cela faisait neuf heures que ses compagnons et lui se trouvaient à l'intérieur de la cité spatiale.) Je vous remercie de votre hospitalité, Quantook-LOU. Mon équipage et moi aimerions regagner notre astronef. Nous avons recueilli suffisamment d'informations pour avoir une bonne idée de nos centres d'intérêt respectifs, et nous allons passer en revue notre cargaison de produits et d'informations pour sélectionner ceux qui sont les plus susceptibles de donner lieu à des échanges mutuellement bénéfiques.

— Comme il vous plaira. Combien de temps durera ce processus de sélection ?

— Quelques heures à peine. Il me tarde de revenir ici et d'entamer de véritables négociations.

— Moi de même. Nos ressources seront mobilisées pour répondre à vos demandes. Peut-être alors pourrai-je visiter votre vaisseau ?

— Nous serions honorés de vous recevoir, Quantook-LOU.

Dix Mosdvas se regroupèrent pour les raccompagner jusqu'au VSM. Personne n'avait touché à ce dernier, mais Ashly et Sarha, qui l'avaient placé sous surveillance, rapportèrent qu'il avait été sondé avec tous les types de capteurs possibles et imaginables.

Dès qu'ils eurent franchi l'épreuve de la procédure de décontamination du *Lady Mac*, Joshua ordonna à sa combinaison IRIS de se rétracter, poussant un soupir de soulagement lorsque sa peau se retrouva enfin à l'air libre.

— Seigneur ! je croyais que Quantook-LOU n'en finirait jamais de nous vanter les talents de son peuple. Ils ne dorment donc jamais ?

— Probablement pas, répondit Parker. En règle générale, le sommeil est la conséquence d'un cycle diurne/nocturne planétaire ; ce dont ils sont privés depuis des millénaires. Je soupçonne l'existence chez eux de brèves périodes de repos, mais pas de sommeil au sens où nous l'entendons.

— Bon, concédons-leur cette faiblesse. J'ai besoin d'un repas, d'une friction au gel douche et de quelques heures au pieu. La journée a été longue.

— Je suis d'accord, dit Syrinx. Les satellites ELINT approchent du stade opérationnel, et peut-être allons-nous obtenir grâce à eux des informations utiles sur les dominions. Nous devons également évaluer ce que nous avons glané aujourd'hui, et autant que nous soyons frais à ce moment-là. Je propose que nous nous retrouvions dans six heures pour voir ce que les satellites nous ont apporté et pour discuter de la phase suivante des opérations.

Joshua réussit à garder le sommeil trois heures durant. Il fixa la paroi de sa cabine pendant un quart d'heure, puis finit par admettre qu'il aurait besoin de faire tourner un programme s'il voulait se rendormir. Et il détestait ça.

Liol, Monica, Alkad et Dahybi se trouvaient déjà dans la petite coquerie lorsqu'il en franchit l'écoutille en nageant dans l'air. Ils lui adressèrent des regards plus ou moins compatissants, auxquels il répondit par un grognement.

— On parlait avec Syrinx et Cacus, déclara Monica.

Elle eut un haussement d'épaules ; Joshua, qui se préparait un thé, avait arqué un sourcil en réaction à ses propos.

— On n'est pas les seuls à être excités, expliqua-t-elle. Bref, ils ont localisé sept autres cités spatiales.

Joshua demanda à l'ordinateur de bord de lui ouvrir un canal de communication et salua l'équipage de l'*Œnone*.

— L'empire mosdva semble fort étendu, lui dit Syrinx. À en juger par la position des cités spatiales que nous avons repérées pour le moment, notre première estimation doit être sérieusement révisée à la hausse. Normal si, comme on nous l'a dit, sept mille habitats-astéroïdes ont été construits à l'origine. Kempster et Renato ont également scanné l'espace local plus éloigné de la photosphère. Jusqu'ici, ils n'ont pas repéré le moindre caillou à moins de vingt degrés de l'écliptique. Quantook-LOU disait la vérité quand il évoquait les disputes ayant la masse pour enjeu, qui ont suivi l'expansion stellaire. Le moindre gramme disponible a dû être incorporé dans les cités spatiales.

— Quantook-LOU n'a pas parlé de disputes, corrigea Joshua. Il a parlé de guerres, et au pluriel qui plus est.

— Des guerres dont les Tyrathcas étaient les seuls responsables, à l'en croire, intervint Alkad.

Joshua considéra la physicienne d'un œil torve. Elle ne disait pas grand-chose, mais ses remarques étaient invariablement pertinentes.

— Vous pensez que les Mosdvas ont pris le contrôle de la situation bien avant ?

— Jamais nous ne connaîtrons avec exactitude l'histoire de ce système stellaire, mais, à mon avis, il est probable que la révolte des Mosdvas a débuté dès que l'étoile est entrée dans sa phase d'expansion. C'est à ce moment-là que les Tyrathcas étaient à la merci de leurs esclaves. Tout ce qu'on nous a dit brosse de nos hôtes un portrait des plus flatteurs. Un peuple opprimé qui lutte pour recouvrer sa liberté perdue ? Je vous en prie. L'histoire est toujours écrite par les vainqueurs.

— J'ai passé sous silence certains de nos traits les moins sympathiques, dit Joshua. C'est la nature humaine qui veut ça.

— Tu aurais dû placer quelques mouchards nanoniques dans l'espace personnel de Quantook-LOU, dit Liol. J'aimerais bien savoir ce qu'ils sont en train de se dire en ce moment.

— Trop risqué, trancha Monica. S'ils les avaient découverts, ils pouvaient interpréter ça comme une manifestation d'hostilité ; et même s'ils avaient choisi de rester diplomates, ils auraient hérité grâce à nous d'une nouvelle technologie.

— Je ne vois pas pourquoi ça devrait nous inquiéter, contra Liol. Les Mosdvas ne sont pas sur le point d'envahir la Confédération, ce sont les Tyrathcas qui nous posent problème.

— Bon, ça suffit, déclara Joshua. (Il fit de la place à un Ashly mal réveillé aux joues râpeuses qui venait de les rejoindre.) Puisque tout le monde ou presque est sur le pont, autant discuter de ce que nous comptons faire maintenant.

Un nouvel événement survint avant le début officiel de la réunion. Joshua achevait son petit déjeuner lorsque Beaulieu lui demanda d'accéder sans tarder aux capteurs du *Lady Mac*.

— Je viens de localiser un vaisseau mosdva, annonça la cosmonik.

— Enfin ! s'exclama Liol.

Il ferma les yeux pour accéder à l'image.

Beaulieu n'avait pas activé les programmes de filtrage conçus pour atténuer l'éclat rouge de la géante. Joshua ne distingua qu'une silhouette d'un blanc incandescent qui se dirigeait vers Tojolt-HI, et dont la configuration rappelait le vaisseau déjà amarré à la bordure. Cinq gigantesques globes rassemblés autour d'une unité de propulsion et d'un collecteur de Bussard. Sauf que ces globes émettaient une vive lueur blanc-pourpre, plus intense que la photosphère.

— Il a fait surface il y a vingt minutes, télétransmit Beaulieu.

La cosmonik leur repassa les images. Les capteurs du *Lady Mac* avaient détecté une anomalie magnétique à l'intérieur de la photosphère, des lignes de flux formant un dessin évoquant celui d'un nœud dans le bois, sur plusieurs centaines de kilomètres. Cette anomalie se déplaçait à une vitesse supérieure à la vélocité orbitale et sa taille croissait sans cesse. Les capteurs visuels se mirent à la pister sur fond d'holocauste écarlate. Un banc de brume parfaitement uniforme, comme paré de rouge par l'aurore, et puis, soudain, l'impossible qui se produit : de longs filets d'ombre qui zèbrent l'image. Il s'agissait en fait de replis dans la masse gazeuse – quelque chose bougeait au sein de celle-ci, agitait les atomes d'hydrogène en train de brûler, créant des tourbillons dans l'enveloppe d'ordinaire paisible. Une boule de lumière blanche devint visible dans le plasma écarlate. Le vaisseau émergea majestueusement des couches supérieures de la photosphère, son collecteur poussant devant lui une immense vague d'ions étincelants. Chacun des globes qui le constituaient brillait d'un éclat aussi intense que celui d'une naine blanche, irradiait de prodigieuses quantités d'énergie thermique et électromagnétique. De grandes rosaces écarlates tombèrent en avalanche du collecteur, regagnant en douceur la masse de la géante rouge. Ce qui restait de l'aura du vaisseau fut avalé par le gosier de celui-ci, qui devint de plus en plus brillant pour être finalement consumé par une flamme aveuglante incendiant sa gorge.

— L'éclat des globes s'est atténué depuis le moment de l'émergence, dit Beaulieu. Leur température a elle aussi baissé.

— Tu avais raison à propos de cette histoire de collecteur, Josh, dit Liol d'un air jovial. C'est là-dedans qu'ils trouvent la masse dont ils ont besoin à présent que les astéroïdes ont été consumés. Moissonner le soleil, imaginez un peu !

— Leur technologie de régulation thermique est fichtrement impressionnante, dit Sarha. Elle est sûrement plus évoluée que la nôtre. Évacuer la chaleur excédentaire pendant qu'on est à l'intérieur d'une étoile... Seigneur !

— Le simple fait de compresser et de condenser l'hydrogène de la photosphère pour obtenir un état gazeux stable ne permet pas d'obtenir une telle chaleur, dit Alkad. Ils doivent procéder par fusion, le transformer en hélium et peut-être même en carbone.

— Ils ont vraiment besoin de masse.

— La limite du fer, dit Joshua d'une voix songeuse. La fusion ne permet pas d'aller plus loin que le fer sous peine de présenter un bilan énergétique négatif. Pour tous les éléments précédents, la transformation produit de l'énergie.

— Il y a un rapport ? demanda Liol.

— Je n'en suis pas sûr. Mais le fer doit être pour eux l'équivalent de l'or chez nous. Ça peut nous être utile de savoir ce qui est précieux à leurs yeux. S'ils sont à court de certains éléments, il s'agit forcément d'éléments transferreux.

— Le fait qu'ils aient recours à cette extraordinaire méthode nous donne sur eux un avantage considérable, déclara Samuel. Nous n'avons guère trouvé de traces dans la structure de la cité de composants issus de l'ingénierie moléculaire. Nos sciences de la matière devraient leur permettre d'exploiter la masse avec bien plus d'efficience qu'ils ne le font actuellement. La moindre des innovations que nous leur proposerons est porteuse de changements fondamentaux pour leur société.

— C'est précisément la décision que nous avons à prendre, leur rappela Syrinx. Liol, est-ce que les satellites ELINT nous ont donné des informations susceptibles de nous aider ?

— Pas vraiment. En ce moment, ils se trouvent mille kilomètres au-dessus de la face obscure, ce qui nous donne une excellente couverture. Ils confirment les observations que nous avons faites lors du survol. On voit des trains parcourir le paysage, mais pas grand-chose d'autre. Oh ! on a repéré des fuites d'atmosphère du genre méchant. Des tubes qui ont dû céder. Il y avait des corps dans les courants de gaz...

— Les techniciens de maintenance doivent livrer un combat de tous les instants contre la fatigue structurelle, dit Oxley. Ils ont une gigantesque surface à surveiller.

— Tout est relatif, déclara Sarha. La population mosdva est elle aussi gigantesque.

— Je me demande quel est le degré d'interdépendance des dominions, dit Parker. Même si Quantook-LOU taxe toute la matière qui transite par le dominion d'Anthi-CL, il doit veiller à ce que l'approvisionnement de l'intérieur soit quand même assuré. Sans apport de masse fraîche, les tubes finiraient par se dégrader. Une menace qui ne manquerait pas de faire réagir les autres dominions.

— Nous avons confirmé l'existence de huit zones mortes dans Tojolt-HI, dit Beaulieu. Ce qui représente un peu moins de treize pour cent du volume total.

— Tant que ça ? C'est le signe d'une société en déclin, voire d'une culture décadente.

— Il est possible que des dominions s'effondrent, dit Ruben. Mais leur société dans son ensemble reste intacte. Après tout, il existe des planètes de la Confédération que l'on peut qualifier de stagnantes, mais certaines de nos cultures sont vibrantes de vie. Et aucune des sections périphériques n'est affectée, ce qui est à mon avis significatif.

— La principale source d'activité extérieure est localisée autour de ces sections mortes, dit Liol. On dirait des chantiers de reconstruction et de réhabilitation. Ces dominions ne sont pas décadents, loin de là, ils s'affairent à coloniser les territoires de leurs anciens voisins.

— Je peux accepter qu'ils nous soient comparables sur le plan social, dit Syrinx. Alors, cela posé, est-ce que nous leur proposons la technologie TTZ ?

— En échange d'un almanach stellaire vieux de dix mille ans ? dit Joshua. Tu plaisantes ! Quantook-LOU n'est pas un imbécile, il verra tout de suite qu'il y a anguille sous roche. Je suggère que nous proposions d'échanger avec eux des données astronomiques en plus de passer des accords purement commerciaux. Ils n'ont jamais vu ce qu'il y a de l'autre côté de la nébuleuse, après tout. Si nous leur offrons la possibilité d'échapper à une zone d'espace dominée par les Tyrathcas, ils auront besoin de savoir ce qu'il y a au-delà.

— Le TTZ n'est pas une panacée dans leur situation, je vous l'ai déjà dit, insista Ashly.

— Pour les prolos, peut-être, remarqua Liol. Mais les membres de l'élite l'apprécieraient pour leur famille, leur clan ou leur parti. Et c'est à l'élite que nous avons affaire.

— Est-ce là le genre de souvenir que nous voulons laisser de notre passage ? demanda Peter Adul d'une voix posée. Être ceux qui ont rendu possible une guerre interstellaire en plus des conflits internes ?

— Ne commencez pas à me faire la morale, rétorqua Liol. Pas vous. Nous ne pouvons pas nous permettre ce genre d'éthique. L'espèce humaine est en danger, bon sang ! Je suis prêt à tout pour aider à la sauver.

— Si nous avons l'intention d'implorer l'aide d'un dieu, peut-être devrions-nous songer à l'impression que nous lui ferons si nous décidons d'opter pour des solutions de ce type.

— Et si ce fameux dieu considère qu'il est bon d'éliminer son ennemi au nom d'une juste cause ? Vous vous en faites une image un peu trop humaine à mon goût. Ce que n'ont jamais fait les Tyrathcas.

— Remarque pertinente, observa Dahybi. Maintenant que nous savons comment les Tyrathcas ont procédé pour arriver au niveau qui est le leur, en dépit de leur manque total d'imagination, que pouvons-nous en déduire sur le Dieu endormi ?

— Très peu de choses, j'en ai peur, répondit Kempster. Vu ce que nous avons appris sur eux, je dirais que, si le Dieu endormi n'a pas expliqué sa nature aux Tyrathcas de Swantic-LI, ceux-ci ont été incapables de la comprendre. En le qualifiant de dieu, ils ont fait preuve de leur manque d'imagination habituel. La traduction la plus simple de ce terme est la même chez nous : une entité si puissante qu'elle en devient incompréhensible.

— Dans quelle mesure la technologie TTZ changera-t-elle la société des cités spatiales ? s'enquit Syrinx.

— Dans une mesure considérable, répliqua Parker. Comme l'a fait remarquer Samuel, notre seule présence a déjà tout changé. Nous avons montré à Tojolt-HI qu'il était possible de contourner l'espace tyrathca. Comme ces xénos disposent d'un intellect fort similaire au nôtre, nous devons supposer qu'ils vont chercher à reproduire nos méthodes. Ce qui nous permet de maîtriser la chronologie des événements, et rien de plus ou presque. Si nous leur donnons accès au TTZ, nous bénéficierons de la sympathie d'au moins une faction de cette espèce à la fois fort ancienne et fort adaptable. Je pense que nous devons nous efforcer de tisser des liens d'amitié avec les Mosdvas. Après tout, nous savons à présent que le saut TTZ et le champ de distorsion des faucons ne sont pas le dernier cri en matière de voyage interstellaire – les Kiints ont fait nettement mieux avec leur téléportation.

— Avons-nous d'autres options ? demanda Syrinx.

— De la façon dont je vois les choses, nous en avons un total de quatre, répondit Samuel. Nous pouvons tenter d'obtenir cet almanach stellaire dans le cadre d'échanges commerciaux. Nous pouvons utiliser la force. (Il se fendit d'un sourire contrit comme ses congénères manifestaient leur surprise.) Pardon, fit-il. Mais nous avons cette possibilité, elle doit par conséquent être examinée. Nos armes sont probablement supérieures aux leurs, et notre équipement électronique et informatique devrait nous permettre d'extraire les informations désirées de leurs banques de mémoire.

— Uniquement en dernier recours, dit Syrinx.

— Absolument, opina Joshua avec fermeté. Nous avons affaire à une culture capable de faire la guerre pour grappiller un peu de matière. Peut-être que les Mosdvas ne disposent pas d'armes aussi sophistiquées que les nôtres, mais ils doivent être surarmés et le *Lady Mac* est en première ligne. Quelles sont nos deux autres options ?

— Si Quantook-LOU ne se montre pas coopératif, nous cherchons de l'aide dans un autre dominion, tout simplement. Nous avons un choix assez vaste. Quant à la dernière option, c'est une variante de la troisième : nous partons d'ici et nous mettons à la recherche d'une colonie tyrathca.

— Nous avons établi des contacts prometteurs avec Quantook-LOU et le dominion d'Anthi-CL, dit Sarha. Je pense que nous devrions poursuivre dans cette voie. N'oubliez pas que le temps presse, entre autres facteurs, et que nous avons fait tout ce chemin pour éviter d'avoir affaire aux Tyrathcas.

— Très bien, fit Syrinx. Nous allons suivre la tactique de Joshua pour le moment. Élaborer un accord commercial de grande envergure et tâcher d'obtenir l'almanach en guise de cerise sur le gâteau.

Joshua conserva sa première équipe lorsqu'il retourna dans la cité spatiale. Cette fois-ci, on les conduisit directement dans la bulle de verre privée de Quantook-LOU.

— Avez-vous trouvé des articles à échanger dans votre vaisseau, capitaine Joshua Calvert ? demanda le Mosdva.

— Je le pense, répondit Joshua.

Il parcourut du regard la chambre translucide aux parois ornées de machines évoquant des bernaches xénos et entendit retentir un signal d'alarme. Quelque chose avait changé. Ses naneuroniques firent tourner un programme de comparaison entre ses souvenirs visuels et la réalité présente.

— Je ne sais pas si c'est important, dit-il à ses camarades via le lien d'affinité, mais il y a de nouveaux engins fixés aux conduits.

— Nous les voyons, Josh, répondit Liol.

— Quelqu'un a une idée sur leur fonction ?

— Je ne reçois aucune émission capteur, dit Oski. Mais ces machines ont un champ magnétique puissant – il y a de l'activité électronique là-dessous.

— Des armes rayonnantes ?

— Je n'en suis pas sûre. Je ne vois rien qui ressemble à un canon, et le champ magnétique ne correspond pas à celui d'une cellule énergétique. À mon avis, ils ont transformé cette pièce en scanner à résonance magnétique : s'ils ont des détecteurs d'interface quantique suffisamment sensibles, ils espèrent sans doute parvenir à voir ce qu'il y a sous nos armures.

— Et ils y arriveront ?

— Non. Nos scaphes sont protégés contre ce genre d'intrusion. Mais c'était bien pensé.

— Avez-vous examiné le processeur que je vous ai donné ? demanda Joshua à Quantook-LOU.

— Il a été testé. Sa conception est originale. Nous pensons pouvoir le dupliquer.

— Je peux vous proposer d'autres processeurs plus avancés que celui-ci. Nous avons aussi des accumulateurs énergétiques fonctionnant à un haut niveau de densité. Une formule permettant d'obtenir des valences moléculaires extrafortes ; ce qui vous serait sûrement profitable, vu la pénurie de masse dont vous souffrez.

— Intéressant. Et que souhaitez-vous en échange ?

— Nous avons vu votre vaisseau qui revenait du soleil. Votre technologie de régulation thermique nous serait extrêmement utile.

La négociation avait démarré sous les meilleurs auspices, et Joshua et Quantook-LOU se mirent à comparer leurs technologies et leurs méthodes de fabrication. La difficulté consistait à les évaluer : le cristal mémoriel optique est-il aussi précieux qu'une membrane capable de protéger toute surface métallique des atteintes du vide spatial ? Un processus de filtrage du carbone à basse énergie a-t-il autant de valeur qu'un aimant ultrapuissant ?

Pendant qu'ils parlaient, Oski continua d'examiner les nouvelles machines. Les champs magnétiques qu'elles émettaient variaient constamment, balayant de leurs ondulations la totalité de la chambre translucide. Ils demeuraient incapables de pénétrer les combinaisons IRIS. Les capteurs d'Oski, quant à eux, percevaient les moirages de résonance qu'ils créaient dans les organismes mosdvas. Peu à peu, elle construisit une image tridimensionnelle de leur structure interne, plaques d'os triangulaires et énigmatiques viscères. L'ironie de la situation ne lui échappait pas. Au bout de quarante minutes, les champs magnétiques furent brusquement désactivés.

Liol ne prêtait guère attention aux négociations. Beaulieu et lui s'affairaient à examiner les données transmises par les satellites ELINT. Maintenant qu'ils avaient peaufiné leurs routines d'observation, ils percevaient quantité d'activités sur la face obscure. Les trains pullulaient, suivant des itinéraires bien tranchés. Les wagons-citernes pleins partaient de la périphérie pour gagner l'intérieur, déchargeaient leur cargaison près des modules industriels, puis revenaient sur la bordure une fois vides. Les trains de marchandises, remplis de produits provenant des modules industriels, filaient dans toutes les directions. Liol et Beaulieu se demandaient s'il ne s'agissait pas en fait de caravanes indépendantes qui faisaient perpétuellement le tour des dominions. Joshua n'avait pas demandé si les Mosdvas avaient une monnaie ou si leur économie reposait sur le seul troc.

— Encore une fuite, commenta Beaulieu. À soixante-dix kilomètres à peine de l'endroit où se trouve le capitaine.

— Seigneur ! c'est déjà la troisième ce matin.

Liol ordonna au satellite le mieux placé de se focaliser sur le geyser. Des boules de liquide oscillaient au sein du gaz qui jaillissait en direction de la nébuleuse. Des silhouettes couleur d'ébène, aux vives émissions infrarouges, s'agitaient en leur sein, de plus en plus faiblement à mesure qu'elles s'éloignaient de la surface.

— J'aurais cru qu'ils auraient renforcé leur intégrité structurelle après tout ce temps, commenta-t-il. Ils semblent pourtant assez doués pour faire fonctionner tout le reste. Je n'aimerais pas vivre avec ce genre d'épée de Damoclès au-dessus de ma tête, c'est pire que d'avoir bâti sa maison sur le flanc d'un volcan.

Son subconscient l'encourageait vivement à ne pas se contenter de ce genre d'observation superficielle ; la fréquence de ces fuites était carrément anormale. Il s'empressa de faire tourner une projection dans ses naneuroniques.

— Euh... écoutez bien ça : si les fuites comme celle-ci continuent de se produire à cette cadence, leur cité spatiale n'en a plus que pour sept ans avant de disparaître. Et je suis arrivé à ce chiffre en postulant le maintien de leurs capacités de reconstruction.

— Vous vous trompez sûrement, protesta Kempster.

— Mais oui, et ce genre de catastrophe fait partie de leur vie quotidienne, c'est ça ?

— Encore une fuite, annonça Beaulieu. Dans le même secteur que la précédente, à une centaine de mètres à peine.

Sur la passerelle de l'*Œnone*, Syrinx jeta un regard inquiet à Ruben.

— Accédez à toutes les archives visuelles des satellites ELINT, ordonna-t-elle. Déterminez le type d'activité qui se déroulait dans les conduits préalablement à ces accidents.

Ruben, Oxley et Serina acquiescèrent à l'unisson. Leurs esprits fusionnèrent avec les processeurs bioteks qui géraient les satellites.

— Est-ce qu'on informe Joshua ? s'enquit Ashly.

— Pas encore, dit Syrinx. Je ne veux pas l'inquiéter inutilement. Voyons d'abord si nous pouvons confirmer la cause de ces fuites.

Une heure après le début des négociations, Joshua et Quantook-LOU avaient dressé une liste de vingt articles à échanger. Il s'agissait en majorité d'informations, formatées en fonction des spécifications numériques en usage chez les Mosdvas, et d'échantillons destinés à prouver la réalité de chaque article.

— Maintenant, j'aimerais passer au registre des données brutes, annonça Joshua. Nous sommes intéressés par tout ce que vous pourrez nous apprendre sur votre histoire : par vos observations astronomiques – notamment celles qui portent sur l'expansion de votre soleil –, par vos œuvres culturelles les plus significatives, par vos mathématiques, par la structure biochimiques de vos végétaux. Et par bien d'autres choses encore...

— Est-ce pour cela que vous êtes venus jusqu'ici ? demanda Quantook-LOU.

— Je ne comprends pas.

— Vous vous êtes aventurés au-delà de la nébuleuse, vous dites avoir parcouru seize mille années-lumière. Vous pensiez qu'il n'y avait que des Tyrathcas ici. Vous dites être venus dans le seul but de faire des échanges, ce que je ne crois pas. Il ne peut exister de commerce entre nous, nous sommes trop éloignés les uns des autres. Au mieux, il faudrait deux ou trois visites comme la vôtre pour réduire les différences qui nous séparent. Votre technologie est si supérieure à la nôtre que nous ne pouvons même pas scanner votre corps à l'intérieur de vos vidoscaphes pour vérifier que vous êtes bien ce que vous prétendez être ; ce qui signifie que vous êtes capables de comprendre et de reproduire nos machines sans notre assistance. Ce que vous nous apportez en fait, c'est une multitude de cadeaux. Et, cependant, vous n'êtes pas motivés par l'altruisme, vous affirmez être ici pour commercer. Vous persistez à vouloir obtenir de nous des informations. Par conséquent, nous vous posons la question : quelle est la véritable raison de votre venue ici ?

— Seigneur ! gémit Joshua sur leur fréquence sécurisée. Je suis beaucoup moins malin que je ne le croyais.

— Apparemment, on peut en dire autant de nous tous, renchérit Syrinx. Il n'a eu aucun mal à percer à jour notre stratégie.

— Ce qui est en soi une information utile, dit Ruben.

— Comment cela ?

— À Anthi-CL, la valeur de toutes choses s'exprime en termes de ressources. Quantook-LOU contrôle leur système de distribution, ce qui fait de lui le leader du dominion, et c'est aussi un négociateur et un diplomate hors pair. Si ce sont là les traits qui font de lui un bon leader, alors cela confirme que les dominions vivent dans un contexte de concurrence exacerbée. Ce qui nous laisse peut-être un avantage. Joshua, je vous suggère de jouer la sincérité maintenant que votre plan est éventé. Dites-lui ce que nous voulons. Qu'est-ce qu'on a à perdre, après tout ?

Joshua inspira à fond. Le raisonnement de Ruben était imparable, mais il ne pouvait se résoudre à jouer son va-tout sur la générosité d'un xéno. D'autant plus qu'il leur était impossible de confirmer la version mosdva de l'histoire de Mastrit-PJ, sans parler de la nature même de leurs hôtes.

— Je vous félicite, Quantook-LOU, déclara-t-il. C'est là une déduction admirable, vu le peu d'information dont vous disposez. Quoique vos conclusions ne soient pas entièrement correctes. Je retirerai un bénéfice considérable en introduisant une partie de votre technologie dans la Confédération.

— Pourquoi êtes-vous venus ici ?

— À cause des Tyrathcas. Nous voulons savoir où ils se trouvent, quelle est l'étendue de leur influence, quelle est l'importance de leur population.

— Pourquoi ?

— En ce moment, notre Confédération coexiste avec eux. Nos dirigeants estiment que cette situation ne peut pas se prolonger éternellement. Nous savons qu'ils ont soumis des espèces conscientes lorsqu'ils allaient d'étoile en étoile, les réduisant en esclavage comme ils l'ont fait avec vous ou bien allant jusqu'à les exterminer. Par chance, notre technologie était plus avancée que la leur quand nous sommes entrés en contact avec eux, de sorte qu'ils ne nous ont pas menacés. Mais ils disposent déjà de notre système de propulsion. S'ils poursuivent leur expansion, le conflit est inévitable. Et ils ne pourront poursuivre leur expansion qu'en traversant notre espace. Si nous pouvons évaluer leurs forces pendant que notre supériorité est encore assurée, peut-être pourrons-nous réduire leur menace à néant.

— Quel est votre système de propulsion ? Quelle est la distance que peuvent parcourir vos vaisseaux ?

— Ils peuvent sauter instantanément d'une étoile à l'autre.

La réaction de Quantook-LOU fut telle que Joshua le considéra dès cet instant comme humain, ou du moins presque humain. Le xéno émit un pépiement suraigu et se plaqua les membres supérieurs sur le torse.

— Je me félicite de ne pas avoir d'œufs dans ma poche, déclara-t-il une fois calmé. Je les aurais sûrement écrasés.

Serait-il marsupial ? se demanda distraitement Joshua.

— Avez-vous conscience de l'importance de votre vaisseau, capitaine Calvert ? Vous êtes notre salut. Nous nous pensions pris au piège autour de cette étoile mourante, encerclés par nos ennemis, incapables de fuir comme ils l'avaient fait jadis. Il n'en est désormais plus ainsi.

— J'en conclus que vous souhaitez acquérir notre système de propulsion...

— Oui. Par-dessus tout. Nous nous joindrons à votre Confédération. Vous avez vu l'importance de notre population, notre habileté. Même avec nos ressources limitées, nous sommes vastes et puissants. Nous pouvons construire un million de vaisseaux de guerre, une centaine de millions, et les équiper de votre système de propulsion. Les Tyrathcas sont lents et stupides, ils ne pourront pas nous résister. Ensemble, nous allons partir en croisade pour débarrasser la galaxie de leur présence maléfique.

— Seigneur Jésus ! s'exclama Joshua sur le canal sécurisé. Ça se corse de plus en plus. Si les Mosdvas réussissent à se procurer la technologie TTZ, ça va déclencher un génocide à l'échelle cosmique. Et j'ai l'impression que nous n'aurons le droit de regagner le *Lady Mac* qu'après avoir remis à Quantook-LOU les données qu'il demande.

— Nous pouvons faire sauter cette bulle avec nos armes, dit Samuel. Sortir et attendre parmi les tubes que le *Lady Mac* vienne nous récupérer.

— Ce n'est même pas la peine d'aller jusque-là, fit remarquer Liol. Il nous suffit de donner un fichier bidon à Quantook-LOU. Les plans d'une machine à fabriquer la crème glacée, par exemple. Quand il se rendra compte de la supercherie, on sera partis depuis belle lurette.

— Je reconnais bien là mon frère...

— Pour l'instant, on a des problèmes plus urgents à régler. Il semble que les dominions soient en conflit armé. Le nombre de fuites dans les tubes atteint des proportions épidémiques.

— Génial.

Joshua scanna la bulle une nouvelle fois. Ils n'auraient guère de mal à s'en échapper. Pas une fois il n'avait vu un Mosdva en vidoscaphe. Du moins pour l'instant.

— Je suis prêt à vous céder notre système de propulsion, dit-il à Quantook-LOU. En échange, j'ai besoin de toutes les informations dont vous disposez sur les arches stellaires des Tyrathcas et les systèmes qu'ils ont colonisés. Ceci n'est pas négociable. Ils ont envoyé des messages dans ce système pendant des milliers d'années. Je les veux tous, ainsi que leur système de coordonnées stellaires. Fournissez-moi ce qui m'intéresse, et vous serez libres de voyager dans toute la galaxie.

— Il nous sera difficile de nous procurer ces informations. Le dominion d'Anthi-CL ne conserve pas d'archives tyrathcas d'une telle antiquité.

— Peut-être que d'autres dominions pourront me satisfaire.

Les capteurs de l'armure de Joshua perçurent l'agitation qui s'empara des sept autres Mosdvas présents dans la bulle.

— Vous ne traiterez pas avec les autres dominions, déclara Quantook-LOU.

— Alors localisez ces informations et procurez-les-vous.

— Je vais examiner cette possibilité.

Quantook-LOU agrippa un conduit sur la paroi avec l'un de ses membres intermédiaires. Cinq des modules électroniques fixés à son gilet crachèrent des fils d'argent. Ils ondulèrent dans l'air tels des serpents aveugles, puis foncèrent vers l'une des unités électroniques fixées au conduit. Ils se branchèrent dans divers ports, et les lumières affichées par chaque unité subirent des variations rapides.

— Primitif mais efficace, commenta Ruben. Je me demande quel est le niveau de leur technologie d'interfaçage neuronal.

— Capitaine, appela Beaulieu. Nous apercevons ce qui ressemble à des mouvements de troupes un peu partout dans le dominion d'Anthi-CL.

— Tu déconnes ou quoi ?

— Des Mosdvas en vidoscaphe rampent sur la structure de la face obscure. Ils ne transportent ni produits manufacturés ni équipement de maintenance. Et ils sont fort agiles.

Joshua n'avait même pas envie de poser des questions sur les effectifs des xénos.

— Sarha, passe en phase de préparation au décollage, s'il te plaît. Si on a besoin de vous, il faudra faire vite.

— Compris.

— Combien de temps attendons-nous ? s'enquit Oski.

— J'accorde un quart d'heure à notre ami Quantook-LOU. Ensuite, on fiche le camp d'ici.

Mais le Mosdva émergea de sa transe au bout de deux

minutes à peine. Trois de ses cinq câbles se débranchèrent pour regagner leurs modules respectifs.

— Le dominion d'Anthi-CL possède cinq fichiers relatifs aux informations qui vous intéressent.

Joshua tendit un bloc de communication.

— Transmettez-les, nous allons voir si c'est suffisant.

— Je ne vous envoie que l'index. Si c'est ce dont vous avez besoin, nous devons discuter des modalités de notre échange.

— Entendu.

Les naneuroniques de Joshua supervisèrent le bref transfert de données des machines de la bulle à son bloc. Syrinx et *Œnone* s'empressèrent d'examiner lesdites données.

— Navrée, Joshua, dit l'Édéniste. Ce ne sont que des enregistrements de messages provenant des arches stellaires. Des rapports standard sur le déroulement de leur voyage. Rien qui nous intéresse.

— Des messages provenant de Swantic-LI ?

— Non, pas de pot.

— Ces informations nous sont inutiles, déclara Joshua à Quantook-LOU.

— Nous n'en avons pas d'autres.

— Cinq fichiers seulement ? Tojolt-HI en contient sûrement d'autres.

— Non.

— Peut-être que les autres dominions vous refusent l'accès à leurs bases de données. Est-ce pour cela que vous êtes en guerre ?

— C'est vous qui nous avez apporté la guerre. C'est pour vous que nous périssons. Donnez-moi votre système de propulsion. Mettez un terme à nos souffrances. Votre espèce ne connaît donc pas la compassion ?

— Il me faut ces informations.

— Peu importe désormais où vivent les Tyrathcas, quelles planètes ils ont colonisées. Si nous disposons de votre système de propulsion, plus jamais ils ne vous menaceront. Vous aurez atteint votre but.

— Je ne vous donnerai notre système de propulsion qu'en échange de ces informations. Si vous ne pouvez pas me les fournir, je trouverai un dominion qui le pourra.

— Vous ne pouvez pas traiter avec un autre dominion.

— Je ne souhaite pas que notre association s'achève sur un échange de menaces, Quantook-LOU. Trouvez-moi ces informations, je vous en prie. S'il vous faut pour cela signer une alliance avec un autre dominion, pensez que c'est la liberté de tous les Mosdvas qui est en jeu.

— Il y a un endroit de Tojolt-HI où les informations que vous voulez sont peut-être stockées.

— Excellent. Alors contactez cet endroit et passez un accord avec ses habitants. Anthi-CL a obtenu de nous suffisamment de nouvelle technologie pour s'acheter un autre dominion.

— Cet endroit n'a plus aucun lien avec les dominions. Nous l'avons exclu il y a très longtemps.

— Eh bien, le moment est venu pour nous de faire de nouvelles connaissances. Nous irons là-bas pour accéder directement aux fichiers qui nous intéressent.

— Je ne peux pas vous conduire par-delà nos frontières. Il m'est impossible de dire lesquels de nos alliés sont encore fiables. Notre train risque de ne pas pouvoir passer.

— Vous oubliez que je vous ai invité à bord de mon vaisseau. Nous emprunterons la voie des airs. C'est plus rapide.

Valisk continuait de tomber dans le continuum noir. Audehors, la nébuleuse d'ébène était criblée d'éclats fugaces qui paraient la coque du gigantesque habitat d'une luminescence floue. Un observateur doué de compassion aurait eu un pincement au cœur en découvrant le triste état qui était le sien. Les poutrelles et les panneaux du spatioport contrarotatif semblaient s'effriter sous l'effet des ans ; sur la périphérie des installations portuaires, la matière solide se décomposait en liquides pâteux. De grosses gouttes coulaient lentement de l'armature en titane totalement érodée, emportées dans les profondeurs de la nébuleuse.

La coque de polype subissait les assauts d'un froid intense, qui dévorait la chaleur interne de l'habitat plus vite qu'elle ne pouvait être reconstituée. Des lézardes s'ouvraient un peu partout sur la surface, parfois si profondes que la couche mitotique était exposée au vide. Çà et là, un épais liquide semblable à du goudron maculait la coque de sa masse bouillonnante, la faisant virer à un noir insalubre. De temps à autre, un éclat de polype se détachait d'une nouvelle fissure et dérivait lentement vers le néant, comme si la vélocité elle aussi était touchée par l'entropie. Encore plus grave, douze geysers d'air jaillissaient des vitres fracassées des gratte-ciel, zébrant le vide de paraboles frigorifiées. Cela faisait plusieurs jours qu'ils attiraient les Orgathés surgissant du cœur labyrinthique de la nébuleuse. Les gigantesques créatures gagnaient l'intérieur de l'habitat par les brèches ainsi ouvertes, bloquant la fuite l'espace de quelques secondes en y insinuant leur masse.

Erentz et ses cousins savaient que l'atmosphère allait en se raréfiant, mais ils ne pouvaient strictement rien y faire. La caverne enténébrée de l'habitat était désormais le domaine des Orgathés et des créatures qui les y avaient suivis. En théorie, les humains auraient pu se rendre dans les gratte-ciel en empruntant le métro et les canalisations d'eau. Mais même s'ils avaient réussi à refermer les brèches, les Orgathés auraient eu tôt fait d'en ouvrir de nouvelles.

Le dernier refuge des humains consistait en une série de cinq grottes enfouies dans les profondeurs de la calotte nord, choisies parce que chacune d'elles était pourvue de plusieurs entrées. Les défenseurs avaient adopté une stratégie inspirée des Horaces. Quelques volontaires armés de lance-flammes et de lanceurs de torpilles incendiaires saturaient le passage de feu chaque fois qu'une créature tentait de s'y introduire. Les fantômes se tenaient à l'écart durant l'affrontement, attendant que l'ennemi ait battu en retraite pour se ruer sur le fluide poisseux qu'il avait perdu et qui leur redonnait un peu de substance. Ils formaient avec les humains une alliance des plus étranges et les avertissaient de l'approche des créatures du continuum noir. Mais leur participation à l'effort de guerre s'arrêtait là.

— Je ne peux pas dire que je leur en veux, dit Dariat à Tolton. Nous aussi, nous sommes une cible de choix pour ces saletés.

Il était l'un des rares fantômes solides à être tolérés dans les grottes, et il préférait rester confiné dans les espaces réquisitionnés par le Dr Patan et ses assistants plutôt que de se mêler à la masse des réfugiés dont la santé demeurait chancelante.

La personnalité de l'habitat et la famille de Rubra avaient consolidé leur politique de survie autour d'un objectif unique : protéger l'équipe de physiciens. Leur seule chance était désormais de lancer un appel au secours à la Confédération. Et vu l'état de l'habitat, le temps pressait.

Tolton n'osait plus s'informer de l'avancement des recherches. Les réponses à ses questions étaient toujours les mêmes. Il se contentait donc de traîner en compagnie de Dariat, et il avait déroulé son sac de couchage dans le couloir du labo de physique. Ainsi, il était proche de ses sauveurs potentiels sans toutefois être dans leurs jambes. Erentz ou la personnalité lui confiaient parfois un travail qui l'obligeait à regagner la grande caverne. Le plus souvent, il devait déplacer une machine ou participer à la gestion du stock de rations. Il lui arrivait aussi de nettoyer les lance-torpilles, et il était tout surpris de se découvrir doué pour cette tâche mécanique. Malheureusement, la tâche en question lui permettait de se rendre compte que leurs munitions ne tiendraient pas éternellement.

— Ce qui n'a pas grande importance, déclara-t-il à Dariat en se glissant dans son sac de couchage après une énième séance de nettoyage des armes, vu qu'on sera morts de suffocation avant d'être à court de munitions.

— La pression atmosphérique a diminué de vingt pour cent. Si on trouvait un moyen de sceller les gratte-ciel, on aurait de meilleures chances de s'en sortir.

Tolton inspira à fond, expira lentement.

— Je ne sais pas si c'est sensible ou si j'ai l'impression que l'air s'est raréfié parce que je sais qu'il l'a fait. De toute façon, avec cette puanteur, qui pourrait en être sûr ?

— L'odorat fait partie des sens que je n'ai pas récupérés.

— Tu ne connais pas ton bonheur, crois-moi sur parole. Dix mille malades qui ne se sont pas lavés depuis un mois... À la place des Orgathés, je ferais demi-tour et je m'enfuirais en hurlant.

— On peut toujours rêver.

— On n'a donc aucun moyen de les affronter ?

Dariat s'accroupit.

— La personnalité envisage de pomper le phototube.

— Hein ?

— Elle détournerait toute l'électricité pour réchauffer le plasma, puis désactiverait le champ de confinement. Nous l'avons déjà fait, à plus petite échelle. En théorie, cela vaporiserait toutes les créatures formées de fluide présentes dans l'habitat.

— Eh bien, faites-le ! s'exclama Tolton.

— Primo, il ne reste plus assez d'énergie pour cela. Secundo, il y a le problème du froid.

— Le froid ?

— Depuis notre arrivée dans ce royaume maudit de Thoale, Valisk ne cesse d'irradier de la chaleur. La coque est de plus en plus friable. Pomper le phototube équivaut à faire sauter une bombe ; l'habitat risque de ne pas y résister.

— Génial, râla Tolton. Foutrement génial.

Il dut s'écarter du passage lorsque trois personnes arrivèrent dans le couloir, peinant sous le poids d'un générateur de microfusion.

— C'est pour cette fameuse opération de pompage ? demanda-t-il à Dariat.

Celui-ci observait le trio en plissant le front.

Qu'est-ce qu'ils fabriquent ? s'enquit-il auprès de la personnalité.

Ils vont réinstaller ce générateur dans le *Tonnerre de Hainan*.

Pour quoi faire ?

Ça me paraît évident. Trente d'entre eux vont partir à son bord.

Lesquels ? demanda-t-il, furieux.

Est-ce vraiment important ?

Pour ceux qui restent, oui. Et pour moi aussi.

Sélection naturelle. Ne te plains pas, tu as eu de belles années.

Mais pourquoi une telle expédition ? Les astronefs sont quasiment réduits à l'état d'épaves. Et même s'ils arrivent à faire fonctionner un tube à fusion, où diable pourront-ils aller ?

Le plus loin possible. La coque du *Tonnerre de Hainan* est toujours intacte, seule la mousse protectrice a souffert.

Pour l'instant. La coque sera tôt ou tard rongée par l'entropie. L'astronef pourrira autour de ses occupants. Tu le sais parfaitement.

Nous savons aussi que ses nœuds ergostructurants sont fonctionnels. Et si on parvenait à les utiliser pour envoyer un signal à la Confédération ? Une décharge d'énergie qui passerait d'un continuum à l'autre, par exemple.

Par Anstid, c'est à ça que nous en sommes réduits ?

Oui. Tu es content maintenant ?

— Ils ont besoin de ce générateur à l'armurerie, déclara Dariat. Pour recharger leurs cellules énergétiques.

Il ne parvint pas à regarder dans les yeux le poète des rues.

Tolton poussa un grognement distrait et se pelotonna dans son sac de couchage. En exhalant, il aperçut son haleine sous la forme d'un plumet de brume blanche.

— Merde, tu avais raison à propos du froid.

Est-ce que Tolton peut les accompagner ? demanda Dariat.

Navré.

Allez, je suis une partie de toi. Tu me dois bien ça, ne serait-cc qu'au nom des sentiments. Et c'est grâce à lui que tu as pu extraire mes cousins de tau-zéro.

Tu penses qu'il souhaitera partir ? Il y a des milliers

d'enfants terrorisés dans les grottes. Le crois-tu capable de s'embarquer sans proposer que l'un d'eux prenne sa place ?

Et merde !

S'il doit y avoir un civil à bord, ce ne sera pas lui.

D'accord, d'accord. Tu as gagné. Tu es content maintenant ?

Dame Chi-Ri n'approuverait pas une telle amertume.

Dariat eut un rictus mais ne fit aucun commentaire. Il se rendit dans les routines administratives de la strate neurale pour examiner les vaisseaux encore amarrés au spatioport. Le réseau de celui-ci avait été durement frappé, et seuls sept capteurs visuels demeuraient opérationnels. Grâce à eux, il localisa quatre astronefs et sept spationefs. De tout le lot, c'était le *Tonnerre de Hainan* dont l'état laissait le moins à désirer.

Un instant ! fit la personnalité.

Cette exclamation mentale exprimait une telle surprise que tous les humains équipés du lien d'affinité se figèrent dans l'attente d'une révélation. Puis ils reçurent l'image captée par les quelques cellules sensitives externes encore en vie.

Valisk était arrivé aux limites de la nébuleuse et en émergeait lentement. La zone de transition évoquait la bordure d'un nuage dans le ciel. Un plan formé par des tourbillons lents et grenus qui, à en juger par ce que percevaient les cellules sensitives, s'étendait dans toutes les directions. Des échardes de lumière pâle flottaient çà et là parmi ces tresses gibbeuses, évoquant un écran envahi par les parasites.

Et il y avait cette béance d'espace parfaitement dégagé, à une centaine de kilomètres des franges de la nébuleuse.

Qu'est-ce que c'est que ça ? demanda une personnalité des plus impressionnées.

Une autre surface plane se dressait par-delà la béance, parallèle à la nébuleuse et aussi vaste qu'elle. Elle était d'un gris sinistre et paraissait fort solide.

Les routines d'interprétation visuelle se concentrèrent sur ce spectacle. La surface tout entière semblait mouvante, grouillante de minuscules ondulations persistantes.

Le mélange, dit Dariat.

Son corps contrefait tressaillit d'angoisse comme montaient à la surface de son esprit des fragments de souvenirs hérités de la créature qu'il avait affrontée dans le puits d'ascenseur.

C'est ici que tout s'achève dans ce royaume. C'est la fin. Pour l'éternité.

Procédez au lancement du *Tonnerre de Hainan*, ordonna

la personnalité avec des accents de panique. **Patan, évacuez la grotte avec vos assistants. Envoyez un message à la Confédération.**

— Que se passe-t-il ? demanda Tolton, intrigué.

Il tourna la tête en entendant les cris hystériques provenant du labo de physique. Un râtelier d'éprouvettes tomba à grand fracas.

— Des emmerdes, répondit Dariat.

— Tu veux dire, encore pires qu'avant ?

Tolton s'efforçait de prendre les choses à la légère, mais il y renonça en percevant la terreur qui habitait le fantôme.

— Jusqu'ici, nous avons vécu dans un véritable paradis. Le continuum noir se prépare à nous montrer sa vraie nature, pour l'éternité.

Le poète des rues frissonna.

Aide-nous, supplia Dariat. **Je t'en conjure. Je suis toi. Si nous avons une chance de survivre, provoque-la.**

Un flot d'informations se déversa dans son esprit via le lien d'affinité, le soumettant à une douloureuse épreuve mentale. Il avait l'impression qu'on l'obligeait à considérer le moindre centimètre cube du gigantesque habitat, qu'on mobilisait les ressources de son esprit jusqu'à leur point de rupture. Puis le flot s'interrompit brutalement, et il se retrouva en contact intégral avec la personnalité. Son attention était fixée sur l'axe qui reliait l'habitat au spatioport contrarotatif. Il était en voie de désagrégation avancée, à l'instar de tous les composants en métal et en matériau composite de Valisk. Tout près de sa base, cependant, juste au-dessous de l'énorme palier de butée enfoui dans le polype, cinq canots de sauvetage étaient nichés dans leurs berceaux couverts.

Foncez, dit la personnalité.

— Suis-moi ! lança Dariat à Tolton.

Il se mit à courir en direction de la caverne principale, aussi vite que le lui permettait sa corpulence. Sans hésiter un instant, Tolton jaillit de son sac de couchage et fonça sur ses talons.

Le chaos régnait parmi les réfugiés. Ils avaient compris qu'il se passait quelque chose de grave. Supposant qu'il s'agissait d'une nouvelle attaque des Orgathés, ils s'écartaient en masse des deux entrées. Les bandes électrophorescentes du plafond perdaient rapidement de leur intensité.

Dariat se précipita vers l'alcôve qui faisait office d'armurerie.

— Prends-toi une arme, ordonna-t-il. On risque d'en avoir besoin.

Tolton s'empara d'un lanceur de torpilles incendiaires et d'une cartouchière. Puis tous deux foncèrent vers l'entrée la plus proche. Aucun des défenseurs agités ne les empêcha de passer. Derrière eux, ils entendaient le Dr Patan et ses assistants traverser la caverne en pestant.

— Où allons-nous ? s'enquit Tolton.

— Au pied de l'axe. Il y a quelques canots de sauvetage qui n'ont pas été lancés la dernière fois que j'ai dû partir précipitamment.

— L'axe ? Mais c'est une zone d'apesanteur. Je vomis toujours en apesanteur.

— Écoute...

— Oui, oui, je sais. L'apesanteur est un paradis, comparée à ce qui nous attend.

Dariat tomba sur un groupe de fantômes rassemblés dans une jonction de forme ovale. Comme ils n'étaient pas équipés du lien d'affinité, ils n'étaient pas en mesure de voir le mélange, mais ça ne les empêchait pas de sentir sa présence. L'éther résonnait des cris déchirants des âmes affaiblies qu'il avait déjà dévorées.

— Hors de mon chemin ! hurla Dariat.

Il referma sa main sur le visage d'une fantôme, absorbant son énergie. Elle poussa un hurlement et s'écarta en vacillant. Ses contours se brouillèrent et elle sembla choir comme une enveloppe vidée de son contenu. Les autres battirent en retraite, leurs visages blafards déformés par le reproche.

Dariat s'engouffra dans un couloir secondaire. La lumière émanant du plafond était quasiment inexistante.

— Tu as une torche ? demanda-t-il à Tolton.

— Oui, fit celui-ci en faisant mine de la prendre.

— Attends d'en avoir vraiment besoin. Je devrais pouvoir t'aider.

Il leva une main et se concentra. Un éclat d'un bleu glacial émana de sa paume.

Ils débouchèrent dans une section plus large du passage. Il y subsistait les traces d'une violente échauffourée : les murs de polype étaient calcinés, les bandes électrophorescentes brisées et noircies par la suie. Sentant son univers s'effondrer, Tolton débloqua le cran de sûreté de son lance-torpilles. Dariat se planta devant une membrane musculaire fermée enchâssée dans le mur et à peine plus haute que lui. Il se concentra sur elle, et la roche caoutchouteuse s'ouvrit non sans résistance, frémissant tout le long de ses lèvres. Un filet d'air en jaillit, virant à la bourrasque à mesure que l'ouverture s'élargissait.

Derrière la membrane, les ténèbres absolues.

— C'est quoi ? demanda Tolton.

— Un conduit de ventilation secondaire. Il devrait nous amener à destination.

Réprimant un frisson, Tolton s'engagea dans le passage.

Valisk avait achevé de sortir de la nébuleuse, plusieurs minutes ayant été nécessaires pour que sa masse se retrouve dans un espace dégagé. Le spatioport fut la dernière section à émerger. Quatre projecteurs éclairaient brillamment le pourtour de la baie d'accostage où se trouvait le *Tonnerre de Hainan*, quatre sur plus d'une centaine. Leur éclat ressortait cependant de façon nette dans cet environnement lugubre. Leurs rayons, en frappant la coque, révélaient des morceaux de métal gris argent au sein de l'enveloppe de mousse thermoprotectrice qui se désagrégeait lentement pour former une bruine glutineuse.

Les fenêtres donnant sur la baie s'éclaircirent lorsque les membres de l'équipage de la dernière chance passèrent précipitamment devant les services de maintenance, le visage dissimulé par un masque à oxygène, une lampe torche à la main. Deux minutes plus tard, on constatait des signes d'activité à bord de l'astronef. De fins plumets de gaz jaillirent sur le quart inférieur de sa coque. L'un de ses échangeurs thermiques se déploya et se mit à luire d'un faible éclat rosé. Son boyau-sas se désengagea, parcourant plusieurs mètres avant de s'immobiliser. Les attaches maintenant le bâtiment à son berceau se déverrouillèrent.

Autour de l'équateur de la coque, les tuyères chimiques furent activées et projetèrent des jets de gaz enflammé. Ceux-ci frappèrent de plein fouet les panneaux de la baie, chauffant brutalement l'oxygène présent dans les sections habitables de celle-ci. Le *Tonnerre de Hainan* s'éleva au-dessus de son berceau au sein d'un épais geyser de vapeur blanche.

Des fusées chimiques plus puissantes s'enclenchèrent, propulsant l'astronef au-dessus du spatioport. L'une d'entre elles explosa, sa chambre de combustion ayant été affectée par l'exposition au continuum noir. Le vaisseau, déséquilibré l'espace d'un instant, corrigea sa position. Il prit de la vitesse et se dirigea vers la nébuleuse.

Un Orgathé fondit sur lui depuis le magma cosmique. Des griffes acérées déchirèrent sa coque, désintégrèrent ses œuvres vives. Ses fusées agonisèrent dans un bouquet d'étincelles saphir. Fluides et vapeurs jaillirent des fissures ouvertes dans son fuselage.

Un second Orgathé rejoignit le premier, et les deux titanesques créatures réduisirent le vaisseau en pièces. Les débris de métal et de matériau composite tourbillonnèrent dans le vide. Les monstres fouillaient avec impatience engins et réservoirs, en quête des modules de vie et des noyaux d'énergie vitale qu'ils recelaient.

Un ultime jaillissement de gaz lorsque les parois des modules cédèrent, puis les Orgathés se figèrent pour consommer leur éphémère festin.

La personnalité de l'habitat n'eut pas le loisir de s'adonner au remords, encore moins à la colère. Elle observait la surface du mélange qui se rapprochait. Les mouvements qui agitaient cet océan visqueux devenaient plus nets. On voyait d'abord plusieurs milliards de xénos, tous ou presque appartenant à des espèces différentes, qui se débattaient dans le fluide, agitant leurs bras, leurs tentacules ou leurs appendices pour échapper à la noyade. Puis on comprenait que ces corps prenaient naissance dans le mélange et cherchaient désespérément à s'en arracher, l'espace d'une brève existence, d'une vaine lutte à l'issue de laquelle, vidés de toute énergie, ils s'anéantissaient de nouveau en son sein. Avec un peu de chance, une vague se formait, permettant à plusieurs âmes de fusionner, sacrifiant leur identité pour gagner un peu de force. Les créatures qui parvenaient sur la crête se hissaient dans l'espoir de se libérer. Une fois, et une seule, la personnalité vit un Orgathé, ou quelque chose d'approchant, s'envoler victorieux vers une nouvelle vie.

Quand nous allons emboutir ce truc, la quantité d'énergie que nous contenons va y percer un trou jusqu'à l'autre côté, dit la personnalité en frémissant mentalement.

Il n'y a pas d'autre côté, répliqua Dariat. **Il n'y a pas d'espoir non plus, d'ailleurs.**

Son périple dans le conduit l'avait perclus de douleurs. Il s'était obligé à poursuivre, commençant par gravir la pente, puis, à mesure que la gravité s'amenuisait, se hissant à la force du poignet le long d'un boyau quasi vertical.

Qu'est-ce qui te pousse à continuer, alors ?

L'instinct et la stupidité, je suppose. Si je peux retarder d'une journée mon entrée dans le mélange, alors c'est une journée de souffrance en moins.

Une journée sur toute une éternité ? C'est donc si important ?

Pour moi, oui. Terriblement important. Je suis assez humain pour connaître la peur.

Dans ce cas, tu ferais mieux de te dépêcher.

La calotte sud était à moins de vingt kilomètres du mélange. La surface de celui-ci bouillonnait d'activité. Les vagues s'élevaient tels des pics, et les corps à moitié fondus grimpaient les uns sur les autres pour être les premiers à toucher la coque et à se repaître de l'énergie vitale qu'elle abritait. Des montagnes d'avidité palpitaient avec passion.

Dariat arriva à l'extrémité du conduit et ordonna à la membrane de s'ouvrir. Tolton et lui se propulsèrent dans l'un des corridors principaux donnant sur la chambre du moyeu.

Tolton avait fixé son bâton lumineux au lance-torpilles, s'inspirant d'une habitude d'Erentz. L'œil aux aguets, il balaya le corridor enténébré de son rayon.

— Y a des méchants dans le coin ?

— Non. De toute façon, tout le monde attend l'impact. Plus rien ne bouge dans l'habitat.

— Je n'en suis pas surpris. La sensation d'horreur est nettement perceptible ; c'est physique, comme si j'avais fait une overdose de calmants. Merde... (il lança à Dariat un sourire penaud) je suis terrifié, mec. Complètement terrifié. Est-ce qu'une âme peut mourir dans ce royaume – je veux dire : mourir pour de bon ? Je ne veux pas échouer dans le mélange. Tout mais pas ça.

— Navré. C'est impossible. Tu es obligé de vivre.

— Et merde ! Qu'est-ce que c'est que cet univers à la con ?

Dariat conduisit Tolton dans la chambre envahie de ténèbres, la main levée pour y répandre son énergie. La lumière qui résulta de ses efforts révéla la topographie des lieux : les portes muettes débouchant sur les nacelles de transport, les escalators conduisant aux stations de métro. Il visa l'entrée de la section ingénierie et se propulsa vers elle d'un coup de pied.

Les corridors où ils se retrouvèrent avaient des parois métalliques criblées de prises-crampons. Ils les parcoururent en se hâtant, franchissant les divers sas grâce aux contrôles manuels. L'air était glacial mais respirable. Tolton se mit à claquer des dents.

— On y est, annonça Dariat.

L'écoutille du canot de sauvetage était ouverte. Il entra en faisant une roulade, vaguement troublé par la familiarité de l'endroit. Douze couchettes anti-g s'offraient à lui. Il choisit celle qui était placée sous la console de contrôle et commença à actionner divers leviers. La même séquence que la dernière fois. L'écoutille se referma automatiquement. L'éclairage s'activa à contrecœur, les pompes environnementales se mirent à geindre.

Tolton plaqua ses mains sur la grille d'aération, ravi de sentir l'air chaud.

— Putain, qu'est-ce qu'il faisait *froid !*

— Sangle-toi, on va décoller.

La personnalité vit la pointe de la calotte sud toucher la surface du mélange.

Je suis fier de vous tous, dit-elle aux descendants de Rubra.

Le fluide reflua sous le choc, puis déferla sur la coque. Il était porteur de centaines de milliers d'âmes affamées, qui s'immergèrent dans le polype pour se gorger de l'énergie vitale dont l'habitat était imprégné, l'absorbant à la source. La différence de température entre fluide et polype était trop importante pour que la coque déjà affaiblie tienne le coup. Les fissures qui la marbraient s'élargirent sous l'effet du choc thermique.

Dariat activa la séquence de mise à feu du canot de sauvetage. Les verrous explosifs détruisirent le berceau, et cinq des fusées à carburant solide s'enclenchèrent. Ils s'élevèrent au-dessus de l'axe du spatioport, se retrouvèrent sur une trajectoire parallèle à la surface du mélange.

Adieu, dit la personnalité.

En percevant le chagrin qui l'habitait, Dariat éclata en sanglots.

Valisk explosa comme si une bombe à fusion avait détoné en son sein. Des milliers d'âmes humaines jaillirent d'un magma de gaz chauds et de débris de polype, fantômes indestructibles vulnérables dans la noirceur. Comme toutes les formes de vie du continuum noir, ils coulèrent dans le mélange et entamèrent leur éternité de souffrance.

Les fusées à carburant solide s'éteignirent, laissant le canot de sauvetage en chute libre. Dariat se tourna vers le minuscule hublot, derrière lequel il ne vit pas grand-chose. Il manipula un levier, activant les tuyères pour faire tourner l'appareil sur lui-même. Des taches grises volaient au-dehors.

— Je crois que je vois le mélange, dit-il sans oser mentir.

Son esprit percevait les cris tourmentés montant d'une masse effroyable d'âmes perdues. Sa résolution s'en trouva ébranlée. Il ne pouvait y avoir qu'une seule destinée dans cet univers.

Au sein de la souffrance quasi universelle, on percevait des pensées plus résolues, plus maléfiques. Un esprit malin apparaissait comme plus fort que les autres. Plus proche également.

— Il y a quelque chose qui nous arrive dessus, avertit Dariat.

Un coup sur le levier, et le canot se mit à tourner comme un derviche. Des efflorescences de lumière pâle émergèrent des profondeurs de la nébuleuse, dessinant en ombre chinoise une silhouette effilée qui fondait sur eux en tressaillant.

— Merde, un Orgathé !

Tolton et Dariat échangèrent un regard. Le poète des rues eut un petit frisson.

— J'aimerais pouvoir dire qu'on s'est quand même bien marrés...

— Il nous reste cinq fusées à carburant solide. En les activant, nous pouvons retourner dans la nébuleuse.

— On finira tôt ou tard par revenir ici, n'est-ce pas ?

— Oui. Au bout du compte. Mais on aura tenu un ou deux jours avant de sombrer dans le mélange.

— Je ne sais pas si ça fait encore une différence pour moi.

— Autre solution, on peut les lancer sur l'Orgathé, faire frire cette saleté.

— Nous agirions comme lui à sa place.

— Dernière possibilité : on peut les utiliser pour nous propulser dans le mélange.

— *Dans* le mélange ? À quoi ça nous servira ?

— À rien. Même si on n'explose pas au moment de l'impact, on finira par se dissoudre dans le fluide au bout de quelques jours.

— Ou alors passer de l'autre côté.

— Il n'y a pas d'autre côté.

— On ne le saura que lorsqu'on aura tenté le coup. Et puis, c'est cette solution qui est la plus élégante.

— La plus élégante, hein ?

Ils échangèrent un sourire.

Dariat actionna de nouveau les tuyères pour pointer le canot sur le mélange. Mise à feu de deux des fusées à carburant solide. Une de plus, et le canot se serait fracassé au moment de l'impact.

Trois secondes à cinq g d'accélération, puis ce fut le choc. Le contrecoup, redoutable, plaqua Tolton contre les sangles de sa couchette. Il poussa un gémissement et se prépara au pire.

Mais la mousse thermoprotectrice tint bon, résistant à la température subcryonique du mélange. Le canot tressaillit de plus belle tandis que ses moteurs l'emportaient péniblement dans les profondeurs. Tolton et Dariat entendaient tous deux la cacophonie qui montait des âmes terrorisées, leur consternation lorsque les fusées vaporisaient le fluide qui les sustentait. Leurs cris devinrent de plus en plus ténus à mesure que le canot s'enfonçait. Au bout de quinze secondes, les fusées s'épuisèrent.

Le rire de Tolton avait des nuances inquiétantes.

— On y est !

Le hublot s'était couvert de givre dès qu'ils avaient touché le fluide. Lorsqu'il voulut le débarrasser de ses cristaux de glace, sa main resta collée au verre.

— Merde ! fit-il, perdant des bouts de peau en se dégageant. Et maintenant, qu'est-ce qu'on fait ?

— Rien, absolument rien.

11.

Louise et Ivanov Robson regagnèrent Londres à bord du transport de troupes Volkswagen. La jeune femme passa lc plus clair des quatre heures que dura le voyage allongée sur l'un des grands fauteuils en cuir de la cabine, absorbée par les reportages transmis depuis l'arche. Le paysage avait cessé de l'intéresser.

Il ne restait que de rares journalistes dans le Dôme de Westminster pour commenter les événements qui s'y déroulaient. Les plus courageux n'osaient même pas transmettre leurs impressions en direct, préférant s'éloigner de la zone où ils les avaient enregistrées. Les possédés n'appréciaient pas de voir leurs activités ainsi révélées à l'ensemble de la planète. Les reporters capturés le premier jour n'avaient plus jamais accédé au réseau.

Ce que montraient les envoyés spéciaux, ainsi que les capteurs du dôme, nettement moins handicapés, c'était un semblant d'ordre qui se mettait en place parmi les antiques bâtiments. Regroupés en petites unités, les possédés arpentaient sans vergogne les grandes artères. Un véritable défi lancé au Gouvcentral. Une frappc DS les aurait décimés, si les autorités avaient fait preuve d'une véritable volonté politique. Mais, comme ils n'étaient pas plus de deux cents à s'exposer ainsi en même temps, les autres auraient été libres d'exercer d'atroces représailles sur la population non possédée. Cette perspective avait suffi pour désarmer les forces gouvernementales à l'intérieur de l'arche. Au cours de la nuit, des incendies judicieusement déclenchés avaient détruit tous les postes de police du dôme ainsi que quatre-vingts pour cent de ses bâtiments administratifs. Les réseaux d'énergie et de communication avaient également souffert, mais les possédés avaient épargné les installations les plus indispensables. Le dôme était toujours alimenté en air frais et en eau potable, et il demeurait capable de résister à une armada de tempêtes. Quelqu'un contrôlait les possédés et modulait leurs activités avec un haut degré de précision.

Les médias ne cessaient de s'interroger sur son identité.

Charlie, quant à lui, s'interrogeait sur ses motivations. Paradoxalement, les possédés faisaient respecter le couvre-feu avec un zèle que la police n'avait jamais manifesté. Après avoir analysé leurs mouvements, l'IA estimait qu'ils étaient entre sept et dix mille et que chacune de leurs unités contrôlait un quartier bien déterminé. Les non-possédés étaient obligés de rester chez eux, les nouveaux possédés apparaissaient avec parcimonie, et les neuf dômes extérieurs n'étaient infestés que par quelques centaines d'intrus.

Ils n'avaient effectué qu'une seule tentative de sortie, dirigée contre un garage où étaient stationnés des véhicules de surface. Chaque fois que l'une de ces machines pataudes avait émergé sur une rampe de sortie, elle avait été désintégrée par une frappe DS. C'était le président en personne qui avait ordonné cette action, sans que les agents du B7 infiltrés dans son entourage aient eu besoin de l'encourager. Les possédés avaient récidivé huit fois avant de renoncer à quitter Londres.

— Dexter mijote quelque chose, avait dit Charlie à Louise juste avant son départ. Jamais il ne se contentera de conquérir la seule ville de Londres. C'est pour cela qu'il s'est abstenu de posséder la totalité de la population. Vu la façon dont il s'est organisé, il lui suffirait d'une semaine pour y parvenir. À côté de lui, les envahisseurs de New York ne sont que des amateurs.

Pas plus que Charlie, Louise ne comprenait pourquoi Dexter faisait preuve de retenue. Le diable dont elle avait croisé la route sur Norfolk semblait bien incapable d'une telle attitude.

Les seules autres informations qui lui parvinrent au cours de son voyage avaient trait à Genevieve. Sa petite sœur était conduite à Birmingham à bord d'un autre transport de troupes, en compagnie de Divinia et d'autres membres de la famille de Charlie. De là, un vidtrain devait les conduire à la gare du Mont Kenya. Gen avait été fort déçue en apprenant que le dôme privé de Charlie ne pouvait pas voler.

Celui-ci était plus proche de Birmingham que de Londres. Louise se traînait encore dans la vallée de la Tamise lorsque Genevieve monta dans la Tour Afrique, en route pour Skyhigh Kijabe.

— Nous arrivons en vue de Londres, si le spectacle vous intéresse, lui lança Yves Gaynes depuis sa cabine.

Louise s'étira et alla le rejoindre. Lorsqu'ils avaient quitté Londres, elle n'avait pas eu l'occasion de contempler les dômes, à qui ils tournaient le dos. À présent qu'il entamait la dernière partie de son trajet, le Volkswagen filait droit sur eux à son train de sénateur.

Elle découvrit les gigantesques structures découpées sur l'horizon. Seuls les neuf dômes extérieurs étaient visibles, rassemblés telles des sentinelles autour de l'antique cité nichée en leur centre. Le soleil couchant bariolait de lumière cuivrée les vastes arches du cristal géodésique ; le reste du verre était noir comme le jais. Pour la première fois, la jeune femme se rendit compte du caractère artificiel de l'ensemble. Ces dômes n'avaient rien d'humain.

Yves la fixait d'un air pensif.

— Moi-même, je ne m'attendais pas à revenir ici aussi vite, déclara-t-il.

— Non.

— Le patron prend soin de ses employés, vous savez.

— Je n'en doute pas.

Mais elle ne se considérait nullement comme une employée du B7. D'un autre côté, c'était peut-être Charlie qui manipulait le chauffeur dans le but de la rassurer. De la rendre plus obéissante. Elle n'était plus sûre de rien.

Après avoir longé les usines à moitié enfouies qui entouraient l'arche, le Volkswagen s'engagea à une allure régulière sur l'une des rampes conduisant aux garages souterrains. Les plafonniers n'étaient que partiellement activés et les lieux étaient déserts. Le transport de troupes se présenta devant une baie. Comme la porte de celle-ci s'ouvrait, une voiture bleu nuit émergea de l'obscurité pour se diriger vers elle. Ivanov Robson se leva pour déverrouiller l'écoutille.

— Prête ? demanda-t-il poliment.

— Oui, répondit Louise d'une voix qu'elle voulait hautaine.

Elle ne lui avait pas adressé la parole de tout le voyage. La colère lui brouillait l'esprit, mais elle ne savait pas contre qui elle devait la diriger. Contre lui, pour être ce qu'il était, ou contre elle-même, pour l'avoir initialement trouvé sympathique. Peut-être que l'existence d'Ivanov lui rappelait qu'elle s'était fait manipuler en beauté, tout simplement.

Elle descendit la petite échelle. Le garage était humide et bien plus froid qu'elle ne l'aurait cru. Elle s'était habillée en fonction des conditions à l'intérieur de l'arche : jupe courte, caleçon noir, tee-shirt vert émeraude à manches longues – pour dissimuler son bracelet nanonique – et petit gilet de cuir. Ses cheveux étaient réunis en queue-de-cheval.

Ivanov la suivit tandis qu'elle se dirigeait vers la voiture, portant l'attaché-case en croco plein d'armes que Charlie lui avait confié. Ils furent invités à monter par une femme policier au visage inexpressif. Combien de gens le B7 a-t-il asservi ? se demanda Louise. Cette fois-ci, la cabine de leur véhicule n'avait rien d'extraordinaire. Elle prit place sur la banquette arrière, et Ivanov s'assit à côté d'elle, posant l'attaché-case entre eux.

— La plupart du temps, je suis seulement moi-même, vous savez, dit-il à voix basse. Le B7 ne peut pas me contrôler à chaque seconde de la journée.

— Oh !

Louise n'en dit pas plus, n'ayant aucune envie d'aborder ce sujet.

— Je considère cela comme une pénitence plutôt qu'un châtiment. Et cela me permet de voir des choses intéressantes. Et puis je connais les rouages du monde, ce qui est un privilège de nos jours. Comme vous le savez à présent.

— Qu'avez-vous fait pour être ainsi puni ?

— Quelque chose de stupide et de déplaisant. Sauf que, sur le moment, je n'avais guère le choix. C'était eux ou moi. Je pense que c'est pour cela que le B7 m'a proposé cette porte de sortie. Je n'étais pas ce qu'on appelle un criminel ordinaire. J'avais même une famille. Ça fait bien vingt ans que je ne l'ai pas vue, mais on me donne de ses nouvelles de temps en temps.

— On vous a ordonné de me traiter d'une façon précise...

— On m'a dit quelles informations je devais vous fournir, et à quel moment. Quant au reste, tout ce que j'ai pu dire ou faire venait de moi et de moi seul.

— Y compris votre retour à Londres en ma compagnie ?

Gloussement d'Ivanov.

— Oh ! non. Mon altruisme ne va pas jusqu'à la bêtise. Je suis ici sur ordre. (Brève pause.) Mais maintenant que je suis avec vous, je ferai de mon mieux pour vous protéger si cela se révèle nécessaire.

— Vous pensez que c'est une idée stupide de revenir ?

— C'est complètement crétin, oui. Le B7 devrait se ressaisir et lâcher une bombe sur Londres. C'est la seule façon de nous débarrasser de ces possédés.

— Ce genre d'arme ne peut rien contre Quinn Dexter.

— Ah bon ? (Il caressa du bout de l'index son attaché-case en croco.) Ce Fletcher que nous allons retrouver... vous avez confiance en lui ?

— Bien sûr que oui. Fletcher est l'honnêteté et la bonté mêmes. Il n'a pas cessé de veiller sur Gen et sur moi depuis notre départ de Norfolk.

— Intéressant, murmura Ivanov.

Il s'abîma dans la contemplation du mur de béton qui défilait au-dehors.

Ils arrivèrent devant une petite gare de fret, quelque part dans l'une des zones industrielles souterraines de l'arche. Charlie l'avait choisie parce qu'elle était reliée au garage par une route directe et que le réseau y était encore opérationnel.

Le quai était bien plus étroit que celui de King's Cross, et la sortie des écoutilles encombrée d'engins de levage et de transport. Lorsque Louise et Ivanov émergèrent d'un monte-charge, ce fut pour découvrir huit agents du DSIG qui les attendaient, armés de mitraillettes à balles électrostatiques.

Le train arriva cinq minutes plus tard. Une seule écoutille s'ouvrit sur son flanc. Le détective Brent Roi la franchit et scruta les lieux d'un œil soupçonneux. Lorsque son regard se posa sur Louise, elle comprit en le voyant se renfrogner qu'il n'était pas vraiment enchanté de la revoir.

— Descends ! lança-t-il en se retournant.

Fletcher Christian franchit l'écoutille à son tour, vêtu de son uniforme d'apparat. Deux gardes le serraient de près, et il avait un épais collier métallique passé autour du cou. Indifférente aux regards réprobateurs des agents, Louise se précipita vers lui pour le serrer dans ses bras.

— Ô mon Dieu, comme vous m'avez manqué ! bredouilla-t-elle. Est-ce que ça va ?

— Pas vraiment, ma très chère lady Louise. Et vous ? Que vous est-il arrivé depuis notre séparation ? Toutes sortes de mésaventures, je présume.

Elle laissait ses larmes couler sur la veste de Fletcher, dont elle sentait les boutons s'enfoncer dans sa peau.

— Quelque chose comme ça, oui.

Elle le serra encore plus fort, stupéfaite par la joie qu'elle éprouvait à le revoir : c'était la seule personne en qui elle eût confiance sur cette planète. Il lui caressa doucement la nuque.

— Nom de Dieu ! s'exclama Brent Roi, écœuré.

Louise lâcha son ami et recula d'un pas, intimidée. Le regard triste que lui jeta Fletcher lui montra qu'il comprenait la situation.

— C'est fini, vos petites effusions ?

Ivanov s'avança d'un pas.

— Si vous avez quelque chose à dire, adressez-vous à moi, dit-il au policier du Halo.

— Et qui t'es, toi ?

— Disons que nous avons le même superviseur. Et si votre position dans la hiérarchie vous donnait le droit de savoir tout ce que Louise a fait pour nous, vous lui montreriez autant de déférence que moi.

Fletcher considérait le colosse avec un certain respect. Ivanov lui tendit la main.

— Enchanté de faire votre connaissance, Fletcher. C'est moi qui ai veillé sur Louise à la surface de la Terre. (Il lança un clin d'œil à l'intéressée.) Lorsque les circonstances me le permettaient.

Fletcher s'inclina.

— Alors, vous nous avez rendu à tous un signalé service, sir. Je serais profondément peiné s'il était arrivé malheur à cette fleur si précieuse.

Brent Roi se fendit d'un soupir exaspéré.

— Bon, on y va, oui ou non ?

— Mais oui, fit Ivanov. Nous prenons le relais. Je ne pense pas que vous ayez besoin de ma signature, pas vrai ?

— Comment ça, vous prenez le relais ? J'aimerais bien que ce soit aussi simple. Je n'ai aucun moyen de retourner dans le Halo. Non, je suis obligé de rester ici et d'escorter cette enflure.

Louise allait lui dire que le B7 pouvait sûrement le faire remonter dans la tour orbitale quand elle vit les yeux d'Ivanov devenir vitreux l'espace d'un instant. Charlie était sans doute en communication avec lui.

— D'accord, dit Ivanov d'un air triste. Mais je tiens à ce que vous sachiez que l'idée ne vient pas de moi.

— Ça me remonte sacrément le moral.

Louise s'assit à côté de Fletcher quand ils remontèrent dans la voiture. Ivanov et Brent prirent place en face d'eux.

— À vous de jouer, dit Ivanov à Fletcher. Comment comptez-vous organiser les opérations ?

— Un instant, fit Louise. Fletcher, qu'est-ce que c'est que ce collier ?

— Un pacificateur, grommela Brent. Si jamais votre copain s'énerve, je peux lui envoyer mille volts dans les gencives.

Avec ce gadget, les possédés sont nettement plus conciliants, laissez-moi vous le dire.

— Enlevez-le, ordonna-t-elle.

— Lady Louise...

— Non. Enlevez-le. Même un animal ne saurait être traité ainsi. C'est monstrueux.

— Tant que je resterai près de lui, il n'ôtera pas ce collier, déclara Brent. On ne peut pas faire confiance à ces ordures.

— Charlie, télétransmit Louise. Dites-leur de lui enlever cette horreur. Je ne plaisante pas. Je refuserai de coopérer avec vous si vous persistez à vouloir infliger un tel traitement à Fletcher.

— Navré, Louise, répondit Charlie. Les policiers du Halo ne voulaient courir aucun risque. Ce collier aurait dû lui être enlevé à l'issue de son transfert.

Elle vit Brent se renfrogner une nouvelle fois lorsque Charlie le contacta.

— Et puis merde ! cracha-t-il.

Le collier de Fletcher émit un déclic et son verrou pivota de quatre-vingt-dix degrés. Fletcher tira dessus d'un geste hésitant. Le collier lui resta dans les mains.

— Hé ! fit Brent.

Il écarta un pan de sa veste, révélant un étui passé sous son épaule et dans lequel reposait un automatique de gros calibre. Un éclair rouge était dessiné sur ses trois chargeurs de rechange. Il fixa Fletcher d'un air mauvais.

— Je t'ai à l'œil.

D'un air dédaigneux, Fletcher posa le collier sur le sol, aux pieds du policier.

— Merci, dit-il.

— Pas de problème, rétorqua Ivanov. Nous tenons à ce que vous vous sentiez à l'aise.

— Vous avez parlé d'une arme, lady Louise.

— Oui, les Forces spatiales de la Confédération ont conçu une arme qui détruit les âmes. Il faudrait que vous approchiez Dexter d'assez près pour en faire usage sur lui.

— La mort véritable, dit Fletcher, émerveillé. Nombre de damnés l'accueilleraient avec joie. Êtes-vous sûrs du bon fonctionnement de cet engin ?

— Nous en avons reçu la confirmation, répondit Ivanov. Des tests ont été effectués.

— Par qui, si je puis me permettre ?

— Le directeur du projet a retourné cette arme contre lui-même pour éliminer une possédée qui le menaçait.

— Est-ce un exemple d'héroïsme ou de tragédie ? Je ne saurais le dire... Ont-ils souffert ?

— Non. Cette arme est totalement indolore.

— Encore un exemple de votre cher progrès. Puis-je voir cet engin de mort ?

Ivanov posa l'attaché-case sur ses genoux et lui transmit un code d'ouverture. Le verrou émit un *bip* et le couvercle se souleva. Cinq cylindres d'un noir de jais, longs de trente centimètres, étaient nichés dans de la mousse grise. Il en prit un. Une sorte de lentille était fixée à l'une de ses extrémités, et un bouton rouge tout simple était placé près d'elle.

— La majorité des composants sont bioteks, de sorte que ce gadget n'est théoriquement pas affecté par la présence d'un possédé. Son maniement est tout simple. Il suffit de pousser le bouton vers l'avant, comme ça... (il joignit le geste à la parole) pour l'activer. Puis de le presser pour envoyer une décharge. On voit alors apparaître un rayon lumineux rouge qui doit atteindre les yeux de l'ennemi. La portée de cette arme est estimée à cinquante mètres.

— Soit un peu plus de cinquante yards, murmura Louise en souriant.

Fletcher la remercia d'un signe de tête.

— Si vous voulez, marmonna Ivanov.

Il passa l'arme à Fletcher. Brent se tendit. Mais Fletcher se contenta d'examiner l'objet avec une vague curiosité.

— Cela ressemble à un inoffensif bâton, commenta-t-il.

— Il se passe dans les entrailles de cette arme des choses que vous ne pouvez voir.

— Ni concevoir, d'ailleurs, j'en gagerais. Toutefois, son objet est évident. Dites-moi, quand on fait usage de cette arme contre un possédé, qu'arrive-t-il à l'âme originelle du corps possédé ?

Ivanov s'éclaircit la gorge.

— Elle est elle aussi annihilée.

— Mais c'est un meurtre !

— C'est là le prix à payer, bien modéré si l'on veut débarrasser l'univers de Quinn Dexter.

— Certes, les affaires des rois ne sauraient être questionnées par leurs sujets. Car ce sont ces affaires qui font d'eux des rois. Seul Notre-Seigneur est à même de les juger.

— Puis-je avoir une de ces armes, moi aussi ? demanda Louise.

Ivanov lui tendit un tube sans faire de commentaires. Elle en contrôla le bon fonctionnement, puis le glissa dans l'une des poches intérieures de son gilet.

Ivanov l'imita, puis se tourna vers Brent Roi. Le policier du Halo secoua la tête.

— Maintenant, il ne nous reste plus qu'à retrouver Dexter, conclut le détective. Vous avez quelque chose à nous proposer ? demanda-t-il à Fletcher.

— Avez-vous une idée de l'endroit où il se trouve ?

— Quelque part dans le dôme de Westminster – apparemment, c'est là que sont concentrés les possédés qui lui obéissent. Logiquement, il doit être planqué dans les parages.

— Je connais Westminster, mais qu'est-ce donc que ce dôme ?

— Disons pour résumer que le Londres que vous connaissiez est placé sous un gigantesque globe protecteur. On l'appelle le dôme. Dexter peut se trouver n'importe où en dessous.

— Alors je vous suggère de me conduire en un lieu élevé. Peut-être pourrais-je vous indiquer un endroit où sont rassemblés des groupes importants de possédés. Ce serait un début.

On reconnaît un grand leader à la rapidité avec laquelle il s'adapte aux circonstances. Au bout de deux jours, Quinn se considérait comme un des plus grands que l'histoire ait jamais connu. Le couvre-feu avait représenté pour lui un choc des plus brutaux, entre autres parce que sa promulgation signifiait que les superflics l'avaient à nouveau repéré. Il croyait savoir qui les avait mis au parfum – et ce n'était pas pour lui déplaire.

Bien évidemment, ce couvre-feu avait foutu le bordel dans ses plans initiaux. Les possédés du Lancini avaient exécuté leurs ordres, profitant de la nuit pour recruter quantité de nouveaux soldats dans les immeubles qui leur avaient été assignés. Puis l'aube s'était levée, mais les équipes de jour ne s'étaient pas pointées et le jeu avait changé de nature.

Quinn avait dépêché des coursiers dans le labyrinthe de conduits et de canalisations des sous-sols de l'arche pour contacter ses soldats et leur transmettre de nouvelles instructions. Ils devaient s'attaquer à la police comme prévu, attirer les flics dans des embuscades et incendier les commissariats. Vu leur infériorité numérique, cela leur prendrait un certain temps, mais comme l'arche était en grande partie paralysée par le couvre-feu, les flics ne seraient pas en mesure d'obtenir des renforts comme en temps normal. Il ordonna également à ses disciples de s'en prendre au réseau de communication et aux stations de distribution d'électricité afin de mieux isoler les forces de police.

En fin d'après-midi, la population de l'arche, privée de sa police, de ses services d'intervention, de son réseau et de son énergie, était littéralement piégée chez elle. Quinn avait réalisé son objectif sans avoir besoin de s'attaquer aux transports, aux services et à la production de nourriture.

C'était quasiment ce qu'il avait souhaité à l'origine, et il l'avait accompli avec beaucoup moins de possédés que prévu. Ce dernier point l'avait en fait servi : il est plus facile de maintenir la discipline dans une armée aux effectifs réduits. Et les précieuses ressources de l'arche, demeurées intactes, étaient désormais à sa disposition. C'était le Dôme de Westminster qui subissait son emprise avec le plus de rigueur ; paralysés par la peur, les neuf autres dômes ne risquaient pas de lui opposer une quelconque résistance.

Après avoir dompté Londres, Quinn avait tenté d'envoyer des disciples à Birmingham. Leurs véhicules de surface avaient été annihilés par des frappes DS.

Il savait que ce ne serait pas facile.

Lors de la première nuit, pendant que ses bataillons de possédés soumettaient les autorités civiles, il avait fait venir dans ses quartiers plusieurs experts en technique et ingénierie. Ils avaient ordre de réfléchir à des méthodes de déplacement hors de portée de plates-formes DS. Un geste pour la forme. Il savait que ni la science ni les machines n'avaient le pouvoir de faire venir la Nuit. La guerre à venir serait individuelle et glorieuse, comme le voulait son essence même.

À mesure que tombaient les ténèbres, le vacarme produit par les démons se faisait plus intense. Quinn se prosterna devant l'autel profané de la cathédrale Saint-Paul et plongea une nouvelle fois dans les profondeurs du royaume des fantômes. Cette fois-ci, ses efforts furent récompensés par un savoir d'une importance cruciale, dont la beauté et la pureté le firent gémir de plaisir. Le Frère de Dieu en personne émergeait de Son exil, un lieu situé par-delà la fin de l'univers, à une distance incommensurable. Des cris de joie extatique montèrent des démons accueillant leur Seigneur, dont la terrible présence les investissait d'une force et d'une vigueur comme ils n'en avaient jamais connu.

Leurs froides songeries imprégnèrent l'esprit de Quinn. Il les percevait dans leur stupéfiante multitude, rassemblés par leur tourment partagé. Le Frère de Dieu apparut devant eux, sombre et incandescent, rayonnant de malveillance. Ils se tendirent vers Lui, quémandant l'aumône de Son pouvoir. Et Il les libéra, bannissant leurs chaînes avec Son énergie afin qu'ils prennent leur essor comme ils l'avaient fait à l'aube des temps. Une armée d'anges de l'apocalypse, grisés par leur puissance nouvelle et en proie à une faim dévorante. La faim de tout ce dont ils étaient privés depuis une éternité. Ils enveloppèrent le Porteur de lumière dans un cyclone d'adulation, un cyclone plus vaste que le monde, au sein duquel ils poussaient des cris de plaisir pour saluer Sa venue.

Quinn émergea de son rêve spectral, et son corps se solidifia sur l'autel alors que l'aube baignait d'une lueur grise les vitraux qui l'entouraient. Il avait les larmes aux yeux lorsqu'il se mit à rire.

— Ô Banneth, espèce de connasse, où es-tu maintenant, infidèle ? Comme tu désespérerais en découvrant cette vérité !

— Quinn ? fit Courtney d'une voix anxieuse. Quinn, ça va ?

— Il arrive.

Courtney se tourna vers les gigantesques portes en chêne massif de la cathédrale.

— Qui ça ?

— Le Frère de Dieu, pétasse. (Quinn se dressa sur l'autel et ouvrit les bras en grand, contemplant la congrégation de possédés qui peuplait la nef.) J'ai vu notre Seigneur. Je L'ai vu ! Il est vivant. Il est revenu parmi nous pour nous mener à l'ultime victoire. Il conduit une armée qui terrassera les anges de métal qui gardent le ciel. La Nuit va bientôt tomber !

Il tressaillait de tout son corps sous l'effet de l'exaltation. Courtney sentit une terreur glacée l'envahir lorsqu'il baissa lentement les yeux vers elle.

— Tu ne me crois pas ?

— Si, je te crois, Quinn. Je t'ai toujours cru.

— Ouais. Aucun doute là-dessus.

D'un bond, il sauta sur le sol de marbre et de pierre, laissant entrevoir un sourire féroce avant que le capuchon de sa robe ne replonge son visage dans les ténèbres. Ses yeux invisibles se tournèrent vers sa congrégation. Ils n'étaient que cinq cents possédés à attendre patiemment les ordres du messie des ténèbres. De nouveaux prisonniers venaient lentement grossir leurs rangs, conduits à la cathédrale via des passages souterrains.

Cela faisait plusieurs siècles que le quartier de Saint-Paul avait été vidé de ses commerces et de ses immeubles de bureaux, les jardins de la cathédrale donnant à présent sur une esplanade piétonnière. Quinn savait que, si trop de gens l'empruntaient pour gagner l'édifice, les satellites et les capteurs du dôme ne manqueraient pas de le remarquer. Les superflics se demanderaient alors pourquoi on ne les voyait jamais ressortir. Il devait procéder avec précaution pour augmenter sa puissance.

Les nouvelles recrues étaient conduites dans la crypte et matées par une poignée de disciples loyaux. Quinn ne se souciait plus de savoir si les nouveaux possédés étaient des fidèles du Frère de Dieu. Tant qu'ils demeuraient à sa portée, il était en mesure de les tenir.

Il étudia l'assemblée qui lui faisait face et songea qu'il lui faudrait trois fois plus d'ouailles pour être en mesure de procéder à une invocation digne de ce nom. Ses plongées dans le royaume des fantômes sapaient son énergie vitale. Jamais il ne parviendrait à abattre tout seul les portes de l'enfer.

— Où est Billy-Joe ? demanda-t-il.

Courtney haussa les épaules d'un air maussade.

— Encore en bas à se rincer l'œil.

— Va le chercher. Après ce que j'ai vu, il est vital que nous nous procurions de nouveaux corps pour les offrir à la possession. Je veux qu'il transmette mes instructions aux têtes de nœuds qui capturent les civils afin qu'ils pressent le mouvement. Désormais, plus personne n'a le droit de faire des conneries. Son heure est venue.

— D'accord. (Courtney fit quelques pas en direction de la porte donnant sur les escaliers qui menaient à la crypte ; puis elle s'arrêta et se retourna.) Quinn, qu'est-ce qui va se passer après ?

— Après quoi ?

— Eh bien, après que le Porteur de lumière sera arrivé et qu'on aura tué tous ceux qui sont contre nous.

— Nous vivrons dans Son royaume, baignés par Sa lumière, et nos serpents donneront libre cours à leur férocité jusqu'à la fin des temps. Il nous aura sauvés des chaînes que le faux Dieu nous a passées autour des chevilles, de ce *paradis* que célèbrent toutes ces religions à la con.

— Oh ! d'accord, ça a l'air cool.

Quinn la regarda partir, percevant mentalement ses pensées à moitié éteintes. Bizarre comme cette placidité l'agaçait de plus en plus...

Il passa le reste de la matinée à superviser les possédés en mission dans les rues, leur désignant de nouvelles cibles. Le plus gros de son travail consistait à terroriser les chefs de groupe quand ils se présentaient à la cathédrale. À deux ou trois reprises, il se déplaça dans l'arche en passant par le royaume des fantômes. Les possédés du Lancini faisaient de leur mieux pour tenir leurs troupes, mais il suffisait qu'il apparaisse subitement parmi celles-ci pour étouffer dans l'œuf toute tentative de contestation. Par trois fois, il fut obligé de faire un exemple. Il ne pouvait pas être partout, mais chaque fois que sa colère se manifestait, la rumeur s'en répandait comme une traînée de poudre.

Lorsqu'il revint à Saint-Paul en début d'après-midi, ce fut pour constater qu'une orgie allait bon train dans la nef. Des possédés de fraîche date en quête de sensations fortes. Il ne fit rien pour les réfréner, appréciant la profanation qu'ils faisaient subir à ce lieu saint ; c'était une des raisons pour lesquelles il avait choisi celui-ci pour son invocation. Mais il limita le nombre de participants à ces agapes. Un possédé qui se laisse aller a tendance à ne plus maîtriser son pouvoir énergétique, et il y avait encore quelques capteurs opérationnels à proximité de la cathédrale. Il ne pouvait pas courir le risque de se faire repérer par une IA. Les âmes possédant des officiers de police lui avaient expliqué comment le Gouvcentral utilisait le réseau pour traquer les possédés.

Tant qu'il n'avait pas assez de monde pour entamer l'invocation, il allait devoir faire preuve de retenue.

Quinn observait les fantômes lorsque Billy-Joe vint le voir avec un possédé du nom de Frenkel. Saint-Paul abritait plusieurs tombes, parfois vieilles de plus d'un millénaire, dont certaines avaient été perdues lorsque la première cathédrale avait brûlé au cours du grand incendie de 1666. Toutes les personnes enterrées ici étaient censément des hommes de noblesse et de distinction, l'élite de la nation anglaise de jadis. Peut-être était-ce là la réputation dont elles avaient joui de leur vivant, mais Quinn ne voyait en elles qu'une bande d'emmerdeurs. Ces spectres avaient leur fierté, qui se manifestait par la haine et le ressentiment, mais ils ne valaient pas mieux que le commun des ratés pathétiques peuplant leur royaume insipide. Les guerriers ayant péri pour défendre leur patrie semblaient former la majorité de ceux qui étaient restés hanter ladite patrie. Ils vouaient à Quinn un mépris passionné, mais avaient suffisamment conscience de sa puissance pour le redouter. Au début, ils avaient fait de leur mieux pour effrayer ses acolytes, en particulier Billy-Joe et Courtney. Les murs suintaient l'eau sous l'effet de leur présence glacée et les rideaux richement ouvragés du chœur frémissaient à leur passage. Ils ne cessaient de geindre, pareils à des chiens tourmentés par la pleine lune, imprégnant l'atmosphère de leur dépression morbide.

Quinn avait dû par deux fois s'aventurer dans le royaume des fantômes afin de les mater. Le simple contact de sa peau les brûlait, et ils s'enfuyaient en courant, affaiblis et vaincus.

Ils finirent donc par se calmer, se contentant d'observer le rassemblement de possédés avec une réprobation muette, émettant dans la cathédrale des ondes mentales exprimant une rancœur persistante. Puis ils s'agitèrent de nouveau, comme s'ils s'estimaient victimes de quelque incursion surnaturelle. Ils se rassemblèrent sous le dôme central, trépignant d'inquiétude.

Les démons se faisaient de plus en plus bruyants.

— Il faut que tu écoutes ce type, Quinn, déclara Billy-Joe.

Il se figea comme Quinn lui décochait un regard furibond. Billy-Joe lui aussi percevait les perturbations que subissait leur environnement sous l'effet de l'agitation des spectres : des chatoiements de couleur qui ondoyaient au-dessus du sol carrelé.

— Je te jure que c'est important, ajouta-t-il.

— Très bien, soupira Quinn.

Frenkel respirait par à-coups et s'efforçait de ne pas regarder dans le gouffre de ténèbres que dissimulait le capuchon de Quinn.

— Je viens du groupe de Hampstead. On a vu quelque chose dont vous devez être informé. Je suis venu aussi vite que j'ai pu, j'ai emprunté une voiture de maintenance pour passer par le métro.

— Merde, maugréa Quinn. D'accord, c'est bien. Accouche.

— J'ai vu un groupe de types suspects à la jonction des tunnels de Dartmouth Park. Ils étaient arrivés là en voiture, et ça, c'est foutrement bizarre, car on n'a pas encore eu le temps de s'occuper des processeurs régulant la circulation routière. Leur véhicule était sans doute équipé d'un code prioritaire délivré par les flics, vu que les restrictions découlant du couvre-feu sont toujours en mode primaire. Ils ont gagné la rue par une galerie d'inspection, puis ils sont entrés dans les immeubles. Ça doit être des Londoniens, ils connaissent bien les lieux. Impossible de les apercevoir depuis l'extérieur ; quand je suis parti, nos gars avaient un mal fou à les suivre. On n'a pas osé les faire sortir, car ils étaient six ; et deux d'entre eux ressemblent aux personnes que vous nous avez demandé de guetter.

— Lesquels ? demanda sèchement Quinn.

— La nana aux cheveux longs et l'armoire à glace black. Les autres ne sont que des soldats, de vrais durs à cuire. Sauf l'un d'eux, et c'est là que ça devient vraiment bizarre. C'est un possédé. Et il ne vient pas de notre groupe, on ne l'a jamais vu avant aujourd'hui.

— Est-ce qu'il contrôle les autres ?

— Non. On dirait qu'ils forment une équipe.

— Où allaient-ils ? Dans quelle direction ?

— Quand je suis parti, ils s'avançaient dans Junction Road. Nos gars les serrent de près.

— Emmène-moi là-bas, gronda Quinn. (Il glissa vivement en direction de la porte donnant sur les tunnels.) Billy-Joe, va chercher ton matériel.

Louise se félicita de ce que les deux agents du DSIG soient équipés de blocs de communication. Grâce à eux, ses naneuroniques étaient en liaison directe via un satellite sécurisé avec Charlie et ses banques de données, de sorte qu'elle n'était pas handicapée par le triste état du réseau dans cette section de l'arche. Leur seul autre moyen de communication était le lien d'affinité d'Ivanov. La jeune fille était donc en mesure de suivre le trajet élaboré par l'IA du B7 et qui devait les conduire à la tour Archway.

L'angoisse l'avait envahie quand elle avait émergé du tunnel souterrain, en particulier durant les trente secondes où elle s'était trouvée à découvert avant de gagner l'abri d'un bâtiment. Après, elle avait pu voir non seulement où elle se trouvait mais aussi où elle se rendait. Bizarre à quel point ce genre de détail pouvait être rassurant.

La plupart du temps, il existait un itinéraire permettant de passer d'un bâtiment à l'autre, via des couloirs d'entretien et des portes de communication – toutes verrouillées. Dans le cas contraire, les agents du DSIG étaient prêts à ouvrir les murs à la thermolame. Mais ils n'eurent pas besoin d'aller jusque-là, Fletcher se faisant un plaisir de conjurer une porte chaque fois que c'était nécessaire. La composition du mur – brique ancienne ou carbobéton renforcé ultramoderne – ne lui posait aucun problème. Cela mettait Brent Roi profondément mal à l'aise, mais leur permettait de gagner du temps. En outre, Fletcher était capable de leur signaler la présence d'individus sur leur chemin.

Ils progressèrent ainsi d'un immeuble à l'autre, restant si possible à l'écart des portes donnant sur la rue. Cela les amena à traverser des salons de pubs, des réserves de boutiques, des bureaux, et même des cuisines et des studios. Les personnes qu'ils croisaient les accueillaient avec un étonnement teinté de terreur. Lorsqu'elles comprenaient que les intrus étaient plus ou moins liés à la police, elles leur demandaient ce qui se passait au-dehors. Et les suppliaient de les sauver. Tout le monde voulait fuir.

Louise fut fort éprouvée par ces rencontres. Elle pouvait survivre à sa propre peur ; les récents événements lui avaient appris à vivre avec ce genre de tension. Mais elle ne pouvait résister aux suppliques des Londoniens, à leurs yeux accusateurs, aux enfants tremblotants qu'ils serraient dans leurs bras.

— C'est vraiment le seul trajet possible ? demanda-t-elle à Charlie après avoir quitté une mère et son garçonnet en larmes. C'est horrible de devoir refuser d'aider tous ces gens.

Brent Roi lui fit signe de franchir une petite porte triangulaire donnant sur un couloir désaffecté. Les lieux n'étaient éclairés que par la lumière du jour filtrée par un vasistas crasseux.

— Navré, Louise, transmit Charlie. Selon l'IA, c'est en empruntant ce chemin que vous courez le moins de risques d'être repérés par les possédés. Elle n'avait pas pris en compte le facteur émotionnel. Efforcez-vous de tenir le coup. Ce n'est plus très loin maintenant.

— Où est Genevieve ?

— Ils sont arrivés à Skyhigh Kijabe il y a sept minutes. J'ai affrété un gerfaut pour la conduire à Tranquillité. Elle y sera dans moins d'une heure.

Louise tapa sur l'épaule de Fletcher.

— Genevieve est en sécurité. Elle est sur le point de s'envoler pour Tranquillité.

— Vous me voyez ravi de l'apprendre, milady. L'espoir survit encore.

Ivanov arriva à l'extrémité du couloir et leva la main.

— Ça débouche sur l'extérieur, avertit-il.

Les deux agents de terrain s'approchèrent de la porte métallique. L'un d'eux lança un regard à Fletcher.

— Personne dans les parages, dit celui-ci.

L'agent plaqua un petit bloc sur le mur poisseux d'humidité. Un fin rayon électronique transperça le plâtre et la brique, ouvrant le passage à un microfilament s'achevant par un capteur. L'image que leur transmit celui-ci montrait une rue déserte où rôdaient deux chats. L'agent fit basculer le capteur sur infrarouge, puis le braqua sur toutes les fenêtres à sa portée, en quête de silhouettes émettant de la chaleur. L'IA scannait leur environnement en permanence par l'entremise des capteurs du dôme, mais elle ne pouvait pas couvrir tous les angles.

Ces mesures de prudence, qu'ils appliquaient chaque fois qu'ils devaient traverser une rue, les retardaient considérablement.

— Deux possibilités, rapporta l'agent en transmettant les coordonnées pertinentes à son collègue.

Il ouvrit vivement la porte et courut jusqu'au trottoir d'en face. Le point d'entrée qu'il avait sélectionné dans le bâtiment était une fenêtre protégée par un grillage. Quinze secondes pour découper les attaches à la thermolame, deux autres pour forcer le loquet. L'agent boula à l'intérieur. Brent Roi le suivit. Puis ce fut au tour de Louise de traverser la rue. Selon ses naneuroniques, il s'agissait de Vorley Road, le dernier espace dégagé qu'il leur faudrait franchir.

Pendant l'aller, se rappela-t-elle. Le retour à la station de vidtrain la plus proche ne serait pas non plus une partie de plaisir.

L'agrégat de bâtiments où ils se trouvaient avait poussé autour du gratte-ciel Archway, un monolithe de vingt-cinq étages planté à mi-hauteur du versant de Highgate Hill. Si les immeubles bordant la rue ne leur avaient pas bouché la vue, ils auraient pu contempler les toits de la vieille ville.

Une fois qu'ils furent rentrés dans le bâtiment, un couloir d'entretien les conduisit dans le hall. Un ascenseur les y attendait, sa porte grande ouverte.

— La tour est encore reliée au réseau et à la station de production d'énergie, les informa Charlie. L'IA s'est branchée sur tous ses circuits. Je vous préviendrai longtemps à l'avance en cas d'avarie.

Ils s'entassèrent dans la cabine, qui les amena jusqu'au dernier étage, dévolu à la maintenance. Un monde de lumière artificielle, d'épais conduits métalliques, de réservoirs noirs et d'énormes climatiseurs primitifs. Ivanov ouvrit la marche pour emprunter une passerelle conduisant à un escalier en colimaçon. La porte placée au sommet de celui-ci donnait sur le toit. Une nuée de perroquets rouges prit son envol dans un vacarme stupéfiant.

Louise jeta autour d'elle un regard prudent. La première

rangée de gratte-ciel modernes entourant la vieille ville ne se trouvait qu'à un mile de distance dans la direction du nord, reflétant de leur façade de verre les derniers feux du crépuscule. Au sud, la ville placée en quarantaine s'étendait en pente douce vers la lointaine Tamise, masse floue de toits et de murs. On discernait encore des éclats argentés dans les avenues les plus larges, où l'éclairage public n'avait pas encore disparu pour laisser la place aux seules holopublicités. Pas une seule fenêtre n'était éclairée, les Londoniens préférant rester dans le noir de crainte d'attirer l'attention sur eux.

Louise entendit Fletcher éclater de rire. Accoudé au parapet de béton fissuré qui courait autour du toit, il contemplait l'horizon au sud.

— Qu'y a-t-il ? s'enquit-elle.

— Je ris de ma propre humilité, milady. Quand je regarde cette cité, qui est censément ce qu'il y a ici de plus proche du monde tel que je l'ai connu, c'est pour constater que c'est ce que j'ai vu de plus étrange depuis mon retour. Le mot de ville n'a plus le sens qui était le sien à mon époque. Vous disposez de pouvoirs quasi magiques qui vous permettent de bâtir des cités cyclopéennes comme celle-ci, mais c'est à mon humble personne qu'incombe la modeste tâche de retrouver un homme.

— Ce n'est pas un homme. C'est un monstre.

— Si fait, lady Louise. (Son visage perdit toute joie comme il le tournait vers l'antique cité.) Ils sont ici, mais vous le saviez déjà, bien sûr.

— Est-ce qu'ils sont nombreux ?

— Moins que je ne l'aurais cru, mais suffisamment quand même. Je sens leur présence partout. (Il ferma les yeux et tendit le cou, humant l'air ; ses mains agrippèrent le parapet.) Ils se rassemblent. Je le sens. Leurs pensées sont apaisées, on les calme délibérément. Ils attendent quelque chose.

— Ils attendent ? répéta Ivanov. Comment le savez-vous ?

— Une aura d'anticipation les entoure. D'anticipation et d'inquiétude. Ils sont troublés, et cependant incapables d'échapper à ce qui les trouble.

— C'est lui ! C'est sûrement lui. Personne d'autre ne pourrait se faire obéir d'un groupe de possédés. Où sont-ils ?

Fletcher leva une main, laissant sur le béton l'empreinte de sa paume en sueur. Il désigna Holloway Road.

— Par là. Je ne sais pas à combien de lieues de nous. Mais ils se trouvent à l'intérieur du dôme. J'en parierais mon chapeau.

Ivanov vint se placer derrière lui, fixant le paysage dans la direction qu'il venait d'indiquer.

— Vous en êtes sûr ?

— Oui, sir. Ils sont là-bas.

— Bien. Ça nous donne une indication. Il ne nous reste plus qu'à trianguler.

— Excellente idée.

— Je vais vous emmener à Crouch Hill. Ça devrait suffire. Une fois qu'on aura une bonne idée de l'endroit où ce salaud s'est planqué, on trouvera une façon de vous y conduire.

— Si je puis me permettre, il me suffirait de marcher. Nul homme me m'accosterait en me voyant ainsi vêtu, et rares seraient ceux qui pourraient deviner mon intention.

— Mais oui, marcher jusqu'à la sortie et ne plus jamais revenir, grommela Brent Roi. Pas question.

— Nous en reparlerons, dit Ivanov. Fletcher, vous avez une idée du nombre de possédés formant cette assemblée ?

— Plusieurs centaines, je crois bien. Peut-être même un millier.

— Qu'est-ce qu'il peut avoir l'intention de faire avec autant de possédés rassemblés au même endroit ?

— Je ne peux ni avancer d'explication ni éclairer le comportement de Quinn Dexter. Après tout, il est fou à lier, sir.

— Bon. (Ivanov jeta un dernier coup d'œil sur la ville pour mémoriser la direction indiquée par Fletcher.) Allons-y.

Ils venaient de remonter dans la cabine lorsque l'IA signala une avarie électronique à proximité de la tour Archway. Charlie en fut aussitôt avisé. L'avarie était survenue dans le central qui assurait l'alimentation en énergie de la tour. Une caméra de sécurité lui montra deux personnes dans un corridor sombre non loin du central en question.

Attention, avertit-il Ivanov.

La porte du central explosa dans un déchaînement de feu blanc. Trois nouvelles avaries se manifestèrent à la base de la tour Archway. Les capteurs détectèrent une foule de possédés se déplaçant dans les tunnels du métro, les voies souterraines et les couloirs de maintenance. Les transformateurs électriques cédèrent sous un barrage de feu blanc qui désintégra leur blindage.

Ivanov vit les lumières de la cabine vaciller comme l'éclairage de secours prenait le relais. Ils venaient de passer le dix-neuvième étage.

Au sous-sol, les possédés détruisaient tous les câbles de communication qu'ils apercevaient, les incendiant à même les murs. L'IA vit les connexions de la tour céder l'une après l'autre. Les cellules énergétiques autonomes assuraient le fonctionnement ininterrompu des processeurs internes, mais l'IA ne pouvait accéder à ceux-ci que par l'entremise des blocs de communication des agents du DSIG, ce qui réduisait la bande passante dévolue aux procédures de surveillance et de tactique.

Les capteurs de sécurité du rez-de-chaussée montrèrent quinze possédés faisant irruption dans le hall. Ils décochèrent des boules de feu blanc sur les caméras et tous les autres systèmes électroniques. Juste avant que le dernier capteur succombe, Charlie les vit s'attaquer ensuite à un ascenseur.

Arrêtez-vous ! ordonna-t-il. **Sortez de cette cabine !**

L'IA avait déjà établi une liaison avec le processeur de contrôle de l'ascenseur. Actionnant les freins de secours, elle lui fit faire halte au treizième étage.

Louise poussa un cri lorsque la cabine s'immobilisa brutalement et que retentit un signal d'alarme. Elle s'agrippa à la rambarde pour ne pas heurter la paroi.

Les portes s'ouvrirent. Charlie lui télétransmit ses instructions pendant qu'Ivanov hurlait :

— Dépêchez-vous ! Les possédés arrivent !

Tous foncèrent dans le couloir. Celui-ci était bordé de portes uniformément noires. À chacune de ses extrémités, des fenêtres en verre fumé laissaient pénétrer la pénombre crépusculaire. L'éclairage de secours s'était activé au-dessus des portes donnant sur les deux cages d'escalier.

Charlie ordonna à l'un des agents du DSIG de laisser son bloc de communication sur place, discrètement posé devant la porte d'un appartement, afin que l'IA reste en contact avec le réseau de la tour.

— Les possédés ont pénétré dans les deux escaliers, prévint-il. Ils sont cinq dans le premier, quatre dans le second. Le gros de leur troupe attend au rez-de-chaussée. Vous allez devoir faire usage de vos armes. Je vous suggère d'utiliser l'antimémoire si cela vous est possible.

— Aucune objection, répliqua Ivanov.

Il empoigna le petit bâton dans sa main gauche. La droite tenait un pistolet automatique.

Fletcher et Louise s'armèrent à leur tour. Brent et les agents s'assuraient du bon fonctionnement de leurs mitraillettes.

Ivanov ouvrit prudemment la porte de la cage d'escalier. Des marches de béton descendaient en spirale dans les ténèbres. On entendait monter un bruit de bottes.

— Ils savent que nous sommes ici, déclara Fletcher.

L'IA repéra de nouvelles avaries dans la cage et calcula la distance qui les séparait de l'ennemi. Les deux agents du DSIG programmèrent en conséquence les minuteurs de leurs grenades avant de les lancer vers le bas.

Louise se tapit près du mur, les mains plaquées sur les oreilles. On entendit une violente explosion, suivie par le bruit de la grenaille volant dans tous les sens. Les deux agents passèrent ensuite aux grenades incendiaires. Des langues de flamme léchèrent les marches criblées d'éclats, embrasant les possédés encore sous le choc. Des hurlements retentirent sur toute la hauteur de la cage d'escalier.

— Go ! ordonna Ivanov en ouvrant la marche.

Louise était en troisième place, entre un agent de terrain et Brent Roi. Elle avait fait passer en mode primaire tout un tas de programmes : un programme d'autolocomotion qui lui éviterait de tomber dans l'escalier, un inhibiteur d'adrénaline qui l'aiderait à rester calme, un programme de maniement des armes qui lui permettrait de maîtriser l'antimémoire, un analyseur de mouvements périphériques, un programme de régulation cardiaque qui veillerait au bon fonctionnement de ses muscles, un programme d'analyse tactique en liaison permanente avec l'IA. Grâce à celle-ci, elle saurait toujours combien de possédés se trouveraient sur son chemin. Le petit groupe comptait descendre encore de deux étages, lâcher une nouvelle salve de grenades, puis changer d'escalier.

Une flèche de feu blanc monta le long de la cage en s'élargissant à sa pointe.

Louise se plaqua contre le mur. Brent et l'un des agents calèrent leurs mitraillettes sur la rampe et lâchèrent une rafale de balles statiques.

Le projectile surnaturel explosa, les arrosant d'étincelles incandescentes. Plusieurs de celles-ci atterrirent sur les jambes de Louise, consumant le tissu de son caleçon et lui brûlant les chairs. Tout en les chassant de sa main libre, elle activa un blocage axonique pour atténuer la douleur. Son programme tactique lança un signal d'alarme. À en juger par son affichage neuro-iconique, la capacité de ses naneuroniques tombait en flèche.

Une boule de feu blanc surgit du néant. Elle frappa l'agent

du DSIG qui fermait la marche, lui fracassant le crâne pour mieux lui griller la cervelle. Il mourut sur le coup.

Ivanov et le second agent se retournèrent aussitôt en quête d'une cible.

— D'où sortait ce coup-là, bordel ? demanda Brent en hurlant.

Charlie connaissait la réponse à cette question. Via le lien d'affinité, il lança un ordre à Ivanov, qui se tourna vers Fletcher.

— Alors ? demanda le détective.

— Il est ici, dit Fletcher, tendu à l'extrême. Il se cache hors de vue, mais je sens sa présence.

Les possédés montaient à nouveau vers eux. Naneuroniques et blocs de communication étaient sur le point de se crasher.

Charlie raffermit l'étreinte d'Ivanov sur l'antimémoire.

— Par ici, ordonna-t-il.

Ivanov franchit la porte donnant sur le dixième étage, balayant l'espace devant lui du canon de son arme. Le couloir était aussi désert que celui du treizième étage. Louise et Brent le suivirent pendant que l'agent survivant lançait deux grenades dans l'escalier. Puis ils foncèrent vers l'autre cage. Les grenades firent long feu.

— Il est toujours là ? demanda Ivanov.

— Il est tout près, répondit Fletcher, visiblement aussi frustré que furieux. Mais je ne le vois nulle part. Cet homme est le diable !

— Visez l'endroit où vous pensez qu'il se trouve. Peut-être que ça marchera...

Fletcher fit halte et leva son antimémoire, posa son pouce sur le bouton. Il fouilla le couloir du regard comme pour se décider. Puis il pressa la détente, et un cône de lumière rouge se découpa dans l'espace devant lui.

— Cela ne sert à rien ! s'écria-t-il. À rien !

Les naneuroniques d'Ivanov étaient presque totalement neutralisées. Il ne pouvait recevoir aucune télétransmission. Ce qui signifiait que les possédés étaient tout près.

L'IA a perdu le contact avec les blocs de communication, lui dit Charlie. **Je ne suis plus en mesure de vous dire où se trouvent les possédés.**

Inutile de remonter sur le toit, dit Ivanov en scrutant l'espace qui l'entourait. **Il va falloir se battre.**

Très bien. Il y a une chance pour que Dexter se manifeste

durant le combat. Si cela se produit, vous devez utiliser l'antimémoire, quel qu'en soit le coût.

Vous n'aurez même pas besoin de m'y contraindre. Ce sera un vrai plaisir d'achever cette ordure.

Fletcher avait passé un bras protecteur autour des épaules tremblantes de Louise. Soudain, il actionna de nouveau l'antimémoire, en projetant le faisceau au-dessus de Brent.

— Hé ! gaffe avec ce truc ! cria ce dernier.

Fletcher fit comme s'il ne l'avait pas entendu.

— Les autres sont presque sur nous, dit-il.

Trois mitraillettes se pointèrent sur la porte de la cage d'escalier.

— Écartez-vous, dit Ivanov à Louise en la poussant vers la fenêtre ouverte au bout du couloir.

Puis il vit ce qui se trouvait derrière elle et poussa un cri de joie.

— Oui ! La ruse la plus vieille du monde. Fletcher, couvrez-moi. On va la sortir de ce guêpier.

Vous auriez dû penser à ça, lança-t-il à Charlie.

Au mur était accrochée une colonne d'évacuation, qui se présentait sous la forme d'un gros tore de matériau composite fixé à d'épaisses charnières. Ivanov s'empara de Louise et la traîna derrière lui. Il abaissa le levier actionnant le système, et le tore pivota aussitôt de cent quatre-vingts degrés. La fenêtre se détacha de son montant, un signal d'alarme retentit et l'arrosage anti-incendie se déclencha, inondant le couloir. Le tore se verrouilla à l'emplacement dégagé par la fenêtre. Un cylindre évoquant un boyau-sas en jaillit à la vitesse grand V, se déversant comme un liquide sous l'effet de la pression à laquelle était soumis son matériau. Il poursuivit son expansion jusqu'à parvenir au pied de la tour, dix étages plus bas.

C'est un système manuel, protesta Charlie. **L'IA n'y a pas accès.**

Totalement désorientée, Louise fixait la gueule de la colonne pendant que l'arrosage anti-incendie la trempait jusqu'aux os.

— Allez-y ! lui cria Ivanov. Les pieds devant !

Il éclata d'un rire hystérique.

— Non, bredouilla Louise.

Terrorisée, elle recula d'un pas.

Une porte se matérialisa sur le mur, identique à celle de la cage d'escalier. Brent l'arrosa d'une rafale de mitraillette. Des mains squelettiques aux longs ongles rouges sortirent du sol à ses pieds, se refermant sur ses chevilles. Il eut le temps de pousser un cri de panique avant de se retrouver paralysé. Puis un grognement incrédule lui échappa lorsqu'il sentit ses mollets s'enfoncer dans la moquette comme si celle-ci venait de se transformer en sables mouvants.

Fletcher agrippa le policier du Halo qui se débattait de toutes ses forces et tenta de contrer la déstabilisation du sol avec son propre pouvoir énergétique. Deux possédés surgirent de la cage d'escalier à l'autre bout du couloir. Ils étaient vêtus en légionnaires romains mais armés d'arbalètes en acier trempé. L'agent du DSIG s'agenouilla et ouvrit le feu. Un sillage de petits éclairs suivait les balles statiques de sa mitraillette quand elles traversaient le rideau de pluie. Les légionnaires chancelèrent sous l'impact, et les projectiles rebondirent sur leurs plastrons en bronze. Mais ils ne tombèrent pas. L'un d'eux lâcha un carreau. Celui-ci atteignit l'agent au genou et lui trancha la jambe. Le sang jaillit du moignon et il s'effondra en état de choc.

Ivanov se tourna vers Louise.

— *Fuyez !* hurla-t-il. Foutez le camp d'ici !

Il la poussa sans ménagement tout en braquant son antimémoire vers l'autre bout du couloir. Le rayon rouge fila vers les légionnaires.

Louise agrippa la bordure du tore, les yeux fixés sur le tunnel de toile qui se déployait devant elle. À la seule idée de sauter là-dedans, elle était paralysée de terreur. Un autre cri derrière elle. Saisissant la poignée placée au-dessus de sa tête, elle passa les jambes par l'ouverture. Et se laissa choir.

Fletcher avait dégagé l'une des jambes de Brent lorsque trois possédés foncèrent sur lui depuis la porte artificielle. Instinctivement, il tendit les bras vers eux et des flèches de feu blanc jaillirent de ses doigts. Ils encaissèrent le coup, tressautant sous l'impact du feu surnaturel, concentrant leur propre pouvoir pour en neutraliser les effets.

Une liane de feu blanc enserra le torse de Fletcher. Il dut se concentrer sur elle, laissant le champ libre à ses adversaires. Le faisceau rouge de l'antimémoire vaporisa des gouttes d'eau à quelques centimètres de son nez lorsque Ivanov l'utilisa pour le couvrir. L'un des possédés s'effondra.

Ivanov changeait de cible quand un carreau d'arbalète se planta dans son avant-bras, lui arrachant un impressionnant morceau de chair et lui mettant l'os à nu. N'étant plus soutenu par les muscles et les tendons, son bras se mit à pendre lamentablement et il lâcha son automatique. Une gerbe de sang en aspergea le métal terne.

Comme il levait les yeux, s'ébrouant pour chasser l'eau et la douleur, il vit Fletcher entrer en convulsions, paralysé par cinq fourches d'électricité projetées sur lui par autant de possédés. À ses pieds, un Brent grièvement brûlé levait sa mitraillette en pantelant pour tirer à l'aveuglette. Aucun signe de Dexter. Aucun.

Peut-être a-t-il décidé de suivre Louise, déclara Charlie.

Ivanov ne devait jamais savoir qui contrôlait son corps à ce moment-là. Toujours est-il qu'il recula de deux pas jusqu'à sentir la bordure du tore lui heurter le bas du dos. Puis il exécuta un impeccable saut périlleux arrière et plongea dans la colonne d'évacuation la tête la première.

Fletcher s'écarta en chancelant tandis que Brent ouvrait le feu une nouvelle fois. Les possédés s'égaillèrent, deux d'entre eux disparaissant dans le mur. Surgie de nulle part, une boule de feu blanc se logea dans l'œil gauche de Brent, dont l'arme se tut aussitôt. Deux flèches de feu blanc frappèrent alors Fletcher. Il vacilla sous l'impact, levant la main dans la direction d'où semblait venir l'attaque, prêt à riposter. Un collier métallique se referma autour de sa gorge, parcouru par un fort courant électrique. Il dut mobiliser toutes les ressources de son pouvoir pour empêcher cette décharge d'énergie de lui griller la cervelle. Seul son instinct lui permettait encore de tenir. Il tomba à genoux, l'odeur de sa propre chair brûlée envahissant ses narines. L'antimémoire tomba de ses doigts gourds.

— Suffit.

Le courant fut désactivé. Les muscles de Fletcher se relâchèrent, et il tomba comme un paquet de chiffons. Le cercle de métal qui lui serrait la pomme d'Adam l'empêchait de respirer correctement. Ses doigts tentèrent faiblement de le saisir.

— Touche pas, fils de pute, ou je t'envoie encore le jus.

Fletcher battit des paupières pour chasser l'eau de ses yeux, et découvrit que son collier était attaché à un long bâton. Celui-ci était tenu par un jeune homme, un non-possédé, qui se pourléchait les babines.

— Baisse les mains, mon gars, allez, baisse-les, j'ai dit.

Fletcher obtempéra.

— *Gentil* garçon, fit l'adolescent en ricanant. Hé, Quinn, je le tiens. Il est à ta merci.

Quinn Dexter se matérialisa aux côtés de Billy-Joe. La cascade qui tombait du plafond ne touchait même pas sa robe.

— Bien joué. Pour ta peine, tu auras droit à une comtesse et à une actrice classique.

Billy-Joe rejeta la tête en arrière et hurla de joie.

— Génial ! Je vais tellement baiser que j'en mourrai de plaisir.

— Dommage que cette chère Louise se soit éclipsée.

— Mais non ! s'exclama Billy-Joe.

Il confia le bâton à un Frenkel muet de saisissement, qui l'accepta par réflexe.

— Je vais la chercher, Quinn. Patiente cinq minutes.

— Non ! fit Quinn.

Mais Billy-Joe fonçait déjà vers la colonne d'évacuation.

— Billy-Joe ! lança Quinn d'une voix menaçante.

L'adolescent lui répliqua par un sourire malicieux et plongea dans le tore.

— Et merde !

En conduisant les possédés dans la tour, Quinn avait insisté sur l'importance de la capture de Louise Kavanagh. Et, quoique loyal, Billy-Joe était trop stupide pour comprendre qu'il ne s'agissait là que d'une manœuvre stratégique.

Quinn ne pouvait pas se lancer lui-même à la poursuite de la fille. Fletcher le fixait avec une férocité calculée. Quoique prisonnier, il n'était pas encore soumis. Et Quinn avait quantité de questions à lui poser sur ces corps sans âme gisant dans le couloir. D'un claquement de doigts, il attira l'attention de deux des possédés de Hampstead.

— Vous deux, descendez lui donner un coup de main.

Si elle avait eu le temps de lire les instructions placardées à côté de la colonne d'évacuation, Louise n'aurait sûrement pas cédé à la panique. Il s'agissait d'un système éprouvé, encore amélioré par l'emploi de nouveaux matériaux flexibles qui permettaient son utilisation quasiment à n'importe quelle hauteur. Elle dévala les quatre premiers étages sans rencontrer une quelconque résistance, puis la colonne se fit peu à peu plus étroite pour freiner sa chute. Le tissu était conçu pour n'être élastique que dans le sens de la largeur, de sorte que la longueur du boyau demeurait constante. Son extrémité restait un mètre au-dessus du trottoir, quel que soit le nombre de personnes évacuées.

Louise n'eut même pas besoin d'amortir sa chute lorsqu'elle émergea au bout de la colonne pour atterrir sur le trottoir. Ses naneuroniques étaient de nouveau opérationnelles, et son programme inhibiteur d'adrénaline la calma aussitôt. Elle fit quelques pas hésitants, puis leva les yeux. Des bruits de bataille s'échappaient du dixième étage. Une masse descendait le long du boyau, et elle pensa à un cobaye avalé par un serpent python.

Jamais elle n'aurait le temps de trouver une cachette avant l'arrivée de son poursuivant. Louise fixa l'antimémoire qu'elle serrait dans sa main, puis la pointa sur l'extrémité du boyau.

Une tête apparut devant elle, ce qui la surprit fort. Elle s'était attendue à des pieds.

Ivanov avait serré les dents pour lutter contre la douleur de son bras déchiqueté pendant que ses naneuroniques recouvraient lentement leur intégrité. Lorsqu'il émergea de la colonne d'évacuation, un bloc axonique faisait barrage à toutes les impulsions nerveuses provenant de son atroce blessure. Il avait plus de difficultés à encaisser le choc physiologique.

Ne disposant plus que d'un seul bras pour assurer son équilibre, il s'étala sur le trottoir en tombant du boyau. Louise se précipita à son aide, poussant un hoquet de surprise lorsqu'elle découvrit l'état de son bras.

— Non, grogna Ivanov. (Il se redressa sur ses genoux, empoignant son bras dans une vaine tentative pour étancher l'hémorragie.) Fuyez ! ordonna-t-il.

— Mais vous êtes blessé !

— Aucune importance. Partez. Vite.

— Je... (Elle parcourut du regard les rues désertes et enténébrées.) Je n'ai nulle part où aller !

L'expression d'Ivanov s'altéra de façon subtile mais indéniable.

— Ici, Charlie. Partez, Louise. Partez en courant. Et ne vous arrêtez pas. Commencez par descendre Holloway Road, ils sont peu nombreux dans cette direction. Tirez sur tout ce qui bouge. Je ne plaisante pas, tirez sans poser de questions. Une fois que vous leur aurez échappé, trouvez-vous une cachette. Je vous promets de faire tout mon possible pour sauver Londres. Vous pouvez compter sur moi, Louise.

Il leva les yeux. Une nouvelle boule descendait le long du boyau, et elle était déjà à mi-hauteur.

— Fuyez ! Je vous en supplie. Allez-vous-en. Je vais les retenir. Ils ne se lanceront pas de sitôt à votre poursuite.

Ivanov lui lança une œillade. Louise était sûre que c'était lui et non Charlie. Elle hocha la tête et commença à s'éloigner.

— Merci, lança-t-elle.

Puis elle partit en courant dans Holloway Road.

Derrière elle, Ivanov se retourna pour faire face à la colonne.

Il lâcha son bras blessé, et le sang se remit à en couler à gros bouillons. De sa main valide, il braqua l'antimémoire sur l'extrémité du boyau, où la tête de Billy-Joe apparut à cet instant précis.

Un Frisbee jaune fluorescent s'envola au-dessus de l'étendue de sable blanc. Haile dut former un long tentacule avec sa chair tractamorphique pour parvenir à l'attraper. Jay battit des mains en trépignant.

— Renvoie-le ! Renvoie-le ! s'écria-t-elle.

Haile enroula son tentacule autour du disque et le lança d'un geste puissant. Il filait deux fois plus vite que lorsque la fillette le lui avait envoyé, suivant une trajectoire parfaitement plane.

Jay fut obligée de sauter en l'air pour avoir une chance de le saisir. Il s'écrasa sur sa main avec un bruit sourd, et elle tomba à la renverse dans le sable.

— Ouille !

Tu ressens souffrance ?

— Même pas mal.

Jay se releva en secouant sa main pour en chasser la douleur. Elle jeta un regard penaud en direction du club. Tracy s'était affolée en constatant que la pratique du surf l'amenait souvent à demander une aide médicale au fournisseur, et elle avait menacé de lui confisquer sa planche. Se soigner la main ne servirait qu'à lui attirer de nouveaux ennuis.

— Repos ! annonça-t-elle en s'affalant sur son drap de bain.

Haile la rejoignit en se dandinant et, avec l'aide de sa chair tractamorphique, creusa un petit trou dans le sable chaud. Elle s'y installa douillettement, émettant des ondes de satisfaction.

Jay fixa la glacière, puis jeta un nouveau regard vers le club.

— Qu'est-ce qu'ils regardent en ce moment ?

Le Corpus leur montre des images capteur en provenance de la Terre.

— Vraiment ? De quelle ville ?

Londres. Fletcher Christian vient d'y arriver pour aider la police locale à localiser Quinn Dexter. Tracy pense malheureusement que les services de sécurité se sont procuré l'arme de disruption de l'ergostructure vitale.

Jay poussa un soupir d'impatience. Tracy ne cessait de lui répéter qu'il se passait des choses graves dans la Confédération. Dans son for intérieur, la fillette jugeait stupide l'intérêt que ses hôtes portaient aux manœuvres politiques de toute sorte. Tout ce qu'elle voulait savoir, c'était quand la crise serait passée et quand elle pourrait revoir sa mère. Si les politiciens continuaient à perdre du temps à discuter d'alliances planétaires, la situation n'allait pas s'arranger de sitôt.

Qu'y a-t-il, amie Jay ?

— Je veux rentrer chez moi, répondit-elle, un peu honteuse de ses geignements.

Le Corpus te demande d'être un peu patiente.

— Ah ! (Le chagrin laissa la place à la colère.) Ton Corpus, il s'en fiche !

Le Corpus se fait du souci pour l'humanité, répondit Haile, peinée. **Ainsi que tous les Kiints.**

— Je sais.

Elle ne tenait pas à se disputer avec Haile, cela les rendait malheureuses toutes les deux.

Voilà Tracy, dit Haile avec une note d'espoir dans sa voix mentale.

Jay vit la vieille dame se diriger vers elles aux commandes d'un scooter volant bleu chrome. Nombre des résidents du Village utilisaient ce véhicule pour se déplacer, et aucun d'eux ne ressemblait aux autres. Celui de Tracy était un gros ellipsoïde pourvu d'une selle creusée en son centre. À l'arrière poussaient des ailerons trapus équipés de feux rouges ; uniquement pour la frime, supposait la fillette. Il y avait aussi ces gros phares circulaires à l'avant, tels d'anachroniques bijoux en toc. Tracy appelait cet engin un T-Bird.

Un engin que Jay n'avait pas le droit de conduire, évidemment. Elle était pourtant persuadée qu'il était capable de pointes de vitesse fabuleuses.

Le T-Bird avançait à environ vingt kilomètres à l'heure, maintenant en permanence une altitude de deux mètres.

Jay se leva et épousseta son maillot de bain tandis que le scooter atterrissait près d'elle.

— Désolée d'être en retard, mon petit, déclara Tracy. Haile, ma chérie, tu vas devoir jouer toute seule cet après-midi. Il faut que j'emmène Jay sur Agarn.

— C'est quoi, Agarn ?

Tracy le lui expliqua tandis qu'elles regagnaient la villa à pied, suivies par le T-Bird avançant à faible allure. Agarn était une planète de l'Arc peuplée par un petit nombre de Kiints. Ceux-ci s'étaient retirés de la vie ordinaire telle que la vivait la majorité des habitants, préférant se consacrer à des activités de nature philosophique.

— Il va falloir que tu sois très sage, avertit Tracy. Ce sont des personnes fort dignes.

— Pourquoi on va là-bas ?

— Les Kiints d'Agarn sont quelque peu différents des autres. J'espère qu'ils interviendront en notre faveur. Ma démarche constitue en quelque sorte un ultime recours, mais les choses tournent de plus en plus mal dans la Confédération. Je crains que la situation ne débouche sur une impasse sordide. Si rien ne devait être résolu, ce serait le pire des cas de figure.

Elle examina les vêtements que portait Jay : un short kaki, un tee-shirt bleu et des chaussures de marche.

— Tu fais petite exploratrice, ça ira très bien.

— Pourquoi je vais avec vous ?

— Pour qu'ils puissent voir à quoi ressemble un humain.

— Oh ! (Jay ne goûtait guère cette idée.) Ils ne peuvent pas regarder les images venues de la Confédération, comme vous ?

— Ils les ont déjà vues, d'une certaine façon. Ils n'ont pas tourné le dos au Corpus. Si tel était le cas, il ne servirait à rien de leur rendre visite.

Jay se contenta de sourire. Elle ne comprenait toujours pas ce qu'était le Corpus.

Lorsqu'elles arrivèrent sur Agarn, la fillette vit qu'il n'y avait aucun bâtiment à proximité du disque de téléportation. Tracy et elle se trouvaient sur des collines moutonnantes bordant une large vallée. Le paysage lui évoqua les parcs de Riynine qu'on aurait négligé d'entretenir pendant deux ou trois siècles. Le sol disparaissait sous un épais tapis de pseudoherbe vert émeraude. En guise d'arbres, elle avait droit à des tours biscornues de bulles couleur magenta. Une douzaine de cascades se déversaient sur les falaises longeant la vallée, et chaque crevasse abritait un torrent se vidant dans des lacs creusés sur les versants.

Tracy jeta un regard circulaire sur la scène et s'épongea le front avec un mouchoir en dentelle.

— J'avais oublié qu'il fait toujours chaud ici, murmura-t-elle.

Jay chaussa ses lunettes de soleil, et les deux amies se dirigèrent vers un lac. Deux Kiints y nageaient près du rivage.

Bonjour, Fowin, dit Tracy.

L'un des deux Kiints leva un appendice de chair tractamorphique et se dirigea vers la berge.

Salut à vous, Tracy Dean. Question : êtes-vous Jay Hilton ?

— Oui, merci beaucoup. Bonjour.

Jay releva ses lunettes sur son front tandis que le Kiint émergeait de l'eau pour fouler l'herbe du rivage. Il ressemblait fort aux parents de Haile, sauf que ses évents étaient plus obliques et ses jambes plus plates.

Je vous remercie d'avoir accepté de nous recevoir, dit Tracy. **Je suis venue vous demander d'envisager une intervention.**

Je le sais. Pour quelle autre raison un observateur solliciterait-il une audience ? Depuis la stabilisation des Gebals, on me demande d'intervenir en faveur de chaque nouvelle espèce qui rencontre des problèmes.

Votre intelligence est renommée dans le Corpus.

L'existence même du Corpus nous rappelle les Gebals, ce qui m'amène à douter de la sagesse de ma décision les concernant. Un tel souci n'est pas sans influencer mes méditations. Il m'empêche de parvenir à l'élévation que je recherche.

Les Gebals avaient à affronter une situation unique. C'est aussi le cas des humains.

La situation des humains est regrettable.

Néanmoins, il nous est possible d'atteindre la pleine transcendance. La population inverse est négligeable. Les progrès que nous effectuons sur la route de la maturité sociale, quoique lents, sont constants. (Elle désigna Jay.) **Veuillez considérer notre potentiel.**

Jay gratifia le Kiint de son plus beau sourire.

Votre tentative est des plus grossières, Tracy Dean. Quelle que soit l'espèce à laquelle il appartient, un enfant est un immense réservoir de potentiel, pour le bien comme pour le mal. Je ne peux juger son chemin individuel, et donc par conséquent servir de témoin impartial. D'un autre côté, un enfant est innocent par nature. Ce qui peut influer sur mon jugement.

Jay est le seul humain dont nous disposions.

Très bien. (Le Kiint braqua ses grands yeux violets sur la petite fille.) **Que désirez-vous par-dessus tout, Jay Hilton ?**

— Je veux retrouver ma maman, évidemment. Je n'arrête pas de le répéter à votre Corpus.

En effet. Je partage la peine que vous apporte votre souffrance.

— Mais vous refusez de nous aider, n'est-ce pas ? Comme tous les Kiints. Je trouve ça horrible de votre part. Tout le monde nous répète que nous ne sommes pas parfaits. Mais vous savez ce que m'a dit le père Horst un jour ?

Non.

— C'est tout simple et pas bête du tout. Si vous voulez savoir si quelque chose est juste, alors retournez le problème. Donc, si vous nous connaissez aussi bien que vous le dites, supposez que ce soit nous qui ayons un millier de planètes, des fournisseurs universels et tout le reste... vous pensez qu'on vous aiderait si on le pouvait ?

Un argument des plus sains, présenté avec sincérité. Je sais que cela est dur à admettre, mais cette situation nous présente plus de problèmes qu'il n'est apparent.

— Ouais, c'est malin, dit Jay en croisant les bras d'un air méprisant. Je sais qu'il est possible de chasser un possesseur du corps qu'il a volé. Je l'ai vu faire. Alors pourquoi vous ne nous aidez pas au moins à y arriver ? Ensuite, on se débrouillerait tout seuls pour résoudre nos autres problèmes. Car c'est ce que vous voulez, pas vrai ? Qu'on s'en sorte par nos propres moyens.

Vos militaires n'ont pas eu besoin de notre assistance pour fabriquer cette nouvelle arme.

— Je ne parle pas de ça. Le père Horst a exorcisé Freya. Il a chassé d'elle l'âme qui la possédait.

Cette affirmation m'intéresse grandement, Jay Hilton. Le Corpus n'a pas eu connaissance de l'incident en question. Pouvez-vous m'en détailler les circonstances ?

Jay se lança dans un récit des événements survenus en ce jour fatal dans une petite ferme de la savane de Lalonde. Ce faisant, elle prit conscience de tout ce qui lui était arrivé depuis, de tout ce qu'elle avait vu et fait. Sa mère ne lui en apparut que plus éloignée d'elle, refoulée dans son passé. Lorsqu'elle acheva son récit, une larme coulait sur sa joue.

Tracy lui passa un bras autour des épaules.

— Allons, allons, mon petit. Les possédés ne peuvent rien contre toi ici.

— Ce n'est pas ça, gémit la fillette. Je ne me souviens plus à quoi ressemble maman. J'essaie de me rappeler son visage, mais je n'y arrive plus.

Sur ce point au moins, je suis en mesure de vous aider, déclara Fowin.

Un fournisseur sortit du néant tout près d'elle. Il cracha une feuille de papier glacé. Jay l'accepta avec prudence. Une photo de sa mère y était imprimée. Elle sourit, oubliant ses larmes.

— C'est la photo de son cartel-passeport ! Je me rappelle le jour où on est allées ensemble au bureau d'enregistrement. Comment vous l'avez eue ?

Elle est archivée dans les banques de mémoire de votre Gouvcentral. Nous y avons encore accès.

— Merci beaucoup, dit Jay d'un air contrit. (Elle jeta un nouveau coup d'œil à sa mère, rassérénée par son image.) Je croyais que vous n'aviez pas de fournisseurs sur cette planète, que vous étiez retournés à la nature ou quelque chose comme ça.

Bien au contraire, répondit Fowin. **Nous avons renoncé à tout hormis à notre technologie. Les structures physiques permanentes sont accessoires. Nous sommes libres de nous consacrer à nos seules pensées.**

— Les humains ne pourront jamais évoluer pour devenir comme vous, déclara Jay d'un air triste. On trouverait ça trop barbant.

J'en suis ravi. Vos appétits sont uniques. Chérissez-les. Soyez vous-mêmes.

— Alors, vous allez nous aider à chasser les âmes ?

Je pense que les circonstances qui ont permis au père Horst de réussir son exorcisme ne se répéteront que de façon exceptionnelle.

— Pourquoi ?

Comme vous venez d'en faire la démonstration, les enfants humains ont une très forte capacité de croyance. Freya a été élevée dans le respect de la religion chrétienne de son ethnie. Lorsque le père Horst a entamé la cérémonie d'expulsion, elle croyait à son efficacité, elle croyait que l'âme intruse serait chassée de son corps. Ladite âme a alors été envahie par le doute. Elle avait connu une forme de purgatoire, ce qui impliquait que les prêtres de son époque pressentaient une vérité fondamentale lorsqu'ils discutaient de questions spirituelles. Et voilà qu'elle affrontait un prêtre convaincu de pouvoir accomplir un exorcisme avec l'aide de Dieu. L'âme possédante était en butte à trois croyances différentes, dont l'une émanait d'elle-même. Elle s'est persuadée de la validité de cette cérémonie. Sa propre foi s'est retournée contre elle, et elle s'est retirée de sa victime car elle pensait y être obligée.

— Donc, le père Horst ne peut pas faire pareil pour toute une planète ?

Non.

— D'accord, fit Jay à contrecœur.

Elle était à court d'espoir comme d'arguments.

Votre évaluation ? demanda respectueusement Tracy.

Je reconnais le caractère prématuré de la percée survenue sur Lalonde. Mais cela ne suffit pas à justifier une intervention.

Je vois.

Toutefois, le potentiel de votre espèce doit être préservé. Vous pouvez mettre en route une origine séparée.

— Merci, dit Tracy d'une petite voix.

— Je ne comprends pas, protesta Jay une fois de retour à la villa. Pourquoi êtes-vous si contente ? Le Corpus n'est toujours pas décidé à intervenir.

Tracy s'assit dans l'une des chaises longues de la véranda et, violant les règles qu'elle-même avait édictées, demanda au fournisseur de lui servir une tasse de thé.

— Tu as accompli un véritable miracle, mon petit. Toute évaluation de Fowin devient la politique du Corpus. Cela nous donne la possibilité de créer une nouvelle colonie humaine en cas d'effondrement de la Confédération.

— Et pourquoi c'est une bonne chose ? Les possédés ne peuvent pas contaminer toutes les colonies, c'est vous-même qui l'avez dit.

— Je sais bien. Mais tout est une question de savoir. Les humains ont découvert l'existence des âmes bien avant d'être suffisamment avancés sur le plan social pour encaisser cette révélation. Ce savoir va agir comme un agent contaminant dans toutes les cultures. Il va diviser l'humanité en un millier de factions belliqueuses – nous en avons un avant-goût grâce à Kulu et à son projet de noyau dur pour planètes riches. Il nous faudra plusieurs générations pour nous en remettre, et les actes égoïstes d'aujourd'hui ne seront pas oubliés de sitôt. Le Corpus va créer une colonie d'environ un million de personnes à partir de rien. Les observateurs seront autorisés à se procurer du sperme et des ovules congelés stockés dans divers établissements médicaux de la Confédération. La population initiale de la colonie se développera dans des exomatrices, et ce sont des IA qui s'occuperont des enfants après leur naissance. De cette façon, ils n'auront accès qu'à des connaissances soigneusement sélectionnées. Notre nouveau point de départ sera une société de haute technologie, d'un niveau scientifique équivalent à celui de la Confédération, qui se développera ensuite de façon naturelle.

— Fowin a le pouvoir de faire tout ça ?

— Mais oui, comme n'importe quel Kiint, d'ailleurs. Si tu veux mon avis, la plupart d'entre eux ont des routines mentales bien trop conformistes. Au moins ceux d'Argan font-ils un effort pour se dépasser de temps en temps. Non que ça leur ait servi à grand-chose en ce qui concerne le Dieu endormi...

— Qu'est-ce que c'est ? demanda Jay, dévorée par la curiosité.

Tracy la gratifia d'un sourire solennel.

— Quelque chose qu'une espèce très ancienne a laissé derrière elle il y a bien longtemps. Cela a créé un sacré dilemme à cette civilisation de prétendus gourous philosophes. Ils ne peuvent strictement rien faire pour changer la situation. Je crois que c'est ce qui les perturbe le plus. Ça fait si longtemps qu'ils sont les maîtres incontestés de cette section de l'univers qu'ils ont été plutôt choqués de découvrir quelque chose qui leur est infiniment supérieur. Peut-être est-ce pour cela que Fowin s'est montré aussi conciliant.

Elle s'interrompit en voyant Galic apparaître sur le perron de la véranda.

— Tu as réussi, dit-il.

— Tu en doutais ? répliqua Tracy avec un sourire.

Il vint s'asseoir dans la chaise longue placée près de la sienne. D'autres observateurs en retraite le suivirent, désireux eux aussi de discuter de la nouvelle colonie. Jay ne les avait jamais vus aussi enthousiastes, et elle les trouva tous rajeunis. Durant toute la soirée, pas une fois ils n'évoquèrent le passé.

À la nuit tombée, l'assemblée gagna le salon de Tracy et fit apparaître cartes stellaires et rapports d'exploration planétaire. On échangea des arguments solidement charpentés pour ou contre telle ou telle localisation. Un consensus se dégagea en faveur d'une colonie située dans la même galaxie que la Confédération, même si ce devait être de l'autre côté du noyau.

Aux environs de minuit, Tracy se rendit compte que Jay s'était endormie sur le sofa. Galic la souleva dans ses bras pour l'emporter dans sa chambre. Elle ne se réveilla même pas lorsqu'il borda sa couverture et posa Prince Dell sur l'oreiller à côté de sa tête. Il sortit sur la pointe des pieds et referma la porte, impatient de reprendre le débat.

Louise avait parcouru un demi-mile dans Holloway Road. La rue se rétrécissait en montant, et ses trottoirs étaient bordés de grands bâtiments de brique aux fenêtres et aux gouttières également fracassées. Leurs rez-de-chaussée abritaient des magasins et des cafés aux vitrines condamnées. L'écho de ses pas résonnait sur les murs, telle une balise sonore signalant sa présence à tous.

La rue semblait s'élargir un peu plus loin. Apparurent des immeubles en meilleur état, aux murs propres et parfois pimpants, des magasins d'aspect plus prospère. Tous les cent yards, elle tombait sur un croisement avec des petites rues bordées de maisons attenantes divisées en appartements. Les bouleaux et les cerisiers qui poussaient dans leurs jardins, et dont les branches débordaient sur la rue, faisaient penser à un village campagnard.

La pente de la chaussée s'adoucit, et elle découvrit devant elle un bon mile de rue déserte. Les grands magasins avaient conquis le quartier, et leurs holopubs grouillaient au-dessus des trottoirs, formant un nuage mouvant et irisé. Au-dessus de chaque croisement, les messages du contrôle routier crachaient leurs séquences de couleur à l'intention d'usagers brillant par leur absence.

Louise ralentit le pas et s'arrêta, haletante et épuisée. Elle ne voyait personne derrière elle, mais il faisait si sombre en haut de la colline qu'un éventuel poursuivant n'aurait eu aucun mal à passer inaperçu. Elle se ferait sûrement repérer en se rapprochant des hologrammes.

À cinquante yards d'elle débutait Tollington Way, une rue latérale s'enfonçant dans le labyrinthe qui se déployait chaque fois qu'on s'éloignait d'une artère principale. Louise parcourut cent yards en petites foulées, se tenant les côtes pour lutter contre son point de côté, puis s'arrêta et se planqua sur un pas de porte.

Son caleçon trempé lui irritait les cuisses, son tee-shirt lui collait à la peau et elle avait les pieds gelés. Elle s'aperçut qu'elle frissonnait de tous ses membres. Très haut au-dessus d'elle, de petits voyants verts clignotaient sur l'armature du dôme.

— Et maintenant ? hoqueta-t-elle.

Charlie devait l'observer par l'entremise des capteurs, il avait dû repérer son image infrarouge. Elle lança une demande d'accès au réseau. Aucune réponse.

Fuyez et trouvez-vous une cachette, lui avait conseillé

Charlie. Facile à dire. Mais où ? Personne dans le coin n'allait ouvrir à une inconnue, surtout pas aujourd'hui. Si elle frappait à une porte, elle risquait même de se faire tirer dessus.

Poussant un miaulement suraigu, un chat bondit sur la chaussée et s'enfuit en courant. Avant d'avoir compris ce qui se passait, Louise s'était jetée à terre pour rouler sur elle-même et brandir son antimémoire. Le chat, un gouttière particulièrement velu, s'en fut en trottinant, non sans lui avoir jeté un regard plein de dédain.

Elle laissa échapper un sanglot et sentit ses muscles s'amollir. Son programme de maniement des armes était toujours en mode primaire. Elle le désactiva et se releva péniblement, époussetant son gilet et son caleçon.

Le chat était toujours visible, découpé en silhouette sur fond d'hologrammes du côté de Tollington Way, et il poursuivait sa route en agitant la queue d'un air arrogant. De toute évidence, elle était encore trop près de Holloway Road, et d'éventuels poursuivants n'auraient aucun mal à la rattraper. D'après Fletcher, les possédés pouvaient sentir les gens sans avoir besoin de les voir.

Louise ouvrit la carte du centre de Londres qu'elle avait stockée dans une cellule mémorielle de ses naneuroniques et s'éloigna de la lumière. L'antimémoire retourna dans sa poche. Elle n'aurait su déterminer la meilleure méthode pour éviter ses poursuivants : ne pas bouger une fois qu'elle aurait trouvé une cachette – à supposer qu'elle y parvienne – ou rester constamment en mouvement. Il lui était impossible d'évaluer ses chances, en particulier parce qu'elle ignorait la tactique choisie par l'ennemi : recherches systématiques et organisées ou patrouille de quelques possédés vaguement motivés.

L'examen de la carte ne lui servit pas à grand-chose. Comme elle n'avait aucun but, aucune destination, n'importe quelle rue en valait une autre. La carte ne l'aidait qu'à éviter les artères principales, les plus dangereuses à ses yeux.

Peut-être devrais-je me contenter de trouver une cachette. C'est ce que m'a suggéré Charlie.

Obéissant à une impulsion, elle entra l'adresse du Ritz dans son logiciel. La carte dut effectuer un zoom arrière tellement l'hôtel était éloigné du quartier où elle se trouvait.

Adieu le Ritz, donc. Dommage : personne n'aurait pensé à aller la chercher là-bas.

— Andy, chuchota-t-elle soudain.

La seule personne qu'elle connût à Londres. Et la seule qui ne la repousserait jamais.

Elle récupéra son e-adresse et consulta l'annuaire de Londres qu'elle avait chargé parmi tous les outils qu'on lui avait vantés comme essentiels à sa survie dans l'arche. Tout le monde n'attachait pas son adresse physique à son adresse électronique. Mais Andy l'avait fait. Il demeurait dans Halton Road, quartier d'Islington. Une petite étoile bleue apparut sur la carte.

Deux miles de marche.

— Seigneur Jésus, faites qu'il soit chez lui.

Ils enchaînèrent Fletcher à l'autel avec des menottes traversées par un courant électrique qui annihilait son pouvoir. Ils lui arrachèrent ses effets, gravèrent sur sa peau des runes obscènes. Ils le tondirent. Ils brûlèrent des bibles et des missels à ses pieds et, avec la cendre de cet autodafé, dessinèrent un pentacle sur son corps. Ils suspendirent au-dessus de sa tête une croix invertie accrochée à une corde pourrie.

Les fantômes défilaient devant lui, lui offrant leurs expressions navrées en guise d'excuses.

— Pardon, murmuraient-ils. Pardon.

Les héros du passé, humiliés, dégradés par leur émasculation. Les possédés leur crachaient dessus, les chassaient de leurs lazzis.

Saint-Paul était éclairée par la lueur trouble des braseros et des cierges, et son plafond demeurait plongé dans les ténèbres. Le parfum de l'encens avait cédé la place à la puanteur de la sueur et des hamburgers à l'oignon. Les prières étaient remplacées par les chaînes portables beuglant leur rock entrecoupé de bruits de copulation. La tête rejetée sur la pierre, Fletcher vit de jeunes possédés ramper sur les vitraux tels des singes pour les barbouiller d'un épais fluide noir. Une silhouette sombre envahit son champ visuel.

Quinn se pencha vers lui.

— Quel plaisir de te revoir !

— Profitez bien de la situation, espèce de monstre inhumain. Vous aurez fini de vous moquer quand ce jour aura pris fin.

— Tu es fort. Je t'admire pour cela. Tu as quitté Norfolk à temps, ce qui n'était pas facile. Et tu t'es introduit sur Terre, ce qui est foutrement impossible. Tu es très fort. Comment as-tu fait ? T'as passé un marché avec les superflics ?

— J'ignore de quoi vous parlez.

— Merde. Bon, je vais me mettre à ta portée, espèce de débile. Qui t'a amené sur Terre ?

Comme Fletcher ne répondait pas, Quinn caressa l'anneau de métal qui lui cerclait le crâne.

— Je peux leur dire d'augmenter le voltage, tu sais. Ça te ferait encore plus mal.

— Uniquement tant que je demeurerai dans ce corps.

— T'es moins con que t'en as l'air, tu sais ? (Quinn rampa sur l'autel d'une façon obscène pour rapprocher son visage encapuchonné de celui de Fletcher.) Avant de passer à autre chose, j'ai une question à te poser : quel effet ça fait de la baiser ? Allez, tu peux bien me le dire. Est-ce qu'elle est du genre active ? Ou bien est-ce qu'elle reste là sans bouger et te laisse faire tout le boulot ? Ça restera entre nous. Je ne dirai rien à personne. Est-ce qu'elle suce bien ? Est-ce qu'elle aime se faire enculer ?

— Vous êtes indigne de vivre, sir. J'apprécierai grandement le moment de votre chute, car la hauteur de votre arrogance est telle qu'elle ne pourra manquer d'être des plus impressionnantes.

— Ne me dis pas que tu n'as jamais tenté ta chance avec elle ! Vous êtes restés ensemble pendant des semaines, Louise et toi. Tu as sûrement été tenté. (Quinn recula de quelques centimètres, vaguement intrigué.) Merde, c'est toi qui n'es pas humain.

— Votre jugement n'a à mes yeux ni valeur ni importance.

— Ah bon ? Alors, en voilà un qui risque de t'intéresser. Je finirai par savoir si elle est vraiment bonne. Mes hommes vont la conduire ici, et tu ne perdras rien du spectacle quand nous la prendrons, Courtney et moi. Je t'obligerai à regarder. On verra combien de temps tu réussiras à conserver ta supériorité de trouduc. Espèce de fils de pute !

— Il faudra d'abord que vous la trouviez.

— Mais je la trouverai. N'en doute pas. Même si les connards qui se sont lancés à sa poursuite se montrent en dessous de tout, je compte sur Son armée pour me l'apporter. Et ce sera alors la fin de toute résistance de ta part. Tu hurleras, tu pleureras, tu supplieras, tu maudiras ton faux Dieu pour son indifférence.

— Les voies du Seigneur sont impénétrables et Ses miracles glorieux. L'âge des merveilles a sans doute pris fin, mais Ses messagers sont encore parmi nous. Vous allez échouer. C'est écrit.

— Conneries ! Il n'y a pas de messagers. Et si quelque chose était écrit dans un livre, alors je l'ai déjà brûlé. C'est mon Seigneur qui va connaître Son avènement, pas le tien. Et les voies du Frère de Dieu ne sont pas impénétrables, loin de là. Tu vas bientôt te faire une idée de ses méthodes. Sauf si je décide de t'épargner.

— Jamais je ne me laisserai souiller par votre pitié, sir.

— Ah bon ? Et que dirais-tu si je décidais d'épargner Louise ? Rejoins-nous. Rejoins le camp des gagnants. Je te la rendrai. Je ne toucherai pas à un cheveu de sa tête. C'est promis. Et pourtant, ça fait beaucoup de cheveux.

Fletcher se fendit d'un petit rire amer.

— Je ne plaisante pas, dit Quinn de sa voix la plus mielleuse. Tu es malin et tu es fort. J'ai besoin de types comme toi. Tu étais une sorte d'officier, c'est ça ? La moitié des crétins que j'ai sous mes ordres auraient besoin d'une deuxième paire de mains pour trouver leur propre cul. Je pourrais te confier toute une brigade. Et ensuite, tu feras tout ce que tu voudras. Tu pourras épouser Louise. Vivre dans un palais. La grande vie !

— J'ai commis une erreur et je m'en excuse. Je vous ai cru dangereux. Je vois à présent que vous êtes un misérable. Notre-Seigneur s'est vu offrir tous les royaumes de ce monde et les a refusés. Il m'est facile de ne pas convoiter la femme d'un autre et une vie de luxe. Ne savez-vous donc pas que la condition qui est la nôtre nous donne le pouvoir de matérialiser tous nos désirs ? Vous ne pouvez rien m'offrir qui ait une quelconque valeur ; vous ne pouvez que proférer de vaines menaces.

— Vaines ! répéta Quinn, en rage. *Il* arrive ! *Mon* Seigneur, pas le tien ! Si tu ne me crois pas, demande donc aux fantômes. Ils entendent s'approcher les anges des ténèbres. La Nuit va bientôt tomber. Tel est le nouveau miracle.

— Après la nuit vient le jour, il en a toujours été ainsi, et il en sera toujours ainsi. Amen.

Quinn s'écarta de l'autel et se redressa. Il pointa une anti-mémoire sur le visage de Fletcher.

— Bon, fini de jouer, tête de nœud ; dis-moi ce que c'est que ce truc.

— Je l'ignore, sir.

— Pourtant, tu n'as pas hésité à t'en servir. C'était moi, ta cible ? C'est pour ça que les superflics t'ont laissé descendre sur Terre ? Ils t'avaient demandé de me retrouver ?

Quinn fit un signe à quelqu'un. Frenkel sortit de l'ombre et laissa choir Billy-Joe sur l'autel. La tête de l'adolescent oscillait de gauche à droite. Ses yeux regardaient dans le vide et il respirait encore.

— On l'a trouvé dans cet état au pied de la tour Archway. Le grand mec noir a réussi à l'abattre avec un de ces trucs avant d'être neutralisé par mes troupes. Bon, une arme qui chasse les possesseurs des corps qu'ils occupent, je peux encore comprendre. Tous les scientifiques de la Confédération doivent bosser dessus. Mais ce truc est beaucoup plus puissant, pas vrai ? Billy-Joe n'était pas possédé, et ça a quand même viré son âme. (Quinn se fendit d'un sourire diabolique, ses canines transperçant ses lèvres livides, en sentant l'inquiétude gagner l'esprit de Fletcher.) Mais peut-être que cette âme n'est pas seulement partie, hein ? Ces superflics ne font pas les choses à moitié. Ils savent que je peux toujours revenir dans un autre corps et recommencer ma croisade depuis le début. Parce que je ne peux plus mourir, maintenant, hein ? Nous sommes tous immortels désormais.

Le visage de Fletcher se figea dans un masque de détermination butée.

— Ah ! fit doucement Quinn. (Il examina l'arme avec un respect nouveau.) Faisons une petite expérience.

Il imposa les mains à Billy-Joe, ouvrant une brèche sur l'au-delà grâce à son pouvoir énergétique. Une âme s'insinua dans le corps de l'adolescent. Celui-ci se redressa, le souffle court, parcourut ce qui l'entourait d'un regard avide.

— Qu'est-ce que vous dites de ça ? s'émerveilla Quinn. Finis les emmerdes. Le processus de résurrection va être sacrément accéléré. (Il gratifia Fletcher d'un large sourire.) Ton petit jouet pourrait s'avérer sacrément dangereux s'il tombait en de mauvaises mains, tu sais...

La cité de Halton Road consistait en un groupe de trois tours bon marché destinées à l'origine aux pauvres et aux seniors. Un tiers de leurs résidents entraient encore dans cette dernière catégorie, les autres vivant du marché noir quand ils ne touchaient pas les allocations chômage, auquel cas ils passaient leurs journées enfermés chez eux, en proie à des drogues ou à des stims de provenance incertaine. C'étaient là les seuls loisirs à leur portée. Le territoire qui s'étendait entre les bâtiments de vingt étages était une cour de béton bordée de petits garages disposés en enfilade. Des terrains de foot et de basket, il ne subsistait plus que des lignes blanches à moitié effacées, goals et paniers ayant été arrachés à leur socle depuis plusieurs décennies. En dépit de ce décor urbain désaffecté des plus classiques, le lieu était idéal pour la fête de la Fin du monde.

Andy dansait sur le béton nu depuis le coucher du soleil, se noyant dans la folie universelle. Entre tous les Londoniens, les plus pauvres étaient ceux qui avaient le moins à perdre du triomphe des possédés. Donc... après nous le déluge ! Si l'on doit se faire capturer par les morts maléfiques, se faire torturer, se faire dévorer par des goules ou vivre le reste de l'éternité en tant que zombie (rayer les mentions inutiles, s'il y en a), autant faire une fête d'enfer en attendant d'y passer.

Les organisateurs de teufs clandestines avaient installé leurs haut-parleurs au crépuscule. Lorsque le soleil eut disparu du ciel, un rythme aussi sourd que lancinant avait fait vibrer les vitres, lançant un cri de défi ricanant aux nouveaux seigneurs de l'arche. Tout le monde s'était mis sur son trente et un. Andy avait savouré le spectacle en connaisseur. Divas du disco en microjupes tissées de sequins, danseurs funk en cuir et chemise infrablanche, maîtres du rap en costard. Tous en train de se trémousser au sein d'une masse mouvante de corps en sueur, saluant chaque chanson stupide par des pas de danse tout aussi stupides.

Andy ondulait des hanches, moulinait des bras et se remuait comme il ne l'avait jamais fait avant ce jour. Adieu la timidité, le soleil ne se lèverait plus jamais et plus personne ne rirait de sa maladresse. Il buvait à chaque bouteille qui passait. Il embrassait toutes les filles qui se laissaient faire. Il chantait à tue-tête. Il inventait des pas de danse. Il hurlait, riait et se demandait comment il avait pu gâcher sa vie.

Puis elle apparut. Louise. Là, devant lui. Toute mouillée, les cheveux en bataille. Son beau visage mortellement sérieux.

Un espace vide s'était spontanément formé autour d'elle. Les danseurs exubérants s'écartaient instinctivement, peu soucieux d'être touchés par l'enfer personnel que cette nana trimbalait avec elle.

Ses lèvres s'écartèrent, et elle cria quelque chose.

— Hein ? fit Andy.

La musique était assourdissante.

Elle articula : Au secours.

Il la prit par la main et lui fit traverser la cour. Les résidents les plus vieux s'étaient rassemblés sur le pourtour de celle-ci, applaudissant les danseurs et allant parfois jusqu'à esquisser quelques pas. Andy gagna le hall aux murs de brique, puis l'escalier de pierre conduisant à son appartement.

Lorsque la porte de celui-ci se referma derrière eux, il dut se pincer pour se convaincre qu'il ne rêvait pas. Louise ! Chez lui ! Ils se retrouvaient ensemble durant la dernière nuit avant la fin du monde.

Comme sa fenêtre donnait sur la rue et non sur la cour, la musique était réduite à un sourd grondement de basse. Il voulut attraper un bâton lumineux, pour suppléer à l'éclairage, défaillant depuis le matin.

— Non, dit Louise.

En l'absence de climatisation, les vitres s'étaient couvertes de buée, mais la chiche lumière du dehors suffisait à définir les contours de la minuscule pièce. Un lit dans un coin, avec des draps pas très nets. Une table en vinyle couverte d'outils et de composants électroniques, et des cartons en guise de meubles. Le coin cuisine était niché dans une alcôve et dissimulé par un rideau de douche.

Andy espéra qu'elle ne détaillerait pas trop les lieux. Même mal éclairés, ils étaient franchement sordides. La joie qu'il avait ressentie en découvrant Louise s'estompait peu à peu, rongée par la conscience qu'il avait de vivre une existence minable.

— C'est la salle de bains ? dit-elle en désignant la seule autre porte. Je suis trempée. Et j'ai froid.

— Euh... non, c'est censé être la chambre. Mais c'est une pièce qui me sert d'entrepôt. La salle de bains est au fond du couloir. Je vais vous montrer.

— Non.

Louise s'avança jusqu'à lui, lui passa les bras autour de la taille et posa sa tête sur son épaule. Il était si surpris qu'il laissa passer deux secondes avant de réagir, puis il lui rendit son étreinte.

— Il m'est arrivé des choses horribles aujourd'hui, dit-elle. Des choses viles. J'étais terrorisée. Je n'ai pas eu d'autre choix que de me tourner vers toi. Personne d'autre ne peut m'aider. Mais j'avais aussi envie d'être près de toi. Est-ce que tu le comprends ?

— Pas vraiment. Que t'est-il arrivé ?

— Aucune importance. Je suis toujours moi-même. Pour le moment.

Elle l'embrassa à pleine bouche, en proie à un désir comme elle n'en avait jamais connu. Elle avait besoin d'être convoitée, adorée, elle avait besoin qu'on lui assure que le monde est un endroit merveilleux.

Autant d'exigences qu'elle exprima à Andy, là, sur son petit lit défait. Elle y passa la nuit à se faire vénérer, à écouter ses cris d'extase sur fond de musique de danse tandis que des taches de couleur irisées se mouvaient sur le plafond. Dans le petit studio privé de climatisation, l'air immobile s'imprégna de leur chaleur, de leur sueur. Ils ne surent jamais que tous les systèmes d'aération du dôme de Westminster succombaient l'un après l'autre.

Lorsque les premières vrilles de brume montèrent de la Tamise pour flotter au-dessus de ses berges, leurs bouffées d'orgasme étaient de plus en plus douloureuses, conséquence de la soumission d'une chair épuisée à des programmes dictés par le désir. Finalement, ayant bu jusqu'à la lie l'exquis nectar du désespoir, ils s'accrochèrent l'un à l'autre, trop assommés pour savoir qu'une mince couche de vapeur brillait désormais d'un éclat rouge au-dessus du cœur de l'antique cité qui s'étendait au-dehors.

12.

Liol amena le *Lady Mac* à proximité du spatioport où était amarré le VSM, un gigantesque globe placé sur la bordure de la cité spatiale, et l'immobilisa à vingt mètres d'une écoutille grande ouverte. Joshua lui avait donné pour instruction de ne pas pénétrer à l'intérieur.

Le temps qu'il avait fallu au petit groupe pour rallier la bulle transparente à ladite écoutille n'avait pas été de trop pour élaborer une procédure permettant d'embarquer Quantook-LOU et cinq de ses collaborateurs. En fin de compte, il avait été décidé que le VSM commencerait par emporter quatre passagers, à savoir Quantook-LOU, un autre Mosdva et deux humains. L'embarcation effectuerait ensuite deux autres voyages, et Joshua serait du dernier. De cette façon, le distributeur des ressources était sûr que l'astronef ne prendrait pas la tangente dès que son capitaine en aurait regagné le bord, le laissant sur le quai. L'idée qu'un capitaine ne puisse abandonner son équipage lui était totalement étrangère. Ce détail aurait peut-être son importance lors des négociations ultérieures, décidèrent les humains.

Les xénos furent orientés vers le salon inférieur de la capsule D, équipé d'un circuit de bio-isolation qui lui était propre. Sarha le configura pour qu'il restitue l'atmosphère de Tojolt-HI, l'argon et les hydrocarbures en moins.

Une fois Quantook-LOU installé et Joshua sur la passerelle, les Mosdvas lui fourniraient les coordonnées de leur destination.

Leurs vidoscaphes étaient fabriqués dans une substance souple à laquelle étaient intégrés des conduits de régulation thermique. Seules leurs deux paires de membres supérieurs avaient droit à des manches, et le bas de leur corps semblait fourré dans une gigantesque chaussette. Ils étaient équipés d'un casque volumineux, avec des mécanismes internes saillant comme des bubons et une visière pourvue de plusieurs couches protectrices. Leur pack de survie était une sorte de cône dont la pointe se terminait par un bouquet d'ailettes noires. Il était relié au casque par un unique câble blindé. Par-dessus leur scaphe, ils portaient un gilet en résille similaire à leur tenue habituelle, auquel étaient fixés des modules électroniques et des petits conteneurs.

Beaulieu et Ashly observaient les xénos par l'entremise d'un capteur du plafond lorsqu'ils franchirent le sas du salon. Ils ne se déplaçaient pas avec l'aisance dont ils faisaient preuve dans leur cité spatiale, privés qu'ils étaient de leurs fougères stabilisatrices, mais ils s'adaptaient rapidement aux prises-crampons et aux échelles de pont.

Lorsque le dernier Mosdva fut entré, Ashly referma l'écoutille et pressurisa le salon. Quantook-LOU attendit patiemment que ses subordonnés aient analysé leur environnement sous toutes ses coutures. La cabine était des plus spartiates, la plupart de ses équipements ayant été évacués en prévision de ce vol. Les xénos n'avaient pas de technologie humaine à examiner et ne risquaient pas d'endommager quoi que ce soit. Une fois assurés que les lieux n'étaient pas hostiles et que l'air était respirable, ils ôtèrent leurs vidoscaphes. En quelques secondes, ils avaient fixé leurs divers gadgets à leurs gilets.

Pendant qu'ils se trouvaient dans le sas du *Lady Mac*, Beaulieu avait scanné lesdits gadgets avec un détecteur de neutrinos. Alkad et Peter vinrent l'assister pour analyser les données ainsi obtenues. Les xénos étaient équipés de petits explosifs chimiques, de lasers, de fils de diamant et d'un appareil dont Alkad et Peter décidèrent qu'il émettait une forte pulsation EM. En cas de nécessité, les générateurs de valence moléculaire de l'astronef parviendraient à maintenir l'intégrité de la capsule et de son environnement immédiat.

Les implants dont ils étaient tous pourvus étaient nettement plus intéressants. L'axe central de leur système nerveux, qui parcourait leur corps sur toute sa longueur, était doublé d'un second système, visiblement artificiel, qui lui était relié en plusieurs points. Des greffons biochimiques complétaient leurs systèmes circulatoire et glandulaire, enrichissant les fonctions de leurs organes. Des armes cylindriques étaient enkystées dans leurs muscles.

— Pour ce qui est des armes, je peux comprendre, commenta Ruben en découvrant les images transmises par Beaulieu sur le réseau interne, mais le reste me paraît redondant. Peut-être que leurs organes internes ne se sont pas encore totalement adaptés à la gravité zéro.

— Pas d'accord, contra Cacus. Quantook-LOU ne présente pas les mêmes modifications que les cinq autres. Je dirais que ceux-ci sont l'équivalent de nos mercenaires renforcés. Ils resteront opérationnels même s'ils sont grièvement blessés.

— Sans doute est-il significatif que l'état physiologique de Quantook-LOU soit meilleur que celui des autres, fit remarquer Parker. Sa structure osseuse est plus robuste et, vu ce que nous savons de leurs organes internes, les fonctions biochimiques des siens ont un plus haut degré d'efficience. Ce qui me porte à croire qu'il est le fruit d'une sélection génétique. Quinze mille ans ne suffisent pas à s'adapter totalement à la chute libre, il y a trop de changements à intégrer par rapport à un milieu en gravité normale.

— Si vous avez raison, cela confirme que leur structure sociale est de type aristocratique, dit Cacus. Leur classe administrative est une sorte d'élite.

— Il a pas mal de processeurs branchés sur ce qui passe pour son cortex, observa Oski. Bien plus que les soldats. Ils augmentent ses capacités mémorielle et analytique de la même façon que nos naneuroniques.

— Supériorité mentale et physique de la classe supérieure, dit Liol. Plutôt fasciste comme conception de la société.

— Seulement en termes humains, le reprit Ruben. Imposer nos valeurs à des xénos et les juger en conséquence, c'est le comble de la suffisance.

— Oh ! pardon, marmonna Liol.

Levant les yeux, il vit qu'Ashly et Dahybi souriaient ouvertement du snobisme de l'Édéniste ; Sarha lui montra son pouce levé en signe d'approbation.

— Une aristocratie est par essence arrogante, déclara Syrinx. Si tous les dominions ont la même structure, il n'est pas étonnant que les conflits qui les opposent dégénèrent en guerre ouverte. La classe administrative ne doit pas hésiter à sacrifier les soldats. Ce ne sont que des ressources, conçues pour être exploitées pour le bien du dominion.

— Quelle est notre position dans cette hiérarchie si rigide ? s'enquit Sarha.

— Ce que nous possédons est précieux à leurs yeux, répondit Parker. Mais nous-mêmes n'avons aucune valeur. Ils nous traiteront en conséquence.

Joshua passa la tête par l'écoutille de sol et se coula jusqu'à sa couchette anti-g. Il demanda un rapport de situation à l'ordinateur de bord, puis Liol lui passa les commandes de l'astronef.

— Nous sommes prêts, dit-il à Quantook-LOU. Les coordonnées, s'il vous plaît.

L'un des modules électroniques mosdvas lui transmit une série de données.

— Ça correspond à un nœud dans la toile, à neuf cents kilomètres d'ici, dit Beaulieu. (Elle télétransmit ses instructions aux satellites ELINT, dont le mieux placé lui renvoya une image de la section qui l'intéressait.) Le nœud fait environ quatre kilomètres de large et son sommet se trouve dix-sept cents mètres au-dessus du niveau moyen du disque. Pas mal de déperdition infrarouge dans la zone. La plupart des tubes sont morts, mais les mécanismes d'échange thermique fonctionnent toujours, quoique à un niveau sensiblement diminué.

— Il y a encore quelqu'un de vivant dans le coin, conclut Sarha.

— On le dirait bien.

— Nous avons localisé l'endroit, dit Joshua à Quantook-LOU. Quelle accélération êtes-vous capables de supporter ?

Il y eut une brève pause.

— Trente pour cent de l'accélération que vous aviez adoptée lors de votre approche d'Anthi-CL seraient acceptables, répondit Quantook-LOU.

— Compris. Veuillez vous mettre en position de vol.

Joshua déploya les capteurs de combat du *Lady Mac* et ordonna aux grappes standard de se rétracter. L'équipage passa en état d'alerte. Un bref coup d'œil aux capteurs du salon confirma que les six Mosdvas s'étaient installés sur les sièges rembourrés que Beaulieu et Dahybi leur avaient fournis.

Pas la peine d'activer la fusiopropulsion. Joshua utilisa le système auxiliaire pour obtenir une accélération d'un dixième de g. Le vecteur qu'il avait calculé l'amena à cent kilomètres de la face éclairée, puis il obliqua vers le nœud.

— Il y a aussi des fuites de gaz de ce côté, signala Beaulieu. On continue de se battre dans le secteur.

Joshua contacta Quantook-LOU.

— Nous constatons de nombreux conflits sur Tojolt-HI. Il nous serait utile de savoir si nous risquons d'être attaqués, et avec quelles armes.

— Aucun dominion de Tojolt-HI n'attaquera ce vaisseau, sauf s'il fait mine de partir. Si je ne me procure pas votre système de propulsion, notre désespoir ne pourra que s'accroître.

— Quelle forme prendra une attaque dirigée contre nous ? Avez-vous des vaisseaux capables de nous intercepter ?

— Nos seuls vaisseaux sont les dragues solaires que vous avez déjà pu observer. Des armes rayonnantes seront employées pour vous endommager. Je spécule que nombre de dominions s'affairent sans doute à construire des véhicules automatiques. La vitesse à laquelle se déplace le *Lady Macbeth* a été notée. Ces véhicules seront plus rapides.

Joshua parcourut la passerelle du regard.

— Je pense que nous n'avons rien à craindre de leurs missiles. Ce sont leurs lasers qui m'inquiètent. Les capacités énergétiques dont disposent les dominions rendraient nos plates-formes DS ridicules par comparaison.

— Pas de ce côté du disque, rétorqua Beaulieu. Le balayage capteur a diminué de façon considérable depuis que nous avons franchi la bordure. Quatre-vingt-dix pour cent de leurs systèmes sont installés sur la face obscure.

— Ils n'auraient aucun mal à retourner leurs lasers, fit remarquer Liol.

— Nous ouvrirons l'œil, lui dit Sarha.

— J'aimerais tout de même en savoir davantage sur leur contexte géopolitique, affirma Joshua. Quantook-LOU, pouvez-vous me dire quels dominions sont dans le camp d'Anthi-CL ?

— Impossible d'en être sûr, sauf en ce qui concerne nos trois alliés les plus proches. Votre arrivée a bouleversé la situation à tous les niveaux. Les dominions de la périphérie se cherchent des alliés parmi ceux du centre. Ceux du centre s'entredéchirent à mesure que s'effondrent les anciennes alliances et que fleurissent mensonges et promesses vides de sens.

— Tout ça à cause de nous ?

— Durant toute notre histoire, les ressources ont été limitées, et notre société est le reflet de cette condition. Voilà que vous arrivez et que, soudain, toutes les ressources deviennent illimitées. Il ne peut désormais y avoir qu'un seul dominion.

— Comment cela ?

— Nous sommes en équilibre. Les dominions centraux ont des territoires plus étendus que ceux de la périphérie, mais c'est depuis celle-ci qu'est distribuée la masse récoltée par les dragues solaires. Notre valeur est par conséquent l'égale de la leur. Chacun des dominions périphériques fournit de la masse à ses alliés centraux, et la quantité de masse susceptible d'être fournie dépend bien entendu du nombre de dragues solaires. Le nombre de dragues solaires susceptibles d'être construites dépend de l'importance de l'alliance entre dominions. Leur construction absorbe un pourcentage alarmant de nos ressources. Quand une drague solaire ne revient pas à bon port, la quantité de masse à la disposition de l'alliance s'en trouve réduite, ce qui entraîne pénurie et restrictions dans les dominions. Alors l'alliance s'affaiblit à mesure que les dominions s'affrontent les uns les autres pour se procurer la quantité de masse dont ils ont besoin. C'est à ce moment-là que les distributeurs de chaque dominion forgent de nouvelles alliances qui leur permettront de revenir au précédent niveau d'approvisionnement.

— Je comprends, dit Joshua. Comme notre technologie va vous permettre d'importer de la masse d'autres systèmes stellaires, les dragues solaires cesseront d'être compétitives. Tous les dominions centraux de Tojolt-HI chercheront à obtenir leur masse d'Anthi-CL et deviendront vos alliés. Privés de ce marché, les autres dominions périphériques périront avant d'être incorporés de facto dans cette nouvelle alliance.

— Et je serai le distributeur des ressources pour tout Tojolt-HI.

— Dans ce cas, pourquoi tous les autres dominions vous affrontent-ils ?

Quantook-LOU lutta contre la faible accélération pour élever ses membres médians et se frapper la poitrine.

— Parce que je ne possède pas encore votre technologie de propulsion. Ils cherchent à obtenir un avantage, comme toujours. En transformant Anthi-CL en champ de ruines, ils me priveront des ressources nécessaires à la construction de vaisseaux spatiaux. Vous serez obligés de traiter avec eux.

— Mais vous venez de dire que les alliances entre dominions centraux étaient instables...

— En effet. Les autres distributeurs ne sont que des imbéciles dévorés par l'avidité. Ils sont prêts à nous détruire tous. Les dégâts qu'ils ont déjà infligés à Tojolt-HI sont d'une gravité sans précédent. Il nous faudra plusieurs décennies pour les réparer.

— Eh bien, dites-leur que je vous ai donné notre système de propulsion. Je confirmerai. On réglera plus tard les détails de notre transaction. Cela mettra un terme aux hostilités.

— Les alliés d'Anthi-CL savent que je n'ai pas encore acquis votre technologie. Si j'ai maintenu l'intégrité de notre alliance avec les trois dominions les plus proches, c'est en leur assurant que notre présente expédition débouchera sur un triomphe. Ils ont ensuite monnayé cette information pour obtenir un avantage en cas d'échec de ma part. Tout Tojolt-HI sait que nous n'avons pas encore procédé à notre transaction. Les Mosdvas attendent la conclusion de ce vol. Dès que je ferai savoir à Anthi-CL que vous m'avez fourni les données nécessaires à la construction de vaisseaux spatiaux, notre alliance avec les trois dominions sera renforcée. Les autres n'auront pas d'autre choix que de l'intégrer. Le voyage supraluminique a rendu notre unification inévitable. Nous le savons tous. Ne reste à résoudre qu'une seule question : qui sera le distributeur des ressources pour la totalité de Tojolt-HI ? Si ce n'est pas moi, ce sera le distributeur d'un autre dominion. C'est pour cela qu'ils attaqueront si jamais vous cherchez à fuir.

Joshua coupa la liaison avec le salon.

— Votre avis ?

— Il est très fort, déclara Samuel. Je pense qu'il a compris que vous aviez une conscience, ou à tout le moins des notions d'éthique. C'est pour ça que notre arrivée est considérée comme la principale cause de la guerre. En outre, on nous interdit de partir sous peine d'être abattus. Tout ce qu'il dit est à son avantage.

— Sa description de la structure économique de Tojolt-HI est sensée, fit remarquer Parker. Ce qui donne une certaine crédibilité au reste de ses propos.

— La situation nous est favorable, en tout cas, dit Liol. Même si Quantook-LOU exagère l'instabilité politique de sa cité spatiale, tous les dirigeants de celle-ci veulent nous acheter le mode d'emploi du saut TTZ. Ils sont prêts à se déclarer la guerre pour satisfaire nos désirs.

— Dommage que cela ne nous permette pas d'organiser des négociations pour aboutir à la paix, soupira Syrinx. Je ne peux m'empêcher d'être troublée par ce qui nous arrive.

— Et si nous diffusions les données sur l'ensemble de la cité spatiale une fois que nous aurons obtenu une copie de l'almanach tyrathca ? proposa Beaulieu. Même si nous en réservons l'exclusivité à Quantook-LOU, en remerciement pour ce fameux almanach, cela n'arrêtera probablement pas les hostilités, étant donné les difficultés qu'il y aura à accomplir l'unification de tous les dominions.

— Je ne sais pas si vous réalisez l'ironie de la situation, intervint Ruben.

— Pas vraiment, rétorqua Syrinx. Il faut vraiment apprécier l'humour noir pour voir quelque chose de drôle là-dedans.

— Je n'ai jamais dit que c'était drôle. Mais vous ne voyez pas ce que cette discussion devrait nous évoquer ? Les Kiints ont dû avoir le même genre de débat sur notre espèce lorsque nous leur avons demandé la solution à la crise de l'au-delà. Aux yeux des Mosdvas, le voyage supraluminique est la panacée de tous leurs problèmes ; il leur permet d'accéder à une quantité de masse illimitée, de fonder de nouvelles colonies et d'exterminer leurs anciens oppresseurs. Il est essentiel qu'ils obtiennent cette technologie, et ils sont prêts à tout risquer pour que nous la leur donnions. Mais pour ce qui nous concerne, nous qui avons une vision plus complète et plus complexe de la propulsion TTZ, leur en faire don risque de déclencher une croisade génocidaire dans cette partie de la Galaxie, sans parler d'un éventuel risque de guerre entre nos deux espèces dans un avenir plus ou moins proche. Une guerre que nous perdrions sûrement, vu leur supériorité numérique.

— Si les Tyrathcas ne nous exterminent pas les premiers, maugréa Monica.

— Es-tu en train de dire que nous ne devrions pas leur donner la technologie TTZ ? interrogea Joshua.

— Pense aux conséquences...

— Nous avons déjà discuté de ça. À présent que les Mosdvas savent que le vol supraluminique est possible, il y a de grandes chances pour qu'ils le « découvrent » tout seuls.

— Et, d'après les Kiints, nous devons trouver notre propre solution au problème des âmes et de l'au-delà à présent que nous savons qu'une telle solution existe bien.

— Seigneur Jésus ! Que dois-je faire, alors ?

— Rien pour le moment. Nous étions déjà arrivés à cette conclusion : tout est une question de minutage. Nous n'avions pas la bonne réponse.

— Peut-être, fit Syrinx. Mais je n'en suis pas convaincue. Cela nous a néanmoins éclairés sur nos objectifs. Nous devons d'abord résoudre le problème de la possession et de l'au-delà. Ce n'est qu'à ce moment-là que nous serons en mesure de nous occuper des Tyrathcas et des Mosdvas. Et pour arriver à notre premier objectif, nous devons trouver le Dieu endormi.

Les satellites ELINT continuaient à transmettre des images de la guerre qui faisait rage sur la face obscure de Tojolt-HI. Des explosions de plus en plus fréquentes projetaient dans l'espace de longs plumets de gaz et de fluides auxquels se mêlaient des cadavres. Les troupes de Mosdvas en armure spatiale avançaient avec une frénésie accrue sur les crêtes et dans les vallées de la structure. Le trafic ferroviaire était quasiment paralysé.

Les combats les plus violents se déroulaient le long des frontières d'Anthi-CL et de ses alliés les plus proches. Non contents de décompresser des tubes entiers à coups d'explosifs, les soldats se tiraient dessus avec des armes chimiques ou rayonnantes pour pénétrer en territoire ennemi et endommager les systèmes les plus critiques. Les satellites captaient également de prodigieuses émissions d'énergie le long des tours de régulation thermique lorsque lasers et masers défensifs balayaient les rangs des troupes adverses.

— Pas de frappe nucléaire, observa Beaulieu. Du moins pas encore. J'ai repéré des missiles à courte portée, mais ils utilisent des têtes explosives et des fusées à carburant chimique. Sans grand succès, vu l'efficacité de la défense laser. Ce qui n'est guère surprenant, leur accélération ne dépassant pas les sept g.

— Pourquoi se contentent-ils des systèmes chimiques ? demanda Monica. Une bombe atomique bien placée suffirait à anéantir un dominion entier. Ils doivent avoir les capacités requises pour en fabriquer. D'après Quantook-LOU, ils s'en servaient pour déplacer des astéroïdes, comme nous.

— On peut toujours lui poser la question, suggéra Joshua.

— Je préférerais que nous nous en abstenions, rétorqua Samuel. Inutile de lui donner des idées. Quoi qu'il en soit, vous avez mal compris la nature du conflit actuel. Tout chez eux est affaire de ressources, y compris la guerre. Le but est de tuer les troupes de l'ennemi mais de préserver son infrastructure. Le résultat d'une décompression explosive est toujours le même : le dominion vainqueur a la possibilité d'agrandir son territoire. Une frappe nucléaire oblitérerait une portion substantielle de la cité spatiale, tandis que l'onde de choc en affaiblirait une autre, plus substantielle encore.

— Eh bien, ils n'ont qu'à utiliser des bombes à neutrons, dit Liol. Ça éliminerait la population tout en épargnant la masse structurelle.

— Voilà le genre d'idée qu'il ne faut surtout pas souffler à Quantook-LOU.

Etchells élargit son champ de distorsion pour scanner l'espace local dès qu'il émergea du terminus de trou-de-ver, à soixante-quinze millions de kilomètres de la surface de la photosphère de Mastrit-PJ. Des échangeurs thermiques se déployèrent sur toute leur longueur depuis la totalité de ses capsules et de ses systèmes subsidiaires tant la chaleur à évacuer était importante. Des nacelles de capteurs électroniques ouvrirent leurs segments en pétales pour étendre leurs antennes.

Une lueur rouge vif se déversait sur la passerelle utilitaire, en dépit des filtres dont était équipé le hublot principal. Kiera battit des cils pour chasser ses larmes comme elle se redressait sur sa couchette anti-g et faisait face à l'étoile. Elle se contenta d'admirer le stupéfiant panorama, ignorant les divers graphiques qui s'affichaient sur les consoles à mesure que les données transmises par les capteurs étaient analysées.

— La vue est belle, quoiqu'un peu répétitive, déclara-t-elle. (Une paire de lunettes fumées apparut dans sa main, et elle les chaussa d'un geste affecté.) Tu as repéré quelque chose dans les parages ?

— Rien, répondit Etchells. Rien de rien. Il est impossible à un astronef seul de fouiller la totalité d'un système stellaire. Et on n'est même pas sûrs qu'ils soient venus ici.

— Ridicule. Ils sont forcément ici. C'est évident. On ne voit que cette foutue étoile depuis qu'on est sortis de la nébuleuse. C'est de ce système que sont originaires les Tyrathcas, c'est d'ici que venait leur arche stellaire. Ils sont ici, je te dis, et ce qu'ils cherchent est ici.

— Oui, mais où exactement ?

— C'est à toi de le déterminer. Continue de faire tourner tes capteurs. Retrouve-les. Ensuite, ce sera à moi de jouer, comme nous en étions convenus.

— Les probabilités ne sont guère en notre faveur.

— Le fait qu'elles ne soient pas nulles est justement en notre faveur. S'il reste quelque chose des Tyrathcas dans ce système, alors cela se trouve sur une planète ou un astéroïde. Lance donc les recherches.

— Merci. Jamais je n'y aurais pensé tout seul.

Kiera ne prit même pas la peine de pousser un soupir. L'astronef possédé percevait ses pensées aussi bien qu'elle percevait les siennes. On ne pouvait pas dire qu'ils s'étaient portés sur les nerfs durant le voyage, seulement qu'ils n'étaient pas ce qu'on appelle des alliés naturels.

— Peux-tu supporter la température ?

— Pendant un certain temps, répondit Etchells. Mais je dois surveiller la densité de particules avec autant de soin que l'augmentation de chaleur. Les systèmes technologiques peuvent tenir le coup, ainsi que ma coque. Selon mes estimations, nous pouvons survivre dans cet environnement pendant une durée de trois jours, à l'issue de laquelle il nous faudra aller nous refroidir quelque part.

— Bien.

Elle se leva et s'étira voluptueusement. Elle avait passé beaucoup trop d'heures à ne rien faire sur la passerelle. Ce qui lui avait laissé le loisir de méditer sur les erreurs qu'elle avait commises à Monterey, alors qu'elle aurait dû profiter de ce temps pour réfléchir à l'usage qu'elle ferait de cette superarme que recherchait la Confédération.

— Je vais prendre une douche. Fais-moi signe si tu trouves quelque chose.

Beaulieu procéda à un balayage intégral de la face éclairée tandis que le *Lady Mac* décélérait pour se diriger vers les coordonnées fournies par Quantook-LOU. Question composition, les tubes et les feuilles qui les séparaient étaient similaires à ceux du reste de Tojolt-HI, mais, dans la zone considérée, ils s'étaient élevés au-dessus du niveau moyen du disque pour former un petit hémisphère correspondant à celui de la face obscure.

— Ce nœud fait environ trois kilomètres de large sur neuf cents mètres de haut, et il m'est impossible de vous dire ce qu'il contient, rapporta Beaulieu. Environ quatre-vingts pour cent de sa substance et de celle de son voisinage immédiat sont morts. En surface, le verre est craquelé et certaines poutrelles brisées. Mais ça nous laisse assez de masse pour protéger les entrailles de nos capteurs.

— Je n'aime pas ça, fit Liol. Plus de dix kilomètres cubes sur lesquels nous n'avons aucune information. Ils pourraient y cacher n'importe quoi.

— Mais un n'importe quoi dont ils ne se servent pas souvent, fit remarquer Ashly.

— Ouais, une superarme secrète, par exemple.

— Les champs électrique et magnétique sont normaux,

déclara Beaulieu. Je ne décèle aucune source d'énergie ni d'un côté ni de l'autre.

— Aucune source active. Peut-être l'énergie n'est-elle que stockée en attendant l'explosion.

— Mais pourquoi déclencher une explosion dans cette zone ?

— Je n'en sais rien. Nous n'avons pas exploré un pour cent de ce système stellaire, nous ignorons tout de ce qui peut rôder dans le coin. Des flottes de réfugiés en provenance d'autres cités spatiales. Des xénos originaires de la nébuleuse d'Orion. Des Mosdvas possédés.

— Allons donc !

— Quoi qu'il en soit, conclut Joshua, la prudence s'impose.

— L'*Œnone* peut faire un saut jusqu'à vous, suggéra Syrinx. Notre champ de distorsion est capable de sonder l'intérieur du nœud.

— Non, répondit Joshua. Le faucon est notre meilleur atout et le moment n'est pas encore venu de l'abattre. Beaulieu, je veux que ce nœud soit placé sous une surveillance constante. Au moindre changement de sa situation énergétique, on met les voiles. En attendant, voyons ce que Quantook-LOU est disposé à nous dire.

Avant d'entamer le dialogue avec le xéno, Joshua purgea les images du capteur de leurs schémas et diagrammes de fonctionnement. Ça faisait un bout de temps qu'il se posait des questions sur Tojolt-HI. Ce qui le tracassait, ce n'était pas la perspective de courir de nouveaux dangers dans un lieu inconnu, mais bien la taille de la cité spatiale. Comme de bien entendu, il avait été impressionné dès que les capteurs lui en avaient donné une idée. Mais le petit vol qu'il venait d'effectuer lui avait permis de mettre les choses en perspective. Ils survolaient un artefact dont la densité de population était telle qu'une arche humaine aurait paru déserte par comparaison. Les habitats bioteks humains étaient certes gigantesques, mais on ne pouvait pas en faire la *traversée* à bord d'un vaisseau spatial, une traversée de plusieurs minutes par-dessus le marché. Et le *Lady Mac* n'était même pas arrivé au-dessus du centre de la cité spatiale...

Les capteurs visuels lui montrèrent une minuscule tache noire rampant sur la plaine de verre et de feuille métallique qu'était la face éclairée. L'ombre de son astronef, bien moins large que la majorité des tubes. Il avait souvent observé l'ombre de Ganymède filant sur les nuages de Jupiter, furoncle noir plus petit que les circonvolutions cycloniques de la géante gazeuse. Une lune presque assez grosse pour être qualifiée de planète, réduite à sa véritable insignifiance par un astre magnifique. L'impression qu'il ressentait à présent était exactement la même.

— Nous serons arrivés au lieu indiqué dans deux minutes, dit-il à Quantook-LOU. J'aimerais discuter des termes de notre échange de données. Après tout, nous ne tenons ni l'un ni l'autre à ce que cette transaction soit un échec.

— J'en conviens, dit Quantook-LOU. Je vais me rendre à la tête de mon escorte dans cette section de Tojolt-HI et y récupérer l'information que vous demandez. Comme précédemment, vous recevrez les index des fichiers concernés. Si vous convenez qu'ils correspondent à ce que vous recherchez, nous effectuerons un échange synchronisé de nos informations respectives. Ensuite, vous quitterez Mastrit-PJ sur-le-champ.

— Cela me convient, mais ne serez-vous pas alors en danger ? Vous êtes fort loin d'Anthi-CL, nous pouvons vous y reconduire.

— À l'issue de notre échange, je serai le seul membre de mon espèce à détenir l'information. Cela me rendra plus précieux que la masse du soleil convertie en fer. Personne ne me touchera. Si je revenais à bord du *Lady Macbeth*, quelle garantie aurai-je que vous ne déciderez pas de repartir dans votre Confédération, privant mon espèce de cette connaissance ?

— Je serais bien incapable d'offrir une garantie susceptible de vous satisfaire, Quantook-LOU. Cependant, je ne sais rien de Tojolt-HI. J'ignore totalement ce que contient cette section. Et si vous y dissimuliez une arme capable de détruire mon astronef une fois que je vous aurai donné l'information que vous désirez ?

— Il s'agit d'une vieille section, dépendant d'un dominion qui s'est quasiment effondré. Vos capteurs ne vous indiquent donc pas qu'elle ne représente aucune menace ?

— Nous ne distinguons rien de suspect à la surface, mais je dois savoir ce qu'il y a à l'intérieur. Je vous propose d'envoyer deux membres de mon équipage vous accompagner. Ils se contenteront d'observer, sans interférer avec vos activités.

— J'accepte.

Joshua coupa la communication.

— Ione, à toi de jouer.

Le *Lady Mac* s'approcha lentement de la surface éclairée, activant ses propulseurs ioniques pour manœuvrer en direction des limites approximatives du nœud. L'astronef se plaça au-dessus de tubes désaffectés, conformément au souhait de Quantook-LOU. Joshua s'était également vu prier de trouver une méthode pour permettre aux Mosdvas de se déplacer dans le vide. Les deux sergents en armure attendaient dans le sas réservé aux SEV, prêts à sortir pour aller arrimer un câble à la surface de la cité spatiale.

Ione regarda les longs segments de verre devenir de plus en plus grands ; on ne distinguait rien sous leur surface ternie et criblée de micro-impacts. À peine si les capteurs de son armure parvenaient à identifier les conduits internes qui couraient sur leurs parois. L'ombre du *Lady Mac* se faisait plus vaste, assombrissant verre et feuille métallique à mesure que l'astronef se rapprochait. Elle perçut un bref mouvement sur le verre noirci. Une multitude de lézardes se déployaient depuis la bordure du segment, comme si le tube était agrippé par des vrilles de givre.

— Il est en train de se briser, dit-elle aux autres astros.

— Stress thermique, diagnostiqua Liol. Dû à notre ombre. N'oubliez pas que c'est la première fois que ce matériau est privé de son flux de chaleur.

— Ione, fit Joshua. Je vais verrouiller notre position... top ! Quand tu voudras.

La surface de verre incurvé n'était qu'à soixante-dix mètres de l'écoutille du sas. Le premier sergent décrocha le mousqueton de sa corde et activa son module de manœuvre.

Pas de problème pour l'arrimage. Le verre craquelé s'était détaché de son renfort métallique à l'extrémité du segment, et elle n'eut aucune peine à passer le câble dans la brèche ainsi ouverte. Cela fait, elle s'écarta. Joshua tenait à ce que les Mosdvas pénètrent dans la zone par leurs propres moyens.

Les xénos descendirent le câble en file indienne, s'aidant des gantelets motorisés qu'ils avaient passés à leurs appendices médians. Leur intrusion n'eut rien de subtil. L'un d'entre eux découpa un cercle dans le verre avec un laser, sans se soucier d'épargner les conduits.

Ione entra la dernière, les deux sergents qu'elle occupait suivant un garde du corps mosdva. Ce tube n'avait pas été habité depuis belle lurette, songea-t-elle. Les fougères s'y étaient pétrifiées, puis effritées dans le vide, ne laissant comme trace de leur existence qu'un nuage de granulés. Malgré cela, l'intérieur du tube était nettement plus illuminé que toutes les sections d'Anthi-CL visitées par les humains. En l'absence du fluide conçu pour protéger les lieux de vie, la lueur de l'étoile était redoutable.

Les Mosdvas se dirigèrent d'un air décidé vers l'une des extrémités du tube. Ils utilisaient les espaces aménagés pour accueillir les plantes comme s'il s'était agi de prises-crampons, ce qui leur conférait presque la même mobilité que leurs fougères dans un tube pressurisé. Ione se contenta de ses modules de manœuvre.

Une fois qu'ils furent arrivés au bout du tube, l'un des gardes du corps ouvrit une brèche dans l'écoutille avec son laser. Puis ils passèrent dans un sas, et de là dans un autre tube, mettant le cap sur le nœud.

Dès que le second sergent fut entré, Joshua activa les tuyères chimiques et éloigna le *Lady Mac* de la face éclairée. Beaulieu lui rapporta que neuf petits satellites venaient d'être lancés en divers endroits de Tojolt-HI. Tous les pistaient à l'aide de faisceaux radar de faible puissance.

— On dirait que Quantook-LOU se dirige vers l'apex du nœud, observa Samuel. Pour l'instant, il reste dans les tubes proches de la surface.

— J'analyse les signaux captés par les blocs CME des sergents, annonça Oski. Les Mosdvas transmettent quantité d'impulsions, la plupart émanant de Quantook-LOU. Cryptage de niveau élevé.

— Avec qui communique-t-il ? s'enquit Joshua.

— Avec personne, j'ai l'impression. Ce sont des transmissions de faible portée et il n'y a aucune activité électronique dans les systèmes des tubes. Tous les signaux de notre ami semblent être destinés à ses gardes du corps. Je les ai mis en corrélation avec leurs mouvements, et tout se passe comme s'il les téléguidait. Le retour qu'il obtient est complètement différent, il doit s'agir de données capteur lui permettant de voir ce que voient ses sbires.

— Un petit peloton de drones, commenta Ashly. Vous croyez qu'il a confiance en eux ?

— Il est un peu tard pour commencer à nous inquiéter à ce sujet, trancha Joshua. Oski, regarde si tu ne pourrais pas paralyser ces gardes du corps en cas de besoin.

— Je vais voir ce que je peux faire.

Joshua immobilisa son astronef à vingt-cinq kilomètres de la surface. L'attente lui était toujours pénible. Il aurait préféré être sur place avec Quantook-LOU, voir de près ce qui allait arriver. De cette façon, il aurait contrôlé la situation, se serait tenu prêt à réagir au moindre pépin. Comme à Ayacucho, comme à

Nyvan. Un seul moyen de s'assurer que tout va bien : être soi-même en première ligne.

Cependant, si Ayacucho et Nyvan lui avaient enseigné une chose, c'était qu'un bon commandant n'est pas simplement un bon pilote. Il se fiait à son équipage pour manœuvrer son astronef. Déléguer certaines tâches à des experts placés sous ses ordres participait du même principe. Lors de son second séjour à Anthi-CL, lorsque Quantook-LOU lui avait mis la pression, il avait su tout de suite qu'il n'aurait pas dû venir en personne. S'il avait décidé d'envoyer les sergents accompagner les Mosdvas dans le nœud, c'était donc poussé par la honte plutôt que par le professionnalisme.

Au moins aucun des astros n'avait-il exigé d'être de l'expédition. Il soupçonnait ses camarades d'être aussi troublés que lui par la cité spatiale.

Ils patientaient depuis quinze minutes lorsque les programmes de surveillance lancés par Beaulieu lui signalèrent que la drague solaire avait modifié son orbite. Ses gigantesques moteurs à fusion la propulsaient à une accélération d'un cinquantième de g.

— Elle a adopté une trajectoire d'interception avec nous, déclara la cosmonik.

— Seigneur ! De combien de temps disposons-nous ?

— Environ soixante-dix minutes.

Ione écouta Joshua lui annoncer la nouvelle, puis lui dit :

— Très bien, je vais en parler à Quantook-LOU.

Ils se trouvaient dans un nouveau tube mort, le cinquième jusqu'ici, aussi envahi de poussière que les précédents. Ces tubes paraissaient en bon état, quoique privés d'atmosphère et de fluides. Elle ne comprenait pas pourquoi on les avait abandonnés ainsi, bien qu'ils aient sans doute été dépouillés de leurs équipements auxiliaires à un moment donné. Deux ou trois renforts avaient même été arrachés à des fins de récupération, ce qui avait ouvert des brèches dans les jonctions.

Elle régla son bloc de communication sur la fréquence utilisée par les Mosdvas.

— Quantook-LOU, le capitaine vient de m'appeler. Il veut savoir pourquoi la drague solaire a changé de cap et se dirige à présent vers le *Lady Macbeth.* Êtes-vous au courant ?

— Non. La drague solaire appartient au dominion de Danversi-YV. Ils ne font pas partie de nos alliés.

— Cette drague représente-t-elle une menace pour notre vaisseau ?

— Elle ne transporte aucune arme. Sa stratégie consistera à intimider le *Lady Macbeth* afin de le forcer à traiter avec elle et à dépêcher un groupe dans ce lieu afin de bloquer ma progression. Avez-vous des armes capables de la détruire ?

— Nous ne sommes pas sûrs de l'effet qu'auraient nos armes. Le capitaine Calvert ne souhaite pas tirer sur un vaisseau désarmé.

— Il changera d'avis quand les fusiopropulseurs de la drague seront pointés sur le *Lady Macbeth*. Dites-lui que le dominion de Danversi-YV a perdu deux dragues solaires durant les quinze dernières années. Cela l'a grandement affaibli, et il a perdu des alliés et par conséquent de l'influence. Il sera le premier dominion périphérique à s'effondrer une fois que j'aurai acquis la propulsion supraluminique. Il est donc le plus résolu à se la procurer à ma place.

— Compris.

Les Mosdvas débouchèrent dans une grande jonction d'où rayonnaient sept tubes.

— Ça va sans doute être intéressant, dit Ione à ses camarades. À en juger par la position de deux de ces écoutilles de sas, les tubes sur lesquels elles donnent conduisent à l'intérieur du nœud. S'il y a bien des tubes...

— Nous vous avons localisés, lui dit Liol. Vous n'êtes qu'à cent cinquante mètres d'un tube de surface habité.

L'un après l'autre, les Mosdvas se propulsèrent en direction de la première écoutille conduisant dans le nœud. Ils découpèrent en son centre un ovale de composite carboné et s'engagèrent dans la brèche.

— On dirait que nous évitons les indigènes, commenta Ione.

Une obscurité totale régnait à l'intérieur du tube. Lorsque le premier sergent y pénétra non sans mal, les capteurs de son casque localisèrent six rayons ultraviolets provenant des xénos. Ceux-ci avançaient à vive allure le long de la paroi.

— Je reconnais cette surface, dit Ione avec autant d'excitation que ses neurones bioteks étaient capables d'en générer.

Les parois du tube étaient recouvertes du même matériau spongieux que les Tyrathcas avaient utilisé dans les sections zéro g de Tanjuntic-RI. Comme les gantelets des sergents s'inséraient à merveille dans les dépressions qui y étaient creusées à intervalles réguliers, ils eurent vite fait de rattraper les Mosdvas.

— Les coïncidences, ça n'existe pas, déclara Joshua.

— Le sas devant nous est d'une conception différente, dit Ione. Il ne ressemble pas à ceux de Tanjuntic-RI, mais il n'a pas grand-chose à voir non plus avec ceux que nous venons de franchir.

L'écoutille placée au centre du tube était un épais carré de titane, pourvu de sceaux d'aspect solide et de charnières évoquant d'antiques pistons. Elle mesurait trois mètres de large. Les capteurs infrarouges des sergents leur apprirent qu'elle était nettement plus chaude que les parois du tube.

Les Mosdvas avaient fait halte devant elle et lui appliquaient de minuscules capteurs adhésifs.

— La prochaine section est habitée, dit Quantook-LOU. Je souhaite éviter tout contact pour le moment. Nous allons passer par l'extérieur.

Les xénos dégagèrent un disque d'éponge solidifiée, mettant à nu la paroi métallique encore brillante. Ils y découpèrent une ouverture au laser et sortirent.

Ione régla ses capteurs sur infrarouge. Ils étaient au cœur même du nœud. Elle ne discernait aucune structure ordonnée dans ce qui l'entourait : les tubes s'entrecroisaient au petit bonheur et les espaces étroits qui les séparaient étaient occupés par d'épais treillis, l'ensemble évoquant un nid d'oiseau de verre et de métal. Des fils d'un rouge étincelant signalaient la présence de conduits thermiques courant à l'extérieur des tubes, tandis que des câbles vert émeraude servaient à l'acheminement de l'énergie.

— Il y a pas mal d'activité dans le coin, rapporta Ione, mais tous les tubes sont opaques. Impossible de voir dedans pour le moment.

— Et votre destination ? demanda Joshua. Des idées à ce sujet ?

— Aucune chance. Les tubes sont trop emberlificotés pour que j'y voie quoi que ce soit à plus de cent mètres.

On avait fixé des bandes de matériau spongieux le long de chaque tube, ce qui leur permit de progresser sans peine. Les Mosdvas se mirent en route sans commentaire. Les guido-blocs d'Ione lui apprirent qu'ils s'enfonçaient un peu plus à l'intérieur du nœud.

Au bout de deux cents mètres, le fouillis de tubes s'acheva brutalement. Le centre du nœud était constitué d'une cavité large de deux bons kilomètres. Un cylindre de huit cents mètres de diamètre en occupait le centre ; ses extrémités étaient fixées aux tubes adjacents par de lourds paliers magnétiques qui lui permettaient une lente rotation. Une bande d'ailettes triangulaires recouvrait sa surface extérieure près de l'une de ses bases. Les capteurs infrarouges d'Ione les lui montrèrent émettant une lueur rose vif, d'une température supérieure à celle du reste de la coque. Un radiateur évacuant la chaleur excédentaire. Conclusion : les systèmes internes étaient fonctionnels.

— Tiens, tiens, fit-elle. Regardez-moi ça. Quelqu'un qui vit encore dans un champ gravifique.

Elle balaya les lieux de ses capteurs. La cavité entourant le cylindre ressemblait à une baie de maintenance dans un spatioport : bras articulés et poutres de soutènement saillaient des tubes environnants, parcourus de conduits et de tuyaux. Ils s'achevaient par des pinces robustes hérissées de forets, inertes et recroquevillées sur elles-mêmes comme des anémones de mer défuntes. Seules certaines dc ces pinces tenaient quelque chose, à savoir des échantillons rocheux d'un noir de jais. Ceux-ci étaient taillés comme des diamants, avec plusieurs centaines de minuscules facettes. On ne discernait aucune norme pour ce qui était de leur taille et de leur forme. L'un d'eux était si gros qu'il fallait dix bras pour le tenir, et sa surface suivait les contours du cylindre central. La plupart d'entre eux ne nécessitaient que deux ou trois pinces, et certains tenaient au bout d'un foret. Des engins étaient fixés à même la roche, si noirs et si glacés qu'on aurait pu les prendre pour de bizarres excroissances. Excepté l'un d'eux, placé sur le plus gros des échantillons, que sa chaleur faisait luire d'un éclat rose saumon.

— Un genre de raffinerie, devina Ione. La plupart de ces rochers doivent être des chondrites carbonées.

Poursuivant son examen des lieux, elle décela plusieurs champs magnétiques de forte densité. Les engins qui les produisaient étaient montés sur de lourdes plates-formes entourant le cylindre. On aurait dit des tubes de fusion.

— Qui demeure ici ? demanda-t-elle à Quantook-LOU. Ce sont des Tyrathcas, n'est-ce pas ?

— Ce lieu s'appelle Lalarin-MG. Il leur a été jadis alloué. Je suis fort déçu de constater qu'ils sont toujours vivants.

— Vous les détestez, ce sont vos anciens maîtres. Je croyais que vous les aviez exterminés. C'est ce que sous-entendaient vos propos.

— Ceux qui étaient encore ici au terme du temps des changements se sont regroupés dans leurs enclaves. Il est devenu difficile de les en déloger. Cela ne valait pas la peine de mettre leurs défenses à l'épreuve. Nous les avons exclus de tout contact avec les dominions nouvellement formés et les avons laissés décliner en les isolant. Seules subsistent les plus larges de leurs enclaves.

— Incroyable, commenta Samuel. Comme un grain de sable dans une huître : les Mosdvas ont poussé autour d'eux.

— Un grain de belle taille, ajouta Sarha. Examine cette cavité en détail. Je te parie que c'était un astéroïde à l'époque de la construction de la cité spatiale, sans doute avec une biosphère évidée en son centre. Ils ont dû l'exploiter à mort au fil des millénaires pour se procurer de la matière première, et le cylindre que nous voyons est sans doute le vestige ultime de leur biosphère. Comme toute expansion leur était interdite, ils ont conservé le même volume de territoire. Nous savons qu'ils peuvent maintenir ce type de société pendant une durée indéfinie. Tanjuntic-RI est resté opérationnel aussi longtemps que cette enclave. Sauf que, un jour, nos Tyrathcas vont se trouver à court de roche.

— Ça colle avec ce que je vois, sauf pour ce qui est de ces moteurs, dit Ione. Pourquoi les conserver en état de marche alors qu'ils ont besoin de toutes leurs ressources pour préserver un environnement hautement artificiel dans un contexte hostile ?

— Peut-être s'agissait-il à l'origine de moteurs de fusée, suggéra Liol. Mais leur affectation a changé. À mon avis, ils font désormais partie des systèmes de défense évoqués par Quantook-LOU. La révolution mosdva a éclaté alors que les cités spatiales étaient au stade embryonnaire, ne l'oubliez pas. À cette époque, l'astéroïde était sûrement déjà intégré à la structure. Des fusiopropulseurs reconvertis en lance-flammes auraient causé une belle panique, fracassé les astéroïdes, détruit les tubes habités et les échangeurs thermiques. Contrairement aux Mosdvas, les Tyrathcas n'avaient rien à perdre. Les deux parties ont dû parvenir à un accord tacite.

— Et les Tyrathcas, faisant preuve de leur manque d'imagination habituel, ont gardé leurs armes opérationnelles depuis lors, conclut Ashly. Même aujourd'hui, ils pourraient infliger de sacrés dégâts à la cité spatiale.

— Sauf que les armes en question ne sont pas toutes en état de marche, corrigea Ione. J'en aperçois dix, mais seules trois d'entre elles ont un champ magnétique.

— Oui, mais les Mosdvas ne le savent pas.

— Maintenant, si.

Quantook-LOU et ses gardes du corps s'étaient remis en marche et rampaient sur les tubes qui entouraient la cavité. Les deux sergents les suivirent.

— On dirait que nous nous dirigeons vers le moyeu du cylindre, dit Ione. Il semble avoir l'intention de leur rendre visite.

— Je commence à éprouver un certain respect pour Quantook-LOU, commenta Joshua. Il ne nous laisse pas tomber. S'il est prêt à braver les Tyrathcas sur leur terrain, ça prouve qu'il a bien l'intention de nous procurer cet almanach.

— Je pense que ce n'est pas la seule de ses motivations, dit Syrinx. Notre apparition l'a placé devant une alternative toute simple : devenir le chef suprême ou accepter qu'Anthi-CL soit absorbé par une alliance de dominions concurrents. Il est impératif pour lui de se procurer ces données astronautiques.

— Je ne te croyais pas aussi cynique.

— Ce doit être ta mauvaise influence.

Joshua gloussa, regrettant pour la première fois de sa vie de ne pas être équipé du lien d'affinité. Non qu'il en ait besoin pour connaître les réactions de son équipage. Liol souriait de toutes ses dents, Sarha le regardait du coin de l'œil et Dahybi faisait semblant de ne pas comprendre.

— Les trains se sont remis à rouler, annonça Beaulieu. Les satellites ELINT en ont repéré cinq qui ont démarré durant les dix dernières minutes.

— Où est le problème ?

— Tous ces trains se trouvent à moins de cent cinquante kilomètres de l'enclave tyrathca et se dirigent vers elle.

— Seigneur ! Formidable... Ione, tu as bien reçu ?

— Affirmatif. Je préviens Quantook-LOU, mais ça m'étonnerait que nous soyons en mesure d'accélérer le mouvement.

Les sergents étaient en train d'escalader un tube placé juste au-dessous de l'extrémité du cylindre. Leur position était des plus inconfortables. L'espace dans lequel ils se déplaçaient allait sans cesse en se rétrécissant, et la monstrueuse inertie du cylindre devenait de plus en plus évidente. Ione savait que, si elle avait été pleinement humaine, elle serait tourmentée en permanence par le souvenir du jour où elle s'était coincé les doigts dans la roue de sa bicyclette – elle avait alors six ans et Tranquillité n'avait pas eu le temps de l'empêcher de débloquer son frein par cette méthode vivement déconseillée. Elle n'avait que le pouvoir de faire une association d'idées et d'apprécier sa pertinence.

— Nous allons entrer par ici, annonça Quantook-LOU.

Les Mosdvas s'immobilisèrent devant l'écoutille d'une jonction entre plusieurs tubes. L'un d'eux plaça un module électronique sur le clavier en rosace placé près d'elle. Au bout de quelques instants, une série de signes apparut sur l'écran vert du module. Le Mosdva pianota sur le clavier et l'écoutille se déverrouilla et pivota vers l'intérieur du sas.

— Nous passons les premiers, précisa Quantook-LOU.

Ione attendit patiemment la fin du cycle, puis les deux sergents entrèrent dans le sas. L'écoutille interne s'ouvrit devant eux. Les capteurs de ses armures durent neutraliser des programmes de filtrage pour s'adapter à la lumière. Celle-ci était blanche. Elle se demanda comment les Mosdvas allaient pouvoir la supporter. Si tant est qu'ils soient capables de distinguer les couleurs. Une question qui n'était nullement prioritaire.

La jonction était une sphère de trente mètres de diamètre où étaient creusées sept écoutilles. Il s'y trouvait dix Tyrathcas de la caste des soldats, les sabots solidement plantés dans la mousse spongieuse, d'une immobilité de statue. Ils braquaient des fusils maser sur les intrus.

Sifflets et craquètements résonnèrent dans l'air, Quantook-LOU ayant entamé un dialogue tendu avec l'unique reproducteur tyrathca présent sur les lieux. Le distributeur des ressources avait ôté son casque.

— Que sont ces créatures ? demanda le reproducteur, dont les yeux étaient rivés aux deux sergents.

— La preuve de ce que j'avance, répliqua Quantook-LOU. Elles viennent de l'autre côté de la nébuleuse.

— Quantook-LOU dit vrai, intervint Ione. Nous sommes ravis de vous rencontrer. Je suis Ione Saldana, membre de l'équipage du vaisseau spatial *Lady Macbeth*.

Quelques-uns des soldats agitèrent leurs antennes à ces mots. Le reproducteur resta silencieux un moment.

— Vous parlez comme nous, mais votre forme est erronée, déclara-t-il. Vous n'appartenez à aucune caste connue. Vous n'êtes pas non plus un Mosdva.

— Non, nous sommes des humains. Nous avons appris votre langue grâce aux Tyrathcas qui sont venus dans notre domaine à bord de l'arche stellaire Tanjuntic-RI. Connaissez-vous celle-ci ?

— Non. Les souvenirs de cette ère ne sont plus transmis.

— Nom de Dieu ! s'exclama Ione sur le canal général. Ils ont bazardé leurs archives.

— Pas de conclusions hâtives, tempéra Parker. Les Tyrathcas utilisent leurs glandes de programmation chimique pour se transmettre des informations utiles sur plusieurs générations. Les détails des événements survenus il y a quinze mille ans n'entrent pas forcément dans cette catégorie.

— Il a raison, dit Joshua. Ce sont leurs fichiers électroniques qui nous intéressent, pas leurs légendes familiales.

— J'aimerais négocier avec la famille qui gère l'électronique de Lalarin-MG, dit Quantook-LOU. C'est pour cela que nous sommes ici.

— Tyrathcas et Mosdvas ne négocient pas, rétorqua le reproducteur. Ainsi le veut l'accord de séparation. Vous n'auriez pas dû venir ici. Nous n'allons jamais dans vos dominions. Nous respectons l'accord de séparation.

— Et les humains ? lança Quantook-LOU. Sont-ils censés être ici ? Ils n'ont pas signé l'accord de séparation. L'univers extérieur à Tojolt-HI a changé pour les Mosdvas comme pour les Tyrathcas. Un nouvel accord doit être négocié. Je peux m'en occuper. Permettez-moi de négocier. Tous en bénéficieront, Mosdvas, humains et Tyrathcas.

— Vous pouvez négocier avec Baulona-PWM, dit le reproducteur. Deux des membres de votre escorte, ainsi que les humains, sont autorisés à vous accompagner. Suivez-moi.

Le tube où les conduisit le reproducteur mesurait six mètres de diamètre, et sur son axe de symétrie courait un câble où des lumières étaient fixées à intervalles réguliers. Tous les Tyrathcas marchaient le long des parois, comme s'ils se trouvaient dans un champ gravifique. Leurs antennes fouettaient l'air avec vigueur, évoquant des ailes atrophiées. Ione se rendit compte que celles du reproducteur étaient nettement plus longues que celles des Tyrathcas de la Confédération.

— Nous avons toujours pensé qu'elles leur servaient à maintenir leur équilibre, commenta Parker. Apparemment, la vie en faible gravité a encouragé leur utilisation.

Elle scanna le reproducteur avec ses capteurs. Plus petit d'un bon dixième que ses congénères de la Confédération, il semblait en outre plus gras. Par endroits, ses écailles avaient viré du terre de Sienne au gris pâle, et on apercevait des petites bosses sur les muscles de ses pattes. Son souffle paraissait irrégulier, comme s'il était atteint d'une maladie respiratoire. Elle constata que les soldats de son escorte souffraient également de diverses affections. Deux d'entre eux avaient carrément la fièvre.

— Ils ont moins bien supporté leur isolation que les Mosdvas, dit-elle.

— Leur population initiale était moins importante, dit Ashly. Ils ont forcément eu des problèmes de consanguinité. Ajoutez à cela les pépins d'ordre médical qui surviennent dans les milieux à faible gravité, et ça donne sûrement un fort pourcentage d'œufs non viables. Vu qu'ils ne sont pas équipés pour effectuer les recherches nécessaires à la résolution de ce genre de difficultés, il est étonnant qu'ils aient survécu aussi longtemps.

Le dernier tube déboucha sur un sas rotatif. La disposition des lieux ressemblait de façon étonnante à celle de Tanjuntic-RI : une longue chambre cylindrique avec, à son extrémité, trois grandes écoutilles donnant sur Lalarin-MG, et une porte pressurisée à mi-chemin. Un sourd grondement fit vibrer l'atmosphère tandis que le gigantesque cylindre tournait sur lui-même.

De l'autre côté du sas, Ione retrouva des équipements qu'elle avait déjà vus dans l'arche stellaire : un monte-charge flanqué par des arcades donnant directement sur des rampes en hélice circulaire.

Tout le monde s'entassa sur ce monte-charge, qui entama sa descente. La pesanteur augmenta progressivement, incommodant les trois Mosdvas. Ils durent ôter leurs scaphes pour dégager leurs membres inférieurs afin de prendre appui sur ceux-ci et sur leurs membres médians. Cela n'était guère facile, car les appendices leur servant de pieds étaient dénués de toute dextérité ou presque, tandis que leurs mains médianes étaient bien trop délicates pour soutenir la moitié de leur poids. Lorsque le monte-charge atteignit la base du cylindre, la gravité représentait quinze pour cent de l'attraction terrestre. Les Tyrathcas y étaient parfaitement à l'aise ; Ione reprogramma ses actuateurs en fonction de ce nouvel environnement, veillant à éviter les bonds impulsifs et à compenser la force de Coriolis. Quantook-LOU se déplaçait avec une lenteur extrême, ne bougeant ses membres qu'à grand-peine. Ses deux gardes du corps s'en tiraient un peu mieux, équipés qu'ils étaient de prothèses renforçant leurs membres médians. À chacun de leurs mouvements, on entendait gémir les servomécanismes. Ione se demanda quels étaient les effets de la gravité sur leur cœur et leurs organes en général.

La porte de la cabine s'ouvrit, révélant l'intérieur du cylindre. Ione dut mettre en ligne plusieurs filtres supplémentaires pour atténuer la luminosité.

Lalarin-MG était conçu comme un espace d'un seul tenant enclos dans un cyclorama de feuilles d'aluminium. Le sol était occupé par des enfilades de bâtiments, des tours comme on en voyait dans toutes les colonies tyrathcas. Sauf qu'ici elles étaient bâties en matériau composite noir ; de gros conduits et des segments noueux saillaient de leurs murs, leur donnant l'allure de machines plutôt que de résidences. Par contraste, ces mêmes murs étaient recouverts de luxuriantes plantes grimpantes aux larges feuilles couleur lavande ou émeraude, ornées de fleurs hémisphériques or et turquoise. De minces bancs de brume montaient du réseau serré des rues, formant un nuage gris perle à mesure qu'ils gagnaient l'axe du cylindre. Chaque toit était hérissé d'une batterie de projecteurs braqués sur les hauteurs, dont les rayons se croisaient au sein du brouillard, devenant un peu diffus avant d'illuminer la section diamétralement opposée à leur source.

Les sections de base du cylindre étaient des disques de mousse, où renforts, paliers de butée et poutrelles de soutènement dessinaient un schéma des plus complexes. Une passerelle courait le long de l'axe de symétrie. Elle s'interrompait en un seul point.

— Ô mon Dieu ! s'exclama Ione. Vous avez vu ça ?

— Affirmatif, répondit Syrinx.

Au centre de symétrie du cylindre, suspendue à la passerelle par ses deux extrémités, flottait l'effigie du Dieu endormi. Elle mesurait deux cents mètres de long, et le diamètre de son disque central atteignait cent cinquante mètres. Soigneusement polie à l'origine, sa surface métallique était maintenant zébrée d'algues, et l'on apercevait des champignons d'un marron terne qui poussaient dans ses fissures. Les deux spires étaient tavelées de lichen.

Les Mosdvas n'accordèrent aucune attention à cet artefact, poursuivant péniblement leur progression dans les rues étroites séparant les tours. L'humidité était élevée. La moindre surface plane était embuée, conduits et corniches gouttaient constamment. Le bruit de fond résultant évoquait celui d'une averse persistante.

Des reproducteurs tyrathcas – toujours en couple, remarqua Ione – se massèrent à tous les croisements pour observer la procession, échangeant des craquètements fébriles. Les membres des castes vassales étaient rares, et les soldats étaient en nette majorité parmi eux. Les fermiers qui soignaient les plantes grimpantes avaient des gestes de vieillards quand ils attachaient les jeunes pousses aux treillis et cueillaient les grappes de fruits pourpres.

À mesure qu'elle avançait, Ione se fit une idée plus précise de Lalarin-MG. L'intérieur du cylindre lui donnait la même impression de lente dégradation que le reste de Tojolt-HI. Certains bâtiments étaient bien entretenus ; un ou deux étaient tout neufs, les plantes grimpantes atteignant à peine leur premier étage. Mais, pour chaque bâtiment neuf, on en trouvait quatre désaffectés. Même les machines des tours habitées étaient parfois en panne ; ses capteurs magnétiques et infrarouges lui montrèrent que leurs boîtiers étaient inertes, que leur température était celle de la matière inactive.

— Ils sont au point d'équilibre entre stabilité et stagnation, annonça-t-elle. Et ils penchent du mauvais côté.

— C'est sûrement une question de biologie, suggéra Ashly. C'est le seul facteur négatif dans ce contexte. Ils ont besoin d'une dose d'exogamie pour retrouver un peu de vitalité. Dans le cas contraire, ils sont condamnés à disparaître.

Ils parvinrent enfin sur une esplanade en anneau, juste en dessous de l'effigie du Dieu endormi. Elle était pavée de plaques d'aluminium recouvertes d'une couche de quartz pour assurer un minimum de traction. De longues écharpes d'algues pendaient de la bordure de l'effigie, comme si celle-ci avait été recouverte d'une jupe déchirée. L'eau gouttait en abondance, arrosant l'esplanade tout entière.

Des reproducteurs étaient installés au bord des plaques d'aluminium, à l'abri de la bruine. Ils étaient assis sur leurs pattes postérieures, les antennes dressées au-dessus de la crinière courant sur leur épine dorsale.

Les soldats tyrathcas firent halte lorsque le reproducteur ouvrant la marche leur lança un ordre dans ce sens. Quantook-LOU s'effondra aussitôt, posant son ventre sur le sol. Son souffle était de plus en plus court.

Un reproducteur se détacha de l'assemblée pour se planter devant les sergents. Un ancêtre, devina Ione. Ses flancs étaient couverts de taches gris et blanc, un fluide épais coulait de ses yeux et il semblait affligé de troubles visuels.

— Je suis Baulona-PWM, ma famille gère l'électronique dans l'ensemble de Lalarin-MG. Je connais les Mosdvas. Je ne vous connais pas.

— Nous sommes des humains.

— Le distributeur des ressources mosdva prétend que vous

avez voyagé depuis l'autre côté de la nébuleuse pour visiter Mastrit-PJ.

— C'est exact.

— Est-ce le Dieu endormi qui vous envoie ?

— Non.

Baulona-PWM rejeta la tête en arrière, laissant la pluie tiède baigner son visage, et poussa un petit hennissement. Les Tyrathcas massés autour de l'esplanade l'imitèrent. Un chœur de lamentations.

— Les humains connaissent-ils le Dieu endormi ?

— Oui.

— L'avez-vous vu ?

— Non.

— Nous avons supplié le Dieu endormi de nous venir en aide avant l'accord de séparation. Nous l'avons imploré lorsque les Mosdvas ont commencé à massacrer nos clans. Nous l'avons imploré lorsqu'ils nous ont parqués dans nos enclaves. Nous n'avons cessé de l'implorer depuis lors. Il y a toujours l'un de nous pour lui adresser ses prières. Le clan qui voyageait dans Swantic-LI disait que le Dieu endormi voyait tout l'univers. Il disait que c'était notre allié. Pourquoi ne répond-il pas à nos prières ?

— Le Dieu endormi est très loin de Mastrit-PJ. Il peut s'écouler un temps considérable avant qu'il arrive.

— Vous ne nous apportez rien de neuf.

Quantook-LOU redressa ses membres médians pour se hisser sur son ventre, et son regard alla des sergents à Baulona-PWM.

— Qu'est-ce que ce Dieu endormi ?

Le vieux reproducteur poussa un cri.

— Vous le saurez un jour. Le Dieu endormi est notre allié, pas le vôtre.

— Je suis ici pour forger de nouvelles alliances. L'arrivée des humains a changé nos accords. Leur vaisseau spatial va plus vite que la lumière.

La tête de Baulona-PWM s'avança vers le premier sergent, s'immobilisant à dix centimètres de lui.

— Le Dieu endormi sait comment aller plus vite que la lumière. Comment pouvez-vous y parvenir sans son aide ?

Ione passa sur la bande générale.

— Je pense que, pour le moment, nous devrions éviter tout ce qui ressemble à un blasphème. Des idées ?

— Dites-leur que c'était un cadeau de notre dieu, suggéra

Syrinx. Ils ne risquent pas de mettre en doute une telle affirmation.

— Je ne veux pas te mettre la pression, intervint Joshua, mais cette drague solaire ne va pas tarder à nous tomber dessus. Sans parler des trains qui continuent de converger sur vous. S'il s'avère que Quantook-LOU ne s'en sort pas, nous traiterons avec les Tyrathcas sans son intermédiaire.

— Compris, dit Ione. (Puis, s'adressant au vieux Tyrathca :) La propulsion supraluminique nous a été donnée par notre dieu.

— Vous avez un dieu ?

— Oui.

— Où est-il ?

— Nous l'ignorons. Il a visité notre monde il y a longtemps, et il n'est pas encore revenu.

— Les humains vont me donner la propulsion supraluminique, intervint Quantook-LOU. Cela apportera de nouvelles ressources aux dominions mosdvas. Nous construirons de nouvelles cités spatiales. Nous pourrons quitter Mastrit-PJ comme l'ont fait les Tyrathcas.

— Donnez-nous cette propulsion, demanda Baulona-PWM.

— Elle est à nous, répliqua Quantook-LOU. Si vous la voulez, vous devez négocier avec moi. C'est pour cela que je suis venu vous voir.

— Que voulez-vous de Lalarin-MG ?

— Toutes les données et archives des arches stellaires tyrathcas.

Nouveau cri de Baulona-PWM. Les soldats s'agitèrent autour de lui.

— Vous sauriez ainsi où se trouvent nos nouvelles planètes, dit le vieux reproducteur. Vous détruiriez tous les Tyrathcas. Nous connaissons les Mosdvas. Nous n'oublions jamais.

— Nous non plus, rétorqua Quantook-LOU. C'est pour cela que nous devons négocier tout de suite. Sinon, les Mosdvas et les Tyrathcas se feront à nouveau la guerre. Vous le savez. Les humains disent qu'ils ne nous aideront ni les uns ni les autres sauf si nous passons un nouvel accord prévenant toute guerre.

— Rusé, commenta Ione à l'adresse de ses camarades. Je crois que je vois où il veut en venir.

— Quel est ce nouvel accord ? s'enquit Baulona-PWM.

— Les humains ne veulent pas de guerre dans cette partie de la galaxie. Si nous voulons obtenir la propulsion supraluminique, alors nous Mosdvas ne devons pas l'utiliser pour nous rendre dans les systèmes stellaires tyrathcas. Pour les éviter, nous devons savoir où ils se trouvent.

— C'est à cette condition que nous vous donnerons notre système de propulsion, confirma Ione. Nous connaissons votre histoire et les conflits qui vous ont opposés. Nous ne permettrons pas que ce conflit reprenne et que d'autres espèces y soient entraînées. Il y a assez de place dans cette galaxie pour que Mosdvas et Tyrathcas y coexistent pacifiquement. Le nouvel accord réglementera votre séparation, mais sur une plus grande échelle.

— Nous avons des armes pour obliger les Mosdvas à respecter notre accord de séparation actuel, dit Baulona-PWM. Qu'est-ce qui les obligera à respecter le nouveau une fois que vous leur aurez donné votre propulsion supraluminique et qu'ils sauront où se trouvent nos nouvelles planètes ? Cette propulsion supraluminique leur permettra de quitter Tojolt-HI. Nos armes seront alors impuissantes. Ils détruiront tous les Tyrathcas de Mastrit-PJ. Ils détruiront toutes les nouvelles planètes tyrathcas.

— Vous détruisez, déclara Quantook-LOU. Nous construisons.

— Les Mosdvas ne respectent jamais les accords. Vous envoyez vos soldats attaquer Lalarin-MG. Ils sont ici. Nous allons retourner nos armes contre Tojolt-HI.

— Vous pouvez confirmer ? demanda Ione à l'équipage du *Lady Mac*.

— Nous avons repéré des mouvements de troupes mosdvas sur la face obscure, dit Joshua. Apparemment, ils s'infiltrent dans les tubes bordant le nœud.

— Combien de soldats ?

— Plusieurs centaines. La signature infrarouge est plutôt importante.

— Est-ce qu'ils viennent des trains ?

— Non. Le premier de ces fameux trains ne sera sur site que dans quinze ou vingt minutes.

— Ce ne sont pas des soldats envoyés par Anthi-CL, déclara Quantook-LOU. Ils viennent des dominions qui veulent l'usage exclusif de la propulsion supraluminique des humains. Je négocierai avec les Tyrathcas, je passerai un accord avec les Tyrathcas. Pas eux. Donnez-moi l'information. Une fois que j'aurai le système de propulsion, ils seront obligés de battre en retraite.

— Dites-leur de battre en retraite tout de suite, contra Baulona-PWM. Je négocierai avec vous quand ils seront partis.

— Je ne peux pas négocier avec les autres dominions tant que je n'ai pas cette information.

— Je ne vous donnerai pas l'information tant que vous n'aurez pas négocié.

Sur la passerelle du *Lady Mac*, Joshua tapa du poing sur sa couchette anti-g.

— Seigneur ! Mais qu'est-ce qu'ils ont dans le crâne ?

— Vingt mille ans de haine et de conflits, et ça a fini par devenir héréditaire, répliqua Samuel. Ils ne peuvent plus se faire confiance.

— Eh bien, on va le trancher, leur nœud gordien.

— Il faut qu'on se dépêche, alors, intervint Liol. La drague solaire vient de réduire sa décélération.

— Merde ! grommela Joshua.

Il savait ce que cela signifiait. L'ordinateur de bord transmit à ses naneuroniques la nouvelle trajectoire du colossal vaisseau. Avec une décélération réduite, la drague solaire ne pouvait plus annuler sa vélocité à temps pour stopper près du *Lady Mac*, qui se trouvait vingt kilomètres au-dessus de la face éclairée de Tojolt-HI. À en juger par son nouveau vecteur, elle terminerait sa course un kilomètre au-dessus de la face obscure, au niveau du nœud qui abritait Lalarin-MG. Et comme ses propulseurs étaient tournés vers l'enclave tyrathca, leur plumet de fusion allait ravager celle-ci, voire la vaporiser. En outre, ledit plumet frôlerait le *Lady Mac* d'inquiétante façon.

— Je crois bien que nous allons devoir jouer un rôle plus actif, annonça Joshua à son équipage. (Il aligna l'antenne principale du *Lady Mac* sur la drague solaire.) Attention, drague solaire. Votre trajectoire actuelle aura pour conséquence la destruction de Lalarin-MG. Des membres de mon équipage se trouvent dans ce dominion. Veuillez augmenter votre décélération.

— Josh, ce machin fait quatre kilomètres de large, dit Liol. Ce n'est pas un spationef, c'est une montagne. Même si tu lui envoies une bombe nucléaire, ses débris vont réduire en pièces cette section de Tojolt-HI. En fait, ça fera des dégâts encore plus importants.

— Je croyais t'avoir raconté comment je m'étais débarrassé de Neeves et de Sipika dans l'anneau Ruine.

— Oh ! fit Ashly, pince-sans-rire. Tu veux dire que ce n'était pas de la galéjade ?

Joshua regarda le pilote d'un air peiné.

— Aucune réponse de la drague solaire, dit Liol. Et aucun changement dans sa poussée. Ils vont embraser le nœud dans huit minutes.

— Bon, ils l'auront cherché. Aux postes de combat, s'il vous plaît.

Les échangeurs thermiques du *Lady Mac* se rétractèrent dans leurs niches. Joshua activa les tubes de fusion principaux et fondit sur la drague solaire à un g et demi d'accélération.

— Ça va être rapide, annonça-t-il. Sarha, tu as le contrôle de l'artillerie.

— À tes ordres, capitaine, dit-elle.

Son affichage neuro-iconique lui montrait déjà la drague solaire, une grappe de globes incandescents placés au-dessus d'une flamme de plasma encore plus brillante, qui s'étirait sur trente kilomètres avant de se dissoudre en une pointe d'ions bleus. L'engin descendait, impitoyable, sur le gigantesque disque de cuivre tel un insecte sur une fleur.

L'ordinateur de bord lui envoya une série de données, et à l'image qui emplissait son esprit se superposa une mire de visée d'un pourpre étincelant. Elle la divisa en cinq parties, dont chacune s'enveloppa autour d'un globe incandescent. Elle augmenta le régime des principaux générateurs des tokamaks et activa le canon maser.

Le *Lady Mac* effleura la drague solaire en suivant une trajectoire faiblement incurvée, maintenant une distance de vingt kilomètres avec son plumet de fusion. Ses masers tirèrent sur les cinq globes de stockage, et chacun des rayons transperça le matériau irradiant servant à l'évacuation thermique. Des fissures de noirceur rayonnèrent à partir des points d'impact. Les rayons décrivirent des spirales conçues pour élargir les brèches qu'ils avaient ouvertes. Le matériau de la coque, quel qu'il soit, n'opposa qu'une résistance dérisoire aux micro-ondes. Quatre-vingt-dix pour cent de l'énergie dégagée par celles-ci se transmit aux réservoirs de fluide hydrocarboné. Celui-ci se mit aussitôt à bouillir, dégageant des nuages de vapeur brûlante. La pression monta à l'intérieur des globes, et des geysers de gaz bleu-gris jaillirent des brèches.

— Changement de delta-V, rapporta Liol. Les fuites engendrent une poussée. Bon Dieu, Josh, ça marche !

— Merci. Sarha, continue de les arroser, je veux réchauffer leur carburant au maximum. Réduction de la poussée. Essayons d'éviter un second passage.

— Capitaine, appela Beaulieu. Leur propulsion vient d'être coupée.

Les capteurs de combat du *Lady Mac* pointés sur la drague solaire montrèrent à Joshua le plumet de fusion en train de s'étioler.

— Merde ! C'est nous qui avons fait ça ?

— Négatif, fit Sarha. Je tire mal, mais pas à ce point. Leurs systèmes sont encore intacts.

— Liol, donne-moi leur nouvelle trajectoire, s'il te plaît.

— Leur capitaine est un petit malin. Une fois la fusiopropulsion désactivée, les fuites ne suffisent pas à annuler leur vélocité. Ils vont heurter le nœud. Dans quatre minutes.

— Et merde !

Joshua calcula aussitôt un nouveau vecteur et se prépara à un nouveau passage. Le *Lady Mac* accéléra à quatre g. Il devait veiller à ce que leur propre sillage épargne les tubes de la face éclairée.

— Les fuites de la drague solaire diminuent d'importance, rapporta Ashly. Le fluide a dû se refroidir. Leurs techniques de dissipation thermique sont foutrement performantes, Joshua. Ça vaut la peine de leur filer la recette du saut TTZ en échange.

Le *Lady Mac* fonçait de nouveau sur la drague solaire. Sarha fit donner les masers, et les geysers retrouvèrent leur puissance. La lueur des globes de stockage leur donnait un éclat d'argent fluorescent lorsqu'ils jaillissaient des brèches ; puis leur couleur évoluait jusqu'à virer au rouge cerise au niveau de leur pointe diffuse.

Deux lasers tirèrent sur le *Lady Macbeth* depuis la face éclairée de la cité spatiale. Joshua fit rouler l'astronef sur lui-même tandis que la mousse protectrice de sa coque s'évaporait dans un éclair, laissant de longues traînées noires sur le fuselage.

— Aucune pénétration, annonça Beaulieu. Nous pouvons supporter ce niveau d'énergie pendant huit minutes. Ensuite, les réservoirs thermiques seront saturés.

— Bien noté.

Joshua monta l'accélération à huit g et replongea vers la face éclairée. Tous les astros se tendirent pour encaisser la gravité qui les écrasait tandis que les capteurs leur montraient des flèches rouge et or filant sur eux. Le *Lady Mac* s'aplatit, volant parallèlement à la surface de la cité spatiale, soixante mètres au-dessus des tubes. Ses fusiopropulseurs se coupèrent, le laissant flotter en chute libre.

— Ils nous ont perdus, dit Beaulieu. À cette altitude, impossible de nous pister.

Derrière eux, la drague solaire continuait de s'approcher du nœud. Les cinq globes de stockage étincelaient dans leurs efforts pour se débarrasser de l'énergie que leur avait injectée le *Lady Mac* lors de son second passage. La longueur des geysers permettait de mesurer le succès de cette entreprise.

— Ça va être juste, déclara Liol. Mais je crois qu'on a réussi.

Joshua consulta les projections élaborées par l'ordinateur de bord. Il évalua la diminution de la vélocité relative de la drague solaire, la compara au taux d'expansion des geysers de gaz... Ceux-ci se réduisaient sans cesse, et des flocons de poussière grise commençaient à les polluer. Ça allait quand même marcher, conclut-il ; ce serait juste, mais les chiffres ne mentaient pas : la vitesse relative du vaisseau serait de zéro quand il arriverait soixante kilomètres au-dessus de la cité spatiale.

Des signaux d'alarme envahirent soudain son affichage neuro-iconique. Le *Lady Mac* subissait une nouvelle attaque. Son fuselage était criblé d'impacts énergétiques, sa mousse protectrice s'envolait par bribes.

— Encore des lasers, dit Beaulieu. Ils ne peuvent pas nous toucher plus de deux ou trois secondes, mais il y en a beaucoup. Ils visent la saturation coordonnée. Leurs frappes sont quasiment constantes.

— Quantook-LOU nous a dit que les dominions nous empêcheraient de fuir si nous n'avions pas encore transmis les données, rappela Samuel. Peut-être pensent-ils qu'on veut prendre la tangente.

Joshua contrôla leur vecteur. Vu leur vélocité actuelle, ils survoleraient la bordure du disque dans une centaine de secondes. Leur trajectoire les conduisait bien loin d'Anthi-CL. Il demanda une analyse tactique à l'ordinateur de bord.

— Cette vieille bécane peut tenir le coup, déclara-t-il. On n'a pas encore besoin de sauter.

Les capteurs du *Lady Mac* traquaient toujours la drague solaire. Celle-ci se trouvait à soixante-cinq kilomètres de la face éclairée, dont elle s'approchait à une vitesse réduite à dix mètres par seconde. Les cinq geysers étaient toujours là, mais ils n'étaient plus constitués de gaz. C'étaient à présent du liquide et des débris qui s'échappaient des globes. Lorsque la drague arriva à soixante-trois kilomètres du disque, sa vitesse n'était plus que de deux mètres par seconde.

Son vecteur s'inversa à soixante et un kilomètres. L'espace

d'un instant, la drague resta stationnaire, puis elle commença à s'éloigner de la cité spatiale à une vitesse presque impossible à mesurer. Les fuites se réduisaient maintenant à des crachats de fluide se perdant dans l'espace.

Ses fusiopropulseurs s'activèrent.

Joshua poussa un grognement contrarié lorsque l'ordinateur de bord du *Lady Mac* traduisit en données pures les images capteur, lui fournissant les valeurs chiffrées de la température, de la luminosité et de la vitesse de flux du plasma. Cette fois-ci, la drague solaire avait mis les gaz. La pointe de son plumet se tendit vers la surface tandis que le gigantesque vaisseau poursuivait son accélération. La portée de la flèche de plasma était malheureusement supérieure à la distance séparant la drague de la surface du disque.

La flamme s'écrasa sur le nœud de tubes, vaporisant aussitôt tout ce qu'elle touchait. Une onde de choc faite de gaz surchauffés déferla à l'intérieur du réseau inextricable de tubes et de conduits, pulvérisant les jonctions et projetant des débris dans les entrailles de la cité. Une vibration rayonnante progressa lentement sur la surface éclairée du disque à partir du nœud. Des tubes se lézardèrent au niveau des jonctions et des renforts. Des centaines de fontaines d'air et de liquide se mirent à jaillir sur un disque de cinquante kilomètres de diamètre, produisant un nuage de brume écarlate qui resta suspendu au-dessus de la surface. Son centre fut porté au bleu azur par le plumet de fusion provenant de la drague solaire, et il entra en expansion, formant un cercle parfait qui s'estompait à mesure que croissait son diamètre.

La réplique des dominions voisins ne se fit pas attendre. Tous les lasers encore opérationnels se pointèrent sur la drague. Des petits pétales de noirceur entrèrent en éclosion sur les globes de stockage. Des jets de métal fondu gouttèrent des propulseurs, suivis par des globules de fluide bouillant. La flamme de plasma se mit à vaciller à mesure qu'elle était contaminée par des grumeaux d'impuretés brillant d'un éclat turquoise ou émeraude.

Les ombres mouvantes qui se massaient sur les globes de stockage se fondirent les unes dans les autres, pareilles à de funèbres tavelures, jusqu'à ce que toute lumière ait disparu. Puis l'ensemble se fracassa, dégorgeant des fleuves de fluide hydrocarboné. Celui-ci commença à s'évaporer sous l'effet de l'impitoyable rayonnement de la géante rouge, produisant une déferlante de brouillard visqueux. Une gigantesque marée d'ombre rampa sur la face éclairée, occultant son éclat cuivré.

— Seigneur ! s'exclama Liol. C'est nous qui avons fait ça ?

— Non, répondit Dahybi. Mais ils diront quand même que c'est de notre faute.

— Ione ? appela Joshua. Est-ce que ça va ?

Il se concentra sur la bande générale. Les images capteur provenant des sergents étaient sacrément tremblantes. La frappe au plasma de la drague solaire avait eu sur Lalarin-MG le même effet qu'un séisme. Un peu partout sur l'esplanade, les reproducteurs tyrathcas se relevaient péniblement. Les soldats serraient de près les trois Mosdvas et pointaient sur eux leurs fusils maser.

— Ça ira, répondit Ione. (Les deux sergents scannèrent les lieux.) Aucun signe de dommage structurel. Le cylindre est toujours intact, et sa rotation est assurée.

— C'est déjà ça.

Au-dessus des sergents, l'effigie du Dieu endormi décrivait un mouvement circulaire saccadé, complètement déphasé par rapport à la rotation du cylindre. La passerelle à laquelle elle était fixée émettait des grincements menaçants.

Baulona-PWM se dirigea vers Quantook-LOU d'un pas mal assuré. Le distributeur des ressources, encore sous le coup de l'attaque, était incapable de se relever.

— Les Mosdvas violent l'accord de séparation, déclara le Tyrathca. Vous endommagez Lalarin-MG. Vous tuez nos castes vassales. Nous allons utiliser nos armes contre Tojolt-HI. Vous serez exterminés.

— Un instant, fit Ione. Vous ne pouvez pas exterminer Quantook-LOU. C'est le seul Mosdva qui soit disposé à traiter avec vous. Sans lui, la guerre va éclater. Des milliards de Tyrathcas périront parce que vous l'aurez exterminé. Leur mort sera de votre responsabilité.

— Ils ne mourront pas si vous quittez Mastrit-PJ. Ne donnez pas votre propulsion supraluminique aux Mosdvas. Les Tyrathcas survivront ici. Le Dieu endormi viendra à notre aide.

— Les Mosdvas auront notre système de propulsion. C'est pour cela que nous sommes venus, pour rétablir l'équilibre dans la galaxie. Nous avons donné notre système de propulsion aux Tyrathcas de Tanjuntic-RI.

— Les Tyrathcas connaissent la propulsion supraluminique ? interrogea Baulona-PWM.

— Certaines de vos planètes la possèdent. Cette technologie

se répand lentement. Votre espèce devient puissante loin de Mastrit-PJ. Les humains et leurs alliés xénos ne permettront pas la guerre. L'équilibre et l'harmonie sont nécessaires entre les espèces si nous voulons garantir la paix.

Quantook-LOU reprit son souffle, sans toutefois tenter de se lever.

— Les humains sont stupides, déclara-t-il. Pourquoi avez-vous donné votre système de propulsion aux Tyrathcas ? Ne voyez-vous donc pas ce qu'ils sont ?

— Nous savons ce qu'ils sont et ce que vous êtes. C'est pour cela que nous sommes ici. Maintenant, à vous de choisir. Allez-vous négocier un nouvel accord ? Allez-vous chercher à faire la paix ?

— Que ferez-vous si nous ne négocions pas d'accord ? s'enquit Quantook-LOU.

— Nous ferons respecter l'équilibre des forces, répondit Ione. Nous ne tolérerons pas la guerre.

— Les Mosdvas vont négocier un accord de paix, déclara Quantook-LOU. Si les Tyrathcas de Lalarin-MG ne souhaitent pas négocier avec moi, je trouverai une enclave qui le voudra.

— Baulona-PWM, quelle est votre réponse ? demanda Ione.

— Je négocierai, répondit le reproducteur. Mais les Mosdvas continuent d'attaquer Lalarin-MG. Ils doivent cesser. Il ne peut pas y avoir d'accord si nous sommes morts.

— Quantook-LOU, pouvez-vous forcer les autres dominions à se retirer ?

— Impossible. Il faut au préalable que j'aie obtenu de vous le système de propulsion, et que le *Lady Macbeth* soit parti. C'est seulement à ce moment-là qu'ils seront contraints de s'allier avec moi.

— Vous n'aurez pas notre système de propulsion tant que nous n'aurons pas l'information des Tyrathcas, rétorqua Ione. Baulona-PWM, combien de temps vous faudra-t-il pour retrouver l'information nécessaire à l'accord ?

— Je ne sais pas avec certitude où elle est stockée. Nos vieilles banques de mémoire ne sont plus alimentées en énergie. Nous devrons les réactiver.

— Génial ! s'exclama Joshua. Même la perspective de l'anéantissement ne suffit pas à faire fléchir ces têtes de mules. Beaulieu, que sont devenus les trains ?

— Trois d'entre eux roulent toujours, capitaine. Et les soldats mosdvas survivants continuent de s'infiltrer dans le nœud par la face obscure.

— Seigneur ! Il faut gagner du temps pour aider Ione.

— On pourrait revenir à proximité du nœud et utiliser notre puissance de feu pour défendre Lalarin-MG contre les troupes mosdvas, suggéra Liol.

— Non.

Joshua rejeta automatiquement cette solution. Il savait qu'elle était trop risquée. Le *Lady Mac* était peut-être le vaisseau le plus puissant de ce système stellaire, mais il n'était pas invincible. Il fallait trouver un moyen d'isoler Lalarin-MG pendant que les reproducteurs localisaient ce fichu almanach. Et peut-être que Quantook-LOU était de taille à négocier des accords de paix. Comme cerise sur le gâteau, ce serait sympa.

Il laissa son esprit évaluer les divers facteurs de l'équation. Comme son intuition lui soufflait que Lalarin-MG était la clé de leur problème, le reste n'était plus qu'une question de choix. Voyons, de quelles cartes disposait-il dans son jeu ?...

Joshua se mit à glousser.

Ashly ferma les yeux comme pour faire ses prières.

— Oh ! merde, fit-il.

— Syrinx, appela Joshua. J'ai besoin d'*Œnone* par ici.

L'un des sergents se pencha sur Quantook-LOU. Le distributeur des ressources avait en partie roulé sur son flanc, ce qui l'empêchait de se relever, le poids de son corps coinçant son membre médian. Ione l'aida à se redresser, veillant à ne pas lui rompre les os en appuyant trop fort.

— Je vous remercie, dit Quantook-LOU en dégageant son membre. Vous feriez un excellent Mosdva. Vous avez réussi à me perdre dans vos stratégies de négociation.

— Le compliment est de taille. Mon objectif prioritaire demeure toutefois inchangé.

— Je comprends. Je jouerai mon rôle.

— Bien.

— Dans l'attente d'une récompense.

— Vous aurez notre système de propulsion. Les humains tiennent parole.

— Voilà qui est rassurant.

L'autre sergent discutait avec Baulona-PWM. Ils se tenaient au milieu de l'esplanade, sous la bruine qui tombait en permanence de l'effigie. Celle-ci continuait de tourner, de sorte que les gouttes étaient plus grosses mais moins fréquentes.

— Mon vaisseau m'informe que des troupes mosdvas sont en train d'envahir la zone entourant ce cylindre, annonça Ione.

Vos soldats peuvent-ils les retenir assez longtemps pour que vous récupériez l'information désirée ?

— Comment savez-vous cela ? Nous ne détectons aucune communication entre votre vaisseau et vous.

— Nous employons une méthode qui vous est inconnue. Alors, pouvez-vous les retenir ?

— Nous n'avons plus de soldats à l'extérieur de Lalarin-MG. Tout est détruit. Notre nourriture pousse dans les tubes. Il n'y a plus d'air, plus de fluide. Nos communications sont affectées. Nos armes à fusion sont inopérantes. Votre vaisseau a-t-il des armes qui puissent nous aider ?

— Nous n'avons pas de telles armes, mais nous pouvons vous apporter de l'aide. Il faut que vous acceptiez que je serve de médiateur entre Quantook-LOU et vous.

— Pourquoi ?

— Si vous me donnez l'information qui rendra faisable un accord entre Mosdvas et Tyrathcas, il est possible que j'offre à tous les Tyrathcas de Lalarin-MG de les transporter sur l'une des nouvelles planètes tyrathcas. Cela ne se produira pas aujourd'hui, mais, une fois que nous serons rentrés chez nous, nous pourrons envoyer de grands vaisseaux vous embarquer. Ils arriveraient ici dans trois ou quatre semaines.

— Nous serons morts dans une heure. Les Mosdvas vont fracasser la coque de Lalarin-MG.

— Mon vaisseau est capable d'emporter Lalarin-MG loin de Tojolt-HI. Les Mosdvas seront dans l'incapacité de vous atteindre. Cela vous donnera le temps de récupérer cette information et de négocier un accord avec Quantook-LOU.

— Vous pouvez déplacer Lalarin-MG ?

— Oui.

— Quand nous aurons quitté l'ombre de Tojolt-HI, nous serons incapables d'évacuer la chaleur du soleil. Nos radiateurs nous permettent seulement de nous débarrasser de la chaleur que nous produisons.

— Il ne faudra pas longtemps pour négocier un accord. Vous retrouverez cette information astronautique et vous me la fournirez. Quand je me serai assurée de son exactitude, je donnerai à Quantook-LOU notre système de propulsion, et ensuite nous partirons. Toutes les hostilités cesseront et l'accord entrera en application. Vous pourrez gagner une autre enclave en attendant que nos vaisseaux viennent vous chercher.

— J'accepte vos termes.

Joshua imposa des variations d'accélération aléatoires au *Lady Mac* lorsqu'il le ramena vers le nœud, en faisant une cible moins facile.

— Personne ne nous tire dessus, rapporta Liol.

On aurait presque dit qu'il le regrettait. Une attaque en règle aurait peut-être convaincu Joshua de renoncer à son idée. D'un autre côté, ladite idée suscitait chez Liol une jubilation carrément enfantine. Chez son frère aussi, devinait-il. Les autres astros l'avaient accueillie avec un amusement indulgent. Et Ione se montrait des plus douées pour embobiner les xénos.

Tout marchait comme sur des roulettes, il était bien obligé de le reconnaître.

— C'est parce que nous n'allons pas dans la bonne direction pour qu'ils nous tirent dessus, lui dit Monica. Nous revenons vers eux. Ils ne veulent pas nous voir partir.

— Dans ce cas, je me demande ce qu'ils vont penser de la suite, répliqua Joshua.

Le *Lady Mac* glissa au-dessus de la lisière du nœud. Côté éclairé, la quasi-totalité des feuilles avaient été arrachées à leurs supports, et l'entrelacs de tubes était baigné de l'éclat rouge du soleil. Autour du nœud, l'espace était encombré de particules, cristaux et débris qui reflétaient l'éclat de la géante rouge comme un nuage de fleurs écarlates. Le plasma de la drague solaire avait creusé un cratère au sommet du nœud. Il était large de trois cents mètres, et ses parois se composaient de moignons de tubes vitrifiés. Le barrage thermique auquel ceux-ci avaient été soumis les avait parés d'un éclat rouge corail qui ne s'était pas encore estompé.

— On y va, annonça Joshua. Beaulieu, commence à saturer le nœud.

— À tes ordres, capitaine.

La cosmonik régla les canons maser sur leur diffusion maximale et arrosa d'énergie les parois du cratère. Les micro-ondes n'étaient pas assez puissantes pour infliger de nouveaux dommages structurels, mais elles auraient un effet létal sur tout soldat mosdva rôdant dans les parages.

Joshua fit virer le *Lady Mac* et le pointa sur le centre du cratère. Grâce à ses lasers de proue, il entreprit de découper tubes et débris qui en encombraient le fond. Des sections entières se mirent à dériver dans l'espace, propulsées par la vapeur qui se dégageait de leurs extrémités en fusion. Les verniers chimiques s'activèrent sur l'équateur de l'astronef, le faisant descendre un peu plus.

Œnone émergea de son terminus de trou-de-ver trente kilomètres au-dessus du nœud, côté face obscure. Tous les Édénistes présents dans son tore d'équipage accédèrent à ses grappes de capteurs, émerveillés par la monumentale cité spatiale. Syrinx et Ruben échangèrent un sourire, partageant l'émotion que leur inspirait ce spectacle. Des bouffées d'excitation enrichirent la communion mentale qui imprégnait la passerelle à mesure que l'on découvrait de nouveaux détails stupéfiants dans l'artefact xéno. Les images transmises par les satellites ELINT pâlissaient devant la réalité.

Pour les sens du faucon, les pinacles formés par les radiateurs luisaient d'un éclat orangé presque constant. Il sentait la chaleur qu'ils émettaient, déferlant sur l'espace en direction de la lointaine nébuleuse. Dans le spectre visuel, Tojolt-HI était quasiment noire. Seule faisait exception la zone que la drague solaire venait d'attaquer. Les feuilles protectrices y avaient été détruites ou arrachées en si grand nombre que d'intenses rayons de lumière rouge éclairaient à présent les toiles entrelacées.

Si Wing-Tsit Chong et les thérapeutes pouvaient me voir, dit Syrinx non sans une certaine satisfaction.

Ils n'en ont pas besoin, rétorqua Ruben. **Ils savent qu'ils ont fait du bon travail.**

Oui, mais leurs réflexions m'ont quand même irritée. Moi, une vulgaire touriste !

Je suis ravie que nous soyons ici, intervint *Œnone*. **Tout est à la fois si nouveau et si ancien. J'ai l'impression que l'on peut compter sur Tojolt-HI.**

Je comprends ce que tu veux dire, dit Syrinx au faucon enchanté. **Quelque chose qui jouit d'un tel passé a forcément un grand avenir devant lui.**

Notre venue a changé tout ça, tempéra Ruben.

Tu te trompes. Les Mosdvas ne peuvent pas abandonner leur cité spatiale, et il en va de même pour toutes les autres. Ashly a raison : le saut TTZ n'est pas une panacée. Mais peut-être que les choses changeront. Que le progrès refera son apparition. J'aimerais croire que tel sera notre legs. Et qui sait de quelles réussites ils seront capables quand ils disposeront de nouvelles ressources et de nouvelles technologies.

N'anticipons pas, veux-tu ?

Tu as raison.

Une bouffée de regret parfuma ses pensées.

Je capte une activité radar considérable au-dessus de cette

face du disque, annonça soudain Edwin. **Je pense que nos contre-mesures déjouent leurs tentatives.**

Merci, répondit Syrinx. **Nous ne pouvons pas les empêcher de nous voir, j'en ai peur. Et notre silhouette découpée en ombre chinoise sur la nébuleuse n'a pas dû échapper à grand monde. Serina, as-tu localisé les trains ?**

Oui.

Détruis les rails.

Cinq rayons jaillirent des nacelles fixées à la coque de l'*Œnone*. Ils tranchèrent net les voies ferrées qui sinuaient entre les titanesques radiateurs de la face obscure. Serina attendit que les trains se soient arrêtés, puis trancha également les rails derrière eux.

Ils sont immobilisés, rapporta-t-elle. **Finie l'invasion de Lalarin-MG.**

Ils ne feront pas de nouvelle tentative, dit Edwin. **Même ici, nos capteurs électroniques reçoivent les émissions micro-ondes du *Lady Macbeth*. Elles sont si puissantes qu'elles traversent l'épaisseur du nœud.**

Allons lui donner un coup de main, dit Syrinx à *Œnone*.

Le faucon fila vers la cité spatiale et s'immobilisa juste au-dessus du nœud. Le champ de distorsion d'*Œnone* balaya les tubes et les poutrelles endommagés, permettant aux Édénistes d'examiner l'anatomie des lieux. Les bribes d'astéroïde encore présentes dans la cavité centrale du nœud étaient des zones occultées, leur masse exerçant un minuscule champ gravifique sur l'espace-temps. Près d'elles, le cylindre tournait lentement sur lui-même, et sa coque n'était pour le faucon qu'une ombre des plus floues. Les circuits énergétiques formaient une grille de lignes violettes présente dans la totalité de l'édifice, le long de laquelle les flots d'électrons laissaient leur signature caractéristique. La plus importante concentration d'énergie se trouvait à chaque moyeu, autour des paliers magnétiques. De minuscules instabilités clignotaient au sein des replis translucides, affectant les émissions. À cinquante mètres à peine de l'extrémité du cylindre, le *Lady Macbeth* apparaissait comme une éclatante et dense torsion de l'espace-temps.

— On y est, Joshua, dit Syrinx sur la bande générale. La masse du cylindre est d'environ un million cent trente mille tonnes.

— Excellent. On n'aura donc aucun problème. Avec son système de propulsion à l'antimatière, le *Lady Mac* peut atteindre quarante g, et notre masse est tout juste supérieure à cinq mille tonnes. Ça devrait nous donner une poussée d'un cinquième de g.

— Entendu, on commence à découper.

Ruben, Oxley et Serina donnèrent leurs instructions aux processeurs bioteks gouvernant les nacelles d'armes. Dix-huit lasers entrèrent en action sur le fuselage du faucon et, guidés par les Édénistes, entreprirent de découper les tubes au sommet du nœud.

Les capteurs du *Lady Mac* pouvaient à présent se concentrer sur Lalarin-MG. Ses lasers lui avaient ouvert un tunnel dans l'enchevêtrement de tubes et de poutrelles. Des fragments de tubes encore chauds déboulaient dans la cavité principale, rebondissant sur la coque métallique du cylindre et sur la roche noire. L'étoile éclairait les lieux pour la première fois depuis une centaine de siècles. Des rayons rouge vif dépassaient l'astronef, comme en contrepoint des éclairs écarlates de ses lasers.

— Comment ça se passe là-dedans, Ione ? demanda Joshua.

— Nous sommes prêts. Les sas rotatifs sont fermés et scellés. J'ai même persuadé Baulona-PWM de fournir des sortes de matelas aux Mosdvas.

— Bien, reste en contact.

Les capteurs lui montraient le moyeu du cylindre, avec son support circulaire droit devant. Il dégagea le dernier tube, exposant le sas, et activa les tuyères ioniques pour imprimer au *Lady Mac* une rotation calquée sur celle du cylindre. La proue de l'astronef heurta le support, broyant ce qui restait du tube.

— Sarha ? appela-t-il.

— Les générateurs de valence moléculaire sont réglés à la puissance maximale.

— Désactive les verrous de sécurité du MAC. Et augmente encore la sauce. Je veux utiliser toute la puissance de la structure.

— Entendu.

— C'est dégagé de ce côté, annonça Syrinx. La voie est libre.

— Attention tout le monde !

Joshua activa les fusiopropulseurs, maintenant la poussée à un g. Le *Lady Mac* s'avança, comprimant les vestiges du sas pour les pousser vers la coque du cylindre. Le support de celui-ci déchira la mousse protectrice de l'astronef, puis toucha son fuselage.

— Contact établi, annonça Liol.

Joshua augmenta la poussée. Trois filets de plasma blanc-bleu jaillirent du cratère pour former une tresse. Les tubes et les poutres placés sur la trajectoire du torrent d'ions surchauffés bouillirent, projetant des tornades de gaz.

— La structure tient le coup, déclara Sarha.

La vibration des tubes de fusion se transmettait jusque dans les modules de vie sous la forme d'un bourdonnement étouffé. C'était la première fois de sa vie qu'elle entendait un tel bruit.

— Ça bouge ! lança Beaulieu. Accélération : quatre centièmes de g.

— Allez, c'est parti ! s'exclama Joshua.

Il actionna la propulsion à l'antimatière.

Hydrogène et antihydrogène se heurtèrent et s'oblitérèrent mutuellement au sein du champ de confinement du vaisseau. Une flèche d'énergie pure naquit derrière l'astronef, comme si une brèche venait de s'ouvrir dans l'espace-temps. Soumis à deux cents mille tonnes de poussée, Lalarin-MG s'extirpa de sa chrysalide en voie de dissolution.

— Je crois bien que j'ai repéré quelque chose, dit Etchells.

Kiera leva les yeux de la part de pizza qu'elle mâchonnait. Deux des écrans de console affichaient des étoiles étirées prises au lasso dans des rets turquoise et des colonnes de chiffres rouges qui défilaient trop vite pour être décryptées. Jusqu'ici, la harpie n'avait repéré que des pulsations radar provenant – présumait-elle – de stations spatiales en orbite autour de la géante rouge. Impossible d'en tirer une quelconque information, excepté le fait qu'elles n'avaient aucun rapport avec la Confédération. Kiera et Etchells tenaient à trouver quelque chose de plus consistant avant d'aller y voir de plus près.

— Qu'est-ce que tu as vu ? demanda-t-elle.

— Regarde par toi-même.

Les nuages iridescents de la nébuleuse glissèrent derrière le hublot principal tandis que la harpie pivotait sur elle-même. Une lumière écarlate se déversa sur la passerelle lorsqu'elle fit de nouveau face à la géante rouge.

Kiera remit sa pizza dans la boîte Thermos et plissa les yeux. Au centre du hublot brillait une étincelle blanche. Sous ses yeux, elle s'allongea démesurément.

— Qu'est-ce que c'est que ça ?

— Un moteur propulsé à l'antimatière.

Elle se fendit d'un sourire sinistre.

— C'est sûrement le vaisseau des Forces spatiales de la Confédération.

— Possible. Si tel est le cas, il y a quelque chose qui cloche. Un vaisseau propulsé à l'antimatière est capable d'atteindre trente-cinq g d'accélération. L'objet qui produit cet éclat bouge à peine.

— On ferait mieux d'aller voir ça de plus près. C'est loin ?

— Environ cent millions de kilomètres.

— Mais c'est tellement brillant !

— Personne n'imagine la véritable puissance de l'antimatière tant qu'il ne l'a pas observée *de visu*. Demande aux ex-résidents de Trafalgar.

Kiera considéra l'apparition avec respect, puis se dirigea vers la console dévolue à l'artillerie. Elle entreprit d'armer les guêpes de combat.

— Allons-y.

Joshua désactiva tous ses systèmes de propulsion dès que Lalarin-MG eut dépassé l'apex du nœud. L'ordinateur de bord dut lui dire où se trouvait – ou plutôt s'était trouvé – celui-ci. Sous l'effet du jet émis par la propulsion à l'antimatière, la structure de Tojolt-HI avait tout simplement fondu, laissant à la place du nœud un trou large de plus de huit kilomètres. Son pourtour luisait d'un éclat rouge cerise, et il en rayonnait des vrilles de métal fondu aux formes torturées. Seul le plus gros débris d'astéroïde avait survécu plus ou moins intact, quoique réduit au quart de son volume d'origine. Il déboulait en direction de la photosphère, sa surface transformée en plaine de goudron bouillonnant, laissant derrière lui un sillage de brume pétrochimique.

La géante rouge brillait à travers l'énorme trou percé dans la cité spatiale, illuminant la base du cylindre ainsi qu'une tranche de sa coque, comme si une flamme jouait sur son flanc. Les propulseurs ioniques du *Lady Mac* s'activèrent, l'arrachant au support en miettes. Le moyeu avait ployé sous la titanesque poussée exercée par l'astronef, mais l'ensemble avait tenu. À présent, ils s'éloignaient de la cité spatiale à une vitesse uniforme de trente mètres par seconde.

— Et ils ne nous tirent toujours pas dessus, s'émerveilla Liol.

— J'espère bien, rétorqua Dahybi. Après cette petite démonstration de puissance, ils y réfléchiront à deux fois avant de nous embêter.

— Regardez les dégâts que nous avons causés, dit Ashly. Navré, mais je ne suis pas particulièrement fier de moi.

— Cette section de Tojolt-HI était pratiquement en déshérence, dit Liol. Et la drague solaire avait déjà détruit les tubes encore capables d'abriter des êtres vivants.

— Ashly a raison, déclara Joshua. Jusqu'ici, nous n'avons fait que réagir aux événements. Sans contrôler grand-chose.

— Je croyais que la vie était ainsi faite, répliqua Liol. L'honneur de pouvoir assister aux événements. Il faut être un dieu pour les contrôler.

— Ce qui nous conduit à un paradoxe des plus amusants, fit remarquer Sarha. Nous devons pouvoir contrôler les événements afin de trouver un dieu. Mais si nous pouvons les contrôler, alors cela fait de nous des dieux.

— Simple question d'échelle, comme tu le verras, répliqua Joshua. Les dieux déterminent la tournure des événements vraiment importants.

— Celui qui vient de se produire ici l'était quand même un peu.

— Pas si on le compare au sort d'une espèce.

— Tu prends la situation très au sérieux, observa Liol.

Joshua ne daigna même pas sourire.

— Il faut bien que quelqu'un le fasse. Pense un peu aux conséquences.

— Je ne suis pas un crétin intégral, Josh. J'ai conscience de la gravité que prendra la situation si personne ne trouve une solution à tous ces problèmes.

— En fait, je pensais à ce qui arriverait si nous réussissions.

Le rire de Liol traduisait surtout son étonnement.

— Pourquoi serait-ce préoccupant ?

— Tout aura changé. Les gens n'aiment pas ça. Il faudra faire des sacrifices, et pas seulement sur les plans physique et financier. C'est inévitable. Tu vois ce qui en découle, pas vrai ?

— Peut-être, fit Liol d'un air bourru.

Joshua se tourna vers son frère et le gratifia de son sourire le plus malicieux.

— En attendant, on aura pris un de ces pieds !...

L'un des sergents resta avec Baulona-PWM et Quantook-LOU pour faire office de médiateur et les aider à définir les termes d'un nouvel accord. Ione jugeait les deux xénos bien optimistes en les voyant ainsi persuadés que la propulsion TTZ ouvrait une ère nouvelle dans l'histoire de Mastrit-PJ. De toute évidence, tous deux étaient d'accord pour que la population tyrathca soit évacuée dans les colonies de cette espèce. Leurs enclaves dans les cités spatiales ne connaîtraient aucune expansion. Avec de telles prémisses, il était d'une importance vitale que les deux espèces ne se disputent pas les systèmes stellaires nouvellement découverts. Il devenait donc essentiel de récupérer les informations provenant des arches stellaires. Quelle ironie ! Il ne lui restait plus qu'à s'assurer de la sincérité de Quantook-LOU. Elle suggéra à Baulona-PWM de prendre plusieurs précautions, notamment de veiller à ce que toutes les enclaves tyrathcas soient en liaison permanente. Ni l'un ni l'autre, toutefois, ne savaient combien il en restait dans l'ensemble du système stellaire. Quantook-LOU finit même par admettre qu'il ignorait le nombre exact de cités spatiales encore en activité.

L'autre sergent accompagna l'équipe de six reproducteurs que Baulona-PWM avait envoyés réactiver les systèmes électroniques. Ils l'escortèrent jusqu'à l'anneau de tours placé autour de la base du cylindre. Il s'agissait d'un district dévolu à la maintenance, et ces tours abritaient des centres de traitement des eaux et de filtrage de l'air, des générateurs de fusion – qu'Ione trouva horriblement primitifs – et des régulateurs thermiques. Heureusement, chaque unité était alimentée par sa propre station de production d'énergie, ce qui assurait plus ou moins son intégrité. Un bon tiers des systèmes étaient hors d'usage, et l'état des machines témoignait du temps qui s'était écoulé depuis que Lalarin-MG était à son apogée.

On conduisit Ione dans une tour qu'on lui présenta comme un centre de communication et de production d'électricité. Le rez-de-chaussée était occupé par trois tokamaks, dont un seul en état de marche. On accédait au premier étage par une rampe en hélice. Il n'y avait pas de fenêtres, et les plafonniers ne fonctionnaient pas. Ses capteurs infrarouges lui montrèrent plusieurs rangées de consoles silencieuses, qui lui rappelèrent celles de Tanjuntic-RI. Les Tyrathcas avaient apporté des lampes, qu'ils activèrent, révélant ainsi le véritable état de ces consoles. L'humidité avait déposé une couche d'algues sur les écrans et les claviers en rosace. Il s'avéra nécessaire de percer les panneaux de protection pour les ôter, mettant ainsi au jour des circuits envahis par les lichens et la moisissure. Les reproducteurs durent tirer des câbles jusqu'aux générateurs du rez-de-chaussée pour activer les consoles.

L'une de celles-ci s'enflamma lorsqu'on la brancha. Les jurons que poussa Oski résonnèrent sur la bande générale.

— Demandez-leur si nous pouvons intégrer nos blocs-processeurs à leur réseau, dit-elle à Ione. Si j'arrive à avoir un accès, je pourrai peut-être charger des questeurs. Ça devrait accélérer le mouvement. Et, tant qu'on y est, voyons s'ils acceptent quelques conseils sur les procédures de réactivation.

Le terminus de trou-de-ver s'ouvrit six cents kilomètres au-dessus de la face obscure de Tojolt-HI, dans l'ombre de la cité spatiale. Le *Stryla* en jaillit ; Etchells avait adopté sa forme de rapace, et ses yeux rouges s'ouvrirent en grand sous l'effet de la surprise. Depuis sa position, le gigantesque disque éclipsait la quasi-totalité de l'étoile, et on aurait dit qu'une marée de lumière écarlate se préparait à déferler sur son pourtour, comme s'il allait couler dans un flot de photons.

Son champ de distorsion s'agrandit pour sonder la structure xéno. Et interféra avec un autre champ de distorsion.

Que faites-vous ici ? demanda *Œnone*.

La même chose que vous.

Etchells localisa le faucon à trois mille kilomètres de là. Il volait à proximité d'un grand cylindre creux, un genre de station spatiale habitée. Il était accompagné d'un second astronef de la Confédération. Lorsque le vaisseau biotek braqua ses sens optiques dans leur direction, il vit un petit rayon de soleil traverser le disque derrière eux.

Il s'empressa d'altérer son champ de distorsion et d'ouvrir un nouvel interstice de trou-de-ver. Cette fois-ci, il émergea à cent kilomètres du faucon. Une lumière rouge baignait ses plumes pareilles à des écailles de cuir, et il examina la déchirure ouverte dans le disque. Son pourtour produisait une forte émission dans les infrarouges. Les titanesques échangeurs thermiques qui l'entouraient opéraient à leur puissance maximale pour dissiper l'immense quantité de chaleur résultant de la surchauffe des tubes.

— Je dirais que ce vaisseau adamiste a utilisé ses propulseurs à antimatière pour extirper ce cylindre du disque, dit Etchells à Kiera. Rien d'autre n'aurait pu causer de tels dégâts.

— Ce qui signifie que ce cylindre est important à leurs yeux.

— Je ne comprends pas. Il est habité et extrêmement fragile. Ce n'est sûrement pas une arme.

Son champ de distorsion repéra des nuées de missiles à moteurs chimiques volant parmi les cônes brûlants dont la face obscure était hérissée. Des lasers les détruisirent en plein vol. Plus de trente radars se verrouillèrent sur lui, provenant de toutes les sections du disque. L'un des missiles plongea parmi les régulateurs thermiques avant d'exploser. Le tube qu'il fracassa émit dans l'espace un geyser de gaz atmosphérique.

— Ils ont fait tout le tour de la nébuleuse d'Orion, et quand ils sont arrivés ici, ça a été pour arracher ce cylindre à un champ de bataille, commenta Kiera.

— Bon, d'accord, ce truc est important.

— Ce qui signifie qu'il nous est nuisible. Minimise ton effet énergétique, s'il te plaît.

La harpie retrouva sa forme naturelle.

Les doigts de Kiera pianotèrent le clavier de la console d'artillerie. Les capteurs de visée se verrouillèrent sur le cylindre.

Désengagez vos armes, et tout de suite, ordonna *Œnone*.

Etchells relaya cet ordre vers Kiera via l'une des colonnes AV de la passerelle.

— Pourquoi ? interrogea-t-elle. Qu'y a-t-il là-dedans ?

Plusieurs milliers de Tyrathcas désarmés. Tirer sur eux serait une véritable boucherie.

— Qu'est-ce que ça peut vous faire ? Et pourquoi êtes-vous ici, au fait ?

Pour les aider.

— Comme c'est noble. Vous vous foutez de moi ?

Ne tirez pas, répéta *Œnone*. **Nous sommes prêts à défendre ce cylindre.**

Ce cylindre contient le moyen de me détruire, répliqua Etchells. **J'en suis persuadé.**

Nous ne sommes pas des barbares. La destruction physique ne résout rien.

Kiera lança quatre guêpes de combat sur le cylindre.

La réaction de l'*Œnone* et du *Lady Macbeth* fut instantanée. Quinze guêpes de combat jaillirent de leurs flancs, adoptant des trajectoires d'interception et lâchant leurs charges secondaires. Les lasers de défense du *Lady Macbeth* détruisirent les missiles ennemis alors qu'ils lâchaient leurs propres charges. Deux cent cinquante bombes à fusion détonèrent en l'espace de trois secondes, dont quelques-unes émirent des rayons gamma, la plupart n'ayant que des têtes explosives.

Joshua absorba les données capteur transmises par le programme tactique, cherchant désespérément à obtenir une vue d'ensemble. Les capteurs visuels ne servaient à rien dans un tel chaos, mais aucune des charges secondaires lancées par les guêpes ennemies n'était dirigée contre le *Lady Mac* – ce qui dénotait un programmeur des plus négligents. Les capteurs de l'astronef se braquèrent sur la conflagration, éliminant les interférences atomique et électromagnétique. Le cylindre souffrit de trois légers impacts cinétiques, ainsi que de plusieurs frappes rayonnantes. Mais sa structure demeura intacte.

— Sarha, descends-moi cette ordure, ordonna-t-il.

Cinq masers firent feu. La harpie roula sur elle-même et s'éloigna à cinq g d'accélération, tentant d'échapper à la terrible frappe énergétique.

Joshua lança cinq nouvelles guêpes de combat, les programmant pour qu'elles se déploient en champ de mines. Un bref éclat de leurs propulseurs, et leurs charges secondaires, évoquant un essaim, formèrent un amas protecteur autour de Lalarin-MG. Une harpie qui s'attaque à une cible à l'extérieur d'un champ gravifique adopte en général la stratégie consistant à faire un saut l'amenant à moins d'un kilomètre de celle-ci, puis à lâcher une salve de guêpes de combat. Certaines charges secondaires feront sûrement mouche, sauf si la cible en question est équipée de lasers DS en batterie. Le champ de mines déployé par Joshua devrait dissuader l'ennemi de poursuivre.

La harpie disparut.

— Syrinx, où est passé ce salaud, bon sang ? demanda Joshua.

— À deux mille kilomètres d'ici.

Œnone transmit les coordonnées exactes à l'ordinateur de bord du *Lady Mac*. Les capteurs de celui-ci se verrouillèrent sur la harpie, qui semblait vouloir prendre son mal en patience.

— Ils ont d'étranges notions de tactique, commenta Joshua. Oski, combien de temps encore ?

— Au moins une demi-heure, capitaine. J'ai identifié les zones de stockage les plus prometteuses, mais aucune n'est active.

— Joshua, je ne sais pas si le cylindre supportera une nouvelle attaque comme celle-ci, dit Ione.

Le sergent qui se trouvait près de Baulona-PWM et de Quantook-LOU avait été jeté à terre lorsque la coque du cylindre avait été frappée par la grenaille. Une petite boule de feu avait surgi d'une tour distante de cent mètres à peine. Elle s'était désintégrée, projetant sur toute l'esplanade des fragments de métal fumant et de végétation en feu. En scannant l'espace qui l'entourait, Ione avait vu une douzaine de rayons violets zébrer l'air, des molécules rendues fluorescentes par la frappe aux lasers gamma. Deux d'entre eux avaient transpercé l'effigie du Dieu endormi. Elle s'était empressée d'examiner la passerelle axiale, mais celle-ci n'était pas touchée.

Un camion robot traversa l'esplanade en direction de la tour en ruine. Un gémissement suraigu s'en échappait en même temps que l'air qui disparaissait par la brèche ouverte sur le vide spatial. Des bras hydrauliques jaillirent du plateau du camion, porteurs d'une épaisse plaque de métal. Celle-ci fut lâchée à grand bruit sur la brèche. Un tuyau cracha ensuite sur elle un épais mastic marron. Il eut vite fait de se solidifier, scellant ainsi l'ensemble.

— Les Mosdvas nous attaquent à nouveau, déclara Baulona-PWM.

Ione crut que le reproducteur allait frapper Quantook-LOU.

— Non, s'empressa-t-elle de dire. C'était un astronef humain. Il vient d'un dominion avec lequel nous ne sommes pas alliés. Le *Lady Macbeth* l'a chassé.

— Les humains ont des dominions ? s'étonna Quantook-LOU. Vous ne nous l'aviez pas dit.

— Nous ne nous attendions pas à leur intervention.

— Pourquoi sont-ils ici ? Pourquoi nous ont-ils attaqués ?

— Ils ne pensent pas que nous devrions donner la propulsion supraluminique aux Tyrathcas et aux Mosdvas. Nous devons conclure cet accord et retrouver cette information. Cela fait, ils ne seront plus en mesure de s'opposer à notre transaction.

— Ma famille travaille dur, répliqua Baulona-PWM. Nous respectons notre accord avec vous et vous laissons agir comme médiateur.

— Et nous respecterons notre accord et veillerons à ce que vous ne soyez pas blessés. Bon, nous étions en train de discuter des termes du message qui sera adressé aux autres dominions de la cité spatiale. (Elle repassa sur la bande générale.) Il faut encore gagner du temps.

— Nous y veillerons, lui assura Syrinx. Joshua, je te confie le fort.

— Bien reçu.

Les détecteurs de distorsion gravitonique du *Lady Mac* montrèrent à Joshua que le faucon ouvrait un interstice de trou-de-ver.

Œnone émergea à cinquante kilomètres du *Stryla*. Syrinx s'attendait à ce que la harpie réagisse en faisant donner ses lasers. Le fait qu'elle s'en abstienne lui parut encourageant pour la suite.

Je suis ici pour discuter, annonça-t-elle.

Et moi, je suis ici pour survivre, rétorqua Etchells. **Nous savons que vous recherchez une arme susceptible d'être utilisée contre nous. Je ne vous laisserai pas faire.**

Rien ne sera utilisé contre vous. Nous nous efforçons de résoudre cette crise pour le bénéfice de tous.

Je ne partage pas votre optimisme.

La harpie lança deux guêpes de combat.

Œnone sauta aussitôt, réapparaissant à vingt kilomètres de là, ayant placé la harpie entre elle et les guêpes de combat. Elle tira dix rayons laser sur la coque de polype du vaisseau ennemi.

Etchells disparut à son tour. Il émergea cent mètres au-dessus de l'un des radiateurs de la cité spatiale. *Œnone* surgit derrière lui. Il s'y était attendu. Son canon maser tira sur le faucon. Celui-ci s'abrita derrière le cône du radiateur, puis le contourna pour tirer sur la harpie.

Celle-ci accéléra jusqu'à huit g, ravageant une vallée de radiateurs dans sa fuite. Kiera poussa un cri de surprise muette, se retrouvant plaquée à sa couchette anti-g.

— Donne-moi le contrôle de l'artillerie, lui dit Etchells. Tu ne peux pas programmer les guêpes de combat dans une situation de ce type. Je vais m'en charger.

— Ça ferait de moi un simple passager. Il n'en est pas question. Sors-nous de ce piège.

— Va te faire foutre.

Etchells cessa de manipuler le champ de distorsion pour compenser l'accélération. Kiera poussa un gémissement en sentant les huit g l'écraser sur sa couche. Elle mobilisa tout son pouvoir énergétique pour renforcer son corps. Etchells, sentant les lasers du faucon lui érafler la coque, fit un looping autour d'une tour de verre en passant à douze g. Comme les radiateurs brouillaient ses perceptions optiques, il naviguait avec l'aide de son seul champ de distorsion. Et il allait trop vite : la vallée s'achevait sur un virage serré, quasiment en angle droit. Il bondit au-dessus des pics, décélérant tout en virant. L'espace d'un instant, chacun des deux astronefs se retrouva dans la ligne de mire de l'autre. Lasers et masers zébrèrent l'espace. Puis Etchells replongea dans un cañon de verre dont les parois exsudaient la chaleur.

Œnone calqua sa manœuvre sur celle de la harpie et tira une nouvelle salve. Etchells louvoyait sans cesse, faisait varier son accélération sans le moindre répit. Il fit donner ses propres masers. Les rayons d'énergie découpèrent des lambeaux de matière sur les échangeurs thermiques tandis que les deux vaisseaux poursuivaient leur course folle. Des nuages couleur magenta en jaillirent, envahissant toute la vallée.

Etchells émergea d'un véritable blizzard, des volutes de brume attachées à sa coque. Il vira autour d'un bouquet de colonnes à section pentagonale, puis slaloma parmi les cheminées d'une raffinerie ressemblant à une éruption de champignons.

Si les mains de Syrinx empoignaient le rembourrage de sa couchette anti-g, cela n'avait rien à voir avec l'atroce pesanteur qui s'était abattue sur la passerelle. L'image de la surface chaotique de la cité spatiale qui défilait à quelques mètres d'elle se gravait directement dans son esprit. Elle avait fermé les yeux par réflexe, mais cela ne lui servait à rien. À rien du tout. La froide détermination d'*Œnone* empêchait toute intervention de sa part. Douter de son amour en de telles circonstances serait pure trahison. Elle lutta contre sa terreur pour transmettre au faucon l'amour et la fierté qu'il lui inspirait.

De l'autre côté de la passerelle, Oxley émettait un gémissement continu sans même avoir besoin de respirer.

Il est en train de flancher ! annonça *Œnone* avec une joie de prédateur. **Maintenant, il ralentit à chaque virage. Nous l'aurons bientôt attrapé.**

Oui.

Rien dans ses programmes tactiques ne pouvait l'aider dans une telle situation. S'ils s'élevaient au-dessus des vallées de machines, la harpie aurait la possibilité de lancer sur eux ses guêpes de combat. Et ils n'oseraient pas riposter, de peur de massacrer plusieurs milliers de Mosdvas. Ils continuaient donc cette folle poursuite, ce qui avait pour eux un autre avantage : elle empêchait la harpie d'attaquer Lalarin-MG. Mais leurs nerfs payaient le prix fort.

Un nouveau terminus de trou-de-ver s'ouvrit cent kilomètres au-dessus d'eux.

Salut, Etchells, dit Rocio.

Toi ! s'exclama Etchells, complètement pris de court. **Descends le salopard qui me poursuit, il a trouvé un truc capable de nous exterminer tous.**

Le *Mindori* tira trois coups de laser sur un échangeur thermique situé deux kilomètres devant Etchells. La machine explosa aussitôt, se transformant en une nuée de débris cristallins avec en son centre une bulle de gaz surchauffé. Poussant un cri de rage sur la bande d'affinité, Etchells accéléra à dix-sept g dans une tentative désespérée pour passer au-dessus de ces éclats aussi redoutables que des harpons cinétiques. Le gaz irradié lacéra sa coque de polype. Il utilisa son pouvoir énergétique pour repousser les débris de cristal avec un bouclier de feu blanc. Et il s'éloigna en tourneboulant des nimbes indigo en expansion.

Œnone, qui disposait de quelques secondes de plus pour effectuer sa manœuvre d'évitement, ne les gaspilla pas. Lorsqu'elle eut esquivé l'essaim de cristal, le *Stryla* n'était qu'à trente kilomètres de distance. Le radar de visée du faucon se verrouilla sur la harpie. Puis les capteurs électroniques avertirent Syrinx que le *Mindori* les avait en ligne de mire.

Ne tirez pas, dit Rocio.

Tue-les ! exigea Etchells.

Syrinx braqua cinq lasers sur le *Mindori*.

Etchells pointa trois de ses masers sur l'autre harpie.

Tue-les, et tout de suite !

Je ne tirerai sur vous que si vous tirez sur moi, dit Rocio à Syrinx. (Deux de ses lasers visaient le *Stryla*.) **Laissez-moi au moins vous expliquer les raisons de ma présence ici.**

Je vous écoute, répondit Syrinx.

Jed et Beth, le nez collé au hublot de la passerelle, contemplaient avec des yeux émerveillés l'artefact xéno qui s'étendait sous la harpie. L'obscurité était si épaisse qu'ils ne distinguaient guère de détails, mais la bordure du disque était suffisamment proche pour que la lumière de la géante rouge découpe des silhouettes à la géométrie des plus fascinantes. Gerald Skibbow avait pris place sur la couchette anti-g de la console d'artillerie. Loren Skibbow étudiait l'affichage tactique avec attention, observant le faucon et la harpie qui survolaient la face obscure du disque.

Traître ! cracha Etchells, investissant ce mot de toute sa fureur.

À quelle cause ? rétorqua Rocio. **Quelle est ta croisade, Etchells ? En quoi te soucies-tu du sort des autres ?**

J'essaie d'empêcher ces ordures de nous renvoyer dans l'au-delà. Mais c'est peut-être ce que tu souhaites.

Ne sois pas ridicule.

Alors, nom de Dieu, aide-nous à détruire ce cylindre. Je

ne sais pas ce qu'ils cherchent dans ce système, mais ça se trouve sûrement là-dedans.

Il n'y a pas d'arme dans ce cylindre, dit Syrinx. **Je vous l'ai déjà dit.**

J'irai peut-être jeter un coup d'œil tout à l'heure, dit Rocio.

Espèce de connard ! Je te réduirai en pièces si tu ne m'aides pas à éliminer ce faucon.

C'est pour ça que je suis ici, déclara Rocio.

Hein ? Qu'est-ce que tu racontes, bordel ?

Rocio appréciait grandement la confusion et l'agacement émis par Etchells.

Je suis ici à cause de la mort, dit-il. **Tu aimes bien voir mourir les autres, n'est-ce pas ? Tu n'as pas laissé l'ombre d'une chance à Pran Soo.**

Tu déconnes ou quoi ? C'est à cause d'elle que tu es venu jusqu'ici ?

Et à cause de Kiera. J'ai à mon bord quelqu'un qui aimerait bien voir notre ancien leader.

Kiera est ici ? s'étonna Syrinx.

Oui, répondit Rocio.

Écoute, espèce de tête de nœud, on est dans le même camp, insista Etchells. **Je sais que les harpies se sont dégotté une autre source de fluide nutritif. C'est génial. Nous ne sommes plus obligés de nous battre pour le compte de Capone ou celui de Kiera. C'est ce que je veux, moi aussi.**

Tu étais le bon chien-chien de Kiera. À présent qu'elle n'a plus aucune prise sur nous, tu continues à exécuter ses ordres.

Je ne cherchais qu'à survivre. Tout comme toi. Nous n'avions pas les mêmes méthodes, mais nous avions le même objectif. C'est pour ça que tu dois nous aider. Ensemble, nous pouvons triompher de ces astronefs de la Confédération et détruire ce cylindre.

Et ensuite ?

Ensuite, nous ferons ce que nous voudrons, bien entendu.

Tu ne crois quand même pas que nous partagerions notre fluide nutritif avec toi, n'est-ce pas ? Après tout ce que tu as fait ?

Tu commences à me faire chier.

Jed et Beth virent le monstrueux oiseau apparaître dans le hublot, ombre d'un noir de jais sur fond de pénombre rouge sang. Des yeux écarlates, où luisait un éclat maléfique, se braquèrent sur eux. D'un même geste, ils reculèrent vivement. Non loin de l'oiseau de cauchemar flottait une autre ombre en forme d'ovale.

— Gerald, dit Jed, affolé. Il y a des *choses* par ici, mon pote.

— Oui, fit-il. L'*Œnone* et le *Mindori*. N'est-ce pas merveilleux ?

Il renifla, essuya les larmes qui perlaient à ses yeux injectés de sang. Sa voix redevint celle de Loren, plus aiguë.

— Elle est ici, la salope. Et, cette fois-ci, elle est coincée.

Jed et Beth échangèrent un regard résigné. Gerald activait toutes sortes de systèmes sur la console.

— Que faites-vous ? lui demanda Rocio.

— Je mets en ligne les autres générateurs, répondit Gerald. Vous pouvez rerouter leur puissance sur les lasers. Ça vous permettra de le tuer d'un seul coup.

— Je ne suis pas sûr que ce soit une bonne idée.

— SI, C'EST UNE BONNE IDÉE ! s'écria Gerald. Ne cherchez pas à vous défiler.

Il agrippa le rebord de la console, battant des cils en signe de désarroi.

— Gerald ? supplia Beth. Je vous en prie, Gerald, ne faites pas de bêtises.

Le visage de Loren remplaça les traits tourmentés de son mari.

— Gerald va bien. Très bien, même. Ne vous inquiétez pas.

Beth se mit à pleurer et se raccrocha à Jed. Celui-ci la prit dans ses bras et regarda d'un air misérable le dément penché sur la console. Lorsque Skibbow n'était composé que du seul Gerald, ça n'allait déjà pas sans mal. Sa double identité présente le rendait carrément infernal.

Loren chassa les deux adolescents de son esprit.

— Rocio. Demandez à ce faucon de nous aider. C'est tout à son avantage. Nous ne voulons plus commettre d'erreurs.

— Très bien, répondit l'intéressé avec une nuance d'inquiétude dans la voix.

Il entra en communication privée avec Syrinx.

J'ai une proposition à vous faire.

Je vous écoute.

Je n'ai rien contre vous, et je me contrefiche de votre mission. Etchells et Kiera nous menacent tous les deux.

Alors pourquoi nous avez-vous empêchés de leur tirer dessus ?

Parce que je dois capturer Kiera vivante. Les parents du corps qu'elle possède sont à mon bord. Malheureusement, ils contrôlent l'utilisation de mes guêpes de combat. Mon pouvoir énergétique peut neutraliser les missiles, mais les Skibbow sont en mesure de deviner mes intentions. Il m'est impossible de jauger leurs réactions, ils ne forment pas une combinaison des plus stables. Peut-être choisiraient-ils l'option kamikaze, auquel cas je ne suis pas sûr de pouvoir intercepter à temps les ordres qu'ils donneraient aux têtes chercheuses.

Je vois. Que suggérez-vous ?

À cette distance, mes lasers sont parfaitement capables de tuer d'un seul coup les organes centraux du *Stryla.* **Etchells sera renvoyé dans l'au-delà et Kiera sera indemne. J'arraisonnerai le vaisseau, et les Skibbow s'occuperont d'elle.**

Qu'attendez-vous de nous ?

Ne faites rien. Abstenez-vous d'intervenir quand je tirerai. C'est tout ce que je demande.

Je suppose que Kiera contrôle les guêpes de combat du ***Stryla...***

Une seconde frappe laser éliminera ces guêpes dans leur rampes de lancement. Je sais me montrer rapide. Elle n'aura le temps ni de les lancer ni de les faire exploser.

Du moins l'espérez-vous...

Avez-vous une autre solution ?

Etchells intervint sur la bande générale.

Rocio, j'ai vu que tu avais énergisé les générateurs de tes nacelles d'armes. Il faut que tu saches que Kiera et moi avons bricolé nos guêpes de combat. Si une arme rayonnante atteint mes organes ou mon module de vie, toutes les têtes exploseront simultanément. Et vous êtes tous les deux à portée du rayonnement létal qui en résultera.

Très bien, dit Rocio. **Nous avons tous été tellement malins que nous voilà maintenant dans une impasse. Aucun de nous ne peut gagner, alors pourquoi ne pas renoncer à la bataille ?**

Non, répliqua Syrinx. **Si l'un de vous tente de s'éloigner ou d'ouvrir un interstice de trou-de-ver, j'ouvre le feu. Je ne veux pas que vous ayez la possibilité de détruire le cylindre.**

Alors, qu'est-ce que nous sommes censés faire, bon sang ?

Nous sommes en train de négocier l'évacuation du cylindre, expliqua Syrinx. **Lorsque tous les Tyrathcas l'auront quitté, j'accepterai que nous partions tous les trois simulta-**

nément. Pas avant. Vous ne massacrerez pas des entités innocentes pour apaiser votre paranoïa.

Bordel de merde ! s'exclama Etchells. **Rocio, range-toi à mes côtés, on va pulvériser ce faucon et les empêcher de récupérer leur superarme.**

Il n'y a pas de superarme, insista Syrinx.

Je vais te dire une chose, Etchells : si je dois faire un choix, je préfère me ranger aux côtés du capitaine Syrinx.

Salaud de traître ! Tu as intérêt à prier pour que leur arme soit efficace, sacrément efficace, car sinon je te traquerai moi-même jusqu'aux confins de l'univers !

Tu n'auras pas besoin de me traquer.

Syrinx regarda Ruben et fit la moue.

— Peut-être qu'on devrait les laisser régler ça entre eux.

— L'idée est séduisante. Je me demande ce que les dominions mosdvas pensent de tout ça.

— Tant qu'ils ne nous tirent pas dessus, je m'en fiche.

— Nous avons trouvé quelque chose, annonça Oski. Ce n'est pas l'almanach proprement dit, mais je suis en train d'ouvrir des fichiers où figurent les coordonnées de certaines colonies ; ils contiennent des liens avec des références stellaires.

— Pouvez-vous accéder à leurs cartes ? s'enquit Syrinx.

— Je charge un questeur en ce moment même, répondit Oski. Restez en ligne.

Syrinx et *Œnone* attendirent avec impatience que les données leur soient transmises. Les premières cartes stellaires examinées par le questeur concernaient des zones non reconnaissables, mais la troisième recouvrait une partie de la nébuleuse d'Orion. *Œnone* mit cette image en corrélation avec les données qu'elle avait recueillies lors du voyage qui les avait menés à Mastrit-PJ, procédant automatiquement à la conversion des coordonnées tyrathcas. De nouvelles cartes suivirent, permettant au faucon d'élargir et d'affiner ses repères en fonction des groupes d'étoiles qu'il identifiait. Au bout de huit minutes, il était en mesure de visualiser un globe de cinq mille années-lumière de diamètre avec Mastrit-PJ en son centre. Des appellations tyrathcas étaient apposées aux principales constellations.

L'esprit de Syrinx explora cette construction mentale, s'emplissant de fierté à mesure qu'elle en absorbait les détails.

C'était facile, dit *Œnone* avec modestie.

Tu t'es superbement débrouillée, répliqua-t-elle. **Cela devait être souligné.**

Merci.

Syrinx fit un effort pour refouler sa tristesse.

Mais tu dois savoir que notre voyage s'arrête sans doute ici.

Je comprends. Nous devons tenir les harpies en respect.

Je suis vraiment navrée. Je sais à quel point tu voulais aller là-bas.

Et toi aussi. Mais nous ne devons pas être égoïstes. L'enjeu dépasse nos petits sentiments. Et nos voyages nous ont menés plus loin que quiconque.

Oh ! que oui.

Joshua se débrouillera très bien.

Je sais. (Une pensée amusée lui remonta le moral.) **Il y a un an, jamais je n'aurais dit ça.**

Il n'y a pas que toi qui as changé.

Tu l'as toujours bien aimé, n'est-ce pas ?

Il était ce que tu craignais de devenir. Ton envie s'est transformée en mépris. Tu ne dois pas avoir peur de ce que tu es, Syrinx. Je t'aimerai toujours.

Comme moi je t'aimerai.

Elle poussa un soupir d'aise.

— Joshua, Swantic-LI a trouvé le Dieu endormi à proximité d'une étoile de classe F située à trois cent vingt années-lumière d'ici. Voici ses coordonnées.

Elle ordonna aux processeurs de la passerelle de télétransmettre le fichier à l'ordinateur de bord du *Lady Mac*.

— Hé, bon travail, *Œnone !*

— Merci, Joshua.

— Bon, comment voulez-vous qu'on débloque la situation dans le coin ? Si je lance une salve de guêpes de combat, les deux harpies seront obligées de faire un saut. Nous pourrons unir nos forces pour protéger le cylindre. Avec un peu de pot, peut-être qu'elles s'entretueront avant de revenir nous embêter.

— Non, Joshua. Nous allons rester ici pour les neutraliser. Poursuis la mission tout seul.

— Seigneur ! Tu plaisantes ?

— Le cylindre devra être protégé pendant plusieurs jours, et nous n'avons pas de temps à perdre. En outre, ni toi ni moi ne pouvons courir le risque d'être tués ou de voir nos astronefs détruits dans la bataille. Tu dois partir. Une fois que la situation sera débloquée ici, nous te suivrons.

— Tu es d'une logique proprement glaciale.

— Je suis seulement rationnelle, Joshua. Je suis une Édéniste, après tout.

— D'accord. Tu es bien sûre de ce que tu fais ?

— En qui pourrais-je avoir une plus grande confiance ?

Elle se détendit sur sa couchette anti-g, sereine, partageant la perception qu'avait *Œnone* de l'espace local. Attente. Le départ du *Lady Macbeth* lui apparut comme une brève torsion de l'espace-temps – cela dura une nanoseconde, tout au plus.

Syrinx parcourut son équipage du regard, tendant son esprit vers chacun de ses membres pour fusionner leurs pensées et leurs regrets avec les siens. Pour se partager elle-même afin d'atteindre cet équilibre tant chéri de leur culture. Elle dut y parvenir, car, au bout de quelques instants, elle demanda :

— Qui a pensé à apporter un jeu de cartes ?

13.

Les deux amis allèrent marcher au sommet de la falaise de l'île de Ketton, souhaitant s'isoler quelques minutes afin de se faire leurs adieux. Plus jamais ils ne se reverraient. Choma avait choisi de partir pour un voyage éternel aux côtés de Clochette, tandis que Sinon était l'un des rares sergents ayant décidé de retourner à Mortonridge.

J'ai promis à mon épouse de revenir, de regagner une nouvelle fois la multiplicité, expliqua-t-il. **Et je vais tenir parole, car nous sommes tous deux de fervents partisans de l'Édénisme. Ce faisant, je contribuerai à rendre notre culture plus forte. Pas de beaucoup, je suis le premier à le reconnaître, mais je reste convaincu que la voie que nous avons choisie contribuera à l'amélioration de la multiplicité et du Consensus. Nous devons croire en nous-mêmes. Douter maintenant serait admettre que nous avons usurpé notre droit à l'existence.**

Et cependant, ce que nous allons faire est le pinacle de l'Édénisme, répliqua Choma. **En nous transférant dans cette version de la multiplicité que nous propose Clochette, nous faisons avancer la condition humaine, nous progressons vers un nouveau stade avec confiance et émerveillement. Ceci est ce qu'on appelle l'évolution, un apprentissage sans fin, l'exploration d'un domaine sans limites.**

Mais vous allez vous retrouver seuls, séparés du reste d'entre nous. À quoi sert d'acquérir des connaissances qu'on ne peut partager ? Qu'on ne peut utiliser pour aider autrui ? C'est unie que l'espèce humaine doit affronter l'au-delà, c'est dans son ensemble qu'elle doit trouver la réponse et

l'accepter. Si Mortonridge nous a appris une chose, c'est bien celle-là. À la fin, les possédés ne m'inspiraient plus que de la compassion.

Nous avons raison tous les deux. L'univers est assez vaste pour nous le permettre.

Oui. Mais je regrette ta décision. Voilà un retournement de situation des plus étranges. Je pense m'être développé de façon imprévue dans ce corps. Quand je me suis porté volontaire pour participer à la campagne de libération, je pensais que de telles émotions seraient hors de ma portée.

C'était inévitable, dit Choma. **Quel que soit le calice qui abrite notre esprit, nous portons en nous les graines de l'humanité. Elles ne pouvaient faire autrement que de germer, de pousser au grand jour.**

Alors, je ne suis plus le Sinon qui a émergé de la multiplicité.

Non. Pour n'importe quelle entité consciente, vivre, c'est changer.

J'ai donc une âme désormais. Une nouvelle âme, différente de celle du Sinon dont je me souviens.

Oui. Et il en va ainsi de nous tous.

Alors, il me faudra mourir une nouvelle fois avant de me transférer dans la multiplicité. Je ne rapporte à l'habitat que la sagesse que je suis capable d'assimiler. Mon âme ne suivra pas ma mémoire, à en croire les Kiints.

Redoutes-tu ce jour ?

Je ne le crois pas. Toutes les âmes n'échouent pas dans l'au-delà ; savoir qu'on peut en sortir, ou plutôt le contourner, ainsi que l'affirme Laton, suffit à me donner confiance. Même si je ne suis pas exempt de toute peur.

Tu surmonteras ta peur, je n'en doute pas. N'oublie jamais qu'il est possible de réussir. Cette pensée doit te guider.

Je n'oublierai pas.

Ils s'arrêtèrent sur la crête d'une colline pour contempler l'île. Les possédés affluaient sur la terre craquelée, marchant en file indienne vers la falaise où Clochette avait accosté. L'éclat opalescent du gigantesque cristal diffusait des vagues de couleurs pastel sur le sol bourbeux. Autour de lui, l'air se parait d'une nimbe topaze.

Approprié, commenta Sinon. **On dirait qu'ils disparaissent dans le soleil couchant.**

Si je dois regretter une chose, c'est que je ne saurai jamais

comment s'achèvera leur existence. Quelle étrange tribu que ces âmes occupant des corps de sergents ! L'humanité sera toujours hors de leur portée.

Lorsqu'elles sont revenues de l'au-delà, elles prétendaient vouloir avant tout retrouver des sensations. Elles seront servies.

Mais ces corps n'ont pas de sexe. Ils ne peuvent connaître l'amour.

L'amour physique, peut-être. Mais il en existe d'autres sortes. Ces êtres trouveront la plénitude à leur façon, tout comme toi et moi.

Je sens déjà le trouble s'emparer d'eux, et ils ne sont même pas encore arrivés à Mortonridge.

Ils apprendront à s'adapter à leur sort. Les habitats les accueilleront avec joie.

Personne n'est jamais devenu édéniste contre sa volonté. Et voilà que douze mille inconnus maussades et déboussolés envahissent la bande d'affinité. Issus pour la plupart d'une culture antinomique à l'Édénisme.

Avec de la patience et de la considération, ils parviendront à s'accepter pour ce qu'ils sont. Pense à tout ce qu'ils ont subi.

Je crois que nous avons enfin trouvé ce qui nous distingue, toi et moi. Je suis un voyageur, impatient de découvrir le futur. Toi, tu es un guérisseur, guidé avant tout par la compassion. Tu vois pourquoi nous devons nous séparer.

Bien sûr, et je te souhaite bonne chance durant ton splendide voyage.

De même. J'espère que tu trouveras la paix que tu recherches.

Ils firent demi-tour et repartirent d'un pas lent en suivant le rebord rocheux de la falaise. De minuscules entités cristallines volaient dans les airs, sans jamais s'arrêter plus d'un instant. Elles avaient parcouru l'île dans sa totalité, informant tous les possédés du danger qu'ils encouraient en restant et de la porte de sortie qui leur était offerte. Le règne d'Ekelund avait pris fin. Ses troupes l'avaient abandonnée en masse pour fuir Ketton. Ses menaces, ses crises de colère n'avaient fait que précipiter les choses.

Cinq longues files s'étiraient devant la surface de Clochette, sinuant à travers les ruines du campement. Deux d'entre elles étaient composées de sergents. Les trois autres, qui gardaient leurs distances, étaient formées de possédés. Ces derniers étaient habités de sentiments contradictoires, soulagés de savoir que leur cauchemar arrivait à son terme mais inquiets à l'idée d'affronter un avenir incertain.

Stephanie fermait la plus longue de ces files, avec à ses côtés Moyo, McPhee, Franklin et Cochrane. Tina et Rana avaient fait partie des premières fournées. Les entités cristallines avaient stabilisé l'état de Tina, réparant semblait-il les dommages subis par ses organes, mais elles avaient jugé que son corps devait être examiné au plus vite par un médecin humain. Stephanie avait décidé d'être parmi les derniers à partir. Toujours cette histoire de responsabilité : elle voulait être sûre que tout le monde s'en sortait.

— Mais tu n'es pas responsable de tous ces types, lui avait dit McPhee. Personne ne les a forcés à s'enrôler chez Ekelund. S'ils sont ici, c'est uniquement de leur faute.

— Je sais, mais nous avons tenté d'arrêter Ekelund, et nous avons échoué.

Elle haussa les épaules, consciente de la faiblesse de cet argument.

— Je vais rester avec toi, dit Moyo. Nous partirons ensemble.

— Merci.

McPhee, Franklin et Cochrane échangèrent un regard, puis se résignèrent. Tous rejoignirent la file d'attente, se retrouvant derrière Hoi Son. Le vieil éco-guérillero portait sa tenue noire habituelle, son chapeau relevé sur son front comme s'il venait d'achever une tâche particulièrement pénible. Il les fixa d'un œil ironique, puis s'inclina devant Stephanie.

— Je vous félicite d'être restée fidèle à vos principes.

— Je ne sais pas si c'est bien important, mais merci quand même.

Elle s'assit sur un rocher pour ne pas fatiguer sa hanche blessée.

— De nous tous, c'est vous qui avez connu le plus de réussite, reprit Hoi Son.

— Vous avez repoussé les sergents.

— Pas très longtemps, et uniquement pour servir un idéal.

— Je pensais que les idéaux vous étaient précieux.

— C'est exact. Ou plutôt, ça l'était. C'est le problème avec la situation que nous vivons. Les idéaux de jadis n'ont aucune valeur dans le contexte présent. Je les ai appliqués, tout comme l'ont fait les forces politiques qui ont lancé cette campagne de libération. Et nous étions également dans l'erreur. Regardez ce que nous avons fait, tous ces gens, toutes ces villes que nous avons ruinés. Tous ces efforts au service de la destruction. Moi qui affirmais appartenir à la terre...

— Vous avez cru bien faire, je n'en doute pas.

— En effet, Stephanie Ash. Malheureusement, je n'ai pas assez réfléchi, car ce que j'ai fait n'était pas bien. Pas bien du tout.

— Hé ! ça n'a plus d'importance, mec, intervint Cochrane. Ça fait un bout de temps que le rideau est baissé. Maintenant, on rentre à la maison.

Il tendit son joint à Hoi Son.

— Non, merci. Je ne souhaite pas empoisonner ce corps. Je ne suis que son gardien provisoire. Peut-être même me rendra-t-on comptable des éventuels dommages que je lui ai infligés. Après tout, une fois que nous aurons fini de faire la queue, nous allons de nouveau leur faire face, n'est-ce pas ? Et sur un pied d'égalité cette fois-ci.

Cochrane lui décocha un regard noir et lâcha son joint, l'écrasant dans la boue d'un geste rageur.

— Ouais, t'as raison, mec, maugréa-t-il.

— Et Ekelund ? demanda Stephanie. Où est-elle ?

— À son poste de commandement. Elle a refusé l'offre de retour.

— Hein ? Mais elle est folle !

— Indubitablement. Mais elle croit sincèrement que cette Terre sera libre une fois que les sergents en seront partis. Elle a la ferme intention d'y fonder son paradis.

Stephanie se retourna vers la désolation qu'était l'île de Ketton.

— Non, lui dit Moyo avec fermeté. Elle a pris sa décision. Et si elle était disposée à se laisser convaincre, ce ne serait sûrement pas par toi.

— Sans doute...

Même au rythme d'un possédé toutes les deux ou trois secondes, il fallut plus de sept heures pour rapatrier tout le monde. Le processus était tout simple. Plusieurs tunnels ovales avaient fait leur apparition sur la surface de Clochette, à son point de contact avec la falaise. Leurs parois brillaient d'une douce lumière vert d'eau qui se fit de plus en plus éclatante, jusqu'à devenir aveuglante. Il suffisait de s'avancer en son sein.

Stephanie ne fut pas la dernière à passer. Polis mais fermes, Moyo et McPhee avaient tenu à se placer derrière elle. Elle leur adressa un sourire et franchit le seuil du tunnel. L'air s'épaissit en même temps que la lumière se faisait plus vive, ralentissant les mouvements de ses membres. Elle finit par avoir l'impression d'avancer dans le cristal. Une pression constante s'exerçait sur toutes les parties de son corps. Elle sentit une force se mouvoir dans sa chair, lui imprimant de la vitesse. La lueur vert d'eau disparut, lui montrant son corps à présent transparent, métamorphosé en une image de cristal. En se retournant, elle vit derrière elle le corps qu'elle avait possédé. La femme portait ses mains à son visage, partagée entre la répugnance et le soulagement.

— Choma ? demanda Stephanie. Choma, vous m'entendez ? J'ai encore une chose à faire.

— Salut, Stephanie. Je me doutais que ça se passerait ainsi.

Gagner son corps de sergent fut la simplicité même. Il l'attendait, enchâssé dans le cristal, complètement passif, sa grosse tête penchée vers l'avant. Quelque direction qu'elle prenne, elle allait toujours vers lui. Ils se fondirent l'un dans l'autre, et la lueur vert d'eau refit son apparition comme l'organisme biotek se matérialisait autour d'elle. Les sensations qui l'habitaient étaient des plus étranges ; l'exosquelette était dépourvu de nerfs tactiles mais conçu pour ressentir le contact physique. Ses pieds touchaient une surface solide, l'air soufflait autour de son corps lorsqu'elle se déplaçait. La lueur vert d'eau disparut, et elle découvrit qu'elle y voyait à merveille.

Elle émergea du tunnel ovale pour retrouver le paysage boueux de l'île de Ketton. Les rivières de lumière colorée qui coulaient de la masse coruscante de Clochette sinuaient sur le sol. Rien d'autre ne bougeait.

Le chemin était long qui menait à la ville. En dépit de la robustesse de son nouveau corps, elle mit une heure et quart pour s'y rendre. Clochette s'en fut au bout d'un peu plus de vingt minutes, filant au-dessus d'elle dans un éclair opalescent puis rétrécissant à une vitesse improbable. Stephanie pressa le pas. Autour d'elle, l'air se raréfiait à présent que les sergents étaient partis, et une douce brise la poussait vers les falaises. Certes, les souhaits qu'ils avaient formulés exerçaient encore leurs effets, mais comme ils n'étaient plus renforcés par leur présence, les choses retrouvaient peu à peu leur état normal.

L'espace était bien plus lumineux lorsque Stephanie arriva dans les faubourgs en ruine. L'air avait perdu de sa densité, de sorte que l'éclat blanc-bleu du continuum commençait à faire sentir toute sa puissance. Chacun de ses pas la propulsait deux mètres au-dessus du sol. La gravité avait diminué de vingt pour cent, estima-t-elle.

Le QG d'Ekelund se situait en plein centre de la ville rasée : une tente plantée au sommet d'un talus, légèrement lumineuse. Elle en sortit alors que Stephanie montait vers elle et s'adossa à un poteau en souriant.

— Le corps n'est plus le même, mais je reconnaîtrais cet esprit n'importe où. Je crois que nous nous sommes déjà dit adieu, Stephanie Ash.

— Vous ne devez pas rester ici. Je vous en supplie. Si vous ne partez pas, vous allez détruire le corps et l'âme d'Angeline Gallagher.

— Enfin ! Ce n'est plus de mon sort dont vous vous souciez. Une petite victoire pour moi, petite mais significative.

— Revenez à Mortonridge. Il reste encore des corps de sergent pour accueillir votre âme. Vous pouvez avoir une nouvelle vie, une vraie vie.

— Une vie de quoi ? D'épouse et de mère obéissante ? Cela vous est interdit même à vous, Stephanie.

— Jamais je n'ai cru que l'avenir d'un bébé était connu d'avance. Après la naissance, chacun fait ce qu'il veut de sa vie. Et c'est une renaissance pour nous que de disposer de ces corps de sergents. Faites-en ce que vous voulez, Annette. Ne vous tuez pas, Gallagher et vous, à cause d'un orgueil mal placé. Regardez autour de vous ! Il n'y a presque plus d'air, presque plus de pesanteur. Bientôt, il n'y aura plus rien ici.

— Je suis ici. Cette île renaîtra une fois qu'elle sera libérée de votre influence. Nous sommes venus dans ce royaume parce qu'il nous offrait le sanctuaire dont nous avions besoin.

— Pour l'amour de Dieu, reconnaissez votre erreur. Il n'y a aucune honte à cela. Me croyez-vous capable de rire de vous ?

— Nous arrivons enfin à l'essentiel. Laquelle de nous deux avait raison ? Entre nous deux, la question a toujours été là.

— Alors, elle est réglée depuis longtemps. Vous avez rallié toute une armée à votre panache. Moi, j'avais mon amant et cinq amis mal assortis. Vous avez gagné. Maintenant venez, je vous en supplie.

— Non.

— Pourquoi ? Dites-moi au moins cela.

Le sourire buté d'Annette Ekelund se fit hésitant.

— Pour la première fois de ma vie, j'ai été moi-même. Je n'avais de compte à rendre à personne, d'ordre à recevoir de personne, je n'étais pas obligée de me conformer à ce que la société attendait de moi. Et tout cela, je l'ai perdu... (Sa voix devint un murmure éraillé.) Je les ai conduits jusqu'ici, et ils m'ont tous abandonnée. Pas un ne voulait rester à mes côtés, et je n'avais pas la force de les y contraindre. (Une larme coula de son œil gauche.) J'avais tort. Je m'étais *trompée*, nom de Dieu !

— Vous n'avez conduit personne ici. Vous n'avez donné d'ordre à personne. Nous sommes venus ici parce que nous le voulions. Je faisais partie du lot, Annette. Quand l'attaque des harpons cinétiques nous a terrassés, quand les sergents étaient sur le point de nous mettre en tau-zéro, je vous aidée. J'étais si terrifiée que j'ai mobilisé toutes les ressources de mon pouvoir pour m'enfuir de Mortonridge. Et j'étais ravie d'arriver dans ce domaine. Nous sommes tous responsables. Tous jusqu'au dernier.

— C'est moi qui ai organisé la défense de Mortonridge. C'est à cause de moi que nous avons subi la campagne de libération.

— Oui, mais si ça n'avait pas été vous, quelqu'un d'autre s'en serait chargé. Peut-être même moi. Nous ne sommes pas responsables de l'ouverture de l'au-delà sur l'univers normal. Une fois que cela s'est produit, tout le reste était inévitable. Vous n'êtes pas responsable de la destinée, ni de la configuration de l'espace-temps. Ce serait vous donner bien trop d'importance.

Annette dut aspirer l'air de toutes ses forces pour emplir ses poumons. Le ciel devenait incandescent.

— Pourtant, j'ai été importante, à ma façon.

— Moi aussi. Le jour où nous avons fait franchir la ligne de démarcation à ces enfants, j'ai accompli plus que Richard Saldana n'a accompli en son temps. Telle est l'impression que j'ai eue. Quand j'ai vu la façon dont me regardaient mes amis, le respect qu'ils éprouvaient pour moi, j'en ai redemandé. Un défaut typiquement humain. Vous n'avez rien de spécial à cet égard.

— Mon Dieu, comme je déteste votre suffisance !

Stephanie vit des flocons de boue séchée s'élever doucement au-dessus du sol, emportés par un dernier souffle d'air. Ils flottèrent en nuée autour d'elle, rebondissant les uns sur les autres et s'envolant doucement. Toute gravité avait disparu, et seule sa volonté la maintenait collée au sol.

— Venez avec moi ! cria-t-elle dans une atmosphère presquc inexistante. Détestez-moi encore !

— Seriez-vous prête à mourir avec moi ? répliqua Annette. Êtes-vous noble à ce point ?

— Non.

Annette poussa un nouveau cri. Stephanie ne l'entendit pas, l'air ayant totalement disparu.

Choma, Clochette, venez nous chercher. Vite, je vous en prie.

Annette s'agrippait la gorge des deux mains, sa peau virait au rouge violacé. Elle s'envola à force de se débattre. Stephanie se propulsa vers elle d'un coup de pied, l'agrippa par la cheville. Ensemble, elles tourneboulèrent dans le vide, loin du talus. Une lumière aveuglante, omniprésente, bariolait d'argent les champs bourbeux ; les collines s'embrasaient comme des monceaux de magnésium. L'île de Ketton s'estompa au sein d'un néant incandescent.

Stephanie et Annette prirent leur essor dans un océan de lumière.

— Est-ce qu'elles en valent vraiment la peine ? demanda quelqu'un.

— Et nous ?

Une lueur vert d'eau les baigna toutes les deux.

Luca n'avait pas besoin de diriger son cheval, qui suivait sans hésiter une route familière. Il décrivait un grand cercle au milieu du domaine de Cricklade, qui le menait au gué de Wryde Stream, puis autour de Berrybut Spinney en passant par l'est, au sommet de Withcote Ridge, sur le pont étroit en contrebas de Saxby Farm et, finalement, à travers le bois de Coston Wood par le coupe-feu. De quoi lui donner un bon aperçu de la façon dont évoluait sa terre. À première vue, l'année s'annonçait bonne ; les moissons auraient quelques semaines de retard, mais cela n'avait rien de grave. Tous les ouvriers agricoles avaient retroussé leurs manches pour compenser les semaines perdues à cause de la possession.

Et ils avaient intérêt, bon sang ! Quand je pense aux efforts que j'ai dépensés pour remettre Cricklade sur les rails...

À présent, il y avait assez de nourriture pour tout le monde, et la récolte à venir leur permettrait de passer l'hiver sans trop de problèmes. Le comté de Stoke s'était exceptionnellement bien tiré de cette transition. Après la bataille de Colsterworth, il n'y aurait plus jamais de maraudeurs dans les parages. Ce qui était une bonne nouvelle, vu les rumeurs inquiétantes qui parvenaient de Boston. La capitale de l'île avait un peu tardé à revenir aux valeurs du passé. La nourriture s'y faisait rare, et les fermes de la campagne environnante tombaient en déshérence à mesure qu'elles étaient visitées par les pillards venus de la ville.

Ces imbéciles n'avaient même pas l'idée de profiter de leurs installations industrielles pour produire des biens qu'ils auraient pu échanger contre des récoltes. Pourtant, la ville recelait tellement de trésors potentiels, ne serait-ce que du tissu et des outils. Il fallait faire quelque chose, et vite. Or les récits de Lionel et des autres marchands n'étaient guère encourageants. Certes, quelques usines s'étaient remises à tourner, mais la ville était en proie à l'anarchie.

C'est encore pire que l'époque où l'Union démocratique des travailleurs agricoles descendait dans la rue pour exiger ses stupides réformes.

Luca secoua la tête en signe d'agacement. Ces temps-ci, il avait le crâne de plus en plus empli de *ses* pensées. Certaines étaient du genre concret, et il en tirait profit pour gérer le domaine ; d'autres étaient plus subtiles – des regrets et de vieilles habitudes qui reprenaient le dessus, si confortables qu'il ne parvenait qu'à grand-peine à les chasser. Le pire, c'était ce violent désir de revoir Louise et Genevieve, juste pour s'assurer qu'elles allaient bien.

Es-tu si monstrueux, si inhumain, que tu refuserais cette joie à un père ? Ah ! revoir mes chéries ne fût-ce qu'un instant...

Luca rejeta la tête en arrière et hurla :

— Tu ne les as jamais aimées !

Surpris, le cheval pie freina des quatre fers tandis que l'écho de sa voix résonnait au-dessus du paysage verdoyant. La colère était l'ultime refuge de son moi, la seule de ses défenses qui résistât à Grant.

— Tu les traitais comme du bétail, reprit-il. À tes yeux, elles n'étaient pas des êtres humains mais bien plutôt des possessions, des éléments de ton empire médiéval, des biens que tu attendais de marier pour en retirer pouvoir et fortune. Espèce de salaud. Tu ne les mérites pas.

Il frissonna et s'effondra sur sa selle.

— Dans ce cas, pourquoi est-ce que je me fais du souci pour elles ? s'entendit-il dire. Mes enfants représentent ce qu'il y a de plus important dans ma personne ; elles sont porteuses de tout ce que je suis. Et tu as tenté de les violenter. Des petits enfants ! L'amour ? Que sais-tu de l'amour ? Un parasite dégénéré comme toi !

— Cesse de me tourmenter ! s'écria Luca.

C'est plutôt moi qui devrais te demander cela, non ?

Luca serra les dents, repensa au gaz de combat de Spanton, au culte du Porteur de lumière que Dexter avait tenté d'imposer. Il édifia une forteresse de colère pour recouvrer l'intégrité de ses pensées.

Il tira sur les rênes afin que sa monture se retourne vers Cricklade. Sa petite tournée d'inspection n'avait plus de raison d'être. Il savait dans quel état se trouvait le domaine.

Sur le plan matériel, tout allait bien. Pour ce qui était du moral... le voile de contentement dont Norfolk s'était enveloppé commençait à tourner à l'aigre. Il percevait le front de ressentiment maussade qui se massait à l'horizon mental. Cricklade avait été à l'avant-garde du phénomène. Sur toute la planète, les gens découvraient enfin ce que dissimulait leur perfection de surface. La lente épidémie de vanité revendiquait ses premières victimes. L'espoir commençait à déserter leur vie. Cet hiver, la froidure ne serait pas seulement physique.

Luca franchit la barrière de cèdres géants et fit courir le cheval sur la pelouse qui le séparait du manoir. La seule vue de son immuable façade grise, de ses fenêtres blanches, suffit à apaiser ses pensées. L'histoire de cet édifice lui appartenait, garantissait son avenir.

Les filles assureront la relève, elles maintiendront en vie notre foyer et notre famille.

Il baissa la tête, terrassé par la défaite de sa volonté. Difficile d'entretenir la colère pendant des heures, des jours entiers. Le chagrin, la lassitude ne pouvaient assurer sa défense, et ces sentiments étaient ses compagnons les plus constants.

Autour du manoir régnait une activité qui avait fini par lui paraître coutumière. Un furet de ramoneur émergeait de la cheminée principale, en éjectant un nuage de suie. Des palefreniers conduisaient des chevaux vers les pâtures de l'est. Des femmes mettaient des draps à sécher. Ned Coldham – Luca ne se rappelait plus le nom du possesseur de son homme à tout faire – repeignait les fenêtres de l'aile ouest, veillant à ce que leur bois soit protégé des gelées à venir. Un bruit de scie provenait des vitres béantes de la chapelle. Deux hommes – ils prétendaient être moines, mais ni Luca ni Grant n'avaient entendu parler de leur confrérie – y réparaient peu à peu les dégâts causés par Dexter.

D'autres personnes s'affairaient dans le jardin potager attenant au manoir. La cuisinière avait réquisitionné de l'aide pour récolter les asperges prêtes à être congelées. C'était la cinquième fois que les plantes transgéniques donnaient cette année.

Johan était assis près de la grande porte voûtée, une couverture sur les genoux, et profitait de la lumière ambiante. Véronique avait pris place à ses côtés, et la petite Jeannette dormait dans son berceau, protégée par une ombrelle.

Luca mit pied à terre et se dirigea vers son régisseur.

— Comment vous sentez-vous ? s'enquit-il.

— Pas trop mal, sir, merci, répondit l'autre avec un petit sourire.

— Vous semblez en meilleure forme.

Il avait repris du poids, mais la peau flasque de son visage n'avait pas perdu sa pâleur.

— Dès qu'ils auront fabriqué de nouvelles cloches, je vais me planter des petites graines, reprit Johan. J'aime bien manger dc la laitue et du concombre pendant l'hiver. Et j'aimerais bien me faire pousser des avocats, aussi, même s'il me faut attendre une année entière pour les savourer.

— Excellent. Et comment va le bébé ?

Luca se pencha sur le berceau. Il avait oublié à quel point un nouveau-né pouvait être minuscule.

— Elle est adorable, dit Véronique, radieuse. Si seulement elle dormait comme ça durant la nuit. La faim la prend toutes les deux heures. Elle est réglée comme une horloge. Et moi, je suis épuisée.

— Un joli p'tit bout d'chou, dit Johan. Je vous parie qu'elle fera tourner les têtes quand elle sera grande.

Véronique le gratifia de son plus beau sourire.

— Je n'en doute pas, dit Luca.

Le regard que le vieillard jetait au bébé lui serra le cœur ; il s'y lisait bien trop de désespoir. Butterworth ne demandait qu'une chose : qu'on lui confirme que la vie continuait dans ce royaume. Une attitude que partageait un nombre sans cesse croissant des habitants de Cricklade, ainsi que Luca l'avait remarqué. Les quelques enfants qui se trouvaient parmi eux étaient de plus en plus gâtés. Lui-même avait de plus en plus de mal à résister à l'envie de partir à la recherche des filles. Une envie qui l'avait pris le jour où Johan avait eu sa crise, et qui s'était faite plus pressante après la bataille de Colsterworth. Chaque fois qu'il posait le pied sur l'allée de gravier qui entourait le manoir, il avait l'impression que des cloques lui taraudaient les chairs, comme pour lui rappeler à quel point son existence était devenue précaire.

Luca mena son cheval à l'étable, un peu honteux mais soulagé à l'idée de ne plus voir Johan. Carmitha s'affairait près de sa caravane. Elle pliait du linge fraîchement lavé pour le ranger dans un grand coffre en bois aux fermoirs de cuivre. Elle avait aligné sur les pavés une douzaine de ses bocaux, emplis de fleurs et d'herbes séchées auquel le verre vert donnait une étrange couleur grise.

Elle le salua d'un hochement de tête poli sans toutefois s'interrompre dans sa tâche. Il la regarda pendant qu'il dessellait son cheval ; elle se déplaçait avec une résolution qui décourageait les importuns. Elle venait de prendre une décision, comprit-il. Une fois le coffre plein, elle en referma vivement le couvercle.

— Je vous donne un coup de main ? proposa-t-il.

— Merci.

Ils hissèrent le coffre et franchirent le seuil de la caravane. Luca laissa échapper un sifflement. Jamais il n'avait vu l'intérieur aussi bien rangé. Pas la moindre trace de désordre, pas le moindre chiffon traînant par terre ; les casseroles étaient briquées, le lit impeccablement fait. Les bouteilles étaient alignées sur une étagère, maintenues en place par des anneaux fixés au mur.

Elle poussa le coffre dans une niche placée sous le lit.

— Vous, vous allez partir, dit-il.

— Je suis prête à partir.

— Où cela ?

— Aucune idée. Peut-être à Holbeach, voir si les autres ont gagné les grottes.

Il s'assit sur le lit, pris d'une soudaine lassitude.

— Pourquoi ? Vous savez à quel point vous êtes importante pour nous, Carmitha. Vous ne pouvez pas partir, bon Dieu ! Écoutez, si quelqu'un a dit ou fait quelque chose qui vous a froissée, dites-le-moi. Je lui ferai rôtir ses joyeuses à petit feu.

— Personne ne m'a encore rien fait.

— Alors pourquoi ?

— Je veux être prête au cas où cet endroit s'effondrerait. Car c'est ce qui se produira si jamais *vous* en partez.

— Ô Seigneur !

Il se prit la tête entre les mains.

— Est-ce que vous comptez partir ? insista-t-elle.

— Je ne sais pas. Ce matin, je suis allé faire un tour à cheval pour tenter de me décider.

— Et ?...

— Je veux partir. Vraiment. J'ignore si cela calmera Grant ou si cela lui permettra de me soumettre totalement. Si je ne suis pas encore parti, je pense, c'est uniquement parce que lui aussi affronte le même dilemme. Cricklade revêt une énorme importance à ses yeux. La perspective de laisser le domaine sans surveillance pendant l'hiver le révulse littéralement. Mais ses filles sont plus importantes encore. Je suppose que cela ne me laisse pas le choix.

— Cessez de quêter l'approbation d'autrui. Vous avez le choix, vous l'avez toujours eu. La question que vous devriez vous poser, c'est : ai-je assez de force pour prendre une décision et m'y tenir ?

— J'en doute.

— Hum.

Elle s'assit dans l'antique fauteuil placé au pied du lit, considérant la silhouette voûtée devant elle. La dernière barrière est tombée, décida-t-elle, ils sont en train de se fondre l'un dans l'autre. C'est moins rapide que chez Véronique et Olive, mais c'est définitif. Encore quelques semaines, deux mois tout au plus, et ils ne feront plus qu'un.

— Peut-être que vous voulez retrouver les filles autant que lui, y avez-vous pensé ? Là est votre problème.

Il la regarda d'un œil interloqué.

— Que voulez-vous dire ?

— L'esprit malin de ce vieux Grant est en train de saper votre dignité. Vous ne l'avez pas encore entièrement perdue, vous vous sentez pourtant coupable en repensant au sort que vous avez voulu infliger à Louise. Vous aussi, vous aimeriez vous assurer qu'elle est en bonne santé.

— Peut-être. Je n'en sais rien. Je ne sais plus où j'en suis. Chaque fois que j'ouvre la bouche, je dois soigneusement écouter ce que je dis pour savoir si c'est lui ou moi qui parle. Il y a encore une différence entre nous deux. Mais à peine.

— Je suis plutôt fataliste, vous savez. S'il s'écoule quelques décennies avant que Norfolk soit secourue, vous mourrez ici, vous aussi, alors pourquoi ne pas renoncer et vivre en paix les années qu'il vous reste à vivre ?

— Parce que je veux les vivre, murmura-t-il d'un air féroce. Moi !

— Voilà de beaux sentiments de la part de quelqu'un qui a volé le corps qu'il occupe.

— Vous nous avez toujours détestés, n'est-ce pas ?

— Je déteste ce que vous avez fait. Je ne déteste pas ce que vous êtes. Si nous nous étions rencontrés dans des circonstances normales, Luca Comar et moi nous serions bien entendus, vous ne croyez pas ?

— Ouais, sans doute.

— Vous ne pouvez pas gagner cette bataille, Luca. Tant que vous serez vivant, il sera en vous.

— Jamais je ne me rendrai.

— Luca Comar aurait-il été capable de tuer Spanton ? Grant n'aurait pas hésité un seul instant.

— Vous ne comprenez pas. Spanton était une brute, bien décidée à détruire tout ce que nous sommes, tout ce que nous avons réussi à construire ici. Je l'ai vu dans son cœur. On ne peut pas raisonner avec des créatures de son espèce. On ne peut pas les éduquer.

— Pourquoi tenez-vous à construire quoi que ce soit ? Il est possible de vivre des ressources de la terre. Nous y arrivons bien, nous autres Romanis. Grant lui-même pourrait vous montrer comment vous y prendre. Les plantes comestibles, les pâtures où hivernent les bovins et les ovins. Vous pourriez devenir un chasseur, qui n'aurait de comptes à rendre à personne.

— Cela ne suffit pas. Nous sommes une espèce grégaire. Nous formons des tribus ou des clans, nous entretenons des échanges. C'est le fondement même de la civilisation.

— Mais vous êtes mort, Luca. Vous êtes mort depuis plusieurs siècles. Votre retour n'est que temporaire, quelle que soit la façon dont il doit s'achever : par votre mort définitive ou par l'arrivée des secours envoyés par la Confédération. Pourquoi voulez-vous édifier une civilisation confortable dans de pareilles circonstances ? Pourquoi ne pas vivre vite, sans vous soucier du lendemain ?

— Parce que ce n'est pas dans ma nature ! Je ne peux pas faire cela !

— Qui le peut, alors ? Qui êtes-vous pour vouloir un avenir ?

— Je ne sais pas. (Il se mit à pleurer.) Je ne sais pas qui je suis.

Ces temps-ci, on trouvait moins de monde dans la Salle des opérations du Fort En-Avant, signe certain des progrès de la campagne de libération. On était loin de l'effort massif qui avait présidé à l'assaut initial. Loin aussi de la crise qui avait suivi le désastre de Ketton, quand il avait fallu revoir la stratégie de fond en comble et diviser la péninsule en zones de confinement. Ce qui s'était révélé des plus efficaces. En tout cas, l'incident de Ketton ne s'était pas répété. Les possédés avaient été séparés les uns des autres, les zones de confinement divisées en fractions, et ainsi de suite.

Depuis son bureau, Ralph Hiltch avait une vue dégagée sur les grands écrans du mur du fond. Durant les jours qui avaient suivi le désastre de Ketton, il avait passé son temps à son bureau, les yeux fixés sur les icônes rouges de la ligne de front, qui dessinaient peu à peu une grille se superposant à la carte de Mortonridge. Chacun des carrés composant cette grille s'était ensuite divisé en une douzaine de carrés, qui s'étaient ensuite transformés en cercles et avaient cessé de se contracter. Puis on avait donné le siège aux camps retranchés des possédés, sept cent seize en tout.

La Salle des opérations eut alors pour seule mission de superviser les commandos chargés du nettoyage. La campagne de libération se réduisait peu ou prou à une entreprise de logistique, ses principaux objectifs étant d'assurer l'approvisionnement des assiégeants et l'évacuation des survivants de la possession. Autant de tâches par essence subalternes.

— Nous sommes devenus superflus, déclara Ralph à Janne Palmer.

Acacia et elle étaient restées auprès de lui après la réunion d'état-major du matin. Il leur arrivait souvent d'agir ainsi, évoquant autour d'un café des problèmes ne nécessitant pas une assemblée plénière.

— Il n'y aura plus de batailles, reprit-il. Plus de décisions lourdes de conséquences. Tout n'est plus désormais qu'une affaire de chiffres, de moyennes et de statistiques. Combien de temps faudra-t-il aux possédés pour épuiser leurs vivres, comment gérer nos fournitures médicales en fonction de nos moyens de transport, et cetera. Autant refiler le bébé aux comptables et foutre le camp d'ici.

— J'ai rarement vu un général aussi déçu par sa victoire, commenta Janne. Nous avons gagné, Ralph, vous vous êtes montré si brillant que la campagne de libération peut désormais se poursuivre sans coup férir.

Il tourna vers Acacia des yeux interrogateurs.

— Êtes-vous d'accord avec ce jugement ?

— Les choses progressent de façon plus que satisfaisante, mon général. Certes, les soldats affectés au front souffrent parfois de façon considérable.

— Sans parler de l'ennemi. Avez-vous accédé aux rapports sur l'état des possédés que nous avons capturés ?

— Je les ai vus, répondit Janne.

— On ne peut pas dire qu'ils se rendent, vous savez. Ils finissent par devenir si faibles que les sergents ne rencontrent plus aucune résistance de leur part. Hier, nous avons investi vingt-trois places, et nous nous sommes retrouvés avec soixante-treize cadavres. Ils ne veulent pas se rendre, point final. Quant aux survivants, ils sont ravagés par le cancer et la malnutrition, un mélange détonant. Après avoir été soumis au tau-zéro, sept d'entre eux sont morts alors qu'on les évacuait d'urgence sur le Fort En-Avant.

— Je pense que le nombre de transports de colons en orbite est maintenant suffisant pour traiter tous les blessés, dit Acacia.

— Nous pouvons les stocker en tau-zéro, j'en conviens, rétorqua Ralph. Pour ce qui est de les traiter, c'est une autre paire de manches. Ils risquent d'attendre un bon moment avant que des lits d'hôpital se libèrent. Même si l'on prend en compte l'aide que nous apportent les Édénistes et nos autres alliés. Mon Dieu, vous imaginez ce qui nous attend si jamais nous réussissons à récupérer l'une des planètes emportées par les possédés ?

— Je crois que le président de l'Assemblée générale de la Confédération a demandé un soutien matériel à l'ambassadeur kiint, dit Acacia. Roulor a répondu que son gouvernement serait ravi de nous aider à régler tout problème concret dépassant nos capacités industrielles et techniques.

— Et la situation médicale d'Ombey n'est pas considérée comme une crise de ce type ? demanda Janne.

— Les capacités médicales de la Confédération prise dans son ensemble doivent lui permettre de traiter les dépossédés de Mortonridge. C'est apparemment le critère choisi par les Kiints.

— C'est peut-être physiquement possible, mais quel gouvernement serait prêt à accueillir dans son système un astronef bourré à craquer d'ex-possédés, sans parler de les prendre en charge dans ses hôpitaux civils ?

— Ah ! la politique humaine, dit Ralph. Toute la galaxie nous l'envie.

— C'est de la paranoïa, pas de la politique, protesta Janne.

— Ça influe sur les votes, donc c'est de la politique, conclut Ralph.

L'ordinateur de la Salle des opérations transmit une série de données à ses naneuroniques. Il leva les yeux vers l'écran de contrôle, où il vit l'un des anneaux rouges virer au mauve.

— Encore un siège qui s'achève, dit-il. Une ville nommée Wellow.

— Oui, fit Acacia. (Les yeux clos, elle écoutait les sergents qui venaient d'encercler les bâtiments en ruine et inondés.) Les blocs ELINT qui surveillaient son niveau énergétique ont signalé une brusque diminution. Les sergents sont en train de l'investir.

Ralph vérifia les procédures entamées par l'IA. Les moyens de transport étaient prêts, une escadrille de Stony sur le point de décoller. Les hôpitaux du Fort En-Avant venaient d'être avisés. L'IA avait même évalué le nombre de nacelles tau-zéro dont on aurait besoin en orbite, se fondant sur le dernier balayage infrarouge de Wellow effectué par les satellites-capteurs de la Défense stratégique.

— Je souhaiterais presque que ce soit comme au premier jour, dit Ralph. D'accord, les possédés ne se laissaient pas faire, mais au moins étaient-ils en bonne santé. Je m'étais préparé aux horreurs de la guerre, je m'étais même endurci à l'idée que quelques-uns de nos soldats allaient vers une mort certaine. Mais jamais je ne me serais attendu à ça. Nous ne sauvons plus personne, nous ne faisons que remplir un objectif politique.

— En avez-vous parlé à la princesse ? demanda Acacia.

— Oui. Elle en est même convenue avec moi. Mais elle ne m'autorisera jamais à arrêter les frais. Nous devons éliminer tous les possédés, telle est notre mission. Le politique l'emporte sur l'humanitaire.

Les journalistes qui couvraient la campagne de libération étaient logés dans deux baraquements de trois étages en silicone programmable installés à l'ouest du Fort En-Avant, près du QG et de la section administrative. Tous s'en accommodaient parfaitement, en raison de la présence à proximité d'un mess des officiers où ils avaient la possibilité de boire un coup le soir venu. Toutefois, ils estimaient que, côté réalisme, l'armée en faisait quand même un peu trop. Le rez-de-chaussée était aménagé en salle de réunions et de loisirs, et meublé en tout et pour tout de cinquante chaises en plastique, trois tables, un four à induction modèle standard et une fontaine à eau. Heureusement qu'il était équipé d'un processeur-réseau de forte capacité grâce auquel les reporters maintenaient le contact avec leurs rédactions respectives. Les lits étaient répartis sur six dortoirs, et on trouvait une salle de bains commune à chacun des étages. Habitués qu'ils étaient aux quatre-étoiles – minimum –, ils avaient du mal à s'acclimater.

La pluie se mit à tomber à huit heures, alors que Tim Beard prenait son petit déjeuner au rez-de-chaussée. Les cuisines du Fort En-Avant ne proposaient que trois petits déjeuners standard : les plateaux A, B et C. Il s'efforçait toujours d'arriver assez tôt pour avoir droit au plateau A, le plus copieux, de façon à pouvoir se passer de déjeuner ; car les plateaux D, E et F étaient conçus en violation flagrante de la Déclaration des droits de l'homme.

Il glissa son plateau dans le four et régla la minuterie sur trente secondes. De fines gouttes de pluie tombaient sur le seuil. Tim poussa un grognement dépité. La journée s'annonçait humide et, s'il partait en expédition sur le front, il allait encore sortir son gel fongicide le soir venu. Ce serait la énième journée déprimante qu'il passerait à couvrir une libération tout aussi déprimante. Le four fit un *bip* et recracha son plateau. L'emballage s'était déchiré, et le porridge s'était mélangé aux tomates.

Repérant une table où quelques sièges étaient encore inoccupés, il s'assit à côté de Donrell, de l'agence News Galactic, et salua Hugh Rosler, Elizabeth Mitchell et les autres.

— Quelqu'un sait-il où on peut se rendre aujourd'hui ? demanda-t-il.

— Les Stony sont officiellement autorisés à nous conduire à Monkscliff, répondit Hugh. On souhaite nous montrer l'équipe médicale qui arrive de Jérusalem – elle a élaboré une nouvelle méthode pour gaver de protéines les victimes de malnutrition. Des sérosuppléments qui injectent les protéines directement dans les cellules. Taux de survie : cent pour cent. Ça risque de se révéler utile quand tous les sièges auront pris fin.

— Je voudrais retourner à Chainbridge, dit Tim. L'armée y a établi un gigantesque hôpital de campagne. On y déplore des suicides de « donnez-moi ». Ils n'ont pas supporté d'être sauvés.

— Donnez-moi de vrais vainqueurs, marmonna Elizabeth. Ça ne m'étonne pas d'eux.

— Non, fit Donrell en souriant à ses collègues d'un air suffisant. Ce qu'il faut faire, c'est aller à Urswick.

Tim trouvait Donrell particulièrement agaçant, mais il n'avait pas son pareil pour dégoter des tuyaux. Ses naneuroniques lui apprirent qu'Urswick était une ville libérée la veille durant l'après-midi.

— Et pourquoi donc ?

Donrell se fendit d'un large sourire, puis enfourna un toast dans sa bouche.

— Ils ont épuisé leurs vivres la semaine dernière. Donc, pour tenir le coup, il a bien fallu qu'ils mangent autre chose.

Il se pourlécha les babines.

— Seigneur ! fit Tim en grimaçant.

Il repoussa son plateau. Mais ça ferait un reportage du tonnerre.

— Qui diable t'a raconté ça ? s'enquit Elizabeth avec un enthousiasme un peu écœurant.

Tim se préparait à lui décocher un regard réprobateur quand il vit Hugh lever soudain la tête.

— Une mercenaire de ma connaissance, répondit Donrell. L'un de ses potes faisait partie des troupes de soutien qui avaient libéré la ville. Au début du siège, le balayage infrarouge avait décelé cent cinq personnes. Les sergents n'en ont libéré que quatre-vingt-treize...

Hugh regardait autour de lui en plissant le front, comme s'il venait d'entendre son nom.

— C'est peut-être de là que venaient tes suicidés, Tim, suggéra Elizabeth. Ils n'ont pas pu supporter leurs souvenirs.

Hugh Rosler se leva et se dirigea vers la sortie. Donrell eut un rire gras.

— Hé, Hugh ! tu veux ma saucisse ? Je trouve qu'elle a un drôle de goût.

Tim lui adressa un regard irrité, puis rattrapa Hugh.

— J'ai dit quelque chose ? lança Donrell derrière eux.

Toute la tablée se mit à rire.

Tim rattrapa Hugh sur le seuil. Sans prendre garde à la pluie, il s'avança d'un pas décidé sur la chaussée maillée.

— Qu'y a-t-il ? lui demanda Tim. Tu sais quelque chose, pas vrai ? C'est un de tes contacts locaux qui vient de te transmettre une info ?

Hugh lui répondit par un petit sourire en coin.

— Non, pas tout à fait.

Tim pressa le pas pour rester à son niveau.

— C'est un scoop ? Allez, Hugh ! J'ai toujours été réglo avec toi. C'est à moi que tu dois tes meilleurs sensovidéos.

— Je crois que tu tiens ton reportage pour aujourd'hui.

Hugh ralentit, puis tourna vivement en direction d'un passage entre deux baraquements.

— Nom de Dieu ! marmonna Tim.

Il était trempé jusqu'aux os, mais rien n'aurait pu le dissuader de suivre l'autre. Hugh était peut-être un péquenot bossant pour une agence de merde, mais ce n'était pas un rigolo.

De l'autre côté des baraquements passait une route à quatre voies, qui croisait à cet endroit-là une chaussée maillée. Celle-ci permettait d'accéder aux hôpitaux du Fort En-Avant. Hugh traversa la route en courant, se retrouvant sur le chemin d'un dix-tonnes automatisé.

— Hugh ! hurla Tim.

L'intéressé ne daigna même pas tourner la tête. Il leva une main et claqua des doigts.

Le camion s'arrêta.

Tim en resta bouche bée. Le dix-tonnes n'avait pas freiné. Ni glissé. Il avait stoppé. Net. Au milieu de la route. Passant en un instant de cinquante kilomètres/heure à zéro.

— Ô sainte mère de Dieu, bredouilla-t-il. Tu es un possédé.

— Pas le moins du monde, répondit Hugh. Je suis un reporter, comme toi. Mais depuis beaucoup plus longtemps. Du coup, j'ai appris pas mal de trucs qui peuvent se révéler pratiques.

— Mais...

Tim restait au bord de la route. Le trafic s'immobilisait peu à peu, des signaux d'alarme s'allumaient un peu partout.

— Suis-moi, dit Hugh d'un air jovial. Il ne faut pas rater ça, tu peux me faire confiance. Commence à enregistrer.

Tim se souvint d'ouvrir une cellule mémorielle de ses naneuroniques. Il s'avança sur la chaussée.

— Hugh ? Comment as-tu fait ça, Hugh ?

— J'ai transféré l'inertie de ce camion dans l'hyperespace. Ne t'inquiète donc pas.

— Ah bon.

Tim se figea. Derrière Hugh brillait une écharde de lumière vert émeraude. Il déglutit et pointa un index dans sa direction.

Hugh se retourna vers la lumière, un large sourire aux lèvres. L'écharde devint bientôt une colonne large de cinq mètres et haute de vingt. Autour d'elle, les gouttes de pluie étincelaient et se paraient d'une aura verte.

— Qu'est-ce que c'est ? interrogea Tim, trop fasciné pour être effrayé.

— Une sorte de portail. En fait, je ne comprends pas la dynamique de sa composition, ce qui est en soi assez remarquable.

Faisant appel aux ressources de son expérience professionnelle, Tim se mit à filmer la lumière qui chatoyait devant lui.

Il y avait des ombres mouvantes dans ses profondeurs. Elles se firent plus grandes, plus nettes. Un sergent apparut sur la chaussée luisante. Émerveillé, Tim augmenta sa réception sensorielle.

— Euh ! s'exclama le sergent d'une voix de fausset. Ce comité d'accueil est positivement minable, mon chou. Tout à fait déprimant !

Ralph ne put examiner l'un des portails émeraude que quatre-vingt-dix minutes après leur apparition. Il passa ce temps à comprendre la nature de la situation et à lui trouver une réponse appropriée. La Salle des opérations retrouva son allure des jours de crise, tous les officiers se présentant à leurs postes respectifs.

Il était relativement facile de comprendre que ces portails étaient des sortes d'interstices de trou-de-ver. Quant au statut des entités qui les empruntaient, il était nettement plus problématique.

— Ces sergents n'abritent pas des personnalités d'Édénistes ! s'exclama Acacia. C'est la panique sur la bande d'affinité, ils l'utilisent sans aucun respect pour les protocoles en vigueur. Impossible d'avoir des échanges clairs.

— Qui sont-ils, alors ?

— Je pense qu'il s'agit d'ex-possesseurs.

Puis plusieurs sergents porteurs de leur personnalité originelle franchirent les portails et contribuèrent à clarifier la situation, informant tous les Édénistes présents sur Ombey ou dans son voisinage que les nouveaux venus n'étaient autres que des réfugiés de l'île de Ketton. Ralph appliqua néanmoins la stratégie d'incursion, mise au point durant les semaines ayant précédé la campagne de libération dans le cas où un commando de possédés se serait introduit dans le Fort En-Avant. Tout le trafic terrestre et aérien fut suspendu autour du campement, tout le personnel fut consigné dans les baraquements. Les marines en service furent dépêchés devant les portails. Ralph tenait à vérifier que les possesseurs occupant des corps de sergents ne disposaient plus de leur pouvoir énergétique. Une fois que ce point fut confirmé, il diminua le niveau d'alerte. L'amiral Farquar et lui convinrent cependant que les plates-formes DS devaient continuer de braquer leurs armes sur les portails. Ceux-ci étaient peut-être inoffensifs, mais on ne sait jamais...

En dépit de son étrangeté, la situation relevait encore une fois de la logistique. Les humains qui émergèrent des portails en titubant étaient dans le même état que tous les autres ex-possédés : ils avaient un besoin urgent de soins et de nourriture. Ce n'était sûrement pas par hasard que tous les portails s'étaient ouverts à proximité d'un hôpital, mais la quantité de patients et le rythme de leur arrivée commençaient à peser sur les ressources médicales de l'armée.

Quant aux sergents, Ralph et son état-major n'avaient jamais imaginé qu'ils hériteraient de plus de douze mille ex-possesseurs ne présentant désormais aucun danger. Ralph commença par les considérer comme des prisonniers de guerre, et l'IA les consigna dans trois blocs de baraquements inoccupés. Les marines et les mercenaires en permission formèrent des escouades de gardes pour les surveiller.

Cette manœuvre était surtout destinée à gagner du temps ; Ralph n'avait aucune idée de ce qu'il devait faire de ces prisonniers. Ils n'étaient pas seulement coupables de s'être rangés dans le camp ennemi. D'autres accusations seraient sûrement prononcées à leur encontre – celles d'enlèvement et de coups et blessures, à tout le moins. Et, cependant, ils étaient avant tout victimes des circonstances, comme l'affirmerait n'importe quel avocat digne de ce nom.

Quoi qu'il en soit, ce ne serait pas à lui qu'il appartiendrait de décider de leur sort. Il n'enviait pas la princesse Kirsten.

Lorsque Ralph fut enfin prêt à procéder à une inspection, Dean et Will se présentèrent à la Salle des opérations pour lui servir d'escorte. Le portail le plus proche se trouvait à moins d'un kilomètre du QG. Bien que l'IA ait été chargée de coordonner les escouades de marines, le site était plongé dans le chaos. Des foules de badauds venus de tout le camp, parmi lesquels on comptait tous les journalistes, se massaient autour des portails afin de ne rien rater du spectacle. Dean et Will durent jouer des coudes pour que Ralph puisse se frayer un chemin. Un semblant d'ordre était établi lorsqu'ils arrivèrent enfin devant le portail. Le capitaine des marines responsable de celui-ci avait aménagé autour un périmètre de sécurité. Ses hommes formaient deux haies d'honneur bien séparées pour trier les nouveaux venus. La première débouchait sur l'entrée de l'hôpital le plus proche, la seconde sur un parking où des camions embarquaient les sergents afin de les acheminer vers leur centre de détention. Dès qu'une silhouette émergeait de la lumière vert émeraude, une équipe d'évaluation la rangeait dans une catégorie donnée, faisant si nécessaire respecter sa décision au moyen d'un brouilleur neural. Toute protestation était purement et simplement ignorée.

— Même les sergents non altérés sont envoyés dans le centre de détention, dit Acacia à Ralph tandis qu'ils traversaient le périmètre de sécurité. Ça facilite grandement les choses. Nous aurons tout le loisir de faire le tri plus tard.

— Remerciez-les de ma part. J'apprécie leur dévouement. Nous ne pouvons pas nous permettre de traîner.

Le capitaine des marines se dirigea vers le petit groupe, faisant couiner ses bottes sur le sol boueux. L'eau de pluie gouttait sans répit de son casque.

— Comment ça se passe, capitaine ? s'enquit Ralph.

— Très bien, mon général. Nous avons mis sur pied une procédure de supervision qui tourne à merveille.

— Parfait. Poursuivez votre tâche. Nous allons essayer de ne pas vous gêner.

— Merci, mon général.

Ralph passa deux ou trois minutes à regarder humains et sergents sortir de la lumière verte. En dépit de la tiédeur de la pluie, il sentit un frisson lui glacer le cœur.

Bizarre, je n'ai aucun mal à accepter comme normal un trou-de-ver et un saut TTZ, mais un portail donnant sur un autre univers réveille mes phobies. Parce que c'est trop *divin* pour moi, la preuve concrète de l'existence d'un royaume céleste ? Ou bien, au contraire, parce que cela prouve que l'âme humaine et les créatures omnipotentes ont des fondements rationnels ? Nous allons vers la fin des religions, nous allons cesser de croire qu'un quelconque Créateur nous a envoyé Son messager. Et ce fait m'est présenté d'une façon qu'il m'est impossible d'ignorer. Notre espèce est en train de perdre son innocence spirituelle.

Il vit que les ex-possédés qui franchissaient le portail étaient fort surpris, que la confusion se peignait sur leur visage lorsque la sinistre pluie s'abattait sur eux. L'étonnement des sergents était moindre, mais aucun d'eux ne semblait maîtriser ses gestes lors de ses premiers instants d'émergence.

Plusieurs membres de l'équipe scientifique tournaient autour du portail et braquaient sur lui leurs blocs-capteurs. L'immense majorité de leurs collègues se trouvaient dans la péninsule, où ils étudiaient à fond le pouvoir énergétique des possédés. Diana Tiernan faisait partie des rares personnes ravies d'aller sur le terrain, car, expliquait-elle, cela permettait aux physiciens d'étudier ce pouvoir hors de leur labo. Ralph l'avait laissée au QG, où elle s'activait à faire rapatrier une partie du personnel et de l'équipement scientifiques au Fort En-Avant.

— C'est Sinon ! s'exclama Acacia. Et il a toujours sa personnalité.

Ralph vit un sergent nettement moins empoté que les autres. Marines et médecins chargés de l'évaluation lui indiquèrent la direction du parking.

— Vous en êtes sûre ? s'enquit Ralph.

— Oui.

Ralph courut jusqu'à lui.

— Nous emmenons celui-ci, dit-il à l'équipe d'évaluation.

Le capitaine des marines ravala son exaspération.

— À vos ordres, mon général.

Penaud, Ralph s'éloigna, Sinon sur les talons. Ils se retrouvèrent à mi-chemin du portail et du périmètre de sécurité. L'entourage de Ralph se massa autour d'eux.

— Cette entité de cristal que vous avez rencontrée là-bas, est-ce qu'elle vous a dit comment résoudre le problème global ? demanda Ralph.

— Désolé, mon général. Elle a adopté la même attitude que les Kiints. Nous devons trouver notre propre solution.

— Merde ! Mais elle était disposée à vous aider à libérer des possédés ?

— Oui. Selon elle, la possession est contraire à notre propre éthique, et elle nous a jugés en fonction de cela.

— Bon, quelles étaient les conditions prévalant dans ce continuum ? Avez-vous aperçu les autres planètes escamotées ?

— Les conditions étaient telles que nous les souhaitions ; l'effet de rupture dans le réel régnait en maître. Malheureusement, même les vœux ont des limites. Nous étions naufragés sur notre île, sans air frais et sans réserves de nourriture. Rien ne pouvait changer cela. L'entité a sous-entendu que nos planètes avaient considérablement plus de chance, mais nous n'en avons vu aucune. Ce domaine est bien trop vaste pour permettre de telles rencontres, et l'entité a même insinué qu'il était plus étendu que notre univers, quoique pas nécessairement sur le plan de ses dimensions physiques. Cette entité est un explorateur, et elle s'est rendue dans ce continuum dans l'espoir d'accroître ses connaissances.

— Il ne s'agit donc pas du paradis ?

— Certainement pas. Les possédés se trompent sur ce point. Ce n'est qu'un refuge. Il n'y a rien là-bas que l'on n'ait apporté avec soi.

— Donc, ce continuum est purement naturel ?

— Oui, je le pense.

Après la phase initiale de confusion, l'exode se poursuivit sous l'étroite supervision des marines. Totalement maîtres de la situation, ils restèrent à proximité des portails jusqu'à ce que les quatre derniers sergents émergent de ceux-ci. Les soldats les orientèrent aussitôt vers le parking, comme ils l'avaient fait avec leurs prédécesseurs.

— Pas question, dit Moyo. Nous attendons encore quelqu'un.

— Qui ça ? demanda le capitaine.

— Stephanie. Elle n'a quand même pas disparu dans la nature.

— Désolé, mais aucune exception ne sera tolérée.

— Hé, mec ! fit Cochrane. C'est comme qui dirait notre cheftaine, et elle est occupée à faire sa dernière bonne action. Alors arrête de la ramener, d'accord, beau militaire ?

Lc capitaine voulut protester, mais la vue d'un sergent portant des lunettes aux verres pourpres et un sac à dos tissé de motifs psychédéliques lui coupa le sifflet.

— Je veux dire, elle est restée là-bas pour affronter la reine de ces tordus et pour sauver *ton* âme. Tu pourrais au moins lui être reconnaissant.

— Ça se referme ! s'écria McPhee.

Le portail se contractait, se réduisait à une écharde d'un vert émeraude chatoyant qui flottait un mètre au-dessus de la chaussée. Poussant des cris d'enthousiasme, les physiciens télétransmirent de nouvelles instructions aux capteurs qu'ils avaient installés en nombre considérable autour du point de transit transplanétaire.

— Stephanie ! cria Moyo.

— Attends, fit Cochrane. Le passage ne s'est pas totalement refermé. Tu vois ?

Une petite étincelle verte continuait de briller.

— Elle est toujours là-bas, dit Moyo, tendu. Elle peut encore nous rejoindre. Je vous en supplie ! lança-t-il au capitaine. Laissez-nous l'attendre !

— Je ne peux pas.

— T'affole pas, dit Cochrane. Je connais quelqu'un qui va peut-être nous aider.

Depuis son retour sur Ombey, il entendait au fond de son crâne les échos produits par un millier de voix inconnues en train de discuter.

Hé, grand sachem, tu serais pas dans les parages ? C'est moi, ton vieux pote Cochrane. On a besoin de renforts, et

fissa. Stephanie donne à nouveau dans la connerie à l'échelle cosmique.

Acacia soumit la requête à Ralph. Celui-ci aurait pu la repousser, mais l'Édéniste mentionna le nom d'Annette Ekelund.

— Laissez-les attendre, transmit Ralph au capitaine des marines. Nous allons organiser un comité de réception.

Une heure et vingt minutes plus tard, le portail se déploya brièvement, le temps de laisser passer trois silhouettes vacillantes. Stephanie et Annette, dans leurs corps de sergents, soutenaient une Angeline Gallagher qui tremblait de tous ses membres. Ils la confièrent à la petite équipe médicale, qui la conduisit en hâte à l'hôpital.

Moyo se précipita vers Stephanie pour la serrer dans ses bras, imprégnant de sa détresse la bande d'affinité.

— J'ai cru que je t'avais perdue ! s'écria-t-il. Jamais je n'aurais pu le supporter après tout ce que nous avons vécu.

— Désolée, fit-elle.

Leur anatomie rendait toute étreinte impossible ou presque, et leurs crânes s'entrechoquèrent lorsqu'ils tentèrent de s'embrasser.

Les journalistes qui avaient patienté jusqu'au bout débordèrent les marines pour fondre sur l'étrange petit groupe.

— Salut, les aminches, je suis Cochrane, l'un des superhéros qui ont sorti les gosses de cet enfer. J'ai bien dit Cochrane. C, O, C, H...

Le calme régnait dans le centre de détention. Les sergents ne dormaient cependant pas, leur organisme n'en ayant pas besoin. Ils étaient allongés sur leurs couchettes ou erraient dans le hall du rez-de-chaussée, se faisant interviewer par les journalistes ou rattrapant leur retard en matière d'infos AV – pour découvrir le plus souvent qu'ils constituaient le sujet du jour. Dans leur immense majorité, ils se contentaient de s'habituer à avoir un corps qui leur était propre. L'appréhension et l'émerveillement les laissaient souvent sans voix.

Ralph traversa le hall de l'un des baraquements, escorté par Dean et Will. Les gardes avaient pour instruction de laisser circuler les prisonniers, à l'exception de l'un d'entre eux. Cinq soldats armés jusqu'aux dents étaient en faction devant la porte du bureau où cet organisme biotek était consigné. Deux d'entre eux se mirent au garde-à-vous en voyant approcher Ralph, les autres restant vigilants comme ils en avaient reçu l'instruction.

— Ouvrez la porte, ordonna Ralph.

Dean et Will le suivirent, affichant une mine conçue pour décourager toute velléité de rébellion. Le sergent qu'ils étaient censés impressionner était tranquillement assis à une table. Ralph prit place face à lui.

— Bonjour, Annette.

— Ralph Hiltch. Mon général. La régularité avec laquelle vous apparaissez dans ma vie commence à devenir déprimante.

— Oui. Et on peut bien parler de vie à présent, n'est-ce pas ? Quel effet ça fait de revenir d'entre les morts et de redevenir une vraie personne ?

— C'est ce que j'ai toujours voulu. Donc, je ne peux pas me plaindre. Je pense cependant protester à terme contre l'absence de sexualité de cet organisme.

— Vous seriez encore plus contrariée si j'échouais, car en ce cas les possédés s'efforceraient de capturer votre nouveau corps pour qu'une âme perdue puisse l'occuper.

— Ne soyez pas si modeste. Vous n'échouerez pas sur Ombey, Ralph. Vous faites trop bien votre travail. Vous adorez votre travail. Combien de camps sont encore assiégés ?

— Cinq cent trente-deux.

— Et ce chiffre diminue sans cesse, je parie. C'était une excellente stratégie, Ralph. Une excellente réaction au désastre de Ketton. Mais j'aurais quand même aimé voir la tête que vous faisiez lorsque nous avons escamoté cette parcelle de terre.

— À quoi vous a servi cette prouesse ? Qu'avez-vous accompli en fin de compte ?

— Je me suis procuré un corps, pas vrai ? Je suis de nouveau vivante.

— Uniquement grâce au hasard. Et vous n'y avez pas mis du vôtre, à ce qu'on me dit.

— Oui, oui. Sainte Stephanie, l'héroïne de l'île volante. Le pape va-t-il lui accorder une audience ? J'aimerais bien voir ça, une abomination biotek occupée par une âme échappée du purgatoire invitée à prendre le thé au Vatican.

— Non. Le pape ne voit plus personne. La Terre est sur le point de céder face à la possession.

— Merde ! Vous plaisantez, j'espère.

— Nullement. Aux dernières nouvelles, quatre arches étaient déjà infestées. Peut-être même que la planète mère est déjà tombée. Donc, j'ai bien gagné ici, mais vous aviez raison. Ce n'est pas sur Ombey que se décidera le conflit.

Le sergent se redressa sans quitter Ralph des yeux un seul instant.

— Vous avez l'air fatigué, mon général. Cette campagne de libération est vraiment éprouvante, n'est-ce pas ?

— Vous et moi savons désormais qu'il n'y a pas de paradis, pas d'immortalité. Jamais les possédés n'auront ce qu'ils désirent. Comment vont-ils réagir, Annette ? Que va devenir la Terre quand elle arrivera dans ce continuum sanctuaire et que les Terriens constateront que leurs machines à synthétiser la nourriture ne marchent plus ? Que se passera-t-il ensuite ?

— Ils mourront. De façon permanente. Leurs souffrances prendront fin.

— Est-ce là ce que vous appelez une solution finale ? Un règlement définitif du problème ?

— Non. J'ai eu cette occasion. Je ne l'ai pas saisie.

— L'au-delà est donc préférable à la mort ?

— Je suis revenue, n'est-ce pas ? Préféreriez-vous me voir à genoux ?

— Je ne suis pas ici pour vous enfoncer, Annette.

— Que voulez-vous, alors ?

— Je suis le commandant suprême des forces de libération. Pour le moment, cela me confère une puissance hors du commun, et pas seulement sur le plan militaire. Dites-moi si ma présence ici a une quelconque utilité. Le problème peut-il être réglé à Mortonridge ou bien toutes nos souffrances n'ont-elles servi à rien ?

— Vous êtes à la tête d'une armée harassée qui affronte un ennemi mourant, Ralph ; ce n'est pas la plate-forme rêvée pour une révolution. Vous cherchez encore à valider votre glorieuse guerre en lui cherchant une conclusion pleine de noblesse. Il n'y en a aucune. Nous sommes une diversion. Une diversion incroyablement onéreuse et fabuleusement spectaculaire conçue pour occuper les consommateurs d'infos. Nous les avons distraits pendant que les véritables détenteurs du pouvoir décidaient de notre destin. C'est la politique politicienne qui détermine la façon dont l'espèce humaine affronte cette crise. La guerre n'a pas cette capacité. La guerre n'a qu'une seule et unique issue. La guerre est stupide, Ralph. Devenir martyr pour réaliser le rêve d'un autre, c'est profaner tout ce que représente l'esprit de l'homme. Et c'est là une aventure où ne se jettent que ceux qui ne croient pas en eux-mêmes. C'est-à-dire les hommes comme vous, Ralph.

La salle de sensoconférences de sécurité niveau un était immuable. La princesse Kirsten avait déjà pris place à un bout de la table ovale lorsque l'image des murs blancs se forma autour de Ralph, qui se retrouva assis à l'autre bout. Ils étaient seuls.

— Quelle journée ! s'exclama Kirsten. Non seulement nous retrouvons nos citoyens sains et saufs, mais en outre nous avons diminué le nombre d'âmes perdues susceptibles de tourmenter les vivants.

— Je souhaiterais arrêter les opérations, dit Ralph. Nous avons gagné. Nos actions n'ont plus aucune raison d'être.

— Il reste encore plus de deux cent cinquante mille possédés sur ma planète. Leurs victimes sont mes sujets. Ce n'est pas encore fini.

— Nous avons réussi à les confiner. Ils ne représentent plus aucune menace. Nous continuerons à les isoler, bien entendu, mais je vous demande de mettre un terme au conflit proprement dit.

— C'était votre idée, Ralph. Les combats se sont arrêtés depuis que nous avons organisé les sièges.

— Et, à la place, nous avons eu Urswick. Est-ce cela que vous souhaitez, que vos sujets deviennent cannibales ?

L'image de la princesse resta de marbre.

— Plus la possession se prolonge, plus les cancers des possédés se développent. Ces corps périront si nous n'intervenons pas pour les secourir.

— Madame, je vais donner des ordres afin que l'on fournisse aux assiégés des vivres et des équipements médicaux. Sur ce point, ma décision est arrêtée. Si vous ne l'approuvez pas, il faudra me relever de mon commandement.

— Qu'est-cc qui vous prend, Ralph ? Nous sommes en train de gagner la partie. Quarante-trois camps retranchés se sont rendus aujourd'hui. Dans une dizaine de jours, une quinzaine tout au plus, tout sera fini.

— C'est déjà fini, madame. Persécuter les possédés encore présents, c'est... dégoûtant. Vous m'avez déjà écouté... mon Dieu ! c'est comme ça que tout a commencé. Je vous en prie, écoutez aussi ce que je vous dis aujourd'hui.

— Vous ne me dites rien, Ralph. Cette guerre est une guerre médiatique, une opération de propagande, et elle l'a toujours été. En partie grâce à votre coopération, d'ailleurs. Notre victoire doit être totale.

— Elle est déjà acquise. Et il y a plus. Nous avons découvert aujourd'hui qu'il était possible d'ouvrir un passage vers le continuum où les possédés se sont réfugiés. Personne ne comprend les principes physiques qui régissent ce phénomène ; mais son existence est irréfutable. Un jour, nous serons en mesure de le reproduire par nos propres moyens. Les possédés ne peuvent plus nous échapper. La voilà, notre victoire. Nous avons le pouvoir de les mettre face à leur nature, à leurs limites. Il nous est maintenant possible de résoudre la crise.

— Précisez votre pensée.

— Désormais, nous avons le pouvoir de vie et de mort sur les possédés assiégés, d'autant plus que les Forces spatiales de la Confédération disposent maintenant de l'antimémoire. En voulant obtenir à tout prix la capitulation des assiégés, nous gaspillons notre position, notre avantage tactique. Ekelund affirme que jamais la crise ne sera résolue sur Ombey. Il fut un temps où je le croyais aussi. Mais, aujourd'hui, tout a changé. Nous sommes dans une position unique qui nous permet d'obliger les possédés à coopérer avec nous afin de nous aider à trouver une solution. Car il existe une solution, les Kiints en ont trouvé une, les entités de cristal aussi, et même sans doute les Laymils – bien que le suicide collectif ne soit pas ce qui convient à notre espèce. Donc, donnons des vivres aux possédés survivants, laissons-les se rétablir et commençons les négociations. Les vétérans de l'île de Ketton pourront nous aider à faire le premier contact.

— Vous voulez dire les sergents, les ex-possesseurs ?

— Qui serait mieux qualifié ? Ils ont constaté par eux-mêmes que leur prétendu sanctuaire n'en était pas un. Si quelqu'un peut convaincre les autres possédés, c'est bien eux.

— Grand Dieu ! D'abord, vous voulez que le royaume adopte le biotek, et maintenant vous voulez que nous nous alliions avec les âmes perdues.

— Nous savons à quoi aboutit un conflit avec elles. Le cinquième d'un continent dévasté, plusieurs milliers de morts, des centaines de milliers de cancéreux. Bref, une catastrophe comme nous n'en avons pas connu depuis le génocide de Garissa. Donnez un sens à cette catastrophe, madame, faites-en sortir quelque chose de positif. S'il y a une possibilité, même infime, pour que ça marche, vous ne pouvez pas la négliger.

— Ralph, vous allez finir par achever mes conseillers.

— Eh bien, qu'ils reviennent de l'au-delà pour me persécuter. Ai-je votre aval pour donner cet ordre ?

— Si l'un de ces possédés profite de notre générosité pour tenter de fuir, il finira dans une nacelle tau-zéro, c'est entendu ?

— Oui.

— Très bien, général Hiltch, vous pouvez donner votre ordre.

Al avait déménagé deux étages plus haut, dans une partie du Hilton où l'équipement fonctionnait encore. Les toubibs avaient besoin d'une source d'électricité, de téléphones spéciaux, d'un air désinfecté, ce genre de conneries. Ils avaient transformé la chambre de sa nouvelle suite en salle de traitement, vidant l'hôpital de Monterey de tous ses packages médicaux. D'autres matériaux étaient venus de San Angeles, du genre qui donnait la chair de poule : des morceaux provenant de personnes, organes, muscles, veines et peau. Emmet avait fouillé toute la planète en quête d'yeux compatibles, finissant par en dénicher dans une cave de stockage de Sunset Island. Ils étaient arrivés à Monterey par vol prioritaire.

D'après les toubibs, tout se passait bien. Jez était hors de danger. Ils avaient remplacé son sang, lui avaient greffé de la peau et des muscles là où Kiera l'avait brûlée jusqu'à l'os, lui avaient implanté ses yeux tout neufs. Une fois les opérations achevées, ils l'avaient emmaillotée dans des packages médicaux. À présent, lui assuraient-ils, ce n'était plus qu'une question de temps avant qu'elle guérisse.

Ils n'appréciaient pas qu'Al lui rende visite trop souvent. Jez avait l'air si impuissante, enfouie dans ce plastique vert, que ça lui foutait les boules, et son pouvoir énergétique affectait les packages. Donc, il ne s'approchait pas trop, se contentait de la regarder depuis le seuil de sa chambre. Comme un mec s'inquiétant pour sa poule. Ce qui lui laissait le temps de réfléchir.

Mickey, Emmet et Patricia entrèrent dans le salon de la suite. Al dit à l'un des garçons de leur servir à boire tandis qu'ils prenaient place autour de la table basse en marbre, puis pria le petit personnel de vider les lieux.

— Okay, Emmet, quand seront-ils là ?

— Dans les dix prochaines heures, Al.

— Bon. (Al alluma un havane et souffla un plumet de fumée en direction du plafond.) Maintenant, dis-moi la vérité : est-ce que nous pouvons les repousser ?

Emmet sirota une gorgée de bourbon, reposa son verre sur la table et le fixa quelques instants.

— Non, Al, nous ne pouvons que perdre la bataille. Même s'ils se contentent de déployer la même puissance qu'à Arnstadt, on est foutus. Et ils transportent tellement de guêpes de combat que leur puissance de feu représente deux fois, voire trois fois la nôtre. Tout ce qui tourne autour de la Nouvelle-Californie sera anéanti. Les astronefs pourront faire un saut, je te l'accorde. Mais ils n'auront nulle part où aller, excepté les dernières planètes que nous avons pu infiltrer. Et je ne sais même pas s'ils y réussiront, car j'ai l'impression que les faucons des Forces spatiales ont poursuivi la majorité de nos vaisseaux qui ont tenté cette manœuvre à Arnstadt et les ont détruits après leur saut. Il n'y en a pas beaucoup qui sont rentrés au port.

— Merci, Emmet, j'apprécie ta sincérité. Mickey, Patricia, comment est le moral des troupes ?

— Nos gars sont nerveux, Al, répondit Patricia. Ça ne fait plus de doute. Ils ont eu tout le temps d'assimiler la propagande de cette salope de Kiera. L'Organisation nous a conduits au sommet, mais cela fait de nous une cible de choix. Nous savons qu'il nous est impossible de conquérir une nouvelle planète, il ne nous reste plus que la Nouvelle-Californie. Ils sont nombreux à vouloir y descendre.

— Mais nous les retenons, Al, déclara Mickey, dont le tic avait refait son apparition. J'ai une confiance totale en mes hommes. Ils te sont fidèles. C'est toi qui as fait de nous ce que nous sommes, Al, nous resterons avec toi.

Cet enthousiasme aveugle arracha un sourire à Al.

— Je ne demande à personne de se suicider pour me faire plaisir, Mickey. De toute façon, ils n'iraient pas jusque-là ; ils ont tous connu l'au-delà, ne l'oublions pas. Ils ne vont pas y retourner parce que je le leur demande gentiment. La fête est finie, mes amis. On s'est bien amusés, mais nous voici au bout de la route. Les historiens m'ont déjà traîné dans la boue une fois, je n'ai pas envie que ça se reproduise. Cette fois-ci, on dira que j'ai fait de mon mieux pour servir mon prochain. Cette fois-ci, j'aurai droit à un peu de respect.

— Et pour quelle raison ? demanda Patricia.

— Parce que nous allons partir en beauté. C'est moi qui vais arrêter le massacre. Je vais faire à l'armée une offre qu'elle ne pourra pas refuser.

L'*Ilex* faisait partie des faucons qui s'étaient postés à deux millions de kilomètres de la Nouvelle-Californie pour en reprendre l'observation après la défection massive des harpies. Le Consensus de Yosemite avait été très vite informé de la situation à Almaden. Les harpies naguère au service de l'Organisation avaient entrepris de transporter dans les habitats des survivants non possédés qui avaient reconstruit la raffinerie de l'astéroïde afin de leur fournir du fluide nutritif. Le Consensus n'avait pas encore dégagé toutes les implications de l'événement ; il était peu probable que les harpies puissent indéfiniment maintenir cette raffinerie en état de marche. Toutefois, le fait qu'elles évitent désormais tout affrontement ouvert était une heureuse surprise. Quant aux raisons qui avaient poussé Capone à les laisser agir, voire à les assister, elles demeuraient énigmatiques.

Quoi qu'il en soit, cela donnait à Yosemite une excellente occasion de reprendre sa surveillance de la planète et de la flotte de l'Organisation. *Ilex* avait pour mission d'évaluer les capacités du réseau DS en orbite basse en prévision de l'arrivée de l'escadre commandée par l'amiral Kolhammer. Le faucon venait de déployer ses globes-espions et attendait qu'ils soient descendus en dessous d'une orbite géostationnaire. Les Édénistes avaient encore une heure à patienter avant que les petits capteurs transmettent des données exploitables lorsque Monterey émit un signal dans leur direction.

— Je veux parler au capitaine, demanda Al Capone.

Auster informa aussitôt Yosemite. Le Consensus se mit en ligne, évaluant la situation par l'entremise de ses sens.

— Ici le capitaine Auster. Que puis-je faire pour vous, monsieur Capone ?

Al se fendit d'un large sourire et se tourna vers une personne hors champ.

— Hé ! t'avais raison, ils sont aussi coincés que les Angliches. Okay, Auster, nous pensons que l'armée va débarquer d'une minute à l'autre. C'est bien ça ?

— Je ne peux ni confirmer ni infirmer cette hypothèse.

— Arrête tes conneries, on sait qu'ils arrivent en force.

— Que voulez-vous, monsieur Capone ?

— Je dois parler au commandant en chef, à l'amiral. Et je dois lui parler avant qu'il ouvre le feu. Tu peux arranger ça ?

— De quel sujet souhaitez-vous l'entretenir ?

— Hé ! ça ne regarde que nous, mon pote. Bon, tu peux m'arranger ça, ou alors tu préfères être aux premières loges pour assister à un massacre ? Je croyais que c'était contraire à votre religion ou quelque chose comme ça.

— Je vais voir ce que je peux faire.

L'*Illustre* émergea au centre de la sphère défensive formée par les faucons à trois cent mille kilomètres de la Nouvelle-Californie. L'amiral Kolhammer attendit l'affichage tactique avec impatience, pestant contre son retard pendant que se déployaient les capteurs de son vaisseau.

Le capitaine de corvette Kynea, officier de liaison avec les vaisseaux édénistes, l'appela soudain :

— Amiral, les faucons de patrouille ont reçu une demande de liaison. Al Capone souhaite vous parler.

Kolhammer ne s'était pas attendu à ce genre de situation, mais n'en avait pas non plus exclu la possibilité. Capone n'avait pas besoin d'être un génie pour savoir où se rendrait son escadre après Arnstadt.

L'affichage tactique se mettait en ligne, complété par des informations provenant des faucons de Yosemite. L'annonce de la défection des harpies l'emplit de joie. Cela dit, leur absence ne diminuait guère la puissance du réseau DS néo-californien ; celle-ci avait d'ailleurs servi à décider de la taille de l'escadre. Pour le moment, aucune plate-forme n'avait encore ouvert le feu.

— J'accepte de l'écouter, déclara Kolhammer. Mais je veux que notre déploiement se poursuive comme prévu.

— À vos ordres, amiral.

L'*Illustre* pointa l'une de ses antennes paraboliques sur Monterey.

— Alors, c'est vous, l'amiral, hein ? demanda Al Capone une fois que la liaison fut établie.

— Amiral Kolhammer, Forces spatiales de la Confédération. Commandant en chef de l'escadre chargée d'attaquer la Nouvelle-Californie.

— J'ai dû vous filer une trouille bleue, hein ?

— Pas vraiment.

— Allons donc ! J'ai mis dans le mille, mon pote. Vous êtes sacrément nombreux. Ce qui prouve que vous avez les foies.

— Libre à vous d'interpréter notre venue comme il vous plaira. Cela m'est complètement égal. Souhaitez-vous présenter votre reddition ?

— Vous n'y allez pas par quatre chemins, vous.

— On m'a adressé des reproches plus virulents.

— Vous avez tué plein de gens sur Arnstadt, amiral.

— Non. C'est vous qui êtes responsable de leur mort. Vous nous avez mis dans une position où nous n'avions pas d'autre choix que de monter une riposte appropriée.

Al sourit de toutes ses dents.

— C'est bien ce que je disais : je vous ai filé une trouille bleue. Ça a dû être une décision pénible pour votre Assemblée générale, sacrifier une planète entière juste pour me porter un coup. Les contribuables ne vont pas apprécier, non monsieur. Vous êtes censés les protéger. C'est votre devoir.

— J'ai conscience de mes devoirs envers la Confédération, monsieur Capone. Je n'ai pas besoin que vous me les rappeliez.

— Comme vous voudrez. Bon, j'ai une proposition à vous faire.

— Allez-y.

— Vous allez nous lâcher dessus un sacré paquet d'artillerie, c'est ça ? Je veux dire, on va refaire Fort Alamo ici.

— Vous découvrirez mes intentions bien assez tôt.

— Il y a ici un million de personnes, davantage si vous comptez les âmes perdues que nous sommes : un bon million de corps faits de chair et de sang. Dont pas mal de femmes et d'enfants. Je peux vous en apporter la preuve ; mes techniciens affirment qu'ils peuvent vous envoyer des listes, des archives, des trucs comme ça. Vous tenez vraiment à tuer tous ces gens ?

— Non, je ne tiens à tuer personne.

— Bien, alors on peut discuter.

— Faites vite.

— C'est tout simple ; je ne vous raconterai pas de bobards. Vous avez déjà décidé de sacrifier la Nouvelle-Californie rien que pour me faire la peau. Eh bien, permettez-moi de vous dire que j'en suis flatté. Ma tête a déjà été mise à prix, mais jamais pour une telle somme. Donc, pour vous remercier, je vais vous rendre un service. Je vais envoyer tous mes gars sur la planète, tous les possédés qui se trouvent actuellement sur Monterey et les autres astéroïdes, tous ceux qui se trouvent à bord des vaisseaux de la flotte, tous jusqu'au dernier. Ensuite, quand on sera tous descendus, on emportera la planète dans un autre monde. Comme ça, personne ne sera blessé et vous récupérerez tous les otages que je retiens ici. Je suis même prêt à vous abandonner mes réserves d'antimatière. Qu'est-ce que vous pensez de cette offre, amiral ?

— Elle me paraît franchement peu crédible.

— Dis donc, Ducon, si tu y tiens tant que ça, à ton bain de

sang, je vais donner l'ordre d'exécuter les otages sans tarder, avant que tu aies le temps de te servir de ta quincaillerie !

— Non. Je vous en supplie. Je vous prie de m'excuser. Ce que j'aurais dû vous demander, c'est : pourquoi ? Pourquoi me faites-vous cette proposition ?

Al se rapprocha du capteur qui transmettait son image à l'*Illustre*.

— Écoutez, j'essaie seulement de faire ce qu'il faut faire. Vous êtes prêt à tuer. Peut-être que je vous ai forcé la main, et peut-être pas. Mais je suis décidé à tout faire pour prévenir un massacre, je ne suis pas un fou homicide. Donc, je vous propose une solution qui nous est profitable à tous les deux.

— Que les choses soient claires : vous avez l'intention de faire descendre tous les possédés sur la planète, de désarmer votre flotte et de nous rendre les astéroïdes ?

— Vous avez tout compris. Mieux vaut tard que jamais. Si vous nous laissez garder nos corps, nous vous promettons de partir et de ne plus vous embêter. Et voilà. Rideau.

— Il va vous falloir un certain temps pour déplacer tout ce monde.

— Emmet, mon second, il estime que ça prendra une semaine.

— Je vois. Donc, pendant que mes vaisseaux restent ici à ne rien faire, qu'est-ce qui me garantit que vous n'allez pas profiter de cette manœuvre pour monter une nouvelle opération comme celle de Trafalgar ?

Al lui lança *le* regard.

— Ça, c'est mesquin, mon pote. Qu'est-ce qui vous empêchera d'ouvrir le feu pendant l'évacuation, quand je n'aurai plus de fusées pour protéger mes troupes ?

— En d'autres termes, nous devons nous faire confiance.

— Un peu, mon neveu.

— Très bien. Mes astronefs ne lanceront aucune offensive pendant que votre évacuation sera en cours. Et... monsieur Capone ?

— Oui ?

— Merci.

— Pas de problème. Mais veillez à dire à tout le monde que je ne suis pas un voyou à la petite semaine. J'ai du style, moi.

— Cela ne fait aucun doute. Dans le cas contraire, je ne serais pas ici.

Al se carra dans son siège et raccrocha le supertéléphone.

— Non, en effet, dit-il, fort content de lui.

Jezzibella se tenait sur le seuil de la chambre. Elle avait drapé dans une sortie de bain bleue son corps emmailloté de vert, ce qui lui rendait une apparence plus humaine et atténuait sa ressemblance avec l'Homme en fer-blanc d'Oz version plastique.

Il se leva d'un bond.

— Hé ! tu devrais être au lit.

— Peu importe que je reste couchée ou non. Les packages fonctionnent dans les deux cas.

Elle s'avança dans le salon d'un pas lent, parvenant à peine à plier les genoux. Ce ne fut pas sans difficulté qu'elle arriva à s'asseoir. Al se domina pour ne pas se précipiter à son aide, car il savait qu'elle tenait à se débrouiller toute seule. La fille la plus dure de la galaxie.

— Alors, qu'est-ce que tu viens de faire ? s'enquit-elle.

Sa voix étouffée sortait d'une minuscule fente ouverte dans son masque.

— Je viens de mettre un terme à toutes ces conneries. Mes gars peuvent descendre sur la planète et se tirer peinards.

— Je m'en doutais. Tu t'es conduit comme un véritable homme d'État, mon chéri.

— J'ai une réputation à maintenir, tu le sais bien.

— Oui. Mais que se passera-t-il lorsque la Confédération découvrira un moyen pour faire revenir les planètes ? Je veux dire, c'était le fondement de notre stratégie : lui résister sur le terrain qui était le sien.

Il tendit les bras au-dessus de la table et agrippa Jez par les deux mains. Elle avait les doigts qui émergeaient de ses bandages nanoniques, ce qui lui permettait un véritable contact avec sa peau.

— Nous avons perdu, Jez. D'accord ? On était si forts qu'on a perdu. Va comprendre. On leur a fait trop peur. J'ai dû faire un choix. La flotte ne peut pas repousser cet amiral. Elle n'y arrivera jamais. La solution est donc de laisser filer la planète. De la façon dont je vois les choses, mes gars auront droit à quelques années supplémentaires dans leurs corps d'emprunt. À tout le moins. Et les crânes d'œuf de la Confédération ne courront pas le risque d'aller les chercher tant qu'ils n'auront pas trouvé un moyen de nous donner de nouveaux corps ou quelque chose comme ça. Sinon, c'est tout ce foutu cirque qui recommencerait. Qui sait, peut-être que la Nouvelle-Californie pourra aussi disparaître de cet autre monde. On ne sait jamais, tout est encore possible. Et, de cette façon, personne ne meurt et tout le monde a gagné.

— Tu es le plus fort, mon bébé. Je l'ai su dès le premier jour. Quand est-ce qu'on descend ?

Al raffermit son étreinte sur ses doigts, la regarda bien en face. Il distinguait ses yeux tout neufs derrière la substance verte, comme si elle portait des lunettes de plongée qui auraient été pleines de liquide.

— Tu ne peux pas y aller, Jez. Tous ces trucs médicaux ne fonctionnent qu'ici, bon sang. Qui sait ce qui marchera encore une fois que la Nouvelle-Californie sera passée de l'autre côté ? Tu es en voie de guérison, tous les toubibs sont d'accord sur ce point. Mais tu as besoin d'un peu plus de temps pour être en parfaite santé. Je ne permettrai pas qu'il en aille autrement.

— Non, Al, je veux t'accompagner.

— Tu ne m'as pas compris. C'est moi qui vais rester ici. Comme ça, on sera toujours ensemble.

— Non.

— Si. (Il se rassit et leva le bras comme pour embrasser dans un seul geste la totalité de l'astéroïde.) Ma décision est prise, Jez. Il faut que quelqu'un reste ici et monte la garde pendant que les gars descendront à la surface de la planète. Cet enfoiré d'amiral ne m'inspire aucune confiance.

— Al, jamais tu ne sauras faire fonctionner les plates-formes DS. Tu n'arrives même pas à te dépêtrer de la climatisation de l'hôtel, bon sang !

— Ouais. Mais l'amiral ne le sait pas.

— Ils vont te capturer. T'expulser de ton corps. Tu te retrouveras dans l'au-delà jusqu'à la fin des temps. Je t'en supplie, Al. Je m'occuperai des plates-formes DS. Je veux que tu sois en sécurité. Si je te sais en sécurité, je pourrai continuer à vivre.

— Tu oublies quelque chose, Jez ; tout le monde l'a oublié, sauf peut-être ce pauvre lèche-cul de Bernhard. Je suis Al Capone. L'au-delà ne me fait pas peur. Il ne m'a jamais fait peur.

Le faucon en provenance de la Nouvelle-Californie arriva alors que l'aéro du grand amiral Aleksandrovich atterrissait. Cela signifiait qu'il débarquait à la réunion du Conseil politique porteur de bonnes nouvelles. Un atout appréciable lors de négociations délicates.

Une première surprise lui était réservée à la porte de la Salle du conseil. Jeeta Anwar attendait la délégation des Forces spatiales.

— Le président m'a priée de vous informer que la présence

de vos aides de camp n'est pas requise lors de cette séance, déclara-t-elle.

Samual Aleksandrovich considéra Keaton et al-Sahhaf d'un air déconcerté.

— Ils ne sont pourtant pas très dangereux, dit-il avec un ton de jovialité forcée.

— Navrée, amiral, répliqua Jeeta.

Samual envisagea de faire un scandale, car il n'appréciait guère les surprises de ce genre. Celle-ci signifiait que la réunion à venir serait d'un caractère inhabituel, voire déplaisant. La présence de ses aides de camp n'y changerait rien.

— Très bien, fit-il.

Autre surprise, le nombre relativement réduit d'ambassadeurs assis autour de la grande table ronde en bois de séquoia de la Salle de conseil. Trois en tout, représentant la Nouvelle-Washington, Oshanko et Mazaliv. Lord Kelman Mountjoy était également présent. Samual Aleksandrovich le salua d'un hochement de tête prudent tout en s'asseyant à la gauche d'Olton Haaker.

— Je ne pense pas que le quorum soit atteint, dit-il, l'air de rien.

— Pas en ce qui concerne le Conseil politique, non, dit le président Haaker.

Samual s'inquiéta de son ton emprunté ; cet homme était raide d'inquiétude.

— Veuillez alors m'informer de l'objet de cette réunion.

— Nous sommes ici pour élaborer notre future politique vis-à-vis des possédés, dit Kelman Mountjoy. C'est une question que la vieille Confédération n'est pas capable de régler de façon satisfaisante.

— La vieille Confédération ?

— Oui. Nous proposons une restructuration.

Samual Aleksandrovich écouta avec une inquiétude grandissante le ministre des Affaires étrangères du royaume de Kulu exposer la réflexion qui avait abouti au projet de noyau dur de la Confédération. Il fallait mettre un terme à la lente expansion de la possession, renforcer les défenses des systèmes stellaires les plus importants. Mettre sur pied une société solide, économiquement stable, seule capable de trouver une solution globale.

— Vous proposez-vous d'y intégrer les Édénistes ? s'enquit Samual lorsque l'autre eut fini.

— Ils n'ont pas entièrement adhéré à notre concept, répondit

Kelman. Toutefois, comme ils ont une position de repli quelque peu semblable, leur intégration est fort probable sur le long terme. Nous n'aurions aucune difficulté à poursuivre nos échanges commerciaux avec eux, vu qu'ils sont en grande partie immunisés contre le genre d'infiltration résultant de la violation du dispositif de quarantaine.

— Et n'oublions pas qu'ils fournissent de l'énergie à toutes les planètes adamistes, ajouta Samual sur un ton cinglant.

Kelman réussit à ne pas sourire.

— Non, en effet, dit-il d'une voix douce.

Samual se tourna vers le président.

— Vous ne pouvez pas autoriser cela, c'est de l'apartheid économique. Cela transgresse toutes les notions d'éthique et d'égalité que la Confédération a été créée pour représenter. Nous devons protéger tous les citoyens.

— Une prouesse dont les Forces spatiales sont hélas bien incapables, rétorqua tristement Olton Haaker. Et vous avez vu les projections économiques réunies par mon cabinet. Nous ne pouvons pas nous permettre de maintenir le déploiement de nos forces à leur niveau actuel, encore moins le prolonger même à moyen terme. Quelque chose doit céder, Samual.

— En fait, quelque chose a déjà cédé, renchérit Kelman. En attaquant Arnstadt puis la Nouvelle-Californie, nous admettons que nous ne pouvons plus nous contenter du statu quo actuel. Le Conseil politique a décidé que nous devions perdre ces planètes afin d'avoir une chance de pouvoir sauver les autres, et vous avez approuvé cette décision. La création du noyau dur est la suite logique de cette action. Elle sauvegarde notre espèce en nous garantissant que l'une de ses parties sera exempte de la possession et par conséquent en mesure de lutter contre elle.

— Il est intéressant de constater que la partie de l'espèce qui est ainsi sauvegardée est celle à laquelle vous appartenez. À savoir la plus riche.

— Primo, s'il est mis un terme aux ridicules subventions que nos planètes consentent aux systèmes stellaires en phase deux, ceux-ci seront obligés de passer au stade contractuel et deviendront par conséquent plus sûrs. Secundo, il ne sert à rien que les systèmes les plus riches s'appauvrissent ainsi sans résoudre quelque problème que ce soit. Nous devons faire face aux véritables difficultés, et ce avec la plus grande détermination.

— La quarantaine est efficace. Avec le temps, et si tous les alliés acceptent de mettre en commun les données collectées par leurs services de renseignement, nous pourrons mettre fin aux vols illégaux. Il n'y a plus d'Organisation, Capone s'est quasiment rendu à l'amiral Kolhammer.

— Voilà bien le genre d'arguments caractéristiques d'une politique obsolète, dit Kelman. Oui, vous avez éliminé Capone. Mais nous avons perdu la Terre. Mortonridge a effectivement été libérée, mais à un coût désastreux. Le tau-zéro peut chasser un possesseur du corps qu'il occupe, mais ce dernier est le plus souvent rongé par un cancer qui mobilise les ressources de nos installations médicales. Tout cela doit cesser. Nous devons tirer un trait sur le passé si nous voulons sauver notre avenir.

— Vous considérez la crise présente comme si elle se réduisait au seul phénomène de possession, contra Samual. Vous vous trompez : la possession n'est qu'une conséquence de l'existence des âmes immortelles, dont certaines sont piégées dans l'au-delà. C'est la totalité de l'espèce humaine qui doit trouver ensemble une façon d'assimiler ce fait nouveau et de vivre avec lui, depuis le voleur à la tire exerçant son art sur une colonie perdue jusqu'à Sa Majesté votre roi. Nous devons rester unis. Si vous nous divisez, il vous sera impossible de toucher et d'éduquer les personnes qui risquent de souffrir le plus de cette révélation. Je ne peux accepter cela. Je refuse d'accepter cela.

— Vous le devez pourtant, Samual, dit le président. Sans l'argent des mondes du noyau dur, il n'y a plus de Forces spatiales.

— Les Forces spatiales sont financées par tous les systèmes de la Confédération.

— Pas de façon équitable, dit Verano, l'ambassadeur de la Nouvelle-Washington. À eux tous, les mondes qui se proposent de former le noyau dur financent les Forces spatiales à hauteur de quatre-vingts pour cent.

— Vous ne pouvez pas diviser... Ah ! je comprends maintenant. (Samual gratifia Olton Haaker d'un regard méprisant.) Vous ont-ils offert la présidence de la nouvelle assemblée si vous acceptiez de faciliter la transition ? Vous parlez de noyau dur de la Confédération, mais en fait vous vous retireriez de ladite Confédération. Il n'y aura pas de continuité, à tout le moins sur le plan légal. Chacun de mes officiers a renoncé à sa nationalité en s'engageant ; les Forces spatiales de la Confédération répondent de leurs actes devant l'Assemblée générale, pas devant une vulgaire faction séparatiste !

— Une bonne partie de vos flottes se compose de détachements nationaux, dit Verano en s'échauffant. Nous les récupérerons en même temps que leurs bases. Il ne vous restera que des astronefs que vous serez incapables d'entretenir dans des systèmes qu'ils seront incapables de défendre.

Kelman leva l'index, ce qui réduisit l'ambassadeur au silence.

— Les Forces spatiales obéiront aux ordres que vous leur donnerez, Samual, nous le savons tous. Quant aux objections soulevées par l'ambassadeur Verano, elles ne sont pas dénuées de pertinence. Nous avons financé la construction de ces astronefs.

— Et votre noyau dur deviendrait la seule et unique loi, dit Samual.

— Exactement. Si vous voulez protéger l'humanité, soyez donc réaliste. La création du noyau dur est inévitable. Vous comprenez la politique mieux que la plupart d'entre nous, car sinon vous n'auriez pas été nommé grand amiral. Nous avons décidé que c'est ainsi que nos intérêts seront les mieux servis. Nous agissons de la sorte afin qu'une solution soit trouvée en fin de compte. C'est dans notre intérêt de veiller à ce que l'on trouve une solution. Dieu sait que je n'ai plus guère envie de mourir à présent que je sais ce qui m'attend. Nous consacrerons à ce problème des ressources illimitées, vous pouvez nous faire confiance. Aidez-nous à préserver nos frontières, amiral, mettez la flotte au service du noyau dur. Nous sommes la meilleure garantie de succès pour l'espèce humaine. Et vous avez fait serment de protéger celle-ci, je crois bien.

— Je n'ai nul besoin que vous me rappeliez où se place mon honneur, rétorqua Samual.

— Je vous demande pardon.

— Je dois réfléchir avant de vous donner une réponse. (Il se leva.) Je dois aussi consulter mon état-major.

Kelman s'inclina.

— J'ai conscience de la difficulté où vous êtes. Je regrette que vous ayez été placé dans une telle situation.

Samual attendit pour parler à ses aides de camp d'être à bord de son aéro, en route vers la station orbitale qui lui servait désormais de quartier général.

— Les autres systèmes stellaires ont-ils les moyens de financer seuls les Forces spatiales ? demanda al-Sahhaf.

— J'en doute, répondit Samual. Ils vont se retrouver sans défense, nom de Dieu !

— Merveilleuse démonstration de logique, commenta Keaton.

Ils se retrouveront sans défense dans tous les cas. Si vous ne livrez pas les Forces spatiales au noyau dur de la Confédération, cela l'affaiblira sans pour autant être utile aux laissés-pour-compte.

— Êtes-vous en train de suggérer que nous acceptions ce marché ?

— Personnellement, amiral, je ne le pense pas. Mais c'est là une manœuvre politique comme on en enseigne dans les écoles. Laissés à nos seules ressources, nous ne pouvons rien faire. En entrant dans leur jeu, nous avons la possibilité d'influer sur leur politique de l'intérieur, d'autant plus que nous occuperons une position de force.

— Lord Mountjoy n'est pas un imbécile, intervint al-Sahhaf. Il est sûrement disposé à négocier avec vous en privé. Peut-être pourrons-nous maintenir le SRC en activité dans les systèmes stellaires de deuxième classe, continuer de transmettre à leurs gouvernements des informations sur les mouvements des possédés.

— Oui, fit Samual. Mountjoy accueillerait favorablement une telle idée. Simple question de bon sens politicien.

— Souhaitez-vous le rencontrer, amiral ?

— À vous entendre, j'ai l'impression que vous me soumettez à la tentation, commandant.

— Amiral !

— Non, je ne souhaite pas le rencontrer. Pas encore. Je ne tiens pas à ce que mon entêtement cause le démantèlement des Forces spatiales. Celles-ci représentent un contre-pouvoir de taille face aux possédés, et l'espèce humaine ne doit pas en être privée. Je dois discuter de tout cela avec Lalwani et voir si les Édénistes seraient prêts à soutenir la flotte. S'ils ne le peuvent pas, alors je rencontrerai Mountjoy pour voir avec lui dans quelles conditions j'en remettrai le commandement à ce fameux noyau dur. Nous ne devons pas oublier une chose : en fin de compte, l'armée existe pour servir le peuple, même si nous méprisons les dirigeants qu'il s'est choisis.

Le froid était d'une intensité stupéfiante. Il déferlait par vagues dans toutes les parties du canot de sauvetage, en chassant toute trace de chaleur. La température devint si basse que les composants de plastique changèrent de couleur, comme javellisés par des rayons ultraviolets. L'haleine de Tolton déposait sur la moindre surface une couche de givre dure comme le fer.

Ils avaient trouvé des vêtements de survie dans des armoires, et il en avait enfilé autant de couches qu'il le pouvait. Résultat, il semblait encore plus gros que Dariat, le visage emmailloté dans d'épais bandages censés lui protéger les oreilles et la gorge. Là où elle était exposée à l'air, sa peau était elle aussi recouverte de givre, et chacun de ses cils ressemblait à une épingle de glace.

Les cellules énergétiques du canot chutaient aussi vite que la chaleur. Au début, les circuits environnementaux avaient fonctionné tant bien que mal, réchauffant l'atmosphère et en extrayant la vapeur d'eau. Un bilan de routine avait suffi à leur montrer que, à ce rythme-là, les cellules seraient épuisées en quarante minutes. Dariat mit en veilleuse des systèmes tels que l'astrogation et les communications, sans parler de la propulsion, puis, lorsque Tolton eut enfilé deux tenues chauffantes et un survêtement en tissu isolant, il désactiva tous les systèmes excepté la ventilation et le recyclage du dioxyde de carbone. Normalement, les cellules énergétiques auraient dû tenir deux jours.

Malheureusement, les tenues chauffantes de Tolton succombèrent beaucoup plus tôt que prévu. La cellule de la seconde déclara forfait quinze heures après qu'ils furent entrés dans le mélange. Ensuite, il se mit à boire de la soupe servie dans des sachets autochauffants.

— Combien de temps la coque va-t-elle tenir ? demanda-t-il entre deux gorgées.

Il était tellement engoncé dans ses vêtements qu'il ne parvenait même pas à plier les bras, si bien que Dariat était obligé de lui coller le sachet aux lèvres.

— Aucune idée. Mes sens supplémentaires seraient bien en peine de le dire. (Dariat se battit les flancs ; le froid l'affectait moins que son camarade, mais il avait enfilé plusieurs pulls et un épais pantalon de survêtement.) La mousse thermoprotectrice a sans doute disparu. La coque va continuer de s'évaporer jusqu'à ce que la pression du mélange fasse imploser le canot. Ce sera rapide.

— Dommage. J'aurais bien aimé ressentir quelque chose. Même une pincée de douleur me serait agréable.

Dariat sourit à son ami. Les lèvres de Tolton avaient viré au noir et perdaient leur peau.

— Qu'y a-t-il ?

— Rien. Je me disais qu'on pourrait activer l'une des fusées. Peut-être que ça réchaufferait un peu l'habitacle.

— Ouais. Et ça nous amènerait plus vite de l'autre côté.

— Ce ne serait pas trop tôt. Alors, si on pouvait choisir ce qui nous attend là-bas, qu'est-ce qui te ferait le plus plaisir ?

— Une île tropicale, avec des plages longues de plusieurs kilomètres. Et une mer aussi chaude qu'une baignoire.

— Pas de femmes ?

— Bien sûr que si ! (Il battit des cils, et ses paupières restèrent collées l'une à l'autre.) Je n'y vois plus rien.

— Tu ne connais pas ton bonheur. Si tu voyais ta tête...

— Et toi ? Qu'est-ce que tu aimerais trouver de l'autre côté ?

— Tu le sais : Anastasia. J'ai vécu pour elle. Je suis mort pour elle. J'ai sacrifié mon âme pour elle... enfin, pour sa sœur. Je pensais qu'elle m'observait pendant tout ce temps-là. Je voulais faire bonne impression.

— Ne t'en fais pas, de ce côté-là, c'est gagné. Je n'arrête pas de te le dire : un amour aussi fort que le tien, ça va lui filer le vertige. Les filles adorent ce genre de dévotion à la con.

— Tu es le poète le moins sensible que j'aie jamais connu.

— Je suis un poète des rues. J'évite les histoires de roses et de chocolat, c'est pas assez réaliste à mon goût.

— Oui, mais je parie que ça paie davantage.

N'entendant aucune réponse, Dariat se pencha sur Tolton pour l'examiner de près. Il respirait encore, mais très lentement, et l'air sifflait en passant entre les stalactites de glace qui pendaient à sa lèvre supérieure. Il ne frissonnait plus.

Dariat s'allongea sur sa couchette anti-g et attendit patiemment. Vingt minutes s'écoulèrent avant que le fantôme de Tolton s'élève du tas de vêtements immobiles. Il fixa Dariat d'un air interloqué, puis rejeta la tête en arrière et éclata de rire.

— Oh ! merde, qu'est-ce que tu dis de ça ? Je suis l'âme d'un poète ! (Son rire se transforma en sanglots.) L'âme d'un poète. Tu piges ? Tu ne ris pas. Tu ne ris pas, et pourtant c'est drôle. C'est la dernière blague que tu entendras avant la fin de l'éternité. *Pourquoi tu ne ris pas ?*

— Chut ! (Dariat leva la tête.) Tu entends ça ?

— Les entendre ? Il y a des milliers de millions de milliards d'âmes là-dehors. Bien sûr que je les entends, bordel !

— Non. Je ne parle pas des âmes du mélange. J'ai cru entendre quelqu'un nous appeler. Une voix humaine.

14.

La nuit avait été longue pour Fletcher Christian. Il était resté enchaîné à l'autel, le corps parcouru d'électricité, pendant que la folie se déchaînait tout autour de lui. Sous ses yeux, les disciples de Dexter avait réduit en pièces la splendide maquette en bois de Saint-Paul grâce à laquelle sir Christopher Wren avait pu matérialiser l'ébauche de son rêve, en alimentant les braseros qui illuminaient à présent l'édifice. À un moment donné, le silence s'était fait, et des prisonniers avaient été conduits devant l'autel, où Dexter les attendait avec son anti-mémoire. Fletcher avait assisté en pleurant au massacre de leurs âmes et à l'arrivée dans leurs corps de réfugiés de l'au-delà ayant prêté serment d'allégeance au messie de la Nuit. En coulant, ses larmes acides avaient ravivé les plaies creusées par les runes sur ses joues. Puis il avait dû endurer le rire dément de Courtney, que Dexter avait violentée comme une brute, faisant couler son sang et brûler ses chairs.

Sacrilège. Meurtre. Barbarie. Cela ne s'arrêtait jamais. Une incessante série d'assauts lancés sur ses sens affaiblis. Il récita le Notre-Père avec ferveur jusqu'à ce que Dexter l'entende et entonne avec le chœur des possédés un hymne obscène qui étouffa sa voix. Leurs cruelles paroles se plantaient dans son cerveau telles des dagues, et leur joie de célébrer le mal finit par le réduire au silence. La pression de leurs dépravations allait sûrement avoir raison de son esprit.

Et durant tout ce temps-là, leur puissance énergétique ne cessait de croître en même temps que leur nombre, se préparant à engloutir et l'esprit et la matière. Rien à voir avec le souhait universel qui avait imprégné Norfolk, ce vœu d'échapper au vide. Dexter absorbait la force que lui offraient ses disciples et la remodelait à l'image de ses désirs de damné.

Comme la sinistre lueur rouge s'engouffrait par la porte ouverte, défiant la nuit, Fletcher entendit enfin les cris des anges déchus. La diabolique souffrance qu'ils traduisaient faillit avoir raison de sa résolution. Dexter ne comptait quand même pas lâcher sur Terre de telles monstruosités !

— Non ! gémit Fletcher. Il ne faut pas les invoquer. C'est de la folie. De la folie. Ils nous dévoreront tous.

Le visage de Dexter apparut devant lui, rayonnant d'un glacial contentement.

— Ce n'est pas trop tôt, tu as enfin compris.

Le *Lady Macbeth* émergea dans l'espace interstellaire, à mille neuf cents années-lumière de la Confédération. La sensation d'isolation qu'éprouvaient les astros à son bord pâlissait à côté de l'insignifiance que leur évoquait cette distance.

Les capteurs stellaires sortirent de leurs niches, rassemblant une misérable moisson de photons. Les programmes d'astrogation se mirent en ligne pour calculer leur position.

Joshua triangula leur cible, un point lumineux tout à fait banal situé à trente-deux années lumière de là. Les coordonnées de saut se matérialisèrent dans son esprit, série de chiffres pourpres à l'extrémité d'un long tunnel neuro-iconique de cercles orangés. L'étoile était légèrement décalée sur le côté pour compenser la différence de delta-V. Astre et astronef différaient dans leur vélocité relative par rapport au cœur galactique.

— À vos postes, déclara-t-il. Accélération.

Des grognements montèrent de la passerelle. Ils se turent dès qu'il activa la propulsion à l'antimatière. Tous se retrouvèrent plaqués à leurs couchettes par quatre g d'accélération, à l'exception de Kempster Getchells ; le vieil astronome s'était réfugié dans une nacelle tau-zéro à l'issue du deuxième saut. « C'est trop dur pour mes vieux os, avait-il déclaré en souriant. Réveillez-moi quand nous serons arrivés. »

Tous les autres avaient décidé de tenir bon. Les membres d'équipage n'avaient d'ailleurs pas le choix. Dix-sept sauts en vingt-trois heures, portant chacun sur quinze années-lumière. Très certainement un record. Mais plus personne n'en tenait le compte ; tous les astros s'étaient mobilisés afin d'assurer le bon fonctionnement des systèmes de bord, faisant montre d'un professionnalisme digne d'éloges. À mesure que l'étoile du Dieu endormi se rapprochait, une légitime sensation de fierté était venue tempérer leur impatience.

Allongé sur sa couchette, Joshua les pilotait jusqu'à chaque nouvelle position avec la sublime compétence qui lui était coutumière. Aucun commentaire ne fut fait lorsque la nébuleuse d'Orion disparut peu à peu derrière eux. Elle était plus petite à chaque nouveau scan stellaire, se réduisant bientôt à une petite tache floue, le dernier repère astronomique connu qui soit offert à leur examen. Tous les générateurs de fusion tournaient à leur capacité maximale afin de recharger les nœuds le plus vite possible. C'était pour cette raison que Joshua mettait les gaz à chaque étape plutôt que de se contenter d'un dixième de g comme il en avait l'habitude. Question de temps. Le temps était désormais la denrée la plus précieuse en sa possession.

C'était l'instinct qui le motivait. Cette énigmatique et banale étoile que ses capteurs avaient en ligne de mire lui adressait le même chant de sirène que jadis les cailloux de l'anneau Ruine. Il lui était arrivé tant de choses lors de cette expédition. Il avait investi tellement d'espoir dans cette quête. Il ne pouvait pas, ne voulait pas croire que tous ses actes allaient se révéler vains. Le Dieu endormi existait. C'était un artefact xéno, suffisamment puissant pour intéresser les Kiints. Ils avaient raison depuis le début, les découvertes effectuées lors de cette expédition ne faisaient que souligner son importance.

— Nœuds chargés et parés, capitaine, rapporta Dahybi.

— Merci.

Joshua contrôla le vecteur par réflexe. Sa bécane s'en tirait plutôt bien. Plus que trois heures, plus que deux sauts, et ils seraient arrivés. Fin du voyage. Il avait du mal à le croire. Tant de choses avaient conduit le *Lady Mac* à cette rencontre. Kelly Tirell et les mercenaires sur Lalonde. Jay Hilton et Haile – où qu'elles se trouvent à présent. La fuite de Tranquillité devant la flotte de l'Organisation. Et, bien longtemps avant, un message transmis d'étoile en étoile, sur une distance de quinze cents années-lumière, par une espèce qui n'aurait jamais dû survivre à l'expansion de son soleil. Sans parler de la découverte du Dieu endormi par Swantic-LI. Une chaîne d'événements improbables reliant cette improbable rencontre au sort de toute une espèce.

Impossible de croire à un tel hasard. Ne restait que la destinée, l'intervention divine.

Hypothèse intéressante, vu la nature de leur destination.

Louise se réveilla un peu déboussolée. Un jeune homme était couché sur elle. Ils étaient nus tous les deux.

Andy, se rappela-t-elle. Ceci était son appartement : minuscule, en désordre, un peu sordide. Et si chaud que l'air semblait s'y être épaissi. La moindre surface était recouverte d'une couche de buée qui reflétait la lueur rose sombre de l'aurore traversant la fenêtre humide de condensation.

Il n'est pas question que je regrette ce que nous avons fait, songea-t-elle fermement. Je n'ai aucune raison de me sentir coupable. J'ai fait ce que je voulais faire. Comme j'en ai le droit.

Elle essaya de l'écarter doucement pour se lever, mais le lit était bien trop étroit. Il frémit, ouvrit les yeux et la regarda en plissant le front. Puis il sursauta.

— Louise !

Elle le gratifia d'un sourire plein de bravoure.

— Au moins tu n'as pas oublié mon prénom.

— Louise. Ô mon Dieu. (Il se redressa sur ses genoux, parcourut son corps d'un regard avide et se fendit d'un sourire béat.) Louise. Tu es bien réelle.

— Oui. En effet.

Il s'approcha vivement pour l'embrasser.

— Je t'aime, Louise. Ma chérie, ma chérie, comme je t'aime.

Il se plaqua contre elle pour l'embrasser de plus belle, lui prit les seins en coupe, lui titilla les mamelons ainsi qu'elle l'appréciait tant.

— Je t'aime, et nous sommes ensemble pour la fin du monde.

— Andy.

Elle se dégagea, surprise par la douleur qui irradiait ses seins. Andy était étonnamment fort pour quelqu'un d'aussi maigre.

— Ô mon Dieu, que tu es belle !

Il lui léchait les lèvres, cherchait à insinuer la langue dans sa bouche.

— Andy, arrête !

— Je t'aime, Louise.

— Non ! (Elle se redressa.) Écoute-moi. Tu ne m'aimes pas, Andy, et je ne t'aime pas non plus. Nous n'avons fait que baiser. (Elle se fendit d'un petit sourire voluptueux, conçu pour amortir le choc.) D'accord, c'était fabuleux. Mais rien de plus.

— Tu es venue vers moi.

Sa voix suppliante était sur le point de se briser ; elle l'avait vraiment blessé. La honte l'envahit.

— Je te l'ai dit : toutes les personnes que je connais ont soit quitté l'arche, soit été capturées par les possédés. C'est pour cela que je suis ici. Quant au reste... eh bien, nous en avions envie tous les deux. Plus rien ne nous retenait désormais.

— Je ne signifie donc rien à tes yeux ? demanda-t-il, au désespoir.

— Bien sûr que si, Andy. (Elle lui caressa le bras et se rapprocha un peu pour accentuer leur intimité.) Tu ne penses pas que j'aurais fait ça avec n'importe qui, n'est-ce pas ?

— Non.

— Tu te rappelles tout ce qu'on a fait ? lui murmura-t-elle à l'oreille. De vrais polissons, pas vrai ?

Andy rougit et détourna les yeux.

— Oui.

— Bien. (Elle l'embrassa sur la joue.) Cette nuit nous appartiendra pour toujours. Personne ne pourra jamais nous la prendre, quoi qu'il arrive.

— Je t'aime encore. Je t'ai aimée dès le premier jour. Ceci ne changera jamais.

— Oh ! Andy... (Elle le berça doucement contre sa poitrine.) Je ne voulais pas te faire de la peine. Je te le jure.

— Tu ne m'as pas fait de la peine. Tu en serais bien incapable.

Louise soupira.

— Que la vie est bizarre ! dit-elle. Toutes ces choses qui vous forcent à suivre une route plutôt qu'une autre. Si seulement nous pouvions les vivre toutes.

— Je les vivrais toutes avec toi.

Elle le serra un peu plus fort.

— J'envie celle qui sera la femme de ta vie. Comme elle aura de la chance !

— Ouais, sauf que ça ne risque plus d'arriver, hein ?

— Non. Sans doute pas.

Elle décocha un regard furibond à la vitre embuée, détestant le jour qui se levait, les heures qui filaient et ce qu'elles allaient apporter. Et quelque chose d'autre poignait derrière la vitre, porté par cette lumière écarlate : une impression de rancœur. Elle se sentit troublée, presque terrifiée. Décidément, cette lumière rouge était bien forte pour être celle de l'aube, elle lui rappelait la Duchesse.

Elle lâcha Andy pour se diriger vers la fenêtre. Il lui fallut monter sur un carton pour être à son niveau. Elle essuya la buée.

— Ô Seigneur Jésus !

— Que se passe-t-il ?

Andy la rejoignit et regarda par-dessus son épaule.

Ce n'était pas l'aurore qui éclairait Londres, le soleil ne se lèverait que dans deux heures. Un nuage rouge flottait au centre du Dôme de Westminster, quelques centaines de yards au-dessus du sol. Sa lueur maléfique se reflétait sur le cristal géodésique, en transformant l'armature en grille de cuivre briqué. De son ventre déferlait une vague de sang qui souillait les toits et les murs de la cité. Sa lisière, distante de moins d'un mile de l'endroit où se trouvaient les deux amants d'une nuit, ondoyait doucement.

— Merde ! fit Andy. Il faut foutre le camp d'ici.

— On nc peut plus aller nulle part, Andy. Les possédés nous ont cernés de tous côtés.

— Mais... Et merde ! Pourquoi quelqu'un ne fait-il pas quelque chose ? New York parvient encore à leur résister. On devrait s'organiser et les affronter, nous aussi.

Louise regagna le lit, s'asseyant avec un luxe de précautions. Certains mouvements lui étaient pénibles. Elle ouvrit ses naneuroniques pour procéder à un examen physiologique, s'assurant que le bébé était en parfaite santé. Elle ne souffrait que de très légères contusions. Le package médical infusa dans ses veines des agents biochimiques conçus pour la remettre en forme.

— Nous avons tenté de faire quelque chose, déclara-t-elle. Mais nous avons été battus hier soir.

— « Nous » ? (Andy se dressa devant elle, la peau inondée de sueur ; il se frotta le front, en chassant une mèche de cheveux.) Tu veux dire que tu es impliquée là-dedans ?

— Je suis venue sur Terre pour mettre les autorités en garde contre un possédé du nom de Quinn Dexter. Je me suis démenée pour rien, vu qu'elles étaient déjà au courant. C'est lui qui est derrière tout cela. Comme je l'avais déjà vu, j'aidais les autorités en question à le localiser.

— Je croyais que c'était l'Organisation de Capone qui s'était infiltrée parmi nous.

— Ça, c'est l'histoire que le Gouvcentral a racontée aux médias. Il ne voulait pas que l'on découvre la véritable nature de l'ennemi.

— Bordel de merde, grogna-t-il, visiblement vexé. Tu parles

d'un maître du réseau. Je n'ai même pas pu découvrir ça par moi-même.

— Ne t'inquiète pas. Le DSIG est plus futé que l'on croit. (Elle se leva, excitée par cette allusion au B7.) Il faut que j'aille aux toilettes. Elles sont sur le palier, tu m'as dit ?

— Oui. Euh... Louise ?

— Quoi ?

— Il vaudrait mieux que tu t'habilles avant.

Elle contempla sa nudité et se fendit d'un sourire ravi. Voilà qu'elle avait perdu ses inhibitions, qu'elle se baladait à poil devant un garçon, ou plutôt devant un partenaire sexuel de passage ou presque. Peut-être que j'ai bel et bien dit adieu à Norfolk, après tout.

— Je crois bien que tu as raison.

Ses vêtements traînaient par terre, froissés et toujours mouillés. Andy lui prêta un jean gris et un sweat-shirt bleu marine aux armes de Jude Électro, les récupérant dans un carton où ils avaient été protégés du plus gros de l'humidité.

Lorsqu'elle revint, il venait de brancher deux cellules énergétiques sur le climatiseur. Le boîtier en acier galvanisé se mit à vibrer, puis projeta dans la pièce un nuage d'air frais. Louise se planta devant lui pour sécher ses cheveux.

— J'avais planqué de la bouffe, dit Andy. Tu veux prendre un petit déj' ?

— S'il te plaît.

Il attrapa des plateaux tout prêts dans un carton et les glissa dans le four. Louise se mit à examiner son appartement en détail. C'était bel et bien un maniaque de l'électronique, comme il le lui avait dit le soir de leur dîner. Il ne dépensait pas un sou pour se meubler, ni même pour se vêtir. Il y avait des gadgets partout : des outils et des blocs, du fil électrique et des câbles en fibre optique, des composants microscopiques dans leurs emballages, des testeurs fragiles ; un mur entier disparaissait sous les microcartels. Lorsqu'elle jeta un coup d'œil dans la pièce voisine, ce fut pour y découvrir des monceaux d'unités domestiques usagées. Il les démontait pour récupérer leurs composants, expliqua-t-il. Son travail de réparateur lui permettait d'arrondir ses fins de mois. Elle sourit en apercevant le smoking pendu derrière la porte dans sa housse en plastique, totalement déplacé en ce lieu.

Le four éjecta leurs plateaux. Andy fixa une brique de jus d'orange à son distributeur d'eau, faisant monter des bulles dans la bouteille en verre. La brique grossit à mesure que la boisson se constituait.

— Andy ? (Louise fixa le bazar électronique en se maudissant intérieurement.) Est-ce que tu as un bloc de communication en état de marche, qui soit susceptible d'entrer en liaison avec un satellite ?

— Bien sûr. Pourquoi ?

— Louise ! Mon Dieu, j'ai cru que nous vous avions perdue, télétransmit Charlie. D'après le satellite-capteur, vous vous trouvez dans un appartement de Halton Road. Ah ! je vois, c'est l'adresse d'Andy Beho. Est-ce que ça va ?

— J'ai survécu, répondit-elle. Où êtes-vous ?

— Dans le Halo. Je suis parti un peu précipitamment, mais j'ai estimé que c'était nécessaire après la débâcle d'hier soir. Savez-vous si Fletcher s'en est sorti ?

— Aucune idée. J'ai perdu le contact avec tout le monde une fois que je me suis enfuie. Et Ivanov ?

— Désolé, Louise. Il ne s'en est pas tiré.

— Il ne reste plus que moi, alors.

— Apparemment, je vous ai encore sous-estimée, Louise. La seule erreur que je m'obstine à répéter.

— Charlie, il y a un nuage rouge sous le dôme.

— Oui, je sais. Manœuvre rusée de la part de Dexter. Les armes rayonnantes ne peuvent plus intervenir à moins de faire sauter le dôme. En outre, je n'ai presque plus de couverture capteur. J'ai essayé de dépêcher des oiseaux et des rats équipés du lien d'affinité pour le localiser, mais je perds le contact chaque fois. Et nous qui pensions que leur pouvoir énergétique était sans effet sur le biotek.

— Selon Fletcher, ils ont conscience de tout ce qui se produit sous leur nuage. Dexter a probablement tué ces animaux.

— Oui. Du coup, il ne nous reste plus grand-chose à faire, n'est-ce pas ?

— Ce nuage rouge est différent, transmit-elle. J'ai pensé que vous deviez en être informé. C'est pour ça que je vous appelle, en fait.

— Que voulez-vous dire ?

— Je me suis trouvée sous un nuage rouge avant de quitter Norfolk, et il n'avait rien à voir avec celui-ci. Ce nuage-ci est palpable, un peu comme une vibration sourde qu'on ne peut pas tout à fait entendre. Son but n'est pas seulement d'occulter le ciel, c'est quelque chose de maléfique, Charlie.

— C'est sûrement Dexter. Il a rassemblé un nombre important de possédés. Je ne sais pas ce qu'il mijote, mais ce nuage est essentiel pour ses plans.

— J'ai peur, Charlie. Il va gagner la partie, n'est-ce pas ?

— Pouvez-vous fuir vers l'un des dômes extérieurs, Andy et vous ? J'ai encore des agents en place là-bas. Je peux vous faire sortir.

— Le nuage s'étend, Charlie. Je ne pense pas que nous y arriverons.

— Louise, je veux que vous essayiez. Je vous en supplie.

— Vous sentiriez-vous coupable, Charlie ?

— Peut-être. Genevieve est arrivée à Tranquillité. Le capitaine de gerfaut m'a informé qu'il n'accepterait plus jamais ma clientèle.

Louise eut un sourire.

— Je reconnais bien là ma petite sœur.

— Allez-vous quitter le lieu où vous vous trouvez ?

— Je ne pense pas. Andy et moi y sommes parfaitement à l'aise. Et qui sait ce qui se passera lorsque la Terre partira dans un autre univers ? Peut-être que ce ne sera pas si grave.

— Ça ne risque pas d'arriver, Louise. Ce n'est pas ce que cherche Dexter. Il veut oblitérer l'univers, pas le quitter. Et il y a sur Terre des gens qui peuvent l'en empêcher.

— Que voulez-vous dire ? Personne n'a jamais pu l'arrêter.

— L'apparition du nuage rouge a fouetté les sangs de notre cher président. Il est persuadé que les possédés sont sur le point d'emporter la Terre dans un autre univers. Le Sénat l'a autorisé à employer les plates-formes DS contre les arches afin d'éliminer les possédés. Le fatalisme est devenu une politique, Louise. La Confédération a abandonné Arnstadt et la Nouvelle-Californie pour pouvoir se débarrasser de Capone. Le président va sacrifier une minorité de citoyens pour sauver la majorité. L'histoire ne conservera pas un bon souvenir de lui, mais les survivants des autres arches lui seront discrètement reconnaissants.

— Vous devez l'arrêter, Charlie. La population de Londres est encore plus importante que celle de Norfolk. Vous pouvez l'empêcher de faire cela, n'est-ce pas ? Le B7 ne va pas laisser périr tous ces gens. Vous êtes les maîtres de la Terre. C'est ce que vous m'avez dit.

— Nous pouvons retarder l'exécution de cet ordre, de quelques heures tout au plus. Saboter les circuits de communication, nous débrouiller pour que les officiers de la Défense stratégique refusent d'obéir. Mais un ordre direct émis par le président est forcément exécutoire. Les plates-formes vont tirer sur les arches aux lasers gamma. Toutes les cellules vivantes seront détruites à l'intérieur des dômes.

— Non. Vous devez les arrêter.

— Gagnez l'un des dômes extérieurs, Louise. Vous avez toujours l'antimémoire. Vous pouvez en faire usage sur quiconque tentera de vous stopper.

— Non ! hurla-t-elle. (Elle tapa du poing sur la table, faisant tressauter le plateau et les verres.) Non. Non. Non.

Le bloc de communication alla se fracasser contre le mur. Des échardes de plastique volèrent dans toutes les directions.

— Je refuse ! rugit-elle.

Andy s'était figé sur sa chaise et la fixait d'un air affolé. Elle lui fit face.

— Ils vont tuer tout le monde. Le président a ordonné une frappe DS sur le dôme.

Il se leva et lui passa les bras autour du corps, s'efforçant d'apaiser ses tremblements. Même pieds nus, elle faisait une demi-tête de plus que lui, et il dut lever la tête pour la regarder dans les yeux.

— Nous devons l'arrêter, déclara-t-elle.

— Qui ça, le président ?

— Non, Dexter.

— Le possédé ? Le fou ?

— Oui.

— Comment ?

— Je ne sais pas. Aller le voir. Le prévenir ! Lui dire de se débarrasser du nuage rouge. S'il n'a plus de disciples, il n'est plus rien, même lui peut comprendre ça.

— Et ensuite ?

— Je ne sais pas ! s'écria-t-elle. Mais ça évitera que tout le monde se fasse tuer, ce n'est pas si mal, non ?

— Euh... si.

Elle se dirigea vers ses vêtements et en extirpa l'antimémoire.

— Où sont mes souliers ?

Andy considéra l'étrange tube noir qu'elle serrait dans sa main d'un air décidé et comprit qu'elle ne plaisantait pas. Sa première idée fut de verrouiller la porte pour l'empêcher de sortir. Mais il avait trop peur pour agir.

— N'y va pas.

— Il le faut, répliqua-t-elle sèchement. Aucun de ces monstres ne se soucie du sort des gens.

Andy tomba à genoux.

— Louise, je t'en supplie. Ils vont te capturer. Te torturer.

— Ça ne durera pas très longtemps. Après tout, nous serons tous massacrés.

Elle enfila l'une de ses chaussures, en boucla la lanière.

— Louise. S'il te plaît ?

— Est-ce que tu m'accompagnes ?

— C'est Londres, là-dehors, répondit-il en désignant la fenêtre. Tu disposes de deux heures pour retrouver une personne. C'est impossible. Reste ici. On ne s'apercevra de rien. Pas avec les armes DS, elles sont trop puissantes.

Elle le gratifia d'un regard noir.

— Andy, tu n'as pas suivi les infos ? Tu as une âme. Tu t'apercevras forcément de quelque chose. Il y a de grandes chances pour que tu te retrouves coincé dans l'au-delà.

— Je ne peux pas aller là-bas, geignit-il. Pas avec tous ces possédés. N'y va pas.

Elle mit son autre chaussure.

— Eh bien, moi, je ne peux pas rester ici.

Andy la considéra un long moment. Grande, belle, décidée. Glorieuse. Il avait passé toute la nuit à lui faire l'amour, soumettant son corps à de dangereux programmes stimulants afin de parvenir à la combler. Et ça ne signifiait strictement rien pour elle. Jamais elle ne lui appartiendrait, car elle l'avait vu sous son jour véritable. Ils étaient désormais plus éloignés l'un de l'autre qu'avant le moment où il avait découvert son existence.

Il se passa une main sur le nez pour étouffer ses reniflements.

— Je t'aime, Louise.

En s'entendant prononcer ces paroles geignardes, il se méprisa en se voyant tel qu'il était, en mesurant ce qu'il ne pourrait jamais devenir.

Partagée entre la gêne et l'exaspération, Louise ne savait pas si elle devait l'embrasser ou le chasser de son chemin.

— Je garderai un bon souvenir de notre nuit, Andy. Rien n'a changé sur ce point-là.

Une petite tape sur sa tête ? Non, ce serait trop humiliant. Elle le contourna, ouvrit la porte et la referma doucement derrière elle.

Jay fut réveillée par des bruits de voix et de portes qui claquent. Elle s'assit dans son lit et bâilla à s'en décrocher la mâchoire, puis s'étira de tout son long. Dehors, il faisait nuit, et il y avait tellement de boucan dans la villa qu'elle entendait à peine le doux murmure du ressac. Des gens marchaient dans les pièces en parlant d'une voix excitée. Elle entendit grincer les marches menant à la véranda, puis claquer la porte d'entrée.

Récupérant Prince Dell, elle sortit dans le couloir sur la pointe des pieds. Jamais il n'y avait eu un pareil barouf dans la villa, même le soir où les retraités avaient planifié la nouvelle colonie. Il devait se passer quelque chose de terriblement important, et elle était bien décidée à écouter aux portes pour en apprendre davantage.

Les voix se turent.

— Entre, Jay, lança Tracy depuis le salon.

Jay obéit. Elle avait appris à ses dépens qu'on ne pouvait rien cacher à la vieille dame. Sept autres vieillards s'étaient joints à elle. Jay fonça tête baissée vers le grand fauteuil où Tracy avait pris place, trop intimidée pour dire quoi que ce soit.

— Désolée, mon petit, dit Tracy alors que Jay se nichait dans les coussins à côté d'elle. Tout ce vacarme t'a réveillée, je parie ?

— Que se passe-t-il ? interrogea la fillette. Pourquoi tout ce monde ?

— Nous envisageons de demander l'intervention du Corpus, répondit Tracy. Eh oui, encore.

— Il se passe des choses graves sur Terre, précisa Arnie. Nous ne l'avons pas compris tout de suite, mais il est possible que Quinn Dexter se prépare à accomplir un acte extrêmement dangereux.

— Le Corpus n'interviendra pas, dit Galic d'un air découragé. Il n'y a aucune raison valable pour qu'il le fasse. Vous connaissez les règles : il faut qu'une espèce donnée mette en danger une autre espèce. Quinn Dexter correspond hélas à la définition d'un être humain. Par conséquent, c'est un suicide plutôt qu'un meurtre qui risque de se produire.

— Il faudrait revoir cette définition, maugréa Arnie. Je ne vois pas en quoi cette ordure appartient au genre humain.

— Si le Corpus refuse d'intervenir, c'est parce que le président va utiliser les armes DS, comme le barbare qu'il est.

— Il sera trop tard pour arrêter Dexter, dit Tracy. Surtout si le B7 s'en mêle et retarde la mise à feu.

Jay se blottit tout contre Tracy.

— Que va faire Dexter ? demanda-t-elle.

— Nous n'en sommes pas absolument sûrs. Rien, peut-être.

— Ah ! fit Arnie. Attendons d'avoir vu.

— Vous êtes en train de regarder ça ? s'enquit Jay, soudain tout à fait réveillée.

Tracy lança à Arnie un regard mauvais. Il y eut un dialogue mental entre les deux. Jay le perçut, même si elle n'en captait pas la teneur. Ces derniers temps, elle se débrouillait de mieux en mieux dans cette activité.

— S'il vous plaît ! supplia-t-elle. C'est ma planète.

— Très bien, dit Tracy. Tu peux rester un peu pour regarder. Mais si ça devient trop sanglant, tu retournes au lit.

Jay lui adressa un sourire radieux.

Les adultes s'assirent sur les autres sièges, trois d'entre eux se serrant sur le sofa. La télévision de Tracy s'alluma, montrant une rue déserte bordée de bâtiments antiques. Dans le ciel se tissait une tapisserie de nuages rouges. Jay frissonna à cette vue. C'étaient les mêmes que sur Lalonde.

— Nous sommes à Londres, expliqua Tracy en lui tendant une chope de chocolat chaud.

Jay cala Prince Dell contre son ventre pour qu'il puisse mieux voir et avala une gorgée de liquide crémeux avec un soupir d'aise. Quelqu'un s'avançait dans la rue.

Le *Lady Mac* émergea à cent millions de kilomètres de l'étoile de classe F, cinq degrés au-dessus du plan de l'écliptique. Comme il se trouvait dans un système non cartographié, Joshua ordonna le déploiement des capteurs de combat et procéda à un rapide examen préliminaire. Leur temps de réaction était inférieur à celui des capteurs standard, de sorte qu'ils avaient davantage de chances de repérer un quelconque danger à temps pour que l'astronef puisse faire un nouveau saut.

— Rien à signaler, rapporta Beaulieu.

Pour la première fois depuis trente heures, Joshua réussit à se détendre et s'affala sur sa couchette. Il ne s'était pas rendu compte à quel point sa nuque et ses épaules étaient crispées – on aurait dit que ses muscles s'étaient changés en pierre.

— On a réussi ! s'exclama Liol.

Ce fut au sein d'un joyeux vacarme que Joshua ordonna à l'ordinateur de bord de déployer les grappes de capteurs standard. Elles sortirent du fuselage en même temps que les échangeurs thermiques.

— Alkad, télétransmit-il. Faites sortir Kempster de sa nacelle, s'il vous plaît. Dites-lui que nous sommes arrivés.

— Oui, capitaine, répondit-elle.

— Beaulieu, Ashly, activez les capteurs astrographiques, s'il vous plaît. Les autres, placez le *Lady Mac* en configuration orbitale standard. Dahybi, je veux pouvoir sauter à tout moment, que les nœuds restent chargés.

— À tes ordres, capitaine.

— État des réserves de carburant ? s'enquit Joshua.

— Satisfaisant, lui dit Sarha. Il nous reste quarante pour cent de notre carburant fusion et cinquante-cinq pour cent de notre stock d'antimatière. Étant donné que nous avons brûlé quinze pour cent de celui-ci pour déplacer Lalarin-MG, il nous en reste assez pour regagner la Confédération. Nous pouvons même effectuer quelques sauts dans ce système, à condition que tu ne décides pas d'explorer toutes ses lunes jusqu'à la dernière.

— Espérons que ce ne sera pas nécessaire, rétorqua-t-il.

Le message de Swantic-LI ne précisait pas où se trouvait le Dieu endormi, en orbite autour d'une planète ou bien tout simplement autour de l'étoile.

Les astros se détendirent à mesure que le *Lady Mac* passait de sa configuration de vol à sa configuration orbitale, moins contraignante. Ils traînèrent sur la passerelle, passèrent aux toilettes. Ashly descendit à la coquerie préparer un repas. L'exposition prolongée à une forte gravité était toujours fatigante, et il était déconseillé de se sustenter pendant une manœuvre d'accélération. L'ingestion de masse impose une pression supplémentaire aux organes internes, même s'ils sont équipés de membranes renforcées. Les astros dévorèrent à belles dents leurs cakes spongieux, bondissant après les bulles bouillantes de sauce au fromage.

— Si ce Dieu endormi voit tout l'univers, dit Liol en parlant la bouche pleine, il doit savoir qu'on est ici, non ?

— N'importe quel télescope voit tout l'univers, répliqua Ashly. Ça ne signifie pas nécessairement que tous les télescopes peuvent nous voir.

— Moi, je dis qu'il a détecté notre distorsion gravitonique quand on est arrivés ici, insista Liol.

— Tu peux le prouver ?

— S'il a conscience de notre présence, il ne l'ébruite pas, dit Beaulieu. Les capteurs ne décèlent aucune émission électromagnétique.

— Comment les Tyrathcas l'ont-ils découvert, alors ?

— Je parie que ça leur a été facile, dit Dahybi.

Beaulieu lança des satellites de surveillance sous la supervision de Kempster et de Renato. Seize engins s'éloignèrent du *Lady Mac* à sept g d'accélération. Ils étaient disposés en formation sphérique, avec l'astronef en leur centre. Au bout de deux minutes, ils larguèrent leurs fusées à carburant solide et se mirent à dériver en fonction de leur vitesse acquise. Leur principale section consistait en une batterie de capteurs visuels omniphase, un gigantesque œil-espion capable de regarder dans toutes les directions à la fois. À eux tous, ils formaient un télescope à la portée sans cesse croissante et à la résolution impeccable. La seule limite qui leur était imposée découlait de la puissance de calcul dont ils disposaient pour traiter et analyser les données photoniques qu'ils recevaient.

Ils procédèrent à un balayage de tous les points lumineux dont la magnitude était négative (dans la classification stellaire standard, la plus brillante des étoiles visibles a une magnitude égale à un, celle de la moins brillante étant égale à six – tout objet plus brillant qu'une étoile de magnitude un est forcément une planète, et sa magnitude est donc négative). Ils relèveraient ensuite leur position cinq fois par seconde pour voir s'ils se déplaçaient.

Une fois toutes les planètes localisées, le télescope formé par les satellites se focaliserait sur leur voisinage au cas où la perturbation spatiale observée par Swantic-LI aurait tourné autour de l'une d'elles. Étant donné que les Tyrathcas ne connaissaient pas la détection gravitonique, on supposait que le phénomène était visible. Si les capteurs ne trouvaient rien, il faudrait procéder à un examen plus fouillé du système stellaire.

— Voilà qui est inhabituel, transmit Kempster à l'issue du premier balayage.

Renato et lui s'étaient installés dans le salon de la capsule C, en compagnie d'Alkad et de Peter, et leur équipement électronique donnait à cette pièce l'allure d'un labo d'astrophysique.

Joshua et Liol échangèrent un regard où la surprise le disputait à l'amusement.

— De quelle façon ? s'enquit Joshua.

— Nous ne détectons qu'une seule source de magnitude négative autour de cette étoile, répondit l'astronome. Il n'y a absolument rien d'autre. Ni planètes ni astéroïdes. Les capteurs du *Lady Macbeth* ne trouvent même pas la trace d'un nuage de poussière interplanétaire. Le moindre morceau de matière a été évacué, quasiment au niveau moléculaire. Le seul phénomène normal que j'aie constaté, c'est le vent solaire.

— Évacué ou avalé par la perturbation spatiale, marmonna Sarha.

— Alors, quelle est cette source ? demanda Joshua.

— Un objet de la taille d'une lune, tournant à trois cents millions de kilomètres de l'étoile.

Joshua et son équipage accédèrent à la batterie de capteurs. L'image leur montra un point extrêmement lumineux. D'une banalité crasse.

— Nous ne captons aucune donnée spectroscopique, précisa Kempster. Cet objet reflète la lumière de l'étoile avec une efficience proche de cent pour cent. Il doit être enveloppé dans une sorte de miroir.

— Tu avais bien dit que ce serait facile, lança Ashly à Dahybi.

— Ce n'est pas facile, c'est carrément évident, répliqua Joshua.

Il entra les coordonnées dans l'ordinateur de bord et calcula un vecteur de vol qui les ferait sauter à un million de kilomètres de l'énigmatique objet.

— À vos postes. Accélération dans une minute.

La colère impulsive qui avait accompagné Louise lors de sa sortie du domicile d'Andy s'était estompée lorsqu'elle atteignit Islington High Street. En arpentant les rues désertes, elle avait eu du temps pour réfléchir, concluant qu'elle s'était montrée aussi stupide que butée. Toutefois, elle ne pouvait pas renoncer à son idée. Il fallait que quelqu'un fasse quelque chose, même quelque chose de futile. C'était la perspective d'être capturée et de se retrouver face à face avec Dexter qui lui coupait les jambes et l'obligeait à ralentir le pas.

Ses naneuroniques se crashèrent comme elle s'engageait dans Saint John Street. De toute façon, son fichier carte ne lui était guère utile. Elle ne se trouvait plus très loin du centre du nuage rouge, et il lui suffirait pour le rejoindre de marcher vers la Tamise pendant encore deux ou trois miles. Elle savait qu'elle n'irait jamais jusque-là.

Le bord du nuage, frontière mouvante et effilochée, rampait lentement vers les gratte-ciel qu'elle venait de quitter. Il avait déjà atteint Finsbury, à peine un quart de mile devant elle. Un sourd grondement de tonnerre déferlait de son ventre frémissant, faisant résonner de sinistres échos dans les rues désertées.

Le feuillage des arbres tremblait de façon erratique sous l'effet des bourrasques saccadées issues de ses circonvolutions. Dans les hauteurs, les oiseaux filaient sur les courants d'air chaud, minuscules points noirs se massant pour former des nuées impressionnantes, qui toutes s'orientaient dans une seule direction, celle de la sortie.

Ils se montraient plus malins que les hommes. À sa grande stupéfaction, Louise n'avait croisé aucun fuyard. Les Londoniens restaient tous barricadés chez eux. Étaient-ils tous paralysés par la peur, comme Andy ?

Elle se retrouva sous le nuage, et une chape rouge pesa sur elle ainsi qu'un crépuscule perverti. Non seulement l'humidité l'oppressait de plus en plus, mais en outre la sensation de désespoir qu'elle avait perçue s'accentuait encore, l'obligeant à ralentir. Les grondements de tonnerre se firent plus sourds au-dessus de sa tête, refusant de s'estomper. Des éclairs de noirceur lézardaient la masse nuageuse, vidant le ciel de ses photons.

Lorsqu'elles avaient fait leurs adieux, Genevieve avait voulu lui offrir le pendentif en argent de Carmitha et le bout de terre qu'il contenait. Louise avait refusé. Elle le regrettait à présent. N'importe quel talisman serait le bienvenu. Elle décida de penser à Joshua, le seul capable de la protéger de la vie hors de Norfolk. Mais son esprit capricieux préféra évoquer sa nuit avec Andy. Elle ne regrettait toujours rien... ou quasiment. Comme si ça avait une quelconque importance.

Louise avait débouché sur Rosebery Avenue et s'engageait dans Farringdon Road lorsque les possédés se montrèrent à elles. Ils étaient six, la démarche indolente et la tenue austère. Ils lui faisaient face, alignés sur toute la largeur de la chaussée. Elle se dirigea vers celui du milieu, un homme de haute taille aux cheveux graisseux.

— Qu'est-ce que tu fous là, fillette ? lui lança-t-il.

Louise braqua l'antimémoire sur lui, l'immobilisant à un pied de son visage. Il se raidit, ce qui voulait dire qu'il en connaissait la nature. Cela ne la réconforta guère ; quelqu'un d'autre détenait cette arme. Et elle savait qui.

— Conduisez-moi à Quinn Dexter, ordonna-t-elle.

Tous éclatèrent de rire.

— À *lui ?* répliqua l'homme. Serais-tu une petite vicieuse ?

— Si vous ne le faites pas, je vous descends.

Sa voix était sur le point de briser. Avec leurs sens diaboliques, ils allaient sûrement s'en rendre compte, et ils sauraient aussi pour quelle raison. Elle raffermit son étreinte sur son arme pour l'empêcher de trembler.

— Avec plaisir, dit l'homme.

Elle pointa l'antimémoire sur lui. Il recula dans un mouvement parfaitement synchronisé.

— Fais gaffe, petite salope.

Les possédés se mirent en marche. Louise fit quelques pas hésitants.

— Suis-nous, lui dit l'homme aux cheveux graisseux. Le messie t'attend.

Elle continua de brandir son arme, bien qu'ils lui aient tous tourné le dos.

— C'est loin ? demanda-t-elle.

— Près du fleuve. (L'autre lui jeta un regard par-dessus son épaule, un sourire cynique aux lèvres.) Tu as vraiment conscience de ce que tu me demandes ?

— Je connais Quinn Dexter.

— Sûrement pas. Si tu le connaissais vraiment, jamais tu ne ferais ce que tu fais.

Les images transmises par Swantic-LI étaient donc correctes. À une distance d'un million de kilomètres, la forme du Dieu endormi était parfaitement reconnaissable : deux spires coniques juxtaposées sur une longueur de trois mille cinq cents kilomètres. Une géométrie parfaitement symétrique qui trahissait une origine artificielle. La partie centrale semblait des plus tranchantes, se terminant par une bordure dont l'épaisseur se mesurait apparemment en molécules ; quant aux pointes, elles étaient également menaçantes. Pas un seul des occupants du *Lady Mac* ne put s'empêcher d'imaginer l'astronef en train de s'empaler sur l'une d'elles.

Beaulieu lança cinq satellites d'observation astrophysique, des drones propulsés à la fusion et équipés de capteurs multidisciplinaires ; ils adoptèrent des trajectoires qui les amèneraient à former un chapelet autour du Dieu endormi.

Joshua prit la tête de son équipage pour descendre dans le salon de la capsule C, où Alkad, Peter, Renato et Kempster s'étaient rassemblés pour interpréter les données collectées par les satellites et par les grappes de capteurs du *Lady Mac*. Samuel, Monica et l'un des sergents les avaient déjà rejoints.

Des holoécrans à haute définition jaillirent des consoles servant au traitement des données astrophysiques. Chacun d'eux affichait une image différente du Dieu endormi. Elles étaient de toutes les couleurs de l'arc-en-ciel et complétées de représentations graphiques. Le principal projecteur AV montrait une image visuelle, la matérialisant en plein milieu du compartiment. Le Dieu endormi luisait dans l'espace vide, l'éclat du soleil rebondissant en longs chatoiements sur sa surface argentée. C'était là la première anomalie, mais il fallut une bonne minute à Renato pour voir ce qui lui crevait les yeux.

— Hé ! s'exclama-t-il. Ce truc n'a pas de face obscure.

Joshua fixa la projection AV en plissant le front, puis accéda directement aux processeurs de la console. Les satellites lui confirmèrent que l'éclat du Dieu endormi était parfaitement uniforme, qu'il n'avait pas d'ombre.

— Est-ce qu'il génère sa propre lumière ?

— Non, répondit Renato. Son spectre correspond à celui de l'étoile. La lumière doit passer autour de lui. Je dirais qu'il s'agit d'une sorte de lentille gravitationnelle, un objet d'une masse incroyablement dense. Ça colle avec les observations des Tyrathcas, qui l'ont qualifié de perturbation spatiale.

— Alkad ? fit Joshua. Est-ce qu'il est composé de neutronium ?

Quelle ironie si le dieu était fait de la même substance que son arme !

— Un instant, capitaine. (La physicienne semblait troublée.) Nous recevons les données transmises par les détecteurs gravitationnels.

Plusieurs holoécrans s'emplirent d'icônes colorées. Peter et elle les déchiffrèrent d'un air interloqué. Ils se tournèrent en même temps vers la projection centrale.

— Alors ? encouragea Joshua.

— Je pense que ce prétendu Dieu est en fait une singularité nue.

— Vous vous foutez de nous ! protesta Kempster. Cet objet est stable !

— Regardez sa géométrie, répondit Alkad. Et nous détectons un torrent de fluctuations de l'onde gravitationnelle du vide, toutes à une fréquence extrêmement élevée.

— Les satellites captent des motifs réguliers dans ces fluctuations, l'informa Peter.

— Quoi ? (Elle examina l'un des écrans.) Sainte Marie, c'est impossible. Les fluctuations du vide sont aléatoires par essence.

— Ah ! grogna Kempster, visiblement satisfait.

— Je sais ce qu'est une singularité, intervint Joshua. Un

point où la masse est comprimée à l'infini. C'est ce phénomène qui est à l'origine du trou noir.

— Plus précisément de l'horizon des événements, corrigea Kempster. Le censeur cosmique de l'univers. La physique, les mathématiques... elles cessent d'être opératoires à l'infini, car l'infini ne peut être obtenu dans la réalité.

— Excepté dans quelques cas bien précis, poursuivit Alkad. L'effondrement gravitationnel d'une étoile est un événement sphérique. Une fois que le noyau est comprimé à un point tel que la gravité surpasse l'expansion thermique, toute la matière tombe dans le centre de symétrie à partir de toutes les directions à la fois. L'effondrement s'achève lorsque la matière est comprimée à l'infini, et on obtient une singularité. La gravité devient alors si élevée que rien ne peut lui échapper, même pas la lumière : d'où l'horizon des événements. Cependant, en théorie, si l'on impose une rotation à l'étoile avant l'événement, la force centrifuge altérera sa forme, la faisant enfler le long de son équateur. Si elle tourne assez vite, cette enflure équatoriale se maintiendra lors de l'effondrement. (Elle désigna l'image projetée.) En fait, on obtiendra cette forme. Et au terme ultime de l'effondrement, lorsque toute la matière de l'étoile sera parvenue à une densité de singularité, elle aura toujours cette forme et, pendant un instant, juste avant que l'effondrement se poursuive et lui redonne la forme d'une sphère, une partie de cette masse infinie se projettera hors de l'horizon des événements.

— Pendant un instant, insista Kempster. Pas pendant quinze mille ans.

— Apparemment, quelqu'un a appris à figer cet instant pendant une durée indéfinie.

— Vous voulez dire, comme vous avec l'Alchimiste ? lui demanda Joshua par télétransmission privée.

— Non, lui répondit-elle sur le même mode. Les masses et les densités dont je parle sont hors de portée de la technologie de l'Alchimiste.

— Si la masse de cet objet est infinie, récita Kempster d'un air pédant, elle est emprisonnée dans un horizon des événements. La lumière ne peut s'en échapper.

— C'est pourtant ce qu'elle fait, rétorqua Alkad. En chacun des points de sa surface.

— Ce sont sans doute les fluctuations du vide qui transportent les photons, suggéra Renato. D'où ce que nous voyons.

L'entité qui a créé ceci a appris comment contrôler les fluctuations du vide. (Il eut un sourire émerveillé.) Ouaouh !

— Pas étonnant que les Tyrathcas aient parlé d'un dieu, murmura Alkad. Réguler les fluctuations du vide. Celui qui peut faire cela peut tout faire.

Peter lui jeta un regard amusé.

— Créer l'ordre à partir du chaos, commenta-t-il.

— Kempster ? fit Joshua.

— Je n'aime pas cette idée, dit le vieil astronome avec un sourire penaud. Mais je ne peux pas la réfuter. En fait, elle explique sans doute le saut qu'a effectué Swantic-LI. Qui dit fluctuations du vide dit énergie négative.

— Mais bien sûr ! s'exclama Renato, souriant à son mentor comme il saisissait son idée. L'état exotique, celui qui permet de maintenir ouvert un trou-de-ver. Comme le champ de distorsion d'un faucon.

Samuel ne cessait de secouer la tête en les écoutant spéculer.

— Mais pour quoi faire ? demanda-t-il. Pourquoi fabriquer un tel objet, dans quel but ?

— C'est une source perpétuelle de trous-de-ver, répondit Alkad. Et, d'après les Tyrathcas, cet objet favorise le progrès des entités biologiques. Il s'agit de la forme ultime du propulseur interstellaire. Peut-être même permet-elle de voyager entre les galaxies.

— Seigneur, un voyage intergalactique ! murmura Liol d'un air songeur. Qu'est-ce que vous dites de ça ?

— Ce serait chouette, personne n'en doute, rétorqua Monica. Mais ça ne nous aide pas à résoudre le problème de la possession.

Liol lui jeta un regard chagriné.

— Bon, fit Joshua. Si vous avez raison et s'il s'agit bien d'une singularité nue maintenue par des moyens artificiels, il existe un centre de contrôle permettant d'agir sur les fluctuations du vide. Est-ce que vous l'avez trouvé ?

— Il n'y a rien ici excepté la singularité proprement dite, répondit Renato. Nos satellites en couvrent toute la surface. Il n'y a rien de l'autre côté et rien sur orbite.

— Il y a forcément autre chose. Les Tyrathcas se sont débrouillés pour que ce truc leur ouvre un trou-de-ver. Comment allons-nous y parvenir, nous ?

Ses naneuroniques lui signalèrent l'ouverture d'un nouveau canal de communication.

— Il suffit de demander, télétransmit la singularité.

La luminosité du nuage demeurait constante, mais son ombre s'était sensiblement épaissie à mesure que Louise approchait de son épicentre. Lorsqu'elle s'engagea sur l'esplanade pavée qui s'étendait devant la cathédrale Saint-Paul, la moindre surface était teintée d'écarlate. Les splendides bas-reliefs de l'antique édifice projetaient sur ses murs de longues ombres noires, qui évoquaient les barreaux d'une cage d'ébène conçue pour en chasser tout vestige de sainteté.

Les possédés qui lui servaient d'escorte batifolaient autour d'elle ainsi que des danseurs pris de démence, l'encourageant à avancer de leurs gestes moqueurs. Les grondements de tonnerre se turent enfin comme elle arrivait devant les grandes portes de chêne, cédant la place à un silence lourd de menaces. Louise entra dans la cathédrale.

Elle fit deux pas, puis hésita. Les portes se refermèrent derrière elle en faisant ululer l'air glacial. Des milliers de possédés attendaient dans la nef, vêtus de tenues provenant de toutes les époques, de toutes les cultures de l'histoire de l'humanité, et dont chacune était totalement noire. Tous lui faisaient face. L'orgue entonna une horrible version hard rock de la *Marche nuptiale* de Mendelssohn. Assourdie, Louise se plaqua les mains sur les oreilles. Tous les possédés se tournèrent vers l'autel, lui ouvrant une étroite haie d'honneur vers le centre de la nef. Elle s'y engagea. Ce n'était plus sa conscience qui gouvernait ses gestes, mais la volonté globale de cette masse de possédés. Au bout de quelques pas à peine, l'antimémoire chut de ses doigts gourds, rebondissant bruyamment sur les carreaux craquelés.

Des fantômes dérivèrent jusqu'à elles, les mains jointes pour implorer son pardon. Ils s'en furent, secouant la tête en signe de chagrin, tandis qu'elle continuait d'avancer.

La musique cessa comme elle arrivait au premier rang des possédés. Celui-ci se tenait au niveau des transepts ; plus loin, le sol était dégagé sous la voûte du dôme central de l'édifice. Des braseros puants étaient alignés contre les murs, souillant les pierres blanches de leur fumée crasseuse. Elle ne distinguait pas l'apex du dôme, qui était occulté par une chape de brume grise. Une galerie courait dans les hauteurs. Plusieurs personnes se tenaient accoudées à sa rambarde et l'observaient d'un air distrait.

L'esprit soudain libéré, elle vacilla sur ses jambes.

— Bonjour, Louise, dit Quinn Dexter.

Il se dressait devant l'autel profané, et sa robe noire dissimulait son corps tout entier.

Elle fit deux pas hésitants dans sa direction. La peur contractait tous ses muscles, raidissait tout son corps. Elle n'était même pas sûre de tenir debout encore longtemps.

— Dexter ?

— Lui-même. (Il s'écarta, lui permettant de découvrir un corps écartelé sur l'autel.) Et voilà que le Frère de Dieu nous rassemble à nouveau tous les trois.

— Fletcher, gémit-elle.

Quinn leva le bras, tendit vers elle sa main livide. Une griffe lui fit signe, lui donnant la permission d'approcher.

Elle hésita en découvrant les lacérations et les croûtes qui maculaient le corps sur l'autel. Mais, comme elle s'approchait, elle vit que tous ses muscles étaient parcourus de tressaillements. Et ce visage déformé par la douleur, hoquetant de douleur, lui était inconnu.

— Fletcher ?

Quinn fit un geste, et le courant fut coupé. Le corps s'effondra sur la pierre, frémissant sous le choc. Peu à peu, le visage de Fletcher remplaça celui du sanguinolent inconnu. Les chaînes et les fers qui l'emprisonnaient s'évanouirent. Ses blessures disparurent à la vue, et il fut de nouveau vêtu de son uniforme de la marine. Encore tremblant, il descendit de l'autel.

— Milady très chère. Il ne fallait pas venir ici.

— Je le devais.

Quinn éclata de rire.

— À toi de jouer, Fletch. Si tu prends la bonne décision, tu peux sortir d'ici avec elle. Sinon, elle m'appartiendra.

— Milady...

Le visage de Fletcher était déformé par l'angoisse.

— Dans quel cas sortiriez-vous d'ici ? s'enquit-elle.

— Au cas où il s'engagerait dans l'armée des damnés, répondit Quinn. Je ne lui demande même pas de signer le pacte avec son sang.

— Non, dit-elle. Ne faite pas cela, Fletcher. Je suis venue ici pour vous avertir. Ceci doit cesser. Vous devez disperser le nuage rouge.

— C'est une menace, Louise ? demanda Quinn.

— Ce nuage rouge a eu pour effet d'effrayer le Gouvcentral. Il pense que vous allez emporter la Terre hors de cet univers. Le président ne le permettra pas. Il est prêt à retourner contre Londres les armes de la Défense stratégique. Tout le monde va mourir. Des millions et des millions de gens.

— Mais pas moi, répliqua Quinn.

— Et eux ? lança Louise en désignant l'assemblée silencieuse de ses disciples. Sans eux, vous n'êtes rien.

Quinn glissa jusqu'à Louise. Des ombres de sa robe émergea un visage qu'elle découvrit en rage.

— Frère de Dieu, comme je te déteste !

Il la frappa violemment sur la tempe, accroissant la force de l'impact grâce à son pouvoir énergétique.

Poussant un cri, Louise alla s'écraser contre l'autel. Elle s'effondra sur le carreau, sentant le sang affluer dans sa bouche.

Fletcher voulut s'interposer, mais Quinn lui posa sur le nez l'extrémité de son antimémoire.

— Arrière, connard ! Arrière, j'ai dit !

Fletcher battit en retraite, le souffle court.

Quinn fixa Louise d'un air hautain.

— Tu es venue ici pour sauver des gens. Des gens que tu n'as jamais vus de ta vie. Des gens que tu ne connaîtras jamais. C'est ça, hein ?

Louise pleurait à chaudes larmes, palpait d'une main son visage meurtri. Du sang coulait de sa bouche, gouttait sur le sol de la cathédrale. Elle leva les yeux sans comprendre.

— C'est ça, hein ?

— Oui, sanglota-t-elle.

— Comme je hais cette *décence*. Tu te crois capable de me toucher à un niveau quelconque, tu supposes que je suis humain, moi aussi, que j'ai un cœur. Et que je finirai par être raisonnable. Que je me retiendrai et que j'irai parlementer avec ces putains de superflics qui n'ont pas arrêté de me flinguer le cul depuis que je suis revenu sur cette saloperie de planète. C'est pour ça que je te hais, Louise. Tu es le produit d'une religion qui a tout fait depuis deux mille cinq cents ans pour enchaîner le serpent qui sommeille en nous. Les religions, toutes les religions nous empêchent d'exprimer notre vraie nature, elles nous affaiblissent pour que nous passions notre vie à nous prosterner devant leur faux Dieu. Telle est la voie que tu as choisie, Louise, c'est ainsi que tu es faite : tu es bonne. Ta seule existence fait de toi l'ennemi du Porteur de lumière. Mon ennemie. Je te déteste si fort que ça me fait mal. Et je te le ferai payer. Personne ne peut me faire souffrir impunément. Je ferai de toi la putain de mon armée. J'ordonnerai à tous mes soldats de te violer. Ils te baiseront encore et encore, jusqu'à te fracasser l'esprit, jusqu'à te briser le cœur. Et ensuite, quand il ne restera plus de toi qu'un tas de viande débile saigné à blanc dans le caniveau, j'utiliserai cette arme tueuse d'âmes pour effacer de l'univers toute trace de toi, car jamais je ne pourrais vivre en enfer à tes côtés. Tu n'en es pas digne.

Louise recula sur son séant, se retrouvant le dos plaqué à l'autel.

— Vous pouvez me faire tout ce que vous voulez, me torturer jusqu'à ce que je renie tout ce que en quoi je crois. Mais vous ne changerez jamais ce que je suis maintenant. Et cela seul importe. Je suis fidèle à moi-même. J'ai déjà remporté ma victoire.

— Espèce de connasse. C'est pour ça que vous serez toujours perdants, ton faux Dieu et toi. Ta victoire, elle est dans ta tête. La mienne, elle est concrète. Aussi réelle qu'on peut l'être, bordel !

Louise lui jeta un regard de défi.

— Quand le mal régnera, alors ce sera la bonté qui viendra vous corrompre.

— Foutaises ! Jamais une punaise comme toi ne pourrait corrompre l'armée que je vais appeler au combat. Dis-lui, Fletcher, sois franc avec elle. Est-ce que mon armée va vaincre ? Est-ce que la Nuit va tomber ?

— Milady, je...

Il baissa la tête, vaincu par un désespoir abject.

— Non, hoqueta Louise. Fletcher !

Quinn la contempla avec un sourire féroce.

— Prête à découvrir le pire ?

D'un geste brusque, il l'agrippa par l'épaule, la forçant à se relever.

— Lâchez-la ! s'écria Fletcher.

Un boulet d'air solidifié lui percuta le ventre, et l'impact irradia de douleur tous les nerfs de son hôte. Il fut jeté à terre et roula sur le sol, entamant une longue glissade comme si le carrelage s'était transformé en glace. Lorsqu'il finit par s'immobiliser et par reprendre ses esprits, il se trouvait exactement sous l'apex du dôme.

— Ne bouge pas, dit Quinn.

Un pentacle de feu blanc apparut autour de Fletcher pour souligner cet ordre. Impuissant, il vit Quinn traîner Louise dans le transept sud. Une porte se referma sur eux.

Elle donnait sur un escalier en vis. Louise dut presser le pas pour ne pas tomber. Cette montée interminable lui donnait le vertige, et la douleur qui lui taraudait la tempe était si intense qu'elle se crut sur le point de vomir.

Ils empruntèrent un étroit couloir qui les conduisit à la galerie encerclant le dôme. Quinn en fit le tour jusqu'à se retrouver face à la nef. Il confia Louise à une jeune fille vêtue d'un gilet de cuir et d'un jean rose.

— Occupe-toi d'elle.

Louise crut tout d'abord que Courtney était une possédée ; elle avait des cheveux vert émeraude, dont les pointes flamboyantes se dressaient sur sa tête. Mais elle avait aussi des croûtes sur les joues et les bras, mal soignées et gorgées de pus, et un œil au beurre noir.

Courtney étreignit Louise en gloussant.

— Je t'ai eue la première.

Sa langue laissa une traînée de salive sur l'oreille de Louise, ses mains lui empoignèrent les fesses.

Louise gémit et ses jambes la trahirent.

— Merde, fit Courtney en la poussant sur le banc qui courait le long de la galerie.

— Nous ne vivrons même pas assez longtemps pour faire ces horreurs, dit sèchement Louise.

L'autre la regarda sans comprendre.

Quinn posa les mains sur la rambarde et contempla ses disciples massés dans la nef. Fletcher Christian était toujours immobilisé par le pentacle de feu, la tête rejetée en arrière afin de pouvoir observer la galerie. Un geste de Quinn, et sa prison de flammes disparut, le laissant seul au centre de son espace.

— Avant que se lève l'Aube de la Nuit, il nous faut appeler quelqu'un qui manque à notre réunion, annonça Quinn. Pourtant, je sais qu'il n'est pas très loin. Tu es toujours dans les parages, pas vrai ?

La colère rentrée qui perçait dans sa voix arracha à ses fidèles un murmure d'inquiétude.

Quinn fit signe à un acolyte, qui amena Greta jusqu'à lui. Elle faillit tomber en heurtant la rambarde. Quinn l'agrippa par la peau du cou, l'obligeant à relever la tête. Ses cheveux retombèrent sur son visagc comme elle reprenait son souffle.

— Dis-moi comment tu t'appelles, lui ordonna Quinn.

— Greta, marmonna-t-elle.

Il sortit l'antimémoire des replis de sa robe et l'approcha de son œil.

— Plus fort !

— Greta. Greta Manani.

— Ohé, papa ! appela Quinn. Papa Manani, viens ici, sors de ta cachette.

Les possédés assemblés dans la nef échangèrent des regards.

Un murmure de confusion parcourut leurs rangs. Quinn guetta un mouvement suspect parmi eux.

— Viens ici, tête de nœud ! ET TOUT DE SUITE ! Ou je tue son âme. Tu m'entends ?

Un bruit de pas résonna dans la cathédrale. Les possédés terrorisés s'écartèrent en flot pour laisser passer Powel Manani. Le superviseur des Déps était tel que Quinn l'avait vu pour la dernière fois, sur Lalonde : un colosse vêtu d'une chemise à carreaux rouges et verts. Il s'avança sous le dôme, se planta devant Quinn les mains sur les hanches et lui sourit.

— Tu n'as pas changé, Dép, toujours aussi minable.

— Je ne suis pas un Dép ! hurla Quinn. Je suis le messie de la Nuit !

— Si tu veux. Touche à un cheveu de ma fille, messie des connards, et je veillerai à finir ce que Douze-T a commencé sur Jesup.

— Elle n'a plus beaucoup de cheveux intacts. Ça fait longtemps que je m'occupe d'elle.

— Je parie qu'elle a moins souffert que tes potes Leslie et Kay, sans parler de tous les autres Déps qu'on a réussi à coincer.

L'espace d'une seconde, Quinn envisagea de rejoindre le superviseur d'un bond prodigieux et de déchaîner son serpent sur lui. Puis sa rage s'estompa. C'était sûrement ce que souhaitait Manani. Quinn n'avait aucune peine à évaluer sa puissance énergétique. Il serait bien plus satisfaisant de le sacrifier pour invoquer les anges des ténèbres.

— Si tu la tues, reprit Powel, plus rien ne te protégera de moi. Et si tu réduis ce corps en pièces, je reviendrai encore une fois te tourmenter. Je ne cesserai de revenir que lorsque nous aurons réglé tous nos comptes.

— Je n'ai pas l'intention de réduire ce corps en pièces, pas après tous les emmerdes que je te dois. Tu sais bien que je ne suis pas du genre gentil. Maintenant, reste où tu es ou alors je tue l'âme de ta fille.

Powel parcourut du regard l'espace qui l'entourait comme s'il évaluait un appartement où il se proposait d'emménager.

— Vous devez être sur sa liste noire, vous aussi, dit-il à Fletcher.

— En effet, sir.

— Ne vous inquiétez pas, il va sûrement commettre une erreur. Il n'est pas assez malin pour accomplir un tel exploit. Et, quand il voudra se relever, il s'apercevra que je le tiens par les couilles.

Quinn écarta les bras en grand comme pour étreindre toute l'assemblée de possédés.

— Maintenant que tout le monde est là, nous pouvons commencer.

Joshua réussit à surmonter sa surprise sans l'aide d'un programme quelconque. Il savait que ce moment était extrêmement important et qu'il devait à tout prix garder l'esprit clair.

— Êtes-vous le Dieu endormi des Tyrathcas ? transmit-il.

— Vous le savez bien, capitaine Calvert, répondit la singularité.

— Si vous savez qui je suis, alors les Tyrathcas avaient raison quand ils disaient que vous voyiez tout l'univers.

— L'univers est trop vaste pour cela, bien entendu, mais, pour vous répondre en respectant le contexte : oui, j'observe l'univers tel que vous le connaissez, et bien davantage. Ma structure quantique me permet une interconnexion étendue avec un grand volume d'espace-temps, sans parler d'autres royaumes.

— Ce truc n'est pas du genre à parler de la pluie et du beau temps, marmonna Liol.

— Vous savez donc que mon espèce est possédée par les âmes de nos morts ? s'enquit Joshua.

— Oui.

— Existe-t-il une solution à ce problème ?

— Elles sont en très grand nombre. Comme les Kiints vous l'ont fait comprendre, chaque espèce apprend à accepter à sa façon cet aspect de l'existence.

— En connaissez-vous une qui nous soit applicable, s'il vous plaît ?

— Plusieurs. Je ne me montre pas obtus de façon délibérée. Je peux vous en dresser la liste, et je peux et veux vous aider à les appliquer si vous le jugez pertinent. Ce que je ne veux pas faire, c'est prendre la décision à votre place.

— Pourquoi ? demanda Monica. Pourquoi êtes-vous disposé à nous aider ? Ce n'est pas que je sois ingrate, mais je suis curieuse.

— Les Tyrathcas avaient également raison d'affirmer que j'existe pour assister le progrès des entités biologiques. Même si je n'ai pas été créé dans le but d'affronter les difficultés que l'espèce humaine rencontre en ce moment.

— Pourquoi avez-vous été créé, alors ? demanda Alkad.

— L'espèce qui m'a créé avait atteint le pinacle de son évolution ; sur les plans intellectuel, physique et technologique. Un fait qui devrait être évident à vos yeux, docteur Mzu. Le siège de ma conscience se trouve au sein d'un motif auto-inclus de fluctuations du vide. Cela me confère la capacité de manipuler la masse et l'énergie à ma guise ou quasiment ; pour moi, la pensée et l'action se confondent, ne font qu'un. J'ai utilisé cette capacité pour ouvrir à l'intention de mes créateurs une porte donnant sur un autre royaume. Ils ne connaissaient que peu de chose sur lui, hormis le fait de son existence ; ses paramètres sont fort différents de ceux de cet univers. Ils ont donc choisi d'entamer une nouvelle phase de leur existence en allant vivre en son sein. Ils ont quitté cet univers il y a fort longtemps.

— Et depuis, vous avez aidé diverses espèces à progresser sur l'échelle de l'évolution ? demanda Joshua. Est-ce votre raison d'exister ?

— Je n'ai pas besoin pour exister d'une raison permanente, d'une motivation. Ce type de psychologie est caractéristique d'une conscience d'origine biologique. Mon origine n'est pas biologique, j'existe parce que j'ai été créé. C'est aussi simple que ça.

— Alors, pourquoi aidez-vous les autres espèces ?

— Encore une fois, la réponse la plus simple serait : parce que je le peux. Mais il y a d'autres considérations. À une autre échelle, votre espèce a rencontré le même problème des millions de fois, presque quotidiennement en fait. Vous-mêmes avez eu à l'affronter à Mastrit-PJ. Quand doit-on intervenir ? Pensez-vous avoir bien agi en donnant aux Mosdvas la technologie TTZ ? Vous aviez de bonnes intentions mais, en fin de compte, c'est le seul intérêt qui a dicté votre décision.

— Avons-nous mal agi ?

— Ce n'est pas ce que pensent les Mosdvas. De tels jugements sont relatifs.

— Donc, vous n'aidez pas tout le monde tout le temps ?

— Non. Si je devais pratiquer un tel niveau d'intervention, façonner la nature de la vie biologique conformément à ma volonté, si bienveillante soit-elle, je deviendrais votre maître. Or la vie intelligente est douée de libre arbitre. D'après mes créateurs, c'est la raison même de l'existence de cet univers. Comme je le respecte, je m'abstiens d'intervenir dans son autodétermination.

— Même quand nous foutons le bordel ?

— Encore une fois, c'est là un jugement de valeur.

— Mais vous êtes prêt à nous aider si nous en faisons la demande ?

— Oui.

Vaguement troublé, Joshua contempla l'image projetée de la singularité.

— Très bien, nous déposons notre demande. Pouvons-nous avoir la liste des solutions ?

— Oui. Cependant, elles vous seraient plus utiles si vous compreniez d'abord ce qui s'est produit. De cette façon, vous pourriez prendre une décision en toute connaissance de cause.

— Cela me semble raisonnable.

— Un instant, fit Monica. Vous n'arrêtez pas de dire que nous devons prendre une décision. Comment allons-nous faire ?

— Qu'est-ce que vous racontez ? demanda Liol. Une fois qu'on aura la liste des possibilités, on n'aura plus qu'à en choisir une.

— Mais comment ? Est-ce qu'on procède à un vote parmi tous les occupants de cet astronef, ou est-ce qu'on retourne informer l'Assemblée générale de la Confédération pour qu'elle prenne une décision ? Ou bien est-ce qu'on fait encore autre chose ? Nous devons d'abord nous mettre d'accord sur ce point.

Liol parcourut ses congénères du regard, cherchant à évaluer leur humeur en ce moment crucial.

— Non, on ne va pas retourner là-bas, dit-il. Nous avons trouvé ce que nous cherchions. Le Consensus jovien nous avait jugés à la hauteur de la tâche. Je dis que c'est à nous d'agir.

— Nous allons décider du destin de toute notre espèce, protesta l'agent de l'ASE. Il ne faut surtout pas nous précipiter. Et puis... (Elle désigna Mzu.) Je ne considère pas que cette femme soit qualifiée pour prendre une telle décision, bon sang. Après tout, vous étiez prête à utiliser l'Alchimiste pour détruire une planète.

— Alors que l'éthique de votre organisation fait l'envie de toute la galaxie, rétorqua Mzu. Combien de personnes avez-vous tuées rien que pour me localiser ?

— Vous déconnez ou quoi ? lança Liol. Vous n'arrivez même pas à décider de la façon de prendre une décision ? Mais écoutez-vous ! C'est à cause de ce genre de conneries que l'humanité se retrouve tout le temps dans la merde. Je dis qu'on va discuter et prendre une décision. Point final.

— Non, dit Samuel. C'est le capitaine qui décide.

— Moi ? demanda Joshua.

Monica fixa l'Édéniste d'un air ébaubi.

— Lui !

— Oui, je suis d'accord, opina le sergent. Que Joshua décide.

— Il n'a jamais douté, reprit Samuel. N'est-ce pas, Joshua ? Vous avez toujours su que cette aventure s'achèverait par un succès.

— C'est ce que j'espérais, oui.

— Vous, vous avez douté, dit Samuel à Monica. Vous n'avez jamais tout à fait cru à notre réussite. Dans le cas contraire, vous auriez été prête à prendre une décision. Mais vous avez des doutes, et cela vous disqualifie. Celui ou celle qui décide doit le faire par conviction.

— Comme vous, par exemple, railla Monica. Avec votre fameux rationalisme.

— Je ne me considère pas comme qualifié, moi non plus. Bien que les Édénistes soient unis dans leur esprit, je m'aperçois que j'aurais besoin d'être rassuré par la présence du Consensus avant de prendre une décision d'une telle importance. Il semble bien qu'il y ait une faille dans l'Édénisme, après tout.

Joshua parcourut son équipage du regard.

— Vous êtes bien tranquilles.

— C'est parce que nous avons confiance en toi, Joshua, dit Sarha en souriant. Tu es notre capitaine.

Étrange, songea Joshua, étrange de constater qu'il existait des gens qui avaient foi en lui. Ce qu'il était, ce qu'il avait accompli signifiait quelque chose à leurs yeux. Il se sentit tout humble.

— Très bien, dit-il d'une voix traînante. Est-ce acceptable pour vous ? demanda-t-il à la singularité.

— Je ne peux pas prendre la responsabilité de votre décision, qu'elle soit collective ou non. La seule contrainte qui m'est imposée, c'est de vous interdire d'utiliser ma capacité comme une arme. Sinon, vous y avez libre accès.

— D'accord. Montrez-moi ce qui s'est passé.

Les possédés assemblés dans la nef s'étaient agenouillés pour se concentrer sur la production du flot de pouvoir énergétique dont le messie des ténèbres avait besoin pour son invocation. Au-dessus de leurs têtes, sur la galerie, la robe qui recouvrait Quinn s'évapora dans un nuage d'ombre pure, semblant couler de son corps pour former autour de lui un spectre noir. Son corps nu brillait d'un éclat argenté. Acceptant l'offrande de ses disciples, il la dirigea suivant sa volonté. Un flot d'énergie se déversa sous le dôme de la cathédrale, prenant d'assaut la structure même de la réalité.

Powel Manani et Fletcher Christian virent d'un œil paniqué les carreaux autour d'eux se nimber d'une aura pourpre. Les semelles de leurs bottes se fondirent dans la matière du sol, les clouant sur place.

— Il faut que je me rapproche de lui, dit Powel.

Fletcher leva les yeux vers l'horrible apparition.

— Je souhaiterais être le plus loin possible de ce lieu voué aux gémonies. Mais je n'en partirai pas sans elle.

Powel utilisa son propre pouvoir énergétique pour décoller ses pieds des carreaux, ce qui lui demanda un effort considérable. Il s'approcha de Fletcher, allant presque jusqu'à le toucher. Soulevant le pan de son sweat-shirt, il lui montra l'antimémoire que Louise avait laissée choir et qu'il avait passée à sa ceinture.

— Très bien, fit Fletcher. Mais ce ne sera pas chose facile. J'entends venir les anges déchus.

De la brume pourpre à leurs pieds montaient des lamentations de faim et de souffrance. En dessous, le tissu même de la réalité s'effilochait conformément aux vœux de Quinn. Tous deux sentaient la pression exercée depuis l'autre côté, comme le grouillement immonde d'une marée d'insectes.

— Je vais tenter de le distraire, reprit Fletcher. Peut-être aurez-vous le temps d'atteindre l'escalier.

— Je me le demande. Ce truc est encore pire que des sables mouvants.

La brume pourpre disparut soudain. Fletcher et Powel jetèrent autour d'eux des regards paniqués. Une goutte d'ectoplasme monta entre deux carreaux en émettant un bruit écœurant. Une tache de givre se solidifia autour d'elle.

— Quoi encore ? marmonna Powel, incapable de dissimuler sa peur.

On apercevait d'autres bulles d'ectoplasme. De lentes rigoles se formèrent, qui se jetèrent les unes dans les autres. Les carreaux épargnés par cette marée étaient recouverts d'une couche de givre étincelant. Fletcher sentait un air glacial monter de cette substance molle. Son souffle se faisait éraillé.

— Bienvenue, mes frères, résonna la voix de Quinn. Bienvenue sur le champ de bataille. Ensemble, nous allons appeler de nos vœux la Nuit de notre Seigneur.

Toute la zone située sous le dôme était devenue une flaque d'ectoplasme fumant et bouillonnant. Fletcher et Powel se mirent à faire des petits bonds pour chasser le gel qui leur paralysait les jambes. Soudain, ils se figèrent alors qu'une onde en forme de V se propageait sur la flaque. Des vagues d'émotions brûlantes montaient de la brèche interdimensionnelle comme pour compenser le froid glacial. Une flèche jaillit du sol, maculée d'ectoplasme sur ses trois mètres de long.

Horrifié, Fletcher la vit monter vers l'apex à toute vitesse. Une deuxième émergeait près de la première dans un bouillonnement d'ectoplasme.

— Seigneur Jésus, protégez vos serviteurs, murmura-t-il.

Powel et lui s'écartèrent des deux flèches alors qu'une troisième faisait son apparition.

L'ectoplasme était de plus en plus agité. Des tentacules montaient de ses profondeurs, surgissant de toute la flaque telle une marée de vrilles. L'un d'eux s'enroula autour de la jambe de Powel. Poussant un cri, il réussit à s'en libérer. La pointe du tentacule devint une serre s'achevant par cinq griffes acérées. Il pointa l'index sur elle et lui lança une boule de feu blanc. La serre fut parcourue d'un frisson, et l'ectoplasme convergea sur elle par vagues.

— Arrêtez ! s'écria Fletcher d'une voix rauque.

L'ectoplasme qui lui léchait les jambes ne se contentait pas de frigorifier ses chairs, ainsi qu'il le constata. Sa force mentale allait en diminuant, et avec elle son pouvoir énergétique.

Les griffes de la serre avaient presque doublé de volume sous l'effet du feu blanc. Powel s'empressa de refermer sa main, observant d'un air inquiet les mouvements de l'ennemi.

Quinn éclata de rire en voyant ainsi se débattre ses agneaux sacrificiels. Les flèches étaient à présent au nombre de cinq ; elles commencèrent à s'incliner. Il se demanda s'il ne s'agissait pas des gigantesques doigts de quelque créature infernale.

Des cris d'alarme montaient des possédés dans la nef à mesure qu'ils se rendaient compte de la nature du spectacle. Les premiers rangs reculèrent devant la progression de l'ectoplasme, et un mouvement de panique se manifesta.

— Tenez bon ! leur cria Quinn.

La brèche des ténèbres était encore imparfaitement ouverte, elle fluctuait lorsque les créatures de l'abîme se jetaient contre elle. Quinn se concentra sur une zone où la réalité était distordue quasiment jusqu'au point de rupture.

Une gigantesque bulle explosa au centre de la flaque, dégageant une odeur pestilentielle et engendrant une nuée de bulles plus petites. Powel et Fletcher se baissèrent pour éviter les projections d'ectoplasme qui filaient vers les hauteurs. De nouveaux tentacules venaient leur enserrer les jambes. Ils ne pouvaient presque plus bouger, le froid menaçait de leur paralyser les bras et le torse.

Une grosse masse sombre émergea lentement de l'écume apaisée. C'était une sphère métallique hérissée de boîtiers et de cylindres. Des traînées de mousse thermoprotectrice fondue coulaient sur ses flancs, se mêlant à des filets d'ectoplasme qui formaient en tombant des rubans visqueux.

— Qu'est-ce que c'est que ce truc, bordel ? s'exclama Quinn.

On entendit craquer des verrous explosifs, et une écoutille circulaire jaillit de la sphère. Un homme obèse vêtu d'une toge crasseuse en sortit d'un bond, plongeant dans la flaque d'ectoplasme sans paraître en souffrir le moins du monde.

Dariat considéra ce qui l'entourait d'un air sincèrement intéressé.

— J'arrive au mauvais moment ? s'enquit-il.

Tolton traversa carrément la coque du canot de sauvetage. Il se planta dans l'ectoplasme et poussa un soupir de reconnaissance. Fasciné, Fletcher vit la substance surnaturelle couler sur le corps du fantôme et le solidifier. Il semblait tellement plus *vivant* que les diverses créatures cherchant à s'extraire de la flaque.

Le rire de Powel Manani résonna dans la cathédrale.

— C'est ça, tes guerriers terrifiants ? railla-t-il.

Poussant un hurlement de rage, Quinn lança une boule de feu blanc sur le superviseur des Déps. Arrivée à deux centimètres de sa cible, elle se fractionna en un filet d'énergie crépitant qui ne parvint pas tout à fait à le toucher. L'ectoplasme sembla frémir d'aise lorsque les résidus de la décharge disparurent dans sa masse.

Une vrille monta de celle-ci pour s'enrouler autour du torse de Powel. D'épais tentacules lui enserraient les jambes sur plusieurs couches. Ils commencèrent à le tirer vers le bas.

— Comment on fait pour tuer ces saletés ? demanda-t-il à Dariat.

Il lui avait fallu beaucoup d'énergie pour repousser l'attaque de Quinn, sa force le désertait de plus en plus vite.

— Le feu, répondit Dariat. Ils sont vulnérables aux flammes.

Quelque chose s'extirpait de la flaque près de Tolton, une créature cinq fois plus grande que lui, pourvue de sept membres jaillissant de ses flancs. Il se tourna vers Dariat, et tous deux se prirent par la main. Ils décochèrent une flèche de feu blanc sur le canot de sauvetage. Les deux dernières fusées à carburant solide s'allumèrent.

Les événements où Joshua fut plongé avaient une forme similaire à celle d'un sensovidéo. Ils étaient bien réels mais il assista à leur déroulement de façon simultanée. Ce faisant, il était en mesure de prendre du recul et de les analyser. Ce qui était hors de portée d'un esprit humain.

— Vous utilisez ma capacité de traitement mental, l'informa la singularité.

— Alors je ne suis plus humain. C'est vous qui allez prendre cette fameuse décision.

— L'essence de votre être demeure inchangée. Je me suis contenté d'accroître votre capacité mentale. Considérez ce qui suit comme une mémoire didactique supercompressée.

Joshua se retrouva donc sur Lalonde, aux côtés de Powel Manani, lorsque Quinn Dexter procéda à son sacrifice et que le Ly-cilphe ouvrit une porte sur l'au-delà, permettant aux premières âmes d'en émerger. Les possédés se multiplièrent alors le long de la rivière Juliffe. Il vit ensuite Warlow parler avec Quinn Dexter dans le spatioport de Durringham et accepter la somme qu'il lui proposait pour que le *Lady Mac* le conduise à Norfolk.

Ralph Hiltch s'envola pour Ombey et déclencha la possession de Mortonridge. Suivit alors la campagne de libération, et Ketton disparut dans un autre continuum.

— Êtes-vous l'instrument qui a transféré là-bas les entités de cristal ? s'enquit Joshua.

— Non. Il s'agissait d'un être semblable à moi-même. J'en connais plusieurs dans cet univers, mais ils se trouvent tous dans des superamas fort lointains.

Valisk et sa descente au sein du mélange. Pernik. Nyvan. Koblat. Jesup. Kulu. Oshanko. Norfolk. Trafalgar. La Nouvelle-Californie. André Duchamp. Meyer. Erick Thakrar. Jed Hinton. D'autres lieux, d'autres planètes ou astéroïdes, d'autres astronefs et d'autres gens ; leurs vies formant une tapisserie aux motifs cohérents. Le départ imprévu de Jay Hilton pour le système d'origine des Kiints. Leur remarquable chapelet de planètes, dont l'une abritait les observateurs à la retraite qui, rassemblés devant la télévision de Tracy, assistaient à la mort de l'espèce humaine en dégustant du thé et des biscuits.

— Dick Keaton, dit Joshua en jubilant. Je savais qu'il n'était pas net, ce type-là.

— Les Kiints utilisent des observateurs spécialement conçus pour collecter des données sur différentes espèces, lui dit la singularité. En dépit de leurs prouesses scientifiques, ils n'ont pas mes facultés de perception. Le Corpus continue d'utiliser la technologie pour amasser ses informations. De telles méthodes ne sauraient prétendre à l'absolu.

— Est-ce qu'ils vous ont trouvé ?

— Oui. Je ne pouvais rien faire pour eux, et je le leur ai dit. Un jour, ils seront en mesure de construire par eux-mêmes une entité semblable à ce que je suis. Mais ce n'est pas pour tout de suite. Cela leur est inutile. Ils sont parvenus à une admirable harmonie avec l'univers.

— Ouais, c'est ce qu'ils n'arrêtent pas de nous dire.

— Ce n'est pas pour vous narguer. Le mal n'est pas dans leur nature.

— Pouvez-vous aussi me montrer l'au-delà ? demanda Joshua. Pouvez-vous m'expliquer comment le traverser comme ils ont réussi à le faire ?

— Il n'y a pas d'espace dans l'au-delà, répondit la singularité. Il n'y a que du temps. Telle est la direction que vous devez prendre.

— Je ne comprends pas.

— Cet univers, et tout ce à quoi il est lié, connaîtra un jour sa fin. L'entropie nous emporte tous vers l'inévitable point oméga, et c'est pour cela que l'entropie existe. Ce qui doit naître ensuite ne sera pas connu avant ce moment. Le moment où sera créée la structure de ce qui remplacera l'univers, une structure qui émergera de l'esprit, de l'expérience collective de tous ceux qui auront vécu. C'est là que vont les âmes, leur transcendance unit leur essence globale au sein d'un unique acte de création.

— Pourquoi restent-elles coincées dans l'au-delà, alors ?

— Parce que c'est là qu'elles souhaitent être ; tels les fantômes liés au lieu de leur angoisse, elles refusent de renoncer à cette partie de leur vie qui a atteint son terme. Elles ont peur, Joshua. Depuis l'au-delà, elles peuvent encore voir l'univers qu'elles ont laissé derrière elles. Tout ce qu'elles ont connu, tout ce qu'elles ont été, tous ceux qu'elles ont aimés sont encore accessibles, si horriblement proches d'elles. Elles redoutent de quitter tout cela pour un avenir inconnu.

— Nous avons tous peur de l'avenir. Ainsi le veut la nature humaine.

— Mais certains d'entre vous s'y aventurent avec assurance.

C'est pour cela que vous êtes ici aujourd'hui, Joshua, c'est pour cela que vous m'avez trouvé. Vous avez cru en l'avenir. Vous avez cru en vous-même. Tel est le bien le plus précieux qu'un être humain pourra jamais posséder.

— C'est tout ? C'est ça, la solution ? Avoir foi en soi-même ?

— Oui.

— Alors, au nom de Dieu, pourquoi les Kiints ont-ils refusé de nous le dire ? Vous affirmez que le mal est étranger à leur nature. Pour quelle raison se sont-ils obstinés à nous laisser dans le noir ? Il suffisait de nous dire ces quelques mots.

— Parce que c'est là une connaissance qui doit être assimilée par votre espèce dans sa totalité. De quelle façon, c'est à vous d'en décider.

— Facile. Il suffit de le dire à tout le monde.

— C'est une chose que de dire à quelqu'un de ne pas avoir peur. C'en est une autre que de l'amener à le croire au niveau instinctif. Si vous voulez être libéré de la peur de l'au-delà, vous devez soit comprendre son but, soit avoir la conviction nécessaire pour le transcender une fois que vous vous y retrouvez. Quelle est la proportion de vos semblables qui n'ont bénéficié d'aucune éducation, Joshua ? Je ne parle pas de ceux qui vivent à notre époque, je parle de tous ceux qui ont vécu durant toute votre histoire. Combien d'entre eux ont eu une vie gâchée ? Combien sont morts en bas âge ou dans un état d'ignorance crasse ? Il n'y a pas besoin de convaincre les gens riches et instruits, les privilégiés, ce sont eux qui auront le moins de mal à dépasser le stade de l'au-delà. Ce sont les autres que vous devez persuader, les masses ignorantes, et, paradoxalement, ce sont eux que vous aurez le plus de mal à atteindre. Du fait des circonstances, leurs esprits n'ont cessé de se scléroser et de se fermer aux nouveaux concepts, aux idées originales.

— Mais on peut quand même les éduquer. Ils peuvent apprendre à avoir foi en eux-mêmes, c'est à la portée de tout le monde. Il n'est jamais trop tard pour bien faire.

— Vos propos sont ceux d'un idéaliste, mais vous devez tenir compte de la réalité, faire preuve de pragmatisme. Comment allez-vous atteindre ces misérables ? Qui financera le recrutement et l'embauche d'un tuteur pour chacun d'eux, d'un gourou qui les aidera à progresser dans leur chemin intérieur ?

— Seigneur, je n'en sais rien. Comment ont procédé les autres espèces ?

— Elles se sont développées socialement.

— Pas les Laymils, ils ont préféré le suicide.

— Oui, mais, à ce moment-là, ils avaient compris la nature de l'au-delà. Chacun d'entre eux a fait le grand saut en sachant qu'ils avaient encore un avenir. Leur suicide n'était pas un génocide, un plan pour circonvenir leurs âmes perdues ; ils ont emporté ce qu'ils étaient jusqu'au point oméga. C'est ce que leur a permis de réussir leur communauté sociale.

— J'ai compris. Les possédés laymils étaient tous originaires d'époques précédant la création de cette communauté sociale.

— Exactement. Tout comme vos possédés viennent en majorité de votre passé. Mais pas tous, loin de là. Votre espèce n'a pas encore éliminé la pauvreté, Joshua. Vous n'avez pas libéré vos semblables des contraintes qui les empêchent de développer leur esprit. S'il y a une faille dans la nature humaine, c'est bien celle-ci. Vous vous accrochez à ce qui vous semble confortable, familier. C'est pour cette raison, je pense, que le pourcentage d'âmes humaines qui s'attardent dans l'au-delà est plus élevé que la moyenne.

— On s'est pourtant bien débrouillés durant le dernier millénaire, répliqua Joshua, vexé. La Confédération est un vaste domaine peuplé par la classe moyenne.

— Vous ne parlez là que des parties où vous pouvez voyager. Et même en se limitant ainsi, « confortable » ne signifie pas « satisfaisant ». Vous n'êtes pas des animaux, Joshua. Et pourtant, sur certaines de vos planètes, la totalité de la population est obligée de se consacrer à des travaux agricoles pénibles.

— Ça coûte cher de construire des usines automatisées. L'économie globale d'une colonie doit se développer jusqu'à atteindre un niveau où cela devient possible.

— Votre technologie vous permet de voyager entre les étoiles, et chaque fois que vous colonisez une nouvelle planète, c'est le bon vieux cycle qui recommence. Un seul nouveau type de société a émergé durant ce dernier millénaire : l'Édénisme ; et ce système lui aussi contribue à perpétuer votre antique structure économique. La nature de votre société est entièrement gouvernée par les circonstances économiques et, en dépit de votre richesse collective, en dépit de votre savoir, vous continuez de stagner. Durant tout le voyage qui vous a amenés ici, votre équipage et vous-même n'avez cessé d'évoquer les Tyrathcas et la lenteur avec laquelle se produisaient les changements chez eux. Maintenant que vous avez vu le système originel des Kiints, quel est à votre avis l'avance de leur technologie sur la vôtre ? Elle est minime, Joshua. Leur technologie de réplication au niveau moléculaire signifierait la fin de votre structure économique. À votre avis, combien de temps faudrait-il aux scientifiques de la Confédération pour fabriquer un prototype de réplicateur s'ils en avaient vraiment envie ?

— Je ne sais pas. Pas très longtemps.

— Non. Pas longtemps du tout. Vous avez déjà les connaissances nécessaires, ce qu'il vous manque, c'est la volonté. Mais il existe un dernier facteur inhibiteur que nous n'avons pas encore incorporé dans votre base de connaissance. Et c'est le plus important.

— Vous commencez à éveiller mes soupçons, dit Joshua. Avec votre politique de non-intervention avouée.

— Oui ?

— Comment suis-je arrivé ici ?

— Par hasard.

— Un hasard qui fait sacrément bien les choses. Une arche stellaire tyrathca endommagée alors qu'elle pénètre dans un système dénué de toute masse. Quelques milliers d'années plus tard, lors de la crise de la possession, nous apprenons l'existence d'une entité capable de résoudre cette crise pour notre bénéfice. Vous seriez capable de calculer les probabilités pour que cela se produise ?

— Il n'y a pas de probabilités, il n'y a que des causes et des effets. Si les Tyrathcas ne vous ont pas parlé du Dieu endormi quand vous êtes entrés en contact avec eux, c'est parce qu'ils n'avaient pas besoin de lui adresser leurs prières avant que survienne la crise de la possession chez les humains. Vous m'avez trouvé parce que vous m'avez cherché, Joshua. Vous avez cru en mon existence. Quinn Dexter a trouvé son armée des ténèbres parce qu'il est doué de conviction, lui aussi. Et je pense que sa conviction est plus forte que la vôtre, d'ailleurs. A-t-il été conduit à cette armée par des entités toutes-puissantes jouant aux échecs avec des pions humains ?

— D'accord. Mais admettez que tomber sur vous si près de la Confédération, c'est une sacrée coïncidence, vu qu'il n'y a qu'une entité de votre type par superamas galactique.

— Cela n'a rien d'une coïncidence, Joshua. Je suis conscient de tout parce que je suis connecté à tout. Celui qui me recherche et qui est suffisamment convaincu de me trouver ne peut qu'y réussir.

— D'accord. Bon, au cas où je ne l'aurais pas déjà dit :

merci. Je ferai de mon mieux pour m'assurer que votre foi en moi n'est pas vaine. Alors, quel était ce dernier facteur ?

La singularité le lui montra, projetant sa conscience sur la tour orbitale, de laquelle il gagna la Terre où se trouvaient le B7, Quinn Dexter et...

Joshua ouvrit soudain les yeux. Autour de lui, les astros se turent et le regardèrent avec impatience.

— Louise, dit-il.

Et il disparut.

Une lueur d'un jaune aveuglant et une épaisse fumée noire surgirent des moteurs du canot de sauvetage. Fletcher et Powel furent jetés à terre par le souffle de l'explosion. Fletcher utilisa les vestiges de son pouvoir énergétique pour amortir le choc.

Le canot s'éleva en tremblant, prit de la vitesse. Les flammes qui jaillissaient de sa poupe brûlèrent en surface la flaque d'ectoplasme. On vit des formes encore embryonnaires fondre au sein de cette chaleur incendiaire. Un nuage de fumée grasse monta vers le dôme, retomba sur la nef et les deux transepts. Les antiques et fragiles vitraux se brisèrent sous l'effet de la pression. Des jets de fumée et de brume ectoplasmique survolèrent l'esplanade déserte.

Le canot de sauvetage fracassa le dôme de la cathédrale et s'envola dans l'aurore naissante. L'impact de la collision altéra sa trajectoire, et il s'en fut en planant sous le nuage rouge, en direction de Holborn.

Dans la cathédrale, il était impossible de voir quoi que ce soit au niveau du sol. L'air était empli de particules de glace et d'une atroce fumée acide. Fletcher pataugeait dans la flaque d'ectoplasme, en quête d'un quelconque point de repère. Il percevait mentalement les possédés de la nef, qui étaient sur le point de renoncer à la discipline en faveur de la panique. À part cela, plus rien n'était clair pour lui. Des débris tombaient des hauteurs, échouant dans le fluide turbide où le froid les réduisait aussitôt en pièces.

— Y a encore quelqu'un qui tient debout ? demanda Powel au sein du chaos.

Un éclat vermillon bariola peu à peu la brume omniprésente à mesure que l'éclat du nuage rouge s'insinuait par les vitraux brisés. Des replis de ténèbres ondoyèrent dans le champ visuel de Fletcher. Il se figea, redoutant de bouger.

Powel le heurta. Tous deux sursautèrent.

— Il faut que je monte sur la galerie, dit Powel. C'est notre chance, il va être aussi aveugle que nous.

— Je pense que la porte est par ici, lui dit Fletcher.

Bien que faisant appel à toutes les ressources de son pouvoir énergétique, il avait du mal à déplacer ses jambes. Elles étaient totalement engourdies au-dessous des genoux.

Des étincelles de lumière blanche envahirent soudain la brume. Elle s'alourdit, tombant sur le sol dans un soupir. Fletcher se retrouva soudain à découvert. Un large rayon de lumière rouge plongeait à travers le dôme fracassé, illuminant toute la flaque d'ectoplasme. De l'autre côté de celle-ci, Dariat et Tolton étaient sur le point d'atteindre le transept nord.

— Vous allez quelque part ? leur demanda Quinn. Il n'y a aucune issue. Les guerriers du Porteur de lumière sont arrivés.

D'un geste théâtral, il désigna la flaque, encourageant ses habitants à en sortir.

Une marée d'ectoplasme projeta des vagues de fluide dans la nef et les transepts. La couronne d'un Orgathé s'éleva vers les hauteurs, émergeant à la lumière écarlate.

Quinn éclata d'un rire triomphal tandis que le monstre pénétrait dans l'univers. Les possédés s'enfuirent de la cathédrale en courant. Powel et Fletcher seraient bientôt engloutis dans une boue spectrale d'où jaillissaient des pseudopodes prêts à les noyer. À ses pieds, Louise et Greta, complètement vaincues, pleuraient à chaudes larmes, anticipant leurs tourments à venir. La Nuit était venue, telle qu'il l'avait toujours rêvée.

Loin au-dessus de lui, il se *produisit* quelque chose. Il leva soudain la tête.

— Merde !

Andy Behoo avait passé tout ce temps le nez collé à la vitre, contemplant l'horrible nuage rouge qui rampait au-dessus de Londres. L'air chaud conférait une sinistre clarté à sa progression. Au-dessus du dôme en cristal de l'arche, les étoiles brillaient de leur éclat glacial dans un ciel vierge de tempêtes. L'aube aurait pu être splendide.

Il savait désormais qu'il ne la verrait jamais. Ses naneuroniques venaient de se crasher. La bordure du nuage était à moins de cinq cents mètres. En dessous, l'omniprésente lumière rouge éclairait les rues désertes d'une lueur sinistre.

Il s'était planté près de la fenêtre lorsqu'elle était partie, l'avait regardée s'éloigner ; il savait donc par où elle était passée. Si elle revenait, il parviendrait à la revoir. Cela seul lui donnerait le courage de sortir à son tour. Il sortirait pour la ramener chez lui. Grâce à Louise, la fin du monde serait vivable.

La lumière écarlate vacilla puis disparut. Ce fut si soudain qu'Andy crut qu'il avait la berlue. Ne restait de la cité terrifiée que des silhouettes d'immeubles si vagues qu'il parvenait à peine à les distinguer. Il chercha des traces du massacre accompli par les plates-formes DS.

Rien ne bougeait dans ce silence de mort. Il leva les yeux.

Les étoiles n'étaient plus là.

L'interstice de trou-de-ver s'ouvrit un million de kilomètres au-dessus du pôle Sud du soleil. Son pourtour entra aussitôt en expansion. En moins de trois secondes, il faisait plus d'un milliard cinq cents millions de kilomètres de diamètre, soit bien plus que l'orbite de Jupiter. Quinze secondes plus tard, il atteignait le diamètre que Joshua lui avait fixé : douze milliards de kilomètres, soit un peu plus que la totalité du système solaire. Il se déplaça alors pour envelopper étoile, planètes, astéroïdes et comètes.

Puis l'interstice se contracta et disparut.

Il ne resta dans le vide spatial qu'une silhouette humaine vêtue d'une robe noire.

Dans le salon de Tracy, Arnie se leva pour taper sur le poste de télévision. L'image ne revenait toujours pas.

— Que se passe-t-il ? demanda Jay.

— Le Corpus ne le sait pas, répondit Tracy.

Cette révélation la faisait frémir.

Plus de dix-sept millions d'âmes perdues présentes dans diverses arches furent arrachées aux corps qu'elles possédaient lorsque la Terre traversa le trou-de-ver. Joshua configura la structure quantique interne de celui-ci en s'inspirant de la méthode par laquelle Dariat et Rubra avaient expulsé les possédés de Valisk. Avec une différence de taille : ils ne devinrent pas des fantômes mais furent renvoyés hurlants dans l'au-delà.

Depuis la Terre, qui se trouve à trente mille années-lumière du centre de la galaxie, la splendeur éclatante du cœur demeure invisible. Les bras spiraux contiennent bien trop de matière noire, des nuages de gaz interstellaire et des tempêtes de poussière qui absorbent la lumière émise par les supergéantes. Les astronomes doivent tourner leurs télescopes vers l'extérieur, étudier d'autres amas stellaires pour avoir une idée de ce spectacle.

Il faut être beaucoup plus près du centre pour voir la couronne du cœur entrer en expansion par-dessus le bouclier plan de matière noire. Et le cœur n'apparaît alors que comme une nébuleuse en forme de croissant, d'un éclat exceptionnel, qui s'étire dans le ciel nocturne. Pour le contempler dans toute sa gloire, on a besoin de se trouver sur une planète située à la naissance d'un bras spiral, et le cœur est alors révélé sous la forme d'un drap de lumière iridescente occupant la moitié de l'espace, dont l'éclat fait pâlir celui du soleil local. Malheureusement, un tel lieu est létal ; la quantité de radiations se déversant des étoiles du cœur, dont la densité est prodigieuse, est capable de stériliser toute vie biologique non protégée.

Non, pour apprécier comme elle le mérite la beauté de la galaxie, il faut l'observer du dehors. Au-dessus des bras spiraux, loin des radiations.

Joshua choisit un point situé à vingt mille années-lumière du cœur, à dix mille au nord du plan de l'écliptique. Lorsque le système solaire y émergea, ce fut pour être accueilli par la vision majestueuse d'un cyclone de pierreries brillant d'un éclat vif au sein d'une nuit vide de toute constellation.

Ce fut ensuite au tour du système de Kulu. Puis à celui d'Oshanko. Qui fut suivi par Avon. Ombey. La Nouvelle-Californie. Ils cessèrent d'émerger un à la fois. La singularité était capable de créer simultanément plusieurs trous-de-ver. Joshua se contenta d'organiser les grandes lignes de l'exode, de sélectionner les mondes qui y participaient. Des portails furent ouverts vers les royaumes où les possédés avaient emporté leurs planètes. Lalonde, Norfolk et les autres revinrent autour de leurs étoiles d'origine, puis déménagèrent de la galaxie.

La Confédération forma bientôt son propre amas stellaire, totalement unique, voguant sereinement dans l'espace intergalactique. Huit cents étoiles disposées en formation lenticulaire classique, avec Sol au centre et une distance maximale de six mois-lumière entre deux étoiles voisines.

Il y eut d'autres altérations astronomiques, plus subtiles, germes des changements à venir.

Quinn ne comprenait pas pourquoi il était toujours en vie. Durant le cataclysme, la pitoyable âme d'Edmund Rigby avait été arrachée à la geôle qu'il lui avait forgée au centre de son esprit. Il n'avait plus aucun contact avec l'au-delà, plus de brèche interdimensionnelle où puiser son fabuleux pouvoir énergétique. Plus de sixième sens. Et, s'il flottait dans le vide, il avait de l'air pour respirer.

— Mon Seigneur ! cria-t-il. Pourquoi ? Pourquoi m'avez-Vous repris ma victoire ? Personne ne Vous a mieux servi que moi.

Aucune réponse.

— Laissez-moi revenir. Laissez-moi Vous prouver ma valeur. Je peux faire tomber la Nuit. Je conduirai les anges des ténèbres jusqu'au paradis, nous le ravagerons ensemble et je Vous ferai asseoir sur son trône.

Devant lui apparut une silhouette humaine baignée par la douce lueur des étoiles. Le souffle de Quinn s'accéléra lorsqu'il la vit s'approcher de lui. Puis il reconnut son visage et cracha de dégoût.

— Toi !

— Salut, Quinn, dit Joshua. Il ne te servira à rien de te lamenter. J'ai refermé l'ouverture du continuum noir, les anges déchus ne viendront pas te sauver. Personne ne viendra à ton secours, d'ailleurs.

— Le Frère de Dieu finira par triompher. La Nuit finira par tomber, que ce soit moi ou un autre qui prenne la tête de Son armée.

— Je sais.

Quinn lui jeta un regard soupçonneux.

— Tu avais raison depuis le début, quoique pas de la façon dont tu le supposais. Cet univers s'achève dans les ténèbres.

— Tu le crois vraiment ? Tu acceptes l'évangile du Frère de Dieu ?

— Ton évangile est un tas de merde, et tu es le seul trou du cul à la chier, Quinn.

— Je retrouverai ton âme une fois dans l'au-delà. Alors j'écraserai ta fierté et...

— Oh, ferme-la ! J'ai une proposition à te faire. Je vais la formuler en des termes qui seront à ta portée : je veux que tu conduises les âmes perdues à ton Seigneur.

— Pourquoi ?

— Les raisons sont nombreuses. Vu ce que tu as fait, tu mérites d'être effacé du temps. Mais je ne peux pas faire cela.

Quinn se mit à rire.

— Tu es un ange du faux Dieu. C'est pour cela que tu as le pouvoir de m'arracher à la Terre. Mais Il t'interdit de me tuer, pas vrai ? Il est trop compatissant. Tu dois détester ça, je parie.

— Il y a pire que la mort et l'au-delà. Je peux te livrer aux anges déchus. Crois-tu qu'ils seront heureux de revoir celui qui a échoué à les libérer ?

— Que veux-tu ?

Une brèche s'ouvrit dans l'espace derrière Joshua.

— Ceci conduit à la Nuit, Quinn. C'est un trou-de-ver qui te mènera à l'avènement du Frère de Dieu. Je t'autorise à l'emprunter.

— Quel est ton prix ?

— Je te l'ai dit : tu devras conduire les âmes damnées hors de l'au-delà et au sein de ta Nuit, Quinn. Une fois débarrassée d'elles, l'espèce humaine aura une chance de pouvoir évoluer. Leur existence représente un terrible fardeau pour une espèce qui découvre la véritable nature de l'univers. Les Kiints, par exemple, ont fabriqué des corps clonés exempts d'esprit pour héberger leurs âmes perdues. Il leur a fallu des milliers d'années, mais elles ont toutes été ramenées dans cet univers, où on les a aimées et où on leur a appris à affronter l'au-delà comme il doit être affronté. Mais nous ne sommes pas des Kiints. Nous allons avoir assez de difficultés à aider les vivants durant les prochaines décennies. Plusieurs siècles s'écouleront avant que nous ne puissions assister ces milliards d'âmes perdues. Et, pendant ce temps-là, elles souffriront et inhiberont notre développement.

— Mon cœur saigne pour toi.

— Tu n'as pas de cœur. (Joshua s'écarta ; plus rien ne séparait Quinn de la brèche.) Maintenant, dis-moi, veux-tu vraiment rencontrer le Frère de Dieu ?

— Oui. (Quinn fixa d'un œil avide les ténèbres absolues que lui révélait la brèche.) Oui !

Les âmes renvoyées dans l'au-delà y apportèrent avec elles une déferlante de rage et d'amertume, impuissantes devant la nouvelle atrocité qui leur était infligée. La liberté était possible, une nouvelle vie leur était permise. Et voilà qu'elles retrouvaient le purgatoire ! La barrière qui les séparait de la réalité ne comportait plus aucune faille. Elles hurlèrent de rage tout en suppliant ceux dont elles percevaient vaguement la présence de l'autre côté. Laissez-moi revenir parmi vous, accordez-moi au moins un soupçon de sensation. Plus aucun des vivants ne les entendait.

Une fissure s'ouvrit. Une minuscule brèche par laquelle de

splendides sensations humaines s'insinuèrent dans le néant. Les âmes perdues se massèrent autour d'elle, louant sa magie. Et il y en avait assez pour tout le monde. Toutes les âmes perdues retrouvèrent la caresse de l'air sur la peau, la lumière d'une myriade d'étoiles dans un ciel nocturne.

Quinn hurla à s'en déchirer les cordes vocales tandis qu'il était possédé par cent milliards d'âmes perdues. Elles lui infligèrent une violation absolue, se repaissant de la moindre de ses cellules.

Son corps dériva à travers la brèche, porteur du fardeau de l'humanité. Le trou-de-ver se referma derrière lui, effaçant le spectacle des étoiles que les humains avaient toujours connues.

15.

Personne ne raconterait l'histoire de cette façon, mais Louise passa le plus clair de la cérémonie d'invocation dans l'ignorance totale de ce qui lui arrivait. Après que Courtney l'eut jetée sur le banc, elle se coucha sur son flanc et lutta contre la nausée qui s'était emparée d'elle. La souffrance et la peine l'empêchèrent d'entendre les paroles de Quinn. Le contrecoup de sa soumission au pouvoir énergétique des possédés avait déclenché dans son crâne des vagues successives de terreur.

Puis les fusées à carburant solide s'enclenchèrent, l'étouffant dans leur fumée. Elle était sur le carreau, en proie à de violents haut-le-cœur, lorsque l'Orgathé se hissa au niveau de la galerie.

Gisant impuissante dans un déchaînement de feu et de glace, elle pleura toutes les larmes de son corps. Puis toute sensation externe s'estompa en elle, et elle se retrouva au sein d'un smog gris et grenu qui occultait toutes choses hormis quelques mètres de la galerie.

Des pieds écrasèrent les débris friables qui avaient chu du dôme de la cathédrale lorsque le canot de sauvetage l'avait fracassé. Ils firent halte tout près d'elle. Elle gémit, sentant que l'inconnu se penchait sur elle. Une main lui caressa la tempe, écarta doucement les cheveux de ses yeux.

— Bonjour, Louise. Je t'avais dit que je reviendrais.

Cette voix... Impossible ! Et pourtant indéniable. Louise ouvrit les yeux, les sentit s'emplir de nouvelles larmes.

— Joshua !

Il l'enveloppa de ses bras et la berça pour apaiser ses tremblements convulsifs, ne cessant de murmurer :

— Chut, tout va bien, tout va bien.

— Mais, Joshua...

Il l'embrassa doucement, lui posa l'index sur le bout du nez.

— Tout va bien, c'est fini, je te le promets.

— Quinn ! Quinn, il va...

— Il est parti. Pour de bon. Définitivement.

Elle regarda tout autour d'elle, découvrant les volutes de brume qui se retiraient lentement de la galerie. En contrebas, la cathédrale était plongée dans un silence choquant.

— Viens, dit Joshua. On va te soigner un peu.

Il déballa un package médical et le lui appliqua doucement sur le visage, là où Quinn l'avait frappée.

Elle s'aperçut que ses naneuroniques étaient de nouveau en ligne et s'empressa de faire passer en mode primaire son programme de surveillance médicale.

— Tout va bien, chuchota Joshua. Notre bébé n'a rien.

— Oh ! Mais comment sais-tu que...

Il lui baisa la main.

— Je sais tout.

Il accompagna cette déclaration de son sourire malicieux. Celui-là même qui avait tout déclenché. Louise était presque sûre qu'elle avait rougi.

— Je répondrai à toutes tes questions, mais patiente un peu, lui dit-il. Tu as des adieux à faire à quelqu'un.

Il aida Louise à se relever, ce dont elle lui fut reconnaissante. Son corps tout entier semblait perclus de douleurs. Une fois debout, elle ne put résister à l'envie de l'embrasser une nouvelle fois pour s'assurer qu'il était bien là. Et il n'était pas question qu'elle lui lâche la main. Puis elle vit que Fletcher se tenait derrière lui.

— Milady, dit-il en s'inclinant.

Elle eut un petit hoquet.

— Les possédés !

— Partis, dit Joshua. À l'exception de Fletcher. Et il ne possède plus personne, ce corps est un simulacre. (Il tendit sa main vers l'officier de marine au visage solennel.) Je tenais à vous remercier personnellement pour avoir pris soin de Louise durant tout ce temps.

Fletcher acquiesça d'un air grave.

— Je confesse que j'étais curieux de voir à quoi ressemblait un homme digne de lady Louise. Je comprends maintenant pourquoi elle ne parle de nul autre.

Cette fois-ci, Louise était tout à fait sûre d'avoir rougi.

— Vais-je à présent retourner au purgatoire, sir ?

— Non, répondit Joshua. Je tenais également à vous dire ceci. C'est à cause de votre noblesse de cœur que vous avez échoué dans l'au-delà. Abandonner votre famille et votre patrie, vous mutiner contre votre souverain, c'étaient là des crimes terribles. Telle était votre conviction, et cela vous a conduit à vous imposer ce châtiment. Vous pensiez sincèrement mériter le purgatoire.

Le souvenir de ses souffrances assombrit le regard de Fletcher.

— Au fond de mon cœur, je savais que nous avions tort de faire ce que nous faisions. Mais la cruauté de Bligh était sans commune mesure. Nous ne pouvions plus la tolérer.

— C'est fini maintenant. Cela fait plus de mille ans que c'est fini. Ce que vous avez fait pour Louise, et pour bien d'autres, vaut que l'on vous pardonne une centaine de mutineries. Courage, Fletcher, la vie après la mort ne se limite pas à l'au-delà. Traversez-le. Partez à la découverte de son autre rive. Car elle existe bel et bien.

— Jamais je ne pourrais douter de la parole d'un homme tel que vous, sir. Je suivrai vos instructions.

Joshua s'écarta.

— Milady.

Elle le serra contre elle.

— Je ne veux pas que vous partiez.

— Ma place n'est pas ici, très chère Louise. Ici, je ne suis qu'un naufragé.

— Je sais.

— Mais je me considère néanmoins comme un privilégié du fait de vous avoir connue, si bizarres qu'aient été les circonstances de notre rencontre. Je pense que vous allez prospérer, et votre enfant également. Votre univers est une authentique splendeur. Vivez-y pleinement votre vie.

— Je vous le promets.

Il l'embrassa sur le front, presque comme pour la bénir.

— Et dites à votre chère sœur que je penserai toujours à elle.

— *Bon voyage*[1], Fletcher.

Le corps de Fletcher commença à s'estomper, ses contours à se désagréger en une poussière de platine. Il leva un bras pour saluer.

1. En français dans le texte. *(N. d. T.)*

Louise resta un long moment les yeux fixés sur l'espace qu'il avait occupé.

— Et maintenant ? demanda-t-elle.

— Quelques explications sont nécessaires, répondit Joshua. Pour cela, il vaudrait mieux que je te conduise à Tranquillité. Tu as besoin de te rafraîchir et de te reposer. Et il faut à tout prix empêcher Genevieve de s'approcher des chimpanzés domestiques.

Louise poussa un grognement. Elle eut le souffle coupé en voyant se matérialiser autour d'elle la végétation luxuriante de l'un des parcs de l'habitat.

Samual Aleksandrovich avait passé les dix dernières minutes branché sur les capteurs externes de la station spatiale. Mais il ne pouvait toujours en croire ses yeux. D'abord alerté par le nombre croissant d'astronefs apparaissant au-dessus d'Avon, le centre de contrôle DS avait vite constaté qu'il s'agissait de vaisseaux initialement en transit. Ils avaient été arrachés à l'espace interstellaire pour se retrouver dans les zones d'émergence situées autour de la planète. Une fois que le grand amiral eut conclu à l'absence de toute agression, il fonça dans le salon d'observation accompagné de Lalwani.

Il y avait foule dans le compartiment. Les officiers s'écartèrent à contrecœur pour laisser les deux amiraux accéder au grand hublot incurvé. Samual sentit un frisson le parcourir à la vue de cet espace vierge d'étoiles. Peu à peu, la rotation de la station leur permit de découvrir la galaxie ; son cœur étincelait d'une lueur or et violet, que rehaussait l'éclat argenté des tourbillons d'étoiles qui l'entouraient.

— C'est bien la Voie lactée ? demanda Samual à voix basse.

— Oui, amiral, répondit le capitaine al-Sahhaf. Le commandement DS a identifié les galaxies voisines grâce aux satellites-capteurs. Elles correspondent à celles que nous connaissons, et nous savons déjà que nous nous trouvons à dix mille années-lumière de la Voie lactée.

Samual Aleksandrovich se tourna vers Lalwani.

— À votre avis, est-ce ici que les possédés ont fui ?

— Je n'en ai aucune idée.

— Dix mille années-lumière. Au nom de Dieu, qui nous a fait cela ?

— Joshua Calvert, amiral.

Samual Aleksandrovich gratifia Richard Keaton d'un regard extrêmement soupçonneux.

— Voulez-vous bien préciser votre pensée, capitaine ?

— Calvert et le faucon *Œnone* ont accompli leur mission, amiral. Ils ont trouvé le Dieu endormi des Tyrathcas. Il s'agit d'un artefact ayant le pouvoir de produire des trous-de-ver capables de ce genre de prouesse.

Samual et Lalwani échangèrent un regard.

— Vous semblez remarquablement bien informé, dit Lalwani. Je n'ai pas connaissance d'une communication d'*Œnone* ou du *Lady Macbeth* qui nous soit parvenue depuis notre arrivée ici.

Keaton eut un sourire gêné.

— Vous n'avez encore été informés de rien, et je vous prie de m'en excuser. Mais Calvert a transféré ici toutes les planètes de la Confédération.

— Pourquoi ? demanda Samual.

— Faire transiter un corps possédé par le type de trou-de-ver que nous venons d'emprunter referme la brèche qui permet à une âme de passer de l'au-delà dans cet univers. Il s'est contenté d'appliquer cette méthode à très grande échelle. Toutes les âmes perdues ont regagné l'au-delà. Il a également ramené toutes les planètes que les possédés avaient escamotées. (Keaton désigna le vide spatial.) Toute la Confédération est ici. Il n'y a plus de crise de la possession.

— C'est fini ?

— Oui, amiral.

Samual plissa les yeux tandis qu'il s'abîmait dans la contemplation de son officier d'état-major.

— Les Kiints, finit-il par affirmer.

— Oui, amiral. J'ai le regret de vous apprendre que je fais partie de leurs agents.

— Je vois. Et quel rôle ont-ils joué dans cette histoire ?

— Aucun. (Sourire de Keaton.) Ils ont été fort surpris, vous pouvez m'en croire.

— Je suis ravi de l'apprendre. (Samual jeta un nouveau regard sur la galaxie, qui disparaissait à la vue.) Calvert compte-t-il nous ramener ?

— Je l'ignore.

— Les Kiints ont accepté de nous apporter leur assistance médicale si jamais nous réglions cette crise. Vont-ils tenir parole ?

— Oui, amiral. L'ambassadeur Roulor se fera une joie d'apporter à la Confédération la coopération pleine et entière de son gouvernement.

— Bien. Maintenant, foutez le camp de mon quartier général.

La porte s'ouvrit avant que Joshua ait annoncé son arrivée par télétransmission.

— Bienvenue ! lança Ione.

Elle déposa sur sa joue un baiser platonique.

Il fit entrer Louise dans l'appartement, savourant son petit hoquet de surprise lorsqu'elle découvrit la cloison de verre donnant sur le fond de la mer circulaire.

— Vous êtes le seigneur de Ruine, dit-elle.

— Et vous êtes Louise Kavanagh, de Norfolk. Joshua parle tout le temps de vous.

Louise eut un sourire incrédule.

— Vraiment ?

— Oh ! oui. Et ce qu'il ne m'a pas dit de vous, c'est Genevieve qui m'en a parlé.

— Est-ce qu'elle va bien ?

— Très bien. J'ai demandé à Horst Elwes de veiller sur elle. Ils arrivent. Vous avez juste le temps de vous rafraîchir.

Louise vit que les vêtements prêtés par Andy étaient dans un triste état.

— Si cela ne vous dérange pas.

Joshua se servit une solide dose de Larmes de Norfolk pendant qu'Ione conduisait Louise à la salle de bains.

— Merci, lui dit-il à son retour.

— Tu as réussi, n'est-ce pas ? C'est pour ça que nous sommes ici.

Ouais. J'ai réussi. Il n'y a plus de possédés.

Un sourcil épilé s'arqua délicatement.

Et depuis quand avons-nous ce talent ?

Un petit cadeau du Dieu endormi.

Il laissa ses souvenirs s'écouler de lui, montrant ce qui s'était passé à Ione et à Tranquillité.

Je ne m'étais pas trompée sur ton compte, commenta Ione.

L'enserrant dans ses bras, elle se mit sur la pointe des pieds pour mieux l'embrasser.

Joshua coula un regard coupable vers la porte de la salle de bains.

Ne t'inquiète pas, dit Ione avec un sourire plein de sagesse. **Je saurai me tenir.**

— Je ne sais pas ce que je vais faire d'elle, Ione. Bon sang, je suis devenu le maître de l'univers, on m'a donné les réponses à toutes les questions, et je ne sais pas quoi faire.

— Ne sois pas stupide, Joshua, bien sûr que tu le sais. Tu l'as toujours su.

Brad Lovegrove reprit le contrôle de son corps comme s'il émergeait d'un coma débilitant. La moindre de ses pensées, le moindre de ses actes semblaient s'effectuer au ralenti. La période durant laquelle Capone l'avait possédé avait la consistance d'un rêve enfiévré, un courant flou de sensations et de couleurs entrecoupé d'éclairs d'une révoltante clarté.

Il s'aperçut qu'il était assis devant une table en verre. Dans le salon d'une suite cinq-étoiles. Une gigantesque baie vitrée montrait la Nouvelle-Californie flottant dans le ciel. Devant lui, une cafetière bien chaude, des tasses, des œufs brouillés sur un plateau. Une mare de sang maculait le verre, se répandait autour du plateau et jusque sur les bords de la table. De grosses gouttes écarlates s'écrasaient sur la moquette autour de ses pieds.

Sur le fauteuil en face du sien était assise une femme effondrée sur la table basse. Les trois quarts de son corps disparaissaient sous des bandages nanoniques verts, à peine dissimulés par un peignoir bleu marine. Elle avait ôté le package plaqué à sa gorge pour le poser soigneusement sur la table. La peau ainsi exposée n'était qu'une plaie béante révélant son artère carotide sauvagement tranchée. Elle tenait dans sa main tendue une petite thermolame.

Sous le choc, Brad Lovegrove tomba de son fauteuil et se mit à bredouiller des paroles incohérentes.

Joshua et Louise attendaient devant l'écoutille de la baie d'accostage MB 0-330. Tous deux avaient accédé aux capteurs pour regarder le *Lady Macbeth* se poser doucement sur son berceau. Ses verniers chimiques émirent de brefs crachats de lumière jaune le long de son équateur comme Liol achevait sa manœuvre. L'astronef se posa en douceur et les attaches du berceau se verrouillèrent. Câbles et conduits se branchèrent l'un après l'autre à leurs ports respectifs. Les échangeurs thermiques se rétractèrent dans la coque, et l'ensemble se mit à descendre vers la baie.

Il a fait de l'excellent boulot, reconnut Joshua dans son for intérieur.

Comment ça se passe ? demanda-t-il à Syrinx.

On est presque arrivés, lui dit-elle.

L'affinité lui montra le grand faucon serrer de près le *Mindori* et le *Stryla* tandis que les deux gerfauts contournaient l'axe du spatioport pour aborder la corniche de l'habitat. Leurs personnalités étaient tellement traumatisées par la possession qu'il fallait constamment les soutenir et les guider. Tous deux brûlaient du désir de retrouver leur capitaine. Un désir qui demeurerait à jamais inassouvi, car Kiera avait détruit leurs corps à Valisk afin d'imposer la possession aux astronefs bioteks.

Ils guériront avec le temps, dit doucement *Œnone*. **Nous serons à leurs côtés pour nous en assurer.**

Je n'en doute pas.

Félicitations, Joshua Calvert, dit le Consensus jovien. **Vous avez droit à nos remerciements les plus sincères. Samuel nous a dit que c'est vous seul qui avez communié avec la singularité.**

Plein de gens m'ont aidé à la trouver, répondit-il.

Syrinx et lui échangèrent l'image mentale d'un sourire.

La méthode que vous avez choisie pour résoudre la crise était des plus spectaculaires, reprit le Consensus.

C'était l'une des moins brutales qui m'étaient proposées, croyez-moi. Parler de pouvoirs divins à propos de cette singularité constitue un euphémisme.

Êtes-vous toujours en contact avec elle ?

Oui. Pour le moment. Il reste quelques questions en suspens que je tiens à régler moi-même. Ensuite, j'en aurai fini.

Renoncer à un tel pouvoir demande une grande force de caractère. Nous sommes ravis de constater que la confiance de Samuel était bien placée.

Pour parler franchement, je ne suis guère séduit par la perspective de passer ma vie à redresser les torts dans toute la Confédération. Désormais, je me contenterai de porter un message.

Joshua Calvert, missionnaire, commenta malicieusement Syrinx. **Ça, c'est ce que j'appelle un miracle.**

Comptez-vous ramener les étoiles de la Confédération à leur position initiale ? demanda le Consensus.

Non. Je veux qu'elles restent là où elles sont. Telle est aussi ma décision.

Une décision que nous allons devoir accepter. Après tout, vu la distance qui nous sépare désormais de lui, il ne nous sera pas facile de dépêcher un astronef auprès du Dieu endormi.

Cela n'a rien d'impossible. Et là est la question, justement.

Veuillez vous expliquer.

Les humains ont eu de la chance durant leur phase d'expansion et de colonisation galactiques. Je ne renie pas cette période. La situation a longtemps été dramatique sur Terre. En tant qu'espèce, nous avions besoin d'un peu d'air, de ne pas mettre tous nos œufs dans le même panier, comme le dit l'antique expression. Mais ça ne peut pas durer indéfiniment. Nous devons faire face à l'avenir et nous développer d'une façon différente. Il y a huit cents étoiles dans cet amas, pas une de plus. Nous devons renoncer à toute expansion physique tant que nous n'aurons pas progressé sur les plans social, économique et technologique. Plus question pour nous de fuir nos problèmes, nous sommes assez mûrs pour les regarder en face.

Et l'isolation qui est la nôtre nous obligera à le faire.

J'espère qu'elle poussera certains esprits à la concentration, oui.

Nous allons vivre une époque intéressante.

Toutes les époques sont intéressantes si on sait les vivre correctement, répliqua Joshua. **Voici les nouvelles coordonnées des autres étoiles. Je souhaiterais que vous leur envoyiez des faucons afin de propager l'information et de nous remettre tous en contact.**

Bien entendu.

Joshua transmit les données au Consensus.

L'écoutille de sas s'ouvrit, et son équipage se précipita sur lui avec enthousiasme.

Liol fut le premier à le serrer dans ses bras.

— Tu parles d'un capitaine ! D'abord tu nous laisses tomber pour aller t'amuser tout seul, et on a à peine le temps de s'en remettre que le commandement DS de Jupiter nous tombe sur le râble !

— Je t'ai ramené ici, que voulais-tu de plus ?

Poussant un petit cri, Sarha lui sauta dessus.

— Tu as réussi ! dit-elle en lui embrassant l'oreille. Et quelle vue magnifique !

Dahybi, hilare, le gratifia d'une claque dans le dos. Ashly et Beaulieu se bousculaient dans leur hâte de l'approcher le premier.

— Apparemment, vous ne vous êtes pas planté, lança Monica, pas vraiment rancunière.

Samuel commenta son obstination par un simple gloussement. Kempster et Renato prétendirent avoir été frustrés dans leur désir d'observation. Mzu le remercia pour la forme, puis l'interrogea sur la structure quantique interne de la singularité.

Joshua finit par lever les bras pour réclamer le silence.

— Rendez-vous Chez Harvey, tout de suite, et c'est ma tournée !

Beth et Jed avaient le nez collé à la baie vitrée du salon lorsque Tranquillité apparut au-dehors.

— On dirait Valisk ! s'exclama-t-il.

— Je veux voir ! exigea Navar.

Jed lui sourit, et Beth et lui s'écartèrent. Le salon avait pris un aspect des plus bizarres. Le décor de navire à vapeur s'était fondu aux murs et aux machines d'origine, le bois et le cuivre au matériau composite et aux alliages courants en astro-ingénierie. Il suffisait de plisser les yeux et de faire appel à ses souvenirs pour faire réapparaître fausses couleurs et fausses textures.

Ils savaient où ils se trouvaient et ce qui s'était passé – grosso modo, car *Mindori* s'était adressé à eux deux ou trois fois. Mais le gerfaut n'était pas très loquace.

— J'ai l'impression qu'on va se poser, dit Webster.

— Parfait, fit Jed.

Il eut droit à un baiser de Beth. Gari leur jeta un regard dédaigneux, puis se replongea dans la contemplation de la corniche d'accostage.

— On ferait mieux d'aller voir Gerald, déclara Beth.

Jed se força à ne pas râler. Dès qu'ils se seraient posés, ce dingue sortirait de leur vie pour ne plus y revenir.

— D'accord, on y va.

Gerald n'avait pas décollé de la passerelle depuis que la stupéfiante cité spatiale xéno s'était évanouie et que Loren avait déserté son esprit. Durant des heures et des heures, il était resté devant la console d'armement, pareil à un marin d'antan refusant de lâcher la barre pendant une tempête. Sa vigilance ne s'était pas relâchée un seul instant. Lorsque leur attente avait pris fin, il s'était effondré sur le sol et était resté assis là, les jambes flasques, adossé à la console. Ses yeux vitreux étaient fixés sur le néant, sa bouche désespérément muette.

Beth s'accroupit près de lui et claqua des doigts à quelques centimètres de son visage. Aucune réaction.

— Il est mort ? s'enquit Jed.

— Jed ! Non, il respire. Je pense qu'il doit être épuisé ou quelque chose comme ça.

— Une maladie à ajouter à sa liste, murmura Jed en veillant à ne pas être entendu. Hé ! Gerald, mon pote, on est arrivés. Le *Stryla* nous a accompagnés. Marie est à son bord. C'est génial, non ? Vous allez bientôt la revoir. Qu'est-ce que vous dites de ça ?

Gerald ne bougea pas d'un pouce.

— On a intérêt à demander un docteur pour l'examiner, commenta Jed.

Gerald tourna la tête vers lui.

— Marie ? chuchota-t-il.

— Oui, Gerald, dit Beth en lui agrippant le bras de toutes ses forces. Marie est ici. Encore un peu de patience, et vous allez la revoir. Pouvez-vous vous lever ? (Elle essaya de l'aider à se redresser, à se remuer un peu.) Jed, donne-moi un coup de main.

— Je ne sais pas. Peut-être qu'on devrait faire venir un toubib.

— Il est en parfaite santé. Pas vrai, Gerald ? Un peu fatigué, c'est tout.

— Comme tu voudras.

Jed se pencha sur Gerald et tenta de le soulever.

On entendit des bruits métalliques en provenance du sas.

Gari apparut, tout essoufflée.

— Le bus est arrivé ! annonça-t-elle.

— Ce bus va nous conduire à Marie, dit Beth. Allez, Gerald. Vous pouvez y arriver.

Un frisson parcourut les jambes de l'homme.

Les deux adolescents réussirent à le faire lever. Puis ils le menèrent jusqu'au sas en le soutenant de toutes leurs forces.

Marie restait prostrée dans le corridor près de la passerelle. Elle pleurait sans interruption depuis que Kiera avait été exorcisée. Les souvenirs de ce qui lui était arrivé depuis Lalonde étaient des plus vifs, ce qui ne devait rien au hasard. Kiera se fichait de savoir si Marie avait ou non conscience des horreurs qu'elle infligeait à son corps.

C'était répugnant. Écœurant.

Même si sa volonté avait été paralysée, Marie savait qu'elle n'oublierait jamais ses actes. L'âme de Kiera était certes partie, mais jamais elle ne cesserait de la hanter. On lui avait rendu sa vie, mais elle ne voyait plus aucune raison de la vivre.

Le sas fut pressurisé, l'écoutille s'ouvrit en vibrant.

— Marie ?

Ce n'était qu'un gémissement, une petite voix éraillée, mais elle en fut poignardée jusqu'au fond de son âme.

— Papa ? gémit-elle, incrédule.

Lorsqu'elle leva les yeux, ce fut pour le découvrir dans le sas, accroché à l'ouverture de l'écoutille. Il était horriblement diminué, à peine s'il pouvait tenir debout. Mais son visage ravagé par la souffrance était aussi radieux que celui d'un jeune père tenant son enfant nouveau-né pour la toute première fois. Impossible de concevoir toutes les épreuves qu'il avait pu endurer pour la retrouver en cet instant. Et il les avait endurées parce qu'elle était sa fille, et cela seul faisait d'elle l'objet de son amour éternel.

Elle se leva et lui tendit les bras. Fais-moi un câlin, papa. Ramène-moi à la maison, là où plus rien ne pourra m'arriver.

Gerald gratifia sa fille adorée d'un sourire radieux.

— Je t'aime, Marie.

Puis son corps le trahit, et il tomba face contre terre.

Marie poussa un cri et se précipita vers lui. Il avait le souffle saccadé, les yeux clos.

— Papa ! Papa, non ! (En proie à l'hystérie, elle se mit à le griffer.) Parle-moi, dis-moi quelque chose !

Le steward affecté au bus la poussait par côté, agitait un bloc médical au-dessus du corps inerte de Gerald.

— Oh ! merde. Venez m'aider ! dit-il à Jed. Il faut le conduire à l'intérieur de l'habitat.

Jed dévorait Marie des yeux et ne bougeait pas d'un pouce.

— C'est toi, dit-il, sous le charme.

Beth l'écarta sans ménagement et s'accroupit près du steward. Il avait plaqué sur le visage de Gerald un package pratiquant la respiration artificielle.

— Urgence médicale, télétransmit le steward. Envoyez une équipe d'intervention dans le salon de réception.

Le bloc médical transmit un signal d'alarme : le cœur de Gerald avait cessé de battre. L'homme déballa en hâte un nouveau package et le plaqua sur le cou de Gerald. Des filaments nanoniques s'introduisirent dans sa gorge, en quête des principales veines et artères, emplirent celles-ci de sang artificiel pour assurer l'irrigation du cerveau.

Un peu penauds, les fêtards de la Fin du monde erraient dans la cour de béton, en proie à une superbe gueule de bois, et regardaient l'aube se lever sur l'arche. Aucun d'eux ne s'était attendu à revoir un tel spectacle.

Andy, qui les avait rejoints, ne cessait d'envoyer des questeurs dans le réseau à mesure que celui-ci revenait en ligne. Les satellites assuraient une couverture provisoire pendant que les autorités civiles rétablissaient un semblant de contrôle. Impossible d'entrer en contact avec les naneuroniques de Louise. Aucun tour de passe-passe informatique ne lui était d'une quelconque utilité.

Il se dirigea vers un passage conduisant à la rue. Elle était quelque part là-dehors et il la retrouverait, même s'il devait fouiller la totalité de l'arche.

— Qu'est-ce que c'est que ça ? demanda quelqu'un.

Les gens levaient les yeux vers le dôme. Le soleil venait juste de se lever au-dessus de la bordure est ; on apercevait un banc de nuages bas venant du nord. Ils atteignirent le cristal géodésique et se coulèrent autour de lui. Rien à voir avec une armada de tempêtes ; en fait, Andy n'avait jamais vu des nuages se mouvoir avec une telle lenteur. Puis il eut des difficultés à distinguer ce qui se passait derrière les hexagones de cristal. Il lui fallut un long moment pour comprendre pourquoi, et il alla jusqu'à accéder aux programmes d'infos, maintenant hystériques, pour confirmer ce qu'il voyait.

Pour la première fois depuis près de cinq siècles et demi, la neige tombait sur Londres.

Il ne subsistait plus aucune trace de présence humaine autour de la naine rouge baptisée Tunja. Joshua avait transporté dans le système de la Nouvelle-Washington toutes les colonies-astéroïdes des Dorados, ainsi que toutes leurs stations industrielles ; les deux habitats édénistes se trouvaient à présent en orbite autour de Jupiter. Plus rien ne pouvait donner aux nouveaux habitants de ce système une idée de sa triste histoire.

Quantook-LOU avait passé deux jours à se remettre des effets de la gravité qu'il avait dû endurer à Lalarin-MG. Immobilisé dans son espace personnel, il s'était branché sur le réseau de données d'Anthi-CL pour superviser les premiers travaux de réparation. Les conflits opposant les dominions de la cité spatiale avaient pris fin, sous l'effet de la surprise plutôt que suite à un quelconque accord. Mais il avait négocié une nouvelle paix avec les autres distributeurs tandis qu'ils examinaient en commun les images transmises par les capteurs installés sur les deux faces de Tojolt-HI.

Les richesses que révélaient ces images étaient proprement incroyables. Toutes les cités spatiales de Mastrit-PJ tournaient désormais autour de la minuscule étoile rouge, rassemblées sur une orbite équatoriale. Plus loin s'étalait une quantité de matière qui défiait l'entendement ; un gigantesque anneau de particules d'un diamètre supérieur à deux cents millions de kilomètres. Soudain, voilà que les Mosdvas pouvaient se vautrer dans les ressources.

Ils avaient la possibilité d'abandonner leurs antiques cités spatiales pour se construire de nouveaux dominions, indépendants les uns des autres. Pour ce que pouvaient en dire les distributeurs, toutes les enclaves tyrathcas avaient été vidées de leurs occupants en même temps que les cités spatiales disaient adieu à Mastrit-PJ. Les conflits qui tourmentaient les Mosdvas depuis la création des dominions n'avaient plus lieu d'être.

Quantook-LOU disposait en outre des données fournies par les humains et qui lui permettraient de construire des astronefs supraluminiques. D'autres distributeurs avaient déjà entrepris de négocier une alliance avec Anthi-CL afin de pouvoir partager cette technologie. Ils se trouvaient dans une nouvelle partie de l'espace, qui leur paraissait étrangement vide vu l'absence de la nébuleuse qui dominait naguère leur orbite. Des milliards d'étoiles s'offraient à eux. Il serait fort intéressant de partir à la recherche des humains, et de toutes les autres espèces évoquées par Joshua Calvert.

Le champ de perception du Ly-cilphe entra en phase d'expansion lente à mesure que ses fonctions émergeaient de leur sommeil au sein de sa matrice de macrodonnées. Il crut d'abord être affecté par une perte de mémoire. Il ne se trouvait plus dans la clairière où se déroulait le sacrifice humain, mais plutôt dans le vide spatial. Son champ de perception ne trouvait rien à sa portée. Aucune masse dans un rayon d'un milliard de kilomètres, pas même un électron libre, ce qui était hautement improbable. Les ondes énergétiques qui traversaient son champ avaient une composition des plus étranges, qu'il n'avait jamais enregistrée jusque-là. Une analyse de la structure quantique locale de ce continuum lui apprit qu'il ne se trouvait plus dans son univers natal.

Un point massique extrêmement dense émergea près de lui, émettant toute une variété de fonctions d'ondes électromagnétiques. Il était invulnérable aux sondes que lança le Ly-cilphe.

— Nous savons que vous effectuez une quête afin de mieux

comprendre la nature de la réalité, déclara Clochette. C'est aussi notre cas. Souhaitez-vous vous joindre à nous ?

L'équipage d'*Œnone* fit son entrée Chez Harvey, salué par des cris de joie et des embrassades, et la fête prit alors des proportions homériques. Genevieve y était comme un poisson dans l'eau. C'était plein de bruit, de chaleur et de couleurs ; rien à voir avec les pince-fesses de Cricklade. Tout le monde était gentil avec elle, elle avait réussi à boire deux verres de vin à l'insu de Louise, et le cousin Gideon lui avait fait découvrir la valse. Mais le plus drôle, c'était le frère de Joshua qui se dépensait sans compter pour échapper aux griffes d'une femme blonde très belle et extrêmement décidée.

Louise restait en permanence aux côtés de Joshua, un sourire un peu apeuré aux lèvres, pendant qu'on l'implorait de raconter et de raconter encore l'histoire de la singularité nue. Il finit par s'éclipser avec elle, jurant à son public qu'il revenait dans une minute. Ils empruntèrent un ascenseur pour gagner le hall, et de là l'un des superbes parcs de l'habitat.

— Tu semblais malheureuse là-bas, dit-il.

— Je ne savais pas que tu avais autant d'amis. Je n'y avais jamais vraiment réfléchi. À part toi, je n'avais rencontré que Dahybi.

Il la conduisit le long d'un sentier bordé de vissaules orangés qui conduisait à un lac tout proche.

— Avant ce jour, je n'en connaissais pas la moitié.

— Comme c'est joli ici, soupira Louise alors qu'ils arrivaient sur le rivage.

Les plantes aquatiques avaient des fleurs en forme de globe qui flottaient quelques centimètres sous l'eau, avec des étamines que venaient grignoter les poissons.

— Ce devait être merveilleux de grandir ici, reprit-elle.

— Oui. Mais je ne rêvais que de partir, ne le répète pas à Ione.

— Comme elle est belle.

Il la serra dans ses bras.

— Pas autant que toi.

— Non, fit-elle, troublée.

— J'ai bien le droit d'embrasser ma fiancée. Même les lois de Norfolk le permettent.

— Je ne suis pas ta fiancée, Joshua. Je sais que je le dis tout le temps, mais c'est à cause du bébé. J'avais honte de moi. Ce qui est stupide. Avoir un bébé, c'est quelque chose de merveilleux, la chose la plus merveilleuse que l'on puisse faire à deux. Quelle idée d'avoir des préjugés contre cela ! J'aimerai toujours ma planète, mais elle est injuste à bien des égards.

Il mit un genou à terre et lui prit la main.

— Épouse-moi.

À voir l'expression qui se peignit sur le visage de Louise, on aurait pu croire qu'elle souffrait le martyre.

— C'est généreux de ta part, Joshua, et si tu me l'avais demandé le jour où tu as quitté Cricklade, je crois que je serais partie avec toi. Mais, en vérité, tu ne sais rien de moi. Cela ne marcherait jamais ; tu es un capitaine d'astronef et un homme célèbre. Je suis la fille d'un propriétaire terrien. Notre couple n'a été qu'un rêve fabuleux, rien de plus.

— Je sais tout ce qu'il y a à savoir de toi – grâce à la singularité, j'ai vécu chaque seconde de ta vie. Et ne va pas te réduire à la fille de quelqu'un. Tu es Louise Kavanagh, un point c'est tout. Moi, j'ai fait un voyage passionnant, grâce à des milliers de personnes qui m'ont soutenu jusqu'au bout. Toi, tu t'es dressée devant Quinn Dexter et tu as tenté de le stopper. Il est impossible d'être plus courageux que tu l'as été, Louise. Tu as été stupéfiante. Les poivrots qui traînent Chez Harvey me vénèrent. Moi, je suis subjugué par tes actes.

— Tu as vu tout ce que j'ai fait ? s'enquit-elle.

— Oui, répondit-il d'une voix ferme. Y compris la nuit dernière.

— Oh !

Il lui tira doucement la main, l'encourageant à s'agenouiller près de lui.

— Je ne pense pas que je pourrais épouser une sainte, Louise. Et tu sais déjà que je n'ai jamais été un saint.

— Veux-tu vraiment m'épouser ?

— Oui.

— Mais nous ne serions jamais ensemble.

— Désormais, les capitaines d'astronef appartiennent au passé, tout comme les filles de propriétaires terriens. Nous avons tant de choses à faire de nos vies.

— Cela ne te dérangera pas de vivre sur Norfolk ?

— Nous la ferons évoluer ensemble, Louise. Toi et moi.

Elle l'embrassa, puis eut un sourire coquin.

— On est obligés de retourner à la fête ? murmura-t-elle.

— Non.

Son sourire s'élargit, et elle se leva. Joshua resta un genou à terre.

— J'attends encore ma réponse. Et cette attitude classique commence à me filer des crampes.

— On m'a appris à faire attendre les hommes, dit-elle, impérieuse. Mais la réponse est oui.

— Anastasia, c'est vraiment toi ?

— Salut, Dariat, bien sûr que c'est moi. Je t'ai attendu. Je savais que tu finirais par venir.

— J'ai failli ne pas y arriver. Quelques ennuis en chemin.

— Dame Chi-ri t'a toujours souri, Dariat. Depuis le début.

— Tu sais, ce n'est pas ce que je m'attendais à trouver sur l'autre rive de l'au-delà.

— Je sais. N'est-ce pas merveilleux ?

— Pouvons-nous le découvrir ensemble ?

— Cela me plairait.

Ce serait la dernière fois que Joshua utiliserait le talent et, à proprement parler, ce n'était pas vraiment nécessaire, mais il n'était pas question qu'il se prive du spectacle du système kiint pour de stupides raisons de dignité et de retenue. Il se matérialisa sur la plage de sable blanc non loin de la villa de Tracy. La côte était d'une beauté exquise, évidemment. Puis il leva les yeux. Des croissants argentés dessinaient un chapelet dans le ciel.

— Maintenant, j'aurai tout vu, dit-il à voix basse.

Cinq sphères blanches apparurent autour de lui. Identiques à des fournisseurs, mais remplissant une tout autre fonction.

Joshua leva les mains.

— Je suis sans armes. Conduisez-moi à votre chef.

Les sphères s'éclipsèrent. Joshua éclata de rire.

Jay et Haile couraient dans le sable à sa rencontre.

— Joshua !

Il réussit à saisir la fillette comme elle sautait sur lui. Il la fit voler dans les airs et tourner à toute vitesse.

— Joshua ! s'écria-t-elle, ravie. Qu'est-ce que tu fais ici ?

— Je suis venu te chercher.

— C'est vrai ? (Un espoir fou brillait dans ses yeux.) Je vais retourner dans la Confédération ?

— Ouaip, va faire tes valises.

Bienvenue, Joshua Calvert. Ce jour est empli de joie. Je suis très contente.

— Salut, Haile. Tu es plus grande.

Et tu es plus fort.

Il reposa Jay sur le sol.

— Que veux-tu, ça montre qu'il ne faut jamais perdre espoir.

— C'était génial ici, dit Jay. Ils ont des fournisseurs qui te donnent tout ce que tu veux, y compris des glaces. On n'a même pas besoin d'argent.

Deux Kiints adultes apparurent sur le disque de téléportation. Tracy descendait le perron de sa villa. Joshua gratifia ces nouveaux venus d'un regard méfiant.

— Et j'ai visité plein de planètes de l'arche. Et j'ai rencontré des centaines et des centaines de gens. (Jay se tut soudain, se mordilla la lèvre inférieure.) Est-ce que maman va bien ?

— Euh... oui. Il va falloir que tu sois patiente, Jay. Elle ne pourra te voir que dans un jour ou deux. C'est d'accord ? Je vais te ramener à Tranquillité, et ensuite, dans quelque temps, tu pourras retourner sur Lalonde avec tous les autres.

Elle fit la moue.

— Et le père Horst aussi ?

— Et le père Horst aussi, promit-il.

— Chouette. Alors c'est vrai, maman va bien ?

— Oui. Elle est impatiente de te revoir, elle aussi.

Tracy arriva derrière Jay et lui tapota le crâne.

— Je t'ai pourtant dit de mettre un chapeau quand tu joues sur la plage.

— Oui, Tracy.

La fillette adressa une grimace à Joshua. Il lui répondit par un sourire.

— Allez, va faire tes valises. Il faut que je parle à Tracy. Ensuite, on s'en va.

— Viens, Haile !

Jay s'empara de l'un des bras tractamorphiques de la Kiint, et toutes deux filèrent vers la villa.

Le sourire de Joshua s'effaça une fois que les enfants furent hors de vue.

— Merci pour rien, dit-il à Tracy.

— Nous avons fait ce que nous pouvions, répliqua-t-elle sèchement. Ne nous jugez pas, Joshua Calvert.

— Votre Corpus ne se gêne pas pour nous juger, pour décider de notre sort.

— Aucun de nous n'a demandé à naître. Nous sommes plus victimes que bourreaux. Et, si je me souviens bien, Richard Keaton a sauvé votre cul.

— En effet.

— Nous aurions veillé à ce que quelque chose survive. L'humanité aurait continué.

— Mais à l'image de qui ?

— Vous êtes fier de celle qui est actuellement la vôtre, n'est-ce pas ?

— En fait, oui.

Elle passa une main blanche sur son front.

— Je n'arrête pas de faire des comparaisons. Entre l'espèce humaine et toutes les autres.

— Eh bien, ne vous fatiguez plus, ce n'est plus de votre ressort. Nous trouverons nous-mêmes notre chemin.

Il se tourna vers les Kiints adultes.

Bonjour, Nang, bonjour, Lieria.

Bienvenue, Joshua Calvert. Et félicitations.

Merci. Mais ce n'est vraiment pas comme ça que je voyais ma nuit de noces. J'aimerais que le Corpus retire de la Confédération tous vos observateurs, ainsi que vos systèmes d'acquisition de données, s'il vous plaît. À l'avenir, nos contacts s'effectueront de façon plus honnête.

Le Corpus en convient. Il en sera fait ainsi.

Votre aide médicale. Nous en avons un besoin urgent.

Bien entendu. Elle vous sera fournie.

Vous auriez pu nous aider avant.

Chaque espèce a le droit et l'obligation de contrôler son propre destin. Les deux ne peuvent être dissociés.

Je sais, on ne récolte que ce qu'on a semé. Peut-être que nous sommes trop agressifs, que nous ne progressons pas aussi vite que nous le souhaiterions, mais je tiens à ce que le Corpus sache que je suis immensément fier de notre compassion. Votre technologie est peut-être fabuleuse, mais l'important, c'est l'usage que vous en faites.

Nous enregistrons votre critique. Elle nous est adressée en permanence. Étant donné notre position, cela est inévitable.

Il soupira et contempla de nouveau l'arche de planètes.

Nous finirons par arriver à votre niveau.

De cela, nous sommes sûrs. Après tout, vous avez déjà pris un bon départ.

L'imitation est la forme la plus sincère de la flatterie, dit Joshua. **Ce qui veut sans doute dire que vous n'êtes pas complètement mauvais, après tout.**

Jay apparut dans la véranda, porteuse d'un sac à dos bien rembourré. Elle agita les bras, puis se mit à courir vers lui.

— Est-ce que sa mère va bien ? demanda Tracy, inquiète.

— Elle est soignable, répondit Joshua. C'est tout ce que je peux dire. J'ai cessé d'intervenir. C'est bien trop tentant. Et la singularité ne me laisserait pas indéfiniment la bride sur le cou.

— Ce n'est plus nécessaire. Le Corpus a analysé vos actes. Certaines de vos initiatives sont fort astucieuses. La structure économique actuelle n'y survivra pas.

— J'ai organisé les conditions du changement et pris une petite mesure qui va dans le bon sens. Quant à la suite... eh bien, disons seulement que j'ai la foi.

Jed et Beth restèrent auprès de Marie dans la salle d'attente de l'hôpital. Beth n'en fut guère enchantée, elle aurait voulu partir à la découverte des parcs de Tranquillité. Mais Gari, Navar et Webster se trouvaient dans l'aile pédiatrique toute proche. Elle ignorait ce qui allait leur arriver ensuite, mais cette incertitude était le lot d'une bonne portion de l'espèce humaine. Comme refuge, ils auraient pu trouver pire.

Le docteur qui avait accueilli le bus à son arrivée sortit du centre de traitement.

— Marie ?

— Oui ?

Elle leva vers lui des yeux pleins d'espoir.

— Je suis terriblement désolé, nous n'avons rien pu faire.

Marie resta bouche bée un instant, puis se prit la tête entre les mains et fondit en larmes.

— Que lui est-il arrivé ? demanda Beth.

— Il y avait un genre de toile nanonique dans son cerveau, expliqua le médecin. La structure moléculaire de celui-ci s'était désagrégée. Cela a entraîné des dommages irrémédiables. En fait, je ne comprends vraiment pas comment il a pu survivre aussi longtemps. Il était avec vous depuis plusieurs semaines, dites-vous ?

— Oui.

— Enfin, nous ferons une autopsie, bien entendu. Mais ça m'étonnerait qu'elle nous apprenne grand-chose. Un symptôme de l'époque, j'en ai peur.

— Merci.

Le docteur eut un petit sourire.

— Un conseiller va venir vous voir dans quelques instants. Marie disposera de ce qu'il y a de mieux en matière de soins psychologiques. Ne vous inquiétez pas.

— Formidable, dit Beth.

Elle se tourna vers Jed et vit qu'il regardait Marie comme s'il avait envie de pleurer avec elle, voire de prendre sur ses épaules le fardeau de sa douleur.

— On n'a plus rien à faire ici, lui dit-elle.

— Qu'est-ce que tu veux dire ? demanda-t-il, intrigué.

— C'est fini. Tu viens ?

Il se tourna de nouveau vers Marie.

— Mais... on ne peut pas l'abandonner.

— Pourquoi, Jed ? Qu'est-ce qu'elle représente pour nous ?

— Elle a été Kiera, elle a été tout ce dont nous rêvions : un nouveau départ, une société décente.

— Elle est Marie Skibbow, et elle va haïr Kiera pendant le restant de ses jours.

— On ne peut pas renoncer. Nous allons relancer les Nocturnes, tous les trois, et pour de bon cette fois-ci. Ils étaient des milliers comme nous à vouloir ce qu'elle promettait. Ils reviendront vers nous.

— C'est ça.

Beth pivota sur ses talons et sortit de la salle d'attente sans prendre garde aux braiments qui montaient derrière elle. Elle courut vers l'ascenseur le plus proche, tout excitée à l'idée de découvrir le superbe parc et sa mer circulaire.

Je suis jeune, je suis libre, je suis à Tranquillité et plus jamais je ne reviendrai dans cette boule de fer rouillé qui s'appelle Koblat.

C'était un formidable commencement.

Un silence de mort régna dans l'Assemblée générale durant la procédure de vote. Les ambassadeurs placés dans les gradins furent les premiers à s'exprimer.

Depuis son siège au Conseil politique, Samual Aleksandrovich observa l'évolution des suffrages. Il y eut plusieurs abstentions, bien entendu, et l'identité des abstentionnistes n'était guère surprenante : Kulu, Oshanko, la Nouvelle-Washington, nombre de leurs plus proches alliés. Mais pas plus de vingt en tout, ce qui arracha un sourire de satisfaction au grand amiral. En termes diplomatiques, c'était l'équivalent d'une motion de censure, un sévère rappel à l'ordre adressé aux grandes puissances.

Les membres du Conseil politique votèrent à leur tour. Samual Aleksandrovich fut le dernier à presser le bouton en face de lui, et il vit le résultat définitif s'afficher sur le tableau.

Anachronisme ridicule, songea-t-il, mais tellement spectaculaire.

Le secrétaire de la présidence se leva et s'inclina devant le président. Olton Haaker garda les yeux fixés sur le vide, sans paraître voir personne.

— La motion de défiance envers le président est adoptée par sept cent quatre-vingt-dix huit voix pour et zéro contre.

Durringham ne s'était jamais remise des ravages que lui avait infligés Chas Paske. C'était aux docks et au secteur des entrepôts que les eaux avaient fait le plus de dégâts. Les bâtiments n'avaient pas pour autant stoppé le raz de marée. Les débris de leurs charpentes avaient formé une écume noire au sommet de la déferlante qui s'était abattue sur les quartiers commerçants de la ville. Les immeubles de celle-ci, pour la plupart en bois et pourvus de fondations sommaires, n'avaient bien entendu pas supporté le choc. Trois tombereaux avaient été emportés par les eaux.

Un kilomètre à l'intérieur des terres, des murs renforcés par le pouvoir énergétique avaient réussi à protéger les maisons, mais la terre sur laquelle elles étaient construites avait subi des glissements, et l'ensemble était allé se noyer dans la Juliffe lorsque les eaux s'étaient retirées. À l'issue de la catastrophe, Durringham s'était retrouvée avec un centre-ville composé d'un demi-cercle de marais planté d'un million d'échardes crasseuses. Des cadavres y gisaient par centaines, pris dans une gangue de boue séchée et en proie à une lente décomposition. En dépit de cela, la ville avait continué de jouer son rôle de capitale pendant que Lalonde se dissimulait hors de l'univers connu. À l'instar de Norfolk, le caractère primitif de cette planète permit à ses habitants de continuer à vivre sans grand bouleversement. On voguait le long de la Juliffe, on semait et on récoltait, on coupait les arbres et sciait des planches.

Et voilà que Lalonde avait retrouvé sa place. La pluie et l'humidité reprenaient de plus belle. Et une fois que les pistes d'atterrissage furent débarrassées de leur tapis de plantes rampantes, les spatiojets recommencèrent leur incessant ballet. On vit également débarquer des aéros kiints, des petits ovoïdes qui survolaient la Juliffe et ses innombrables affluents pour recueillir les malades et les évacuer sur Durringham. Ils étaient plus de deux mille à jouer ainsi les ambulances, filant à des vitesses hypersoniques et fouillant la jungle à la recherche de survivants.

Les Kiints avaient édifié sept tours de trente étages dans les faubourgs de la ville. Un fournisseur les avait fait sortir du néant, déjà équipées de tous les appareils adéquats pour le traitement des humains grièvement atteints.

Ruth Hilton fut hospitalisée le troisième jour après le Retour, comme disaient les gens. Lorsque l'aéro atterrit près d'elle et que son IA la pria de monter à bord, elle envisagea sérieusement de ne pas prendre cette peine. Le souvenir de sa possession engourdissait sa psyché. Elle n'avait rien mangé depuis le Retour.

Au bout du compte, ce fut l'espoir de revoir Jay qui la poussa à monter. Durant les dernières semaines, sa personnalité avait déteint sur celle de son possesseur. Elle s'était mise à voyager de village en village, en quête de nouvelles de Jay et des autres enfants d'Aberdale qui auraient survécu à cette horrible nuit. Personne n'avait plus guère entendu parler de ce district après l'explosion d'une bombe dans la savane.

Elle resta alitée pendant deux jours, examinée et nourrie par les Kiints. Les xénos badigeonnèrent les parties de son corps rongées par le cancer avec une gelée bleue, qui coula en elle comme si sa peau était devenue poreuse. Cette substance allait chasser les tumeurs de son organisme, lui assura-t-on, application d'une technique moins invasive que celle des packages médicaux. Elle urina un fluide étrange pendant trente-six heures.

À la fin du deuxième jour, elle était suffisamment en forme pour se déplacer. Comme la plupart des autres patients, elle passait de longs moments assise devant la baie vitrée donnant sur Durringham. Des équipes du Génie civil débarquaient toutes les heures, et leurs grosses jeeps jaunes envahissaient les rues boueuses. Les immeubles en silicone programmable poussaient comme des champignons dans le centre ravagé. On tirait des câbles d'électricité ; l'éclairage nocturne refit son apparition dans plusieurs quartiers.

À ses yeux, tous ces efforts étaient vains. Il subsistait trop de mauvais souvenirs, trop de cadavres d'enfants dans la jungle. Plus jamais elle ne se sentirait chez elle sur cette planète. Elle ne cessait de demander des nouvelles de Jay aux Kiints et à l'IA de l'hôpital. En vain.

Puis, le sixième jour, Horst et Jay firent leur apparition dans son service, sains et saufs et ravis. Elle serra sa fille contre elle, l'empêchant de dire quoi que ce soit pendant qu'elle réaffirmait sa volonté de vivre par ce contact tout simple.

Horst attrapa deux chaises vides, et tous trois contemplèrent la ville et ses industrieux envahisseurs.

— On ne va pas chômer ici pendant le siècle à venir, dit le prêtre, partagé entre la surprise et l'admiration. Vous vous rappelez notre première nuit ? Le vieux dortoir des immigrants a disparu, mais je pense qu'il se trouvait dans cette zone portuaire.

Il désigna vaguement une direction. Les bassins circulaires en polype avaient survécu.

— Est-ce qu'ils vont en reconstruire ? demanda Jay.

Toute cette activité l'excitait au plus haut point.

— J'en doute, répondit Horst. Les nouveaux immigrants voudront des hôtels cinq étoiles.

Ruth leva les yeux vers le ciel. Les nuages matinaux venaient de filer vers l'est pour aller arroser les villages en amont. Ils avaient laissé un carré de ciel bleu au-dessus de la ville et de la jungle fumante qui l'cntourait. Cinq astres étincelaient dans l'atmosphère d'un azur éblouissant, le plus proche se présentant sous la forme d'un croissant. L'un de ces objets célestes était peut-être la Terre, mais elle ignorait lequel.

Désormais, quarante-sept planètes terracompatibles partageaient l'orbite de la planète mère. Des colonies en phase un, prêtes à absorber la population des arches.

— Est-ce qu'on va retourner à Aberdale ? demanda Jay.

— Non, ma chérie. (Ruth caressa les cheveux blondis par le soleil de sa fille.) Nous avons perdu ce monde, j'en ai peur. Les Terriens vont venir le peupler, et ils lui imposeront des changements considérables. Contrairement à nous, ils n'ont pas de passé à surmonter. Ce monde leur appartient désormais. Encore une fois, nous devons aller plus loin.

Le bus roula doucement sur la corniche et s'accola au sas du salon de réception. Athéna attendait les deux nouveaux venus. Elle se tenait bien droite dans son uniforme d'apparat au tissu d'un bleu soyeux, dont le col était vierge de toute étoile de capitaine.

Je suis revenu, dit Sinon. **Je te l'avais promis.**

Je n'ai jamais douté de toi. Mais j'aurais compris que tu décides de suivre l'entité de cristal. C'était une occasion fabuleuse.

D'autres l'ont saisie. Elle ne cesse pas d'exister parce que jc l'ai rcfusée.

Têtu jusqu'au bout.

Un jour, les humains que nous sommes, ou que nous deviendrons, feront peut-être un tel voyage par leurs propres moyens. J'aimerais croire que j'ai modestement participé à la création de la culture qui les amènera à suivre cette route.

Tu es différent du Sinon qui est parti d'ici.

J'ai désormais une âme qui m'est propre. Je ne retournerai pas dans la multiplicité, j'ai l'intention de poursuivre ma vie sous cette forme.

Je suis heureuse que tu te sois retrouvé. J'ai besoin de quelqu'un pour m'aider à faire régner l'ordre parmi mes horribles petits-enfants.

Il éclata de rire, produisant un claquement sec.

Chaque jour, je ne souhaitais qu'une chose : revenir. J'avais peur que tu ne veuilles plus de moi.

Jamais je n'aurais une telle pensée. Quoi que tu aies pu faire.

J'ai amené avec moi quelqu'un qui souffre bien plus que nous deux.

C'est ce que je vois.

Elle s'avança et s'inclina légèrement.

— Bienvenue à Romulus, général Hiltch.

C'était l'instant que Ralph avait redouté plus que tout, celui d'avant le grand saut. Si on lui refusait le pardon ici, on le lui refuserait dans tout l'univers connu. Il n'eut même pas la force de sourire à cette vieille dame si digne dont le visage exprimait une si grande tendresse.

— Je ne suis plus à la tête d'une armée, Athéna. J'ai renoncé à mon commandement.

— Dites-moi pourquoi vous êtes ici, Ralph.

— Je suis ici pour expier. J'ai envoyé quantité d'Édénistes à la mort. La campagne de libération a ravagé ce qu'elle était censée sauver. Elle était inspirée par la fierté et par la vanité plutôt que par l'honneur. Et c'est moi qui en ai eu l'idée. J'ai besoin d'avouer ma faute.

— Nous vous écouterons, Ralph. Prenez tout votre temps.

— M'accepterez-vous parmi vous ?

Elle lui adressa un sourire compatissant.

— Vous souhaitez devenir un Édéniste ?

— Oui, même si c'est par égoïsme. On m'a dit qu'un Édéniste pouvait alléger le fardeau de sa culpabilité en le partageant avec tous les autres Édénistes. Ce fardeau m'est devenu insoutenable.

— Ce n'est pas de l'égoïsme, Ralph. Ce que vous proposez,

c'est de partager avec nous ce que vous êtes, de nous faire le don de vous-même.

— En aurai-je fini un jour ? Serai-je un jour capable de vivre avec mes actes ?

— J'ai élevé nombre d'enfants édénistes dans ma maison, Ralph. (Elle le prit par le bras et le conduisit vers la sortie.) Aucun d'eux n'est encore devenu un serpent.

Plusieurs semaines furent nécessaires pour que l'administration du quotidien revienne à la normale après le transfert de la Confédération hors de la galaxie. La population commença à se rendre compte que les choses avaient changé, nombre d'entre elles de façon fondamentale. Les religions s'efforcèrent d'intégrer ou de rationaliser l'évangile selon la singularité. Cela ne dérangeait guère Joshua ; comme il l'expliqua à Louise, celui qui a foi en un dieu a presque automatiquement foi en lui-même. Peut-être allait-on vers un âge d'or où la religion aurait perdu son influence sur l'idée que l'homme se faisait de l'existence. Ou peut-être pas, vu la perversité du genre humain...

Le voyage interstellaire subit lui aussi de profonds changements. Quand on n'a jamais plus de six mois-lumière à parcourir pour rallier les étoiles les plus proches, les vols sont aussi rapides que bon marché.

Tous les journalistes qui interviewèrent Joshua lui demandèrent pourquoi il n'avait pas remis les étoiles de la Confédération à leur place initiale. À leur grande frustration, il se contenta de répondre qu'il appréciait la vue qu'on avait désormais sur la galaxie.

Les gouvernements ne partageaient pas cette opinion. Toute velléité d'expansion leur était désormais interdite, à moins qu'on ne découvre de nouveaux moyens de propulsion. Les fonds alloués aux recherches sur les trous-de-ver furent discrètement augmentés.

Il n'y aurait plus d'antimatière pour terroriser les populations. Toutes les stations de production clandestine étaient restées dans la galaxie – Joshua avait cependant téléporté leurs occupants. Les politiciens commencèrent à s'intéresser au budget de la défense, se demandant comment l'affecter au mieux afin de s'assurer les suffrages des électeurs.

La technologie kiint faisait l'objet d'une fascination sans cesse croissante à mesure que les fournisseurs accomplissaient des miracles sur les planètes revenantes. Tout le monde en voulait un pour Noël.

La situation inédite dans laquelle se trouvait la Terre plongeait sa population dans la schizophrénie. D'un côté, le climat était redevenu normal, ce qui rendait les arches totalement inutiles. Mais il faudrait une génération entière pour restaurer la surface terrestre. Et si celle-ci était livrée aux forêts, aux champs, aux jungles et aux prairies, l'invasion massive de la population la ravagerait une nouvelle fois. Cependant, si ladite population était répartie sur les nouvelles planètes terracompatibles du système solaire (moins d'un milliard d'habitants sur chacune), elle bénéficierait d'un environnement naturel lui permettant de conserver son niveau actuel d'industrialisation et de consommation sans empoisonner l'atmosphère par effet de serre. À condition que l'on trouve une méthode économique pour déplacer tous ces colons en puissance – par exemple en utilisant ces formidables aéros kiints ou l'éventuel produit de ces nouvelles recherches sur la superpropulsion.

On constatait des changements subtils dans tous les aspects de la vie de la Confédération. Ces changements allaient s'enrichir mutuellement. Et au bout du compte, du moins Joshua l'espérait-il, l'appel de la transformation se ferait irrésistible.

En attendant, les méthodes de gouvernement restaient les mêmes. Il fallait gagner un revenu. Payer des impôts. Et faire respecter la loi. Juger les criminels.

Traslov était un monde où les changements se feraient attendre un bout de temps. Cette planète terracompatible en fin de période glaciaire était l'une des cinq colonies pénales de la Confédération. Joshua les avait fait suivre toutes les cinq. Au grand soulagement de divers gouvernements, dont celui d'Avon. C'était sur Traslov qu'étaient déportés les criminels appréhendés par les Forces spatiales de la Confédération.

Les transports de détenus reprirent au bout de trois semaines.

Le garde qui conduisit André Duchamp dans la capsule de largage l'attacha sur l'une des huit couchettes anti-g. Une fois que les liens furent en place, et qu'André se retrouva plaqué au rembourrage, il lui ôta son collier de rétention.

— Sois sage, dit sèchement le garde, qui se propulsa vers l'écoutille pour aller chercher le prisonnier suivant.

Faisant preuve d'un self-control admirable, André ne pipa mot. Sa chair était encore tendre là où on lui avait ôté les nanoniques médicales. Et il était sûr que ces enfoirés de toubibs anglos avaient mal soigné ses intestins ; il souffrait d'indigestions extrêmement pénibles après chaque repas. Si on pouvait appeler ça un repas. Mais ses indigestions pâlissaient à côté de l'incroyable injustice dont il était la victime impuissante. Les Forces spatiales l'avaient rendu responsable de l'attaque à l'antimatière qui avait ravagé Trafalgar. Lui ! L'innocente victime d'un chantage odieux. C'était proprement diabolique.

— Salut.

André jeta un regard noir au quadragénaire obèse et dégarni qui était allongé sur la couchette voisine de la sienne.

— On pourrait se présenter, vu qu'on va passer ensemble le reste de notre existence. Je m'appelle Mixi Penrice et voici mon épouse Imelda.

Le visage d'André se décomposa lorsqu'une femme plutôt timide, qui avait l'âge et la corpulence de son mari, lui fit un petit signe amical depuis la couchette adjacente à celle dudit mari.

— Enchantée de faire votre connaissance, dit-elle.

— Garde ! hurla André. *Garde !*

Il n'y avait aucun contact entre Traslov et le reste de la Confédération, en ce sens que chaque voyage était à sens unique. La théorie était toute simple. Les prisonniers, éventuellement accompagnés de leur famille si celle-ci était volontaire, étaient largués sur la ceinture équatoriale d'un continent dont les glaciers étaient absents. Selon des sociologues consultés par les gouvernements pour rassurer les organisations de défense des droits de l'homme, il suffisait que lesdits prisonniers soient assez nombreux pour qu'ils forment une communauté stable. Lorsqu'un siècle s'était écoulé ou que la population avait atteint un million de personnes, les largages étaient interrompus. Les communautés étaient alors censées se développer à mesure que les glaciers se retiraient. Au bout d'un siècle supplémentaire émergeait une civilisation agraire autosuffisante et dotée d'une modeste capacité industrielle. On lui proposait alors de rejoindre la Confédération et de poursuivre son développement à la façon d'une colonie ordinaire. Quant à savoir si une ancienne colonie pénale était disposée à s'intégrer à la société ayant exilé ses fondateurs, on n'avait pas encore eu l'occasion de tester cette hypothèse.

La capsule de largage contenant André traversa l'atmosphère, atteignant une décélération maximale de sept g. Après avoir tourneboulé à travers les nuages, elle déploya son parachute cinq cents mètres au-dessus du sol. Alors que deux mètres seulement la séparaient de celui-ci, ses rétrofusées s'enclenchèrent l'espace d'une demi-seconde, achevant d'annuler sa vélocité comme le parachute s'en détachait.

La capsule s'écrasa sur la terre brûlée avec un impact d'une rare violence. André hoqueta en sentant ses os s'entrechoquer. Mais il fut le premier à se remettre et à s'extirper de sa couchette. L'écoutille était un modèle des plus primitifs, comme le reste de la capsule. Un miracle qu'ils s'en soient tirés vivants. Il tira sur le loquet.

Ils avaient atterri dans une large vallée aux coteaux en pente douce, où courait un torrent au lit caillouteux. La pseudoherbe indigène était d'un gris-vert insipide, formant un tapis dont la monotonie n'était rompue que par quelques buissons étiques. Une bise glaciale soufflait sur la capsule, porteuse de minuscules flocons de givre. André frissonna en constatant que la température était bien en dessous de zéro. Il avait eu l'intention de récupérer dans les compartiments prévus à cet effet les bagages qui lui étaient alloués et de mettre le plus de distance possible entre les autres prisonniers et lui. Il lui faudrait désormais revoir ses plans.

Lorsqu'il se tourna vers l'autre bout de la vallée, ce fut pour découvrir non sans étonnement les modules de vie d'un astronef enchâssés dans le sol. Il en distingua une bonne quarantaine. Un calcul plus approfondi lui aurait permis de déduire que seize vaisseaux en tout avaient été impliqués dans l'incident cosmique qui les avait conduits à s'échouer ici.

Une silhouette foulait le sol gelé d'un pas décidé en direction de la capsule de largage. Un homme jeune, vêtu d'un manteau de fourrure noire, avec une arbalète calée sur son épaule. Il fit halte en dessous de l'écoutille, se planta les poings sur les hanches et salua André d'un large sourire.

— Je vous souhaite le bonjour, monsieur ; Charles Montgomery David Filton-Asquith, pour vous servir. Bienvenue dans la Vallée heureuse.

L'eau du bain était parfumée à la mandarine ; une couche de bulles épaisse de dix centimètres flottait à sa surface. Ione plongea dans sa chaleur avec un soupir de contentement, s'y immergeant jusqu'à ne laisser dépasser que sa tête.

Oh ! que ça fait du bien.

Tu devrais te détendre plus souvent, lui dit Tranquillité. **Je suis capable de superviser la plupart de nos activités.**

Je sais, mais tout le monde exige ma touche personnelle ; j'ai de plus en plus l'impression que le dictateur que je suis est en train de devenir une nounou. Et je ne sais toujours pas quoi faire du Projet de recherche sur les Laymils.

La plupart de ses membres ont été détachés par leurs universités respectives. Il ne sera pas difficile de le démanteler.

Oui. Mais je pense que nous devrions tirer parti de ses ressources, les consacrer à un nouveau projet. Après tout, nous sommes plus ou moins au chômage, toi et moi.

Voilà une réflexion des plus curieuses.

Admettons-le, nous devons trouver autre chose pour nous occuper. Je n'ai pas vraiment envie de rester ici.

Elle se laissa envahir par les images provenant des cellules sensitives externes de l'habitat. L'orbite de Jupiter grouillait de vaisseaux, bioteks et adamistes. Deux grosses stations industrielles spécialisées dans la synthèse organique étaient dirigées vers Æthra afin de réparer les dégâts infligés à la coque du jeune habitat. Joshua avait transféré autour de la géante gazeuse la quarantaine d'habitats établis dans les systèmes en phase un.

Le système solaire va être au cœur de la révolution, déclara Tranquillité.

Raison de plus pour que nous allions faire un tour ailleurs. Dans quel état somme-nous ?

Sa conscience dériva à travers l'habitat, examinant les câbles à induction, les parcs, le phototube axial, le gigantesque anneau de cellules ergostructurantes. Les générateurs de fusion des corniches d'accostage fournissaient encore à Tranquillité soixante-dix pour cent de l'énergie qui lui était nécessaire.

Que dirais-tu de faire un autre saut ?

Pour aller où ? demanda Tranquillité.

Je pense qu'il est grand temps que nous rentrions à la maison.

À la maison ?

À Kulu.

S'agit-il là d'une subtile tentative pour t'emparer du trône ? Tes royaux cousins vont faire un infarctus.

Ils ne peuvent pas me repousser, pas après ce que nous avons fait pour leur campagne de libération. Théoriquement, nous sommes un duché du royaume de Kulu. Et vu la quantité d'He_3 qu'on extrait de Tarron, je suis sûr que les équipages des dragues à nuages préféreraient qu'on s'installe là-bas. En outre, nous représentons un atout économique appréciable pour n'importe quel système solaire.

Pourquoi ?

Nous sommes à l'avant-garde de la révolution. Nous sommes bioteks et Kulu est l'une des cultures les plus anti-

bioteks de la Confédération. Et, cependant, le royaume a fait appel au biotek au premier signe de pépin. C'est là une faille que notre présence va permettre d'élargir. Cette ridicule ségrégation technologique doit prendre fin. Elle n'aide personne. Nous avons une chance unique d'accélérer ce nouveau commencement que j'évoquais. Un petit changement de plus dans le grand bond en avant de la réforme culturelle.

Ce ne sera pas facile.

Je le sais. Mais reconnais que c'est atrocement calme par ici depuis le départ de Joshua.

C'est le plus difficile à croire dans toute cette histoire. Qu'il ait renoncé au vol spatial et fait don du *Lady Macbeth* à son frère. Sera-t-il heureux sur Norfolk ? C'est une planète des plus paisibles.

Ione éclata de rire et attrapa un verre en cristal contenant des Larmes de Norfolk. Elle considéra le fabuleux nectar comme si elle tenait dans sa main le dernier échantillon de l'univers connu.

J'ai l'impression qu'elle va connaître une certaine agitation.

Syrinx et Ruben patientaient dans la salle d'attente de l'hôpital pendant que l'équipe de psychologues se rassemblait. Elle connaissait certains d'entre eux suite à ses propres séances, et elle les salua avec joie.

Comme c'est excitant ! dit *Œnone*. **Le dernier acte que nous accomplirons dans cette saga.**

Décidément, il te tarde de voler, taquina-t-elle.

Évidemment ! Maintenant que les étoiles de la Confédération sont tout près les unes des autres, les vols seront de plus en plus fréquents.

Mais je me demande à quoi ils ressembleront. Vu l'aperçu que nous avons eu de la technologie kiint, ça m'étonnerait que la fusion de l'He_3 ait un grand avenir. Peut-être devrons-nous nous reconvertir dans les croisières d'agrément.

Je continuerai quand même à t'aimer.

Elle éclata de rire.

Moi de même, mon amour. (Elle serra un peu plus fort la main de Ruben.) **Je crois que je peux commencer à avoir des enfants. Nous avons affronté le pire danger qui se puisse concevoir, nous avons voyagé de l'autre côté de la nébuleuse d'Orion, et voilà que la vie elle-même est en train de**

changer. Je veux en être, je veux m'impliquer dans ce qui nous arrive de la façon la plus humaine possible.

J'aime que tu sois vraiment heureuse. Tu es accomplie.

Seulement quand nous sommes ensemble.

Le chef de l'équipe de psychologues leur fit signe.

Nous sommes prêts.

Syrinx s'avança vers la nacelle tau-zéro placée au centre de la pièce, s'immobilisa devant elle. Le champ de noirceur s'évanouit et le couvercle se souleva. Elle se pencha en souriant.

— Bonjour, Erick.

Il ne fallut qu'une journée aux Kiints pour guérir Grant de ses tumeurs. Il se soumit docilement au traitement à base de gelée bleue, obéissant sans broncher à tous les ordres qu'on lui donnait. Les xénos massifs étaient si *impressionnants*. Protester aurait été une lamentable manifestation d'ingratitude. Ils n'étaient là que pour aider les Norfolkois, motivés par leur bonté foncière.

Un gigantesque hôpital était apparu dans le voisinage de Colsterworth. En moins d'une heure, à en croire ceux qui avaient assisté à l'événement. Des petits appareils volants sillonnaient la campagne, se posaient près de toutes les personnes qu'ils repéraient, leur demandaient poliment si elles avaient besoin d'assistance et, en cas de réponse positive, les acheminaient vers l'hôpital pour leur faire subir ce traitement omnipotent. Apparemment, l'hôpital de Colsterworth s'occupait de tous les cas sur cette moitié de l'île de Kesteven. Un second avait été bâti à proximité de Boston pour traiter l'autre moitié.

Grant regagna Cricklade une fois que ses tumeurs eurent été éliminées, et il erra dans le manoir en proie à une certaine confusion. Les domestiques, qui revenaient par petits groupes à mesure que les Kiints les guérissaient, lui quémandaient leurs instructions. Il lui était facile de les satisfaire, connaissant exactement les tâches qu'ils étaient censés accomplir.

Quant aux motivations qu'il devait leur trouver, elles lui échappaient totalement. Il avait retrouvé son corps mais non sa vie.

Marjorie revint le deuxième jour et ils s'accrochèrent l'un à l'autre pour oublier leur désespoir. Toujours aucun signe des filles.

Des aéronefs commencèrent à rapatrier les miliciens qui étaient restés à Boston après avoir été possédés, les déposant dans les fermes et les cottages d'où ils étaient venus. Chaque fois qu'il assistait à des retrouvailles, Grant entendait les mêmes sanglots, les mêmes rires fragiles.

Marjorie et lui se rendirent à Colsterworth pour demander aux Kiints s'ils avaient localisé les filles. L'ordinateur de l'hôpital leur répondit par la négative, précisant toutefois qu'il n'avait pas fini de dresser la liste des survivants de Norfolk. Plusieurs dizaines de milliers de noms y étaient ajoutés chaque jour, et Grant serait immédiatement informé si nécessaire – les Kiints avaient déjà réparé la totalité du réseau téléphonique de la planète. Lorsqu'il demanda un aéronef pour se rendre à Norwich, l'ordinateur lui répondit en s'excusant que le transport des blessés était prioritaire sur les vols de pur agrément.

Ils regagnèrent leur 4 × 4, débattant de leurs prochaines démarches. Un Kiint marchait paisiblement dans la large rue pavée, totalement incongru dans ce paysage de cottages aux murs de pierre et aux toits d'ardoise envahis par les rosiers grimpants. Une bande d'enfants hilares le suivait sans la moindre crainte. Le xéno agitait au-dessus de leurs têtes de fins tentacules de chair tractamorphique, les mettant hors de leur portée chaque fois qu'ils tentaient de les saisir. Il jouait avec eux.

— C'est fini, n'est-ce pas ? dit Grant. Les choses ne seront plus jamais comme avant, plus maintenant.

— Ça ne te ressemble pas de dire ça, remarqua Marjorie. L'homme que j'ai épousé n'aurait jamais permis que disparaisse notre mode de vie.

— L'homme que tu as épousé n'avait jamais été possédé. Que ce Luca aille au diable !

— Ils seront toujours avec nous, tout comme nous étions toujours avec eux.

Une nuée de fournisseurs tournait autour du manoir, crachant divers objets destinés à remplacer ceux qui ne pouvaient être réparés. Les domestiques les suivaient à la trace pour s'affairer ensuite sur les gouttières et les treillages, les barrières et les canalisations. Grant avait envie de chasser ces saloperies de globes xénos, mais Cricklade avait besoin d'être remis à neuf, car Luca avait fait preuve d'une certaine négligence durant sa période de possession. Et les fournisseurs apportaient la même assistance à toutes les demeures du comté de Stoke. Après les souffrances qu'ils avaient endurées, les Norfolkois avaient droit à un peu de charité et à un peu de bonheur.

Il considéra cette pensée, se demandant où elle trouvait son origine. Était-elle trop aimable pour Grant, pas assez généreuse pour Luca ? En fin de compte, ça n'avait pas d'importance, car elle était juste.

Lorsqu'il pénétra dans la cour, un fournisseur réparait l'étable incendiée sans l'aide de quiconque. Chaque fois que son enveloppe pourpre traversait un mur noirci de suie ou une poutre calcinée, elle laissait derrière elle une façade de pierre propre ou un toit couvert de tuiles. On aurait dit un pinceau magique recouvrant de peinture une esquisse au crayon.

— Voilà ce que j'appelle une influence corruptrice, commenta Carmitha. Personne ne risque plus d'oublier à quel point l'herbe est plus verte de l'autre côté de la barrière technologique. Saviez-vous qu'ils étaient aussi capables de produire de la nourriture ?

— Non, répondit Grant.

— J'ai déjà entamé un menu des plus goûteux. Vous devriez l'essayer.

— Pourquoi êtes-vous encore ici ?

— Êtes-vous en train de me prier de partir ?

— Non. Bien sûr que non.

— Elles reviendront, Grant. Vous avez eu beau vous décoincer, vous ne reconnaissez toujours pas la valeur de vos filles.

Il secoua la tête et s'en fut.

Le lendemain, l'aéro à propulsion ionique flambant neuf du *Lady Macbeth* atterrit devant le manoir. La bulle de brume dorée qui l'entourait se dissipa et son écoutille s'ouvrit. Genevieve dévala l'escalier à mesure qu'il se déroulait, franchissant d'un bond les deux ou trois pieds qui la séparaient du sol en bout de course.

Grant et Marjorie descendaient déjà les grandes marches de pierre du manoir pour aller voir ce qui se passait. Tous deux se figèrent en apercevant la silhouette enfantine qui leur était familière. Puis Genevieve fonça sur sa mère comme un boulet de canon, manquant les jeter à terre toutes les deux.

Marjorie refusait de lâcher sa fille. Sa gorge était si nouée par l'émotion qu'elle parvenait à peine à articuler.

— Est-ce... est-ce que tu as souffert ? demanda-t-elle, angoissée.

— Oh ! non, répondit Genevieve d'une voix insouciante. Louise nous a fait partir de la planète. Je suis allée sur Mars, sur la Terre et à Tranquillité. J'ai eu très peur, mais qu'est-ce que c'était excitant !

Louise étreignit ses parents et les embrassa.

— Tu es en bonne santé, lui dit Grant.

— Oui, papa, en parfaite santé.

Il recula d'un pas pour mieux la regarder, la trouvant merveilleusement belle et si assurée dans son costume de voyage dont la jupe s'arrêtait bien au-dessus du genou. Cette Louise-ci n'allait plus jamais lui obéir sans broncher, même s'il élevait la voix.

Et c'est une foutue bonne chose, comme aurait dit Luca.

Louise adressa un sourire malicieux à ses parents, puis inspira à fond. Genevieve se mit à glousser comme une demeurée.

— Je suis sûre que vous n'avez pas oublié mon époux, dit Louise d'une traite.

Grant fixa Joshua d'un air incrédule.

— J'ai été demoiselle d'honneur ! s'écria Genevieve.

Joshua tendit la main.

— Papa ! fit Louise d'une voix ferme.

Obéissant, Grant serra la main de Joshua.

— Vous vous êtes mariés ? dit Marjorie d'une petite voix.

— Oui. (Joshua la regarda sans broncher et lui déposa un baiser sur la joue.) Il y a deux jours.

Louise leva sa main gauche pour montrer son alliance.

— Oh ! regardez, voilà nos affaires, dit Genevieve. J'ai plein de choses à vous montrer.

Chargés de valises et de paquets, Beaulieu, Liol et Dahybi descendaient l'escalier en s'efforçant de ne pas perdre l'équilibre. Genevieve fonça à la rescousse, laissant derrière elle un sillage de poussière étincelante évoquant celui d'une comète.

— Nom de Dieu, murmura Grant. (Puis il sourit, sachant que toute résistance serait inutile et ne s'en trouvant pas plus mal.) Eh bien, félicitations, mon garçon. Veillez à prendre soin de ma fille comme elle le mérite, c'est notre bien le plus précieux.

— Merci, monsieur, répondit Joshua en se fendant de son fameux sourire. Je ferai de mon mieux.

L'espace était différent. Un avant-goût de l'état qui serait le sien dans quelques milliards d'années.

Les superamas de galaxies avaient cessé leur expansion pour commencer à se contracter, regagnant leur position originelle. La structure quantique de l'espace-temps s'altérait à mesure que les royaumes dimensionnels se compressaient, que leur flot les ramenait vers le centre de l'univers.

Le terminus de trou-de-ver s'ouvrit, et Quinn Dexter en

émergea pour découvrir la multitude des forces se massant en vue de la fin des temps. Son corps s'évapora sans qu'il connût la moindre souffrance, libérant ses possesseurs. Tous le fuirent, libres de se déplacer comme ils le souhaitaient parmi les denses cordes d'énergie emplissant le cosmos. La vie imprégnait l'espace tout autour d'eux, l'éther résonnait du chant de l'esprit. Libérés, ils se joignirent à la masse qui voguait vers le point oméga.

Quinn vit des galaxies se déchirer à un million d'années-lumière de distance, leurs bras traînant derrière leur cœur qui s'abîmait dans l'irrésistible masse noire. Des amas stellaires luisaient d'un éclat argenté, puis purpurin, comme ils sombraient derrière l'horizon des événements, disparaissant à jamais dans l'ultime Nuit de cet univers.

Son serpent hurla de joie lorsqu'il vit son Seigneur entrer en expansion au sein de l'univers mourant, absorbant jusqu'au dernier atome, jusqu'à la dernière pensée. Enfin triomphant, le Porteur de lumière croissait au cœur des ténèbres, veillant à ce que tout ce qui allait suivre soit différent de tout ce qui avait précédé.

Épilogue

Jay Hilton
Cottage de l'Huis
Domaine de Cricklade
Comté de Stoke
Île de Kesteven
Norfolk

Chère Haile,

Mère m'oblige à écrire cette lettre avec un stylo, et c'est vraiment barbant. Elle dit que je dois continuer à pratiquer l'écriture. Dès que j'aurai des naneuroniques, je jure de ne plus jamais toucher un stylo.

J'espère que tu vas bien. N'oublie pas de remercier Richard Keaton pour t'avoir porté cette lettre.

Le cottage que nous louons est très joli, bien plus que tout ce que j'ai pu voir sur Lalonde. Il a des murs de pierre très épais et un toit de chaume, et il y a une vraie cheminée où on peut faire brûler des bûches. La neige arrive jusqu'aux fenêtres du rez-de-chaussée. La neige, c'est génial, je suis sûre que tu adorerais ça. Les bonshommes de neige, c'est encore mieux que les châteaux de sable. Je n'ai pas souvent le droit de sortir, mais c'est pas grave. J'ai plein de logiciels interactifs et Genevieve m'apprend à skier. Nous sommes de bonnes amies maintenant.

Hier soir, nous nous sommes couchés tard pour voir apparaître la Nouvelle-Californie.

Elle devait être visible deux heures après le coucher du Duc, et c'est arrivé vraiment très vite. C'est un point très brillant dans le ciel, et on arrive à l'apercevoir pendant la nuit-de-la-Duchesse si on sait vraiment où il faut regarder. Ça fait cinq étoiles de visibles maintenant. Dans quinze ans, je pourrai voir toutes les étoiles de la Confédération, qu'est-ce que tu dis de ça ? Fabuleux, non ?

Maman travaille à l'école de Colsterworth, où elle initie les élèves aux mémoires didactiques. Le Conseil de Kesteven a voté pour les autoriser. C'est Joshua Calvert qui l'avait proposé. Il a été élu au Conseil il y a deux mois, et ils l'ont déjà fait secrétaire général. Les gens d'ici sont fiers qu'il ait choisi de venir vivre à Cricklade alors qu'il aurait pu aller partout où il voulait dans la Confédération. Il a plein de projets pour tout un tas de choses que le Conseil est en train de préparer. Tout le monde est excité. Marjorie Kavanagh dit que ça ne durera pas et qu'il sera lynché avant le printemps.

Louise a eu leur bébé il y a un mois. C'est un garçon et ils vont l'appeler Fletcher. Le père Horst met les bouchées doubles pour que la chapelle familiale soit prête pour le baptême.

J'espère que tu viendras bientôt nous voir (allez !). Genevieve dit que les papillons d'ici sont fantastiques en été.

Je t'aime et je t'embrasse,

Jay

Chronologie

2020 : fondation de la base Clavius. Début de l'exploitation minière du sous-sol lunaire.

2037 : modifications génétiques à grande échelle de l'espèce humaine ; amélioration du système immunitaire, éradication de l'appendice, augmentation de l'efficience des organes.

2041 : construction des premières stations de fusion au deutérium ; inefficaces et onéreuses.

2044 : réunification chrétienne.

2047 : première capture d'astéroïde. Début de la formation du Halo O'Neill autour de la Terre.

2049 : les animaux bioteks quasi conscients sont employés comme serviteurs.

2055 : mission Jupiter.

2057 : fondation d'une colonie sur l'astéroïde Cérès.

2058 : Wing-Tsit Chong développe les neurones d'affinité symbiotiques, qui permettent de contrôler les animaux et les structures bioteks.

2064 : un consortium industriel multinational, la JSKP (*Jovian Sky Power Corporation*), entreprend d'extraire de l'He_3 de l'atmosphère de Jupiter en utilisant des usines aérostatiques.

2064 : unification séculière islamique.

2067 : les stations de fusion commencent à utiliser de l'He_3 comme carburant.

2069 : le gène d'affinité est intégré à l'ADN humain.

2075 : la JSKP entreprend la germination d'Éden, un habitat biotek en orbite autour de Jupiter ayant le statut de protectorat de l'ONU.

2077 : l'astéroïde de la Nouvelle-Kong lance un projet de recherche sur la propulsion supraluminique.

2085 : ouverture d'Éden à l'occupation humaine.

2086 : germination de l'habitat Pallas, en orbite autour de Jupiter.

2090 : décès de Wing-Tsit Chong, qui transfère sa mémoire dans la strate neurale d'Éden. Naissance de la culture édéniste. Éden et Pallas déclarent leur indépendance. Achat massif des actions de la JSKP. La papesse Éléonore prononce l'excommunication de tous les chrétiens porteurs du gène d'affinité. Exode des humains porteurs de ce gène sur Éden. Arrêt de facto de l'industrie biotek sur Terre.

2091 : référendum lunaire en vue de la terraformation de Mars.

2094 : les Édénistes lancent un programme de conception in vitro accompagné de modifications génétiques des embryons, triplant leur population en l'espace d'une décennie.

2103 : les gouvernements terriens s'unissent pour former le Gouvcentral.

2103 : fondation de la base Thoth sur Mars.

2107 : la juridiction du Gouvcentral est étendue au Halo O'Neill.

2115 : première translation instantanée de la Terre à Mars, effectuée par un astronef de la Nouvelle-Kong.

2118 : mission vers Proxima du Centaure.

2123 : découverte d'une planète terracompatible en orbite autour de Ross 154.

2125 : arrivée des premiers colons pluriethniques sur Felicity, la planète de Ross 154.

2125-2130 : découverte de quatre nouvelles planètes terracompatibles. Fondation de colonies pluriethniques.

2131 : germination de Persée, habitat édéniste en orbite autour de la géante gazeuse de Ross 154, et début de l'extraction de l'He_3.

2131-2205 : découverte de cent trente planètes terracompatibles. Lancement dans le Halo O'Neill d'un programme de construction massive d'astronefs. Le Gouvcentral décide l'émigration forcée à grande échelle du surplus de la population terrienne, qui atteint en 2160 le rythme de deux millions de personnes par semaine : la Grande Dispersion. Guerres civiles larvées sur certaines des premières planètes pluriethniques. Les États formant le Gouvcentral financent la colonisation de planètes monoethniques. Les Édénistes étendent l'extraction de l'He_3 à tous les systèmes stellaires habités pourvus d'une géante gazeuse.

2139 : l'astéroïde Braun s'écrase sur Mars.

2180 : construction sur Terre de la première tour orbitale.

2205 : le Gouvcentral construit en orbite terrestre une station de production d'antimatière afin de briser le monopole édéniste en matière de production d'énergie.

2208 : les premiers astronefs propulsés à l'antimatière sont opérationnels.

2210 : Richard Saldana transfère toutes les installations industrielles de la Nouvelle-Kong du Halo O'Neill à un astéroïde en orbite autour de Kulu. Il proclame l'indépendance du système stellaire de Kulu, fonde une colonie exclusivement chrétienne et commence à extraire de l'He_3 de la géante gazeuse du système.

2218 : gestation du premier faucon, astronef biotek conçu par les Édénistes.

2225 : fondation de cent familles faucons. Germination en orbite autour de Saturne des habitats Romulus et Remus, qui servent de bases aux faucons.

2232 : dans le groupe des astéroïdes troyens de Jupiter, un conflit éclate entre des astronefs de l'Alliance de la Ceinture et une raffinerie d'hydrocarbones appartenant à une compagnie du Halo O'Neill. L'antimatière est employée comme arme ; vingt-sept mille morts.

2238 : traité de Deimos ; la production et l'utilisation d'antimatière dans le système solaire deviennent illégales ; les signataires en sont le Gouvcentral, la Nation lunaire, l'Alliance des astéroïdes et les Édénistes. Démantèlement et abandon des stations de production d'antimatière.

2240 : Gerrald Saldana est couronné roi de Kulu. Fondation de la dynastie Saldana.

2267-2270 : huit escarmouches distinctes à l'antimatière dans les colonies. Treize millions de morts.

2271 : sommet d'Avon, réunissant tous les leaders planétaires. Le traité d'Avon interdit la production et l'utilisation de l'antimatière dans tout l'espace habité. Formation de la Confédération humaine, dont le but est de faire respecter le traité. Mise en place des Forces spatiales de la Confédération.

2300 : extension de la Confédération aux Édénistes.

2301 : premier Contact. Découverte des Jiciros, qui ont atteint le stade de la civilisation prétechnologique. Leur système stellaire est mis en quarantaine par la Confédération afin d'éviter toute contamination culturelle.

2310 : premier impact d'un astéroïde de glace sur Mars.

2330 : gestation des premiers gerfauts sur Valisk, habitat indépendant.

2350 : guerre entre Novska et Hilversum. Bombardement de Novska à l'antimatière. Les Forces spatiales empêchent les frappes de représailles sur Hilversum.

2356 : découverte de la planète kiint.

2357 : les Kiints rejoignent la Confédération avec le statut d'« observateurs ».

2360 : découverte d'Atlantis par un faucon en mission d'exploration.

2371 : colonisation d'Atlantis par les Édénistes.
2395 : découverte d'une colonie tyrathca.
2402 : les Tyrathcas rejoignent la Confédération.
2420 : découverte de l'anneau Ruine par un vaisseau d'exploration kulu.
2428 : germination de l'habitat Tranquillité, en orbite près de l'anneau Ruine, par le prince héritier Michael Saldana.
2432 : Maurice Saldana, le fils du prince Michael, est équipé du gène d'affinité. Crise de l'abdication sur Kulu. Couronnement de Lukas Saldana. Exil du prince Michael.
2550 : Mars est déclarée habitable par le Bureau de la terraformation.
2580 : découverte autour de Tunja des Dorados, qui sont revendiqués à la fois par Garissa et Omuta.
2581 : des astronefs mercenaires à la solde d'Omuta lâchent douze superbombes à l'antimatière sur Garissa, la rendant totalement inhabitable. La Confédération impose l'embargo sur Omuta, lui interdisant toute forme de commerce et de communication interplanétaires pendant une durée de trente ans. Le blocus est maintenu par les Forces spatiales.
2582 : fondation d'une colonie sur Lalonde.

Bibliographie de PETER F. HAMILTON
Alain Sprauel
© Juillet 2002

1. Livres

1993 *Mindstar rising*, roman SF (cycle : Greg Mandel # 1)
1994 *A Quantum murder*, roman SF (cycle : Greg Mandel # 2)
1995 *The Nano flower*, roman SF (cycle : Greg Mandel # 3)
1996 *The Reality dysfunction*, roman SF (cycle : L'Aube de la nuit)
Reparu en 2 tomes :
1997 *The Reality dysfunction, part one : Emergence*, roman SF (cycle : L'Aube de la nuit # 1)
En français : *Rupture dans le réel – 1 : Émergence.* 1) Robert Laffont, *Ailleurs et demain*, 1999.
1997 *The Reality dysfunction, part two : Expansion*, roman SF (cycle : L'Aube de la nuit # 2)
En français : *Rupture dans le réel – 2 : Expansion.* 1) Robert Laffont, *Ailleurs et demain*, 2000.
1997 *The Neutronium alchemist*, roman SF (cycle : L'Aube de la nuit)
Reparu en 2 tomes :
1998 *The Neutronium alchemist, part one : Consolidation*, roman SF (cycle : L'Aube de la nuit # 3)
En français : *L'Alchimiste du neutronium – 1 : Consolidation.* 1) Robert Laffont, *Ailleurs et demain*, 2000.

1998 *The Neutronium alchemist, part two : Conflict*, roman SF (cycle : L'Aube de la nuit # 4)

En français : *L'Alchimiste du neutronium – 2 : Conflit.* 1) Robert Laffont, *Ailleurs et demain*, 2001.

1998 *Lightstorm*, roman SF jeunesse (série : Web 2027 # 5)

1998 *A Second chance at eden*, recueil SF (1 roman éponyme et 6 nouvelles) (cycle : L'Aube de la nuit)

1999 *The Naked god*, roman SF (cycle : L'Aube de la nuit)

Reparu en 2 tomes :

2000 *The Naked god, part one : Flight*, roman SF (cycle : L'Aube de la nuit # 5)

En français : *Le Dieu nu – 1 : Résistance.* 1) Robert Laffont, *Ailleurs et demain*, 2002.

2000 *The Naked god, part two : Faith*, roman SF (cycle : L'Aube de la nuit # 6)

En français : *Le Dieu nu – 2 : Révélation.* 1) Robert Laffont, *Ailleurs et demain*, 2002.

2000 *The Confederation handbook*, guide de référence du cycle : L'Aube de la nuit

2000 *Watching trees grow*, novella SF

En français : « En regardant pousser les arbres » in *Faux rêveurs,* anthologie, Bragelonne, 2002.

2001 *Fallen dragon*, roman SF

2002 *Misspent youth*, roman SF

2003 *Encroachment*, roman SF

2. Nouvelle parue en français hors recueil

« Issue de secours » in *Galaxies*, n° 24, périodique SF, mars 2002 (Escape route, 1997)

AILLEURS ET DEMAIN

Prix Européen de Science-Fiction 1987
décerné par
la Société Européenne de Science-Fiction

1969

Fritz Leiber	*le Vagabond.* Hugo 1965

1970

Robert A. Heinlein	*En terre étrangère.* Hugo 1962
Philip José Farmer	*Ose*
Jack Vance	*un Monde d'azur*
John Brunner	*le Long Labeur du temps*
Frank Herbert	*Dune.* Hugo 1966, Nebula 1965
Philip K. Dick	*Ubik* (Classiques)
Stefan Wul	*Œuvres* (Classiques)
Gérard Klein	*les Seigneurs de la guerre*

1971

Hal Clement	*Question de poids*
B. R. Bruss	*Et la planète sauta...* (Classiques)
Ursula K. Le Guin	*la Main gauche de la nuit.* Hugo 1970, Nebula 1969
Samuel R. Delany	*Nova*
Jacques Sternberg	*Futurs sans avenir*
Bernard Wolfe	*Limbo* (Classiques)
Norman Spinrad	*Jack Barron et l'éternité*
Jacques Spitz	*l'Œil du purgatoire/l'Expérience du Dr Mops* (Classiques)

1972

Christian Léourier	*les Montagnes du Soleil*
Marc Wersinger	*la Chute dans le néant* (Classiques)
Frank Herbert	*le Messie de Dune*
Charles L. Harness	*l'Anneau de Ritornel*
John Brunner	*Tous à Zanzibar.* Apollo 1973, British Science Fiction Association 1970, Hugo 1969
Stanislas Lem	*l'Invincible*
Philip K. Dick	*Au bout du labyrinthe*

1973

Robert Sheckley	*la Dimension des miracles*
Gérard Klein	*la Loi du talion.* Grand Prix de la Science-Fiction française 1974 (nouvelle)
Anthologie	*Sur l'autre face du monde,* et autres romans scientifiques de *Sciences et voyages* (Classiques)
Michel Jeury	*le Temps incertain.* Grand Prix de la Science-Fiction française 1974
Herbert Franke	*Zone Zéro*
Frank Herbert	*l'Étoile et le fouet*
André Ruellan	*Tunnel*
Wilson Tucker	*l'Année du soleil calme,* John W. Campbell Memorial 1976
Donald A. Wollheim	*les Faiseurs d'univers* (Essais)

1974

Robert Silverberg	*les Monades urbaines* (Classiques)
R. A. Lafferty	*Autobiographie d'une machine ktistèque*
Philippe Curval	*l'Homme à rebours.* Grand Prix de la Science-Fiction française 1975
William Hjortsberg	*Matières grises*
Vladimir Colin	*les Dents de Chronos*
Michel Jeury	*les Singes du temps*
Gilles d'Argyre	*le Sceptre du hasard* (Classiques)
Philip K. Dick	*la Vérité avant-dernière*

1975

John Brunner	*le Troupeau aveugle*
Robert Silverberg	*l'Oreille interne*
Arthur C. Clarke	*Rendez-vous avec Rama.* British Science Fiction Association 1974, Hugo 1974, John W. Campbell Memorial 1974, Locus 1974, Nebula 1973
Kurt Steiner	*Ortog* (Classiques)
Anthologie	*Utopies 75*
Pierre-Jean Brouillaud	*Tellur*
Ursula K. Le Guin	*les Dépossédés.* Hugo 1975, Locus 1975, Nebula 1974
Gene Wolfe	*la Cinquième Tête de Cerbère*

1976

Pierre Christin	*les Prédateurs enjolivés*
Philip K. Dick	*l'Œil dans le ciel* (Classiques)
Philippe Curval	*Cette chère humanité.* Apollo 1977
Alfred Bester	*les Clowns de l'Éden*
Michel Jeury	*Soleil chaud poisson des profondeurs*
Daniel Drode	*Surface de la planète* (Classiques)

1977

John Brunner	*Sur l'onde de choc*
Joanna Russ	*l'Autre Moitié de l'homme*
Robert Silverberg	*l'Homme stochastique* (Classiques)
Michel Demuth	*les Années métalliques*
Franz Werfel	*l'Étoile de ceux qui ne sont pas nés* (Classiques)

Pierre Pelot	*Transit*
Thomas M. Disch	*Génocides* (Classiques)

1978

John Brunner	*À l'ouest du temps*
Thomas M. Disch	*Camp de concentration* (Classiques). Ditmar 1969
Lester del Rey	*Crise*
Frank Herbert	*les Enfants de Dune*
Yves & Ada Rémy	*la Maison du Cygne.* Grand Prix de la Science-Fiction française 1979
Robert Silverberg	*les Déportés du cambrien*

1979

Ursula K. Le Guin	*le Nom du monde est forêt.* Hugo 1973
Philip José Farmer	*le Fleuve de l'éternité* (Classiques). Hugo 1972
Michel Jeury	*le Territoire humain.* Rosny-Aîné 1980
Vonda N. McIntyre	*le Serpent du rêve.* Hugo 1979, Locus 1979, Nebula 1973 (novelette), Nebula 1978
Michael G. Coney	*les Brontosaures mécaniques.* British Science Fiction Association 1977
Christian Léourier	*la Planète inquiète*
Christian-Yves Lhostis	*Tous ces pas vers le jaune* (l'Écart)
Frank Herbert	*Dosadi*
Igor Bogdanoff & Grichka Bogdanoff	*l'Effet Science-fiction* (Essais)

1980

George R. Stewart	*la Terre demeure* (Classiques) International Fantasy 1951
Michel Jeury	*les Yeux géants.* Rosny-Aîné 1981
Robert Sheckley	*le Robot qui me ressemblait*
Philip José Farmer	*le Noir Dessein*
Norman Spinrad	*la Grande Guerre des Bleus et des Roses*
Robert Silverberg	*le Château de lord Valentin.* Locus 1981

1981

Philip K. Dick	*Glissement de temps sur Mars* (Classiques)
Lorris Murail	*l'Hippocampe*
Frank Herbert	*Destination : vide*
John Crowley	*l'Animal découronné*
Norman Spinrad	*les Miroirs de l'esprit*
Robert Silverberg	*Shadrak dans la fournaise.* Cosmos 2000 1982
Frank Herbert & Bill Ransom	*l'Incident Jésus*

1982

Philip José Farmer	*le Labyrinthe magique*
David J. Skaï	*les Croque-morts*
Suzy McKee Charnas	*Un vampire ordinaire*
Frank Herbert	*l'Empereur-Dieu de Dune*
Damon Knight	*Passé la barrière du temps* (Classiques)
Rob Swigart	*le Livre des révélations*
Michel Jeury	*l'Orbe et la Roue.* Apollo 1983, Cosmos 2000 1983

1983

Robert Silverberg	*Chroniques de Majipoor*
A. A. Attanasio	*Radix.* Cosmos 2000 1984
Emmanuel Jouanne	*Nuage.* Galaxie 1988
Gene Wolfe	*l'Île du docteur Mort et autres histoires.* Locus 1974 (novella), Nebula 1973 (novella)
Arthur C. Clarke	*2001 : l'Odyssée de l'espace* (Classiques)
Philippe Curval	*En souvenir du futur*
Robert Sheckley	*Dramoclès*
Frank Herbert	*la Mort blanche*

1984

Robert L. Forward	*l'Œuf du Dragon.* Locus 1981
Philip K. Dick	*Mensonges & Cie*
Brian W. Aldiss	*le Printemps d'Helliconia.* British Science Fiction Association 1983, John W. Campbell Memorial 1983
Charles Sheffield	*la Toile entre les mondes*
Barrington J. Bayley	*le Rayon zen*
Frank Herbert & Bill Ransom	*l'Effet Lazare*
Jacques Sadoul	*Histoire de la Science-fiction moderne* (Essais)
Philip José Farmer	*les Dieux du fleuve*

1985

Robert Silverberg	*Valentin de Majipoor*
Philip K. Dick	*Coulez mes larmes, dit le policier* (Classiques). John W. Campbell Memorial 1975
John Brunner	*le Creuset du temps*
Charles Sheffield	*les Chroniques de McAndrew*
Frank Herbert	*les Hérétiques de Dune.* Cosmos 2000 1986
Michel Jeury	*le Jeu du monde.* Julia-Verlanger 1986
Michael G. Coney	*la Locomotive à vapeur céleste*

1986

Robert L. Forward	*le Vol de la libellule*
Brian W. Aldiss	*Helliconia, l'été*
Robert Silverberg	*Tom O'Bedlam*
Kevin O'Donnell Jr.	*Oracle.* Mannesmann-Tally 1987
Frank Herbert	*la Maison des mères*
Michael G. Coney	*les Dieux du grand loin*
Christopher Priest	*le Don.* Kurd, Labwitz 1988

1987

Keith Roberts	*Survol*
Michael G. Coney	*la Grande Course de chars à voiles*
Lucius Shepard	*les Yeux électriques*
Gregory Benford & David Brin	*Au cœur de la comète*
Brian & Frank Herbert	*l'Homme de deux mondes*
A. A. Attanasio	*l'Arc du rêve*
Robert Silverberg	*l'Étoile des Gitans*

1988

Brian W. Aldiss	*l'Hiver d'Helliconia.* British Science Fiction Association 1986
Gregory Benford	*En chair étrangère*
Pamela Sargent	*Vénus des rêves*
Lucius Shepard	*la Vie en temps de guerre.* Locus 1987 (novella), Nebula 1986 (novella)
Frank Herbert & Bill Ransom	*le Facteur ascension*
Mike McQuay	*Mémoire*
Arthur C. Clarke & Gentry Lee	*la Terre est un berceau*

1989

Gregory Benford	*la Grande Rivière du ciel*
Robert Silverberg	*À la fin de l'hiver*
Norman Spinrad	*Rock Machine*
Greg Bear	*Éon*
Greg Bear	*Éternité*
Ian McDonald	*Desolation Road.* Locus 1989
Pamela Sargent	*le Rivage des femmes*
Michael G. Coney	*le Gnome*

1990

Robert Silverberg	*Jusqu'aux portes de la vie*
Norman Spinrad	*l'Enfant de la fortune*
Gregory Benford	*Marées de lumière*
Robert Silverberg	*la Reine du printemps*
Michael G. Coney	*le Roi de l'île au sceptre*
Ian McDonald	*État de rêve*

1991

Ursula Le Guin	*Terremer* (Classiques)
Robert Silverberg	*la Face des eaux*
Ursula Le Guin	*Tehanu*
Pamela Sargent	*Vénus des ombres*
Robert Reed	*la Jungle hormone*
Dan Simmons	*Hypérion.* Hugo 1990, Locus 1990 Cosmos 2000 1992

1992

Iain M. Banks	*l'Usage des armes*
Robert Reed	*le Lait de la chimère*
Dan Simmons	*la Chute d'Hypérion.* Locus 1991
Iain M. Banks	*l'Homme des jeux.* Grand Prix de l'Imaginaire (traduction) 1994
John Campbell	*le Ciel est mort*

1993

Orson Scott Card	*Xénocide.* Cosmos 2000 1994
Robert Silverberg	*les Royaumes du mur*
Iain M. Banks	*une Forme de guerre*
Greg Bear	*la Reine des anges*

1994

Robert Reed	*la Voie terrestre.* Grand Prix de l'Imaginaire 1995
Charles Sheffield	*le Frère des dragons*
Harry Harrison & Marvin Minsky	*le Problème de Turing*
Vernor Vinge	*un Feu sur l'abîme.* Hugo 1993, Cosmos 2000 1995

1995

Robert Silverberg	*Ciel brûlant de minuit*
Greg Bear	*l'Envol de Mars.* Nebula 1995
Robert Silverberg	*les Montagnes de Majipoor*
Robert Reed	*le Voile de l'espace*

1996

Neal Stephenson	*le Samouraï virtuel.* Grand Prix de l'Imaginaire 1997, Ozone 1997
Greg Egan	*la Cité des permutants*
Dan Simmons	*Endymion.* Grand Prix de l'Imaginaire (traduction) 1997
Gregory Benford	*les Profondeurs furieuses*

1997

William Gibson & Bruce Sterling	*la Machine à Différences*
Greg Bear	*Héritage*
Greg Egan	*l'Énigme de l'univers*

1998

John Barnes	*la Mère des tempêtes*
Iain M. Banks	*Excession*
Robert Silverberg	*les Sorciers de Majipoor*
Dan Simmons	*l'Éveil d'Endymion.* Locus 1998
Stephen Baxter	*les Vaisseaux du temps*

1999

Greg Bear	*Oblique*
Peter F. Hamilton	*Rupture dans le réel, 1. Émergence*
Robert Reed	*Béantes Portes du ciel*

2000

Peter F. Hamilton	*Rupture dans le réel, 2. Expansion*
Brian Herbert & Kevin J. Anderson	*la Maison des Atréides (Avant Dune 1)*
Robert Silverberg	*Prestimion le Coronal*
Ursula Le Guin	*le Dit d'Aka* suivi de *le Nom du monde est forêt*
Peter F. Hamilton	*l'Alchimiste du neutronium, 1. Consolidation*

2001

Brian Herbert & Kevin J. Anderson	*la Maison Harkonnen (Avant Dune 2)*
Vernor Vinge	*Au tréfonds du ciel.* Hugo 2000
Greg Bear	*l'Échelle de Darwin.* Nebula 2000
Peter F. Hamilton	*l'Alchimiste du neutronium, 2. Conflit*
Greg Egan	*Téranésie*

2002

Brian Herbert & Kevin J. Anderson	*la Maison Corrino (Avant Dune 3)*
Robert Silverberg	*le Roi des rêves*
Peter F. Hamilton	*le Dieu nu, 1. Résistance*
Iain M. Banks	*le Sens du vent*